SOKAK NÖBETÇİLERİ

ASLI ARSLAN

İ N D İ G O   K İ T A P

Sokak Nöbetçileri

Aslı Arslan

Baskı: Mart 2021
ISBN: 978-625-7671-25-5
Yayınevi Sertifika No: 31594

Editör: Burcu Karatepe
Sayfa Tasarımı: B&S Ajans
Kapak İllustrasyon: Tugay Doğrayıcı

Baskı
Egem Basım Yayın Sanayi ve Ticaret LTD. ŞTİ.
Maltepe Mah. Gümüşsuyu Cad. Odin İş Merkezi
Kat: 2 No: 436 Zeytinburnu / İstanbul
Sertifika No: 43624

indigo yay

İNDİGO YAY. DAĞ. PAZ. REK. LTD. ŞTİ.
Tozkoparan Mah. General Ali Rıza Gürcan Cad. Metropol Center A
No: 31 İç Kapı No: 54 Güngören / İstanbul
Tel: 0 (212) 438 17 83 • Fax: 0 (212) 438 17 84
www.indigokitap.com • info@indigokitap.com

İNDİGO YAY Bir İndigo Kitap Yayın Dağ. Paz. Rek. Ltd. Şti. markasıdır.

SOKAK NÖBETÇİLERİ

ASLI ARSLAN

İ N D İ G O   K İ T A P

Bana her zaman başka bir yol olduğunu öğreten babacığım…
Beni her zaman iyileştiren, yaralarımı saran ve hislerimden ibaret olan bu kitabımı sana ithaf ediyorum.

GİRİŞ

Sokaklar, sokak çocukları için geceleri aydınlanır, gündüzleri ise karanlığa gömülürdü. Geceyi aydınlatan sokak lambaları, insanların kalbinden daha sıcak ve aydınlıktı, bu yüzden o çocuklar kendilerini geceye daha fazla ait hisseder, gündüzleri ise kalpleri karanlığa bulanmış insanlardan bir adım daha uzaklaşırdı.

Gündüz olurdu. Bir adım daha geriye ve sonra bir adım daha geriye ve sonra bir adım daha... İnsanlar, terk edilmiş çocukları üzerlerine yürüyerek uçurumun kenarına sürüklerdi ve sonrasında o çocuklar kendilerini uçurumdan aşağıya attıkları zaman geriye çekilme sırası insanlara dönerdi.

Kimse, kimsesiz bir çocuğun uçurumun kenarına nasıl geldiğini konuşmazdı; herkes o çocuğun terk edildiği ânı konuşurdu.

Geceydi. Diğer bütün gecelerden daha farklı bir geceydi; sokak çocukları ilk defa kendilerini geceye ait hissetmiyorlardı çünkü içlerindeki dürtü, hiçbir şeyin yolunda olmadığını söylüyordu.

Karanlık sokağı aydınlatan sadece iki sokak lambası vardı ve bir tanesi cızırtılar çıkarıyor, her an patlayacakmış gibi yanıp sönüyordu. Hava ılıktı ama birazdan soğuyacaktı.

Sokak çocukları, o karanlık sokakta beşer beşer sırayla bir askeriyedeymiş gibi dizilmişti ve hepsinin gözlerinde aynı ifade vardı: Korku.

Ne olacağı ve sonlarının nasıl yazılacağı korkusu.

Aralarından sadece tek bir çocuk yüksek sesle nefesler alıyordu ve kendi kendine mırıldanıyordu fakat geriye kalan başka kimseden ses seda yoktu. O çocuk ise kendisine bir yandaş aramıyordu, tek başına sesini çıkaracağı ânı kolluyordu.

Grup halindeki çocukların karşısındaki adamlar, tek tek çocukların gözlerinin içine bakıyor ve aralarında dolanıyorlardı. Arızalı sokak lambası söndü. Tam o sırada orta boylarda olan bir adam ile kendi kendine mırıldanan erkek çocuğu göz göze geldi, tekrardan sokak lambasının ışığı aydınlandığında birbirlerinin gözlerinin içine baktılar.

Sokak lambası o gece, o çocuğun nefreti olmuştu; ileride umudu olacağını ise bilmiyordu.

Orta boylu adam gözlerini kaçırmasını bekliyordu fakat erkek çocuğu bunu yapmadı ve bakmaya devam etti.

Sonunda yenilen adam olduğunda çocuğun yanından geçip gitti ve arka taraflarda olan diğerlerine göre daha uzun boylu bir çocuğun yanında durdu. Az önceki çocuk gibi tepkili değildi, tam önüne bakıyordu fakat kaşları çatıktı.

"Adı ne?" diye sordu adam hemen yanındaki yardımcısına ve çocuğa bakmaya devam etti. On dört, on beş yaşlarında görünüyordu ve diğerlerinden daha büyük olduğu her halinden belliydi. Fazlasıyla cüsseli bir vücudu, neredeyse adamınkine erişen bir boyu vardı.

"Burada bulunan hiçbir çocuğun adı yoktur Önder." Yardımcısının verdiği yanıt Önder'in kaşlarını kaldırmasına neden oldu. "Hepsi terk edilmiş ve sokağa bırakılmış çocuklar, bir şekilde büyümüşler ya da büyütülmüşler. Onların tek bir adı hiçbir zaman olmaz, onlarca adları vardır ve sürekli değişir."

"Buradaki herkesi tanır mısın?"

"Hemen hemen," dediğinde yardımcının gözleri iri yarı olan çocuğa dönmüştü. "Aralarında en büyüğü bu çocuk. Diğerlerine göre çok daha güçlü ve göründüğü gibi heybetli. Bazen bize bile karşı koymaya çalıştığı ve yendiği olur." Güldüğünde iri çocuğun bakışları Önder'e döndü. "İşine yarar mı bilmiyorum ama sana başkaldırırsa karşılık verebilecek misin?"

Önder Sarca için önemli olan başkaldırıydı ve kendisine yapılan bir başkaldırı bile devriminin başlangıcıydı. Çocuğun gözlerinde gördüğü o ifade içindeki şiddetli arzuyu körükledi. "Onu istiyorum," diye mırıldandı. "Benim grubuma dâhil olacak."

Yardımcı bir şeyler söylemek istedi fakat Önder'in bakışlarında gördüğü ifade onun duraksamasına, iri çocuğun yakasını tutarak öne çıkarmasına neden oldu. Çocuk omzunu silktiğinde Önder'in önüne geçmişti.

"Gerçekten adını bilmiyor musun?" diye sordu Önder.

İri çocuk ilk önce sustu, sonrasında başını yana doğru yatırdı. "Sokaktaki çocuklar bana İsa'nın oğlu diyorlar."

Kafasını salladı ve gözlerini kısarak "Ben seçtiğim herkese ad veririm, sen de ömrünün sonuna kadar taşıyacağın bir adın olsun ister misin?" diye sordu. Önder elini kaldırdı ve hafifçe çocuğun omzuna koydu. Çocuk omzuna koyulan ele baktı ve kaşları çatıldı; şefkat miydi, yoksa ihtiyaç mıydı, bilmiyordu ama kendini destek buluyormuş gibi hissetmişti. Başını olumlu anlamda aşağı yukarı salladı.

"Güçlü ve heybetlisin," dedi Önder bakışlarını çocuğun üzerinde gezdirerek. "Senin ismin Bartu olsun. Bartu Sarca. Bu isim sana yakışacak ve anlamını ömrünün sonuna kadar taşıyacaksın."

Yardımcı gülmeye başladığında Önder'in yüzündeki ifade değişti. "Bu çocuklara gerçekten isim mi vereceksin?"

"Onlara isim vermeden onları büyütemem ve yetiştiremem," dedi Önder. "Bir bitkiye bile isim verirsin, bir insan hiçbir zaman isimsiz kalamaz, isimsiz kalmış bir insan kendisini bulamaz."

Yardımcı omzunu indirip kaldırdı. Çevredeki başka adamlar da çocukları seçiyordu, hiçbiri Önder Sarca'nın seçtiği yolu denemiyordu. Onların gözünde seçtikleri çocuklar sürekli değişecekti ama Önder için bu çocuklar vazgeçilmez kalacaktı.

"Bartu," dedi iri çocuk ve başını önüne doğru eğdi. Üzerindeki kendine küçük gelen tişörtünü düzeltti. "Adım Bartu. Artık tek bir adım olacak."

"Arkama geç Bartu," dedi Önder ve çocuklar arasında yürümeye devam etti. Bartu söyleneni yaptı, diğer çocukların yüzüne bakmadan başını önüne eğdi.

Arka taraftan mırıldanma sesi yükselmeye başlamıştı ve bu başkaldıran çocuktan başka kimseye ait değildi. Önder sesin kimden geldiğini anladı ama o tarafa dönmeden yürümeye devam etti.

Kendisine bakarak gülümseyen bir erkek çocuğuyla göz göze geldiğinde hafifçe tebessüm etti, o yöne doğru gitti. Çocuk daha geniş bir şekilde sırıttığında yardımcı, "En pozitif ve mutlu olan çocuktur," dedi. "Ne yaşamış, ne zaman buralara gelmiş bilmiyoruz ama yaşı en küçük olanlardan birisi. Sekiz ya da dokuz yaşında olmalı. Bir de ikizi var, hemen yanında duruyor ve birbirlerinden ayrılmıyorlar."

Önder, ikizlere baktı. Biri kız, biri erkekti ve erkek olan ne kadar güler yüzlüyse kız olan da bir o kadar suratsızdı. Hoşuna giden, birbirlerinin ellerini bırakmıyor olmalarıydı.

Önder eliyle çocukları yanına çağırdığında ikizler hızlı adımlarla bulundukları yerden çıktı ve Önder'in önüne gitti. "Bir becerileri var mı ki?" İşine yarayacak bir şeyler arıyordu.

"Akıllı çocuklardır. Kız olanın huysuz olduğuna bakma, o da hemen ısınır." Yardımcı düşündü ve kaşları havaya doğru kalktı. "El becerileri var. Bir kilidi çok kolay açabiliyorlar, nasıl yapabiliyorlar bilmiyoruz. Tek problem asla birbirlerinden ayrılmazlar."

Erkek olanın gülüşü, Önder'e enerji vermişti. Öyle güzel, öyle içten gülüyordu ki karşılık veremeden durmadı. "Onları da almayacaksın değil mi?" diye sordu yardımcı. "İşine yarayacağını sanmıyorum."

Erkeğin gülüşü ve kızın gözlerindeki ışık bu cümleden sonra yavaş yavaş soldu fakat sonrasında Önder, "Gözlerindeki ifadelere bak," dedi. "Kızın gözlerindeki ışığı görüyor musun? Erkeğin ne olursa olsun verdiği huzuru ve mutluluğu?" Sustu, ellerini erkek olanın yüzüne koydu ve tekrardan gülümsemesini sağladı.

"Bizi ayırma," dedi kız çocuğu kardeşinin elini daha sıkı tutarak. "Onu bırakmam, ondan ayrılmam."

"Sizi ayırmayacağım." Önder erkek olanı sevmişti. "Mutlu Sarca ve Işık Sarca. Grubunuza hoş geldiniz." Onlara isimlerini bile sormadı.

Erkek çocuğu, hiçbir şey söylemedi ama bakışlarıyla öyle bir konuştu ki Önder, ne demek istediğini anladı. Arkasına geçmeleri için işaret vermesine gerek kalmadan Mutlu arkasına geçti, Işık da onu takip etti ve Bartu'ya da aynı gülümseyişini gönderdi. Bartu ise karşılık vermedi.

Kız çocukları ve erkek çocukları normalde ayrı gruplar halinde duruyorlardı, ikizlerin birbirinden ayrılmadıkları buradan belliydi; ellerini bir an olsun bırakmamışlardı. Önder'in gözleri kız çocuklarının olduğu yöne döndüğünde yardımcı gözlerini hafifçe devirdi ve adımlarını Önder ile aynı yöne döndürdü.

Kız çocukları oldukları yerde hareketlendi ve ellerini diğer çocuklar gibi önlerinde birleştirerek başlarını önlerine eğdiler. Biri dışında.

Ellerini önünde birleştirmemiş bir kız çocuğu vardı ve bakışları direkt olarak Önder'i isabet alıyordu. Tuhaf olan sadece bunlar da değildi, kız çocuğunu tutan bir adam vardı ve tam arkasında duruyordu.

Önder sormadan yardımcısı açıklama yaptı. "Aslında bu grupta olmaması gereken bir kız çocuğu çünkü kimsenin isteyeceğini sanmıyorum." Ondan vebalı gibi bahsetmesi Önder'in dikkatini çekmişti. "On yaşında." Kız çocuğu hareketlendi ve arkasındaki adam onu daha sıkı tuttu. "Konuşmuyor, yani konuşamıyor. Söylenen her şeyi duyuyor ama karşılık vermiyor. Doğuştan olduğunu düşünmüyoruz, travma geçirmiş olmalı."

Önder'in daha fazla dikkatini çekmişti ve ona doğru bir adım attığında kız geriye doğru ürkek bir şekilde çekildi ama yüzündeki ifadeyi düzeltmedi; kendisini korumak istiyormuş gibi bakıyordu. "Adam neden onu tutuyor?"

Yardımcı güldü. "O kadar hızlı koşuyor ki! Buradaki bütün çocukları koştuğu zaman yakalayabiliriz ama bu kız çocuğunu yakalamak imkânsız. Onu ancak uyurken sabit görebiliyoruz."

Önder, büyülenmiş gibi kız çocuğuna bakarken, onun gözlerindeki ifade de bağlanmasına neden olmuştu. Masumdu, fazlasıyla masumdu ama bir o kadar da öfkeli bakıyordu. Hayata karşı bir öfkesi vardı ya da hayatın onunla alıp veremediği bir şeyler varmış gibiydi. Üzerindeki çiçekli elbisesinin rengi solmuştu ama o elbiseyi çok sevdiğine kalıbını basabilirdi.

"Onu da istiyorum," dediğinde yardımcı şaşkınlığını gizleyemedi. "Ciddi olamazsın," diye homurdandı. "Onunla baş edemezsin."

"Benim istediğimin baş etmek olduğunu kim söyledi?" dedi Önder kısık bir sesle. "Benim istediğim zaten bir başkaldırı." Kıza gülümsedi fakat karşılık bulamadı. "Lâl Sarca." Kız çocuğuna verdiği isim, onun kaderini bile etkileyecek bir isimdi. "Arkadaşlarının yanına geçmelisin."

"O kendi adımlarıyla gitmez," dedi yardımcı ve alayla güldü. "Onu nasıl tutacaksın?"

Önder, bunu daha önce düşünmüş olacak ki "Bartu," dedi geriye doğru. "Lâl'i tut, o senin artık kardeşin." Bakışları Bartu ile kesiştiğinde emir veren ifadesi gözlerine ulaşmıştı. Bartu ilk başta tereddüt etti fakat ne kadar karşı çıkarsa çıksın ya da yapmak istemezse istemesin Lâl'in o gruba iyi ya da kötü şekilde dâhil olacağını anladı. Canını yakacaklarını düşündü ve Lâl'e doğru ilerleyip onu tutmak istedi. Lâl ise geriye doğru kaçmak istedi ama adam onu Bartu'ya doğru uzattı.

İki çocuk kendi aralarında savaş vermeye başladığında Bartu aslında kıskıvrak onu tutabileceğini biliyordu ama canını da yakmak istemiyordu. Tam o sırada Lâl, Bartu'nun onu tutan elini sertçe ısırdı ve Bartu'nun bağırmasına neden oldu. Önder olanları izlerken yardımcısı Ben söylemiştim diyen bakışlarını Önder'den ayırmıyordu.

Bartu ise canı ne kadar yanarsa yansın, Lâl'i bırakmadı.

Bartu, Lâl'in oradan kaçmasını ve kaderini değiştirmesini engelleyen kişiydi.

"Ne yapıyorsunuz?" En sonunda kalabalığın arasından bir çocuk bağırdığında Önder onun kim olduğunu adı gibi biliyordu; ilk gözlerinin kesiştiği erkek çocuğuydu ve başkaldırının ilk adı o olacaktı. Daha önce tanıştığı bir erkek çocuğuna benziyordu.

Önder'in bakışları erkek çocuğuna doğru kaydığında, adımları o tarafa yöneldi ve çocuğun da kalabalıktan sıyrılarak ortaya çıktığını gördü.

"En seslisi," dedi yardımcı bıkkın bir sesle. "En fazla başkaldıranı ve en cesuru. Canı bile ortada olsa kendisine verilen hiçbir emri yerine getirmez, sadece kendi bildiğini okur. Öyle zeki bir çocuk ki bazen bizi şaşkına uğratıyor. Okumayı nereden öğrendi bilmiyoruz ama cilt cilt kitaplar okuduğunu görüyoruz. Çöp köşelerinden topladığı gazeteleri bile saklıyor."

Çocuk, Önder'in tam karşısına geçmişti ve çenesini dikleştirmişti. Öyle bir meydan okuyarak bakıyordu ki Önder etkilenmeden edemedi ve lideri bulduğunu fark etti. On iki yaşlarında olmalıydı ama bakışları otuz yaşında bir adama ait gibiydi; turkuaz gözlerinde gizlenen yaşlı bir adam vardı. Öyle olgun, öyle kendinden emin duruyordu ki Önder sanki karşısında kendi yaşlarında biri varmış gibi hissetmişti.

"Sokak çocukları sizin kullanabileceğiniz askerleriniz değil." Savunması sesliydi ve arkadaşlarını ilk defa kendi yanına çekmek istiyordu. "Hiçbirimiz sizin satın alacağınız kişiler değiliz. Bizi serbest bırakın."

Diğer seçim yapan adamların da dikkatini çekmişti fakat hiçbiri böyle hırçın bir erkek çocuğunu istemiyordu, hepsi uysal olanlara yöneliyordu.

"Siz sokak çocukları değilsiniz," dedi Önder ve başını gurur duyuyormuş gibi aşağı yukarı salladı. "Sokak Nöbetçileri'siniz. Benim ise askerim değil, çocuklarım olacaksınız."

"Tercih hakkı sunmuyorsunuz," dediğinde çocuğun sesinin ayarı düşmüştü ama hâlâ öfkeliydi. "Bize istemediğimiz hayatları vereceksiniz, değil mi?"

Önder, hayal kırıklığıyla gülümsedi. "İstediğin bir hayatı mı yaşıyorsun, oğlum? Hiçbiriniz şu anda istediğiniz hayatları yaşamıyorsunuz ve bundan daha kötüsünü yaşayamazsınız. Siz sokaklara terk edilmiş ve herkesin unuttuğu çocuklarsınız. Siz kimsenin umurunda değilsiniz."

Arka tarafta kalan Lâl hareket etmeyi kesmiş, erkek çocuğuna bakıyordu ve onu bir yardım eli olarak görmüştü.

Erkek çocuğu Önder'in haklı olduğunu biliyordu ve dediklerine cevabı yoktu ama başka bir cümle dudaklarından döküldü. "Bir gün buradaki çocuklardan yaşamaya devam edecek olanlar var. Büyüyecekler.

Unutulduklarını ise hiçbir zaman unutmayacaklar, insanlardan intikam alacaklar."

"Bu yaşta intikam duygusunu nereden biliyorsun?" Önder'in sorduğu soru, daha çok kendisine yönelikti. Karşısındaki erkek çocuğunun gözlerinde kendini görmüştü. Bir cevap vermediğinde yardımcısına, "Onu istiyorum," diye fısıldadı.

"Hayır," dedi erkek çocuğu ve öne doğru bir adım atarak alttan Önder'in yüzüne baktı. "Gruba dâhil olmayacağım." Öyle yüksek bir sesle bağırdı ki boş ve sessiz sokakta söylediği cümle inledi, yankılandı, herkesin sesi oldu.

"Senin adını bile buldum." Önder, elini çocuğun yüzüne doğru uzattığında çocuk elini itekledi.

"Benim zaten bir adım var, benim zaten bir ailem var. Benim başka bir isme ihtiyacım yok."

"Adını unut." Önder'in başı omzuna düştü. "Senin artık yeni bir adın olacak ve kendi adını unutacaksın."

"Unutmayacağım." Tekrardan bağırdığında elektrik direğine konmuş olan karga uçtu ve sokak lambasının ışığı daha hızlı bir şekilde yanıp sönmeye başladı. "Adımı hiçbir zaman unutturamayacaksın. Ben adımı her zaman içimde yaşatacağım, kim olduğumu her zaman bileceğim." Sesi sokakta inlerken, Önder dışında herkes çocuktan uzaklaşmaya başlamıştı.

Önder içten bir şekilde gülümsedi. "Yankı Sarca." Elini erkek çocuğunun yüzüne koyduğunda bu sefer eli iteklenmedi. "Yankı, sen benim oğlumsun ve bu grubun lideri olacaksın. Şimdi değil ama zamanla bu adı benimseyeceksin ve kendi adını unutacaksın, kim olduğunu unutacaksın. Sen aslında tamamen bana dönüşeceksin."

Yankı, bir şeyler söylemek istedi ama yapabileceği hiçbir şeyi olmadığının da farkındaydı.

Sustu.

Bir süre birbirlerine baktılar ve kim olduklarını aslında hayatları boyunca ikisinin de unutmayacağını bildiklerini fark ettiler.

Sokak lambası son kez yandı ve yüksek bir sesle patladığında gökyüzü aydınlanmaya başlamıştı. Hava soğumaya başlamıştı.

Bartu, Mutlu, Işık, Lâl ve Yankı o gece kaderlerine doğru ilerlerken, sokak lambasının patlayan ışığı onların aslında hayatlarının sönüşüydü.

Tekrardan yanacak ve tekrardan sönecek binlerce sokak lambasına rağmen.

1.

TAKİPÇİ

Yaşadığımı hissetmek için canım yansın diye yeni bir yola çıkıyordum.

Gideceğim yolların sonunu çok iyi biliyordum ama o yollarda yürürken yaşayacaklarım ve yaşatacaklarım hakkında hiçbir fikrim yoktu. Dikenler bedenime batabilirdi, düşebilirdim ve tekrardan kalkıp koşabilirdim; çiçek bahçelerinde yürüyebilirdim, gökyüzüne sarılabilirdim ve bir an bile tökezlemeyebilirdim. Yürürdüm belki de arkama bile bakmazdım; beni durdurabilirlerdi ama ben yine de koşmaya devam edebilirdim.

Nasıl yollardan yürüyeceğimi ve neler yaşayacağımı bilmiyordum ama bütün yolların tek bir sona bağlanacağının farkındaydım. O sonu yazmak için ilerliyordum, o son ise benden kaçmak için elinden geleni yapıyordu.

O sonun adı artık ölümdü.

Hızlı adımlarla yurttan çıkarken ayaklarım birbirine dolanıyordu ve çantam kolumdan düşüyordu. Deri ceketimin tek kolunu giymeye çalışırken kapıda duran güvenliğe hafifçe tebessüm ettim ve aynı şekilde karşılık bulduğumda çoktan onun yanından geçmiştim. Arkamdan, "Yavaş ol, düşeceksin!" dediğini duysam da aldırış etmedim ve ceketimin tek kolunu sonunda giyip koşmaya başladım.

Ekim ayının verdiği serinlik İstanbul'un üzerine çökmüştü ve bugün güneş ortalıklarda görünmüyordu. Koşarken yüzüme çarpan rüzgâr gözlerimin yaşarmasına neden oluyordu ve alnım da sıcak olmamasına rağmen terlemişti. Saçlarım gözlerimin önüne gelirken birkaç kişiye çarpmıştım ve arkamdan söylendiklerini duymuştum.

Metro durağının önüne geldiğimde merdivenleri ikişer ikişer inmeye başladım ve insanların bakışlarını görmezden geldim. Geniş ve daha soğuk olan koridora indiğimde bir yandan da çantamın içinde metroya binmek için kartımı arıyordum.

İstanbul'da herkes bir yerlere yetişmeye çalıştığı için ve genelde birkaç kişi de benimle beraber koştuğu için çok göze batmıyordum ama bir süre yaşadığım dingin yer olan Bozcaada'da böyle koşsaydım insanlar bana büyük bir şaşkınlıkla bakabilirdi.

Turnikelerin önüne geldiğimde metroya kaç dakika olduğuna gözlerim kaydı ve dört dakika olduğunu görünce çantamın içinde daha büyük bir hırsla kartı aramayı başladım. Önümde birkaç kişi vardı ve onlar da oldukça hızlı hareket ediyorlardı. En sonunda kart elime ulaştığında kartı okuttum ve turnikeden geçerek hızlıca gideceğim yöne doğru ilerledim.

"Lütfen lütfen lütfen," diye fısıldadım dişlerimin arasından ve metro bekleyen kalabalık insanların olduğu tarafa doğru yöneldim. Bakışlarım herkesin yüzünde tek tek gezinirken adımlarım birbirine dolanıyordu ve ne tarafa gideceğimi şaşırıyordum. "Lütfen," dedim son kez ve gözlerimi kısarak etrafa bakmaya devam ettim. Tam o sırada açılmış olan bağcığıma bastım ve öne doğru sendelediğimde "Siktir," dedim yüksek bir sesle. Önümdeki yaşlı çift keskin bakışlarıyla beni süzdüklerinde duruşumu düzelttim ve "Pardon," diye mırıldandım. "Sanırım düşüyordum ve ünlemi çok bastırdım, üzgünüm. İçimden söylemeliydim." Ne saçmalıyordum?

Yaşlı kadın bana daha ölümcül bakışlar atarken gözlerim onun arka tarafında kalan ve gözlerimin aradığı kişiyi gördü. Dudaklarıma gerçekçi bir tebessüm kondurduğumda yaşlı kadının yüzündeki kızgınlık afallamış bir ifadeye dönüştü. "İşte bu," dedim ve elimle yumruk yaptım. "Buradasın, beyefendi."

Yüzü duvara doğru dönüktü ve elleri ceplerindeydi. Altında koyu renk kot pantolonu, üzerinde üç gün önce giydiği bordo kazağı vardı. Kumral dalgalı saçları diğer günlere göre daha fazla dağınıktı; büyük ihtimâl yataktan zorla kalkmış olmalıydı ama duruşu hiç de yeni uyanmış gibi görünmüyordu. Kulaklığını her zaman olduğu gibi takmıştı ama tek bir tanesini. Her an gelecek olan bir tehlikeye karşı tetikte olmak içindi.

"Beyefendi mi?" Yaşlı teyzenin sesi bakışlarımı ondan kaçırmama neden oldu. "Kiminle konuşuyorsun sen?"

Metronun sesi geldiğinde elimle yaşlı kadının koluna dokundum. “Yanımdaki beyefendi,” diyerek onu geçiştirdim. “Görmüyor musunuz?” Yaşlı çiftin bakışları iki yanıma kaydı ve kimsenin olmadığını gördüklerinde kaşları çatıldı. Gülümseyerek elimi havaya kaldırdım ve yanımda sanki birisi varmış da sırtına dokunuyormuş gibi, “Hadi beyefendi,” dedim efsunlu bir sesle. “Öne doğru gidelim de metroya binelim.”

“Akli dengesi yerinde değil galiba. Fazla bulaşmayalım.” İstediğim buydu. Yaşlı çifti korkutarak öne geçtiğimde onun uzun boyuna odaklandım. Her gördüğümde ettiğim tahminlere yenilerini ekliyordum. İki gün önce bir doksan olduğunu düşünmüştüm, dün bir seksen yedi bugün ise bir seksen sekiz olduğu kanısındaydım. Benim boyum bir yetmiş iki olmasına rağmen onu karşımda dev gibi görüyordum, bu tuhaftı.

Ensesine doğru bakarken, başı yana doğru döndü ve metronun geldiği yöne baktı. Kirpikleri gür ve uzundu, kaşları çatık değil aksine rahat görünüyordu. Kavisli burnunun ucu hafifçe kızarmıştı, nedeni dışarıdaki rüzgâr olmalıydı ya da o da benim gibi koşmuştu. Sakalları daha fazla uzamıştı, dört gün önce kesmesine rağmen şimdi kirli sakalları vardı. Alt dudağı üst dudağına göre daha kalındı. Dudağını içeriye doğru kıvırdığında bir şeyler düşündüğünü anladım, böyle yaptığında kemikli yüzü daha fazla açığa çıkıyordu.

Yüzü pürüzsüz değildi, yer yer çocukluk izleri olduğunu fark etmiştim çünkü çok eskimiş ve onu da zaman geçerken eskitmiş gibi gösteriyordu.

İç sesim defalarca onun fiziksel görüntüsüne methiyeler düzse de hatta bazen bunu abartsa da onu duymazdan geliyor, başka bir noktadan ona odaklanmaya çalışıyordum. Fiziksel görüntüsüyle ilgilenmemem gerektiğini sürekli kendime hatırlatıyordum.

Yüzünde yirmi beş yaşındaki bir adamın yaşanmışlıkları yoktu; yüzünde bütün yaşlarını yaşamış bir adamın yaşanmışlıkları vardı.

Metro önümüzde durduğunda kapıları açıldı ve en önde olduğu için ilk adımını atan o oldu, arkasından birkaç kişi daha bindi. Kısa adımlarla ilk bulduğu koltuğa oturduğundan onun kararsız bir insan olmadığını çıkarıyordum. Hemen karşısındaki koltuğa oturduğumda bakışlarımı bir an bile olsun ondan ayırmıyordum, o ise bir kez olsun bana bakmıyordu.

Belki de bu kadar rahat olmamın nedeni buydu; bana hiçbir zaman bakmıyor, hiçbir zaman göz teması kurmuyordu. Tek göz teması kurduğu kişi hemen yanında duran kız, elinde tuttuğu kitabı ya da pencereden dışarısıydı.

Bomboş bakmıyordu, boş bir oda gibi bakıyordu. Onun gözlerinde tek bir eşyası bile olmayan oda vardı ve gözlerinin içine girersem sesim yankı bulacakmış gibi hissediyordum.

Bakışlarım diğer günlerde olduğu gibi sürekli yanında olan kıza kaydı. Simsiyah saçları vardı ve simsiyah gözleri. Boyu benden birkaç santim daha kısaydı ve esmerdi. Hiçbir zaman makyaj yaptığını görmemiştim ama makyaj yapmasına bile gerek yoktu. Yüzü doğal bir güzelliğe sahipti. Kalp şeklindeki yüzünü tamamlayan çıkık elmacık kemikleri, kemerli burnu… Saçlarını ya at kuyruğu yapıyor ya da yarım topluyordu. Spor giyinmeyi seviyorlardı.

Kızın bakışları bana doğru döndü.

Onun aksine yanındaki kızla sürekli göz göze geliyorduk ve ne zaman göz göze gelsek, bakışlarını kaçıran ilk kişi hep ben oluyordum. Ondan korktuğum için değil, bakışlarında anlayamadığım ve çözemediğim bir anlam olduğu içindi.

Sürekli yan yana olmalarının nedenini de anlayamıyordum. Kardeş gibilerdi ama bunu sorgulamak da istememiştim çünkü merakım başka yönlerdeydi ve ikisinin arasındaki ilişki beni çok da alakadar etmiyordu. Dikkatimi tek çeken birbirleriyle asla konuşmuyor olmalarıydı. Gözleriyle anlaşıyorlar, gülümseyerek bir şeyleri çözüyorlar, âdeta susarak konuşuyorlardı.

Gözlerim tekrardan ona döndüğünde koluna astığı bilgisayar çantasının içinden bir kitap çıkardığını gördüm. İki gün önce okuduğu Tolstoy'un *Diriliş* kitabını bitirmiş, Goethe'nin *Genç Werther'in Acıları* kitabına tekrardan başlamıştı. Evet, tekrardan başlamıştı çünkü bu kitabı bir ay içerisinde iki kere daha okuduğunu görmüştüm. Onun için önemli bir kitap olmalıydı, bu durum kaşlarımı çatmama neden oldu.

Onun hakkında tek bilmediğim şey kulaklığında çalan şarkıydı ama bir keresinde de metroda yanına oturmuş ve çalan şarkı az da olsa bana ulaşınca sert bir müzik türü dinlediğini anlamıştım.

Kitabı okurken bir ara kaşları çatıldı ve başını hafifçe kaldırdı; gözleri direkt beni bulmadı ama ayakkabılarıma doğru baktığında huzursuzca kıpırdanarak sonunda bana bakabileceğini düşündüm fakat o düşündüğüm gibi yapmadı ve aynı noktaya bakmaya devam etti.

Turkuaz rengi gözleri, bugün diğer günlere göre daha koyu duruyordu, nedeni ise yorgunluktan olmalıydı çünkü gözlerinin altı diğer günlere göre daha fazla morarmıştı.

"Hadi bak," dedim homurdanarak kendi kendime. "Bak bana, bak bana, buradayım. Hadi beyefendi, bak bana."

"Bir şey mi söylediniz?" Yanımdaki adam bana seslendiğinde gözlerim adama doğru kaydı; orta yaşlarındaki amcanın elindeki gazeteden başını kaldırıp bana doğru baktığını gördüm.

"Size değil," dedim hızlıca ve rezilliğimin üzerini örtmek istermiş gibi daha fazla bir şey söyleyemedim. O sırada, "İyi değil," diye bir fısıldama duydum ve az önceki yaşlı kadının amcaya söylediğini anladım. "Sanırım aklı yerinde değil, yanında bir beyefendi olduğunu söylüyor."

Turkuaz rengi gözler yavaş yavaş yerden kalktı ve yaşlı kadına doğru baktı.

Kahretsin! Şimdi mi dikkatini çekiyordu? Hep böyle olmaz mıydı zaten? Herkesin başına gelirdi, en mükemmel anlarda karşılaşma olmaz, en rezil anlarda burun buruna gelinirdi.

"Nasıl yani?" dedi amca ve tekrardan bana baktı. "Şu an benim oturduğum yerde başka biri mi oturuyor?"

Ne diyeceğimi bilemeyerek "Evet," dedim ve ardından hızlıca ekledim. "Şu an başka bir adamın kucağında oturuyorsunuz." Aslında amacım bu değildi ama amcanın gözlerinin ciddiyetle beni izlediğini ve birkaç kişinin daha bizim konuşmamıza kulak misafiri olduğunu fark ettiğimde herkesin çok fazla ciddi olduğunu o an anladım.

"Ne diyorsun yahu?" dedi amca sertçe gazeteyi kapatarak ve bana doğru tamamen dönerek. "Beni neyle suçluyorsun?"

Hemen karşımdaki turkuaz rengi gözlerin sahibinin olanları dinlediğini biliyordum, rezil olmuştum ama bir şekilde dikkatini çekmiş olmama çok da şaşırmıştım.

"Beyefendi," dedim amcaya doğru, ardından alt dudağımı dişledim ve gözlerim amcanın sırtına doğru kaydı. Orada başka birisi varmış gibi, "Sana demedim," diyerek gülümsedim. "Üzerine alınma, hayatım."

"Deli deli!" dedi yaşlı kadın yüksek sesle. "Aldırış etmeyin, kendi haline bırakın."

Amca, gazeteyi sertçe koltuğunun altına alırken dilini sertçe damağına vurdu ve oturduğu yerden kalkarak ileriye doğru gitti. Benden korktuğunu gözlerinden okuduğumda kendimi gülmemek için zor tuttum ve bakışlarım turkuaz rengi gözlere doğru kaydı.

O an, dudaklarını bastırmış şekilde elindeki kitaba baktığını gördüm, gözleri kısılmıştı ve etrafındaki çizgiler belirginleşmişti; gülümsememek için kendini tutuyormuş gibiydi ve bunun okuduğu kitapla ilgisinin olmasının imkânı yoktu. Tamamen acı kokan bir kitaba gülemezdi, benim düştüğüm hale gülüyordu. İlk defa.

Tebessüm ettiğimde gözlerim tekrardan yanındaki kızı buldu ve gayet ciddi bir şekilde bana baktığını gördüm. Öyle ciddi bakıyordu ki tebessümüm yavaş yavaş söndü ve bakışlarımı onlardan tamamen uzaklaştırdım.

İneceğimiz durağa geldiğimizde ilk ayağa kalkan o oldu, ardından kıza baktı ve o da ayağa kalktı. Benimle beraber başkaları da kalktığında kapıya doğru ilerledik. Benden birkaç adım ötede dursalar da yansımadan yüzlerini görebiliyordum; birbirlerine bakıyorlardı.

Metro durdu ve kapılar açıldı. İndiğimizde o ve yanındaki kız hızlı adımlarla ilerlemeye başladılar, ben de sanki sabahtan beri hızlı yürümemişim gibi onlara ayak uydurmaya başladım.

Yıldız Teknik Üniversitesinin önüne geldiğimizde adımlarım ilk başta diğer günlerde olduğu gibi kendi fakülteme doğru ilerledi, fakat bu sefer zihnimde dönüp duran çark artık buna bir son vermem gerektiğini söyledi ve adımlarımın yönünü hızlıca değiştirerek onun fakültesine doğru yönümü döndürdüm. Bakışlarım onun sırtıyla kesiştiğinde yanındaki kız kendi fakültesine gitmek için onunla yollarını ayırıyordu. Kız büyük ihtimal fotoğrafçılıkla alakalı bir bölümdeydi çünkü boynunda sürekli taşıdığı ve yanından ayırmadığı fotoğraf makinesi beni bunu düşünmeye itmişti.

Ayrıldıkları tek an fakültelerine girdikleri andı ve ben artık o ânı yakalamak istiyordum.

Kız, kendi fakültesine doğru ilerlerken ben de turkuaz rengi gözleri takip etmeye başladım, adımlarımı yine hızlandırdım. Bir anlık cesaretle "Hey!" diye seslendiğimde dönerse ne diyeceğimi bile düşünmemiştim ama artık bunu bitirmek istiyordum. Duymadı ya da duymazlıktan geldi, bilmiyordum fakat dönüp bakmadı. Fakülteden içeriye girdiğinde normalde hep kantine uğrayıp kahvesini alır ve dersine öyle girerdi ama bu sefer kantine bile uğramadan dersliklere doğru ilerledi.

Ne yaptığımı bilmiyordum ama onu sınıfına kadar takip ederken dersine de gireceğimi hiçbir şekilde hesaba katmamıştım.

Kapıyı bir kere tıklayıp içeriye girdiğinde ben de adımlarımı koşuya çevirdim ve kapı kapanmadan sınıftan içeriye daldım; tam o sırada bağcığım birbirine dolandı ve kapıya sıkıca tutunarak yere düşmekten kurtuldum.

Öğretim görevlisinin bakışları ona ve bana döndü; onun bakışları ise bir an bile olsun bana dönmedi. Derse geç kalmış olmamız öğretim görevlisinin hoşuna gitmemişti fakat bunu dile getirmek yerine kaşlarını çattı, dersini anlatmaya devam etti.

Onun arkasından ilerlerken adımlarımı daha dikkatli atmaya ve sınıftaki insanlarla göz göze gelmemeye çalışıyordum. Neredeyse kırk kişi vardı ve herkesin önünde bilgisayarları açıktı. Bu çok normaldi çünkü Bilgisayar Mühendisliği okuyordu, dördüncü sınıftı ve bu yüzden okula çok sık uğramıyordu.

Ben ise edebiyat okuyordum.

Arka sıralardan bir tanesine oturdu ve çantasından bilgisayarını çıkararak açtı. O şifresini hızlıca yazarken sınıfta bilgisayarı olmayan tek kişi olduğumu fark ettim ve bu en çok dikkat çekecek noktalardan biriydi.

Arkasına oturduğumda hatta onun arkasına saklanmaya çalıştığımda öğretim görevlisiyle göz teması kurmamaya çalışıyordum. Cihazla bilgisayardan duvara yansıtılan sayısal programlar sanki bambaşka, hiç duymadığım bir dildeydi, öğretim görevlisi hiç bilmediğim bir dili konuşuyordu.

Rezil olmama saniyeler kalmış gibi hissediyordum.

Yan tarafımda oturan kızın bakışları bana doğru döndü ve "Sen kimsin?" dedi kabaca. "Seni daha önce hiç görmedim."

Kıza kaşlarımı çatarak baktım ve susması gerektiğini belli ettim; kız ise sanki yedi yaşındaymış gibi öğretmene beni ispiyonlamak için can atıyordu.

Ne yapacağıma dair bir şeyler düşünüyordum ama aklıma gelenin benim için doğru yol olup olmadığını bilmiyordum. Masada tırnaklarımla ritim tutarken fazlaca ses çıkardığımı fark ettiğimde hızlıca bunu yapmayı kestim çünkü az önce bana ters bakış atan kızın önündeki çocuk da bana aynı şekilde bakışlar atmaya başlamıştı.

Çok göze batıyordum.

Tam sırası, dedi iç sesim sanki beni kendime getiriyormuş gibi. Aslında yapmak istediğim tam olarak bu değil miydi?

Kendimi toplayarak öne doğru eğildim ve onun ensesine doğru, "Hey!" diye fısıldadım. Bir şekilde tepki vermesini bekledim ama kıpırdamadı bile. "Beni duyuyor musun?" Sorum ufacık bir hareketlenme bile yaşatmadı. Fısıldamayı bırakıp kısık bir sesle, "Bana yardımcı olur musun?" diyerek tatlı kız sesimi takındım ama yine hiçbir tepki vermedi. "Yanlış derse, hatta yanlış fakülteye girdim, göze batmamak için benimle bilgisayarını paylaşır mısın?"

Dünyanın en saçma sohbet açma şekliydi ve onun tepki vermemesi öfkelenmeme neden olmuştu. Dudaklarından tek bir kelime çıkmaması bir yana kıpırdamamıştı bile ama duyduğuna adım gibi emindim çünkü yan taraftaki herkes beni duymuştu ve kızgın gözlerle beni izliyorlardı.

"Dilini mi yuttun?" dedim kızgınlıkla. "Çocuk gibi azarlanmamı mı istiyorsun?" Dayanamadım, elimle omzundan hafifçe itekledim ve sesim hiç beklemediğim şekilde gür çıktı. "Sana diyorum!"

"Hey!" dedi yan taraftaki zeki kız ve tam o sırada öğretim görevlisinin bize doğru baktığını gördüm. "Neler oluyor orada?" A planı. Neler olduğunu çaktırmamalı ve hiçbir problem yokmuş gibi davranmalıydım. "Derse geç geldiğiniz yetmezmiş gibi bir de çene mi çalıyorsunuz?" Öğretim görevlisi öne doğru çıktı ve bakışları direkt olarak bana döndü. "Senin bilgisayarın nerede?"

Sakın çaktırma. "Evde unutmuşum." Kaçıncı sınıftım ben? İlkokul birinci sınıf mı?

"Evde mi unuttun?" Öğretim görevlisi kulaklarına inanamıyormuş gibiydi. "Kaç yaşındasın sen?"

Azar yemem onun hoşuna gidiyor olmalıydı, sorumlusu ise bendim.

"Yirmi üç," dediğimde neden böyle bir soruya cevap verdiğimi anlayamıyordum.

"Programı yazıp e-posta olarak mı attın?" B planı. Yalan söylemeli ve olabildiğince kıvırmalıydım.

"Evet," dedim ve ellerimi masanın üzerinden indirerek dizlerime koydum. "Dün gece atmıştım." Hangi programdan bahsediyordu? Umarım benim ağzımı aramak için böyle bir numara yapmıyordu fakat içimden bir ses program yazıp e-posta atmak gibi bir durum olmadığını söylüyordu.

Öğretim görevlisi bir şeylerin ters gittiğini anlamış olmalıydı ki birkaç adım atarak bana doğru biraz daha yaklaştı ve yüzüme odaklandı. "Seni daha önce hiç görmedim..." Duraksadı ve duvara kendi bilgisayarından yansıtılan programa doğru baktı. "Sana soru sormak istiyorum."

Hiçbir şey söyleyemedim ve karşımdaki genç ama saçları dökülmüş öğretim görevlisinin yüzüne odaklandım. Kendi kendime düşünce gücüyle onu yanımdan uzaklaştırmak istiyordum fakat bir fantastik kitabın içinde değildim ve burası gerçek hayattı.

Şüphesi gitgide büyüdüğünde belki de bana en basit soruyu soracaktı fakat ben program dilinin ilk harfini bile asla bilemezdim.

"Söyle bakalım," dedi alayla. "C dilinde bir paragraflık metin isteyip noktalama işareti ile bitirip ikinci paragrafı yazarken aralarında boşluk bırakılması gereken kod nasıl yazılır?"

"Efendim?" Japonca mı konuşmuştu? Tek bir yeri anlamıştım, C demişti. Bu demek oluyordu ki C planımı devreye sokmalıydım. "Boşluk," dedim ağzımın içinde geveleyerek. C planı. Aklıma gelen ilk şeyi söylemeli ve rezil olmalı ya da D planını uygulayıp koşarak kaçmalıydım. Kaçmak bana göre değildi, bu yüzden "Basit soru," diyerek gülümsedim. "Space tuşu, klavyedeki boşluk tuşu değil mi? O tuşa basarım."

İlk önce sınıfta derin bir sessizlik oldu, ardından herkes gülmeye başladığından C planımı sonuna kadar uyguladığımı ve rezil olduğumu fark ettim.

Gözlerim onun sırtına doğru kaydığında başını yan bir şekilde döndürdü ve hafifçe tebessüm ettiğine şahit oldum; bu sefer metrodaki gibi gülümsemesini saklamaya çalışmıyordu ama gülüşü de pek geniş değildi, daha çok aptal bir insana gülüyormuş gibiydi. Yine de gözlerim dudağının kenarında oluşan ve çizgi şeklinde duran gamzesine kaymadan duramadı.

Kafasını iki yana sallayıp önüne dönerken öğretim görevlisi, "Sen buraya dalga geçmek için mi geldin?" diye sordu.

D planı arkama bakmadan kaçmaktı ve şu an o planımı uygulayamayacağımın farkındaydım çünkü öğretim görevlisi beni pek de serbest bırakacakmış gibi görünmüyordu.

Son planım yani F planımı devreye sokmanın zamanı gelmişti. Dürüst olmalıydım. "Aslında ben dün çok içtim ve hâlâ onun etkisindeyim. Fakülteleri karıştıracak kadar kendimi kaybetmişim, üzgünüm.

Normalde Türk Dili ve Edebiyatı okuyorum, izin verirseniz kendi fakülteme gidebilir miyim?" İnsanlar buna inanmış olmalıydı, çünkü dün gece neredeyse hiç uyumamıştım ve gözlerimin kırmızı olduğuna adım gibi emindim. Uzaktan gece içmiş ve kendine gelememiş gibi göründüğüme kalıbımı basabilirdim.

Başka bir öğretim görevlisi olsaydı belki benimle uğraşabilir hatta konunun peşine düşebilirdi fakat bu sefer şanslı tarafıma denk gelmiş olmalıydı ki "Çık dışarı," dedi öfkeli bir sesle. "Bir dahaki sefere de yirmi üç yaşında gibi davranmayı öğren."

"Özür dilerim," dedim, yanıma bıraktığım çantamı toplayarak sınıfın arka kapısına doğru ilerledim. Açık olan bağcığıma basmamak için ekstra çaba sarf ettim ve tam çıkarken onun dönük olan sırtına baktım.

Yine bana bakmıyordu ama yüzünde hâlâ o alaycı ifade vardı.

Sınıftan çıkıp yürümeye başladığımda öfkelendiğimi ve öfkemin gitgide arttığını yeni fark edebiliyordum. Parmaklarım avuç içlerime doğru kıvrıldığında tek istediğim okuldan çıkıp gitmek, hatta Bozcaada'ya geri dönmekti fakat arka cebimde duran telefonuma gelen titreşimle duraksadım.

Mesaj gelmişti ve tam da aklımdan geçen kişiden gelmişti. Tek bir cümlesi adımlarımın durmasına neden olunca "Kahretsin," diye inledim. Telefonu elimde sımsıkı tutarken bu okuldan hiçbir şekilde çıkamayacağımı hatta ondan uzaklaşamayacağımı anlamıştım, benimki sadece bir anlık istekti ve öyle de kalacaktı.

Çıkış kapısına doğru ilerleyen adımlarım tekrardan sınıfın olduğu tarafa doğru döndü ve telefonu tekrardan arka cebime koyduğumda mantıklı düşünmeye çalıştım.

Sınıfın kapısını gören köşeye geçtiğimde ve dışarıyı gören pencerenin pervazına kalçamı dayadığımda dudaklarımı kemirmeye başladım. Sürekli bu şekilde ilerlemesinden ben de sıkılmıştım, artık bir son vermek istiyordum; iyi veya kötü, elimde bir sonuç olmak zorundaydı.

Onun dikkatini çekmiyor olabilir miydim? Yaslandığım yerden doğruldum ve yüzümü arkamda kalan cama doğru çevirdim. Kapalı havadan dolayı camdaki yansımada kendimi daha net bir şekilde gördüğümde gözlerim, koşturmaktan dolayı dağılmış olan açık kahverengi saçlarıma kaydı. Makyaj yaparken sadece rimel ve ruj tercih ederdim ve bugün de onu uyuyakaldığım için yapamamıştım. Diğer günlere göre daha kötü görünüyordum, farkındaydım fakat iyi göründüğüm günlerde de dikkatini çekememiştim.

Yönelimi kadınlara değil de erkeklere olabilir miydi? Sanmıyordum çünkü hissettiğim çekim aksini iddia ediyordu.

Her yolu denemiştim, akla gelebilecek her yolu denemiştim fakat hiçbir şekilde karşılık bulamamıştım; kendime güvenim sönmeye başlamıştı. Normalde hiç zorlanmazdım.

Kemirdiğim dudağımdan kan tadı alınca kaşlarımı çattım ve camdaki kahverengi gözlü kıza arkamı dönerek tekrardan pervaza oturdum. Arka cebimden telefonu çıkardığımda derse gireli yarım saati geçtiğini fark ettim ve birazdan dersten çıkacağını göz önüne alarak rastgele bir oyun açıp oynamaya başladım.

Kendi iç sesim benimle konuşmayı reddediyordu. Hep böyle olurdu, küçüklüğümden beri zor durumda kaldığım zamanlar ya da ne yapacağımı bilemediğim zamanlar kendimle konuşmaz, aklımı bambaşka noktalara verirdim ve yine öyle bir an yaşıyordum. Kendimi oynadığım oyundaki zombilere öyle bir vermiştim ki oyundan dolayı irkildiğimi sonradan fark ettim.

Sürekli her koşulda planları olan bir kızdım, sürekli bir çıkış noktasına ve neyi istersem ona ulaşırdım. F planıma, yani dürüstlüğe kadar çok nadir gelirdim, bugün ise hayatım boyunca belki de üçüncü gelişimdi.

Nedeni ise tamamen oydu.

Aptal gibi hissetmeme neden olan tamamen oydu.

Sesler işittiğimde başımı daldığım oyundan kaldırdım ve onun sınıfından son birkaç kişinin çıktığını gördüm. Gözlerim kocaman açılırken telefonumdaki oyunumu bile kapatmadan arka cebime soktum, kapıya doğru koştum. "Hey!" diye bağırdığımda sınıftan çıkan son sarışın genç çocuk ile gözlerimiz kesişti. "Ders bitti mi?"

Sarışın saatine baktı ve kaşlarını havaya kaldırdı. "İki üç dakika oluyor, neden sordun? Hocayla mı konuşmak istiyorsun?"

Ona laf anlatacak vaktim olmadığından hızlıca yanından geçtim ve omzuna çarpmayı bile önemsemedim. Arkamdan "Yavaş ol!" diye haykırdı, duymazlıktan geldim.

Koridora göz gezdirdiğimde köşelerde sohbet eden insanlar dışında kimse yoktu fakat o, ortalarda görünmüyordu. Öyle bir acele ediyor, öyle hızlı yürüyordum ki insanların bakışları bana takılıyordu. Hızlıca merdivenlere yöneldim ve üst kata da bakmaya başladım. Alt kata göre daha az insan vardı ve yine görünürlerde yoktu.

"Kaçırdım!" diye homurdandığımda gözlerim erkekler tuvaletine doğru kaydı ve kanattığım alt dudağımı umursamadan tekrardan dişlerimin arasına alıp erkekler tuvaletine daldım. İçeride iki kişi vardı ve beni gördüklerinde iri gözlerle bana baktılar. Başım tuvaletlere doğru döndü ve onlarla göz teması kurmadan tuvaletlerin içine bakmaya başladım.

Tuvalette de yoktu. Adamların şaşkın bakışlarını aldırmadan oradan da çıktım.

Bütün fakültenin içinde onu aramıştım fakat hiçbir yerde bulamamıştım. O kadar çok yorulmuştum ki hızlı adımlarım artık yavaşlamıştı ve bahçeye çıkmıştım. "Neredesin?" diye mırıldandım ağzımın içinde ve bahçede yavaş yavaş yürümeye başladım. Hafifçe yağmur çiseliyordu.

Ayaklarımı yere sürüye sürüye ilerlerken banklarda oturan insanlara baktım fakat hiçbiri o değildi. "Neden böyle yaparsın ki?" dedim saçımı kulağımın arkasına itekleyerek. "Koşarak kaçmış olmalısın, sana bunu hiç yakıştıramadım."

Olduğum yerde sabit bir şekilde durdum ve kulağıma, derinden gelen bağırma ve çığlık sesleri ulaştı. Sesin nereden geldiğini anlamak için tam arkamı döndüğüm sırada vücudum sert bir şekilde başka bir vücuda çarptı, geriye doğru sendeledim. Alnımı tutup "Yavaş..." diyerek homurdanacağım sırada gözlerim onun yüzüyle ve turkuaz rengi gözleriyle karşılaştı. Çatık olan kaşlarım yavaş yavaş düzeldi ve dudaklarım şaşkınlıkla aralandı.

İlk defa yüzüme bakıyordu. İlk defa direkt gözlerimin içine bakıyordu ve kaşları düz bir çizgi halindeydi. Omuzları dik, çenesi havadaydı ama turkuaz rengi gözlerinde alaylı bir ifade olduğuna adım gibi emindim. Yüzümü inceledi ve gözleri yanaklarımdaki kızarıklıklarda dolandı; alt dudağımı yakalamasının verdiği korkuyla içeriye doğru kıvırdığımda ağzıma kan tadı geldi.

Başını omzuna doğru yatırdı ve gözlerini kıstı. "Beni mi arıyordun?"

Bana söylediğini anlamış olmak için etrafıma baktım ve benden başka kimse olmadığını fark ettim. Elim enseme doğru gittiğinde bütün planlarımı gözden geçirdim. A planı? B planı? C planı? F planına kadar gözden geçirdim ve kapılarını çaldım ama hiçbirinden yanıt yoktu. Gerçekten bir G planım olmadığı için kendimi koşarak karşımdaki sert ağaç gövdesine çarpmak istiyordum resmen.

Beklemediğim yerden beni vurduğu için afallamış bir ifadeyle "Nasıl yani?" diye sordum, hâlâ o derinden gelen çığlık seslerini duyuyordum. "Okulda kavga mı var, çığlık sesleri geliyor." İlk kurduğum cümle bu mu olmalıydı?

"Okulda yok ama kalçalarında büyük bir kavga varmış gibi görünüyor." Bir saniye... Zombi sesi de mi geliyordu? Kahretsin, oyun açık kalmıştı ve popomdan çığlık sesleri geliyormuş gibiydi.

Hızlıca elimi arka cebime attım, çığlık ve zombi seslerini tek bir dokunuşla kapattım. Gözleri bir anlığına telefonuma kaydı ardından tekrardan yüzüme baktı.

"Beni arıyor olmalısın," dediğinde kendinden o kadar emindi ki ne diyeceğimi bilemiyordum. Gerçekten böyle bir giriş beklemediğim açıktı, o da bunu anlamıştı. "Beni kaçırdığın birkaç dakika oldu ve sana bunu açıklamalıyım. Dersten üç dört dakika daha erken çıktım ve sen oyununa öyle bir dalmıştın ki beni fark edemedin, merak etme hiçbir şey yapmadım." Dalga mı geçiyordu, yoksa sinirli miydi, anlayamamıştım ama yapay bir şekilde hesap vermesi tuhaf görünüyordu. "Rahatlayabilirsin şimdi."

Onu en başından beri takip ettiğimin farkında mıydı, yoksa sadece bugün müydü?

"Ben seni metroda gördüm ve sonra dersine girdiğini görünce..."

Lafımı yarıda kesti. "Diğer günlerde metroda gördüğün gibi." Sesi kalındı ve telaffuzu çok düzgündü, tınısı ise oldukça sakindi. Hep sakin gibiydi. Düşünüyormuş gibi tek kaşını kaldırdı ve havaya doğru baktı. "Diğer günlerde okulda gördüğün gibi. Hatta diğer günlerde çalıştığım kafeye geldiğin gibi. Hatta ve hatta evime kadar beni takip ettiğin gibi. Başka kaldı mı?" Gözlerim ellerine kaydı ve yine diğer günlerde olduğu gibi rubik küpü sol elinde duruyordu. "Doğru ya," dedi elini havaya kaldırdığında. "Bunun yenisini almaya gittiğimde de tam arkamdaydın. Bir saniye, hafta sonu sinemada arkamda oturan ve durmadan telefonuna fısıldayarak bir şeyler anlatan o kız da sen değil misin?"

"Film güzel değildi, korku filmlerinden pek keyif almam." Kahretsin! Hızlıca verdiğim yanıt kendi ağzıma bir tane geçirmek istememe neden olmuştu. Bu kadar açık sözlü olmayı bırakmam gerekiyordu.

Verdiğim yanıtı duymazdan geldi ve gözlerimin içine bakmaya devam etti. Diğer günler hiçbir şekilde yüzüme bile bakmazken şimdi gözleriyle, gözlerimin içindeki toprakları eşeliyordu ve turkuaz rengi gözleri öyle ürpertici bakmaya başlamıştı ki diğer günlerde olduğu gibi bakmamasını istemiştim bir anlığına da olsa.

"Ben aslında," dedim ve kendi kendime hangi yanıtın beni kurtaracağını düşünmeye başladım, ardından en mantıklısını seçtim. "Senin dikkatini çekmeye çalışıyordum."

"Dikkatimi çekmeye çalışıyordun?" Başını öne doğru eğdi ve duyduklarına inanamıyormuş gibi davrandı. Dudakları aralandı, samimiyetsiz bir şekilde güldü ve duruşunu tekrardan düzeltti. "Birinin dikkatini çekmeye çalışırken her sabah ziline basıp kaçar mısın? Bugün nerelerdeydin?"

Kahretsin, bunu da mı anlamıştı? "Ben sadece derse geç kalmanı istemiyordum." Ellerimi havaya kaldırdım ve pes etmiş gibi derin bir nefes verdim. "Bak haklısın, bu şekilde kulağa tuhaf geliyor ama bir şekilde seninle karşılaşmamız gerekiyordu ve ben de kadere bırakmak istemedim."

Kısa bir süre yüzüme baktı ve sonrasında ağır ağır başını salladı. "Emin ol, kader bile bu kadarına şaşırmış olmalı." Gözlerinin içindeki alay uzaklaştı ve tamamen ciddileştiğinde kalın kaşlarını havaya kaldırdı. "Benimle derdin ne?"

Sorgulama hakkım olmasa da ona karşı öfkelenmiştim. "Madem bu kadar farkındaydın neden hiç belli etmedin? Bir aydır senin peşinde dolanmaktan doğru düzgün uyku bile uyuyamıyorum."

"Sınırları ne kadar zorlayacağını merak etmiştim," dedi umursamaz bir sesle. "Bugün sınırların sonuna geldin, şimdi derdinin ne olduğunu söyleme sırası. İstediğin tam olarak bu değil miydi?"

Haklıydı. İstediğim tam olarak buydu ama beni bu kadar fark etmiş olması işi çıkmaza sokmuştu. Ne diyeceğimi kendi kafamın içinde düşünürken her hareketimi inceliyor, bir yandan da elindeki rubik küp ile oynuyordu.

"Neden sadece tanışmıyoruz?" dediğimde onunla takılmaya çalışan kadın gibi görünmeye çalıştım. "Ben Helin."

"Amacını söylemeyeceksin ya da kafanın içinde amacını hangi yalanla örteceğine karar veremedin sanırım." Gözlerimin içine baktığında her şeyi anlıyormuş gibi göründüğünden gözlerimi kaçırdım.

"Amacımı söyledim, senin dikkatini çekmeye çalışıyordum. Evet, abartmış olabilirim ama takıntılı bir insanım." Adımı tekrar ettim ve bu sefer öne doğru elimi uzattım. "Ben Helin."

Rubik küp ile oynayan eli duraksadı ve elime doğru baktı. "Hangi Helin?" diye sorduğunda elimi aşağı indirmek zorunda kalmıştım. "Fular takan ve elindeki kitabı okuyan Helin mi? Mini etek giyip bacak bacak üstüne atan Helin mi? Motosikletiyle okula gelen deri pantolonlu Helin mi? Zeki kız imajı için numaralı gözlük takan Helin mi?" Bakışları yüzüme tırmandı. "Kahkahalar atan Helin mi? Mutsuz bir şekilde oturan Helin mi? Yoksa..." İşaret parmağını bana doğru uzattı. "Kendi kendine konuşan Helin mi?"

Bütün planlarıma lanetler okuyor, bütün yüzlerime küfürler sıralıyordum. Ellerimle kısa bir an yüzümü kapattım ve derin bir nefes alarak kendime birkaç saniye verdim. Sabırla beni beklediğini anladığımda ellerim hâlâ yüzümdeyken, "Sanırım istediğime ulaşmışım," diye mırıldandım. "Dikkatini her saniye çekebilmişim."

Yüzümü kapattığım için ne yaptığını bilmiyordum. Cevap vermesini bekledim ama cevap yoktu, büyük ihtimalle yüzümü açmamı bekliyordu. Ellerimi yavaşça yüzümden çektiğimde ise beni izliyordu.

"Konu sen değilsin, ben çok dikkatliyim." Bakışları ifadesizdi ve şimdi olduğu gibi bazen gözlerine alay ulaşıyordu. "Bana, benden etkilenmiş bir kadın gibi davranmaya çalışıyorsun ama asıl amacının bu olmadığını biliyorum."

"Nereden biliyorsun?" Kaşlarımı yapay bir şekilde çattım.

"Çünkü sürekli kılık değiştirdin ve gerçek seni bana göstermedin." Beni baştan aşağı süzdü. "Sanırım bugün kendin gibisin, bu oyundan sıkılmış olmalısın." İşte bu konuda çok haklıydı. "Amacını bir şekilde öğreneceğim ama bu senin itirafınla olmayacakmış gibi görünüyor."

"Aslında dikkatini çekebilmek için her yolu denemek istedim. Belki motosiklet süren asi bir kız, belki zeki bir kız, belki kitap okuyan entelektüel, belki de mini etek giyen seksi kız..."

"Beni sadece kabuğumda gördüklerinle tanıman seni amacına ulaştıramadı ne yazık ki," dediğinde ne demek istediğini çok iyi anlamıştım. "Önemli olan sadece kabuk değildir ve sen ne kadar her adımımı bilsen de daha ilerisini ben izin vermeden göremedin." Ruhunu bilmiyordum, anlamaya çalışmamıştım ve tamamen çok yanlış yollara başvurmuştum. Belki bir kızın fiziksel güzelliğine çekilebilirdi ama benim yaptıklarım daha kötüsüne yol açmıştı.

Kendimi gerçekten aptal gibi göstermiştim. Onu hafife almıştım, söylendiği gibi birçok insandan çok daha farklıydı ve bu sadece fiziksel olarak değildi.

Bir şeyler söylemek için dudaklarımı araladığımda arka taraftan onun yanına doğru yürüyen ve hep gördüğüm siyah saçlı kızı gördüm. Dudaklarımı tekrardan birleştirdiğimde turkuaz gözleri geriye doğru baktı ve gelen kişiyi gördü. Tam o sırada hemen arkamızda duran araç sert bir şekilde kornaya abasınca irkildim.

Arabanın sürücü koltuğundan daha önceden de gördüğüm adam indi ama araba yine farklıydı. Her seferinde farklı lüks bir arabayla okulun önüne geliyor ve onları alıp gidiyordu. Takip edemediğim tek zaman dilimi de oydu.

Uzun boylu ve oldukça iri birisiydi. Yirmi sekiz, yirmi dokuz yaşlarında görünüyordu. Simsiyah saçları kısaydı, sakalları tıraşlıydı ve omuzları öyle genişti ki beni kendi etrafında on kere döndürüp karşı duvara fırlatabilirdi.

Siyah saçlı kız yanımıza gelmek yerine o iri adamın yanına doğru ilerledi ve ikisinin de gözleri bizim üzerimizde gezindi.

"Bana adını söylemeyecek misin?" Sorduğum soru başının bana tekrardan dönmesine neden oldu.

"Bilmiyor musun?" Biliyordum, adının her noktasına kadar ezberlemiştim. Dürüst oldum.

"Biliyorum ama senden adını duymak ve bu şekilde tanışmak istiyorum." İlk önce bir şey söylemedi fakat sonrasında sınıfta olduğu gibi aptallığıma güldü. Dışarıdan birisi komik bir espri yaptığımı düşünebilirdi fakat öyle bir şey söz konusu değildi.

Bir adım atarak bana doğru yaklaştı. Bakışları gözlerimden aşağıya doğru kayarken "Benim peşime düşerken küçük bir kız çocuğu gibi dikkatsiz olmayı bırakıp bağcıklarını bağlamalısın," dedi. "Yere düşersen beni izleyemezsin, Takipçi. Ben bazen çok hızlıyımdır."

Kokusu burnuma doğru hafifçe gelmişti fakat tam olarak adını koyamamıştım. "Emin ol bağcıklarımın üzerine basıp düşmek, seni kaçırmaktan daha önemsizdi çünkü zaman kaybını sevmem." Gözlerini ayakkabılarımdan çekti, yüzümü incelerken dalga geçen ifadesi silinmemişti. "Adını söylemeni istiyorum." Elimi yine havaya kaldırdım ve hevesle yüzüne baktım. "Tekrarlayalım. Ben Helin." Bu üçüncüydü ve dördüncüyü tekrar etmeyecektim.

Ne istediğini biliyordum, amacımı söylememi istiyordu ama içimden bir ses bu oyunun onun da hoşuna gittiğini dile getiriyordu. Bir yandan da ona ulaşabileceğim bütün yolları kendi ellerimle mahvettiğimin farkındaydım. Artık yapabileceğim hiçbir şey kalmamıştı.

Yağmur biraz daha hızını artırmıştı ve yüzüne damlalar vurmaya başlamıştı. Yüzü, daha önce gördüğüm hiçbir erkeğin yüzüne benzemiyordu. Farklı yüz hatları, farklı bakışları, farklı bir ifadesi vardı. O farklıydı, tamamen farklıydı ve dikkat çeken en önemli tarafı farklı olmasıydı.

Elime baktı ve kısa bir an düşündü. Bu kadar zor olmamalıydı ama o da benimle oyun oynamak istiyormuş gibiydi. Hiç beklemediğim anda elime rubik küpünü bırakınca neler olduğunu anlayamadım. "Madem oyun oynamayı çok seviyorsun, bu zor oyunu da tamamla," dedi ve geriye doğru bir adım attı. "O zaman zaten bildiğin adımı belki söylerim ve zaman kaybetmeden tanışırız."

Gerçekten oyun oynamaktan keyif alıyordu, bakışlarından bu anlaşılıyordu. Hiçbir şey söyleyemedim ve elimdeki renkli küpe baktım o ise sırtını bir an bile düşünmeden bana döndü ve arabaya doğru ilerledi.

Başımı küpten kaldırmadım. Arabanın kapılarının açıldığını duydum ve bindiklerini anladım. Birkaç saniye sonra motor sesi yükseldi, ardından araba kayarak önümden geçti. Ben ise küpü uzunca bir süre izledim ve daha önce hiçbir şekilde rubik küp birleştirmediğimi düşündüm.

Zordu ama imkânsız da değildi.

Hangi durumun içerisine düştüğümün farkında mıydım? Bir çukurda değildim, aksine yeryüzündeydim ve ayaklarım yere sağlam bir şekilde basıyordu. Sorun da burada başlıyordu, yeryüzünde ayaklarım sağlam bir şekilde basarken kendi kendimi o çukurun içine iteklemeye çalışıyordum.

Arka cebime koyduğum telefonum titremeye başladığında gözlerimi renkli küpten ayırdım ve telefonu cebimden çıkardım. Ekrandaki isme baktığımda gergin kaşlarım rahat bir pozisyona geçti ve ekranı kaydırarak telefonu kulağıma yaklaştırdım.

"Seni izliyorum." Gözlerimi kıstım ve okulun etrafındaki arabalara tek tek göz gezdirdim, en sonunda beyaz arabanın içinde onunla göz göze geldiğimde hafifçe tebessüm etti, penceresi açıktı. "Arabaya doğru gel."

Hiçbir şey söylemeden telefonu kapattım ve arabaya doğru ağır adımlarla yürümeye başladım, en başından beri olan biteni izlediklerinin farkındaydım fakat bunun yüzüme vurulması rahatsız olmama neden olmuştu. Rahatsızlığımı ise hiçbir şekilde belli etmek istemiyordum.

Arabanın arka kapısını açarak içeriye geçtim ve kapattığımda gözlerim yanımda oturan adamla kesişti. Beni baştan aşağı süzdükten sonra şoför koltuğunda oturan adamın omzuna dokundu ve hareket etmesini söyledi. Birkaç saniye içerisinde araç hareket ettiğinde sözü onun yerine ben üstlenmek istedim.

"Olmuyor." Dudağımdan çıkan tek kelime, gözlerindeki ifadenin değişmesine neden oldu. Benden böyle bir şey beklemiyordu.

"Nasıl?" diye sorduğunda duyduklarına inanamıyor gibiydi. "Bu zamana kadar hangi durum olursa olsun bir şekilde kurtuldun, kendini sıyırdın ya da amacına ulaştın. Şimdi ne oldu?"

Gergin bir nefesi dişlerimin arasından verdiğimde yüzümdeki hayali maskeyi çıkardım ve büyük bir ciddiyetle ona doğru tamamen döndüm. "Çok zor. Adım atmama ya da o yolda ilerlememe hiçbir şekilde izin vermiyor. Düşündüğümden çok daha zeki biriymiş, haklıymışsın." Omzumu indirip kaldırdım. "Pes ediyorum, yerime başkasını bulun."

Gözlerimin içine, söylediklerime hâlâ inanamıyormuş gibi bakıyordu fakat daha derinlerinde hayal kırıklığının tadını almıştım. "O adamın zekâsının üstünlüğü yüzünden pes ediyorsun yani, öyle mi? Doğru mu anlamışım?" Başını olumsuz anlamda iki yana salladı. "Koza senden başka kimseyi görevlendirmek istemiyor, biliyorsun."

Düşündüğüm gibi hassas bir noktadan değiniyor ve damarıma basmaya çalışıyordu. "Cem abi," dedim hiddetle. "Konu sadece zekâ değil. Bütün yollarım kapandı, her yöntemi denedim." Cem abi sessizliğini korurken koyu yeşil gözlerini benden ayırdı ve camdan dışarıya doğru baktı. Bir şeyler olduğunu sezdiğimde, "Ne oldu?" diye sordum merakla. "Bir şeyler var."

"Aslında..." dedi ve sustu. Büyük bir merakla onun yüzüne bakmaya devam ediyordum fakat o bana bakmıyordu. Kırklı yaşlarındaydı, en başından beri yanımda olan kişiydi. Ona sevgim yoktu ama saygım vardı. Kolunu tuttum ve bana bakmasını sağladım. Gözlerimdeki merakı gördüğünde "Koza'nın tercih etmek istemediği ama kolaylıkla halledebileceğimiz bir yolumuz daha var," diyerek kaşlarını havaya kaldırdı. Ona yorgun bir ifadeyle bakmaya çalıştığımda ellerini havaya kaldırıp "Tamamen bizim halledeceğimiz bir durum," diye açıklamada bulundu. "Fakat sen vazgeçmek istediğini söylüyorsun."

Sesinde kırgınlık mı, yoksa korku mu vardı, anlayamamıştım. Cem abi de benim gibi emirleri başkasından alıyordu ama o daha fazla zarar görüyordu, bunun farkındaydım. "Seni bu yaşıma kadar hiçbir zaman yarı yolda bırakmadım, bunu biliyorsun." Cümlenin devamını, bu sefer yarı yolda bırakacağımı söyleyerek getirmek istiyordum çünkü girdiğim yolda başkalarına zarar verirken kendimin de zarar göreceğini az çok anlamıştım. "Fakat bu iş..." Doğru kelimeyi aramaya çalıştığımda kısa bir sessizlik oldu. "Oldukça ciddi, önemli ve herkesi etkileyecek bir iş. Hepimiz zarar görebiliriz, sadece onlar değil. Bu zamana kadar birçok iş yaptık fakat bu hem can alır hem can verir, bunun da farkındasın."

"Ve sen de biliyorsun," dedi ardından bakışları kısıldı. "Çıktığımız hiçbir yoldan geri dönmemek için yeminler ettik. Can almaya ve can vermeye başlandı, sen farkında değil misin? İstesen de kaçamazsın, Helin."

Uzun bir süre birbirimize baktık. Öyle uzun süre baktık ki benim çocukluğum ve onun gençliği yanımızda oturdu ve onlar kendi aralarında konuşurken biz sessizliğimizi korumaya devam ettik.

En sonunda bakışlarını kaçıran ben oldum ve pencereden dışarıya doğru baktım; tam karşıda bir kız çocuğu duruyordu ve hemen yanında babası elini sıkıca tutmuştu. Yağmurdan korunmak için babasının montunun içine şımarık bir şekilde girmeye çalışıyor, babası ise saçlarını okşuyordu. Benim hayatım hiçbir zaman o kız çocuğunun saklanmaya çalıştığı güven veren montunda olmamıştı ama ben hep öyle olmasını dilemiştim.

Hiçbir zaman da normal hayat sürebilen biri olmamıştım ve bu saatten sonra da öyle birisi olamayacaktım; bunu kabullenmek bile saklanmamam gerektiğini bana haykırıyordu.

"Pekâlâ," dedim ellerime tekrardan kelepçelerin vurulmasına neden olarak. "Yeni yol nedir? Ne yapacaksınız?" Pencerenin camının kapanması için düğmeye bastım, kız çocuğunu artık görmek istemiyordum.

Cem abinin telefon sesi sanki benim tekrardan geri dönmemi bekliyormuş gibi çalmaya başladı.

Bana hiçbir şey söylemeden telefonu açtı ve "Önder," dedi net bir sesle. Bu ismi bildiğimden hızlıca başım ona doğru döndü ve kaşlarımı kaldırdım. Önder Sarca'yı kısa bir an dinledi. "Helin," dedi adımı söyleyerek. Diğerinden daha uzun süre dinledi ve gözleri gözlerime tırmandı, yıldızların yeşil gözlerinde parladığını hissettim. "Akşam yanına geliyor, kararından pişman olmayacaksın. Dosyasını zaten sana göndermiştik."

Birkaç önemsiz kelimeden sonra telefonu kapattığında şaşkınlık, endişe, merak ve heyecan beni çepeçevre sarmıştı. Duygularım Cem abiye geçmiş olmalı ki yüzüne ürkütücü bir tebessüm ulaştı. "Sen bir aydır grubun liderine ulaşmak için çabalarken biz de farklı bir şekilde çabalıyorduk ve istediğimiz sonuca ulaştık."

"Aklımdan geçen olamaz," dediğimde şaşkınlığımdan dolayı gülmeye başlamıştım. "O kadar da değil."

"O kadar," dedi Cem abi ve çenesini dikleştirerek bana küçüklüğümden tanıdığım o üstün bakışını attı. "Önder Sarca'nın grubuna dâhil oluyorsun."

"Koza?" dedim. İlk sorduğum o oldu. Hiçbir cevap vermedi ama bir işler karıştırdıklarını anladım.

Elimde tuttuğum renkli küpe bakışlarım döndü ve parmaklarımın arasında döndürürken, düşüncelerimin yönü de küpteki renkler gibi ışıldıyor, sönüyor ve hareket ediyordu. O renkler hareket ederken ise bütün düşüncelerimi renklerin içine hapsediyordum; en belirgin renk ise benim içime çoktan hapsolmuş olan beyazdı.

Tam karşımda Önder Sarca vardı ve oturduğu sandalyenin önündeki ahşap masaya parmaklarını birkaç kez vurup beni izlemeye devam ediyordu. Hava çoktan kararmıştı, yağmur ise ne çok fazla ne çok hızlı yağıyordu. İzlemekten en zevk aldığım şey olan yağmurun yağışını, Önder Sarca'nın karşısında durarak kaçırıyordum.

"Seni nelerin beklediğini biliyor musun?" Benim hakkımda neredeyse her şeyi biliyordu, eline bütün bilgilerim ulaşmıştı ve beni neden, nasıl, ne uğruna kabul etmişti bilmiyordum ama sonuç olarak onun yanındaydım. Hakkımdaki çoğu soruya yanıt bulduktan sonra böyle bir soru yöneltmesi, beni korkutmaya çalışmasından kaynaklanıyordu. "Cem, seni nelerin beklediğini anlattı mı?"

Tek bir konu dışında tamamen dürüst olacaktım. "Tam olarak değil." Önümde birleştirdiğim ellerimle oynarken koyu renk gözleri beni öyle dikkatli izliyordu ki her hareketime dikkat etmek zorundaymışım gibi hissediyordum.

Kırlaşmış saçlarıyla bir seksen boylarında bir adamdı. Geniş omuzları düşmüştü ve yüzündeki kırışıklıklar yaşının ilerlediğini gösteriyordu fakat bakışları daima güçlüydü. Burnunun üzerindeki dikiş izleri kaç defa kırıldığını kendi kendime sorgulamama sebep oldu.

"Çok kötü." Açık sözlüydü, bu yönü bana benziyordu. "Belki de düşündüğünden çok daha kötü yollara gireceksin, bunu istiyor musun gerçekten?"

Omzumu umursamaz bir şekilde indirip kaldırdım. "Çok kötü yaşamanın bana hiçbir etkisi olmayacaktır çünkü hiçbir zaman iyi bir hayatım olmadı."

Verdiğim yanıt onun daha fazla dikkatini çekmemi sağlamıştı. "Sana nasıl güveneceğim?"

Kendimi ona kanıtlamaya çalışmak yerine, "Zamanla?" dedim sorgular gibi bir sesle. "Şu an isteseniz de bana güvenemezsiniz ama bilmelisiniz, size elimden geldiğince hizmet etmeye çalışacağım."

"Bana resmi konuşmana gerek yok," dediğinde oturduğu sandalyeden kalktı ve yanıma doğru ilerledi. Gözleri gözlerimi yine çok dikkatli bir şekilde istila etmeye başladığında ben de aynı şekilde ona baktım. "Çocuklarım hiçbir zaman benim hizmetçim değildir ve ben hiçbir zaman diğerleri gibi olmadım."

Önder Sarca tam olarak anlattıkları gibi bir adamdı, yine de şaşırmadan edemedim ve şaşkınlığım ona da geçti. Gerçekten böyle miydi? "Peki, ben sizin iyi niyetinize nasıl inanacağım?"

Güldü. "İnanmak zorunda değilsin ama ben sana güvenmek zorundayım, bunu biliyorsun."

Ona şart koyma ya da üstünlük kurma hakkım şu an için yoktu, bunun zaten farkındaydım ama az da olsa o da benim nasıl birisi olduğumun farkına varmalıydı. "Siz beni gruba dâhil etmeyi nasıl kabul ettiniz? Bildiğim kadarıyla ailenize kimseyi almıyordunuz ve diğerlerinin aksine ailenizden kimseyi de çıkarmıyorsunuz."

Ailenin üzerine yaptığım vurgu hoşuna gitmiş olacak ki hafifçe tebessüm etti ve bana biraz daha yaklaştı. "Neden kabul ettiğim de bana kalsın, Helin." Her kelimeye önem verdiği çok belliydi. "Kendi ağzınla söylüyorsun, biz bir aileyiz, diğerleri gibi değiliz." Duraksadı ve bakışlarına tehditkâr bir ifade usulca yerleşti. "Aile, erişebileceğin en güzel sıcaklıktır. Şunu da unutma, bir aile parçalanırsa hiç hissetmediğin soğukluğu hisseder, sıcaklığa bir daha ulaşamazsın. Daha önce iyi bir hayatın yok diye yeni hayatında hissettiğin sıcaklığı sakın buza dönüştürmeye çalışma." Beni ilk defa üstü kapalı tehdit ediyordu ve bunu ailesi için yapıyordu.

Ne demek istediğini anlamıştım ve başımı olumlu anlamda aşağı yukarı sallayarak "Ailene zarar vermeyeceğim," dedim. "Bir gün o aileyi parçalayacak olursam kendimi de parçalar atarım, emin olabilirsin." Artık dürüst değildim.

Samimiyetimi anlamak istermiş gibi uzun bir süre boyunca bir şeyler daha söylememi bekledi fakat benim ona başka söyleyebileceğim hiçbir şeyim yoktu. En sonunda, "Sahiden," diyerek geriye doğru bir adım attı ve kollarını önünde bağladı. "Senin hakkında birçok şeyi biliyorum ama sen yeni ailen ve ailenin üyeleri hakkında bir şeyler biliyor musun?"

"Hemen hemen," dediğimde gözlerim masanın arka tarafında kalan duvardaki çerçeveye takıldı. Önder Sarca ve yanında beş tane çocuk fotoğraf çekilmişti. Liderlerine bakıyordum. Fotoğrafta tek gülümsemeyen yüz ona aitti. "En yakından tanıdığım lideriniz, diğerleri hakkında pek fikrim yok fakat hepsinin özel insanlar olduğuna eminim."

Tek kaşını havaya doğru kaldırdı ama lideri nereden tanıdığımı sorgulamadı. "Onlarla tanışmaya hazır mısın?"

"Onlar benimle tanışmaya hazır mı?" Benden daha çok onların hayatları değişecekti, bunun farkındaydım.

"Sence?" diye sorduğunda hazır olsalar da beni istemediklerini anlamıştım. "Onların sana alışması ve senin onlara alışman çok ama çok uzun zaman olacak." Biliyordum, bunun farkındaydım fakat çok da umurumda değildi.

Dışarıdan bir korna sesi yükseldiğinde Önder Sarca kapıya doğru baktı ve "İşte geldiler," diyerek kapıya doğru yöneldi. Korna sesi, bir arabanın kornasına ait değildi ve bu tuhaftı.

Hiçbir şey söylemedim ve Önder Sarca ile birlikte kapıdan dışarıya çıktık. Yağmur çok daha fazla yağmaya başlamıştı ve hava da olduğundan daha fazla serinlemişti. Gözlerim sokağın karşısına doğru baktığında kolumla yüzüme hafifçe siper almıştım, yağmurdan korunmaya çalışıyordum.

Sokak lambası hepsinin yüzünü tek tek aydınlatıyordu ve hiçbiri yağmurdan korunma adına bir çaba sarf etmiyordu. Önder Sarca'nın arkasından çıkıp öne doğru birkaç adım attığımda gözlerim hepsinin gözleriyle kesişti ve yağmurdan korunmayı bıraktım. Korna sesi düşündüğüm gibi bir arabaya ait değildi, hepsinin altında bisikletleri vardı ve bisiklet kornasının sesiydi.

Sağ köşede bir çocuk ve bir kız duruyordu; birbirlerine çok benziyorlardı ve diğerlerinden daha çok birbirlerine yakın duruyorlardı. İkisi de inip bisikletlerini yavaşça yere bıraktılar.

"İkizler," dedi Önder Sarca açıklama yaparak. Baktığım yönü görmüştü. "Mutlu ve Işık. Grubun elleridir, anahtarıdır. Birisi olmadan, diğeri de var olamaz." İkisi de aynı boydaydı ve aramızda birkaç santim vardı. Sarı saçları karanlığa rağmen altın gibi parlıyordu ve Işık'ın saçları omzuna doğru düşmüştü. Mutlu'nun saçları ise çok uzun olmamasına rağmen geride toplanmıştı. Sakallarını kesmişti ve kıyafetleri rengârenkti, fosforlu mor bir mont giymişti.

Yüzümde hafifçe tebessüm oluştu ve tebessümüme tek karşılık veren Mutlu oldu. Çok da samimi bir gülüş değildi ama elini hafifçe kaldırıp selam verdiğinde ben de elimi kaldırıp onun aksine samimi bir şekilde güldüm. Işık ise hiçbir tepki vermeden bana bakıyordu.

Sol köşeye bakışlarım kaydı ve onu zaten tanıdığımı hatırladım. Okula sürekli farklı lüks arabalarıyla gelen iri adamdı fakat bugün diğer günlerin aksine altında bir bisikleti duruyordu, bir ayağı pedaldaydı ve her an gitmek istiyormuş gibiydi. En kalın bisiklet tekerlekleri onun bisikletindeydi. Tam olarak kendine yakışan bisiklete binmişti.

"Bartu," dedi Önder Sarca. "Grubun gücüdür, ellerin yumruğa dönüşüdür. Onunla geçinmek oldukça zordur ama tanıdığında çok seversin." Yüzüne bana bir tepki vermesi için baktım ama öyle ifadesiz bakıyordu ki beni görmediğini bile düşündüm. O sırada elimi kaldırıp ona selam verdiğimde gözleri elime kaydı. Kendi isteğiyle tamamen beni görmezden gelmek istiyordu. Hiçbir şekilde karşılık vermedi ve Önder Sarca'ya baktı; grubun en büyüğü olduğu çok açıktı. Grubun en öfkelisi olduğu da.

Sertçe bir bisikletin bırakıldığını fark ettiğimde gözlerim liderin arkasındaki silüete döndü ve o silüet de liderin arkasından çıkarak öne doğru bir adım attı. Onu da tanıyordum. Hep gördüğüm siyah saçlı kızdı. Beni sürekli fark eden ve sürekli fark ettiği hâlde bakışlarını bir an bile kaçırmayan o kızdı. Ürpermeme Bartu değil, o kız sebep olmuştu.

"Lâl." Adı tuhaf bir şekilde hoşuma gitmişti. "Grubun bacaklarıdır, hızıdır, kurtuluşudur. Göz bebeğimizdir." Önder Sarca, Lâl'den bahsederken sanki bir hazineden bahsediyormuş gibiydi. Onun gözlerinin içine bakmak içimin ürpermesine daha fazla neden olsa da bakışlarımı ondan ayıramıyordum. İfadesiz bakmıyordu, daha çok ifadesinde bir öfke vardı ve nedenini anlayamıyordum. Onunla temas bile kurmaya çalışmadım çünkü karşılık bulamayacağıma neredeyse emindim.

"Tuhaf," diye fısıldadığımda sesim farkında olmadan büyülenmiş gibi çıkmıştı. "Hepsi tek tek bir insanın vücudunu oluşturuyormuş gibi. Birisine bir şey olursa o insan yaşayamazmış gibi. Çok farklı bir bağ."

Gözlerim en sonunda liderlerine döndüğünde bana en yakın olan kişi turkuaz gözlerin sahibiydi. Bisikletini yan tarafına almış, tek eliyle tutuyordu ve bakışları benim üzerimdeydi. Önder Sarca açıklama yapmak istediğinde elimi kaldırıp onu susturdum ve bu tepkim onu şaşırttı.

Öne doğru birkaç adım attığımda beni karşısında görmenin şaşkınlığını yaşamıyormuş gibiydi ya da bunu çok iyi gizliyordu, bilemiyordum.

Elim, yavaşça montumun cebine gittiğinde bakışlarımı ondan ayıramıyordum ve içimdeki ona karşı açtığım kişisel savaşın nedenine bir türlü anlam veremiyordum. Gözlerini kıstı ve her hareketimi incelerken cebimden bana öğlen vermiş olduğu renkli küpü çıkardım; gözleri o noktaya kaymadan küpü havaya kaldırdım ve hiç beklemediği anda ona doğru attım.

Çevik bir hareketle küpü havada tuttuğunda gözleri bir süre daha üzerimde gezindi ve ben de ona doğru daha fazla yaklaşıp tam karşısında durdum. Aramızda bir adımlık bir mesafe kalmıştı.

En sonunda elindeki küpe baktığında sessizce, "Tamamladım," dedim, zafer kazanmış gibi gülümsedim. "Bahsettiğin kadar zor bir oyun değilmiş, ne dersin?" Küpü elinde çevirdi ve her rengin doğru yerde olduğunu fark ettiğinde onun da yüzünde benimki gibi şeytani bir gülümseme oluştu.

Küpten gözlerini ayırdı ve bana baktı; turkuaz rengi gözleri tam gözlerimin içine bakarken başını hafifçe omzuna düşürdü ve küpü cebine koyduktan hemen sonra elini öne doğru uzattı. Dudakları hafifçe araландığında "O hâlde tanışalım," diye mırıldandı. "Yankı Sarca." Elimi hiç düşünmeden öne doğru uzatıp elini tuttuğumda parmakları sıkıca elimi tuttu ve ben de aynı şekilde karşılık verdim.

Yaşadığımı hissetmek için çıktığım bu yolda başka bir duygu daha göğsümün ortasına o an oturdu, hiç olmayacak bir zamanda hem de.

Duygunun adı umuttu. Daha önce hissetmediğim bir umuttu ve nedenini bilmiyordum.

2.

MERHAMET

Çocukların gözlerinin içine hiç dikkatli bir şekilde baktınız mı?

Çocuklar, gözlerinin içinde bütün duyguları barındırır ve o duygulara erişmek oldukça kolaydır bana kalırsa. İsteklerinin, doğrularının, yanlışlarının, sevinçlerinin, üzüntülerinin gözlerinin içinde yer aldığına ve o gözlerin içine bakarken duyduğumuz şefkatin oradan geldiğine inanırdım.

Şu an ise karşımda beş küçük çocuk varmış gibi hissediyordum ve bir o kadar beş olgun kişi. Hepsinin gözlerinin içindeki çocukluğu görebiliyordum ama hiçbirinin gözünün içindeki duyguları okuyamıyordum.

Gözlerinin içine en dikkatli baktığım kişi Yankı'ydı ama onda da erişebildiğim hiçbir duygu yoktu. Tek görebildiğim boş bir odaydı.

Elini çeken ilk kişi Yankı oldu. Düz kaşlarının gergin duruşu düzeldi, kirpiklerinin arasından yüzümü incelerken ben de bakışlarımı bir an olsun onun yüzünden ayıramıyordum. Gözlerindeki çocuksu ifadeyi en fazla saklayabilen kişi Yankı Sarca'ydı; grup hakkında ilk fark ettiğim buydu.

Arkamızda kalan Önder Sarca, bizim yanımıza doğru yürüdü ve tam yanımızda durduğunda Lâl ve Bartu'nun da hareketlendiğini gördüm. Yağmur şiddetini durdurmak yerine daha da artırmıştı; Yankı'nın saçları alnına doğru düşmüştü.

"Helin seni tanıdığından bahsetmişti." Önder'in sesi, daldığım düşüncelerden kendime gelmeme neden oldu ve bakışlarım ona doğru yöneldi. Tam cevap vereceğim sırada Yankı sözü aldı.

"Beni tam olarak tanıdığı söylenemez," imalı bakışları hâlâ üzerimdeydi, "eğer tanısaydı bir aydır yaptıklarının çeyreğini yapmazdı."

Ne demeye çalıştığını anlamamıştım ama korkutmaya çalışmış olabileceğini düşünerek hafifçe tebessüm ettim. "Cesur biriyim, korkaklık pek bana göre değil."

Yankı'nın tek kaşı havaya doğru kalktı ve alaya alırmış gibi, "Bu yüzden çeyreğini yapmazdın," dedi ve dakikalar sonra benden bakışlarını ayırarak Önder'e baktı. "Cesareti, isteklerinin peşine düşmek ya da korkaklık olmadığını savunan birisi var karşımızda. Bize ayak uydurabileceğine emin misin?"

Önder Sarca'nın cevap vermesini bile beklemeden, "Seni tanısam neden çeyreğini yapmazdım? Cesaret senin için nedir?" diye sordum. "Korkulacak birisi olduğun için değil mi?"

Yankı bembeyaz dişlerini sergileyerek geniş bir şekilde güldü ama o kadar samimiyetsiz, o kadar uzak birisiymiş gibi güldü ki kendimi bir aptalmış gibi hissetmiştim. "Korkulacak birisine göre fazla masumum bence?" Başını hafifçe yana yatırdı ve gözlerine bir anda sanki masumiyet erişti. Öyle güzel rol yapıyordu, öyle güzel maske takıyordu ki şaşkınlığımı belli etmemek için çaba sarf ettim. "Ayrıca o kadar da klişe bir adam sayılmam."

"Senden korkmamı bu yüzden peşine düşme cesaretini göstermemem gerektiğini savunuyorsun," diyerek direttim ve ben de onun gibi gülmeye çalıştım ama çok zordu.

"Yanlış," dedi Yankı ve dudaklarını büktü. "Cesaret senin düşündüğünün aksine daha zordur ve sen zoru henüz görememiş biri gibi konuşuyorsun."

"Bunu bilemezsin," dedim sakin bir sesle.

Gözlerimin içine bakmaya devam etti. "Ayrıca korkak olmamak bir tercihtir," dedi aklıma kazınacak bir cümleyi bana bahşederek. "Bir cesaret örneği değil."

"Onu küçümseme." Önder Sarca aramıza girdiğinde grubun diğerlerinin bizi dinlediğini sonradan fark etmiştim. "Dosyasını gördün, okudun mu?"

Önder mi Yankı'dan emir alıyordu, Yankı mı Önder'den?

"Her türlü dövüş dalıyla ilgileniyormuş ve hepsinde iyiymiş. Silah kullanmayı da biliyormuş. Başka? Bartu'nun kadın haline çok da ihtiyacımız yoktu." Gözlerim Bartu'ya kaydı ve ifadesiz gözlerle Yankı'nın sırtını izlediğini gördüm, Yankı ise işaret parmağıyla üç kere şakağına vurdu. "Önemli olan burası," diyerek beni hangi noktadan küçümsediğini gösterdi. "Ve bir aydır gördüğüm kadarıyla kafasının içindekini pek kullanamıyor."

Yediğim lafın etkisiyle kaşlarım çatıldı ama Önder Sarca benim aksime gülümsedi ve elini Yankı'nın omzuna koydu. "Dosyasının hepsini okumamışsın, boş biri değil."

Susup geri çekilmemi ya da ona boyun eğmemi mi bekliyordu? Onu taklit ederek işaret parmağımı şakağıma bir kere vurup "Burayı kullanmasaydım," diye fısıldadım. "İstediğime ulaşamazdım."

"Neymiş istediğin?"

"Aklında bu kadar yer etmezdim." Yüzümde gerçek bir şeytani tebessüm oluştu. "Bir aylık çabamın her ânı zihninde. Etkilenmiş görünüyorsun, ha?"

Yankı'nın yüzünün değişmesini ya da bozulmasını bekledim ama bunun aksine, "Seninle alakalı değil," dedi kendinden emin bir sesle. "Ben dikkatliyimdir." İnanmadım. "Ayrıca senin istediğin aklımda yer etmek değildi, senin derdin benim hayatımı ezberlemekti ve ben de sana o izni verdim."

Fazla sakin bir adamdı. "Yine kendinden çok emin konuştun."

Yankı gözlerini kıstı ve alt dudağını içeriye doğru kıvırdı. "Ne yani? Aklımda yer etmek mi istedin? Bu olayı romantik kılar öyle değil mi? Yoksa sen benden?" Kaşları çatıldı. "Gerçekten mi?"

"Ne?" dedim anlamıyormuş gibi.

"Belli ki Takipçi sadece hayatımı ezberlemek istememiş, benden etkilenmiş de."

"Hayır," diyerek hızlı bir cevap verdiğimde kendimi fare kapanına kısılmış gibi hissetmiştim.

"Daha ne kadar bekleyeceğiz?" Yankı'nın arka tarafında kalan ikizlerden kız olan Işık homurdandı. "Yağmurdan sıçana döndük ve ailemizin yeni seksi üyesi için," dedi imalı bir şekilde, "bunu yapıyoruz. Bir an önce eve gidebilir miyiz?"

Mutlu dirseğiyle Işık'a vurdu. "Ondan seksi diye bahseden bendim, neden repliğimi çaldın?"

Işık kızgın gözlerle kardeşine baktı ve o da dirseğiyle vurdu. "Ne zaman bahsettin?"

Mutlu güldü ve ellerini iki yana açıp "İkizler arasında telepati olduğunu ne zaman kanıtlayacağım diye düşünüyordum," dedi. "İç sesimi duydun ve aynısını tekrar ettin."

"Mutlu." Ses Bartu'dan çıkmıştı ve ona baktığımda kaşları çatık bir şekilde Mutlu'ya baktığını gördüm. "Yine çok konuştun." Mutlu, Bartu'nun verdiği tepkiden sonra sustu ama yüzündeki gülümseme silinmedi. Pozitif enerjisi anında karşı tarafa geçen biriydi ve

Mutlu'ya bakarken anlık olarak kendimi huzurlu hissetmiştim. "Sıkıldım," dedi Bartu, Önder Sarca'ya dönerek. "Işık doğru söylüyor, artık gidelim."

Yankı, başını yan çevirdi ve göz ucuyla Bartu'ya baktı. Tek sessiz kalan Lâl'di ama onun da gözlerindeki öfkeyi en başından beri görebiliyordum. Grupta Mutlu dışında kimse beni istemiyordu, belki de Mutlu da istemiyordu.

"O hâlde siz bisikletlere binin," dedi Önder Sarca. "Ben de Helin'i alıp eve geliyorum."

"Ev?" Bartu öne doğru çıktı ve Lâl'in de hareketlendiğini hissettim. "Onun bizim evimizde ne işi var?"

"Sizi tanıması gerekiyor, evi tanıması gerekiyor, her şeyi bilmesi gerekiyor." Önder, Bartu'yla konuşurken sürekli sabır sınırlarını zorluyormuş gibiydi.

"Eve gelmesine gerek yok bunun için." Işık öyle sert bir ses tonuyla söylemişti ki kaşlarımı çatıp ona bakmak zorunda kaldım. Lâl, birkaç saniye de olsa kafasını salladı ve gözleri Önder'in üzerinde gezindi. Önder ise gözlerini Yankı'ya çevirdi ve dudaklarının arasından çıkacak kelimelere muhtaçmış gibi ona baktı.

Yankı, Önder'in üzerinde olan bakışlarını bana çevirdi ve yüzümdeki kızgınlığı fark etmiş olacak ki hayrete düşmüş gibi kaşlarını kaldırdı. Kendimi savunmak istedim ama en başından beri dışlanacağımın bilincinde olduğum için söyleyebileceğim hiçbir şey yoktu.

Her şey Yankı'nın söyleyeceklerine bağlıydı.

"İzin verelim de eve gelsin, bizi tanısın," dedi Yankı ve sesinde farklı bir duygu hissettim. "Kabul etmemiz gerekiyor ki ailemizin yeni bir ziyaretçisi var ve bu yeni ziyaretçinin eğitilmesi gerekiyor."

Ziyaretçi.

"Benim eğitilmeye ihtiyacım yok," diye mırıldandığımda aslında sesim öfkeden dolayı titremesin diye kısık sesle konuşuyordum. "Benden bir hayvanmışım gibi bahsetme."

Ona başkaldırmıştım ve sanki buna alışık değilmiş gibi bir anlığına afalladı fakat ardından düzeltti. "Sakin ol, Takipçi," dedi o da kısık bir sesle. "Biz hepimiz çocukluğumuzdan beri eğitildik ve emin ol eğitilirken bir hayvandan farkımız yoktu. Sen insan olarak eğitileceksin ve bunun daha kötü olacağına emin olabilirsin."

Gözlerindeki yaşanmışlığı bir anlığına gördüm ama o yaşanmışlığın toz olup uçması saniyeleri almadı. Ne demek istediğini anlayamamıştım ama onun ne yaşamış olabileceğini merak etmeme neden olmuştu.

"Gidelim," dedi Önder konuyu kapatmak istermiş gibi ve benim omzuma dokunarak arabasını gösterdi. "Ev çok yakın, onlar bisikletleriyle giderken biz de arabayla eşlik edelim."

Yankı, hiçbir şey söylemeden bana bakarak geriye doğru adımlar attı ve en sonunda bisikletine bindi. Diğer üyeler de bisikletlerine bindiğinde önümde sıkıca kavuşturduğum ve uyuşmaya başlayan kollarımı gevşetip Önder Sarca ile beraber arabasına yürüdüm.

Gözlerim tekrardan Yankı'ya döndü ve üzerindeki kot ceketinin renginin koyulaştığını, turkuaz rengi gözlerinin o koyu rengi aldığını gördüm. Karanlık sokağa rağmen parlayan gözleri bir an olsun benden ayrılmıyordu; beni izleyen diğer gözler de vardı ama en rahatsız edeni Yankı ve Lâl'in gözleriydi.

Araca bindiğimiz anda dışarısının ne kadar soğuk olduğunu fark etmiştim, vücudum kasılmıştı. Üzerimdeki deri ceketim sırılsıklamdı ve içime giydiğim siyah kazağım da ıslanmış olmalıydı.

Önder motoru çalıştırdığında beş tane bisiklet önümüze dizildi ve arabanın hareket etmesini beklediler. Önder arabayı hareket ettirdiğinde onlar da pedalları çevirdi ve eve doğru ilerlemeye başladık.

İlk konuşan Önder Sarca oldu. "Sana alışacaklardır." İç sesim, hiçbir zaman alışamayacaklarını söylüyordu ama sessiz kaldım. "Onlar birbirlerine bile birkaç senede alıştı."

"Kaç senedir birlikteler?" Bu merak ettiğim bir ayrıntıydı.

Önder, derin bir nefes aldı ve nefesini verirken sanki seneler önünde devrildi. "On beş sene."

On beş. On beş sene. "Sürekli yan yana mıydılar?" O kadar sene aralarında oluşan bağı hayal bile edemiyordum. Beni aralarına kabul etmemeleri kadar normal bir şey yoktu.

"Hemen hemen," dedi Önder ve bu sorudan rahatsız olduğunu anladım. "Bartu ve ikizler bir an olsun benden ayrılmadı ama Yankı ve Lâl bir dönem yanımda değildi."

İkisinin Önder'den uzak kaldığı bir dönem olmuştu. Ayrı ayrı değil, beraber. İkisinin arasında farklı bir bağ olmalıydı, diğerlerinden daha farklı bir bağ. Aşk? Lâl'i öfkelendiren belki de buydu.

Gözlerim hepsinin sırtına kaydı ve en önde bisikleti süren Yankı'ya baktım. "Hepsinin bir özelliğini tanıtırken söyledin. Peki ya Yankı?"

Önder Sarca gülümsedi ve gözlerim gülümsemesine kaydığında bütün duyguları yüzünde gördüm. Yankı onun için hepsinden farklıydı ve bunu her şekilde belli ediyordu. "O grubun zekâsıdır, lideridir, her şeyidir," dediğinde sesindeki hayranlık beni bozguna uğratmıştı. "Yankı olmazsa grubun, yani senin deyiminle o insanın beyin ölümü gerçekleşir. Bir makineye bağlı yaşarlar, tek yapabildikleri nefes almak ve kalplerinin atması olur. Zamanla çürürler, çürüyerek yok olurlar."

Yankı'nın grup için çok önemli olduğunu biliyordum ama bu kadarı beni şaşırtmıştı ve şaşkınlığımı Önder'den gizleyemedim. "Onun zekâsını bu kadar özel kılan nedir?"

Önder Sarca bu soruyu bekliyormuş gibi kafasını olumlu anlamda aşağı yukarı salladı. "Sana onu anlatamam, onu tanıman lazım." Bakışları bana döndü. "Onu gerçekten tanıman lazım."

"Onu tanımama izin vereceğini sanmam," döküldü dudaklarımdan ve bakışlarımı Önder'den ayırarak tekrardan Yankı'nın sırtına baktım. "Hiçbir duygusu yokmuş gibi davranıyor. Sadece dalga geçiyor, başka hiçbir duyguya yeri yokmuş gibi."

"Aksine," dedi Önder Sarca. "Diğerleri değil ama Yankı içinde bütün duyguları barındırır iyisiyle ve kötüsüyle. Önemli olan o duygulara erişebilmektir." Direksiyonu sağa doğru kırdı ve bisikletler de sağa döndü. "Yankı, ulaşması en zor olanıdır ama ulaştığında adının hakkını verdiğini göreceksin."

Daha fazla dayanamadım ve "Ona hayransın," dedim. "Onu diğerlerinden ayırıyorsun."

Bir süre düşündü ve omzunu indirip kaldırdı. "Kendine hayran olmak gibi bir şey," dediğinde diğer cümleme cevap vermeyeceğini anlamıştım. "Onu bulduğumda parçalanmış aynadan kendime bakıyormuş gibi hissetmiştim."

Yankı da Önder Sarca'ya bu derece değer ve önem veriyor muydu? Zamanla anlayacaktım ama içimden bir ses Yankı'nın daha farklı duyguları olduğunu söylüyordu.

"Sanırım en zoru Lâl," dedim konuyu Yankı'dan çıkararak. "Ve şu Bartu. Kocaman olan. Her an beş altı kere beni döndürüp duvara fırlatacakmış gibi bakıyor."

"Dediğim gibi Bartu'yla anlaşmak zordur ama kendini sevdirirsen," imkânsızdan bahsediyormuş gibiydi, "ki bu çok zor ama seni severse onun gerçek yüzünü görürsün. O birilerine çok zor değer verir, hep uzak durur ama severse o kişi için her şeyi yapar. İnanamayacaksın ama grubun en merhametlisi ve bazen de en saf olanı Bartu'dur."

Lâl hakkında yorum yapmak istememişti ve ben de onu bu konuda zorlamamıştım. Araba yavaş yavaş durduğunda başımı çevirip geldiğimiz eve baktım; önümüzdeki bisikletler de durmuştu.

İki katlı ahşap, siyah boyalı ev orta halli görünüyordu. Çatısı kerpiçtendi. İki tane penceresi üstte bir tane penceresi alttaydı, kapısı ahşaptı. Daha önce zile basıp kaçtığım için evi biliyordum ama ilk defa bu kadar dikkatli inceliyordum.

Ev, küçükken çizdiğim resimlerdeki eve benziyordu. Tek eksik olan yan tarafından akan dere ve evin boyundaki ağaçtı. Bir de dağların arasından gülümseyen bir güneş. Huzurlu görünüyordu, hiçbir zaman bu eve ait olamazdım.

Arabadan ilk inen Önder Sarca oldu, ardından beklemeden ben de indim ve gözlerim kapıyı açan Yankı'ya takıldı; hemen arkasında Lâl duruyordu. İçeri art arda geçtiklerinde Önder, elini sırtıma dayadı ve kapıdan içeriyi gösterdi.

Adımlarım ne kadar geriye doğru gitse de ve ne kadar geleceğim geriye adım atmamı haykırsa da o sesi dinlemedim, evden içeriye girdim. Önder kapıyı arkamdan kapattığında başımı çevirip son kez girdiğim kapıya baktım; ilk adımda huzuru hissetmiştim, bu çok tuhaftı.

Herkes ne tarafa gidiyorsa ben de o yöne yürüdüm ve evin içini incelemeye başladım. Hemen girişin yan tarafında bir mutfak vardı ve dışarıdan vuran sokak lambasıyla mutfağın orta büyüklükte olduğunu görebiliyordum. Sol tarafta ise bir oda açılıyordu, herkes o odaya doğru yürüyordu. Odalar büyük ihtimalle ahşap merdivenlerin uzandığı üst katta olmalıydı.

"Hepsi aynı evde mi yaşıyor?" diye sordum Önder'e ve odaya girdim.

Önder'in cevap vermesine izin vermeden Işık sert bir sesle, "Hayır, ayrı ayrı villalarda yaşıyoruz ama sana belli etmemek için bu evde toplandık," dedi, gözlerini devirdiğini gördüm.

Bana en yakın olan Mutlu başını çevirip "Ona aldırış etme," diye mırıldandı kardeşini göstererek. "Dişlerini gösterir ama ısırmaz." Duraksadı. "Desem de inanma, ondan kork."

Başımı ağır ağır aşağı yukarı salladım ve oturma odasına girdiğimizi fark ettim. Yankı ayaklı lambanın düğmesine bastığında etraf sarı loş ışıkla aydınlandı ve incelemeye buradan devam ettim. İki tane üçlü koltuk duvar kenarlarındaydı ve bir masa dışarıdan gördüğüm pencerenin hemen yanındaydı. Duvara monte edilmiş bir televizyon vardı ama tozlu halinden hiçbirinin izlemediği çok belliydi. Duvarlarda içleri birçok fotoğrafla dolu çerçeveler vardı. O kadar çok fotoğraf vardı ki kaşlarımı çatmadan edemedim.

Çocukluklarından bu zamana kadar olan bütün fotoğrafları duvarları süslemişti, genelde dörtlü fotoğraflardı. En az fotoğraf ise Lâl'e aitti.

"Zaman tüneli gibi," diye fısıldadığımda sesli düşündüğümü sonradan fark ettim. Bakışlarım onlara doğru döndü ve masadaki beş tane sandalyeye kurulduklarını gördüm. Bir boş sandalye vardı fakat ona oturacak kişinin de ben değil, Önder Sarca olduğunu biliyordum.

"Lâl küçüklüğünden beri fotoğraflarla çok ilgili," dedi Önder Sarca ve sandalyeyi işaret etti. "Otursana, benim yukarıda birkaç telefon etmem gerekiyor." Duraksayarak hepsinin yüzüne baktım ve Önder sırtımdan beni itekledi. "Otur, alışman," grubun üyelerine döndü, "alışmaları gerekiyor."

Yankı'nın yüzünde daha fazla oyalandım ve bir şeyler söylemesini bekledim. O ise cebinden bir sigara paketi çıkardı ve masaya bıraktı. İçinden sigara aldığında onu takip eden Bartu ve Işık oldu. Çakmağıyla sigarasının ucunu alevlendirdiğinde diğerleri de yakmıştı.

Üzerimdeki ıslak deri ceketi yavaş yavaş çıkarmaya başladığımda o kadar tedirgin görünüyordum ki rol yapmamış olmak beni bile şaşırtmıştı. Ceketi çıkarıp sandalyeye astım ve kısık gözlerle sandalyeye oturdum. Önder Sarca ise ben oturduktan sonra odadan çıktı.

Işık güldü ve başını hayal kırıklığına uğramış gibi iki yana salladı. "Bu çıtkırıldım kızın bizim yanımızda ne işi var hâlâ anlayamıyorum." Beni inceledi ve tiksiniyormuş gibi başını geriye doğru yatırdı. "Kardeşlerimden hangisine âşık olacaksın?" Kardeşlerine döndü. "Hanginiz ona abayı yakacak?"

Gruptaki erkeklerin yüzüne bakarken açık sözlülüğünden ağzım açık kalmıştı ve söylediklerini idrak etmeye çalışıyordum. Dışarıdan nasıl bir izlenim veriyordum, bilmiyordum ama Işık'ın tıpkı kardeşininkilere benzeyen yeşil gözleri küçümsemeyle doluydu. Turuncuya çalan saçları gelişigüzel toplanmıştı ve septum piercingi vardı. Yüzünde makyaj yoktu ve oldukça rahat giyinmişti. Üzerinde kapüşonlu, altında siyah bir pantolon vardı.

"Benim pek tipim değil," dedi Mutlu ve gözlerim onun yeşil gözlerine kaydı. Kıvırcık saçları ıslandığı için düzleşmişti. "Biliyorsunuz, renkli gözlüler dışında kimseyle olmam, ileride yanlışlıkla çocuğum olacak olursa riske atmak istemem."

Işık, Mutlu'nun kafasına vurdu. "Çocuğunun nasıl olmayacağını ve nasıl korunacağını bilmiyor musun?"

"Biliyorum," dedi Mutlu çenesini dikleştirerek. "Erkeklerle yatarak."

Bartu, elini alnına vurdu ve "Mutlu," dedi dişlerinin arasından. "Yine çok konuştun."

"Yine mi?" dedi Mutlu ve ellerini masaya koyarak Yankı'nın yüzüne baktı. "Bir şey söyle, sürekli bana karışıyor." Babasına şikâyet ediyormuş gibi masum bir hava takınmıştı.

"Uzun zamandır seni silkelemedim değil mi?" Bartu'nun sorusu Mutlu'nun yüzünün ekşimesine ve midesini tutmasına neden oldu.

"En son silkelediğinde kusmuştum, inanmamıştın da ardından yüzüne de kusmuştum İri Bebek." İşaret parmağını havaya kaldırıp salladı. "Eğer beni bir daha silkelersen bu defa yüzüne işerim."

Bartu kaşlarını çattı ve "İşemedin mi?" diye sordu. Ciddiyet maskesi yüzündeydi ama derinlerde gülmemek için kendini tuttuğunu anlamıştım.

"Aman be," dedi Mutlu ve gözlerini devirdi. "On altı yaşındaydım ve beni, Yankı'nın cin olduğuna inandırmıştın."

Işık kıkırdadı. "Yankı içeriye kısılmış bir sesle girdiğinde olanları dün gibi hatırlıyorum."

Yankı, başını Mutlu'ya çevirip "Sadece konserden gelmiştik ve şarkıya çok eşlik etmiştim," dedi. Bu detay dikkatimi çekmişti ve onun da bir konsere gidip bağıra çağıra şarkı söylüyor oluşu şaşırtmıştı.

Mutlu dudaklarını büktü. "Ama Zekâ Küpü, o kısık sesin karanlık odada bir cine aitmiş gibiydi ve ilk kurduğun cümlenin ‹Çok açım Mutlu eğer yemek yapmazsan seni yerim' olması da berbat bir rastlantıydı. Sonrası malum zaten..."

"Fıskiye gibi işedin ulan," dedi Bartu ve sesindeki iğrenmeyi duydum. "Bildiğin etrafa saça saça işedin. Sonra beni gördün, kasıtlı yüzüme işemeye devam ettin."

"Sahiden," dedi Işık ve elini çenesine koyarak Mutlu'ya baktı. "Neden şortunu indirip işedin ki?"

Mutlu, Işık'a kırılmış gibi baktı. "Nasıl unutursun?" diye inledi. "Şortun üzerinde en sevdiğim karakter olan Pembe Panter vardı ve o şortu çiş yapacağıma İri Bebek'in yüzünü çiş yapmayı yeğlerdim."

Bir anlığına, sadece bir anlığına beni unutmuşlardı ve aslında kendi içlerinde ne kadar da eğlenceli ve nasıl da kendi dünyalarında olduklarını görmüştüm. Mutlu grubun neşesiydi. O olmasaydı her şey mahvolabilirmiş gibi görünüyordu ve ben bu grupta kendimi daha şimdiden fazlalıkmış gibi hissetmiştim.

Bartu'nun oturuşu değişti ve benim olduğumun farkına varıyormuş gibi konuyu boğazını temizleyerek kapattı.

Yankı hemen karşımda oturuyordu, onun hemen yanında ise Lâl ve Bartu vardı. Lâl masaya oturdu oturalı tırnaklarıyla ahşap üzerinde ritim tutuyor ve bir an bile ritmini şaşırmıyordu. Bartu ise rahat bir şekilde sırtını sandalyeye yaslamış, elleri eşofmanının cebinde beni inceliyordu.

"Kimseyle aşk yaşamak gibi bir derdim yok," dedim Işık'ın yüzüne bakarak ve az önce söylediğine cevap vererek. Aralarındaki konuşmaları dinlememiş gibi davrandım. Kollarımı önümde bağlayıp rahatsız bir şekilde kendimi gizledim. "Erkeklerin dikkatini çekmeye çalışan bir kız gibi mi görünüyorum?"

Yankı hafifçe tebessüm etti ve nedenini anladım; onun dikkatini o şekilde çekmeye çalışmıştım. "Belki de, tanımıyoruz seni," dedi Işık ve saçını kulağının arkasına itekledi. "Tek bildiğim seni hiçbir şekilde gözümün tutmadığı."

Lâl ritmine devam ediyordu ama Işık'a bakıp hafifçe gülümsediğini görmüştüm.

"Evet, tanımıyorsunuz," dedim ve yüzümü buruşturdum. "Anlıyorum, senelerdir birliktesiniz ve gruba yeni birinin girmesi sizi etkiliyor ama..."

"Grup değil, aile." Bartu sert bir sesle düzeltti. "Ve bizim aramıza neden katılmak istedin?" Rahat görüntüsünün altında aslında benden ne kadar da çok rahatsız olduğunu sesiyle belli ediyordu. "Bizi nereden biliyorsun?"

Cem abinin söylediği bütün cümleleri ezberlemiştim. "Ben istemedim," dediğimde gözüm Yankı'ya kaydı. "Beni gönderdiler çünkü onlar için fazlalıktım."

"Bu çıtkırıldım diğer Nöbetçi gruplarından mı geldi?" dedi Işık ve elini karnına koydu. "Kusacağım şimdi."

"Hayır," diye fısıldadığımda onlara ne dersem diyeyim etkisi olmayacağını düşünüyordum. "Sizi anlıyorum, aranıza girdim ama emin olun ailenizi bozacak ufacık bir şey yapmam."

"Yapmam değil." Yankı sözü aldığında sigarasını önündeki küllüğe söndürüyordu. "Yapamazsın ve emin ol bunun senin cesaretinle bir ilgisi yok."

"Öyle bir çabaya girmem." Dudaklarımdan çıkan cümleye kendim bile inanmamıştım ama yüzüme yerleştirdiğim maskem o kadar sağlamdı ki Yankı'nın dikkatli incelemeleri bile maskemi görememişti. "Hiçbirinizle bir derdim yok, birbirimizi kabullenmek zorundayız."

"Zorunda mı?" Bartu hafifçe gülümsedi ve onun yüzünü ilk defa dikkatli bir şekilde inceledim. Gözleri kahverengiydi ama öyle bir kahverengiydi ki sanki gölgeler gözlerini esir almıştı. Siyah saçları kısaydı ve siyah sakalları yeni uzamaya başlamıştı. Burnu hasarlı görünüyordu, onun da burnunun kaç defa kırıldığını merak etmiştim. "Benim hiçbir zorunluluğum yok," dediğinde kalın sesi yükselmişti. "Ayrıca hiçbirimiz seni kabullenmeyeceğiz. Bu bir tiyatro, Önder'in canı sıkılıyor olmalı."

"Beni kabullenmeyecekseniz sürekli böyle küçümseyecek misiniz?" Sorduğum soru Işık'ın yüzünde gülümseme oluşmasına neden oldu. Lâl en uzun süre gülümseyendi.

"Kendinden bahset," dedi Yankı ve sigara paketinden başka bir sigara daha çıkardı. Dudaklarına götürürken Lâl masanın üzerindeki çakmağı aldı ve sigarasının ucunu alevlendirdi. Yankı'nın bakışları Lâl'e döndüğünde ifadesi kimseye bakarken olmadığı kadar değişti ve samimi bir şekilde tebessüm etti.

İkisinin arasındaki bağ ne kadar kuvvetliydi, bilmiyordum ama kendilerinin, kopmasın diye o bağı defalarca düğümlediğinden adım gibi emindim. Lâl'in gözlerindeki ifadede duvarlarda onlarca fotoğrafı olan Yankı vardı ve her yaşına hayrandı fakat Yankı'nın gözleri küçük bir kız çocuğuna bakıyormuş gibiydi.

"Ne öğrenmek istiyorsun?" Yankı'nın gözleri Lâl'den ayrıldı ve bana baktığında ifadesi anında değişti.

"Ailene ne oldu?" Soruyu o kadar rahat sormuştu ki. Rahatlığı büyük ihtimâl bu sorunun ona defalarca sorulmasından geliyordu.

"Ben bu soruya cevap verdiğimde sizler de bana söyleyecek misiniz?" Sorum hepsini tedirgin etmişti ve hepsi Yankı'nın yüzüne bakmıştı. Bartu derin bir nefes aldı.

"Seninle bir konuda anlaşalım Takipçi," dediğinde sigarasından bir duman çekti ve üflerken masanın üzerinden bana doğru eğildi. "Aramıza sonradan girdiğini hiçbir zaman unutma ve bize şartlar koyma. Buradaki kimse sana kendini anlatmak zorunda değil ama sen kendini bize anlatmak zorundasın."

"Zorundayım?" dedim ve alayla güldüm. "Yapmazsam ne olacak?"

Yine bir başkaldırı yapmıştım ve Yankı yine bu durumdan rahatsız olmuştu.

"Yapmazsan gerçekten birimize âşık olmak istediğini düşüneceğim," dedi Mutlu ve elini çenesine koyarak beni inceledi. "Gerçekten böyle bir amacın varsa benden uzak dur çünkü seninle evlenemem, hem tipim değilsin hem gözlerin kahverengi."

İkizler aslında karakter olarak da birbirine benziyordu. Tek farkları Işık'ın sivri dilli olması ama Mutlu'nun sivri dilini espriyle örtmesiydi, genel olarak mizacı bu olmalıydı.

"Adım Helin Aktan." Derin bir nefes aldım ve teslim olmuş gibi ellerimi masaya koyarak "Ailemi hiçbir zaman tanımadım," diye mırıldandım. "Annem babamdan hamile kaldığında on yedi yaşındaymış ve beni doğurduğunda reşit bile değilmiş. Doğum yaptıktan sonra hastaneyi terk etmiş ve dayım beni sahiplenmiş. Babam ise benim onun çocuğu olmadığımı söylemiş." Kelimeler ağzımdan çıkarken ben de çok rahattım çünkü defalarca anlattığım bir hikâyeydi. "Yedi yaşıma kadar dayımla yaşadım fakat sonrasında defalarca evden kaçtığım için beni yetiştirme yurduna yerleştirdiler..."

Yankı lafımı kesti. "Neden kaçıyordun?"

"Bunun bir önemi var mı?" dediğimde tek kaşımı havaya kaldırdım. "Çocuktum ve kaçtım." Defalarca tekrarlamış olsam da yine kalbimde durmadan kanayan sızının acısı boğazıma vurdu ve yutkunmak zorunda kaldım. Yankı dikkatli bir şekilde beni incelediğinde yolunda gitmeyen bir şeyler olduğunu anladı.

"Sonra?" dedi lafı değiştirerek. Hepsinin gözleri beni inceliyordu ama en dikkatli bakan ve en dikkatli dinleyen kişi Yankı'ydı.

"On altı yaşıma kadar yetimhanede kaldım ve orada büyüdüm. On altı yaşımdan sonra beni tek başına bir iş insanı evlat edindi ama iyi kalpli birisi değildi." Durdum ve başımı önüme eğerek gözlerimi kapattım. "Benden yaşça büyüktü ama evlat edinme nedeni babalık yapmak istemesi değildi, bakıcısı gibiydim. Kumarhane işletiyordu." Daha fazlasını anlatmak istemedim, yapamadım.

Lâl'in masanın üzerinde ritim tutan parmakları duraksadı ve sonrasında ağır ağır devam etti. Yankı bitirdiği sigarasının ardından başka bir sigara daha yaktığında bu sefer sigarasının ucunu ateşleyen kendisiydi. Bartu da hemen Yankı'nın arkasından başka bir sigara yaktı.

"Sonra?" dedi Yankı o aradaki detayları atlayarak ve sormayarak. Şaşırtıcıydı. Halbuki yalanlar sıralamaya kendimi hazırlamıştım.

"Bir yıl o evde kaldım, boyun eğdim."

Bartu kaşlarını çattı, Mutlu'nun dudakları aralandı, Lâl ise gözlerini kıstı. Işık ise "Neden?" diye sordu.

"Zorundaydım," dediğimde Yankı'nın gözlerinden bir anlığına hayal kırıklığı geçti ama bu çok kısa sürdü. En ifadesiz bakan en fazla ifadesini gizleyen şu an oydu. Bu yüzden ona bakarak konuşmaya devam ettim. "Gidecek hiçbir yerim yoktu ve gidecek olsam da beni elbet bulurdu. Rıza, hepinizi tanıyor, hepimizi tanıyor ve bu işlerle ilgili birisi."

"İşler?" dedi Bartu ve öne doğru eğilerek konuya dikkatini verdi. "Çocukları o da mı satın alıyordu?"

"Onun amacı Önder gibi masum değildi ama evet," dediğimde Önder Sarca'nın bahsettiği merhameti Bartu'nun gözlerinde gördüm. "Ben bir nevi o çocukların başındaydım."

"Sen çocuklar satın alınırken öylece izledin mi?" Işık'ın sesi öfkeli çıkıyordu.

"Ben olmasaydım onların hayatları daha kötü olabilirdi," dediğimde gözlerim tekrardan Yankı'yı buldu. "Sonrasında daha fazla dayanamadım ve evden gitmek istedim. O sırada beni evlatlık alan adamın bir arkadaşıyla tanıştım. O bana çok yardımcı oldu ve kaçmamı sağladı. Kıbrıs'tan Bozcaada'ya taşındım, bana ulaşmaya çalıştı ama ulaşamadı. Hayatım boyunca rastlayacağım en doğru insan Cem abiydi ve o olmasaydı şu an ne hâlde olurdum bilmiyorum." Minnetim sesime yansımış olacak ki hepsinin bakışlarındaki ifade değişti. "Sonrasında bana eğitimler verdi, beni büyüttü, kendimi geliştirmemi sağladı, yardım etti."

Son cümleyi kurduğumda hepsinin beni pür dikkat dinlediğini yeni fark ediyordum. Gözlerini bile kırpmıyorlardı ve bütün cümlelerimi ezberlemiş gibi bana bakıyorlardı.

"Sonra da bahsettiğin Cem abi seni bize mi gönderdi?" diye sordu Mutlu.

"Evet," dediğimde maskem yüzümü rahatsız etmeye başlamıştı. "Tek başıma hayat süremeyeceğimi düşündü, onun da gitmesi gerekiyordu. Önder Sarca'ya çok güveniyor olmalı."

"Peki sen bizim ne yaptığımızı biliyor musun?" Soruyu soran Bartu'ydu ama hepsinin ona katıldığı çok belliydi.

"Hayır," dedim yalana başvurarak. "Tek bildiğim, her birinizin sizi var eden bir özelliği var ve bu özelliklerinizle işlerinizi yapabiliyorsunuz."

Birbirlerine bakarken söylediğime inanmadıklarını fark ettim. Kısa bir süre sessizlik oldu ve en sonunda sessizliği bölen Mutlu'ydu. "Senin ne gibi özelliklerin var?"

Işık güldü ve yine bir iğnesini batıracağını anladım. Beni bir süre süzdükten sonra Yankı'ya baktı. "Onun söylediklerine inandın mı?" Başını iki yana art arda salladı. "Ben hiç inanmadım, söylediklerinin yalan olduğunu düşünüyorum. Belki de gerçekten buraya bizden birisini alt etmek için gönderilmiştir ya da hepsi bir tiyatrodur? Belki de çocukları satın alan kötü insanlardan birisidir, bize o çocuklara hiç zarar vermemiş gibi davranıyordur?"

Anlattıklarımdan sonra böyle bir yakıştırma yapması ve bunu rahatça dile getirmesi beni rahatsız ettiğinden "Yaşadıklarımın lafını mı vuruyorsun?" dedim öfkeli bir sesle ve kendimi içten içe dizginlemeye çalıştım. "O kadar da değil. Çocuklara zarar vermem."

"Neden sana inanayım?" dedi Işık ve alayla güldü. "Yaşadıkların bizim yaşadıklarımızın çeyreği bile değil. Seni sırf bu anlattıkların yüzünden kabul edeceğimizi ve sana acıyacağımızı mı düşünmüştün? Başka yalanlar bul."

"Hayır." Sesim yüksek çıkmıştı. "Acınmasını istemiyorum ama anlaşılmayı ve saygı duyulmasını bekliyorum."

"Dikkatli ol," dedi Bartu. "Bu masada sesini yükseltemezsin."

Lâl'in ardı arkası bitmeyen ritimleri devam ediyordu ve gitgide hızlanıyordu. Onun bakışlarında da beni hâlâ küçümseyen ifade vardı.

"Büyük ya da küçük," dedi Yankı ve gözlerimin içine baktı. "Bir şeyler yaşamış bir insanı küçümsemeyin, kim bilir bize anlatmadığı neleri vardır. Anlattıkları yalan bile olsa," Işık'a döndü, "şu an yolu bize düştüyse kötü bir hayat geçirmiştir değil mi?"

"Yaşadıklarını dile getirmekten, abartmaktan ya da onun arkasına saklanmaktan hoşlanan birisi değilim," dedim ve odadan içeriye Önder Sarca'nın girdiğini duydum; adım sesleri hemen yanımda durdu. "Yaşadıklarımı, başkalarının yaşadıklarıyla da yarıştırmam. Sordunuz ve anlattım. Bu kadar."

Lâl omuzlarını hareket ettirerek gülmeye başladığında masanın üzerindeki ritim tutan parmakları durdu. Beni küçümsemeye devam ettiği her halinden belliydi ve bu durum içimdeki sönmek üzere olan öfkenin daha fazla alevlenmesine neden oldu.

"Söylesenize," dedim hiddetle. "Siz neler yaşadınız?" Hepsiyle göz göze geldim ve en sonunda Lâl'in gözlerinin içine baktım. "Bu kadar eğlendiğine göre benden daha fazlasını yaşamış olmalısın. Anlat, biraz da ben güleyim." Lâl'in yüzündeki gülümseme yavaş yavaş silikleşti ve yüzüme bakmaya devam etti; bakışlarına anlam veremediğim bir ifade yerleştiğinde masada derin bir sessizlik vardı. Öyle derin bir sessizlikti ki içine düşen bir daha asla konuşamaz, bir daha asla sesini duyuramazdı. "Ne oldu?" dedim üzerine giderek. "Yaşadıklarını hatırladın ve üzüldün mü? Dilini mi yuttun? Neden konuşmuyorsun?" Onun gibi gülmeye başladığımda yapaydım. "Her ne yaşadıysan komikmiş."

Patladığım kişi Lâl olmuştu ama en başından beri bana bakarken gözlerine tek bir iyi duygu erişmeyen yine Lâl'di. Bana öyle öfkeli bakıyor, öyle nefret ediyormuş gibi davranıyordu ki bu en sonunda dikenimi ona batırmama sebep olmuştu.

Herkes susmuştu, öyle bir susmuşlardı ki masada sadece benim gülüşüm vardı. En sonunda Lâl sertçe ayağa kalktı ve oturduğu sandalye geriye doğru düştüğünde gitmek istedi fakat o sırada Yankı, Lâl'in kolunu oturduğu yerden tuttu. Bakışları yüzümde gezindiğinde Yankı'nın gözlerinde ilk defa saf kızgınlığı gördüm.

Lâl, Yankı'nın onun tutan elini silkeledi ve arka tarafından geçerek masayı terk etti, arkasından bakarken merdivene doğru ilerlediğini gördüm. Hemen arkasından hızlıca Işık da kalktı ve beni bakışlarıyla öldürebileceğini hissettim. Işık'ın ardından sürekli gülümseyen Mutlu'nun bile gülümsemediğini ve bana öfkeli bir şekilde baktığını gördüm. O da ayağa kalkıp gittiğinde masada sadece ben, Bartu ve Yankı kalmıştık. Önder Sarca hemen arkamdaydı ve hiçbir şey söylemeden olanlara bakıyordu.

En sonunda bakışlarım Yankı'nın kızgın gözlerinden ayrılıp Bartu'ya döndüğünde gözlerindeki alevlere şahit oldum. Oturduğu yerden ağır bir şekilde kalktı ve üzerime doğru geldi. Oturduğum yerde rahatsızca hareket ederken yüzümdeki afallamış olan gülümseme silindi ve Bartu yüzüme doğru eğildi. Eli sandalyenin arka tarafını tuttu ve sandalyeyi geriye doğru yatırırken "Bir daha onun canını yakarsan," diye fısıldadı. "Seni mahvederim. Duydun mu?" Kaçmak istedim ama imkânsızdı. "Duydun mu?" dedi tekrardan. "Bir daha onun canını yakmayacaksın."

Önder Sarca araya girdi. "Bartu, tamam," dedi onu çekmeye çalışarak. "Yankı bir şeyler yap." Gözlerim Yankı'ya kaydı ve hiçbir şey yapmadan öylece olanları izlediğini gördüm; hak ettiğimi düşünüyordu. "Bartu, Lâl'e git, sana ihtiyacı vardır." Önder onu üzerimden çekemiyordu.

Birkaç dakika sonra Bartu sertçe sandalyeyi öne doğru itekledi. Masaya tutunarak yere düşmekten son anda kurtuldum. Altımdaki sandalye kayarak yere düştüğünde Bartu baskın adımlarla odadan çıktı ve o da merdivenlere yöneldi.

Yaşadığım büyük şok ile düştüğüm yerde masaya tutunurken gözlerim sadece Yankı'nın üzerindeydi. Doğrulduğumda titreyen elimi önüme gelen saçlarıma geçirdim ve geriye doğru atarak derin bir nefes aldım.

"Sana söylemiştim," dedi Önder Sarca ve onun da gözlerinde kızgınlık vardı. "Lâl göz bebeğimizdir."

Ben de bir insanım, diye bağırmak istiyordum ama bunu söylesem bile beni anlamayacaklarını bildiğimden "Bana ne yapıyorsa aynısını yaptım," dedim. "Benim kendimi savunmaya hakkım yok mu?"

Önder, elini burnunun kemerine götürdü ve sıkarak gözlerini kapattı; ne söyleyeceğini bilmiyor gibi bir hali vardı ama Yankı kendinden emin bir şekilde ayağa kalktığında hemen karşıma geçti. "Karşındaki insanla eşit dövüşmeyi öğreneceksin," dedi. Sesi o kadar keskin, o kadar baskındı ki az önceki Bartu'dan daha çok Yankı'nın bu halinden korkmuştum. "Karşındaki kişi kendini savunamıyorsa sen de kendini savunmayacaksın." Anlamadım ve anlayamadığımı Yankı gözlerimden anladı. "O konuşamıyor," dediğinde sesinin ayarını düşürmüştü ve gözleri anlık merdivene dönmüş, sonrasında bana yönelmişti. "Ama biz dördümüz onun yerine konuşuyoruz ve sen bunu bilmek, öğrenmek, ezberlemek zorundasın."

Yaptığım en büyük hataların başında bu geliyordu. Grupta Yankı dışında kimseyi araştırmamıştım ve benim elime Yankı dışında bilgiler gelse de elemiştim çünkü asıl kişinin her zaman Yankı olduğunu söylemişlerdi. "Bilmiyordum," dedim şaşkınlıkla. "Ona bu şekilde zarar vermek istemezdim." Sızlayan kalbimdeki bir damarın koptuğunu ve bu damarın Lâl için parçalandığını hissettim. En başından beri anlamam gerekiyordu, bir aydır bir kere bile konuştuğunu duymamıştım, görmemiştim.

"Evi terk et," dedi Yankı ve eliyle dış kapının olduğu yeri gösterdi.

"Yapma," dedi Önder ve başını eğdi. "Bilse yapmazdı. Aranıza dâhil olduğuna göre artık bu evde kalması gerekiyor."

"Evi terk et." Kelimelerin üzerine öyle bir bastırarak söylemişti ki geriye doğru bir adım atmak zorunda kalmıştım ve bedenim Önder'e çarpmıştı. "Ona güvenmiyorum, bu evde kalamaz."

Yankı Sarca bana güvenmediğini ilk defa o gün söyledi.

Her şeyi elime yüzüme bulaştırmış, elime yüzüme bulaştırdığım yetmezmiş gibi kendimden daha fazla nefret ettirmiştim. Kararları veren Önder değil, Yankı'ydı ve şu an beni istemediği çok açık bir şekilde ortadaydı.

"Üzgünüm," döküldü dudaklarımdan ve geriye doğru birkaç adım atarak onların yanından geçtim. "İsteyerek yapmamıştım." Yankı, benim yüzüme bakmak yerine ben daha oturma odasının kapısına erişmeden yanımdan hızlı adımlarla geçti ve merdivenlerden yukarıya çıktı. Ben ise Önder Sarca'yla göz teması kurmadan arkamı döndüm ve hızlı adımlarla dış kapıya gittim. Önder arkamdan seslendiyse de duymazdan geldim ve kapıyı açarak kendimi dışarıya attım.

Kapıyı kapatmadan hızlı adımlarla yürümeye başladığımda geriye bile dönüp bakmak istemiyordum ve kenetlediğim dişlerim çenemi ağrıtıyordu. Hepsinin gözleri ve gözlerindeki o ifade beni çoktan kazılmış olan bir mezarın içinde gibi hissettirmişti ve birbirlerine tahmin bile edemeyeceğim kadar büyük bir bağ ile bağlılardı. Hepsi birbirine düğümler atmıştı.

Yağmur şiddetini azaltmıştı. Deri ceketimi bile almadan evden çıkmıştım ve üşümek istiyordum; zihnimin bile donmasını istiyordum. Hiçbir şey düşünmek istemiyordum.

Arka cebimde duran telefon çalmaya başladı ama duymazdan geldim, adımlarımı bir an bile olsun yavaşlatmadım ve yürümeye devam ettim. O sırada karşıdaki bir araba selektörlerini yakıp kapattığında gözlerim o tarafa kaydı ve beni kimin beklediğini anladım.

Sürücü koltuğunda direkt Cem abi oturuyordu ve beni arayan da yine oydu. Adımlarım yavaşladı ve hayal kırıklığıyla arabaya doğru baktım, göz göze geldiğimizde kulağında duran telefonu uzaklaştırdı ve bir şeylerin yolunda gitmediğini anladı. Eliyle işaret ettiğinde adımlarımı istemeyerek de olsa o tarafa yönlendirdim.

Arabaya bindim ve kapıyı sertçe örttüğümde sanki benimle beraber içeriye yağmurun kokusu da geçmişti. "Neler oluyor?" dedi yumuşak bir sesle ve direksiyonun olduğu yere doğru eğilerek gözlerimin içine baktı.

"Her şey mahvoldu," dediğimde lanet olsun ki sesim titriyordu, bundan nefret ediyordum. "Her şeyi mahvettim. Onlar beni hiçbir zaman kabullenmeyecekler."

"Ne oldu?" dedi ardından eli çekinmeden titreyen dizime tırnaklarımı sapladığım elime gitti. İrkildim ama elimi tutmasına izin verdim. "Yankı bu zamana kadar kimseyi evine kabul etmemiş birisi, seni kabul ettiyse ışık var demektir."

Boşta duran elimi saçıma geçirdim ve olumsuz bir şekilde başımı iki yana salladım. "Beni öyle çok küçümsediler ki," dedim iğreniyormuş gibi. "Öyle çok hafife alıyorlar ki. Bir tanesi beni gruptan birilerine âşık olmak için geldiğim konusunda suçladı, bir tanesi beni resmen dövüyordu, bir tanesi sadece güldü ama öyle bir güldü ki ben karşısında ufaldım. Sonra her şeyi ama her şeyi mahvettim. Yaşadıklarımı küçümsediler diye ben de yanlış kişiye çattım ve her şey bitti. Tek bir kişinin canını yakmam, hepsinin canının parçalanmasına neden oldu. Beni artık nasıl kabul edebilirler?"

Cem abi üstü kapalı anlattıklarımı dinlerken yüzümü dikkatli bir şekilde inceliyordu ve sanki ifademde bir şey görmüş gibi "Hepsi mi küçümsedi?" diye sordu. "Hiçbiri seni önemsemedi mi?"

Duraksadım ve gözlerimi ondan kaçırarak karşıdaki evlerine baktım; defalarca ziline basıp kaçtığım ev o zamanlar daha tanıdık geliyordu ama şimdi içine girsem beni yok edecekmiş gibiydi. "Yankı," dedim ve adını söylerken derin bir nefes verdim. "O diğerlerinden daha farklı davrandı, aslında o diğerlerinden çok daha farklı. Bir anlığına ben kendimi anlatırken gözlerine bir ifade ulaştı." Cem abiye döndüm ve gözlerim açıldı. "Bana beni anlıyormuş gibi baktı, diğerlerinden daha farklı baktı. Sadece bir anlığına sanki bana gerçek bir merhamet gösterdi," durdum ve kaşlarımı çattım, "ya da ben öyle sandım, bilemiyorum.

Zaten son gördüğüm bakışlar yine ona aitti ve değil beni anlamak, beni görmek bile onu rahatsız ediyormuş gibiydi."

Cem abi yüzümü incelerken kaşları çatılmıştı ama ne gördüğü hakkında bir fikrim yoktu. Uzun süre boyunca beni inceledi ve bir anlığına kederin yüzünde dışarıdaki yağmur gibi serpildiğini gördüm. "Yankı mı farklı, yoksa senin üzerinde farklı bir etki mi bıraktı?" Rahatsızca kıpırdandı ve elimi bıraktı. "Ona defalarca dikkat etmeni söylemiştim, ona inanmaman gerektiğini de. Belki de rol yapmıştır çünkü her role girebilen biri o. Koza, Yankı'dan bu şekilde bahsediyordu."

"Hayır," dedim ters bir sesle. "Üzerimde farklı bir etki bıraktığı yok, senelerdir bu işin içerisindeyim. Bu ihtimalleri ben de düşündüm ama gördüğümü söylüyorum."

"Aslında rol yapıp yapmadığı çok da önemli değil bu durumda," dediğinde bakışları evin olduğu tarafa doğru döndü, çenesini dikleştirdi. "Eğer merhamet gösteriyormuş gibi davranıyorsa bir amacı vardır ve bunu devam ettirmek isteyecektir. Biz de o merhametli yönü kullanabiliriz."

"Anlamıyorsun," dediğimde sesim bıkkın çıkmıştı. "Bana güvenmediğini açıkça söyledi ve bugünden sonra her şey bitti. Gruba bir daha beni almayacaklar."

"Gruba diğerleri seni almayabilir ama Yankı seni o grupta isterse kimse karşı çıkamaz."

"Koza neden sadece ona odaklanmamı istiyor, biliyor musun?" diye sorduğumda kafasını olumsuz anlamda iki yana salladı.

"Rol yapıyorsa aynı şekilde rolüne karşılık vereceğiz ve bir tiyatro oyunu çevireceğiz." Derin düşünüyordu ve ne demek istediğini anlayamıyordum; beynim durmuş gibiydi.

"Onun merhametli yönüne mi oynayacağım?" Başını bu kez olumlu anlamda salladı. "Nasıl yapacağım? Yankı bir şeylerden çok çabuk etkilenen birisi değil, bu çok belli. Evet, anlattıklarıma önem verdi ya da öyle davrandı ama bu kadar. Neden şu an umursasın ki?"

Çenesini kaşırken gözlerini kısmıştı ve aklından geçenleri okumak o kadar zordu ki. "Anlatmakla kalmayız o hâlde," diye mırıldandığında daha çok kendisiyle konuşuyormuş gibiydi. "Gösteririz." Tek kaşımı havaya doğru kaldırdığımda bakışları bana döndü. "Merhamet ve suçluluk duygusu birbiriyle kardeş gibidir Helin. Eğer onun merhametine suçluluk duygusunu eklersek farklı yollar çizebiliriz."

Alayla güldüğümde Cem abi oldukça ciddiydi. "Rol yapıyorsa ve hep rol yapmaya devam edecekse?" Hiçbir şey söylemedi ama gözlerinden geçen ifade önüme açık bir kitap gibi düştü. "O zaman zarar gören ben olurum, değil mi? Kumar oynayacağız ve belki de ben o kumar masasından paramparça kalkabilirim."

"Ya da kazanmış şekilde kalkarsın?" Ellerini iki yana açtığında "Yapabileceğimiz başka bir şey var mı?" diye sordu. "Her yolu denemek zorundayız, hem emin ol aklımdaki plandan daha kötülerini zamanında yapmıştın ve hepsinden bir şekilde sıyrılmıştın."

İç sesim şimdi her şeyin daha farklı olduğunu söylüyordu ama bunu dile getiremeyecek kadar kendimi yorgun ve huzursuz hissediyordum. Yankı Sarca'yla oyun oynamak bir yana aynı kumar masasına bile oturmak istemiyordum çünkü ben o kumar masasında bahislerimin hesabını yaparken bile onun benim bahislerimin ne olduğunu direkt anlayabileceğini düşünüyordum. İnsanları tanıma konusunda iyiydim ve onda gördüklerimi daha önce hiç kimsede görmemiştim.

"Ne düşünüyorsun?" diye sordu Cem abi ve yine vazgeçtiğimi söylememden korktuğunu anladım.

"Bir yola çıktım," diyerek omzumu indirip kaldırdım. "Sonunu biliyordum, gideceğim yollar önemsiz bu yüzden." Kollarımı önümde bağladığımda bedenimi ona doğru döndürdüm ve gözlerimi kıstım. "Planın nedir?" Şimşek çaktı ve gece aydınlandı; kulakları sağır edecek kadar çıkan yüksek ses bile sanki planın bir parçasıydı.

☘

İnsanların duygularıyla oynamak konusunda ustaydım ama kötü anlamda. Hiçbir zaman bir insanın merhametli ya da vicdanlı yönüne oynamamıştım çünkü birisinin bana acımasını istemek, seçeceğim son yol olurdu.

Yankı Sarca bana bu yolu da seçtirmişti.

Koşar adımlarla girdiğim kafenin kapısını açtım ve kapatırken sırtımı kapıya yasladım. Elimin tersiyle dudağımın kenarındaki kanı sildiğimde gözümün altındaki morluk acıyordu. Bakışlarım direkt olarak baristanın olduğu tarafa yöneldi ve Yankı'yı, yanındaki diğer baristayla beraber gördüm.

Çalıştığı kafeye yine gelmiştim fakat bu sefer diğer günlerden farklıydı. Bu kez dikkatini çekmek için onlarca kahve içip etrafa gülücükler saçmak yoktu, bu kez her şey daha farklıydı.

Derin nefeslerle göğüs kafesim kalkıp inerken ağzımın içine de kan doluyordu. Neyse ki kafe çok kalabalık değildi, uzakta birkaç masada çiftler oturuyordu ama dikkatleri benim üzerimde değildi.

Başımı çevirip girdiğim kapıdan dışarıya tedirgin bir şekilde baktım ardından üzerimdeki montun kapüşonunu takıp baristanın hemen yanındaki masaya doğru ilerledim.

Yankı'nın yanındaki bizden altı yedi yaş büyük adamın gözleri beni ararken dudakları aralanmıştı. "Seninki gelmiş yine," dedi duymamı aldırış etmeden. Gözleri, yüzümde yeni oluşmuş yaralara odaklanmıştı.

Sandalyeyi yavaşça çekip oturduğumda Yankı bana bakmıyordu ama en başından fark ettiğine adım gibi emindim. Bilerek sırtımı kapıya doğru dönmüştüm.

"Pardon," dedim kuru bir sesle. "Bir kahve ve peçete alabilir miyim?"

Sessizlik oluştu. Vakit bir hayli geçti. Yankı temiz olan bardakları elindeki bezle kurularken "Kahve servisimiz bitti," dedi net bir şekilde. "Birazdan kapatacağız." Ardından gözleri bana doğru döndü. Bir süre gözümün altındaki morluğa ve patlayan dudağıma baktı. Bardağı tezgâha koyup yenisini alırken "Sıcak bir şey içirip canını daha fazla yakmak istemeyiz, öyle değil mi?" dedi. Lafı banaydı ama yanındaki cevap verdi.

"İyi misin?" diye sordu kaşlarını çatarak. "Yüzün kötü görünüyor."

Ona cevap vermeden, "Su alabilir miyim o hâlde?" dedim titreyen bir sesle. "Ve lütfen peçete. Kanamayı durduramam gerekiyor."

Yankı hiçbir şey yapmadan öylece durmaya devam etti ama diğer adam hızlı bir şekilde bir bardak su doldurup yanında peçeteyle yanıma doğru ilerledi. Masaya bırakırken Yankı başka bardaklara geçmişti ama kaşları çatık bir vaziyette bir şeyler düşündüğü açıkça ortadaydı.

"Ecza dolabından bir şeyler getirmemi ister misin?" diye sordu bu kez de adam. Başımı olumsuz anlamda sallayıp önüme koyduğu sudan birkaç yudum içtim, ardından peçeteyi dudağımın kenarına bastırdım ve canım yandığı için acıyla inledim.

Adamın bakışları Yankı'ya döndüğünde aynı anda kafenin kapısı sert bir şekilde açtı ve korkuyla nefesimi tutup kapüşonumun içine daha fazla gömüldüm. Adım sesleri hemen arkamda durduğunda önümde duran diğer barista bir şeyleri çözmüş gibiydi. "Evet?" dedi kaşlarını kaldırarak.

Yankı, başını çevirip gelenlere baktığında karşımdaki camın yansımasından gelen adamların Yankı'ya odaklandığını, ardından bana doğru döndüklerini fark etmiştim. Bir süre arkamdan bana baktılar sonra "Birisini arıyoruz," dedi orta boylu olan. "Orta boylarda zayıf bir kadın." Daha fazlasını vermesi için diğer barista kaşlarını kaldırdı. "Siyah, uzun saçları var."

"Onu neden aradığınızı ve neden buraya geldiğinizi anlayamadım."

"Çünkü kaçıyor." Adamın bakışları Yankı'ya doğru döndü. "Buraya geldi mi? Onu gördünüz mü?"

"Önemli bir konu mu?" Barista korkmuştu ama Yankı sakince konuşulanları dinlerken bezi düşündüğümden daha sert bir şekilde tezgâha attı ve ellerini önündeki demire yaslayıp başını omzuna yatırdı.

"Eğer buraya öyle birisi gelirse," dedi orta boylu adam. "Rıza'nın onu aradığını ve hiçbir yere kaçamayacağını söylersiniz." Yeniden bakışları bana doğru döndü. "Kendisi bunu çok iyi bilir."

Yankı, bulunduğu yerden yavaş adımlarla dışarı çıktığında üzerindeki siyah önlüğünü de çıkardı. Koyu yeşil kazağında yer yer kahve lekeleri vardı. Ağır adımlarla adamların yanına doğru ilerledi sonra hemen arkama geçip beni gizledi. "Dışarı," dedi sakin bir sesle. Elimdeki bardağı yavaşça masaya bıraktım. Adamlar Yankı'ya bakmaya devam etti. "Dışarı," dedi bir kez daha. "Hemen."

"Eğer buraya uğrarsa…"

"Dışarı," dedi üçüncü kez. "Bir daha tekrar etmeyeceğim."

"Onun buraya uğradığını biliyoruz." Sesindeki tehdit bardağı yeniden elime almama neden oldu. Yansımadan diğer tarafa doğru adımladı ve beni görmek için öne çıktı ama Yankı bir anda önüne geçip beni yine gizledi ve kimseye belli etmeden öyle çevik bir hareketle elini tutup kıvırdı ki önümdeki baristanın dudakları aralandı.

Orta boylu adamı kendisine doğru çektiğinde diğer adam pasif bir şekilde geride duruyordu. "Yankı," dedi. "Yankı Sarca." Sonra adamı kendisiyle beraber yürüterek camdan kapıyı açtı ve onu dışarı âdeta itekledi. Diğer adam da hızlı bir şekilde çıktı. "İyi akşamlar beyler," dedi sanki bir müşteriyi yolcu ediyormuş gibi çünkü içeride olan çiftlerden birisi tam o esnada kapıdan dışarıya çıkıyordu. "Bir daha gelirseniz eğer size özel kahve ikramımın tadına bakarsınız. Ellerimle yaparım."

Yansımadan kafeden çıkan müşterilere gülümsediğini gördüm, ardından peşimde olan iki adamın uzaklaştığını. Yankı bir süre arkalarından baktı, ardından içeriye yeniden girdiğinde bana bakmadan kafenin personellere ait olan kapısından içeriye girdi. Önümde duran diğer barista neler olduğunu soramadan elinde bir ecza çantasıyla çıktı ve bana bakıp başıyla dışarıyı gösterdi.

Karşı gelmeden ayağa kalktım ve peşinden ilerledim. Kalan iki müşterinin olduğu masaya bakmadan terasa çıktık. Yankı, bir sandalyeyi çekip başıyla oturmam için hareket yaptığında yine karşı gelmeden o sandalyeye oturdum ve o da karşıma oturdu.

Masaya ecza çantasını koyarken yüzünden ne düşündüğünü anlayamıyordum ama bakışlarını bana çevirdiğinde sorgulayan bir yüzle beni incelediğini gördüm. Titreyen elimle önüme gelen saçımı arkaya doğru iteklediğimde dizlerim de aynı şekilde titriyordu. Korku değildi, bunu anladı mı bilmiyordum ama öyle bir titriyordum ki soğuktan olduğunu düşünmesini istedim.

Eli sakin bir şekilde kapüşonuma uzandı ve izin vermem için gözlerime baktı. Bir kez başımı salladığımda yavaşça kapüşonu indirdi ve önüme gelen bir tutam saçı kulağımın arkasına itekledi. Soğuk parmak uçlarını gözümün altındaki morluğa dokundurduğunda dişlerimin arasından tısladım, o da aynı anda parmaklarını çekti.

Ecza çantasından çıkardığı pamuğa tentürdiyotu sürdüğünde "Başını hafifçe kaldır," dedi. Nefesimi vererek başımı kaldırdığımda "Biraz acıtabilir," dedi.

"Biliyorum," derken sesim de titremişti. Dizlerimin titremesinden ötürü vücudum da titriyordu. Kot pantolonumdaki toz topraktan yerlerde sürüklenmişim gibi görünüyordu. Yankı, titreyen dizlerime baktı, ardından bana biraz daha yaklaştı ve dizlerini dizlerime değdirdi. Nefesimi bir kez daha verdiğimde bu beni rahatsız etmemişti, aksine rahatlatmıştı. Ama bu kadarla kalmadı. Bacaklarının arasına dizlerimi aldığında titremeler yavaşça kesildi ve bunu engelledi.

Gözlerimi kapattığımda ilacı ilk başta gözümün altına sürdü. Acımadı ve yüzümü buruşturmadan da duramadım çünkü soğuktu ve hava esiyordu. "Başka bir yerinde bir şey var mı?" diye sordu.

"Bakmadım," dedim dişlerimi sıkarak. "Sanırım dizlerimde de yaralar var ama onları ben halledebilirim."

Gözümün altına sürdüğü pamuğu uzaklaştırdığında yavaşça gözlerimi açtım. Yeni ilacı pamuğa sürdü sonra bana döndü. Yüzü yüzüme yaklaşırken bu kez başını kaldır demedi, parmak ucuyla çenemi hafifçe kaldırdı. Dudaklarımı araladığımda turkuaz gözlerine bakmayı bıraktım çünkü yakından gökyüzüne bakıyormuş gibi hissettirmişti.

İlacı dudağımın kenarındaki yaraya sürerken acıyla inledim ve tırnaklarımı avuçlarımın içine batırdım. Canımı çok fena yakmışlardı, bu kadarını olacağını düşünmemiştim ama alışıktım; bu acı bir yandan da benim için hiçbir şeydi.

Ama ummadığım bir şey oldu.

Yankı yaranın üzerine üflemeye başladığında gözlerim şaşkınlıkla açıldı ve yeniden ona baktım. Aniden yaptığı bu hareketi, hayatım boyunca daha önce kimse bana yapmamıştı. Hatta ellerimi kullanabildiğim sürece kendi yaralarıma ilacı da hep kendim sürmem gerektiğini söylemişlerdi.

Gözlerimdeki şaşkınlığı fark ettiğinde başımı geriye doğru çektim. "Yeterli," dedim düşüncelerden uzaklaşarak. "Zamanla geçecektir."

Bacaklarımı serbest bırakmadı ama hafifçe gevşetti. "Neden buraya geldin?" diye sordu pamuğu masanın üzerine bırakırken.

Yüzündeki yara izlerine aldırış etme, dedim kendime. Tak yine ezberlediğin maskeni yüzüne, Helin. Sen alışıksın. Maskeler her zaman yaralarını kapatır, ruhundakileri bile.

"O gün yalan söylemedim ama kendimi eksik anlattım." Yankı tek kaşını kaldırdı ama bir şey söylemedi. "Açık ve net konuşacağım." Derin bir nefes daha aldım ve yüzüne dikkatli bir şekilde baktım. "Rıza'dan kaçıyorum. Cem artık beni koruyamıyor, onun arkadaşları da öyle." Kaşlarım çatıldı. "Ve Rıza'nın sizi bildiğini, hatta sizden korktuğunu öğrendim. Az önce gördün, beni fark ettiler ama senden dolayı bana yaklaşamadılar. Onlardan korunmam için sizinle olmam gerekiyordu, o yüzden aranıza katıldım. Eğer beni bırakırsan," gözleri bir anda yüzüme döndü, "bırakırsanız," diye düzelttim, "o beni bulacak. Sonucu neler olur, bilemiyorum."

Kısa bir süre daha beni izledi. Sonra masaya dönerken dirseği tentürdiyot şişesine değdi. Refleksle yere düşmeden önce hızlı bir şekilde tuttum ve yeniden masaya koydum.

Yankı yaptığım harekete bakarken ilaç şişesini almak için hiçbir çaba sarf etmediğini o an anladım. Kahretsin, beni denemişti ve aptallık yapmıştım.

"Reflekslerin oldukça kuvvetli," dedi Yankı gözlerini gözlerimden ayırmadan. "Dövüş konusunda çok iyi olduğunu söylüyordun, dosyanda da öyle yazıyor." Parmaklarının arasına ilaç şişesini aldı ama göz hapsinden vazgeçmedi. "Onlar seni döverken elin armut toplamış olamaz ama adamlar oldukça sağlıklı görünüyordu."

Hafife almıştım hem de fazlasıyla. "Çok kalabalıklardı," dedim ve sesim bir kez daha titredi. "Altı kişi belki de. Tuttular. Kendimi kurtaramadım."

Gözlerini kıstı ve yüzümü inceledi. İşaret parmağıyla çenemi hafifçe kaldırdığında dudaklarıma ve gözümün altına baktı. "Altı kişilerdi ve sadece gözünün altındaki morluk, dudağındaki bir yarayla onların elinden kurtuldun öyle mi?" Hiçbir cevap vermedim. "Bir de dizlerindeki yaralar. Yerlerde mi sürüklediler, yoksa sen mi yere düştün? Hangisi?"

"Yere düştüm." Artık faydasızdı belki de bu kadar çabam bile boşaydı. Yalan söylemeye alışıktım ya da yalanları başka yalanlarla da kapatmaya ama Yankı Sarca'ya karşı daha fazlasını yapmamam gerektiğini anlamıştım. Beni kıskıvrak yakalamıştı.

"Sence buna değer miydi?" diye sordu.

"Belki."

"Ne yapmaya çalıştığının farkındayım ama bu kadarını kendine yapmamalısın."

"Söz dinleyen birisi olduğum söylenemez," dedim onun gibi sakin kalmaya çalışarak. "Çünkü gördüğün gibi kendime karşı da pek iyi davranan birisi değilim."

"Söz dinlemediğinin farkındayım, ben de kendime söz geçiremem ama içimden bir ses 'bu kızın söz dinlemeyi öğrenmesi gerekiyor' diyor."

"İşin epey zor olacak gibi görünüyor çünkü kendine söyle, ondan daha inatçıyım." Vazgeçmeyeceğimi ona gösterdim. "Ne olursa olsun."

Seçeceği iki yol vardı. Ya tiyatro filmini alkışlayarak yanımdan kalkıp gidecekti ya da o tiyatro sahnesine dâhil olup benimle oynayacaktı.

Bir süre boyunca gözlerimin içine baktı; o baktığı sürede kendimi öyle çok gizlemeye çalıştım ki ruhum ne tarafa kaçacağını şaşırmıştı ama bedenim kaskatı kesilmişti. "Güvende değilsin," dedi. Sahneye doğru ilerledi.

"Ve sen bana güvenmiyorsun," dedim hızlı bir şekilde. "Gözlerinden bu okunuyor."

Bakışlarıyla sorguya çekiyor, dudakları tek bir soru dahi yöneltmiyordu. En kötüsü de buydu; Yankı Sarca'nın bakışlarında durmadan sorgulayan bir adam vardı.

"Bir süre bizim evde kal." Sahneye geldi, artık benimle beraber tiyatroya dâhil olmuştu. "Seni bir kere kabul ettim, güvensem de güvenmesem de dâhil oldun ve ben kolay kolay seçtiğim yoldan vazgeçen birisi olmadım, Helin."

Dudağımdaki kan, tiyatrom ve Yankı'nın gözlerindeki merhamet; hepsi bir oyunun parçasıydı ve ben o oyundan galip mi, yoksa yenilgiyle mi ayrılmıştım, anlamıyordum.

Peki ya Yankı Sarca'nın planı neydi?

"Helin mi?" diye sordum. "Takipçi'ye ne oldu?"

Aklımdan geçenleri okuyormuş gibi "Bir tiyatro oyununda herkesin rolü vardır," dedi. "Bana Yankı dediler ve sen Helin'sin, bu kez gerçekten tanıştım." Kucağımdaki elimi yavaşça tuttu ve yutkunduğumda ikinci kez elimi sıktı. Artık sıcaktı. "Rollerimizi ezberleyelim, Helin ve hiçbir zaman aklımız durmasın, o rolleri unutmayalım, yoksa ikimiz de bu oyunun içinde kimliklerimizi kaybederiz. Ben hiç unutmayacağım."

3.

GÜNLÜK

Kendimi kurtarmak istediğim her duygudan kurtarmış, kaçmak istediğim her duygudan da kolayca uzaklaşabilmiştim ama bazen içimdeki duygularıma söz geçiremediğim zamanlarım olurdu ve o zamanlar da ne yapacağımı bilemeyerek sadece oturup geceyi izlerdim.

Kendimi o günlerimden birinde hissediyordum ve hiç olmadığım kadar yoğun duygular içerisindeydim. Duygularım, herkese karşıydı ama en çok kendime karşı hissettiğim nefretim vardı; küçüklüğüme karşı duyduğum ve affedemediğim bir dürtüm, bugün biraz daha artmıştı.

İyi bir insan değildim ve iyi biri olmamak, iyi biri olmaktan daha acısız geliyordu çünkü kötüydünüz ve siz kötüyken kimse sizden daha fazlasını bekleyemezdi.

Bugüne kadar.

Benden daha fazlasını beklenildiğini düşünmüştüm ya da ben daha fazlasını istemiştim, bilmiyordum.

“Sahil yolundan gidelim mi?” Dakikalar sonra bambaşka bir cümle kuran kişi bendim. Yankı başını olumlu anlamda salladı ve yoldan karşıya geçip sahil yolunda yürümeye başladık.

Kafeden beraber çıkmıştık ama ikimizin de ağzını hiçbir şekilde bıçak açmamıştı.

Elini cebine attı ve sigarasını çıkardı, paket elinde birkaç saniye duraksadı sonra bana da uzattı. Alkol kullanan biriydim ama hiçbir zaman sigaraya bağımlı olmamıştım. Elimi kaldırıp teklifini reddettim ve onun yüzüne bakmaya devam ettim.

Sigarasını dudaklarının arasına yerleştirdi ve çakmağıyla ucunu ateşlerken “Neden öyle bakıyorsun?” diye sordu. Kısılan gözlerinin arasından profiline rağmen turkuaz gözlerini görebiliyordum.

“Sadece teşekkür ederim,” diye mırıldandım ve samimiyetimi ölçmek istermiş gibi dudaklarından sigarayı uzaklaştırırken yüzüme baktığını gördüm.

"Ne için?" Dudaklarında yapay bir gülümseme oluştu ve beni ezip geçen bakışlarının arasında kendimi kötü hissettim. Duraksayıp ne cevap vereceğimi düşündüm ama o tekrardan konuştuğunda gülümsüyordu. "Kendini dövdürmekten daha fazlasını yapmaman için seni kabul ettiğimden dolayı mı?"

Nefesimi tuttum ve göğsümün altında birleştirdiğim kollarım iki yana düştü. Elbette anlamıştı.

Saat gece yarısını çoktan geçmişti ve sahil yolunda genelde alkolikler ya da öylesine takılan insanlar kalmıştı. Birkaç kişiyle göz göze geliyorduk ama hepsi Yankı'ya selam veriyor, bir daha bana bakmıyorlardı.

Son bir kişi daha Yankı'ya selam verdiğinde, "Kendini dövdürmek?" dedim yapay bir tereddütle. "Bilerek, inat uğruna yumruk yiyecek birine mi benziyorum?" Boşa çırpınıyordum, ikimiz de bunu biliyorduk.

"Evet," dedi hızlı bir şekilde ve denize doğru baktı; dudaklarının arasında tuttuğu sigarasının dumanı yüzüne geliyordu. "Canımı sıkan bunlar değil, canımı sıkan bu kadar hafife alınmam ve bu kadar aptal bir oyun oynaman. Gerçekten, daha basit bir planın yok muydu? Mesela ben yürürdüm ve bir anda köşede adamlar seni sıkıştırıyor, çantanı almaya çalışıyor olurlardı ve ben kurtarırdım... Çok zekice."

Yine küçümsemeye başlamıştı ve bu durum öfkelenmeme neden olmuştu. İtiraf etme vaktiydi, yalanların sonu her zaman itiraflarla biterdi. "Plan bana ait değildi."

Adımları duraksadı ve başını çevirip bana baktı. "Bir yandan bizim aramıza girmek isteyip bir yandan da başkalarından emir alıyorsun demek ha?" Tebrik edermiş gibi kafasını salladı. "Benden başkasından emir almaman gerekiyor artık."

Kaşlarımı çattım ve ondan hiçbir zaman emir almayacağımı söylemek istedim fakat üzerine gitmek olurdu, biliyordum ki onun sözünü dinlemek zorundaydım. "Sokak Nöbetçileri'ne dâhil değildim," dedim ve işaret parmağımı ona salladım. "Hatırlarsan beni evden kovmuştun ve hepiniz beraber resmen beni yerin dibine sokmuştunuz."

"Ve sen de yeniden aramıza girmek için dünyanın en zekice planına ayak uydurdun, öyle mi?" Dudaklarının arasında duran sigarasını yere attı ve söndürdükten sonra adımları durdu. Vücudu bana doğru döndüğünde ben de birkaç adım sonra durdum. "Kendini dövdürecek kadar mı bu gruba girmek istiyordun?"

Ona yalanlar sıralamak yerine, "Başka çarem yoktu," diye homurdandım. "Bir şekilde seninle konuşmam gerekiyordu, ne olursa olsun şiddete boyun eğmeyeceğinden emindim." Kaşlarım tekrardan çatıldı. "Hoş, eğer yardım etmeseydin yarın kendimi daha fena bir şekilde dövdürüp gelirdim. Yardım etmemeyi düşündün mü?"

Yankı'nın gözlerinden anlamsız bir ifade geçti ve birkaç adım atarak tam karşıma geçti. "Aslında..." dediğinde gözleri dudaklarımdaki şişliğe kaydı. "Hiçbir şey yapmayacaktım ama kendini dövdürmek konusunda beni şaşırttın. O kadar ileri gidebileceğini düşünmemiştim, bu delilik."

"Gerçekten daha fazlasını yaptırırdım, Yankı," dedim ve ona ilk defa ismiyle hitap ettiğimi fark ettim. Adını duyunca bir anlığına afalladı. "Aranıza girmek için bok gibi bir plana bile ayak uydurdum, yüzüm tanınmayacak hale gelene kadar kendimi dövdürürdüm."

Yüzünü buruşturdu ve "Senin derdin ne?" diye sordu. "Senin amacın ne? Ayrıca Rıza diye birisi senin peşinde değil, değil mi? O da bir hikâyeydi."

"Evet." Yüzümü buruşturdum. "Aslında hayır. Beni bulmak istiyor ama önemsiz birisi."

Yankı bunlara takılmak yerine, "Yalana her zaman bu kadar kolay mı başvurursun?" diye sordu.

Düşünmeden "Yalana ihtiyacım varsa o yola girmekten asla çekinmem," dedim.

Bu onu fazlasıyla rahatsız etmişti. Bir kez daha "Senin amacın ne?" dedi, ardından sorduğu sorudan rahatsız olmuş gibi elini kaldırdı, "ya da boş ver," diyerek geçiştirdi. Kendisi amacımı çözmek istiyordu çünkü yalan söyleyeceğimden emindi. "Zaten seni yanımızda istiyordum, sınırları ne kadar zorlayacağını ya da nasıl planların olacağını merak ediyordum." Yüzünü buruşturdu. "Planların da bilek gücün gibi kötüymüş, onu gördüm."

"Planı ben kurmadım. Ben kursaydım, ruhun bile duymazdı," dedim dişlerimi sıkarak. "Ayrıca bilek gücüm kadar mı? Onlara karşılık vermedim, aksine 'Hadi, bana iki üç tane yumruk atın' dedim ve onlar da bunu yaptılar."

Sesimin yüksek çıktığını fark etmemle yüzünde bir sırıtma belirmesi bir oldu. "Atarlı kovboy yine sinirlendi," dedi alayla. "Küçümsenmek pek hoşuna gitmiyor galiba?"

"Sen beni küçümseyemezsin," dedim bir adım atarak. Yüzüm yüzüne yaklaştığında işaret parmağımla göğsünden hafifçe itekledim ama hareket etmedi. "Ayrıca sana uygulayacağım planların donanımını ve bilek gücümü kanıtlamaya çalışmayacağım."

"Kanıtlayamazsın zaten," dedi aynı ifadeyle ve küçümseyici bakışlarıyla. "Kovboy şapkasını kafasına geçiren herkes muhteşem bir şekilde silah kullanamıyor."

Onu biraz daha sert ittirdim. "Seni tek bir hamleyle yere serebilirim, tek bir hamleyle metrelerce uzaklıktan tam kalbinden de vurabilirim."

Durdu. Çok kısa bir süre durdu ve sonra gülmeye başladı. Ciddi ciddi gülmeye başladı. Öyle sinir bozucu gülüyordu ki sert bir yumruğu onun yüzüne geçirmek istedim. Gülmesinin geçmesini bekledim ama geçmedi; gözleri kısılmıştı, bakışları yüzümdeydi. Gerçek bir gülüş olmadığının bilincindeydim ama onu eğlendirmiştim.

"Bir gün beni tek bir hamleyle yere serersen hatta tam şu kalbimi bir şekilde isabet alabilirsen kurşun olmadan," dedi gülüşünün arasından. "Daha önce hiç yapmadığım bir şeyi yapacağım; senin önünde dizlerimin üzerine çöküp üstünlüğünü kabul edeceğim."

Bu sefer gülme sırası bendeydi, onun sadece tebessümü kalmıştı. "Peki gerçekten kalbinden vurursam seni?"

Tebessümü ağır ağır silindi. "Unutuyorsun, kovboy," dedi keskin bir sesle. "Benim elimde de bir silah olur ve sen beni vurmadan önce beni seni çoktan vurmuş olurum." Duraksadı, ardından işaret parmağıyla hafifçe şakağıma dokundu. "Kalbinden değil ama tam buradan. Belki o zaman ters etki yapar ve beynin doğru çalışır."

"Ya elinde bir silah olmazsa?" dedim bu kez.

"Senin elinde silah varken, benim elimde silah olmayacak öyle mi?" Gözlerini devirdi. "Bunun için aklımı falan durması gerekiyor, bu da imkânsız bir şey."

"Çok iddialısın," dediğimde onunla dalga geçiyormuş gibi görünmeye çalışıyordum ama çok zordu. Yankı, birçok konuda iyi olabilirdi. Yine de onu kendimden üstün görmeyecektim, bunu kendime yapmayacaktım.

"İddiaya girelim o zaman," dedi ve serçe parmağını öne doğru uzattı. "Ben kazanırsam..." Düşündü ve hınzır bir ifadeyle güldü. "Ben kazanırsam ne isteyeceğimi boş ver ama sen kazanırsan..."

"Dizlerinin üzerine çökmeni istiyorum," dedim hızlı bir şekilde. "Ben kazanacağım ve dizlerinin üzerine çökeceksin."

"Hangi konumdayken?" diye sorduğunda ilk başta anlayamadım ama sonrasında düşündüğümde... Bakışlarından tehlikeli bir ifade geçti, öyle bir ifadeydi ki gözlerimi kaçırmak zorunda kaldım ve bu tehlike, korkunun tehlikesi değildi. "Önümde diz çökülmesini daha çok severim."

Yaptığı imaya dişlerimin arasından tısladım. Yanaklarıma kızgınlıktan mı, yoksa şaşkınlıktan mı bilinmez, kan oturmuştu. Konuyu tamamen değiştirmek en iyisiydi. "Beni bu kadar hafife alma, amatör kovboy. Önümde diz çökeceksin ve emin ol kafandan geçtiği şekliyle olmayacak."

Bir süre bekledi, dudaklarını araladı ve kafasını iki yana sallayarak "Gel benimle," dedi, yola doğru yürüdü. "Bir yere gideceğiz." Arkasından onu takip ederken, onların evlerinin yakınında olduğumuzu biliyordum ve neden taksi durdurma ihtiyacı hissettiğimizi anlayamamıştım.

Taksiye bindiğimizde ve Yankı çok da uzak olmayan bir yerin adresini verdiğinde "Nereye gidiyoruz?" diye sordum. Yankı ise işaret parmağını dudaklarına yaklaştırdı ve susmam gerektiğini belli etti. Şoför arabayı düşündüğümden daha hızlı sürüyordu, hemen arka koltukta yanımda oturan Yankı, pencereden dışarıyı yüzündeki silik bir gülümsemeyle izliyordu.

"Gizemli oynamayı seviyorsun," dedim gözlerimi devirerek.

"Sen hiç susmaz mısın?" diye sordu ve kaşlarının çatıldığını gördüm. "Durmadan, bir an bile yılmadan, nefes almadan konuşur musun hep?" Söylediği dudaklarıma kilit vurmama ve benim de pencereden dışarıyı izlememe neden oldu. Camın yansımasından onun yüzünü görüyordum ama o bana bakmıyordu.

Yedi sekiz dakika sonra eski bir binanın önünde durduğumuzda Yankı taksi şoförüne parayı verdi ve araçtan indi. Ardından indiğimde binaya doğru yürüdüğünü gördüm. Konuşmamaya yemin etmiş gibi hiçbir şey söylemeden onu takip ettiğimde göz ucuyla bana baktı ve onu takip ettiğimi gördüğünde binadan içeriye girdi.

Hızlı bir şekilde tepedeki floresanlar bizi görür görmez bembeyaz ışıklarla yandı ve Yankı koridoru geçerek diğer tarafa doğru döndü. İçim içime sığmıyor, soru sormamak için dudaklarımı kemiriyordum ama yine de susmayı tercih ettim.

Susmak ve hiç konuşmamak o kadar zordu ki! Beni sadece çok konuşan ya da çok sorgulayan insanlar anlayabilirdi.

Betondan merdivenleri tırmanmaya başladığında kulaklarıma kısık bir müzik sesi doldu. Neşet Ertaş.

Merdivenlerin son basamağına geldiğimizde gözlerimi daha parlak ışıklar aldı ve Yankı önümü tamamen açtığında nereye geldiğimizi anladım.

Atış poligonuydu.

Köşede oturan bir adam vardı ve radyodaki Neşet Ertaş şarkısına eşlik ediyor, dizine yasladığı rakısını yudumluyordu. Adım seslerimizi duyunca kaşları çatıldı ve başını kaldırıp bize baktı. Yüzündeki kederli ifade hızlı bir şekilde değiştiğinde gülümseyip ayağa kalktı. Elindeki rakı bardağı, dudaklarının arasındaki sigarasıyla Yankı'ya sarıldı.

"Yakışıklı!" dedi sevgi dolu bir sesle. "Seni görmek de mi varmış?"

Yankı gülümsedi ve geriye doğru bir adım atıp ellerini adamın omzuna koydu. "Nasılsın, Kemal abi?"

Adam bardağı işaret etti ardından sigarasını dudaklarının arasından aldı ve onu gösterdi. "Nasıl olsun, bildiğin gibi işte. Sen nasılsın? Çocuklar nasıl? Lâl'im nasıl?"

Yankı omzunu sıvazladı. "Lâl çok iyi, buraya gelmek istiyordu. Bir ara onunla da geleceğim." Adamın gözleri en sonunda bana döndüğünde uzun bir süre inceledi ve sonra Yankı'ya dönüp kaş göz yaptı. "Helin," dedi Yankı bana dönüp bakmadan. "Yeni misafirimiz. Bizimle kalacak."

Adam içtiği rakısını neredeyse püskürtüyordu. "Yeni mi? Şaka mı yapıyorsun?"

"Uzun konular," dedi Yankı konuyu kapatmaya çalışıyormuş gibi. "Bartu her gün buralarda değil mi, o bahsetmedi mi?"

"Bartu hayırsızını en son bir ay önce gördüm," dedi kaşlarını çatarak. "O da rakısını içti, kederlendi ve yine gitti. Sana hep söylüyorum, o çocuğun bir gönül ağrısı var."

Yankı kısa bir süre sessiz kaldı ve gözleri bir noktaya daldı. Ne düşündüğünü merak etmiştim ama anlayabilmem neredeyse imkânsızdı. "Bir ara hep beraber geliriz," dedi Bartu konusunu kapatarak. "Bize yer ayarlasana Kemal abi." Beni kafasıyla işaret etti. "Birileri bana meydan okuyor da."

Güldü, Kemal abi de aynı Yankı'nın az önce bana güldüğü gibi gülmüştü ama bu kahkaha da içeriyordu. "Merhaba," dedim iğneleyici bir ses tonuyla. "Ben de tanıştığıma memnun oldum."

Adam, "Merhaba merhaba," dedi ve kafasını salladı. "Biraz sonrası için ise güle güle."

Yankı da güldü ve adamın omzuna bir kere vurarak poligonu işaret etti. Adam elinde tuttuğu bardağı Yankı'ya verdi ve sigarasını yere atıp söndürerek atışları ayarlamak için ilerledi.

"Beni öfkelendiriyorsunuz," dedim ayağımı bir kere yere vurarak. "Hepiniz hem de. Dışarıdan nasıl görünüyorum? Siz kendinizi ne sanıyorsunuz?"

Yankı, elinde tuttuğu bardaktaki yarısına kadar dolu olan rakıya tek bir dikişte içti ve elinin tersiyle ağzını silerken bana hayal kırıklığıymışım gibi baktı. "Aslında biz kendimizi bir şey sanmıyoruz," dedi rahat bir tavırla. "Sen kendini bir şey sanıyorsun ve sürekli bizi tanımadan meydan okuyorsun. Sonucunda hep rezil olacaksın."

"Ya da vezir olacağım," dedim ve atış yapılan yere doğru yürüdüm. Arkamdaydı, biliyordum. "Kendimi bildim bileli bu atışları yapıyorum, daha basit bir şey olamaz."

"Öyledir tabii," dedi yapay bir takdirle. "Ama karşındaki nefes almayan, kalbi atmayan birisi olunca isabet ettirmek her zaman daha zordur."

Kaşlarım çatıldı ve bize doğru yürüyen adama bakarken her şeyi hallettiğini gördüm. "Hiç daha önce nefes alan birini vurdun mu?"

Sorum kaşlarını kaldırmasına neden oldu. "Ölmüş olan birini vurmak anlamsız olmaz mıydı?" Soruma ucu açık bir cevap vermişti ama yanıtını öyle çok merak etmiştim ki yüzüne bakmaya devam ettim. O ise Kemal abiye bakarak "Adil olmasını istemiyorum," diye seslendi. "Onun mankenini biraz daha yaklaştır."

"Hayır!" diye bağırdım. "Aynı yerinde dursun."

Kemal abi Yankı'ya baktı ve başını salladığını gördüğünde içeriden çıkıp yanımıza geldi. Silahı ikimizin ortasına uzattı. "Önce kadınlar," dedi Yankı silahı alıp bana uzatarak. "Umarım ağır gelmez ve nasıl tutulduğunu biliyorsundur."

Hiçbir şey söylemeden Kemal abinin elindeki büyük kulaklığı aldım ve taktıktan sonra sertçe Yankı'nın elinden de silahı aldım. "Emin ol, düşündüğünden çok daha iyiyim."

Silah fazla ağır değildi, daha ağırlarını taşıdığım zamanlarım olmuştu, bu yüzden gülümsedim ve o sırada Yankı'nın nefesini boynumda hissettim. Yavaşça kulaklığın tekini kaldırdı, nefesi tenimdeydi. "Tam kalbinden," dedi net bir sesle. "Altı atış hakkın var, benim ise üç olacak. Eğer tam kalbinden vurabilirsen iddiayı sen kazanacaksın ve ben atış bile yapmayacağım."

Hafifçe titrediğimi hissettim ama nedenini anlayamamıştım. Yankı'ya dönüp bakamıyordum çünkü bakarsam burun buruna geleceğimizi biliyordum, bu yüzden dikkatimi tamamen karşımdaki mankene verdim ve silahı havaya kaldırdım. Yankı kulaklığın tekini tekrardan kapattığında, "Hiç şansın yok," diye fısıldadım. "Dikkatimi dağıtma yeter."

Tek gözümü kapatıp silahı mankene doğrulturken nefesimi bile tutmuştum ve Yankı bunu hissedebiliyordu. Etrafta derin bir sessizlik vardı, Kemal abi Neşet Ertaş'ı bile susturmuştu.

Dikkatli bir şekilde ve bana öğretildiği gibi bir an bile tereddüt etmeden tetiğe bastım ve ilk atışımı yaptım. Ardından iki üç defa daha tetiğe bastım ve silahı indirerek mankene doğru baktım. Çok uzakta olduğu için seçemiyordum ama tam kalbinden vurmuşum gibi görünüyordu. Bir an Yankı ile aynı atışları yapmak konusunda eşit olmak istedim, üç atıştı fakat sonra bunun umurumda olmadığını ve sadece onun kaybetmesini istediğimi anımsadım.

Tekrardan silahı havaya kaldırdığımda ona bakmamak için ekstra çaba sarf ediyordum çünkü nedense ona bakarsam dikkatimin tamamen dağılacağından korkuyordum.

Dördüncü atışımı yaptım, ardından beşinci atışımı yaptım ve güldüm. "Son atışım kalbi tamamen parçalamak için," dedim ve dikkatli bir şekilde son atışımı da yaptım. Birkaç saniye öyle durduktan sonra silahı aşağıya indirdim ve Yankı'nın yüzüne baktım. Gözleri bende değil, mankenin üzerindeydi. Belki sadece bir kâğıt parçası gibi görünüyordu ama ben o mankeni canlı gibi düşünmüştüm.

Kemal abi tek bir hareketle mankeni bize doğru yaklaştırmaya başladığında gözlerimi Yankı'dan ayırdım ve mankene doğru baktım. Yaklaştıkça yüzümdeki zafer dolu ifade yavaş yavaş silindi ve en sonunda yok olduğunda manken tam karşımdaydı.

Kalbin olduğu yerin etrafına isabetler alabilmiştim ama tam kalbin üzerine denk getirememiştim. Hırsla ve öfkeyle dişlerimi sıktığımda Yankı, "Kalbini değil de ciğerlerini parçalamışsın gibi görünüyor," dedi. Yüzüne bakmamak için neredeyse kör olmayı istedim çünkü ifadesinin beni derinden sarsacağını biliyordum. "Yine de söylemeden geçemeyeceğim, düşündüğümden daha iyisin."

İltifat mı etmişti o? Başımı yavaşça çevirip yüzüne baktım ve düşündüğümün aksine alaylı ifadesiyle değil, ciddi ifadesiyle karşılaştım. Mankeni incelerken bir şeyler düşündüğü belliydi ama ne düşündüğünü bana söylemeyecekti, bunu biliyordum.

"Sıra sende," dedim silahı ona uzatarak ve geriye çekilerek. Kemal abi yeni manken koymak için içeriye girdi ve o sırada da Yankı hiç beklemediğim şekilde hızlı, çevik hareketlerle silahın şarjörlerini değiştirdi. Elleri o kadar hızlıydı ki dudaklarım aralanmak zorunda kalmıştı. O sırada ellerine de dikkat etmiştim. Parmakları ince ve uzundu ama tırnaklarını yediği ortadaydı ayrıca parmaklarında yer yer izler vardı.

"Silah kullanmayı seviyor musun?" diye sorarken buldum kendimi çünkü özel bir ilgisi olduğunu düşünmüştüm.

"Babamın silah koleksiyonu vardı." Cevabı daha fazla şaşırmama neden oldu. Ailesinden bahsetmesi bir yana, onların varlığından bile bahsetmesi kaşlarımı çatmama sebep olmuştu. Düşündüğüm gibi değildi, onu ailesinden bahsetmeyen asi, küçük bir erkek çocuğu gibi hayal etmiştim. "Babamın küçükken şarjörleri nasıl değiştirdiğini izlerdim, sonra onun olmadığı zamanlarda da aynılarını tekrar ederdim." Yüzü bana döndü. "Büyüdüm, büyüdükçe silah kullanmayı da öğrendim ama şarjör değiştirmek her zaman daha keyifli kaldı."

Gözlerinin içinde kederli bir adamı aradım ya da geçmişiyle savaşan, acı çeken bir adamı görmek istedim ama aksine, sanki normal bir şeyden bahsediyormuş gibi bana bakıyordu. Turkuaz gözlerinde hiçbir ifade yoktu. Yankı, böyle kalın maskeler takmayı nasıl öğrenmişti?

Kemal abi mankeni hallettiğinde Yankı "Alnının tam ortasından," diye beni bilgilendirdi. "Bir milim bile hareket ederse ikimiz de kazanamayacağız."

Silahını havaya kaldırdı ve kulaklığı takmadığını fark ettim. Tek gözünü kıstı, benim aksime beklemek ve nefesini tutmak yerine atışını yaptı. Bir süre onu incelerken buldum kendimi. Bir aydan fazladır onu inceliyor, onu izliyor, gözlerimi ondan alamıyordum ama sanki bu sefer onu incelerken daha farklıydı. Kirli sakalları biraz daha uzamıştı, uzun kirpikleri ise alt kirpikleriyle birleşmişti. Dışarıya doğru çıkan alt dudağı ıslak ve temkinli duruyordu. Az önce babasından bahsetmemiz içindeki ateşi harlamış olabilir miydi?

Yankı Sarca, gerçekten her kadının etkilenebileceği kadar büyülü bir güzelliğe sahipti ve bunu uzun zaman sonra itiraf etmek, kendime kızmama neden oldu. "Beni incelemekten vazgeç," dedi Yankı. "Ben senin dikkatini dağıtabilirim ama sen benim dikkatimi dağıtamazsın."

Hızlıca gözlerimi ondan kaçırdım, hiçbir cevap vermeden silahına baktım. İlk atışını yaptığında derin bir nefes aldı ve sonra bir kere daha vurdu; silahı aşağıya indirdi mankene baktı. Yüzünde aydınlanma olduğunda gülümsedi ve tekrardan kaldırıp vurduğunda üçüncü atışını da tamamlamıştı.

Silahı önündeki masaya koydu ve Kemal abi mankeni yaklaştırırken o oraya bakmak yerine dönüp bana baktı. Gözlerim bir ona, bir de mankene kayarken yaklaştıkça hayal kırıklığını değil de hayranlığı hissettim ve bu durum da kendime öfkelenmeme neden oldu.

Manken tam önümüzde durduğunda bakmadan ve kendinden emin bir sesle, "İki kere alnının tam ortasından vurdum," dedi net bir sesle. Havalı görünüyordu ve bunu bilerek yapıyordu. Nasıl böyle emin olabiliyordu? Gerçekten de öyle yapmıştı, gözlerim mankenin kalbinin olduğu yere doğru kaydı. "Bir tane de senin için tam kalbinden vurdum, senin bana bunu hiçbir zaman yapamayacağın gibi."

Ne söylediyse hepsini yapmıştı, hepsi tam karşımdaydı ve o dönüp bakma gereği bile görmüyordu. Kollarımı önümde bağlayıp yüzümü ona çevirdiğimde "Keskin nişancı olduğunu bilmiyordum," dedim ama sesimdeki hayranlığı gizleyemedim. "Tebrik ederim."

"Bir daha kazanamayacağın iddialara, özellikle karşındakini tanımıyorsan girme," dedi. "Benden öğreneceğin çok şey var. Ders bir, atarlı ama amatör kovboy: Bir daha silah kullanırken nefesini sakın tutma. Bu kalp atışını yavaşlatır ve görüşünün netliğini bozar." Yüzüme bakmadan yanımdan geçti ve köşede bizi izleyen adama elini kaldırdı. "Görüşürüz Kemal abi!"

"Görüşürüz yakışıklı," dedi Kemal abi. "Bir daha çocuklarımı da getir."

O bahsettiği çocuklarından biri olamayacaktım hiçbir zaman ama yine de arkama dönüp ona baktım ve elimle selam verdim; tabii ki de karşılığını alamadım.

Merdivenleri inerken "Bu kadar iyi olabileceğin aklımın ucundan geçmezdi," dedim ve Önder Sarca'nın sesi kulaklarımda çınladı. O grubun zekâsıydı ama o aslında çok daha fazlasıydı. Henüz daha onun hakkında hiçbir şey görememişken çok çabuk biletini kesiyordum. "Bence atışlarında şarjör değiştirmekten çok daha iyisin."

Binadan dışarıya çıktığımızda havanın soğuduğunu yeni yeni hissediyordum. Ben deri ceketime sıkıca sarılırken o da cebindeki paketinden bir sigara çıkardı ve yaktı. Derin bir nefes çektikten sonra bana baktı ve dumanı üflerken "Hangi konuda iyi olduğum önemli değil," dedi. Gözlerini göremesem de ifadesinin değiştiğini hissettim. "Ben her zaman şarjör değiştirmekten daha fazla keyif aldım."

Derin bir cümleydi, anlamını belki de hiçbir zaman çözemeyeceğim kadar derin bir cümleydi ama bir o kadar da tanıdık, kendimde bulduğum bir duyguydu. Lafı değiştirerek "İddiayı kazandın," dedim. "Benden ne istiyorsun?"

Atış yaptığımız yer onların evlerine çok yakındı, bunu yeni fark ediyordum. Yankı ilerideki evlerine yürürken "Bir sıfır," dedi eğlenen bir sesle. "İddiayı kazandım ama bunu şimdi kullanmak istemiyorum. İleride daha çok işime yarayacağı zamanlar olacaktır."

Yankı'nın kafasından neler geçiyordu, bilmiyordum ama sanki düşündüğü daha başka konular vardı ve farklı planlar peşinde gibiydi. "Korkmalı mıyım?"

"Bilmem," dedi ve adımlarını hızlandırırken evlerinin ışıklarına doğru baktı. "Korkulacak biri olmadığımı ve ne kadar sevimli olduğumu söylememiş miydim?" Sevimli mi? Hayır. O sevimli değildi ama belki seksi... Kapa çeneni, Helin.

Kapının önüne geldiğimizde ikimiz de duraksadık çünkü içeriden bağırışlar geliyordu; Yankı birkaç saniye tetikte durdu, ardından çığlık sesinin Mutlu'dan geldiğini anladığında omuzlarını indirdi ve anahtarı kilide yerleştirdi.

"Dur," dedim ve refleksle elimi elinin üzerine koydum. Yankı'nın gözleri elime kaydı. "Onlara ne söyleyeceksin? Bana çok kötü davranacaklar, değil mi?"

Beni kandırmasını istedim ama o aksine, "Evet," dedi. "Öncekinden daha kötü davranacaklar ama ben kabullendiysem onlar da kabullenmek zorundalar." Kilidi çevirdi ve yüzüme dikkatli bir şekilde baktı. "Ve ben seni kabullendim, amatör kovboy."

"Hey," dedim Yankı kapıyı açarken. "İkinci söyleyişin! O benim cümlemdi!"

"Ama sen amatördün," dedi ve kapıyı ardına kadar açtığında Mutlu'nun çığlığı kulaklarımıza doldu.

"Bartu!" Sesi tiz çıkıyordu ve evde tepinme sesleri vardı, kıkırdayış sesleri büyük ihtimâl Işık'tan geliyordu. "Bir daha klozete yapıştırıcı sürmeyeceğim, yemin ederim. Popon için özür dilerim. İndir beni!"

Sesler oturma odasından geliyordu ve Mutlu'nun söylediğinden sonra gözlerim irice açıldı, Yankı ise beni eliyle durdurdu. Yüzünde gülümseme oluştu, konuşmaları dinlemek istiyordu.

"Ulan," dedi Bartu, dişlerini sıktığını hissettim. "Ulan ben şimdi senin o kıçına floresan takıp ışıl ışıl mahallede gezdirmez miyim?"

"Floresan mı?" Mutlu bağırmaya başladı. "Kıçım elektrik üretmiyor, ışıl ışıl nasıl yanacak?"

"Bir de sorguluyor," dedi Bartu ve zar zor nefes aldığını işittim. "Korkudan götün yanacak, bekle sen."

"Ama lütfen," dedi ve çırpınışlarıyla Bartu'ya vurmaya çalıştığını anladım. "Şakayı Lâl yapınca bir şey söylemiyorsun, Işık yapınca bir şey söylemiyorsun ama ben yapınca 'Işıldak kıçlı Mutlu' oluyorum. Neden?"

Tepinme sesleri arttı ve Işık kahkahasının arasından, "Adamın poposu klozete yapıştı Mutlu," dedi ve gülmeye devam etti. "Şimdi seni direkt ışıldağa çevirse haklı adam."

"Daha önce de fön makinesinin içine pudra şekeri koymuştum," dedi ve sesindeki alayı hissettim. "Yüzü gözü bembeyaz olduğunda beni hamur gibi yoğurmuştu." Durdu ve bir anda tekrar çığlık attı. "Hayır, o yapışkanı eğer bana yedirirsen… Hayır!"

Yankı içeriye doğru ilerlerken ben de arkasında durdum, bir süre bekledim. Onun içeri girdiğini gören Mutlu, "Baba!" diye haykırdı. "Abi! Kardeş! Her şeyim! Beni kurtarır mısın?"

Yankı'nın güldüğünü hissettim. "Bu sefer hak etmişsin, Mutlu," dedi. Ben de birkaç adım atıp odaya doğru ilerledim.

"Bu evde herkes şakalar yapıyor ama ben Bartu'ya yapınca hep dayak yiyorum," diye inlediğinde sesi kısılıyordu. "Hayır! Sakın! Sakın o lanet yapışkanı muhteşem kıvırcık saçlarıma süreyim deme!"

"İnadına bana yapıyorsun," dedi Bartu. "Çünkü silkelenmek hoşuna gidiyor değil mi? İstiyorsun ki Bartu sana dünyayı hep tersten göstersin."

"Ama," dedi Mutlu ve ben de odadan içeriye girdim. "Senin popon klozete yapışmasaydı, Lâl'in poposu yapışacaktı. Buna izin verir miydin ve siktir!" Mutlu'nun gözleri bana döndü ve bir daha bağırdı. "Siktir!"

Mutlu'nun altında pembe panterli bir baksır vardı ve üstü tamamen çıplaktı. Bartu onu bacaklarından tutmuş ve ters çevirmişti, yüzü kıpkırmızıydı. Kaç dakikadır silkelendiğini merak ettim. Bartu'nun elinde yapıştırıcı vardı ve bacaklarına kadar yapıştırıcıyı sürmüştü, havada tuttuğu yapıştırıcıyı Mutlu'ya yedirmek isterken göz göze gelmiştik ve donakalmıştı. Yapıştırıcı yere akıyordu.

"Ben mi ters döndüğümde paralel evrene gittim, yoksa evimizin ortasında yine şu seksi kız mı var?" Mutlu'nun cümlesiyle beraber Bartu sertçe Mutlu'yu yere bıraktı ve kafasının üzerine düşüp inledi.

Işık ve Lâl koltukta oturuyordu fakat beni gördüklerinde bir anda ayağa kalktılar ve odadaki neşeli hava bir anda silindi, her yanımızı kasvet sardı. Keyifli ifadeleri artık yoktu, aksine hepsinin gözlerinde öfkeyi görmüştüm.

Birkaç dakika sonra ilk konuşan kişi Işık oldu. "Nasıl yani?" Gözleri benim üzerimden ayrıldı ve Yankı'ya baktı. "Bu kızın burada ne işi var?"

Mutlu düştüğü yerden doğruldu ve eliyle önünü kapatarak koltuğun üzerindeki eşofmanı alıp giydi. Onun bile gözlerinde kızgınlık olduğunu görmüştüm, ne diyeceğimi bilemiyordum bu yüzden Yankı'nın ensesine doğru baktım.

Bartu, bir adım attı, direkt bana yönelik konuştu. "Senin bu evde ne işin var? Kovulduğun eve girecek kadar gurursuz musun?"

Ona sinirlenmek ya da tepki vermek istedim ama nedense Bartu'ya karşı kötü hisler besleyemiyor, ona öfkelenmiyordum. Bir cevap beklediği açıktı. Yüzüme baksa da sessizce onu izlemeye devam ettim. En sonunda Yankı "Ben istedim," dedi ve bütün okların kendisine döndürülmesine neden oldu. Bir adım atıp öne çıktım ve yüzüne baktım; gözleri Lâl dışında herkese dokunuyordu. "Bir kere onu kabul ettik, bu eve girdi. Bundan sonra başına gelecek her türlü beladan biz sorumluyuz."

"Kabul etmedik," dedi Bartu ve grupta Yankı'ya en ters giden kişinin o olduğunu anladım. "Sen ettin. Sen eve kabul ettin. Senin dışında kimse onu bu evde istemiyor, başına gelecek hiçbir şey de umurumuzda değil."

Işık kollarını önünde bağladı ve bana doğru "Onda ne buluyorsun?" diye sordu. Yankı cevap vermedi ama Işık'a çok kolay bir şekilde sinirlenebiliyordum, Bartu'da hissettiğim gibi hissetmiyordum.

"Önder de istiyor," dedi Yankı. "Bana, onu neden istemediğiniz konusunda dürüstçe ne söyleyebilirsiniz?" Gözleri bir anlığına Lâl'e döndü ve sonra hemen Bartu'ya baktı. Ona bakınca gardının düşeceğine mi inanıyordu, yoksa Lâl'in öfkeden parlayan gözleri onu sinirlendiriyor muydu, anlayamamıştım.

Bartu beklediğimden daha uzun süre düşündü ve en sonunda "Ona güvenmiyorum," dedi. "Seni günlerce takip eden birisi var karşında, ne bok yediği belli bile değil. Onu evimize bir daha nasıl getirirsin?"

"Bunu konuştuk." Yankı'nın cevabı netti ve o an, hepsinin benim Yankı'yı takip ettiğimi bilmesi bir anlığına afallamama neden olmuştu. "Güvenmediğin birisini kendinden uzak tutman en büyük aptallıktır. Onu yanında tutmalı, bir an bile gözünü ondan ayırmamalısın."

Bartu, alayla güldü. "Senin derslerin umurumda değil," diyerek o da bir adım attı. Tam karşı karşıya geldiklerinde ilk defa benim yüzümden bu hale gelip gelmediklerini merak etmiştim ama o kadar net bir şekilde aralarındaki elektrik hissediliyordu ki aksini düşündüm. "Senin gerçeklerin de umurumda değil. Ben sadece kendi bildiğimi okurum, bu kız evden gidecek." Ellerini saçlarına geçirdi ve karıştırdı. "Ulan, Lâl'e söylediğini unuttun mu?"

Yankı'nın gözlerini devirdiğini gördüm. "Duygusal düşünüyorsun ama mantığını devreye soktuğunda ne demek istediğimi anlayacaksın." Gözleri Lâl'e döndü ve bu sefer gözlerini kaçırmadan ona uzun bir süre baktı. Lâl'in yüzünde öfke ve çok büyük bir hayal kırıklığı vardı, bu hayal kırıklığı sadece Yankı'ya karşıydı. "O hiçbir şey bilmiyordu," dedi Lâl'e açıklama yaparak. "Senden de özür dileyecek."

"Ne?" dedim bir anda ve sesli verdiğim tepkiyle hepsinin gözleri bana döndü. Yankı yan bir şekilde bana baktığında özür dilememi istediğini fark ettim. Bunu konuşmamıştık.

Lâl kafasını iki yana salladı ve özür istemediğini açıkça belli etti, dudakları aralandı sanki bir şeyler söyleyecek gibi oldu ama sonrasında vazgeçti. Sanki bir anlığına tekrardan konuşamadığını anımsadı ya da hatırladı; belki de bağırmak istedi bilmiyordum ama Yankı ne demek istediğini anlamış gibi "Yapma," dedi. "Beni en zor durumda bırakacak kişinin sen olduğunu biliyorsun."

"Zor durumda kalırsın ama kararından vazgeçmezsin, değil mi?" Bartu'nun sorusuyla Lâl'in sessizliği haklılığını savundu.

Yankı düşündüğümden çok daha sabırlı bir adamdı, onun yerinde ben olsaydım çoktan Bartu'yla kavga etmeye başlamıştım, bunu biliyordum. "Senin derdin Helin değil ki," dedi bir anda. Bartu'ya bir adım daha yaklaştığında artık dip dibelerdi. "Senin derdin ben ve benim kararlarım."

Bartu öfkeli bir nefes verdi ve aşağıdaki ellerinin titrediğini hissettim; burun delikleri açılıp kapanıyor, gözleri irileşiyordu. Bir şeyler söyleyecek gibi oldu ama sonra sustu ve Lâl'e dönüp baktı. "Bu kızı istiyor musun?" diye sordu. Neden Lâl'e soruyordu? "Eğer istemiyorsan şimdi bu evden çıkıp gidebiliriz."

"Bartu," dedi Yankı dişlerini sıkarak. "Yeter."

"Yetmez." Tek kaşını havaya kaldırdı ve sessizce sadece Yankı'nın duyabileceği şekilde fısıldadı fakat söylediğini ben de duymuştum. "Ona zarar veren hiçbir şeye tahammül edemediğimi biliyorsun."

Yankı'nın gözleri kısıldı. Bahsettiği kişi Lâl'di ve Bartu ile Lâl'in arasında nasıl bir ilişki olduğunu merak etmeye başlamıştım. "Hayatımız senin tahammüllerine göre şekil almıyor," dedi Yankı. "Ve sen hiçbir şeye tahammül edemiyorsun. Bana diklenmekten vazgeç, yoksa her şey daha kötüye gidecek."

"Gitsin bakalım!" Bartu'nun gür çıkan sesiyle beraber Yankı'yı omzundan itekledi, şaşkınlıkla ikisine baktım. Bartu'nun elleri daha fazla titremeye başlamış, gözleri kocaman açılmıştı. İkisinin arasındaki gerilim artarken Yankı hâlâ sakinliğini koruyordu ama biliyordum ki Bartu'nun tek bir başka hamlesiyle her şey çok kötü bir hâl alacaktı.

Işık ve Mutlu araya girmeye çalıştılar ama Bartu onları da itekledi ve Yankı'ya doğru yürümeye başladı. Yankı, ellerini cebine yerleştirdi ve Bartu'nun ne yaptığını izledi; yüzündeki rahatlık, beni şaşkınlıklara sürüklüyordu.

En sonunda Lâl, bir adım attı ve Bartu'nun önüne geçerek ellerini kaldırdı. Bartu, onu görmezden geldi ama iteklemedi de fakat tam o sırada Lâl, Bartu'nun titreyen elini tuttu ve duvara çarpmış gibi sabitlenmesine neden oldu. Gözleri Yankı'dan ayrılıp Lâl'e kaydı ve yüzünün yavaş yavaş sakinlediğine şahit oldum.

Lâl, Bartu'nun elini daha sıkı tuttu, bana dönüp baktı ve başını salladı. Bunun anlamını biliyordum, gruba beni kabul ediyordu ve nedeni tamamen Yankı'yla Bartu'nun arasındaki gerilimin daha fazla büyümesini istememesiydi.

Bartu Sarca'nın umurunda olan tek kişi, Lâl Sarca'ydı ve ondan başka kimseyi gözü görmüyor gibiydi.

Aralarındaki gerilimin dozu düşmeye başladığında Lâl elini Bartu'nun elinden çekti ve Yankı'nın yanına giderek elini Yankı'nın omzuna koydu. Gözlerinin içine baktı ve bir şeyler söyledi, onun gözlerinden cümleler geçtiğine ve bir şeyler söylediğine yemin edebilirdim.

Bartu'nun Lâl'in tuttuğu eli havada kalmıştı ve öylece Lâl'e bakıyordu, Lâl ise âdeta Yankı'nın önünde âdeta onu koruyordu. Bartu'nun bir şeyler beklediği açıktı ama o istediğini alamadığında eli hafifçe aşağı indi ve hiçbir şey söylemeden hızlı, sert adımlarla odadan çıktı ardından dış kapının çarpma sesini duyduk.

Olduğum yerde irkildiğimde Yankı'nın, "Ben hallederim," dediğini işittim ve başka bir şaşkınlıkla dönüp onun yüzüne baktım. O kadar olaydan sonra gerçekten Bartu'nun yanına gidip onu sakinleştirecek, konuşacak mıydı?

Yüzüme bakmadan o da kapıdan çıkıp gitti ve az önce Bartu'nun aksine dış kapı hafifçe kapandı. Yankı hep mi böyle sakin bir adamdı, yoksa hayat onu bu hale mi getirmişti, anlayamamıştım.

Yankı'nın sakin, kendinden emin duruşu, dağılan ortalığı toplaması ve her şeyi en ince ayrıntısına kadar düşünmesi ona bir kere daha hayran olmamı sağlamıştı.

Birisi sertçe omzuma çarpıp yanımdan geçtiğinde bu kişinin Lâl olduğunu biliyordum. Koltuklardan birine oturdu ve gözleri, gözlerimden başka hiçbir noktaya dokunmadı.

Dakikalardır sustuğumdan mı, yoksa tedirginlikten mi, bilmiyordum ama ağzım kurumuştu, dudaklarımı ıslattım. "Lâl," dediğimde yüzüne daha fazla öfke ve nefret bulaştı. "Yankı söylediği için değil, kendim istediğim için söylüyorum. Dün olanlar için üzgünüm, bilemezdim."

Mutlu ve Işık diğer koltuğa oturduklarında kendimi yine o eve hiç olmadığım kadar emanet hissetmiştim. Lâl ellerini kaldırıp işaret diliyle bir şeyler söyledi ama bu bildiğim işaret dili değildi çünkü eğitimini almıştım ve onu anlayamamıştım. Kaşlarımı kaldırıp Mutlu ve Işık'a baktım, Lâl ise hâlâ yüzüme bakıyordu.

"Senin ne hissettiğin umurunda değilmiş," dedi Işık Lâl'in hâlâ hareket eden ellerine bakarken. "Seni kabul etmemiş ve hiçbir zaman kabul etmeyecekmiş."

"İşaret dilini biliyorum ama bu farklı," dedim merakla Işık'a bakarak.

"Bizim özel olarak oluşturduğumuz bir dil." Cevap veren Mutlu'ydu. "Yaptığımız işlerde başkaları da işaret dilini bilebilir, sırlarımızı o an paylaşamayız." Işık dirseğiyle Mutlu'ya vurdu, Mutlu dönüp kardeşine baktı. "Pot mu kırdım?"

"Ona hakkımızda fazla bilgi veriyorsun." Işık, Lâl kadar öfkeli bakamıyordu. "Bunlar onu hiç ilgilendirmiyor." Gözleri bana döndü ve baştan aşağı yine süzdü, iğneleyici bakışları yerindeydi. "Sakın bu olanlar yüzünden kendini önemli hissetme. Bartu hep kendisi dinlenilsin ister ve ikisi tartışırlar."

"Ve sonra hep Yankı dinlenir, mutlu son." Mutlu devam ettirdiği konuşmanın ardından güldü. "Yalnız bu sefer gerçekten çok ciddiydi. Umarım Yankı onu yumuşatabilir."

Lâl ellerini kaldırıp yine bir şeyler söyledi ve Işık da ona katılıyormuş gibi kafasını salladı. "Yankı bu zamana kadar neyi halletmedi ki?" Bir anlık grubu daima dinç ve ayakta tutan kişinin Yankı olduğunu düşündüm. Peki Yankı'nın sorunlarını kim hallediyordu?

Benden gözlerini ayırmayan ve yüzüne baktığımda da gözlerini kaçırmayan Lâl'e aynı şekilde baktım ve en sonunda dayanamayarak "Diğerlerinden farklı bakıyorsun," dedim. "Diğerleri öfkeli bakıyor ama nefret ediyormuş gibi bakmıyor. Sen bana hem öfkeyle hem de nefretle bakıyorsun. Okulda bile öyle bakıyordun. Ben sana ne yaptım?"

Lâl böyle bir tepki vermemi beklemediği için bir anda duraksadı ve sonrasında kaşları çatıldı. Birkaç saniye sonra ayağa kalktı ve yanımdan geçerek başka bir odaya gitti ve sonrasında odaya döndüğünde eli fotoğraf kareleriyle doluydu. Bir anda önüme fotoğrafları attığında gözlerim o karelere döndü ve gördüklerim karşısında tekrardan Lâl'e baktım, sonrasında eğilip fotoğraf karelerini elime aldım.

Hepsi son bir ay içerisinde onların peşindeyken çekilmiş fotoğraflarımdı. Lâl her ânı fotoğraflamıştı ve otuz gün de o fotoğraf karelerinin içindeydi. Bir tanesinde mini etekliydim, bir tanesinde entelektüel, bir tanesi motosikletli... Metroda çekilen, okulda çekilen, Yankı'nın çalıştığı kafede çekilen... Lâl her ânı fotoğraflamıştı ve hepsinde ben Yankı'ya bakıyordum.

Ellerini kaldırıp bana bir şeyler söyledi ve Işık'a açıklaması içine baktım. "Yankı'dan ne istediğini soruyor," dedi Işık ve kollarını önünde bağladı. "Neden onun peşindeymişsin?"

"Ben hepinizin peşindeydim aslında," dedim Lâl'e bakarak. "Bu gruba girmek istiyordum, açıkladım. Neden sadece Yankı'nın peşinde olmam dikkatini çekti?"

Cüretkâr sorum, Lâl'in kaşlarını çatmasına ve öfkeyle bana doğru bir adım atmasına neden oldu. Hızlı hızlı ellerini hareket ettirdiğinde burnundan aldığı nefesleri duyabiliyordum. "Çünkü Yankı'dan başka kimseye yaklaşmaya çalışmamışsın." Işık da meraklı gözlerle bana bakıyordu. "Ona âşık mı oldun?" Gözlerim irileşti ve Işık ellerini kaldırıp "Bunu ben değil, Lâl soruyor," dedi ve o da soruyu anlamsız bulmuş gibiydi.

"Hayır!" Sesim yüksek çıkmıştı, nedeni sorunun saçmalığıydı; beni öfkelendiren neydi? "Ayrıca ona âşık olan birçok kız vardır, Lâl. Neden benim âşık olma ihtimalim seni bu kadar öfkelendiriyor? Konu gerçekten bu mu?"

Yankı ona hakkımda bir şeyler söylemiş olabilir miydi?

"Neden ona âşık olan birçok kız olacakmış?" Işık, Lâl'i seslendiriyordu ama onun da sesinde merak vardı.

Bir an sorduğu soruyu düşündüm ve afallamış bir suratla, "Dikkat çekici bir adam," dedim ve Lâl'in dişlerini sıktığını gördüm. "Yakışıklı erkeklerden hoşlanan ve anında o erkeğe âşık olduğunu düşünen birçok kız bulabilirim. Ayrıca fazlasıyla gizemli, öyle gizemli erkekler de kızların dikkatini çeker."

Mutlu gülerek "Sen mi düşünüyorsun bunları, kızlar mı?" diye sordu ve ayağa kalktı. "Ama bu seksi kıza hak veriyorum çünkü bana da çok kız âşık olduğunu söyledi." Elini Lâl'in omzuna attı. "Hatırlasana, karşı mahalledeki kız sümüklü mendilimi saklıyordu."

"Aptal," dedi Işık ve Lâl, Mutlu'nun elini itekledi. Gözleri benden ayrılmıyordu ve ciddiyetini bırakmıyordu. "O kız sapığın tekiydi."

"Sen bunu nereden biliyorsun?" Mutlu, Işık'a gözlerini devirdi. "Yoksa mesajlarımızı mı okudun?"

Işık alnına vurdu. "Çünkü gelip gidip bana yalvarıyordu. Senin tişörtlerini bile benden istiyordu. Kokun için."

"Sen delirdin mi!" dedi Mutlu. "Sakın kaybolan en sevdiğim tişörtümü ona verdiğine söyleme! O tişört benim seks tişörtümdü!"

O sırada dış kapının açıldığını ve gülme seslerinin geldiğini duydum. Birkaç saniye sonra Bartu ve Yankı içeri girdiklerinde ikisinin de yüzünde gülümseme vardı. Yankı, Bartu'nun omzuna elini atmıştı ve az önce olan gerginliklerinden eser yoktu.

Hepimiz onlara baktığımızda, "Sorun yok," dedi Bartu ellerini kaldırıp. "Az önce kontrolümü kaybettim, unutalım." Yüzü bana döndü ve hiç ummadığım bir anda elini uzattı. "Sana güvenmiyorum, senden hoşlanmıyorum ama madem seni kabullenmek zorundayız, tanışalım. Bartu. Seni defalarca döndürüp duvara fırlatacak o adam." Güldü. Evet, Bartu bana güldü!

Önder, bir an bile beklemeden onun hakkında ne düşündüysem Bartu'ya yetiştirmişti. "Helin," dedim ve elini sıktım. "Beni duvara yapıştırırsan kalkıp sana karşılık verecek o kızım."

Bartu kafasını iki yana salladı. "Merak etme, kadınlara el kaldıran birisi değilim ama karşımda bir dövüşçüye dönüşürsen erkek ya da kadın diye ayırmam."

"Ben de tanışayım mı? Çok heveslendim. Hep gergin ortamlardan sonra havalı bir şekilde tanışan o adam olmak istemiştim." Mutlu yanıma geleceği sırada Işık kolundan tutup sertçe çekti ve onu durdurdu.

"Sen otur," dedi Bartu ve Mutlu'ya sert bir şekilde baktı. "Seninle daha işim bitmedi."

Mutlu ürkek bir şekilde koltuğa oturduğunda Yankı ellerimde tuttuğum fotoğraf karelerine baktı ve gözleri Lâl'e döndü. Bir şeyler döndüğünü anlamıştı ama sorgulamak yerine fotoğraf karelerini elimden aldı, bir anda boşta kalan elime bir defter koydu. Siyah, deri deftere baktım ve ondan bir açıklama bekledim.

"Biz Sokak Nöbetçileri'ne," diyerek konuşmaya başladı. "Küçüklüğümüzden beri öğretilen bir şey var, o da bu günlük. Evet, o defteri günlüğün yapacaksın." Gözlerimdeki sorgulamayı okudu ve açıklamaya devam etti. "Hepimizin günlükleri var ve gruba girdiğimizden beri, yani küçüklüğümüzden beri bizim için önemli olan bütün günleri not etmek zorundayız." Duraksadı, sonra devam etti. "Çünkü hafıza, her an kaybolabilir ama günlüklerimiz bizim asla kaybolmayacak en önemli silahımızdır." Kafasıyla beni işaret etti. "Artık sen de bizim yanımızdasın ve senin de günlüğün olmak zorunda."

Bazı noktaları anlayabilmiştim ama bazı noktaları anlayamamıştım. "Bu günlüğü benden başkası okuyabilecek mi yani?"

"Hayır," durdu, " ve evet. Senin izin verdiğin kadar. Tıkandığımız, unuttuğumuz ya da anımsamak istediğimiz olaylar olduğu zaman hepimiz günlüklerimizi yoklarız. Öyle günlerde izninle bize açıp sen okuyabilirsin."

Günlüklerin bunların dışında başka bir amacı daha olduğunu düşünüyordum ama bu düşüncemi yutmak zorunda kalmıştım. Özellikle şimdi bu günlüğü bana vermesi tuhaftı. "Günlüklere bazı günleri kayıt edecek kadar önemli işler yapıyorsunuz, öyle mi?"

"Kızım," dedi Mutlu, sokak ağzıyla ve çenesini eğerek. Bacaklarını açtı ve elinde tespih varmış gibi davrandı. "Gökyüzünden geçen kuş kakasını yapmadan önce bizden izin alır, bana gelir abi tuvaletimi yapabilir miyim? der, ben de derim, yap. Öyle yapar. Sen bizi ne sandın?"

"Of Mutlu," dedi Bartu. "Yine çok konuştun."

"Böyle günlere artık ben de dâhil olacağım, öyle mi?" Hepsi birbirine baktı, Yankı bile bir an tereddüde düştü fakat hemen sonrasında duruşunu düzeltti.

"Korktun mu?" Yankı'nın yüzünde alay vardı.

"Korkmadın mı?" dedi Mutlu, bir aralar internette ünlü olan kızı taklit ederek. Hepsi hep bir ağızdan "Mutlu!" diye bağırdığında Yankı, "Şunu yapma artık," dedi.

"Pekâlâ," dedim ve tek ayağımın üzerinde durarak günlüğü aşağıya doğru indirip sımsıkı tuttum. "Güzel ve farklı bir düşünceymiş, sevdim."

Kısa bir sessizlik oldu ardından Bartu, "Uyuyalım artık," deyip ayağa kalktı. "Yarın uzun bir gün olacakmış gibi hissediyorum."

"Yatalım yatmasına da," dedi Işık ve bana baktı. "Nasıl yatacağız? Ben ve Mutlu aynı odada kalıyoruz, Bartu ve Yankı aynı odada." Gözü Lâl'e doğru döndü. "Tek yalnız yatan kişi Lâl..." Lâl hızlı bir şekilde kafasını iki yana salladı ve elleriyle bir şeyler söyledi. Ben bile bu dili anlamadığım hâlde ne dediğini çözdüm. Hiçbir şekilde onunla uyumamı istemiyordu.

Yankı, sanki daha öncesinden bunu düşünmüş gibi, "Fotoğraf odasında uyur," dedi. "Orada rahat bir koltuk var." Lâl kaşlarını kaldırdı ama Yankı'ya karşı çıkmadı. "Lâl'in çektiği fotoğraflardaki filmleri banyo ettirdiği yer, bilirsin ya kırmızı ışıklar ve asılmış fotoğraflar. Merak etme, birkaç kere o odada uyudum. Işık bir zamandan sonra gece lambası gibi geliyor. Ama belki ışığı kapatırsan..." Lâl yine bir şeyler söyledi ve Yankı nefesini dışarı verdi. "Kapatamazmışsın çünkü yeni banyo ettirilen fotoğraflar varmış."

Kırmızı ışık mı? İrkilip geriye doğru bir adım attım ve elim kalbime doğru gitti; kalbimin üzerindeki çığlıkları hissettiğimde nefesimin boğazıma takıldığını ve o nefesi alabilmek için temiz havaya ihtiyacım olduğunu fark ettim. Elim kalbimden boğazıma doğru kaydığında Yankı'nın "Ne oldu?" dediğini duydum ama kulaklarım hafifçe çınlıyordu. Elimi kaldırdım ve onu durdurdum, birkaç saniye gözümü kapatıp kendime sakinleşme süresi verdim ve içimden defalarca kendime güçlü olduğumu hatırlattım.

Güçlüsün, Helin. Güçlü olmak zorundasın, Helin. Rol yapmak zorundasın, Helin. Hayır, Helin. Sakinleş, titreme, Helin. Şimdi değil, Helin.

"Sadece başım döndü," diye mırıldandığımda gözlerimi açtım ve hepsinin dikkatli bir şekilde beni incelediğini gördüm. "Odayı gösterebilir misin? Uyumak istiyorum da."

Hiçbirine bir şey söylemeden oturma odasından çıktım. Elim hâlâ boğazıma sarılıydı ve sessiz sessiz derin nefesler almaya çalışıyordum. Arkamda Yankı'nın adımlarını hissettim. Merdivenlere yöneldiğimde beni durdurmadı ve arkamdan takip etti. Son basamakta "Sağa dön," diye emretti ve döndüm. Birkaç adım sonra önüme geçti ve beyaz, yarısı cam kapının kolunu tuttu. İçerideki kırmızı loş ışık, cama çarpıyordu ve nefesimin daha fazla düzensizleşmesine neden oluyordu.

Yankı, kapıyı açtı ve içeriye girdi. Onun arkasından küçük adımlarla girdiğimde oda düşündüğümden çok daha küçüktü. Bir duvar boydan boya asılmış fotoğraflar ile doluydu ve önünde tahtadan bir masa vardı. Fotoğrafları bile inceleyebilecek durumda değildim. Masanın iki yanında sandalyeler duruyordu. Başka da hiçbir şey yoktu. Çok dardı, çok fazla dardı ama nefesimi kesen sadece kırmızı ışıktı.

Yankı, yüzünü bana döndürdü ve kırmızı ışıkta onun turkuaz gözleri ürpermeme neden oldu. "İyi misin?" diye sordu kısık bir sesle. Bir adım attığında geriye doğru kaçtım ve tepkim onu şaşırttı. "Sadece arkandaki battaniyeyi alacaktım." Beni öyle bir inceledi ki ondan kaçmak istedim. "Nefes al, Helin. Nefes almayı unutuyorsun."

Nefesimi sesli bir şekilde dışarıya verdim ve kendimi koltuğa bıraktım. "Sorun yok," dedim ama sorun olduğu sesimden açıkça belliydi. "Sadece bazen başım çok dönüyor."

Yankı elbette söylediğime inanmadı ama üzerine düşerse ortamın gerileceğini bildiğinden "Bir şey olursa yan odadayım," dedi. "Bartu'nun uykusu ağırdır ama benim hafiftir, seslenmen yeterli."

"Bir şey olmayacak." Daha çok kendimle konuşuyor gibiydim ve Yankı bunu hissetmişti. "Şu günlüğe," dedim lafı değiştirerek ve başka bir noktayı merak ederek. "Sadece sizinle tanıştıktan sonrasını yazmak zorunda mıyım? Ben de geçmişimden hatırladığım bir şeyleri yazabilir miyim?"

Yankı olumlu anlamda kafasını salladı. "İstediğini yazabilirsin."

"Teşekkür ederim," dedim ve gözlerim ona odaklandı. Nefesimi düzene sokmaya çalışırken onun gözlerine bakmak kendimi bir nebze iyi hissetmemi sağlamıştı. "Bugün beni savunduğun için ve arkamda durduğun için."

Yankı, omzunu indirip kaldırdı. "Seninle bir ilgisi yok," dediğinde üstten bakışlarını kapıya doğru çevirdi. "Güvenmediğim insanları en yakınımda tutmazsam darbenin nereden geleceğini göremem."

Ona darbe vuracağımı düşünmesi beni sinirlendirmişti ama neden sinirleniyordum ki? Tam olarak yapacağım bu değil miydi? Neden Yankı'ya ihanet etme düşüncesi beni öfkelendirmiş, kendimi savunma ihtiyacı hissettirmişti.

"Her neyse," dedi ve kapıya doğru yürüdü.

Dışarıya çıkıp kapıyı kapatmadan önce "İyi geceler," diye fısıldadım. "Güzel rüyalar görürsün umarım." Yankı, gülümsedi ve gülümsemesinden bunun imkânsız olduğunu düşündüğünü fark ettim, sonrasında ise kapıyı kapattı.

Yalnızdım. Küçücük odanın içinde yalnız kalmıştım ve ışıklar... O ışıkları kör olmak isteyecek kadar görmek istemiyordum; şu an kör olabilirdim, şu an gözlerimi söküp çıkarabilirdim, şu an dünyayı kapkaranlık görebilirdim.

Koltuğa cenin pozisyonunda uzandım ve ellerimi gözlerime sıkıca bastırıp nefesimi düzene sokmaya çalıştım. "Helin yapma," dedim kendime kısık bir sesle. "Yapma, dik dur. Güçlü ol. Daha kötü gecelerin oldu, bir ışığın senin gücünü sömürmesine izin verme." Yattığım yerde öne arkaya hareket ederken parmaklarımın arasından kırmızı ışıkların girdiğini hissediyordum. Sessiz bir şarkı mırıldanmaya başladım, bir ninniye dönüştü. Gözlerimi oyacak kadar parmaklarımı bastırdım ama imkânsızdı. En sonunda kafamı yastığın altına koydum ve karanlığa kucak açtım.

Her yerdeydim.

Uyanık mıydım, uyuyor muydum bilmiyordum ama odanın her yerindeydim; bunu hissediyordum.

Köşede çökmüştüm, çıplak bacaklarımı kendime doğru çekmiştim ve kapıya doğru bakıyordum; dizlerim yaralarla doluydu ve o yaralar geçmeye yüz tuttukça bir daha soyuyordum. Nefesim kesiliyordu, nefesimi tutuyordum, görünmez olmak istiyordum.

Kapı açılıyordu, çığlık atıyordum.

Yatakta uzanmıştım, bedenim çırılçıplaktı, kollarım kesiklerle doluydu. Gözlerim kapıdaydı ve yine nefesimi tutuyordum, titriyordum. Ellerimle ağzımı kapatıyor, nefesimi kesmek istiyordum.

Kapı açılıyordu, korkuyla inliyordum.

Kapının önüne oturmuştum, ağlamaktan önümü göremiyordum ve kapıyı itekliyordum. Gücüm yetmiyordu, kapı itekleniyordu, bedenim geriye doğru düşüyordu.

Acı içinde bağırıyordum.

Bütün zamanlardaydım, ben ise aslında zamanla hep tek bir kişi olarak kalmıştım ve o kişiyle seneler sonra ilk defa yüze yüze geliyordum.

Gözlerimi açtım, kırmızı loş ışıktan kaçmadım ve ona baktım; sesimin kısıldığını hissediyordum, boğazım acıyordu. O ışığı izledim, ışığın etrafında bir sinek dönüp durdu ve ben o ışığı izlemeye devam ettim.

Dakikalar geçti, saatler geçti; gözlerimi ayırmadan o ışığı izledim ve bütün zamanlarım o tek bir kişiden hesap sormaya başladı. Bakışlarım masanın üzerindeki günlüğe kaydı ve koltuktan kalkıp masanın yanındaki sandalyeye oturdum. Günlüğü kendi önüme doğru çekerken masanın üzerindeki dolma kalemi alıp defterin ilk sayfasını açtım.

Tek bir kişi benimle beraber o defterin sayfasını açtı; bütün zamanlarım çığlık atmaya başladı.

Sevgili geçmişim...

Başımı kaldırdım ve odadaki kırmızı loş ışık gözlerimi aldı; duvarlarda asılı olan ve banyo ettirilen fotoğraflara baktım. Hepsinde onlar vardı, o fotoğraf karelerinin hiçbirinde ben yoktum ve olamayacaktım da ama onların çocukluklarının yanında, benim çocukluğum da daima duruyordu çünkü aslında onlardan hiçbir farkım yoktu.

Geçmişten geleceğe yazıldığını duymuştum ama gelecekten geçmişime yazarken bunu ilk defa benim yaptığımı düşünüyorum.

Bu günlük ellerimin arasına bırakıldığında ne yapmam gerektiğini bilemiyordum ama sonra düşündüm, çocukluğumu unutmamak için, daima o kız çocuğunu dinç bir şekilde hatırlamak için günlüğüme en yaralı, en acılı yaşlarımdan başlamak istedim.

Derin bir nefes aldım, elimdeki kalemin mavi mürekkebi beyaz deftere aktı ama umursamadan devam ettim.

Oradasın ve beni duyuyorsun, değil mi? Merak etme, her şey yolunda ve ben her zamanki gibi güçlüyüm, güçlü olmaya çalışıyorum, güçlü gibi davranıyorum. Bütün yaşlarımı seviyorum ama size arkamı dönüyorum diye bana kızmayın.

Ben yine o kırmızı ışıklı odadayım.

Beş yaşındaki hâlim gözlerimin önüne geldi; o hâlim benden kaçmak istedi ama seneler sonra ben o kız çocuğunu kolundan tutup çevirdim ve yüzüne baktım.

Ve orada duruyorsun, görüyorum seni. Uzun zamandan sonra seninle ilk defa göz göze geliyorum ve utanıyorsun. Diğer bütün insanlardan utandığın gibi utanıyorsun, bunu yapma.

Gözünün altındaki morluğun canını çok yaktığını biliyorum, hayır, dokunma ona. Dokunursan daha çok acır. Acının üstüne parmaklarını bastırırsan hem acın sana acır hem parmakların parçalanır. Sen benim dördüncü yaşım, benim en korkak yaşım.

Daha öncesini hatırlamıyorsun, değil mi? Dördüncü yaşın hayal meyal gözlerinin önünde. Mumları üflüyorsun mesela ve o mumları üflerken bir çift simsiyah göz seni izliyor, "Hadi kızım," diyor sana. "Dudaklarını öne çıkar ve üfle o mumları." Masumsun, inanıyorsun ve sevinçle o mumları üflüyorsun ama sonrası? Sonrası yok değil mi? Sonrası kıpkırmızı ışıklarla dolu bir oda. Çünkü o, bu ışıkları seviyor, değil mi?

Alt dudağımı dişlerimin arasına aldım ve gözlerimi kapatarak kendime sakinleşmek için zaman verdim. Parmaklarımın arasında tuttuğum kalem titriyordu çünkü geçmişimi yazan o parmaklarım titriyordu. Çünkü kalbim titriyordu, kahretsin dizlerim ki yine titriyordu.

Canın yanıyor o mumları üflediğin gün, sabahına büyük bir acıyla uyanıyorsun ve her yerinin mosmor olduğunu görüyorsun. Ağlamaya başlıyorsun, öyle çok ağlıyorsun ki odanın kapısı sertçe açılıyor ve ağzını kapatıyor birisi. "Anne," diye haykırıyorsun. Babana seslenmiyorsun, anneni ve şefkatli ellerini istiyorsun ama gelmiyor, değil mi?

Sonrası? Sonrası yine yok sevgili dört yaşım çünkü hafızan acılarını en azından dört yaşına kadar sildi ama sonrasını çok net bir şekilde hatırlıyorsun, değil mi? Hafızana lanet edecek kadar hatırlıyorsun, istiyorsun ki büyüdüğünde hafızan bu yaşlarını silsin ama hayır. Bak buradayım, hatırlıyorum ve hafızam dört yaşımdan sonrasını hiçbir zaman silemedi.

Başımı iki yana salladım ve gözlerime dolan yaşların akmaması için çaba sarf ettim fakat yaşlar intihar etmek için ellerinden geleni yapıyorlardı; geceden beri ağlamamak için öyle çok direnmiştim ki yaşlar beni öldürmek istiyor gibiydi.

Ve sonra beşinci yaş. Ve sonra altıncı yaş. Ve sonra yedinci, en lanetli yaş. Hepsini hatırlıyor, hepsini izliyor, hepsini hissediyor, hepsini görüyorsun. Doğum günlerini neden sevmediğini biliyorsun, doğum günlerinin hediyesinin ne olduğunu da biliyorsun. Dinle beni, ben gelecekten yazıyorum ve hâlâ doğum günleri beni korkutuyor ufaklık çünkü gece oluyor, gece olunca mahvoluyorsun. Gece olunca kırmızı ışıklar her yanını sarıyor, gece olunca hiç yanında olmayan annenin şefkati bile yok oluyor.

Elim kalbime doğru gitti, kalbimin üzerinde çocukluğumun ağladığını, feryat ettiğini, kendini öldürmek istediğini hissettim.

Hayır, senin yaşın ölmeyi dilemek için çok erken. Henüz beş yaşındasın ve daha yaşayacağın o kadar çok şey varken ölmek de ne demek? Kaçma, kaçıyorsun çünkü o yaklaşıyor. Odaya yaklaşan adım seslerini duyuyorsun, kulaklarını sıkıca kapatıyorsun ama geliyor. Duvar kenarına oturuyorsun. Yapma, korkma, çığlık at, diye haykırıyorum sana gelecekten ama öyle çok korkuyorsun ki yapamazsın çünkü güçsüzsün. Çünkü çocuksun. Çünkü ufacık bir çocuksun, kim ufacık bir çocuğa zarar vermek isteyebilir ki?

Bir damla yaş gözümden düştü ve oradan günlüğün sayfasına bulandı.

Elleri, ellerini tutuyor, sıska bacaklarını tek bir düğümle iple bağlıyor ve ağzını ter kokan eliyle kapatıyor. Anımsadığın tek koku, elinin terinin kokusu çünkü daha sonrasında nefes alamıyorsun.

Canın yanıyor. Canın yok oluyor.

Canın bin parçaya ayrılıyor, bedenin kendi ağırlığını kaldıramazken başka bir ağırlığı hissediyorsun.

Her şeyi hatırlıyorsun, her şeyi hatırlıyorum. Sen o yaşında, o yatakta yok oluyorsun ama ağlayamıyorsun bile çünkü biliyorsun, ağlarsan daha kötüsünü yaşayacaksın, biliyorsun beş yaşım, ağlarsan o simsiyah gözleri olan İblis seni daha çok mahvedecek. Yaşadıklarının bir kâbus olduğuna inanmak istiyorsun ama canın öyle çok yanıyor ki yaşadıklarının gerçek olduğunu sana hissettiriyor. Sonra o gidiyor, bacaklarındaki ipler sökülüyor ama hareket bile edemiyorsun. Bir ninni mırıldanıyorsun, annen ninniyi okumuş gibi hissetmek istiyorsun ve kendine söylediğin o ninniyle uykuya dalıyorsun.

Ben geleceğinim ve artık her şey kâbuslarımda fakat daha da kötü. Karnımda şiddetli bir acıyla uyanacağım, nefesimi keseceğim, kendimi öldürmek isteyeceğim kadar kötü. O yaşın kâbuslarımda bile beni böyle korkuturken, sen nasıl dayandın çocukluğum?

Söylesene, nasıl dayandın çocukluğum?

Ellerim öyle bir titriyordu ki sol elimde tuttuğum kalem artık kâğıda darbe bile vuramayacak durumdaydı; darbe vursa gözyaşlarımın ıslattığı defter parçalanacaktı.

Beş yaşım...

Zorlukla yazdım ve kulaklarıma sessiz hıçkırıklarım doldu.

Yemin ederim çok güçlüyüm, öyle çok güçlüyüm ki dilimde sen yoksun ama kalbimde hep varsın. Öyle çok güçlüyüm ki, seninle yaşamayı kendime öğretmeye çalışıyorum.

Çocukluğum, ben seni hiçbir zaman affedemiyorum, ben bizi hiçbir zaman affedemiyorum.

Kalem parmaklarımın arasından kaydı ve ellerim kucağıma düştü. Defterin sayfasına bakarken çok uzun zamandır ağlamadığımı, çok uzun zamandır geçmişimle yüzleşmediğimi yeni fark ediyordum. Kalbimi uzun zamandır hissedebileceğim en büyük acılara kapatmıştım ama şimdi bütün acılarım saklandıkları yerden ortaya çıkmıştı ve beni mahvediyordu.

Daha fazla hıçkırmaya başladığımda sesim yükselmişti ve elimle ağzımı kapatıp kapıya doğru baktığımda onu gördüm. Yankı Sarca, kapının önünde dikilmişti ve gözleri bir önümdeki deftere bir bana bakıyordu. Buğulanmış gözlerimin arasından ona bakarken saklamak istermiş gibi yüzümü ellerimin arasına aldım. Kapının açıldığını bile duymamıştım, en başından beri orada mıydı?

Hayır, bunu istemiyordum. Onların karşısında güçsüz, ağlayan, mağdur birisi gibi görünmek istemiyordum. "Yankı," dedim titreyen bir sesle. Onun gitmesi gerektiğini söyleyecektim ama başarısız oldum çünkü sesimi kontrol edemiyordum.

Adım seslerini duydum, sıkıca kapattığım gözlerime rağmen masanın yanındaki diğer sandalyeyi çektiğini anladım. Birkaç saniye sonra bacakları, kafede olduğu gibi bacaklarımı birbirine bastırdı ve titreyişimi engellemeye çalıştı. "*Ne olacak bu senin durmadan titreyen dizlerin?*" dediğinde ellerini bileklerimde hissettim, baskı yapıyordu çünkü tırnaklarımı yüzüme geçiriyordum, beni kendi ellerimden kurtarmaya çalışıyordu. "Ve titreyen ellerin." Ellerimi yüzümden çekmeye çalıştı, ona karşı geldim ama kuvvetim de pek yerinde sayılmazdı.

"Yankı, lütfen," derken gitmesini istiyordum.

"Ve titreyen sesin," dediğinde fısıldıyordu ama fısıldaması sanki bana daha kolay ulaşabileceğinin bir göstergesi gibiydi. Bir anlık korkuyla ellerimi yüzümden çekmesine izin verdim ve hızlı bir şekilde masadaki açık olan deftere baktım. Tek bir elimi onun elinden kurtarıp defteri kapattığımda bakışlarım ona döndü ve sadece bana baktığını gördüm. "Bütün gece inledin, bağırdın, çığlık attın. Kâbuslarında ne var? Bu odada ne var? Bu günlüğe yazdığın geçmişinde ne var?"

Onun gözlerinin içine bakarken ağlamamak istedim, güçlü durmak ya da rol yapıyormuş gibi davranmak çünkü onu tanıdım tanıyalı tek şey yaptığım buydu ama şu an elimden bunlar gelmiyordu. Tam gözlerinin içine bakarak sessiz sessiz ağlamaya devam ettim. "Durduramıyorum," diye inlediğimde öfkem kendimeydi. "Bu olmamalıydı."

Bileğimi tutan elini çekti ve parmaklarını çeneme yerleştirdi. Eli çenemden yanağıma doğru çıkarken gözlerimden akan yaşlar gibi parmak uçlarının da sıcak olduğunu hissettim. Yaşları yavaşça silerken "Evet, bu olmamalıydı ama oldu," dedi ve nefesi yüzüme çarptı. O an dürüst merhametini ilk defa gördüm; kafedeki merhameti sadece bir rolden ibaretti. "İlk defa bu kadar gerçeksin. Seni bu kadar gerçek kılan acın kaç yaşında, Helin?"

Başımı iki yana salladım ve yaşlar gözlerimden art arda düşmeye başladı. "Geçmişimi istemiyorum," diye inlediğimde nefes zor alıyordum ve ter içindeydim. "Ben geçmişimi öldüremem, Yankı ama geçmişim intihar edebilir."

"Yok olmasını istediğin geçmişin, geleceğini oluşturdu ve sen olduğun kişiyi sadece geçmişindeki kız çocuğuna borçlusun." Turkuaz gözlerini gözlerime çevirdi, sanki gözlerimden her şeyi çözmeye çalışıyordu. Aradı, her noktasına kadar aradı ve bulamadığında "Yalanlarını ve oyunlarını hep görüyorum, anlıyorum," diyerek fısıldamasına devam etti. "Ama gerçeklerine ulaşamıyorum."

"Çünkü onlar çok geçmişte kaldılar, Yankı," dediğimde derin bir nefes aldım ve başımı acıyla iki yana salladım. "Çünkü onlar kazınmış bir mezarın içine girdiler, toprağı herkes attı ve zaman onu gizledi."

"Sadece o mezarın içini sen görebiliyorsun çünkü zaten içindesin, değil mi?" diye sorduğunda öylece yüzüne baktım ama doğru söylediğini o da biliyordu. "Seni anlıyorum," dediğinde gözümden damlayan başka bir yaşı daha çeneme bile ulaşmadan sildi. "Çünkü ben de o mezarın içinde yaşıyorum ve ikimiz de yeraltındaysak birbirimizin gerçeklerini görmemiz daha kolay olacak."

Aramızda zamanın bile alt edemeyeceği kadar derin bir sessizlik, büyük bir çığlık geçti. Gözlerimizden kimsenin anlamını çözemeyeceği cümleler okundu ve ben ilk defa birine sarıldığımda verebileceği güven hissini merak ettim, ilk defa kendim için bir şey istedim, Yankı bana sarılsın istedim. Birisi bana ağlayınca sarılsın istedim.

"Yankı?" Kapıdan Işık'ın sesi geldiğinde hızlıca başımı önüme eğdim ve ellerimi alnıma koyarak yüzümü kapattım. Birkaç saniye sonra Yankı'nın dizlerimi tutan bacakları uzaklaştı ve ayağa kaktı. "Toplantı yapmamız gerek, oturma odasında seni bekliyoruz."

"Geliyorum," dedi Yankı ve Işık'ın odadan uzaklaşan adım seslerini duydum. Başımı kaldırdığımda Yankı bana bakıyordu. "Sen de geliyorsun," dediğinde sesinde temkinli bir ton vardı.

"Tamam," dedim ellerimle yüzümü silerek. "Sen çık, ben hemen geliyorum."

Yankı, uzun bir süre yüzüme baktı ve kafasını sallayarak odadan dışarıya çıktı; kapıyı açık bırakmayı da unutmadı.

Ellerime baktım, dizlerime baktım; titremiyorlardı. Kalbimin üzerine ellerimi koydum, çocukluğum çığlık atmıyordu.

Ne yapmıştı? Yankı bunu nasıl yapmıştı?

Hızlıca sandalyeden kalktım ve koridordaki kapıları açıp kapatarak üçüncü kapıda banyoyu buldum. İçeriye girdim ve aynaya bakmadan buz gibi suyu yüzüme çarptım; buz gibi su beni kendime getirirken musluğa yavaşça kapattım ve korkak gözlerle aynaya baktım.

Saçlarım dağılmıştı, gözlerim kıpkırmızıydı, burnumun ucu kıpkırmızıydı ve gözlerimin altında uyuyamadığım uyusam da gördüğüm kâbuslardan dolayı mor halkalar vardı. Dudağımdan şişlik açık mor rengine dönmüştü ve hiç de iyi görünmüyordum.

Kendimle daha fazla yüzleşmeyerek banyodan çıktım ve merdivenlere doğru yöneldim; kırmızı ışığın olduğu odaya bir daha bakmadım.

Eğer Işık gelmeseydi, Yankı'ya neredeyse sarılacaktım. Bu değildim, duygularım olmamalıydı. Çocukluğum olmamalıydı.

Acılarım olmamalıydı çünkü ruhumun acısı, beni her zaman savunmasız kılıyordu.

Oturma odasına girdiğimde hepsi masaya oturmuş, derin bir sohbete dalmıştı. Beni gördüklerinde hepsi sessizleşti ve gözler beni inceledi.

Lâl'in benden nefret eden bakışları yerli yerindeydi ama ona bakmayı es geçtim çünkü artık onu görmezden gelecektim. Farkında olmadan bana yaptıklarının keyfini çıkarsın istemiyordum; bu huzuru ona vermeyecektim.

"Otursana Helin," dedi Işık ve gözlerim şaşkınlıkla ona döndü. Yüzünde öfkesi yoktu ama az önce odada beni gördüğü için yumuşak davranmaya çalıştığını anlamıştım. "Yankı sana kahve doldurdu."

Başımı olumlu anlamda ağır ağır aşağı yukarı salladım ve sandalyelerden boş olana oturup önümdeki fincan kahveden birkaç yudum aldım. Tam karşımda Yankı vardı ama ona bakmak istemiyordum, bir süre onun yüzüne bakamayacağımı düşünüyordum.

"Yeni bir iş aldık," dedi Yankı, bana söylediğini biliyordum ama ben fincana bakıyordum. "Peşin olarak söylüyorum, yaptığımız işlerde hayatın hiçbir zaman güvence altında değil, hiçbiri tekin işler de değil." Masanın üzerinden bana doğru eğildi, bunu hissettim. "Bu işte senin de olmanı istiyorum. Bizimle misin?"

Fincanın etrafında dönen parmaklarım duraksadı ve söylediklerini düşündüm. Hayatımın güvencesi? Ne kadar umurumdaydı? Hiçbir zaman hayatımın kaybını önemsememiştim ve ben Sokak Nöbetçileri'nin kimler olduğunu bilerek bu gruba girmiştim.

Bir an bile tereddüt etmedim, sonucunu bildiğim yolda ilk adımımı atmak için "Sizinleyim," dedim. "İş nedir?"

4.

PLANLAR VE MASKELER

Herkesin hayallerinde, derinlerde yaşattığı bir yaşamı olurdu ama benim yaşamım, başkalarının iki dudağının arasında kaldığından beri kendi yaşamım uğruna hayaller kuramıyordum.

Nasıl bir hayat istediğimin, nasıl bir yaşam süreceğimin artık benim için bir önemi yoktu ama baktığımda başkaları için önemi olmasını ilk defa istediğimi fark ettim.

Anne ya da baba değildi istediğim çünkü onların varlığını tek bir an bile tatmamıştım. Bir arkadaş olabilirdi, bir dost ya da bir sırdaş. Bu düşüncemin Sokak Nöbetçileri'ne dâhil olduğumdan beri aklımda döndüğünü biliyordum ama bunu kendime itiraf etmek istemiyordum.

İç sesim, benim bunların hiçbirini hak etmediğimi söylüyordu ve haklıydı da. Ben bir dost isteyebilirdim, bir arkadaş ve belki de bir sırdaş isteyebilirdim ama asla aynısı olamazdım.

Ben bir kukla değildim; ben elleriyle kuklaları yöneten kişilerin gölgesiydim.

Gözlerim masadaki bütün gözlerle kesişiyordu ama hâlâ Yankı'yı es geçiyordum ve o, önündeki kâğıda bir şeyler yazıyor, çiziyor ve bazen de bana baktığını anlayabiliyordum. Önümdeki kahve çoktan soğumuş gibi görünüyordu. Kimseden çıt çıkmıyordu, herkes Yankı'nın kâğıda yazdıklarını bitirmesini bekliyordu.

Bir süre sonra dayanamayarak "Bana ne iş yaptığınızı söyleyecek misiniz yoksa planı mı anlatacaksınız direkt?" diye sordum. Kısık sesim kaşlarımı çatmama neden oldu ve boğazımı temizledim çünkü hâlâ yanıyordu.

Işık sözü devraldığında hiç olmadığı kadar sakin ve temkinli konuşuyordu. "Bizim tek bir işimiz olmaz." Bunu zaten biliyordum. "Önümüze gelen bütün işleri değerlendiririz ve hangisi uygunsa onu alırız."

Evet, bunları biliyordum ama aklımdan geçen iş olması için dua ediyordum çünkü Sokak Nöbetçileri'nin peşine takılmama neden olan o iş, benim anahtarım demekti.

Anahtarın adı Koza'ydı.

"Yönetilen misiniz, yöneten misiniz?" Sorduğum soru tüm kafaların bana dönmesine neden oldu.

"Bizi kimse yönetemez," dedi Bartu ters bir sesle ama o da bana bakarken dikkatini vermemeye çalışıyordu. Lâl hariç herkes masada bana karşı temkinliydi, az önce yaşananları Yankı anlatmış mıydı yoksa yüzümden mi anlaşılıyordu, bilmiyordum. "Biz isteriz ve alırız."

Bir şekilde üzerine giderek "Bana bu işleri yapmak istemezseniz kolayca bırakabileceğinizi söyleyebilir misiniz?" dedim. Uzun bir sessizlik oldu ve hepsi birbirine baktı, soruyu Bartu'ya sormuştum ama hepsi düşünmek zorunda kalmıştı.

"Bırakmak istesek," diye cümleye başlayan Bartu'yu, Yankı'nın cümlesi kesti.

"Bulaştık bir kere, bıraksak bile geri döneceğimiz yol burası olacak." Göz ucuyla Lâl'e baktı ve onun da Yankı'ya baktığını gördüm. Zihnime nedense Yankı'nın bu işi bir süre bırakmış olabileceği ya da bırakmak istediği düşüncesi girdi. Sesindeki keskinliğin nedeni bu işlerden mutlu olmaması olabilir miydi?

"Ben isteyerek yapıyorum," dedi Mutlu ve ellerini ensesine koyarak yayvan bir şekilde oturdu. "Bana yaşadığımı ya da bir işe yaradığımı hissettiriyor."

Işık güldü ama ilk defa gülüşünden kırgınlığın geçtiğini hissettim. "Hepimiz bir işe yaradığımızı düşünmek için bu yola çıkmadık mı?" Mutlu'nun gözlerinin içine baktı. "İsteyerek ya da istemeyerek."

Konuyu değiştirip "Para için yapmıyorsunuz," diyerek rastgele bir varsayımda bulunuyormuş gibi davrandım. "Öyle olsa böyle bir evde yaşıyor olmazdınız, değil mi?"

Bartu güldü, Mutlu ise kahkaha attı. "Sen İBAK'ı görmedin mi?" dedi Mutlu yapay bir şekilde gözlerini devirerek.

"İBAK mı?" dedim sorgulayan bir sesle. "İlk defa duyuyorum, o ne?"

"İri Bebek Araba Koleksiyoncusu. Bizim Bartu'ya ait." Elini kaldırdı ve sanki birinin kalçasına vuruyormuş gibi hareket yaptı. "Kırbaçgillerden Grey bizim Bartu'dan araba kiralıyor."

Bartu gülerek masanın üzerinden eğildi ve Mutlu'nun ensesine yavaşça vurdu. "Kızları koleksiyonumun olduğu garaja götürüyorum ve Hepsi benim, diyerek değil, Hepsi senin diyerek hava atıyorum, öyle bir koleksiyon."

"Oha!" dedi Mutlu bağırıp. "Bu çok iyiydi ama sen o repliği nereden biliyorsun?" Tereddütle baktı. "Sakın bana günlüğümü karıştırdığını söyleme."

Işık dudaklarını büktü ve kardeşine sarıldı. "Kızma ama bunu ona ben söyledim. Günlüğüne hayalinin bu olduğunu yazman çok masumcaydı."

"Seni lanet olası," dedi Mutlu ve Işık'ı omuzlarından iteklemeye çalıştı. "Sana bir daha güvenmeyeceğim."

"Sadece bu kadarı olsaydı neyse." Bartu eliyle yüzünü kapatıp başını iki yana salladı. "Grey gibi biriyle hayalinin olması daha kötü."

"Seninle neden uğraşıyorum sanıyorsun?" dedi Mutlu alayla ve Bartu'nun kendini kötü hissetmesine neden olacak bir tınıyla. "Bana sert davranman hoşuma gidiyor."

"Mutlu!" dedi Bartu ve bu sefer çok sert bir şekilde ensesine vurdu. "Yine çok konuştun!"

Kendimi tutamayarak güldüm ve elimle ağzımı kapatarak kıkırdayışımın dışarı çıkmasını engellemeye çalıştım. Yankı'nın gözleri odaklandığı kâğıttan kalktı ve bana baktı; gözleri ilk olarak gözlerimi buldu ve sonra dudaklarımda kalan tebessüme baktı. Hiç ummadığım anda o da hafifçe tebessümüme karşılık verdiğinde yutkunmak zorunda kaldım. İçten gülümsüyordu, turkuaz gözlerine ulaşan o sıcaklıktan bunu anlayabiliyordum.

Benim gülüşüm, onun hoşuna gitmişti.

"Plan odasına gitmeyecek miyiz?" Lâl ellerini kaldırarak bir şeyler söyledi ve büyük ihtimal Işık ona katılıp devam ettirdi. Yankı'nın bana olan bakışları Lâl yüzünden dağıldığında gözlerini o tarafa doğru çevirdi. Yüzümdeki gülümseme silindi çünkü Yankı'nın o sıcak gülümsemesi de çoktan silinmişti.

"Çok önemli bir iş değil," diyerek masadan kalktı. "Bizim için çok basit olacak, bu yüzden burada devam edebiliriz."

Masanın üzerindeki bilgisayarını aldı ve televizyona bağladı. Tek bir düğmeyle televizyonu açtığında ekranda gördüğüm görüntü hiç beklemediğim şekilde canımın acımasına neden oldu.

Bilgisayarının ekranında birisinin küçükken onları çektiği bir fotoğraf vardı. Lâl ve Yankı kaldırımda oturmuştu ve Yankı elini Lâl'in omzuna atmıştı; yüzleri değişmemiş gibiydi onları tanıyabiliyordum. Arkalarında Mutlu Bartu'nun sırtına çıkmıştı ve Işık tek bacağını kaldırarak Lâl'in üzerine basıyormuş gibiydi. Hepsi gülümsüyordu ve o kadar içten görünüyorlardı bakışlarımı kaçırmak zorunda kalmıştım.

Lâl'in çektiği fotoğraflara hiçbir zaman dikkatli şekilde bakmamıştım ve nedenini şimdi anlayabiliyordum; canımı yakıyordu. Onların bağlılıkları, birlikleri ve gerçek sevgileri canımı yakıyordu.

Onlar bir aileydi ve ben onların arasında evlatlık bir çocuk bile değildim.

"Plan şu," Yankı konuşmaya başladığında göz ucuyla televizyona baktım ve bir krokiyle karşılaştım. Fotoğraf karesi gitmişti.

"İlk önce," dedi Bartu ciddi bir sesle. "Bizim amacımız ne olacak?"

"Yetimhane ihalesi için belgelerini bilgisayarlarından almak, kaybetmelerini sağlamak," Bartu'ya güldü ve hınzır bir gülüştü, "paralarını tüketmek."

"İşte sevdiğim konular," dedi Bartu da gülerek ve ellerini birbirine sürterek.

"Yankı," dedim düz bir sesle. "En baştan anlatabilir misin? Konuya tam dâhil olmak istiyorum."

Yankı, başını olumlu anlamda salladı ve anlatmaya başladı. "Bir yetimhane projesi var ve ihale üç kişiye kaldı. Bizim işimiz Tarlılar Holding'le çünkü uyuşturucu baronu olan Rasim Tarlılar yetimhaneyi bir nevi kendi şirketi gibi yönetecek ve çocukları amaçları uğruna kullanacak; bütün çocuklar uyuşturucu işine girecek kısacası. Satışlar uzun zamandır engelleniyor ve Rasim bunu çocuklar üzerinden yapmak istiyor." Duraksadı ve devam etti. "Bizi iyilik meleği olarak düşünme ve sakın işini engelleyecek vicdanlara girme." İşaret parmağını kaldırıp hepimizi gösterdi. "İşimiz ihale belgelerine ulaşmak ve ayaklarını kaydırmak."

Anlattıklarını tek tek kafamın içinde ayırdım ve ayırırken en ince detayına kadar düşündüm. Gerçekten onlar için çok basit bir işti, bunu biliyordum ama nedense gerilmiştim ve gerginliğimi Yankı hissetti. Fark ettirmemek istermiş gibi, "Adamların adı biraz tanıdık geldi de," dedim. "Onları alt etmek isteyen, dosyalarına ulaşmak isteyen birçok kişi vardır, biz bunu nasıl başaracağız?"

Yankı tekrardan bilgisayarına döndü ve ekrana bir adamın yüzü yansıdı. "Bu Rasim Tarlılar," sesinde tiksinti vardı. "İki buçuk aydır onunla yüz yüze gelmek için Önder'le çaba sarf ettik ve sonunda bir şekilde onun güvenini kazandık." Durdu, yüzümüze baktı. "Ya da kazandığımızı sandık, bilemeyiz, cevabını akşam alacağız."

Rasim Tarlılar düşündüğümün aksine genç bir adamdı. Simsiyah saçları ensesinde toplanmıştı ve gözleri baygın bakıyordu. Kilolu yüzü sakalsızdı, yanağında bıçak izi vardı. "Bir de bunun sevgilisi var," dedi Yankı. "O da Tankut diye bir adam, eşcinsel bir adam. Özellikle erkek çocuklarından hoşlanan bir şerefsizden bahsediyorum."

Yüzümü ekşitirken Bartu hiç beklemeden, "Orospu çocukluğunun en şerefsiz tarafında götlük yapıyor yani?" dedi uzunca bir küfür ederek. "Onu dövecek miyim, bana bunu söyle."

Yankı sabırsızlıkla onu dinleyenler için ekrana yetimhane görüntüsü yansıttı ve o yetimhaneyi tanıdım. "Bizimle bu yetimhanede görüşmek istiyor, aldığı başka bir ihalenin yetimhanesi bu ve yönetimi onda. Burada görüşmeyi istemesinin en büyük nedeni de iyi adam profili çizmek ve çocuklara bağlılığını göstermek." Devlete bağlı olmayan ve sokakta kalan çocuklar için zenginlerin açtığı bir derneğe ait yetimhaneydi, ihaleyle alınan yetimhane de büyük ihtimal öyle olacaktı. "Daha önce gidip gördüm, otuz yedi tane odası, beş tane tuvaleti, her birinde on tane kabini var. Banyo odaları yedi tane ama hepsi büyük yani olası bir durumda tuvalet yerine banyoya saklanın. Üçüncü katta banyodaki pencerenin vidasını söktüm, orayı çok çabuk açıp havalandırmaya çıkabiliyorsunuz. Diğer pencereler boşluğa bakmıyor."

Anlatırken nefesim kesilmiş bir şekilde onu dinliyordum ve ince ayrıntılarına kadar dikkat etmesi, bu ince ayrıntıları da moleküllerine ayırması kaşlarımı kaldırmama neden olmuştu. "Ona ters köşe yapacağımızdan habersiz ve bize bütün iyi kalbini göstermeye çalışacak. Bizi yetimhanenin çatı katında karşılamak istiyor çünkü yetimhanenin yemekhanesi orada. Söylediği bizimle yemek yemek istemesi ama gerçeği, olası bir durumda kaçışımızın zor olması."

"Doğru," dedi Bartu çenesini sıvazlayarak. "Nasıl kaçacağız?"

"Kaçma gibi bir durum olursa çok büyük kargaşa çıkacaktır ve kapılar kapanacaktır. İçeriden iki tane çocuğu tanıyorum. Yemekhanenin köşesine, kahve makinesinin arkasına bir halat koydurdum. O halatla yemekhanenin penceresinden, dördüncü katın penceresine yetişebilirsiniz." Gözleri Lâl'e döndü. "İçeriye girdiğinde o odanın sağında, tablonun arkasında yangın alarmına basacaksın çünkü hepiniz halatla aşağıya inemezsiniz. Eğer böyle bir durum olursa bu görev senin çünkü en hızlı olanımız sensin, aşağı inip alarma basmalısın."

"Alarma basınca ne olacak?" diye sordu Işık. "Kaçacaklar mı?"

"Hayır," dedi Yankı ve krokiyi açtı. "Bu yetimhanenin mimarı alarmla elektrikleri birbirine bağlamış. Alarma basar basmaz yetimhanenin elektrikleri kesilecek ve otuz saniye sonra tekrardan elektrikler yerine gelecek. O otuz saniyede bir kişi daha halatla aşağı inecek, Bartu o karanlıkta adamları halledecek."

"Adamlar?" diye sordum merakla. "Kaç kişi olacaklar?"

"Tahminlerime göre beş. Bir de Rasim, sevgilisi Tankut ve Tankut'un eşi Güzide." Eşi mi?

"Çüş amına koyayım," dedi Mutlu. "Toplu sekse mi gidiyoruz, yoksa işe mi?" Elini alnına vurdu. "Doğru söyle, porno mu çekeceğiz?"

"Evet Mutlu," dedi Yankı bıkkın bir sesle. "Sen Güzide'yle öpüşürken Tankut ve Rasim de senin götünü öpecek."

"Sus!" diye haykırdı Mutlu. "Sus, midem bulandı."

"Devam et," dedi Bartu Mutlu'ya ters bir bakış atarak.

"Bir iyi bir kötü haberim var," dedi Yankı ve gülümsedi. "Kötü haber, içeriye silahlarla giremeyeceğiz." Gerildim ve masada tek gerilen bendim; herkes iyi haberi merakla bekliyordu. "İyi haber, bunu da hallettim."

"Hep aynı şeyi yapıyorsun ama," dedi Mutlu. "İlk önce kalbime hançeri saplıyorsun, sonra kalbimin yerine çiçekler koyuyorsun zekâsını öptüğüm."

Yankı, Mutlu'ya göz kırptı. "Dün restorana silahları sokmaya çalıştım Bartu ve benim için fakat iki silahın bizim için kötü olacağını düşündüm çünkü Bartu'nun son yaşadığımız olaydan sonra silah kullanmasını istemiyorum." Sesi kızgın çıkmıştı ve Bartu'ya baktığımda tepki vermesini bekledim fakat o düşündüğümün aksine bakışlarını kaçırdı.

"Neden Bartu ve sen?" Soruyu soran bendim ama hiçbiri beni dikkate bile almamıştı. "Ben de silah kullanabiliyorum."

Yankı, turkuaz gözlerini bana çevirdiğinde kısa bir süre yüzüme baktı ve omzunu indirip kaldırdı. "Eline silah verecek kadar sana güvendiğimi de nereden çıkardın?"

"Adamları vuracağımdan mı korkuyorsun?" diyerek gözlerimi devirdim. Vicdanımın sesini bu kadar dinleyeceğimi düşünmesi beni şaşırtmıştı.

"Adamları değil." Düz sesiyle beraber temkinli duruşu dudaklarımı aralamama neden oldu. "Güvenmediğim insanların eline savaş meydanının ortasında silah vermem."

Aralanan dudaklarımın arasından alaylı bir nefes verdim. "Ne saçmalıyorsun?" diyerek öfkeyle ona baktım. "Öyle bir amacım olsa seni dün vuramaz mıydım? Şu an belimden bir silah çıkarıp vuramaz mıyım?"

"Dün mü?" Işık ikimize baktı ve neler olduğunu çözmeye çalıştı.

"Bazen kafanın içindekini kullanamıyor olabilirsin ama akıllı kızsın," dedi Yankı üstten bir bakış atarak. "Bizi hiç ummadığımız anda vuracağını bilecek kadar tecrübelisindir."

Kafamı hayal kırıklığıyla iki yana salladım ve nedense bu cümleleri Yankı söylediği için derinlerde kırıldığımı hissettim. Diğerleri böyle cümleler kurabilirdi, umursamazdım ama Yankı'nın kurması beni kırmıştı ve bu çok saçmaydı.

Gözlerim Lâl'e takıldı ve gülerek baktığını gördüm. Elini çenesine koydu ve başını dikleştirerek bana Sen kimsin? bakışı attı. Ben ise ona bakarken, az önce odada yaşadıklarımın öfkesini bakışlarımla hissettirmemeye çalışıyordum.

"Madem öyle," dedim Lâl'den bakışlarımı ayırıp Yankı'ya bakarak. "Beni işe neden dâhil ediyorsun? Güvenmediğin biriysem her şeyi mahvedebilirim."

Yankı gülümsedi, başını omzuna doğru indirdi. Gözleri kısıldığında bana avıymış gibi baktı ve bakışları rahatsız edici bir boyut kazandı. "Risk alıyorum," diye mırıldandığında sesi geriden geliyordu. "Riske atmayacağım tek şey ise canlarımız, gerisi pek de önemli değil."

Kendi içimde inatlaştım ve bu inadım, Yankı'nın güvenini kazanacağım gün için oldu. Bunu başaracaktım, ne uğruna olursa olsun bunu başaracaktım ve Yankı Sarca'nın gözlerinde bana güvenen o adamı görecektim.

"Uçak kalkmadan önce düşersek neler yapmamız gerektiğini anlatırlar," dedim gözlerimi devirerek. "Sen de öylesin. Olumsuz bir durumda neler yapacağımızı anlattın. Şimdi bize uçaktaki keyfimizi de anlatacak mısın?"

Hepsinin gözleri bana döndü ve Yankı'ya karşı bu ters çıkışım Bartu da dâhil, gözlerini açmasına neden oldu. "Bu kızın ağzı iyi laf yapıyor Yankı'ya," dedi Mutlu kısık bir sesle.

Yankı, yüzüme dikkatli bir şekilde baktı ve onu öfkelendirmek istediğimi fark ettim fakat o öfkelenmek yerine alaylı gülüşünü yine yüzüne kondurup "Uçakta istediğin kadar keyif yap," dedi. "Sonunda düşeceksen keyiften eser kalmaz. Ben her zaman olumsuz sonuçlardan başlarım ve her zaman olumlu bir sonuca erişirim."

Dik dik ona baktım.

"Her neyse, silahlardan birini restoranda bir sandalyenin altına koydurdum." Bartu'ya odaklandı. "Ama hangi sandalye olduğunu söylemeyeceğim çünkü bana ait. Onu kullanmak zorunda kalırsam..." derin bir nefes aldı, "ki bu son ihtimalim. Kullanmak zorunda kalırsam Lâl dışında hepimiz orada kapana kısılmışız demektir çünkü Lâl çoktan gitmiş olacak. Bu son ihtimal olduğu için silah patladığı an siz de arkanıza bakmadan kaçacaksınız."

"Sen?" dedi Işık ve elleriyle saçlarını düzeltti. "Orada seni öylece bırakamayacağımızı biliyorsun."

"Elimde bir silah olacak, Işık." Yankı içlerini rahatlatmak istiyormuş gibiydi ama kendisi de olası sonuçlardan habersizdi. Herkes için olumsuz sonuçları düşünmüştü ama eminim ki kendisi için bunu yapmamıştı. "Bana bir şey olmaz."

"Neden sadece sen?" dedi Bartu kaşlarını çatarak. "O adamların hepsinde silahlar olacak, bizi çok rahat alt edebilirler. Tamam, bana silah vermeyeceksin ama Işık da silah kullanmayı biliyor. Mutlu..." sustu ve devam etti. "Tamam onun bıçaklarla arası iyi ama silahı da kullanabilir."

"Saçmalama." Işık ters bir tepki vermişti ve ilk defa benim dışımda birine terslendiğini görmüştüm. "Mutlu arasında bir adım olmadığı sürece silahla kimseyi vuramaz ve ıskalar. Onun canını tehlikeye atmam, aklından bile geçirme."

"Bunları konuşmaya gerek yok." Yankı kafasını olumsuz anlamda iki yana sallayıp Bartu'ya baktı. "Neden sadece ben, bunu sen benden daha iyi biliyorsun."

"Lanet olsun." Bartu ayağa kalktı ve masanın titrediğini hissettim. "Yine sadece ve sadece kendini ateşe atacaksın, değil mi? Çünkü neden? Yankı her şeyi halleder, her şeyi kurtarır, değil mi? Dört ay önce adamların elinde üç gün kaldın Yankı, üç gün! Biz sana ulaşamadık." Lâl de Bartu'ya katılıyormuş gibi başını olumlu anlamda salladı.

"Onları en iyi ben tanıyorum, onların nasıl bir yol izleyeceğini de en iyi ben biliyorum." Bunlar sadece bir bahaneydi, anlamıştım. Yankı hiçbirinin canını tehlikeye atmak istemiyordu, kendisi bile isteye ateşe sürüklenebilirdi.

Hep mi böyle oluyordu?

Lâl, eliyle beni işaret etti ve bir şeyler söyledi; her ne söylediyse Yankı'nın kaşları çatıldı ve gözlerini kısa bir an kapatıp açtı. Bartu'nun gözleri de bana döndüğünde "Lâl," dedi kısık bir sesle. "O kadar da değil."

"Öyle bir şey olmayacak," dedi Yankı olabildiğince sert bir sesle. Gözleri Lâl'in üzerinde geziniyordu ve gardını indirmesini bekliyordu fakat Lâl düşüncelerinde inatlaşmakta kararlıydı ve bir şeyler söylemeye devam ediyordu. "O benim kuklam değil," dedi Yankı kısık bir sesle. "O bizim ateşe atacağımız kuklamız değil."

"Işık," dedim ona doğru eğilerek. "Lâl ne söylüyor?"

Cevabını vereceğini biliyordum çünkü canımı sıkan bir şeyi Işık hiçbir zaman söylemekten çekinmezdi ve bu da o anlardan biriydi. Işık Yankı'ya baktı ve onun bize bakmadığını gördüğünde bana doğru eğilip "Lâl senin kullanılman gerektiğini söylüyor," dedi. "Silahı sen kullanmalıymışsın ve bir şey olursa sana olmalıymış. Bir nevi ateşe atılacak kişi sen olmalıymışsın."

Gülümsedim ve başımı çevirip "Lâl," dedim düz bir sesle. "Benim canımı hiçe sayacak kadar mı benden nefret ediyorsun?" Hepsinin yüzü bana döndü ve Yankı, Işık'a dönüp baktığında Işık kafasını iki yana salladı. "Ben bir kukla değilim," dediğimde Yankı'ya bakıyordum. "Ama sizin için ateşe atacağınız önemsiz birisi olabilirim. Merak etmeyin, kendimi kurtarabilirim ve güven testinden de böyle geçebilirim."

Sesimde korku yoktu, sesimde endişe yoktu. Sesimde belirgin bir hırs, kin ve güç vardı. Lâl'in gözlerinin içine aydınlanma geldi ve aynı istekle dönüp Yankı'ya baktı. Onu önemsiyordu, onu çok önemsiyordu, beni bir piyon gibi kullanacak kadar önemsiyordu ama farkında değildi. Kendi kalbini de önemsedikleri uğruna mahvediyordu.

Yankı yüzüme bakarken ne düşündüğünü kestiremiyordum ama beni ateşe atmasını öylesine çok istiyordum ki "Lütfen," diye mırıldandım. "Boş ver gitsin, sizin için önemsiz bir iş ve kaybedecek hiçbir şeyiniz yok. Beni kullanabilirsin."

Çenesini sıktı. "Hayır," dedi sert bir sesle. İlk defa bu kadar ürkütücü ve öfkeli görünüyordu; sakin bir öfkeydi fakat konu biraz daha uzarsa alevleneceği belliydi. "Her yolun başlangıcı ve sonu benim, başkası olamaz." Cümlesi bana kendimi anımsattı, gerçekleri anımsattı, geçmişimi, geleceğimi ve şimdiyi anımsattı.

Yankı'nın cümlesi bana hayatımı anımsattı.

"Helin bu evde sadece misafir," dedi Bartu da Yankı'ya katılarak. "Bize birini ateşe atmak yakışmaz." Lâl'e baktı ve başıyla sandalyeyi işaret etti. "Otursana Lâl, kafan karışık görünüyor."

Lâl yerine otururken bana özellikle bakmıyordu çünkü kendini yenilmiş hissediyordu ama farkında değildi, yenilen sadece hırsları yüzünden kaybettiği kalbiydi. "Her neyse, devam edeyim," dedi Yankı fakat eskisi kadar hevesli anlatmıyordu. "Silahları kullanmak onlar için de son ihtimâl olur çünkü biz çok önemli, akıllı insanlarız ve ne kadar silahsız olsak da temkinli olduğumuzu bilecekler. Rasim düşündüğünüzün aksine çok yumuşak biridir. Adamlarından tekinin bile canı yansın istemez, özellikle sevgilisinin asla. Bu yüzden silah kullanmak onun için de risk olur." Parmaklarıyla şakaklarını sıktı. "Ama dediğim gibi olası bir şekilde bizim tarafımızdan tek bir silah patlarsa arkanıza bakmadan kaçacaksınız çünkü bu her şeyin mahvolduğunun sinyalidir."

Hepsi sustu ve televizyon ekranına doğru bakarken bir şeyler düşündüler. Benim aklımdan geçen, planın neresinde olduğumdu ama artık soru sormayacak sadece dinleyici olacaktım.

"Şimdi gelelim bizim kim olduğumuza," dedi Yankı ve elindeki kâğıdı masaya atarak ellerini de masaya yasladı. Üzerimize doğru eğildi. "Rasim Tarlılar ile onlarla ortak olmak isteyen başka bir holdingmiş gibi iletişim kurduk ve uzun süre sonra görüşme talebini yapabildik." Bartu'ya baktı ve kâğıttaki adını gösterdi. "Bartu, sen Denizler Holding'in genel müdürüsün. İsmin Görkem Canlı. Otoriter ve dikkatlisin ama bir o kadar da aptalsın. Yani seni çok çabuk kandırabileceklermiş gibi davranacaksın, bazı şeyleri görsen de görmemezlikten geleceksin."

Bartu'nun yüzü düştü ve Yankı'ya ters bir şekilde baktı. "Böyle bir rolü neden Mutlu'ya vermedin, onun normal karakteri de bu."

"Ha ha ha." Mutlu alındı ve Bartu'ya hareket çekti. "İnsanları yumruklamaktan ve on sekiz tane haşlanmış yumurta yemekten mahvolmuşsun sen."

"Mutlu'nun rolü başka," dedi Yankı ve ona döndü. "Senin adın Berk Boşal."

"Boşal mı?" Mutlu hayal kırıklığıyla bağırdı. "Boşalmak mı? Beni en sonunda bu adamla seviştirmeyeceksin, değil mi?"

Yankı, Mutlu'nun saçlarını karıştırdı. "Hayır," dedi ama düşünceli bir tınıdaydı. "Senin görevin çok önemli çünkü benim taşıyıcı olarak kullandığım uyuşturucu bağımlısı olacaksın, onların dikkatini çekecektir bu. Bizi iyi adamlar sanacaklar ve biz onları aslında zaaflarından vuracağız, ihale için daha çabuk dökülmelerini sağlayacağız." Mutlu'ya küçük kardeşiymiş gibi baktı. "Bir süreden sonra uyuşturucu krizi geçirmeye başlayacaksın, Rasim'in adamlarından birisinin sana yardımcı olmasını sağlayacağım. Arabaya indikten sonra Bartu'yu senin yanına göndereceğim. Bartu adamı hallederken sen ikinci kattaki Rasim Tarlılar'ın kasasını o hünerli ellerinle halledeceksin ve paraları alacaksın."

"Duydun mu?" dedi Bartu'ya göz kırparak. "Ben yoksam sen bir hiçsin yavru ceylan."

"Işık," dedi Yankı, Mutlu ve Bartu'nun atışmasını görmezden gelerek. "Sen benimle gelerek sekreterim olacaksın. Bizim işimiz en zoru." Gözleri Lâl'e döndü ve yine o, kestiremediğim anlamlandıramadığım bakışlarını gördüm. "Sen Görkem Canlı'nın sekreteri ve yazman olacaksın. Sürekli kulaklığın takılı olacak ve işlerle iletişim halindeymiş gibi davranacaksın. En önemli görev senin, biliyorsun."

Durdu, bana bir daha dönüp bakmadan kendi görevini anlatmaya başladı. "Ben holdingin gereksiz sahibi Uras Denizler. Eşim çok zengin ve onun sayesinde holdingin başına gelmişim. Sonradan görmeyim ve şımarığım. Ayrıca uyuşturucu bağımlısı zengin züppesi olarak işimi yapmıyor, keyfime bakıyorum." Masanın üzerinden biraz daha eğildi. "Ben en son devreye gireceğim. Onların bilgisayarlarından, kendi bilgisayarımıza belgeleri iletme görevi bende. Öncesini nasıl oluşturacağımızı kulaklıklardan sizlere söyleyeceğim. Belgeleri aldıktan sonra Lâl ilk masayı terk eden kişi olacak ve arkasına bakmadan her zaman olduğu gibi koşacak. Işık benim yazıcım olarak belgeleri ileten kişi olacak."

Sakin bir şekilde benim görevimi anlatmasını beklerken Bartu "Neden içeriye dalıp hepsini dövüp bilgisayarı çalmıyoruz?" diye sordu. "Neden bu adamı köşede sıkıştırıp bütün çocukların acısını alacak kadar belasını sikip onu mahvetmiyoruz?"

Yankı bunları çoktan düşünmüştü biliyordum ama sakin bir şekilde Bartu'ya döndüğünde "Çünkü Rasim Tarlılar öyle basit bir adam değil," dedi. "Ayrıca yetimhaneye öyle giremeyiz." Hepimizin gözlerinin içine baktı ve belki de hepimizin korktuğu o cümleyi kurdu. "Yetimhanenin içi çocuklarla dolu olacak, onları korkutamayız. Bu yüzden Bartu," kaşlarını kaldırdı, "sana silah veremem çünkü sen neyi ne zaman yapman gerektiğini bilmiyorsun, neyin en son ihtimal olduğunu kestiremiyorsun."

Bartu'nun gardı düştü ve bakışları Yankı'dan ayrılıp boşluğa doğru daldı; onunla beraber hepimizin de gözleri bir noktaya odaklandığında geçmişimizin karşımızda dik bir şekilde durduğunu anladım. "Çocuklar mı?" diye sordu Bartu kısık bir sesle. "O çocukların hepsi bağımlı mı?"

Yankı tereddütle nefesini verdi. "Hepsi değil," dedi. "On altı yaşından büyükler bağımlı ve satış için kullanılıyor, on altı yaşından küçükleri..."Sustu, ilk defa Yankı ne diyeceğini bilemedi ve sustu.

"Orospu çocuğu," dedi Bartu dişlerini sıkarak. "Ben onu öldürmeden o yerden nasıl çıkacağım?"

"Bartu, sakın," dedi Yankı ve ellerini Bartu'nun omzuna koydu. "O belgeleri aldıktan sonra zaten bitmiş olacak çünkü devamını biz değil, Önder halledecek."

"Kaç tane çocuk varmış?" Işık soruyu sorarken ilk defa sesi titriyordu.

"Elli beş." Elli beş çocuk, elli beş küçük çocuk, elli beş muhtaç çocuk. "Çoğu erkek, Rasim öyle istiyor."

"Sikerim ama," dedi Bartu ve sandalyeye sert bir tekme vurdu, sandalye yere düştü. "O çocukları görmeyeyim ben Yankı, o çocukları bana gösterme."

Yankı, çoktan o çocukları görmüştü ve o gördüğü çocukların yüzleri zihnine çizilmişti, bunu biliyordum ama hâlâ sakin, kendinden emin ve yatıştırıcı duruyordu. "Görüşmeyi uyku saatlerine göre ayarladım," dedi Yankı ve sesi kısık çıktı, yere baktı. "Çoğu odalarına çekilmiş olur, merak etme."

Sessizlik devam etti, öyle büyük bir sessizlikti ki birimiz çığlık atsak hepimiz çığlığı devam ettirecekmişiz gibiydi ve bu can sıkıcıydı. Önümdeki kahve kadar buz gibi olmuştum ve ellerim buz kesmişti. Bütün çocukları görmeden hissetmeye başlamıştım. Aslında bugün olacak olan iş hiçbirimiz için çok kolay bir iş olmayacaktı, kendi yetimhane günlerimi aklımdan kovmaya çalıştım çünkü sırtımda hâlâ orada yediğim dayaklardan kalma izler vardı.

"Helin sen," dedi Yankı ve başımı kaldırdığımda göz göze geldik. "Benim eşimsin." Konuşmaya devam ederken gözlerini benim üzerimden ayırıp masaya koyduğu kâğıda baktı. “Ben yokken benim yerimi dolduran kişi olacaksın ama biblo gibi. Sadece bir taş bebek gibi düşün.” Beni süzdü ve konuşmaya devam etti. “Dış görünüşün bu role uyuyor.” Şaşırdım ve şaşkınlıktan gözlerim açıldı. Beni övmüş müydü? Beni güzel bulduğunu mu söylemeye çalışmıştı?

“Herkes bir gün lafıma gelecek,” dedi Mutlu ve bana göz kırptı. “Seksi olduğunu hep söylüyordum.”

“Bu rol için Helin’i niye götürüyoruz?” dedi Bartu bıkkın bir sesle.

“Çünkü onun sayesinde zengin oldum ve o şirketin sahibi. Ayrıca,” gülümsedi ve bana bakarken küçümsemeyi ihmal etmedi, “o da başka bir uyuşturucu baronu olacak. İsmin Hira. Beni uyuşturucuya alıştıran sensin ama sen de Rasim gibi uyuşturucu kullanmıyor, kullanmaya zorluyorsun. Daima göğüslerinin arasında bir sigara taşıyorsun ve ben de o sigaradan içiyorum.”

“Bu hikâyeler nereden çıkıyor böyle?” Kaşlarım çatıldı ve tiksintiyle nefes verdim. “Neden göğüslerimin arasında?”

“Çünkü aslında bizler gerçek kişileriz,” dedi Yankı bilgilendirerek. Bilgisayarından birkaç sayfayı açtı ve klavyenin tuşlarına hızlı hızlı basarak karşımıza bir internet sitesinin görüntüsünü getirdi. “Denizler Holding karşınızda.” Hepsinin tek tek fotoğrafının olduğu görselleri açtı. “Bu sitede Mutlu ve Helin yok sadece. Çünkü Mutlu uyuşturucu bağımlısı olacak ve Helin de benim deliler gibi gizlediğim eşim.” Açtığı diğer site de magazin sitesiydi ve Yankı’nın fotoğrafı vardı. Haberde eşini gizleyen ve dışarıya kafasını bile çıkarmayan Uras’dan bahsediliyordu ama hâlâ göğüs detayı yoktu. “Birkaç tane magazin haberi katmak gerekiyordu çünkü duyulmuş kişileriz.”

“Bu kadarını hangi ara yaptın?” Şaşırmıştım çünkü her şey yine en ince ayrıntısına kadar düşünülmüştü ve bu ayrıntılar da ufacık bir şey bile atlanmamış gibi görünüyordu. “Ayrıca göğüs, sigara ikilisiyle alakalı bir haber göremiyorum.”

“İki ay önceden çalışmalara başlamıştım ama senin aramıza katılacağını bile bilmeden senin yerini yapmışım.” Gülümsedi, tedirgin edici ve ürpertici bir gülümsemeydi ama nedense karnımda bir sıcaklık hissettim. “O haber çok gerilerde kaldı, şu an açamam ama bizim böyle bir fantezimiz varmış.”

Bakışlarımı ondan kaçırdım ve içimdeki sıcaklığı yok etmeye çalıştım; imkânsız görünüyordu çünkü Yankı’nın gözleri hâlâ üzerimdeydi. "Yani," dedi Mutlu gülerek. "Sen zengin karısının parasını yiyen ve onu kıskanan acayip tipli bir adamsın. Bakayım bir tipine." Uzun uzun Yankı'nın yüzünü inceledi ve başparmağını kaldırıp "Tam isabet tip," dedi. "Kadın parası da yersin, onu da kıskanırsın. Tuttum bu rolünü."

"Mutlu," dedi Yankı yapay bir kızgınlıkla. "Benim silkelemelerim Bartu'nun silkelemesine benzemez, biliyorsun."

"Biliyorum zekâ küpüm," dedi Mutlu, Bartu'ya bakarak. "Sen beni direkt üst kattaki pencereden aşağıya silkeliyorsun ama Bartu bana kıyamıyor."

"Kes," dedi Bartu. "Bir gün sinirlenip seni aşağı atarım diye silkelemiyorum orada, Yankı benden daha kontrollü."

İkisi atışırken kafamın içinden plan hakkında soracağım çok soru geçiyordu ama diğerleri sormayıp Yankı'ya bıraktığı için ben de aynı şekilde davranıyordum. İlk defa onlarla beraber, onlar gibi bir işe girecektim ve bu durum benim onlara bir adım daha yaklaşmama neden olacaktı.

Lâl masadan kalkıp hiçbir şey yapmadan odadan çıktığında toplantının bittiği ortadaydı. Aramızdaki en keyifsiz olanı Lâl'di ve onun da keyifsizliğinin tek ama tek nedeni bendim, bundan emindim.

Yankı cebinden bir sigara çıkardı ve ucunu ateşlendirdikten sonra "Akşam uzun olacak," diye mırıldandı. "Herkes güzelce dinlensin." Bakışları bana döndü, uzun bir süre yüzüme baktıktan sonra nefesini verdi. "Işık'ın yatağına geçip birazcık uyu, gece boyu ikimiz de uyuyamadık. Dinlenmemiz gerek."

Başımı olumlu anlamda sallayıp çekingen bir yüzle Işık'a baktığımda onun hiç düşünmeden, "İkinci oda," dediğini duydum. Mutlu ise iri gözlerle bir bana bir Yankı'ya bakıyordu.

"Bir saniye," dedi ve ayağa kalkarak ikimizin arasında durdu. "Siz dün ikiniz de uyumadınız mı?" Başı bir ona bir bana dönerken yüzünde sorguya çeken bir öğretmen ifadesi vardı. "Geceden bu saate kadar durmadan seviştiniz mi?" Gözleri Yankı'da durdu ve ıslak çaldı. "Dedikleri kadar varmışsın, hiç mi dinlenmedin be adam?"

"Mutlu!" diye inledim ellerimle yüzümü kapatıp. Böyle şakalar ve imalar beni geçmişimden ötürü rahatsız hissettirmiyordu. Bu yaşıma kadar her çeşit muameleyi görmüştüm ve her çeşit insanla aynı masaya oturmuştum; Mutlu'nun yaptığı benim için sadece komik bir şakadan ibaretti.

Bir gün söylediği gibi biriyle birlikte olursam neler olacaktı, onu kestiremiyordum çünkü geçmişimin sancıları, hiç ummadığım zamanlarda beni kıskıvrak yakalıyordu.

Yankı alnına vurdu. "Bartu," dedi düz bir sesle. "Sana Mutlu'nun baksırlarının içine kaşındırıcı koyduğunu söylemiş miydim?"

"Beni sattın!" diye bağırdı Mutlu Yankı'ya ve Bartu'ya gözlerini kocaman açarak baktı. "Yapmadım!" Bartu, ayağa kalktı ve Mutlu'ya doğru bir adım attı. "Yapmadım canım abim, yapmadım," dedi daha kısık bir sesle. Bartu, Mutlu'nun yakasından tuttu ve onu havaya kaldırırken "Yaptım ulan!" dedi ve bir anda Bartu'yu alnından öptü. Bartu şaşkınlıkla Mutlu'yu bıraktığında eli alnına doğru gitti ve Mutlu o sırada hareket çekip odanın dışına doğru koştu. "Yankı eksik söyledi, bütün boxerlarını da pembeye boyadım ve üzerine Pembe Panter'in resmini yapıştırdım!"

Sessizlik. Kısa bir sessizlik. Ardından Bartu "Mutlu!" diye haykırdı ve o da peşinden koştu. "Şimdi seni pencereden değil atmak, o pencereye asacağım ki ibret olsun!"

İçeriden tepinme sesleri geldiğinde ben ve Işık birbirimize dönüp gülümsedik ve aslında Lâl'in olmadığı ortamda kendimi daha rahat hissettiğimi fark ettim; Lâl'in olmadığı ortamda Işık da bana daha sıcak bakıyordu.

"Şimdi mahvoldu," dedi Yankı kapıya doğru bakarak. "Bu sefer Bartu onu direkt Pembe Panter'e dönüştürecek."

♣

Uyku ve uyanıklık arasındaki çizgide gidip geliyordum ve arada sırada gözlerimi aralasam da sonrasında tekrardan kendimi uykunun kollarına teslim ediyordum. Gecenin yorgunluğu bedenimden çıkarken zihnim tamamen berraktı ve kâbuslarım bana o kadar çok uğramıştı ki hepsi şimdilik sırtını dönmüştü.

Işık ve Mutlu'nun odasında iki tane yatak vardı ve ben Işık'ın yatağında yatıyordum. Yastıkta onun şekerli şampuanın kokusunu alabiliyordum ve kendimi biraz daha iyi hissetmeme neden oluyordu.

Odanın kapısının açıldığını duydum ve miskin bir ses çıkarıp yatakta döndüm. Adım sesleri kulaklarıma dolduğunda birinin bana doğru yaklaştığını anlamıştım. Planı konuştuktan sonra odaya çıkmış, uyumuştum ve kendimi günlerce uyumuş gibi hissediyordum.

Birkaç saniye geçti ardından Işık'ın sesini duydum. "Helin," dedi düz bir sesle. "Yarım saat sonra çıkacağız, hazırlanman gerekiyor."

Başıma kadar geçirdiğim battaniyeyi açtım ve kısık gözlerle dönerek Işık'a baktım. Üzerinde beyaz dar bir gömlek, altında siyah dar bir mini etek vardı. Siyah opak çorabı kıvrımlı bacaklarını ortaya çıkarmıştı ve ayaklarında yüksek topuklularla rahatsız görünüyordu. Saçlarını sıkı bir topuz yapmış, önlerine birkaç tutam indirmişti.

Elinde tuttuğu kıyafetleri Mutlu'nun yatağına bırakıp "Bunları giymen gerekiyor," dedi. "Banyodaki dolabın içinde birkaç makyaj malzemesi var. Seni idare eder mi bilmem ama ben de Lâl de fazla makyaj yapmayı sevmiyoruz."

Yatağın üzerine bıraktığı kıyafetlere bakarken olduğum yerde doğruldum ve başımı aşağı yukarı sallayarak "Ben de fazla makyaj yapan biri değilim," dedim. "On beş dakikaya hazırım, aşağıda olacağım."

Işık, bir süre yüzüme baktı ve kendimi yataktan atıp banyoya doğru ilerleyeceğim sırada eli kolumu tuttu. "İyi misin?" Sorusuyla beraber gözlerim ona döndüğünde bakışlarındaki samimiyeti gördüm. "Sabah pek iyi görünmüyordun, Yankı neler olduğunu söylemedi."

Gerçekten iyi olup olmadığımı mı merak etmişti yoksa Lâl için ağzımı mı arıyordu bilmiyordum ama ona samimi bir şekilde tebessüm ederek "İyiyim," dedim. "Sadece ruhsal sancılar filan. Bilirsin ya, patlama yaşadım."

Israrı seven birisi olmadığını tahmin ediyordum ve o da beni tahminlerimde yanıltmayıp "Aşağıda bekliyoruz," dedi ve odadan çıktı.

Banyoya girip işlerimi hallettikten sonra elimi yüzümü yıkadım ve benim için ayrılan yeni diş fırçasıyla dişlerimi fırçaladım. Aynadaki görüntümde gözlerim şişmiş görünüyordu fakat morluklar yok olmuştu ve şişlik uykumu aldığım içindi. Dağılmış saçlarımı geriye doğru ittim, Işık'ın bahsettiği dolabı açtım.

Gözümün altını rastgele bir kapatıcıyla kapattım ve rimel sürdüm. Rastgele bir ruj alıp dudaklarıma sürdüğümde onun bordo renk olduğunu fark ettim, bu renk rujları pek sevmezdim fakat silmeye üşendiğim için ruju yanıma alıp odaya tekrar döndüm.

Yatağın üzerindeki kıyafetlerle bakışırken üzerimdeki pantolonumu ve kazağımı çıkardım. Yurda gidip kıyafetlerimi almam gerekiyordu çünkü burada hiçbir kıyafetim yoktu ve bu beni rahatsız etmeye başlamıştı.

Elbiseyi yatağın üzerinden aldım ve giyerken tam da bedenime göre olduğunu fark ettim. Sutyeni çıkarmak zorunda kaldığımda kaşlarım çatıldı ve elbisenin düşündüğümden daha abartılı olduğuna kanaat getirdim.

Tamamen üzerime giydiğimde Işık'ın dolabına yapıştırılmış olan boy aynasına ilerledim ve bir yandan da bana bıraktığı siyah bantlı yüksek topukluları giydim. Olduğum yerde elbisenin kenarındaki fermuarını çekmeye çalışırken aynada kendimle göz göze geldim ve fermuarı yukarıya çektim.

Derin bir göğüs dekoltesi olan elbise dizlerime kadar dar bir şekilde iniyordu ve arkası da kalçamın az üstüne kadar açıktı, elbiseyi sadece incecik askıları tutuyordu. Kendimi yarı çıplak değil de tamamen çıplak hissettiğim için kaşlarımı çattım çünkü bana uzun süre sonra kadınsı hatlarımın olduğunu fark ettiren bir elbiseydi.

Dudaklarıma sürdüğüm rujun rengi neredeyse elbiseyle aynı renkti ve bu daha fazla dikkat çekmeme neden olmuştu. Ruju silmeli miyim, diye düşünürken alt kattan Mutlu'nun adımı seslendiğini duydum. "Geliyorum!" diye bağırdığımda saçlarımı masanın üzerindeki Işık'a ait olduğunu düşündüğüm tokayla sıkı bir at kuyruğu yaptım.

Odadan çıkmadan önce kendimle son kez yüz yüze geldim ve hafifçe yanaklarıma vurarak "Gerçekleri yaşa," dedim defalarca kendime söylediğimi tekrar ederek. "Sen gerçeksin ve gerçeklere inan."

Odadan çıkıp merdivenlere doğru yöneldiğimde neyse ki topuklu ayakkabıya giymeye alışık olduğum için rahatsız hissetmiyordum ve düzgün bir şekilde yürüyebiliyordum. Ben ne kadar topuklu ayakkabıları sevmesem de bir dönem başkalarının algısında güzel görünmek için topuklu ayakkabıları giymiştim.

Merdivenlerden inerken Mutlu ve Bartu'nun atıştığını duydum. "Eğer her şeyi mahvedersen ben de seni mahvederim," diyordu Bartu, Mutlu'ya. "Arabayı çalarken nasıl olur da alarmını kapatmazsın?"

Mutlu homurdandı ve hepsi görüş açıma girdiğinde "Alarmı kapatmadık da ne oldu? Aksiyon yaşadık işte, fena mı?" dedi ve bakışları bana döndü. Gözleri beni baştan aşağı süzdü, izledi ve sonra ağzıyla alarm sesi çıkararak ellerini yüzüne yerleştirdi. "İşte şimdi yangın çıkıyor, tam içimde! Alarmlar ötüyor, itfaiye!"

Son basamağa geldiğimde hepsinin gözleri bana döndü. Mutlu'nun üzerinde bol bir kot, bol bir tişört vardı ve gözlerinin içi kıpkırmızı, altı mosmordu. Saçları dağılmış, dudakları kurumuştu. Tam bir uyuşturucu bağımlısı gibi görünüyordu.

Lâl, Işık gibi giyinmişti fakat onun üzerindeki gömlek beyaz değil, siyahtı. Elinde bilgisayarını sıkıca tutuyordu, gözlerimiz kesiştiğinde bakışlarını kaçırdığını ve direkt olarak Yankı'ya baktığını gördüm.

Bartu, Yankı'nın yanındaydı. Siyah bir takım elbise giymişti ve içindeki gömlek beyaz, kravatı siyahtı. Kısa saçları bile düzgün görünüyordu, yüzüne renk gelmişti. Bileğinde pahalı bir saati olduğuna emindim. Bartu'ya ilk defa alıcı gözüyle bakabiliyordum ve aslında yakışıklı bir adam olduğunu görebiliyordum. Uzun boyu, iri bedeniyle bütün kadınların dikkatini çekebilecek yapıdaydı.

Son olarak Yankı'ya baktım, nedense onu sona bıraktım ve âdeta nefesimin kesildiğini hissettim.

Üzerinde lacivert bir takım elbise vardı ve saçları düzgün bir şekilde taranmıştı. Bordo kravatını boynuna takarken elleri duraksamıştı ve turkuaz gözleri benim üzerimde takılı kalmıştı. Lacivert takım elbisesiyle turkuaz gözleri birbirine o kadar çok uyumlu görünüyordu ki yutkunmak zorunda kaldım, hatta yakınlaşıp gözlerinin içine bakmak istedim. Koyulaşmıştı gözleri ve sakallarını düzeltmiş, kemikli yüzünü daha fazla açığa çıkarmıştı. İçine giydiği açık mavi gömleğinin manşetlerinde kol düğmeleri vardı, kol düğmelerinde U ve D harfleri vardı. Uras Denizler.

Yankı, kravatını yakalarını kaldırdığı gömleğine taktı ve yakalarını indirirken gözlerini bir an olsun benden ayırmadı. Gözleri düşündüğümden daha uzun süre göğüs dekoltemde oyalandı ve bacaklarıma doğru inerken yüzünde belli belirsiz bir afallama oluştu.

"Çok iyi," dedi Mutlu. O olmasa neler olurdu, kestiremiyordum çünkü herkesin varlığını bir an olsun unutmuştum. "Bu kıza seksi derken yanılmıyormuşum, değil mi? Ben kadından anlarım."

Bartu, Mutlu'nun kafasına sert bir şekilde vurup "Kadınlardan bir malmış gibi bahsetme," dedi. "Hiçbiri sana bakmıyor diye boş çene çalıyorsun."

"Bakmıyorlar mı?" Mutlu bana doğru ilerledi ve elini uzatıp "Hanımefendi," dedi kibar bir sesle. "Atım dışarıda sizi bekliyor, dilerseniz jetimi getireyim."

Gülümsedim ve uzattığı elini tutarak merdivenin son basamağından indim. "Mutlu, senin Grey gibi helikopterin olması gerekmiyor mu?"

Mutlu düşünceli bir sesle, "Grey umurumda değil," dedi ve ciddi ciddi bana hayranmış gibi baktı. "Mutlu Sarca olarak seni atımla götürmek isterim."

"Mutlu," dedi Bartu ve eliyle yüzüne vurdu. "Yine çok konuştun."

Yankı ise birkaç adım attı ve Mutlu'nun omzuna dokunarak çekilmesini işaret etti. Mutlu düşük bir yüzle geriye doğru adım attığında hepsinin tam ortasında duruyordum. Bartu bile arada sırada dönüp bana bakıyor fakat bunu göstermemeye çalışıyordu.

Yankı bana doğru yaklaşırken nefes almayı unuttuğumu fark ettim ve kesik nefesler alarak ona baktım. Tam karşımda durduğunda gözleri dudaklarıma doğru indi ve hiç beklemediğim şekilde uzun süre dudaklarıma baktı. O sırada yüzüme doğru yaklaştığında kalbimin teklediğini hissettim. Kahretsin, neler oluyordu?

Nefesi yüzüme çarptı, sakalları yanağıma değdi ve kulağımın içine bir şey yerleştirdiğini hissettim. Aslında bu yaptığı çok çok kısa bir an sürmüştü ama benim için düşündüğümden çok daha uzundu.

Geriye doğru çekildiğinde "Bu kulaklıkla ben size bildirimler vereceğim," dedi. "Aranıza sonradan Mutlu ve Işık'la beraber dâhil olacağım için ne dersem onu yapacaksınız."

Bartu'ya döndü, o sırada Yankı'nın kokusu burnuma geldi ve bu koku beni uyutan ninnilerimi anımsattı. Küçükken uyumak için kendimi zorladığım zamanlar, başımı yastığa gömer kendimi bir deniz kenarında hissetmeye çalışırdım. Denizin sesiyle ninnim birbirine karışırdı ve o yaşımda deniz kenarının kokusunu alırdım. Yankı, o deniz kenarı gibi kokuyordu, Yankı, beni iyileştirmeye çalışan ninnilerim gibi kokuyordu.

"Özellikle sen Bartu," dediğinde daldığım düşüncelerimden sıyrıldım. "Sakın öfkene yenik düşme. Sakın. O adamın ne olduğuyla değil, işimizle ilgileneceksin."

"Tamam," dedi Bartu öfkeli bir sesle. "Yüz defa aynı şeyi söyleme, ne dersen onu yapacağım." Durdu ve Lâl'e baktı. Tekrardan Yankı'ya baktığında, "Ama tek şartımı biliyorsun, o olursa beni kimse durduramaz," dedi.

"Biliyorum," dedi Yankı ve eliyle Bartu'nun omzuna vurdu. "Öyle bir şey olmayacak, rahat ol."

"Çıkalım mı artık?" diye sordu Işık. "Bir tane daha araba alacağız."

Yankı, yere koyduğu siyah bir poşetin içinden hepimize kimliklerimizi uzattı. "Bunları çantalarınıza ve ceplerinize koyun," bana baktı ve kimliğimi Bartu'ya uzattı. "Senin kimliğin burada. Ve bir de..." Elini cebine atıp iki tane yüzük çıkardı. "Bunu tak." Kendisi fevri bir şekilde parmağına yüzüğü geçirdiğinde Lâl hızlı adımlarla kapıya doğru ilerledi ve sertçe açarak kendisini dışarıya bıraktı. Ben de Yankı gibi yüzüğü parmağıma taktığımda tekrardan göz göze geldik.

"Benim sana karşı tavırlarım nasıl olacak?" Dudaklarım kurumuştu ve ıslatmak zorunda kalmıştım, Yankı'nın gözleri direkt olarak dudaklarıma kaydı.

"Ben nasıl davranırsam ona göre hareket et," durdu ve derin bir nefes aldı. "Ayrıca şunu yapmaktan vazgeç."

"Neyi?" dedim ve herkesin kapıdan çıktığını gördüm. İkimiz evin içinde kalmıştık.

"Dudaklarını ıslatmayı," dedi. "Dikkatimi dağıtıyor."

Bir daha dudağımı ıslattım ve arkamı dönüp dış kapıya doğru ilerledim. "Beni incelemekten vazgeç," dedim dün onun bana söylediklerini tekrar ederek. "Ben senin dikkatini dağıtabilirim ama sen dağıtamazsın."

Kapıdan dışarıya çıktım ve ona döndüğümde gülümseyerek bana yürüdüğünü fark ettim. Elindeki deri ceketimi bana uzatırken "Dağıtamaz mıyım?" dedi alaylı bir sesle. "Çırılçıplak dışarı çıkarsın ve ateşler içinde kalırsın, ruhun duymaz."

Soğuk hava o anda aklıma geldi ve deri ceketi elinden alıp üzerime geçirdiğimde bakışlarımı ondan kaçırdım. Her seferinde vereceği bir cevabı vardı ve benim bazen ona verecek cevabım kalmıyordu, bu can sıkıcıydı.

"On dakika kadar üst üste tek arabayla gideceğiz," dedi Bartu ve bir arabanın kilidinin açıldığını duydum. Bakışlarım sesin olduğu yere doğru döndüğünde neredeyse iki yüz elli bin liralık bir arabayla göz göze geldim. Dudaklarım aralandığında Bartu bakışlarımı fark etti. "Bartu'nun elli tonu," dedi. "Yenisi de birazdan geliyor."

"Havalara bak." Mutlu homurdanarak Bartu'nun arkasında yürürken arabaya burun kıvırıyordu. "Bundan daha iyisi olamaz mıydı? Yapmaz benim Grey'im, yapmaz böyle şeyler."

Bartu, sürücü koltuğuna yerleşirken "Mutlu sen gelmesene ya," dedi yapay bir sinirle. "Zaten rolün çok gereksiz. Figüran Mutlu."

Yankı yolcu koltuğuna doğru ilerledi ve Mutlu'yla Işık da arka koltuğa oturdu. Lâl ve ben birbirimize baktığımızda Işık "Hadi!" diye bağırdı içeriden. "Binin de gidelim."

Lâl diğer kapıdan içeriye girdi ve ben de binince dördümüz arkaya sıkıştık. Lâl neyse ki diğer uçtaydı ve hemen yanımda Mutlu oturuyordu. "Yankı," dedi Mutlu. "Kucağına oturabilir miyim?"

"Hayır." Yankı'nın net cevabıyla beraber Bartu gaza basto ve araba park edildiği yerden çıktığında koltuğa biraz daha yerleştim.

"Tabii, sen dün kucağına hemen yanımdaki seksi kızı oturttuğun için beni istemezsin," diyen Mutlu'ya gözlerim irice açılmış bir şekilde baktığımda Lâl öksürmeye başladı ve Yankı arkaya doğru dönüp Mutlu'nun kafasını tuttu, aşağıya doğru indirdi. "Ah!" diye bağırdı Mutlu. "Yapma, katlandım resmen, yapma!" Sesi derinden geliyordu.

Bartu gülmeye başladığında "Keyifliymiş," dedi. "Benim için de katla Yankı."

"Doğru söyleyeni dokuz köyden vururlarmış!"

"Vururlarmış derken?" Yankı Mutlu'nun kafasını bıraktı ve Mutlu nefes nefese başını kaldırdı. "Kovarlarmış o."

"Siz beni vurursunuz!" diyerek kollarını önünde bağladı ve dudaklarını büktü. "Hep ben dayak yiyorum, bir gün sizi döveceğim."

"Kızdırmayın yakışıklı ikizimi!" Işık Mutlu'yu kendine doğru çekti. "Bak burada ne var," dedi ardından büyük bir viski şişesini ortaya çıkardı. "Beraber tüketelim mi bunu?"

"Işık!" Mutlu güldü ve şişeyi havaya kaldırarak "İşte bu rutinimizi yapmayacağız diye ödüm kopuyordu," dedi. "Ama bu sefer size vermeyeceğim."

"Rutin mi?" dediğimde Işık'ın gözleri bana döndü.

"Her işe gitmeden önce hepimiz rahatlamak için birkaç yudum içer eğleniriz. Hatta bir şarkımız var," dediğinde gözleri aynadan ona bakan Bartu'ya kaydı. "Açsana, dinleyelim."

Bartu cebinden çıkardığı telefonunu arabaya bağlayıp bir şarkı açtığında güldüm. Yüksek Sadakat *Haydi Gel İçelim* şarkısıydı ve rutinlerinin güzelliği gülümsememe neden olmuştu.

"Bugün!" diye bağırdı Mutlu ve şişenin kapağını açıp birkaç yudum içti sonra Işık'a uzattı. "Bugün çok yorulmuşsan, her yerde arayıp, yine de bulamamışsan!"

"O seni unutmuş!" dedi Işık ve o Mutlu'dan daha büyük yudumlar içti. "Sen unutamamışsan!" İçkiyi Lâl'e uzattı ve Lâl elini kaldırıp içkiyi reddetti. Işık şişeyi bana yönlendirdiğinde dikiz aynasından Yankı'yla göz göze geldim ve şişeyi elime aldığımda bakışlarımı ondan kaçırdım. Büyük yudumlar içtiğimde boğazım bu yanmaya tepki verdi ve hafifçe öksürerek şişeyi öne doğru uzattım.

"Alışık değilsin galiba?" Mutlu'nun sorgulayan gözleri üzerimdeydi.

"Sadece uzun zamandır içmiyordum." Ekşittiğim yüzümü hızlı bir şekilde düzelttiğimde Bartu elimden şişeyi aldı ve Yankı'ya doğru kaldırarak "Haydi geç içelim," dedi ve şarkıya eşlik ederek içkisini yudumladı.

Hepimizden daha fazla içen Bartu'nun elinden zorlukla içkiyi alan Yankı "Yerlere düşmeyelim ama şimdi," dedi ve cama doğru dönerek o da içkisini içti. Söylediğine gülmeye başladığımda Işık da bana eşlik etti ve Mutlu yanımda oturduğu yerde dans etmeye başladı.

Lâl ise pencereden dışarıyı izliyor, hiçbirimizle iletişim kurmuyordu; gözleri caddedeki insanların üzerindeydi fakat düşündüklerinin daha başka olduğunu, aklının belirsiz yerlerde olduğunu anlayabiliyordum.

Birkaç dakika sonra Bartu arabanın üst camını açtı ve Mutlu hevesle kafasını yukarıdan çıkarıp bağırarak şarkıyı söylemeye başladı. "Yine çıldırtacaksın," dedi Yankı Bartu'ya yüksek sesle. "Çok gaza geliyor, yapma şu çocuğa böyle."

"Bu evrende bir tozsun, tarih seni unutsun, haydi gel içelim!" Mutlu'nun sesi geçtiğimiz caddede çınlıyordu ve yolda yürüyen herkesin bakışları ona dönüyordu. Bir teyze eliyle ağzını kapatıp Mutlu'ya bakarken yanındaki kız gülüyordu. Mutlu her ne hareket yaptıysa kız utançla yüzünü kapattı ve araba onların yanından geçerken "Ara beni bebeğim!" diye bağırdı Mutlu. "Bu yüzü hiç unutma!"

Yankı gülerek "Mutlu!" diye bağırdı. "İn aşağı, hava soğuk. Felç geçireceksin ve ciddi ciddi yüzün unutulmayacak." Şişeden içkiyi içmeye devam ediyordu, herkesin bir sınırı vardı ama onun yoktu.

Mutlu kendisini koltuğa bıraktığında elleriyle kollarını okşadı ve "Dondum!" diye bağırdı, ardından Işık'ın kolları arasına girdi. "Çok üşüdüm."

Bartu, müziğin sesini kıstığında kendimi tutamayarak "Öyle deme," dedim Mutlu'ya. "Senin yaptığını hep yapmak istemişimdir."

"Hiç yapmadın mı?" Işık'ın gözleri şaşkınlıkla açıldı. "Biz bunu hep yaparız ve o kadar keyifli ki. Gözlerini kapattığında uçuyormuşsun gibi hissediyorsun."

Dudaklarımı büktüm. "Maalesef," diye mırıldandım. "Beraber eğlenebileceğim kimse yoktu ve ilk defa böyle bir ortamdayım. Çok keyifli olduğuna eminim."

Yankı'nın yine bana aynadan baktığını hissettim fakat onunla bu sefer göz göze gelmedim. Birkaç saniye sonra araba yavaş yavaş durduğunda "Şurası," dedi Bartu ilerideki bir galeriyi göstererek. "Adam yemeğini yemek için eve gitti, her gün aynı saatte gidiyor," saatine baktı, "on dakikamız var. Çalacağımız arabayı çeken sadece tek bir kamera var. Onu da hallederiz."

Yankı kafasını salladı ve arabadan indiğinde Bartu da ona eşlik etti. Biz de onların ardından arabadan indiğimizde Yankı bir sigara çıkardı ve dudaklarının arasına yerleştirmeden önce "Lâl kamerayı halleder," dedi. "Mutlu'yla sen arabayı halledersiniz. Siz dördünüz çalınan arabaya binersiniz, biz buna bineriz."

"Tamamdır," dedi Bartu ve Lâl'i yanına çağırdı. "Gel buraya suratsız, halledelim şu işi."

"Sekiz dakika kaldı," dedi Yankı. "Acele edelim."

Hepimiz galeriye doğru ilerlerken gecenin karanlığı üzerimize örtülmüştü ve boş sokaktan tek bir insan bile geçmiyordu; galerinin bulunduğu yer kör noktaydı ve etrafında başka hiçbir şey yoktu. Çıkan tek ses Lâl, Işık ve benim ayaklarımızdaki topukluların sesiydi. Bartu, Mutlu ve Lâl önümüzde yürüyordu. Işık biraz geride kalmıştı, ben de Yankı'yla yan yanaydım.

Duvar kenarına doğru gittiğimizde hepimiz duvara sürtünerek geçiyorduk ve kameraların görüş açılarından kaçıyorduk. "Bartu," diye fısıldadı Yankı. "Not bırakmayı unutma."

"Of," dedi Bartu ve ellerini iki yana açtı. "Yanımda kâğıt kalem yok, ne yapayım?"

"Ne notu?" diye sorduğumda Yankı işaret parmağıyla beni susturdu ve Lâl'e doğru baktı. Lâl ise elindeki bilgisayar çantasının içinden bir kâğıt ve kalem çıkararak hızlıca bir şeyler yazdı, ardından Bartu'ya verdi.

Biz galerinin köşesinde gizlenirken Mutlu, Bartu ve Lâl galerinin ön tarafına doğru çıktı. Köşedeki kameraya doğru ilerlerken çalacakları arabanın, az önce bindiğimiz arabadan daha pahalı olduğunu anlamıştım. Işık, "Dayanamayacağım, ben de gideceğim," dedi ve gülerek onların arkasına takıldı.

"Işık," dedi Yankı ama çoktan ilerlemeye başlamıştı. "Şimdi aksiyonun sırası değil, o kardeşine bunu söyle."

Kameranın aşağısında durdular ve Lâl, hiç çekinmeden bir bacağını duvardan geçen borunun üzerine koydu, diğer ayağını Mutlu'nun eline yerleştirdi. Eteği yukarıya doğru kıvrıldı.

Lâl biraz daha tırmandı ve Bartu, Mutlu'ya baktı; o an yaptığı hareket gülümsememe neden oldu çünkü eliyle Mutlu'nun gözlerini kapatmıştı. "Ne yapıyorsun?" dedi Mutlu ve onun elinden kurtulmaya çalıştı ama Bartu izin vermedi.

"Kim olursa olsun," dedi Bartu ve kıskanç bir şekilde Lâl'e odaklandı. "Hadi kızım, çabuk ol."

Lâl duvardan destek aldı ve ayaklarını Bartu'nun omuzlarına koydu; Mutlu'nun elinde tuttuğu topuklu ayakkabılara o an dikkat etmiştim.

Karşımızda üç metreyi geçtiklerinde gölgeleri kocaman bir deve dönmüştü. Yankı büyük bir ciddiyetle izlerken, Mutlu hâlâ kapalı gözlerinin arkasından homurdanıyordu. "Görürsün sen oğlum," dediğinde omzunu indirip kaldırdı. "Bak gör neler yapacağım sana."

Lâl, kameranın üzerinde birkaç oynama yaptı ve Yankı saatine bakarak "Hadi Lâl, hadi Lâl," diye söylendi. "Hadi hızlı kızım, çabuk ol."

Lâl otuz saniye sonra başparmağını kaldırıp bize doğru gösterdiğinde hallettiğini anladık ve Bartu, ellerini kaldırıp Lâl'i kucağına davet etti. Lâl yazdığı notu kameranın köşesine sıkıştırdıktan sonra ağır ağır aşağı doğru indi. Mutlu, arabaya doğru ilerledi ve onları arkasında bıraktı.

"Notta ne yazıyor?" diye sordum Yankı'ya. İkimiz de olanları izleyen bir kedi gibi köşeye tünemiştik.

"Arabayı geri getireceğimiz yazıyor," dediğinde gözleri bana döndü. "Galerinin sahibini değil ama güvenlik görevlisini düşünmemiz gerekiyor. Herkes evine ekmek götürmek için çalışıyor."

Başımı sallarken yine hiç beklemediğim yerden beni yakalayan merhametine kapılmıştım. "İBAK'ı şimdi daha iyi anlıyorum." Yankı hafifçe gülümsedi ve tekrardan dönerek arkadaşlarına baktı.

Mutlu ve Bartu arabanın önünde uğraşırken Lâl hemen arkalarındaydı ve gözleri bizim üzerimizdeydi. Işık ise gelen giden var mı diye yolu gözlüyordu. Mutlu homurdanarak bir şeyler söylemeye devam ederken Bartu, "Alarmı unutma yine," dedi ve kaşları çatık Mutlu'ya baktı. "Mahvederim seni."

Mutlu cevap vermeyip uğraşmaya devam etti ve Bartu da kilidi açmak için çaba sarf etti. Tam o sırada Işık, koşarak onların yanına geldi. "Adam kilolu, kel ve kısa boylu mu?" diye sordu Bartu'ya. Bartu'nun gözleri açıldı. "Amına koyayım!" diye bağırdıktan sonra eğildi. "Eğilin!"

"Siktir!" dedi Yankı ve saatine bakıp "İki dakika erken geldi," diye inledi. "Arkama geç ve sesini çıkarma."

Lâl, Bartu ve Mutlu sürücü koltuğunun orada eğilirken Işık açıkta kaldı ve bir anda ne yapacağını bilemeyerek ortalıkta koştu. Tam o sırada adam galerinin önüne geldi. Işık'la göz göze geldiğinde nefesimi tutmuş olanları izliyordum.

"Buyurun?" dedi adam Işık'a bakarak ve baştan aşağı süzerek. "Bir şey mi aradınız?"

Işık afallamış bir yüzle adama bir süre baktı sonrasında gülümseyip "Şey aslında," dedi ve adamın koluna girip onu sürücü koltuğunun olduğu yerden uzaklaştırdı. "Ben araba kiralamak istiyordum ama kapalıymışsınız, çok üzüldüm."

Adam koluna girdiği eline bakıp gülümseyerek "Maalesef kapattık ve patron yok," dedi. "Ama istersen sana bir kahve ısmarlayabilirim içeride."

Işık cilve yapıyor, o şekilde dikkatini dağıtmaya çalışıyor, adam da onun oyununa düşüyordu. "Hımm," dedi Işık ve adamın ona bakmadığı bir an eliyle Bartulara *kaçın* hareketi yaptı. "Olabilir aslında fakat burada mı içeceğiz?"

Adamın yüzündeki ifade değişti ve daha geniş gülümseyip "Nerede istersin?" diye sordu.

Işık adamın sırtını tamamen o arabaya doğru döndürdüğünde görüş açısında köşedeki ben ve Yankı vardık. "Daha sakin, daha yalnız kalabileceğimiz bir yer olabilir aslında..." Elini adamın omzuna koydu ve sıktı. "Hem belki bana bir tane de araba ödünç verirsiniz. Söz, sabah olmadan getiririm ve patronunuzun ruhu bile duymaz."

Işık planı tamamen değiştirmişti ve adamdan arabayı bu şekilde alacaktı. Ben heyecandan nefesimi tutmuşken Yankı da hızlı hızlı nefesler alıp veriyordu. "Öyle mi?" dedi, adam ardından Işık'ın omzuna koyduğu elini tutup sıktı. "Karşılığında ne vereceksin?"

Bartu'yla Lâl arabanın köşesinden çıkıp boş sokağa doğru ilerlemeye başladıklarında Mutlu'yu eliyle çağırıyorlardı fakat Mutlu, olduğu yerde durmuş hareket dahi etmiyordu.

Yankı, "Hayır, Mutlu," dedi ve olduğu yerde kıpırdandı. "Şimdi değil, hayır. Şimdi değil."

Bartu, elini kaldırıp Mutlu'ya sakın hareketi yapacağı sırada Mutlu elindeki bir kabloyu sertçe çekti ve arabanın alarmı yüksek bir sesle ötmeye başladı. Arabanın yanıp sönen kırmızı ışıkları sokağı kaplarken öyle yüksek bir ses çıkıyordu ki ellerimle kulaklarımı kapatmak zorunda kalmıştım.

Adam, hızlı bir şekilde arkasını döndü ve Bartu ile Lâl'i gördü. "Sizler!" diye bağırdığı sırada Mutlu, eğildiği yerden kalkıp "Sürpriz bebek!" diye bağırdı. "Karşılığında bunu alırsın!" Hareket çekti ve gülmeye başladı.

Adamın gözleri Işık'a döndüğünde, "Sürpriz!" diye haykırdı Işık ve bir anda adamın yüzüne sert bir yumruk geçirdi. "Karşılığında bunu da alabilirsin!"

"Koş Işık!" Bartu sürücü koltuğuna oturduğunda Lâl hemen yanındaki yolcu koltuğuna oturdu. Işık sersemlemiş adamı itekleyip arabaya doğru koştu ve Mutlu'nun çoktan açtığı arka koltuğun kapısından içeriye daldı. Mutlu arabaya binmeden önce tek gözünü kapatan adama yine hareket çekti ve "Haydi gel içelim!" diyerek onu tiye aldı. "Ama seninle yerlere düşmeyelim ulan sapık!"

Hepsi arabaya bindiklerinde Bartu oyalandı ve o sırada arabanın motorunu çalıştırmak için çaba sarf ettiğini anladım. Sonuçta çalıntı bir arabaydı ve anahtarları yoktu. Adam, arabaya doğru tek gözü kapalı bir şekilde koşmaya başladığında "Üç dediğimde koşacağız," dedi Yankı ve bana dönüp baktı. "Ayakkabılarını çıkar."

Söylediğini ikiletmeden yaptım ve ayakkabılarımı çıkararak ellerime aldım. Adam arabanın penceresine sert bir şekilde vururken "Sizi şikâyet edeceğim!" diye bağırıyordu. Kapıyı açmaya çalışıyordu ama başarılı olamıyordu, gücü Lâl'e bile yetmiyordu. "Bittiniz siz!" Yumrukları cama çarpıyor, bir yandan da küfürler savuruyordu. Mutlu cama yapıştı ve dudaklarını öne çıkararak ona öpücükler attı.

"Dikkatini dağıtmamız gerek yoksa biz gitmeden polisi arayacak." Yankı'nın söylediğiyle beraber koşu pozisyonu aldım ve elbiseyi baldırlarıma doğru çektim. Yankı dönüp bana baktığında gözleri bacaklarıma kaydı ve kaşlarını çatarak kendi kendine bir şeyler s öylendi. Her ortamda durmadan sakin kalabilmeyi nasıl başarıyordu? Benim kalbim yerinden çıkacakmış gibi atıyordu.

"Bir," dedi Yankı ve öne doğru eğildi. Adam camı yumruklarken elini cebini attı ve telefonunu çıkardı. "İki." Adam tuşlara bastı ve tam kulağına götüreceği sırada "Üç!" diye bağırdı, ardından koşmaya başladık. Adam seslerle beraber başını bize çevirdiğinde Yankı adama bakıp gülerek "Bittin sen," dedi. "Karşılığını hiç böyle almamıştın, değil mi?"

Uzaktaki arabaya doğru koşarken adamın dikkati dağıldı ve bize doğru koşmaya başladığında kendimi tutamayarak adama hareket çekip "Al sana karşılık!" dedim kinle. "Sapık herif!"

O sırada Bartuların bindiği arabanın gazının alevlendiğini duyduk. Adamın adımları duraksadı ve bu sefer de o arabaya doğru baktı. "Sizler kimsiniz lan!" dedi adam dişlerini sıkarak. "Sizi mahvedeceğim."

Bartu arabayı adamın üzerine doğru kırdığında adam geriye doğru kaçtı ve hemen önünden geçerken Mutlu arka camı açarak "Sokak Nöbetçileri bebeğim," diye bağırdı. "Ünlü değiliz ama illa ki duymuşsundur."

Önümde koşan Yankı arabanın önüne geldiğimizde durup hızlıca sürücü koltuğunun kapısını açtı ve ben de yanındaki yolcu koltuğuna doğru ilerledim. Beraber bindiğimizde anahtar kısmından arabayı çalıştırmak için uğraştı. Adam bize doğru koşarken "Geliyor," diye inledim. "Çabuk ol."

"Sakin ol." Yankı'nın sesi durağandı, elleri hızlı ve profesyoneldi. Nefes nefese arka camdan bize doğru gelen adama bakarken adrenalin patlaması yaşadığımı düşünüyordum. Uzun zamandan beri ilk defa böylesine bir aksiyon yaşamıştım ve uzun zamandan beri ilk defa bu kadar keyif almıştım.

Yankı arabanın motorunu çalıştırdığında ve arabayı hareket ettirdiğinde adam bize ulaşmadan çoktan onu geride bırakmıştık. Adama dil uzatıp el salladığımda gülmeye başladım ve önüme dönerek elimi kalbimin üzerine koydum, yerinden çıkacakmış gibi atıyordu ve avucumun içine atışlar çarptıkça gülüşüm artıyordu. Dikiz aynasından arkaya baktığımda adam çoktan nokta kadar kalmıştı.

Gülmeye devam ederken "Uzun zamandır böyle eğlenmemiştim," dedim ve Yankı'ya baktım. Kaşları havadaydı ve direksiyonu sıkı bir şekilde kavramış ileriye doğru bakıyordu. Dudağının kenarında kalmış olan tebessüm, gamzesini ortaya çıkarmıştı. "Hep mi böylesiniz?" Sorumla beraber bakışları bana döndü. "Ya da hep mi böyleydiniz?"

Yankı da keyifli bir sesle, "Bartu onu tanıdığımda on altı yaşındaydı," dedi. "On yedi yaşında araba tutkusu başladı ve ilk arabasını çaldığında yanında Mutlu da vardı. Ehliyeti yoktu, Önder'in öğrettiği kadarıyla bir Şahin'i çalmıştı ve çalınan Şahin'e bindiklerinde birkaç dakika sonra duvara çarpmışlardı." Güldü, eğleniyormuş gibiydi. "Mutlu'nun kaşında o zamandan kalan dikiş izi var ve Bartu kolunu kırmıştı. Üstüne üstlük arabanın sahibinden de temiz bir dayak yemişlerdi. Eve geldiklerinde Önder'in suratını görmeliydin." Bir anda Önder'in suratını taklit etti ve "Çocuklar! Savaştan mı çıktınız?" diye bağırdı.

"Kesin Mutlu, Bartu'yu fişeklemiştir." Yankı başını olumlu anlamda aşağı yukarı salladı. "O muhteşem biri ve beni çok güldürüyor."

"Mutlu adının hakkını veren birisi." Ondan erkek kardeşi gibi şefkatle bahsediyordu. "Ama Işık'la yaşadıkları üzerlerinde kalıcı etkiler bıraktı. Bakma Mutlu'nun öyle olduğuna, Işık'ın tek bir gözyaşına etrafı yangın yerine çevirir ya da Lâl'in. Ona istediğini söyleyebilirsin ama sevdiklerine dokunursan bom! Patlarsın."

Lâl'in konusunu açıp açmamak konusunda kararsız kalmıştım fakat Yankı "Sor," dediğinde kendi kendime kıvrandığımı anladım.

O sırada önümüzdeki Bartu'nun sürdüğü arabanın arka camından Mutlu kafasını çıkarıp "Gel buraya adamım!" diyerek Yankı'ya bağırdı. "Az önce yaşattığım Imdb puanı düşük aksiyon filmi için bana teşekkür et!"

Yankı kafasını iki yana salladı ve eliyle *içeriye geç* hareketi yaptı. "Lâl peki?" dediğimde bakışlarımı ondan kaçırdım ve yanımdaki camdan dışarıya baktım. "O hep mi böyle? Hiç mi eğlenmez?"

Kısa bir sessizlik oldu ve Yankı'nın gözlerinin üzerimde gezindiğini hissettim. Ona bakmamı istiyordu ama bunu yapmadım. "Lâl," diyerek söze başladığında duruşunu değiştirmişti. "Hayata karşı en büyük nefreti olan o. Yaşadığımız hayatı sevdik, yaşadığımız hayatı sevmediğimiz zamanlarda bile kabullendik fakat o hiçbir zaman sevmeyi ya da kabullenmeyi tercih etmedi."

"Öyle mi?" dediğimde sesim iğneleyiciydi. "Neden hâlâ sizinle beraber o hâlde? İnsan mutsuz olduğu yerde durmamalı."

Yankı, sert bir sesle "Ya her yerde mutsuzsa?" diye sordu. "Onu mutlu eden hiçbir yer yok ve Lâl en çok bizim yanımızda güvende. Onun kılına zarar gelmesine izin vermeyiz."

Kendimi tutamayarak "Hepiniz onu ayrı bir yere koyuyorsunuz," dedim ve gözlerimi devirdim. "Lâl düşündüğünüzün aksine daha güçlü biri bence. Bana karşı tavırlarından da bu çok belli. Bartu'nun korunmasına ihtiyacı yok, senin korunmana da ihtiyacı yok." İçten içe Lâl'in onların zaafını kullandığını düşünüyordum fakat bunu söyleyebilecek cesaretim yoktu.

Yankı'ya döndüğünde kaşları çatık bir şekilde bana baktığını gördüm, en çok Lâl konusunda onu sinirlendirebiliyordum ve bu canımı sıkmaya başlamıştı. "Onu ne kadar iyi tanıdın? Bizi ne kadar iyi tanıdın? Bilmediğin konular hakkında fazla yorum yapmaya başladın."

Susmam gerekiyordu ama bunu yapmayacaktım, karakterimde yoktu. "Siz benim hakkımda hiçbir şey bilmemenize rağmen birçok yorum yaptınız." Yankı'nın böyle bir şey yapmadığının farkındaydım ama onu da bu grubun içine dâhil etmiştim. "Her neyse, Lâl benden hoşlanmıyor olsa bile ben ona karşı hiçbir his beslemiyorum."

Araba başka bir yola doğru döndüğünde hızının yavaşladığını hissettim ve gözlerimi Yankı'ya çevirdiğimde beni süzdüğünü fark ettim; gözlerinde sorgulayan bir ifade yoktu fakat ne söyleyeceğini ilk defa düşünüyormuş gibiydi. Dudakları aralandı, bir şeyler söyleyecek gibi oldu fakat sonra dudakları kapandı ve gözleri bacaklarıma doğru kaydı.

Elbise yukarıya kadar çıkmıştı ve koştuğum için yan taraftan yırtmaç izlenimi verecek kadar yırtılmıştı. Başını yola doğru çevirdi, gözleri kısıldı, arabayı durdurdu ve sonra tekrardan bacaklarıma bakarak "Bence bunu yapmamalısın," dedi.

"Neyi?" dediğimde elbiseyi aşağı doğru indirdim ve yanaklarımın kızardığını hissettim. Turkuaz gözleri bacaklarımdan gözlerime doğru tırmandığında bakışlarındaki ifade kendimi tedirgin hissetmeme neden olmuştu.

Elini cebine attığında gözlerim ilerideki yetimhaneye doğru kaydı ve geldiğimizi anladım. Hemen önümüzdeki arabada Bartular duruyordu ve araçtan inmiyor, bizi bekliyorlardı. Yankı sigara paketini açtı ve diğerlerinden farklı bir şekilde ters içine koyduğu sigarayı çıkardı. Aklımdan geçeni okumuş olacak ki gözleri tekrardan benim gözlerimin içine döndü.

Sigarayı öne doğru uzattı ve göğüs dekoltemin önüne doğru getirdiğinde "Dikkatim dağılıyor," dedi.

"Dikkati dağılmış Yankı'yla daha önce hiç tanışmadım."

Sonra beni fazlasıyla şaşırtarak "İzin verir misin?" dedi. "Yoksa sen mi yerleştirmek istersin?"

Bozguna uğramıştım. Normali bu olmalıydı, birine dokunmadan önce izin alınmalıydı ama daha önce kimse benden izin almamıştı. Ellerimin titrediğini hissettiğimde hiçbir şey söylemeden gözlerimle ona izin verdim.

Sigarayı iki göğsümün arasına yerleştirirken bana dokunmamak için ekstra çaba sarf ediyordu fakat parmakları tenime değseydi daha az titrerdim bunu biliyordum. Gözlerimi sıkıca kapattım ve sigarayı iki göğsümün arasına yerleştirmesine izin verdim. "Bu sigarayı ben ortaya çıkarana kadar sakın ortaya çıkarma çünkü zamanı var."

"Senin dikkatin dağılmazdı, öyle söylüyordun," dediğimde gözlerimi hafifçe araladım ve sigarayı yerleştiren parmaklarının paketinden başka bir sigara çıkardığını gördüm. Ensem terlemeye başlamıştı ve kızardığımı hissetmiştim, bu rahatsız ediciydi. Bütün bu hisler çok rahatsız ediciydi.

Sigarayı dudaklarının arasında sabitlediğinde ve çakmakla ucunu alevlendirdiğinde turkuaz gözleri aydınlandı. Önümüzdeki arabadan arkadaşları indiğinde bizim de inme vaktimiz geldiğini anlamıştım, daha doğrusu benim inme vaktim gelmişti. Yankı aramıza çok sonra katılacaktı.

"Benim canımın dikkati dağılmak istiyordur ve dağılıyordur," dedi. Lâl'in gözlerinin Yankı'nın üzerinde olduğunu fark ettim. Yankı ise gözlerini Lâl'den ayırdı ve bana baktığında yüzünde yaramaz bir gülümseme vardı. O an gözlerinin altındaki mor halkaları fark ettim ve hâlâ uykusuz olduğunu anladım. "Seninle bir konuda anlaşalım, Helin. Bana oynama, herkese oyun oyna ama bana oynama çünkü ben de oynarsam değil, dikkatin bütün dengen dağılır." Beni az önce uygulayacağım görevim konusunda mı uyarıyordu yoksa genel bir uyarı mıydı?

Yankı'nın gülümsemesinin arkasında bana karşı duyduğu öfkesi mi vardı yoksa hırs mıydı anlayamamıştım ama bakışlarında tanıdığım bir ifade vardı: Onun beni rahatsız ettiği kadar ben de onu rahatsız ediyordum ve bunun sonunun nereye varacağı muammaydı. Tek bildiğim Yankı'nın bana, Işık ve Lâl'e baktığından daha farklı baktığıydı.

O benim dengemi hareketleriyle, zekâsıyla ve turkuaz gözleriyle iyi ya da kötü alt üst etmeye başlamıştı, bunu kabul edebilirdim ama ben onda deprem etkisi bile yaratamayacağımı düşünüyordum çünkü her şey bir tiyatrodan ibaretti.

Ve Yankı Sarca, belki de benden daha yetenekli bir oyuncuydu.

5.

SAVAŞ PİYONU

Yankı'nın turkuaz rengi gözlerinde ne vardı bilmiyordum ama ona bakarken bütün renklerin turkuaz gözlerinin arkasında gizlendiğini ve o renklerin sadece zehri simgelediklerini düşünüyordum. Maviliği gizlemişti ama bir gün o zehirler, irislerini yırtıp dışarı çıktığı zaman ben Yankı'nın gerçek bakışlarıyla karşılaşacaktım.

Ona düşündüğümden daha uzun süre baktım, gözlerinin içine zamanın bile kenara çekilip bize izin vereceği kadar uzun bir süre boyunca baktım ve bana karşılık verirken onun da sorgulayıcı ifadesi benimki gibi yerindeydi.

Turkuaz gözleri uyuşturucu bir etkiye sahipti ayrıca sakinleştiriciydi ve o bunun farkında bile değildi, bundan emindim.

Cama vurulduğunu duydum ve olduğum yerde irkilip başımı Yankı'nın yanındaki cama doğru çevirdiğimde Mutlu'nun eliyle camı açması için işaret verdiğini gördüm. Yankı, gözlerini benden daha geç bir zaman sonra ayırdı ve camı aşağıya doğru indirirken "Ne oldu Mutlu?" diye sordu.

"Ha?" Mutlu, düz bir yüzle ikimizin suratına baktıktan sonra "Ne mi oldu?" diye sordu ve alayla güldü. "Mangalı nereye koyalım diye soracaktık, beyaz atletinle seni bekliyorduk." Cama doğru eğildi ve bana bakarak kafasını iki yana salladı. "Seni de yelpaze yaparız, nasıl fikir?"

Yankı yüzünü çevirip gülümsedi ve birkaç saniye sonra kapısını açarak aşağıya indi. Ben oturmaya devam ederken Bartu'nun bize doğru yaklaştığını gördüm. Işık ve Lâl geride durmuş arabaya doğru bakıyordu. Işık'ın eli Lâl'in omzundaydı fakat Lâl'in gözleri benden bir an olsun ayrılmıyordu.

Beni bakışlarıyla öldüremezdi, bunu bilmesi lazımdı.

"Helin," dedi Bartu ve o da camdan eğildi. "Neden inmiyorsun? Gideceğiz."

"Galiba korkuyor." Mutlu, Bartu'nun omzuna vurdu. "Sen de böyleydin evladım, korkar eteğime sarılırdın ama seni nasıl alıştırdım bu yollara." Elleriyle araba sürüyormuş gibi yaptı ve gaz sesi çıkardı. "Egzoz patlatan adamdan *Hızlı ve Öfkeli*'deki seksi adamlara döndün."

Bartu, Mutlu'ya gözlerini devirip "Az önce yaptığından sonra sana benimle muhatap olma demedim mi?" diye sordu. "Aksiyon istiyorsun diye alarmı çaldın lan!"

"Of!" Mutlu defalarca dinlediği senaryoyu bir daha dinliyormuş gibiydi, büyük ihtimal Bartu arabada Mutlu'yu fena şekilde azarlamıştı. "Işık'ın yardıma ihtiyacı vardı ve ben de onu kurtardım." Kaşları çatıldı, elini kıvırcık saçlarına geçirdi. "O adamı döveceğim." Durdu, Bartu'ya baktı. Ben arabadan inerken bana baktı, sonra bir daha Bartu'ya baktı ve şirin bir şekilde gülümsedi. "O adamı döver misin?"

Güldüm ve Bartu da bana eşlik ettiğinde elini burnunun kemerine götürdü. "Beni yollara alıştırana bak sen, şimdi de eteğime yapışmış adamı dövmemi istiyor." Mutlu'nun yüzünün rengi değişirken Bartu bana bakarak "İlk işimizi aldığımızda ikimiz günü tuvalette geçirdik," dedi. "Mutlu korkudan ve heyecandan durmadan kustu."

"Ne?" diyerek gülmeye başladığımda Yankı diğer arabanın bagajından bir şeyler çıkarıyordu ve Işık'la bir şeyler konuşuyorlardı. Lâl onlardan uzak dursa da kulak misafiriydi. "O kustu, sana ne oldu?"

Mutlu sırıttı. "Kriz zamanları hep kusarım." Sonra kahkaha attı. "Tek başıma o tuvalette olmak istemedim, Bartu'nun yemeğine önceden mideyi bozsun diye ilaç kattım ve bütün günü tuvalette geçirdik. Herkes onun da korktuğu için tuvalette kaldığını düşündü."

Bartu, Mutlu'nun ensesine vurdu ve kaşları çatıldı. "Kardeşim olmasaydın senin bacaklarını kırardım."

"Kardeş mi?" Mutlu, Bartu'nun önde duran elini kavrayıp öptü ve başına koyduktan sonra bana göz kırptı. "Bana kıyamıyor, beni kırbaçlamıyor ama o benim Grey'im."

"Mutlu!" Bartu yapay bir sesle azarladı ama sesinden eğlendiği belli oluyordu. "Yine çok konuştun."

"Bartu, Mutlu." Yankı bize doğru yürürken gözlerimiz ona doğru döndü ve Yankı'nın benden daha çok kardeşlerine baktığını gördüm. Elinde duran cihazı Bartu'ya doğru uzatırken oldukça temkinli ve dikkatliydi. "Ben sizi yöneteceğim. Işık ve Mutlu'yla biz sonradan gireceğiz, şimdilik siz üçünüz giriyorsunuz." Gözleri arka tarafı işaret etti ama dönüp bakmadı. "Lâl'in bir hata yapmasına izin verme, çok öfkeli görünüyor."

Bartu, buğulanmış bakışlarıyla Lâl'e odaklandığında derin bir şeyler düşündü ve nefesini tuttuğunu hissettim. "Bu elimde değil," dediğinde oldukça derinlerden gelen bir tınıyla konuşmuştu ve ne demek istediğini anlamamıştım. Yankı ise anlamıştı.

Bakışlarını Bartu'dan kaçırıp bana baktığında "Dikkatli ol," dedi. "Aslında o masada en fazla dikkat çeken kişi sen olacaksın. Sana yöneltilen soruları benim söylediğim gibi yanıtlayacaksın, anlaştık mı?"

Kafamı olumlu anlamda aşağı yukarı salladığımda Yankı tekrardan Bartu'ya döndü ve elini öne doğru uzattı. "Ver hadi."

"Neyi?" Bartu düz bir yüzle Yankı'ya bakıp ellerini iki yana açtı. "Ne istiyorsun?"

"Bartu," dedi Yankı gözlerini devirerek. "Sakladığın bıçağı ver. Onunla içeriye giremezsin."

Mutlu kafasını iki yana sallayıp yanımızdan geçip gittiğinde Lâl bize doğru yürüyordu. "Ona ihtiyacımız olacak." Bartu'nun omuzları düşmüştü, yenilmiş gibiydi ama yine de çaba sarf etmek istiyordu. "Olası bir durumda kullanmam gerekebilir."

"Olası bir durumda," dedi Yankı kelimelerin üzerine bastırarak. "Bıçak ya da silah değil, elini kolunu kullanırsın. Sana bunlar yasak, kullanmayacaksın."

Bartu ne yapmıştı da Yankı bu konuda ona karşı böylesine öfkeli hissediyordu? Bartu normalde haklıysa ya da haklı olduğunu düşünüyorsa inatlaşacak biri gibiydi ama Yankı'nın öfkeli sesine karşılık vermeden elini üzerindeki gömleğinin içine soktu ve birkaç saniye sonra gri bir çakıyı açığa çıkardı. Yankı onun elinden bıçağı alırken kaşları çatık bir şekilde Bartu'ya bakıyordu. Devamını bekledi. Bartu nefesini vererek başka bir bıçağı da pantolonunun içinden çıkarıp verdi. Yankı beklemeye devam etti. Daha ne çıkacaktı? Bartu bu kez de kaşlarını çatıp kravatının ucuna sakladığı küçük jileti ortaya çıkardı.

"Yok artık," dedim ağzımın içinde. Beni duydular ama duymazlıktan geldiler.

Lâl hemen yanımda durduğunda rüzgârlı hava bile onun soğukluğundan daha sıcaktı. Bakışlarım ona döndüğünde kaşları çatık bir şekilde Yankı'yla Bartu'yu izlediğini gördüm.

"Evet," dedi Yankı ve ellerini birbirine sürttü. Gözleri hepimizin üstünde dolandı. "Siz üçünüz şimdi gidiyorsunuz." Elinde tuttuğu bilgisayar çantasını Lâl'e uzattı ve Lâl onun elinden alırken "Gözlerimin içine bak Lâl," diye mırıldandı Yankı. "Biz asla birbirimize zarar vermeyiz, bunu biliyorsun, değil mi?"

Lâl uzun bir süre durduktan sonra başını aşağı yukarı sallayıp gözlerini kaçırdı. Bartu benim ve Lâl'in arasına girdiğinde duygularım karmakarışıktı. Birazdan yaşayacaklarım yüzünden kendimi heyecanlı ya da korku dolu hissetmiyordum aksine çok rahattım fakat hata yapmama konusunda ekstra dikkatli olmam gerektiğinin farkındaydım. Bir şekilde onların gözüne girmek için her şeyi yapmalıydım. Lâl bu konuda hata yapmam için elinden geleni yapacağını biliyordum, bunu hissetmiştim.

Bartu ve Lâl yürümeye başladığında ben bir adım gerilerinde kaldım ve Yankı'yla son kez göz göze geldiğimizde "O hâlde," diye fısıldadım. "Görüşürüz içeride."

"Görüşürüz," dedi Yankı, duraksadı ve turkuaz gözlerine inanılmaz etkileyici bir ifade oturduğunda gözlerini kıstı. "Görüşürüz, sevgili eşim."

Yutkunmakta zorlandım ve gözlerim ben onları kontrol altına almadan irileşti. Bir anda değişen ifadesi, bakışları hatta ses tonu bile ne kadar güzel bir oyuncu olduğunu gösteriyordu. Onun oyunculuğunun yanında benim yaptığım oyunculuk nasıl görünecekti, bilemiyordum.

Başımı önüme eğdim, Bartu ve Lâl'in yanına yetişerek hemen Bartu'nun yanında yürüdüm. Öndeki arabanın yanından geçerken bakışlarım aracın içindeki bilgisayarlara takılmıştı. Yetimhanenin içindeki kameraların hepsi, bilgisayar ekranından görünüyordu. Yankı uzaktan bizi bu şekilde izleyecekti. Bu kadarı fazla değil miydi, onu kafamın içinde daha ne kadar hafife alabilirdim ve daha ne kadar beni şaşırtabilirdi?

Topuklu ayakkabılarla ne kadar alışık olsam da ayaklarımı rahatsız etmeye ve yara yapmaya başlamışlardı. Hemen yanımdaki Bartu göz ucuyla Lâl'e bakıp "Lâl," diye mırıldandı. "Somurtkan olduğun zamanlar daha fazla çocuğa benziyorsun." Lâl'in gözleri öfkeyle Bartu'ya döndü ve Bartu "Bak bu işte," dedi ve gülümsedi. "Birazdan kucağıma zıplayıp tırnaklarını geçirecek küçük bir çocuk."

Lâl dirseğiyle Bartu'nun karnına doğru vurduğunda yüzündeki kızgınlık anlık olarak geçti ve gerçekten gülümsedi. Elleriyle bir şeyler söylediğinde Bartu kafasını sallayıp "Doğru," dedi. "Kollarımdaki tırnak izlerin bir türlü geçmiyor. Peşimdeki kızlar tırnaklarının izlerini kıskanıyor ama onlara 'Lâl hepinizi parçalar, benden uzak durun,' diyorum."

Lâl her ne söylediyse Bartu gözlerini devirip "Nasıl arasın ki beni?" diye sordu. "Kızın babasına gidip bana attığı mesajları gösterdin!"

Kendimi tutamayarak "Kız arkadaşın mı var?" diye sordum. "Ya da onun gibi bir şey..."

Benim konuşmam Lâl'in gerilmesine neden olmuştu. "Kız arkadaşım yok," dedi Bartu düz bir sesle. Elini saçlarına geçirdiğinde "Tabii peşimde kızlar var," diyerek cakasını sattı. "Ama hiçbiri cesaret edemiyor çünkü Lâl onların bir çaresine bakıyor."

Gözlerimi devirmemek için kendimi tutarken "Sanırım Lâl çevresindekileri paylaşamıyor," dedim ve taşı Lâl'e attım. "Beni de kabullenmemesinin nedeni bu. Seni de kıskanıyor olmalı."

İkisinin de gözleri bana doğru döndüğünde Lâl'in öfkeyle bir şeyler söylediğini gördüm. Bartu'nun adımları duraksadı ve Lâl'e bakarken gözlerinden anlamını onu tanımadan çözemeyeceğim bir ifade geçti.

"Yine mi öfkelendirdim?" diye sorduğumda Bartu kaşları çatık bir şekilde bana döndü ve sonra gözlerini kapatıp birkaç saniye sonra açtığında düz bir ifadeyle gözlerime baktı.

"O abisini paylaşamazmış ve sen bunu anlayamazmışsın." Bartu bu cümleyi o kadar kısık bir sesle söyledi ki öne doğru eğilip onu dinlemek için ekstra çaba sarf etmek zorunda kalmıştım. Yüzü az önceki gibi değişmemişti, ifadesizdi ama kahverengi gözlerindeki bulutların karardığına neredeyse emindim.

Cevap vermedim; Lâl'e cevap verebilirdim ama vermedim çünkü cevabımın Lâl'e değil de Bartu'ya dokunacağını düşündüm ve vazgeçtim.

Köşeyi döndüğümüzde yetimhanenin kapısıyla yüz yüze geldik ve kapıdaki iki adam bize doğru baktı. Bartu, kolunu açıp girmem için hareket yaptığında başımı bir kere salladım ve koluna girerek duruşumu dikleştirdim. Gözlerim Lâl'e döndü, bunu yaptığım için rahatsız olup olmadığını tartmaya çalıştım; yüzünde bir rahatsızlık yoktu.

Adamlardan bir tanesi yanımıza doğru ilerlerken diğeri kulaklığından birilerine bir şeyler söyledi; geldiğimizi haber verdiğini anladım.

"Görkem Bey, Hira Hanım," dedi adam bizi selamlarken. Bartu başını bir kere salladı ve kulağımda Yankı'nın sesini duydum. "Adamlara fazla önem vermeyin," diyordu. "*Bartu kendinden emin yürü ve Helin konu-*

sunda sadece sana güveniyormuşum gibi davran." Durdu, derin bir nefes aldı ve devam etti. *"Sakın Helin'in üzerini arattırma, ona dokunmasınlar."*

Bartu'yla yarım saniye göz göze geldik ve bunu nasıl başaracağımızı düşündük. Aynı sesler Lâl'e de gidiyordu, biliyordum çünkü yüzünden okunuyordu.

Kapının önüne geldiğimizde adam, Bartu'nun üzerini aramaya başladı. O kadar dikkatli bir şekilde arıyordu ki çoraplarının içine kadar bakabileceğini düşünmüştüm fakat elindeki dedektörü de bütün bedeninde gezdiriyordu.

Diğer adam Lâl'e doğru yöneldiğinde Bartu Yankı'dan emir gelmesini beklemeden "Hey," diye çıkıştı. "Onun üzerini kadın arayacak, ne oluyor?"

Yankı'nın bir şeyler demesini bekledim ama hiçbir şey söylemedi ve Bartu'nun bu hareketi yapmasına müsaade etti. Adamlar birbiriyle bakıştılar, kısa bir süre sonra karşı çıkmayarak içeriye doğru "Derya!" diye seslendi bir tanesi. Birkaç dakika sonra bir kadın geldiğinde Lâl'i göstererek "Üzerini ara," dedi. "Bizim aramamıza izin verilmiyor."

Derya içerideki sorumlu kadınlardan biri olmalıydı çünkü üzerindeki kıyafetler yetimhaneye özgü üniformalar gibiydi. Bizimle bir an bile göz teması kurmadan asker edasıyla Lâl'e doğru ilerledi ve onun üzerini aramaya başladı. Kadın, sadece emirleri yerine getirmekten sorumluydu, bu çok belliydi.

Bartu'nun üst araması bittiğinde "Ee?" diye sordu. "Bir şeyler bulabildiniz mi?" Küçümseyici bakışlarla adamları süzdü. "Buraya gelirken ne getirmemem gerektiğini biliyorum." Son cümleyi öyle bir imayla söylemişti ki ondan ben bile korkmuştum.

Lâl'in üst araması da bittiğinde adam bana doğru yöneldi ve Bartu hızlı bir şekilde önüme geçip "Orada dur," dedi. "Hira Hanım'ın üstü aranmayacak. Uras Bey'in kesin emri."

Adamlar yine birbirlerine baktılar ve bir tanesi "Derya," dedi Lâl'in önünde durup başını eğen kadına. "Hanımefendinin üstünü arar mısın?"

"Helin," dedi Yankı ve sert, kalın sesi ürpermeme neden oldu. "İzin verme." Elimi kaldırıp bana doğru yürüyen kadını durduğumda Bartu "Üstü aranmayacak," dedi kelimelerin üzerine bastırarak. "Gördüğünüz gibi buna izin vermeyeceğim beyler, canınızı yakmamı mı istiyorsunuz?"

Derya denilen kadın geriye doğru bir adım attığında adamlar ne yapacaklarını bilemeyerek birbirlerine baktılar ve bir tanesinin eli kulaklığına doğru gittiğinde, "Beyler," dedim. Önümde duran Bartu'dan sıyrılıp öne doğru çıktığımda olabildiğince dik ve kendimden emin görünmeye çalışıyordum. İkisinin de bakışları bana döndü. "Sizlerle arayı bozmak istemezdim, hatta üzerimi aramanızı sizden daha çok isterdim fakat eşim böyle bir şeyi istemiyor ve benim yapabileceğim hiçbir şey yok." Dudaklarımı öne doğru bükerken Bartu'nun ve Lâl'in bana şaşkınlıkla baktıklarını biliyordum.

Adamlardan daha kısa ve çocuksu olan, "Hanımefendi," dedi, ardından boğazını temizledi. "Bize verilen emir hepinizin üstünün aranması konusunda."

"Anlıyorum ama..." Öne doğru bir adım attığımda adamın benden kısa olduğunu gördüm. "Eşim böyle konularda çok öfkelenir ve inanın ona karşı gelirseniz neler olur, tahmin edemiyorum." Yetimhaneyi göstererek fısıldadım. "Hem emin olun, onlar da eşimi tanıyorlar ve saplantılı bir manyak olduklarını biliyorlar. İnanın çıldırmış bir kuduz köpek gibi size saldırır."

"Helin," dedi kulağıma doğru Yankı ve gülümsedim. Adam ona gülümsediğimi sanıyordu ama ben Yankı'ya gülümsüyordum. "Şu an beni sadece sen duyuyorsun." Nefesinin kesildiğini hissettim. "Kaşınıyorsun. Kuduz köpeği onlara değil de sana göstermemi istemiyorsan benim dedikodumu yapmaktan vazgeç."

Onu kızdırmak istemiştim fakat kızdırmanın yanında keyiflenmesini ve bana meydan okumasını da sağlamıştım; Yankı'yla bu konuda sürekli karşı karşıyaydık. Ellerimi iki yana açtım ve etrafımda döndüm. "Zaten baksanıza, yanımda silah taşıyacak biri miyim? Ya da bıçak?" Elimi belime koyup çenemi kaldırdım. "Resmen yarı çıplağım, bedenimde bunlara yer bile yok."

"Helin," dedi Yankı. Bir şeyler söylemesini bekledim fakat sustu ardından "Bartu," diye mırıldandı. "Adamlara ne kadar zengin olduğumdan ve onlara yardımcı olacağımdan üstü kapalı bahset, Helin'in üzerindeki dikkatleri yok et."

"Bartu!" Mutlu'nun sesi uzaktan duyuldu, büyük ihtimâl Yankı'nın elindekileri almaya çalışıyordu. "Adamım onları da beni silkelediğin gibi silkelesene ha, yemedi mi? Onlarla öpüşme bebeğim, onları döv!"

Bartu elini ensesine koydu. "Yine çok konuşmadınız mı?" dedi ve cümleyi adamlara değil de Mutlu'ya söylediğini anladım. "Beyler çok uzatmadık mı?" Yanıma geldi ve koluna girmem için işaret verdi. "Uras

Bey'le birazdan karşılaşacaksınız ve bu iyiliğinizin karşılığını misliyle alacaksınız, emin olun."

Kafamı aşağı yukarı salladığımda olabildiğince cilveli görünmeye çalışıyordum ama Bartu'nun kolunu tutan elim sımsıkıydı, o da bunu hissediyordu. Adamlar bu süre içerisinde düşündüler ve defalarca bakıştılar. Yüzümdeki gülümseme silinmiyordu, duruşum değişmiyordu fakat sabırsız birisi olduğumu biliyordum.

Kısa boylu olan "Pekâlâ," dedi ve bakışları bana döndü. "Siz nasıl isterseniz hanımefendi."

Derin bir nefes verdikten sonra "Teşekkür ederim," diye mırıldandım. "Kocam size bu iyiliğinizin karşılığını verecektir." Adam kafasını salladı ve önümüzü açtılar. Bartu'yla birbirimize baktık, ikimiz de gülümsedik ardından yetimhaneden içeriye girdik.

"Kocam mı?" Konuşan Mutlu'ydu ama Yankı'ya laf söylüyordu. "Nasıl da içten söylüyor görüyor musun? Kendini role fazla kaptırdıysa ve seni gerçek kocası sanıyorsa ne yapacaksın?"

"Mutlu, ver şunu. Bu oyun değil." Yankı'nın sesi öfkeli gelmiyordu ama Mutlu'ya karşı koymak için çaba sarf ettiği belliydi.

"Bir de Helin'e laf söylüyorum, bakışlara bak!" Mutlu bağırdı ve Yankı onun elindeki her neyse sertçe çekti. "Karıcığını koruyan koca bakışları, kılıbık bir eş!"

"Mutlu sus!" Bartu, kısık bir sesle inlediğinde kimsenin bizi duymamasını istiyordum. "Seni düdük yutan çocuğa çeviririm." Birkaç kere çırpınma sesi geldi ardından sessizlik bize kollarını açtı.

Derin bir nefes verdim, başımı kaldırdım ve eğdiğimde her şey daha farklıydı. Bu kapıdan girdiğimizde duygularımız, düşüncelerimiz, ruhlarımız, yollarımız bambaşkaydı fakat hissetmiştim; bu kapıdan çıkarken hepsi yıkılacak geriye ise gidemediğimiz yollarımız kalacaktı.

Yetimhanenin içi soğuktu, ilk hissettiğim buydu. Tenimi ısıran soğukluk ve çocukların bu soğukta nasıl uyuduklarını düşündüm. Girişteki bir memur bize gülümsedi ve ileriyi eliyle işaret edip geçmemiz için yol verdi. Bartu, kendini tutamayarak etrafı inceledi fakat onun kolunu daha sıkı tuttum. "Bartu," diye fısıldadığımda gözlerimi yumdum. "Bakma, bakarsan hissedersin, hissedersen her şey zorlaşır."

Bartu'nun gözleri hızlıca bana döndü ve hissettim; kapalı gözlerimin ardından bana baktığını hissettim ve gözlerimi açtığımda yutkundum.

Tam önümüzdeki memurun sırtından başka hiçbir şeye bakmıyordum, Bartu ise bana bakıyordu. Ona destek olmak için tırnaklarımı koluna geçiriyordum, o ise ona destek olmamı bekliyordu ve o anda aramızda tarif edemeyeceğim bir bağ oluştu; güçlü bir bağ değildi, ikimizin gücünü birleştiren bir bağdı. O an onun bana, benim de ona ihtiyacım vardı, ikimiz de bunu hissetmiştik.

"Çocuklar uyuyor," diye açıklama yaptı memur. Koridordaki ışıklar kapalıydı, odaların kapısı kapalıydı bunu görebiliyordum. "Onlardan birini görmek ister misiniz?"

"Hayır," dedim hızlı bir şekilde ve memurun açtığı asansörün kapısından içeriye neredeyse Bartu'yu sürükleyerek girdim. "Çocukları ve onların seslerini pek sevmem, tahammülüm yok."

Memur dudaklarını birleştirdi ve başını salladığında bana katıldığını gördüm. "Ekmek parası," dediğinde sesinde çaresizlik vardı. "Ben de çocuklarla pek anlaşamam ama onlar benimle iyi anlaşmak zorunda kalıyorlar."

Bartu'nun kolu kasıldı, onun kolunu sımsıkı kavrayan parmaklarım hafifçe gevşedi ve gülümsediğimde yüzümdeki ifadeyi her şekilde gizlemeye çalışıyordum. Ona nasıl olduğunu soracak cesaretim yoktu çünkü nasıl olduğunu biliyordum.

Sırtım acıdı, boynum acıdı, saçlarım acıdı, karnım acıdı, dizlerim acıdı, bacaklarım acıdı. Ruhum acıların arkasından en çok kendisinin parçalandığını fısıldadı.

"Vurma!" Sarışın memur sırtıma bir kere daha vurmuştu elindeki sopayla ve yere düşmüştüm. Karnımın altındaki cam parçaları, çıplak kollarıma batmaya başlamıştı. "Lütfen vurma!" Ellerimi yumruk yapmıştım; avuçlarımın içine dolan cam parçaları, avuçlarımı kesmişti. "Kanıyor artık, canım yanıyor. Mahvoldum, vurma!"

Vurmaktan hiçbir zaman vazgeçmediler, izleri bedenimde kaldı, kesikler kalbime kadar battı ama artık eskisi kadar da kanamıyordu.

Benim canımı ne kadar yakarlarsa yaksınlar, akıttıkları kan sadece vücudumdan aktı, bir süre sonra ruhum kanamayı bıraktı çünkü parçalanan bir ruh daha fazla parçalanamaz ve kanayamazdı.

"Neler oluyor?" dedi kulağımdaki ses. Yankı beni düşüncelerimden sesiyle sıyırdı. "Asansörde kamera yok, sizi göremiyorum. Sessizlik oldu. Sorun var mı?"

Asansörün geldiğimizi bildiren sesiyle beraber kapılar açıldı ve alt kattaki kötü koridorlar yerine daha parlak ışığın, daha güzel tabloların olduğu bir yere çıktığımızı fark ettim. Sıcacıktı burası, soğuk değildi. Bartu Yankı'nın içini rahatlatmak istermiş gibi "Güzel bir restoran," dedi. "Yetimhanedeki yemekhaneler normalde daha kötü oluyor."

Memur yürürken güldü. "Çocuklar burada yemek yemez, onlar zemin katta yiyorlar. Burası patronumuza ait bir yer."

"Elbette öyle," dedi Bartu sinirle ve sesini anında düzeltip gülümsedi. "Patronunuz kendini çok önemsiyor, bunu duymuştum."

Memur, Bartu'ya şüpheyle bakıp "Sizin patronunuz da ondan geri kalmıyor," diyerek topu başka yere attı. Gözleri bana döndü ve baştan aşağı süzdükten sonra "Eşiniz yani," dedi. "Yanlış anlamayın. Onun da kontrol manyağı olduğunu duymuştum."

"Öyle," dedim kısaca ve memura küçümseyici bir bakış attım. "Sizin patronunuz ve benim eşim arasındaki en büyük benzerlik çalıştıkları önemsiz kişilerin çok konuşması olabilir mi?" Kadın afalladı ve kaşları kalktı. "Sizin gibi bir tane daha çalışanımız vardı, eşim hakkında çok konuşurdu ve sonra bom! İşine son verildi."

Memur, gözlerini benden kaçırdı ve Yankı'nın gülümsediğini hissettim. Bu nasıl oldu bilmiyorum ama onun gülümsediğini hissettim. "Üzgünüm," dediğinde bir kapının önünde durdu. "Bazen çenemi tutamıyorum."

"Helin." Yankı yine sadece bana konuşuyordu, bunu biliyordum. "İğneleyici laflarını benden başkasına batırman hoşuma gitti ama sadece bana başkaldırmanı ve meydan okumanı isterim." Yüzümdeki ifade değişti ve kaşlarım sorgulayıcı bir şekilde çatıldı. Ona cevap vermek istedim ama bunu yapamayacağımın da farkındaydım.

"Sorun yok." Kadını görmezden gelmek istiyormuş gibi kapalı kapıya baktım ve açmasını bekledim. Bartu da aynı şekilde durduğunda Lâl'i unuttuğumu fark ettim. Göz ucuyla ona baktığımda aslında yanımızdaki en önemsiz duran kişi oydu. Bartu'nun sekreteriydi ve tek işi onunlaydı. Konuşmak zorunda kalmayacaktı, kimse onun üzerine gitmeyecekti. Lâl'e konuşamadığı için hep böyle roller mi veriyorlardı?

Beyaz, büyük kapılar iki yana doğru aralandığında içeriden güzel yemeklerin kokusu burnuma doldu. Gözlerime ilk çarpan ortadaki büyük beyaz masaydı ve üzerindeki yemek dolu tabaklardı; bir şarap şişesi masanın ortasındaydı. İçeride oldukça parlak bir ışık vardı, gözleri alacak kadar parlaktı ve bu rahatsız ediciydi. "Sağ tarafa oturun," dedi Yankı. "Bu kısmı şansa bıraktım ama bilirsiniz, her planda bir kere de olsa şansı yoklarım ve o hep benim yanımda olur."

Neden sağ taraf dediğini anlayabiliyordum, sandalyelerden birinin altında silah vardı ve istediği yere doğru yönlendiriyordu bizi.

Gözlerim karşımdaki adamlara takıldı.

Rasim, fotoğraftaki adam gibi karşımızdaydı ve gülümseyerek bize bakıyordu. Yanında Tankut yani sevgilisi vardı; aralarındaki çekimden bile bu anlaşılıyordu. Tankut'un hemen yanında orta yaşlarda kızıl saçlı bir kadın vardı, eşi Güzide olmalıydı. Güzide'nin omuzlarından sıkıca tuttuğu küçük bir kız çocuğu vardı. Yaşı yedi ya da sekiz olmalıydı, o kadar korkutucu bakıyordu ki gözlerimi ondan kaçırmak zorunda kalmıştım. Aslında biliyordum, korkutucu olan onun bakışları değil, yaşadığı hayattı.

Arka tarafta dört tane koruma vardı, korumaları çok iri değildi fakat donanımlı bir asker gibi oldukları açıkça ortadaydı. Bartu da benimle aynı şeyi düşünmüş olacaktı ki duruşunu dikleştirdi.

O sırada Rasim'in arka tarafından on beş on altı yaşlarda bir erkek çocuğu çıktı ve öne doğru bir adım atarak bize doğru baktı. Kahretsin, onu görmememiz gerekiyordu, onu Bartu'nun görmemesi gerekiyordu. Onun burada olmaması gerekiyordu.

"Helin," dedi Yankı ve o an sadece bana konuştuğunu anladım. "Bartu'yu sakinleştirecek tek kişi Lâl. Ona bunu söyledim." Lâl ile göz göze geldik ve bana baktığını gördüm, gözlerini kırptı. Bartu konusunda ona güvenmemi sağladı. "Bartu'yu kontrol etmek onun elinde, Lâl bunun için şu an yanınızda."

O an, Yankı'nın neden Lâl'i yanımızda gönderdiğini anladım; Bartu'yu kontrol edebilecek tek kişi Lâl'di ve Yankı bunu çok iyi biliyordu.

On beş on altı yaşlarındaki erkek çocuğunun gözlerinin altı mosmordu ve üzerindeki kıyafetler eskimişti. Bağımlı olduğu kollarından belliydi ve o kadar kötü bir hâldeydi ki ona bakarken kaşlarımı çatmadan durmadım.

"Hoş geldiniz," dedi Rasim. Zorlukla Bartu'yu içeriye doğru soktum. O sırada Lâl'in hafifçe Bartu'nun sırtına dokunduğunu ve onu sakinleştirmek için sıvazladığına gördüm. Bartu, Lâl'e baktı, aralarında bir bakışma geçti ama ben buna şahit olmak istemedim.

"Merhaba," dediğimde Rasim'in öne doğru uzattığı eline baktım. Parmakları titriyordu. Elim elinin içine kavuştuğunda terlemiş avuçlarını hissettim. "Kendimizi tanıtmamıza gerek var mı?" Sağ tarafa doğru ilerlediğimde Yankı'nın söylediği gibi o taraftaki sandalyelere bizim oturacağımızı kesinleştirdim.

"Hayır, hayır," dedi Rasim ve başını omzuna doğru düşürdü. "Hepinizi biliyoruz ama sizi ilk defa görüyoruz. Gerçekten eşinizin sizi neden bu kadar gizlediği belli oluyor, bir mücevher gibisiniz." Tankut'a baktığımda Rasim'in aksine sapık gibi baktığını gördüm. Rasim erkeklerden hoşlanıyordu ama Tankut için aynısı geçerli değildi, anlamıştım. "Bizim kendimizi tanıtmamıza gerek var mı?"

"Hayır," dedim ben de onun gibi. "Sanırım Tankut Bey ve Güzide Hanım olmalı."

"Evet." Tankut öne doğru çıkıp elini uzattı. Onun elleri Rasim'in aksine titremiyordu. Boyu uzundu, sarı saçları omuzlarına doğru dökülüyordu ve gözleri rahatsız edici bir yeşil renkteydi. "Nasılsınız?"

Elini sıktım ardından gülümsedim. "İyiyim, teşekkür ederim." Rasim'in aksine onun elleri buz gibiydi, daima her şeye hazırlıklı bir adamın soğukluğu vardı.

Güzide sadece gülümsemekle yetindi fakat elini uzatmadı. Kızıl saçları kirli görünüyordu, bulunduğu konumdan memnun muydu bilmiyordum ama iyi bir hâlde olmadığı belliydi. O da bağımlıydı hatta şu an maddeye ihtiyacı varmış gibi bakıyordu.

Hepimiz masadaki yerlerimizi aldığımızda Bartu yanımdaydı, onun yanında ise Lâl. Önümüzdeki tabakta kocaman bir et yanında ise patates püresi yer alıyordu.

"Yemeklerden yemeyin," dedi Yankı fakat bunu ben de düşünebilmiştim. Gözlerim restoranın içindeki kamerayı aradı ve sonunda köşedeki kameraya kaçamak bir bakış attığımda, "Helin," dedi Yankı. "Dön önüne, tamam, bunu sen de düşündün."

"Umarım açsınızdır," dedi Rasim ve elini kaldırıp arkasında duran on beş yaşındaki erkek çocuğunu çağırdı. "Nadir, şişelere şarapları doldur oğlum."

Bartu, dirseğini masaya yasladı ve şakaklarını hafifçe ovalayarak kendi kendine bir süre verdi. O sırada nedense Yankı'nın ona bir şeyler söylediğini hissettim ya da bu sadece boş bir düşünceydi. Birkaç saniye geçti, Bartu biraz daha sakinleşmiş şekilde başını kaldırdığında bu sefer

Yankı hepimize konuştu: "Bartu, Helin'in fazla konuşmasına izin verme, sen onun sözcüsü olacaksın."

"Maalesef." Bartu'nun hızlı cevabı kaşlarımı anlık çatmama neden oldu. "Aç değiliz, gelmeden önce başka bir toplantıdaydık ve orada bir şeyler yedik."

Küçük kız çocuğu masanın köşesinde oturmuş önündeki yemeğini yiyordu ve bir yandan da annesi olarak düşündüğüm Güzide'ye bakıyordu. O sırada Tankut'un gözlerini ayırmadan beni izlediğini fark ettim. Direkt bana bakarak "Uras Bey geç kalacakmış," dedi. "Nedenini öğrenebilir miyiz?"

Soruyu bana soruyordu, ne diyeceğimi bilemediğim için ona hafifçe tebessüm ederek baktım fakat o sırada Yankı "Sürprizim olduğunu söyle Bartu," dedi.

Bartu "Uras Beyi'n size bir sürprizi olacak," dediğinde Tankut'un gözleri Bartu'ya döndü ve bir saniye bile oyalanmadan tekrardan bana baktı. "O zamana kadar ben size eşlik edeceğim ve anlaşma maddelerini sunacağım."

"Tamam hallederiz yahu!" Rasim iğrenç bir şekilde güldü ve önündeki etinden büyük bir parçayı ağzına attı. "Daha önce defalarca Uras'la konuşmuştuk, anlaşmaya sıcak baktığımızı biliyor."

"O kadar emin konuşmayalım Rasim." Tankut'un Rasim'i yönettiğini anlamam çok uzun bir zamanımı almamıştı, asıl söz Tankut'daydı. "Sonuçta eşinin işlerini yöneten bir adamdan bahsediyoruz." Yine bana taşı atıyordu ve bu taşı bir şekilde ona döndüreceğimi düşünüyordu.

"Öyle," dedi Bartu ardından bana baktı. "Eşi Uras beye sonsuz bir güven içerisinde. Zaten Hira Hanım bu tarz işlerle pek ilgilenen birisi değil."

"Hira Hanım," dedi Tankut düz bir sesle ve masanın üzerinden bana doğru eğildi. "Sözcünüz olmadan direkt olarak size bir soru yöneltebilir miyim?" Bana oynuyordu, nedenini bilmiyordum ama bana oynuyordu.

"Elbette," dedim sakin bir sesle fakat Yankı'dan bir şeyler söylemesini bekliyor, ona göre hareket etmeyi diliyordum. Eğer bir şeyler bana bırakılırsa her şey ya çok iyi sonuçlanırdı ya da çok kötü bunun farkındaydım.

Tankut duruşunu düzeltti ardından önündeki şarabından birkaç yudum aldıktan sonra "Denizler holding bir ihracat firması," dedi. "Neden bir yetimhaneye ortak olmak istediğinizi öğrenebilir miyim?"

"Helin," dedi Yankı ve sesinde baskınlığı hissettim. "Açık aramaya çalışıyor, Tankut bir şeylerden şüpheleniyor. Düşündüğümden daha zeki çıktı. Ona ucu açık yanıtlar ver ve onu küçümsemeye çalış."

"Tankut Bey," dediğimde öne doğru eğilme sırası bendeydi. Göğüslerim masaya doğru dayandığında Tankut'un gözleri göğüslerime doğru kaydı ardından bakışlarıma tırmandı. "Ortak olmamın nedeni ihtiyacı olan çocuklara yardım etmek istemem değil tabii ki." Bu yanıtı beklemediği açıktı, Rasim de dikkatle bana baktı. "Çocuklar umurumda değil, benim amacım daha başka ama bunu şu an dile getirmek istemiyorum."

"Aferin kızıma," dedi Yankı ve kendini tutamadığını fark ettim. "Bu şekilde devam et."

"Sakıncası yoksa amacınızı öğrenmek isterim," Soruyu soran Rasim'di ama Tankut da aynı merakla bana bakıyordu. "Ortak olacaksak böyle şeyleri bilmemiz gerekiyor."

Gülümsedim. "Ben böyle konularda geride durmayı daha çok seviyorum, eşim size amacımı söyleyecektir." Bakışlarım Tankut'a döndü. "Tankut Bey'in aksine bir adım geride durmak her zaman daha doğrudur."

Aralarındaki ilişkiyi bildiğimi belli etmeye çalışmış, ikisinin gerilmesini istemiştim fakat Tankut düşündüğümün aksine rahat bir şekilde oturarak "Sizin gibi parayı yedirmeyi değil, yemeyi seviyorum demek ki," dedi. "İkimiz bu konuda zıt kişileriz."

Açık konuşması beni şaşırtsa da tepki vermeden yüzüne bakmaya devam ettim. Çehreme kondurduğum gülümseme oldukça samimiyetsizdi fakat masadaki en samimiyetsiz kişi kesinlikle ben değildim, bunu da biliyordum.

"Aslında amacınız konusunda birkaç duyum aldık." Rasim yemeğini yemeye devam ederken önemsiz bir konudan bahsediyormuş gibiydi. "Fakat bunu direkt duysak daha iyi olur gibi."

"Uyuşturucu konusunu biliyor," dedi Yankı hepimizin kulağına. "Ben söylemedim ama kulağına çalınmasını sağladım. Bartu birazdan cebine koyduğum maddeyi masaya çıkarmanı istiyorum."

"Ne?" Bartu beklediğimden daha büyük bir tepki verdiğinde masadaki herkesin bakışları ona döndü ve Yankı "Kahretsin," diye inledi. "Sakinleş." Bartu, büyük ihtimal cebinde bir maddeyle girdiğini bilmiyordu.

"Uras'ı arar mısın, dedim." Toplamak isteyerek cümleyi tekrar ediyormuş gibi davrandım. "Ne zaman geleceğini öğren."

Bartu, afallamış bir ifadeyle başını salladı ve masadan kalkıp köşeye doğru giderken cebinden telefonunu çıkardı. O sırada küçük kız çocuğu Tankut'a seslenerek "Baba!" dedi. Gözlerim hızlı bir şekilde kız çocuğuna döndüğünde yutkunmuştum. Yemyeşil gözleri babasının gözlerine benziyordu, kocaman gözleri vardı. Sarı saçları dalgalı bir şekilde beline kadar dökülüyordu. Üzerine giydiği elbisesi tertemiz ve şıktı. "Aşağı inip çocuklarla oyun oynayabilir miyim?"

"Onun burada olması ne kadar doğru?" diye sordum dayanamayarak. Bakışlarım Güzide'ye döndü. "Annesiyle beraber evinde olması daha doğruydu."

"Ben annesi değilim." Güzide'nin net cümlesini Tankut tamamladı. "Ama ben babasıyım. Benim birçok kızım vardır."

Lütfen, dedi iç sesim sanki kendine tırnaklarını geçirerek. "Evlatlık mı aldınız?" Kız çocuğuna bakarken olabildiğince soğuk olmaya çalışıyordum ama dayanamıyordum, ona verilen hayat bu olmamalıydı.

"Gibi," dedi Tankut. "Bana ihtiyacı vardı ve ben de onu aldım. Benden ayrılamıyor, o yüzden burada." Kız çocuğuna döndü ve elini saçlarına dokundurdu; sanki saçlarıma dokunulmuş gibi ürperdim. Bakışlarında şefkatin tek bir harfi bile yoktu. "Birazdan beraber aşağı ineceğiz kızım."

Bartu masaya geldi ve bana bakarak "Beş dakikaya burada," dedi ardından daha rahat bir şekilde masaya kuruldu. Onun gerçekten Yankı'yla konuşmuş olabileceğini hissettim çünkü az önceki gerginliği gitmişti. "Uras Bey gelene kadar bütün konuları konuşmamızı istedi." Lâl'e baktı ve bilgisayarı işaret etti. "Yetimhane kaç kişilik olacak? Ayırdığınız bütçe nedir?"

Rasim bitirdiği tabağını öne doğru itekledi ve erkek çocuğunu tekrardan yanına çağırdı. Daha rahat görünmek için elimi çeneme yerleştirdim ve bacak bacak üstüne attım. Rasim çocuğu sert bir şekilde kolundan çekip yanına aldı ve üzerindeki tişörte ağzını sildiğinde salladığım bacağım durdu ve Bartu'yla Lâl'in bilgisayara bakan gözleri donuklaştı. "Ayırdığımız bütçe önemli değil," dediğinde çocuğu sertçe itekledi, çocuk tökezleyerek geriye doğru gittiğinde başımı tabağa doğru eğdim. "Buradan daha büyük olmasını istiyoruz ama geneli erkek çocuk olacak." Gülümsedi, öyle iğrenç gülümsedi ki gözlerimi yummak zorunda kaldım. "Erkekleri eğitmeyi seviyorum."

Bartu dudaklarını birbirine bastırdı ve Lâl önündeki bilgisayara Rasim'in söylediklerini yazdı. "Yemekler peki?" diye sordu Bartu ve bu soruyu sadece kendisi istediği için sorduğunu anladım.

"Yemekler?" Rasim Bartu'nun ne dediğini anlamamıştı ve kaşları kalkmıştı. "Ne yemeklerinden söz ediyorsun?"

"Çocuklar," dedi Bartu sesini biraz daha yükselterek. "Onlar ne yiyorlar?"

Rasim yine gülümsedi ve elini kaldırıp "Nadir!" diye seslendi. "Siz ne yiyorsunuz?"

Bartu'nun dizlerinin titrediğini gördüm; masanın altındaki dizleri öfkeden dolayı titriyordu. O sırada Lâl, elini Bartu'nun bacağına koydu ve sıktı. "Ne varsa," dedi çocuk kısık bir sesle. "Her gün farklı yemek çıkmıyor. Bazen hiç yemek yemiyoruz ama umurumuzda değil. Babamız olmasa biz bir hiçiz."

"Bir de her gün farklı yemek mi çıkacak eşek herif," dedi Rasim ve Nadir'in ensesine sert bir şekilde vurdu. "Sen zaten yeterince doymuyor musun?" O an içimden uyuşturucuyu kastetmiş olabileceğinin duası bile geçti, bu hale bile geldim.

"Öyle babacığım," dedi Nadir ürkek bir sesle. "Sen olmasan biz ne yaparız?" Korku bir insanı köleye döndürebilirdi; korku bir insanı hiç edebilirdi. Nadir korkuyordu, onu çok iyi anlıyordum.

Gerçek hayat işte tam da buradaydı, karşımdaydı. Hayat o güzel kitaplardaki ve filmlerdeki gibi olmayacaktı; gerçek hayat fazlasıyla karanlıktı.

Bartu'nun dizleri daha fazla titredi ve Lâl dönüp Bartu'ya baktı. Gözlerimiz kesiştiğinde bir şeyler yapmam gerektiğini ve konuyu Bartu'dan uzaklaştırmam gerektiğini anladım. "Peki," diye konuya dâhil olduğumda Rasim bana baktı. "Yetimhaneye ortak olduğumuzda bizim de söz hakkımız olacak. Okul masraflarını biz karşılamak isteriz."

"Okul mu?" Rasim, Tankut'a bakıp gülmeye başladığında Tankut'un gözleri hâlâ üzerimdeydi. "Bunlar ne söylüyor?"

"Bu çocukları sadece uyuşturucu için mi kullanıyorsunuz siz?" Bartu'nun cümlesiyle bakışlarım sert bir şekilde ona döndü ve Lâl'in de dudakları aralandı. "Başka hiçbir şey yaptırmıyor musunuz?"

Masada derin bir sessizlik oldu, öyle derin bir sessizlikti ki bir an ne yapacağımı bilemedim ve dirseğim masadan kaydı. Nadir ile gözlerimiz birbirini buldu ve bana muhtaçmış gibi, ihtiyacı varmış gibi baktı. Kolları mosmurdu, dudakları mosmurdu, çelimsiz vücudunun bize ihtiyacı vardı.

"İşte," dedi Tankut ardından cebinden bir sigara paketi çıkardı, masaya koydu. "Gerçekçi konuşmaya başladık. Biz de bu ânı bekliyorduk."

Kafamı ağır ağır salladığımda Yankı, "Helin, sadece sana konuşuyorum," dedi. Devam etmesini bekledim ama etmedi, sonra başka bir ses geldi ve arabanın kapısının kapandığını hissettim. Geliyor muydu?

"Çocuklar bizim kuryelerimizdir," dedi Tankut ve Rasim kendi karaktersiz paltosunu âdeta Tankut'a verdi. "Onlar taşıyıcı bir anne gibi bebeklerimizi, yani mallarımızı taşır. Onları yönetmek için uyuşturuyoruz ve işlerimizi bu şekilde yaptırıyoruz. Bilirsiniz, çocuklar uyuşturulmadığı sürece canavara dönüşebilirler ve biz onların içlerindeki canavarları susturuyoruz. Yurt dışı ticaretimizi onlar üzerinden yapmak daha sağlıklı oluyor." Çenesini sıvazladığında ne yapmaya çalıştığını bilmiyordum ama bizi ya çukura düşürmeye çalışıyordu ya da çukuru gösteriyordu. Tek bildiğim bu kadar çabuk dökülmesi hiç normal bir şey değildi, gerçek yüzümüzü görmeye çalışıyordu. "Nadir," diye seslendi Tankut. Nadir koşarak Tankut'un yanına gittiğinde tek bacağının aksadığını gördüm. "Karnını aç."

İstemiyordum. Daha fazlasını istemiyordum ama tahammül etmem gerekiyordu, bunun farkındaydım. Bartu'nun bacakları öyle bir titriyordu ki artık sanki masa da titremeye başlamıştı. Ellerini aşağıda yumruk yapmıştı, Lâl'in bir eli yumruğunun üzerindeydi fakat titremelerini geçiremiyordu.

Nadir karnını açtı ve dikiş izlerini gördüm; öyle çok dikiş izi vardı ki sanki karnımı ben canlıyken dikmişler gibi hissettim. "Nadir'in ciğerleri tükenmek üzere," dedi Tankut rahat bir sesle. "Çok yakında ölecek."

"O kaç yaşında ki ciğerleri tükenmek üzere?" diye sorduğumda sesim çok kısık çıkıyordu.

"On beş ama vücudu çok ağır maddelere maruz kaldı, artık dayanamıyor." Sanki ondan bir çocukmuş gibi değil, bir objeymiş gibi bahsediyordu. "Yeni yetimhaneye ölmek üzere olan çocukları toplayacağız ve onlar öldükten sonra taşıyıcı olmaya devam edecekler. Yurt dışı ticaretimizi bu şekilde ilerletmeyi planlıyoruz. Kadavralar daha sessiz olur, içlerindeki canavarlar ise tamamen yok olur."

Midemin bulandığını hissettim, aşağıdaki sıkıca birleştirdiğim ellerim mideme doğru gitti ve yüzümü buruşturmamak için çaba sarf ettim. Küçüktü, çok küçüktü. Minicik bir çocuktu, yaşadıkları yetmezmiş gibi öldükten sonra da bedeni ve ruhu rahat bulmayacaktı. Onun küçük bedeni ne bu hayatta ne başka bir hayatta güzelliklere kavuşamayacaktı.

Sustuk.

Bartu'nun titreyen dizleri durdu, yumruk yaptığı elleri iki yana düştü ve söylenilen her şeyi tek tek dinlerken gözlerindeki ifadenin parçalandığını, daraldığını, mahvolduğunu gördüm. Sanki Bartu'nun karşısındaki Nadir kendisiydi ve Bartu sanki kendi ölümünü bekliyordu; öyle bir bakıyordu ki sanki o ölecekti.

"Bartu, sakin ol," dedi Yankı ama Bartu hiç olmadığı kadar sakindi. Yumruğunu kaldırıp vurabilecek durumda bile değildi. "Aklından ne geçtiğini biliyorum, biz buraya onlar için gelmedik." Kahretsin, böyle sakin kalamazdı, bu kadarını kimse kaldıramazdı. Kaldıramıyordum. Öyle ağırdı ki kaldıramıyordum, Nadir'in gözlerindeki ifade öyle acılıydı ki yaralanıyordum.

"Sustunuz," dedi Tankut ve gözleri direkt beni buldu. "Böyle şeyleri umursar mısınız?"

"Umursamam, de." Yankı'nın sesi netti ama derinlerde sanki başka anlamlar vardı. Tankut'un gözlerinin içine bakarken bu kelimeyi kurmak öylesine zordu ki birkaç saniye öylece bakabildim. "Helin," dedi Yankı. "Umursamıyorsun, kızım."

"Hayır," dediğimde boğazımı temizledim. Nadir'in gözlerindeki umut ışığı yıldızlar gibi değil, sönmek üzere olan bir mum gibi parçalandı. "Umursamıyorum, çocuklar pek dikkatimi çekmiyor."

Tankut gözlerimin içine baktı ve samimiyeti ölçmeye çalıştı fakat yalan bir bakışa rastlamadığında "O hâlde," dedi ve sigarasının kapağını açarak bana doğru uzattı. "Sizinle ama sadece sizinle güzel bir eş olacağız."

Sigaraya baktım, ardından gözlerim yüzüne tırmandı. Yankı "Al sigarasından," dedi bana. "Helin, sigarasından al ve ona onun gibi davran." Aşağıdaki ellerim titriyordu, parmaklarımı açıp kapattım ve gözlerimi yukarıya doğru diktim. Bir an kameraya baktım, beni izleyip izlemediğini bilmiyordum ama yardım dileniyormuş gibi baktım. "Yap bunu," dediğinde âdeta savaş içerisinde gibiydi. "Beni dinle."

Parmaklarım sigarasının paketine doğru yaklaştı ve rastgele bir sigarayı çektikten sonra hızlıca titreyen parmaklarımı gizlemek istermiş gibi aşağıya doğru indirdim. "İçmiyor musun?" dedi Tankut, sizli bizli olmuştu bile.

"Helin," dedi Yankı ve sesinde anlamlandıramadığım bir tını hissettim. "Şu an beni sadece sen duyuyorsun." Ne geliyordu, Yankı benden ne isteyecekti? "İki göğsünün arasına koyduğum sigarayı hatırlıyor musun?" Kafamı istemsiz bir şekilde iki yana salladım, Tankut sorusu için yaptığımı düşündü ama ben ona yapmıyordum. "O sigarayı Tankut'a ver."

Kendimi etrafı kan gölüne dönmüş bir savaş meydanının ortasında tek başına kalmış asker gibi hissediyordum ve bunu hissettiren sadece Yankı'ydı. Karşımda savaştığım kişi vardı, ona kılıç çekebilirdim, onu parçalayabilirdim, ona zarar verebilirdim fakat Yankı o kişiye savaşmıyormuş gibi davranmamı istiyordu. Ona oynamamı, ona rol yapmamı, ona gülümsememi istiyordu fakat etrafımdaki kan gölü küçücük çocukların kanlarıydı.

"Hira Hanım?" Tankut elini kaldırıp bana doğru salladı sadece saniyelerim vardı. Yankı benim önüme öyle bir seçenek sunmuştu ki ben her şeyi boş verip arkamı bile dönebilirdim. İlk defa her şeyi yok edip kaçmak istiyordum, ilk defa başladığım yoldan geriye doğru dönüp gitmek istiyordum fakat biliyordum, dönsem de geldiğim yere ulaşamazdım çünkü çok karanlıktı; ışıklar Yankı'nın ellerindeydi.

"Helin." Yankı'nın sesini duydum, fısıldıyordu. "Beni duyuyor musun? Beni duyuyorsun. Ne dediğimi hatırlıyor musun? Her şeyin başlangıcı ve sonu benim. Ben sonu yazdım ve o sonu gerçekleştirmek şu an sadece senin elinde. Sigarayı ona ver. Bunu yapmamız gerekiyor."

Benden ne istiyordu? Beni test mi ediyordu? Ona karşı oynadığım bütün oyunların piyesi sanki yok oldu ve gerçekliğimle onun karşısına dikilip hesap sormak istedim. "Ben sadece kendi sigaramı içerim aslında," dediğimde çoktan kararımı vermiştim. "Size de onu ikram etmek isterim."

Tankut'un kaşları kalktı, sorgulayan gözlerle bana baktı. Bana uzattığı sigarasını masaya bıraktım ve elim iki göğsümün arasına doğru gitti. Terlemiştim, parmaklarıma nem bulaştı ve sıcacık olduğumu fark ettim. Ensemden aşağıya sırtıma doğru ter damlalarının düştü.

Parmaklarımın arasında sigarayı tutup çıkardığımda Tankut'un gözleri sadece ve sadece göğüslerimdeydi. Gözlerim bana artık bakamayan Nadir'e kaydı, gözlerim Tankut'un elinde mahvolacak olan küçük kız çocuğuna kaydı ve ikisini izlerken ortaya çıkardığım sigarayı Tankut'a doğru uzattım.

Tanrı kötü biri olmamı istememişti, vicdanıma farklı bir son yazmıştı ama Yankı kötü biri olmam için elinden geleni yapmıştı ve onun yazdığı son için oyunumu oynamıştım.

"Çok tuhaf..." Tankut'un düşünceli sesiyle zaman sanki parçalandığı yerde tekrardan birleşti ve gözlerim yanımdaki Bartu'yla Lâl'e kaydı. İkisi de bana büyük bir şaşkınlıkla bakıyor, bunu gizlemiyorlardı. Bekledim, Tankut'un sigarayı elimden almasını bekledim ve o da beni yanıltmadı, sigarayı alıp parmaklarının arasına koydu. "Gerçekten güzel bir eş olacağız."

Midem bulanıyordu. Elim dudaklarıma doğru gitti, kendimden defalarca tiksinmiş biri olarak daha fazla tiksindim.

Tanrı kötü biri olmamam için elinden geleni yapmıştı ama Yankı kötülüğümle beslediğim çiçeğime su dökmemi istemişti. Yankı yazdığı son ile vicdanımı parçalayarak Tanrı'nın önüne atmıştı.

O sırada bulunduğumuz restoranın kapısı açıldı ve içeriye az önce bizi buraya getiren memur ardından Yankı, Işık ve Mutlu girdi. Gözlerim direkt Yankı'yı buldu, ona öfkeyle değil, nefretle de değil, mide bulantısıyla baktım ve bana ne yaptığını görmesini istedim. O ise beni pas geçerek direkt olarak Tankutlara doğru yöneldi.

Mutlu'nun kıvırcık saçları dağılmıştı, gözlerinin altı daha fazla morarmıştı ve bomboş bakıyordu. Göz göze geldik ama öyle güzel rol yapıyordu ki onu tanıyamadım bile. Nadir ve ikisini yan yana koysalardı ikisinin de aynı durumda olduğunu söylerdim. Tek fark Mutlu gerçekten iyiydi ama Nadir, ölmek üzere olan bir çocuktu.

"Uras Bey." Rasim direkt olarak Yankı'nın elini sıktı. Güzide yine es geçildi ve sıra Tankut'a geldiğinde onun Rasim gibi ayağa kalkmadığını gördüm. Yankı tepesinde dikildi, elini önüne doğru uzattı ve bekledi. Tankut birkaç saniye sonra elini sıktığında samimiyetsiz bir şekilde gülümsedi.

Bartu ayağa kalktığında benim de kalkmam gerektiğini hissettim ve titremeye başlayan dizlerime rağmen zorlukla ayağa kalktım. Yankı Bartu'ya sadece şöyle bir baktı sonrasında bana yaklaştı ve gözlerimin içine odaklandı. Ona bakarken hiç olmadığım kadar yoğundum, dışarıdan gören ona olan aşkımdan yoğunluğumun geldiğini düşünebilirdi ama öyle değildi.

Tanrı iyi biri olmam için elinden gelen her şeyi yapmıştı ama Yankı, kötülük için beni *savaş piyonuna* döndürmüştü.

Yankı'nın eli sırtıma doğru kaydı, parmakları çıplak tenimde dolandı ve baskı yaptı. Tankut ve Rasim'e bizi göstermeye çalıştığını anladım fakat öyle bir baskı yapıyordu ki canım yanmıştı. Beni kendine çekti, onun bedenine âdeta saplandım ve göğsüm göğsüne çarptı. Dudakları kulağıma doğru yaklaştığında "Beni affedeceksin," diye fısıldadı. "Sadece bekle ve sana verdiğim ödülümü gör. Sen muhteşem bir sona imzanı attın."

Dışarıdan beni öpüyormuş gibi görünüyordu ve kimse kulağıma fısıldadığını göremiyordu ama nefesi, benim canlı olduğumu hissettirecek tek dayanak gibiydi. Kokusu başımı döndürmüştü fakat mide bulantım hâlâ geçmiyordu.

Elim ceketinin yakasına gitti, onu kendime biraz daha çektim; bedeniyle bedenim bütünleştiğinde yanağım sakallı yüzünde sürtündü. Parmakları sırtıma daha fazla yaslandı. Kulağına doğru eğilerek "Ödül umurumda değil. Bana *gerçekten* kötü bir insanmışım gibi hissettirdin," diye fısıldadım. "Sırf bu yüzden seni affetmeyeceğim."

Her şey aslında birkaç saniye içerisinde olmuştu fakat bana ve Yankı'ya sanki uzun saatleri almış gibi geldiğinin farkındaydım. Vücudunu vücudumdan uzaklaştırdı. Dudakları alnıma bir öpücük kondurdu. "Benim güzel Hira'm," dedi herkesin duyabileceği şekilde. "Muhteşem görünüyorsun." Ardından yanımdaki, Bartu'nun kalktığı sandalyeye oturduğunda gözleri Tankut'a ve Rasim'e döndü. Ben de oturduğumda artık kontrolün bende olmamasının rahatlığı içerisindeydim.

Tankut elinde tuttuğu sigarasına baktı, sonra bana baktı, ardından havaya kaldırıp dudaklarına doğru götürdü. İki dudağının arasında sabitlediği sigarasının ucuna çakmağının ateşini yaklaştırdığında dikkatli bir şekilde onu izliyordum ve Yankı'nın da benim gibi olduğunu gördüm.

Ucunu ateşe verdi fakat içine çekmeden dudaklarından uzaklaştırdı, bu sefer bana değil Yankı'ya baktı ve sigarayı Rasim'e uzattı. "Canım istemiyor, sen içsene."

Rasim elinden sigarayı aldığında Yankı ve Tankut arasında sözsüz bir bakışma geçti, aralarındaki elektriği hissettim; bu elektriğin hepimizi çarpacağına emin oldum. Rasim sigarasını içerken Mutlu'ya bakıp "Uras Bey siz gelmeden önce bir her şeyi konuştuk," dedi ve gözleri Güzide'ye kaydı. Güzide bilgisayar çantasından bilgisayarı çıkarıp önüne serdiğinde Işık da aynı şeyi yaptı ve asıl amacımıza geldiğimizi anladım.

"Biliyorum." Yankı'nın düz sesi, hiç beklemediğim şekilde rahat geliyordu. "Görkem'e bir şekilde yolunu yapmasını ben söylemiştim ve yanımda bu çocuğu da getirdim." Gözüyle Mutlu'yu işaret etti. "Size bırakacağım çocuk bu. Ona karşılık şu çocuğu istiyorum." Nadir'i işaret ettiğinde Yankı'nın tırnağını yerken kanattığını gördüm.

"Ne?" Rasim gülmemek için kendini tuttu ve sigaradan büyük bir duman daha çekti. "Neden? Bu çocuk ölmek üzere."

"Ölmek üzere olan çocuklara ihtiyacım var," dedi Yankı ve sesi onlardan daha iğrenç bir küçümseme içerisindeydi. "Ben sizin aksinize kurye gibi değil, daha farklı kullanacağım." Sırıttı, ne kadar rol yaparsa yapsın iğrenç görünüyordu ve mide bulantım daha fazla artıyordu.

"Saçma." Tankut sözü devraldığında gözleri Rasim'in üzerindeydi ve onu inceliyordu. Sonra Yankı'ya baktı. "Bu çocuk ne işimize yarayacak?"

"Asıl kurye bu velet." Yankı, Mutlu'ya gülümsedi. "İnanılmaz iyi iş çıkarıyor ve güzel yolları var. Size hiç bilmediğiniz malları getirir." Elini açtı ve Bartu'ya uzattı; o an Bartu'nun cebindeki malı beklediğini anladım. Bartu, Yankı'nın hemen arkasında duruyordu ve bir an önce buradan çıkmak istediğini biliyordum, Lâl olmasaydı şu an her şey mahvolabilirdi bunu da biliyordum.

Bartu, elini pantolonun cebine attı ve kart cüzdanını çıkardı. Kendisi de nerede olduğunu bilmediği için Yankı'ya verdi. Yankı avucunun içine bırakılan kart cüzdanının üçüncü gözünden poşetin içindeki beyaz bir tozu çıkardı ve masaya attı. "Bu mal dünya üzerinde iki ya da üç yerde üretiliyor. Bu velet bana bunu buldu."

Rasim, hayran olmuş gibi Mutlu'ya ardından mala baktı. "Al, senin olsun," dedi Nadir'i öne doğru itekleyerek. "Zaten ölü sayılır."

Yankı Mutlu'ya kafa hareketi yaptığında Mutlu Rasim'in arkasına gitti ve Nadir de bizim tarafa doğru geldi. Yankı acelesi varmış gibi davranıyordu, nedeni ise bilinmezdi fakat bir şeyleri çabuk şekilde gözden çıkarmaya çalıştığı açıkça ortadaydı.

"Görkem," dedi Yankı elini kaldırarak. "Çocuğu alıp götür buradan, ona ne yapacağımızı biliyorsun."

"Abi ne olursun," dedi Nadir, Bartu'ya bakarak. "Ne olur yaşatın beni, ölmek istemiyorum." O an Rasim'den kurtulmanın verdiği güvenle sesi yüksek çıkıyordu ve kurtarılmayı bekliyordu.

Yankı dişlerini sıkarak "Görkem," dedi. "Sustur şu küçüğü, tahammül edemiyorum." Kahretsin, nasıl güzel rol yapabiliyordu. Kötü bir adam olmayı, iğrenç birine dönüşmeyi bu kadar kolay elde etmemeliydi.

Bartu, elini Nadir'in omzuna koydu ve işaret parmağını dudaklarına yaslayarak sus işareti yaptı, çıkışa doğru yürümeye başladı. O ara duraksadı, dönüp Lâl'e doğru baktı ve gözleri kısıldı. Lâl ise hafifçe tebessüm ettiğinde içini rahatlatmaya çalıştığını anlamıştım. Bartu'nun içi rahatlamadı, bunu biliyordum fakat yapabileceği başka hiçbir şey olmadığı için kapıdan çıktı ve büyük ihtimal kasaya doğru ilerledi. Planlar biraz daha değişikliğe uğramış gibiydi.

"Şimdi gelelim şu yetimhane anlaşmasına," dedi Yankı ve Işık'ın önünde açtığı bilgisayarı kendi önüne doğru çekti. Güzide'nin açtığı bilgisayara bağlanmak için bir şeyler yapmaya çalıştığını anlamıştım fakat kendimi o kadar kötü hissediyordum ki odaklanmamaya çalıştım. İhale belgeleri değildi konu, Yankı, o bilgisayardan başka dosyaları çekecekti. Bundan adım gibi emindim.

"Bir saniye," dedi Tankut ve gözleri Yankı'ya odaklandı. "Neden her şey için bu kadar çok acele ediyorsun?"

"Acele mi?" Yankı kafasını iki yana salladığında Tankut'u küçük görüyormuş gibi davrandığını anlamıştım fakat bize söylediği onun düşündüğünden daha zeki olduğuydu. "Size neden acele ettiğimi söylerdim fakat şu küçük kız çocuğu beni engelliyor. Zaaflarımın karşısında pek sakin kalmayı beceremem."

"Ne?" Tankut gülmemek için kendini zor tutuyormuş gibiydi. Kız çocuğu sandalyenin bir tanesinde uyuyakalmıştı. "O saatlerdir burada."

Yankı, başını geriye doğru yatırdı, göz kırptı ve beni gösterdi. "O da benim küçük kızım." Yüzüne baktım, maskelerine baktım; maskelerinin katına baktım, maskelerinin arkasında sakladığı yüzlere baktım. Ne yapmaya çalışıyordu? O sırada bilgisayar ekranında aktarılan dosyalar görüntüsünü gördüm ve bakışlarımı kaçırdım. İstediği eğer buysa başarıyordu, küçük kız çocuğundan ne istiyordu?

"Senin derdin ne?" Tankut karşısında büyük bir ruh hastası görmüş gibi Yankı'ya odaklanmıştı, onun dengelerini değiştirdiğini anlamıştım. "Kafan yerinde mi?"

O ara Rasim'e baktım ve bize dinlediğini ama sanki bizim yanımızda değilmiş gibi durduğunu hissettim, alnı boncuk boncuk terlemişti.

Gözlerinin feri uzaklaşmış gibiydi, dudakları aralıklıydı. Ona baktığımı biliyordu, o da bana bakıyordu ama bomboştu.

"Bugün kafam pek yerinde değil çünkü fazla doz alamadım," dedi Yankı ardından ellerini masaya koydu ve çenesini dikleştirdi. "Eşime nasıl baktığını görebiliyorum Tankut. Başkalarının gözü gibi baktığı insanlara zaafın var, bunu da biliyorum. Ama bilmelisin ki benim de küçük kızlara zaafım var." Yüzü bana döndü, baştan aşağı süzdü ve tekrardan Tankut'a yöneldi. "Onu sana bir geceliğine verebilirim ama bana şu küçük kızı verirsen." Gözleri küçük kız çocuğuna kaydı, Güzide'nin kaşlarının çatıldığının gördüm. "Biliyorum, Tankut. Sen de böyle çok fazla kız çocuğu var ama bende yok."

Rasim'e yine baktım, dili hafifçe dışarı çıkmıştı, nefes alamıyor gibiydi ama yardım da isteyemiyordu. Tankut ona bakmadığı için göremiyordu, korumalar arka tarafta kalmıştı ve onu sadece biz görebiliyorduk. Neler oluyordu, hiçbir şey anlayamıyordum ve kalbim sıkışmaya başlamıştı.

Dosyalardan sonra beni bir mal gibi satacak mıydı? Güvenini bu şekilde mi kazanacaktım? Kahretsin, beni bu kadar ucuz mu görüyordu?

Tankut bana baktı, Yankı'ya bir daha baktı. "Ciddisin," dedi düz bir sesle. O an Tankut'un zaafının da kadınlar olduğunu ve bu zaafın zekâsını alt edebileceğini gördüm.

"Ciddiyim," dedi Yankı. "Hira benim için sadece bir kasa. Ona takıntılıyım çünkü o giderse paralarım da gider. Parası dışında istediğin gibi onu kullanabilirsin."

Midem daha fazla bulanmaya başlamıştı, bu sefer elimle sıkıca ağzımı kapattım çünkü alt edemeyeceğim kadar büyük bir mide bulantısıydı. Bu kadarını kaldıramazdım; başım dönmeye başlamıştı ve terler ensemden boşalıyordu.

"Al senin olsun," dedi kız çocuğu için Tankut. "Bu kadın bu gece benim."

Yankı gülümsedi ve Işık'a bakarak "Kız çocuğunu alıp çık buradan," dedi. "Arabama götür, ben de geliyorum."

Burada kalamazdım, burada kilitlenemezdim, burada terk edilemezdim; burada yok olamazdım.

Yankı'ya dileniyormuş gibi baktım ama o bana bakmadı; Lâl'e baktım ve onun bile gözlerinde Yankı'ya karşı sorgulayan ifadeyi gördüm.

Yankı planı eksik anlatmıştı, ben av olmuştum. Göğüslerimin arasına koyduğu sigara bile bir fantezi değildi, en başından belli olan bir kumardı.

Bir saniye… O sigara?

Işık hiçbir şey söylemeden ayağa kalktı ve kız çocuğunu uyuduğu yerden uyandırarak onun elini tuttu. Kız çocuğunun bakışları Tankut'a kaydı, Tankut ise "Geliyorum birazdan," dedi kızı kandırarak. "Sen git."

O sırada bilgisayardaki aktarım işleminin bittiğini gördüm. Dosyayı Lâl'e göndermiş olacak ki "Sen de git," dedi ona bakarak. Lâl bir süre Yankı'nın yüzüne baktı ve gitmek istemiyormuş gibi donuklaştı. Yankı'nın dakikalardır ilk defa maskesinin düştüğünü gördüm ve "Hadi," dedi yalvarır gibi. "Git."

Rasim'in sığ nefesler aldığını duydum, Işık ve küçük kız çocuğunun kapıdan çıkışıyla beraber sığ nefeslerinin sesi yükseldi ve yüzü kıpkırmızı oldu. Eli gömleğinin yakasına doğru gittiğinde boğazına bir şeyler takılmış gibi sesler çıkarmaya başladı ve o an aslında her şeyi çözüme kavuşturdum, zihnimdeki domino taşları tek tek Yankı'nın önüne doğru devrildi.

Sigara. Sigara düşündüğüm gibi bir sigara değildi, daha farklıydı ve Tankut'u zehirlemek üzere göğüslerimin arasına koyulmuştu. Her şey bir plan dâhilindeydi ve herkes aslında kendi görevini yerine getirmişti. Nadir'i kurtarmıştı, küçük kız çocuğunu kurtarmıştı, dosyaları kendine göndermişti belki de paralara bile erişmişti fakat vicdanı, merhameti onun karşısında dikilmiş, bu adamlardan hesabını sormuştu.

En başından beri bu adamların ölüm fermanını yazmıştı; en başından beri bu adamların öleceğini, en başından beri bu masadan geldiğimiz gibi kalkmayacağımızı biliyordu.

Tankut, Rasim'e baktı, ayağa kalktı ve o sırada Yankı'nın Lâl'e doğru kısık bir sesle "Koş," dediğini işittim. Sonra her şey çok hızlı gelişti ve Lâl eline bilgisayarı alarak o kadar hızlı bir şekilde koştu ki Tankut adamlara doğru "Yakalayın!" diye bağırmasına kalmadan Lâl çoktan kapıdan çıkmıştı. Pencerenin yanında Mutlu çoktan halatı pencereden aşağıya indirmişti. Tankut hangi tarafa döneceğini şaşırmıştı ve bir anlığına Yankı'yla göz göze geldi.

Rasim, titreyerek ve ağzından kanlar çıkarak oturduğu sandalyeden yere düştüğünde Güzide olduğu yerden kalktı ve çığlık atmaya başladı.

Zihnim çalıştı, beynim bozuk bir çark gibi değil de tamamen doğru şekilde çalıştı ve her şey yerli yerine oturdu. Silahlardan bir tanesi sandalyelerin altındaydı ve o sandalyenin Rasim'in oturduğu sandalye olduğunu biliyordum, adım kadar emindim çünkü Tankut o zehirli sigarayı içtiğinde Rasim'i öldüren tek şey o silah olacaktı. Bizim sandalyelerimizin kontrol edilme ihtimaline karşı onların oturduğu sandalyeye silahı yerleştirmişti.

Rasim, öyle çok titriyordu ki gözlerinin beyazları ortaya çıktı ve olduğu yeri bile, yeryüzünü bile titretti. Sadece bir anlığına Yankı'yla birbirimize baktık, her şey birkaç saniye içerisinde oldu ve geriye kalan iki adam bize doğru koşmaya başladı, diğer iki adam Lâl'in peşinden gitmişti. Tankut, yere eğilmiş Rasim'in başını tutarken "Sizi mahvedeceğim!" diye bağırıyordu fakat ortalarda Mutlu'nun olmadığını gördüğümde açık olan pencereden çıktığını ve birazdan her yerin kararacağını anladım.

Anlaşmıştık, silahı kim patlatırsa geriye kalan herkes kaçacaktı.

Yankı bir anlığına ne düşündüğümü anlamış gibi kafasını iki yana salladı ve adamların silahlarını çıkardığını gördüm. Olduğum yere çöküp masanın altına girdiğimde ve Rasim'in sandalyesinin altına doğru yürüdüğümde bir silah sesinin patladığını duydum.

Düşündüğüm tek şey vardı; o an lanet kafamın içinde düşündüğüm tek şey vardı o da fedaydı.

Rasim'in oturduğu sandalyenin altında duran ve bantlanmış olan silahı bir an bile düşünmeden tutup çektim. Birinin bacaklarımdan çektiğini hissettiğimde bu kişinin Tankut olduğunu anladım ve sert bir tekmeyi yüzüne geçirdiğimde "Yankı!" diye bağırdım. Ayağımdaki topuklu ayakkabılar etrafa saçılmıştı. "Silah bende!" O sırada korumalardan bir tanesinin elindeki silahı bana doğru tuttu ve hiç düşünmeden, bir an bile tereddüt etmeden elimdeki silahla elinden vurdum. Biliyordum, düşünseydim, o kurşun dışarı çıkmayacaktı ama bana bu şekilde öğretilmişti; ne olursa olsun bir an bile düşünmemeliydim.

Elinden vurduğum adam acıyla inlediğinde ve silah düştüğünde yüzünü tutan Tankut tek gözünü kapatarak yere düşen silaha doğru ilerledi, attığım tekme gözüne denk gelmişti. Masanın altından "Yankı!" diye haykırdım. "İyi misin?"

Kendimi toparlamaya çalıştım, dizlerim kanıyordu ve kan izleri betona izlerini bırakıyordu. Burnuma kan kokusu geliyordu, kanın kokusu hemen dibimdeki Rasim'in ağzından akan kandaydı.

Üşüdüm, terledim, yandım, söndüm, soğudum, buz kestim. "Yankı!" diye bağırdım bir daha ve masanın altından çıkıp doğrularak silahı Tankut'a doğru uzattım. O da elindeki silahı kalbime doğru tutuyordu ve bakışlarında öyle bir ifade vardı ki bir an bile düşünmeden beni orada öldürebilirdi, gözünü bile kırpmazdı bunu görebiliyordum, hissediyordum çünkü ben de ona karşı aynı şekilde hissediyordum.

Etrafıma baktım, Yankı yoktu. Pencereye doğru baktım, Yankı yoktu. "Yankı!" diye seslendim geriye doğru adımlar atarak. "Yankı!" Sırtım bir vücuda çarptı ve o an başımın arkasında silahın soğuk namlusunu hissettim.

Yandım, bir daha yandım, daha fazla yandım fakat sönemedim. Buz kestim ama yanarken buz kestim; üşüdüm ama yanarken üşüdüm. Yalnızdım, silah patlamıştı ve geride sadece ben kalmıştım, geriye kalanlar plandaki gibi kaçmıştı. Yalnızdım çünkü silah benim elimde patlamıştı. Yalnızdım çünkü hep yalnız bırakılmıştım. Yalnızdım çünkü ölüme terk edilmiştim.

Yalnızdım çünkü ben hayatın evlatlık çocuğuydum ve hayat beni hiçbir zaman öz bir evladı gibi sevmemişti.

Yalnızdım.

Tankut bir adım attı, kafamın arkasındaki soğuk namlu yetmezmiş gibi alnımın ortasına silahı dayadı ve elini gözünden çekti. O an tekme attığım gözünün şiştiğini gördüm. "Yalnızsın," dedi ezberlediğimi bana söyleyerek. "Ve seni mahvedeceğim."

Yalnızdım.

Yalnızdım ve ölecektim.

Yüzüne baktım ve elimde tuttuğum silahımı kalbinin üzerine yasladım. "Ben öleceğim," dedim kendimden emin bir sesle. "Ama senin gibi bir pisliği de bu dünyadan temizleyeceğim."

Tankut gülümsedi, ölüm onu korkutmuyordu ama silahların soğuk namluları bana dayalıyken ölümün beni korkuttuğunu hissedebiliyordum. Uzun zaman sonra ilk defa yaşamak istediğimi hissediyordum, uzun zaman sonra ilk defa gerçekten nefes almak için daha fazla nedenim varmış gibiydi.

"İkimiz de yalnızız," dedi düz bir sesle. "Yalnızlar bu dünya üzerinde zaten yer etmezler ve kimse onları fark etmez. İkimiz de öldüğümüzde fark edilmeyeceğiz."

Yalnızdım, ölecektim ve bunu istemiyordum. Yalnız ölmek istemiyorum.

Gözlerimi kapattım, elim silahımın tetiğine doğru gitti ve parçalayacağım kötü kalbin huzurunu hissetmek istedim. En azından ölmeden önce bir kalbi parçalayacaktım ve bu kalp, kötü bir kalp olacaktı.

"Aynı anda," dedi Tankut ruh hastası bir ses tonuyla. "Üçten geriye doğru sayalım." Dişlerimi sıktım ve "Üç," dedi. Alnıma namluyu daha fazla bastırdı. "İki."

Bir olsun istemiyordum, ölmek istemiyordum.

Bir ses geldi, sesi takip eden adımlar ve kapalı gözlerime rağmen ışıkların söndüğünü hissettim. Gözlerimi açtığımda etraf zifiri karanlıktı ve alnımdaki soğuk namludan başka hiçbir şey hissedemiyor, başka hiçbir şey göremiyordum.

Sonra bir silah sesi duyuldu, gözlerimi sıkıca yumdum, öldüğümü sandım canımın yanmasını bekledim fakat başımın arkasındaki vücut düştüğünde ve namlu uzaklaştığında canım acımıyordu. Bir anda alnımdaki namlu da uzaklaştı ve çırpınma sesleri duydum.

Etrafa bakmaya çalıştım, bir şeyler görmek istedim; silahı havaya doğru kaldırdım ama kullanamadım çünkü neler olduğunu bilmiyordum fakat bir anda başka bir silah patladı ve o an, geriye doğru sendeledim ve arkamdaki duvara çarptığımda acıyla çığlık attım.

Kolum sanki yanıyordu, kolum sanki parçalanıyordu, kolum sanki kopuyordu. Başka bir silah daha patladığında bir daha bağırdım fakat bu sefer artık ışıklar gelsin istiyordum. Elimi koluma doğru bastırdığımda ıslaklık parmaklarıma bulaştı ve elimi burnuma doğru yaklaştırdığımda kendi kanımın kokusunu aldım.

O an ışıklar yerine geldi ve karşımda Yankı'yı gördüm. Yerdelerdi; Yankı, Tankut'un üzerindeydi ve Tankut'un elinde bir silah vardı. Rastgele her yere ateş ediyordu fakat Yankı silahı tutan bileğini kavramış kendisine ateş etmesini engelliyordu. Şiddetle inleyerek ve kolumu tutarak onlara bakarken gözlerimin acıdan dolayı dolduğunu biliyordum.

Yankı sert bir yumruğu Tankut'un yüzüne geçirdiğinde Tankut "Beni neden öldürmüyorsun?" diye sordu ve o an Yankı'nın da elinde bir silah olduğunu gördüm.

"Çünkü bana sağ lazımsın artık," dedi Yankı dişlerini sıkarak. Silahın arkasıyla sert bir şekilde Tankut'un yüzüne vurdu. Tankut sersemlemiş bir şekilde yüzünü yan tarafa doğru çevirdiğinde elindeki silah düştü ve diğer tarafa doğru ilerledi.

En başından beri ölecek olan kişi zaten Rasim'di. Yankı, Tankut'un o sigarayı içmeyeceğini bile bile böyle bir kumar masasına oturmuştu ve kumar masasından galip kalkmıştı. Bahsettiği şans buydu. Şans yine Yankı'dan yana olmuştu.

Başka bir yumruğu daha Tankut'un yüzüne geçirdiğinde kırılma sesinin geldiğini duydum ve bu ses, Tankut'un kırılan burnuydu. Yankı, yumruklarını art arda Tankut'un yüzüne indirirken Tankut bayılmıştı ve öylece bir kum torbası gibiydi. Birkaç dakika sonra Yankı Tankut'un üzerinden kalktığında olduğu yerde derin nefesler aldı ve yüzünü bana doğru döndürdü.

"Helin." Gözleri ilk başta yüzümde dolandı, beni inceledi; dolan gözlerime baktı sonra bakışları kolumu tutan elime kaydı ve gözlerindeki ifade değişti. "Vurulmuşsun," dediğinde fısıldadı ve bana doğru bir adım attı.

Yüzüne bakarken, kolumdaki acı ya da yaşananlar, hiçbir şey umurumda değildi.

Yalnız değildim. Kendimi bildim bileli yalnızdım ama bugün yalnız değildim; bugün hayatın öz çocuğu olmuştum ve hayat bana Yankı'yı getirmişti.

Tanrı iyi birisi olmamı istedi; Yankı iyi birisi olmasam da bana senelerimin nefretinin ödülünü verdi, öfkelerimin azalması için bir ölümü hediye etti.

Tanrı o ölümü biliyordu, Yankı o ölüme beni götürdü.

Rasim'in ölümü, benim geçmişimin acısını azaltacak bir ödüldü ve onu öldüren aslında bendim.

Kırmızı ışıklı odada hissettiğim acının hafiflediğini fark ettim.

Eli koluma doğru uzandığında dolmuş gözlerle "Yalnız değilim," döküldü dudaklarımdan. Hayat öz çocuğunun saçlarını okşadı sanki ve Tanrı bana gülümsedi, ben Yankı'ya gülümsedim. Bir anda sağlam olan kolumla Yankı'nın boynuna sarıldım ve onu sıkıca kendime çektim. İstedim, bir kez daha istedim; birisi bana sarılsın istedim; birisi ben ağladığımda bana sarılsın istedim. Üçüncüyü beklemedim, ikincide ben sarıldım çünkü hislerim önümde boyunlarını eğmişti.

Silah patlamıştı, gelmeyebilirdi; plan buydu ama gelmişti. Yalnız değildim. Av değildim. İlk defa öylesine birisi değildim.

Yankı duraksadı, derin bir nefes aldı. "Yalnız değilsin," diye fısıldadı. Sonra eli belimi kavradı ve o da bana sarıldı; sıkıca sarıldı, acımı unutturacak kadar sarıldı. Boynunu eğen hislerimi utandıracak kadar sıkı sarıldı.

Hayat öz çocuğunun saçlarını okşamayı bıraktı, omuzlarına dokundu ve onu bir adamın kollarına attı. Bu delilikti ama benim de aklımın yerinde olduğu söylenemezdi.

Tanrı Yankı'ya sarılmamı istedi, Yankı bana sarıldı ve o an iyiliğin de kötülüğün de hiçbir anlamı kalmadı.

"Yalnız değilsin, Helin," dedi bir kez daha. Bu kez kendinden daha emindi.

6.

İYİ VE KÖTÜ

Bazı ilkler son kez yaşanırdı ve bazı sonlar ilkler kadar acıtmazdı.

Kendimi son kez yaşanan bir ilkin içinde gibi hissediyordum. Bu ilk, kendimi siyah bir paltonun içinde gizlediğim ve o paltonun yakalarına taktığım ihanet rozetlerimin yere düşmesiyle oluşmuştu.

Yankı bana sarılmıştı, hayatım boyunca *istediğim* birisi ilk defa bana sarılmıştı. Birinin kollarında olmanın güven verdiğini okumuştum, duymuştum, izlemiştim fakat bu his güven gibi değildi. Bu his bana donmak üzere olduğumu hatta çoktan buz kestiğimi ama Yankı'ya sarılınca kurtulduğumu, eridiğimi, çözüldüğümü hissettirmişti.

Bu his bana bir insanın başka bir insanı donmaktan kurtaracağını göstermişti ve bunun belki de Yankı'nın kollarıyla ilgisi yoktu. Uzun zamandır, dünyaya gözlerimi açtığımdan beri farkında olmadan donmak üzere olabilirdim çünkü bütün duygulara öylesine yabancıydım ki tanımlayamadığım duygularım bile sıcaklık karşısında çözülmeye başlamıştı.

Donmak üzere olduğunda uyursan ölürsün, derlerdi. Şu zamana kadar uyuduğumu yeni anlıyordum fakat tekrardan dirilmek benim için zor olmamıştı.

Boynuna o kadar sıkı sarılmıştım ki parmaklarımın ensesindeki saçlara dokunduğunu yeni kavrayabiliyordum. Parmaklarımın ucuna yükseldiğim yerde dizlerim titriyor, Yankı bana sarılmasa yere düşeceğimi biliyordum. Aşağıda tuttuğum kolumda öyle şiddetli bir acı vardı ki tahammül edemeyeceğim bir düzeye gelmişti fakat yine de ondan ayrılmadım ve sıkıca kapattığım gözlerimden acıdan dolayı yaşlar akmaya devam etti.

Kolları belimdeydi ve sıcak avuçları sırtıma baskı yapıyordu. Kokusunu alamıyordum çünkü nefesim kesiliyordu. Tek bildiğim boynunun sıcaklığıydı, yanağıma değiyordu. Kalbinin atışını ise göğüs kafesimde hissediyordum fakat benim acıdan dolayı ne kadar hızlı atarsa atsın onunki sakin ve düzenliydi.

Yetimhanenin içinde koşuşturmacalar olduğunu az çok işitebiliyordum ve adım sesleri gitgide bizim olduğumuz yere doğru yaklaşıyordu fakat ben yine de ondan ayrılmadım, o ise beni iteklemedi. Belki çok kısa bir zaman sürmüştü ama bana uzun yıllarımı almış ya da uzun yıllarımın körlüğüne renklerini vermiş gibi gelmişti.

Art arda adımlar çoğaldı ve içeriye birilerinin girdiğini işittim. Yankı'nın başı hafifçe döndü. Gelen her kimse sırtımdaki elini çekti ve o kişiye karşı bir şeyler yaptı. Kim olduğunu bilmiyordum ama merak da etmiyordum.

Uzun saniyeler sonra "Helin," dedi Yankı kulağıma doğru. Ensesinde duran elim omzuna doğru düştü ve parmaklarımın ucunda durmak yerine sağlam bir şekilde yere bastım. Başım göğüs kafesine yan bir şekilde geldi, gözlerim hafifçe aralandığında kapıya doğru baktım.

Bartu kapının önünde durmuş bize bakıyordu. Gözlerinde ne anlama geldiğini bilemeyeceğim bir ifade vardı ama yine biliyordum ki Yankı ne söylemek istediğini anlamıştı. O sırada içeriye Lâl girdi ve gözleri ilk olarak Bartu'ya kaydı, sonra bize baktığında duvara çarpmış gibi duraksadı. Hareketleri yavaşladığında elinde tuttuğu bilgisayar çantası yerle buluştu. Donuk bakışları ilk defa değişti, Yankı'ya uzun uzun baktı ve kafasını yana doğru yatırdı.

Koşar adımlarla içeriye Mutlu girdi. "Neler oluyor burada?" Bartu'yla Lâl'in önüne geçti ve bizi gördü. Gözleri uzun süre bizi inceledi ve dudakları aralandı, şaşkınlık gözlerine ulaşırken "Siktir be," dedi ve kapıdan geri çıktı. Birkaç saniye sonra tekrar girdi sonra "Gerçek bu," dedi, gözlerini ovaladı. Bartu'yla Lâl ile göz göze geldiğinde ondaki şaşkınlık ikisinde de yoktu. "Hey," diye inledi onlara karşı. "Bu tablo karşısında neden bu kadar sakinsiniz, bu ne biçim fantezi lan!"

Yankı'nın elleri benden uzaklaştı ve ben de geriye doğru ağır bir adım atıp ona sarılmış olan kolumu çektim. O sırada vurulmuş olan kolum daha fazla sızladığından ötürü dişlerimin arasından acıyla inleyip elimi kanayan koluma bastırdım. Yankı, "Helin kolundan vuruldu," dedi. Lâl dışında diğerleri bana doğru bir adım attı ama Lâl olduğu yerde durmaya ve Yankı'ya bakmaya devam etti.

"Nasıl?" diye sordu Bartu ardından bakışları restoranın içinde dolandı. Rasim'in ve Tankut'un bedeni yere serili şekilde duruyordu. Korumalar neredelerdi bilemiyordum ama burada daha fazla güvende olmadığımızın farkındaydım. "Güzide elimizden kaçtı. Çocukların hepsi silah seslerine uyandı ve aşağıda büyük bir kargaşa var. Polisler birazdan burada olur." Yankı'ya ters bir şekilde baktığında ürkütücü görünüyordu. "Yine bizi yaptığın bir plana dâhil etmedin Yankı. Yine bize onlara zarar vereceğini söylemedin."

Neden gizleme ihtiyacı hissediyordu? Onlara gelecek herhangi bir zarardan bu şekilde koruyamazdı, bunu bilmesi gerekirdi. Yankı kafasını onaylarcasına aşağı yukarı sallayıp "Bartu, sen Tankut'u al," dedi. Diğer söylediklerine cevap vermeyi reddetti. "Onu Önder'e götüreceksin."

"O orospu çocuğunu öldürmedin mi?" Bartu öfkeyle Tankut'un yere serilmiş bedenine doğru ilerlediğinde Yankı onun kolunu kavradı. "Amacın ne senin? Tankut'u mu koruyorsun?"

"Onun yaşaması gerekiyor, dokunma. Sana her şeyi anlatacağım ama şu an değil, zaman yok." Mutlu'yla göz teması kurduğunda Mutlu'nun gözleri benim kanayan kolumdaydı. "Işık nerede?"

"Aşağıda, çocukların yanında," dedi Mutlu ve dayanamayarak hemen yanıma geldi. Kirpiklerinin arasından bana bakarken ilk defa yüzünde alaylı ifadesi yoktu. "Bu nasıl oldu? Canın çok yanıyor mu?"

"Yaşaması mı gerekiyor?" Bartu elini saçlarına geçirdi ve arkasını Yankı'ya döndü. "O şerefsizin tek bir nefes almaya bile hakkı yok. O küçücük kızın bedeni morluklarla dolu, Yankı! Bu kadarı çok fazla, anladın mı? Haddini bize bunları yapacağını söylemeyerek aştın zaten. Hep bunu yapıyorsun, hep siktiğim yerlerde kendini öne atıyorsun. Sıktı artık."

Yankı sakin bir sesle, "Bartu," diye mırıldandı. "Seninle şimdi burada tartışalım ve polisler mi gelsin?" Aralarında yine şiddetli bir gerilim oluşmuştu. "Biliyorsun, emin olmadığım hiçbir şeyi yapmam. Onun yaşaması gerekiyor." Ellerini bir ağabey edasıyla Bartu'nun omuzlarına koyup sıktı. "Tek bir çocuğu mu kurtarmak istersin yoksa yüzlercesini mi?" Bartu'nun vereceği cevap belli olduğu için hızlıca devam etti. "Bunun için Tankut'a ihtiyacımız var. Önder çaresine bakacak."

"Bartu," dedi Mutlu ve kaşlarının çatık olduğunu fark ettim. "Bilmiyorum farkında mısın ama aramızdan birisi vuruldu ve çok kan kaybetmişe benziyor. Tartışmayı sonlandırmalısın."

"Mutlu." Sesim o kadar kısık çıkıyordu ki duyup duymadığından emin olamadım, boğazım yanıyordu. "Daha önce de vurulmuştum, önemli bir şey yok." Son cümleden sonra yine acıyla inledim ve koluma sanki birisi kızgın demir bastırıyor gibi oldu.

Bartu, tartışmayı daha fazla devam ettirmeyerek Tankut'a doğru ilerlediğinde onun gergin sırtına bakıyordum. "Çıkalım buradan," dedi Yankı ve gözleri bana döndüğünde bakışlarında endişeli bir ifade vardı. "Kendini nasıl hissediyorsun?"

Ona doğruyu mu, yalanı mı söylemeliydim, emin değildim. Bu yüzden sadece "Bilmiyorum," demekle yetindim. Başım dönüyordu ve midem de bulanıyordu. Ayaklarımda yeterince kuvvet yoktu ve kolumu hissedemiyordum.

Tekrardan yanıma yaklaştığında bu sefer kokuları alabiliyordum ve restoranın içi keskin bir kan kokusuyla kaplanmıştı. Yan bir şekilde durduğunda eli belime kaydı ve benim bütün kuvvetimi kendine aldı. "Yürüyebilecek misin?" diye sorduğunda hızlı bir şekilde başımı aşağı yukarı salladım fakat bundan pek emin değildim. "Yaslan bana, dengeni ben sağlayacağım."

Ona yaslandım ve gözlerim yüzüne doğru tırmandı. Güven veren gözleriyle bana baktığında ona yaslanmaktan başka bir yolum yokmuş gibiydi. "Lâl," diye kısık sesle konuştu onun yanından geçerken. "Sen Bartu'yla kal ve yanlış bir şeyler yapmasını engelle, Tankut'u Önder'e götüreceksiniz."

Lâl'in gözleri benim koluma doğru kaydı ve uzun uzun baktıktan sonra hiçbir şey söylemeden yanımızdan geçip Bartu'ya doğru ilerledi.

Yankı'yla o şekilde restorandan çıkıp asansöre doğru ilerlediğimizde Mutlu hemen arkamızdaydı. "Mutlu, çocuklar nasıl?" diye sordu Yankı arkasını dönüp bakarak. O sırada birkaç küçük çocuğun köşelerden bizi izlediğini gördüm. Yetimhanedeki çocuklar ürkek bir şekilde bizim kim olduğumuzu çözmeye çalışıyorlardı.

"Kız uyuyor, erkek sonunu bekliyor." Mutlu kelimeleri kurarken canının yandığı belliydi. "Çok korkak bir çocuk Nadir. Bünyesi de çok zayıf. Onun için bir şeyler yapmalıyız."

Asansör bulunduğumuz kata geldiğinde Yankı oldukça düşünceli bir sesle, "Onun için çok geç olduğunu düşünüyorum, organları iflas etmeye başlamış olmalı," dedi. Başka bir şeyler söylemek istemişti ama ne diyeceğini bilemiyordu.

"Yine de onun için elimizden geleni yapacağız değil mi? Ona bir şey olursa Tankut'u kendi ellerimle öldürürüm, bunu yaparım Yankı." Öyle bir hale gelmişti ki kim olduğunu sorgulamak zorunda kalmıştım. Hep gördüğüm eğlenceli ve umursamaz Mutlu'dan eser yoktu. Tankut'u gerçekten öldürecekmiş gibi bakıyordu ve öldürürdü de, bundan emindim.

Yankı zemin katın düğmesine bastı ve asansör aşağıya inmeye başladı. "Elbette." Elini kaldırıp Mutlu'nun kolunu kavrayıp sıktı. "O yaşasın diye gerekirse biz bir organımızı vereceğiz, elimizden geleni yapacağız." Mutlu tebessüm etti ve içi rahatlamış bir şekilde başını kapıya doğru çevirdi.

Asansör zemin katta durduğunda ve kapılar iki yana kayarak açıldığında adımımı atmamla bir adamın vücuduna basmam bir oldu. Olduğum yerde irkildiğimde kolum da acıyla kasıldı ve dudaklarımdan inilti döküldü. "Bartu," dedi Yankı gözlerini devirip. "Yine temiz çalışmadın değil mi?"

Çocuklar bu katta daha fazla çoğalıyordu ve bizi gördükleri gibi yine köşelere kaçtılar fakat içlerinden direkt olarak bize bakanlar da vardı. Bir erkek çocuğu tam köşeden yere çökmüş elindeki çatalla bize bakarken kendini ve arkadaşlarını korumaya çalıştığını anlamıştım.

Yankı tam ortada durdu ve benimle Mutlu'nun da adımları durdu. "Çocuklar!" diye bağırdığında görünürde olan birkaç çocuk da kaçışmaya başladı. İçim acımıştı çünkü öylesine korkuyorlardı ki herkesi kendi düşmanları sanmışlardı. "Size zarar vermeyeceğim, yok mu bir sözcünüz?"

Her yetimhanede bir kişi daha kıdemli olurdu ve diğerlerinin sözcüsü olarak görevi devralır, ne istiyorlarsa dile getirirlerdi. Böyle bir ortamda büyümüştüm fakat Yankı'nın bunu nereden bildiğini kendi içimde sorgulamadan edemedim.

Yarım saniye sonra köşede çatal tutan çocuk ürkek adımlarla bize doğru yürümeye başladı. Adımları, yüzü, gözleri korkak olduğunu bağırıyordu hatta bedeni korkudan dolayı titriyordu fakat Yankı'nın karşısına geçip çatalı ileriye doğru tuttuğunda Yankı'nın gözlerine benzeyen masmavi gözleri parlıyordu.

Yankı bana baktı ve Mutlu'ya işaret verdi. Mutlu benim ona yaslanmam için öne atıldığında Yankı vücudunu benden uzaklaştırdı ve erkek çocuğuna ilerledi. Çatalı biraz daha öne çıkardığında Yankı, adım atmayı bıraktı ve önünde eğilip onunla aynı boyda durdu. "Adın ne senin?" Sesinde öyle bir şefkat vardı ki hayran olmuştum.

"Neden?" dedi ve çatalı tutan eli titremeye başladı. "Bizden uzak durun, bize dokunmayın. Bizi öldürecek misiniz?"

"Hayır!" Yankı elini çocuğa doğru uzattı fakat çocuk geriye doğru kaçtı. Eli havada kalmış bir şekilde "Size yardım etmeye çalışıyorum," diye mırıldandı. "Ama görüyorum ki senin bu kuvvetin, bu duruşun, bu korumacılığın varken bana ihtiyacınız olmayacak."

"Yankı'ya benziyor." Mutlu konuştuğunda başım ona doğru döndü ve sorgulayan gözlerle yüzüne baktım. "Yankı da böyleydi. Aramızda en tepkilimizdi ve en seslimizdi. Her zaman öne o çıkardı, biz geride kalıp korkardık. Kimse bize Yankı sayesinde dokunamazdı ama onun elinde çatalı bile yoktu. Bu yüzden onun canı bizi korurken çok yandı ve can yakamadı. Ayrıca o da en az bizim kadar korkuyordu."

Kolumdaki acının aynısını kalbimde hissettim ve bunun nedeni bir kurşun değil, bir çocukluktu.

"Bize dokunursanız sizi öldürürüm." Çocuk Yankı'ya güvenmemişti ama onu anlayabiliyordum, güvenmek istiyordu. Kimseye güvenmek istemediği kadar ona güvenmek istiyordu. "Başta onlar da böyle söylediler, bize zarar vermeyeceklerini söylediler ama verdiler!"

Yankı ellerini iki yana açtı. "Elindeki çatalı istediğin yere saplayabilirsin," diyerek ona vücudunu sundu. "Canımı istediğin kadar yakabilirsin. Yine de size zarar vermeyeceğim." Çocuğun titreyen eli yavaş yavaş durmaya başladığında gözlerine güven ulaşmaya başlamıştı ama yine de temkinliydi. "Çok korkuyorsun, biliyorum," dediğinde sanki kendisiyle konuşuyormuş gibiydi. "Çok korkuttular onu da biliyorum ama dinle, sana bir sır vereyim mi?" Çocuk cevap vermedi ama merakla beklediği açıktı. "Korkutulan çocuklar büyüdüklerinde korkutanlardan daha güçlü ve daha tehlikeli oluyorlar. Daha güçlü olacaksınız."

Bazen Yankı'yı kendime öyle yakın hissediyordum ki onun kurduğu cümlelerin sahibi benmişim gibi geliyordu. En önemlisi onu anlıyordum, ne demek istediğini biliyordum çünkü yaşanmışlıklar, yaşatılan hayatların bir gösterisiydi.

Çocuğun elinde tuttuğu çatal yavaş yavaş aşağıya doğru indi ve Yankı elini uzatıp onun yüzüne dokunduğunda geri çekilmedi. Ona güvenmemişti belki ama hissetmişti; karşısında gördüğü adam, geleceğinin belki de bir portresiydi. Eliyle çocuğun yüzünü okşadı. "Geçti," dediğinde erkek çocuğu titriyordu. "Artık onlar size zarar vermeyecekler. Birazdan buraya polisler gelecek ve sizleri başka bir yetimhaneye götürecekler."

Çocuk sabit ve düz bir sesle "Onlar vermeyecekler ama diğerleri?" dedi ve korkudan gözleri doldu. "Bütün insanlar aynı, hepsi kötü."

Yankı'nın buna söyleyeceği hiçbir şeyi yoktu bu yüzden sustu. Çocuğun gözlerinin içine bakarken belki de az rastlanan şekilde Yankı'nın söyleyeceği hiçbir şeyi kalmamıştı. Kısa bir sessizlik oldu, o sessizliği hepimiz paylaştık. En sonunda Yankı "Sokaklara sığının," dedi çocuğa. "Sokaklar tehlikelidir ve insanlar tehlikeyi sevmedikleri için size orada zarar vermezler aksine sizden korkmaya başlarlar."

Haklıydı. İnsanlar sokakta büyüyen, sokakta yetişen herkesten korkarlardı fakat sokaklardakilerin, onlardan kaçtıklarını hiçbir zaman anlayamazlardı.

Çocuk kafasını aşağı yukarı salladı. O sırada siren sesleri duyulmaya başlayınca Yankı, bir anda çocuğu kendine çekip sarıldı. "Dikkatli ol, lider," diye fısıldadı kulağına. "Cesaretini sömürmelerine izin verme, kim olduğunu sakın unutma." Çocuğun elindeki çatal yere düştüğünde o da Yankı'ya sarıldı ve kollarındaki morluklara bakmamak için çaba sarf ettim.

Yankı ayağa kalktı ve bize dönüp baktığında gözlerindeki o boş odanın camlarının açıldığını ve buz gibi bir soğuğun o odaya doğru estiğini gördüm. Dudaklarım aralanmış bir şekilde onu izlerken yanıma geldi ve Mutlu'nun görevini devralarak yine ona yaslanmamı sağladı. Bu sefer daha sıkı tuttuğunda sarsak adımlarla dış kapıya doğru yürümeye başladık.

Siren sesleri o kadar yakından geliyordu ki Mutlu, "Bu sefer istediğimiz gibi ilerlemeyecek gibi görünüyor," dedi ve Yankı da onun haklı olduğunu bildiği için sessizliği kucakladı. O an polislere neler söyleneceğini düşünmeye başlamıştım fakat başım öyle çok dönüyordu ki aklım fazla detayına giremiyordu.

Kapıdan dışarıya çıktığımızda bizi karşılayan iki korumanın sadece iç çamaşırları altlarında olacak şekilde birbirlerine sırt sırta bağlandıklarını ve ağızlarına da kıyafetlerinden yırtılanların tıkıştırıldığını gördüm. Yüzleri kan içindeydi ve oldukları yerde çırpınıyorlardı. Mutlu güldü. "İri Bebek yine rahat durmamış," dedi ve adamlara doğru tükürdü. "Sevişin de izleyelim köpekler."

Polis ışıkları yetimhanenin önüne doğru geldiğinde Yankı adımlarını hızlandırdı ve arabaya doğru yürümeye başladı. Köşeyi döndüğümüzde arabaya ulaşacaktık fakat polisler bizi yakalardı, biliyorduk. Bu yüzden Yankı ya da Mutlu çok da fazla heyecanlı görünmüyordu.

O anda bir ıslık sesi duyuldu yetimhanenin içinden ve az önce Yankı'nın konuştuğu çocuk eliyle arkadaşlarını çağırıp "Gelin!" dedi. "Yolu kapatacağız, onları korumamız gerek!" Yüzümüze baktı ve elini salladı. "Koşun, polisleri oyalayacağız!" On üç ya da on dört yaşlarındaydı fakat o kadar güzel bir kalbi, o kadar keskin bir zekâsı vardı ki ona gülümsemeden edemedim.

"Seninle tekrardan görüşeceğiz lider!" diye bağırdı Yankı ve gurur duyuyormuş gibi gülümsedi. "Beni bulacağını biliyorum."

Bu sefer Mutlu ve Yankı gerçekten hızlı adımlarla yürümeye başladılar ve ben de onlara ayak uydurdum. "Sana benziyor," dedi Mutlu ve adımlarını koşuya çevirdi. "Sen de böyleydin."

"Hayır," dedi. "O sadece bana değil, bütün sokak çocuklarına benziyor."

Köşeyi döndüğümüzde Işık, bindiği arabadan indi ve bize doğru koşmaya başladı. "Nerede kaldınız?" İlk olarak Mutlu'nun boynuna atladı ve ona dokundu. "İyi misin? Bir sıkıntı var mı?"

"İyiyim," dedi Mutlu ve araca doğru yürüdü. "Ama Helin vurulmuş."

Işık'ın önemsemeyeceğini düşünmüştüm fakat gözleri irice açılmış bir şekilde bana doğru yaklaştı ve kolumu tuttu. Acıyla inlediğimde, "Özür dilerim," dedi ve eliyle ağzını kapattı. "Kurşun sıyırdı mı yoksa girdi mi?"

"Bilmiyorum," dediğimde nefesim kesilmiş gibiydi.

"Şimdi zamanı değil," dedi Yankı ve arkasına doğru baktı. "Zamanımız çok az. İlk önce iki çocuğu Yuva'ya bırakın, sonra eve gelin. Helin'e bakmamız gerekiyor." Işık ve Mutlu hızlıca kafasını salladılar. "Kamera görüntülerini silmeyi unutma Işık, biz diğer arabaya geçiyoruz."

"Tamam," dedi Işık ve Mutlu'yla beraber ilk çalınan arabaya doğru ilerlediler. Biz de galeriden alınan arabaya doğru ilerlediğimizde adımlarım birbirine dolanıyordu.

"Tamam, geldik," dedi Yankı ve arabanın yanında durduğunda yine açmak için bir şeylerle uğraştı. Bu sefer diğerinden daha kısa bir sürede kapıları açtığında beni yolcu koltuğuna oturttu, emniyet kemerimi de takmayı unutmadı. O sırada gözlerim köşeden yetimhane yolunu gören yere takıldı ve gururla, şefkatle, merhametle o yola doğru baktım.

Çocuklar yan bir çizgi şeklinde yolu kapatmışlardı ve bizim için etten duvar örmüşlerdi. Polis arabalarının ışıkları bedenlerine vuruyordu fakat onları ezip geçemeyecekleri için öylece bekliyorlardı. Hepsinin ıslıkları buraya kadar duyuluyordu.

Yankı sürücü koltuğuna oturduğunda arabaya birkaç dakika içinde çalıştırdı ve gaza basarak geniş bir U dönüşü aldı. Mutlu da hemen bizim arkamızdan hareket ettiğinde dikiz aynasından çocukların olduğu yola tekrardan baktım ve hâlâ aynı şekilde durduklarını, bir yandan da ellerini kaldırıp hareket ettiklerini gördüm.

Öyle güzellerdi ki o çocukları tek tek kalbimin üzerine yaslamak, hepsinin saçlarını okşamak istedim. Onların saçlarını hiç olmadığı kadar okşardım ve onlar bir an bile bıkmazlardı, biliyordum.

Başka bir caddeye çıktığımızda Yankı aracı hızlı sürüyordu ve bakışları dikiz aynasına takılıyordu. Mutlu'nun sürdüğü araç arkamızdaydı, polis araçları ise görünürlerde yoktu. Bakışları bana döndü ve "Üşüyor musun?" diye sordu. Eli ısıtıcıya doğru uzandığında kafamı iki yana salladım. Koluma bastırdığım elimin bile uyuşmaya başladığını hissettim. Boncuk boncuk terler alnımdan dökülüyordu ve değil üşümeyi, acıdan başka hiçbir şeyi hissedemiyordum.

Yankı bir anda üzerindeki ceketi çıkarıp bana doğru attı ardından tek eli direksiyondayken gömleğini çıkarmaya başladı. Ne yaptığını anlamak için onu izlerken hızlıca gömleğin düğmelerini açtı ve kollarından çıkarırken gözleri yoldan ayrılmıyordu.

Çıplak vücudu tamamen göründüğünde yoldaki ışıklar onun kumral tenine çarpıyordu. Göğsünün alt tarafında ve karnının üst tarafında dikiş izleri vardı. Bedeni düşündüğüm gibi pürüzsüz değildi ve izlerinin çocukluğundan geldiğine adım gibi emindim. Özellikle karnının üzerindeki derin bıçak izi, benim bacağımdaki ize çok benziyordu. Hiç zamanı değildi ama fiziğinin ne kadar iyi olduğunu fark etmeden edemedim.

"Bunu yaranın üzerine sar," dediğinde gömleği bana doğru uzattı. "Gidene kadar daha fazla kan akmasını az da olsa engelleyelim." Gömleği elinden aldım ve kandan dolayı sırılsıklam olmuş elimi çekerek gömleği oraya bastırdım. Bağlamam gerekiyordu fakat buna gücümün yeteceğini sanmıyordum. Yankı'nın gözlerinin benim üzerimde olduğunun farkındaydım fakat ona bakmak yerine gömleği koluma bastırarak yola bakmaya devam ettim.

Birkaç saniye sonra Yankı, arabayı köşeye doğru çektiğinde arkamızdaki Mutlu'ya siz ilerleyin hareketi yaptı ve arabanın üst ışığını açarak "Gömleği ver," dedi. Baskı yaptığım gömleği zorlukla ve dişlerimi sıkarak kolumdan uzaklaştırıp ona uzattığımda çoktan açık renk gömlek kan rengini almıştı. "Siktir, çok kan kaybediyorsun," dedi ve kafasını iki yana salladı. Ona hiçbir şey söylemeden bakarken gitgide yandığımı ve başımın dönerken görüş açımı da kapattığını hissediyordum. "Helin," dedi ve bir anlığına onu bulanık görmeye başladım. "Sakın uyuma."

Uyursam ölür müydüm? Ben bugün uyursam ölmezdim, ben hiçbir zaman uyursam ölmezdim çünkü tekrardan nasıl yaşayacağımı biliyordum.

Hafifçe tebessüm ettim. "İşte böyle," dedi ve görüş açım netleşti. Yankı elindeki gömleği yırttı ve bana doğru yaklaşarak kolumu nazik bir şekilde öne doğru çıkardı. Acıyla inlediğimde elim Yankı'nın çıplak koluna tutundu ve tırnaklarımı geçirdim. Yankı'nın gülümsediğini hissettim ardından "Susman için vurulman mı gerekiyordu?" diye sordu. "Sessizliğini tırnaklarınla mı çıkarıyorsun yoksa geveze?"

Gömleği koluma bağladığında ve çığlık atmama neden olacak kadar çok sıktığında "Kahretsin!" diye bağırdım. "Canım acıyor." Başka bir düğümü daha attığında bu sefer tırnaklarımı omuzlarına geçirdim ve gözlerimi sıkıca kapatarak "Yanıyor sanki," dedim. "Daha ne kadar dayanacağım?"

Arabanın tavanındaki ışık turkuaz gözlerini isabet alıyordu, bana bakarken gözleri tedirgin bir ifadeye büründü. "Seni hastaneye götüremem, bu sorgulanmamıza neden olur. Daha önce kaç kez vuruldun?"

Alt dudağımı dişlerimin arasına aldığımda gözlerimi sıkıca kapatıp "İki kere," diye yanıt verdim. O sırada arabanın motorunun tekrardan çalıştığını ve Yankı'nın park ettiği yerden arabayı çıkardığını anladım. "Birincisinde on üç on dört yaşlarındaydım, kendimi korumak isterken vurulmuştum tam bacağımdan. İkincisi iki sene önce oluyor, bir kumarhane soyguncusu tarafından karnımdan vuruldum."

Gözlerimi araladığımda bana değil de tam yola doğru baktığını gördüm, kaşları havadaydı ve şaşırmış bir şekildeydi. "Neden?" dediğinde işaret parmağını direksiyonda gezdirdi. "Bu hayatın içinde olmanın nedeni ne?"

Ona elbette verebilecek yanıtlarım vardı ama bu benim için çok kötü sonuçlar doğururdu bu yüzden okları ona yönlendirip "Bunu sen mi söylüyorsun?" diye sordum. "Yaşadığın hayatın farkında değil misin?"

Yankı'nın gözlerinde değişime bizzat şahit oldum, kaldırdığı kaşları aşağı indi ve alayla gülümsedi. "Bazen hayatın, tercihlerin üzere kurulu olmaz, Helin. Senin hayatın tercihlerin üzerine kurulu ama ben bu hayata mecbur bırakıldım."

Beni konuşturmaya çalıştığının farkındaydım, belki de ağzımı arıyordu ama içimden bir ses uyumamam için çaba sarf ettiğini söylüyordu. "Nereden biliyorsun?" Yüzü bana doğru döndü. "Ayrıca şu an hiç de mecbur gibi değilsin, arkanı dönüp gitsen kim sana bir şey diyebilir?"

Yankı, söylediklerimde haksızmışım gibi bana baktı ama bunun üzerine konuşmak yerine ilk defa "Kimsin sen?" diye sordu bana. "Annen baban kim? Gerçekten kimsin sen?"

Çekinmeden direkt sorduğu soru kolumdan daha çok kalbimi acıttı. İlk başta sessiz kalmayı düşündüm ve saniyeler geçerken Yankı bir yola bir bana dikkatli bir şekilde bakmaya devam ediyordu. Neredeyse bir dakika sonra "Anlattım," diye mırıldandım ve elimi gömleğe bastırdım, sırılsıklam olmuştu. "Onları tanımıyorum. Dayım beni sahiplendiğinde adımı da o koymuş."

"Adının anlamını biliyorsun değil mi?" Bunu hiç düşünmediğimi hatta araştırmadığımı düşünerek kaşlarımı çattım. Dayımın bana verdiği adı üzerimde taşımak bile yeterince can yakıcıydı. Cevap vermediğimde konuşmaya devam etti. "Anlamı, *yuva*." Derin düşüncelere daldı. "Sıcak bir ev gibi düşün, ışıklar yanıyor. Ocakta yemek kokusu, çocuklar mutlu. Küçük bir ev, sıcak ama huzurlu. Yuva bana hep bunu anımsatır."

Gözlerimi devirerek "Belki de soğuk bir ev," dedim. "Kimsenin uğramadığı, içinde tek bir kişinin yaşadığı ve herkesin o kişiyi terk ettiği bir ev. Bilmiyorum, adımı sevmiyorum."

Başını yanındaki cama doğru çevirdi ve gaza bastığında önümüzde Mutlu'nun sürdüğü aracı gördüm. "Çünkü adını dayın koydu diye mi?" Kafasını olumsuz anlamda iki yana salladı. "Ev evdir Helin, soğuktur. Yuva ise daima sıcaktır ve sen bu adı taşıyorsun."

Sorusunu görmezden gelerek "Sen?" dedim, sesime merak bulaştı. "Annen ve baban? Kaç yaşından beri Sokak Nöbetçisisin?"

Hafifçe tebessüm etti ve gözleri gömleğe doğru kaydığında lafı değiştirerek "Üşüyorsun," dedi. "Ceketi giy." O söyleyene kadar titrediğimi bile fark etmiyordum fakat çenem kaskatı kesilmişti ve avuçlarım kandan dolayı sıcacık olsa da parmak uçlarım buz kütlesinin içinde gibiydi. Ceketi üzerime giymek yerine hafifçe yukarı çektim ve battaniye gibi üzerimi örttüm.

"Kendin hakkında konuşmaktan hoşlanmıyorsun, değil mi?" Yutkundum ve boğazımın kuruduğunu hissettim. "Kendin hakkında konuşursan vereceğin açıklardan korkuyorsun."

Arabayı sağa doğru kaydırdı ve Mutlu'yla aynı hizaya geldiğinde tanıdık caddeye girdiğimizi anladım. Mutlu eliyle bir şeyler söyledi ve Yankı da ileriyi göstererek başka bir yola doğru döndü. Eve giden yoldaydık. "Kendim hakkında konuşursam yalana başvururum ve ben bunu istemiyorum," deyip gözlerini bana çevirdi. "Yalandan hoşlanmam ve yalandan sessizliğimle kaçarım."

İşte bu noktada ona söyleyebileceğim hiçbir şeyim yoktu. Yalanı ya da doğruyu konuşacak kişi ben değildim, bu yüzden başımı koltuğa yasladım ve ileriye doğru baktım. Nefes almakta zorlanmaya başlamıştım. Vurulduğum kolumdaki elim artık hareket etmiyor, parmaklarım uyuşuyordu. Elimi hafifçe ceketin altından çıkardım ve parmaklarımın morarmaya başladığını gördüm. Hareketimle beraber acı kolumdan sanki kalbime doğru saplandı. İnlediğimde başım yana doğru düştü ve kıvranarak dizlerimi kendime doğru çektim. Bulunduğum pozisyonu değiştirmem sanki kolumdaki kurşunu bile hareket ettirmişti.

Yankı bir şeyler söyledi ama sesi öylesine uzaktan geliyordu ki onu işitemedim. Vücudum daha fazla titremeye başladığında "Kalbim çok hızlı atıyor," diye hırladım ve dişlerimi sıktığımı fark ettim. "Kolumu hissetmiyorum!" Parmaklarımdaki his gitmişti ama dirseğimden yukarısına sanki binlerce zehirli iğne batıyormuş gibiydi. Kurumuş dudaklarımı ıslattım ve başımı düştüğü yerden düzeltmeye çalıştım ama başaramadım. O sırada hareket eden araba durdu ve Yankı oturduğu koltuktan hızlıca indi sonra benim kapımın açıldığını hissettim. Kapıya yaslandığım için bedenim öne doğru gittiğinde başım Yankı'nın omzuna çarptı ve gözlerimi kapattım. "Helin," diyordu, "Uyuma," diyordu, "Geldik," diyordu ama sanki bir radyonun içinde gibiydim.

Soğuk hava bedenime hücum ettiğinde titreyişim bir krize dönüşür gibi oldu ve hissetmediğim elim bile titredi. Yankı başımı arkaya doğru yatırdı ve bir kolu belimden tuttu diğer kolu bacaklarımı kavradı. Beni kucağında arabadan indirdiğinde "Tutun bana," dedi ve onun çıplak bedeninin sıcaklığı, soğuk havaya rağmen beni ısıttı.

Sonrası karmakarışıktı. Yankı'nın kucağındayken ayağıyla sertçe kapıya vurdu ve birisi açtığında ona bir şeyler söyledi. Koşuşturma sesleri geldi, merdivenden yukarıya doğru tırmandı ve dakikalar sonra kendimi bir yatakta buldum.

Gözlerimi hafifçe araladığımda Önder'in yüzüyle karşılaştım, hemen yanında Bartu ile Lâl vardı. Bartu yüzüme doğru eğilip bir şeyler söylediğinde onu tamamen bulanık görüyordum. "Işık nerede kaldı?" dedi Önder Yankı'ya ve Yankı'nın odanın içinde öne araya giderek elindeki telefonla bir şeyler söylediğini gördüm.

Lâl, yüzümü bir süre inceledi. Gözlerim ona takılı kaldığında çekimser bir şekilde bana baktığını gördüm. Masanın üzerinde duran suya baktım; Lâl nereye baktığımı gördü. Birkaç saniye düşündü sonra hızlı adımlarla sürahiden bardağa su doldurdu ve elini enseme koyarak bardağı dudaklarıma yasladı. Suyu içerken dudaklarımın kenarından aktı. Elimi kaldırıp onun bana su içiren elini tuttuğumda bakışları bardaktan bana doğru döndü, ilk defa o zaman gruptaki herkesin Lâl'de ne gördüğünü anladım.

Bir anne gibiydi. Şefkatli bir anne gibi bana bakıyordu ve o bakışlarında kimsenin göremeyeceği kadar büyük yükler vardı.

Yarısına kadar içtim ardından Lâl bardağın içine parmaklarını soktu ve suyu alnıma değdirdi, terlerimi sildi. Gözlerim buğulu bir şekilde onu gördü ve gözlerim kapandığında vücudumdaki cayır cayır ateşi silen sanki Lâl'in elindeki su değil de bakışları gibiydi.

Vücudum hareket ettirildi, uyumuş muydum ya da uyanık mıydım bilmiyordum ama gözlerimi araladığımda Işık'ın elindeki şırıngayla bana iğne yaptığını gördüm. "Helin, lütfen hareket etme," dedi yüzüme doğru yaklaşarak. Acıyla yutkundum ve onun hemen arkasında gruptaki diğer üyeleri gördüm. Işık yanıma bir sandalye çekmişti ve elinde bir neşter vardı. Yanındaki yani başımın dibindeki sandalyede Yankı oturuyordu, dirseklerini dizlerine koymuş, ellerini birleştirmiş beni izliyordu.

Lâl yere oturmuştu, hemen yanında Mutlu vardı. Bartu kapıya sırtını dayamıştı, Önder ise elini Yankı'nın omzuna koymuştu. Hepsinin yüzünde endişe vardı ama Yankı'nın gözlerinde daha farklı bir ifade vardı, bu ifadeyi tanımlayamıyordum. Tam gözlerimin içine bakarken "Geçecek," dedi dudaklarını oynatarak. "Daha fazla acımayacak, kapat gözlerini."

Işık, neşteri koluma yaklaştırdığında gözümü kapattım ve tamamen uyuşmuştum. O an, gözlerimin önüne yalnızlığım geldi.

Soğuk bir zeminde uzanıp acıyla kıvrandığım zamanlarımda on altı yaşındaydım. Bir odaya terk edildiğimde ve dayak yediğimde on dört yaşındaydım. Sokağa bırakıldığımda ve yağmurun altında sırılsıklam olduğumda on iki yaşındaydım. İnsanlardan kaçarken yere düştüğüm zamanlar on yaşındaydım. Korkuyla bağırırken, kendimi kurtarmaya çalışırken altı yaşındaydım. Yatağımın altına saklanırken ve kimsenin beni bulamayacağını düşünürken beş yaşındaydım. Canımın acısı, kalbimi ezerken dört yaşındaydım. Hepsinde acı çekmiştim, hepsinde canım çok yanmıştı ama bir şey hepsinden daha çok canımı yakmıştı.

Bütün yaşlarımda yalnızdım ve şimdi acı çekerken, korkarken, canım yok olurken tek kişi değil, birçok kişiyleydim. Bütün yaşlarım kıskançlıkla bana sırtlarını dönerken yirmi iki yaşım ilk defa yalnız olmayışının güzelliğiyle gülümsüyordu. Bu yeterliydi, bütün yaşlarımın ellerini yirmi iki yaşındaki Helin tutabilirdi ve onların yalnız hissetmemelerine neden olabilirdi. Gerçekten bu yeterliydi.

Yanağımda soğuk parmaklar hissettim ve kapalı göz kapaklarım hafifçe aralandığında yanağımdaki ıslaklık beni rahatsız etti, uyurken ağlamış mıydım? Karanlık odada bir gece lambası yanıyordu ve sarı ışık bütün odayı dolduruyordu. Gözlerimi bir kere açıp kapattım. Başımı çevirdiğimde hemen yanımdaki sandalyede oturmaya devam eden Yankı'yı gördüm. Aynı şekilde duruyordu ve gözleri benim üzerimdeydi.

Boğazımı temizlediğimde Yankı hemen yere koyduğu bardağı eline aldı ve dudaklarıma yaklaştırırken beni incitmemek için ekstra çaba sarf ederek elini enseme yerleştirdi. Zorlukla başımı kaldırıp suyu kana kana içtim ve tekrardan başımı yastığa yerleştirdiğimde "Yankı," dedim hırıltılı bir sesle. "Neler oldu?"

Kolumda bir serum vardı ve içi kan dolu serum torbasının koluma bağlı olduğunu gördüm. Yankı kısık bir sesle "Işık kolundaki kurşunu çıkardı," dedi. "Ama çok kan kaybettin." Gözleri serum torbasına kaydı ve derin bir nefes aldı. "Dosyanda kan grubun yazıyordu."

Hastaneye gitmeyeceklerini biliyordum, kaşlarım hafifçe çatıldığında "Kanı nereden buldunuz?" diye sordum.

Bakışları serum torbasından bana döndü. "Lâl ile kan grubunuz aynı yani sıfır pozitif. O sana kanını verdi."

Çatık olan kaşlarım havaya doğru kalktı ve şaşkınlıkla "Lâl mi?" diye sordum. "O bana kanını mı verdi?" Öylesine çok şaşırmıştım ki neredeyse gülecektim. Sonra aklıma bana uyuşturulmadan önce su verdiği ve bakışları geldiğinde gözlerimi Yankı'dan kaçırdım. "Benden nefret ettiğini sanıyordum."

"Lâl'in duyguları arasında nefret yoktur. Yarın sana yine kötü davranacaktır ama ona gülümse. Ne yaparsa yapsın gülümse, zamanla sana alışacak." Ondan bahsederken Yankı'nın sesinde bir ağabeyin sıcaklığı vardı. "Hepsi seni çok merak ediyorlardı ama uyudular çünkü yoruldular."

Gözlerimi açıp kapattım. "Sen?" diye sordum. "Dün de benim kâbuslarımın sesi yüzünden uyuyamadığını biliyorum. Neden şimdi uyumuyorsun?"

Yankı ilk başta ne diyeceğini bilemedi ve bir süre sessiz kaldı. Gözlerini birkaç saniye benden kaçırdı ve elini dağılmış kumral saçlarına geçirdi, birkaç tutamı parmaklarıyla ayırdıktan sonra yine bana baktı. "Hayatımda bir kere vurulan birisini yalnız bıraktım, bir daha asla kimseyi o hâlde bırakmam."

Ona merakla baktım ve olduğum yerde doğrulmak istediğimde Yankı elleriyle bana yardımcı oldu ve sırtımı yastığa yasladım. Ellerindeki kan lekeleri hâlâ silinmemişti. Üzeri hâlâ çıplaktı. Yanımdan hiç kalkmamıştı, bu onun göstergesiydi. Ama kimse de onu düşünüp üzerine bir şey getirmemişti.

"Sorsam da anlatmayacaksın," dedim ve elimle üstümdeki battaniyenin ipiyle oynadım. "Yine de iyiyim, uyumanı istiyorum." Kolum hâlâ yanıyordu ve acıyordu ama kesinlikle dayanılmayacak düzeyde değildi. Acıya o kadar alışık bir bünyem vardı ki canımın çıkacağını fark edene kadar ağzımı açmazdım.

Yankı beni şaşırtarak "Ablam vardı," diyerek söze girdi. "Ben yedi yaşındaydım o da on bir yaşındaydı. Ben hep ondan daha olgundum. O çocuk parkına gitmek isterdi, ben evde oturur onun ödevlerini yapmaya çalışırdım." Hafifçe güldü. "Tabii yapamazdım, okumayı erken sökmüştüm ama onun dersleri benimkilerden daha zordu." Yüzündeki gülümseme takılı kaldığında başını pencereye doğru çevirdi ve havanın aydınlanmaya başladığını yüzüne vuran soluk ışıktan anladım. "Annemle babam iş seyahatinden dolayı şehir dışındalardı ve bizi evdeki dadıyla beraber bırakmışlardı. O gün ablam korku filmi izlemek ve abur cubur yemek istediği için dadımızın yemeğine uyku ilaçlarını koydu, onu uyuttu. Aslında ne kadar da basit bir istek gibi görünüyor değil mi? Fakat böyle istekler bizim evde yasaktı."

"Otoriter bir baban vardı öyleyse?" diye sorduğumda sözünü kestiğim için pişman olmuştum. Cümlemdeki geçmiş zaman Yankı'yı rahatsız etmiş gibiydi ama konuşmaya devam etti.

"Dadımız o gün yemekten sonra resmen uyumadı, bayıldı ve ablam beni de yanına zorlukla çekip korku filmi izletmeye başladı. Öyle çok korkuyordum ki filmin yarısını gözüm kapalı izledim." Başını önüne doğru eğdi. "Şimdi hiçbir korku filmi beni etkilemiyor çünkü o gün gerçek bir korkuyu hissettim." Çevirdiği başını bana yönlendirdi ve gözlerimin içine baktı. "Evin bahçesinden sesler duyduk, korumaların geldiğini düşündük çünkü kapılar korumalarla doluydu ama sesler yaklaştıkça ablam tedirgin bir şekilde beni hep saklandığımız çatı katına gönderdi. Ona gitmek istemediğimi söylediğimde evde korku filmi çekeceğimizden bahsetti, ben de buna inandım." Ses tonu gitgide kısıldı ve elinin tersini parmaklarıyla aşındırmaya başladı. "O gün çatı katının aralığından ablamı izledim. Bir adam geldi, silahı ablama doğru yönlendirdi ve bir an bile düşünmeden, nefes almadan, ablamın konuşmasına bile izin vermeden ona kurşunu sıktı. Bacağından vurdu, sonra benim yerimi sordu. Ablam söylemediğinde başka bir kurşunla da diğer bacağından vurdu."

"Yankı," diye fısıldadığımda devamını dinleyip dinlemek istemediğime emin değildim. Yankı ise beni duymazdan gelip devam etti.

"İşkence çektirir gibi onu vurdu ve benim yerimi sordu, yetmedi saçlarını kavradı ve onu dövdü. Ağzından burnundan kanlar geliyordu. Ablam defalarca evde olmadığımı söylediğinde ve en sonunda adam gittiğinde yere yığıldı, mahvolmuştu. Çatı katının aralığından onu izledim ve acı çekişini gördüm, her anına şahit oldum. Ama o çatı katından ayrılmadım. Ağladım, kendimi yumrukladım, başım yere çarptım ama onun yanına gitmedim. Neden mi?" Büyük bir pişmanlıkla gülümsedi. "Çünkü korktum, o adamın tekrardan gelmesinden korktum. Ablam da bana seslenmedi ve ölümünü acı çekerek bekledi."

Sessizleşti. O zamanlara döndüğünü ve şu an benim yanımda olmadığını, o küçük erkek çocuğu olduğunu biliyordum. "Küçüktün," dediğimde amacım onu rahatlatmaya çalışmak değildi. "Korktun diye kendini suçlayamazsın."

"Kendimi suçlamıyorum ben Helin," dedi ve öne doğru eğilip yüzüme doğru yaklaştı. "Bu dünyadaki bütün insanları ve korkularımı suçluyorum. O gün ablam gözlerimin önünde dakikalarca işkence çekti ve ben belki de erken davranıp onun yanına gitseydim şu an yaşıyor olacaktı."

Gözlerim doldu ve ondan bakışlarımı gizleyip sıkıca yumdum. "Sonra korkmadın," diye fısıldadım. "Sonra bir daha korkamadın belki de."

Anlattıklarının Yankı'nın hayatının çeyreği bile olmadığının farkındaydım. İlk defa birisinin hayatının kendi hayatımdan daha fazla canımı yaktığını hissettim. Yaşadığı, yaşattığı ve belki de yaşamaya devam ettiği her nefeste canı yanıyor olmalıydı çünkü suçlulukla yaşamak demek ölüm gibi bir histi, biliyordum.

"Korkularım bana bir canı kaybettirdi, bir daha korkmamayı ben o kaybettiğim candan öğrendim." Gözlerimi açıp ona baktığımda ifadesi sertleşmişti ve yine o boş odada kendimi görmüştüm. "Sonra ne mi oldu? Benim canım da önemsizleşti, her zaman ilk adımı attım; ilk feda hep ben olmak istedim. Hâlâ yaşıyorsam doğru yoldayım demektir çünkü ilk önce korkuya meydan okumayı öğrendim."

"Bir ölüm, senin çocukluğunu da öldürdü."

"Hayır," dedi. "Bir ölüm, benim çocukluğumu büyüttü; zaman çocukluğumu öldürdü."

"Nasıl yani?"

"Birisi ölür," dedi küçük bir erkek çocuğu gibi. "Ardından başkaları da ölür, yaşamaya devam eden sadece zamandır." Derin bir nefes verdi, ses tonu tekrardan yerli yerine geldi sanki. Kafasını salladı. "Ve zaman senin çocukluğunu da öldürür."

Turkuaz gözlerindeki ifadesizliğine rağmen onun yüzüne bakmaya devam ettim ve dayanamayarak "İyi birisin," dedim. "İyi bir adamsın. Hayat seni kötü bir insana dönüştürmemiş Yankı."

"Bilemezsin," dedi hızlı bir şekilde ve kaşları çatıldı. "Hiçbir insanı iyi ya da kötü diye ayırmamalısın çünkü biz insanoğlunun elinde iki tercih hakkı da vardır ve hangisini seçersek o oluruz. Bugün iyi biriyimdir, sana sarılır yalnız olmadığını söylerim ama yarın kötü birisi olur, seni yapayalnız bırakırım. Çünkü senin zaafın yalnızlığın ve yalnızlığından kurtuluşun Helin, bunu görebiliyorum."

Gaddarlaşan ses tonu ondan çekinmeme neden olmuştu. "İyi bir insan olmak için nedenlerin yoktur ama kötü biri olmak için nedenlerin vardır," dediğimde yüzüne alaylı bir gülümseme oturdu. "Yalnızlığa alışmış birisini bununla tehdit edemezsin mesela. Çünkü ben oraya alıştım ve sen bana sarıldın diye daima orada olacağına inanmadım. Ben azla yetinmeyi küçüklüğümden öğrendim Yankı. Önüme beş gün yemek koyulmadı, açlıktan bayıldım. Altıncı gün önüme yemek koyduklarında o yemek bana yetti."

"Yemek yedikçe açlığa daha zor alışırsın," dedi ve o alaylı ifadesini silmedi. "Artık sekizinci güne kadar açlığa dayanırsın ama her gün biraz daha acı çekersin." İşaret parmağını kaldırıp gözlerini kıstı. "Dinle, bir konuda haklısın, kötü biri olmak için nedenlerin vardır. Ben iyi biri olmak için çabalıyorum ve nedensiz kötü birine dönüşmem." Yüzümün her zerresinde gözleri gezindi. "Ama Helin, eğer beni sana karşı kötü birine dönüştürürsen açlık bir yana suya bile muhtaç kalırsın."

Tehdit ediyordu ve bunu gizli gizli değil ilk defa direkt yapıyordu. Ürperdim ve ona karşı gerçekçi bir korku hissettim; onun korkuları yoktu ama benim korkularım yerli yerindeydi. Şu an Yankı'ya bakarken o korkularım kalbimin hızlı çarpmasına neden oluyordu. "Tehdit ediyorsun," dedim bir an bile düşünmeden. "Neden?"

"Sence neden?" Tek kaşını kaldırdı. Sorgulayarak beni izlediğinde bakışlarımı ondan kaçırmamak için direniyordum. "Seninle ilk ve son defa bu konuşmayı yapıyorum. Bir daha yapmam. Sakın beni o insana dönüştürme." O an kim olduğumu, ne için yaşadığımı ve ne için bu evde olduğumu hatırladım. Yankı tehdidiyle bile olsun bana bunu hissettirmişti ve ilk defa çıktığım bir yolda kendimi bu kadar korkarken buluyordum.

Canımın yanması değildi konu Yankı kötü biri olup istediği kadar canımı yakabilir hatta fiziksel şiddet bile uygulayabilirdi ama biliyordum, Yankı'nın adalet terazisi ve kötülüğü herkesten daha farklı işlerdi çünkü o diğerlerinden daha farklıydı. Kötü biri olursa bana ne yapacağını bilememenin çaresizliği kalbimin korkuyla kasılmasına neden oluyordu.

"Uyu," dedi net bir sesle. "Dinlenmen gerekiyor."

Üzerimde hâlâ bir uyuşukluk vardı ama konuşmalarımızdan sonra nasıl uyuyacağımı da bilmiyordum. Kafamı ağır ağır aşağı yukarı salladım ve başımı duvara doğru çevirip birkaç saniye gözlerimi kapattım. Sonra dayanamadım geri açtım ve duvara bakarak "Bir gün korkuların sana geri dönecek," dedim sert bir sesle. "Bir gün bir şeyden öyle çok korkacaksın ki bu dediğimi hatırlayacaksın ve kanına tekrardan korku girdiği için istesen de o kötü adama dönüşemeyeceksin."

Ondan bir cevap vermesini bekledim. Yüzünü göremiyordum ama duvara sanki yüzü yansıdı ve bana inanmayarak baktı. Aksini söylemedi, beni yalancı çıkarmadı da. Sustu, sessizliği benimle paylaştı ama bir gün haklı çıkacağımı bildiğim için gözlerimi tekrardan kapattığımda huzurlu bir uyku beni kolları arasına çekti.

✤

"Mutlu!" Işık fısıldıyordu ve ayağını yere çarpıyordu. "Onları rahat bırak." Bir fotoğraf makinesinin sesi geldi ve flaş patladığında yüzümü buruşturup gözlerimi zorlukla açtım. Mutlu'yla Işık kapının dibinde durmuştu, Mutlu'nun elinde bir fotoğraf makinesi vardı. Başımı çevirdiğimde Yankı'nın dirseği yastığımın dibinde eli çenesinde uyuduğunu gördüm. Dudakları hafif aralıklıydı ve üstü hâlâ çıplaktı.

"Resmen romantik bir film karesi," dedi Mutlu fısıldayarak. "Kız vurulur, oğlan başında uyur ve uyandıklarında..." Bana baktı, uyandığımı gördü ve gözlerini açtı. "Uyandıklarında öpüşürler. Vay canına!" Dudaklarımı birbirine bastırdım ve kendimi geceden daha iyi hissettiğimi fark ettim. Yatakta Yankı'yı rahatsız etmeden doğrulduğumda hâlâ aynı şekilde duruyordu. Mutlu'ya bakmaya devam ederken "Öpüştünüz öpüştünüz," dedi işaret parmağını sallayıp. "Yankı da ne öpüşür ama. Zekâsı ağzından sana akmıştır şimdi."

"Aptal aptal konuşma," dedi Işık dirsek atarak. "Yankı'nın uykusu çok hafiftir biliyorsun."

Düşüncesi karnımın ağrımasına neden olsa da ona aynı yüzle bakmaya devam ettim. "Seksi," dedi Mutlu bu sefer sorgulayarak. "Kanına Lâl karıştı anladık da düpedüz Lâl olmana gerek yok. Bakışlara bak, birazdan hepinizi döveceğim der gibi."

Işık sert bir şekilde Mutlu'nun kafasına vurup "Sussana, Lâl duyacak," dedi ve bana döndü. "Nasılsın Helin?"

"İyiyim," diye fısıldayıp yine Yankı'ya baktım. "Dün bütün gece uyanıktı keşke daha rahat bir yerde uyusaydı."

"Daha rahat yer mi?" Mutlu gülmeye başladı ve elini karnına koydu. "Adamdaki keyfe baksana, düşünen adam heykeli gibi uyuyor."

"Mutlu." Yankı konuştuğunda hafifçe irkildim ve hâlâ gözleri kapalı şekilde durduğunu gördüm. "Seni durmadan şapur şupur ıslak öpen Osman amcayı hatırlıyor musun?" Mutlu'nun gözleri dehşetle açıldı. "Konuşmaya devam edersen seni onun ellerine bırakırım ve Grey'in o olur."

Işık güldü ve odadan içeriye girip benim yanıma yaklaştı. Eli alnıma dokunduğunda birkaç saniye yüzüme baktı. "Ateşin düşmüş," diye mırıldandı.

"Her saat başı ateşine baktım." Yankı gözlerini açtı ve elleriyle yüzünü birkaç kez sıvazladı. "Bir ara yine otuz sekiz oldu ama ilaç verdiğimde tekrardan indi." Detayları hatırlamıyordum. Masanın üzerindeki ateş ölçeri Işık'a uzattı. "Bir de sen bakmak ister misin?"

Işık kafasını iki yana sallayıp "Sana güveniyorum," dedi ve onun omzuna dokundu. "Biraz uyumak ister misin?"

"Hayır." Mutlu da öne çıktı ve ellerini çırptı. "Lâl çok güzel yemekler hazırladı. Yankı için özellikle beyaz peynirli zeytinli tostundan yaptı. Bizi bekliyorlar Bartu'yla."

O an burnuma gelen güzel kokularla açlığımı hissettim ve dudaklarımı içeriye doğru kıvırdığımda Yankı ayağa kalktı. "Açsın," deyip eliyle işaret etti. "Gel."

Ona bakmak yerine Işık'a bakarak battaniyeyi köşeye attım ve dün giydiğim elbisenin hâlâ üzerimde olduğunu fark ettim. Işık birkaç saniye duraksadıktan sonra dolabına doğru ilerledi. "Seninle bedenlerimiz aynı bence," dedi ve bir kot pantolonla siyah yarım kollu bir tişörtü yatağa bıraktı. "Bunları giyebilirsin."

"Teşekkür ederim." Yankı ve Mutlu odanın çıkışına doğru yürürlerken Işık da onları takip etti fakat sonra durarak "Siz gidin," dedi ve ikimiz odada yalnız kaldık. Bana tekrardan döndüğünde yataktan ayağa kalktım ve bacaklarımın uyuşmuş olduğunu fark ettim. Kolumu zorlukla hareket ettirip elbisenin fermuarını açacağım sırada Işık elimi çekti ve kendisi fermuarı aşağıya indirdi.

Bana yardımcı olmak için kalması ona şefkatle bakmama neden oldu. "Teşekkür ederim dün için," dedim. Işık üzerimdeki elbiseyi canımı yakmadan omuzlarımdan çıkardı ve yere düşmesine neden oldu. Sadece iç çamaşırımla onun karşısında kaldığımda ilerleyip çekmecesinden bir tanesini açtı ve yanına aldığı siyah bir sutyeni omuzlarımdan geçirdi. Gözleri yüzümde geziniyordu.

Üzerime tişörtü giydirirken "Sana hâlâ güvenmiyorum," dedi ve dikkatli bir şekilde tişörtü aşağı indirdi. "Bir anda hayatımızın ortasına girmiş olmana da hâlâ anlayış gösteremiyorum ama sende bir şeyler var. Her insan sana baktığında kendinden bir şeyler bulur ve ben de sana baktığımda kendimden bir şeyler buluyorum."

Yere çöktü ve pantolonumu giymem için bekledi. Ayaklarımı geçirdiğimde pantolonu yukarıya doğru çekti. "Ne buluyorsun?" diye sordum. Bedenlerimiz söylediği gibi aynıydı ve pantolonu üzerime tam olmuştu.

"Bazen kendini inanılmaz işe yaramaz hissediyorsun," dedi ve geriye doğru adım atarak gözlerimin içine baktı. "Bu yönümüz benziyor."

"Işık," dedim ardından şaşkınlıkla gözlerim açıldı. "Dün sen olmasaydın..."

"Hemşirelik okudum," dediğinde gözlerini devirdi. "Her insan hemşirelik okuyabilir yani. Ne demek istediğimi zamanla anlayacaksın ama düşündüğün kadar işe yaramaz da değilsin." Kolumdaki beyaz sargıya baktı ve iç çekti. "Vurulman bile bir işe yaradığını gösterir ama ölseydin böyle bir işe yarama olamazdı."

İlk başta durdum yüzüne baktım sonra gülerek "Teşekkürler," dedim. "Böyle güzel anlatılamazdı."

O da güldü ve beraber odadan dışarıya çıkıp merdivenlerden aşağı inerek hep oturdukları odaya doğru ilerledik. Işık ilk içeri giren kişiydi, ardından ben girdiğimde Yankı Bartu ve Mutlu'nun masaya çoktan oturduklarını gördüm. Lâl ayakta çayları dolduruyordu, benimle özellikle göz göze gelmemeye çalışıyordu ama görmüştüm. Masada altı tane çay bardağı vardı ve Lâl beni de düşünmüştü.

Bartu, beni görünce "Vay canına," dedi ve ellerini havaya kaldırdı. "Herkül müsün? Nasıl ölmedin ama..."

Işık'a dönüp bakarak "Bu kadar mı çok istiyordunuz ölmemi," dedim ve güldüm. "Maalesef benden kurtulamadınız."

Bartu sırtını sandalyeye yasladı. "Kızım çok kötüydün ama be," dedi ve küçümsermiş gibi güldü. "Altı üstü kolundan vuruldun. Azrail yanındaymış gibiydin."

Işık da güldüğünde ona katıldım ve masada benim için ayrılan sandalyeye oturdum. Mutlu elindeki ekmeği Bartu'ya doğru uzatırken "Diyene bak," dedi ve Yankı'ya göz kırptı. "En son bacağından vurulduğunda kalbinden vurulmuş gibiydin." Ayağa kalktı ve tökezleyerek Bartu'nun hareketini yaptı. Yankı'ya doğru "Yankı, sakat kalmam değil mi Yankı, kesmezler değil mi Yankı," deyip sesini kalınlaştırdı. "Bacağım bana lazım Yankı, bir şeyler yap Yankı. Çok acıyor, Yankı."

Bartu tabağındaki zeytini Mutlu'nun kafasını atıp "Otur lan yerine," dedi ve başka bir zeytini daha attı. "Bacağım benim işim, bilmiyor musun?"

"Ne gibi işin acaba? Osman amcanın direk dansçısı mısın?" Sandalyesine oturduğunda Lâl de hemen karşıma oturdu ve benimle göz teması kurmadan önündeki peynirden bir parça aldı. "İki tekme savuruyorsun diye kendini önemli görüyorsun."

Işık, "Osman amca demişken," dedi ve Yankı'ya baktı. "Bu akşam eğlenmeye gidelim mi? Dün güzel bir iş başardık, stres atmamız gerek."

"Evet, işte bu," dedi Mutlu ve ortadaki pastırmalı yumurtaya ekmeğini banmak için hamle yaptı ama o sırada Bartu sertçe Mutlu'nun eline vurup yumurtayı kendi önüne çekti.

"Olabilir aslında." Yankı Lâl'in ona özel yaptığı tostundan kocaman bir ısırık aldı ve gözlerini kapatıp yerken keyif aldığını belli edici bir sesle "Lâl sen muhteşemsin, başka kimsenin elinden yemek yiyemiyorum senin yüzünden," dedi. "Ellerine sağlık."

Bartu geri kalmayarak ekmeğini bandığı yumurtasını ağzına atıp "Muhteşem de kelime mi?" diye homurdandı. "Yumurtaları sanki tavuktan taze çıkarmış, öyle güzel." Lâl alttan Bartu'nun ayağına vurduğunda Bartu güldü. "Tamam tamam uğraşmıyorum."

Yankı ekmeğini öyle bir keyifle yiyor, öyle bir zevk alıyordu ki tabağıma koyduğum bir parça peyniri çiğnerken iştahımın kapandığını fark ettim. Lâl ile aralarındaki bu ilişki bir anne oğul ilişkisi miydi, bir ağabey kardeş ilişkisi miydi yoksa başka bir şey miydi? Neden rahatsız olduğumu bilmiyordum, senelerdir birliktelerdi ve bundan daha doğal bir şey olamazdı ama aralarında nasıl bir ilişki olduğunu öğrenmek istiyordum.

"Ee?" dedi Işık ve Bartu'yla kesişti. "Kasadan ne kadar para çaldın, dökül."

Bartu sıkılgan bir ifadeyle "Çok para yoktu," diye homurdandı. "Kırk bin lira aldım."

"Kırk bin mi?" Mutlu önündeki sütünden bir yudum içti ve dudaklarının üstü bembeyaz oldu. "Dişimin kovuğuna, kırbacımın maliyetine yetmez."

"Bence Yuva için yeterli," dedi Yankı ve sırtını sandalyeye yasladı. "Yeni bir binaya geçmemiz gerekiyor, biliyorsunuz. Çocuklar artık oraya sığmıyor."

Kendimi tutamayarak uzun süredir devam ettirdiğim sessizliğimi bölüp "Yuva ne?" diye sordum. Hepsi birbiriyle bakıştı ve o sırada Lâl ile ilk defa göz göze geldik. Kaşları çatıktı ama emindim, bana artık eskisi kadar öfkeyle bakmıyordu.

"Yardıma ihtiyacı olan çocukları bir yerde topluyoruz," dedi Işık. "Yetimhane gibi ama öyle de değil, yasal yollarla açtığımız bir yer olarak düşünme. İsteyen istediği zaman gidebilir ama geldiklerinde Yuva'nın kapısı onlara hep açık. Bütün masrafları karşılıyoruz. Eğitim, yemek, ihtiyaç, kıyafet. Evsiz kalmış çocukların eviyiz."

Hayranlıkla Yankı'ya baktığımda Bartu boğazını temizledi. "Ayrıca çocukları her gün en azından birimiz ziyaret ediyoruz. Haftada bir oyunlar oynuyoruz. Ayda bir geziye götürüyoruz. Bir tanesi vardı. Geçen sene on sekizini doldurdu ve yurt dışına okumaya gitti."

"Hepsinin parasını çaldıklarınızdan mı karşılıyorsunuz?" diye sordum.

"Çalmak demeyelim," dedi Yankı düz bir sesle. "Kirli paralarını onlardan alıp temiz işler için kullanıyoruz."

"Dün Nadir'i ve kızı oraya bıraktık. Birazdan gidip baksan iyi olur Yankı." Mutlu'nun yüzü düştü ve önündeki çikolatalı ekmeği itekledi. "Nadir için bir şeyler yapmalıyız."

Yankı dirseklerini masaya koyup "Birazdan gideceğim," dedi ve burnunun kemerini sıktı. "Önder bugün sabah onu hastaneye götürmek için alacaktı, halletmiştir."

Hayal meyal Önder'i gece gördüğümü hatırlıyordum ama uyandığımda yoktu, nedeni bu olmalıydı. "Yankı," dedim sevecen bir sesle. "Ben de seninle gelebilir miyim? Onları görmek istiyorum."

Masada sessizlik oluştu ve herkesin birbirine baktığını hissettim; ben ise sadece Yankı'ya bakıyordum. Yarım dakikaya yakın düşündükten sonra "Gel," dedi ve başını omzuna yatırdı. "Ama onlar seni tanımıyorlar eğer senden korkarlarsa ya da tepki verirlerse sakın karşılık verme."

"Asla." Net çıkan sesimle beraber omzumu indirip kaldırdım.

"Ee?" dedi Işık ve kaşarlı omletinden bir parça koparıp yedi. Gerçekten Lâl hepsine ayrı ayrı sevdikleri kahvaltılıkları yapmıştı fakat kendi önü de aynı benim önüm gibi boştu. "Akşam Osman amcanın mekânına gidiyor muyuz?"

Mutlu alnına sert bir şekilde vurup "Adam lama gibi tükürerek konuşuyor ve resmen yüzümü yalıyor," dedi. "Bay Osman resmen bana âşık olduğunu açıkça söyledi, neden oraya gitmeyi bırakmıyoruz? Mesela onun karşısında başka bir bar daha var ve çok güzel, çok yakışıklı erkekler orada birbirine cilve yapıyor, öpüşüyorlar. Kırbacımla içeriye girip hepsine şovumu yapmak istiyorum."

"Oraya gidiyoruz çünkü senin Osman amcaya âşık olman lazım." Bartu Mutlu'nun saçlarına dokundu ve büyük ihtimâl Osman'ın taklidini yaparak "Mutlu senin bu saçların ne güzeller, sürekli dokunasım hatta öpesim geliyor," dedi. Mutlu saçlarını Bartu'nun elinden kurtarmaya çalışıyordu ama Bartu bırakmıyordu.

"Ben helikopterci, galerici, kırbaççı, şaplakçı Bay Grey'den bahsediyorum; siz bana ortamcı, piyasacı, kekocu, kırocu Bay Osman'dan söz ediyorsunuz. Beni hangisine layık görüyorsunuz?" Hepimizin yüzüne baktı ve ayağa kalktı. Boş çay bardağını eline alıp çatalıyla bardağa vurduktan sonra boğazını temizledi. "Evet, oylamaya sunacağım. Bay Grey diyenler elini kaldırsın." Hepimiz birbirimize baktık ve kimse elini kaldırmadı. "Bay Osman diyenler elini kaldırsın." Hepsi elini kaldırdı hatta Bartu ayağını da kaldırdı ama ben çekimser durmayı tercih ettim fakat kendimi tutamayarak gülmeye başladım.

"Kabul et," dedi Bartu, Mutlu kendisini sandalyeye bırakırken. "Bay Grey'in arabalarından daha çekici bir şey varsa o da Bay Osman'ın çiçekli gömlekleri ve şortları."

"Helin çekimser kullandı," dedi Mutlu ve umutla bana baktı. "Beni Bay Grey'e layık görüyorsun değil mi?"

"Hım..." Derin bir nefes alıp öne doğru eğildim ve gülümsedim. "Çiçekli gömlek ve şorttan sonra kararım netleşti, Mutlu. Oyum Bay Osman'dan yana."

"Lanet olsun sizlere sayın halkım!" diye bağırdı Mutlu ve Bartu'ya hareket çekti. "Sana ayrı lanet olsun çakma herkül."

Yankı gülümseyerek "Akşam gidelim de kafa dağıtalım," dedi ve masadan kalkıp bana baktı. "Hadi gidelim geç olmadan. Kız çocuğu yalnız kalmıştır."

Lâl derin bir nefes verdi.

Bartu masanın üzerinden Lâl'in yüzüne doğru eğildi ve çenesini tutarak başını kaldırıp "Asma yüzünü şöyle," diye mırıldandı. Lâl'in yüzünü hep asması, Bartu'nun da moralini düşürüyordu. "Sana aylar önce verdiğim sözü unutmadım, beklediğin çizgi film vizyona girmiş. Ona gideceğiz, biletleri aldım."

Lâl'in asık olan yüzü anında değişti ve kocaman gülümseyerek bir anda ayağa kalkıp Bartu'nun boynuna sarıldı. Elleri havada kalan Bartu'nun bakışları Yankı'yla kesişti ve o an aralarında yine sözsüz bir bakışma geçti. Sonra Bartu gözlerini kapattı ve Lâl'e kollarını doladı. Lâl'in yüzündeki ifadede huzur vardı ama Bartu'nun yüzü sanki acı çekiyormuş gibiydi.

"Ben de geleceğim," dedi Mutlu ve yumruğunu masaya vurdu. "Ne diyorsam o ulan Bartu kırosu."

Bartu birkaç saniye sonra gözlerini açtı ve kısık bir sesle Lâl ona sarılmışken "Lütfen Mutlu," dedi. "Yine çok konuştun ama şu an yapma."

"Gidelim," diye mırıldandı Yankı ve onlara arkasını dönerek dış kapıya doğru ilerledi. Peşinden yürüdüm, Yankı'nın kapının önündeki siyah büyük bir poşeti eline aldığını gördüm.

"O nedir?" diye sorduğumda kapıdan dışarı çıkmış, bisikletine doğru ilerliyordu.

"Çocuklar için yiyecek bir şeyler," dedi. "Lâl yapmış."

Bisikletine bindi ve poşeti önündeki sepete koydu. Ona dikkatli bir şekilde bakarken ne yapacağımı bilemiyordum. Bakışları bana döndü ayağını pedala koydu ve o da ilk defa büyük bir şeyi unuttu. "Benim bisikletim yok," dedim tek ayağımın üzerinde durarak. "Nasıl olacak?"

Ayağını pedaldan indirdi, yere koydu ve gözlerini benim üzerimden çekti. Tam karşıya baktı, bir şeyler düşündü ardından "Bisiklet kullanmayı biliyor musun? Eğer biliyorsan Mutlu'nun bisikletini alabilirsin," diye fikir sundu. Başımı olumsuz anlamda iki yana salladığımda "Kimse öğretmedi mi?" diye sordu.

"Hayır. Benim hiç bisikletim olmadı, kimse de bana bisiklet sürmeyi öğretmedi." Net cevabımla kendimi daha tedirgin hissetmeye başlamıştım.

Yankı bir süre daha düşündü ve sonunda "Yapacak bir şey yok," diyerek sırtını geriye doğru attı. Ellerini bisikletin tutma yerlerinden çekti. "Önüme bineceksin."

Afallamış bir şekilde "Önüne binmek?" diye sordum.

"Bisikletin önüne yani," dediğinde sırıttı. "Sen ne anladın?"

"Yankı!" diye inledim ve elimle yüzümü kapattım. "O anlamda söylemedim. Bisikletin önüne sığar mıyım yani?"

"Sığarsın herhâlde," dedi düşünceli bir tonla. "Çok zayıfsın zaten, sana yemek yemeyi de öğretmek gerekiyor." Ellerimi yüzümden çektim ve kaşlarım çatık ona baktım. Birkaç saniye o şekilde dikildiğimde "Hadi ama," diye homurdandı. "Seni mi bekleyeceğim? Geliyor musun, gelmiyor musun?"

Yapacak başka hiçbir şeyim olmadığını anladığımda hızlı adımlarla bisikletine doğru yürüdüm ve yanında durdum. Yankı bana önünü gösterdi ve yine sırıttı; bakışlarındaki anlam beni utandırsa da görmezden gelip bisikletin demirine oturdum ve ayaklarımı havaya kaldırıp bisikletin önüne tek elimle tutundum, diğer kolumu kaldıramıyordum.

Düşündüğümden çok daha rahat oturmuştum fakat uzun süre böyle durursam popom mahvolacak gibiydi.

Yankı'nın ellerini iki yandaki tutma yerlerine koymasına ve yüzünün hemen yanıma gelmesine öyle hazırlıksız yakalandım ki irkilerek ona dönüp baktım. Yüzüyle yüzüm arasında neredeyse hiç mesafe yoktu ve burunlarımız birbirine değmek üzereydi. Kalbim, bir anda hızlı bir şekilde çarpmaya başladığında onun turkuaz rengi gözleri sanki benim kahverengi gözlerimle karıştı; yansımasında kendi yüzümü gördüm. Turkuaz ve kahverengi birbirine karıştığında neden tehlikeli bir renge dönüşüyordu?

Dudaklarından dışarı çıkan nefesler dudaklarıma çarparken nefesimi tutmuştum ve yüksek bir sesle yutkundum. Turkuaz gözlerinin güzelliğinin farkında mıydı acaba? Yakından çok daha güzel görünüyordu ve ben kendimi okyanusun içine düşmüş, yüzme bilmeyen birisi gibi hissediyordum.

"Filmlerde böyle sahnelerde kızın kalbi hep çok hızlı atar ve düşündüğü sadece adamı öpmek olur," diye fısıldadığında burnu burnuma değmeye başlamıştı. Kafamı iki yana art arda sallayarak hızlıca başımı çevirdim ve yola doğru baktım. "Güzel," dedi düz bir sesle. "Gerçekten öpmek istiyormuşsun."

Bir şeyler söylemeliydim, karşı çıkmalıydım ama bunu yapamayacak kadar kendimi gafil avlanmış hissediyordum. Onu öpmek bir yana gözlerinin içine öyle bir dalmıştım ki onu öpeceğimi düşünmesi daha hafif kalırdı. Yankı ayaklarını pedallara koyup hareket ettiğinde rüzgâr yüzüme çarpmaya başladı ve şimdi cevap veremesem de sonrasında bu söylediğinin karşılığını alacağını biliyordum.

Yankı oldukça dikkatli bir şekilde bisikleti sürerken mahalledeki esnaflar Yankı'ya selam veriyor, bana ise uzaylı görmüş gibi bakıyorlardı. Daha önce Yankı'yı yabancı başka bir kızla görmedikleri buradan belliydi, gülümsemeden edemedim.

"Neye gülüyorsun?" diye sordu Yankı. Başımı çevirecek gibi oldum fakat sonra hemen kendimi bu durumdan kurtardım. Yanağı yanağıma değmek üzereydi.

"Hiç kız arkadaşın olmadı mı?" Dayanamayarak sorduğum sorudan sonra Yankı'nın da gülümsediğini hissettim.

"Bu düşünce seni gülümsetti mi?" Yine gafil avlanmıştım fakat bu sefer düşmeyecektim.

"İnsanlar senin yanında beni görünce uzaylı görmüş gibi bakıyor," diyerek güldüm. "Onların gözünde dokunulmazlığı olan bir erkeksin galiba."

Nedense içten içe öyle olduğunu söylemesini bekliyordum ama Yankı "Hayatıma dâhil olan kadınları buraya getirmem," dedi. "Ve senin o kadınlarla bir alakan yok."

Sustum ve yola odaklanarak konuyu kapattığımı belli etmeye çalıştım; fazla özele girmiş olabileceğimi düşünmek beni rahatsız etmişti.

Beş dakika sonra bembeyaz bir binanın önünde durduğumuzda bisikletten ilk inen ben oldum, arkamdan Yankı da indi ve bisikleti binanın köşesine dayayıp açık olan kapıdan içeriye girdi. Onun arkasından ben de girerken "Popom çok acıdı," diye homurdandım.

Yankı'nın sırtı bana dönüktü ama "Bindiğin yer rahat değildi," dediğinde sesinden bile sırıttığını anlayabiliyordum.

Neye güldüğünü anlamadım. "Daha konforlu olmalıydı," diyerek ona takıldım. "Rahatsız geldim."

Yankı aniden durdu. Yüzüm neredeyse sırtına çarpacağı sırada hızlıca bana döndü ve bakışlarımı inceledi. Uzun süre baktıktan sonra, "Konforlu?" dedi ve gözlerine yine tehlikeli bir ifade yayıldı. "Rahatsız gelmek?" Ona afallamış bir şekilde bakarken ne demek istediğini anlamıyordum ve beynim durmuş gibiydi. Yankı da yüzümden anlamış olacak ki "Bazen çok masum görünüyorsun, saf kovboy," dedi ve içten bir şekilde gülümsedi. "Hoşuma gitti."

O sırada ağlayarak bir kız çocuğu yanımıza doğru koştu ve Yankı'nın bacaklarını yumruklamaya başladı. Tedirginlikle kız çocuğuna baktığımda bu kızın dün o yetimhaneden aldığımız kız çocuğu olduğunu anladım. "Güzide nerede?" diye bağırırken gözyaşları yanaklarından süzülüyordu. "Baba nerede? Bugün cezasız kaldım, baba nerede?"

Yankı hızlı bir şekilde bacaklarını yumruklayan kız çocuğuna doğru dönüp "Dur bir dakika," diye seslendi ve havaya savurduğu yumruklarından kaçmak yerine ona isabet almasına izin verdi. Çocuğun psikolojisi yeterince çökmüş bir vaziyetteydi, yeşile çalan gözleri ağlamaktan dolayı kıpkırmızı olmuştu. Elbisesi kirlenmişti. "Ne cezasından bahsediyorsun?"

Kız çocuğu ağlamasının şiddetini artırırken daha sert yumruklarını Yankı'ya geçirmeye devam etti. Yerimden bile hareket etmeyip olanları izlerken hangisinin daha kötü olduğunu ayırt etmeye çalışıyordum.

Yaşamak zorunda kaldığı hayat mıydı yoksa yaşamak zorunda kaldığı hayatına olan bağlılığı mıydı?

Yankı elini kaldırıp ona müdahale edeceği sırada kız çocuğu dehşetle gözlerini açtı ve kollarıyla yüzünü kapattı. "Tamam vurma, bir şey demedim." Ağlamasının sesini düşürdü, iç çekişlere dönüştürdü. Zayıf bedeni korkuyla titremeye başladı. Yankı kaldırdığı elini indirdi ve başını kaldırıp ileriye doğru baktı.

"Sana vurmayacağım," dediğinde sesinde belirgin bir çaresizlik vardı Yankı'nın. "Sana öyle bir şeyi asla yapmam."

"Baba bana vuruyor," dediğinde Yankı'nın gözleri yine kız çocuğuna doğru döndü. "Güzide bana vurmuyor. Onları istiyorum." Kollarıyla yüzünü hâlâ kapatıyordu.

Yankı aynı çaresizlikle ellerini saçlarına geçirdi ve ne yapacağını düşündü; kız çocuğu aslında Tankut'tan korkuyordu fakat psikolojisi o kadar çökmüş bir vaziyetteydi ki şiddet onun için ihtiyaç haline gelmişti.

Kendimi tutamayıp bir adım attım ve elimi Yankı'nın omzuna yerleştirdim. Gözleri bana döndüğünde "İzin ver, ben halledeyim," diye mırıldandım. "Emin ol benimle konuşacaktır."

Yankı hiçbir tepki vermeden yana doğru kaydı ve kız çocuğunun arkasına geçerek kendini ondan gizledi. Ben de onun önünde dizlerimin üzerine çöküp yatıştırıcı bir ses tonuyla "Gitti," diye mırıldandım. "Sadece ben kaldım, gözlerini açabilirsin." Derin aldığı nefesleri duraksamaya uğradı ama yüzünü açmadı. "Bak ben seni anlıyorum," dediğimde gözlerim bir anlığına Yankı'ya kaydı ama sonra ben de o yokmuş gibi davrandım. "Onun cinsleri sana zarar verecek sanıyorsun ama şu an o burada yok. Aç gözlerini."

Ona birkaç dakika süre verdim ve o birkaç dakikalık sürenin sonunda kollarını yüzünden çektiğinde bakışları direkt olarak benimle buluştu. Çöktüğüm yerde onunla aynı boya gelmenin verdiği rahatlıkla uzanıp onun saçlarına dokundum ve bir tutam saçı kulağının arkasına ittim. "Güzide nerede?"

"Güzide artık olmayacak." Çevirmeden, dolandırmadan, direkt olarak verdiğim yanıtla gözleri kocaman açıldı.

"Güzide yoksa baba nerede?"

"Baba da artık olmayacak." Elimi saçlarından aşağıya doğru indirdim ve parmaklarım omzuna dokundu ardından koluna doğru ilerlediğimde irkilerek geriye doğru bir adım attı. Çatık kaşlarla "İzin verir misin?" diye sordum fakat yanıt vermesini beklemeden üzerindeki elbisenin kolunu yavaşça yukarıya doğru çektim. Belirgin morluklarla karşılaştığımda ve eskilerinin üzerine yenilerinin yapıldığını gördüğümde nefesim kesildi.

Bu morlukları tanıyordum, aynı izleri benim vücudumdan da geçmişti. Onun da sadece kollarında değil, birçok yerinde böyle morluklar olduğunu biliyordum. "Dinle beni," diye fısıldadığımda elim kolundan yüzüne tırmandı ve yanağını okşadım. "Bu morlukları sana babanın yaptığını biliyorum. Neden hâlâ onu istiyorsun?"

Omzunu indirip kaldırdı. "Çünkü o bana ödüller de veriyor. Bana vurmasından hoşlanmıyorum ama bana dokunmasını seviyorum. O benim saçlarımı okşuyor." Yankı ellerini saçlarına geçirdi ve çekiştirerek dudaklarından kısık bir küfür savurdu. Arkasını bize doğru döndüğünde yüzünü benden saklamaya çalıştığını biliyordum.

"Onlar ödül değil." Karşımdaki kız çocuğunun yüzü sanki benim yüzüme dönüştü ve morlukları tek tek benim geçmişimi haykırdı. "Ödül sanıyorsun ama onlar ödül değil. Sana yaptıkları çok kötü şeyler. Ona ihtiyacın yok."

Kız çocuğu başını önüne eğdi ve alt dudağı titrerken "Ama benim ondan başka kimsem yok," dedi.

Çocukken kimsesiz olmak, bir celladın kollarında bile kendini güvende hissetmekti.

"Hayır!" diye inlediğimde bakışları yerden kalktı ve yüzüme baktı. "Kimsesiz değilsin. Burada birçok arkadaşın olacak, önceden ailen bir kişiden ibaretti, şimdi onlarca kardeşin olacak."

Eli havaya kalktı ve yanağıma dokunup "Sen de olacak mısın?" diye sordu. Gözlerimi kapattım ve yüzümü eline itekledim. Yumuşacık elleri beni kendime getirmişti.

"Olacağım." Yüzümdeki eline dokundum ve sımsıkı tuttum. "Artık senin ailen ben olacağım, zarar görmene izin vermeyeceğim. Ben artık hep bir adım arkanda değil, bir adım önünde duracağım."

Kafasını aşağı yukarı salladı. "O bana zarar verir mi?" diye sordu. Kastettiği Yankı'ydı. Bunu atlatması zor olacaktı, ondan her seferinde korkacaktı.

"Asla." Gülümsedim ve elimle Yankı'yı çağırdım. Yankı tedirginlikle öne çıktığında kız çocuğu korktu ama tepki vermedi. "Ona iyi bak," dedim hayran bir tınıyla. "Seni kurtaran kişilerden birisi de bu adam. Büyüdüğünde benden önce onu hatırlayacaksın."

Çekingen bir şekilde Yankı'ya baktı ve Yankı dikkatli bir şekilde ona dokunmamak için çaba sarf ederek benim gibi yere çöktü. "Merhaba," dedi sevecen bir sesle. "Seninle tanışalım mı? Adın ne?"

Kız çocuğu açık renk saçlarını arkaya doğru itekleyip dudaklarını öne doğru büktü. Bu bilmiyorum demekti ve Yankı'yla ikimiz birbirimize baktı. "Baba her gün bana farklı bir isimle sesleniyordu."

Yankı'nın çene kasları gerildi ve gözlerini kapatarak kendine birkaç saniye verdi. O sırada kız çocuğu Yankı'yı inceliyordu, kaşları ise çatıktı. Yankı gözlerini açtığında "Bir adın olsun istersin değil mi?" diye sordu. Kız çocuğu başını olumlu anlamda aşağı yukarı salladı ve daha acılı bir iç çekti. "Burada kardeşlerinden adı olmayanlar vardı, onlara adını biz verdik. Sana da isim vermemizi ister misin?" Yine başını salladı ve elimi sımsıkı tuttu.

Yankı'nın bakışları bana döndü. "Ona sen isim ver," dediğinde başını omzuna doğru düşürdü. Turkuaz gözlerinde derin bir merhamet vardı. "Ona yakışan, adını taşırken daima hakkını vereceği bir isim ver."

Bu düşünce beni rahatsız etmişti çünkü birine adını vermek, o isimle yaşarken daima adını koyan kişiyi hatırlaması demekti. Kendi adımı koyan kişiyi düşündüğümde adımdan bile nefret etmeye başlıyordum fakat bu kız çocuğu için durum daha farklıydı. Onun bir ismi yoktu ve isimsiz yaşamak, nefret ettiğin bir isimle yaşamaktan daha kötü olurdu. "Evet, sen ismimi koy," dedi kız çocuğu ve hafifçe gülümsedi. Burnunu çektiğinde ben de ona gülümsedim.

"Düşüneyim," diye mırıldandığımda onun tam gözlerinin içine bakıyor, onda gördüklerimi kendi geçmişimle izliyordum. Aklımda durmadan dönen bir isim vardı ve gözlerine baktığımda o ismin ona yakışacağından, geleceğini inşa ederken kendine pusula belirleyeceğinden neredeyse emindim. "Gözlerinde yarını görüyorum, gözlerinde gelecek zamanı görüyorum. Gözlerinde başkalarının kıyameti olacağını görüyorum." Ellerimi yüzüne yerleştirdim ve tebessüm ettim. "Ferda. Senin adın Ferda olsun."

Yankı derin bir nefes alarak "Ferda," dedi. "Güzel isim."

Kız çocuğu gülümsememe karşılık verdi ve gözlerine daha büyük bir kıyamet yerleşti. "Ferda," diye fısıldadım kulağına doğru. "İyileşeceksin, beraber iyileşeceğiz ve ikimiz beraber senin kıyametini yaratacağız."

7.

GEÇMİŞTEN MEKTUP

Tanrı, kötülüklerimiz affedecek kadar merhametliydi ama hayat; yaşanan ve yaşatılan bütün kötülüklerin hesabını sorar ve nefes aldığımız müddetçe her ikisinin de karşılığını verirdi. Tanrı'nın affedici olmasından daha çok hayatın adalet sistemine inanmayı daha çok tercih ediyordum çünkü benim affedilmeye ihtiyacım yoktu.

Bir kez olsun Tanrı'ya beni affetmesi için yalvarmamıştım ama onları affetmemesi için defalarca dizlerimin üzerine çökmüştüm.

Ferda'nın yüzüne bakarken ruhumun dizlerinin üzerine çöktüğünü, Tanrı'ya onu bu hale getirenleri affetmemesi için yalvardığını hissediyordum.

Aramızda belki de dakikaları bile aşmayacak kadar kısa bir bakışma geçmişti ama ben onun için kendimi bile feda edecek kadar ona adanmış hissetmeye başlamıştım. Karşımdaki gözleri sanki bana ait gibiydi, aynaya her baktığımda gördüğüm gözler, onun gözlerine yerleşmişti.

Ferda'nın çocukluğunda, kendi çocukluğumu büyütmek istiyordum.

"Hoş geldiniz." Ferda'nın arkasından yürüyen Önder'i gördüğümde çöktüğüm yerden doğruldum ve başımla selam verdim. O sırada Ferda, sıcak eliyle elimi tuttu ve bacağımın arkasına doğru saklandı.

"Hoş bulduk." Yankı da çöktüğü yerden kalktı. İkisinin arasında senelerin bile aşamadığı, silemediği bir mesafe var gibiydi. Önder, Yankı'ya daima muhtaç gibi bakıyordu ama Yankı için aynısı geçerli değildi.

"Yukarı neden çıkmadınız?" Hafif kırlaşmış olan saçlarını geriye doğru itekledi ve bacağımın arkasına saklanan Ferda'ya baktı. "Seni arıyorum, ufaklık. Demek buradaydın."

"Benim adım ufaklık değil," dedi sert bir sesle. "Adım Ferda. Bundan sonra bana Ferda diyeceksin."

Önder gözlerini açtı ve Yankı'ya baktığında inanamadığını belli ediyordu. "Bunu nasıl başardın? Ona bir adım dahi yaklaşamıyordum."

"Aslında ben değil," diyerek Yankı beni işaret etti. "Helin onun ismini verdi."

Gülümsemeden edemedim ve Önder de gülümsememe karşılık verdi. "Büyük başarı," dedi sanki bir işten bahsediyormuş gibi. Bu beni rahatsız etmişti. "Ferda çok zor bir kız çocuğu, onunla anlaşabilmen mucize."

Ne diyeceğimi bilemediğim için gözlerim Yankı'ya döndü ve o an Yankı'nın gözlerinden bana doğru esen duyguyu ilk defa gördüm. *Hayranlık.* Yankı bana büyük bir hayranlıkla bakarken, dudaklarına kondurduğu silik tebessümü, gözlerindeki tebessümden daha hissizdi. "Eski bir radyo gibiler," dediğinde bakışları Ferda'ya döndü. "Ve ikisi de sadece tek bir frekansa bağlı. Biz onları anlamıyoruz ama onlar birbirlerini anlıyorlar Önder. Hayranlık uyandırıcı."

Gerçekten bizi anlamıyor muydu, yoksa bunu içimi rahatlatmak için mi söylemişti? Ona bakarken bunun cevabına ulaşamadım ama daha farklı bir cevaba ulaştım, o da Yankı'yı ilk defa kendime hayran bıraktığımdı.

"Onları en iyi biz anlamaz mıyız?" Önder, Yankı'ya tek varlığıymış gibi baktı. "Seninle tanıştığımızda biz de öyleydik."

Yankı hâlâ benim yüzüme bakarken gözlerindeki hayranlık hızlı bir şekilde silindi ve Önder'e döndüğünde ona katılmadığını anladım ama bunu söylemek yerine "Nadir nasıl?" diye sordu. "Yukarıda mı?"

Merdivenlere doğru yöneldiğinde Önder Yankı'nın kolunu tutup "Hastaneye yatırıldı," diye mırıldandı ve sesindeki mutsuzluk kaşlarımı çatmama neden oldu. "Düşündüğümüzden çok çok daha kötü bir hâlde."

Yankı başını eğdi ve devam etmesini bekledi ama Önder, Ferda'yı işaret ederek "Burada olmaz," dedi.

Dizlerimin üstüne tekrardan çöktüğümde ellerimi Ferda'nın omuzlarına yerleştirdim. "Seninle bir iddiaya girelim mi?" Hevesle başını aşağı yukarı salladı ve ne diyeceğimi bekledi. "Duyduğuma göre buradaki kardeşlerinden uzak duruyormuşsun hatta onlardan kaçıyormuşsun. Bunu bir iddiaya dönüştürebiliriz." Ferda aynı hevesle ve yanına eklenen merakla yüzüme bakmaya devam etti. "Büyük ihtimal hepsi senden korkuyordur. Şimdi yukarıya çıkmanı ve hepsiyle tanışmanı istiyorum, Ferda. İki gün sonra yine geleceğim ve beşten fazla kardeşinle tanışıp anlaştıysan o gün ne istiyorsan onu yapacağız."

Ferda ellerini birbirine çırptı ve neşeyle "Bu çok basit," diye şakıdı. "Onların saçlarını okşarsam beni severler ki!"

Masumdu, aslında öylesine masumdu ki gülümserken kalbimdeki acı nefesimi kesti. "Severler tabii," dedim ve elimle yüzünü okşadım. "Hadi koş bakalım, söylediğin kadar iyi misin, görelim."

"Tamam ama..." Durdu ve utangaç şekilde gözlerini yukarıya dikti. "Bu iddia olmuyor ki. Sen hiçbir şey yapmayacaksın."

"Yapacağım ya," dedim ve kaşlarım çatıldı. "Başka ne yapabilirim ki?"

İşaret parmağını dudağına vurup düşünüyormuş gibi yaptı ama aslında aklındaki her şeyin net olduğunu anlayabiliyordum. Bakışları Yankı'ya döndü ve "Ben kazanırsam onu da o gün getireceksin," diyerek şart koydu. "Ve hep beraber oyun oynayacağız."

"Ama bu çok basit bir iddia oldu ki," dedim ve Yankı'ya güldüm. "O seninle oyun oynamak için can atıyordur." Yankı bir adım attı, başını aşağı yukarı salladığında hevesli olduğunu gördüm.

"İp atlamak ve çizgi oynamak da dâhil ama?" dediğinde gözlerim irileşti ve dudaklarım aralandı. Yankı'nın kaşları hafifçe çatıldığında yüzünün aldığı hâl kısık bir sesle gülmeme neden oldu. Önder de bana eşlik ettiğinde Yankı'nın istemese bile reddedemeyeceği bir teklif ortadaydı.

"Emin ol," dedi Yankı düşünceli bir sesle ve gülümsemeye çalışarak. "Beni çok zor ikna edecek ve belki de edemeyecek."

Ferda utangaç bir şekilde kıkırdadı ve elimi öne doğru uzatıp "Anlaştık o zaman?" dedim. "İki gün sonra görüşürüz." Elimi sıktı ve "Anlaştık," dedi. "Görüşürüz." Hızlı adımlarla ve geldiğinden daha mutlu bir şekilde merdivenlerden yukarıya doğru tırmanırken çöktüğüm yerden kalktım.

Yankı'yla göz göze geldiğimizde gülerek "Bittin sen," deyip ona takıldım. "Kim bilir başka nasıl oyunlar çıkaracak."

"Asıl sen bittin," dedi Yankı ve göz kırptı. Bu hareket onu öylesine sevimli göstermişti ki yine karşımda küçük bir erkek çocuğuna dönüşmüştü. "Beni nasıl ikna edeceğini düşün."

Önder boğazını temizlediğinde ve öne doğru çıktığında onun varlığını unuttuğumu fark ettim, Yankı da aynı durumda olmuş olacak ki yüzündeki ifadesini düzeltti ve ciddiyet maskesini yüzüne yerleştirdi. "Gördüğüm kadarıyla birbirinize alışmışsınız." Baştan aşağı ikimizi de süzdü. "Mutlu bana sizin öpüştüğünüzü söyledi." Yankı eliyle alnına vurdu, hızlı bir şekilde kafamı iki yana salladım. "Hatta bana aynı şu şekil dedi ki: ‹Yankı düşünen adam oturuşuyla Helin'i öptü ve Helin eskisinden daha zeki oldu.›"

"Seni arayıp dedikodu mu yapıyor bir de?" Yankı Mutlu'ya bir türlü kızamıyordu. "Bir gün onu öpeceğim ve bu öpücüğü ömrü boyunca unutamayacak."

"Beni mi?" diyerek yüksek bir sesle sorduğumda ikisinin de bakışları bana döndü ve afalladılar. Elimle ağzımı kapattım ve yine kendimi tutamayarak, hiç olmaması gereken yerlerde saçma sapan bir patavatsızlık yaptığımı fark ettim.

"Mutlu'dan bahsediyordum ve mecaz yapıyordum," dedi ardından keyifle sırıttı. "Yine çok safsın, bu konuya bu kadar ciddi yaklaşıyor olmana şaşırdım. Aklın sürekli beni öpmeyi mi düşünüyor?"

Utançtan dolayı kafamı duvara saatlerce çarpmak, kafam parçalandıktan sonra beynimi Mutlu'ya yedirmek istiyordum; her şey onun yüzünden olmuştu.

"Siz öpüşmediğinize emin misiniz?" Önder'in gözlerinde alay vardı ama ciddi ciddi soruyordu. Bir anda çöpçatana dönüşmüş gibiydi, bu hem komik hem trajikti.

"Sen de bir anda evlendirme programlarının sunucularına dönüştün," dedi Yankı ve kaşlarını kaldırdı. "Herkesin kanına bir doz Mutlu giriyor anlaşılan."

"Kan demişken," Önder bana baktı. "Kolun nasıl Helin?"

"İyi," dedim ve adımlarımı kapının dışına doğru yönlendirdim. Bedenimin utançtan dolayı yandığını hissediyordum; normalde böyle konuşmalar beni etkilemezken neden utanmaya başlamıştım? Yankı'nın dediği gibi gerçekten bu konunun ciddiyet noktasında mıydım?

Onlar da arkamdan geldiklerinde ve kapıdan dışarıya çıktığımızda Yankı bisikletinin önündeki poşeti Önder'e işaret etti ve çocuklara vermesini söyledi. Cebinden sigarasını çıkardı ve dudaklarının arasına yerleştirdikten sonra ucunu alevlendirip Önder'e büyük bir merakla baktı. Konunun bir şekilde Nadir'e geleceğini bildiğimden ötürü kollarımı önümde birleştirip ben de Önder'i izledim.

"Doktorlar kurtarılmasının imkânsız olduğunu söylüyor." Direkt söze girdi ve bizi en kötüsüne hazırladı. "Ciğerleri tükenmiş durumda, böbrekleri iflasın eşiğinde. Beyni bile doğru çalışmıyor ve tümörü var. Size söylediler mi bilmiyorum ama elleri ve bacaklarında bazen his gidiyor. Psikolojik olarak zaten berbat durumda. Kendini bazen kadın gibi hissediyormuş ve bunun yönelimlerle ilgisi yok. Kadın olursa Rasim'in ona dokunmayacağını kafasının bir yerine yerleştirmiş olmalı." Sustu ve o da bir sigara çıkarıp yaktı; derin bir nefes çektiğinde bakışları kısıldı. "Nadir ölmek üzere değil, aslında ölü bir çocuk, Yankı. Sen ölmüş bir çocuğu kurtardın."

"Yapacak hiç mi bir şey yokmuş?" diye sorduğumda sesim titriyordu. Çaresizlikle ellerimi iki yana açtım ve derin bir nefes verdim. Bir şeyler söylemek için tekrardan dudaklarımı araladım ama hiçbir şey söyleyemedim. Nadir'in bana umutla bakan gözleri aklıma geldi, kendi hayatı için hâlâ bir umudu vardı; kurtarıldığında iyileşeceğini düşünüyordu fakat Önder onun çoktan ölmüş olduğunu dile getiriyordu.

Rasim ölmüştü, onun için Tanrı'ya yalvaracağım bir durum kalmamıştı ama Tankut'u Tanrı'nın cehennemine bırakmak istemiyor, bu hayatta onu diri diri yakmak istiyordum.

"En iyi doktorlarla konuştum." Önder düz bir sesle konuşsa da bu konunun onu sarstığını anlayabiliyordum. "Onun için yapabileceğimiz tek şeyin onu son günlerinde mutlu etmek olduğunu söylediler."

"Bu adaletsizlik," dedi Yankı ve elindeki sigarayı yere atıp söndürdü, ardından yeni bir sigara daha yaktı. "Onun yaşaması gerekiyor. Bu hayatta hak etmeyen birçok insan nefes alırken küçük bir erkek çocuğunun nefesi tükenemez." Elini saçlarına geçirip bir adım Önder'e yaklaştı. "Onun için her şeyi yapabilirim. Onun için kanımı veririm, onun için ciğerimi veririm, onun için böbreğimi veririm. Ben ondan daha fazla yaşadım, ona her şeyimi verebilirim. Önder, o çocuğun gözlerinde hâlâ umut vardı, gördüm. O çocuk yaşamak istiyor."

Önder elini Yankı'nın ensesine koydu ve sıktı. "Bunları söylemene gerek yok, daha önce de yaptın, yine yaparsın biliyorum. Ama..." Sustu ve başını önüne eğdi. Onun için yapabileceğimiz hiçbir şey yoktu, bunu tekrardan dile getirmek istemiyordu, anlamıştım.

Ayakta duramayacağımı fark ettiğimde ileriye doğru yürüdüm ve arkalarında kalan kaldırıma oturup başımı önüme eğdim. Dişlerimi sıkarken Tankut'un yüzü gözlerimin önünden bir an olsun silinmiyordu ve ellerim onun boğazını sıkmak için titriyordu.

"Bunu Mutlu'ya söyleyemem," dedi Yankı çaresiz bir sesle. "Onu biliyorsun, ölümler, onu biraz daha dibe çekiyor."

"Yalan söyleriz," diye fısıldadı Önder fakat bunu ben de duydum. "Yurtdışına tedaviye gönderdiğimizi söyleriz. Zamanla iyileştiğini ve orada kaldığını. Mutlu'nun yine eskisi gibi olmasını ben de istemiyorum."

"Peki ya Bartu?" diye sordu Yankı. "Mutlu'yu kandırabiliriz ama Bartu'yu asla." Ellerini yüzüne yerleştirdi ve "Kahretsin," diye hırladı. "Tankut konuştu mu?"

Önder, başını çevirip bana baktı ve sanki benim orada oturmam onu rahatsız etmiş gibi Yankı'ya döndüğünde sadece "Konuşmuyor," diyerek bilgilendirdi. Daha fazlası vardı ama benim yanımda söylemek istemiyordu.

Yankı da Önder'i anlamış olacak ki başını aşağı yukarı sallayıp konuyu tamamen kapattı.

"Yukarıya gelecek misiniz?" diye sordu Önder ve bisikletteki poşete doğru ilerledi. "Yukarıya çıkmam gerekiyor, çocuklar eğitimde."

Yankı da ben de yukarıya çıkabilecek durumda değildik. Ben, "Hayır," diye mırıldandığımda boğazımın acısı dudaklarımı bile yaktı. Yankı da bana katılıp başını salladığında Önder bisikletin önündeki poşeti eline alıp apartmandan içeriye girdi.

"Akşam Osman amcanın yerine gidiyoruz," dedi Yankı keyifsiz bir sesle. "Mutlu ve Işık istiyor. Gonca'yı alıp gelebilirsen gel sen de."

Önder, "Gelmeye çalışırız," dedi ve merdivenlerden yukarıya yavaş yavaş çıkarak gözden kayboldu. O sırada Yankı'yla göz göze geldik. Bana doğru ilerledi ve beni kaldırmasını beklerken kaldırıma, hemen yanıma oturdu.

Bir sigara daha çıkardı, dudaklarının arasına koydu ve yaktığında daha büyük bir nefesi çekti; sanki Nadir'in ciğerleri için kendi ciğerlerini de tüketmek istiyordu. "İyi geliyor mu?" diye sordum. Yüzüm karşıdaki bembeyaz binaya, Yuva'ya bakıyordu.

Onun da gözleri benim gibi Yuva'nın üzerindeydi. "Sigara mı?"

"Sigara."

"İyi gelmiyor," dedi keyifsiz bir gülümsemeyle. "Ama küçük bir erkek çocuğun nefesi tükenirken temiz bir nefes vermek istemiyorum."

Elimi öne doğru uzattım. "Ben de istiyorum."

Karşı çıkmadı ama bir süre bekledi. Yüzüme baktığını biliyordum fakat ben ona bakmayı reddediyordum. Yarım dakika sonra avucumun içine bir sigara bıraktığında parmaklarımın arasına yerleştirdim ve ucunu çakmağıyla yaktığında derin bir nefes çektim.

Sustu, sustum, sustuk. O kaldırımda otururken ikimiz de Nadir'i düşündük. Gözlerindeki umut, duruşundaki muhtaçlık ve ellerindeki sızı. Nadir'i hayatım boyunca unutamazdım, her nefes aldığımda onun alamayacağı nefesler ciğerlerime batacaktı.

"Ne düşünüyorsun?" diye sordum dayanamayarak. "Nadir'in yaşadıklarını mı?"

"Hayır." Sigarasından keskin bir nefes çekti, ona eşlik ettim. "Nadir'in yaşayamayacağı zamanları düşünüyorum. Nadir gibi çocukların yaşayamayacağı güzellikleri. Düşünsene," dediğinde sesi kısık çıkıyordu. "Büyüyecekti, on sekiz on dokuz yaşına gelecekti. Belki de bir kızı sevecekti ya da bir oğlanı fark etmez. Sonra iş sahibi olacaktı, belki bir baba olacaktı. Çocukları olacaktı, çocuklarının saçlarını okşayacaktı ve onları güzel bir şekilde büyütecekti. Sonra yaşlanacaktı. Hayatının en güzel zamanlarını yaşadıktan sonra yaşlı bir şekilde yatağında ölü bulunacaktı."

Gözlerim dolduğunda ağlamamak için çaba sarf ettim. "Mutlu çocuklar, mutsuz çocuklardan daha az gibi gelmiyor mu sana da?" İç çektim.

"Belki de biz çok mutsuz büyümüşüzdür," dedi tek bir nefesle. "Dünya bize çok kötü bir yermiş gibi geliyordur. Gördüğüm bütün mutsuz çocukların yüzleri gözlerimin önünde ama mutlu çocuklar silinip gitti. Biz bu dünyada izimizi bırakıyoruz, Helin."

Gözlerimi araladım ve gözyaşlarımı akmadan engelleyebildim. Çekinerek ona baktığımda onun da bana baktığını gördüm. Sigarayı dudaklarımın arasına yerleştirdiğimde ucundaki külün uzadığını ve düşmek üzere olduğunu fark ettim. Çektiğim nefesten sonra kül yere düştü, Yankı gözlerimin içine bakmaya devam etti. "Biz bu dünyaya izimizi bırakıyoruz," diye fısıldadım sigarayı yere atıp ayakkabımla söndürürken. "Ve izimizi bırakırken mutsuz çocukları da mutlu etmeye çalışıyoruz."

"Benim umudum var, senin de olsun," dediğinde gülümsedi. "Bir gün bütün mutsuz büyümüş çocuklar, kendileri gibi olanları mutlu edecek ve dünyanın iyilikleri sadece çocuklar için işleyecek. Bunu başaracağım. Bunu başaracaksın. Bunu bizi anlayan herkes başaracak."

Oturduğu yerden kalktı ve elini bana kalkmam için uzattı. "Benim umudum yok," dediğimde çaresizlik sesimden okunuyordu. "Ama senin başarman için elimden geleni yaparım."

Yankı yine gülümsedi ve bu sefer gülümsemesine karşılık verdiğimde onun umutları, benim umutsuzluklarımı çürütecek kadar kuvvetliydi. Kalbimin üzerinde açan bir çiçek vardı, bu çiçeğin adı, Yankı'nın ektiği umut çiçeğiydi.

Bisikletine doğru ilerlerken "İki gün sonra Nadir de bizimle beraber olsun mu?" diye sordum. "Madem son günleri, onu mutlu edelim."

"Benim de aklımdan bu geçiyordu," dediğinde bisikletini bulunduğu yerden düzeltti.

"Bu arada," dedim geride kalarak. "Ben bugün yurda gidip eşyalarımı almak istiyorum, sen istersen git."

Yankı zaten bunu daha önce düşünmüş gibi "Önder'den arabanın anahtarını alayım, beraber gidelim," dedi.

"Hayır," dedim hızlı bir şekilde ve verdiğim tepki Yankı'nın dikkatini çekti. Amacım yurda gitmeden önce başka yerlere uğramak ve çizeceğim yolları yeniden gözden geçirmekti. "Yani gerek yok, sen eve geçebilirsin. Ben hallederim."

Yankı tek kaşını havaya kaldırdı. "Sadece eşyalarını alacaksın Helin. Neden problem ettin?"

"Sadece yorulmanı istemedim," deyip ellerimi kaldırdım. "Gelmek istiyorsan gelebilirsin."

Sorgulayan gözlerle bana bakarken kendi kafasının içinde ne yapacağını düşünüyordu. Gelip gelmemek değildi, daha farklı bir şeyler düşündüğü açıktı ama bunu bana yansıtmak yerine arkasını dönüp "Önder'den arabanın anahtarını alıp geliyorum," dedi ve hızlıca binadan içeriye girip merdivenlerden yukarıya çıktı.

Sokak Nöbetçileri hakkında artık harekete geçmem gerektiğini, yanlış bir şekilde zaman öldürdüğümü biliyordum ama adım atmak istediğim her an başka bir şey oluyor, Sokak Nöbetçileri'ne bir adım daha yaklaşıyordum. Onların hayatlarına girdiğimden beri kendimi olduğumdan daha iyi hissediyor, olduğumdan daha değerli görüyordum.

Şu an Sokak Nöbetçileri'ni bir silahla vururken elimi de parçalayacağımın farkındaydım; bana iyi gelen hiçbir şeyi yok edemezken onları az önce içtiğim sigara gibi küle dönüştürmem gerekiyordu.

On beş dakika sonra Yankı binadan çıktığında "Çocuklar bırakmadı," diyerek bana açıklamada bulundu. "Çok mu bekledin?"

Düşüncelerime öyle çok dalmıştım ki sanki bana birkaç dakika gibi gelmişti. "Sorun yok," dedim ve onunla beraber Önder'in arabasına doğru yürüdük. Sırtına bakarken elimde bir bıçak varmış da onun sırtına saplayamazmışım gibi hissediyordum.

Arabaya bindik ve Yankı arabayı çalıştırdığında ikimizin de ağzını bıçak açmıyordu. Başımı cama doğru çevirdiğimde önceki gün gözlerimin önüne geliyordu. Arabada kolum yüzünden acı çekişim, Yankı'nın ilk müdahaleyi yapması ve beni arabadan indirmesi... Endişelenmişti. Belki de Helin olduğum için değildi, insan olduğum içindi ama endişelenmişti. Uyuduğum zamanlar neler olmuştu acaba?

Yankı en başından beri bir kere olsun bana kötü yaklaşmamıştı, diğerleri bir şekilde beni kabullenmemişti, hâlâ kabullenmiyorlardı biliyordum ama Yankı en başından beri bana bir kere olsun bıçak yönlendirmemiş hep bir şekilde beni arkasına saklamıştı.

Zihnimde durmadan dönen bir ses vardı, o sesi duymazdan gelsem de artık çığlık çığlığa bağırıyordu: *Yankı'ya ihanet etmek zorunda kalırsan edecek misin?*

Farkında olmadan onlara bağlanmaya başlamıştım ve nedeni onlarla bu kadar fazla vakit geçirmemdi. En başından her şeyi uzaktan halletmeliydim ya da daha farklı bir plan yapmalıydım, bunun pişmanlığını yaşıyordum.

"Ne düşünüyorsun?" diye sorduğunda camdaki yansımadan onun yüzünü gördüm. Hava kapalıydı ve yağmur hafif hafif cama vuruyordu.

"İhaneti," dedim dürüst davranarak. "Geçmişe daldım ve insanların ihanetlerini hatırladım." Yüzümü ona çevirdim ama ona bakamadım. "Sen hiç ihanete uğradın mı?"

Ellerine bakıyordum, kusurlu, izlerle dolu olan ellerine ve tırnaklarının etrafındaki yaralara ama ona bakamıyordum. Parmakları direksiyona baskı yaptı ve onun bana baktığını anladım; vitesi değiştirdiğinde arabanın hızını arttırdı.

"İhanet ettiklerini sandılar ama ben ihanet etmelerine çoktan izin vermiştim." Öndeki arabayı hızlıca geçti ve sağ şeride girdi. "İhanet öyle bir duygu ki son âna kadar vazgeçme lüksünü sana verir. Ben ihanetini hissettiğim herkese son âna kadar düşünme hakkını veririm. İhanete uğradığımda ise aslında o yolu benim çizdiğimi anlayamazlar."

Dayanamayarak gözlerine baktığımda hiçbir duyguyla karşılaşamadım. "Kendinden hep çok eminsin. Ya bir gün fark etmezsen?"

Omzunu indirip kaldırdı. "O zaman ihanete uğrarım ve o duyguyu tadarım. Hayatımın hiçbir döneminde öylesine kör olmadım Helin. Bu aptallıktır." Bakışları bana döndü. "Seni kör eden neydi de ihanete uğradın?"

Gözlerimi hızlıca ondan kaçırdım ve yola odaklandım. "İnanç sanırım. Birine inandığın zaman onun sana ihanet etmeyeceğine de inanıyorsun. Düşün. Bartu'yu düşün mesela. Ona inanıyorsun değil mi? İmkân bile vermezsin."

Yankı düşünmeden tek bir nefeste "Bana ihanet ettiğini sananlardan birisi de Bartu'ydu," dedi.

Şaşkınlıkla gözlerim açıldığında onun yüzü hâlâ tepkisizdi. "Nasıl?" dediğimde konudan daha çok onun hislerini merak ediyordum. "Sen onu affettin mi? İhaneti affedebileceğini düşünemezdim."

"Senin için inanç, benim için ise sevgi," deyip dikiz aynasına baktı. "Bartu benim kardeşim ve onu seviyorum. Affetmek mi? Ona hiç kızmadım ki affedecek duruma geleyim." Konuya o kadar yumuşak yaklaşıyordu ki yine beni şaşırtmıştı. "O bana, benden daha çok sevdiği birisi için ihanet etti. Yine olsa yine etsin isterdim."

İçimden geçeni söyleyip söylememek arasında kararsız kalırken Yankı arabanın hızını biraz daha arttırdı ve başka bir caddeye döndü. Bu cadde daha kalabalıktı. "Lâl değil mi?" dediğimde yine özele burnumu sokuyordum. Yankı cevap vermedi ama onun olduğunu biliyordum. "Bartu," dediğimde kelimeleri toplamaya çalışıyordum. "Lâl'e karşı bir şeyler hissediyor, değil mi?"

Yine cevap vermedi ve başka bir caddeye daha döndü. Gözleri dikiz aynasına gidip gelirken "Takip ediliyoruz," diyerek sakin bir ses tonuyla konuştu. "Emniyet kemerini bağlasan iyi edersin."

"Ne?" dedim korkarak ve dikiz aynasına baktım. "Ne zamandan beri?"

"Arabaya bindiğimizden beri." En başından beri farkında olmasına rağmen öylesine profesyonel davranmış, öylesine dikkatli durmuştu ki şaşkınlıkla ona bakmaya devam ettim.

Hızlıca emniyet kemerimi bağladım ve dikiz aynasından bakmak yerine başımı arkaya doğru çevirdim. Arkamdaki arabalara tek tek bakarken bir tanesi çok tanıdık geldi ve sürücü koltuğunda oturan kişiyle göz göze geldiğimde dehşetle gözlerimi açıp kendimi tekrardan koltuğa bıraktım. Bizi takip eden kişinin kim olduğunu biliyordum ve nasıl böyle dikkatsiz hareket ettiğini anlam veremiyordum.

"Sana öyle gelmiş olabilir mi?" diye sorduğumda sesim daha sakin çıkıyordu.

"Hayır." Yankı kendinden emin çıkan sesiyle duruşunu dikleştirdi. "En başından beri arkamızdaydı ve daha önce de bu arabayı mahallede gördüğüme neredeyse eminim."

Kahretsin. Bir daha arkama dönüp baktım ve direksiyon koltuğunda oturan gözler direkt olarak beni isabet aldı. Benim Yankı'nın zekâsını küçümsediğim gibi onlar da küçümsüyordu, bu aptalca hareketler de bunun eseriydi.

"Eğer bizi takip ediyorsa durduğumuzda duracaktır," dedim düz bir sesle. "Bir köşede dursana."

Yankı alayla ve küçümseyici bir ifadeyle yüzüme baktıktan sonra önüne döndü. O sırada tanıdık araba hızlı bir şekilde başka bir yola döndüğünde derin bir nefes almamak için kendimi tuttum. Arabanın döndüğü caddeye bakarken "Bak gördün mü?" dedim rahat bir sesle. "Yanlış anlamışsın, başka bir yola döndü."

"O araç olduğunu nasıl hemen anladın?" Kahretsin. Korku bana aptalca hatalar yaptırıyordu.

"Çok yakın mesafedeydi," dedim ama uydurma bir yalan olduğunun ikimiz de farkındaydık.

Sustu. Tiyatro oyununda yine ikimiz de sahnedeydik.

Araba ağır ağır yurdun kapısının önünde durduğunda kafamı aşağı yukarı sallayıp yüzüne bakmadan "Birazdan geliyorum," dedim. "Çok uzun tutmamaya çalışacağım, eşyalarımın çoğu hâlâ valizimde duruyor." Derin bir nefes aldı. Kapıyı açan elim duraksadı ve refleks olarak onun yüzüne dönüp baktığımda çoktan pişman olmuştum çünkü yüzündeki ifade tek bir duyguyu barındırıyordu: Şüphe.

Başka yalanlar sıralamalı mıydım? Kesinlikle benden şüpheleniyordu hatta diğerlerinden daha haklı şüpheleri vardı ama onlar gibi üzerime gelmek yerine adım adım benim bıraktığım izleri takip etmek istiyor gibiydi.

Yüzümü tekrardan çevirdim ve onunla tartışmaya girmek yerine araçtan indim. Biliyordum, şu an şüphelerinin en tepeye yerleştiği zamandı ve benim de duygularımın en belirgin olduğu dönemlerdi. Aramızda geçen bir tartışmayla şüphelerinde haklı olduğunu ona gösterebilirdim.

Hafif rüzgârlı hava üşüttüğünde hızlı adımlarla kollarımı kendime sarıp yurttan içeriye girdim. Arkamdaki turkuaz gözlerini bir bıçak gibi sırtımda hissediyordum ama ona dönüp bakmadım.

Üçüncü kattaki odamdan içeriye girdiğimde dedikoducu ve geveze oda arkadaşımın yatağında yeller estiğini ve yerine inanılmaz ciddi, direkt çalışkan olarak nitelendireceğim birisinin geldiğini gördüm. Kendisine ayrılmış olan masasında bir şeyler yazarken başını kaldırıp bana baktı. "Merhaba?" dedi sorgulayan bir sesle. "Sanırım yanlış odaya girdin."

"Ah, hayır," diyerek ellerimi kaldırdım. "Ben Helin. Diğer yatağın sahibiyim."

"Merhaba," dedi ve ayağa kalktı. Simsiyah gözleri vardı ve bakışları ürkütücüydü. Boyu benden santimlerce uzun, kilosu neredeyse iki katımdı. "Geri mi dönüyorsun? İki kişilik oda fiyatı verip tek başıma kalmak hoşuma gidiyordu."

Açık sözlü olması hoşuma gitmişti. "Ah, sana bir iyi bir kötü haberim var. Birincisi odadan gidiyorum." Gülümsedi. "İkincisi ben gittikten sonra seni daha fazla rahatsız edecek birisi gelecektir."

"Bu kötü oldu," dedi ve gözleri bir anda irileşti. "Neredeyse unutuyordum." Odada ileriye doğru yürüdü ve yatağına astığı sırt çantasının gizli bölmesinin fermuarını açıp içinden bir mektup çıkardı. "Bu mektup sana," deyip uzattığında sevecen bir şekilde gülümsüyordu. "Ben yokken odanın kapısının altından atmışlar, üzerinde ismin yazıyor. Direkt postayla değil, bu şekilde ulaşması güvenliklerden senin sakladığını düşündürdü. Bu yüzden onlara bir şey söylemeden senin için bu mektubu sakladım."

Farkında olmadan ürkek bir şekilde geriye doğru adım attım. Yine oluyordu, yine dengemi sağlayamıyordum ve yine tutunacak bir yerler arıyordum.

Bunu hep yapıyordu. Hâlâ kimlik üzerinde benim tek varisim o olduğu için kıskıvrak beni bulabiliyor, rahatsız etmekten çekinmiyordu, şimdi de yurdun içinden birisini bana ulaşmak için bulmuştu. Gittiğim her yerde kendini bir şekilde belli ediyordu, haberini gönderiyordu. Senelerdir onu bir kez olsun görmemiştim fakat ilk defa bir nefes kadar yakın olduğunu hissetmiştim. Onun açısından bazı durumlar değişime uğramış olmalıydı, şimdi arkamda gölgesi vardı.

Hem bütün duygularımı almışlar gibi hissiz hem de bütün duygularımı yakmışlar gibi acılı hissetmem çok tuhaftı. Mektubu zorlukla da olsa elinden almıştım ama hiçbir şey söyleyemiyordum.

Bir teşekkür ederim bile diyemiyordum, dudaklarıma kilit vurulmuştu.

Mektup, tuttuğum elimden düşmemek için direnirken başımı aşağı yukarı salladım ve alt dudağımı dişlerimin arasına aldım. Bütün bedenimin acıyla sızladığı o anlarda birinin gerçek bir zaman diliminde olup olmadığımı bana hissettirmesi için tokat atmasını bekledim çünkü kendimi küçük bir kız çocuğu gibi hissetmeye başlamıştım.

"Neyse," dediğimde kız afallamıştı. "Ben çıkayım ve sen de rahatça toparlan. Tanıştığıma memnun oldum."

Konuşamadım ve yine kafamı aşağı yukarı salladım, konuşsam sesimin titreyeceğini bildiğimden kız odadan dışarı çıkar çıkmaz kendimi onun az önce oturduğu sandalyeye bırakıp elimdeki beyaz mektup zarfına odaklandım. Arkasında sadece Helin Aktan yazıyordu, mektubun içindeki ince kâğıdı hissedebiliyordum. Parmaklarım mektubun üzerinde gezinirken onun parmaklarına da dokunmuş olabileceğimin düşüncesi iğrenmeme neden oldu.

Sandalyeden kalkıp yatağın üzerine bırakılmış olan valizime doğru ilerlerken ömrüm boyunca bu mektubu okuyamayacağımı biliyor, dokunurken bile içimdeki çığlıklara söz geçiremediğimi fark ediyordum.

Cesur olabilirdim ama çocukluğumla yüzleşmeye cesaretim yoktu. Korkusuz olabilirdim ama en büyük korkularım çocukluğumda yatıyordu. Güçlü olabilirdim ama güçsüzlüğüm çocukluğumda gizleniyordu ve bir kere o kapıyı aralarsam ömrüm boyunca cesaretimi, korkusuzluğumu, gücümü kaybedeceğimi biliyordum.

Kendimi o âna zorlukla döndürmeye çalıştım ve sadece o anda yaşamaya çalıştım. Yurttaydım, dışarıda Yankı bekliyordu ve gitmem gereken bir yolum vardı.

Odanın kapısı açıldığında hızlıca yataktan kalktım ve az önceki kızı göreceğimi düşünerek eğilip baktım fakat onun yerine tanıdık başka bir yüzle karşılaştığımda gözlerim açıldı. Kapının önünde durmuş bana bakarken "Senin burada ne işin var?" dedim tedirginlikle ve hızlıca pencereye doğru koştum. Yankı'nın arabayı park ettiği yere bakarken onu arabadan inmiş, sırtını arabaya yaslamış bir şekilde sigarasını içerken gördüm.

"Merak etme, beni görmedi." Adımları bana doğru yaklaştı ve camdan dışarıya ona baktı. "Yani henüz."

"Görmedi mi?" dedim şiddetle. "Nasıl böyle dikkatsiz olabilirsin Caner? Az önce bizi takip ederken fark edilmediğini mi sanıyorsun?"

Başını kaldırıp tavana doğru baktı. Boyu benden yedi sekiz santim daha uzundu fakat oldukça iri olduğundan dolayı daha kısa görünüyordu. Hep giydiği siyah gömleği ve siyah keten pantolonuyla onu nerede görsem tanırdım. Koyu renk gözlerini bana çevirdiğinde tek kaşını havaya kaldırdı ve başını yana yatırdı. Bilindik tehditkâr ifadesi de yine yerli yerinde duruyordu, bana öfkeli olduğu her halinden belliydi. Koyu tenine zıt olan kızıla çalmış saçları ona yakışıyordu.

"Belki de fark edilmek istemişimdir Helin," dediğinde bir adım daha yaklaştı ve aramızda sadece bir adımlık mesafe kaldı. "Günlerdir sana ulaşamıyoruz, izlendiğini biliyorsun ama bize bir adım bile yaklaşmıyorsun." Gözü koluma kaydı ve dişlerini sıktı. "Vuruluyorsun ama yine bizim yanımıza gelmiyorsun. Her şey bitiyor ama yine bizi aramıyorsun. Sakın bana yalnız kalamadığını söyleme, şu an yalnızdın ve yine telefonlarımız çalmadı."

Onunla aramızda beş altı yaş fark vardı, benden büyüktü fakat bazen yaşından daha çocuksu davranırdı; şu an ise hiç olmadığı kadar mantıklı ve ciddiydi. Öfkesinin asıl nedeninin bu olmadığını biliyordum fakat bildiğimi ona yansıtmak istemiyordum. Suçlu bir yüz ifadesi takınarak "Sizi aramak ya da gelmek istedim ama her şey bir anda oldu," dedim. "Onlar çok dikkatli. Her adımıma dikkat ediyorlar. Baksana, kıyafetlerimi bile yeni almaya gelebildim."

"Değil mi?" dedi tiksiniyormuş gibi. Üzerimdeki kıyafetleri dikkatli bir şekilde inceledi. "O sümüklülerden birinin kıyafetlerini giyecek kadar mı yakın oldun?"

Gözlerimi birkaç saniye yumdum ve açtığımda "Seni Cem mi gönderdi?" diye sordum. Cevabını bildiğim bu soru karşında o tamamen cevapsız kaldı. "Onun burada olduğundan bile haberi yok, değil mi?" Gözlerimi devirdim. "Caner, senin dikkatsizliklerini *Ekip* çekmek zorunda değil, anladın mı? Buraya nasıl girdiğin hakkında bile fikrim yok ama birazdan buraya oda arkadaşım girerse ve seni görürse başın belaya girer."

Caner'in damarına bastığımı, sıktığı çenesinden anlıyordum. Bir adım daha attığında aramızda hiçbir mesafe kalmamıştı. Gözleri gözlerimi ezip geçerken ondan korkmam gerektiğini biliyordum ama bu gerekliliği hiçbir zaman hissedemiyordum. "Buraya nasıl mı girdim?" Alayla güldü ve bir anda sertçe çenemi tutup beni kendine çekti. "Sen değil miydin her yere tırmanabildiğim için Tarzan diyen? Ne çabuk unuttun." Çenemi ondan kurtarmaya çalıştım ama buna izin vermedi. "Bana ne boklar yediğini söyleyeceksin, derhal."

Bu sefer elini sertçe itekledim. "Senin için mi, Ekip için mi?" diye sordum.

"Her ikisi için de," deyip yanıma geldi ve kalçasını pencereye yaslayıp kollarını önünde birleştirdi. "Cem'den seni izleme görevini devraldım ve hep bir adım yakınındayım, bunu biliyor muydun?" Hızlıca Nöbetçilerle geçirdiğim günleri düşündüm ama Caner'in eline ulaşabilecek hiçbir koza erişemedim. "Ama lanet olsun ki onların o sikik evlerinin içine göremiyordum. Günlerce o evin içini görmek için çabaladım ama göremedim. Neredeyse tırmanacaktım!" Elini saçlarına geçirdi ve endişeyle soluğunu verdi. "Ve bugün sizi o sokakta gördüm. O soysuzla," deyip işaret parmağıyla Yankı'nın durduğu yeri gösterdi. "Sohbet ediyor, gülüyordun. Hatta hiç yapmayacağın bir şeyi yapıp sigarasından içtin."

Gözüm Yankı'nın durduğu yere kaydı ve arabanın yanında volta attığını gördüm; elinde belki de kaçıncı sigarası vardı. Çok sigara içiyordu, bu kadarı zararlıydı. "Hey!" diye bağırdı Caner ve önümü kapattı. "Ne bok yediğini sanıyorsun sen? Sana konuşuyorum."

"Ne cevap vermemi bekliyorsun?" diye sorduğumda sesim yükselmişti. "Ne bekliyordun? Benim tek anahtarımın Yankı olacağını söylemiştiniz ve ben de onunla iyi geçinmeye çalışıyorum. Ayrıca söylediğin gibi soysuz birisi olduğunu da hiç düşünmüyorum."

"Sen bana onu mu savunuyorsun?" diye hırladığında yaslandığı yerden doğruldu ve yine sertçe çenemi kavradı. Bu sefer öyle sert ve canımı yakmak isteyerek tutuyordu ki kendimi ondan kurtaramadım. "Sana o anahtar dediler, onun yatağına gir demediler."

Son cümlesinden sonra onu iteklemeye çalıştım fakat izin vermedi. Çırpınırken kolumun acıdığını hissediyordum ama bu Caner'in umurunda bile değildi. "Kimsenin yatağına girdiğim yok benim!" diye bağırdığımda sesim odada çınladı. "Bunu asla yapmam!"

"Ona nasıl baktığını gördüm!" diye bağırdı o da ve benim sesimden daha fazla çınladı. "Onun yüzüne hayranlıkla bakıyordun, bana bir kere olsun öyle bakmadın!"

"Senin kıskançlığını çekemeyeceğim!" deyip yine iteklemeye çalıştığımda elini çenemden çekti ve ensemi tutarak yüzümü cama doğru çevirdi. Parmaklarının boynuma yaptığı baskı inlememe neden olurken "Caner, bırak," dedim. "Seninle dövüşmek istemiyorum."

"Dövüşemezsin," dedi ve kulağıma doğru yaklaşıp yine Yankı'nın olduğu yeri işaret etti. "Bak oraya, ne görüyorsun? Ben tam olarak evsiz bir piç kurusu görüyorum, sen ne görüyorsun?"

Dişlerimi sıktım ve öfkeden titreyen bir sesle "Sen de evsizsin," diyerek ona hatırlatmada bulundum.

"Ama ben onun gibi piç kurusu değilim," dedi ve güldü. "Benim babam ve annemin kim olduğu belli."

Bu cümlesi en çok bana dokunuyordu fakat bunun farkında bile değildi. Yankı'ya bakmak için diğer eliyle yüzümü tuttu ve bakışlarımı oraya sabitledi. Volta atmayı bırakmıştı ve yine sırtını arabaya yaslamıştı. Öylece durmasına rağmen beni merak etmeye başladığını hissedebiliyordum. "Ne göreceğimi düşünüyorsun?" diye sorduğumda sakin bir tınıyla konuşmaya çalışıyordum. "Onu kullanmam gerekiyor ve onu kullanıyorum."

"Kanıtla." Caner'in tek bir kelimesiyle beraber bakışlarımı zorlukla ona döndürdüm ve gözlerimi açtım. "Bana onun hakkında bir şeyler ver." Kafamı hızlıca hiçbir şey bilmiyormuş gibi iki yana salladığımda bu sefer eli yaralı olan kolumu tuttu. Acıyla kıvrandığımda kolumu çevirdi. "Sakın bana bu kadar gündür onun hakkında hiçbir şey öğrenemediğini söyleme."

Ona verebileceklerimi düşündüm ve ona veremeyeceklerimi de. Hepsinin ucu Yankı'nın bana anlattığı kardeşinin hikâyesine çıkıyordu, onun hakkında bildiğim en önemli şey buydu. Dudaklarım aralandı, Caner'in öfkeli gözlerine bakarken ona bunu söylemek istedim fakat dudaklarım tekrardan kapandığında hayatımda ilk defa bir sırrın ağırlığı beni bu kadar huzurlu hissettirdi. "Neden direkt onu soruyorsun?" dediğimde acı çektiğimi anlasın diye bilerek sesimi titrettim ve onu sakinleştirmek için boşta olan elimi yüzüne yerleştirdim. Başparmağım yanağını okşadı. "Caner, kişisel düşünüyorsun. Onu kıskanıyorsun ama kıskanacağın hiçbir şey yok."

Bakışlarındaki öfke silindi fakat yerini küçümseyici bir ifade aldığında bunun daha kötü olduğuna kadar verdim. "Bir piç kurusunu asla kıskanmam," diye fısıldadı, yüzüme yaklaştı. "Ama seni, bakışlarını, yüzünü de başkasıyla paylaşamam." Kolumu bıraktığında eli yüzüme dokundu, parmakları tenimi okşadı. "Benim onunla savaşa sürükleme çünkü kaybeden o olur ve her şeyi mahvederiz Helin."

Onu küçümsüyordu, onu kimseyi küçümsemediği kadar çok küçümsüyordu. Yankı Sarca'yı küçümsemek aptallıktı ama bunu ona söylemek yerine, "Biliyorum," deyip onun egosunu okşadım. "O senin zekânı ve gücünü alt edemez."

Yüceltilmiş bir özgüvenle gülümsediğinde elimi yüzünden indirdim ve onun gülümsemesine karşılık verdim. "Fakat yine de kurtuluşun yok," dedi düz bir sesle. "Senden bir bilgi bekliyorlar onlar hakkında. Bu kadar gündür hiçbir sonuca ulaşmamış olman dikkat çekici."

Derin bir nefes alıp "Size ulaşmamamın bir nedeni de bu," dediğimde gözlerine yine o tehditkâr bakış yerleşti. "Onlar hakkında neye ulaşmak istersem engelliyorlar. Son olayı biliyorsundur, bir uyuşturucu baronunu devirdiler ve Tankut diye bir adamı ellerine aldılar. Kasadan kırk bin çaldılar, araba çaldılar..."

"Bunları geç," dedi elini sallayıp beni susturarak. "Bunlar bilindik ve saklamadıkları durumlar. Bize bilmediğimiz, onların içinden olan bir şey ver."

Ne kadar çabalarsam çabalayayım ona herhangi bir şey sunana kadar beni bırakmayacağını ve burada kapana kıstıracağını biliyordum; onu senelerdir tanıyordum. İstediklerine ulaşana kadar kedinin fareyle oynadığı gibi oynardı. "Aslında bir şey biliyorum," dediğimde gözleri heyecanla açıldı. "Bu önemli midir bilmiyorum ama hepsinin günlükleri var. Öyle bir kural edinmişler, küçüklüklerinden beri günlük tutuyorlar."

Caner parmağını şaklattı ve yüzü aydınlandı. "İşte bu." Pencerenin kenarından çekildi. "O günlüklerden birine ulaşacaksın ve iki gün içerisinde onu bize getireceksin."

Yüzümü buruşturdum ve bunun imkânsız olduğunu söyleyeceğim sırada beni yine susturdu. "İmkânsız diye bir şey yoktur Helin, bizim için imkânsız yoktur, biliyorsun." Her zaman olduğu gibi çekinmeden ve izin dahi almadan beni kolumdan sertçe tutup çekti, dudaklarını alnıma yasladı. Düşündüğümden daha uzun süre ıslak dudaklarını alnımda tuttuktan sonra geri çekilirken "Sadece iki gün," diye fısıldadı. "Sakın üçüncü güne bırakma. Neden mi? Sana ne kadar köpek gibi âşık olursam olayım canını yakmaktan çekinmem, biliyorsun."

Aklıma sadece ve sadece Yankı'nın rol yaptığımız zaman dudaklarını alnıma dokundurduğu gelmişti. Bir oyunun içinde olsak bile ne kadar da nazikti fakat şu an Caner'in yaptığı, kendimden bile tiksinmeme neden olmuştu.

Yüzünü yüzümden uzaklaştırdı ve beklentiyle bana baktı. "Tamam," döküldü sadece dudaklarımdan. Onun yanından hızlıca geçip yatağın üzerindeki valizi indirdiğimde dolabımın içinde ne kaldığı bile umurumda değildi, çabucak bu odadan çıkmak ve Caner'den kurtulmak istiyordum.

Onun bana karşı olan hisleri hiçbir zaman umurumda olmamıştı. Aslında Caner, Ekip'in de çok umurunda değildi. O sadece bir öfke silahıydı.

"Ve sana her zaman ulaşacağım," dediğinde valizi sürükleyerek odadan dışarıya çıkıyordum, o ise odada kalmıştı. "Telefonunun ikinciyi çalmasını istemiyorum."

Durdum, sırtım ona dönük bir şekilde "Caner," diye soludum. "Sana tamam dedim fakat üzerime gelmekten vazgeç çünkü sen de biliyorsun ki ben öfkelenirsem değil sen, Ekip bile beni durduramaz."

Cevap vermesini beklemedim, sert bir şekilde kapıyı açtım ve kendimi dışarıya attım. Biliyordum, söyleyecek bir şeyleri olsaydı çoktan kolumu kavramış beni yolumdan döndürmüştü ama peşimden gelmiyordu. Ondan çekinmiyordum, ondan hiçbir zaman çekinmemiştim ama Caner'in benden çekindiği hatta korktuğu zamanları olmuştu, bunu biliyordum.

Asansörden aşağıya indiğimde kapıdaki memur kadın bana selam verip bir şeyler söyledi ama onu duymazdan gelerek yurttan dışarıya çıktım. Yankı'nın arabasına doğru yürürken beni gördü ve yaslandığı yerden doğruldu. Yüzü ilk başta yüzümde gezindi ama sonra vücuduma baktığında gözlerindeki boş bakışlar değişti, gözleri kısıldı. Bana doğru hızlı adımlarla yaklaşırken "Helin," dedi ve tam karşımda durduğunda yaralı olan kolumu tuttu. Acıyla inlediğimde dakikalardır hissetmediğim acıyı şimdi hissediyordum. "Kolun kanıyor." Dişlerini sıktı ve kirpiklerinin arasından bana bakarken gözleri yakından yüzümü inceledi. Parmakları kolumdan yüzüme tırmandı ve az önceki sert ellerin aksine yumuşak bir şekilde çenemi tuttu. "Ne oldu?"

Yüzümde kızarıklıklar olmalıydı, küçüklüğümden beri hasar gördüğüm anda çok çabuk kızaran hatta moraran bir yapıya sahiptim. Ona yalan söylemek istemediğim için "Buradan gidelim mi?" diye sordum ve yine o lanet olasıca sesim titredi. Yankı'nın karşısında ben bile anlamadan nasıl böyle gardımı düşürebiliyordum, aklım ermiyordu. Onun karşısında her acı çektiğimde ağlayacak, dengemi kaybedecek, gerçeklerimi ona gösterecek miydim?

Kafasını olumsuz anlamda iki yana salladı ve başparmağı çenemi havaya kaldırdı, boynumdaki izleri gördü. "Bana neler olduğunu söylemediğin sürece buradan bir adım bile atmayacağım." Sesinde endişe vardı, samimi bir endişeydi, bana yönelik bir endişeydi. Gerçek ve beni olduğum gibi kabul eden bir endişeydi. "Sana bunları kim yaptı?"

Gözünü yurda doğru çevrildi ve bir anda elini yüzümden çekerek oraya doğru ilerledi. İlk defa onu böylesine düşünmeden hareket ederken pervasız bir şekilde görüyordum. Birkaç saniye arkasından şaşkınlıkla baktım ve tam yurt kapısının önüne geldiğinde peşinden koşup kolunu tuttum. Memur ikimize bakarken onun duyamayacağı şekilde, "Lütfen, Yankı," diye fısıldadım. "Lütfen gidelim."

Çenesi kasıldı, kaşları çatıldı. "Kimse sana zarar veremez," dedi tek bir nefeste. Afallamış bir yüzle onun yüzüne baktığımda sanki büyük bir duvara çarpmıştım ve o da bunu anlamıştı. Beni bu derece önemsemiş olabilme ihtimalini düşünürken hızlıca "Kimse bizim yanımızdaki birine zarar veremez," diye hızlıca düzeltti fakat gözlerini kaçırdı. "Bu sefer oyun değil, biliyorum. Birisi sana zarar vermeye çalıştı."

Kendisinin içsel bir hesaplaşmadan dökülen bu cümleleri, kalbimi öyle bir attırmıştı ki kolumun acısını bile unutmuştum. O an bir daha asla yapamayacağım, yapmaya cesaret edemeyeceğim bir şeyi yapıp "Sana bende durduğu sürece canımı yakacak bir şeyi vermek istiyorum," dedim. Arkaya valizimin olduğu yere yürüdüğümde peşimden geliyordu. Fermuarı açtım ve mektubu çıkarıp ona uzattığımda üzerinde düşünmemeye çalışıyordum çünkü düşünürsem bunu yapmayacağımı biliyordum. "Soru sorma, üzerinde düşünme. Sadece bu mektubu okursam mahvolacağımı bil ve mahvolmamı istemiyorsan benim için bu mektubu sakla." Elim titriyordu. "Dizlerine bile kapansam bu mektubu bir daha bana verme ve sen de asla okuma."

Yankı, beklediğimden daha uzun süre düşündü ve benim yerime, mektuba baktı. Mektubu tutan elim titremeye devam ederken aklından geçeni görebiliyordum. Beni bu hale getirenin mektubu bana veren kişi olduğunu düşünüyordu. "Neden bana veriyorsun?" diye sorduğunda o mektubu almak istemediğini fark ettim.

"Çünkü senden başka güvenip bunu verebileceğim kimsem yok," dediğimde bakışları hızlıca gözlerime kaydı. "Bu mektupta belki de bir kız çocuğunun cesedi var ve ben kendi çocukluğumun cesedini görmek istemiyorum." Sesim titremeye devam ederken onun turkuaz gözlerindeki sahiplenici bakışları daha fazla içlenmeme neden olmuştu.

"Bana güvenmen için hiçbir şey yapmadım." Net bir sesle kurduğu cümlesine gülümsedim.

"Güvenmemem için de hiçbir şey yapmadın ve ben sana bu konuda güvenmeyi tercih ettim, önemli olan da bu."

Bir anda elimden mektubu çekip aldı. "Benim omuzlarımda zaten tonlarca yük var," dedi umutsuz bir sesle. "Ama hissediyorum. Bir kız çocuğunun yükü, zamanı geldiğinde diğer yüklerimden daha ağır olacak ve ben sırtımı bile doğrultamayacağım."

Ağır olduğunu biliyordu belki de katlanılamayacak kadar büyük bir acı olduğunu hissediyordu ama benim yükümü sırtlanmaktan ve sonrasında büküleceğini bilerek kabullenmekten çekinmedi. O an belki de Yankı'ya hayatım boyunca yapabileceğim en büyük bencilliği ve kötülüğü yaptım, sırtına bir yük daha yükledim ve biliyordum, bir gün o mektubu benim değil de onun okuyacağına emindim.

Yine de ona bu konuda güvenmeyi tercih ettim çünkü güven bir tercihti; ben Yankı Sarca'ya güvenmeyi tercih etmiştim.

Sokak Nöbetçileri'nin bütün üyeleri kapıda durmuş Mutlu'nun artık aşağıya inmesini bekliyorlardı. Çaprazımda duran Lâl artık benimle hiç ama hiç göz teması kurmuyordu fakat bugün diğer günlerden daha keyifli olduğunu hissedebiliyordum.

Yankı'yla yurdun önünden ayrıldığımızdan beri tek bir kelime dahi konuşmamıştık. Yol boyunca ikimiz de sessizliğimizi korumuş, evin önüne geldiğimizde de o beni bırakıp gitmişti. Işık koluma pansumanı yaparken nasıl tekrardan kanadığını sormamıştı, bunu da daha önceden bir şekilde Yankı'nın onu uyarmasıyla olduğunu düşünmüştüm. Eşyalarımı yine Lâl'in fotoğraflarını banyo ettirdiği odaya koymamı istemişti Işık ve o kırmızı ışıklı odaya girip, birkaç parça kıyafet aldıktan sonra çıkmam bir olmuştu.

Üzerimde kolsuz, siyah bir body altımda dar siyah bir kot pantolon vardı. Ayaklarıma giydiğim topuklu botlarıma rağmen Yankı'nın boyuna ulaşamamıştım. En fazla Mutlu ile aynı boylarda olduğumu düşünüyordum fakat o da ortalarda görünmüyordu.

"Mutlu!" diye bağırdı Bartu merdivenlere doğru. Kaşları çatıktı. "Biraz daha gelmezsen donsuz silkeleyeceğim seni!"

"Geliyorum Bay Asabi!" diye bağırdı. Birkaç saniye içerisinde evin içinde bin sekiz yüz yıllarından kalma bir senfoni çalmaya başladığında hepimiz birbirimize baktık. Işık dışında herkes şaşkındı, Işık ise gülümsüyordu.

"Ve işte karşınızda!" diye bağırdı Işık. Merdivenlerin son basamağına çıktı ve eliyle yukarıyı işaret etti. "Türkiye Prensi Mutlu Sarca!"

"Mutlu Sarca değil!" dedi Mutlu kafasını eğip öfkeyle. "Mutluga Sarcaios!"

Işık ellerini kaldırıp onu susturdu ve boğazını temizleyerek onu "Mutluga Sarcaios!" diye takdim etti bize. Yarım dakika sonra Mutlu merdivenlerin başında göründüğünde gözlerim irice açıldı ve baştan aşağı onu süzdüm. Bartu, "Lan bu ne?" demişti ve Işık gülmeye başlamıştı.

Üzerinde simsiyah bir smokin vardı. Papyonu, kuşağı ve gömleği ise Pembe Panter desenliydi. Ayaklarındaki beyaz Converse ayakkabıları kıyafetlerine fazlasıyla zıt duruyordu. Saçlarını ensesinde sıkı bir şekilde toplamış, iki yana ayırmıştı. Jöleyle sabitlediğine adım gibi emindim. Elindeki viski bardağını havaya doğru kaldırdı, bizi selamladı ve küçümseyici bir sesle "Sayın halkım!" diye bağırdı. "Bu geceyi sizinle geçireceğim için fazlasıyla müteşekkirim."

"Neysin?" Bartu başını önüne doğru eğdi. "Müfettiş mi?"

Mutlu gözlerini devirdi ve Bartu'yu duymazdan gelerek merdivenleri ağır ağır inmeye başladı. O kadar sevimli görünüyordu ki onun yanaklarını sıkmamak için kendimi zor tutuyordum. Son basamakta duraksadı ve aynı küçümseyici ses tonuyla "Benimle vakit geçirme şerefine eriştiğiniz için onur duyuyorsunuz, biliyorum fakat ben aynı şeyi söyleyemeyeceğim," diye mırıldandı. Gözleri Bartu'ya kaydı. "Özellikle kendini Grey sanan şu kıro bozması beyefendi yüzünden bir hayli zorlanacağım gibi görünüyor."

Bartu, uzanıp Mutlu'nun ensesine vurdu ve elindeki viski bardağını alıp kafasına dikti. Mutlu şaşkınlıkla ona bakarken kendimi tutamayarak sesli bir şekilde kahkaha attım ve bu ânı bekleyen Işık da bana katıldı. "Mutlu," dedim ona gülerek.

"Mutluga, seksi madam," dedi ciddi bir sesle. "Adımı lütfen doğru telaffuz edin."

"Mutluga Sarcaios," dedim ve önünde eğilip ona saygımı gösterdim. "Bizi böylesine onurlandırdığınız için asıl biz size müteşekkiriz."

"Helin." Bartu bana baktı ama onun da dudaklarını birbirine bastırdığını gördüm. "Şunu şımartma. En son böyle şımardığında gecenin sonuydu ve Mutlu fazla alkolden gömleğimin içine kusuyordu."

Mutlu, cilveli bir şekilde güldü ve Bartu'yu duymazdan gelerek elini öne doğru uzattı. Bartu'nun onu basamaktan indirmesini ve elini öpmesini beklerken "Eğer bu gece benim eşim olursan," dedi, bekledi ardından göz kırptı. "Anladın sen onu Bay Asabi Kıro."

Bartu elini ensesine koydu. "Yankı," dedi sessizce. "Sen mi silkelersin, ben mi ayaklarından tavana asayım?"

"Hayır hayır," dedi Işık ve Mutlu'nun önüne geçti. "Sabahtan beri hazırlanıyor, onu rahat bırakın ve kendini prens gibi sanmasını sağlayın."

Gözlerim Yankı'ya kaydığında eğlenen bir ifadeyle Mutlu'ya baktığını gördüm. "Prens Mutluga," dedi o da bize ayak uydurarak. Bartu hayal kırıklığıyla Yankı'ya baktı. "Artık çıkalım mı? Halkınız sizi bekler."

"Elbette," dediğinde basamaktan aşağıya zıpladı. Benim ve Yankı'nın yanından geçerken ikimizin yüzüne baktı, kapıya doğru yaklaştı. Ardından geriye doğru birkaç adım atıp yine karşımızda durdu. Uzun uzun bizi inceledikten sonra "Siz öpüştünüz mü?" diye sordu. Gülümsememem silindiğinde "Halkımın gözlerinden anlarım," diye fısıldadı. "Sizin gözlerinizde öpüştükten sonra daha fazlasını isteyen çılgınlar beliriyor. Yatak kırmalar, kırbaçlar, aman Tanrım!" Elinin tersini alnına koydu. "Bu durum idam gerektirir."

"Mutlu." Yankı tehditkâr bir şekilde gülümsedi ve bana baktı. Çok uzun sürmeden tekrardan Mutlu'ya baktığında "Seni Osman Amcanın kucağına bırakmamı istemiyorsan yürümeye devam et," dedi. Üzerine giydiği koyu mavi tişörtü gözlerinin rengini daha fazla ortaya çıkarmıştı. "Ve biliyorsun, Osman amca seni idam etmez, daha fenasını yapar."

"Ah lanet olasıca Osmanisko!" diye inledi ve eliyle Bartu'yu yanına çağırırken kapıya doğru yürüdü. "Bartukıç, beni korumaya yeminli askerimsin bugün!"

"Bartukıç mı?" Bartu elini saçlarına geçirdi ve Mutlu'nun hemen yanına gittiğinde çoktan kapıdan dışarıya çıkmışlardı. "Başka bir isim bulamadın mı ulan?"

Mutlu arkaya doğru eğilip Bartu'nun kalçalarına doğru baktı. "Hımm," diye homurdandı. "Böyle bir malzemen varken sana başka isim takamadım."

Bartu, Mutlu'yu bisikletine doğru itekledığinde diğerleri de bisikletlerine doğru ilerlediler. "Ne oldu?" diye sordu Yankı Mutlu'ya alayla. "Atın kaçtı mı Mutluga Prens?"

Mutlu, buna hazırlıksız yakalanmıştı bu yüzden birkaç saniye düşündü ve bisikletine bindikten sonra "Halkımla eşit durumda olmaya çalışıyorum," diyerek kendini savundu. "Yoksa bir atım var ve o da şu an bisiklete biniyor."

Laf yine Bartu'ya gitmişti ve buna sessiz de olsa kahkaha atmıştım. "Mutlu," dedi Bartu ayağını pedala koyarken. "Seni eşeğim yapmamı istemiyorsan o çeneni kapat."

"Helin," dedi Işık gözlerini açarak. "Seni nasıl unuttuk, bisikletin yok."

"Ben hallederim." Yankı Işık'ı susturduktan sonra gözüyle bisikletini işaret etti ve ona yaklaştığımda "Önüme binmek istemez misin? Rahatsız gelmeyeceksin bu sefer," diye fısıldadı. Yine gözlerine o alaylı ve tehlikeli ifade yerleştiğinde turkuaz gözlerine bakmaktan çekinmiştim.

"Yankı," dedim ve sertçe bisikletin direksiyonunu tutan elini itekledim. Demire yan bir şekilde oturdum ve bacaklarımı kaldırdım. "Şu sokak ağzından ve imalarından ne zaman vazgeçeceksin?"

Grubun diğer üyeleri pedalları çevirdiler ve bulundukları yerden hareket ettiler. Başımı çevirip ona bakmamı beklediğini biliyordum ama bunu yapmadım. O sırada nefesi saçlarımın arasına karıştı ve dudaklarını da saçlarımda hissettim. Kulağıma doğru "Sokaklarda büyümüş bir adamım ben," dedi alayla. "Alışmak ya da beni değiştirmek zorundasın *Leydim.*"

Yutkunarak "Hepimiz Mutlu'nun etkisinde kaldık gerçekten," dedim ve Yankı bisikletini hareket ettirdi. "Seni değiştirebilecek kadar güzel bir üslubum yok."

"O hâlde ikimiz de sokak çocuğu olarak hayatımıza devam edebiliriz," dedi ve gülümsediğini hissettim. "Zaten sana da bir Leydi olmak yakışmazdı."

"Nedenmiş o?" dedim kırgınlıkla.

"Neden mi?" Nefesini yine saçlarımda hissettim. "Erkeğini yere devirmekle tehdit eden bir Leydi gördün mü sen?"

"Erkeğini mi?" diye sordum hafifçe tebessüm ederek. "Kadınını yere devirmekle tehdit eden bir lort olabiliyor da leydi neden olmasın?" Gözlerimi devirdim. "Ve bunu hiç başaramayacaksın."

Hareketlendi ardından bir elini direksiyondan çekip çenemi kavradı ve yüzümü yüzüne çevirdi. "Bilerek mi yapıyorsun?"

"Neyi?"

"Başkaldırmayı ve meydan okumayı."

"Ah," dedim sırıtarak. "Öfkelendin mi?"

"Keşke öfkelendirseydi," diye fısıldadı ve başını hafifçe eğip kirpiklerinin arasından bana baktı. Öfke, kin ya da nefret yoktu. Daha farklı duygular vardı ve turkuaz rengi gözlerindeki ifadeyi silmek için kendisine karşı koymaya çalıştığını hissettim fakat başarısız oluyordu. Gözleri yavaşça dudaklarıma doğru kaydı ve anlık olarak dudaklarımı ıslattığımda çenesi kasıldı.

Diğer eliyle tuttuğu bisikletin direksiyonu hareket etti. Yankı eliyle fren yerlerini öyle sıkı tutuyordu ki hâkimiyeti direksiyonu bile titretiyordu. Kontrolün tamamen ellerimde olduğunu hissettiğimde "Filmlerde böyle sahnelerde erkeğin kalbi hep çok hızlı atar ve düşündüğü sadece kadını öpmek olur," dedim. Yankı bir anda afalladı ve karşılığını aldığında zaferle gülümsedim, o ise gözlerini benden ayırdı, bisikleti hareket ettirdi. "Güzel," dedim önüme dönerken. "Gerçekten öpmek istiyormuşsun."

"Seni var ya..." dedi ve sustu. Devam etmedi, ne geleceğini çok merak ettim. Ona başkaldırmaktan, meydan okumaktan fazlasıyla keyif alıyordum.

On dakika sonra kocaman, bütün sokağı kaplayan beyaz bir çadırın önünde durduğumuzda "Burası mı?" diye sordum merakla. Sokağı inleten yüksek ses müzik ve kapının önündeki sigara içen, kahkaha atan insanlardan burasının olduğu belli oluyordu. Bir adı yoktu, bir süsü yoktu, bir albenisi de yoktu. Sade bir çadırdı ama içerideki neon ışıklar çadırın duvarlarına çarpıyordu.

"Hey!" dedi Işık ve Mutlu'yu kolundan çekip zıplamaya başladı. "Bugün deliler gibi sarhoş olmak istiyorum!"

Bartu, Lâl'in hemen yanına geçti ve onun kulağına doğru eğilip bir şeyler söyledi. Lâl'in gözleri benimle kesiştiğinde omzunu indirip kaldırdı ardından Mutlu'yla Işık'ın yanına doğru yürüdüler.

"Çok tuhaf bir yer," dedim ve kapıdaki adamların bize el sallayıp gülümsediklerini fark ettim. "Bir gece kulübüne geleceğimizi sanıyordum."

Yankı gülümsedi. "Buradaki herkes birbirini tanır ve bizim gibi olmayan kimse de giremez." Elini sırtımda hissettim, sahiplenici bir şekilde beni yanımızdan geçen erkeklerden korudu. "Osman amca, Önder'in arkadaşı. Beraber burayı kurdular ama her şey Osman amcaya ait." Yüzü yüzüme döndü. "Osman amca ellisinde bir adamdır ve inanılmaz kafadır. Onu bir süreden sonra masaya çıkmış oynarken bulabilirsin."

Kimsenin giremeyeceği konusunda içim rahatlamıştı çünkü Caner'in her anımı izlediğini biliyordum. O an kafama dank etmesiyle beraber yüzümü buruşturdum ve bisikletteki Yankı'yla olan hâlimizi düşündüm. Tedirginlikle kapıdan içeriye girmeden önce arkama baktım, gözlerim Caner'i aradı ama onu göremedim.

Kapıdaki adamlar Yankı ve benim bileğime bir damga vurdular ardından çadırdan içeriye girmemiz için işaret ettiler. Bir tanesi Yankı'nın omzuna vurdu ve nasıl olduğunu da sordu, bana ise sadece gülümsedi.

Bileğimizdeki damgada S ve N harfleri vardı, iç içe geçmişlerdi.

Sokak Nöbetçileri.

Kendimi Sokak Nöbetçileri'ne ait hissettiğim ilk an, o andı.

Yüksek ses kulaklarımı çınlatacak kadar fazlaydı ve insan kalabalığı o kadar çok vardı ki adım atmakta zorlanıyordum. Bembeyaz çadırın duvarlarında grafitiler yer alıyordu, isimler vardı ve gülümseyen yüzler çizilmişti. Yerler asfalttı. Variller her tarafa yayılmıştı. Bir tane bar tam köşede duruyordu, yanında dj kabini vardı. Birisi kolumdan çekiştirdiğinde korkarak baktım ve Işık olduğunu gördüm. "Hadi!" diye bağırdı. Bizi solda kalan bir varilin yanına götürdüğünde hepsinin daire şeklinde dizildiğini gördüm.

"Yankı," diye bağırdı Bartu, hemen yanına çağırdı. Elini kaldırıp ona uzattığında Yankı da sertçe eline çarptı, omzuyla omzuna vurdu. "Bugün kör olmaya var mısın?"

Yankı güldü. "Hep sen kör oluyorsun," diyerek çenesini dikleştirdi. "Ne zaman kör olduğumu gördün?"

"Arkadaşlar," diye bağırdı Bartu öne doğru eğilerek. O sırada varilin üzerine alkol şişelerini bir adam bıraktı ve hepimize gülümseyerek selam verdi. Bira, votka, viski hatta tekila bile vardı. Yankı değil ama ben kör olacakmışım gibi hissetmeye başlamıştım. "Bugün Yankı'yı kör etmeye var mısınız?"

Işık, önündeki birasının kapağını açıp birkaç yudum aldı ve şişeyi havaya kaldırdı. Hepimiz onun yaptığını tekrar ettiğimizde Yankı hariç şişeler havada tokuşturuldu. "Varız!" diye bağırdı Mutlu. "Yankıtu bugün mahvolacaksın!"

"Yankıtu!" dedim ve gülmeye başladım. Biradan içtiğim büyük yudumlar serinlememe neden olmuştu. Yankı bira yerine viski içmeye başlamıştı ve gülümsüyordu. "Benim adım ne peki?"

Mutlu birkaç saniye düşündü ve sonra parmağını şaklattı. "Helinski," dedi ardından yüzünü buruşturdu. "Helin'in siki gibi oldu ama olsun."

Elimle omzuna vurup "Hayır!" diye hırladım. "Bir prenses adı gibi oldu bence."

Çevredeki insanlar kendi hallerinde dans ediyorlar, içiyorlar ve birbirlerini bir an bile dikkat etmiyorlardı. O kadar rahat bir ortamı vardı ki bu yeri inanılmaz çok sevmiştim. Normalde insanların olduğu yerde dans etmekten hoşlanmayan ben, şimdi burada dans edebileceğimi hissedebiliyordum.

O anlarda yanımıza yaşlı bir adam geldi ve herkes hızlıca Mutlu'ya baktı. Bu kişinin Osman amca olduğunu anladığımda gülmemek için kendimi zor tuttum. Yankı gibi masmavi gözleri vardı ve boyu benim boylarımdaydı. Kır saçları kıvırcık, ensesine doğru geliyordu. Üzerinde askılı bir pantolon, içinde Tazmanya Canavarlı bir tişört vardı. Bir anlık Mutlu'nun yaşlılığının Osman amcaya benzeyebileceğini düşünüp keyiflendim.

"Çocuklar!" dedi ve elindeki votka bardağını havaya kaldırdı. Hepimiz bardağa tokuşturduğumuzda içmeye devam ettik. "Uzun zamandır gelmiyordunuz." Gözleri bana kaydı ve hemen yanıma gelip ellerimi tuttu. "Ah, senin namını duymuştum. Demek grubun yeni üyesi sensin!" Başımı aşağı yukarı salladığımda Yankı'ya dönüp baktı. "Güzel kızmış."

Utanarak ellerimi ondan kurtardım ve Yankı'yla göz teması kurmamaya dikkat ederek varilin üzerindeki çerezden bir tane ağzıma attım.

Bartu "Ah Osman amcacığım," deyip onun omzuna sarıldı ve Mutlu'ya göz kırptı. "Bizim aklımızda hiç yoktu, Mutlu zorla bizi buraya getirdi."

Osman amca Mutlu'yu sona bırakmış gibiydi. Yüzüne utangaç bir gülümseme yerleştiğinde Bartu'nun omuzlarını tutup onu hafifçe itekledi. "Mutlu," dedi sevecen bir sesle. Ona doğru birkaç adım attığında başını önüne eğip âdeta cilveli bir bakış attı. "Nerelerdesin kıvırcığım?"

"Biri Osmanisko'ya bana bir adım daha yaklaşırsa onu idam ettireceğimi söylesin lütfen," dedi ve Osman amca Mutlu'yu kendine çekip sıkıca sarıldı. Mutlu dudaklarını oynatarak Bartu'ya 'Bittin sen' dedi ve Osman amcanın sırtını sıvazladı. "Ah Osmanisko amcacığım, dedeciğim, babacığım, yaşıt olmayanım, ellerini öpeyim, ver."

Osman amca gücenerek geriye doğru çekildi ve ellerini Mutlu'nun yüzüne koydu. "Amca deme bana." Parmakları Mutlu'nun saçlarına ilerledi. "Osman de, Osmik de, Osi de."

"Ah be Osmanisko," dedi Mutlu dudaklarını bükerek. "Senle ben Grey'in fakirleşmesi kadar imkânsızız. Senle ben yan yana gelen ve sevişmeyeceğini düşünen Bihter, Behlül kadar imkânsızız. Sen Tazmanya Canavarı'sın, ben Pembe Panter'im. Beni incitirsin sen..."

"Aa," dedi Bartu ve ikisinin arasına girdi. "Neden öyle diyorsun? Uyurken Osman amcanın adını sayıklayan sen değil miydin?"

Osman amca gülümsedi. Mutlu'nun kaşları çatıldı ve büyük bir kasırga geleceğini o an anladım. "Senle ben olamayız. Eğer olursak," dedi Mutlu Bartu'nun yüzüne bakarak. Ardından sırıttı. "Çizgi filmden nefret ettiği hâlde sırf sevdiği kızın elini tutmak için sinemaya gidip iki saat çizgi film izleyip yine de kızın elini tutamayan o adam kadar kötü bir hâlde oluruz."

Söylediğini sadece ben, Bartu ve Yankı duymuştuk. Işık ve Lâl diğer taraftaydı, Işık olduğu yerde dans ediyor Lâl de ona alkış tutuyordu.

"Ov," dedi Yankı ve yüzünü buruşturdu. "Bu çok fena bir kapaktı, çadırda sesi inledi."

Bartu'nun ilk başta gözleri açıldı, şaşkınlıkla Mutlu'nun yüzüne baktı sonra bakışları kısıldı. "Bittin sen," diye inledi. "Seni mahvedeceğim." Mutlu'nun üzerine atlayacağı sırada Mutlu geriye doğru kaçtı ve elindeki biranın ağız tarafını kapatarak hızlıca birayı salladı. Şişeyi havaya doğru kaldırdı. Bartu'nun "Sakın!" diye bağırdığı sırada parmağını ağız tarafından çekti ve köpüren biranın hepsi komple Bartu'nun üzerine fışkırdı. Onunla beraber bizim de üzerimize geldiğinde geriye doğru kaçtık.

Yankı gülmeye başladı ve Mutlu geriye doğru adımlar attı. Çevredeki birkaç grubun dikkatini çekmiştik, gülümsemeyerek bize bakıyorlardı. Ben de Yankı'ya eşlik edip güldüğümde Bartu'nun öfkeden dolayı ne yapacağını şaşırarak etrafına baktığını gördüm. "Bartu," dedim tedirgin ama gülen bir yüzle. "Bu sefer ben bile korkuyorum."

Bartu, hızlıca varilin üzerindeki açılmamış votka şişesini aldı ve "Sana bu şişenin hepsini zorla, kusturana kadar içireceğim," dedi Mutlu'ya. Mutlu'nun gözleri açıldı, bir şişeye bir Bartu'ya baktı ve kafasını iki yana salladı.

"Yankıtu," dedi Mutlu korkuyla. "Lütfen yardım et, yakışıklı bebeğim. Beni bu şeytanın ellerine verme."

"Hak ettin." Yankı gülmeye devam ederken ikinci bardak viskisine içiyordu. "Daha fazlasını yapsa bile durdurmam."

Bartu, şeytani bir şekilde güldü. "Kaçmaya başlasan iyi edersin," diye fısıldadı. Mutlu bu cümleyi bekliyormuş gibi arkasına bakmadan koşmaya başladı ve Bartu da elinde şişeyle onun peşinden gitti. Çadırın içinde, çevresinde insan olmayan varilleri devirerek koşarlarken onları izlemeye devam ettim. Osman amca ise mutsuz bir yüzle yanımızdan uzaklaştı.

"Hey!" Işık bir şeyleri kaçırmanın verdiği mutsuzlukla kaşlarını çattı. "Neler oldu onlara yine?"

"Önemli bir şey yok," dedi Yankı ve göz ucuyla Lâl'e baktı. "Klasik ikili."

Bu konuda bile yalan söylemedi.

"Bartu, Mutlu'nun bisikletine zarar verdiğini mi fark etti?" İkimiz de şaşkınlıkla onlara baktık. "Ah fark etmemiş. Neyse Bartu bisikletini yaptırmaya giderken, Helin'i de götürsün. Helin de kendine bir bisiklet alsın."

Ne diyeceğimi bilemeyerek Işık'a baktım ve kararsız bir ses tonuyla "Bisiklet mi?" diye sordum.

"Evet," dedi Işık dirseklerini varile dayayıp üzerime doğru eğilerek. "Beğenmedin mi?"

"Beğenmemek değil..." Gözlerim Işık'tan ayrıldı, Lâl'e baktım ve onun da ilgiyle bizi dinlediğini gördüm. "Ben kullanmayı bilmiyorum."

"Nasıl yani!" Işık o kadar çok şaşırmıştı ki kaşlarımı çatmak zorunda kalmıştım. "Biz küçüklüğümüzden beri bisikletlere bineriz ve en güvenli ulaşım aracının bisiklet olduğu bize öğretildi. Sana kimse öğretmedi mi?"

Sustum ve biradan büyük yudumlar aldım. Bugün art arda yaşadıklarım ve duygu değişimlerim yüzünden çok çabuk sarhoş olabileceğimi hissediyordum ama yine de içmekten vazgeçmiyordum.

Yankı, tek dirseğini varile dayadı ve Işık'a bakan görüş açımı kapatarak "Gözlerin umutla doldu," dedi. "Bisikletin olmasını ister misin?"

Biranın ağız tarafında parmağımla daire çizerken "Sanırım evet," diye yanıtladım. "Küçüklüğümden beri bisiklet süren insanlara hep imrendim. Hatta masmavi bir bisikletim olsun istedim fakat hiç olmadı. Büyüdükten sonra da tamamen unuttum. Sizler bana bisiklet hayalimi tekrardan hatırlatıyorsunuz."

Yankı uzun süre yüzümü inceledi. Ne aradığını bilmiyordum ama bir şeyler aradığı belliydi. Bakışlarımı ondan kaçırdığımda "Ben Bartu'yla Mutlu'ya bakayım," dedi ve geriye doğru çekildi. "Ortalıkta görünmüyorlar, Bartu Mutlu'yu haşlamadan onu kurtarayım."

"Ah, ben de geleceğim," diye inledi Işık. "Mutlu'nun beni kurtarmadın diyerek trip atmasını istemiyorum."

Yankı kafasını salladı ve ikisi beraber gittiklerinde Lâl ile beraber yalnız kaldık. Bakışlarımız bir anda kesişti ve ikimiz de aynı anda başka yöne baktık. Lâl ikinci şişesine geçerken ben de sepetin içinden ikinci bira şişesini çıkardım ve ona bakmayarak "Sana teşekkür etme fırsatı bulamadım," dedim içten bir sesle. "Kanını verdiğin için teşekkür ederim. Benden nefret ettiğini düşünüyordum."

İnadı boş verip yüzüne baktığımda başını olumlu anlamda aşağı yukarı salladığını gördüm, bu ‹zaten senden nefret ediyorum' demekti. "Ah, evet," dedim ve biradan hızlı yudumlar içtim. "O zaman düzelteyim, benim ölmemi isteyecek kadar benden nefret ettiğini düşünüyordum." Bu sefer koyu renk gözleriyle öylece durup bana bakmaya devam etti. Eskisi gibi bakmadığını fark ettiğim an kendimi tutamayarak varilin üzerine koyduğu elinin üzerine elimi koydum. "Sana kötülük yapmamdan mı korkuyorsun? Bunu sana asla yapmam Lâl. Benden nefret etme."

Lâl kafasını olumsuz anlamda iki yana salladı ve gözleri Yankı'nın durduğu boşluğa döndü sonra tekrardan bana baktı. Elimi elimden çekmemişti ama rahatsız olduğunu hissedebiliyordum. "Yankı'ya kötü bir şey yapmamdan korkuyorsun o hâlde?" dediğimde düz gözlerle bana baktı ama haklıydım. "Neden Yankı?" diye sordum ona kötülük yapmayacağımın güvencesini vermeyerek. "Neden Bartu'ya kötü bir şey yapacağımdan değil de Yankı'ya kötü bir şey yapacağımdan korkuyorsun?"

Sertçe elini elimden çekti ve kaşları çatıldı. Bir adım atıp bana yaklaştığında artık konuşarak benimle iletişim kurmak istediğini anlayabiliyordum. O sırada Mutlu, Bartu ve Işık yanımıza geldiğinde Mutlu'nun gözlerinin baygın baktığını gördüm. Bartu, yarısına kadar boşalmış olan votka şişesini sertçe varilin üzerine koydu ve Mutlu'nun ensesini tuttu. "Ne oldu Prens? Ülken mi çöktü?"

"Yankı nerede?" diye sordum Işık'a.

Birkaç saniye düşündükten sonra "Birilerine takıldı, gelir şimdi," dedi ve lafı hızlıca değiştirdi. "Bartu, bir fikrim var. Yankı'yı nasıl kör edeceğimizi biliyorum." Bartu, Mutlu'nun ensesini bıraktı ve merakla Işık'a döndü. Lâl'in ben konuştuktan sonra keyfinin kaçtığını hissedebiliyordum. "Papazın kazığı diye bir oyun var. İskambil kâğıtları rastgele önümüze koyuluyor ve kırmızı renk geldiğinde içiyoruz, siyah geldiğinde içmiyoruz. Oyunun asıl önemli noktası ne biliyor musun? Papaz gelen kişi ortadaki büyük kovaya istediği kadar alkol koyabiliyor. Ama!" Heyecanla ellerini çırptı. "Dördüncü papazın çıktığı kişi, o kovadaki alkolün hepsini içiyor."

Bartu hevesle Işık'ı dinledikten sonra güldü. "Şimdi bittin Yankı," diye mırıldandı. Ardından ortalıkta dolaşan garsonu çağırıp iskambil kâğıtlarıyla kova istedi. Yankı gelmeden hemen önce iskambil kâğıtları ve kova masaya geldiğinde Bartu'yla Işık iskambil kâğıtlarını önümüze dağıttılar. Sonuncu papazı Yankı'yla gelecek şekilde ayarladıklarında huzursuzca kıpırdandım, arkasından iç çeviriyormuş gibi olmuştu ve huzursuz olmam o kadar saçmaydı ki. Onun arkasından en fazla iş karıştıracak kişi bendim oysa ki.

"Sizi söyleyeceğim," diye homurdandı Mutlu Bartu'ya ters bir şekilde bakarak. "Ve Yankı sana geriye kalan votkayı içirirken sırtına çıkıp seni koşturacağım koca götlü kıro." Konuşurken kelimeler birbirine giriyordu ve sarhoş olduğu çok belliydi. Bartu'ya trip atarken bile çok tatlı görünüyordu.

"Sakın." Işık tehdit ediyormuş gibi Mutlu'nun üzerine yürüdü. "O bize hep böyle tatlı oyunlar yapıyor, sıra bizde. Eğer oyunu bozarsan seninle konuşmam."

Yankı'nın yaklaştığını gördüğümde şişeyi havaya kaldırdım ve dudaklarımı kapatarak "Sessiz olun," dedim. "Geliyor."

Yankı geldi ve hepimizin yüzüne baktı. Mutlu ve Bartu'yu incelediğinde "Mutlu," diyerek gülümsedi. "Kör olmamışsın ama kafan yerinde değil gibi."

Kaşlarımı havaya kaldırdım. "Sen onları görmedin mi zaten?"

Işık ellerini havaya kaldırdı ve sorumun arada kaynamasına neden olup "Oyun oynayacağız," dedi Yankı'ya. Sonra hızlıca oyunu anlattı. Yankı kabul ettiğinde önümüze koyulan alkol dolu sepetten tekila şişesini çıkardılar. Hepimizin önüne tekila bardaklarını koydular sonra bardakları doldurdular.

"İlk ben başlıyorum," dedi Işık ve önündeki kartı çevirdi. "Kırmızı!" diye bağırdı sonra bardağı kafasına dikti. Sonra Mutlu'ya geçti sıra, o çevirdi ve siyah çıktığında hevesle, "Teşekkürler!" deyip ellerini birleştirdi. "Midem bulansın istemiyorum."

Sıra Lâl'e geçtiğinde merakla çıkacak olan kartı bekledim ve papaz çıktığında Bartu, "İşte benim Lâl'im," diyerek göz kırptı. "Doldur kovaya içkiyi."

Lâl özür diliyormuş gibi Yankı'ya baktı, Yankı ise neden böyle baktığını belki de anlayamadı. Kovaya bir şişe biranın yarısından daha azını döktüğünde Bartu onu beklemeyerek kartı çevirdi ve kırmızı çıktı. Bardağı kafasına dikti sonra hemen viskisinden de birkaç yudum aldı.

Herkesin gözleri bana baktığında kartı çevirdim ve kırmızı geldiğini kartı kaldırıp gösterdim. Sonra bardaktaki alkolü içtim ve tekilanın yakıcı tadı boğazımdan geçerken yüzümü buruşturdum. Benim arkamdan Yankı da çevirdi ve ona siyah geldiğinde Işık ile Bartu bakışıp gülüştü.

Defalarca tur atlamıştık ve son papazın kime çıkacağı merak konusuydu. En fazla kırmızı çıkan bendim ve başım bozuk bir saat gibi dönerken ışıklar sanki gökyüzünden yüzüme vuruyordu. Ayakta bile zor durabildiğimi yaslandığım varilden anlıyordum. Yankı iki kere fondip yapmıştı ve bir kere ona papaz çıkmış, kovayı alkolle doldurmuştu. Benden daha fazla içen diğer kişi Lâl'di. Onun da bakışları değişmişti ve eliyle ağzını kapatıyordu, midesi bulanıyor olmalıydı.

Hepimiz bir şekilde sarhoştuk ya da sarhoşluğa adım atmaya başlamıştık ama birimizin bile kafasının ayık olduğunu düşünmüyordum. Mutlu olduğu yerde dans ediyor, ona siyah çıktıkça zıplıyordu. Keyfi yerine gelmeye başlamıştı, sırası geçtikçe yan taraftaki insanlara dönüp onlarla dans etmeye devam ediyordu.

Kart çevirme sırası bana geldiğinde, "Şanslıyımdır," dedim kelimeyi zorlukla telaffuz ederek. "Papaz sana çıkacak Yankı Sarca."

Yankı'nın güldüğünü hissettim ama ona baktığımda başım daha fazla dönüyormuş gibi geliyordu. "Ben kendi şansımı kendim yaratırım, Helin Aktan." Omzumu indirip kaldırdım ve kartı çevirdiğimde siyah geldiğini gördüm. Minnetle Bartu'ya baktığımda onun gözleri Yankı'daydı.

"Hadi!" diye bağırdı Işık ve Mutlu'nun omzuna eline atarak dans etmeye başladı. "Çevir bakalım Yankı!"

Yankı kafasını iki yana salladı ve başını önüne eğdi. Yavaş yavaş son kalan kartı eline aldı, çevirdi ve ilk olarak ne geldiğini kendisi gördü. Gözlerindeki ifade değişti, hepimize tek tek baktı ve dudaklarını büktü. Kâğıdı bize doğru çevirdiğinde siyah sekiz olduğunu gördüm. "Tüh," dedi yapay bir mutsuzlukla. "İçemeyeceğim."

Hepsinin yüzü asılmıştı, şaşırmışlardı. "Nasıl ya?" dedi Bartu, Işık'a dönüp fakat Yankı diğer elinde tuttuğu papazı havaya kaldırıp gülmeye başladı.

Sımsıcak gülümsemesine bakarken dirseğimi varile dayamıştım ve elim çenemdeydi. Ne olduğunu tam olarak çözemiyordum ama ne kadar başı dönerse dönsün yine zekâsını ortaya koymuştu. "Benimle oyun oynayabileceğinizi mi sandınız gerçekten?" diye sordu Yankı ve papazı varilin üzerine attı. "Ama madem bu kadar çok istiyorsunuz," kovayı iki eliyle tuttu ve bana baktı. "Kendi şansımı kendim yaratayım ve kör olayım."

Düşünmeden içi bira dolu kovayı dudaklarına yasladı ve içmeye başladı. Dudaklarının kenarından bira akarken masadaki herkes gülmeye başlamış, ben ise onu hayran hayran izlemeye devam etmiştim. Bir dakika sonra kovayı dudaklarından uzaklaştırdı ve derin nefesler aldı. Sonra tekrardan içmeye devam etti.

En sonunda kovadaki içkiyi bitirdiğinde yere attı ve elinin tersiyle ağzını sildi. "Vaov!" diye bağırdı Işık ardından alkışlamaya başladı. Onu takip eden Bartu'yla Mutlu'ydu. Benimle Lâl de alkışlamaya başladığımızda çevredeki insanlar da alkışladı. Herkesin bakışlarının Yankı da olduğunu o âna kadar fark edememiş olmak kafam güzel olmasa canımı sıkardı fakat şu an tek bir kişiye odaklanmak hoşuma gitmişti. Dikkatsizlik bazen çok keyifli olabiliyordu, özellikle dikkatsizliğin sebebi Yankı ise.

"O zaman dans!" diye bağırdı Mutlu ve bir anda Bartu'nun omzuna atladı. Bartu onu sırtından fırlatmaya çalışırken etrafında döndü ve Işık da Lâl'in yanına dans ederek gidip ellerini tuttu. Zaman ilerledikçe herkes daha fazla dans etmeye başlamıştı ve bulunduğumuz yerde benimle Yankı dışında öylece duran kimse yoktu.

Ayağımla şarkıya ritim tutarken bir kol beni çekti ve bu kişinin Mutlu olduğunu gördüm. Ellerimi tuttu ve "Dans et seksi!" diye bağırdı. Ritim duygusuyla dans etmiyordu, kendini kaybediyormuş gibi dans ediyordu. "Zıpla!" dedi ve onunla beraber dans ettim, ne dediyse yaptım ve zıpladık. "Şimdi kıvır." Onun gibi kıvırmaya başladığımda kahkaham kulaklarımda çınladı. Tekrardan zıplamaya başladığında ben de zıpladım. "Kıvır ve zıpla, kıvır ve zıpla! İşte böyle!" Uzun bir süre Mutlu'yla o şekilde dans ettik ve kahkaham bir an bile durmadı.

Osman amca yanımıza geldiğinde ve Mutlu'nun hemen yanında bittiğinde Mutlu dans ederek varilin etrafında dönerek ondan kaçmaya başladı, Osman amca da onu koşarak takip etti. En sonunda Mutlu Bartu'dan destek alarak varilin üzerine çıktı, Osman amcadan o şekilde kurtuldu. Boynundaki papyonunu çıkarıp sallamaya başladığında büyük bir heyecanla ona bakıp dans ediyordum.

Başımı çevirip diğer tarafa doğru dans ettiğimde Yankı'yı gördüm. Hemen yanında Bartu ve Lâl vardı ve onlar da dans ediyorlardı. Lâl'in elini tutan Bartu onu kendi etrafında döndürüyordu. Işık ise Osman amcayı Mutlu'dan uzak tutmak için onun kollarını tutmak için çaba sarf ediyordu; Osman amca varilin üzerine Mutlu'nun yanına çıkmak istiyordu.

Kafamın güzelliğinden miydi, o an hiçbir şeyi düşünmediğimden ötürü müydü bilmiyordum ama Yankı'nın ellerini tuttum ve onu ortaya doğru çektim. Öylece dururken ellerini tutarak zıplamaya başladım. "İşte bu!" diye bağırdı Mutlu bana doğru. "Akıllı biriymiş gibi değil, akılsız biriymiş gibi dans edin!"

"Zıpla ve kıvır!" Yankı'nın ellerini bırakıp dans etmeye devam ettim. Gülümseyerek beni izliyordu ve şarkıya ritim tutsa da bizim gibi dans etmiyordu, yine en aklı başında olanımız oydu. Bu kadar kontrollü olması canımı sıksa da o an değil, sonrasında bunu düşüneceğimi aklıma not ettim.

Ayağım hafifçe burkulduğunda "Hey!" dedi Yankı ve beni tuttu. "Dikkatli ol, sakatlanacaksın." Tek kolumdan dolayı zaten doğru düzgün dans edemediğimi hissediyordum bu yüzden öfkeyle kaşlarım çatıldı ve öyle dans etmeye devam ettim. Yankı ise çevredeki insanlara benim çarpmamam için mi yoksa onların bana çarpmaması için mi uzaklaştırdığını anlayamadım ama yine sahipleniyordu.

Osman amca Mutlu'ya sesleniyor, onu yanına alması için yalvarıyordu. "Tazmanya Canavarı," diye inledi Mutlu. "Pembe Panter'in pembe kıçından uzak dur artık! Seni istemiyorum!" Çoğu insan Mutlu'nun etrafında durmuş vaziyetteydi, herkes onun gibi dans etmeye başlamıştı ve ilgi odağı tamamen oydu.

Birisi Yankı'nın yanına geldi ve onun kulağına bir şeyler söyledi. Hemen sonra Yankı bir anda bileğimi kavradı. "Gel benimle," dediğinde hızlı adımlarla yürümeye başladı ve ben arkasında âdeta sürüklendim. Beni dışarıya doğru yürütüyordu. Ayaklarım birbirine dolanırken defalarca düşme tehlikesi atlatmıştım fakat Yankı öyle hevesliydi ki beni görmüyordu bile.

"Nereye?" diye bağırdım arkasından ama o dönüp "Sadece yürü!" dedi ve gülümsedi.

Çadırdan dışarıya çıktığımızda buz gibi hava tenimi ısırdı ve havanın aydınlanmaya başladığını, sabaha karşı olduğunu anladım. O kadar çok zaman geçmişti ki bunu fark edememiştim.

Yankı beni çadırın diğer tarafına doğru yürütürken "Yankı!" diye seslendim. "Neler oluyor?"

"Sus," dedi ve çadırın arka tarafına götürdü. "Konuşmaya devam edersen yaptığımın farkına varacağım ve vazgeçeceğim."

Sustum ve götürdüğü yere doğru yürüdüm. En sonunda bir anda önümde durdu ve görüş açımı kapattı. Sorgulayan bir ifadeyle yüzüne bakarken "Daha önce kimseye sürpriz yapmadım," dedi hızlıca. Gözlerinde çocuksu bir heyecan vardı ve bu heyecanı bana da bulaşmıştı. "İlk defa sana sürpriz yapıyorum ve bunu neden yaptığımı bilmiyorum. Sadece istedim, bir kez olsun düşünmeden hareket etmek istedim ve sana bunu aldım." Önümden çekildiğinde gözlerim ilk olarak boş yola takıldı ama bakışlarım aşağıya doğru indiğinde bir bisikletin kaldırıma dayalı şekilde durduğunu gördüm.

Dudaklarım aralandığında bir adım atıp bisiklete doğru ilerleyecek gibi oldum fakat sonra durup yanımda olan Yankı'ya baktım. "Nasıl?" dedim ve elimle ağzımı kapattım. "Ama biz daha bugün konuştuk, nasıl?"

"Bugün öğlen almıştım zaten," diye açıkladı. "Ve buraya getirttim. Eğer şimdi aldırsaydım rengi siyah değil mavi olurdu." Hayatımda hiç mutlu olmadığım kadar mutlu hissediyordum, yüzüm ne hâldeydi bilmiyordum ama kalbim göğüs kafesimi kıracak kadar hızlı atıyordu.

"Mutlu olmadın mı?" diye sordu masum bir şekilde. "Boyarız. Maviye boyarız bu bisikleti, üzülme."

"Üzülmek mi?" dedim titreyen bir sesle ve bakışlarımı ona çevirdim. "Yankı ben..." Yutkundum, gülümsedim ve aynı anda gözlerimin dolduğunu hissettim. "Teşekkür ederim, daha önce kimse bana sürpriz yapmamıştı, kimse bana hediye almamıştı." Ona doğru bir adım atarken "Çok mutluyum," diye fısıldadım.

Yankı gülümsedi ve kızarmış olan turkuaz gözlerini kıstı. Onu tanıdım tanıyalı ilk defa gardını indirdiğini yeni görüyordum, bana sarıldığında bile gardı inmemişti ama şu an gardını indirmiş, tam karşımda duruyordu. Bunu neden yapmıştı bilmiyordum ama bana kendimi yine önemli hissettirmişti.

"Kendini küçük bir kız çocuğu gibi hissetmekten çekinme," dediğinde parmakları önüme gelen bir tutam saçı kulağımın arkasına itekledi. Heyecandan tir tir titriyordum. "Tekrardan o yaşlarına dön, masmavi bisikletine bin ve o yaşlarını güzelleştirelim."

Gülümsedim, gülümseyişime karşılık verdiğinde başımın dönmesi, sarhoşluk ya da ayakta zar zor durmak umurumda bile değildi; ben de onun gibi düşünmeden hareket etmek ve şu an içimden ne geçiyorsa onu yapmak istedim. Bakışlarım kurumuş olan dudaklarına kaydığında tekrardan yutkundum. Kalbimin bile hızlı atışlarından dolayı duracağını düşündüm. Göğüs kafesim kalkıp iniyordu, nefesim ise Yankı'nın yüzüne çarpıyordu. Ona biraz daha yaklaştığımda "Güzelleştirelim," diye fısıldadım.

Gözlerimi kapattım, ne olacağı umurumda değildi, zaman o an durmalıydı.

"Helin," diye bir ses duydum ve o sesin zihnimin içinden geldiğine inanmak istedim. Gözlerimi açmadım, o sesi zihnimden uzaklaştırmak istedim ama yaklaşan adım sesleri gerçeklerin içinde olduğumu bana haykırıyordu. Yankı'nın yüzüme çarpan kesik nefesleri uzaklaştığında gözlerimi aralayıp sağa doğru baktım ve bize doğru yürüyen Caner'i gördüm.

Hemen yanımızda durduğunda bakışları bir an bile olsun bana uğramadı ve direkt olarak Yankı'ya döndü. Elini öne doğru uzattığında "Kendimi tanıtayım," dedi aşağılayıcı bir ses tonuyla. Yankı'nın nasıl bir ifadede olduğunu bilmiyordum, ona bakamıyordum fakat karnım acıyla kasılıyordu. "Caner. Helin'in sevgilisiyim."

8.

LİDER

Her yalan zamanla gerçeğe dönüşürdü ve her gerçek zamanla bir yalan uğruna hiç olurdu.

Bu yaşıma kadar söylediğim ya da söylemek zorunda kaldığım bütün yalanlarım gerçekleşmişti. Gerçeklerim ise yalanlarımın altında ezilmiş, beni hiçliğine feda etmişti.

Yalanların ve gerçeklerin zaman geçtikçe birbirlerine dönüşme gibi huyları vardı. Karışırlardı, renklerini verirlerdi, zaman onları tek bir renge dönüştürürdü ve o renk, hangisine inanmamız gerektiğini bizden gizlerdi.

Caner'in yüzüne bakarken tam olarak birbirine karışmak üzere olan yalanla gerçeğin arasındaydım. Yüzünde tehditkâr bir ifade vardı, altında yatan ise daha fazlasıydı. Eli havada kalmıştı. Yankı'nın onun elini sıkıp sıkmayacağını merak etmiyordum, Yankı'nın şu an nasıl bir ifadede olduğunu merak ediyordum fakat yüzüne bakacak cesaretim de yoktu.

Caner bir bana, bir Yankı'ya bakıyor, aramızdaki elektriği kesmek için elinden geleni yapıyordu. Başım ne kadar dönerse dönsün ve kanımda ne kadar alkol olursa olsun gerçeklerin içindeydim, zihnim yerine gelmişti. Keşke gelmeseydi ve ben kendimi bu andan bir anlığına bayılmayla, öfke nöbetiyle, kahkaha kriziyle kurtarabilseydim.

Neredeyse dakika geçti. Yankı Caner'in elini sıkmadı, kendini tanıtmadı. Zamanın geldiğini biliyordum, onun yüzüne bakmalıydım.

Caner'in üzerinde olan keskin bakışlarımı ürkerek ona doğru çevirdim ve o an gerçekten dizlerimin üzerine düşüp bayılmak istedim. Caner'i görmezden geliyor, direkt bana bakıyordu. Az önceki o çocuksu hevesi yoktu, heyecanı tuz taneleri gibi dağılmıştı, bakışlarından ne demeye çalıştığını anlayamıyordum ama çoktan yaptığı sürpriz için pişman olduğunu görebiliyordum.

Bir anda elimde sıcaklık hissettim. İrkilerek elime baktığımda Caner'in elinin, elimin içinde olduğunu, parmaklarının parmaklarımın arasına yerleştiğini fark ettim. Yaptığı baskısı elimi çekmek istersem canımı yakacağını gösteriyordu.

Yankı'nın gözleri, gözlerimden ayrıldı. Yavaş yavaş sımsıkı kenetlenmiş olan ellerimize baktığında birkaç saniye içerisinde ifadesi tamamen değişti ve hep o gördüğüm alaylı gülümsemesi dudaklarına yerleşti. "Sanırım arkadaşın kendini tanıtmayacak." Caner'in sesi, ikimizin arasına bir balta gibi indiğinde Yankı hâlâ ellerimize bakıyordu. "Sen tanıştırmak ister misin?"

Ne yapmam gerektiğini düşünüyordum. Zihnimi kurcalıyor, her kilitli kapıyı açmaya çalışıyordum. Anahtarları ellerimde yoktu fakat o kapıları kıracak gücüm de yoktu. Elimi çekmeli miydim? Bu yanlış olurdu, Caner bunu sorgulardı hatta daha fazlasını yapardı. Yankı'ya onun sevgilim olduğunu söylemeli miydim? Bu birbirine karışmak üzere olan yalan ve gerçeğin tek bir renk almasına neden olurdu.

Tek bir renk almasını istemiyordum, birbirlerinden de ayıramazdım. Kaçamak bir cevap verip "Yankı Sarca," diye mırıldandım. Çatallaşan sesimin nedeni alkol olmalıydı, hissettiğim tedirginliğin buna etkisinin olmaması lazımdı.

"Ha şu laf arasında önemsiz bir şekilde bahsettiğin *çocuk* mu?" Parmaklarımla elinin tersine baskı yaptım, etkilenmedi. "Adını bile söylememiştin, o bu muydu?"

Yankı'nın gözleri ellerimizden ayrıldı. Bana bakmayı tamamen pas geçerek hatta beni tamamen görmezden gelerek direkt Caner'in yüzünü inceledi. Alaylı ifadesi silinmemişti, biliyordum ki Caner ne derse desin Yankı'ya etki bile etmezdi. Onun ucuz cümleleri, Yankı'nın umurunda bile olmazdı.

Derin bir nefes aldı, çenesini havaya kaldırdı. "En azından benden öyle ya da böyle bahsetmiş," dedi Yankı yüzündeki alaylı ifadesini destekleyen bir tınıyla. "Senin varlığını bile bilmiyordum çünkü hiç lafın bile geçmedi. Bir sevgili için fazla onur kırıcı."

Alkolün verdiği etki miydi bilmiyordum ama gülmek istedim. Mutlu eğer yanımızda olsaydı Yankı'nın Caner'e verdiği yanıttan sonra hareket çeker ya da bu kapağı alıp evine götürmesini söylerdi. Bakışlarım Caner'e döndüğünde kulaklarının kızarmaya başladığını fark ettim. Küçümseyici gülümsemesi siliniyordu, burun delikleri ise açılmaya başlamıştı.

Boğazını temizledi, bana bakıp kaşlarını kaldırdı. "Artık gizlememize gerek olmadığını söylemiştim sana, neden gizledin?" Toparlamaya çalışıyordu fakat iş işten çok geçmişti. Onun gibi kaşlarımı havaya kaldırıp başımı iki yana salladım. Verebileceğim bir cevabım yoktu, yalana başvurmamak için çaba sarf ediyordum. "Her neyse," dedi Caner Yankı'ya dönüp. "Varlığımı bilmiş oldun. Önemli olan da bu değil mi?"

Yankı, Caner'in tehdidini tamamen görmezden geldi. "Aslında," deyip bana baktı. "Kim olduğun önemli değil ve umurumda da değil." Yüzüme bakarken turkuaz gözlerinin altında ezildiğimi hissediyordum.

"Güzel." Caner'in parmaklarının baskısı arttı, elimi elinden çekmek istediğimde beni asla bırakmadı. "Bisiklet kim için?"

Bilerek yapıyordu, Yankı'nın damarına basmaya çalışıyordu ama onun sakinliğinden, kendinden emin duruşundan tamamen habersizdi ve yaptıklarının hepsi beni vuruyordu. Hızlı bir şekilde, "Benim," dediğimde gözlerimi Caner'e çevirdim.

"Sen bisiklete binmezsin ki." Caner yüzünü buruşturdu ve bisiklete küçümseyici bir bakış attı. "Bu saçma şey de nereden çıktı?"

Yankı güldü. Parmaklarını şakaklarına bastırıp kafasını iki yana salladı. Neden güldüğünü bilmiyordum ama bir şeyler onu keyiflendirmiş gibiydi. "Caner," dedim elimi yine ondan kurtarmaya çalışarak. "Bisikletleri seviyorum, küçüklüğümden beri de hep bir bisikletim olsun istemiştim."

"Ama seni hiçbir zaman bisiklete binerken görmedim." Caner ciddi ciddi Yankı'nın önünde bu konuda beni sorguluyordu.

"Çünkü," dediğimde Yankı sözümü kesti.

"Çünkü elini tutup sevgilim dediğin kişi bisiklet sürmeyi bilmiyor. Bunu benim bilip senin bilmemen de yine çok onur kırıcı oldu." Yankı'nın art arda Caner'e verdiği bu cevaplara belki öfkelenmem gerekiyordu ama öfke yerine keyif hissediyor, Caner'in yüzüne bakıp kahkahalar atmak istiyordum.

Caner dişlerini sıktı. Onu kızdırmak işte bu kadar basitti, can sıkmak için geldiği yerde canı sıkılmıştı nedeni ise Yankı Sarca'yı tanımaya başlamasıydı. "Senin ağzın çok iyi laf yapıyor," dedi ve gülümsemeye çalıştı. O kadar başarısız oldu ki gözlerimi devirdim. "Kadınları genelde böyle mi etkilersin?"

"Hayır," diyerek ellerini kaldırdı Yankı. "Kadınlar benden henüz konuşmadan etkilenirler ve konuşmaya başladığımda âşık olurlar." Caner'le öyle bir dalga geçiyordu ki fiziksel şiddet daha acısız olurdu, bundan emindim. "Neden sordun? Benden etkilendiğini düşündüğün bir kadın mı var?"

Caner'in gözü seğirdi, yüzündeki zoraki gülümsemesi silindi ve Yankı'ya doğru bir adım attığında sıktığı dişlerinin arasından "Canımı sıkıyorsun," dedi kendini tutamayarak.

Yankı, masum bir şekilde kaşlarını kaldırıp "Hey, sakinleş," dedi. "Az önce *çocuk* diye bahsettiğin bendim, şimdi sen çocukluk yapıyorsun."

"Yankıtu!" Mutlu'nun sesi aradaki gerginliğe bir balta gibi indi. "Helinski!" Sesi çadırın yan tarafından geliyordu fakat ortaya çıkmıyor, bizden ses gelmesini bekliyordu. Yankı da ben de hiçbir şey demediğimizde öksürdü. "Hey! Öpüşüyorsunuz değil mi?" Gözlerim irice açıldı, Yankı yine güldü ve Caner'e dik dik baktı. "Oha daha mı fazlası? İşte beklediğim an!" Bir anda çadırın yanından fırladı ve bir flaş patladı; bu flaş Mutlu'nun elinde duran Lâl'in fotoğraf makinesine aitti.

Mutlu şen kahkahalar atarak bize doğru birkaç adım attı ve yüzüne yaklaştırdığı fotoğraf makinesini indirdi. Yaklaşırken Yankı'nın kapattığı Caner'i gördü. Kahkahası gülümsemeye dönerken kenetlenmiş ellerimizi fark etti ve gülümsemesi hızlı bir şekilde silinip "Siktir!" diye bağırdı. "Ne yapıyorsunuz lan? Grup mu?"

"Mutlu! Lütfen!" Utançla soludum, boşta olan elimle alnıma vurdum.

Mutlu bize doğru yaklaştı, bir dedektif gibi ellerimize eğilip baktı, uzun uzun inceledi hatta dokundu. Caner dehşetle Mutlu'nun hareketlerini izlerken Mutlu başını kaldırıp Caner'e baktı ve omzuna dokundu. "Ee gerçek bu," dedi şaşkınlıkla. "Bir an alkolden kâbus gördüğümü sandım çünkü kâbus gibi bir tip."

"Merhaba ufaklık." Caner küçümseyerek güldü.

"Ufaklık mı?" Mutlu baştan aşağı Caner'i süzdü. "Çüküm senin boyun kadardır, yer elması."

Aralarında fazla bir boy farkı yoktu ama Caner daha kısaydı. Yankı ondan fazlasıyla uzundu, ayağımdaki topuklu ayakkabılarımla Caner'le aynı boya gelebiliyordum fakat Yankı'ya yine başımı kaldırıp bakmak zorunda kalıyordum.

Caner şaşkınlıkla gözlerini açtı ve bana baktı, o sırada Yankı gülerek "Helin'in," dedi ardından duraksadı. Gözleriyle beni alaşağı etti. "Çok kıymetli sevgilisiymiş."

"Sevgilisi mi?" Mutlu'nun şaşkınlıktan çenesi neredeyse yere düşecekti. Bana hayal kırıklığıyla bakıp başını iki yana salladı. "Bu çüküm tipliyle sevgili misin gerçekten?"

"Çüküm tipli mi?" Caner için bu son damlaydı. Elimi hızlıca bıraktı ve Mutlu'yu sert bir şekilde omzundan itekledi. Mutlu geriye doğru sendeleyip Yankı'ya çarptığında Caner'i sertçe kolundan çekmeye çalıştım. "Seni mahvederim."

Yankı bir anda Mutlu'nun önüne geçti ve dakikalardır ilk defa ciddiyetle, öfkeli bir şekilde Caner'in yüzüne baktı. Eliyle sertçe o da iteklediğinde bu sefer Caner sendeledi, ben de tam o sırada kolunu tutup kendime doğru çektim. "Bir daha bunu yaparsan," dedi Yankı kısık ve ürkütücü bir sesle. "Senin gelmişini geçmişini gözünün önünde..."

"Neler oluyor orada?" Bize doğru hızlı adımlarla gelen Bartu ve onun arkasındaki Lâl ile Işık şaşkın gözlerle olanlara bakıyorlardı. Önder, Önder'in yanındaki orta yaşlardaki bir kadın ise çadırın köşesinde durmuş merakla bizi izliyorlardı.

"Bartukıç, bu çüküm tipli beni itekledi," dedi Mutlu babasına şikâyet eden küçük bir çocuk gibi. "Omzum yerinden çıktı, kolum kırıldı, parmaklarım parçalandı. Yerler kan oldu ama sen endişelenme diye hemen temizledim." Acıyla inledi. "Canım çok yanıyor, o canımı yaktı!"

Mutlu eğlence arıyordu ve aradığı eğlenceyi çoktan bulmuştu fakat onun ne düşündüğünün çok da bir önemi yoktu. Bartu için ilk cümleden sonrası sessizlikti ve bakışları, Caner'e döndüğünde hızlı adımları koşuya döndü. Birkaç saniye sonra yanımıza geldiğinde sertçe az önce Yankı'nın yaptığı gibi Caner'i itekledi fakat bununla yetinmedi, eliyle yakasını tuttu. "Doğru mu lan?"

Mutlu keyifle gülümseyerek Caner'e baktı ve orta parmağını gösterdi, Işık ise onun hemen yanına gelip kolunu sıvazladı. "Doğru," dedi Caner. O da elini Bartu'nun yakasına yapıştırdığında parmaklarının ucuna kalkmak zorunda kalmıştı. "Küçük çocuk gibi abisinin arkasına saklanmasaydı daha kötüsü de olurdu."

Bartu, Caner'in yakalarını tuttuğu yerde sertçe silkelediğinde Caner yumruk atmak için elini havaya kaldırdı fakat Bartu, çevik bir hareketle yumruğunu tuttu ve kolunu çevirdi. "Hey!" diye bağırdım ve arkadan öne çıkıp Yankı'ya yardım istiyormuş gibi baktım. O ise büyük bir keyifle kollarını önünde bağlamış, Bartu'nun yapacaklarını izliyordu. "Bartu tamam, bırak." Bartu'nun gözleri bana döndü ama Caner'i bırakmadı. "Lütfen bırak, o Mutlu'ya zarar vermek istemedi."

"İstedi!" diye bağırdı Mutlu. "Ah, omzum! Omzum kopmuş, yok artık yerinde!"

"Mutlu, lütfen," diyerek ellerimi ona salladım. "Sen yapma bari, lütfen."

"Senin o elini kırar, götüne sokarım tıfıl," dedi Bartu Caner'e bağırarak. "Elin kuyruğun olur, eşek gibi ortada dolanırsın."

"Oha!" diye haykırdı Mutlu. "Aşırı yaratıcıydı bu, atım kişnemedi resmen vurdu, gol oldu!"

İkisinin arasına girmeye çalıştım fakat faydasızdı, Bartu Caner'i bırakmıyordu. "Tek kişi yetmiyorsunuz, üç kişi mi olacaksınız?" diye sordu Caner. "Korkak mısınız?"

"Lan kör, tekim, görmüyor musun?" Bartu güldü ve Yankı'ya dönüp baktı. "Kim lan bu havuç tarlası?"

Yankı'nın gözleri bana döndü, o da alayla güldü fakat cevap vermedi. Mutlu "Helin'in sevgilisiymiş," dediğinde söylediğine kendisi de inanmak istemiyormuş gibiydi.

O an sonradan gelen herkesin gözleri bana doğru döndü. İleriden yanımıza gelmek üzere olan Önder bile duraksadı, yanındaki kadın bir anda ortadan yok olmuştu. Bartu şaşkınlıktan dolayı Caner'in tuttuğu elini bıraktı, gözlerini açarak bana baktı. Işık "Sevgilisi mi?" diye sordu Mutlu'ya. "Dalga geçiyorsan vazgeç çünkü komik değil. Gerçekse hiç komik değil."

"Bartu, lütfen bırakır mısın?" Bu sefer ikisinin arasına girebildiğimde Bartu ellerini Caner'in yakasından çekti. Önüne geçtim, kollarımı iki yana açtım. "Kimse kimseye zarar vermek istemedi, konu kapansın."

Bartu'nun yüzünde hâlâ şaşkınlık vardı ve bir Yankı'ya, bir bana bir de arkamda kalan Caner'e bakıyordu. Birilerinin bir şeyler söylemesi gerekiyordu ama kimsenin ağzını bıçak dahi açmıyordu. Lafı en sonunda ortalığı toplamak isteyen Önder aldığında "Sakinleş," diyerek Bartu'yu geriye doğru çekti. "Yankı, neden Bartu'yu engellemiyorsun?"

"Üçe karşı bir," dedi Caner öfkeyle. Hâlâ arkamdaydı ve sesi gür çıkıyordu. Küçük bir çocuk gibi gücünü kanıtlamak istiyor, kaybedeceği savaşının nedenlerini ortaya döküyordu.

Yankı hâlâ aynı şekilde duruyordu. Keyifliydi. Aynı keyifli ses tonuyla "Neden engelleyeyim ki?" diye sordu. "Bartu çok pis dayak yiyecekti çünkü ikiye karşı birdi. Görmüyor musun? Caner, Helin'in arkasına saklanıyor."

Bartu şaşkınlıkla karışık gülmeye başladığında Mutlu da ona katıldı. Gözlerim o anda Lâl ile kesişti ve bir tek bana baktığını gördüm, tek kaşı havadaydı. Durumdan keyif almasını beklerdim fakat o keyiflenmek yerine sorguluyordu.

"Lan seni var ya!" Caner arkamdan öne doğru çıktı fakat hızlıca onu durdurdum ve Önder de bana yardım ederek Caner'i kolundan çekti.

"Sal küçük *enişteyi*, Helin," dedi Yankı boynunu omzuna düşürerek. "Bu gece çok öfkelendi, öfkesini atması gerekiyor."

"Yankı," diye uyarıcı bir ses tonuyla Önder konuştuğunda gülümsediğini yüzünü göremesem de sesinden anlayabiliyordum. "Ortamı kızıştırma." Birkaç saniye sonra bakışları bana döndü ve Caner'i yanıma doğru hafifçe itekledi. "Sevgilini sakinleştir, ailemde böyle olaylar olmasından hoşlanmam."

"Şu an bir şey yapamıyorum," dedi Caner Yankı'ya dişlerini sıkarak. "Ama bu öfkenin sonucunu sonradan çok fena ödeyeceksiniz."

"Hadi lan oradan sikim boylu, " diyerek Bartu bir daha öne atıldığında Önder onu hızlıca tuttu ve geriye doğru götürdü. "O benim lafımdı!" Mutlu kaşlarını çattı. "Biraz daha kibarını söyle, 'çüküm tipli.'"

Caner, yerinde duramayarak bir kere daha çırpındı ve Önder yine onun önüne geçti. "Kahretsin, tamam!" diye inledim ve ellerimi saçlarıma geçirdim. "Lanet olsun Caner, ne yaptığını sanıyorsun? Kendine gel!"

Dişlerini sıkarak bana baktı, öyle öfkeli görünüyordu ki bir anlığına onun adına üzüldüm. "Bana neler söylediklerini görmüyor musun?" dedi sessizce. Söylediğini sadece benimle Önder duyduk. "Öylece susacak mısın? Sana neler oluyor böyle?"

Onu senelerdir tanıyordum, çoğu durumda omuz omuza kalmıştık. Birbirimizi kolladığımız, birbirimize yardım ettiğimiz zamanlarımız vardı fakat şu an her şey daha farklıymış gibi geliyordu. Onu savunmak istesem de savunamayacakmışım gibi geliyordu. Bunu anlaması için onun gözlerinin içine baktım fakat o bana öfkeyle ve yanına yerleşen hayal kırıklığıyla bakmaya devam etti.

"Caner, gitmen gerekiyor," dediğimde arkamı döndüğüm Sokak Nöbetçileri'nin yüzlerinin aldığı şekli merak ediyordum. "Burada durduğun sürece olaylar daha fazla büyüyecek ve birileri zarar görecek."

"Birileri zarar mı görecek?" Bartu beni alaya aldı. "Sevgilin tek başına zarar görecek... Yoksa bir bu kadar da yerin altında mı var?"

Caner artık onları duymuyor gibiydi, gözleri gözlerimden ayrılmıyordu. Önder'e dönüp baktığımda ve başımla işaret ettiğimde Caner'i tuttuğu kolunu bıraktı. Neredeyse tamamen aydınlanan gökyüzü, onun öfkeden dolayı kızarmış yüzünü açığa çıkarmıştı.

Elimi kaldırıp omzuna koydum, gözü hızlıca omzuna koyduğum eline kaydı. Bu bile onu sakinleştirmeye yeterdi. "Caner, lütfen," diye fısıldadım kimsenin duyamayacağı şekilde. "Git, sonra konuşuruz, olur mu?"

Kafasını iki yana salladı. Bir anda omzumdaki elimi itekleyip kolumu kavradı ve beni sertçe kendine doğru çekti. Sakat olan kolum acıyla kasıldığında dişlerimi sıktım fakat sessizliğimi korumaya devam ettim. Yüzü yüzüme doğru yaklaşırken gözleri arkama doğru kaydı, Yankı'ya baktığını biliyordum. Kulağıma doğru, "Benimle geliyorsun," diye fısıldadı. "Bugün yurtta konuştuklarımızı unuttun mu?"

Yutkundum. "Kolumu bırak." Söylediğimi yapmadı aksine parmaklarını koluma daha fazla bastırdı ve kendine biraz daha çekti. Omzumdaki acının şiddeti artarken "Canım yanıyor," diye inledim. "Bunu yapma. Şu an seninle gelemem."

"Geleceksin!" dedi ve fısıldayışı bile haykırış gibi çıktı. "Gelmezsen neler olacağını biliyorsun."

"Gelmeyeceğim," diye bağırdığımda artık sınırlarımın sonuna ulaşmıştım. Geriye doğru bir adım atıp ondan kurtulmak istedim fakat bana izin vermedi.

"Bugün yurtta yaptığımız konuşmayı şimdi tekrar etmemi ister misin?" dedi yüksek sesle. Arkamda kalan herkesin büyük bir merakla bizi dinlediklerini biliyordum.

Dudaklarımı birbirine bastırıp ona bakmaya devam ederken "Her şeyi mahvedeceksin," diye fısıldadım.

"Hey!" Yankı'nın sesi aramıza girdiğinde Caner gözlerini sıkıca yumdu. Birkaç adım sesinden sonra Yankı hemen yanımda durduğunda ona değil, Caner'in yüzüne bakıyordum. "Bu kadar eğlence yeter, uzaklaş buradan." İkimizin arasına girdi ve düşündüğümden daha sert bir şekilde Caner'in kolumu tutan elini itekledi. Beni tek eliyle arkasına aldığında onun omzunun üzerinden Caner'in hâlâ kapalı olan gözlerini görebiliyordum.

"Onu almadan hiçbir yere gitmeyeceğim." Caner'in sesi ilk defa sakin çıkıyordu, ilk defa kendini sakinleştirmeye çalışıyor gibiydi. Bu şaşırtıcıydı çünkü Caner fazlasıyla fevriydi ve nasıl hissederse öyle yaşardı. Gözlerini açtı, kaşlarını kaldırdı. "Sevgilim için senden izin mi alacağım?"

Bu soru Yankı'nın beni Caner'in kollarına bırakması için yeterliydi çünkü cevabı çok açıktı. Yankı böyle olayların savaşına girebilecek birisi değildi, ona göre zaman kaybı olmalıydı. Beni Caner'in elinden kurtarmıştı, canımın yandığını anlamıştı ama sadece bu kadardı.

Yankı beni Caner'in kollarına bırakmadan önce ben öne çıkmak istedim fakat Yankı yine beni eliyle arkasına doğru itekleyip "Evet," dedi tek nefeste. "Ben istemediğim sürece onu alamazsın." Şaşkınlıkla gözlerim açıldı ve başım hızlıca grubun diğer üyelerine doğru döndü, onlar da birbirlerine dönüp bakıyorlardı.

"Sen kimsin lan?" dedi Caner ve gülmeye başladı. Aklını yitirmek üzereymiş gibiydi, tepkileri anormal bir hâl almıştı. "Ne haddine?"

Yankı duruşunu dikleştirdi, sırtı gerildi. Omzunu indirip kaldırdığında Caner'e doğru eğilip "O bizim yanımızda ve ben Sokak Nöbetçileri'nin lideriyim," diye kısık sesle konuştu. "Ben ne istersem o olur, ben neye karar verirsem ona göre hareket eder, ben ne dersem onu yapar. Ayrıca onun hakkındaki herhangi bir konu için de liderinden izin almalısın." Güldüğünü hissettim âdeta Caner'le küçük bir çocukmuş gibi dalga geçiyordu. "Sevgilinin elini mi tutmak istiyorsun? Bana soracaksın. Eğer izin verirsem tutacaksın." Caner hızlıca kafasını iki yana salladı ama hiçbir şey diyemedi. "Kurallarım hoşuna gitmedi mi?" diye sordu. "O zaman bu kuralları yıkman gerekecek, dene bakalım."

Kollarını iki yana açtı Yankı. Caner'den gelecek herhangi bir darbeyi bekliyordu, o darbe geldikten sonra karşılık verecekti; kendisi bu konuda ilk adımı atmak istemiyordu. Caner'in koyu renk gözleri uzun bir süre Yankı'yı izledi sonra arkada kalan diğer grup üyelerine döndü ve en sonunda benimle göz teması kurdu. Yüzüme bakarken, yüzü renkten renge girdi, ona yardım etmemi bekledi. Şaşkınlıktan dolayı ağzımı bıçak açmıyor, olanları öylece izliyordum.

"Onu hiçbir şeye zorlamıyorum," dedi Caner geriye doğru bir adım atarak. Yankı'ya darbesini indirmemiş, aksine savaş meydanından uzaklaşmıştı. "Kuralların bana geçerli olabilir ama ona olmamalı ve hiçbir şeye zorlamamalısın." Az önce kolumu kavrayıp beni bir şeylere zorlayan Caner, şimdi sözde insanlık dersi veriyordu.

Gitmek istesem giderdim, bunu biliyordum; Yankı'nın tek amacı korumak ve meydan okumaktı.

Yankı ellerini aşağıya indirdi ve başını çevirip bana baktı. Gözlerimiz kesiştiğinde turkuaz gözlerindeki ciddiyet ondan çekinmeme neden oldu. "Kalıyor musun, gidiyor musun?" diye sordu bana. Birkaç saniye sonra gülümseyip Caner'e döndü ve gözlerimde ne gördüyse yanıtımı bile beklemedi. "Aslında sevgilini de ben yönetiyorum ve maalesef ne istersem yapmak zorunda. Şu an kalmasını istiyorum."

Gitmek istemediğimi anlamıştı, belki de canımın yanacağını fark etmişti, zor durumdaydım, bunu görmüştü. Belki de bunların hepsinin dışında onlarla kalmamı istiyordu. Son ihtimal çok düşüktü, çok çok düşüktü ama nedense o ihtimale tutunmak istedim.

Caner, düşündüğümden daha uzun süre boyunca sessizliğini korudu. Bu sessizliğini bana gönderdiğini ve ona yardım etmem için beklediğini biliyordum ama asla karşılığını alamayacaktı çünkü onunla şu an yaşayacağım bir savaş, her şeyi mahvedebilirdi.

Caner, ellerini birbirine çarptı ve geriye doğru birkaç adım atarak "Öyle olsun bakalım," dedi. "Ama bilmelisin, bunun acısını çok fena çıkaracağım."

Yankı gittiği yola doğru vücudunu döndürdü. Yüzünü hâlâ göremiyordum. "Sen de bilmelisin," dediğinde omzunun üzerinden bana baktı. "Benim yönettiğim kimsenin kılına zarar gelmesine izin vermem."

O an, bu kadar sahiplenmenin ve kollanmanın nedenini anladım. Bugün yurtta canımı yakan kişinin Caner olduğunu bir şekilde duymuştu ya da anlamıştı. Beni korumak adına yaptığı bu atak, benimle beraber diğer grup üyelerinin de şaşırmasına neden olmuştu.

Caner, Yankı'nın son cümlesini duydu mu duymadı bilmiyordum ama arkasını dönüp hızlı adımlarla yürümeye başladığında başka bir sokağa döndü. Ortamdaki gergin sessizlik bir an bile kesilmeden devam etti. Hepimiz Caner'in gittiği yöne doğru dönmüştük ve o çoktan gözden kaybolsa da hareket edemiyorduk.

Hava fazlasıyla soğuktu ve gökyüzü aydınlanmaya başlasa bile güneş yüzünü göstermemiş aksine kapkara bulutlar yerini almıştı. Sağanak bir yağmur geleceği belliydi, bakışlarımı gökyüzüne doğru çevirdiğimde yüzüme bir damla düştü.

Önder bu ânı bekliyormuş gibi "Hadi gidelim, yağmur yağacak," deyip hepimizin önüne geçti. Bu hareketi grubun diğer üyelerinin de hareket etmesine neden olduğunda Lâl yanımdan omzuma çarpıp geçti ve sendeledim. Bakışlarım ona döndüğünde burnundan derin nefesler alarak bana baktığını gördüm.

Bartu, Yankı'nın hemen yanında durduğunda "Ne zamandan beri bizimle alakalı konulara *liderimiz* karar veriyor?" diye sordu. "Birini yatağıma almadan önce senden izin mi almalı?" Lider kelimesinin üzerine yaptığı vurgu ve iğneleyici ses tonu rahatsız ediciydi. Bakışları bana döndüğünde onunla ilk tanıştığımızda olduğu gibi baktığını gördüm, aramıza yine uçurumlar girmişti. "Sevgiline söyle, bir daha Mutlu'ya dokunursa onun canını affetmem."

"Üzgünüm," döküldü dudaklarımdan ve başımı önüme eğdim. "Böyle davranmaması gerekiyordu." Mutlu bile küçümseyici bakışlarıyla beni süzüyordu. "Saygısızlık yaptı."

"Evet, yaptı." Işık da Bartu'nun yanına geçti ve çenesini havaya kaldırdı. "Sevgilin bir daha kardeşime dokunursa asıl onu ben mahvederim, duydun mu? Mutlu benim yaşama sebebimdir."

"Hey," diyerek Mutlu ellerini Işık'ın omzuna koydu. "Bir şeyim yok bebeğim, sesin titremesin. Sadece eğlenmek istedim."

"Ben söyleyeyim yine de," deyip o da omzuma çarptı ve yanımdan geçti. Lâl ile beraber bisikletlerinin yanına doğru yürüdüklerinde kendimi hiçbir suçum olmamasına rağmen fazlasıyla suçlu hissediyordum.

"Bartu," diye mırıldandım. Hâlâ yola bakan Yankı'ya ters bakışlarını gönderiyor, ondan cevap bekliyordu. "Yankı sadece beni korumak istedi, amacı liderlik taslamak değildi."

"Aramızdakiler için açıklama yapacak son kişi bile değilsin." Bartu çevirdiği bıçağını öyle derine batırmıştı ki ne diyeceğimi bilemedim. "Bu ben ve Yankı arasındaki bir konu."

Mutlu, Bartu'nun omzuna vurdu ve gülümsedi. "Hadi ama Bay Asabi Grey, kendine gel. Çok ciddisin."

Bartu, omzunu silkeledi. Yankı'dan bakışlarını ayırmıyor, bir şeyler söylemesini bekliyordu. Yankı ise sessizliğini korumaya devam ediyordu. Bir şekilde gerçekleri söylemesini istiyordum ama bunu yapmayacağından da adım kadar emindim.

"Gidelim," dedi Yankı en sonunda. Arkasını hızlıca döndü, yüzümüze bile bakmadı ve bisikletlerin olduğu yere doğru adımladı. Bartu öfkeyle Yankı'nın kolunu tutup kendine doğru çevirdiğinde kaşları çatıktı. "Bartu," diye soludu Yankı kolunu tutan eline bakarak. "Şimdi değil."

"Ne zamandan beri kendini *lider* olarak nitelendiriyorsun?" Bartu'nun bu konuya neden bu kadar takıldığını anlayamıyordum. Bakışlarımı büyük bir ihtiyaçla Önder'e çevirdim fakat olanları izlemekten başka hiçbir şey yapmadığını gördüm.

"Bu çok başka bir konuydu," diyerek Bartu'nun elini itekledi Yankı. "Ayrıca istediğin cevap *liderin* olmadığım mı?" Yankı'nın kaşları çatıldı, öne doğru bir adım attı. İlk defa Bartu'ya karşı böyle bakarken görüyordum. "*Liderinim.* Ben ne istersem onu yapmak zorundasın ve seni de yönetiyorum." İkisinin de gözleri keskin bir kartal gibi kesişti. "Bu seni rahatsız mı ediyor, kardeşim?" Bana karşı yaptığından sonra tamamen her şeyi dağıtıyordu.

Şu an yaşanılanların sorumlusu olmak ve ne yapacağımı bilememek suçluluk duygusuyla ikisinin arasına girmeme neden olmuştu. Ellerimi havaya kaldırdığımda Önder'e yine ihtiyaçla baktım fakat o hiçbir şey yapmıyordu. "Hey," dedi Mutlu. O da yanıma geldiğinde Bartu'nun omuzlarını sıktı. "Kendine gel şampiyon."

Uzakta kalan Lâl ile Işık ne konuşulduğunu bilmiyorlardı ama gerginliği hissetmiş olmalılar ki ikisi de tedirginlikle birbirlerine bakıyorlardı.

"Beni kimse yönetemez, sana bunu daha önceden de söyledim," dedi Bartu ve çatık kaşları daha fazla çatıldı. Konu bambaşka noktalara doğru ilerliyor, o noktalar ise karanlığa doğru gömülüyordu. Bir şeyler yapmam gerekiyormuş gibi hissediyordum ama ne yapmam gerektiğini de bilmiyordum.

"Ama yönetiyorum." Arkamda kalan Yankı'ya dönüp baktığımda ilk defa Bartu'nun meydan okuyan bakışlarına karşılık veriyordu. "Bu seni neden rahatsız ediyor, kardeşim?"

Önder en sonunda devreye girdiğinde "Saçmalıyorsunuz," diyerek mırıldandı ve yanımıza doğru geldi. Bakışları Yankı yerine Bartu'ya döndü. "Bunları tartışacağın yer burası," beni işareti etti, "özellikle bu kızın önü mü? Kendine gel." Grubun içinde kendimi yine tamamen yabancı hissetmeme neden olacak Önder'in bu cümlesi yüzüme tokat gibi çarptı. "Evinize gidin, sonra konuşuruz."

Mutlu, Bartu'yu kolundan zorlukla çekip bisikletlerin olduğu yere doğru götürdüğünde Önder, ben ve Yankı hareket dahi edemedik.

"Hadi Yankı," dedi Önder şefkatli bir sesle. Gözlerimi onlar yerine boşluğa diktim. Birkaç saniye sonra "Helin'i eve arabayla bırakırım," dedi. "Hadi oğlum, hareket et."

Yankı'nın hareket ettiğini hissettim. En sonunda başımı çevirip onun sırtına baktığımda düşük omuzlarla bisikletine doğru ilerlediğini gördüm. Arkasına dönüp bana bakmadı. Yanında Mutlu yürüyordu, Bartu ise bir hayli önündeydi. Mutlu bir şeyler söylüyor, ona gülümsüyordu fakat Yankı'nın gülümseyip gülümsemediğini göremiyordum.

Bütün hepsi bisikletlerine binip hareket ettiklerinde Önder'in bakışları bana döndü. Kollarımı bedenime sararak havanın soğuk etkisini yok etmeye çalıştım. Yağmur damlaları hızını arttırmıştı, saçlarımın arasındaki ıslaklıklara rüzgâr çarptıkça gitgide daha fazla ürperiyordum. "Bisikletimi de alabilir miyiz?" diye sordum Önder'e arkamda kalan siyah bisikleti işaret ederek.

Önder, göz ucuyla bisiklete baktı ve hafifçe gülümsedi. "Onu sana Yankı mı aldı?" Başımı olumlu anlamda aşağı yukarı salladım, bunu hak etmediğimi gösteren bakışları yerine geldiğinde gülümsemesi de silindi. "Bunu alması için kendini acındırdın mı?" diye sordu gaddarca. Bana öfkeli miydi yoksa canımı mı yakmaya çalışıyordu, anlayamıyordum.

"Asla," dediğimde geriye doğru bir adım atarak ondan kaçmak istedim. "Bunu asla yapmam."

Önder tek kaşını havaya kaldırdı. "Yankı kimseye hediye alacak birisi değildir." Çözmeye çalıştığı bulmacanın neresindeydim, bilemiyordum. "Ama fazlasıyla merhametlidir. Onun merhametli tarafına oynamış olmalısın."

"Ona kendimi acındırmadım ve merhametli tarafına da oynamadım," dediğimde dişlerimi sıkıyordum. "Almak istedi ve aldı. Bu yüzden de beni mi suçlayacaksınız?"

"Belki de," diyerek gözlerini benden kaçırdı. "Sadece senin bir amacın olduğu gibi başkalarının da amacı olabileceğini aklından çıkarma. Senin gibi kimsesiz bir kızın bazı duygulara umut bağlamasını istemem, bu daha acınası olur."

Yutkunduğumda ve onun gözleri tekrardan bana döndüğünde amacını anlamıştım, canımı yakmaya çalışıyordu. "Bak," deyip ellerimi havaya kaldırdım ve geriye doğru bir adım attım. "Bartu ve Yankı'nın arasında olanların benim suçum olduğunun farkındayım. Hatta az önce olanlar çok yanlıştı ve bir daha tekrar etmeyeceğim hatalar olduğunu biliyorum. Bu yüzden beni suçlamakta haklısın ama neden böyle konuşup canımı yakmaya çalıştığını anlayamıyorum."

Kaşları düz bir çizgi halini aldığında geriye ne kadar adım atarsam atayım yine de o başka bir adım atarak mesafeyi kapatmıştı. "Onların arasındaki tartışmanın seninle hiçbir alakası yok," dedi. Bu tartışma yaşanırken yüzünün aldığı hâl, ürpermeme neden oldu. Bartu ve Yankı'nın karşılıklı durmasından keyif alıyor gibiydi. "Ama bugün olanlar, sonrasında büyük felaketlere yol açarsa her şey seninle alakalı olur Helin. Şu an canını yakmaya çalışmıyorum, gerçekleri konuşuyorum fakat ailem zarar görürse işte o zaman canını yakarım."

Kapının dışına iteklenmiş ve içeriye bir daha alınmayacağının farkında olan bir çocukmuş gibi baktım. Önder'i ilk defa böylesine pervasız ve tehditkâr görüyordum. Ailesi söz konusu olduğunda neler olacağı konusunda beni daha önce de uyarmıştı, bu ikinciydi. "Anlıyorum," diye mırıldandığımda yine geriye doğru bir adım attım. "Emin ol, bu konuşmayı üçlemene izin vermeyeceğim."

Önder gülümsedi. "Emin ol, ben de üçüncüyü tekrar etmeyeceğim." Geriye doğru döndü ve köşedeki arabasına doğru ilerledi. Kollarımı bedenime daha fazla sararak beni de yanına almasını bekledim ama bunu yapmadı. Arabasının yanına gittiğinde sürücü koltuğunun kapısını açtı. "Kendi başının çaresine bakıp eve kadar bisikletinle gidebilirsin herhâlde?" diye sordu.

"Ama ben bisiklet sürmeyi bilmiyorum ki," dedim ellerimi iki yana açarak. "Ve evin yolunu da bilmiyorum. Burada öylece kalırım."

Kararından vazgeçmesini bekledim ama o sürücü koltuğuna yerleşip başını eğerek konuşmaya devam etti. "Öğrenirsin o hâlde? Bu yaşa kadar fazlasıyla başının çaresine bakmışşın, şimdi de yalnız kalıp başının çaresine bakmalısın." Aklı sıra beni cezalandırdığını sanıyordu ya da ondan yardım dilenmemi bekliyordu fakat ikisi de benim için gerçekleşmeyecekti. "Hem biraz yalnız kalıp az önce olanları düşünecek vaktin olur."

Sadece dudaklarımı oynatarak "Kendim gidebilirim ama yolu bilmiyorum," diye inledim.

"Ne yazık ki kimse de seni almaya gelmez." Arabanın ön camından gökyüzüne doğru baktı ve dudaklarını büktü. "Hava yağmurlu ve daha fazla yağacakmış gibi görünüyor. Kendine korunabileceğin bir yer seçmelisin."

"Beni cezalandırmaya çalışıyorsun," diye fısıldadım. Duyamayacağını düşünmüştüm ama duymuştu.

"Cezalandırmak mı?" Arabanın kapısını kapatmadan önce beni baştan aşağı süzdü ve sonra devam etti, "Buna ceza diyorsan hayatın boyunca hiç ceza görmemişsin demektir." Sonra arabasının gazını alevlendirdi, benimle kesişen gözlerini kaçırdı ve hızlıca önümden geçip gitti.

Arkasından bakarken kendimi o sokağın ortasında yalnız kalmışım gibi değil de fazlasıyla kalabalıkmışım gibi hissettim. İçimde binlerce ses vardı, hepsi farklı farklı şekillerde haykırıyordu ve çevremde binlerce insan varmış da suçlayıcı bakışlarla beni alt ediyormuş gibiydi.

Öylece yolun ortasında durdum. Yağmur Önder'in söylediği gibi şiddetini artırmaya başlamıştı. Saçlarım arasında dağılan yağmur taneleri yüzümde yollar çiziyordu ve çıplak kollarıma her çarptığında daha fazla üşüyordum. Başımı çevirip arka tarafta kalan apartman boşluğuna baktım, oraya girip yağmurdan gizlenebilirdim. Fakat bunu yapmadım.

Arkamdan bir korna sesi yükseldiğinde irkilerek yolun kenarına geçtim ve araba yanımdan geçerken sürücü koltuğundaki adam eğilip bana baktı. Çadırın içindeki herkes dağılmaya başlamıştı, tek tük insan kalmıştı ve onlar da çoktan gidecekmiş gibi görünüyordu.

Adam, sürücü koltuğunun camını aşağıya indirdi ve kendimi koruma içgüdüsüyle geriye doğru birkaç adım daha attım. "Sen Yankı'nın grubundaki kız değil misin?" diye sordu merakla. Başımı hızlıca aşağı yukarı salladım. Adam, düşündüğümün aksine bana zarar vermek istemiyormuş gibiydi. "Yardım etmemi ister misin? Seni evlerine götürebilirim."

Gözlerinin içine baktım. Son derece samimi görünüyordu. Yaşı otuzlarında olmalıydı. Hemen yanındaki koltukta bir kadın uyuyakalmıştı. Kısa bir an düşündüm ve sonrasında "Birazdan beni almaya gelecekler zaten," diye yalana başvurdum. "Teşekkür ederim."

Adam düşünmeden kaşlarını havaya kaldırdı ve bekledi. Kararımı değiştirmemi bekliyor gibiydi, bir şeylerin yolunda olmadığını anlamıştı ama ona başka bir karşılık vermediğimde dikkatli olmamı söyleyip arabasını hareket ettirdi.

Yolun ortasında durmak yerine arkadaki kaldırıma doğru ilerledim, bisikletimin hemen yanına oturduğumda ise gülümsedim. Kollarımı bacaklarımı sardığımda iki yanımdaki araçlar yüzünden tamamen görünmez olmuştum. Yoldan geçen insanlar beni görmüyordu, görenler de başlarını çevirip bir daha bakıyor fakat bana yaklaşmıyorlardı.

Şiddetli yağmur sağanak halini aldı ve benim kalabalığımdaki herkesi ıslatacak kadar fazla yağdı fakat ben de kendimi şiddetinden korumadım. Kendimi mi cezalandırıyordum? Bu gerçekten bir ceza bile değildi çünkü özgürdüm ve canım yanmıyordu.

Parmaklarım yanımdaki bisikletimin direksiyonuna tutundu, yepyeniydi. Yağmurun bıraktığı toprak kokusuna rağmen onun yeni kokusunu alabiliyordum, tekerlekleri tertemizdi ve lastik kokuyordu. Gözlerimi sıkıca yumduğumda kendimi o bisikletin üzerinde hayal ettim, hayallerimde ise şimdiki hâlimle değildim. Belki beş yaşındaydım ya da altı yaşında...

Ellerim direksiyonu sıkıca kavrıyor, az önceki yolda bisikletimi sürüyordum. Yalnız olabileceğimi düşünmüştüm hayalimde ama yalnız da değildim, çocukluğum buna izin vermiyordu.

Hemen arkamda Yankı vardı, benimle yarışıyordu ama bu yarışı benim kazanmamı istiyor gibiydi.

O an kalbimden gelen ve kalabalığıma ait olan haykırış, onlarla tanışmak için çok geç kaldığımı söyledi. Benim canım yanmıştı, benim canım belki de onlardan daha az yanmıştı ama onlardan daha fazla hissetmiştim çünkü onlar birbirlerinin ellerini tutabiliyorlardı ve canın yanarken birinin ellerini tutmak, o acının dağılmasına neden olabilirdi.

Yirmi iki yaşındaydım ve hayatımda ilk defa çocukluğuma dönmeyi diliyor, o çocuklumu Sokak Nöbetçileri'yle büyütmek istiyordum.

Kafamı iki yana salladığımda parmaklarım bisikletimden ayrıldı, alnımı dizlerime yasladım. Onların üzerimde bıraktıkları etkiden nefret etmeye başlamıştım. Onlarla tanışmadan önce nefret ve öfke dışında hayatımda hiçbir duyguya yer vermezken şimdi bütün o hissedemediğim duygular üzerime gelmeye başlamıştı.

Bunları hissetmeyi bile hak etmiyordum. Bana güzel hisler vermeleri bile onlara haksızlıktı çünkü aralarındaki bağı tek bir bıçak darbesiyle kesecek olan o cellat bendim. İçten içe bunu yapamayacağımı düşünerek kendimi rahatlatıyordum fakat kim olduğumu, ne uğruna yaşadığımı da unutamıyordum. Bıçağı tutan elim titrerdi, o bıçak paslansın diye elimden geleni yapardım ama yine de o bıçağı aralarındaki bağa indirir, tek seferde koparırdım.

Doğduğum anda bana ihanet eden bir ailem vardı, ben hayata gözlerimi açtığımda ilk olarak ailemden ihaneti öğrenmiştim ve ikinci öğrendiğim ise ihanet bıçağının hiçbir zaman paslanmayacağıydı.

Yerdeki su birikintisine birinin ayaklarını bastığını hissettim, paçalarıma su sıçradı. Alnımı yasladığım dizimden yavaş yavaş kaldırdığımda görüş alanıma siyah botlar girdi. Gözlerim yukarıya doğru tırmandığında Yankı'nın turkuaz gözleriyle karşılaştım. "Önder cezalandırmayı sever," dedi düz bir sesle. "Ama üşümek bir zamandan sonra alışkanlığa dönüşür, hissetmezsin. Ben o kadar çok soğukta kaldım ki artık hasta bile olmuyorum. Önder'in verdiği derslerden bir tanesi." Üzerindeki siyah yağmurluğunu çıkardı ve omuzlarıma hızlı bir şekilde koydu.

Yalnız kalmak istiyordum, yalnız bırakılmak istiyordum, terk edilmek istiyordum, bunu hak ettiğimi hissetmek istiyordum. Sonra bu yüzden Yankı'ya öfkelenmek istiyordum, ona kin beslemek istiyordum, kötülüğüme kötülükle karşılık versin istiyordum fakat bunların hiçbiri olmuyordu, benim kötülüğüme bir kere olsun kötülükle karşılık vermiyordu.

Oradaydı, karşımdaydı ve yine gelmişti. Bunu hak etmediğimi bilecek kadar zekiydi ama yine de gelmişti; bana daha fazla vicdan azabı çektirmek istiyormuş gibi dizlerinin üzerine çöktü ve direkt olarak benimle göz teması kurdu.

İyiliği canımı yaktı; iyiliği kalbimi paramparça etti ve yağmurlara parçalanmış kalbimi gösterdiğimde gökyüzü bile hâlime acıdı.

"Bunu neden yapıyorsun?" diye sorduğumda çatallaşan sesim öfkeli çıkmıştı. Ağlamamıştım ve ağlamayacaktım da. Turkuaz gözlerini gözlerimden bir an olsun ayırmadan omzuma yerleştirdiği yağmurluğunu düzeltti. "Neden geldin?"

Böyle bir tepki beklemediği açıktı. Kaşlarını ilk önce havaya kaldırdı, sonra geri indirdi. "Önder seni getirmedi," diye açıklamada bulundu. "Yağmur yağıyor ve hava soğuk. Bünyenin benim kadar üşümeye alışık olmadığını düşündüm."

"Gelmek istemedim," diye inlediğimde omzumdaki yağmurluğunu itekleyerek düşmesini sağladım; kaldırımın kenarındaki su birikintisine düşen yağmurluğuna bakışları takıldı. "Burada böylece durmak, yalnız kalmak istedim. Yağmur da hava da umurumda değil. Bunu neden yapıyorsun?"

Sıktığım dişlerim çenemi ağrıtmaya başlamıştı, Yankı hiç beklemediği tepkilerle karşılaştığı için fazlasıyla şaşkındı ama bunu gizlemeye çalışıyordu. Başkası olsa sinirlenebilirdi ama o sakinliğini koruyarak "Burada böyle duracak mısın?" diye sordu. "Üşümene izin vermem."

"Lanet olsun," diye bağırdığımda sertçe oturduğum yerden kalktım ve ellerimi saçlarıma geçirdim. "Diğerlerinin hepsi bana öfkeli, hiçbiri yüzümü bile görmek istemiyor ve umurlarında bile değilim. Sen neden bunu yapıyorsun?" Yankı da benimle beraber çöktüğü yerden kalktı. "Bana bunu yapma, hak etmiyorum."

"Neyi hak edip etmediğinle ilgilenmiyorum," dedi sakin bir sesle. Dinlendirici tınısı ve insanı etki altına bırakan gözleriyle titreyen ellerimi sakinleştiriyordu. Sinirden mi, soğuktan mı yoksa yeni hissetmeye başladığım duygularımdan mı bilmiyordum titriyordum. "Burnunun ucu kıpkırmızı, donuyorsun."

"Bana öfkeli değil misin?" diye sordum tek nefeste.

"Değilim," dedi fakat gözleri daha farklı kelimeleri taşıyordu. "Sana öfkeli olmam için bir neden yok."

"Size daha önce bir sevgilim olduğunu söylemedim, size bundan bahsetmedim ve bir anda hayatımıza girdi. Mutlu'nun canını yakmak istedi, Bartu ile tartışmana neden oldu." Etrafa baktım ve bir şeyler söylemeye devam etmek istedim, aklıma başka hiçbir şey gelmiyordu.

Yankı hafifçe gülümseyip "Onun sevgilin olmadığını biliyorum," dedi. "Elini tuttuğunda yüzünün aldığı hali gördüm, rahatsız oldun."

Acıyla gülümseyip "Sen de bu yüzden sevgilim olmadığını mı düşündün?" diye sordum. "Ona öfkeliydim çünkü bir anda karşımıza çıkmıştı ve haberim bile yoktu."

"Ne yapmaya çalışıyorsun?" Yağmur onun da saçlarını ıslatmaya başlamıştı ve alnına dalgalı saçları dökülmeye başlamıştı. Üzerindeki yarım kollu beyaz tişörtü üzerine yapışmıştı, şu an bile nefes kesici bir görüntüsü vardı. "Beni onun sevgilin olduğuna inandırmaya mı çalışıyorsun?" Bir adım attı ardından başka bir adım daha attığında yüzü yüzüme yakındı. "Bizi günlerdir takip eden herifin o olduğunun farkındayım, Helin."

Gözlerim açıldı. İnkâr etmek ya da karşı çıkmak istedim ama nasıl bir yalana başvuracağımı bilmediğim için sustum. Her anımı izlerken ve her anımdan başka bir sır çıkarmaya çalışırken gözlerimi ondan kaçırıp

"Bu da sevgilim olduğunun kanıtı," diye mırıldandım. "Beni paylaşamıyor."

"Sikerim ama onun paylaşamamasını," dediğinde bakışlarım hızlıca ona döndü. "Şu an burada olmadığına göre sikmişim de."

Gözlerim açıldı. Bartu'nun ağzının bozukluğuna alışmıştım ama Yankı'dan ilk defa böyle kelimeler duyuyordum.

Korkularımın üzerine gitmeli miydim? Bir kere olsun bunu Yankı'ya karşı yapmak istedim. "Teorin ne?" diye sordum. "Sevgilim olmadığını düşünüyorsun ama bizi takip ettiğinin de farkındasın. Neden bunu yapsın?"

Yankı'nın bir şeyler düşündüğü açıktı ama bana açıkça düşündüklerini de söylemeyecekti; onu en azından bu kadar tanımıştım. "Konu bunlar değil aslında," dedi ve gözleri boynuma doğru kaydı. "Neden onun sana zarar vermesine izin verdin?"

Bu konuda itiraf etmemi bekliyordu ama bunu yapmayacaktım. "O bana zarar vermez," dediğimde yalan söylediğim sesimden bile belliydi.

"Helin," dedi ve elini koluma yerleştirdi. Buz gibi koluma, onun sıcak avuç içi çarptığında ürperdim, Yankı da bunu hissetti. "Seni bir şeylere zorlayan birileri varsa bunu bana söyle." İyiliği yine canımı yakmıştı, iyi niyeti ise ona hiç ama hiç yakışmamıştı fakat gerçekten bunun ihtimalini bile düşündüğü açıktı. "Söyle ve ne gerekiyorsa onu yapalım. Eğer oyun oynamak gerekiyorsa sen değil, biz hep beraber oynayalım."

"Lanet olsun, Yankı," dedim ve elini itekledim. "Muhteşem zekânla yine her şeyi çözdüğünü sanıyorsun, değil mi?" Geriye doğru adım atarak gözlerimi devirdim. "Caner benim için değerli birisi ve bu konuyu artık seninle daha fazla konuşmak istemiyorum. Liderim olarak beni zorla konuşturacak mısın?"

Öfkelenmesini bekledim ve bunun imkânsız olduğunu anladım çünkü ifadesiz gözlerle beni izlemeye devam ediyordu. "Değerli birisi mi gerçekten?" diye sorduğunda cevap vermemi bile beklemediğini fark ettim. Cümleyi tekrar etmek istemişti ve daha çok kendisine soruyor gibiydi.

"Evet," dedim tek seferde. Bu konuda yalan söylemiyordum çünkü Caner gerçekten de benim için değerliydi. Aşk, sevgi değildi konu. Onunla geçirdiğim zamanlarım vardı, onunla hiçbir zaman çok yakın olmamıştım ama beni korumak için defalarca kendini ateşe attığı zamanları da unutamıyordum. Tabii ki bu iyilikleri karşılığını bulmuştu çünkü ekipte kimse karşılıksız bir şeyler yapmazdı.

"Anlıyorum," diyerek başını aşağı yukarı salladı. "Ben bazı şeyleri çok kolay anlarım ama bazı şeyleri de çok zor kabullenirim. Bir dahaki sefere benim arkamda değil de onun yanında dur o hâlde. Bu bir şeyleri kabullenmemi kolaylaştırır."

"Hani liderdin?" dedim üzerine bastırarak. "Hani senin emrin altındaydım?"

Yankı yüzünü buruşturdu. "Kimseyi yönetmek ya da avcumun içine almak haddime değil eğer ortada bir iş yoksa." Beni işaret etti. "Senin kadın olman benim seni yöneteceğim anlamına da gelmez çünkü ikimiz eşitiz. O an öyle söylemem gerekiyordu ve söyledim. Ne zaman gitmek istiyorsan," yolu işaret etti, "gidebilirsin." Emin olduğum cümleler dudaklarından döküldüğünde ilk defa kendi isteğimle esir tutulmadığım bir yerde olduğumun farkındaydım.

İkimiz de yağmurdan dolayı sırılsıklam olmuştuk. Kirpiklerine asılmış olan yağmur damlası gözlerini kırptığında aşağıya doğru düştü ve yanağından süzülüp çenesine aktı. Bu onu ağlıyormuş gibi göstermişti, Yankı'nın ağladığını düşünmek dengemi bile alt üst etti. Bu düşünceyi hızlıca kafamdan kovup "Şimdi beni yalnız bırakacak mısın?" diye sordum.

İyiliğinin artık son bulmasını istiyordum. İyiliği son bulursa benim vicdanım susardı fakat diğer duygularım? Onlar ne olursa olsun susmayacak gibiydi.

Cevap vermedi. O sırada bize doğru koşan birisi dikkatimi çektiğinde Yankı da o tarafa dönüp baktı. Lâl o kadar hızlı koşarak yanımıza geldi ki ve ellerini hareket ettirerek o kadar hızlı bir şekilde Yankı'ya bir şeyler söyledi ki hangi tarafa bakacağımı şaşırdım.

Yankı'nın yüzündeki tepkisizlik silindi ve gözleri irice açılarak "Nereden duymuş?" diye sordu. Bakışları hızlı bir şekilde bana döndü fakat oyalanmadan Lâl'e baktığında adımları Lâl'in geldiği tarafa doğru yönelmişti. Lâl ona anlatmaya devam ederken Yankı adımlarını hızlandırdı ve koşmaya çevirdi. Şaşkınlıkla arkalarından bakarken "Mutlu şu an orada mı?" diye sordu. Son sorusu bu oldu, hızlıca koşmaya başladılar.

Bir an afallayarak arkalarından baktım. Ellerimi saçlarıma geçirdim sonra düşünmeden peşlerinden koşmaya başladım. Ayağımdaki topuklu botlar yüzünden defalarca düşme tehlikesi atlatsam da zar zor Yankı'ya yetişebildim fakat Lâl çoktan gözden kaybolmaya başlamıştı. O kadar hızlı koşuyordu ki uzakta bir nokta gibi görünüyordu.

"Yankı!" diye bağırdım tam arkasına geldiğimde. "Neler oluyor?"

Kafasını iki yana sallayarak koşmaya devam etti ve Lâl'e "Daha hızlı!" diye bağırdı. Yüzündeki tedirginlik ve korku, beni dehşete düşürüyordu. Ayağım yine burkuldu ve hızım yavaşladı.

"Lütfen ne olduğunu söyle!" diye haykırdım arkasından.

"Mutlu, Nadir'in durumunu öğrenmiş," dedi başını çevirip bana bakarak ve koşmaya devam ederek. "Şu an Tankut'un yanına gidiyormuş."

Önder de Yankı da Mutlu'nun öğrenme ihtimalinden fazlasıyla korkuyorlardı; ikisi de bunun ihtimalini bile düşünmek istememişlerdi. Nedenini anlayamıyordum ama onları bu kadar korkutan şey, benim ayakkabılarımı bir anda çıkarmama ve orada bırakarak koşmama neden oldu. Tepkisizliğiyle tanıdığım Yankı'nın bu derece korkmuş olması beni bile dehşete düşürmüştü.

Lâl tamamen yok olmuştu, Yankı bana uzaktı ama onu görebiliyordum. Ayaklarımın altına çarpan sular bacaklarımı ıslatıyordu, taşlar çıplak ayaklarımı kesiyordu fakat bunun acısını bile hissedemiyordum. Yankı'ya yetişmek için verdiğim çabada defalarca arabaların önüne atlamıştım ve neredeyse beyaz bir araba bana çarpacaktı. Yankı'ya da aynısı olmuştu ama o an bile durmamış, koşmaya devam etmişti.

Sola doğru döndüğünde ben de peşinden ilerledim ve çıkmaz bir sokağa girdiğimizi fark ettim. Başımı iki yana doğru çevirdiğimde etrafta tek bir bina dahi olmadığını ve tam karşımızda bembeyaz bir duvar olduğunu gördüm. Yankı o duvara doğru koşmaya devam etti. "Yankı, burası çıkmaz sokak!" diye haykırdım arkasından ama beni duymadı ya da duymazdan geldi.

Duvarın kenarına geldiğinde yerdeki rögar kapağını anımsatan demir dikdörtgene doğru eğildi ve kulpunu çekerek açılmasını sağladı. Şaşkınlıkla o kapıya doğru baktım ama o benimle göz teması bile kurmadan demir kapıdan içeriye girdi. Gözden gitgide kaybolduğunda yeni o kapının önüne gelebilmiştim. Aşağıya doğru uzanan merdiveni gördüm, merdivenin ucundan inen Yankı'yla dakikalar sonra ilk defa göz göze geldik.

"İn," dedi ve beni orada bekledi. Bakışları etrafa kaydı ve gür bir sesle bağırdı: "Sana in diyorum, çabuk ol!" Bana ilk defa bağırıyor olmasından mıydı bilmiyordum ama bacaklarıma direkt olarak kuvvet geldi ve hızlıca tahta merdivenlere çıplak ayaklarımı koyup gıcırtı çıkarmasını umursamadan aşağı inmeye başladım. "Kapıyı da kapat," dedi ve içeriye doğru yürümeye başladı. Birkaç adım üste çıkıp kapıyı kendime doğru çektim ve merdivenin son basamağına doğru hızlıca indim.

Kendimi beton zemine bıraktığımda ayaklarımda ıslaklık hissettim fakat bu yağmurun ıslaklığı gibi değildi. Mahzen gibi yer rutubet kokuyordu ve yerler nemliydi. Bakışlarımla geldiğimiz yeri incelemeye çalıştım fakat Yankı o kadar hızlı adımlar atıyordu ki bunu yapamadım.

Aydınlık bir yere döndüğümüzde tavandaki sarı floresan ışığının çevresinde dönen sineklerin sesi kulaklarıma doldu. Ayağımın dibinden bir fare hızlıca geçti, irkilip geriye doğru kaçtığımda Mutlu'nun bağırma sesleri mahzenin içini dolduruyordu. Yankı, "Kahretsin," diye inledi ve daha hızlı adımlarla ileriye doğru yürümeye başladığında gözlerim şaşkınlıkla geldiğimiz yerde gezindi.

Hapishane tarzı bir yerdi ve demir parmaklıkları olan kısımlar parça parça ayrılmıştı; tuhaf olan bu değildi, tuhaf olan her demir parmaklıklı odanın içinde birilerinin olmasıydı. Yankı yürüdükçe içerideki insanlar demir parmaklıklara tutunarak "Lütfen! Çıkar bizi buradan!" diye yalvarmaya başladılar. Başımı sola doğru çevirdiğimde yüzündeki kirle, üzerindeki yırtık kıyafetlerle bir kadının bana baktığını gördüm. "Yalvarırım çıkarın bizi," dedi kadın bana bakarak. "Su verin, lütfen."

Dudaklarım aralandı, demir parmaklıkların arkasındaki insanlar öyle bir bağırmaya başlamıştı ki sesleri Mutlu'nun sesini engellemeye başlamıştı. Ayağımın dibinden yine bir fare geçti fakat bu sefer irkilmek yerine elimle burnumu kapattım. İnsanlar kendi dışkılarıyla yaşıyormuş gibi görünüyordu.

Burası, Sokak Nöbetçileri'nin kendi adaletlerini sağladıkları hapishaneleriydi; burası kendi yetimhanelerini yarattıkları gibi kendi hapishanelerini yarattıkları yerdi. Kötülüğe bulanmış insanlar o parmaklıkların arkasından bize bakıyorlardı ve Yankı'nın bir an bile vicdanı sızlamıyor, onlara dönüp bir kere dahi bakmıyordu.

Yankı Sarca vicdanımı sızlatacak kadar iyi, vicdansızlığıyla beni mahvedecek kadar kötü birisiydi. Yarattıkları hapishanesi bunun en büyük kanıtıydı.

Yankı demir parmaklıkları açık bir odaya girdi, arkasından giderken tam karşıdaki duvarda yazan cümle adımlarımın duraksamasına neden oldu; o cümle bana adaletin hâlâ ölmediğini ve Sokak Nöbetçileri için hâlâ yaşadığını gösterdi.

Yarattığın gerçek adalet, vicdanının ve vicdansızlığının sesidir.

SOKAK NÖBETÇİLERİ

Onlar iyi insanlardı ve onlar kötü insanlardı; onlar hem vicdanlı hem de vicdansızlardı.

Sokak Nöbetçileri'yle asıl şimdi yeni tanışıyordum.

Gücünü kaybeden adımlarıma güç verdim ve düşünmeden Yankı'nın döndüğü yere ben de girdim. O anda karşımda gördüğüm tablo, ellerimle ağzımı kapatmama neden oldu.

Mutlu'nun elinde bir silah vardı, o silahı Tankut'a doğrulmuştu. Yanında Nadir zorlukla ayakta duruyor, ağlıyordu. Sessiz ağlayışlarını karanlığa rağmen sarsılan omuzlarından anlayabiliyordum. Tankut oturduğu yerde gülümseyerek Mutlu'nun yüzüne bakıyordu, hemen önünde Bartu vardı. Ellerini kaldırmış Mutlu'yu engellemeye çalışıyordu. Işık zorlukla nefes alıyor, Mutlu'nun arkasında onu engellemeye çalışıyordu. Lâl ise bizim girdiğimizi görünce hızlıca Yankı'nın arkasına doğru saklandı, korkuyordu.

"Seni mahvedeceğim!" diye bağırdı Mutlu ve yüzünün yarısına vuran ışıkta gözlerindeki nefreti gördüm. Acıyla kasılıyor, her nefes aldığında boğazına takılıyordu. "Seni öldüreceğim! Acı verdiğin her çocuk için seni defalarca öldüreceğim!"

"Mutlu!" diye öne atıldı Yankı. Mutlu'nun gözleri Yankı'ya kaydı ve kafasını iki yana salladı. "Bana bak," dedi. "Bana bak, yüzüme bak. Bana güveniyor musun?" Gözleri Nadir'e kaydığında, Nadir'in zorlukla nefes aldığını gördüm. "O yaşıyor, ona bir şey olmadı. Ver o silahı bana."

"Olacak!" diye haykırdığında sesi mahzende çınladı, öyle gür bir sesti ki ellerimle kulaklarımı kapatmak zorunda kalmıştım. "Doktorlar onun için yapılacak hiçbir şey olmadığını söylemiş." Bakışları Bartu'ya döndü. "Onu Önder'le konuşurken duydum."

Bartu, pişmanlıkla kafasını iki yana sallarken Işık ağlamaya başladı. "Mutlu, lütfen," diye inledi. "Bir daha aynı günleri yaşamak istemiyorum, bir daha seni kaybetmek istemiyorum. Lütfen indir o silahı."

Mutlu Tankut'un üzerine doğru yürüdü ve eliyle Nadir'i de yanına çekti. "Bu farklı," diye fısıldadığında gözlerini Tankut'dan ayırmıyordu. "Bir daha o hastaneye yatmayacağım."

"Lütfen Mutlu," diyen Yankı, Mutlu'nun önüne geçti. Bartu acıyla nefesini verdiğinde eliyle demire yumruk attı. "Nadir için elimden gelen her şeyi yapacağım," dedi Yankı acıyla ve elini öne doğru uzatıp silahı ona vermesini bekledi. "Canımı bile veririm, Mutlu. Duydun mu? Bunu yaparım. Lütfen ver o silahı bana kardeşim, bunu yapmak istemediğini hepimiz biliyoruz."

Mutlu kafasını iki yana salladı. Gözlerinin dolduğunu o an fark ettim ve acıyla tuttuğum nefesimi dışarıya verdim. "Daha önce yapmak istememiştim," dediğinde krize girmiş gibi kafasını iki yana sallamaya devam ediyordu. "Çünkü öldürdüğüm kişi babamdı ama bu sefer farklı."

Ellerimi saçlarıma geçirdim ve hıçkırarak yere düşen Işık'a baktım. Yıkıldığı yerde, "Lütfen Mutlu!" diye bağırmaya devam etti. "Lütfen, seni kaybetmek istemiyorum!"

"Beni hâlâ suçluyorsun, değil mi?" dedi Işık'a doğru ama ona bakmayarak. "Babamızı öldürdüğüm için beni suçluyorsun ama ben hasta olduğum için hiçbir şey diyemiyorsun. Geceleri ağladığını duyuyorum Işık, hâlâ o adam için ağlıyorsun. Hâlâ onu seviyorsun!"

Tankut kahkaha atmaya başladı. "Babandan daha iyi babalık yapabilirim sana," dedi Mutlu'ya doğru. "Beni daha çok seveceğine eminim."

Bartu çekildiği yerden doğruldu ve haykırarak Tankut'un yüzüne sert bir yumruk geçirdiğinde Tankut geriye doğru düşüp başını arkadaki duvara çarptı. Başı öne doğru düştü ama bayılmadı. Dudaklarındaki gülümsemeyle hâlâ öyle durmaya devam etti.

Mutlu, bir anda elindeki silahı Nadir'in eline verdi ve arkasına geçerek silahı kavramasını sağladı. Nadir korkak bir şekilde kafasını iki yana sallarken "Bak işte orada, karşında," dedi tek nefeste. "Ben yaptım, sen de yapabilirsin." Nadir'in eli titriyor, geriye doğru gitmek istiyordu ama Mutlu izin vermiyordu.

"Yap oğlum," dedi Tankut nefes nefese. "Sonradan başına gelecekleri düşünmeden yap bunu, canının yanacağını düşünmeden yap." Nadir'i hâlâ tehdit ediyor, Nadir'in kâbusu olarak yaşamaya devam etmek istiyordu.

Nadir korkak bir nefes verip olduğu yerde çırpındı, ona zarar veremezdi. Nadir'i anlayabiliyordum. O kadar çok korkuyor, o kadar çok titriyordu ki parmakları namluyu bile bulamazdı. "Korkma!" diye haykırdı Mutlu ve gözünden bir damla yaş aktı. "Ben de korktum ama hiçbir şey olmadı, korkma! Tek bir kurşunla onu yok edebilirsin!"

"Hayır hayır hayır," dedi Nadir ve dizlerinin üzerine doğru çöküyormuş gibi oldu. O sırada Bartu koşup onu tuttu ve yere düşmesini engelledi. Nadir'in elindeki silah yere düştüğünde Mutlu, silahı almak için eğildi fakat Yankı ondan önce davranıp silahı hızlıca aldı ardından ilk gördüğü kişiye yani silaha bana attı. Havada silahı tuttum, Mutlu bana doğru geleceği sırada Yankı onu omzundan tutup çekti ve ellerini arkada birleştirdi.

"Bırak!" diye bağırdı Mutlu, çırpınmaya başladı ama gözyaşları art arda akmaya başladı. "Bırak beni, onu öldüreceğim!"

Yankı gözlerini kıstı ve onu daha sıkı tuttu. Işık "Mutlu," diye ağlamaya devam ederken onun yanına doğru ilerleyip aşağıdan bakarak âdeta dizlerine kapandı. "Ne olur," dedi nefes nefese. "Ne olur, kendine gel, ne olur!"

Mutlu acıyla haykırdığında birkaç kere daha çırpındı ardından hıçkırarak ağlamaya başladı. Öyle yüksek bir sesle ağlıyordu ki canının yandığını, parçalandığını, mahvolduğunu hissedebiliyordum. Yankı, tuttuğu ellerini gevşetti ve Mutlu'yu kendine doğru çevirdi. Onun tutsak etmek istemedi ama bırakmadı da. Bir anda kendine çekip sarıldığında elini başına koydu, Mutlu ise omzuna başını yaslayıp ağlamaya devam etti. "Unut," dedi Yankı kulağına doğru. "Çok geride kaldı, silindi, üzerinden zaman geçti. Zaman her şeyi sildi. Unut, kardeşim."

Mutlu abisinin ve belki de babasının omzunda ağlayan küçük erkek çocuğu gibi hıçkırarak ağlamaya devam ederken Işık çöktüğü yerden doğruldu ve eliyle kardeşinin saçlarını okşadı. Parmaklarına Mutlu'nun kalın bukleleri dolandı, şefkatle okşamaya devam etti.

Mutlu "Hiçbir şeyi unutamıyorum," dediğinde sanki son nefesimi veriyordum. "Bu yüzden o hastaneye geri dönmeyeceğim, değil mi?"

"Asla." Yankı daha sıkı sarıldı ve Bartu'yla göz göze geldi. Bartu'nun da gözlerinin dolduğunu gördüm, hızlıca arkasını dönüp yüzünü hepimizden gizledi. Yanımda olan Lâl, Işık'a doğru ilerleyip onu kendine çekti ve sıkıca sarıldı. Işık ayakta zor duruyormuş gibiydi. "Sana bu kötülüğü bir daha asla yapmayız, beni duydun mu?"

Tankut yine gülmeye başladı. "Ne duygusal bir sahne ama," dediğinde bu sefer bakışlarının direkt olarak bana döndüğünü gördüm. "Hira Denizler." Gözleri kısıldı ve kirli yüzüyle, parçalanmış dudaklarıyla derin bir nefes verdi. "Yani Helin Aktan." Adımı bilmesi kaşlarımı kaldırmama neden olurken Bartu, öfkeyle ona doğru yönelmiş yumruğunu yüzüne geçireceği sırada öylece kalmıştı. "Seni hatırladım." Tek tek herkesin yüzüne baktı ve dudaklarını büktü. Bütün herkesin bakışları benim üzerimdeydi, büyük bir felaketin geldiğini Tankut'un gözlerinden hissetmiştim. "İhanet," dediğinde küçümseyici bir tınıyla konuşmuştu. "Sen bizim tarafımızdan onların tarafına ne zaman geçtin?"

9.

KORKU TOHUMU

Hayatımdaki güven duygusunun yerini sorguladım. Güvendiğim insanları düşündüm. Güvenip ilerlediğim yolları gözden geçirdim. Bütün bunları düşünmem bana sadece tek bir duygu hissettirdi: Hayal kırıklığı.

Bu zamana kadar güven duygusunun adım attığı her nokta bana sadece ve sadece hayal kırıklığını hissettirmişti. İnsanlar güvenlerimi parçalanmış bir kâğıt gibi önüme atmışlardı, güvenip ilerlediğim yolların sonu uçuruma değil de hep çıkmaz sokağa ulaşmıştı. Uçuruma çıksaydı, hayal kırıklığını hissetmek yerine o uçurumdan atlardım, biliyordum; kâğıtları parçalamasalardı yine o kâğıtları okur yine onlara inanırdım. En kötüsü de çıkmaz sokağın ortasında parçalanmış kâğıtlarla öylece kalmıştım; önümde ise aşılmaz bir duvar vardı.

Yankı Sarca'nın turkuaz gözlerinde bunları gördüm; ne yaşadıysam hepsini onun gözlerinde gördüm. Hayal kırıklığıydı. Çıkmaz sokağı bakışlarında görüyordum, parçalanmış kâğıtlar rüzgârdan uçuşuyordu.

Oysa ki Yankı Sarca bana hiç güvenmemişti.

Bana güvenmiş miydi? Bana hiçbir zaman güveniyor gibi bakmamıştı, bana hiçbir zaman güveniyormuş gibi davranmamıştı. Başımı ağır ağır zamana bile meydan okuyacak kadar yavaş bir hızda iki yana salladım. Mahzenin içinde derin bir sessizlik oluşmuştu. Bütün Sokak Nöbetçileri'nin bakışları benim üzerimdeydi, hepsi Tankut'a bakmak yerine bana bakıyordu ama şu zamana kadar hepsinin gözlerindeki ifadeler, ifadesizliğe dönüşmüş; bana daima ifadesiz bakan Yankı'nın gözlerinde yoğun hisler vardı.

Mutlu'nun hıçkırıkları derin nefeslere dönüştüğünde Işık, küçük adımlar atıp Mutlu'yu Yankı'nın kollarından aldı. Yankı, karşı çıkmayarak onu Işık'a verdiğinde, benden korumak istiyormuş gibi Işık onu benden uzak bir köşeye götürdü. "Işık," dedi Yankı gözlerimin içine bakmaya devam ederken. "Mutlu'yu buradan çıkar."

"İyiyim." Mutlu, zorlukla nefes alıyormuş gibiydi. Eli kalbine doğru gitmişti, kirpiklerinde hâlâ asılmış olan yaşları vardı fakat burada, benim karşımda durmak istediğini anlayabiliyordum.

"Işık." Yankı nefesini verdi, yutkundu. "Onu çıkar buradan ve Nadir'i de. Onları buradan hemen uzaklaştır, kötü şeyler olacak." Ürkütücü çıkan sesi, tenimi bile ürpertmişti. Birazdan her ne olacaksa, onların önünde olmasını istemiyordu.

Bana zarar mı verecekti?

Dudaklarım mühürlenmişti. Elimde bir silah vardı, o silah elime ağırlık yapıyordu ama kendimi korumak istermiş gibi onu elimden de bırakamıyordum. Bana böyle hissettiren neydi?

Mutlu karşı çıkmak istedi ama ayakta duramayacak hâlde olduğu gerçeği de ortadaydı. Işık, "Kardeşim," dedi Mutlu'ya. "Nadir için. Bak, o çok kötü." Gözlerini büyük bir nefretle bana çevirdi, dişlerini sıktı. "Şimdi çıkalım, iyi olalım. Sonra geri geleceğiz zaten." Yankı'dan bakışlarımı ayıramasam da Mutlu'nun ifadesiz bakışlarının arkasında hangi duygunun olduğunu biliyordum o da büyük bir nefretti. Hissettiği ve hissettirilen bütün duyguların sorumlularından birisi olarak beni de görmeye başlamıştı.

Birkaç dakika sonra Bartu, Nadir'i yerden kaldırdı, Işık onun da koluna girdi ve demir parmaklıklardan çıktılar. Nadir'in sarsak adımları vardı, güçsüz bedeni ve kederle dolmuş kalbi. Başını çıkmadan hemen önce bana çevirmişti, bakışlarında yine umudu görmüştüm fakat bu sefer umudu kendisi için değil, benim içindi.

Tankut, derin nefesler alarak yine güldü. "Hey, onun kim olduğunu bilmiyor muydunuz yoksa?" Yere tükürdü ve kanla dolu olan tükürüğü çenesinden aşağıya doğru aktı. "Hadi ama! Onu kendiniz gibi iyilik için yaşayan *salaklardan* mı sandınız?" Bartu, hırlayarak geriye doğru döndü ve sert bir yumruğu yine Tankut'un burnuna geçirdiğinde kırılma sesini duydum, geriye doğru bir adım attım.

"Bartu." Yankı, başını çevirdi ama bana bakmaya devam etti. "Tankut'u baygın istemiyorum, bilinci açık olsun. Sakın ona şu an zarar verme." Yankı'nın alnı terlemişti ve dalgalı kumral saçlarının bir tutamı alnına yapışmıştı. Onların hapishanesinin içi oldukça sıcaktı ve bu iyi bir sıcaklık değildi; cehennemi yaşatmak istiyormuş gibi bir sıcaklıktı.

"Onun ne dediğini duydun, değil mi?" diye sordu Bartu Yankı'ya. "Gerçekten böyle bir şey olabilir mi?" Bartu'nun bakışları bana döndü, üzerime doğru hızlı adımlarla yürüyüp "Sen," diye inledi. "Gerçekten onların tarafında mısın?" Titreyen ellerini yumruk yaptı, kızarmış gözleri direkt olarak beni hedef aldı ve üzerime yürümeye devam etti. O yumruk belki de yüzüme inecekti. Onların tarafında olma ihtimalim bile o yumruğun yüzüme inmesine neden olacaktı fakat Lâl, ellerini kaldırıp Bartu'nun önüne geçti, onu durdurdu. Bu beni şaşırttı. Lâl bunu neden yapmıştı?

Yankı, cansız bir manken gibiydi. Sadece nefes alıp verişinden kalkıp inen göğsünü görebiliyordum. Gözlerini bile kırpmıyordu. Bartu'yu engellememişti, onun bana vurma ihtimalinin farkındaydı ama hareket dahi etmemişti.

Bir şeyler söylemem gerekiyordu, benden bir şeyler söylememi bekliyorlardı ama mühürlenmiş olan dudaklarım aralanmıyordu. Lâl, Bartu'yu geriye doğru itekliyordu fakat Bartu, üzerime gelmek için Lâl ile tartışıyordu.

"Yankı," dedim kısık bir sesle. Hiçbirine değil, kendimi ona açıklamak istiyordum. Bu zamana kadar beni arkasına alan adama açıklamak istiyordum. Bartu'nun yüzüme indireceği bir yumruğu, Yankı'nın mahveden bakışlarına tercih ederdim çünkü yıkıcıydı, yaralayıcıydı. Devam etmemi bekledi ama sustum.

"Konuşsana!" diye haykırdı Bartu öne doğru eğilerek. "Kendini savunsana!"

Yankı, bir adım attı, sonra bir adım daha attı ve sonra bir adım daha. Tam karşımda durduğunda aramızda bir adımlık mesafe kalmıştı ama ilk defa o bir adımlık mesafeyi aşmaktan korktum. Gözleri kısıldı, yüzümden bir şeyleri çözmek istedi ama ona nasıl bakıyorsam istediği sonuca ulaşamadı. "Aramıza dâhil olduğundan beri," dediğinde onun da sesi kısık çıkıyordu. "Hak etmediğin her şeyden seni korudum." Kelimelerin üzerine yaptığı vurgusu, elimdeki silah, onun elindeymiş de kalbime baskı yapıyormuş gibi hissettirmişti. "Ama eğer bu doğruysa hak ettiğin her şeyin yaşatılmasına izin veririm, Helin."

Doğru olma ihtimalini önüme sunuyordu. Kafamı yine iki yana salladığımda sanki dudaklarımdaki mühür kırıldı, boğazıma saplandı ve acılı bir sesle "Hayır," diye fısıldadım. "Ben öyle birisi değilim. Ben belki kötü birisi olabilirim ama hiçbir çocuğun canının acımasına izin vermem, onların canını yakan insanlarla aynı yolda yürümem."

"Senin gerçek adını nereden biliyor o zaman?" diye bağırdı Bartu. Gür sesi yankılandı, demir parmaklıkların arkasındaki herkesin bizi dinlemesini bir an bile önemsemedi. Yankı Bartu'nun sorusunun cevabını almak istiyormuş gibi başını yana yatırdı.

Aklımın oyunu değilse, hapishaneden bir adamın gülme sesini bile işitir gibi oldum.

"Bilmiyorum," dedim ve silah olmayan elimi saçlarıma geçirdim. "Yemin ederim, bilmiyorum." Gözlerim Bartu'dan ayrıldı, Yankı'ya döndü ve bir adım attım. O ise elini kaldırıp beni durdurdu. "Yankı," dediğimde yaşadığım iftiranın ağırlığının altında eziliyordum. "Yemin ederim onu tanımıyorum, bilmiyorum. Yemin ederim hiçbir alakam yok!"

"Yemin etme," dedi Yankı düz bir sesle. "Yalanlar, yeminlerin arkasına gizlenir ve benim yeminlere inancım yok."

Bu sefer hayal kırıklığıyla bakma sırası bendeydi, o da bunu görmüş olacak ki bir anlığına afalladı. "Gerçekten buna inanabiliyor musun?" diye sordum. Onun için böyle bir ihtimalimin bile olması, kalbimi en derinden parçalamıştı. "Gerçekten bu kadar iğrenç birisi olacağıma inancın var mı?"

Ve bir anlığına haksız olmadığını fark ettim; ona birçok yalan söylemiştim.

Gözlerini gözlerime uzun bir süredir kenetliyordu ama bu sorunun arkasından gözlerini kaçırdı. Bartu, elini saçlarına geçirdi, o çok öfkeliydi, o tamamen benim böyle bir insan olacağımdan emindi çünkü benimle hiçbir şey paylaşmamıştı. Ama Yankı?

"Sen benim için her ihtimalsin," dediğinde sesinde inancın tek bir izi bile yoktu. "Sen benim için izlediğim bir tiyatro sahnesindeki başarılı oyuncusun ve ben tiyatroyu izlerken dâhil olmak yerine biteceği ânı bekledim. Şu an bittiği an olabilir."

"Hayatımıza bir anda girdi." Bartu'nun keskin nefesleri ikimizin arasına girdi ve hemen Yankı'nın arkasında durdu. "Bu adamın işleriyle, onun senin peşine takılma zamanları hemen hemen aynı."

"Kahretsin!" diye bağırdığımda Bartu'nun yüzüne bakıyordum. "Madem onların tarafındayım, neden o gece vuruldum? Neden onlara kim olduğumuzu söylemedim? Neden Rasim'in ölmesine izin verdim?"

Bartu alayla güldü. "Senin tek bir iş için aramızda olacağını da kim söyledi?" diye sordu. "Tankut sadece tek bir kişi mi? Onlarcası var. Onlarcası!"

Her şeyi hak ediyor olabilirdim. Beni itmelerini, ezmelerini, dalga geçmelerini hak edebilirdim ama şu an yapılan haksızlıktı, bunu hak etmiyordum. Bakışlarım yine Yankı'ya döndü. "Asla," dedim tek nefeste. "Onlar beni tanımıyorlar ama sen az çok tanıdın, Yankı."

Bakışları boşluğa takılmıştı, benim kurduğum cümleden sonra boşluktaki gözleri hızlı bir şekilde bana döndü. "Tanıyor muyum?" Çenesini havaya kaldırdı, dudakları düz bir çizgi halini aldı."Seni senin anlattıklarınla ve gösterdiklerinle tanıyorum, ötesi yok."

Kötü biri olabilirdim, onlara kötülükler yapabilirdim ama hiçbir zaman bir çocuğun canını acıtmazdım, acıtmalarına izin vermezdim. Hırsla ve öfkeyle Yankı'yı sertçe omuzlarından itekleyip "Haksızlık yapıyorsun!" diye haykırdım. "Bu orospu çocuğu sadece yem bile atıyor olabilir ve sen de düşüyorsun! Ben bir çocuğa nasıl zarar verebilirim? Benim Nadir'e ne kadar üzüldüğümü sen biliyorsun!"

Gücüm onun hareket etmesine bile yetmemişti fakat öfkelenmem onun da yüzünü sertleştirmişti. Çenesini sıktı, yanağındaki kemikler hareket etti ve burnundan derin bir nefes aldığını işittim. Sakindi, yine sakindi; insanı çıldırtacak kadar sakin duruyordu ama kontrol edemediği bir dürtüsü de onu ele geçiriyor gibiydi.

"Yem mi?" Tankut'un sesiyle hepimizin bakışları ona döndü. "Seni tanıyorum, bu bakışları biliyorum. Güzel rollerinden birini oynuyorsun fakat seni koruyamayacağım çünkü benim canım tehlikede."

Yankı'nın yüzü de Tankut'a döndü ve bir anda ona doğru ilerleyip eliyle sertçe çenesini kavradı sonra oturduğu yerden onu kaldırıp duvara yasladı. Parmakları boğazına doğru ilerlediğinde yaptığı baskı, parmak boğumlarını beyazlaştırmıştı. "Eğer oyun oynuyorsan aldığın nefes bile sana zehir olur," dedi Yankı.

"Beni öldüremezsin." Tankut boğazı sıkıldığı için zorlukla konuşuyordu fakat yüzünde yine o şeytani gülümsemesi vardı. "Bana ihtiyacın var, diğer çocukları kurtarmanın anahtarının bende olduğunu biliyorsun."

Hepimiz haklı olduğunu biliyorduk. Bartu, hiddetle öne doğru atıldığında Lâl onu kolundan tuttu fakat göz göze geldiğimizde bana öyle bir baktı ki elimdeki silah onun elinde olsaydı çoktan alnıma dayayabileceğini görüyordum. Lâl'in gözleri bir an olsun bana dönmüyordu ama dönerse Yankı'dan sonra en çok onun bakışlarının altında ezileceğimi de biliyordum.

Yankı, Tankut'un boynunu yine de bırakmadı ama gevşettiğini anlayabiliyordum. "Seni öldüreceğimi söylemedim," dedi gaddar bir tınıyla.

"Ölmek senin için bir kurtuluş, değil mi?" Başını aşağı yukarı salladı. "Ölmek üzere olursun, nefes zor alırsın ama ölmene izin vermem. Damarların kurur, kalbin zoraki atar ama ölmene izin vermem. Ellerin, ayakların, ciğerlerin parçalanır ama ölmene izin vermem. Mahvolursun, çürürsün ama ölmene izin vermem. Duydun mu? Seni ödüllendirmem."

Tankut'un yüzündeki gülümseme daha fazla genişlediğinde küçümseyici bir sesle "İşkenceden de korkacak birisi değilim," dedi. "Senin beni hapishane diye getirdiğin yer, benim için cennet bahçesi, çocuğum." Yankı, dirseğiyle sert bir şekilde Tankut'un çenesine vurduğunda geriye doğru bir adım attı. Tankut, yüzü kanlar içinde öne doğru eğildi, öksürmeye başladı. "Baksana," dedi öksürüklerinin arasından. "Yanına aldığın hatta kucağına aldığın belki de yatağına aldığın şeytanı bile tanımıyorsun. Düşündüğümden daha aptalmışsın!"

Yankı yumruklarını sıktı, parmakları avuç içlerini neredeyse parçaladı. Kenetlediği çenesini sıkarken neredeyse dişleri kırılacaktı, aldığı derin nefesleri onu sakinleştiriyor muydu yoksa daha mı fazla öfkelendiriyordu, anlayamamıştım. Kendisine tanıdığı sürenin sonuna geldiğinde arkasını Tankut'a döndü ve gözlerinin kapalı olduğunu fark ettim. Birkaç saniye sonra gözlerini açtığında kontrol tamamen onun ellerindeydi; gözleri yine ifadesiz bakıyordu ve yumrukları açılmıştı. "Onu tanıdığına neden inanayım?" diye sordu Tankut'a.

Tankut, Yankı'yı kışkırtamamıştı ve bu hamlesi boşa gitmişti; yüzünün şekli değişti. Kontrolü bu kadar kolay sağlamasına şaşırmıştı. Yüzündeki gülümseme silik bir şekilde asılı kalırken "Sana inanman için bir şeyler vereceğimi mi sanıyorsun?" diye sordu. "Emin ol, şu an şu konumdayken yalan söylemem için hiçbir nedenim yok." Yüzüme baktı. "Onu tanıyorum hem de epey yakından tanıyorum."

"Yalan söylüyor!" Tankut'un tam karşısına geçtim ve Yankı'nın hemen yanında durdum. "Yalan söylüyorsun! Beni suçluyorsun! Seni tanımıyorum, seni hayatımda ilk defa görüyorum!"

"Yalan mı söylüyorum?" Tankut gerçekten tanıyormuş gibi bana baktı ve baştan aşağı süzdükten sonra kafasını iki yana salladı. "Söylesene Helin Aktan, kırmızı ışıklardan hâlâ korkuyor musun?"

Derin bir sessizlik oldu. Sessizlik omuzlarımdan tutup beni iki yana savurdu sanki ve dengemi sağlayamadım. Geriye doğru sendelediğimde ayağımın altına bir cam battı, o cam avuçlarımın içine de battı, karnıma da, göğüslerime de, bacaklarıma da, kalçalarıma da. Binlerce cam bedenime çarptı, battı, kanattı. Geriye doğru bir adım daha attım; bu sefer ayağımın altındaki acı daha fazla katlandı ama ruhuma batan camların acısı, fiziksel hissettiğim acıları tamamen yok saydı.

Durdum. Geçmişimin, karşımda tek bir soru cümlesiyle dimdik duruşunu izledim. Nefesim kesildi. Bakışlarım ağır ağır Yankı'ya döndüğünde onun karşımdaki düşük omuzlarını gördüm. Soru cümlesi ne kadar kendinden eminse Yankı o kadar tereddütteydi.

Dudakları aralandı. Bana günlüğümü yazdığım gün olduğu gibi baktı; o gün bir şeyler olduğunu anlamıştı ve şimdi tek bir soru cümlesi, onun yanıtı olmuştu.

"Onu tanımıyorum," döküldü dudaklarımdan ama daha başka bir şey söyleyemedim.

Yüzüme tam aksini söylememi istiyormuş gibi bakarken Bartu'nun bir şeyler söylediğini duyabiliyordum ama ne söylediğini anlayamıyordum. "Helin," dedi ve turkuaz gözleri sanki simsiyah oldu. Tankut'a bahsettiği zehir, gözlerine yerleşmiş olabilir miydi? "O seni tanıyor, değil mi?"

Cevap vermedim. Ona yalan söylemedim ama doğruyu da dile getirmedim. Tankut "Yalan söylemiyordum," dediğinde onun kim olduğunu da artık merak etmiyordum. Hayatımda nasıl bir yeri olduğunu, beni nereden tanıdığını sorgulamayacaktım. Bunlar benim için felaketlerin ışığı olurdu ve o ışığın rengi sadece kırmızıydı. "Helin Aktan," dedi Tankut bana. "Kelebek tutsak olduğu *kozasına* geri döndü, beni anladın mı? Artık kaçma."

Kelebeğin tutsak olduğu koza.

Koza.

Göğsüme bir tohum ekildi, bu tohumu eken kendimdim fakat o tohumun filizlendiğinde neye dönüşeceğini bilmiyordum.

"Cevap vermiyor," dedi Bartu ve algılarımın açıldığını hissettim. "Tanıyor, değil mi?" Tankut'a dönüp baktığında eliyle saçlarını kavradı ve başını geriye doğru yatırdı. "Ne zamandan beri sizinle çalışıyor?"

Tankut, gözlerimin içine bakarak "Çok uzun zamandır," diye fısıldadı. Bu sefer yalan söylüyordu fakat dudaklarımdan artık yalan söylediğini savunacak kelimeler dökülemezdi. Tankut belki de geçmişimi biliyordu, korkularımı biliyordu, korkup kaçtıklarımı biliyordu, kaçıp saklandıklarımı biliyordu, belki de her yaşımı biliyordu.

"İnkâr etmeyecek misin?" Yankı'nın sorusuna karşılık vermedim, ellerimin titrediğini hissettim ve dizlerimin. Geriye doğru adımladığım yerde en sonunda yosunlaşmış duvara yaslandım. Eğer bir yere yaslanamazsam ayakta duramayacağımı biliyordum. Gözleri ellerime kaydı ve sonra dizlerime. Kulaklarımda o günlüğü yazdıktan sonra söyledikleri çınladı, yine o cümleleri söylesin istedim. Ne gördü bilmiyorum ama "İnkâr etsene," diyerek sert bir sesle soludu. "Yapsana."

Ne olacak bu senin durmadan titreyen dizlerin?

Tohum, benim geçmişimin kirli kanıyla filizlenmeye başladı; Yankı kanıma karışan kiri göremedi ama filizlenen tohumu göğsümden söküp almak istiyormuş gibi bana baktı. Ben o tohumun ne olduğunu bilemedim ama Yankı ben bilmeden ne olduğunu gördü.

Ellerimi havaya kaldırdım, üzerime doğru yürüyen onu durdurmak istedim. Gözleri titreyen ellerime kaydı, o kadar çok titriyordu ki silah elimden kayıp düşecekti neredeyse.

Ve titreyen ellerin?

"Helin." Adımı sanki ilk defa söylüyordu, adımı söylerken sanki ilk defa hissediyordu, adımı söylerken sanki ilk defa anlamıyla birlikte söylemek istiyor gibiydi ya da bunların hepsi benim girdiğim ruhsal çöküntüden kaynaklanıyordu. "Bir şeyler söyle," dedi. İnkâr etmemi bekliyordu. Turkuaz gözlerine ilk defa yalanın renginin bulaştığını gördüm. Yalan söylersem ortak olacaktı ve yalan olduğunu bile bile koşulsuz inanıyormuş gibi davranacaktı, biliyordum. O benim filizlenen duygularımı görüyordu. "İnkâr et."

Gözlerimi yumdum ve ellerimi aşağıya indirirken, "Söyleyecek hiçbir şeyim yok," dedim. Sesim titredi, boğazıma oturan yumrunun verdiği acı beni ağlatabilirdi ya da ben o acının beni ağlattığına inanabilirdim. Sesim öyle bir titremişti ki kendi sesimi tanıyamamıştım.

Ve titreyen sesin?

Tohum biraz daha filizlendi; göğüs kafesimden ona doğru ilerledi ve Yankı'nın gözlerindeki ifade değişti. Dudaklarını birbirine bastırdı ve bana büyük bir hatanın içine düşmüşüm gibi bakmaya başladı. Filizlenen duygularıma ellerini uzatmadı, onu görmezden gelmek istedi.

Dizlerim, ellerim, sesim. Titriyordu fakat Yankı bu sefer iyileştirememişti.

Bartu öfkeli nefesler eşliğinde küfürler savurdu hem bana hem Tankut'a. Ben ise onun söylediklerini duymazdan geldim. Büyük bir girdabın içine girmişim de gitgide yok olacakmışım gibi hissetmeye başlamıştım.

Bartu, Tankut'u ayağa kaldırdı ve çenesini sertçe kavrayarak "Amacınız ne?" diye sordu. "Onu aramıza sokarken amacınız neydi? Bizim hakkımızda neler biliyorsunuz?" Yumruğunu kaldırdı, Tankut'a vurmak istedi fakat sonra geri indirdi. "Neyin peşindesiniz?"

Tankut, tutulan çenesinin ardından "Onu nereden tanıdığımı da nelerin peşinde olduğumuzu da anlatırım," dedi. "Ama tabii ki karşılıksız olmaz."

"Ulan bir de kumar mı oynuyorsun?" diye sordu Bartu ve onu sarsarak duvara çarptı. Tankut acıyla inledi ama gülerek ona karşılık verdi.

"Gerçekten bizi küçük adamlar mı sandınız?" Kafasını iki yana salladı. "Düşündüğünüzden daha büyük amaçlarımız var ve bunlar direkt sizi bitirecek şeyler." Yankı'ya döndü. "Bak bana, küçümseyeceğin kadar aptal birine mi benziyorum? Rasim kadar aptal mıyım? O sigaranın zehirli olduğunu bilecek kadar çok şey yaşadım."

"Ve ben de o zehirli sigarayı içmeyeceğini bilecek kadar çok orospu çocuğu tanıdım," diyerek döndü Yankı Tankut'a ve diziyle sertçe Tankut'un erkekliğine vurdu. Tankut bu sefer acıyla feryat ettiğinde Lâl, sırtı bana dönük duruyordu fakat korkudan zorlukla nefes alabildiğini işitebiliyordum. Ben ise artık o ortamdaki yabancıya dönüşmüştüm, konunun dışındaymışım gibiydim ama aslında merkezde olduğumu da biliyordum.

Tankut hâlâ acıyla kıvranırken "Sen diğerleri gibi değilsin," dedi Yankı'ya. "Kafan çalışıyor ama senin zekânı bile küçümseyecek bir şey var, çocuğum. O da ne biliyor musun? Kötü bir adam olamamak. Benimle empati kuramıyorsun çünkü o kadar da kötü biri değilsin. Hatta kötü biri değilsin. Sizin gibiler sadece bu yüzden yenilir."

Tehdit ediyordu; bu tehdidi üstü kapalı değil, direkt olarak Sokak Nöbetçileri'nin yenileceğini söyleyerek yapmayı tercih etmişti. Yankı hafifçe gülümsedi, Tankut'un hangi söylediği onun dudaklarına tebessümü kondurmuştu bilmiyordum ama kibirli gülümsemesini nerede görsem tanırdım.

Kendinden emin, sakin, ne yaptığını bilen ve yollarını, ucu görünmeden çizmeye başlayan Yankı Sarca. Onun kibirli gülümsemesinde birçok yaşanmışlık vardı.

"Şartların nedir?" diye sordu âdeta yenilgiyi kabul ediyormuş gibi. Bartu'nun yüzü öfkeyle Yankı'ya döndü ama hiçbir şey demeden öyle baktı.

Tankut da gülümsedi ama bu daha çok aptal bir adamın gülümsemesiydi. "İşte anladığım dilden konuşuyorsun," diye mırıldandı. "Aslında sizi zor durumda bırakmak istemedim ve size iki şık sunmak istedim. Hangisini seçerseniz seçin, size istediğinizi vereceğim. Ama..." İşaret parmağını kaldırdı. "Hiçbirini seçmezseniz ben de size hiçbir şeyin yanıtını vermem."

"Heyecan mı katıyorsun amına koyduğumun şerefsiz evladı," dedi Bartu tek bir nefeste ve onu ayağa kaldırıp arkadan kollarını tuttu.

Tankut, Bartu'yu önemsemiyordu. İlgisi direkt olarak Yankı'nın üzerindeydi, onun gözlerinde her ne gördüyse o noktaya oynamaya çalışıyordu. "Serbest kalmak isteyeceğimi düşünüyorsun ama şartım bu olmayacak çünkü biliyorum, serbest kalsam bile en sonunda yakalanırım, bir kere bu kuyuya düştüm." Bartu, kollarını daha fazla sıktı. "Bu yüzden ilk şartım, yarım bıraktığım bir işi tamamlamak." Kaşları havaya kalktı. "Nadir'i bana geri vereceksiniz, ona düşündüğünüzden daha fazla ihtiyacım var. O bana Rasim'in emaneti, biricik oğlum."

"Orospu çocuğu!" diye bağırdı Bartu ve ensesindeki saçlardan daha sert bir şekilde çekti. "Bunu kabul edeceğimizi nasıl düşünürsün?"

"Diğer şartın ne?" İlk şartını duymak bile istemiyormuş gibiydi. Yankı'nın sorduğu soruyla beraber Tankut'un gözleri bir anlığına bana kaydı ve sonra Yankı'ya bir daha baktı.

Uzun bir sessizlik oldu, tahammül edemeyeceğim ya da kimsenin tahammül edemeyeceği kadar büyük bir sessizlik oldu. Yankı Tankut'un gözlerinden ne olduğunu anlamış olacak ki duruşunu dikleştirdi. "Onu bana vereceksin," dedi beni göstererek. "Ne istiyorsam onu yapacak, nereye dersem oraya gelecek, ona ne istersem yapabileceğim. Sen de istersen o sırada yanımızda olabilirsin hatta yataktayken bile yanımızda olabilirsin ve eşlik bile edebilirsin. O artık benim askerim olacak." Tankut başını sağa doğru yatırdı. "Eğer bu iki şarttan birini kabul edersen, ben de sana onu nereden tanıdığımdan, amacımızdan, nelere ulaştığımızdan bahsederim."

Tohum daha fazla filizlendi, dalları boynuma doğru ilerledi ve beni boğmak istedi. Burnuma o filizlenen tohumdan kötü kokular geldi; kötü kokular geçmişimdeki adama aitti.

O an içimde filizlenenin *korku tohumu* olduğunu anladım.

Bütün korkularımın durdukları yeri, hissizliği ve o hissizliğin ini olan arafı terk ettiğini hissettim. Bütün unuttuklarım ya da unutmaya çalıştıklarım gün yüzüne çıkmaya başladı. Geride bıraktığımı sandığım bütün duygularım, ellerindeki keskin hançerlerle bana doğru ilerledi. Her yer sanki kıpkırmızı bir renge boyandı, az önce battığını düşündüğüm camlardan daha büyük bir acıyı duydum; haykırmak istedim, yere çökmek istedim. Kıpkırmızı renk, kırmızı ışıklara dönüştü; kırmızı ışıkların altında bir adam bana doğru baktı.

"Bunu şart diye sunuyor musun bir de?" diye sordu Bartu, Tankut'a. Birkaç saniye sonra Yankı'ya dönüp baktı. "Bu kız zaten onlardan. Bırakalım, ne halleri varsa görsünler. Bu sadece bir oyundan ibaret Yankı, Tankut hâlâ oynamaya devam ediyor, bizim iyi tarafımızı deşiyor."

Dallar boynuma doğru dolandı; canım yandı. Hissettiğim acıyla gözlerimi Bartu'ya çevirdim, bana bakmasını bekledim, beni hissetmesini bekledim, beni görmesini bekledim ama o bana bakmadı bile. Nadir'den daha değerli değildim onun için biliyordum hatta gözünde hiçbir değerim yoktu ama bu kadarına göz yumacak birisi de değildi. Onlardan olduğuma emindi, o kadar emindi ki beni bir celladın kollarına bırakacak kadar nefretle soluyordu.

Yankı'nın arkasının bana döndüğünü gördüm, artık onun yüzünü göremiyordum. Bartu, Yankı'nın yüzüne bakarken ben Lâl'e başımı çevirdim. Sadece o benim yüzümü izliyordu, gözlerimin içine bakarken ne gördüyse bana doğru bir adım atmıştı ve duvardan destek alsam bile ayakta duramadığımı fark ettim, yere düşmek üzereydim.

"Yankı," dedi Bartu dişlerini sıkarak. "Neyi düşünüyorsun? Düşünecek ne var? O kız aramızdaki bir casusmuş."

Bunu yapmazdı. Yankı beni görmüştü, Bartu'nun aksine beni anladığı zamanları olmuştu ve korkularımı hissediyordu. Bedenini hafifçe çevirdiğinde profilini gördüm, yüzü sabitti. Tankut'a bakıyordu, kirpiklerinin gölgesi yanaklarına düşmüştü ve saçları alnına daha fazla yapışmıştı. "Nadir'i bu kadar istemenin başka bir nedeni var, değil mi?" diye sordu. Benim konumla ilgilenmemişti, önemsiz bir detaymışım gibi köşeye atmıştı.

Tankut hiçbir şey söylemedi. Yankı'yı desteklemedi ama dürüst bir yanıt da vermedi. Gözleri bir anlığına tekrardan bana takıldığında "Sanırım ikinci şartım gerçekleşecek," diye fısıldadı. "Sen de bize katılacak mısın, çocuğum?"

Bu son damlaydı. Bu damarlarımda akan kanın bile sanki son damlasıydı. Bu tohuma damlayan kanın son zehriydi.

"Hayır!" diye bağırdığımda duvarın kenarından ayrıldım ve geriye doğru zorlukla adımlar atarak demir parmaklıkları olan kapıya doğru yürüdüm. Lâl ne yapmaya çalıştığımı anladı, hızlıca kapının önüne gitti ve çıkmamı engelleyeceğini bana gösterdi.

Her şey bir anda oldu. Adımlarım hızlandı, bedenim kapıya doğru döndü ve çıkmak için Lâl'i omzundan itekleyip koşmaya yeltendim fakat güçlü bir el, kolumu sertçe kavradığında ve beni içeriye doğru savurduğunda dengemi sağlayamayıp duvara doğru çarptım. O güçlü el Bartu Sarca'ya aitti, Tankut'un sahibi olduğu yurda gittiğimizde onu sakinleştirmek için koluna girdiğim adam beni tek bir hamleyle savurmuştu.

"Kaçabileceğini mi sandın?" diyerek üzerime doğru yürümeye başladığında kafamı iki yana sallayarak duvara daha fazla sokuldum. "Senin gibi bir pisliği öylece bırakacağımızı mı sandın ha?"

Vücudum titrerken, üzerime doğru gelen Bartu'ya "Uzak dur benden!" diye bağırdım fakat o üzerime gelmeye devam etti. Gözlerindeki nefrete, öfkesi daha da fazla eklenmişti. Beni öldürebileceğini bile görebiliyordum. O yurttaki öfkesi tekrardan yerine gelmişti ve şu an bütün hepsini benden çıkarmak istiyor gibiydi. "Gelme üzerime! Bana dokunma!"

Lâl bu sefer onu engellemedi, üzerime doğru gelmesine izin verdi. Adımları hızlandı. "O adamla beni bırakamazsınız!" diye haykırdım bütün gücümle.

"Siz zaten aynı taraftasınız, bu neyin oyunu!" Tam karşımda durduğunda onu itekledim fakat yerinden bile hareket etmedi; kolumu sertçe kavradığında ise Tankut'a doğru iteklemeye yeltendi fakat acıyla bağırıp onun yüzüne olabilecek en sert yumruğu attığımda yüzü yana doğru döndü ve dudakları aralandı.

Lâl, bu yaptığımdan sonra büyük bir hiddetle bana doğru yürümeye başladı. Yüzü kan dondurucu bir ifadeyi aldığında Bartu'nun gözleri de bana döndü. O an, yapabileceğim tek bir şey vardı ve ben de onu yaparak elimdeki silahı onlara doğru kaldırdım. İkisinin de gözleri silaha döndü, Lâl'in adımları duraksadı ve Bartu bir anda Lâl'in yanına doğru yürüyüp onu arkasına sakladı, önüne siper oldu.

"Beni bu adamla bırakamazsınız!" Bakışlarım Yankı'ya döndü. Gözleri silaha çevrildi ve o da Bartu'nun bulunduğu yerin önüne geçerek tam karşıma durdu. Aramızdaki üç dört adımı aşmak istemiyordum, o da aşmak istemiyordu ama gözleri silahtan da ayrılmıyordu. Parmaklarım silahın ağırlığını taşıyamayacak kadar kötü durumdaydı, ellerim öyle bir titriyordu namlu her noktaya isabet edebilirdi. "Bunu yaparsanız sizi mahvederim!"

Yankı'nın gözlerinin içine baktım, bana doğru bir adım atmak istedi. İnleyerek "Sakın!" dedim. O an gözlerimden birkaç damla yaş kendini feda ettiğinde elimin tersiyle yanaklarımı sildim. Beni ağlatanın ne olduğunu bilmiyordum fakat yaşları ne kadar silersem sileyim durmaksızın akmaya devam ediyordu. Onlara silahı çektiğim için mi ağlıyordum? Korkularım mıydı beni ağlatan? Nefes almakta zorlanıyordum. Geçmişim miydi beni bu hale getiren? Hiçbirinin cevabını bilmiyordum ama ağlıyordum ve elimdeki silah ne kadar titrerse titresin onlara yönlendirmeye devam ediyordum.

Yankı bir adım attı. Aramızdaki mesafe azaldı ve ondan kaçmak istiyormuş gibi geriye doğru bir adım attığımda zaten duvarın dibinde olduğumu fark ettim. Kafamı iki yana salladığımda gözlerimdeki yaşlardan dolayı onu bulanık görmeye başlamıştım. "Bunu yapmazsın," diye fısıldadım büyük bir umutla ve belki de ümitsizlikle. "Yapmazsın değil mi? Sen yapmazsın. Sen öyle birisi değilsin."

Durmadı, adım atmaya devam etti. Silah, onun göğsüne doğru denk geldiğinde "Ellerin titriyor," dedi. *Durmadan titreyen ellerim.* "Seni korkutan ne?"

"Beni ona verecek misin?" Acıyla nefesimi verdim ve göğsümde kocaman bir ateşin yükseldiğini, nefesimi bile yaktığını hissederek "Bunu yapacaksın!" diye bağırdım. Ateş filizlenmiş olan korkularımı da yakmak istedi ama o kadar zehirliydi ki ateş bile söndü. "Masum olduğumu bile bile bunu yapacaksın!"

"Hâlâ masum diyor!" Bartu bulunduğu yerde hareket etti fakat Yankı elini kaldırıp onu durdurduğunda bakışları bir an olsun benden ayrılmıyordu. Nadir'i veremezdi ama beni de öylece Tankut'un kirli ellerine sunamazdı.

O Yankı Sarca'ydı. Her zaman gideceği başka yolları olurdu, başka başka planları ve izleyeceği gerçekleri. Şu an yapabileceği birçok şey olabilirdi ama o beni öylece bırakmayı mı tercih edecekti?

"Beni hiç mi görmedin, Yankı?" diye sordum ve hıçkırarak ağlamaya başladım. "Beni hiç mi anlamadın?" Düşündüklerime karşı çıkmasını bekledim. "Sen kötü birisi değilsin ki," dedim omzumu indirip kaldırarak. "İyi birisin sen. Bunu yapmazsın."

Turkuaz gözlerinde hangi cümleler, hangi kelimeler geçiyordu, anlayamıyordum. Öylesine sakin, öylesine keskin bakıyordu ki ilk defa onun sakinliğinden nefret ettim. "Kötü birisi olmamı istiyordun," diye fısıldadı sadece ikimizin duyacağı şekilde. "Ve daha önce de söylemiştim, nedensiz kötü birine dönüşmem."

Vurulmuştum, o gün bütün gece benim yanımda durmuştu ve bir an bile yanımdan ayrılmamıştı. Gece boyunca ateşimi kontrol etmişti, gözlerine bir an bile uyku girmemişti. O gece bana ilk ve son defa uyarısını yapmıştı, iyiliğini reddetmemişti ama kötülüğünden de asla kurtulamayacağımı söylemiş, suya bile muhtaç olacağımı dile getirmişti.

İnanamıyordum. O adamın gaddarlaşıp beni korkularımın üzerine iteceğine inanamıyordum.

"Hayır," diye hırladığımda nefesim daha fazla kesildi, geçmiş beni boğuyordu. "Yalan söylüyorsun, benimle oynuyorsun. Masum olup olmadığımı anlamaya çalışıyorsun, son âna kadar beni deniyorsun."

Gözlerine baktım, zorlukla turkuaz gözlerini görmeye çalıştım ama her şey o kadar bulanıktı ki silik bir anının içinde gibiydim. Omzunu indirip kaldırdı, derin bir nefes verdi. "Benim yalan söylemeyeceğimi biliyorsun, Helin." Başka bir anının içine devrildim. "Ben yalan söylemek yerine sessizliği tercih ederim."

Onu tanıdığımı bana göstermeye çalışıyordu aslında tam karşımdaki o adamın tanıdığım adam olduğunu söylemeye çalışıyordu. O an en çok ne için ağladığımı fark ettim ve bu daha fazla ağlamama neden oldu. Ona inanmak istemiyordum ama biliyordum, o yalan söylemezdi. Hiçbir zaman yalanı tercih etmezdi, edeceği zaman sessizliğin koynuna girerdi.

"Seni öldürürüm," dedim tek nefeste ve beni asıl ağlatanın ne olduğunu açığa çıkararak. Ona, onlara zarar verme düşüncesi beni ağlatıyordu çünkü bunu yapabileceğimi biliyordum; bedenimde o kuvvet olmasa da kalbimde o kuvveti hissedebiliyordum. "Eğer gerçekten beni ona vermeye karar verdiysen seni öldürürüm." Ona doğru dönük olan silahı, bu sefer net bir şekilde ona sabitlemeye çalıştım.

Lâl'in gırtlağından keskin bir hırlama döküldü ve Bartu'nun arkasından çıkarak bana doğru atıldığını gördüm. Bartu ise onu sımsıkı belinden kavradı. Havaya savurduğu yumrukları bana ulaşmıyordu fakat Yankı'yı korumak için verdiği çabası tam karşımdaydı. Bartu, o bedeniyle bile Lâl'i zorlukla tutuyordu; Yankı'yı korumak için kurşunun önüne atılırdı. Bir an bile düşünmezdi, kendini onun önüne siper ederdi. Bartu onu tutarken "Yankı," dedi ve sustu. Devam edemedi. Gözlerimde bunu yapabileceğimin kuvvetini görmüşlerdi. Bartu ve Lâl bunu görmüştü fakat Yankı görmemiş gibi bakmaya devam ediyordu. Kurduğum cümle onda herhangi bir duygu değişimi oluşmasına neden olmadı.

Bana biraz daha yaklaştı, titreyen silah onun göğüs kafesine çarpmaya başladı. Yankı bileğimi tuttu, sonra parmakları titreyen elimi kavradı. "Ellerin titrerken beni öldüremezsin." Namluyu sabit bir şekilde kalbinin üzerine yasladığında yine titreyen ellerime çare bulmuştu fakat bu sefer bulduğu çare, kalbine girecek bir kurşun içindi. Sıcacık eli, elimin üzerindeydi. "İşte şimdi öldürebilirsin." Onun yüzüne baktım, parmağım tetikteydi. "Elindeki silahta dört tane kurşun var. İlk beni öldür, benden sonra Bartu ve Lâl'i öldür çünkü öldürmezsen onlar seni öldürür." Hafifçe tebessüm etti, tebessümünde renk yoktu. "Benden önce onları öldürürsen, ben seni öldürürüm."

Lâl, ağlıyordu. Bartu, onu belinden sımsıkı kavramıştı, bedeni öne doğru eğilmişti ve çırpınırken sessiz sessiz ağlıyordu. Boğazına nefesi takılıyordu, elleri boğazına sarılıyordu fakat yüzünü bana doğru çevirdiğinde daha fazla ağlıyordu. Başını iki yana salladı bana bakarken, dudaklarını oynatarak lütfen, dedi ama yine konuşamadı. Öyle çok acı çekiyordu ki Yankı'nın onun kalbindeki yeri, ruhundaki yeri çektiği acı yüzünden daha fazla acı çekmeme neden oldu.

Bartu, "Yankı, yapma," dedi ve onun da zorlukla nefes aldığını duydum. "Hiçbir şeyin önemi yok, hiçbir şeyin senden daha fazla önemi yok. Bırak gitsin, ne olduğu umurumda bile değil. Bırak çekip gitsin."

Yankı onu duymazdan geldi. Dudakları aralandı, bana bir şeyler söyleyecek gibi oldu ama o söylediğinden vazgeçtiğini gözlerinden anladım. "Beni tek bir hamleyle metrelerce uzaklıktan tam kalbimden vurabileceğini söylemiştin," dedi başka bir anının kollarına beni atarak. "Metrelerce uzağında değilim ama tam kalbimin üzerinde bir namlu var, senin elinde de silah. Bunu yapabilirsin."

Beni Tankut'un ellerine belki de bırakmayacaktı ama şu an onu gerçekten vurup vuramayacağımı mı anlamaya çalışıyordu? Ya da onlara gerçekten zarar verip vermeyeceğimi?

Bu ânı nedense gülümsememe neden oldu, yaşlar art arda akarken gülümsemek, aklımı kaçırdığımı gösterir miydi?

Ben demiştim ki, *peki ya tam kalbinden vurursam?*

O demişti ki, *benim elimde de bir silah olur ve sen beni vurmadan önce ben seni çoktan vurmuş olurum.*

O bana en büyük silahını çoktan doğrultmuştu ve ben çoktan vurulmuştum; bunu o da, ben de biliyordum. Yankı Sarca yine bir söylediğinde haklı çıkmıştı ve ben o zamanlar ne söylediğini anlamasam da şu an ne söylediğini anlayabiliyordum.

Parmağım tetiğin üzerinde gezindi, avucumla silahı daha sıkı kavradım. Onun silahı elimden alacak kuvvetinin olduğunu biliyordum ama bunu yapmamıştı. Şu an ne düşündüğünü anlayamıyordum ama benim düşündüğüm, onun atmaya devam eden kalbiydi.

Benim göğsümdeki o korku tohumunu kurutacak olan, Yankı Sarca'yı kalbinden vurmak mı olacaktı?

"Yankı." Ne diyeceğimi bilemiyordum ama adını söylemek, daha kötü hissetmeme neden olmuştu. Her şey, kalbimde yer aldığı kadar sancı çekiyordu ve Yankı'yla bu kadar kısa sürede kurduğum bağ, sancılarımı artırıyordu. Ne yapmaya çalıştığını anlayamıyordum ama beni o adama vermek için kendini bile kurşunun önüne getirmesini aklım almıyordu; başka bir şeyler vardı. Ne olduğunu anlayamadım ama bir şeyler olmalıydı. "Şu an bunu istemiyorsun."

Lâl çırpınmayı bırakmıştı ve dizlerinin üstüne çökmüştü. Bartu da onunla beraber yere çökmüştü, kollarını ondan ayıramıyordu ama artık çırpınmadığı için sımsıkı da tutmuyordu.

"Korkuyorsun," dediğinde gözlerim tekrardan onun turkuaz gözlerine döndü. "O kadar çok korkuyorsun ki beni öldüreceğini söylüyorsun. O kadar çok korkuyorsun ki, beni öldürünce korkuların geçecek sanıyorsun." Filizlenen yapraklara baktım; kurumuyor aksine daha fazla yeşeriyorlardı. "Yap bunu, yapmazsan senin için her şey çok kötü olacak."

Omzumu indirip kaldırarak "Benim için her şey çok kötü bir durumda ki zaten," dedim çaresizlikle. "Anlamıyorsun. Her şeyi kaldırabilirim, her acıyı göğüsleyebilirim." Fısıldıyordum, sadece onun duyabileceği şekilde fısıldıyordum. "Beni anlamıyor musun?" diye sordum. "Çok korkuyorum, çok fazla korkuyorum." Gözlerimi sıkıca yumdum ve sanki gözlerimin altındaki karanlığı kırmızı ışıklar kapladı, titreyerek gözlerimi tekrardan açtım. "Kaldıramam, çok fazla."

"Fazla olan ne?" diye sordu. "Korkularının üzerine gitmekten neden kaçıyorsun?"

"Anlamıyorsun," dediğimde titreyen sesimi destekleyen yaşlar hızla gözlerimden düştü. *Beni sana karşı kötü birine dönüştürürsen açlık bir yana suya bile muhtaç kalırsın, demişti.* "Ben kendimi suya muhtaç gibi değil, merhametine muhtaç gibi hissediyorum." Kurduğum cümle, kaşlarını kaldırmasına neden oldu. "İzin ver, gideyim."

İzin vermedi, yolumdan çekilmedi; elimi tutan elimi bırakmadı ve gözleri silaha doğru kaydı. Birkaç saniye sonra tekrardan gözlerime baktığında "Ya korkularının üzerine gideceksin ya da korkularını yok etmek için beni vuracaksın," dedi.

"Yankı!" diye bağıran Işık'ın sesiyle irkildim ve başımı kapıya doğru çevirdiğimde Mutlu'yla beraber onların kapıda durduğunu fark ettim. "Neler oluyor?" Bize doğru yürümek için hamle yaptı fakat Yankı, onu da eliyle durdurdu. Mutlu'nun gözlerinin içi kıpkırmızıydı, saçları sırılsıklamdı. Az önce yaşadıklarından sonra Yankı'yı kaybetmenin vereceği korku bakışlarına doldu fakat o Işık gibi öne atılmadı, aksine geriye doğru bir adım attı.

Hissetmiştim ve hissettiğim beni mahvetmişti; Mutlu benden korkuyordu, Tankut'tan nasıl korkuysa benden de öyle korkuyordu.

Hapishanenin içindeki birinin alkış sesini duydum, aklımın oyunu değildi, gülen kişiyle aynı kişi olduğuna emindim.

"Helin," dedi Bartu bana doğru. Onun da sesinde korku vardı fakat bakışlarındaki nefret silinmemişti. "Yapma." Yankı onlar için, onlardan daha değerliydi. Önder, Yankı olmazsa onların nefes alamayacağını, makineye bağlanan bir insan gibi olacaklarını söylemişti ve hepsi şu an bana sanki son nefeslerini veriyormuş gibi bakıyorlardı.

Yankı dışında herkes ölmek üzere gibiydi, Yankı ise yeniden yaşamak için bir adım atıyormuş gibi bakıyordu.

Hayatıma izini bırakmış bütün zamanlarımı düşündüm. Doğduğum ânımı bile düşündüm. İlk nefes alışımı, ilk dünyaya gözlerimi açışımı ve ilk defa annemin kucağına verildiğim ânı. Dayımın söylediğine göre annem kucağına beni aldığında yüzüme uzun uzun bakmış, alnıma bir öpücük kondurmuş ve hayatın beni için çok zor geçeceğini söylemişti. Bunu bana dayım anlatırken, karşımda yarı çıplaktı ve elleri saçlarımda dolaşıyordu. Annem beni kucağında bir dakika bile tutmamış, bir dakika bile sevmemiş ve bahsettiği zor hayatın kollarına bırakmıştı.

Anneme hiçbir zaman bu yüzden kızmamıştım, beni bırakıp gittiği için onu hiçbir zaman suçlamamıştım çünkü dayım, annemin beni bıraktıktan günler sonra intihar edip öldüğünü düşünüyordu. Evden elinde bir silahla çıkmış, kimse onu durdurmamış ve saatler sonra yaşadığı köyün yukarısından bir silah sesi duyulmuştu. Ona kızmamamın nedeni, ölmüş olma ihtimali değildi; ona kızmamamın nedeni ölecek bir anne olarak çocuğuna umut vermemesi, sıcaklığını paylaşmamasıydı.

Annem beni doğduğum an terk ederek ilk ihaneti tattırmıştı; ona hissettiğim en büyük öfke bu yüzdendi çünkü ihanet, yeni doğmuş bir bebek için fazlasıyla ağırdı, yeni doğmuş bir bebeğin hissedeceği sıcaklık, ihanetin ateşi olmamalıydı.

Zaman ilerlemişti, kalbimdeki tohumu damarlarımdaki geçmişin kiriyle sulamıştım ve ben hâlâ o yeni doğmuş bebek kadar kendimi kimsesiz hissediyordum.

Sonra onları tanıdım.

Sokak Nöbetçileri'ni.

Beni yalnızlığımdan ve kimsesizliğimden çekip çıkaran beş güzel çocuk.

Bana bazen öfkeyle, bazen nefretle, bazen kinle bakan beş küçük çocuğun yüzüne baktım; o an onlar benim için küçük çocuklardı. Ne kadar uzak dursa da merhametli tarafını gizleyemeyen Işık. Yüzümü gülümseten, beni hangi ruh halinde olursam olayım o ruh halinden çekip çıkaran Mutlu. Mesafesini korumaya çalışsa da kalbinin temizliğini gizleyemeyen Bartu. Benden ne kadar nefret ederse etsin, beni dördü arasında en iyi anlayan Lâl.

Gözlerim ona döndü. Yankı Sarca'ya. Uzun uzun turkuaz gözlerine baktım, sonra yüzünü izledim. Keskin bakışları vardı. Bazen insanı tamamen güvende hissettiren bazen ise tamamen güvensiz hissettiren, derinliğini çözemediğim bakışlarına yakışan uzun simsiyah kirpikleri kısık bakışlarına yakışıyordu. Biçimli burnunun üzerinde küçük bir izi vardı, aldığı bir darbeden kaynaklanıyor olmalıydı fakat ona çok yakışıyordu. Kalın dudakları aralıklıydı, üst dudağının çizgileri belirgindi ve sakallarına rağmen o çizgi bembeyaz görünüyordu. Kumral saçları şu an karanlıktan simsiyah görünüyordu. Alnına düşen saçlara uzun zamandan beri dokunmak istediğimi yeni hissediyordum. Kemikli yüzüne parmaklarım dokunmak için can atıyordu, bunu da yeni fark ediyordum. İlk gördüğüm andan beri düşündüğüm tek bir şey vardı; Yankı benim için göz alıcı bir güzelliğe sahipti ve emin olduğum bir şey daha vardı; o bunun farkında bile değildi.

Hayır, onun ruhunu ve benim için ifade ettiklerini tanımlamayacaktım; şu an bunu yapmayacaktım çünkü düşünmek bile boğazıma daha fazla yumru oturmasına neden olurdu, biliyordum. Ne olursa olsun beni arkasına alan Yankı'nın göğsüne dayadığım silaha bakışlarım kaydı; o an en başından beri bunu yapamayacağımı bildiğimi fark ettim. O ne yapacağımı anladı, teslim oluyorum sandı.

Kalbimdeki tohumu annem doğduğum an ekmişti, çocukluğum kanıma kirini bulaştırmıştı ve damlayan kan korkularımı büyütmüştü. Filizlenen yapraklardan yere kan değil, gözyaşı damlıyordu. Çocukluğum haykırarak ağlıyordu.

Her şeyin sorumlusu bendim. Başkalarının atan kalpleri, benim tohumumu kurutamazdı. Silahı yavaş yavaş aşağıya doğru indirdiğimde ayakta zor durduğumu fark ettim ve dizlerimin üzerine çöktüm.

Hareketlenme oldu, başımı kaldırdığımda Lâl'in Bartu'yu itekleyerek Yankı'ya doğru koştuğunu gördüm. Sonra ona sarıldı, ona sımsıkı sarıldı ve başını göğsüne dayadı. Göğsünde nefes nefese kalmış bir şekilde ağlamaya devam ederken diğer Nöbetçiler de onun yanına geldi. Yankı'nın gözleri ise benden bir an olsun ayrılmıyordu.

"Teslim mi oluyorsun?" diye sordu bana. Şaşırmıştı, bunu sesinden anlayabiliyordum, beklemiyordu.

Çöktüğüm yerde ağır ağır başımı aşağı yukarı salladım. "Teslim oluyorum," diye fısıldadım. Yüzüme beklemediği bir gülümseme yerleştirdiğimde son bir damla yaş, gözümden düştü ve yanağımda süzüldü. Teslim olmam sanki en iyisiymiş bana bakıyordu, bunu istiyordu. Elimdeki silahı havaya doğru kaldırdığımda gözleri silaha kaydı, yutkundu. Silahın soğuk namlusunu kalbimin üzerine yasladığımda yapraklarımdan damlayan yaşlar, yok oldu. "Ama annem gibi teslim oluyorum." İçimden bir ses, annemin de kalbindeki tohumu kurutmak için kendini kalbinden vurduğunu söylüyordu.

Daha önce defalarca ölümle burun buruna gelmiştim, defalarca beni kovalamıştı ve ben de ondan defalarca kaçmıştım ama şimdi ölümü ilk defa bu kadar gerçekçi, yanımda nefes alıyormuş gibi hissediyordum. Azrail'in nefesi omzumun üzerindeydi, silahı tutan elimdeydi, tetiğe dokunan parmağımdaydı.

Azrail'in elleri saçlarımda dolaşıyordu ve Azrail'in nefesi annemin alnımı öpen şefkatli dudaklarındaydı.

Yine ölecektim, biliyordum çünkü artık kaldıramazdım, ben kaldırsam çocukluğum kaldıramazdı. Beşinci yaşım, altıncı yaşım ve yedinci yaşım. Onlar kaldıramazdı. Saçları dalgalı, korkak, dizlerinin üzerine çökmüş kız çocuğu kaldıramazdı.

Ben kendime bütün kötülükleri yapabilirdim ama artık o kız çocuğuna böyle bir kötülük yapamazdım.

Boynumu saran dallar, boynumu sıkmayı bıraktı. Nefesim özgürlüğe kavuştu. Yapraklar kurumaya başladı, filizlenen dallar yerlere döküldü. Tohum, kurumak için kalbime isabet edecek olan kurşunu bekledi.

Birçok filmde izlemiştim, birçok kitapta okumuştum. Son anda kendini öldürmek isteyen kişi vazgeçerdi ya da karşısındaki kişi onu intihardan vazgeçirir, elinden silahı zorlukla alırdı ama şimdi hiçbirisi olmayacaktı. Yankı, yüzüme hâlâ sakin bir ifadeyle bakıyordu; belki de yapmayacağıma inanıyordu ama beni engellemedi. O tek kurşunla korkularıma son vereceğime inandığımı gördü.

Zaten çabalasa da artık hiçbir kuvvet elimdeki silahı benden alamazdı.

Son kez onların yüzüne baktım. Birbiriyle iç içe oluşlarına, kardeşliklerine ve sevgilerine. Hepsinin gözü benim üzerimdeydi ve son olarak söyleyecek bir şeyler düşündüm. Aklıma birçok şey geldi ama bunu yapmadım. Bir kitapta okumuştum, karakteri insanların ölmeden önce söyledikleri cümlelere takıntılıydı ve hoşuna gidenleri not alıyordu. Benim son kurduğum cümlem, bir yere not edebileceği kadar güzeldi; sadece o karakter için bunu bozmak istemedim.

Annem gibi teslim oluyorum.

Kalbim tohumu için hızlı hızlı attı, kirli kanıyla solmuş yaprakları canlandırmak istedi ama geçmişim de biliyordu ki, hayattan vazgeçtiğimde artık o tohum bir daha yeşermezdi.

Gözlerimi yumdum, parmaklarımın ucundaki Azrail'in nefesi soğuk tetiği sanki sıcacık yaptı; tohum çürümeye başladı.

Derin bir nefes aldım. Bir an bile düşünmedim, ölecektim. Son bir nefes verdim. Düşündüklerimden kaçtım, ölmek üzereydim. Nefesimi tuttum, Azrail nefesini tuttu. Tohum tamamen çürüdü; son gelecek bir damla kanı bekledi.

Kalbim sanki son kez attı ve Azrail bana cesaret verdi, annem bana cesaret verdi, ben de tetiğe bastım.

Lâl Sarca'nın güncesinden...

20.10.2019

Bugün fotoğraf karelerime bile duygusunu veremeyecek bir kadının, dakikalarca acı çektiğini gördüm.

Bugün bir silahın ve o silahtan çıkan kurşunun bir kadının kalbini parçalamaktan daha fazlasını yaptığını gördüm.

Bugün o silahı, o kadının eline biz verdik, gözlerimizin önünde kendi ölümünü harf harf yazmasını izledik.

Bugün biz o kadını hür irademizle engellemedik.

Bugün biz biraz daha kötülüğümüzün içinde kimsesiz çocuklara dönüştük.

Ve belki de bir masumun kalbinin parçalanmasına izin verdik.

Biz bugün hiçbir şey olduk, biz bugün onun masumiyetiyle tanıştık ve tanıdığımızı sandığımız o kadını kendi ellerimizle toprağa verdik.

Hepimiz bugünü günlüklerimize yazarken aynı duyguyu hissedeceğiz: Pişmanlık. Kaleme alırken bir noktaya odaklanacağız ve zamanı geriye almak isteyeceğiz fakat tanıştığımız günden beri imkânsız olduğunu bildiğimiz durum, karşımızda dimdik dikilecek. Sonra onu düşüneceğiz, onun için elimizden gelen her şeyi yapacağız ve biliyorum, zamanla aramızdan tek bir kişi hariç kendimizi affedeceğiz.

Biz dört kardeş. Ben, Bartu, Mutlu ve Işık. Biz bu yaşımıza kadar her zaman kendimizi affedecek yolları bulduk ve affettik. Zaman geriye akmadı ama biz o zamanları unuttuk; geriye akan sadece pişmanlıklarımız oldu.

Kalbiyle depremlere sebep olan ve o depremleriyle benim hayatımı kurtaran Yankı. Defalarca. Bir an bile vazgeçmeden, hayatımı kollarından tutup çekti.

O bizim günahlarımızı da göğüsleyecek, bizim bu ağırlığı taşımamızı istemeyecek.

O hiçbir zaman kendini affedemeyecek.

O hiçbir zaman bugünü unutmayacak.

O bizim günahlarımızın altında yok olurken bile bizi düşünecek.

Tuhaftı, ben bugün duydum. Yankı'nın kalbi acıyla attı ve bu ses, daha önce duyduğum acılı atışların hiçbirine benzemiyordu.

O kendini affetse bile kalbi onu affetmeyecek ama ben onun kalbinin her atışı için yine de Tanrı'ya minnettar kalacağım çünkü benim hayatım, ona her zaman minnettar olacak.

"Dördüncü Sokak Nöbetçisi, Lâl Sarca"

10.

ÖLÜM ARAFI

Ölüm hiç hissedemeyeceğimiz kadar soğuktu.

O kadar soğuktu ki beni mahvediyordu, ellerimi uyuşturuyordu, ciğerlerime hava dolmasını engelliyordu. Parmak uçlarımın üzerinde buzdan iğneler varmış gibiydi. Ayak parmaklarımı hissetmiyordum. Bedenim sanki buz gibi bir suyun içinde kalmışım ve öylece donmuşum gibi hareket etmiyordu ama bir yandan da titrediğimi hissedebiliyordum.

Ölüm hiç hissedemeyeceğimiz kadar sıcaktı.

Göğsümde, tam kalbimin üzerinde cayır cayır yanan zehirli bir ateş vardı. O kadar sıcaktı ki göğüs kafesimin eridiğini ve kalbimin açığa çıktığını hissediyordum. Hâlâ atmaya devam eden kalbim, her hareketinde ateşini daha fazla yayıyordu ve bedenime de yavaş yavaş o ateş ulaşacaktı.

Sıcak ve soğuk.

Vücudum ölürken her ikisini de hissediyordum ama ruhum, tamamen hissizdi. Nereye gideceğini bilmiyordu, cennetin mi cehennemin mi onu kabul edeceğinden emin değildi ama Tanrı da emin olmamalıydı ki hâlâ ruhum bedenime veda etmemişti.

Sıcak ve soğuğun ortasında, arafta kalmak demek değil miydi? Tanrı, beni Araf'ta mı bırakmıştı? Azrail'in nefesi yoktu. Onu artık hissedemiyordum; kulaklarıma fısıldayan Tanrı'nın sesi vardı ve o da benim Araf'ta kaldığımı söylüyordu.

Hiç tanımadığım annemi görmek istedim.

Karanlığın içinde onu aradım, buz gibi soğuk ve ateş gibi sıcağın ortasında bile "Anne!" diye seslendim. Her yer zifiri karanlıktı. Benden başka kimse Araf'ta kalmamış olmalıydı, Tanrı sadece beni Araf'ına almıştı ve annem cehennemde olmalıydı. Yeni doğmuş bebeğini terk edip giden annem, benim günahım yüzünden cehenneme gönderilmişti ve bu canımı yaktı.

Hiç tanımadığım annemi görmek için cehennemi istedim.

"Anne!" Sesim karanlığın içinde yankılandı ama karşılık bulamadım. O yoktu, Araf'ın ortasında bile kimsesiz kalmıştım.

O da neydi? Karanlığın ortasında saçlarımda bir el hissettim, sonra göğüs kafesimin üzerinde ve boynumda. Ellerimde. Kollarımda. "Bana bak."

"Anne," dedim. "Sen misin?"

"Gözleri açık," dedi başka bir ses. Bu sesler öyle geriden geliyordu ki kim olduklarını çözemiyordum. Gözlerim açık mıydı? Neden karanlıkta hissediyordum, neden gözlerim kapalı gibiydi. Bedenim ölmüştü de ruhum muydu bütün bu sesleri duyan? Buna inanmazdım çünkü kalbimin atışları hâlâ kulaklarıma doluyordu.

"Helin," diye fısıldadı bir ses. Kulaklarımdaki Tanrı'nın sesini bile yok edebilecek kadar da kuvvetli bir sesti. Bu ses Yankı Sarca'ya aitti. "İyi olacaksın."

İyi mi olacaktım? Kalbimin üzerinde bir kurşun olmalıydı, kalbimi parçalaması gerekiyordu, atmasını istemediğim kalbimi durdurması gerekiyordu. Silah patlamıştı, yüksek bir ses çıkarmıştı ve her yer kararmıştı ama yaşamaya devam ediyordum. Bir rüyanın içinde miydim?

Soğuk bedenimi terk etmeye, göğüs kafesimdeki acı ve ateş her tarafa yayılmaya başladı. İnlediğimde gözlerimin karanlığa veda ettiğini hissettim. Bulanık gören gözlerime tavandaki loş ışık çarptı. Sonra o ışığı bir yüz kapattı ve o yüzü gördüğümde sıcaklık haddinden daha fazla acı verdi, haykırdım.

Yankı'nın yüzü karşımdaydı, eli başımın altındaydı ve o an, bulunduğumuz yeri bile titretecek kadar çok titrediğimi fark ettim. Eli çenemi tuttu, gözlerime parmaklarındaki kanlar dokundu. O kanlar bana aitti. "Beni görüyor musun?" diye sordu. Sesi gitgide yok olmaya başlamıştı ve dudaklarını okuyabiliyordum. "Beni duyuyorsun, değil mi?"

Cevap veremedim ama gözlerimi tam gözlerinin içine diktiğimde onu gördüğümü anladı. Sıktığım dişlerim çenemi acıtıyordu ama vücudumdaki acıdan daha kötü olamazdı. Ateş, boğazıma kadar yükseldi ve tekrar acı acı inlemeye başladım. O an bacaklarımı da güçlü ellerini sabitlediğini anladım. Bu güçlü ellerin sahibi sadece Bartu olmalıydı.

Diğer tarafımda Işık vardı. Eli, boğazımın üzerindeydi. Yankı, Işık'a, "Bizi duyuyor, değil mi?" diye seslendi ve kulaklarımdaki şiddetli çınlamaya rağmen onun yüksek sesini duydum. "Duyduğunu söyle. Bizi görüyor, değil mi?" Endişeli miydi? Benim için tedirgin miydi? Işık, ne söyledi bilmiyordum ama Yankı bakışlarını bana tekrardan çevirdi, uzun uzun baktı sonra "Onu kalbinden çıkarmamız gerekiyor," dedi dişlerini sıkarak. "O böyle çok acı çekiyor, o çok acı çekiyor, onun canı çok yakıyor." Çınlama tekrardan yükseldi ama gözlerindeki ifade, benden daha çok acı çekiyormuş gibiydi.

"Şu an olamaz," dedi Işık. "Göğsündeki tüpü çıkardığımız an iğne vurmam gerekiyor ama iğnelerim yanımda değil. Buradan gitmemiz gerek."

"Işık." Yankı, ölümcül bakışlarını Işık'a çevirdi. "Daha önce bu acıyı yaşadım, biliyorum. Katlanılamaz bir acı."

Işık, Yankı'yı duymazdan geldi ve bana bakarak "Helin, beni görüyorsun, değil mi?" diye sordu. "Bizi görmediğin ve duymadığın sürece seni hareket ettiremeyiz. Bize bir şeyler söyle."

"Görüyor!" Yankı, Işık'ı dinlemedi ve benim de bir karşılık vermemi beklemeden kucağına aldı.

"Yankı!" diye bağırdı Işık. "Onu hareket ettirmememiz gerekiyor, felç kalabilir, bu çok tehlikeli!"

"Bir buçuk saat oldu! Çok acı çekiyor, biliyorum," dedi Yankı tek nefeste. "Buna biraz daha izin veremem."

Kalbimin üzerine ucu sivri bir mil giriyormuş gibi oldu sonra o milin ucu sanki paslandı ve tam kalbimin üzerinde kaldı. Kalbim her attığında o mile çarptı ve ben her çarptığında bağırmaya başladım. Son konuştuklarından sonra bir daha onların sesini duymadım ve gözlerim yine bulanık görmeye başladı. Bedenim, Yankı'nın kucağında titrerken beni zorlukla tutuyordu, biliyordum ama bir an olsun bırakmıyordu.

Onların hapishanesinden çıkmıştık, tek hissettiğim buydu. Kolum aşağıya doğru düşmüştü ve o koşuyordu. Sarsılıyordum ama zaten sarsılan bedenime bu etki bile etmiyordu. Çevreye bakıyor, bir aracın geçmesini bekliyordu ama koşmayı da bırakmıyordu. Bulanık gören gözlerime rağmen arada sırada onu görebiliyordum. Bana bakıyordu, bir şeyler söylüyordu, kendine doğru çekiyordu sonra arkasına dönüp arkadaşlarına da bir şeyler söylüyordu ama artık ne dudaklarını okuyabiliyor ne sesini duyabiliyordum. Her görüntü kesik kesikti.

Beni kucağında ateşler içinde kalmış bir çocuk gibi taşırken ona yine de öfkeli olmadığımı hissettim. O Yankı Sarca'ydı. Onun her zaman bir bildiği vardı ve bugün yaşadıklarımın da bir nedeni olmalıydı. Saf değildim, aptal hiç değildim ama ona kızmıyordum. Bunu birine söylesem aklımı kaçırdığımı düşünebilirdi ama hissettiğim tam olarak buydu.

Yüzüme ıslaklık çarpıyordu, yağmur yağıyor olmalıydı. Şiddetli bir yağmurdu, yoksa bedenimdeki bu kadar hissizlikle onu anlayamazdım ama yağmurun şiddeti bir an olsun Yankı'nın hızını kesmiyordu. Bana bir şeyler söyledi ama ben gözlerimi kapattım çünkü onu duyup ona cevap vermemek kötü hissettirmişti.

Hissettiğim Araf, hapishanenin içinde kalmış gibiydi. Kendimi karanlığa bıraktığımda bile artık yaşadığımı biliyordum. Kalbim yorulmuştu, öyle hızlı atıyordu ki yorulduğunu teklemesinden anlayabiliyordum. Annem, ölmeden önce hiçbir acı hissetmemiş olmalıydı; bunun için onun elinde tuttuğu silaha minnettardım çünkü benim elimde tuttuğum silah bile beni öldürememiş, acı çektirmek istemişti.

Yüzüme vuran yağmur tanelerini hissetmemeye başladığımda gözlerimi araladım ve o an, kalbim bu ânı bekliyormuş gibi acıyla kasıldı; boğazımdaki ateşin yüzüme doğru ilerlediğini hissettim. Acıyla inlediğimde kendimi Yankı'nın kollarından kurtarmaya çalıştım ama o beni bırakmadı.

"Yağmur yağdığı için elektrikler gitmiş," dedi birisi ve bu sesin Mutlu'ya ait olduğunu anladım. O nasıldı? Ona bakmak istedim ama Yankı görüş açımı kapatarak küfür savurdu. Mutlu benden hâlâ nefret ediyor muydu, benden hâlâ korkuyor muydu? Onun iyi olmasını diledim.

Yankı beni bir yatağa yatırdı ve "Işık!" diye bağırdı. "Getir şu siktiğimin ilacını!" Eli, çenemi tuttu ve burnuma kan kokusu geldi. Midemin bulanmaya başladığını hissettiğimde öğürdüm. "Işık!" diye haykırdı Yankı. "Neredesin?" Boğazımdaki ateşi kusmak istedim ama kusamadığım için inleyerek başımı arkamdaki yastığa vurmaya başladım.

Perdelerin hepsi sonuna kadar açık olmalıydı ama hava kapalı olduğu için odada fazla ışık yoktu. Kan kokusunu alıyordum, zehir kokusunu alıyordum ve Yankı'nın kokusunu alıyordum. Işık odaya elinde bir şırıngayla ve başka bir tüple girdiğinde sarsılarak "Yanıyor!" diye bağırdım. "Boğazım yanıyor! Su verin!"

Hareketlenme oldu ama Işık, "Su olmaz," dedi. Bana doğru yaklaştı ve temkinli bir şekilde göğsüme bakarken yüzünü buruşturdu. "Zehir yayılmışa benziyor, morarıyor."

"Yapılması gerekeni yap." Yankı'nın ürkütücü çıkan sesi kulağımın dibinden yükseldi ve elinin kenarını dudaklarımın arasına yasladığını yeni fark ettim. Dişlerimi sıkarken çenemi kırmamam için elini feda etmişti. Dakikalardır onun eline mi dişlerimi geçiriyordum? Ondan kurtulmak istedim ama buna izin vermedi. "Işık!" dedi hırıltılı bir sesle. "Neyi bekliyorsun?"

"Yankı! Şu an düşünemiyorsun, kendine gel! Ona bu şekilde iğne vuramayacağımı biliyorsun!" Işık kafasını iki yana salladı ve bana bakarak "Helin, sakinleş," dedi. "Kendini kasarsan o zehri göğsünden çıkaramayız, seni iyileştiremem."

"Bu da ne demek oluyor?" Bu Bartu'nun sesiydi. Gözlerim ona takıldı, yatağın ucunda duruyordu ve yüzünde sabit bir ifade vardı. O nasıldı? Benden hâlâ şüpheleniyor muydu? Beni mahvetmek istiyor muydu? Onun da iyi olmasını istedim.

"Yankı ne demek istediğimi biliyor," dedi Işık, neyden bahsettiğini anlamamıştım. Yüzünü Yankı'ya çevirdi. "Sen benim gibi değildin, acıdan bayılmıyordun çünkü sakindin. Helin'in şu an diri bir zihni var ama sakin de değil. O sakinleşmeden tüpü çıkaramam çünkü kasları buna izin vermez." Dudaklarını birbirine bastırdı. "Onun sakinleşmesi gerekiyor, kalbinin ritminin düzelmesi gerekiyor."

Kısa bir sessizlik oldu ve bedenimi kastığımı hareket ettiremediğim parmaklarımdan anladım. Kaslarım parçalara ayrılıyormuş gibi ağrıyordu ama kendimi serbest bırakamıyordum; o acıdan kurtulmak için her yolu deneyebilirdim ama bedenim benden izinsiz hareket ediyormuş gibiydi.

"Ben alışıktım ama o alışık değil," dedi Yankı dişlerini sıkarak. "Ona sakinleştirici vurabiliriz."

Işık kafasını iki yana salladı. "Göğsündeki tüpü çıkarmadan ona sakinleştirici vuramam, vücudu kabul etmez." Her ne olduysa Işık'ın kaşları havaya kalktı. "Bana, beni öldürecekmiş gibi bakmaktan vazgeç Yankı. Ne doğruysa onu söylüyorum ve bunu biliyorsun. Benim bir suçum yok." Yankı nasıl bakıyordu? Onu görmek istedim ama arkamda kaldığı için onun nefesinden başka hiçbir şey yoktu.

Bartu'nun gözleri, gözlerime döndü. Beni izledi, elini saçlarına geçirdi. "O çok acı çekiyor," dedi her ne gördüyse. "Ve sakinleşmesi gerekiyor." Gözleri, arkamda kalan Yankı'ya döndü. "Aramızda onu sakinleştirecek tek kişi sensin çünkü onu en iyi sen tanıyorsun ve o en çok seni önemsiyor."

Lâl yere çökmüştü ve o an, titreyen bacaklarımı tuttuğunu yeni gördüm. Gözleri gözlerimdeydi, bir an olsun benden ayrılmıyordu ve ben acı çektikçe o da acı çekiyormuş gibi bana bakıyordu. Işık ne kadar profesyonel yaklaşıyorsa Lâl bir o kadar yoğundu. O nasıldı? Yankı'ya çektiğim silahtan dolayı beni hâlâ öldürmek istiyor muydu? İyi olsun istedim, Yankı'yı öldüremezdim, bir gün istesem bile yapamayacağımı biliyordum.

"Bunu nasıl yapacağımı bilmiyorum," dedi Yankı ve sesinde ilk defa çaresizliğin tınısı vardı. "Şu an benden nefret ediyor olmalı, beni öldürmediği için lanet ediyor olmalı. Beni dinlemeyecek, beni önemsemeyecek."

"Dene." Bartu, benim Yankı'yı dinleyeceğim konusunda fazlasıyla emindi. İlk defa onu Yankı'ya bu şekilde yaklaşırken görüyordum. İlk defa Yankı emin değildi, kararsızdı ama Bartu öyle değildi, akıl veriyordu. "Biz çıkalım ve siz yalnız kalın," dedi ve tam gözlerimin içine baktı. "Helin," dedi ardından derin bir nefes verdi. Devamında ne söyleyeceğini bilmiyordum ama devam etmedi ve arkasını dönüp odadan ilk çıkan o oldu.

Onun arkasından çıkan kişi Mutlu'ydu. Kapının önünde durdu, omzunun üzerinden bana baktı ve yüzündeki korkunun gittiğini, yerine endişeyi bıraktığını gördüm. "Bu aralar fazla ilgi odağısın Helin," dedi, gülümsemeye çalıştı. "Vurulmalar, kendini vurmalar. Sakinleş ve ilginin tekrardan benim üzerime dönmesini sağla."

Bartu, elini onun omzuna attı, kendine doğru çekti. Mutlu'nun kıpkırmızı gözleri hâlâ dolu doluydu. Her an ağlayacakmış gibi duruyordu. Ona gülümsemek istedim ama hissettiğim acı buna izin vermedi aksine Yankı'nın dişlerimin arasındaki elini daha fazla ısırdım.

Lâl, bana baktı. O an çektiğim acı olmasaydı şaşkınlıktan dolayı nefesimin kesileceğini bile biliyordum çünkü gözleri dolmuştu. Onu gördüğümü bildi, kendini benden gizlemek istedi ve hızlı adımlarla arkasına bile bakmadan çıktığında kapının önünde duran Bartu'ya da çarpıp geçmişti. Onun en son gözlerindeki ifade acıydı ve neden kaçtığını biliyordum. Bana bu yönünü göstermek istemiyordu.

"Kalabilirim," dedi Işık tedirginlikle elindeki iğneye bakarak. "Bunu yapabileceğine emin misin?"

Yankı, öne doğru çıktı. Yatağın köşesindeki beyaz çarşafı yuvarladı ve elini çeker çekmez çarşafı dişlerimin arasına koydu. Sonradan Işık'ın elinden iğneyle tüpü aldı. "Daha önce bu iğneyi kendime yaptığımı biliyorsun," dedi damar yolunu göstererek. "Beni endişelendiren bu değil."

Sırtı bana dönük olduğu için yüzünü göremiyordum ama tam karşısındaki Işık'ın bakışları Yankı'ya döndüğünde büyük bir minnetle "Sen Yankı Sarca'sın," dedi. "Bizi biz yapan tek kişisin. Ben en kötü hâldeyken ve herkesten nefret ederken bile kalbime sevgiyi ektin. Başaramayacağın hiçbir şey yok." Elini Yankı'nın omzuna koyup sıktı. "Sana güveniyorum, sana hep güvendim. Onu sakinleştir." Nefesini verdi. "Onu sakinleştirmezsen hiçbirimiz bunu kaldıramayız."

Yankı başını önüne eğdi. "Sakinleştirsem bile..." dedi ama sonra sustu. Işık, devamında ne geleceğini biliyor olmalıydı ama susup onun gözlerine bir süre daha baktı. Birkaç dakika sonra odadan ağır adımlarla çıktığında Yankı'yla ben orada yalnız kalmıştık.

Acı gitgide katlanıyordu, zaman ilerledikçe göğsümdeki ağırlık, ateş ve acı daha fazla yükseliyordu; bu da bedenimi daha fazla kasmama neden oluyordu. Tohumun ekildiğini düşündüğüm kalbim artık doğru çalışmıyor gibiydi. Gözlerim, kalbimin olduğu yere doğru kaydı ve sadece bir sutyenle olduğumu gördüm. Tam kalbimin üzerinde küçük beyaz bir tüp vardı ve saplanmıştı. Etrafı mosmor damarlarla çevrilmiş, kızarıklık gitgide mora dönüşmüştü.

Çürüyen bir kalbin izleri gibiydi, bu izler, bedenimi de gitgide çürütecekmiş gibi görünüyordu.

Korkuyla daha fazla kasıldım ve acıyla haykırarak "Kalbim çürüyor," dedim. Acıyor, diyemedim. Yanıyor diyemedim, kendimi onun karşısında acındıramadım. Tüpün saplanan yerinden kan akmıştı ama bu Yankı'nın ellerini kana bulayacağı kadar yoğun değildi. Onun ellerindeki kanlar bana ait değildi, kime aitti?

Yankı sakin bir nefes verdi. Ben acıyla kasılırken, bağırırken, haykırırken, titrerken o sakince bana döndü. Gözleri gözlerime odaklandı, bakışlarına yine o sakin adam oturmuştu ama kasılan çenesi bana başka haritaları gösteriyordu.

O Yankı Sarca'ydı. Sakin ve kendinden emindi. Ne olursa olsun sakinliğini elinden bırakmıyordu, bırakacak olursa da sakinlik maskesini takıyordu.

Odada ilerledi, yatağının yanındaki komodinin kilidini cebindeki anahtarı çıkararak açtı ardından siyah, eskimiş bir defteri çıkardı. Morluk, boğazıma doğru tırmandı, ateş daha fazla körüklendi ve bir kez daha öğürerek öne doğru eğildim. Ellerimi boğazıma sapladığımda Yankı beni engellemedi, beni görmezden geldi ve hemen yanıma oturduğunda defterdeki sayfaları karıştırdı.

"Kalbim çürüyor, Yankı," dedim dişlerimi sıkarak. "Beni öldür! Buna katlanamıyorum!"

Dediğimi duymazdan gelerek "Bu benim ilk günlüğüm," dedi. "Sana birkaç sayfa okumak istiyorum."

"Yankı!" diye inledim. "Dayanamıyorum!" Titreyerek yattığım yerden kalkmak istedim ama başımdaki şiddetli ağrı ve dönme, tekrardan yatağa devrilmeme neden oldu. Bu şekilde titrerken hiçbir şey yapamayacağımı o an anlamıştım.

"Tarih *12 Ocak 2005,*" dediğinde günlüğün sayfasına odaklanmıştı. "*On iki yaşındayım.*"

"Lütfen," diye inledim ve elindeki deftere vurmaya çalıştım ama defteri benden kurtararak havaya kaldırdı. "Ölmek istiyorum!" diye bağırdım bütün gücümle, duvarlara sesim çarptı ve onun yüzüne dokunduğunda kaşlarının çatıldığını gördüm. Yutkundu ama deftere bakmaya devam etti. "Öldür beni!"

Kısa bir sessizlik oldu, o sessizliğin arasında her ne düşünüyorsa benimle paylaşmadı ama günlüğü okumaya başladığında sesindeki akislerin yaralayıcı bir hâl aldığını fark ettim.

"Bugün Önder'in karşısında yine dikildim. Önder'e boyun eğmedim, Önder'e karşı çıktım," deyip *gözlerini kıstı. "Onun bana karşı bu kadar öfkelenmesine ilk defa neden oldum çünkü kaçmaya çalıştım. Bana bir silah doğrulttu. O silahı nefes boşluğuma dayadı ve ona itaat etmemi istedi."* Hafifçe gülümsedi. *"Ona asla itaat etmedim ve o da silahıyla beni vurdu."* Gözlerini kapattı, kısa bir an düşündü ve açtığında parmakları nefes boşluğuna ilerledi; orada yanık gibi bir izinin olduğunu gördüm. *"Önder gözümün yaşına bakmadı, bir an bile düşünmedi ve beni vurdu."*

Sarsıldım ve kasılan bedenime bıçaklar saplanıyormuş gibi oldu; kan akmıyordu ama bıçaklar o kadar keskindi ki nefes alamadığımı fark ettim. "Yankı," dedim zorlukla. "Nefes alamıyorum."

"Ölmem gerekiyordu ama ölmedim," diye devam etti hızlıca. *"Nefesimin sonsuza kadar kesilmesi gerekiyordu ama kesilmedi. Kalbimin durması gerekiyordu ama durmadı. Çok büyük bir acı hissettim, yanıyordum ama üşüyordum da. Titriyordum ama Önder beni orada öylece bıraktı, acı çekmeme izin verdi." Gözlerini gözlerime çevirdi, tam içine baktı. "Nefes alamadım, ölmek istedim ama ölemedim. Çok acı vericiydi. Canım hâlâ çok yanıyor."* Çenesini havaya kaldırdı. *"Yine de ona itaat etmeyeceğim,*

korkmama izin vermesini sağlamayacağım." Her ne okuduysa yüzünde kırık bir gülümseme oluştu.

"Ağlıyorum ama korkudan dolayı değil. Çocuklar canları yandığı zaman ağlar, canım yandığı için ağlıyorum."

Kafamı zorlukla iki yana salladım ve elim kalbimdeki tüpe doğru gittiğinde eli, elimi hızlıca kavradı ve sımsıkı tuttu. "Onu çıkar," dedim yalvarır gibi. "O çok canımı yakıyor, kalbimi çürütüyor." Parmaklarım parmaklarını daha sıkı kavradı; hâlâ kasılıyordum. Hâlâ sakin değildim.

Eli, elime baskı yaptı, tek eliyle sayfaları karıştırdı ve en sonunda bir sayfada daha durdu. "*6 Mart 2005,*" dedi kısık bir sesle. Yazılanları gözden geçirdi ve üst kısımları atlayarak *"Silahıyla beni bacağımdan vurdu," dedi. "Canım çok yandı, yine aynı soğuğu ve sıcağı hissettim. Bacağım uyuştu, onu kaybettiğimi sandım. Beni yalnız bıraktı ama bu sefer sürünerek o odadan çıktım ve ilacı vurmasını söyledim."* Gözlerini gözlerime çevirdi. *"Yine de ona itaat etmeyeceğim, korkmama izin vermesini sağlamayacağım. Ağlıyorum ama korkudan değil. Çocuklar canları yandığı zamanlar ağlar, canım yandığı için ağlıyorum."*

Sayfaları yine karıştırdı, durdu. "*18 Temmuz 2005,*" diye fısıldadı. *"Beni silahıyla tam kalbimin üzerinden vurdu."* Gözleri, gözlerime kaydı; sonra göğüs kafesime indi ve yüzünü buruşturdu. *"Böyle bir acı olamazdı,"* dedi okumaya devam ederek. *"Bu hiçbirine benzemiyordu. Beni mahvediyordu, binlerce bıçak bana saplanıyor gibiydi. İki dişim çenemi sıkmaktan dolayı kırıldı. Beni orada öylece bıraktı hatta bu sefer tamamen yalnız bıraktı. Süründüm, tek başıma ilacı aradım ve bulana kadar kalbim mahvoldu. En sonunda ilacı buldum ve kendimi onun beni iyileştirdiği gibi iyileştirdim." Başını aşağı yukarı salladı. "Yine de ona itaat etmeyeceğim, korkmama izin vermesini sağlamayacağım. Ağlıyorum ama korkudan değil. Çocuklar canları yandığı zamanlar ağlar, canım yandığı için ağlıyorum."*

Elimi kavrayan eli gevşedi. Bedenimdeki kasılmanın uzaklaşmaya başladığını hissettim fakat acı hâlâ yerli yerinde duruyordu; göğüs kafesim daha fazla morarmıştı.

"*7 Aralık 2010,*" dedi beş sene sonrasına geçerek. *"Bugün Önder hiçbir şey olmayacağını bile bile silahıyla beni yine vurdu. Yine tam kalbimden. Acı hissettim ama bu acı, iğnenin acısıydı ve biraz da yanmaydı. Sonra bacağımdan vurdu. Sonra omzumdan. Sonra diğer bacağımdan. Acı gitgide arttı ama ilk gün olduğu gibi değildi. Yere bile devrilmedim çünkü yüzlerce kurşunundan sonra artık bağışıklık kazanmıştım."* Günlüğünün sayfasını kapattı, çekmeceye tekrardan koydu ve kilitledi ardından aklından devam etti.

"Bugün Önder bana yenildi. Ona itaat etmedim. Korkmadım ve aslında korkularıma itaat etmedim." Başını aşağı yukarı salladı. *"Bu sefer ağlamıyorum çünkü canım yanmıyor; ben artık çocuk değilim."*

Benim kendimi öldürmek istediğim silah aslında Önder'in silahıydı. İçinde normal bir kurşun yoktu ve her ne varsa insanı mahvediyor, ölmeyi dilemesine neden oluyordu. Önder Sarca'nın bahsettiği işkencesi.

"Yankı," dedim zorlukla nefes alarak. "Bu acıya defalarca nasıl katlandın?" Gözlerimin acıyla dolduğunu biliyordum ama artık Yankı'nın yaşadıkları da daha fazla gözlerimin dolmasına neden olmuştu.

Işık'ın ona verdiği ilaçları yatağın kenarına koydu, sakin bir şekilde lastikle kolumu yukarıdan bağladı ve damarlarımın ortaya çıkmasına neden oldu. Kasılmalarım geçmişti. Titriyordum ama bedenim artık özgür bir şekilde hareket ediyor gibiydi, bedenimin bana hükmetmesine izin vermeyi bırakmıştım.

"Korkularına itaat etme," dedi sakin bir sesle. Şırıngaya tüpten ilacı koyarken oldukça profesyonel görünüyordu. "Sen korkularına itaat ettikçe onlar seni yönetmeye başlar. Bunu kendine yapma." Tankut'un yüzü aklıma geldi, geçmiş aklıma geldi, kırmızı ışıklar geldi ve yine kasılmaya başladığımı hissettim. Bakışları bana döndü, parmakları bir anda önüme gelen saçlara dokundu ve gözlerimin önünden çekti. "Sakinleş," dedi tek nefeste. "Korktuğun kırmızı ışıklar mı?"

Başımı iki yana salladım ama o parmaklarıyla saçlarımı okşamaya devam etti. Sonra eli yanağıma yerleşti, başparmağı çenemi okşadı. "Bir daha oraya dönmek istemiyorum," diye inledim. "Bir daha o kız çocuğuna dönüşmek istemiyorum, bu beni zaten öldürür."

Gözümden damlayan yaş, çeneme düştü ve onun parmağıyla buluştu. Yankı parmaklarıyla yaşları yanaklarımdan sildi. "Bir daha oraya dönmeyeceksin," dedi tek nefeste. "O kız çocuğunun da oraya dönmesine izin vermeyeceğim, söz veriyorum ama ilk önce sen korkma." Yüzünü yüzüme yaklaştırdı, eli yanağımdan aşağıya doğru indi. "Lütfen korkma," dediğinde parmaklarının göğsümün üzerinde hareket ettiğini hissettim. "Korkmayın." Sonra bir anda göğsümdeki tüpü hızlıca çekti, acıyla haykırdığımda ve kalkmak istediğimde alnını alnıma bastırdı. Kolumda iğnenin acısını hissettim.

Nefesi yüzüme çarparken, inleyerek gözlerinin içine baktım. Damarlarımda acının dolaştığını hissettim ve göğsümdeki şiddetli yanma gitgide azalmaya başladı. "Şimdi uyuşmaya başlayacaksın," dedi gözlerimin içine bakarak. "Vücudunu hissetmeyeceksin." Bunu söylediği gibi ellerimdeki ve bacaklarımdaki hissin uzaklaştığını fark ettim. Göğsümdeki yanma sanki Yankı'nın nefesiyle sönmüştü. "Tekrardan hissettiğinde çok ateşin olacak ama saatler sonra bu geçecek."

Turkuaz gözlerinin içine bakarken dilimin bile uyuşmaya başladığını hissediyordum. "Ağlıyorum ama korkudan değil," dedim zorlukla konuşarak. "Canım çok yandı."

Yankı, gülümsedi ve oturduğu yerden kalktı. Göğsümden çıkardığı tüpü ve iğneyi bana göstermeden odadaki çöp kutusuna attıktan sonra gözleri yüzüme döndü. "Altı saat uyumaman gerekecek çünkü tekrar uyuşma riskin var ve uyurken yakalanırsan çok kötü sonuçlar doğurur."

Tamamen hissizdim. Göğsümdeki yanma yavaş yavaş küle dönüşmüş, dönüşürken de sanki burnuma is kokusunu bırakmıştı. Başımı dahi kaldıramıyordum. Gözlerimle onu izlerken, yine yatağın kenarına oturdu. Gözlerim göğüs kafesime kaydı, ince bir kan göğsümden onun yatağına doğru akıyordu.

Hissin geçmesini bekledim, o da benimle beraber bekledi ve bir an olsun bana bakmaktan vazgeçmedi. Ona soracak çok fazla sorum vardı, acı bünyemi terk ettikten sonra yerine soru işaretlerini bırakmıştı. Evet, ona hâlâ öfkeli değildim fakat artık onu tanımadığımı da düşünmeye başlamıştım. Önder bu kadar kötü biri miydi?

Kafamın içinde bir karıncalanma oldu. Gözlerim yanmaya başladı ve boğazım ağrıdı. Acıdan dolayı hissetmediklerim şimdi kendilerini göstermeye başlamışlardı. Hafifçe parmaklarımı hareket ettirmeye başladığımda göğsümde acı değil, ağrı vardı. Tam kalbimin üzerine sanki ağır bir kütle yerleştirilmişti, göğüs kafesim bunu kaldıramıyordu.

Yutkunarak "Hissetmeye başlıyorum," dedim zorlukla. Uyuşan dudaklarım kupkuruydu ve hâlâ midem bulanıyordu. Eli, alnıma doğru gitti; buz gibi ellerini tenimde hissetmek iyi gelmişti çünkü dediği gibi yanmaya başlamıştım.

Bir süre sonra elini çekti. Kaşları düz bir çizgi halini aldı. Yüzünü yüzüme doğru yaklaştırmaya başladığında az önce acıyla kasılan kalbim, başka bir duyguyla kasılmaya başladı. Sakallı çenesi alnıma sürttü ve nemli dudakları alnıma dokundu. Bir süre öyle bekledi ve bu dudaklarının ikinci defa tenime dokunuşu oldu ama bu kez rol değildi. Kendi isteğiyle alnımdan öpüyordu.

Gözlerimi sıkıca yumduğumda dudakları baskısını arttırdı; ateşimi ölçtü ama dudaklarını uzaklaştırmadı. "Beni affet," diye fısıldadı en sonunda. "Beni affedin." Beni çocukluğumla beraber kabulleniyordu, bu canımı yaktı.

Dudaklarını bir süre daha alnımda tuttu, gözlerimi açtığımda ise onun yüzü çoktan uzaklaşmaya başlamıştı. Ona kızgın olmadığımı söylemek istedim fakat bakışlarındaki ifade beni tamamen bozguna uğrattığında kelimeler dudaklarımda asılı kaldı.

Pişmanlık daha önce bakışlarına uğramamış olmalıydı ki benden bunu gizleyemedi ve küçük bir erkek çocuğu pişmanlığıyla yüzüme baktı. Dudakları düz bir çizgi halini aldığında kafasını iki yana salladı. "Beni affettiğini duymak istiyorum," dedi. "Kendimi birçok konuda o kadar çok affetmedim ve affetmiyorum ki birinin beni affetmesine ihtiyacım var."

"Neden?" döküldü dudaklarımdan sadece. Onu affedebileceğim bir durum yoktu, çektiğim acı yüzünden affetmemi istediğini biliyordum ama bu önemli değildi. Ben kendimi ölümün kollarına atmayı istemişken, çektiğim acı şimdiden geride kalmış gibiydi. "Aptal bir adam değilsin. Tankut'un tarafında olmadığımı sana silahı doğrulttuğum an aslında anladın ama vazgeçmedin. Neden?"

"Hayır, anlamadım," diye mırıldandı dürüstçe ve bakışlarını yüzümden ayırıp yere baktı. "Sana güvenmiyorum." Net çıkan sesi ve cümlesi kalbimi kırmıştı ama bu gereksizdi, bana zaten güvenmemesi gerekiyordu. "Bir amacın olduğunu hep biliyorum ve bu amacının Tankut'la iş birliği olabileceğini düşündüm çünkü en özelini kadar biliyordu." Parmaklarıyla oynamaya başladı, kenarındaki etleri koparıyordu. "Bana silahı çektiğinde, beni yok etmek istediğini düşündüm, bizi yok etmek istediğini. Yine işimi şansa bıraktım, seni engelleyebilirdim ama engellemedim. Elindekinin Önder'in silahı olduğunu biliyordum ama beni vursaydın, tamamen amacından da emin olacaktım."

"Yankı," dedim ve sesim beklediğimden daha yüksek çıktı. "Sana silah çektiğimde değil de silahı kendime doğrulttuğumda mı onların tarafında olmadığımı düşündün?"

"Evet, ben senin için değersizim." Diğer parmağına geçti. "Silahı kendine çevirdiğin an korktuğunu anladım, o an korkuların yüzünden kendini öldürebileceğini gördüm."

Sinirlenmiştim ve sinirim keskin bir nefes vermeme neden olmuştu. "Değersiz mi?" diye sordum kendimi tutamayarak ve devam ettim. "O an oradaki en değersiz kişi sadece bendim. Seni öldüremezdim ama kendimi öldürürdüm."

"Ve bunu yaptın." Sesine bir anda şaşkınlık bulaştı ve gözleri bana döndü. "Bunu yapabileceğine inanmadım ama bunu yaptın. Gözünü kırpmadan, bir an bile düşünmeden o silahla tam kalbinden vurdun. Bunu nasıl yapabilirsin? Canını nasıl hiçe sayabilirsin?"

Tebessüm ettiğimde gözleri gülüşüme takıldı. "Hiç intiharı düşündün mü?" diye sordum.

"Birçok kez," dedi yanıt olarak.

"Peki hiç intihar ettin mi?" Cevap vermedi, sessizliğini korudu. "Bir insanın intihar etmek için birçok nedeni olabilir ama o an tek bir duygu hisseder: Nefret." Omzumu indirip kaldırdım. "Ben kendimden nefret ediyorum, senden değil." Ben kendimi değersiz görüyordum, onu değil. Bunu söylemek istemedim.

"Ve intihar eden birisi kendini daima yalnız hisseder," dediğinde sesinde öfke vardı. "Bir daha bunu asla yapmayacaksın çünkü ben varsam artık yalnız değilsin."

Gülerek lafı tamamen değiştirdim. "Kendimi öldürmek mi istiyorum?" dedim ve hızlıca devam ettim. "Senden izin alacağım ve sen izin verirsen kendimi öldüreceğim, çünkü..."

O da gülümsedi ve lafımı kesti. "Çünkü ben senin liderinim ve liderler, altındaki kişileri korumakla yükümlüdür. Ben seni korurken kendini öldürürsen bu benim suçum olur, senin değil. Beni iyi dinle, liderin konuşuyor. Kendini öldüremezsin." Gülüşü derinleşti, amacı beni sadece konuşturup uyutmamaktı.

Gözlerimi yine devirmemek için kendimi zor tutarken "Altındaki kişiler mi?" diye yineledim. "Ne zamandan beri senin altındayım?"

Bu sefer gülümsemesi genişledi ve gözlerine yine o aşina olduğum ve kendime yeni itiraf edebildiğim en etkileyici bakışı yerleşti. Dişleri açığa çıktığında sırıtıyordu. Kafasını iki yana sallayarak "Aklımda mı?" diye sordu muzip bir sesle. Her neyle dalga geçiyorsa çok eğleniyor gibiydi. "Seni tanıdığımdan beri."

"En başından beri beni liderin olarak görüyorsun yani?" Şaşırmıştım ve şaşırmam onu daha fazla güldürmüştü.

"Evet," dediğinde yavaşça göz kırptı. "Ama bir günlüğüne seni lider yapıp üste de alabiliriz, keyifli olacaktır."

Benimle açıkça dalga geçtiğini fark ettiğimde kaşlarımı çatarak ona bakmaya devam ettim. "Yankı inan, neye bu kadar güldüğünü anlamıyorum ve beynim durmuş durumda. Açıklar mısın?"

Gülüşü dağılmadan hemen önce "Bazen çok saf olabiliyorsun ve bu beni şaşırtıyor," diye mırıldandı. "Seninle en azından bu konularda sokak ağzıyla konuşmamaya dikkat etmeliyim ama saflığına dayanamıyorum." Bir süre sessiz kaldı sonra sormaması gereken bir soruyu önemsiz bir şekilde dile getiriyormuş gibi "Daha önce hayatına birisi girdi mi?" dedi.

Afallayarak "Şu an, burada," dedim göğüs kafesimi göstererek. "Kalbimin üzerine bir zehir saplanmışken ve ateşim gitgide yükselirken merak ettiğin soru bu mu gerçekten?"

"Liderine cevap vermek zorundasın." Yatağından kalktı ve karşımdaki dönen siyah deri sandalyeye oturdu. "Kural bu."

"Sana liderim olduğunu söylemedim," dediğimde ona diklenmeyi özlediğimi fark ettim. "Ama çok merak ediyorsan saygıdan cevap vereyim, iki tane sevgilim oldu. İkisi de pısırıktı ve ikisini de dövdüğüm zamanlarım olmuştu."

Şaşırdı ve kaşları havaya kalktı. "Dövdün mü?" Kaşları düz bir çizgi halini aldı. "İki tane mi?" En sonunda kaşları çatıldı. "Onlar hâlâ hayattalar mı?"

Kendimi tutamayarak kıkırdamaya başladığımda göğsümdeki ağrı arttı. "Dövdükten sonra mı?" Başımı iki yana salladım. "Bir tanesi otuz beş yaşında bir kadınla beni aldattı ve benim onunla sevgili olmamın tek nedeni, peşimden günlerce koştuğu için sıkılmamdı. Sürekli yiyecek bir şeyler alıyordu, benim de karnım doyuyordu." Dudaklarımı büktüm. "Kadınla öpüşürken gördüğümde neredeyse kusacaktım, kadın zaten ölmek üzere yaşta olduğu için direkt kaçtı. Ben de o tipsizi tekme tokat dövdüm çünkü aç karnımı artık doyuracak kimse kalmamıştı."

Bu hikâye Yankı'yı güldürdü. "Diğeri?" diye sorduğunda cebinden bir sigara çıkardı ve dudaklarının arasına yerleştirdikten sonra ucunu alevlendirdi. "Ve o da yaşıyor mu?"

"O çok aşıktı bana," dediğimde gerçekten üzüldüğümü fark ettim. "Benden dört yaş büyüktü ve silah kaçakçısıydı. İşimize yaradığı için onunla sevgili olmak zorunda kalmıştım." Gözlerimi pencereye doğru çevirdim. "O öldü ama ben öldürmedim." Öldüren kişi Caner'di ama bunu dile getiremedim.

Adamın ölmüş olması Yankı'da hiçbir etki yaratmadı ve sigarasından derin bir nefes çektikten hemen sonra "Yani diğeri hâlâ yaşıyor," diyerek yineledi. "Güzel."

"Senin?" diye sordum ben de onun gibi önemsiz bir konudan bahsediyormuş gibi.

"Onlarla aranda büyük bir aşk var mıydı?" diye sordu. "Kendini bütün yüzlerinle göstereceksin kadar yani."

Konuşmak istemediğimi belli ederek "Şimdi sıra sende," dedim.

Bir anda kapının arkasından itişme sesleri yükseldi, kapının kolu aşağı yukarı hareket etmeye başladı ve hiç ummadığım anda hızlıca kapı açıldığında içeriye Mutlu tökezleyerek girdi. Hemen arkasından Işık ve Bartu çıktığında Lâl ortalarda görünmüyordu. Kapıyı dinlediklerini anladığımda kaşlarımı kaldırdım fakat Mutlu hızlıca yanıma koşarak "Yankı'nın belalı kızları çok," diyerek bağırdı. "Bir tanesinin adı Yasemin ve resmen Yankı'ya saplantılı." Yatağın kenarına oturup gözlerini açtı. "Bir keresinde yemin ederim Yankı'yı zorla dudaklarından öpüyordu ve Yankı resmen tacize uğruyordu. İmdat diye bağırdı, ben koruyucu meleği olarak geldim, onu kurtardım."

Bana eskisi gibi bakan Mutlu'nun gözlerine bakarken gülümsedim. Yüzüne renk gelmişti, gözleri hâlâ kıpkırmızıydı ama kendini daha iyi hissettiği belliydi. Bahsedilen ilaçları içmiş olmalıydı ya da beni gülümsetmek için böyle bir yol deniyordu. "Kurtardın mı?" dedim ona katılarak. "Nasıl kurtardın?"

Mutlu ellerini birbirine çarptı. "Yankı'yı Yasemin'in kollarından çektim, Yasemin'i itekledim ve sonra..." Yankı'ya öpücük attı. "Onun dudaklarına ben yapıştım! Yasemin gerçekten de haklıydı, Helinski. Böyle bir tat olamaz. Resmen bir beyinle öpüşüyormuş gibiydim."

"Mutlu," dedi Bartu ve bakışlarım ona döndüğünde gülümsemem silindi. "Yine çok konuştun." Odadaki karanlığa rağmen yumruk attığım yanağındaki kızarıklığı seçebiliyordum.

Mutlu Bartu'yu duymazdan gelerek "İyisin, değil mi?" diye sordu ve sesine ciddiyetin bulaştığını hissettim. "İyi görünüyorsun. İlgiyi üzerinden atmak için hızlı davranmana sevindim."

"Evet," dediğinde gözlerim Işık'a yöneldi. "Gerçekten çok iyi görünüyorsun." Kollarını önünde bağlamıştı ve başını pencereye yaslamıştı.

"Özür dileriz." Mutlu elimi uzanıp tuttu. "O silahı elinden almadığımız için. Yankı dışında hiçbirimiz Önder'in öyle bir silah kullandığını bilmiyorduk ve o silahı Önder'den alan bendim." Kısa bir an daha bana baktı ve incitmeyi bile düşünmeden beni kendine çekip sarıldı. "Gerçekten ölmeni hiçbir zaman istemem, Helinski. En azından ölmeden önce bir beyinle öpüşmen gerekiyor."

Göğsümdeki ağrı hareket ettirmesiyle dişlerimi sıkmama neden olsa da ben de ona sarıldım ve elimi kıvırcık saçlarına geçirerek "Seninle Işık'ın hiçbir suçu yok, orada bile değildiniz," diye mırıldandım. "Kimseye elimden silahı almadığı için de kızgın değilim, bu benim tercihimdi."

Bartu, Yankı'nın yanına oturdu. Mutlu geriye doğru çekildiğinde Işık hemen yanıma geldi ve elindeki kovayla ıslak havluyu yere koydu. Soğuk duş yerine ateşimi o şekilde düşüreceğini sanmıştım ama beni tekrardan yatağa yatırdığında ıslak havluyla göğüs kafesimi silmeye başladı. "Mikrop kapmaması gerek," dediğinde yüzüme bakmıyordu. "Pansuman yapalım." Eli, alnıma uzandı ve ateşimi kontrol etti. Sonra çantasından yanında getirdiği ateş ölçeri çıkarıp koltuğumun altına sıkıştırdı. Üzerimde sadece spor bir sutyenle durduğum için utanmaya başladığımı hissediyordum, bu yüzden çarşafı yukarıya doğru çektim.

"Önder'in öyle bir silahı olduğundan bize hiç bahsetmedin." Bartu'nun sitemli sesi, Yankı'ya yönelikti. "Ne zamandan beri böyle bir silah kullanıyor?"

O an, aramızdaki başka bir sırrını da paylaştığımızı fark ettiğimde gözlerimiz Yankı'yla kesişti, Yankı ise Işık'a baktı. Bu sadece üçümüzün arasında bir sır gibiydi, aynı işkencelere Işık'ın da maruz kaldığını düşündüm. Diğerleri her zaman Önder'e itaat etmişlerdi, Yankı ise onların adına ve kendi adına bir kere bile Önder'e itaat etmemeyi seçmişti; Işık'ın da böyle olması beni şaşırtmıştı.

"Bir süredir," dedi Yankı kısa bir cevapla. Sonra bakışlarını Bartu'ya çevirdi. "Burada sorgulanması gereken bu mu yoksa Mutlu'ya dikkat etmeden Önder'le beraber her şeyi konuşman mı?"

"En başından beri o silahı tuttuğumu biliyor muydun?" Soruyu soran Mutlu'ydu. Işık, elindeki ıslak havluyla göğsümü silerken duraksamıştı.

"Hayır," Yankı yalan söylemezdi. "O an silaha bile dikkat etmemiştim, tek düşündüğüm sendin ama Helin silahı göğsüme dayadığında silahı tanıdım."

"Önder'in kendi üretimi silah ha?" Bartu şaşkındı. "İşte bunu hiç beklemiyordum."

Yankı alaycı bir şekilde güldü. "Kendimize ait yuvamız olduğuna, hapishanemiz olduğuna, hastanemiz olduğuna, okulumuz olduğuna inanıyorsun da silahımız olduğuna mı inanamadın Bartu?" Ona öfkeli miydi yoksa bana mı öyle geliyordu. "Bence bunları konuşmak artık anlamsız. Lâl nerede?"

Işık, göğsümün üzerine bir ilacı döktüğünde canımın acısıyla inledim ve algılarım sadece onlara ait olan hapishaneye odaklandı. İçimden bir ses Sokak Nöbetçileri'ne dâhil olmamın nedeninin, o hapishaneden geçtiğini söylüyordu.

Kelebeğin tutsak olduğu Koza.

"O bunları bilmiyor," dedi Bartu sert bir sesle Yankı'ya beni kastederek. "Bunlar grubumuzun sırları. Neden sesli dile getiriyorsun?"

"Çünkü siktiğimin hapishanesine Mutlu'nun gitmesine neden olduğunda yapabilecek hiçbir şeyim yoktu, düşünemedim, arkama bile bakmadan koştum ve o an Helin de yanımdaydı." Bartu'ya gerçekten fazlasıyla öfkeliydi, gözleri ona döndüğünde çenesi kasılıyordu. "Ayrıca artık Helin hakkında böyle konuşmayacaksın, izin vermiyorum."

Bartu da öfkelenmişti ve oturduğu yerden kalktığında "Ona hemen güvendin mi?" diye sordu Yankı'ya. "Ne oldu senin üstün zekâna?" Elini yumruk yaptı ve sanki vuracak bir yerler aradı. "O kızı korumak için Tankut'un Nadir hakkındaki anlaşmasını nasıl kabul edersin? Nadir'i nasıl mahvedebilirsin?"

Öyle yüksek bir sesle bağırdı ki Mutlu'nun oturduğu yerde irkildiğini hissettim. Şaşkınlıkla gözlerim açıldığında Işık, göğsüme yasladığı gazlı bezi sertçe bastırdı ve öfkesini o şekilde çıkardı. Acıyla inlediğimde "Bunu yapmış olamazsın Yankı," diye fısıldadım.

"Yaptı!" Bartu'nun gözleri bana döndü. "Yarın akşam Nadir'i Tankut'un istediği yerde teslim edecek! O çocuk yarın ölecek!"

"Yeter!" Yankı'nın gür çıkan sesiyle Işık bakışlarını ona çevirdi, kızgınlığı yüzünden okunuyordu. Bartu'ya doğru bir adım attığında ilk defa Bartu'nun geriye doğru adımladığını gördüm. Gözleri kısıldı, çenesi seğirdi. "Ben ne diyorsam o," dedi keskin bir tınıyla. "Ben neye karar verdiysem o. Ben ne istiyorsam o. Nadir için yapılması gereken en doğru şeyi yapacağım ve Tankut için de."

Mutlu, hiçbir şey söylemeden ayağa kalktı ve koşar adımlarla odadan çıktığında Işık göğsüme bantladığı gazlı bezin kestiği kısmını yere atarak onun peşinden ilerledi. Bartu "Görüyor musun?" diye sordu Yankı'ya. "En çok zarar verdiğin kişi yine Mutlu oldu."

Yankı, önünde duran Bartu'yu omzundan hafifçe itekleyip Mutlu'nun peşinden ilerledi ve o da açık olan kapıdan çıktığında odada sadece iki nefes kalmıştık. Yattığım yerden doğrulmaya çalıştım ama göğsümdeki acı bunu engellediğinde yüzümü buruşturdum. Bir şekilde Mutlu'nun peşinden ben de gitmek istiyordum.

"Bana kızgın mısın?" dedi Bartu ve ayağımın ucuna doğru ilerledi. Parmakları yatağın kenarlarına doğru tutunduğunda yüzüne ilk defa dikkatli bir şekilde baktım, dudağının kenarı da yumruğumdan dolayı patlamıştı. Düşünmeme gerek yoktu, ona gerçekten hiç kimseye olmadığım kadar kızgın hissediyordum.

Yankı'nın her zaman bir bildiği olurdu, buna inanıyordum. Lâl beni o adamın kucağına atmaya çalışmamıştı aksine beni anlıyormuş gibi bakmıştı ama Bartu bir an bile gözünü kırpmadan beni mahvedebileceğini göstermişti. Konu silahı kalbimin üzerinden alması ya da almaması değildi; konu Tankut'a beni vermek için en heyecanlı olan kişinin Bartu olmasıydı.

"Senin için bir önemi var mı bunun?" diye sordum sert bir sesle. "Seninle konuşmak istemiyorum."

"Kızgınsın." Başını önüne eğdi, parmaklarını şakaklarına bastırdı ve derin bir nefes aldı. "Normalde o kadar da kötü biri değilim Helin," dediğinde yutkunduğunu hissettim. "Ama kardeşlerimden ya da masum bir çocuktan daha önemli değildin benim için."

Kafamı aşağı yukarı salladım. "Önemli görmediğin her insanı bir pisliğin kollarına mı atarsın? Daima yapılacak başka bir şey vardır ama o an, Tankut gözlerinin önünde beni öldürse keyifle izlerdin."

İşaret parmağını kaldırıp bana salladı. "Sana güvenmiyorum, onlardan birisi olduğunu düşünmem kadar normal bir şey yoktu!"

"Orada ben mahvolurken kolumdan tutup beni onun üzerine atmak istedin aşağılık herif!" diye bağırdığımda öfkemin beklediğimden daha büyük olduğunu fark etmiştim. "Önder bana senin merhametli olduğundan bahsetmişti, Bartu. Sen merhametli değil, duygusuzun tekisin. Bana güvenmiyor musun? Ben de sana güvenmiyorum. Sırtımı yaslayacağım en son adam bile olamazsın, hiç olmayacaksın."

Cümlelerimin onda bir etki bırakmayacağını düşünmüştüm ama Bartu'nun aldığı yanıtlarla sarsıldığını görebiliyordum. "Bugün herkes bana bunu söylüyor. Orada Yankı da vardı," dediğinde tavrı bana değil de daha çok başkasına gibiydi. "Ama yine sadece ben suçlanıyorum. Bu siktiğimin hayatında zaten sürekli beni suçluyorlar, beni sevmiyorlar, bana güvenmiyorlar." Elini sertçe yatağın kenarına vurdu. "Her zaman Yankı bir şekilde sıyrılıyor ve ben tek başıma kalıyorum. Ona neden kızmıyorsunuz?"

Sorusunu düşündüm ve beklediğinden daha uzun süre sessiz kaldım. Yankı'ya neden kızmıyordum? Ona neden öfkelenmiyordum? Bunların cevabına ulaşamıyordum ama saatlerdir ilk defa Yankı'nın neden acı çekeceğimi bile bile o silahla kendimi vurmama izin verdiğini düşündüm. O an kafamın içinde ölüm düşüncesi vardı fakat şimdi düşündüğümde aslında Yankı, o silahın beni öldürmeyeceğini ama süründüreceğini biliyordu. Buna neden göz yummuştu?

Yüzümü buruşturdum. Bartu sessizliğimi yanlış anlamasın diye, "Bencilsin," diye fısıldadım. "Kardeşim dediğin adamı kıskandığın gözlerinden bile okunuyor. Senin hesaplaşman benimle değil, bir başkasıyla Bartu ve ben bunları dinlemek zorunda değilim."

Eliyle sertçe kafasına vurdu ve bunu art arda yaparken "Onun gibi düşünemiyorum diye mi?" dediğinde gözlerini kapattı. "Onun gibi akıllı değilim diye mi?" Sakince onu izledim, engellemek istemedim ve kendine zarar verişini gördüm, içinde tuttuklarına şahit oldum. Yankı'yla hesaplaşmasının altında yatan başka duygulara denk geldim. Gözlerini açtığında "Sana o şekilde davrandığım için pişmanım," dedi. "Ama af dilemeyeceğim çünkü sana hâlâ güvenmiyorum."

"Merak etme," dediğimde sesimdeki ürkütücü tını, benim bile ürpermeme neden olmuştu. "Ben de sana bir kötülük yaparım ve sonra pişman olurum, ödeşiriz."

Kapı açıldı, Bartu'nun kapattığı görüş açımdan dolayı kapıyı göremediğim için hafifçe eğildim ve Lâl'in içeriye girdiğini gördüm. Adımları duraksadı, tedirgin bir ifadeyle yüzüme bakarken gözleri Bartu'ya takıldığında kaşlarının çatıldığını gördüm, hızlıca gözlerini onun üzerinden çekti. O an, Bartu'nun böyle şiddetli serzenişinin altında yatan nedenin Lâl ile yaşadıkları bir tartışma olduğunu anladım. Lâl, Bartu'ya sırtını dönüp yatağın köşesine geldiğinde gözlerinde hâlâ tedirginlik vardı.

Gülümseyerek "Lâl," dedim içten bir sesle. "Ölmediğim için çok mutsuz olmalısın." Dudaklarını öne doğru büktü ve gözlerini ilk defa utançla kaçırdığını gördüm; o da pişman gibiydi. "Merak etme sana kızgın değilim," dediğimde elimi uzatıp elimi tutmasını bekledim. "Sen de ölmediğim için bana kızgın değilsen elimi tutabilirsin."

Lâl ile aramızdaki duvarlar elimi tutmasıyla tek tek yıkılmaya başlamamıştı. Sıcacık elleri vardı, bir kardeş arzusunu geçirdiğini hissettirecek kadar sıcaktı. Onun elini tuttuğumda tuhaf bir şekilde benzer ruhlarımız olduğunu düşündüm. Gözlerinden yaşanmış acılar geçti, o da benimle aynı şeyi düşünmüş olacak ki parmakları elimi daha sıkı kavradı.

Ayağa kalktı, gülümseyerek beni kaldırmaya çalıştı. Ne olduğunu anlayamasam da elini sıkıca tutarak yataktan çıktım ve gözlerim üzerime kaydı. Bartu'nun çoktan odadan çıkmış olduğunu o an fark ettim. Lâl ne düşündüğümü anlamış olacak ki elimi bırakıp Yankı'nın siyah giysi dolabını yürüdü ardından içinden koyu mavi bir kazak çıkararak bana doğru uzattı. Duraksadığımı hissettiğinde yanıma gelip hızlıca kazağı başımdan geçirdi. Hâlâ sakat olan kolumla zorlukla kazağı giydiğimde Yankı'nın kazağının üzerimde düşündüğümden daha büyük durduğunu görüp güldüm. "Bu elbise gibi oldu ama epey sıcak tutuyor."

Lâl kafasını aşağı yukarı sallayıp elimi tekrardan kavrayarak kapıdan beraber dışarı çıkmamıza neden oldu. Neler olduğunu anlamasam da merdivenlerin son basamağında ellerini birbirine çarptı ve büyük odadaki kişilere geldiğimizi belli ettiğini anladım. Bakışlarım ona döndü, o hızlıca arkama geçti, gözlerimi kapattı ve beni öyle yürütmeye başladı. "Lâl," dedim tedirgin bir sesle. "Neler oluyor? Bu bir oyun mu?"

Ellerim duvarlara tutundu ve Lâl beni yürütmeye devam etti. Kapının pervazına geldiğimizde beni durdurdu; içeriden fısıldaşmalar geldi. Mutlu kısık bir sesle, "Sürprizleri çok severim," dedi. "Ama bana yapıldığı zaman. Bu şekilde sürprizi bozasım geliyor."

"Kapa çeneni Mutlu," diyen Işık'ın sesiydi. "Bunu bozarsan saçlarını keserim."

"Kesemezsin!" diye inledi Mutlu ve keyfinin yerine geldiğini anladım. "Sen benim saçımı kesersen ben de senin pipini keserim!"

"Salak, benim pipim mi var?" Işık'ın sesi de keyifli geliyordu.

"Neden olmasın?" dediğinde artık fısıldamıyordu. "Düşündüm de ikizim erkek olsaydı ve onun da benim pipim gibi pipisi olsaydı..." derin bir nefes aldı, devam etti, "biz otururduk, pipilerimiz dünyaya hükmederdi."

Güldüğümde Yankı, "Mutlu," diye fısıldadı ama çoktan her şeyi duymuştum. "İlgi odağı olamadın diye yapıyorsun bunları, değil mi?"

"Beybeğim," dediğinde ne demek istediğini anlamamıştım. Diğerleri de anlamamış olacak ki açıklama gereği duymuştu. "Beyin ve bebeğin karışımı. Yankı bundan sonra benim beybeğim." Ellerini çarpmasının sesi geldi. "Ve ikizim erkek olsaydı emin ol pipilerimizden başka ilgi odağımız olmazdı, güneşten kaçmak için gölgesine gelirdin."

Kafaya vurma sesi geldi; büyük ihtimal Yankı Mutlu'nun kafasına vurmuştu. "Bozma bir şeyi de ya," dedi Işık. "Lâl'in sürprizini bozdun!"

"Hayır hayır," diyerek ellerimi havaya kaldırdım. "Gerçekten çok eğleniyorum fakat bu odadaki koku da nedir?"

Lâl, ellerini gözlerimden çekti ve hızlıca yanıma geldi. Gözlerimi birkaç kere kırpıp açtığımda Bartu hariç bütün Sokak Nöbetçileri'nin ayakta durduklarını gördüm. Yankı, Mutlu'nun omzuna elini atmıştı, Işık ise Mutlu'ya belinden sarılmıştı. Mutlu ve Yankı'nın Nadir'in konusundan sonra arayı nasıl düzelttiklerini merak etmiştim fakat şu an konuyu açmaya hiç de hevesli değildim. Bakışlarım koltukta oturan ve elindeki bira şişesini kafasına diken Bartu'ya döndü. Gözleri bana değil, odadaki pencereye odaklıydı.

"Bir," dedi Mutlu. Işık da ona katıldı.

Lâl elini kaldırıp eşlik etti. "İki."

Hepsi bir tarafa dağıldı. "Üç," dedi Yankı gülümseyerek.

Bakışlarım hepsinin yüzünden ayrılıp arkalarında sakladıkları sürprize döndüğünde elim az önce zehirlenen göğüs kafesime doğru ilerledi ve bastırarak şaşkınlıkla dudaklarımı araladım. Birkaç adım atıp "Bu," diye fısıldadım, gözlerim direkt olarak Yankı'ya çevrildi.

Yankı'nın bana aldığı siyah bisiklet odanın ortasında duruyordu ve yanında da mavi bir boya kutusu vardı; henüz boyanmamıştı, içindeki fırça boyanacağını gösteriyordu. Gözlerim heyecanla Yankı'ya döndüğünde "Bana bakma," dedi ellerini kaldırarak. Gözleri Lâl'e döndü. "Fikir ondan çıktı, bugün yaşananlar için çok üzgün. Kendisi senden özür dileyemeyeceği için bu şekilde affettirmek istemiş."

Şaşkınlığım daha fazla arttı ve benim de gözlerim hızlı bir şekilde Lâl'e döndü. Mahcup bir şekilde bana bakarken onu affettiğimi söylememi beklediğini anlamıştım. O an içimden ne geliyorsa onu yaptım, duygularıma göre hareket ettim ve Lâl'i kendime çekerek ona sıkıca sarıldım. "Lâl," dediğimde sesim titriyordu. "Bazen dilin söylediğinden daha önemli şeyler vardır, bu benim için öyle." Elleri aşağıda sallanıyordu ve onun da bunu beklemediği için şaşırdığını anlayabiliyordum. "Sana kızgın değilim, bu yüzden seni affetmem için hiçbir nedenim yok ama çok teşekkür ederim. Bu benim için çok özel."

Belki de temastan hoşlanmıyordu, belki de ona sarılmamı istemiyordu ama onu bırakmak istemedim ve kardeş sıcaklığını daha fazla hissettim. En sonunda onun da kolları belime dolandığında benim kadar sıkı olmasa da o da bana sarılıyordu. Yankı'yla gözlerimiz kesiştiğinde bu anın onun da mutlu ettiğini anladım.

Lâl'i bıraktığımda birisi beni sertçe çekip sarıldı ve bu kişinin keyfine göre hareket eden Mutlu olduğunu anladım. "İstersen beni dudağımdan da öpebilirsin," dedi. "Beni öpmek isteyen yüzlerce kız bulabilirim ama sana bu şansı veriyorum."

"Mutlu." Yankı kaşlarını çattı.

"Ah," dedi Mutlu. "İşte beklediğim hareketler bunlar. Üç vakte siz olursunuz gibi."

"O yüzlerce kızı ben neden göremiyorum acaba?" Mutlu'yu kollarımdan zorlukla ayıran Işık, ellerimi tutup gülümsedi. "Bugün yaşananlar için hepimiz üzgünüz," dedi sonra duraksadı ve gözleri Bartu'ya kaydı. Hemen sonra devam etti. "Biz çok hatalar yaparız ama o hatalarımızı da çok güzel telafi ederiz. Bizi affet."

Onu da kendime çekip sarıldığımda "Siz muhteşem çocuklarsınız," diye fısıldadım Işık'ın kulağına ve sadece o duydu. "Ve sen Işık. Mutlu'ya bu yaşına rağmen muhteşem bir anne oluyorsun. Bundan sonra sana her baktığımda gururu hissedeceğim." Kolları bana daha sıkı dolandığında derin bir nefes verdiğini anladım.

Geriye doğru çekildiğinde gözleri dolmuştu, arkasını dönüp hızlıca gözlerini sildiğinde bakışlarım Yankı'ya kaydı, ona doğru birkaç adım attım. "Ooo, geldik en heyecanlı kısma," dedi Mutlu yüksek bir sesle. "Beybeğim, sen kendini nasıl affettireceksin?" Bekledi, gözleri irice açıldı. "Yoksa affettirdin mi?" Kafasını heyecanla iki yana salladı. "Yoksa iki arada bir derede ben kapıyı dinlemediğim o aralıkta gerdek öpüşmesi yaşadınız mı? Bunu yapmış olamazsınız!"

Yankı'nın tam karşısında durduğumda, "Teşekkür ederim," diye mırıldandım ona. "Sen olmasan bisikletim de olmazdı; bu bile sana kızmamam için bir neden çünkü ilk hediyemi ben senden aldım."

Turkuaz gözlerinin içi ilk defa bu kadar içten gülümsedi, bakışları üzerimdeki kazağa kaydı. "Bana ait olan, sana çok yakışmış," dediğinde sesi de hiç olmadığı kadar içtendi. "Bu Lâl'in sürprizi ve affı. Ben kendimi affettirmek için henüz hiçbir şey yapmadım."

Kendisini affettirmesine gerek olmayacağını söyleyecektim fakat nedense bunun için nasıl bir çabaya gireceğini merak ettiğimden dolayı sessizliğimi koruyup ona sarılmak için bir adım daha attım. "Öpüşecekler hadi inşallah," dedi Mutlu fısıldayarak Işık'a. Öyle bir fısıldıyordu ki sanki çığlık atıyordu.

Kollarım boynuna dolandı, onun kolları belime yerleşti ve beni beklemeden kendine çekip sarıldı. Başım sertçe göğüs kafesine çarptığında bunu önemsemeyip başını boynuma doğru yaklaştırdı; derin bir nefes çekti. Kolları belimi sımsıkı sararken Yankı'nın ilk defa bana gerçekten sarıldığını o an fark etmiştim. Kendine hapsedecek, başka yere gitmemi engelleyecek, kalbimin teklemesine neden olacak kadar sıkı sarılmıştı. Bu bana, bildiğim bütün yanlışları unutturmuştu, bildiğim bütün doğrular ise onun göğsüne sinmiş olan güzel kokusundaydı. "Ölmediğin için mutluyum," dedi espriyle karışık bir ses tonuyla kulağıma eğilerek. "Henüz sana *liderin* olarak bisiklet sürmeyi öğretmeden ölmeni istemem." Derin bir nefes çekti.

"Liderim olarak," diye tekrar ettiğimde yüzünü boynumdan uzaklaştırdı. "Bu liderlik birçok mesleği de içinde barındırıyor, ha?"

Bir flaş patladı. Gözlerim Işık'ın olduğu tarafa doğru döndüğünde ikimizin fotoğrafını Lâl'in boynuna asılı olan fotoğraf makinesiyle çektiğini gördüm; başka bir şaşkınlık dalgası bedenime uğradığında Lâl'e neler olduğunu anlayamıyordum. Buna izin vermiş olması, beni bozguna uğratmıştı.

Yankı afallayarak vücudunu benden uzaklaştırdığında "Kaybettin!" diye haykırdı Işık fotoğraf makinesini tekrardan Lâl'in boynuna asarak. "Alırım üç yüz liranı Mutlu Prens!"

"Ben böyle bir aptallık görmedim," diye bağıran Mutlu'ya bakışlarımız çevrildi. "Yine öpüşmediniz! Beybeğim, niye öpmüyorsun? Cebimdeki son parayı şu an senin yüzünden Işık'a veriyorum." Yankı'ya doğru yürüyüp onu kollarından tuttu ardından sarstı. "Öpüşmeyi mi bilmiyorsun? Bak dilini çıkar, Helin'in dudağına dudağına sürt. Al sana öpüştünüz."

Yüzümü buruşturduğumda Yankı da yüzünü buruşturup "Mutlu sana kötü bir haberim var," dedi. "Öpüşmek dondurma yalamaya benzemiyor."

Mutlu bozuldu ama bunu belli etmemek için, "Öyle mi?" diyerek üstten üstten Yankı'ya baktı. "Aklından onu deli gibi öptüğünü geçirmek de öpüşmeye benzemiyor. Beynin güzel çalışıyor ama o güzel dudakların çalışmadığı sürece bir hiçsin zekâ küpüm."

Yankı, Mutlu'nun saçlarını karıştırarak "Bana laf mı sokuyorsun sen kıvırcık?" dedi alayla. "Hem beni biliyorsun, bir şey aklıma düşerse onu yapmadan bırakmam." Son cümlesinden sonra dudaklarını birbirine bastırdı ve bir pot kırmış gibi elini ensesine götürdüğünde başını bisiklete doğru çevirdi.

"Yani aklına düştüğünü inkâr etmiyorsun!" Mutlu, bana bakıp elini yumruk yaparak havaya doğru savurdu. "Üç vakte değil, iki vakte kalmaz gerdek öpüşmesi yaşarsınız siz, yazıyorum buraya. Beybeğim kızın dudaklarına aç gibi bakıyor resmen."

"Kabul etmedim," dedi Yankı fakat afallamıştı. "Hadi şunu boyayalım."

"Aynen aynen, benim de götüm karpuz ve meyve suyu çıkarıyorum," diyerek Mutlu Yankı'yı geçiştirdi. "Eğer şu an bizi izleyen seyirciler olsaydı hepsi sana orta parmağını gösterirdi Yankı Sarca. Geç bunları çünkü artık yemiyoruz."

Yanaklarımın ateş altında kaldığını hissettiğimde utançla konuyu değiştirerek "Ee, hadi boyayalım artık," deyip yere çöktüm ve gazetelerin üstünde duran boya kutusunu fırçayla karıştırdım. "Fakat bunu tek başıma boyamak istemiyorum. Hepimizden bir parça taşısın istiyorum."

Dördü de benimle beraber yere oturduğunda aramızdaki tek eksik kişi Bartu'ydu. O hâlâ koltukta oturmayı yeğliyor, elindeki bir bira şişesini bitirip diğerini alıyordu. Bakışlarımız birbirine takıldığında bana güvensiz bir ifadeyle baktı. Asıl düşündüğünün Nadir olduğunu biliyordum, ben onun için hâlâ köşeye atabileceği bir piyondum.

"İlk darbe benden," dedi Işık ve gözlerim Bartu'dan ayrıldı. Bisikletin demirinin bir kısmını o boyadı. Onun arkasından Mutlu fırçayı eline aldı ve kendi kendine saçma sapan bir şarkı mırıldanarak boyamaya devam etti. Büyük ihtimâl kendi uydurduğu bir şarkıydı. Onun arkasından Yankı da bisikletin küçük bir kısmını boyamaya başladı ve bunu yaparken içten gelen bir şekilde yaptığını anladım çünkü yüzünde huzurlu bir tebessüm vardı.

Yankı, fırçayı bana doğru uzattı ve ayağa kalkmam için bekledi. Fırçayı ondan alıp ayağa kalktığımda bakışlarım tekrardan Bartu'ya kaydı, ondan da bisikletimde bir parça olmasını istediğimi fark ettim fakat bu sefer duygularımı direkt açığa vurmayıp sessizliğimi korudum.

Yankı, ne düşündüğümü anlamış olacak ki "Bartu," diye ona seslendi. "Sen de bir fırça darbesi vur."

"Sen benim yerime de yap," dedi Bartu Yankı'ya. "Lider değil misin? Yorma işte bizi."

"Önemi yok." Direksiyonu boyamaya başladığımda elimin tersiyle önüme gelen saçı arkaya itekledim. Yankı'nın yüzüne bakmıyordum ama onun bakışlarının Bartu'nun üzerinde olduğunu biliyordum. Bir kez daha saçım önüme geldiğinde geriye atmak için hamle yaptım fakat hiç ummadığım bir şey oldu ve Yankı'nın parmaklarını önüme gelen saçımda hissettim. Yavaşça kulağımın arkasına sıkıştırdığında ona bakmadım ama gülümsemeden de edemedim.

"Grey'im sevgilisine trip atan tipler gibisin şu an," dedi Mutlu Bartu'ya. "Bize katılsana. Sen benimle uğraşmıyorken hiçbir zevk almıyorum bu hayattan."

"Asıl hepiniz şu an bu kızı bembeyaza boyadınız." Bartu'nun sert sesinde kastettiği bendim. "Hepiniz bir anda onun masum olduğuna inandınız, yetmedi, onu sürprize boğdunuz. Bu kadar çabuk mu onu kabullenmek istiyordunuz? Onun hâlâ kim olduğunu bilmiyoruz, bunun farkında mısınız?"

Sessizlik oldu. Direksiyonu boyarken sakinliğimi korumak için kendi kendime içimden ona kadar saydım ve kendime tanıdığım sürenin sonuna geldiğimde hâlâ sakinleşmediğimi fark ettim. Sinirlenmeme daha fazla sinirleniyordum çünkü Bartu haklıydı, bunları hak etmiyordum.

Direksiyonu boyamayı bitirdiğimde sessizlik hâlâ odanın içinde dolanıyordu. Fırçayı eğilip gazetenin üzerine bıraktığımda Yankı'nın gözlerinin Bartu'nun üzerinde olduğunu gördüm; diğerlerine bakmak istemiyordum. Kendimi yerde oturan Işık, Mutlu ve Lâl'in arasına bıraktığımda dizlerimi göğsüme doğru çekip kollarımı bacaklarıma doladım. Tam karşımdaki bisiklet, küçüklüğümden beri istediğim şekilde masmaviydi fakat mutluluğu Bartu yüzünden hissedemiyordum.

"Biz şu ânı konuşuyoruz." Yankı'nın sesi sakindi. "Biz başka zamanları konuşmuyoruz. Bu sabah yaşananlar, Helin'e yaşattıklarımız haksızlıktı çünkü bu sabah belki de hiç olmadığı kadar masumdu." Gözlerim ona döndüğünde kaşlarını havaya kaldırmış olduğunu gördüm. "İsterse dünyanın en kötü insanı olsun, isterse bize başka bir konuda kötülük yapsın; ben şu anın içinde yaşıyorsam ona göre davranırım."

Yanımda oturan Işık başını salladı. "Yankı haklı. Onun tanımakla ilgilenmiyoruz, ona bugün yaşattığımızla ilgileniyoruz. Bilmiyorum farkında mısın Bartu ama bugün bu kız kendi canına kıymak istedi ve birimiz bile kılımızı kıpırdatmadık. Birimiz bile onu kurtarmaya çalışmadık. Birimiz bile onun elinden silahı çekip almadık. Sizi bilmiyorum ama ben kendimi Helin'e karşı fazlasıyla kötü hissediyorum."

Gerçek yüzüme tokat gibi çarptığında önemsiz diye düşündüğüm konunun aslında ne kadar da önemli olduğunu yeni fark ediyordum. Af dilemelerinin nedeni, silahı elimden almamalarıydı, beni ölümün kucağına bir an bile düşünmeden atmalarıydı.

"Ben de bunu diyorum ya!" Bartu, ayağa kalktı ve elindeki bira şişesini sertçe yere koydu. "Hepimiz, ben de dâhil, hepimiz durup kendini öldürmesini bekledik." Ben hariç hepsinin gözünün içine baktı. "Şu an aranızda en mantıklı ve tutarlı davranan benim. Beş saat önce bu kızın kalbinden girecek kurşunu önemsemedim, şu anda da önemsemiyorum. Siz bir anda nasıl önemsemeye başladınız?"

"Çünkü hiçbirimiz kendimizde değildik! Çünkü o an hepimiz için önemli olan başka konulardı. Çünkü hepimiz gerçekten kendini öldüremeyeceğini düşündük!" Mutlu'nun sesi gür çıkmıştı. "Yeter artık, kendini suçlarken bizi de yanına çekmekten vazgeç. Ben o an bile Helin'in rol yaptığını ve Tankut'un tarafında olduğunu düşündüm ama tetiğe bastığında ne yaptığımızı anladım. Pişmanız ve sen de pişmansın, cümlelerin gerçekçi değil! Aramızda yaş olarak en büyüğümüz sensin ama çocuk gibi davranıyorsun."

Kısa bir sessizlik oldu, sözü Işık devraldı. "Hepimiz intiharın eşiğine geldik ama aramızdan sadece iki kişi intihara teşebbüs etti Bartu. Sen defalarca kendini öldürmek istedin ama defalarca da kurtarılmayı bekledin. Helin kurtarılmayı beklemedi ve bekleseydi de kurtarmazdık çünkü ben de yapmayacağını düşünüyordum."

Bartu gülmeye başladı. Gözlerim bacaklarından yukarıya doğru çıkarak onun gözlerine tırmandığında bakışlarının benim üzerimde olduğunu gördüm. "Sizin bahaneniz bu olabilir," dedi tek nefeste. "Fakat ben o an Tankut'un adamı olarak Helin'in ölmesini istedim." Sonra hızlıca Yankı'ya baktı. "Yankı da böyle düşünmüş olmalı ki o silahın nasıl bir silah olduğunu bile bile engellememiş ve acı çekmesine izin vermiş. Sahiden Yankı, şu an aramızdaki en suçlu kişi sen değil misin? Neden o silahı ölmeyeceğini bile bile, acı çekeceğini bile bile kullanmasına izin verdin?"

Benim sormam gereken soruyu, Bartu sormuştu. Benim peşine düşmem gereken yolda Bartu yürüyordu. Kelimeleri canımı hiç olmadığı kadar fazla yakmıştı. "Yeter," dediğimde gözlerim yine Bartu'ya kaydı. "Şu an konu benim ve senin artık benim hakkımda konuşmanı istemiyorum. Şu an bu konu hakkında konuşulmasını da istemiyorum."

Bu konuda Yankı'nın vereceği cevaba hazır olmadığımı hissediyordum. *Acı çekmesini istedim*, diyebilirdi. *Bunu hak etti,* diyebilirdi. En kötüsü, *kalbinin o an ben de durmasını istedim,* diyebilirdi. Bu cevaplardan âdeta koşar adımlarla kaçtım. Çünkü diğerlerinin aksine Yankı'nın masum olduğumu silahı göğsüme dayadığım an bildiğini biliyordum. O benim gözlerimde, kendimi öldürme hırsımı görmüştü.

Şu an hiçbiri beni bu hale getirenin ne olduğunu sormuyordu fakat zamanla merak edeceklerini de biliyordum. Onların gözünde bembeyaza dönüşmemin nedeni kendimi o hale getirmiş olan yaşanmışlıklarımdı; onların yaşanmışlıklarıma olan saygılarıydı.

Bartu, dişlerini sıkarak ayağının ucundaki bira şişesine tekme savurdu ve şişe düşüp duvara çarptı, parçalara ayrıldı. Sarsak adımlarla odadan dışarı çıktı, sonra dış kapının sesi duyuldu ve çarpma sesi geldi.

Etrafa keskin bir bira kokusu yayıldı, cam parçaları ayaklarımın ucuna kadar geldi. O fazlasıyla sarhoş görünüyordu.

Birkaç dakika öylece durduk sonra Lâl öfkeyle oturduğu yerden kalkıp Bartu'nun arkasından gitti. Bu onu iyileştirmek için değil daha kötü bir hale getirmek için attığı bir adım gibiydi, ellerini yumruk yapmıştı.

Kafamın içinde olduğum kişiyi düşündüm sonra dönüştüğüm insana baktım. Tam karşımda duran bisikleti kendi ellerimle boyayabilirdim ama onlardan bir parça taşımasını istemiş, onların da ellerine fırçayı vermiştim. Bisiklete onlar sayesinde binecektim, onların anısıyla o bisikleti sürecektim. Bunu neden istemiştim?

Unutmuştum. Bambaşka bir insana dönüşürken yüzüme maske takmayı unutmuş, gitgide Sokak Nöbetçileri'ne dönüşmeye başlamıştım ve bu dönüştüğüm kişilik bana tamamen yabancıydı.

Kim olduğumu hatırladım, kim için nefes aldığımı ve ne uğruna yaşadığımı. Benim için doğru olan tek bir yol vardı; diğer yollar güzel bile olsa o yollara adımı atmamalıydım ama ben çoktan başka başka yollara sapmıştım.

O yollara neden döndüğümü biliyordum; bütün yolların sonunda Yankı Sarca vardı. Ben, onun için kendi yolumdan bile vazgeçecek duruma ne zaman gelmiştim? Bu kendime haksızlık, yaşayacaklarından sonra onlara haksızlıktı.

"Bana neden o silahı kullanmana izin verdiğimi sormayacak mısın?" Dakikalar sonra ilk defa sessizlik Yankı'nın sesiyle bölünmüştü. Mutlu ve Işık, ikisi de yerde uyuya kalmıştı. Mutlu'nun başı Işık'ın omzundaydı, Işık ise sırtını arkasındaki koltuğa yaslamış başı Mutlu'nun saçlarında mırıldanarak uyuyordu. İkisi de derin bir uykunun içinde gibiydi.

"Hayır." Net çıkan sesimle onun yüzüne bakmak istemedim çünkü kim olduğumu hatırladım, ne olduğumu, nasıl nefes aldığımı.

Yol kenarında, kendi ektiğim güzel çiçeklerimi soldurmam gerekiyordu, solan çiçeklerin zehrini onun solumasını sağlamalıydım. Güzel sokak lambalarının altında ona gülümserken, o *sokak lambalarının ışığının Yankı'yı yakmasını sağlamalıydım.*

"Bizi affetmediğini söyleseydin, kendimizi daha iyi hissederdik," dediğinde gözlerimi ona doğru çevirdim ve neyse ki bana bakmadığını gördüm. Yere uzanmıştı ve gözleri tavandaydı, parmaklarının arasında tuttuğu sigarası kim bilir kaçıncıydı? "Bu şekilde kendimizi daha kötü hissediyoruz."

Şimdi o yolda yürüyordum, Yankı önümdeydi, sırtı ise bana dönüktü. O güzel çiçeklerin üzerine zehir dökmeliydim; kendime bunun gücünü vermeliydim. *Sokak lambalarına ateş katmalıydım.*

"Ne hissediyorsam onu söylüyorum." Parmaklarının ucundaki sigarasının külüne baktım. "Bugün benim kalbime namluyu dayayan sizler olsaydınız belki affetmediğimi söylerdim ama kendi yaptıklarımdan başkalarını sorumlu tutmayı bırakalı çok oldu."

Hafifçe gülümsediğinde gözlerinin altının mosmor olduğuna dikkat ettim, neredeyse üç dört gündür gözüne bir damla uyku girmemişti ve hepsi benim yüzümdendi. Bir gece, çığlıklarımla onu uyutmadığım için, başka bir gece vurulduğum için, bu gece intihar etmeye kalkıştığım için. Uykusunu, onun ellerinden alan bendim.

Şimdi o yolda yürüyordum, Yankı önümdeydi, sırtı ise bana tamamen dönüktü. Ellerimdeki güzel çiçekleri, güzel duygularımın yağmurlarıyla sulamayı bırakmalıydım; kendime bunun gücünü vermeliydim. *Sokak lambalarının sönmesini sağlamalıydım.*

"İşte bu noktada diğerlerinden ayrılıyorum," diye fısıldadı ve gözleri yavaş yavaş bana döndü. "Ben o silahın seni öldürmeyeceğini ama acı vereceğini biliyordum. Bu yüzden bana kızgın hissetmiyor musun?"

"Tek bir soru soracağım," dedim kendimden emin bir sesle. "O silah Önder'in silahı değil de gerçek bir silah olsaydı yine öylece izler miydin yoksa seni vurmama izin verir miydin?"

"Beni vurmana izin verirdim," dedi net bir sesle. "O kumar masasına seninle oturur, şansımın senden gelmesini beklerdim."

"O silah Önder'in silahı değil de gerçek bir silah olsaydı," dedim. "Yine kendimi vurmama izin verir miydin yoksa o silahı elimden alır mıydın?"

"Kendini vurmana izin vermezdim," dedi bu kez de. "O kumar masasına bu kez oturmaz, canını şansa bırakmazdım."

"Neden?" diye sordum. Hiçbir cevap vermedi, belki yalana başvurmak istemediğinden belki de vereceği cevabın onu rahatsız edeceğinden. Sonra kendi kendime bir yanıt oluşturdum ve sesli bir şekilde dile getirdim. "Gözlerinin önünde başka birinin ölümünü izlemeyeceğin konusunda kendine söz verdiğin için." Beni onaylamadı ama reddetmedi de.

"Bana öfkelen," dedi. "Benden hesap sor."

Hızlı bir şekilde, "Hayır," deyip başımı çevirdim. Bu konu üzerinde düşünmek istemiyordum çünkü düşünürsem ona öfkeli hatta kırgın hissetmeye başlayacağımı biliyordum; bu duygular bile o yolun tamamen karanlığa gömülmesini engellerdi. "Sen Yankı Sarca'sın, bu grubun liderisin," dediğimde güldüm. "Her zaman bir bildiğin vardır. Bugün acı çekmem gerektiğini düşündüysen de bir bildiğin vardır."

Sırtım ona dönükken bana cevap vermesini bekledim ama karşılık bulamadığımda omzumun üzerinden ona baktım. Gözleri zorlukla açık kalıyordu ve uykuya direndiği her halinden belliydi. İçimin sızladığını hissettiğimde "Uyu, Yankı Sarca," diye fısıldadım. "Benim de bazen bir bildiğim vardır ve şu an uyuman gerektiğini biliyorum."

Kolunu zorlukla kaldırıp bileğindeki saate baktı. "Altı saatin dolmasına on iki dakika var," dedi bayılmak üzereymiş gibi. Gözleri fazlasıyla masum ve çocuksu bakıyordu. "On iki dakika sonra uyuyacağım."

"İyiyim." Omuzlarımı dikleştirdim ve ona doğru hafifçe kayarak yanında bağdaş kurdum. "On iki dakika içinde felç kalacağımı düşünmüyorum."

İnatçı bir çocuk gibi omzunu indirip kaldırdı, bakışlarını benden ayırıp tavana bakmaya devam etti. Dudakları saniyeleri sayarken ve saniyeleri dakikalara çevirirken onu izledim. Parmaklarında hâlâ kan vardı, üzerindeki kıyafetinde de yer yer kan izleri olduğunu görebiliyordum. Merak ediyordum ama kan izlerinin nedenini sormadım.

Gözleri kısıldı ama uykunun kollarına düşmedi, saymaya devam etti. "Küçükken uyuyamadığım zamanlar içimden saniyeleri sayardım," dedi geçmişe dönüş yaparak. "Bazen bir saatte uyurdum, bazen bir dakikada, bazen ise hiç uyuyamazdım ama hep kendi nefesim için sayardım, bir başkası için değil." Odanın içindeki saatin sesi sanki onu destekledi. "Tuhaf. Çok tuhaf. Bu güzelmiş."

"Güzel olan nedir?"

Şimdi o yolda yürüyordum, Yankı önümdeydi, arkasına dönüp bir an bile bakmıyordu. En savunmasız olduğu andı. Yol kenarındaki güzel çiçekleri, ayaklarımın altında ezmeliydim; kendime bunun gücünü vermeliydim. *Sokak lambalarının ışıklarını elime bir taş alıp fırlatmalı, tek tek söndürmeliydim.*

Sustu, saymaya devam etti. Gözlerimin önünde dakikaları devirdi, o on iki dakika iki dudağının arasında çürüyüp gitti. Sabırla beklerken "Beş, dört, üç, iki, bir," dedi ve bakışları bana döndü. "Süre bitti. Tehlike kalmadı."

"Güzel olan ne?" diye sordum tekrardan.

Şimdi o yolda yürümeyi bırakmıştım, Yankı'nın sırtı bana dönüktü, kendini savunabilecek durumda değildi. Güzel çiçeklerin üzerine gökyüzünden bir damla zehir düştü, *sokak lambalarından bir tanesi patladı.*

Yankı'nın turkuaz gözleri kısıldı, bana bakarken sanki aklımdan geçen her düşünceyi okudu. Bilerek ve isteyerek tam karşımda savunmasız kaldı. Karanlık ve uyku onu kollarının arasına çekmeden önce "Bir başkasının hayatını düşünerek uykuya dalmak," dedi ardından gözlerini kapattı. "Bu güzelmiş."

11.

ÇOCUKLUK HAYALLERİ

Evleniyordum.

Elimde bembeyaz papatyalarla dolu bir buket tutuyordum ve üzerimde bembeyaz bir elbise vardı; elbisenin alt tarafı kabarıktı, beyaz spor ayakkabılarımla koşuyordum. Yüzümde kocaman bir gülümseme vardı, ellerimle elbisemin eteklerini tutarken güneş en tepedeydi ve yakıcı da olsa tam karşımdaki kişiye koşarken onun sıcaklığını hissedebiliyordum. Saçlarım olduğundan daha uzundu, bukleler alnıma yapışmıştı. Daha kiloluydum ya da daha sağlıklı bilemiyorum fakat kendimi çok iyi hissediyordum.

Kocaman koridorda koşarken karşımdaki yüz, elini öne doğru uzatıp elini tutmamı bekledi. İki tarafa ayrılan çevremdeki onlarca insan bana bakıyordu, onların umurumda bile olmadığını anımsıyordum. Gözlerim Mutlu'yla kesişti, büyük bir hevesle ellerini birbirine çarpıyor bir şeyler söylüyordu fakat onu anlayamıyordum.

Koşmaya devam ettim, üzerimdeki gelinliğin ince ip askısı omzumdan düştü ama aldırış etmedim. Işık ıslık çalmaya başladı, Mutlu daha fazla alkışladı. Misafirler de onlara eşlik etti. Herkesin elinde bir kadeh şarap vardı, keyifle şaraplarını yudumluyorlardı. Bartu'nun önüme doğru çıktığını gördüm, kollarını açmış bana sarılmak istiyordu ama ona öfkeliydim, ona hâlâ büyük bir öfke içerisinde olduğum için onu itekledim.

En sonunda bembeyaz masanın önüne geldiğimde Lâl beni ellerimden tuttu, sıkıca tuttu, canımın yandığını bile bile tuttu ve kendine çekip sıkıca sarıldı. Ona sarılamadım çünkü heyecanlanan kalbim, göğüs kafesimi delecek kadar hızlı atıyordu. Lâl kısık bir sesle, "Mutlu olacaksın," dedi bana. Sesi, ahengi öyle güzeldi ki. Onun sesini, ilk o zaman duymuştum ve bir daha ömrüm boyunca unutamazdım. Huzur vericiydi. "Ömrünün sonuna kadar mutlu olacaksın, söz veriyoruz."

Geriye doğru çekildiğinde elimi masanın gerisindeki elin içine bıraktı ve tebessüm ederek geriye çekildi. O elin parmakları sıkıca elimi kavradı, sonra diğer elimi de tuttu. Turkuaz gözleri, daha önce hiç görmediğim şekilde bana sevgiyle bakıyordu. Evet, o bakışlarda sevgi vardı; hiç karşılaşmadığım kadar sıcak bir sevgiydi. "Sonunda," dedi Yankı. Üzerinde simsiyah bir damatlık vardı, gömleği bile siyahtı. Öylesine nefes kesici görünüyordu ki misafirleri unutmuş, sadece ona odaklanmıştım. "Yanımdasın ve bundan sonra sadece benim için yaşayacaksın."

Sıcacık parmakları vardı ve sıcacık teni. Ona bir şeyler söylemek istedim ama Mutlu'nun sesini duyuyordum, bir şeyler söylemek istediğimde sürekli sözümü kesiyordu. "*Nasıl da gülümsüyor,*" diyordu Mutlu derinden gelen bir sesle. "*Haklı ama. Film karesinden çıkmış gibi görünüyorlar. Umarım yanlışlıkla benim görmediğim arada öpüşmemişlerdir.*"

Yankı, gülümsedi ve onu duymuyormuş gibi beni yanına çekip sandalyeyi geriye doğru çekti. Bu kibarlığı gözlerimi açmama neden olsa da sandalyeye oturdum ve gülümseyerek misafirlere doğru döndüm. Yankı hemen yanımdaki sandalyeye oturduğunda eli, elimi bırakmıyordu; kendimi hiç olmadığım kadar güvende hissettiren bir sıcaklığı vardı.

Sonra onun sesini duydum, zihnimin gerisinde bu gerçeklikle karşılaşacağımı bilsem de yüzümdeki gülümseme soldu ve Önder "*Bu kadarı fazla değil mi?*" dedi. Misafirlerin içinde onun yüzünü aradım fakat göremedim. Ses nereden geliyordu bilemiyordum ama Yankı'nın sıcak eli, bir anda benim elimden uzaklaştı. *"Helin'i kendiniz gibi görmeyin, o iyi birisi değil."*

Başımı hızlıca yanıma çevirdim ve sandalyenin boş olduğunu gördüm; ayağa kalkarak etrafıma baktım ve misafir sandalyelerinin de bomboş olduğuna şahit oldum. Mutlu'yu aradım, Işık'ı, hatta Bartu'yu. Hiçbiri yoktu, sandalyelerden birisi sadece doluydu ve o sandalyede de çocukluğum oturuyordu. Ayaklarını sandalyede sallıyor, eli çenesinde beni izliyordu. "Herkes nereye gitti?" diye sordum ona ağlamaklı bir tınıyla.

"Hepsi bir hayaldi," diye karşılık verdi. "Şimdi ise gerçeğin içindesin. Bizi kimse sevmeyecek." Başımı iki yana salladım ve o an hemen arkasındaki sandalyede bir gölge belirdi, o gölge gitgide çocukluğumun bedenini sardı; onu simsiyahların içinde yok etmeye başladı. Bağırmak istedim, çırpınmak istedim, onu kurtarmak istedim ama yerimden bir an bile hareket edemedim.

Bakışlarım zorlukla üzerime doğru kaydığında gelinliğimin yok olduğunu, çiçeklerimin parçalandığını gördüm. Çırılçıplaktım, üzerimde tek bir parça bile kıyafet kalmamıştı. Kendimi utanmış hissederken başım tekrardan yukarıya kalktı ve misafirler yerlerindeydi. O gölge çocukluğumu içine tamamen hapsetmiş, simsiyah bir buluta dönüştürmüştü.

Yanımda artık kimse yoktu, tam karşımda bütün Sokak Nöbetçileri duruyordu; yüzlerinde nefret vardı. Bir cezaydı, belki de ihanetimin karşılığı bilemiyordum ama artık onların tarafında değildim.

Yankı, "Gerçeklere hoş geldin," dedi. "Seni olduğun kişiyle ve geçmişinle kimse istemeyecek." Ve bir anda yanında birisi belirdi, daha önce gördüğüm ama unuttuğum bir yüz.

Bir gözü mavi, bir gözü kahverengi. Yankı'yla beraber beni izliyorlardı, ikisinin ortasında bekleyen çocukluğum ise artık gülümsüyordu.

Acıyla nefes verdiğimde ve tepemde bir fotoğraf makinesinin flaşının patladığını hissettiğimde gözlerimi aralayarak zamanın varlığına erişmeye çalıştım. Birkaç saniye içerisinde her şeyin bir rüya hatta kâbus olduğunun düşüncesi zihnime uğradığında, başka bir his de bedenimde yayılmaya başladı. Bu da rüyamdaki gibi sıcacık ellerin, ellerimdeki varlığıydı.

Fakat o elleri pürüzsüz değil aksine yeni olmuş yaralarla, diş izleriyle, kesiklerle doluydu. Hepsini dün benim yaptığımı biliyordum ama düşündüğümden daha kötü bir hâldeydi, diş izleri biraz daha zorlarsam etini koparacağım kadar kötü görünüyordu. Kan toplanmıştı, yer yer morlukları ve kızarıklıkları vardı. Tırnak izleri derindi.

Ona çok fazla zarar vermiştim, o ise canının yanmasını bir an bile umursamamıştı.

Yan bir şekilde uzanmıştım ve tam karşımda Yankı da o şekildeydi, derin bir uykunun içinde gibiydi. Yüzü yüzüme öylesine yakındı ki nefes aldıkça kirpiklerine nefesimin çarptığını görebiliyordum. Alnı alnıma, dizleri dizlerime değiyordu ve eli, elimin üzerinde sıkıca tutuyordu. Öyle masum, öyle hiçbir şeyden habersiz görünüyordu ki dudaklarındaki tebessümüne sonradan dikkat edebilmiştim. O uykusunda gülümsüyordu ve bu daha önce hiç görmediğim kadar güzel bir tabloydu. Kirpiklerini sayacak kadar ona yakınken, ben onun gülümsemesiyle sayı saymayı bile unuttuğumu fark ediyordum.

Birisi boğazını temizlediğinde ve yine flaş patladığında elimi onun elinden refleksle kurtarmak istedim, Yankı ise buna izin vermedi. Yüzündeki tebessüm silindiğinde kaşları çatıldı; onun uykusunun ağır olmadığına emindim, şimdi ise uyanmıyordu.

"Bana sakın uyurken öpüştüğünüzü söyleme Helinski," diyen Mutlu'nun sesiyle irkildim. "İkiniz de gülümsüyordunuz ve bu *Seni ne güzel yedim ama*, gülümsemesi gibiydi." Güldüğünü hissettim. "Gerçi Bay Beyin öpüşmekten daha fazlasını yapıyormuş gibi gülümsüyordu da neyse."

Yankı uyuduktan sonra uzun bir süre boyunca oturduğum yerde uykuya direnmiş, ona bakmamak, onu izlememek için kendi kendime masallar anlatacak duruma bile gelmiştim. Çünkü biliyordum ki onu uyurken izlersem, az önce hissettiklerimden daha fazlasını hissetmek zorunda kalırdım ki şu an bile ondan gözlerimi ayıramıyordum.

En sonunda uykuya esir düştüğümde tek hatırladığım ona sırtımı dönüp uyuduğumdu. Rüyamı anımsamak, kâbusuma dönmek istemiyordum fakat aklımda dönen Yankı'nın nefes kesici görüntüsü ve ona koşarken hissettiklerim, kendime defalarca ve defalarca şaşırmama neden oldu. Bütünüyle kâbustu, her ânı kâbustu! Öyle olmalıydı, öyle hissetmeliydim.

"Yankı, uyan." Bu Önder'in sesiydi. Tekrardan irkildiğimde içimde ona karşı olan öfkemin de çoktan filizlendiğinin farkındaydım. Az önce rüyamda duyduğum sesler, gerçek konuşmalarıydı. "Sen ağır bir uykuya dalamazsın, öyle bir hakkın yok."

Hakkı yok muydu? Buna Önder mi karar veriyordu? Bakışlarımı en sonunda Yankı'dan ayırdığımda başımı kaldırıp tepemizde dikilen yüzlere baktım. Mutlu'yla Önder bizi izliyordu, diğerleri ortalarda görünmüyorlardı. Mutlu'nun boynunda Lâl'in fotoğraf makinesi asılıydı. "Hakkı yok mu?" dedim ve sesim beklediğimden daha öfkeli çıktı. "O günlerdir uyumuyor ve çok yorgun."

Önder'in gözleri Yankı'nın yüzünden bana doğru kaydığında bakışlarımdaki öfkeyi fark etmiş olacak ki "O da bundan hoşlanmayacaktır," dedi düz bir sesle. "Nasılsın Helin? Vurulduğunu anlattılar."

"Nasıl mıyım?" Gülümsediğimde Yankı'nın derin nefesleri düzeldi. "Vurulmadım, kendimi vurdum. Neyse ki ölmedim çünkü senin silahındı." Sesimdeki imanın Önder'i rahatsız etmesini bekledim ama herhangi bir duygu değişimi olmadı. "Sen nasılsın?"

"Ne kadar şanslısın." Dalga geçtiğini düşündüm ama yüzü oldukça ciddi üstelik endişeleniyormuş gibiydi. "Eğer o silah normal bir silah olsaydı şu an aramızda olamayacaktın. Bu üzücü olurdu çünkü senin gün geçtikçe bizi şaşırttığını görüyorum." Bakışları Yankı'ya kaydı ve o an lafının bana değil ona olduğunu anladım.

"Sana minnettar mı olmalıyım o hâlde?" dedim iğneleyerek. "Emin ol çektiğim acı, ölümü dilememe neden oldu."

Parmaklarının elime şiddetli bir baskı yaptığını hissettiğimde "Uyanığım Önder," dedi düz bir sesle Yankı. "Ağır bir uykudayken bile söylediklerini duyabiliyorum ve sesin öfkeli geliyor." Gözleri hâlâ kapalıydı ama kaşlarının çatık olması, onun da Önder'e karşı kızgın hissettiğini gösteriyordu. "İzin verirsen uyumaya devam etmek istiyorum, sonra öfkelenirsin."

"İstiyorum mu?" diyen Mutlu âdeta heyecanla bağırmıştı. "Lanet olasıca elinle kızın elini biraz daha tutarsan kangren olacak, baksana kan gitmiyor."

"Mutlu biliyorsun bu hayatta beni iki şey çok öfkelendirir," dedi Yankı. "Birincisi uyurken rahatsız edilmek."

Mutlu gülerek "İkincisi de tuttuğun elin kangren olması mı?" diye sordu.

"Hayır," diye karşılık verdiğinde gülümsedi. "Birinin elimi uyurken zorla tutması ve bir an bile bırakmaması." O an, gözlerim şaşkınlıkla ona döndüğünde gözlerini hafifçe aralayarak bana baktı. Yorgun bakışları, uykulu gözleriyle beni inceledikten sonra baskısı arttı. "Elimi bırak Helin, merak etme bir yere gitmeyeceğim."

Kâbusun görüntüleri zihnimin içinde dönerken ondan elimi kurtarmaya çalışarak "Sen tutuyorsun ya," dedim ve kaşlarım çatıldı. "Ayrıca istediğin yere gidebilirsin."

Yankı, son söylediğimden sonra gülümsediğinde elini elimden uzaklaştırıp sırtüstü yattı; bakışları tavana odaklandı. "Sakinleş, bir daha ki sefere parmağımı da çocuk gibi emersin."

"Bu çok seksi oldu ama," diyen Mutlu'nun sesi aramıza girdi. "Parmak emmek..." Bakışlarım ona öylesine sert döndü ki anlık olarak duraksadı ve sonra "Seksi mi?" diye düzeltti. "Seksi de ne demek? Ne?"

Bir şeyler söylemek istedim ama dudaklarımın aralanıp kapanmasından başka hiçbir şey olmadı. Yattığım yerden doğrulup ayağa kalktığımda başım uzun zamandan beri bu kadar derin uyumadığım için ağrıyordu. Mutlu'nun bakışları üzerimde gezinirken, gözlerimi ondan kaçırıp masanın üzerindeki sürahiden bardağa su doldurup büyük yudumlarla içtim.

Önder, Yankı'nın yanında diz çöktü. "Yankı konuşmamız gerekiyor," dedi ama ona meydan okuyormuş gibi değil de onun meydan okumasına karşılık veriyormuş gibi. "Şu an uykunun sırası değil."

"Konu ne?" Gözleri hâlâ tavandaydı ama yüzündeki gülümseme silinmişti. Önder'e öfkeli olmasının nedeninin, Mutlu'ya silahı verdiği için olduğunu biliyordum.

"Ferda," dediğinde ikimizin de gözleri hızlıca Önder'e döndü; Yankı uzandığı yerden doğrulup oturdu.

"Ne olmuş Ferda'ya?" diyerek öne doğru bir adım attım. "Bir şey mi oldu?"

"Hayır, o iyi," dediğinde bakışları hâlâ Yankı'nın üzerindeydi. Beni ciddiye almıyormuş gibiydi, bu rahatsız etti. "Fakat yakında büyük problemler olacakmış gibi görünüyor." Yankı'nın meraklı bakışları Önder'in yüzünde gezindiğinde Mutlu, koltuğa kendini bırakırken kaşları çatılmıştı. "Güzide, Ferda'nın öz kızı olduğunu söylüyormuş, onu geri almak istiyor."

Elimdeki bardakla öylece kaldığımda "Öz kızı mı?" diye sordu Yankı. Oturduğu yerden hızlıca ayağa kalktığında elini saçlarına geçirip dağılmış olan saçlarını daha fazla dağıttı. "Onun üzerine kayıtlı mı görünüyor?"

Önder, dakikalardır elinde tuttuğu mavi dosyayı Yankı'ya doğru uzatırken "Araştırmamı istemiştin. Gerçek adı Yeşim," dedi Ferda için. "Kimlik bilgileri bu yönde. Güzide'nin eski kocasının soyadını taşıyor. Yani yasal olarak Ferda ona ait."

Bardağı masaya koyarken gözlerim bir an olsun Önder'in üzerinden ayrılmıyordu, söylediklerini kendi kafamın içinde ayrıştırdığımda konunun nerelere gideceğini az çok anlamıştım ve bu düşüncelerle "Ne demeye çalışıyorsun?" diye sordum. "Ferda ona geri mi verilecek?"

Yankı elindeki dosyanın sayfalarını karıştırırken Önder bana bakarak "Şimdilik bize bu şekilde vekil göndererek anlaşma sundu," dedi. "Ferda'yı geri istediğini söylüyor, eğer ona geri vermezsek yasal yollara başvuracakmış." Söylediği onu güldürmüştü, gözleri Mutlu'ya kaydı. "Sizin babanız da sizi almak istemişti ama yasal yollara başvuracak durumda değildi. Maalesef Güzide'nin sicili tertemiz hatta kendisi bir okulda öğretmenlik bile yapıyor. Yetkililer gözü kapalı ona Ferda'yı verecektir."

Sessizlik oluştu. Bu sessizliği bozan tek şey, Yankı'nın elindeki dosyadan çıkan kâğıt sesleriydi. Öne doğru adımlar atarak Yankı'nın hemen yanında durduğumda korkuyla "Bunu yapamayız," diyerek başımı salladım. "Güzide'nin iyi bir kadın olmadığı Ferda'nın korkularında gizli. Ona zarar verdiğine adım gibi eminim."

"Buna hepimiz eminiz," dedi Mutlu dakikalardır olan sessizliğini bozarak. "Fakat yasalar Ferda'nın Güzide'ye verilmesi gerektiğini söylüyor."

Yankı dosyanın kapağı kapattığında hiçbir şey söylemeden öylece duruyordu, bir şeyler düşündüğü açıktı. "Yapabilecek bir şey yokmuş gibi görünüyor maalesef," diyen Önder'e öfkeli bakışlarım döndü. "Eğer yasalara başvurursa bu sefer damgalandığımız konuda kendimizi açığa veririz."

Korkuyla yutkunarak öne doğru bir adım daha attım ardından "Buna asla izin vermem," dedim sert bir sesle. "Siz izin verseniz bile ben izin vermem, Önder. O kızı asla bırakmam."

Ferda'nın gözlerinde gördüğüm korkuyla yine yüzleştiğimde acının onun elini tutan ellerime yerleştiğini hissettim. Ona söz vermiştim, ne olursa olsun onun geleceğini beraber inşa edecektik ve ben bir an olsun onun yanından ayrılmayacaktım.

"Tankut şerefsizini kullansak?" Mutlu'nun teklifi Önder'in hoşuna gitmemişti. "Ya da Ferda'yı alıp başka bir yere kaçırsak?"

"Bunların hepsi imkânsız çünkü birincisi Tankut, Güzide'nin umurunda bile değil. İkincisi, Ferda'yı kaçırsak bile diğer çocukları da mı kaçıracağız? Güzide'nin direkt gidip yasalara başvurmamasının ve bizimle anlaşma yapmaya çalışmasının tek nedeni, Tankut'un ölmesini istemesi."

"Ne?" Gözlerim irileşti. "Onlar düşman mı?"

Önder beni küçümseyici bir şekilde süzdükten sonra "Bu topraklara bu kadar mı yabancısın?" diye sordu. "Bu piyasada herkes birbirinin ayağını kaydırmaya çalışır." Onun küçümseyici bakışlarına karşılık vermek istedim ama haklılık payı vardı. Herkes birbirine en kötüsünü yapmak için savaşıyordu.

"Düşünüyorum." Yankı'nın sesiyle gözlerim ona döndü, elindeki dosyayla bir ileri bir geri yürüdüğünde yine tırnaklarını yemeye başladı. Birkaç saniye sonra adımları duraksadığında direkt olarak Önder'e "Aslında aklıma bir fikir geliyor," diyerek kaşlarını kaldırdı. Bu fikir onu rahatsız etmişti, bu belliydi. "Güzide karşılık bulamadığında polise gidip şikâyette bulunacak. Ferda için kayıp ilanı verilecek, bu kayıp ilanıyla her yerde Ferda aranacak. Birkaç gün sonra onu, bizimle alakasız bir yerde bulduklarında geriye bir şey kalacak: Ferda'nın kendi isteğiyle Güzide'den, Tankut'tan, Rasim'den kaçtığı gerçeği."

Söylediklerini tek tek düşünürken Yankı'nın belli bir noktayı atladığını fark ederek "Ferda kendi kaçmadı, biz onu aldık," diye düzelttim. "Onu böyle bir konuda tembihlememizi mi istiyorsun?"

Ellerini iki yana açtı. "Başka çaresi yok. Eğer onun şiddet gördüğüne, hatta daha kötüsü..." Susup derin bir nefes verdi. "Bunlara inanırlarsa onu Güzide'ye vermezler."

"Eee, onu Güzide'ye vermezler ama yetiştirme yurduna götürürler," dedi Mutlu ayağa kalkarak. "Kızı kaçırdığımız noktaya tekrardan mı bırakacağız? Emin ol, bırakılan yurt yine Güzide'nin sahip olduğu bir yurt olacaktır."

"Mutlu haklı." Önder çenesini kaldırdı. "Güzide düşündüğümüzden daha fazlasıymış. Bütün işleri aslında o yönetiyormuş, Tankut ise buna izin veriyormuş. Rasim aralarında bir kuklaydı, sen bir kuklayı öldürdün Yankı."

"Ben bir kuklayı öldürmedim," diye keskin bir nefes verdi Yankı gözlerini açarak. "Ben sapkın düşünceli bir şerefsizi öldürdüm, bir an bile düşünmedim. Şu an karşıma geçse, bir an bile düşünmem yine nefesini keserim."

Kollarımı önümde bağladığımda Rasim'in ölürken olan bakışlarının bana haz verdiğini yeni fark edebiliyordum; birinin ölümünden haz duymak, ruh hastalığı gibi görünürdü ama onun gibi kötü insanların acı çektiğini görmek bambaşka bir duyguydu.

"Sonra ne olacak?" Soruyu sorarken vücudumu Yankı'ya çevirdim. "Mutlu haklı, onu yurtta bırakamayız."

Yankı'nın kaşları çatıldı. "Sonrası basit. Önder gidip başvuracak ve onu da kendi siciline geçirecek."

Önder geriye doğru bir adım atarak kafasını iki yana salladı. "Üzerime kayıtlı üç çocuk var, Yankı, üç," dedi gözlerini açarak. "Ve onlar da seneler önce kimsesizdi. Bu dikkat çekecek bir şey, biliyorsun. Şu an yuvadaki çocuklarla Ferda'yı da eş tutamazsın çünkü onları arayan kimse yok, hepsi Bartu gibi. Onun da kimsesi yoktu, üzerime almak zor olmamıştı."

Işık, Bartu, Lâl, Mutlu ve Yankı. Neden üç çocuk olduğunu söylemişti? Bu şaşırmama neden oldu. "Bir şekilde evlat edinilmesi gerekiyor," dedi Yankı düşünceli bir sesle. "Bunun da bir çaresine bakabiliriz." Önder'i işaret etti. "Gonca'yla evlisin diye evlat edinmekte sıkıntı yaşamadın ama tek başına evlat edinmek fazlasıyla zor. Her detayını araştırıyorlar."

Önder'in gözlerindeki ifade değişirken imalı bakışları yerine yerleşti. Koyu saçlarının arasına düşen beyaz tutamları karıştırarak iğneleyici bir tınıyla "Belki yeni evlenmiş ama çocukları bir türlü olmayan bir aile Ferda'yı sahiplenir," dedi. "Sen ve Helin gibi. Az önce evlenmek üzere olan çift gibiydiniz."

Dudaklarım şaşkınlıkla aralandığında gözlerim yuvasından çıkacakmış gibi oldu. Mutlu'nun "Anasının bilmem neresinde at çiftliği mi?" diye inledi. "İşte bunu hiç beklemiyordum Öndercik, bu beni heyecandan delirtir."

Elimle yanımdaki koltuktan destek aldığımda az önce gördüğüm rüya zihnimin içinde büyük bir şiddetle dönmeye başlamıştı; bu şiddet başıma daha fazla ağrı olarak döndü ve boğazıma yumruyu oturttu. Hafifçe öksürdüğümde gözlerim Yankı'ya kaydı. Beklediğimden daha şaşkın bir yüzle Önder'e bakıyordu, ifadesi çok zor değişen Yankı bile şaşkınlıktan dilini yutmuş gibiydi.

Mutlu oturduğu yerden ayağa kalkıp ikimizin karşısına geçti. "Hey," diyerek güldü. "Hep filmlerde gördüğüm senaryo şu an karşımda oynuyor ve sizin yüzleriniz kıçımdan daha beyaz oldu. Sakin olun, Önder sadece şaka yapıyor."

"Evlenmek mi?" döküldü Yankı'nın dudaklarından ve kaşları hafifçe çatıldı. Öyle bir bakıyordu ki sanki benim gördüğüm rüyayı biliyordu ya da o da aynı rüyayı görmüş gibiydi. "Helin ve ben. Karı ve koca. Evlilik. Eş."

"Adama inme indi." Mutlu Yankı'yı omuzlarından sarstı. "Şu an bakir erkek gibisin Yankıtu, birazdan gerdeğe gireceksin de heyecandan çükün kalkmıyor gibi."

"Evlenmek," diye tekrar etti Yankı derin bir nefes vererek.

"Gerdek mi?" diye sordum hemen onun arkasından. "Çük mü?" Elimi alnıma götürdüm ve hızlı hareketle masaya doğru gidip sürahiden bardağa tekrardan su doldurdum.

"Haklısın sen de tabii," diyen Mutlu'nun sesi keyifliydi. "Yankı'nınkine çük demek saygısızlık olur."

Mutlu'ya hızlıca başımı çevirip baktığımda sürahiden bardağa su dolmaya devam ediyordu fakat bunun farkına su taştıktan sonra vardım. Yankı, masanın yanına gelip taşmış olan bardaktaki suyu kafasına dikti, hızlı hızlı içti sonra geri masaya bırakırken Önder, "Şakaydı," dedi ama sesi ciddiydi. "Fakat Mutlu'dan başka kimse gülmedi."

"Sadece gülmeseler iyi," diyen Mutlu bile tepkilerimize şaşırmıştı. "İkisi de Türkçe sözlük gibi kelimeleri tekrar ediyorlar: Eş, karı koca, düğün, zurna, davul."

İkimiz ne yapmamız gerektiğini bilmiyormuş gibi etrafımıza bakarken, birbirimizle göz temasına girmemek için çaba sarf ediyorduk. En sonunda Yankı "Espriler ve Önder," dedi ağzının içinde geveleyerek. "Komikmiş." Duraksadı, kaşları çatıldı. "Çok komikmiş. Epey komik, gülüyorum." Oldukça ciddiydi.

"Evet," diye karşılık verdim. "Çok komik." Masanın yanından ayrılmak için ikimiz de aynı anda hareket ettiğimizde birbirimize çarptık, sonra yüzümüze bakmadan farklı köşelere ayrıldık. "Ben de çok güldüm," dedim düz bir sesle. Elim ayağıma dolaşmıştı, rüyalar başkalarının zihnine de aynı şekilde uğrayabilir miydi?

"Her neyse," diyen Önder Mutlu'ya bakıyordu. "Ferda'ya bugün için söz verilmiş, yurttaki bütün çocuklar sizi bekliyor. Lâl, Işık ve Bartu şu an orada. Siz de hemen hazırlanın da çıkalım."

"Harika!" diye bağırdığımda başımı önüme eğip hızlı bir şekilde kapının dışına doğru yürüdüm. "Hemen hazırlanıp geliyorum." Büyük adımlarla merdivenleri tırmanıp kendimi banyoya attığımda kapıyı bile kapatmadan çeşmeyi açarak ellerimi buz gibi suyun altına tuttum. Bir süre öyle durduktan sonra soğuk suyu yüzüme çarptım ve aynaya baktım.

Saçlarım dağılmıştı, gözlerim çok fazla uyuduğum için şişmişti ayrıca yanaklarım tam da umduğum gibi alevler altındaydı. Boynuma doğru ilerleyen kızarıklığın nedeni utanç olmalıydı.

Kendime bakmayı keserek hızlı bir şekilde dişlerimi fırçalayıp birkaç kere daha yüzüme su çarptım. Tam banyodan çıkacağım sırada bir bedene çarparak geriye doğru sendeledim fakat bir el, beni sıkıca tuttuğunda Yankı'nın gözleriyle karşılaştım. "Görmedim," diye fısıldadım. "Kusura bakma."

Yankı, benim aksime durumu toparlamış gibiydi. Onun da yanaklarının kızarmasını isterdim ama kumral teninin, bir kere bile renk değiştirdiğini görmemiştim. "Kıyafetlerin o odada değil," deyip açıklamada bulundu elini uzaklaştırarak. "Şimdilik benim odamda. Sağdan üçüncü kapı." Sonra bakışları üzerimdeki kazağa kaydı, yavaşça güldü. "Fakat benim kıyafetlerimi giymek konusunda ısrarcıysan giysi dolabımdan istediğini alabilirsin."

Kırmızı ışıklı odaya tekrardan girmeyeceğimin verdiği rahatlamayla derin bir nefes verdiğimde "Teşekkür ederim ama bunlar elbise gibi duruyor," dedim kapının önünden çekilerek. "Teklifin için teşekkürler, aynı teklif senin için de geçerli." Ne saçmalıyordum? Şaka yapmaya çalıştığımı göstermek için güldüm ama başarısız oldum, Yankı ise alayla bana baktı.

"Saçmalıyorsun Helin," dedi keyifle. "Utandığında ve kızardığında daha fazla saçmalıyorsun, masumlaşıyorsun. Bunu yapmaya devam edersen üç saniye içerisinde daha fazla utanacağın durumlar olacak."

Orada kalıp ona diklenmek, meydan okumak istedim ama adımlarım geri geri giderken "Şu an buna hiç gerek yok," diye fısıldadım. Sonra bir şey demesini beklemeden sağdan üçüncü kapıyı açıp kendimi odanın içine attım. Sırtımı kapıya yaslarken, gözlerim yatağının üzerindeki kıyafetlerimin olduğu valize doğru kaydığında beni bu hale getirenin ne olduğunu düşünmeye çalışıyordum.

Korku? Hayatımı başka biriyle paylaşacağımın korkusu olabilir miydi? Küçüklüğümden beri korkarak büyümüştüm ve şu an kalbime dokunduğumda korkunun hissettirdiklerini değil de heyecanın verdiği hazzı hissedebiliyordum.

Odada iki tane tek kişilik yatak vardı, Yankı'nın yatağı pencerenin hemen önündeydi, ayak ucunda da siyah giysi dolabı vardı. Bartu'nun yattığı yerin hemen yanında posterler asılıydı ama Yankı'nın tarafındaki duvar tertemizdi, tek bir yer hariç. Bir kısımda atılmış olan çentikler vardı, bu çentikler oldukça eski görünüyordu ama silinmemişti de.

Kapının önünden ayrılıp valizin fermuarını açarak içinden rastgele beyaz bir kazak ve siyah pantolon çıkardım. Üzerimdeki Yankı'nın kazağını çıkarırken göğüs kafesimde hissettiğim şiddetli yanmayla gözlerim o tarafa doğru döndü. Kendimi vurduğum yerde dün Işık'ın sardığı bandaj vardı fakat çevresi kızarmış, yer yer morluklarla dolmuştu. Omuzlarımı önüme doğru indirdiğimde ağrı artıyor, bandaj daha fazla geriliyordu. Kalbimin teklediğini hissettiğimde beyaz kazağı giyerek altıma da siyah pantolonumu geçirdim.

Saçlarımı sıkı bir şekilde tepemde at kuyruğu yaparken kapıya iki kere vuruldu. Çantamın içindeki telefona bakıp Caner'in defalarca aradığını gördüğümde gözlerimi devirdim ve telefonu cebime koydum. "Girebilirsin," dedim Yankı'nın olduğunu düşünerek fakat kapı açıldığında ve içeriye Önder girdiğinde beklemediğim için kaşlarım çatıldı. "Yankı'nın olduğunu düşünmüştüm."

Kafasını olumsuz anlamda sallayıp odadaki siyah, eski koltuğa yerleşti ve eliyle yanını işaret ederek oturmamı emretti. Ona karşı gelip ayakta dikilmeye devam ettim. Uzun bir süre gözlerimizin içine baktık, o benden ben de ondan bir şeyler söylememizi bekledik ama ikimiz de sessizliğimizi koruduk. Tek kaşımı havaya kaldırdığımda en sonunda dayanamayarak "Bana kızgın olduğun çok belli," dedi Önder. "Yankı sana silahı anlatmış olmalı."

Ağzımı aradığı düşüncesiyle, "Evet," dedim kısaca ve devam etmesini bekledim.

"Merak ettiğim bir şey var," diyerek eğildiğinde ellerini önünde birleştirdi, dirseklerini dizlerine yasladı. "Düşündüğümden daha uzun süre katlanmışsın, bir saat kırk sekiz dakika. Bunu nasıl yapabildin?" Neyi sorguladığını anlayamadığım için ona bakmayı sürdürdüm. "Yani söylemek istediğim, tüplerin içindeki ilaçların etkisini kaybedip kaybetmediğini merak ediyorum, uzun zamandır silahımı kullanmamıştım."

Ona afallamış bir şekilde bakarak "Sen ciddi misin?" diye sordum. Beni resmen bir test objesiymiş gibi sınava sokuyor olması, hiddetle nefes vermeme neden olmuştu. "Ve ilaç mı? O lanet olasıca silahın içindeki tüpler zehirden başka hiçbir şey değil. İlaçlar ne zamandan beri işkence veriyor?"

Hiç beklemiyordum ama Önder gülümsedi. "O silahı çektiğinde ben yoktum Helin, o silahı göğsüne de ben dayamadım. Bana karşı bu kadar öfkeli hissetmenin nedeni nedir? İşkence çekmek mi? Zaten ölmek istemiyor muydun?"

Ağzımı aramaya devam ediyordu, ona istediğini vermemek için "Öfkeli olmamın nedeni, bir insanın neden böyle bir silaha ihtiyaç duyacağı," diyerek işaret parmağımı ona kaldırdım. "İşkence aleti olduğu o kadar belli ki. Bir gün küçük bir çocuğun eline geçmesinden korkmuyor musun?"

Gülümsemesi daha fazla genişledi, kaşları havaya kalktı. "Çocuklarıma küçük yaşlardan itibaren silah kullanmayı öğretirim, hayatı bu kadar pembe görmemelisin."

Kafamı iki yana sallayarak başımı Yankı'nın odasındaki pencereye doğru çevirdim. "O tüpün içinde ne var? Bu kadar işkence çektiren nedir?"

Derin bir nefes verdiğini işittim sonra ayağa kalktı ve yanıma gelerek kollarını bağladı. "İçinde birçok ilacı barındırıyor." İlaç demesiyle başım yine ona döndü. "Tabun Gazı var, daha önce hiç duydun mu bilmiyorum ama..."

"Duydum," dediğimde dudaklarım aralanmıştı. "O gaz insanı anında öldürebilen bir gaz."

"Ve öldürmediği de olabilir," dedi beni göstererek. "Düşündüğümden daha güçlü olman dikkatimi çekti." Meydan okuyan gözlerle bana bakarken, geriye doğru adım atma isteğime çıkarak ona dik dik bakmaya devam ettim. "Fakat unutma, kalbine bu zehir bulaştıysa izini bırakacaktır. Birkaç defa daha bu tekrar ederse seni mahvedebilir."

Tehdit miydi bu yoksa havaya diktiği çenesiyle meydan mı okuyordu? "Bana karşı ilk tanıştığımız zamanlar böyle değildin," dedim sorgulayarak. "Bir anda bana karşı değiştiğini görüyorum. Nedeni nedir?"

Gözlerini gözlerimden ayırdı, başını pencereye doğru çevirip "Kendini çok akıllı sanıyorsun," dedi gülümseyerek. "Seni almamın nedeni..." Sustu, devamını getirmek istemedi fakat bakışları bana döndüğünde kaşları çatılmıştı. "Seni uyardığım konuları hatırlıyor musun?" Yüzümü inceledi. "Uyarılarım, emirlerim karşılığını bulamadığında bu benim sana karşı değişmeme neden olur."

"Sanırım bu silahını bana karşı kullanmak isteyeceğin anlamına geliyor." Bu sefer kendimi koruma içgüdüsüyle geriye doğru adım atmak zorunda kalmıştım. "Beni tehdit ediyorsun," diye fısıldadım. "Uyarılarını dinlememi, emirlerine karşı gelmememi istiyorsun. Sen benim sana itaat etmemi istiyorsun."

Başını olumlu anlamda aşağı yukarı salladı. "İşte şimdi daha akıllı bir kız olduğunu görebiliyorum."

O an, en başından beri gördüğüm gözlerle bana baktığını ama onu yeni yeni tanımaya başladığımı görebiliyordum. Tehlikeli bakışlarının arkasında iyi bir insan yatıyor olabilirdi ama o iyi insan, içinde kendisine meydan okuyan yüceliğin altında eziliyordu.

Önder Sarca, kendi dünyasının sahibi olduğuna kendisini inandırmış, insanları da kuklaları yapmaya çalışan bir adamdan başka hiçbir şey değildi.

Kapı açıldığında içeriye Yankı'nın girdiğini gördüm. Bakışları benim yerime direkt olarak Önder'e kaydığında kaşları çatıldı. Kan içindeki kıyafetleri hâlâ üstündeydi. Sorgulayan bakışlarla bir yanıt beklerken Önder, "Helin'le baş başa konuşmak istedim," dedi tebessüm ederek. "Ve şimdi de gidiyorum. Aşağıda bekliyoruz."

Yankı bir yanıt vermedi ve Önder onun yanından geçip gittiğinde ben hâlâ aynı şekilde durmaya devam ediyordum. Bakışlarım boşlukta gezinirken Yankı giysi dolabına doğru ilerledi, bir an bile düşünmeden üzerindeki kazağı çıkararak yatağın üzerine attı; kazak yatağın üzerinden yere düştü. "Sana neler söyledi?" diye sordu.

Kafamın içinde ona her şeyi anlatıp anlatmayacağım konusunda düşünürken "Benim ağzımı aradı sanırım," dedim ve gözlerim kendimi tutamayarak onun vücuduna doğru kaydı. Bakışlarım boynundan aşağıya doğru kayarken karnındaki kaslarında takılı kaldığımda yutkundum. "Yani benim ağzımı aradı, dedi ki…" Eli pantolonun düğmesine doğru gidiyordu, "dedi ki sen silahı…" Pantolonunun düğmesini açtı. "Silah konusunda öfkeliymişim ve o silahı…" Fermuarı indirdiğinde gözlerim irice açıldı. "Lanet olsun silah konusunda ona öfkeli olmak ya da olmamak. Ne yapıyorsun?" Arkamı döndüğümde gözlerim pencerede gezindi.

Güldüğünü hissettim ve pantolonu yere düştü. Camdaki yansımadan onu görebiliyordum, gözlerimi ayırmak için çabalasam da bunu yapmadım. Üzerinde sadece siyah baksır vardı, başka hiçbir şey yoktu. Uzun bacakları, fit vücudu ve kaslı karnı... Sağ tarafında kaburgasının üzerinde bir dövmesi vardı, o dövmenin ne olduğunu anlayamamıştım ama daha fazla incelemeye devam edersem utançtan dolayı toz bulutuna dönüşeceğimi düşünüyordum. Gözlerimi direkt camdaki yansımasından da ayırdım. Lafı değiştirmek ister gibi "Kıyafetindeki kanlar bana mı aitti?" diye sordum.

Bana doğru yürümeye başladı, attığı büyük adımlar, benim geriye doğru kapıya ilerlememe neden oldu. "Hepsi değil," diyerek net bir cevap verdiğinde utanmış olduğumun da farkındaydı. "Kendi kanım da vardı." Cebimdeki telefon titremeye başladı, Yankı aldırış etmedi ve ben de telefonu çıkarıp arayan isme baktıktan sonra meşgule attım.

Kendimi tutamayarak bir anda ona dönüp baktım, kaşlarım havaya kalktı. "Kendi kanın mı, nasıl yani?"

Vücuduna bakmamak için çaba gösterdiğimin farkındaydı ve buna inat, duruşunu dikleştirip bana biraz daha yaklaştı. Ellerini öne doğru çıkardığında onda bıraktığım izleri tekrardan gördüm, parçalanmış ellerine odaklandığımda "Ellerimi parçaladın ellerimi," dedi alayla. "Bana her baktığımda seni hatırlayacağım izler bıraktın."

Ellerimi kaldırdım, yaralanmış yerlerini tutmak istedim ama bunu yapmak yerine ellerim havada bir şekilde "Üzgünüm," diye fısıldadım. "Fakat sen de tam kalbimin üzerinde bir iz bırakmama neden oldun."

Gülümsedi. Bir elini arkamdaki kapıya yasladı, benim daha fazla geriye kaçmama neden oldu. Diğer eli de kapıya yaslandığında kafeslendiğimi hissetmiştim. Onun üzerinde hiçbir şey yokken, benim utançtan dolayı yanaklarım kızarmışken ve tam gözlerimin içine bakarken nefes bile alamayacak durumdaydım. "Kalbinin üzerinde iz bıraktım demek," dedi sessizce. Turkuaz harelerinde parçalanan bir duyguyu hissettim. "Bu iz hiç geçmesin o hâlde."

Nefesi yüzüme çarptı, uzun kirpikleri profiline düşen karanlıktan dolayı gölgesini benimle paylaştı. Gözleri dudaklarıma doğru kaydığında yüzünün yüzüme daha fazla yaklaşmaya başladığını fark ettim. "Yankı lütfen şunu yapma," dedim kaşlarımı çatarak. Zorlukla nefes aldığımı anlamıştı. "Benimle oynamak hoşuna mı gidiyor?"

"Evet." Net verdiği cevapla beraber gözleri dudaklarıma bakmaya devam etti. "Utanıyorsun ve utandığın zamanlar bakışların değişiyor, yanakların kızarıyor. Dudaklarını aralıyorsun, nefes almayı bile unutuyorsun." Bakışları kısıldı. "Sen de bunları yapma."

"Bir gün ben de seni utandıracağım ama," dedim sinirle. "O zaman ne hâlde olacaksın acaba?"

"Ben ve utanmak?" diye sorduğunda gülmeye başladı. Bir elini aşağıya doğru indirdi, parmakları silik bir şekilde kızarmış olan yanağıma dokundu. Öyle sıcaktı ki bunu hissederek kaşlarını kaldırdı. "Bunu hemen yapmalısın, emin ol çok utanacağım."

Elini çekti. Kendimi kafesin içinde hissediyordum ama o kafesin kapısı aslında açıktı, Yankı sadece kafesin içindeydi ve bana o kafesten çıkabileceğimi de gösteriyordu. Yerimden bir an bile hareket ettirmeyen her neyse o duyguya lanet ettim. "Seni bir gün utandıracağım," diye yineledim. "Ve bu senin taktiklerinle olmayacak."

Arkamdaki kapının açıldığını duyduğumda neredeyse kapı sırtıma çarpıyordu, geriye doğru çekildim. Yankı açtığı kapıdan sonra eliyle dışarıyı gösterdi, vücudu benden uzaklaşmıştı. "Bu hayatta beni iki şey çok utandırır," dedi göz kırparak. "Birincisi aptal insan." Derin bir iç çekti, göğüs kaslarının hareket ettiğini gördüm. Daha aşağılara bakmamak için çaba sarf ettim.

Gözlerimi zorlukla devirdiğimde odadan çıkmıştım. "Pekâlâ Bay İkilem," dedim keyifsiz bir tınıyla. "İkincisi nedir?"

"İkincisi de karşımda siyah iç çamaşırlarıyla ve kızarmış yanaklarıyla duran bir kadın." Göz kırptı, şaşkınlıkla ona baktım. "Siyah iç çamaşırlarına zaafım vardır, Helin. Bunu bana yaparsan çok utanırım."

Sonra kapıyı bir anda o ifadesiyle yüzüme kapattı, beni kapının dışında bıraktı. Dalga geçmesi bir yana, kafasının içinde beni o şekilde düşünürken yüzünün aldığı hâl, daha fazla utanmama, karnımın içindeki sıcaklığın daha fazla yakmasına neden oldu. Yankı Sarca'nın üzerimde bıraktığı bu etkiden ve onun durmadan beni alt etmesinden nefret ediyordum.

Önder, ben, Mutlu ve Yankı kapıdan çıkarken Mutlu yüzüme dikkatli bir şekilde bakıyordu ama ben ona bakmamaya dikkat ederek bisikletlerin olduğu tarafa doğru yürüyordum. Önder'in "Helin, benimle gel istersen," dediğini duydum. Ona bakmadan Yankı'nın bisikletinin önünde durduğumda hemen arkamdan Yankı geliyordu. Üzerinde siyah bir kazak, altında koyu renk kot pantolonu vardı. Önder, cevabını almış gibi birkaç saniye sonra arabasına doğru ilerlemeye başladı. Onunla bir daha yalnız kalmak istemiyordum aslında onunla konuşmak da istemiyordum.

"Bin bakalım önüme," dedi Yankı keyifli bir tınıyla. "Fazla alıştın şoförün olmama ve önüme binmeye."

Bisikletinin koltuğuna oturduğunda ben de demirine oturdum ve ayaklarımı havaya kaldırarak "Liderlikten şoförlüğe," dedim alayla. "Seni parmağımda oynatıyorum Yankı Sarca. Bir Leydi olduğumdan eminiz artık."

Elleri bisikletin direksiyonlarını tuttu. Önder arabasını hareket ettirdi, birkaç adım uzağımızda duran Mutlu hızlıca geçip gitti ve Yankı ayaklarını pedallara koydu. "Sıra seni parmağımda oynatma ve yalvartma zamanı o zaman," dedi. "Sıkı tutun, *Leydim*," dalga geçiyordu, "birazdan uçacaksın."

Sonra hiç ummadığım şekilde bisikleti öyle hızlı sürmeye başladı ki Mutlu'nun yanından rüzgâr gibi geçtiğimizde Mutlu'nun bağırdığını işittim; başımı çevirip büyük bir şaşkınlıkla ona baktığımda "Libidosu tavan yapmış erkek modeli," diye haykırdı Mutlu. "Yemezler Yankı Sarca, senin havanı söndüreceğim."

Yüzüme rüzgâr çarpıyor, at kuyruğu yaptığım saçlarım bile dağılıyordu. "Yankı," diye bağırdığımda gözlerime çarpan rüzgârdan dolayı yaşarmaya başladıklarını hissediyordum. Sırtımı onun göğüs kafesine yaslarken, ellerim sıkıca onun direksiyonu tutan ellerini kavradı, nefesimi tuttum. "Düşeceğiz, yemin ederim düşeceğiz ve paramparça olacağız! Küfür etmek istemiyorum ama yavaşla!"

"Etsene," dedi ve beni zorlamaya devam etti. "Leydiler küfür etmez ama unutma."

"Hayır!" Bisiklet bir o yana bir bu yana titremeye başladığında bunu bilerek yaptığını biliyordum ama kendimi tutamayarak "Siktir" diye haykırdım. "Yavaşla diyorum sana! Leydisine başlatma!"

Önder'in sürdüğü araba yavaşlamaya başladığında onu da geçtik ve Mutlu'nun birkaç mesafe uzağımızda bize yetişmeye başladığını gördüm. Havada tuttuğum ayaklarım sarsılıyordu, dengemi sağlayan tek şey Yankı'nın vücuduydu. Gözlerimi açamayacak duruma geldiğimde başımı iki yana sallamaya başladım ve o kulağıma doğru "Gözlerini kapat," dedi. "Kendini uçuyormuş gibi hissedeceksin."

"Kendimi ölüyormuş gibi hissediyorum!" diye bağırdım. "Ne uçmasından bahsediyorsun?"

Mutlu hemen yanımıza geldiğinde Yankı'ya yetişmek için bütün gücünü verdiğini görebiliyordum. "Sen Yankı Sarca," dedi kelimelerin üzerine bastırarak. "Zekâsıyla herkese ayaklarını öptüren adam. Yaptığın şovlara bak." Kafasını iki yana salladı, yarışta biz öndeydik. "Hadi bir de bayıl istersen Yankı!" Başka bir zaman olsa ona gülerdim ama bunu yapamadım.

Yankı Mutlu'ya "Seni de az önüme bindirmedim," dedi. "Sana da mı şov yaptım kıvırcık?"

"Ah beybeğim," diye inledi. "Keşke beni gerçekten önüne bindirsen ve muhteşem zekâlı çocuklarımız olsa..."

"Yankı tamam, lütfen," dediğimde kalbimin sesi kulaklarımdaydı. Gözlerimi açamayacak gibi olduğumda kapatmıştım. "Ben Leydi filan değilim. Yavaşla, düşersek parçalanırız."

"Korktun mu?" diye sordu Yankı. "Kalbine bir silah dayamaya benzemiyormuş değil mi Helin?"

"Hey bu bir intikam mı?" diye sorduğumda parmaklarımı onun ellerine bastırıyordum. "Ben de senden intikam alacağım, göreceksin!"

Yankı bedenini bedenimden uzaklaştırdığında geriye doğru düşüyormuş gibi oldum fakat hemen sonra tekrar desteğini sağladı, tırnaklarımı elinin tersine batırdım. "Beni taklit etmekten vazgeç, Sahte Leydi," dediğinde sesi çok yakından geliyordu. "Eğer yavaşlamamı istiyorsan soracağım bir soruya yanıt vermeni istiyorum."

Dişlerimi sıkarak "Buna gerek var mıydı gerçekten?" diye inledim. "Sor!"

Arabayla yapılan hızları seviyordum fakat bu bambaşka bir deneyimdi, hiçbir şekilde korumam yoktu, Yankı'nın dengesini bir an bile kaçırması çok kötü sonuçlar doğururdu. İçten içe ona bu konuda güvendiğimi hissedebiliyordum ama yine de adrenalinden dolayı hissettiğim tedirginliğimi aşamıyordum.

"Bana bir tane çocukluk hayalini söyle," dedi derin bir nefes vererek. Gözlerim kapalı olduğu için ne tarafa gittiğimizi bilmiyordum ama dönüş aldığında bedenim de yana doğru kaymıştı ve dudaklarımdan çığlık kaçmıştı.

Bunun cevabını almak için beni korkutmasına gerek yoktu ama ona bunu söylemeyecektim. Çok kısa bir an düşündüm, zihnime canımı yakan bir anı düştüğünde, "Hiç çocukluk arkadaşım olmadı," dedim tek nefeste. "Hiç oyun arkadaşlarım da olmadı. Bunlar hep çocukluk hayallerimdi. Beni seven arkadaşlar yani." Kendime süre tanıdım, anı daha fazla canımı yaktı. "Ama bir keresinde oturduğumuz evin aşağısındaki sokağa inmiştim, çocuklar oyun oynuyorlardı." Başımı önüme doğru eğdiğimde, anılar ürpermeme neden olmuştu. "Dayımı oturduğumuz yerde kimse sevmezdi. Hiçbir çocuğun ailesi de çocuğunun benimle konuşmasını istemezdi. Benden vebalıymışım gibi kaçarlardı."

"Hiç mi arkadaşın olmadı?" diye sordu. Sesinde şaşkınlık yoktu ama hüznü hisseder gibi oldum.

"Olmadı." Net verdiğim yanıtla beraber anıya devam ettim. "Sokağa iner, kaldırıma oturur, çocukları izlerdim. Bütün gün onları izledikten sonra eve geri çıkardım. Fakat bir keresinde beni oyuncularından biri eksik diye dâhil etmek istediler," kaşlarım çatıldı, "hiç unutamıyorum. Çocuğun adı Ahmet'ti. Senin gibi liderleriydi. Bizimle oyna dediğinde çok mutlu olmuştum." Yankı'nın hızı yavaşlattığını hissettim ama bu konuya dikkat çekmeyerek devam ettim. "Saklambaç oynayacaklarını ve ebenin eksik olduğunu söylediler. Ben de ebe oldum. Tam anlamıyla saymayı bile bilmiyordum ve Ahmet bana canın istediği zaman dönüp bizi aramaya başla, dedi. Adil olsun diye onlara sırtımı döndüm ve içimden tam on kere ona kadar saydım. Yani yüze kadar saydım ve arkamı döndüğümde hiçbiri yoktu."

Uzun bir sessizlik oldu, anının devamını anlatıp anlatmamak konusunda kararsız kalsam da Yankı'nın hızı yine arttırdığını hissettim bu yüzden devam ettim. "Sokak çok büyük değildi ama her noktaya baktım. Arabaların altına, köşelere, binaların içine hatta zemin kattaki balkonlara bile. Dakikalar saatlere dönüştü, ben onları aramaya devam ettim." Omzumu indirip kaldırdığımda boynumda geçmişimden kalan acının verdiği his yüzümü buruşturmama neden oldu. "Hava karardı, onları aramaktan yorulduğum için *kaldırıma oturup 'Sizi bulamıyorum, kaybettim, çıkın ortaya'* diye bağırdım. Yine çıkmadılar. Onların oyunlarını bölmemek için orayı da terk etmedim. Sonra dayım geldi, saat çok geç olmuştu. Ondan habersiz sokağa indiğim, üstelik geç kaldığım için beni o sokakta dakikalarca dövdü."

Elimin bir tanesi sırtıma doğru gittiğinde bir şeyler demesini bekledim ama o hiçbir şey söylemeden bisikleti sürmeye devam etti. Gözlerimi hâlâ açamıyordum ama nedeni korkudan dolayı değil, hissettiklerimden ötürüydü. "Sonra?" diye sorduğunda bir umut o çocukların çıkarak beni kurtarmalarını beklediğini biliyordum.

"Sonrası kaburgamda çatlak olması," diyerek gülümsedim. "Yüzümde de morluklar. Ertesi gün sokağa indiğimde hepsi bana gülmüştü. O günden sonra saklambaç oyunu beni korkuttu, hayallerim olmaktan çıktı ve bir daha sokağa inip onları da izlemedim. Haklılardı Yankı, ben onlar kadar masum değildim. Ben çocukluk hayalleri olamayacak kadar suçluydum."

Bisiklet durduğunda elinin çeneme yerleştiğini hissettim, başımı çevirdi ve "Gözlerini aç," diye mırıldandı. Ona karşı gelmeyerek gözlerimi açtığımda turkuaz rengi gözlerinin kısık bir şekilde bana baktığını gördüm. "Seni bıraktılar diye çocukluk hayallerinden korkmana ve onlara küsmene izin vermiyorum." Keskin bir nefes verdi sonra hafifçe gülümsedi. "Kim olarak mı? *Liderin olarak.*"

Omzumu indirip kaldırdığımda "Büyüdüm," diye fısıldadım. "Artık hayal olarak kaldılar."

"Hayır," dedi net bir sesle, parmakları çenemde gezindi. "Gözlerinin içindeki ve kalbindeki çocuk ölmediği sürece hayallerini yaşamaya devam edebilirsin. Kız çocuğunun ölmediğini görüyorum, hayallerini yaşatacağız."

Henüz cevap vermeme fırsat bile kalmadığında çocuk sesleri işitmeye başladım, sonra koşturmalar. Başımı çevirip etrafıma baktığımda çoktan yuvanın önüne geldiğimizi fark ettim. Mutlu hemen yanımızda durduğunda çocuklar onlara doğru koşuyordu. Şaşkınlıkla onlara bakarken hepsi Yankı'nın ve Mutlu'nun adını haykırıyordu.

Bisikletten indiğimizde çocuklar Yankı'nın bacaklarına sarıldı ve ona bir şeyler söylemeye başladılar. Mutlu ise çocuklar ona doğru koşarken kaçmaya başladı ve gülerek onu yakalamalarını söyledi. Bakışlarım ileride duran Lâl ile Bartu'ya kaydığında ikisinin de yorgun gözlerle bize baktıklarını fark ettim, saatlerdir çocuklarla oynuyor olmalılardı. Işık ise Mutlu'nun peşine takılmıştı.

O kadar kalabalığın içinde iki çocuk dikkatimi çekti; birisi Nadir'di, yüzü acı çekiyormuş gibiydi ama gülümsüyordu ve mutlu olduğunu anlayabiliyordum. Diğeri ise o kadar çocuk arasında bana mutlulukla koşan Ferda'ydı. Bir anda bana sarıldığında "Geldin!" diye bağırdı. "Gelmeyeceksin diye çok korktum!"

Bana gösterdiği sevgisi, kalbime güzel çiçekler ekmeme neden olmuştu. Yere çöktüm ve ben de onu kendime çekip sarıldığımda kalbime ektiğim çiçeklerin kokusunun, saçlarından geldiğini anladım. "Unutur muyum hiç?" diye fısıldadım kulağına doğru. "İddiaya girdik, kaybettiğini görmeye geldim."

O sırada Ferda'nın bana sarılırken uzaktan uzaktan Yankı'ya baktığını gördüm. Geriye doğru çekilirken utangaç bir sesle "İddiayı kazandım," dedi. "Buradaki bütün çocuklarla arkadaş oldum." Gözlerim irice açıldığında ayağıyla yere daireler çizmeye başladı, Yankı'ya bakmaya devam etti. "Sen onu ikna edebildin mi?"

"Yankı'yı mı?" diye sorduğumda başını aşağı yukarı salladı.

"Yankı'yı," dedi. Abi dememesi gülümsememe neden oldu ve o an çocukluğun verdiği hayranlığı, Yankı'ya duyduğunu hissettim.

Gülümseyerek "Sence?" dedim ve yanağından makas aldım. "Burada olduğuna göre ne istersek onu yapacak."

"Ferda, hiç yorulmadın mı?" Bartu'nun sesiyle başımı kaldırıp ona baktığımda omuzlarında bir erkek çocuğunu taşıdığını gördüm, dört ya da beş yaşlarında bir çocuktu. Parmaklarıyla Bartu'nun saçlarını çekiyor, kahkaha atıyordu. "Köşe kapmaca oynadık, sek sek oynadık, yakar top oynadık hatta uzuneşek bile oynadık."

"Sahiden mi?" diye sordum Ferda'ya. "Bunların hepsini bizsiz mi yaptınız?"

Ferda'nın kaşları çatıldı. "Bartu abi bana sizin gelemeyecek kadar yorgun olduğunuzu söyledi," dedi. Bartu'ya baktığımda, onun gözleri arkamızda kalan Yankı'daydı.

"Hayır tabii ki," diye mırıldandım ve çöktüğüm yerden kalkarak elimi ona doğru uzattım. "Sadece ufak birkaç işimiz vardı hem umarım yorgun değilsindir, daha çok eğleneceğiz." Yine telefonum titremeye başladığında keskin bir nefes verip kafamı iki yana sallayarak arayan kişiyi yine meşgule attım. Caner, bir an bile vazgeçmeden arayıp duruyordu.

Yankı yanımıza geldiğinde Mutlu da uçak sesi çıkararak bir erkek çocuğunu uçuruyordu. Uzakta kalan Nadir ile gözlerimiz kesiştiğinde gülümsedim ve onu yanımıza çağırdım, ağır adımlarla gelirken Bartu'nun "O çok yoruldu," dediğini duydum. "Dinlenmesi gerekiyor."

Yankı, bir kız çocuğunun elini tutarken Ferda'nın bakışları kız çocuğuna doğru kaydı, kaşları çatıldı. Kıskançlıkla benim arkama doğru saklandığında Yankı da ne olduğunu anlamış olacak ki "Ferda," diyerek gülümsedi. "Yüzüme hiç bakmıyorsun."

Ferda omzunu indirip kaldırdı ve kızgınlıkla benim elimi çekiştirerek eğilmemi işaret etti. Eğildiğimde kulağıma doğru "O masallardaki prenslere benzemiyor mu?" diye sordu bana. Yankı'nın bir gözü bizim üzerimizdeydi ve ne konuştuğumuzu duyduğunu adım kadar emindim.

Yankı'yı baştan aşağı süzdükten sonra "Masallardaki prenslere değil de masallardaki prenslerin bindikleri atlara daha çok benziyor," dedim gülerek. Yankı'nın cevabımla beraber kaşları çatıldığında Mutlu aramızdan bir rüzgâr gibi geçti, omzuma doğru çarptığında "Mutlu!" diye bağırdım. "Uçağın düşecek, az kaldı."

Mutlu gülerek yanımıza doğru geldiğinde nefes nefeseydi. Ferda'ya baktı ve bağırarak "Aman Tanrım burada bir prenses var!" deyip elini öne doğru uzattı. "Prens Mutluga emrinizde."

Ferda'nın yüzü düştü, dudaklarını bükerek "İyi de sen prenslere benzemiyorsun ki," dedi ardından Yankı'yı işaret etti. "O daha çok benziyor."

Mutlu afallamış bir yüzle Ferda'ya bakarken gülmeye başladık ve o an Bartu'nun da kendini tutamayarak gülmeye başladığını gördüm. "Mutluga," dedi alayla Bartu. "Çocuklar her zaman gerçekleri söyler, şimdi girdiğin masallar aleminden çıkma zamanı."

"Sus sen, Nasrettin Hoca'nın hikâyesindeki eşek," dedi Mutlu ters bir sesle. "Ferda dışında bütün çocuklar benim daha çok prense benzediğimi söyler."

Bartu'nun bozulmasını bekledim ama o gülerek "Sana prens diyecek tek bir kişi var," dedi. "O da Osman amca ve maalesef çocuk olamayacak kadar büyük."

Mutlu bir anda öksürdü ve boğazını temizledikten sonra "Çocuklar, toplanın buraya!" diye bağırdı. Bartu'yu duymazdan geldiği çok belliydi. Etrafa dağılmış olan çocuklar çevremize toplandığında Lâl, hemen yanımda durdu ve nefes nefese bana bakarak gülümsedi. "Şimdi size cevabından emin olduğum bir soruyu soracağım." Çocuklar hevesle Mutlu'nun yüzüne baktılar. "Ben masallardaki prenslere benzemiyor muyum?" Hepsinde bir duraksama, afallama oldu. Uzun kızıl saçlı kız çocuğu güldü ve sadece o kafasını olumlu anlamda salladı. Mutlu birkaç saniye bekledi yanıt alamadığında "Peki Yankı mı daha çok prenslere benziyor, ben mi?" diye sordu. Çocuklar düşünmeden parmaklarıyla Yankı'yı işaret ettiklerinde kendimi tutamayarak kahkaha attım ve Bartu da bana eşlik etti.

Kızıl saçlı kız çocuğu Mutlu'yu gösterirken ona doğru ilerledi ve bacağına sarılarak "Mutlu abi sen prenssin," dedi kaşlarını çatarak. "Çünkü bana hep çikolata alıyorsun."

"Gerçekten sırtımdan bıçakladınız çocuklar," diyen Mutlu kızgın gözlerle Yankı'ya bakıyordu. "Her gün size çikolatalar getiren beni değil, şu suratsız adamı seçtiğinize inanamıyorum." Sonra aklına bir şey gelmiş gibi sırıttı, bakışları bana döndü. "Ama onlar Helin'le evleniyorlar ve prensler evlenirlerse hiçbir havaları kalmaz."

Duvara çarpmış gibi olduğumda Yankı'nın da kaşları çatıldı. Ferda elimi çekiştirerek "Siz evlenecek misiniz?" diye sordu direkt olarak bana. Ne diyeceğimi bilemeyerek ona baktım, bakışları Yankı'ya döndü ve ondan da bir yanıt bekledi.

Bartu ve Lâl ne olduğunu anlamıyormuş gibi Mutlu'ya bakarken Yankı, "Bartu o meşhur repliğini çalıyorum," dedi ve devam etti. "Mutlu, yine çok konuştun."

"Az önce dişisini etkilemeye çalışan orangutan gibiydin," diyerek güldü Mutlu. "Şimdi ne oldu, havan mı söndü Bay Libido."

Yankı kafasını iki yana salladı. "Bunun acısını senden fena çıkarırım," dediğinde sesinde eğlenceli bir tehdit vardı. "Biliyorsun, yaparım."

Mutlu dilini çıkararak "Sen ilk önce öpüşmeyi..." Sonra çocuklara baktı, gülümsedi ve kısık bir sesle devam etti. "Öğren." Yankı'ya yaklaştı, sadece bizim duyacağımız şekilde fısıldamaya devam etti. "Sabahtan beri izlemediğim aşk filmi kalmadı. Yetmedi pornolara kadar baktım. Hepsinde öpüşme dondurma yalamaya benziyor."

Yüzümü buruşturduğumda Bartu ve Lâl de aynı şeyi yaptı. Işık ise Mutlu'nun karnına dirseğiyle vurup "E ne yapacağımıza karar verelim artık," dedi. Bakışlarım Nadir'e döndüğünde keyifli bir şekilde bizleri izlediğini ama arada sırada yüzünü acıdan dolayı ekşittiğini gördüm.

"Nadir," dedi Yankı derin bir nefes vererek. O da benimle aynı şeyi düşünmüş olmalıydı. "Ne yapmak istersin? Sen ne istersen onu yapalım."

Bartu, elini Nadir'in omzuna doğru atıp kendine çektiğinde gözlerinden acı geçti, çaresizce kafasını salladı. Hepimiz onun yüzüne bakarken Nadir, utangaç bir sesle "Olur mu öyle şey efendim," dedi gereğinden fazla saygıyla. "Siz ne derseniz onu yapalım."

Canım acıdı, hepimizin canı acıdı, karşımızda ufalırken girdiği hâl nefesimi yüksek bir ses çıkararak vermeme neden oldu. Yankı, ileriye doğru bir adım atıp Nadir'in omzuna elini koyduğunda "Ben senin efendin değilim," dedi sevecen bir tınıyla. "Abin, arkadaşın, dostun, her şeyin olabilirim ama efendin değilim."

Nadir, başını önüne eğdiğinde onun hâlâ isteğini söylemesini bekliyordum ama bunu yapamayacağını anlamıştım. Lâl o sırada ellerini kaldırarak bir şeyler söylediğinde Bartu, gülümseyip "Benimle barışacak mısın o zaman?" diye sordu. Lâl'in elleri duraksadı, kaşları çatıldı ama dudaklarına silik bir tebessüm kondu. "Barışacaksın barışacaksın," dedi ve göz kırptı. "Oldu o zaman bu iş." Yankı'ya baktı. "Lunaparka gidiyoruz."

Bütün çocuklar hevesle oldukları yerde zıpladıklarında benim de kalbim heyecanla attı ve bakışlarım Yankı'ya döndü. Çocuklardan daha mutlu hissettiğime emindim, belki de daha umutlu. O da bakışlarımdan ne geçtiğini anlamış olacak ki kafasını salladı. Bir oyun arkadaşı değil, iki oyun arkadaşı değil, onlarca oyun arkadaşım olmuştu ve ben kendimi hepsiyle aynı yaşta görüyordum.

"Pekâlâ," dedi Yankı ardından Lâl'e baktı. "Nadir'in aklına bu şekilde mi girdin?"

Lâl gülmeye başladığında Nadir de güldü. "Lâl abla bana lunaparkı çok sevdiğinden bahsetti ve benim de sevmem gerektiğini söyledi. Onun için gitmek isterim, evet." Işık'a baktı. "Işık abla bunları söyledi yani."

Yankı gülümseyerek "Yürüyelim o zaman," dedi ve hep beraber o kocaman kalabalıkla yürümeye başladık. "Lunapark çok uzak değil." Ben Ferda'nın elini tutuyordum, Yankı Nadir'in yanındaydı. Hemen arkamızda Mutlu'yla Işık vardı. Çevremizdeki onlarca çocuk ise koşuyor, zıplıyor, gülüyorlardı. Uzaktan bakan insanlar köşelere çekiliyorlar, onlar da gülümsüyorlardı.

Önümüzde yürüyen Bartu ve Lâl'e baktım. Bartu, ona bakıyor, Lâl ise ona bakmamak için çaba gösteriyordu. "Çocuksun hâlâ çocuk," dedi Bartu Lâl'e ve bir anda kolundan çekip onun omzuna elini attı. Lâl kendini ondan kurtarmaya çalışsa da Bartu buna izin vermedi, çenesini Lâl'in başına yasladı; gözlerini kapatıp derin bir nefes çektiğinde bu kısa zaman dilimini sadece ben gördüm. Saçlarını kokluyordu. "Ne istersen yaparım yeter ki bana gülümse. Sen bana küstüğünde, ben çok kötü bir adama dönüşüyorum Lâl, biliyorsun."

Lâl'in bakışları Bartu'ya döndü; bir şeyler söyledi ve yine ondan kendini kurtarmaya çalıştı. Lâl her ne söylediyse Bartu omzunun üzerinden bana baktı fakat tam o anda başımı çevirdiğimde onları izlediğimi fark etmedi. Birkaç saniye sonra tekrardan Lâl'e baktığında "Bunu yaparsam gülümseyecek misin bana?" diye sordu. Lâl kafasını olumlu anlamda salladı. "Tamam o hâlde, senin için bunu da yaparım. Gülümse."

Bartu kalbimi sızlattı. Kendisi değil, Lâl'e bakarken çektiği acı, kalbimi sızlattı. Hiçbir zaman ellerinin arasına alamayacağı bir umuda bakıyormuş gibi Lâl'e bakıyordu ve inancı olmasa bile onun için her şeyi yapabileceğini görebiliyordum.

"Yankı'ya âşık mısın?" diye sordu Ferda merakla ve dikkatimi ona vermeme neden oldu.

Kaşlarım çatılırken "Bu da nereden çıktı?" diye sordum.

"Çünkü evlenecekmişsiniz," dedi ve dudakları büküldü. "Ben büyüyünce Yankı'yla evlenemez miyim?"

Gülmeye başlarken "Ferda, maalesef sen büyüdüğünde Yankı dede olacak," dedim. "Onun yüzüne bile bakmak istemeyeceksin. Hem bunlar da nereden çıktı? Yankı'dan korktuğunu sanıyordum."

Omzunu indirip kaldırdı. "Bana her gün Önder amcayla şekerler gönderiyor," dediğinde cebinden küçük bir poşet çıkardı; içinde renkli renkli şekerler vardı. "Daha önce kimse bana şeker almamıştı."

O an, tam karşımda kendimi görür gibi oldum; Yankı'nın gözünde de Ferda kadar küçük bir kız çocuğu gibi mi görünüyordum? Onun kurduğu cümlenin hemen hemen aynısını ben de bisikletim için kurmuştum.

Farkında olmadan iyiliğiyle hayatımızdaki boşlukları dolduruyordu Yankı Sarca. Benim çocukluğuma en güzel ödüldü çünkü boşluklarına yara bandı sarmıyor, o boşlukları güzellikleriyle kapatıyordu.

Gözlerim ona döndü, Nadir'le kısık bir sesle sohbet ediyordu, yüzü ise çok ciddiydi. Mimiklerini inceledim, iki kaşının ortasında oluşan o çukura baktım. Tereddütteyken ya da fazla düşünürken oluşan o çukur. Onu tanımaya başladığımı hissettim. Elini saçlarına geçirdi, bakışlarını Nadir'den ayırdı, karşısına doğru baktı. Ne olursa olsun yapabileceği bir şeyleri olduğunu düşünüyordu. Şu an kendisini çaresiz hissettiğini anlayabiliyordum.

Yüzü bana döndüğünde bakışlarımı ondan kaçırdım, tam karşımızdaki lunaparka doğru baktım. Çocuklar koşarak lunaparkın kapısından içeriye girdiklerinde adımlarım yavaşladı, dönme dolaba baktım ve gülümsedim. Ferda elimi bırakıp lunaparka ilerledi, Lâl ile Mutlu da çocuklarla beraber koşmaya başlamışlardı. Işık, Mutlu'yu takip etti, Bartu da Lâl'i.

Geride ben, Yankı, Nadir kaldık. Nadir diğer çocuklar gibi değil, ağır adımlarla lunaparktan içeriye doğru girdiğinde düşük omuzları artık hayattan hiçbir beklentisi kalmadığını gösteriyordu. Onun için bir şeyler yapmak istedim ama yapabileceğim hiçbir şeyin olmadığı gerçeği onun zorlukla adım atan bacaklarında, zor hareket eden kollarındaydı.

"Daha önce hiç lunaparka geldin mi?" diye sordu Yankı. İkimiz de büyük dönme dolaba bakıyorduk.

"Evet," dedim heyecanla. "Lisede durmadan okuldan kaçar tek başıma lunaparka gelirdim. Çok severim." Tereddütle başım ona döndü. "Sen geldin mi?"

Kafasını salladı. "Lâl lunaparkı çok seviyor, küçükken durmadan onu getirirdik ama ben çok sevmiyorum."

"Neden?" diye sorduğumda ağır adımlarla lunaparktan içeriye girdik.

"Çünkü bana ablamı hatırlatıyor." Tek cümlesi, karşımda yıkılmış bir erkek çocuğuna dönüşmesine neden oldu. "O da senin gibi tek başına kaçar, lunaparka gelirdi. Ben korktuğum için onu uzaktan izlerdim. Her lunaparka baktığımda aklıma o geliyor."

Uzun kirpiklerine bakarken gözlerinin kısılmış olduğunu fark ettim. "Benden korkularımın üzerine gitmemi istemiştin," dedim ona gülümseyerek. "Sen de canını sıkan her şeyin üzerine gitmelisin. Lunaparkı ablan sevdiği için sevmemek yerine onun için sevmelisin."

Yankı'nın dudakları aralandı, cevap verecek gibi oldu ama sonra dudakları tekrardan kapandığında telefonum yine çalmaya başladı. Öfkeyle nefes vererek cebimden telefonumu çıkardığımda Yankı'nın "Sevgilin seni merak ediyor," dediğini duydum. "Açıp konuşmalısın. Küçük enişte fazla öfkelenirse burayı bile patlatabilir."

Telefon ekranında yazan Caner'in ismini hangi ara görmüştü bilmiyordum ama hızlıca telefonu meşgule almak yerine tamamen kapattığımda onun söylediğini cevapsız bırakarak lunaparktaki oyuncaklara bakmaya başladım. Mutlu, yanındaki kızıl saçlı kız çocuğuyla atlı karıncaya binmişti ve önündeki kızı atıyla takip ediyormuş gibiydi. Gülümseyerek onlara baktığımda Mutlu bana bakıp "Helinski!" diye bağırdı. "Prensin atına binmek ister misin?"

Diğer tarafta Lâl ile Bartu, yanlarında diğer çocuklardan yaşça daha büyük olanlarla hızlı trenin önünde sıra bekliyorlardı. Bir anda birisi kolumdan çekiştirdiğinde bu kişinin Işık olduğunu gördüm. "Hadi Helin," dedi heyecanla. "Bugün biz de çocuklar gibi eğleneceğiz! Bugün çocuk olacağız!"

Gülümsediğimde babasına bakan çocuk gibi Yankı'nın yüzüne baktım, o ise sakin bir şekilde başını salladığında bir daha arkama bakmadan Işık'a ayak uydurdum, beni nereye götürüyorsa oraya gittim. İlk önce Işık'la baş başa gondola bindik ve adrenalin yükseldikçe avazımız çıktığı kadar bağırdık, aşağı indiğimizde gülmeye başladık. Ondan sonra Işık'ı kolundan bu sefer ben çekiştirdim ve hız trenine doğru ilerledik. Yolda Bartu'yu peşinden sürükleyen Lâl ile karşılaştık, hız trenine tekrardan binmek isteyen Lâl bize katıldı, Bartu ise derin bir nefes almak için köşesine çekildi.

Hız treninde aşağıya doğru inerken Işık bana sıkıca sarıldı, Lâl ise hemen önümüzde tek başına oturduğu hâlde ellerini havaya kaldırarak sallamaya başladı. "Lâl, korkmuyor musun?" diye bağırdım ve daha yüksekten aşağıya inmeye başladık. "Lâl, sen ruh hastasısın!" diye bağıran Işık başını boynuma gömdü. "Midem bulanıyor, sanırım kusacağım!"

Hız treninden indikten sonra bu sefer beni kolumdan çekiştiren Mutlu'ydu. Neler olduğunu anlayamadan beni çektiği yöndeki korku tüneliyle kesiştim. Yankı nerelerdeydi bilemiyordum ama Mutlu "Şimdi kollarımda ağlayacaksın Helinski," dedi hevesle. "Ve Mutluga Prens seni koruyacak bebek."

Yüzümü buruşturdum ve ikimiz korku tüneline bindiğimizde hemen arkamızda hareketlenme oldu, başımı çevirdiğimle Bartu'yla Lâl'in de bindiğini gördüm. Sonra Işık'ın sesi geldi ve Yankı'yı kolundan çekiştirdiğini gördüm. Işık, beni zorla kolumdan tutup kaldırdı, Yankı'nın yanına oturttu ve kendisi Mutlu'nun yanına oturdu.

"Siz ciddi misiniz?" dedi Yankı yüzünü buruşturarak. "Bundan keyif mi alacaksınız?"

"Öyle deme," diyen Işık gülüyordu. "İstanbul'daki en iyi korku tünelidir. Birileri ayaklarımıza değiyormuş gibi olacak."

"Birileri ayaklarıma değerse o ellerini parçalarım," dedi Bartu öfkeyle. "Hiç sevmem öyle şeyleri. Ben binmek istemiyorum."

Mutlu kahkaha atmaya başladığında Lâl de gülüyordu. "Ulan koca adam bir doksan boyundasın, yüz kilosun ama hâlâ korku filmi izleyemiyor, korkunç olaylara gelemiyorsun. Merak etme, öperim geçer."

"Diyene bak," dedi Bartu Mutlu'nun kafasına vurarak. "En son korku filmi izlediğimizin gecesinde bana sarılıp uyudun."

"O bahaneydi aşkım Grey," diyen Mutlu göz kırptı. "Sıcacık bedenin beni ısıtsın diyeydi, bedenlerimiz birbirimizle bütünleşsin diyeydi. Ama sonuç! Kükreyerek yanımda horladın!"

"Bu saçmalık," diye homurdandı Yankı yanımda. "Şu koyduğumun oyunu başlayabilir mi artık?"

Gülerek "Korkarsan bana sarıl," dedim Yankı'ya. "Merak etme, ben yanındayken seni öcülerin yemesine izin vermem."

Mutlu bizi duymuş olacak ki ellerini omuzlarımıza koydu, sonra başlarımızı birbirimize yapıştırdı. "Eğer korkarsan Yankıtu, Helin'in dudaklarına yapış. Yemin ederim heyecandan Bartu'nun dudaklarına yapışırım ben de!"

"Çüş lan çüş!" Bartu, Lâl'i dürttü. "Eğer sen de korkarsan bana sarıl, ufaklık," dedi. "Biliyorsun, güvende hissettiririm."

"Susun artık." Işık gülüyordu. "Herkes bizi dinliyor." O an trenin bütün koltuklarının dolduğunu ve herkesin bizi dinlediğini fark ettim. Çocuklar yoktu, aksine büyük yaştaki insanlar binmişti.

"Evet, biraz sessiz olur musunuz lütfen?" dedi orta yaşlardaki sarışın bir kadın. "Buraya sizi dinlemeye gelmedik."

"Tipe bak tipe," diye fısıldadı Mutlu ve onu sadece biz duyduk. "Aynaya baksa daha çok korkacak, haberi yok."

Gülmeye başladığımızda tren ses çıkararak hareket etti ve karanlığa doğru ilerlemeye başladı. İlk başta hiçbir şey yoktu ve etraf bir mağara gibiydi, gaz lambalarıyla aydınlanıyordu. Sonra bir anda tam karşımızdan siyah bir gölge geçtiğinde "Ha siktir!" diye bağıran Mutlu'nun sesiyle irkildim. Başımı çevirdiğimde Bartu, irkilerek gölgeye yumruk atmaya çalıştı.

Sonra korkutucu bir kahkaha sesi yükseldi, bu kahkaha sesine karşılık Mutlu onu taklit ettiğinde yüzümüze doğru su fışkırtıldı ve renginin kırmızı olduğunu gördüm. Kan diye düşünülen bu sıvıya bakarken "Hay kanına koyayım," dedi Yankı sessiz bir şekilde. "Bu ne şimdi?"

Bir anda rüzgâr esmeye başladı, sonra saçlarımda eller hissettim. Korkuyla inlerken Bartu, "Hay elini sikeyim, birisi kafama dokunuyor!" diye bağırdı. Işık, "Benim de!" diye bağırdığında hepimiz ona katıldık.

Mutlu ise o sırada "Ulan benim niye birisi kıçıma dokunuyor şu an," dedi ve sesi sinirli geldi. "Korku tüneline kim getirdi lan Osman amcayı?"

Bacaklarımda parmaklar hissettiğimde yukarıya doğru kaldırdım, o sırada girdiğimiz tünel daraldı, daraldı, havasızlaştı ve çığlık sesi yükseldi. Korkuyla ayaklarımı yukarıya çekerek Yankı'ya sokulduğumda Mutlu "Öpüşün hadi!" dedi. "Şimdi tam sırası hadi! Evet, oh mis, öpüşün! Evet! Hadi beybeğim, yala onu."

"Mutlu!" diye bağırdı Bartu. "Seni öldüreceğim, buradan indikten sonra seni öldüreceğim! Elektrikleri kim kesti ulan?" Artık her yer karanlıktı, göz gözü görmüyordu.

"Beni değil, yiyorsa Lâl'i öldür Grey," dedi Mutlu Bartu'ya. "Yer mi bunu senin o kılıbık götün?"

"Susun artık biraz!" diye bağırdı bir adam bize doğru. "Kaç yaşındasınız siz?"

"Sana ne lan kel," dedi Mutlu ve gülmeye başladı. "Karanlığa rağmen kafan burayı aydınlatıyor."

Bir anda sesler yükselmeye başladığında kavga çıktığını anladım. Hareket eden tren durdu, karanlıkta yumruk atma sesi geldi sonra Bartu'nun hırlaması. Yankı yanımdan kalktığında ben tam karşımdaki kuru kafayla öylece kalmıştım.

Yirmi dakika sonra altı suçlu çocuk gibi lunaparkın içindeki banklarda otururken hiçbirimiz konuşmuyorduk. Bir yanımda Mutlu, diğer yanımda Lâl vardı. Işık, Bartu'nun yüzündeki kızarıklığa bakıyordu, Yankı ise rahat bir tavırla sigarasını içiyordu.

"Gerçekten adamın ağzına kuru kafa sokmana gerek var mıydı?" diye sordu Mutlu Bartu'ya. "Adamın ağzını yüzünü dağıttın zaten."

Bartu öfkeyle Mutlu'ya baktı, dişlerini sıkıyordu. "Karanlık olmasa o salladığı yumruğu yüzüme de denk gelmezdi de dua etsin, karanlıktı. Nerede hem o herif?"

"Bartu artık sakinleşir misin?" dedi Işık. "Adam sana dava açsa sonuna kadar kazanırdı. Yankı olmasa mahvolmuştuk, adamın kelinde resmen davul çaldın."

Bartu, konuşan adamı dövmüş, üstüne üstlük korku tünelinin içini dağıtmış sonra da adama zorla oyuncak kuru kafayı yedirmeye çalışmıştı. Adam kaçmak isteyince de kafasını kolunun altına almış, kafasını davul gibi vurmuştu. Zorlukla insanlar ayırdığında adam o arada Bartu'nun yüzüne yumruk sallamış, Bartu ise bu öfkeyle adamı aydınlığa çıkarıp bir de orada dövmeye devam etmişti. Yankı ise köşede Bartu bütün stresini atana kadar beklemiş sonra Bartu yorulduğunda adamı çekip onunla konuşmuştu, her nasılsa olayın büyümemesine yardım etmişti.

"Bu hayatta iki şeyden nefret ederim," dedi Yankı gülerek. "Birincisi lunaparklar."

"İkincisi?" dedi Mutlu keyifle ve merakla.

"İkincisi korku tüneline binen kel adamlar," diye devam ettirdi Bartu. Yankı'yla Bartu birbirlerine baktıklarında aralarında esen soğuk rüzgârın sıcak esmeye başladığını fark ettim. İlk gülümseyen Bartu oldu, Yankı ise karşılık verirken sigara paketinden bir tane sigara çıkarıp Bartu'ya attı. Bartu havada kaptığında "Eyvallah," dedi ve dudaklarının arasına yerleştirdi, çakmağıyla ucunu alevlendirdi. "Her kavgadan sonra bir tane yakarım."

Başımı iki yana salladım ve en sonunda dayanamayıp gülmeye başladığımda hepsi bu ânı bekliyormuş gibi benimle beraber güldüler. Kahkahalarımız birbirimize karışırken o an, bizimle gelen çocuklar bile yorulmuş bir şekilde etrafa dağılmışlardı biz ise hâlâ çocukluğumuzu yaşıyor, enerjimizi tüketiyorduk.

Biz altı yetişkin. Yaşlarımız yirminin üzerinde.

Biz altı çocuk. Yaşlarımız onun altında.

Biz her ikisiydik. Onlar benim ilk oyun arkadaşlarımdı, ilk çocukluk hayallerimin mimarları ve ilk gerçek eğlencelerim. Sokak Nöbetçileri benim her parçam olmaya başlamıştı, minnettarlığımın ölçüsü artık olamazdı.

"Onlardan daha yaramazız," dedim çocukları göstererek Yankı'ya doğru. "Onlar bizden daha uslu."

"Yaramaz çocuklar olmasaydı bu hayatın eğlencesi kalmazdı Helin," diyerek gülümsedi Yankı ve sigarasını botunun altında ezerek söndürdü. "Ve bizim en yaramaz çocuğumuz ne yazık ki otuz bir yaşındaki Bartu."

"Yok artık!" Bartu, öfkeyle ayağa kalkıp ellerini iki yana açtı. "Adamın ağzını burnunu dağıttım diye mi yaramaz oldum?"

"Yaramaz ve korkak." Mutlu gülüyordu. "Utan biraz, Lâl senden daha cesur." Lâl heyecanla kafasını salladığında Bartu ona baktı ve bu onu susturup sinmesine neden oldu çünkü olanların sorumlusu biraz da Lâl'di. Bartu'yu korku tüneli için ikna etmişti.

"Ben korkak değilim." Bartu çenesini havaya kaldırdı. "Belki de aranızda en cesur olan benimdir?"

"Ha ha ha," Mutlu ellerini karnına koydu. "Bana bunu kanıtlamaya var mısın Koca Grey? Kamikazeye binelim."

"Ne?" Bartu'nun rengi attı, başını çevirdi, gözlerini kaçırdı sonra derin bir nefes verdi. "Kamikazenin neresi korkutucu ki? Hiçbir yeri. Başka bir şey bul."

"Korkaksın işte. Korkak olmasan tamam derdin." Bartu'nun gaza gelmeyeceğini düşünüyordum ama beklediğim gibi davranmadı. "Tamam ulan!" dedi tek nefeste. "Ama hepimiz bineceğiz."

Yankı omzunu indirip kaldırdı. "Çok isterdim ama Önder'i aramam gereken bir konu var, hem de hemen." Ayağa kalktı, cebinden telefonu çıkardı ve hızlıca yanımızdan uzaklaştı.

"O da mı korkuyor?" diye sordum Mutlu'ya.

"Yok o böyle şeylerden korkmaz ama bir planı var gibi," dedi ve kaşları çatıldı. Kısa bir süre boyunca Yankı'nın arkasından baktıktan sonra ayağa kalktı. "Hadi o zaman!" diye bağırdı. "Kamikazeye gidiyoruz."

Sonra Yankı hariç hepimiz kamikazeye bindik. En önde Bartu'yla Lâl oturuyordu, arkalarında ben tek başımaydım. Benim arkamda ise Mutlu'yla Işık vardı. Bizden başka oradaki kimse kamikazeye binmeye cesaret edemiyordu, küçük çocukları da zaten bindirmiyorlardı.

"Tanrım, sen Koca Grey'ime zeval verme," dedi Mutlu gülerek. "Onun nefesini kıçına kaçırma, korkudan ölmesine izin verme."

"Kes lan sesini marul," diyen Bartu'nun sesi gergin geliyordu. Adamlar korumalarımızı kapatmıştı ve kamikaze ağır ağır hareket etmeye başladığında nefesimi tutmuş bir şekilde aşağıya doğru baktım. O sırada Yankı'nın aşağıdan bizi izlediğini ve bir yandan da kamikazeyi hareket ettiren adamla bir şeyler konuştuğunu gördüm. Mutlu bir anda daha hızlanmamışken çığlık attı sonra güldü. Bunu neden yaptığını o bile bilmiyordu, emindim.

Kamikaze hızlanmaya başladığında ilk çığlık atan kişi Işık oldu. Elleri sıkıca korumaları kavrıyor, "Mutlu sen beni öldüreceksin!" diye bağırıyordu. Gülmeye başladığımda kamikaze en tepeye doğru çıkmaya başladı, Mutlu adrenalin patlamasıyla bağırdı ve Lâl ellerini birbirine çarptı. Bartu'nun sesi soluğu çıkmıyordu.

Birkaç saniye sonra kamikaze daha fazla hızlandığında ve en tepeye geldiğinde birkaç saniye öyle durdu, hepimiz nefesimizi tuttuk sonra bir anda aşağıya indiğinde kendimi tutamayarak çığlık attım. "Götünü başını sülaleni soyunu sopunu gelmişini geçmişini!" diyen Bartu'nun sesiyle hepimiz gülmeye başladık sonra daha hızlı döndük. "Geçmişini gelmişini! Geleceğini! Ananı avradını! Hay sikeyim!" Bir daha döndüğümüzde bu sefer çok sert düştük. "Sike sike sikeyim, Mutlu!"

"Beni mi lan?" diye haykırdı Mutlu. "Ciddi misin sen? Oha aşk itirafı!"

Bir anda kamikaze en yukarıya geldiğinde başımız aşağıya doğru inmiş şekildeyken kamikazenin motorlarının sesi ağır ağır kesildi, öylece kaldık. Oyunun bir parçası olabileceğini düşündüm ama saniyeler geçerken "Neler oluyor?" diyen Işık'ın sesini Mutlu'nun avazı çıktığı kadar çığlığı kesti.

"Tanrım lütfen ölmeme izin verme! Bartu için dua ettim ama önce beni koru ne olur! Öldürme beni, kimseyle öpüşmeden beni öldürme! O Bartu kızların ağzını yemiştir, ben yemedim beni koru ne olur!" Tedirginlikle hareket ettiğimde başımı çevirip Mutlu'ya baktım. "Helin! Seksi Helinski!" diye haykırdı. "Örümcek Adam da olduğu gibi ben tersken öpsene! Kimseyle öpüşmeden ölmeyeyim!"

"Mutlu, sus!" diye haykırdık Işık'la aynı anda. Bartu'nun sesi çıkmıyordu ve merakla ona baktığımda gözleri açık bir şekilde tam aşağıya baktığını gördüm.

Lâl onu dürtüyordu ama hareket dahi etmiyordu, nefes bile almıyordu. Dayanamayarak "Bartu," dedim. "Hey, oyuncağın motorunda bir sıkıntı olmuş olmalı. İyi misin?"

Birkaç saniye daha öyle durdu sonra "Öldük mü şimdi biz?" diye sordu. "Öldük de dünyayı tersten mi görüyoruz?" Başı Lâl'e döndü.

"Seninle beraber mi öldük? Sen nasıl öldün, geri dön, ölmene izin veremem."

Elimle alnıma vurup "Hayır, Bartu, ölmedik," dedim ve aşağıya doğru baktım. O sırada olan biten her şeyi anladım, Yankı gülümseyerek bize bakıyordu.

"Bartu Sarca!" diye bağırdı aşağıdan. "Son zamanlardaki saçma sapan tavırların yüzünden bunu hak etmiştin kardeşim!" Gülerek el salladı. "Mutlu Sarca! Sana saçma sapan şakalarının hesabını soracağımı bugün söylemiştim! Işık ve Lâl, siz araya kaynadınız!" Bizzat bana baktı, gözlerimiz mesafeye rağmen kesişti. "Ve Helin!" Bir süre sessiz kaldı sonra gülerek "Sadece keyfim seni böyle görmek istedi, biliyorsun, seninle oynamayı seviyorum," dedi.

Mutlu aşağıya doğru tükürdü, sonra bir daha tükürdü. "Seni lanet olasıca yürüyen beyin!" dedi. "Azıcık bir beynim vardı, şimdi o da kulaklarımdan aktı, indir bizi!"

Yankı, yanındaki adama kafasıyla işaret verdiğinde Bartu'nun tek nefeste, "Lâl," diye fısıldadığını işittim. Lâl'in aşağıya doğru sallanıyordu, gözleri kocaman açılmıştı, yüzü kızarmıştı. Bir an bile düşünmeden devam etti. "Ölüyoruz ama sen şu konumdayken bile hâlâ *çok güzelsin.*"

Gözlerim şaşkınlıkla açıldı, Lâl de aynı ifadeyle Bartu'ya baktığında Işık "Bartu hayır," dedi. "Yankı! İndir bizi! Bartu saçmalıyor ve beynine kan gitmiyor!"

"Adamın kalbi beynine doğru ilerledi galiba ters durunca," diyen Mutlu gülüyordu. "Bakın, cesaret geldi."

Kamikaze bir anda hareket ettiğinde birkaç kere daha hızlı şekilde döndük sonra yavaş yavaş hareket ederek durdu. Başım dönüyor, midem bulanıyordu. Kamikazenin korumaları açıldı ama hiçbirimiz inmedik, öylece karşımıza baktık. Yankı hemen yanımıza geldiğinde dirseğini kamikazenin demirine yaslayarak "Ee," diye soludu. "Ölmediniz ama yaşıyor da sayılmazsınız. Renginiz atmış, iyi misiniz?"

Mutlu, bu sefer yukarıda olduğu gibi yine tükürdü fakat Yankı tükürükten kaçtı. "Beynim yok artık beynim!" diye bağırdı. "Beni kıskanıyordun, beynimi kıskanıyordun ve onun kulaklarımdan akmasını istedin!"

Işık kamikazeden inip Yankı'ya "Seninle iki saat konuşmayacağım," dedi ve hiçbir şey söylemeden yürümeye başladı. Mutlu da onu taklit ettiğinde, "Hıh," yapıp yanından geçti.

Lâl, afallamış bir şekilde hâlâ tam karşısına bakarken Yankı ona doğru, "Lâl?" dedi. "İyi misin yoksa öfkeli misin?" Lâl, Yankı'ya baktı ve uzun bir süre onu izledikten sonra kafasını olumsuz anlamda salladı, kaşları çatılmıştı. O an korkudan dolayı değil, yukarıda Bartu'nun söylediği cümleden dolayı renginin atmış olabileceğini düşündüm. Yankı'ya bakarken her ne düşündüyse bu düşünce onu bozguna uğratmıştı. Yutkundu, bir daha Bartu'ya bakmadan kamikazeden indiğinde tutunarak aşağıya doğru indi.

Yankı'nın bakışları Lâl'e dönüktü. "Kötü bir şey mi oldu yukarıda?" diye sordu bana. Lâl'in ifadesini o da fark etmişti. Gözleri Bartu'yla kesişti. "Yukarıda heyecanla kıza küfür mü ettin öküz herif?"

"Bilmiyorum ben..." Konuşamadı, kekeledi. O koca adam sanki bir anda yok oldu. Bartu, donuk bakışlarla Yankı'ya bakarken "İlk defa ona çok güzel olduğunu söyledim," dedi tedirgin bir tınıyla. "Ve bana öyle bir baktı ki daha önce hiç böyle bakmamıştı." Kamikazeden indi, parmaklarını şakaklarına bastırdı ve gülümsedi. "Bana ilk defa kardeşiymişim gibi bakmadı, Yankı ve bu çok tuhaftı." Bir anda Yankı'yı kendine çekti ve ona sarıldı; bunu Yankı da beklemiyordu ama karşılık olarak gülümsediğinde eliyle sırtını sıvazladı. "Belki de yukarıda beynime kan gitmediği içindir ama öyle baktı. Evet, baktı. Bakmıştır değil mi?"

"Sana söylemiştim," dedi Yankı Bartu'nun kulağına doğru. "Lâl'in en çok sana ihtiyacı var, en çok senin cümlelerine."

Bartu'nun yüzündeki şaşkınlık yok oldu, yerine tedirginlik geçti. "O ifade öfke de olabilir. Bana kızmış mıdır?" Tedirginliği hareketlerine yansıdığında bir an ne yapacağını bilemeyerek etrafına baktı.

"Bunu onunla konuşarak anlayabilirsin," dediğinde eliyle Lâl'in gittiği yönü gösterdi. "Hadi kardeşim, git."

Bartu kafasını hızlıca aşağı yukarı salladı ve koşar adımlarla Lâl'in arkasından ilerledi; görünürlerde Lâl yoktu fakat içten içe onun hemen Lâl'i bulmasını istediğimi fark ettim.

Gözlerim Yankı'ya döndüğünde onun da bana baktığını fark ettim. Kaşları yavaş yavaş çatıldığında "Öfkelendin mi yoksa öfkeli gibi mi görünmeye çalışıyorsun?" diye sordu bana. Turkuaz gözlerine ulaşan eğlenceli adamın yerini, başka bir duygu aldı. "Bak, yaptığım güzel bir olaya sebep oldu."

Tereddütle "Bartu, Lâl'e âşık," dedim. Bu cümleyi ilk defa dile getiriyordum. Kendi içimde bile tam olarak emin olamamışken Yankı'ya dile getirirken çekinmemiştim. Gülümsedim, Yankı'nın gözleri gülümsememe takıldı. "Ve yukarıda kurduğu cümle aralarında köprü oluşturacak bir cümleydi, bu yüzden güzel bir olaya vesile olmuş olabilirsin." Sonra gülümsemem silindi, kaşlarım bir daha çatıldı ardından hiç ummadığı anda karnına sert bir yumruk attım. Yankı öne doğru eğilerek elini karnına bastırdığında afallamış bir şekilde bana baktı. "Fakat bu bugün benimle defalarca oynadığın için karnına yumruk yemeyeceğin anlamına gelmez, Yankı Sarca."

Yanından geçip giderken bir daha ona bakmadım. Gülümsediğimde uzun zamandır yapmak istediğim şeyi yaptığım için kendimi huzurlu hissediyordum. Arkamdan "Hey!" diye bağırdı. "Bu yumruk yukarıda korktuğun için mi, ben çıplakken heyecanlandığın için mi yoksa seninle evlenmiyorum diye mi?"

Adımlarım bir anda bıçak gibi kesildi, gözlerim irice açıldı ve ona baktım. Peşimden gelirken eli hâlâ karnının üzerindeydi. Yüzündeki ifadesi hoşuma gitmişti, bu şekilde tepki vermem onu keyiflendirmişe benziyordu. Bir süre daha yüzüne bakıp diyecek hiçbir şey bulamadım ve yürümeye devam ettim. Akşam üstüydü ve güneş, bulutların arkasına gizlenmeye başlamış, akşam geleceğinin haberini daha serin rüzgârıyla bildiriyordu.

Çocuklar, bizi lunaparkın dışında bekliyordu; hepsinin gözü Yankı'nın üzerindeydi. Yanımda adımlamaya başladığında "Uzun zamandır karnına sert bir yumruk atmak istiyordum," diye açıklamada bulundum. "Sonunda yaptım. Bir daha benimle oynarsan yumruğum karnına olmayacak, haberin olsun."

Yankı gülümsedi, gözleri beni baştan aşağı süzdü. "Bir dahaki sefere bana yumruk atarsan karşılığını çok fena bulacaksın," dediğinde eli bir anda at kuyruğuma gitti, beni at kuyruğumdan kendine doğru çekti başımın geriye doğru yatmasına neden oldu. Yüzüm yüzüne yaklaştığında nefesini verdi. "O zaman da saçını böyle toplamanı isterim."

"Hey!" diye bağırdığımda canım yanmıyordu ama küçük bir çocuk gibi saçımı çekmesi kaşlarımı çatmama neden oldu. "Bıraksana saçımı ya!" Bırakmadı, at kuyruğumu bozdu ve saçlarımı karıştırdı. Dağılan saçlarıma bakan çocuklar gülmeye başladıklarında nefesimi vererek "Ben de tam sana teşekkür edecektim!" diye inledim. "Etmiyorum işte!"

Yankı, dağılmış olan saçlarımı bıraktığında gözlerini açarak bana baktı. "Ne için teşekkür?" Çocuk gibi dilimi çıkarıp ona uzattığımda bunu beklemiyordu. Her ne olduysa dişlerini sıktı, çenesi kasıldı. "Yapma şöyle," dedi derin bir nefes vererek. Bir daha dilimi çıkardığımda kolumu tuttu, beni kendine çekti sonra dişlerini sıkarak "Yapma şunu, dikkatimi dağıtma," dedi.

Kolumu ondan kurtardım ve sırıttım. O bana öylece bakarken, arkamda bırakıp çocukların arasına karıştım, Ferda bana sarıldı ve ben onun saçlarını sevdim. Bir daha ona dönüp bakmadım, lunaparktan yuvaya kadar da çocuklarla beraber koştum. O an, bütün çocukların kalbi, benim çocukluğumla beraber kalbimin üzerinde atıyordu.

Evin kapısının önüne geldiğimizde akşam olmuştu ve hepimiz fazlasıyla yorgunduk. Lâl ve Bartu yan yana duruyorlardı fakat birbirlerinin yüzlerine bile bakamıyorlardı, sessizce kapıyı açmak üzere olan Işık'ı izliyorlardı. Mutlu uyukluyordu, başı Işık'ın omzundaydı, ağzının içinde bir şeyler geveliyordu.

Işık kapıyı açtığında ve içeriye Mutlu'yla girdiklerinde onları Lâl ile Bartu takip etti. Yankı beni arkasında bırakıp içeriye girmek istediğinde bir anda kolundan tutup "Yankı bir saniye," dedim ve gözlerinin bana dönmesine neden oldum. Merakla yüzüme bakarken başımı omzuma yatırıp kolunu tutan elim, ağır ağır eline doğru indi. Yankı, ne yaptığımı anladığında kaşları havaya kalktı. "Bugün için teşekkür ederim," dedim tek nefeste. "Biz sana minnettarız, çocukluk hayallerim gerçekleşti."

Parmaklarım avucunun içine dokunduğunda yavaşça serçe parmağını tuttum. Yankı, elini tutan elime baktı sonra bana baktı sonra tekrardan elime bakarak "Çocukluk hayallerinin sınırı yoktur," dedi içten bir sesle. "Zamanla sana her şeyi öğreteceğim. Zamanla gücü de öğreneceksin, hayallerinin güzelliğini de, gerçeklerin acısını da." Ardından hiç beklemediğim bir anda teşekkürüme karşılık olarak centilmen bir erkek gibi elimi havaya kaldırdı ve tersini gözlerimin içine bakarak öptü. "*Leydi.*"

Gülümsedim. Tam o anda evin içerisinden Bartu'nun bağıran sesi geldi ve Mutlu "Yankı!" diye bağırdı. Ne olduğunu anlayamadan

Yankı elimi bıraktı ve içeriye doğru koştu, ben de peşinden ilerlediğimde ayaklarıma eşyalar çarpmaya başladı bakışlarım evin içinde dolaştı ve her yerin dağılmış olduğunu gördüm. Yankı, arkadaşlarının olduğu odaya girdiğinde bütün eşyalar yerle birdi, duvarlardaki çerçevelerin hepsi kırılmıştı, fotoğraflar yerlerdeydi. Koltuklar dağılmış, parçalanmıştı. Masanın bir bacağı kırıktı, sandalyeler parçalar halindeydi. Hep oturduğum o oda, mahvolmuştu.

Gözlerim şaşkınlıkla açıldı, her adım attığımda ayağımın altındaki cam parçaları sesler çıkarıyordu. Odada Bartu'nun hırlamalarının sesinden başka hiçbir ses yoktu. Yankı'nın arkasından öne doğru çıktığımda onun yüzünü gördüm; onun gözlerini ve sadece bana bakıyordu.

Caner'in elindeki Sokak Nöbetçileri'ne ait çocukluk fotoğrafı yere düştüğünde yanındaki üç adam onun bir adım arkasındaydı. "Sana iki gün vermiştim," dedi kaşlarını çatarak. "Ait olmadığın yerdesin, Helin."

12.

İNANCIN İKİ YÜZÜ

Bir köprünün ortasındaydım. Sol tarafımda vicdanım vardı, sağ tarafımda vicdansızlığım. Sol tarafımda gerçeklerim vardı, sağ tarafımda yalanlarım. Sol tarafımda yalnızlığım vardı, sağ tarafımda kalabalığım. Tam karşımda ise sadece seçeneklerim ve seçeneklerimden doğan yeni doğmuş ruhum.

Seçeceğim iki yol da benim sonum olacaktı artık biliyordum.

Köprünün ortasında durup aşağıya doğru baktım. Beni kör edecek berrak su ve kollarımı, bacaklarımı parçalayacak dalgalar.

Aşağı atlarsam kendi sonumu işte o zaman kendim yazacaktım. Arkama dönüp bakmaya ise cesaretim yoktu çünkü orada, terk edilmiş bir kız çocuğu görecektim.

Sessizliği bölen nefes sesleri.

Saniyeler geçmişti ama zihnimde saatlerini geçiren bir kadın yaşıyormuş gibiydi, o köprünün ortasında durduğum sürece zaman bile silinecek gibiydi.

Bakışlarım tekrardan Caner'in elinde tuttuğu Sokak Nöbetçileri'ne ait olan çocukluk fotoğrafına kaydı. Sımsıkı tutuyor, parmaklarının altında ezmek için fırsat kolluyordu. O fotoğraf karesinde ben yoktum ama ruhum, o fotoğraf karesinde yer alacak kadar onlarla beraber olmuştu. Bu sarsıcıydı.

İki adım ötemdeki Bartu'nun nefes sesleri öyle keskindi ki Caner'i tek bir hamleyle devirebileceğini biliyordum ama onu durduran, kolunu sımsıkı tutan Lâl'in eliydi. İçten içe Lâl'in Caner'e bunu yapmasını istediğini biliyordum ama Bartu'nun gözü döndüğü zaman nasıl birine dönüştüğünü bilmediğim için onu sürekli engelliyorlardı.

Bartu Sarca, durdurulmadığı zamanlar nasıl birine dönüşüyordu?

Bakışlarım Caner'in yüzüne doğru tırmandı, alayla gülümseyen dudaklarına zıt bir şekilde öfkeyle bakan gözleri vardı. Benden bir cevap beklediği açıktı ama öylesine şaşkındım ki ağzımı açıp hiçbir şey diyemedim.

Arkasındaki adamları tanıyordum, ekibimizden çaylak olan adamlardı ama iri cüsseleri, korkulacakmış gibi görünüyordu ve biliyordum ki böyle bir yola girdiyse yanındaki adamlar dışında başkaları da dışarıda bekliyordu.

"Böyle bir şeye," dedi Bartu ve dişlerini sıkarak konuştuğunu anladım. "Nasıl cesaret edebilirsin?" Gerçekten aklı almıyormuş gibiydi, imkân veremediği durumla karşı karşıya kalmış kadar şaşkındı. "Sen canına mı susadın lan?"

Caner, bende olan bakışlarını ayırıp Bartu'ya baktığında baştan aşağı onu süzdü, sonra arkasında kalan Lâl'e baktı. Lâl'i düşündüğümden daha uzun süre incelediğinde kaşlarımı çatmıştım. Caner'in bir planı vardı, bu bakışını tanıyordum. "Diyelim ki susadım," dedi elini sallayarak. "Ne yapacaksın? Beni dövecek misin?" Gözlerini devirdi. "Yoksa öldürür müsün? Senin gibileri çok tanıdım. Şişirilmiş balonları patlatmak zor değil."

Kendine gerçekten çok güveniyordu, hem de çok fazla. Planı yoktu, planları vardı ve hepsini devreye sokmak için büyük bir heyecanla beklediği çok açıktı. Dudaklarım aralandığında Bartu hırladı ve öne doğru atıldığında Lâl onu sımsıkı tuttu ve kendine doğru çekmeye çalıştı. "Seni balona çevirir, o balonu da yanındakilerden birinin götüne sokarım lan puşt!" diye bağırdı. Zorlukla zapt edilen Bartu, bırakıldığı an Caner'i keskin dişleriyle parçalayacak bir canavar gibiydi.

"Güzel hareketler," dedi Caner rahat bir sesle. "*Bu sokak çocuklarının* neden köpeği yok diye merak ediyordum ben de." Bartu'yu yanındakilere işaret etti. "Salyalarını akıtan bir köpekleri varmış."

Bu Bartu'nun zaten taşmak üzere olan öfkesine son darbesi olmuştu. Bartu sertçe kolunu tutan Mutlu'yu itekledi ve Lâl'i de benim üzerime doğru savurduğunda Caner'in üzerine doğru atıldı. Elleri Caner'in yakalarını tuttu ve yüzüne kafa attığında Caner geriye doğru sendeledi, arkadaki adamlardan birisi Caner'i tuttu. Yumruk atmak için elini kaldırdığında sol tarafta kalan adam, hızlıca silahını çıkarıp Bartu'nun yüzüne doğru tuttu. Onunla beraber diğer adamlar da bunu yaptığında Bartu'nun yumruğu havada asılı kaldı.

Caner, çöktüğü yerde elinin tersiyle dudağını sildikten sonra sinirlenmek yerine gülüp "Öfke problemi," dedi kafasını iki yana sallayarak. "Bu kadar kolay teslim olacak kadar da fevri. Gerçekten bu grubun köpeği sensin." Dakikalar sonra ilk defa gözleri Yankı'ya döndü. "Tasmasını da sen tutuyor olmalısın. Köpeğini düşmanlarının üzerine salıyorsun ve köpeğin onları ısırırken, sen keyfine bakıyorsun."

Bartu, dişlerini sıkarak silaha doğru yürüdüğünde Lâl, öne doğru atılıp Bartu'yu geriye doğru çekmeye çalıştı. Işık Mutlu'nun kollarını tutmuş, Bartu'ya büyük bir endişeyle bakıyordu. Yankı? Ona bakmamak için ne kadar büyük bir çaba sarf etsem de artık cesaretimi toplayıp ona bakmalıydım.

Başım ağır ağır ona döndüğünde yüzünü öfkeli bekliyordum, kızmış ya da kaşları çatık. Afallamış ya da şaşkın. Yıkılmış belki de tedirgin. Ama bunların hiçbiri yoktu. O Yankı Sarca'ydı, kendi kontrolü daima kendi ellerindeydi ve yine kontrolünü sağlamış, ifadesiz gözlerle Caner'i izliyordu. Tek bir mimiği bile oynamıyor, onu izlerken bakışları arada sırada Caner'in elindeki fotoğrafa kayıyordu.

Bartu silaha doğru yürürken "Öldür lan!" diye inledi. "Eğer şimdi öldürmezsen bu köpek seni parçalara ayıracak."

Caner, Bartu'yu dikkate almıyormuş gibi, Yankı'ya bakmaya devam etti. "Köpeğini ne zaman geri çekmeyi düşünüyorsun sokak çocuğu?" diye sordu Yankı'ya. Yine Yankı'yı öfkelendirmeye çalışıyordu, onun üzerine gidiyordu ama hiçbir karşılığını alamayacağını Yankı'nın yüzüne rengini veren alaydan anlamıştım. "Onun dilinden anladığına eminim."

Yankı, öne doğru adımlar attı sonra Lâl'e bir baş hareketi yaparak onun geriye doğru çekilmesine neden oldu. Eli, Bartu'nun omzuna dokunduğunda Bartu'nun bakışları Yankı'ya döndü. Kısa bir an, çok kısa bir an bakıştılar sonra Yankı, "Sana köpek diyor, duydun mu?" diye sordu. Gülümsedi, Yankı gülümsedi ve şaşkınlık gözlerimi açmama neden oldu.

"Duydum," dediğinde Bartu'nun öfkesi hâlâ yerli yerindeydi ama derinlerde Yankı'nın da ne demek istediğini anlamıştı. "Ve bunu bana söylerken korkudan titreyen dizlerini engellemeye çalışıyor."

"Biliyor çünkü," dedi Yankı ve bakışları Caner'e döndü. "Biz köpekler gibi eğitildik ve o sadece bir insan." Havayı kokladı, kaşları çatıldı. "Kokuyu alıyor musunuz? Az önce Bartu, Caner'in üzerine atladıktan sonra oluşan koku."

"Alıyorum ben," dedi Mutlu dişlerini sıkarak. "Bok kokusu. Ellerindeki silahlara rağmen altlarına yaptılar."

Caner, oturduğu satranç masasında mat olmuş gibi kaşlarını çattığında artık eğleniyormuş gibi değildi. Bartu zorlukla nefes alıyordu fakat Yankı'nın onun omzunu tutan eli sımsıkıydı, ondan daha sakin olması için rica ediyormuş gibi bakıyordu.

O an anlamıştım, Bartu Sarca'nın öfkesi, Sokak Nöbetçileri'nin zayıf halkasıydı.

"Yüzünüze doğrultulmuş dört silah var," dediğinde Caner'in sesi kin doluydu. "Ve hâlâ şaka yapabilecek durumdasınız öyle mi?"

"Senin gibileri çok gördük." Mutlu, Işık'ın onu tutan ellerini silkeledi. "Bu hayatta espriyle yaklaşmadığım çok nadir olay vardır ve sen onlardan birisi değilsin çüküm tipli. Senin neyini ciddiye alacağız?"

Caner, öfkeyle hepsinin yüzüne baktı, hepsinin. Beni pas geçti, sonraya sakladı ama hepsinin yüzüne bakarken bambaşka duygular bakışlarında yer aldı. En sonunda iğrenme gözlerinde yer aldığında tiksiniyormuş gibi "Sokak köpekleri," dedi. "Dur, sokak çocukları. Ha neydi, Sokak Nöbetçileri." Gözleri Yankı'ya döndü. "O günün hesabını sormayacağımı mı sandınız?" Eliyle evin içini işaret etti. "Her sokak çocuğunun bir çöplüğü vardır, sizin de çöplüğünüzü görmek istedim."

"Ve?" Yankı Bartu'nun önüne geçti, onu arkasına aldı, Caner'e bir adım uzaklıkta durdu. Kollarını önünde bağladıktan sonra çenesini havaya doğru kaldırdı. "O gün seni umursamadık ve sen de gelip evi mi dağıttın? Yani? Sonuç?" Gözlerini devirdi. "Bunun bizi öfkelendireceğini mi düşündün?" Onu süzdü, işaret parmağını sallarken gözlerini kıstı. "Küçükken kendisini bizim düşmanımız sanan senin gibi bir velet vardı." Gülümsedi ardından kafasını salladı. "Her neyse. O çocuk gelip bizim evimizi yakmıştı ve nedeni de tam senin gibi onu mandalinaya çevirmemizdi."

"Hangisini diyorsun ya?" Mutlu gülüyordu. "İlk evimizi yakan mı, ikinci evimizi yakan mı?"

"İlk kardeşim." Yankı tebessüm etti. "İkincisini Bartu, adam içerideyken yakmıştı, onu geçelim. Bartu, kundaklamayı sever, biliyorsun."

"Ne?" Arkadaki adamlardan birisi kendini tutamayıp tepki verdiğinde Yankı'nın gözleri tekrardan Caner'e yöneldi.

"Evimizi alevler içinde gördüğümüzde bir süre izledik." Derin bir nefes aldı, Bartu'ya baktı. "İzledik izledik izledik." Bartu da ona baktığında gülümsediler. "Sonra evin hepsinin yanmadığını gördük, gittik

Bartu'yla benzin aldık ve yanmayan yerlerini de biz yaktık." Gözlerindeki ifade değişti. "Bizim evlerimiz, sokaklardır. Gerçek yuvamız ise kalptedir."

Caner ifadesini gizleyemedi, afallamış bir suratla Yankı'ya baktı. İnanıp inanmamak konusunda kararsızdı ama bu kararını çoktan ortaya çıkarmıştı. "Dinlediğini anlamak sıfır gibi," diyen Mutlu da Yankı'nın yanına geçti. "Bir de özet geç istersen, mandalinaya döndü yüzü yine."

"Özet geçeyim," dedi Yankı ardından bir adım attı ve yukarıdan Caner'e bakarken gözlerini kibirle kıstı. "Yani demem o ki bizim evimizi o kadar çok yıkıp yaktılar ki artık alışığız." Bir anda, Caner'in ummadığı anda elindeki fotoğraf karesini sertçe çekip aldı, fotoğrafı havaya kaldırdı. "Ve senin gibi sokak çocuğu, sokak köpeği diyerek bizi ezeceğini sanan o kadar çok beyinsizle karşılaştık ki bunlar bize işlemiyor." Parmağını sertçe Caner'in şakağına bastırdı sonra hafifçe başını itekledi. "Bizi sinirlendirmek için çalıştır burayı, küçük enişte. Tanrı bunun içini boş yaratmış olamaz."

Caner, Yankı'nın elini iteklemek istedi ama Yankı çoktan geriye doğru bir adım atmıştı. Elindeki fotoğraf karesini Lâl, büyük bir heyecanla çekip aldı; sonra fotoğrafa bakıp ardından saklamak istiyormuş gibi göğüs kafesine bastırdı.

"E tabii ki bu demek değil ki bunları yapan insanlara hesabını sormadık," dedi Bartu duruşunu dikleştirerek. Sakinleşmişti ama damarlarında daima öfkenin gezdiğine emindim. "Öyle ya da böyle, bize yapılan her kötülüğün hesabını sorarız. Köpekler unutmaz," dediğinde kendini işaret etti. "Ve dediğin gibi ben bir köpeğim. Hem de kuduz. Bittin sen, *turuncu tüy.* Bittin."

"Turuncu tüy mü?" Mutlu hiddetle nefes verdiğinde eliyle alnına vurdu. "Bu benim aklıma nasıl gelmez? Sen söylememişsin gibi geri alabilir miyiz bunu?" Ellerini birkaç kere çırptı. "Onu elimize aldığımızda yüzünü de turuncuya boyayabilir miyiz?" Gülmeye başladı. "Düşünsene, turuncu tüy gibi ortada dolanıyor."

Işık kendini tutamayıp güldüğünde Bartu o kadar öfkesinin arasında da tebessüm etti. "Söz," dedi Mutlu'ya doğru. "Senin için bunu yapacağız."

"Grey'im be," diyerek yumruğunu havaya savurdu. "Bana yeni bir oyuncak daha buldu."

Yankı bunu nasıl yapabiliyordu bilmiyorum ama uzandığı her dalı kurutabiliyor aynı şekilde her dalı da yeşillendirebiliyordu. Caner'in uzattığını sandığı dalı tek bir hamlesiyle kurutmuş, onun yüzüne atmıştı. Caner'in nasıl hissettiğini biliyordum, yenilmiş gibi değildi, savaş alanında yalnız kalmış gibiydi. Çünkü Yankı, ona, kendiyle savaşma hakkını bile vermediğini gösteriyordu.

"Diğerleri gibi değilsin," dedi Caner Yankı'ya. "Akıllısın, zekisin ve hep bir planın var." İlk defa aklını çalıştırıyordu, bu beni şaşırtmıştı. "Ama bana gösterdiğiniz çok büyük bir şey var. O da aranızdaki bağ." Mutlu'yu işaret etti. "Geçen gün onun zarar görecek olması bile köpeğini deli etti. Demek ki grubunuzdan birisine bir şey olsa..."

O an Yankı da dâhil hepsi birden Caner'in üzerine doğru gittiğinde silahlar tam olarak onları hedef aldı.

Gerçek yuvamız kalptedir, demişti.

Yankı burnundan keskin bir nefes verdi, omuzları inip kalktı. Nöbetçilerin diğer üyeleri ise Yankı'nın tek bir hareketini bekledi. Caner, ilk defa Yankı'nın damarına nasıl basacağını bulmuştu, bu yüzden geriye doğru adımlarken yüzünde keyifli bir ifade oluşmuştu. "Haklıyım," diye mırıldandı. "Belki senin kadar zeki değilimdir sokak çocuğu ama insanların zaaflarını tanıma konusunda üstüme yoktur. Zaaflarını biliyorum."

"Ya da bildiğini sanıyorsundur," dedi Yankı ama sesi artık korkutucu geliyordu. "Bu hayatta tahammül ettiklerim, edemediklerimden daha azdır. Hepsini zaafım mı sanacaksın?"

Caner, kafasını salladı. "Yanındaki sokak çocuklarından birinin zarar görmesi. Bu sakinliğini de zekânı da bitirir. Ve biliyor musun, kendini zeki sanan kişilerin sonunu zaafları getirir."

Yankı'nın arkasında duran Bartu hareketlendi fakat Yankı elini kaldırıp onu durdurduğunda Caner'den gözlerini bir an bile olsun ayırmıyordu. Her ne düşünüyorsa, bu düşündüğü onun sakinleşmesine neden olmuştu. "Benim kendime ait bir dünyam var," dediğinde eliyle yanındaki arkadaşlarını gösterdi. "Ve o dünyadaki insanlara zarar vermeye çalışan kişinin sadece sen olduğunu mu düşünüyorsun?" Başını omzuna indirdi. "Korkularının ilki her zaman zaaftır, güçsüzleşirsin ama bunu atlatırsan sonrasında zaafın olmaktan çıkar, güçsüzlüğün güce dönüşür. Benim kardeşlerime defalarca zarar vermeye çalıştılar."

Caner, Sokak Nöbetçileri'nin yüzüne tek tek baktı, onları süzdü ve sonra, "Ve başarılı olamamışlar," dedi tek nefeste.

"Çünkü başarılı olmalarına izin vermedim," derin bir nefes verdi, "vermedik." Elini Caner'in omzuna koydu, sıktı. "Diyelim ki zarar vereceksin, şu an birimizi vuracaksın ve belki de birimiz öleceğiz." Güldü, gülüşünde bambaşka bir duygu vardı. "Diğerlerimiz yaşadığımız sürece sen nefes alamazsın."

Caner, Yankı'nın omzundaki eline baktı; iteklemek istedi ama Yankı buna izin vermedi. "Aslında kastettiğim fiziksel şiddet değildi," dediğinde kaşlarını kaldırdı. İlk defa Caner'in gözleri bana döndüğünde onun silahının ben olduğumu, içten içe bana okları yönlendirdiğini anladım. "Kastettiğim birinizi öldürdüğümde bile diğerlerinin kılını kıpırdatamayacağı duruma getirmekti." Gülümsediğinde kendimi Sokak Nöbetçileri'nin karşısında ilk defa onların düşmanıymışım gibi hissetmiştim. Onları birbirlerinin yüzlerine bakamayacak hale getirebilir miydim?

Yankı, Caner'in kime baktığını anladı ama dönüp bana bakmadı; elini Caner'in omzundan indirdi ve sessizliğini korudu. En başından beri kafasının içinde dönen tilkilerin ulaştığı bir sonuç olmalıydı ama Yankı'yı artık tanımaya başlamıştım, bunu belli etmezdi. "Hayal kuruyorsun," dedi Yankı tek solukta. "Sokak çocukları bir gün birbirinden ayrılsa bile en sonunda aynı sokakta tekrardan birleşirler çünkü tek evleri orasıdır."

Caner gülmeye başladığında kafasını iki yana salladı, bakışları hâlâ benim üzerimdeyken, "Diğer kardeşlerini anladım. Peki ya *kardeşin* Helin?" dedi kelimenin üzerine bastırarak. "O bir sokak çocuğu değil. Evi de senin sokakların değil."

Yankı bu sefer tepkisiz kalamadı, başını çevirip bana baktı ve turkuaz gözleriyle gözlerim kesiştiğinde yavaş yavaş yüzüne tebessüm oturdu. Bana bakarken "Kardeşim Helin mi?" dedi alayla. "Kardeşim dediğim kişilerin elini tutup uyumak gibi huylarım yoktur." Caner'in yüzü ilk önce kızardı, sonra kaşları çatıldı ve dişlerini sıktı. "Üzgünüm küçük enişte, Helin'e kardeşim diyemeyeceğim kadar fazla yakınlaştık." Gözlerini açtı. "Çok fazla. Çok çok fazla."

Mutlu daha fazla dayanamadı. Gülerken "Yakında düğünlerine gelirsin artık," dedi Caner'e hareket çekerek. "Baktın olmuyor, çükünü kes, onunla evlen. İkiniz de küçücüksünüz, yakışırsınız."

Mutlu'nun söyledikleri umurumda bile değildi, gözlerim Yankı'nın üzerindeydi ve şaşkınlıkla ona bakıyordum. İlk defa benim hakkımda düşündüklerini net bir şekilde duymuştum ve bu duyduklarım, kendi içimde onunla ilişkimi sorgulamama neden olmuştu. Caner'i öfkelendirmek için mi böyle konuşuyordu yoksa gerçek düşünceleri mi bunlardı?

"Doğru mu?" dedi Caner bana bakarken ve hızlıca bir adım atıp üzerime gelmek istediğinde Yankı eliyle omzundan itekleyip onu geriye doğru itekledi. Caner, Yankı'yı umursamadan bir daha adım attı fakat tam o anda bütün Sokak Nöbetçileri önümde durduğunda ve etten duvar oluşturduklarında şaşkınlıkla onlara baktım. İlk defa beni böyle koruyorlardı, ilk defa Yankı dışında onlar da beni arkalarına almışlardı.

Gerçek yuvamız kalptedir, demişti. Ben o gerçek yuvada mıydım?

Beni suçlamıyorlardı, suçluyorlarsa bile kendilerinden birisi gibi görüyorlardı; tam arkalarına saklayacakları kadar onlar için değerli olduğumu hissettiğimde elim kalbime doğru gitti.

Onlar Sokak Nöbetçileri'ydi. Beş kişilerdi ve birbirlerinden başka kimseyi kollarıyla sarmazlardı. Ben altıncı kişiydim ve şimdi onların kollarının sıcaklığını hissediyordum.

Silahlar yüzlerine doğru çevrilmişti ve artık işin renginin değiştiğini, Caner'in tek bir öfkesiyle birinin zarar göreceğini biliyordum çünkü o fevriydi, ben gibi ya da Cem gibi değildi. Öfkesine yenik düştüğünde gözü kararırdı ve tam şu an bana bakarken gözünün kararmaya başladığını görebiliyordum.

"Bir şeyi merak ediyorum," dedi Işık en sonunda dayanamayarak. "Önemi yok ama bu kadar tantana, bu kadar şov Helin için mi?" Yerleri işaret etti sonra dağılmış olan eşyaları. "Amacın ne?"

Caner dişlerini sıkarak bana bakarken Bartu'nun vücudundan onu zorlukla görüyordum. "Amacımı," dedi ardından sustu. Tam o anda gözlerimiz bir daha kesiştiğinde gözüne düşen karanlığın ikimizi de kör edeceğini anladım. "Helin çok iyi biliyor."

Dakikalardır fark edemediğim en önemli detay, açık bir defter gibi yüzüme çarpıldığında Caner'in amacının ne olduğunu görebildim. Bana günlükler için iki gün vermişti ve o iki gün dolduğunda eve girip, kendisi günlükleri almak istemişti.

"Bir konuya açıklık getirelim," dedi Mutlu kafasını sallayarak. "Seni sevmeyen bir kadını seni sevmeye zorlayamazsın, seni istemeyen bir kadını zorla çekip alamazsın." Eliyle Yankı'yı işaret etti. "Ve çüküm tipli, şu adamı görüyor musun? O bir prens ise sen o prensin atı bile olamazsın."

"Mutlu," dedi Yankı ağzının içinde geveleyerek. "Konuya alakası ne bunun?"

"Ne?" Mutlu yüzünü buruşturdu. "Beybeğim, birisi şuna sizin Helin'le evlenip on çocuk yapacağınızı söylemesi gerekiyor."

"Mutlu..." Işık dirseğiyle Mutlu'ya vurdu. "Yine olur olmadık yerlerde saçma sapan konuşmaya başladın."

"Fazla ciddiyet beni geriyor Gün Işık'ım," diyerek gözlerini devirdi. "Ve türk filmi tadında aşklardan da hoşlanmıyorum. Bu çüküm tiplinin derdi bizim seksi ise vazgeçmesi gerekiyor. Onları evlendirmeden bu dünyadan göçüp gitmeyeceğim."

"Mutlu." Bartu derin bir nefes verdi. "Yine çok konuştun."

Caner, Mutlu'nun bütün söylediklerini duymamış gibi bana bakmaya devam ediyordu. Şakalar ya da gerçekler umurunda bile değildi, bir an olsun benden ayrılmayan bakışlarında sorular vardı. Öne doğru ilerledim ve yüzünü net bir şekilde görebildiğimde kafamı iki yana salladım. "Gerçekten bu sokak çocuğuyla yattın mı?" diye sordu bana tiksiniyormuş gibi. "Bunu yaptın mı?"

Bana doğru ilerlemek istedi ama Yankı bu sefer daha sert bir şekilde itekledi̇ğinde Caner'in ayakları birbirine dolandı, düşecek gibi oldu. "Sınırlarımı aşma," dedi Caner'e Yankı. "Bu çizgiden sonrası benim sınırlarımı aştığın yer ve Helin o sınırların içinde."

Caner, farklı bir yol izleyerek "Onu istemediği hiçbir şeye zorlayamazsın," dedi. "Onu elinde tutsak mı edeceksin? Buna izin veremem."

"Onu kendime tutsak da ederim," dedi Yankı ve bu söylediği ikimizin arasındaki başka bir duvarın daha yıkılmasına neden oldu. Bir süre bekledi, gülümsediğini hissettim ve sonra devam etti: "*Lideri olarak.*" Bu ikimizin arasındaki espriden çok daha fazlasıydı.

Caner, bir an ne yapacağını bilemedi ve elleri kolları sarsıldı, başını tavana doğru kaldırdı derin nefesler aldı. Buraya onlara zarar vermeye gelmemişti, farkındaydım ama artık o yolu da düşünmeye başlamıştı.

"Utanmasa ağlayacak," dedi Mutlu en sonunda dayanamayarak. "Beni beni Caner'ini repliği tahmini ne zaman gelir?"

Bu damlayan son kandı, son ateşti, son sabırdı. Caner, başını indirdi, öfkeyle nefesini verdi ve arkasındaki adamlardan birisinden silahını sertçe çekip aldı. Mutlu'nun yüzüne doğru tuttuğunda, "Kapa çeneni lan soytarı!" diye bağırdı odayı inleterek. "Bir daha ağzını açarsan beynini dağıtacağım."

Bartu, yerinden kıpırdandı yine ve Yankı onu tuttu. Ellerimi saçlarıma doğru geçirip "Caner," diye inledim. "İndir şu silahı, ne yaptığını sanıyorsun?"

Dakikalardır konuşmadığımı ve figüran gibi olduğumu yeni fark ediyordum. Nedeni neydi? Korku? Konuşmayı unutmuştum.

Silahı bu sefer Caner hepsine doğru sallarken "Benim amacımı biliyorsun!" diye bağırdı bana. "Derdimin ne olduğunu da biliyorsun!" Beni tehdit ediyordu, tamamen öfkesine yenik düşmemişti ama eğer karşısında durmaya devam edersem her şeyin mahvolacağını biliyordum.

"Tamam, indir silahını öyle konuşalım!" diye bağırdığımda öne doğru çıkmak istedim fakat Yankı'nın eli, sertçe kolumu tuttu ve beni yanına doğru çekti. Buna izin vermeyeceğini anladığımda gözlerimiz çok kısa bir an kesişti. Yüzü bana dönükken, kimseye bakmadığı gibi bakıyordu, o an sınırlarının içinde hapsolmadığımı ama kendi isteğimle kaldığımı anladım.

"Hiçbir şey yapamaz," diye fısıldadı bana doğru. "Korkacağın hiçbir şey yok. Arkamda ya da yanımda dur." Eli, kolumu öyle sıkı tutuyordu ki istesem de kurtulamayacağımı fark etmiştim sonra bir şey oldu, yüzümün aldığı hâl, ona canımın yandığını düşündürdü, eli kolumdan aşağıya inip elimi tuttu.

Yankı Sarca elimi tuttu.

"Neymiş amacın?" diye soran Bartu'nun sesi sorgulayıcıydı. İstediği cevaplara ulaşmak istiyordu, benim hakkımdaki şüphelerinde haklı çıkmak asıl konuydu. "Anlat, belki de bilmek istiyoruzdur."

"Helin, yanıma gel," dedi Caner dişlerini sıkarak. "Yoksa her şey çok kötü olacak."

"Onu hiçbir şeye zorlayamazsın!" diye bağırdı Işık ve öne doğru atıldığında Mutlu'nun onu çekiştirdiğini gördüm. "Sen kendini ne sanıyorsun saplantılı pislik?"

Yankı'ya bakmaktan bir an bile vazgeçmiyordum, o da bana bakıyordu. Bakışlarım rica ediyormuş gibi bir hâl aldığında, "Korkma," dedi net bir sesle. "Korktuğun her neyse bırak şu an ortaya çıksın. Bırak, ne oluyorsa olsun. Bırak, akıp gitsin. O sana zarar vermek istiyor."

Yine o köprünün ortasında hissediyordum kendimi ama solumda da sağımda da kıyametler kopuyor gibiydi. Aşağıya atlamak istiyordum ama artık orasının da beni korkuttuğunun farkındaydım; canımın acıması değildi konu canım acırken neden acıdığını insanların görmesiydi. Arkama baktım; can çekişen çocukluğumla karşılaştım ve ona sığınmak, benim için en kötüsü olurdu, biliyordum. O an o can çekişen çocukluğumun arkasında beş gölge belirdi, o gölgeler, onu sardı.

Vicdanım sızladı ilk önce sonra gururum parçalandı. Kıyametlerin ortasında kalmıştım ve köprü devrilmek üzereydi. Kulaklarımda Yankı'nın sesi vardı, cümlesi zihnimin içinde dönüp duruyordu. *Bir dahaki sefere benim arkamda değil de onun yanında dur. Bu bir şeyleri kabullenmemi kolaylaştırır,* demişti bana.

"Korktuğum hiçbir şey yok," diye fısıldadığımda elimi yine ondan kurtarmaya çalıştım ama yine izin vermedi. Gözlerimin içine bakarken bir şeyleri çözmeye çalıştığını anlıyor, ondan kendimi gizlemeye çalışıyordum. Birçok yolum vardı hatta şu an bambaşka bir yol daha çizebilir ona her şeyi anlatabilirdim ama bende eksik olan bir duygu vardı: Cesaret.

Köprünün iki yanındaki yüz bana gülmeye başladı. Birisi '*Korkma, ona her şeyi anlat*' dedi. Diğeri kafasını salladı. '*Ona hiçbir şeyi anlatma, anlatırsan çocukluğun ölür.*'

"Var," dediğinde bakışları Caner'e döndü. "O hiçbir yere gelmiyor, istiyorsan ve cesaretin varsa gel, sınırlarımı aş, onu al."

"Yankı," dedim dişlerimi sıkarak. "Onunla gitmek istiyorum." Bunu sadece Yankı duydu ama duymazlıktan geldi, kaşları çatıldı fakat elimi daha fazla sıktı. Söylediklerimi ilk defa anlamıyor ya da anlamak istemiyormuş gibi davranıyordu.

"Bu durum epey can sıkıcı olmaya başlayacak," dedi Caner ve gözlerinin beni izlediğini hissettim. "Fakat canı yanacak olan ben olmayacağım gibi. Siz bilirsiniz."

Tahta köprünün parçaları düşmeye başladı; gökyüzüne tutunmak için yukarıya doğru baktım fakat orası da benim sığınamayacağım kadar acılarla doluydu. Geçmişim gökyüzüne gizlenmişti, oradan kaçışım asla olamazdı.

İki yanıma baktım, o yüzlerin beni merakla izlediklerini gördüm. Arkalarındaki kıyamet onları yutmuyordu ve anlamıştım; o kıyametleri çıkaranlar, aslında o yüzlerdi. Bir yol seçmem gerekiyordu ama yolum yoktu, artık hiçbir çarem yoktu.

Bir daha arkama baktığımda çocukluğumun yanındaki beş gölgenin, çocukluğumu iyileştirdiğini fark ettim. *Önemli olan geçmiş* dedi, sol tarafımdaki yüz. *Artık kurtulamazsın, bırak çocukluğun kurtulsun.*

Çenemi havaya doğru kaldırdım ve kendimi önemsemeyerek, kendime sırt çevirerek, "Yankı," dedim. Elimi sertçe çekmeye çalıştığımda gözleri tekrardan yüzüme döndü. "Şu elimi bırak artık," diye inledim. "Ve yalanlarına son ver! Biz seninle hiçbir zaman yakınlaşmadık!" İşte şimdi köprü tamamen yıkılmıştı ve ben o köprünün bir ucuna tutunmuş, aşağıya düşmemek için çırpınıyordum.

Yalanlar.

Yankı'nın keskin sınırlarının çizildiği o dikenli tellerdi. Onun sınırlarından içeriye yalanlar giremezdi ve ben o sınırların içerisinde yalanlarımla karşısındaydım. Kaşları çatıldı, hayretle bakarken "Yakınlaşmadık mı?" diye sordu düşündüğümden daha iç yaralayıcı bir tınıyla. "Bunu içten mi söylüyorsun?" Kafasını iki yana salladığında elinin gevşemeye başladığını hissettim.

Halatlar da koptu, tutunduğum tek tahta parçası çatırdamaya başladı. Artık ne olacaksa olacaktı. "Caner'i öfkelendirmek için böyle yollara başvuruyorsun ama bunlar saçmalık," dediğimde ilk defa ona karşı böylesine güzel oynuyor, böylesine güzel maskeler takıyordum. Gerçeklerimi görebildiğini ama yalanlarıma ulaşamadığını söyleyen Yankı, artık gerçeklerime de ulaşamıyordu. "Egoistin tekisin ve her gülümsemeyi ilgi olarak görüyorsun bence."

Onun dışında hiçbir Sokak Nöbetçisinin yüzüne bakamadım çünkü biliyordum, baksaydım bu benim için ağırlığını taşıyamadığım bir yük haline gelirdi. Mutlu "Yalan söyleme, o gün beraber," diye söze başlayacağı sırada Yankı elini kaldırıp Mutlu'yu susturdu ve devam etmesini engelledi. Ya korktuğum bir şeyler olduğunu anladı ya da kendisi de hatırlamak istemediği için bunu yaptı bilmiyordum ama Yankı yalanıma ortak oluyordu. Tam da onun söylediği gibi, sessizce.

"Buraya senin yanına sadece eğitilmek için gönderildim aslında," dedim Yankı'ya doğru yaklaşarak. Aramızda birkaç karış kaldığında nefesini tuttuğunu fark ettim. "Senin egolarını yüceltmek için değil."

Eli, ensesine doğru gitti ve sonra yüzünü buldu. Parmakları sakallarının arasında gezinirken ellerindeki izleri gördüm; içim sızladı, vicdanım sızlamayı bıraktı çığlıklarını benimle paylaştı ve ben yüzüme yerleştirdiğim maskemi bir an bile düşürmemek için ekstra çaba sarf ettim.

"Helin," dedi kısık bir sesle. "Bunu yapmaya devam edersen sana inanmayı seçeceğim. Ben inandığım yalanları ve onların hissettirdiklerini asla unutmam." Yankı'yı sadece ben duymuştum, diğerleri duymamıştı ama ben de duymak istemediğimi hissediyordum. "Son kez söylüyorum, korkacak hiçbir şeyin yok, o sana zarar verecek."

Gözlerimi ondan kaçırdım, Caner'e baktım. Her şey aslında birkaç saniye içerisinde oluyordu ve onun sabırsız bakışlarında artık bütün gardını indirmiş bir adam vardı. Başını omzuna yatırdı, tehditkâr bakışlarında anlamsız sözler geçti.

Gözlerim yine Yankı'ya döndüğünde "*Senin yanında değil, onun yanında durmak istiyorum,*" dedim net bir sesle. "Bu bir şeyleri kabullenmeni kolaylaştırır." Onun cümlelerini, ona silah olarak doğrultmuştum ve o silahtan çıkan kurşun isabet aldığında gözlerinde daha önce göremediğim tek bir duygu oluştu, o duygunun adı, kırgınlıktı.

Tutunduğum köprü tamamen dağıldı, altımdaki berrak suya ve dalgalara doğru düşerken son gördüğüm yüz, Sokak Nöbetçileri'nin gölgesinin arasında gülümseyen çocukluğumdu.

Yankı'nın eli, elimi bıraktı.

Kapattığı önümden geriye doğru çekilerek yolumu açtı ve başını çevirip duvara doğru baktı. En başından beri dizdiğimiz bütün taşlar tek tek devrilmişti ve o taşları tek tek ellerime veren Yankı'ydı. Bu zamana kadar defalarca diğerleriyle ters düşmüştüm, defalarca onlar tarafından ötekileştirilmiştim ama Yankı'nın daima önümdeki varlığı beni kendime güvende hissettirmişti ve şimdi, o güven duvarları tek tek yıkılmıştı.

Yankı Sarca'nın ilk defa o gün kalbini kırdım.

Yankı Sarca'ya ilk defa o gün arkamı döndüm.

Ve bunu ona yaslanmak için yapmamıştım.

Caner'e doğru yürüdüm, omuzlarımı dikleştirdim ve çenemi kaldırdım. Caner'in doğrulttuğu silah ağır ağır aşağı indiğinde başımı onlara doğru çevirdim. Işık ve Mutlu büyük bir şaşkınlıkla bana bakıyorlardı, dudakları aralanmıştı. Lâl'in gözlerindeki öfke değildi. Kafasını iki yana sallarken ne yapmak istediğimi anlamış gibiydi ve bu onun elindeki fotoğraf karesini daha sıkı tutmasına neden olmuştu; onlar için hâlâ tehlike olduğumun farkındaydı.

Bartu. O kendinden emindi. Kollarını önünde bağlamış, bana bakarken karşısında ihanet eden birisi varmış gibi süzüyordu. Bunu yapacağımdan neredeyse emindi.

Tam o anda, elimde Caner'in elini hissettim ve sıkıca tuttuğunda Yankı'nın turkuaz gözleri, Caner'in elimi tutan eline kaydı. Çenesi kasıldı, gözleri seğirdi ve sol elinin yumruk halini aldığını gördüm. "Sokak çocuğu," dedi Caner, Yankı'ya. "O senin sokaklarına ait değil."

Kaybetmek ya da kazanmak. Yankı için bunlar o an önemli miydi bilmiyorum ama ellerimize bakarken yüzünün aldığı hâl, karnıma bir yumruk yemişim gibi hissetmeme neden oldu. Birkaç saniye geçti, Caner cevap bekledi hatta yarım dakika geçti ama Yankı hiçbir cevap vermedi.

Yankı Sarca'nın ilk defa vereceği bir cevabı yoktu.

Onun sokaklarındaki güzelliklerine arkamı döndüğümde artık acı çekiyor, dalgaların beni parçaladığını hissediyordum.

"Helin bunu yapamazsın," dedi Işık kısık bir sesle fakat Caner beni çekip yürümeye başladığında ayaklarımın altındaki camların sesleri, kulaklarımın içinde yankılandı sonra kalbimi de kesti. "Onu seviyor musun sahiden?" Yankı'nın hemen yanından geçerken, gözlerinin hâlâ ellerimizde olduğunu gördüm; turkuaz bakışları bir daha benim yüzüme tırmanmadı ve ben de arkamı dönüp onlara bir daha bakmadım.

"Gerçekten onu mu seviyormuş?" diye soran Mutlu'nun sesinde bile kırgınlık vardı. "İşte bunu hiç beklemiyordum."

Caner, dış kapıya doğru yürürken kısık bir sesle bana "İşte şimdi bittin," dedi ve eli elime öyle bir baskı yaptı ki parmaklarımın kırılacağını hissettim. "İşte şimdi seni bitirecekler Helin Aktan. Ve ben seni kurtarmayacağım."

Boğuldum, boğuldum, boğuldum. Düştüğüm suyun içinde çırpındım, bana bir el uzansın istedim ve su yüzeyine çıkamadım. Gölgeler artık beni kurtaramazdı, bencil çocukluğum bulunduğu yerde mutluydu fakat o iki yanımdaki yüzün de suyun altında benimle beraber boğulduklarını gördüğümde kurtuluşum artık imkânsızdı.

Sonuçlara katlanabilirdim lakin o sonuçlar, başkalarının da canını yakmasıydı. Nedenlere inanabilirdim lakin o nedenler, canımı fazlasıyla yakmasıydı.

❀

Dört tarafı duvarla çevrili rutubet kokan bir odanın içindeydim, pencereleri yoktu. Farelerin seslerini işitebiliyordum ve su sesini. Bu odayı tanıyordum.

Bir sandalye, o sandalyede ben oturuyordum ve tam karşımda başka bir sandalye daha vardı; o sandalyede oturan kişinin gözleri benim üzerimdeydi. Arkadaki adamlar hiçbir şey yapmadan olanları izliyorlardı. Saçlarımdan akan sular, bacaklarıma damlıyordu. Defalarca su çarpmışlardı, soğuk suyun etkisi beynimi uyuşturmaya başlamıştı.

Yüzüme sert bir tokat daha indiğinde başım sağa doğru döndü, ağzımın içindeki kan tadı diğer tokatlardan sonra katlanamayacağım bir duruma geldi. Yere tükürdüğümde kucağımdaki ellerim titriyordu. Ve dizlerim.

Konuşamıyordum çünkü sesimin de titreyeceğini biliyordum. Çenemi tuttu, havaya kaldırdı sonra başka bir tokadı daha attığında bu sefer dudağımın diğer tarafının da patladığını anladım. "Sen ne yaptın?" diye haykırdı. "Bunu gerçekten yaptın mı?"

Önüme gelen saçlarımın arasından karşımdaki sandalyenin arkasındaki yüzlere baktım. Caner, Cem ve diğer adamlar beni izliyorlar, acı çekişimi görmek istiyorlardı. Her tokattan sonra Caner'in yüzünün aldığı hâl değişse de bir adım dahi atmıyor, bunu hak ettiğimi bana belli ediyordu. Beni kurtarmıyorlardı, hoş kurtarmak istesem ben de kendimi kurtarabilirdim ama şu an doğru olan buydu.

Ben Ekip'in bir askeriydim.

"Konuşsana!" diye haykırdıktan sonra eli saçlarımı kavradı, başımı geriye doğru yatırdı. "Onlarla duygusal bir bağ kurdun ve bize karşı komplo içinde misin?" Kafamı iki yana salladığımda saçımı daha sert bir şekilde çekti. "Caner, şunu tekrar anlat," dedi dişlerini sıkarak. "Bir daha anlat. Bir aptala anlatıyormuş gibi anlat ki duysun."

Caner, hareketlendiğinde artık rahatsız olmaya başlamıştı. "Defalarca anlattım," dediğinde karşımdaki yüzün bakışları ona sert bir şekilde döndü. "Anlatayım Sedat Bey." Yutkundu. "Helin onların grubuna girdiğinden beri ona doğru düzgün ulaşamıyorduk ve nedenini görevde olduğu için sanıyorduk. En sonunda Cem beni onu takip etmek için görevlendirdi ve ben de onu takip ettim. Onlarla çok yakın olduğunu fark ettim. Yani normal bir yakınlık değil, arkadaş gibi. Hatta dediğim gibi grubun lideriyle aralarında duygusal bir bağ oluşabileceğini düşündüm..."

Yüzümde başka bir tokat daha patladığında kulağımda çınlama oluştu, o çınlama yükseldi ve gözlerim karardı. Başım geriye doğru düştüğünde Sedat, ensemden tuttu, sandalyenin dibinde duran şişeyle yüzüme tekrardan su çarptıktan sonra saç köklerimi tutarak "Konuş!" diye hırladı. "Bunlar doğru mu?"

Yankı Sarca'nın bana öğrettiği bir şey vardı, o da son âna kadar daima başka yolların olabileceğini düşünmek ve sessizliğini korumaktı. "Her neyse sonra ben Helin'i uyardım ve biliyorsunuz, günlükleri istedim. O bizi umursamadı, ulaşamadık hatta bir süre ortalarda da görünmediler. Ama sonra..." Gözleri hayal kırıklığıyla bana baktı. "Günlük için biz onların evine girdik, her tarafı aradık ve günlüklere ulaşamadık. Helin bu konuda onları uyarmış olmalı." Sesine nefret bulaştı, daha fazla acı çekmemi istedi. "Ayrıca, bugün lider olan sokak çocuğu Helin'le yattığını söyledi."

Kafamı iki yana salladığımda dişlerimi sıkarak Caner'e bakıyordum, sonra da Cem'e. Sonra da arkalarında kalan diğerlerine. Senelerce onların yanındaydım, senelerce omuz omuza durmuştuk ve bir kere olsun onlarla aramızda bir bağ oluşmamıştı.

Sokak Nöbetçileri'nin bana öğrettiği bir şey vardı, o da birisinin canı yanarsa diğerlerinin o can için can vereceğiydi.

Hiçbiri benim için canını vermezdi, hepsi kendi canının derdindeydi.

Sokak Nöbetçileri bir aileydi, Ekip öyle değildi.

"Onunla kendi isteğinle amacın olmadan zevk için yattın bir de!" dedi Sedat ve gözlerini açarak yüzünü yüzüme yaklaştırdı. "Sen canına mı susadın!"

Dayanamayarak "Kimseyle yatmadım!" diye haykırdım. Sesim titriyordu fakat umurumda bile değildi. "Yankı'yla aramda hiçbir şey geçmedi!"

"Peki o sokak piçi neden bunu söylüyor?" diye sorduğunda ağzımın içindeki kan, midemi bulandırmaya başlamıştı.

"Sadece Caner'i öfkelendirmek istedi çünkü Caner onların damarına basıp duruyor ayrıca yattık demedik!" Sandalyeden kalkmak istedim fakat Sedat, omuzlarıma bastırarak beni geri yerime oturttu sonra da başımı sertçe önümdeki sandalyenin başlığına yatırdığında boğazıma yapılan baskının nefesimi kestiğini hissettim. "Yalan söylemiyorum," dedim zorlukla nefes alarak. "Yankı'yla aramda hiçbir şey geçmedi."

"Onlara bizden bahsettin mi?" Baskısını arttırdı, nefesim kesilmeye devam etti ve acı, soluk boruma saplandı. Gözlerim kararmaya başladığında burnumdan akan kan, çeneme doğru ilerledi. "Patronun en büyük kuralı, bizim gizli kalmamızdır. Bunu unuttun mu?"

Patron. Benim yolumun asıl amacı.

Kelebek *kozasından* çıkmaya başladı.

"Hayır," dedim hırlayarak. "Sizden bahsetmiş olsaydım şu an burada oturuyor olmazdım çünkü Bartu beni öldürürdü."

Sedat, başımı kaldırdığında ve saçlarımı bıraktığında öksürerek önüme doğru eğildim ve ağzımdan çıkan kanları umursamadan kusmaya başladım. Tek gözüm, darbelerden dolayı kapanmaya başlamıştı fakat canım o kadar çok yanıyordu ki gözüm, yüzüm umurumda bile değildi.

"Bartu hangisi?" diye sordu Sedat Caner'e.

"Bartu Sarca," diye açıklamada bulundu Caner. "Tek kimsesiz sokak çocuğu. Yetimhane yüzü bile görmemiş, sokaklardaki insanlar tarafından büyütülmüş bir çocuk. İki üç yaşına kadar bir kadın onu emzirmiş. Önder'in yumruğu gibidir, çok güçlü olduğu söyleniyor ama fazlasıyla fevri ve öfkeli birisi. Zayıf halka, ben hallederim."

Şaşkınlıkla gözlerim açıldığında "Lanet olsun," dedim Caner'e doğru. "Bunların hiçbirini ben bilmiyorken sen biliyorsun."

"Çünkü sen onlar hakkında bildiğin hiçbir şeyi bize anlatmadın ve biz de onları araştırmaya başladık," dedi Caner kızgınlıkla. "Onların yanına gitme nedenini unuttuğun için bilmiyor olabilir misin?"

Sedat'ın sırtı bana dönüktü. Derin derin nefesler alırken ellerini birleştirdi ve başını havaya doğru kaldırıp "Helin," dedi sanki dakikalardır sakinmiş gibi. "Seninle doğru düzgün konuşalım." Karşımdaki boş sandalyeyi çevirip oturduğunda çenemi bu sefer nazikçe tutup başımı kaldırdı, eli çenemden akan kanlarda gezindi. "Günlerdir onlarla berabersin, hiçbir şey öğrenemedin mi?"

Sedat'ın yüzüne bakarken başım şiddetli bir şekilde dönüyordu. Planlarımı düşündüm, yollarımı ve sonra Yankı'nın böyle bir durumda ilerleyeceği yolları hesapladım. "Bir şey öğrenmemiş olmama mı öfkelisin yoksa onların sizi öğreneceğine mi?" diye sorduğumda sanki benim yerime Yankı konuşuyordu. "Onlardan korkuyorsunuz."

Sedat'ın yüzündeki sakinlik silindi ama gülümsediğinde çenemi tutan eli sıkılaştı. "Bunu sana düşündüren nedir?"

"Onları görmek." Çenemi onun elinden kurtardım. "Onların arasına girmeden önce sizin deyiminizle sadece sokak çocukları olduklarını sanıyordum ama onlar çok daha fazlasıymış ve sizi korkutanın ne olduğunu aslında anladım." Çenemle hepsini işaret ettim. "Önder'in çocukları, Sokak Nöbetçileri sizleri bitirecek diye korkuyor, onları daha öncesinde bitirmek istiyorsunuz."

"Diyorsun?" Sedat kaşlarını kaldırdığında cesaretim onu şaşırtmıştı fakat bir yandan da merakı artmıştı. "Onlardan bahsederken hayranlık duyuyor gibisin, neden?"

"Çünkü hayranım." Dürüsttüm, böylesine verdiğim dürüst cevap hepsini şaşkına uğratmıştı. "Neden mi? Çünkü onlar sizden çok daha fazlası. Onlar asker değil, kardeşler. Hepsinin birbirlerine inançları tam ama sizler?" Kafamı salladım. "Bana inanmıyorsunuz."

"Peki ya patron?" dedi. Tek soru sordu. Asıl soruyu sordu, asıl amacıma yöneldi.

Onu cevapsız bıraktım.

Beni eğiten kişi Cem'di ama bana bütün kötü yolları gösteren kişi de Sedat'tı. Şu an onunla dövüşebilirdim, belki de onu alt edebilirdim ama bu mantıksız bir hareket olurdu. Ona, bir süre o güçlüymüş gibi davranmak hobim haline gelmişti.

"Bize sana inanmamız için bir şeyler ver." Sedat'ın sesi netti. "Günlerdir neden bize bilgi vermedin?"

Ayağa büyük bir hiddetle kalktığımda sandalye devrildi fakat umursamadım, başımın dönmesi katlandı ama yine de vazgeçmedim ve üzerimdeki kazağı yukarıya doğru sıyırarak göğüs kafesimi, oradaki sargı bezlerini onlara gösterdim. Sonra koluma dokundum, dokunuşumla canım yandı ve dişlerimi sıktım. Sedat, göğüs kafesime bakarken Caner'in öne doğru adımlar attığını gördüm.

"Vuruldum," dedim dişlerimin arasından. "İki defa. Birincisi kolumdan vuruldum ve Sokak Nöbetçileri için çıktığımız bir görevdeydik ki bunu Caner biliyor." Kaşlarım çatıldı. "Sonra tam kalbimden vuruldum." Hepsi bana inanamıyormuş gibi baktı. "Evet, bu tuhaf çünkü

Önder'in silahıyla oldu." Önder'in sırrını açığa çıkarmak umurumda bile değildi. "İçinde normal kurşunlar yerine tüpler olan bir silah. İsabet ettiği yeri resmen kurutuyor ve acı çektiriyor. Biraz daha geç kalsalardı neredeyse ölecektim."

"Bu nasıl oldu?" diye soran Caner'in sesi gürdü. "Seni kim vurdu?"

Yalanları ve gerçekleri düşündüm. Köprünün bir ucunu ve diğer ucunu. Sonra düştüğüm yerdeki çırpınışlarıma şahit oldum ve ilk defa Yankı'yla o zaman yollarımı ayırıp "Bartu vurdu," dedim yalana başvurarak. "Benden şüpheleniyordu ve bu düşünce bile onu deli etti. Silahla beni vurdu." Kaşlarımı çattım. "O normal silah sanıyordu, beni öldürmek istedi ama Yankı bu silahın bana çektireceği işkenceyi bildiği hâlde ona izin verdi." Bir açıdan bu doğruydu.

Hepsi sessizliğini korudu, inanmak için sargı bezlerini açmak isteyeceklerini düşünüyordum ama gözlerim göğüs kafesime indiğinde etrafının daha fazla morardığını fark ettim. Sargı bezini açmalarına gerek yoktu, yeterince kötü görünüyordu.

"Onun canına okuyacağım," diyen Caner'e alayla baktım.

"Hangisinin?" diye sordum. "Seni mandalinaya çeviren Yankı'nın mı yoksa altına yapmana neden olan Bartu'nun mu?" Bakışlarım Sedat'a döndü. "Bu yaşananlara bakıldığı zaman onlarla duygusal bağ kurmuş gibi mi görünüyorum? Ya da Yankı'yla seks yapmış gibi? Onlar bana hâlâ güvenmiyorlardı ve Caner de sürekli bu düşüncelerine mum dikti."

Fiziksel güç açısından bazıları benden üstün olabilirdi ama zekâ bakımından benim altımdalardı.

Patron dışında.

Onun alkışları beni her zaman zekâm konusunda takdir ederdi.

Kelebeğin kozası neredeydi?

Caner, yüzünü buruşturduğunda "Mandalinaya çevirmek mi?" diye sordu. "Onlar gibi konuşmaya başlamışsın."

Başka bir gerçek tokat gibi yüzüme çarptığında gitgide onlara benzediğimi değil, onlara dönüşmeye başladığımı görebiliyordum.

"Bu zamana kadar seni hep el üstünde tuttum," dedi Sedat bana doğru. Oturduğu sandalyeden kalktı, elleri omuzlarıma dokundu ve kazağımı aşağımı indirirken sandalyeye oturttu. "Seni eğittim, senin için elimden gelen her şeyi yaptım." Ona acıyla baktım. "Evet, gün geldi canını da çok yaktım ama hepsi sana kim olduğunu göstermek içindi." Yere çöktüğünde elleri dizlerime tutundu.

"Hayır," diyerek ona karşı geldim. "Senin canın sıkıldı ve en çok bana zarar verdin," omzumu indirip kaldırdım, "hem de ortada hiçbir neden yokken."

"Şimdi ortada bir neden var ama," dediğinde kaşlarını kaldırdı. "Hem de çok büyük bir neden. İhanet. Bize ihanet etmezsin değil mi Helin?" Hepimizi işaret etti. "Ailene bunu yapmazsın değil mi?" Aile mi? Söyledikleri yüzümü buruşturmama neden olsa da bana doğru yaklaştığında sessizce "Hatırla," dedi bana. "Seni onların ellerinden kurtardığımda ölmek üzereydin." Elleri dizlerimi sıkıca tuttu. "Şimdi söyle bana, bize gerçekten ihanet etmedin, değil mi?"

İyi birisi değildim evet ama daha kötü birisi olmak istediğim zamanlarım olmuştu çünkü insanlara karşı duyduğum minnet duygusunun önüne bir türlü geçemiyordum. Bana tek bir parça ekmek verildiğinde bunu unutmayan karakterim vardı ve şimdi ağzımın içinde kan tadının yanında ekmeğin de tadı vardı. Defalarca kötülükler yapmış birisini bile tek bir iyiliği için minnetimle yaşatırdım ve bu dünya üzerinde benden başka böylesine aptal birisi olamazdı.

"Etmedim." Kendimden emin çıkan sesim titrese de bakışlarımı izleyen Sedat bana inanmıştı, bunu biliyordum. "Onlara sizler hakkında hiçbir şey söylemedim." Derin bir nefes verdi. "Onlar hiçbir zaman sizin bana verdiklerinizi veremezler, değerinizin önüne geçemezler."

"Elbette." Sedat çöktüğü yerden kalktı, kollarını önünde bağladı ve volta atmaya başladı. "O hâlde bize şimdiye kadar öğrendiklerini anlat."

Kısa bir an düşündüm, daha fazlasını düşünürsem dikkat çekerdi biliyordum bu yüzden hızlıca "Günlükleri var," dedim Caner'e söylediğimi tekrar ederek. "Hepsinin kendine ait günlükleri var, bütün geçmişleri, sırları o günlüklerin içinde." Sedat daha fazlasını istiyormuş gibi bana baktı. "Önder, göründüğü kadar iyi birisi değil hatta onları düşündüğümden daha kötü bir şekilde eğitti." Caner, ben bunu söyledim, dermiş gibi baktı ve daha fazlasını beklediler. "Aralarından ikisi Önder'in üzerine kayıtlı değil sanırım." Şaşırmalarını bekledim ama hepsi sabit bir şekilde bana bakmaya devam ettiler. "Ne? Biliyor muydunuz?"

Sedat kafasını salladı ve Cem sözü ilk defa devralıp "Lâl ve Yankı Önder'in üzerine kayıtlı değil," dedi. "Ama gerçek isimlerine ulaşamıyoruz. Bunu biliyor musun?"

Kafamı iki yana salladım. "Bunu laf arasında duydum, sorgulayamadım." Kaşlarım çatıldı. Nedense bu beni şaşırtmamıştı çünkü Yankı defalarca başkaldırdığını belli etmişti fakat Lâl? O bu olayın neresindeydi? "Başka bildiğim hiçbir şey yok."

Hepsinin yüzünden bana inanmadıkları anlaşılıyordu, Caner onlara benim hakkımda neler söylemişti bilmiyordum ama yüzüme bakarlarken onların istedikleri cevapların bunlar olmadığını anlamıştım. "Kim olduğunu unutmadın değil mi?" diye soran Sedat değil, Cem'di. Öne doğru bir adım atmıştı, karanlıktan aydınlığa çıkan yüzünde şaşkınlık vardı. "Bize ihanet edeceğini düşünmüyorum ama bir gün ihanet edersen de bu onlar yüzünden olmamalı. Çünkü onlar beş kişi." Ellerini kaldırdı. "En başından beri böylelerdi. Seni kabulleniyormuş gibi görünürler ama zincirlerini kırdığında seni yüzüstü bırakırlar. Onlar düşündüğün kadar iyi kalpli değiller. Yapayalnız kalırsın, Helin."

Söylediğini duymazdan gelerek "Patron bütün bunlar hakkında ne düşünüyordur?" dedim en korktukları kılıcı onlara çevirerek. "Asıl amacımızın dışına çıkıp Sokak Nöbetçileri nefretine bayrak tutmaya başladınız. Patronun en nefret ettiği duygu nefrettir, gözünüz kör oldu."

"Patron da bunu isterdi," dedi Sedat ama doğru söylemiyordu, biliyordum.

"Onlar beş kişi, biliyorum," diyerek lafı değiştirdim. "Onların kendilerine ait dünyaları var, bunu da biliyorum. Hiçbir zaman onlardan birisi gibi olamam. Ama unuttuğun bir şey var, Cem. Ben zaten onlarla tanışmadan önce de yapayalnızdım."

"Bir kere sen onlar gibi piç değilsin," diyen Caner yüzünü buruşturmuştu. "Onlar gibi çöplüklerde de büyümedin."

Çöplüklerde büyümeyi yeğlerdim, çöplüklerin evim olmasını isterdim ama bunu onlara söylemedim. Caner'in yüzüne bakmayı pas geçerek hepsinden başka adımlar beklediğimi onlara belli ettim; Sedat aralarındaki en kıdemlileriydi ve o ne derse o olurdu. Sessizlik uzun bir süre devam ettiğinde "Şimdi ne olacak?" diye sordum. "Beni dövmeye devam mı edeceksiniz yoksa bırakacak mısınız?"

Sedat'ın gözleri yüzüme döndüğünde elini kaldırıp Caner'i çağırdı; Caner elinde beyaz bir bezle gelip o bezi Sedat'a verdi. Ne yapacağını anladığımda yüzümü çevirip kavlanmış duvarlara baktım. "Sana güveniyoruz," diyen Sedat, bezi dudaklarıma yaklaştırdı ve kanı yavaşça sildi.

"Onlardan istediklerimizi alacaksın. Bunu birisiyle yatarak mı yapmak istiyorsun?" Bedenim kasıldı. "Yap ama duygusal hisler? Asla, Helin. Bu sonun olur. Onlar bizim düşmanlarımız."

"Asıl amacını ise hiçbir zaman unutma," dedi Cem, Sedat'ın Sokak Nöbetçileri nefretine öfkeyle yaklaşarak. "Asıl amacımız Patron."

"Biliyorum." Dişlerimi sıktığımda yüzümü Sedat'tan kaçırdım fakat bezle dudağımın kenarındaki kanı sildiğinde Caner'in de elinde buzla geldiğini gördüm. "Onlarla eğleniyorum sadece o kadar. Daha fazlası olmayacak. Onlar benim için, ben de onlar için hiçbir şeyim."

Sedat, kafasını salladı sonra çenemi tutup başımı çevirmeme neden oldu. "O hâlde söyle bana, Koza hakkında bir şeyler duydun mu?" Patron demedi, ilk defa Koza dedi. Sedat'ın gözleri kör olmuş olmalıydı.

Koza. Ekip'in patronu.

Gerçek adını bilmiyordum, yüzünü bilmiyordum, sesini bilmiyordum. Koza onun takma adıydı, herkesin ona 'Patron' demesini istiyordu ve ekip Koza için her şeyi yapabilecek kadar güçlerini tüketiyorlardı.

Sokak Nöbetçileri'nin Koza'yı ellerinde tuttuklarına inanıyorlardı. Sedat'ın bakışlarında öyle bir inanç vardı ki vereceğim bir olumlu yanıt, Sokak Nöbetçileri'nin sonu olabilirdi. Belki de Sedat'ın amacı Koza'yı alt etmekti?

"Hayır." Net verdiğim yanıttan sonra yine yüzümü ondan kurtardım. "Koza'nın," duraksadım "Patron'un adı bile geçmedi." O an, Sokak Nöbetçileri'ne ait olan hapishane gözlerimin önüne geldi. Hiçbiri o hapishaneyi öğrenmemi istemiyordu çünkü sır gibi saklıyorlardı ve bu sırrın nedeni, sadece bir hapishane olması değildi bunu biliyordum.

Patron'un o hapishanenin içinde olabileceğini düşündüm.

Zihnimde Tankut'un cümlesi çınladı: *Kelebeğin tutsak olduğu Koza.*

Yoksa? Tankut, Ekip'in bir maşası mıydı ya da Patron'un?

Beni mahvediyorlardı.

Sedat, bir şeyler düşündüğümü anladı ama üzerime gelmeyerek eğildiği yerden doğrulduğunda Caner tam karşımda durdu. "Onların yanına geri döneceksin," dedi Sedat keskin bir tınıyla. "Ne yapacaksan yapacaksın ama onları benim avucumun içine getireceksin, Helin. Aklını mı kullanırsın, vücudunu mu kullanırsın bilemem ama bunu yapacaksın." Odanın kapısına doğru yürüdü. "Ve bu sefer ben sana bir hafta veriyorum. Bir hafta içerisinde onlar hakkında bana bir şey getirmezsen, bu sefer senin kim olduğunu benden dinlerler ve seni onların ellerine bırakırız."

Alayla gülmeye başladığımda dudaklarım acıyla kasıldı ve midemdeki bulanma şiddetini arttırdı. Göğüs kafesimde şiddetli bir ağrı vardı. "Bu yüzle onların yanına mı gideceğim?" diye sordum Sedat'ın arkası dönük sırtına bakarak. "Onlara ne söyleyeceğim?"

Omzunun üzerinden bana baktı, göz kırptı. "Acındır kendini," dedi şeytani bir sesle. "Sokak çocukları merhametli olur çünkü bu duyguya açlardır. Onların şefkatine muhtaçmış gibi davran."

Çenem kasıldı, bunu onlara hiçbir zaman yapmamıştım ve yapamayacağımı da biliyordum ama bunu Sedat'a söylemedim. Kapıyı açıp dışarıya çıkarken o şeytani gülümsemesini bir an olsun yüzünden silmedi ve onun arkasından diğerleri de çıktığında odada sadece Cem, ben ve Caner kaldık.

Caner, elindeki erimeye başlayan buzu gözüme doğru tuttuğunda hiddetle ayağa kalkıp onun elindeki buz torbasını alarak yere fırlattım. Bunu bekliyor muydu, bilmiyordum ama geriye doğru bir adım attığında kaşları çatıldı. "Bana sakın bir daha dokunma," dedim dişlerimi sıkarak. "Benden uzak dur!" Ellerimi saçlarıma geçirdiğimde saç köklerim acıyordu. "Siz tam bir piyonsunuz," dedim öfkeyle. "Ve vicdansızsınız. Bunların olacağını bile bile beni Sedat'ın ellerine bıraktınız."

Caner kafasını iki yana salladı. "Ne yapmamızı bekliyordun? Seni durdurabilecek tek kişi oydu."

Elimin tersiyle Sedat temizlediği hâlde kanamaya devam eden dudağımı sildim ve Caner'in yüzüne hiç beklemediği anda sert bir yumruğu geçirdiğimde geriye doğru savruldu sonra da arkasındaki duvara çarptı. "Duygusuz piçin tekisin!" diye hırladım. "Seni defalarca Sedat'ın ellerinden kurtarmıştım ve sen bana karşılığını böyle mi veriyorsun?"

Eliyle çenesini tuttu, gözlerini açarak bana baktı ve Cem ikimizin arasına girdiğinde beni tutmaya çalıştı. "Benim de seni kurtardığım zamanlarım oldu!" diye bağırdığında o da üzerime yürüyordu. "Ama piçlerle yatıp kalkmadan önceydi! O sokak çocuğunun karşısında itaat eden birine dönüşüyorsun!"

Cem'in beni tutan kollarından kurtuldum ve Caner'in bacağına sert bir tekme indirdiğimde acıyla inleyip bacağını tuttu, karşılık vermek istediğinde bacağını kavradım ve yere düşmesine neden oldum. "Onlara piç demekten vazgeç çünkü aralarındayken kendini piç gibi hisseden sadece benim!"

Cem "Yeter!" diye bağırdı. "Neyin tartışmasını yapıyorsunuz?"

"Caner'in uydurduğu yalanları ve hayalleri yüzünden dayak yedim," dediğimde öfkeyle ona bakıyordum. "İnsanları bana karşı dolduruyor." Cem inanamıyormuş gibi baktı. "Buna sen de dâhilsin."

Sessizlik oluştu ve o sessizlikte Caner'in derin nefesleri, üçümüzün arasında gezindi. Bir şeyler söyleyecek gibi olan Cem, defalarca ağzını açıp kapatıyor ardından kafasını iki yana sallıyordu. Kendimi onların karşısında eskisinden daha güçlü hissediyordum ve beni böyle hissettiren duygunun ne olduğunu bilmiyordum.

Küçükken, başıma bir şeyler geldiği zamanlar kendimi güçsüz ve savunmasız hissederdim fakat şimdi, arkasına sığınacağım bir dağ varmış gibi dimdik ayaktaydım.

"Senin canının yanmasını istemeyeceğimi biliyorsun," diyen Caner gardını düşürdü, düştüğü yerde sırtını duvara yasladı. Gözleri acıyla bakarken kafasını iki yana salladı. "Senin için defalarca dayak yedim, defalarca suç üstlendim." Cem'e baktı. "Ama abi, bir kere olsun benimle o piçle yakın olduğu kadar olmadı. Bir kere uzattığım elimi tutmadı." Dişlerini sıktı. "Ama onun elini tutuyor, onu dinliyor, ona itaat ediyor." Bakışları bana döndü. "Bunlar yüzünden zarar görmen umurumda bile değil çünkü seni değiştiriyor. Onlar seni değiştiriyorlar."

"Caner." Cem, elini kaldırıp onu susturdu ve devam etmesini engelledi ama Caner'in cümleleri, en derinlere saplanırken bir gün izleyeceğim her yolun sonunda kendi geçmişimin de dikileceğini anlamıştım. Caner, kim olduğumu hatırlatan bir ayna gibi hep tam karşımda duracaktı. "Helin, en başından beri hepimizden daha farklıydı," dediğinde sesindeki tedirginliği tek ben anlamıştım. "Onun zamana ihtiyacı var."

"Neden?" diye sordu Caner kollarını iki yana açarak. "Onlarda ne buluyorsun? Biz sana hangisini veremedik? Onlar da senin gibi kimsesiz diye mi? Onlar da annesiz babasız diye mi?"

Sokak Nöbetçileri o kadar kimsesizliklerin içinde beni kimsesizliğimden çıkarmıştı. Onların anneye ya da babaya ihtiyaçları yoktu, birbirlerini sıkıca tutan elleri vardı ve yere düşecekleri zaman birbirlerine destek çıkan sırtları. Ben onların yanında ayakta dimdik durmaya öğrenmeye başlamıştım ve yere düşmekten korksam bile kendimi bıraktığımda bir elin bana uzanacağını hissetmiştim.

Bunları onlara söylemedim, onlar da beni anlayamazlardı biliyordum. Bana beni anlıyormuş gibi bakan beş çift gözden daha farklıydı, bu gözlerde kin ve nefretten başka hiçbir duygu yoktu.

"Merak etmeyin," dediğimde kapıya doğru ilerledim ve açmadan önce omzumun üzerinden onlara baktım. "Sokak Nöbetçileri bana dünyanın bütün güzelliklerini bile sunsalar, onlara zehirli çiçeklerimi vereceğim ve bunu kendim için yapacağım çünkü hak ettiklerimi yaşamayı alıştım."

Kapıyı açtım ve kendimi o odadan dışarı attığımda kendimle günler sonra ilk defa yüzleştim, ilk defa kendimi bir aynaya bakarak değil, başka insanların yüzlerinde gördüm. Boğulduğum yerde dönüştüğüm kişiyle karşılaştım.

Değişmeye başlayan kendimle.

♣

Sokakta yürürken, insanların yüzümdeki yaralara bakması umurumda bile değildi. Yol üzerinden bir kozmetikçiye uğrayıp makyaj malzemeleriyle izlerimi kapatmaya çalışmıştım ama çok bir faydasını görebilmiş değildim.

Caddenin köşesindeki Sokak Nöbetçileri'nin oturduğu eve baktım ve bu sefer adımlarımı atarken onlar için değil, daha çok kendim için attım. Yaralarım vardı, geçirilmesi zor, hâlâ kanayan yaralarım ve ben ikiyüzlülüğümle onların yaralarımı sarmasını istiyordum.

Gelmemem gerekiyordu, geri dönmem gerekiyordu hatta kaçmam ama bunları yapmadım. Ben Sokak Nöbetçisi değildim, ben Ekip'in bir askeriydim.

Değersiz biriydim.

Bakışlarım evden ayrıldı ve yaklaştıkça onu gördüm; onu gördüğüm anda bütün ağrılarım arttı sanki ve acılarım, yanmaya başladı. Yandıkları yerde küle dönüşmeye başladılar, üzerlerine kapanan yaralar parçalanarak ayrıldı.

Yankı Sarca, evin önündeki kaldırıma oturmuş, bisikletlerine doğru bakıyordu. Beş bisiklet vardı önceden ve artık altı bisiklet olmuştu çünkü aralarına benim bisikletim de katılmıştı. Diğer bisikletlerin yanında maviliğiyle kendini belli ediyordu. O bisiklete bakarken gülümsedim, gülümsediğimde dudaklarım acıdı. Yankı'nın yanında omzuna başını yaslamış Lâl vardı. Gözleri yolun bir ucundaydı.

Yankı cebinden sigara paketini çıkardı, dudaklarının arasına yerleştirmeden önce derin bir nefes verdi ve sonra kafasını iki yana sallayarak çakmağını da çıkardı. Beş altı adım ötede onları izlemeye başladığımda diğer adımlarım gelmiyordu çünkü artık kabul edilemeyeceğimi düşünen tarafımla savaş içerisindeydim.

Lâl ellerini kaldırıp Yankı'ya bir şeyler söylediğinde Yankı'nın çakmağı tutan eli duraksadı, bakışları Lâl'e kaydı. Bir şeyler düşündü, yine iki kaşının ortasında o çizgi oluştu, derin bir nefes verdiğinde "Nereye gittiğini bilmiyorum," diye karşılık verdi. "Ama zarar göreceğini biliyorum."

Yankı'yı o kaldırımda yalnız bırakmayan tek kişi Lâl'di, diğerlerinin bana öfkeli olduğunu düşünüyordum belki de Yankı'yı anlamıyorlardı ama Lâl, daima Yankı'yı anlayan taraftaydı. Başını omzuna yasladığı zaman, onun verdiği desteğin Yankı'ya iyi geldiğini biliyordum çünkü Lâl'in böyle bir etkisi vardı, aynı etkisini ben de yaşamıştım.

Ellerini kaldırıp bir şeyler daha söylediğinde "Hayır, Lâl," dedi Yankı net bir sesle. "Onu takip edemezdim." Sustu, gözlerini bisikletlere doğru çevirdi. "O gitmek istedi ve gitti." Başıyla işaret ettiğinde çakmağı elinde sıkıca tutuyordu. "Onu burada bekleyeceğim," dedi ve yine o masum tını baş gösterdi. Karşımdaki Yankı Sarca'nın küçüklüğü gibiydi. "En azından bisikletini almaya gelecek, sonra gitmek isterse gidecek. Kimse arkasında ilk hediyesini bırakmaz."

Ellerim titredi.

O an oradan koşarak kaçmak, arkama bile bakmadan şehri bile terk etmek istedim. Onları bırakacağımı ve onun için değil, bisikletim için geri döneceğimi mi düşünüyordu? Bu düşünce kalbimi neden sızlatmış, neden gözlerimin dolmasına neden olmuştu ki? Vicdan azabı mıydı yoksa daha mı fazlasıydı? Ona bakarken içimi sızlatan neydi?

Öfkeli olmasını istedim, üzerime gelmesini ya da yüzüme bakmamasını ama o oradaydı, kaldırımda oturuyordu ve beni bekliyordu.

O Yankı Sarca'ydı. Öfkesine muhtaç bırakacak kadar sakindi ve biliyordum, öfkesiyle yüzleştiğimde, onun iyiliği tükendiğinde işte o zaman mahvolacaktım çünkü defalarca açılan kapılar, bir kere yüze kapatıldığı zaman günlerce o kapının önünde oturup tekrardan açılmasını beklerdiniz.

Yankı defalarca açtığı kapıyı yüzüme kapatacak, beni içeriye almayacaktı; defalarca ruhumu saran kolları, beni artık sarmayacaktı. İkiyüzlüydüm ve iki yüzümde onun iyiliğine alışmıştı, iki yüzümün de ona ihtiyacı vardı.

Lâl Yankı'ya dönüp baktığı sırada birkaç adımı zorlukla attım ve bakışlarımız kesişti. Lâl, çok kısa bir süre bana baktı, dudakları aralandı ve yüzümü incelerken koluyla Yankı'yı dürtüp ayağa kalktı. Yankı, ilk başta Lâl'in yüzüne dönüp baktı sonra baktığı yöne döndüğünde havada asılı kalan çakmak ve dudaklarının arasındaki sigara yüzümü gördükten sonra yere düştü.

Geriye doğru gitmek isteyen adımlarım onlara doğru ilerlerken, Lâl geride kaldı ve Yankı'nın bakışları kısıldı. Yüzümü en ince detayına kadar incelerken "Üzgünüm," diye mırıldandım ona doğru ve zorlukla gülümsedim. "Bisikleti almaya gelmedim, beni içeriye alacak mısınız?"

Sesim titriyordu, o lanet sesim yine titriyordu ve Yankı bunu duyduğu anda birkaç adım atıp tam karşımda durdu. Eli bir anda çenemi tuttuğunda acıyla inledim ve o inleyişimden sonra elini hızlıca çekip kolumu tuttu. O âna kadar dizlerimin titremelerinden dolayı ayakta zor durduğumu fark edememiştim.

Ellerimi havaya doğru kaldırdığımda titreyen ellerimi de gördü ve ilk defa gözlerinde öfkenin çaktığı bir şimşeği gördüm, yanına merhamet ve şefkat de eklendi. Yankı Sarca ilk defa bana öyle büyük bir şefkatle baktı onun kollarına kendimi bırakmamak için hiçbir nedenim yokmuş gibi görünüyordu. Bir an, sadece bir an Yankı yüzüme bakarken bir katil gibiydi, o katil zarar gördüğümde ortaya çıkmış gibiydi.

"Beni eve alacak mısın?" diye sordum Yankı'ya tekrardan ve dolan gözlerimi ondan gizlemek istedim. "Gidecek başka bir yerim yok."

Burnundan derin bir nefes verdi, çenesi kasıldı ve "Ne olacak senin bu durmadan titreyen sesin?" diye sordu bana. "Durmadan titreyen ellerin ve dizlerin?" Elleri kollarımı tuttu, şimşekler gitgide şiddetini arttırdı ama yüzündeki ifadesizlik bir an bile silinmedi. "Helin," dedi kısık bir sesle. "Ne yapacağım ben seninle?"

13.

VİCDAN MAHKEMESİ

Yankı Sarca'nın güncesinden...

24.10.2019

Önemli bir günü not etmek için bu defterin başında değilim, unutmamak için yazıyorum. Sadece unutmamak.

Yankı Sarca, sen bugün inanmak istemediğin bir yalana zorla inandırıldın ve bu hayatın sana öğrettiği en önemli ders, inandığın yalanların bir gün gerçekleşeceğidir.

Yalanları sevmemenin nedeni de bu değil mi zaten? Çünkü biliyorsun, her yalan bir gün gerçekleşir ve sen de bu yüzden yalanlardan kaçıyorsun.

O kaçmadı.

Bugün adının anlamı "Yuva" olan kadın, bir an bile düşünmeden sana yalan söyledi, seni bu yalana inandırdı.

Unutma, bir insanın gerçekleri değil, yalanları onun kim olduğunu gösterir.

Ve unutmayı aklından bile geçirme.

Bu günlük hiçbir yalanı unutturmadı, bu yalanı da unutturmayacak.

Adının bir yalan olduğunu unutturmadığı ve sana daima gerçek kimliğini hatırlattığı gibi.

"Beşinci Sokak Nöbetçisi, Yankı Sarca"
"Sonuncu Sokak Nöbetçisi, Yankı Sarca"

Birisi öldü.

Sonra birisi yaşadı.

Bu ikisi aynı anda oldu. Yeni bir bebek doğdu ve yorgun, hayatın bütün zorluklarını yaşamış yaşlı bir kadın öldü. Bir tarafta gözyaşı vardı, bir tarafta sevinç. Tam kalbimin ortasında bir bebeğin doğumunu ve bir yaşlının ölümünü hissediyordum. İkiye ayrılmış kalbimin bir tarafında yeni doğan umutlar vardı, bir tarafında da umutlar mezarın altındaydı.

İki yüzlü olan ben değildim, kalbimdi.

O bebek yaşarsa, kadın ölecekti; kadın yaşarsa, bebek bir daha doğmayacaktı. Bu ikisini hissetmek, işte bu beni kötü bir insana dönüştürürdü.

Turkuaz gözlerini izlerken kalbimin sesini duyuyor mu diye merak ediyordum çünkü öyle dikkatli bakıyor, yüzümün her zerresini öyle dikkatli inceliyordu ki kalbimin sesini duyduğuna inandırmıştı.

Ne yapacağım ben seninle?

Omzumu indirip kaldırdım, dudaklarımı büktüm zorlukla. "Başına bela oldum değil mi Yankı Sarca?" diye sordum. "Sahiden, ne yapacaksın sen benimle?" Teslim oluyormuş gibi ellerimi öne uzattım, gözlerimi kapattım. "Bana istediğin cezayı verebilirsin."

Kısa bir sessizlik oldu. Kollarımı tutan elleri uzaklaştığında gözlerimi açmaya cesaretim yoktu, o sessizlik ilerlediğinde gözlerimi açmamı beklediğini anladım. Ağır ağır açtığımda geriye doğru bir adım atmış olduğunu gördüm, benden uzaklaşmıştı. Hemen arkasındaki Lâl dikkatli bir şekilde beni izliyordu, kollarını önünde bağlasa da gergin, öfkeli ya da endişeli olduğunu anlayabiliyordum.

"Sana bunları o mu yaptı?" dedi ve Yankı'nın sesindeki tını, ürkmeme neden oldu çünkü ilk defa sesi sakin olsa da korkutucu çıkıyordu. Ardından hızlıca devam etti. "Buna neden izin verdin?" Elini saçlarına geçirdi, karıştırdı. "Buna daha önce de izin vermiştin. Sana bunu yapmasına nasıl izin verebilirsin?"

Çözemediği detaylar vardı. Bir yandan Caner'in bunları yapmadığını düşünüyordu ama bir yandan da buna inanmak istiyordu çünkü elinde başka tutunacağı bir dal yoktu. Cevap vermeyip yüzüne bakmaya devam ettiğinde çenesinin kasılmaya başladığını gördüm, ilk defa sabırsız gibiydi. "Ne önemi var?" dedim bir daha omzumu indirip kaldırarak. "Kendi ayaklarımla gittim, her şeyi de göze almıştım." Daha çok kendimle konuşuyordum.

"Ne önemi mi var?" diye sordu sanki çok mantıksız bir şey sormuşum gibi. "Sana kimsenin bunu yapmasına izin vermemelisin."

Yüzümü buruşturdum, elim dudağıma doğru kaydı ve parmaklarım yaraların üzerinde gezinirken "Çok mu kötü görünüyorum?" diye sordum. "Çok mu korkunç?" Kafamı iki yana salladım. "Alışığım ama başkasından bu şekilde duymak kötü hissettirdi sanırım."

Yankı, başka bir dilde konuşuyormuşum gibi yüzüme bakarken gözleri irice açıldı ve dudakları aralandı. Öfkeyle bir şeyler söyleyebileceğini düşündüm ama nefesini verip geri kapattığında birkaç saniye kendine sakinleşme süresi verdi. Aşağıda duran parmaklarını açıp kapatırken "Sana bunu o mu yaptı?" diye sordu tekrardan. "Bu soruya cevap vermek zor değil herhâlde."

Ellerimi havaya kaldırdım. "Yankı gerçekten canımın yanmasının bir önemi yok, ben zaten alışığım ve..."

Hızlıca lafımı kesip düşündüğümden daha yüksek bir sesle "Önemi var!" dedi. "Canının yanmasının da canını kimin yaktığının da önemi var." Dişlerini sıktı. "Hatta alışmış olmanın bile önemi var. Canının yanmasına alışmak mı? Buna izin vermiyorum. Alışmayacaksın. Sen değil ama sana bunu yapan da cezasını ödeyecek."

Tepkisi gözlerimi açmama neden olduğunda onun arkasında duran Lâl, benim kadar şaşkın değildi. Gerçekten şaşkındım çünkü ondan böyle bir karşılık beklemiyordum, şaşkınlığımı hissetmişti ama çatık kaşları düzelmiyordu. "İzin vermiyor musun?" diye sordum afallamış bir sesle. "Hem söylediğim gibi kendi ayaklarımla gittim, sorumluluk bana ait. Senin için neden önemli olsun ki?"

Sanki söylememesi gereken şeyleri söylemiş gibi olduğunda çatık kaşları düzeldi ve gözlerini benden kaçırarak arkamdaki yola doğru baktı. Kontrolünü mü kaybetmişti yoksa bilerek mi yapıyordu anlayamıyordum ama parmaklarının açılıp kapanması hızlanmıştı. "Ben senin liderinim," dedi en sonunda yoldan gözlerini ayırıp yüzüme baktığında. "Aramızda kimse zarar göremez. Buna izin vermem."

Liderim.

Güldüğümde nedeninin öfke mi, mutsuzluk mu yoksa vicdan azabı mı olduğunu bilmiyordum ama gülüyordum. Daha fazla gülmek istedim ama yüzümdeki ve ağzımın içindeki yaralar buna izin vermediğinde sessizce inleyerek başımı önüme doğru eğdim. Ellerime bakarken, "Aranızdaki mi?" diye sordum. "Hâlâ aranızda mıyım?" Ellerimin titremesi durmuştu, dizlerimin de ve sesimin de. Yankı'nın bu etkisi tuhaftı.

"Evet." Verdiği net yanıt başımı kaldırmama neden oldu. "Senin sevgilinle yaşadıkların, kiminle gitmek istediğin bizi ilgilendirmez. Bize bir zararı dokundu mu?" Ellerini iki yana açtı. "Dokunmadı. Hiçbirimize senin gidişin de dokunmadı." Yüzü sanki bunun aksini söylüyormuş gibiydi ama bana yansıtmadı, bu benim sadece gitmeden önce gördüğüm kalbinin kırıklığıydı.

"Diğerlerinin seninle aynı fikirde olacağını sanmıyorum," dediğimde bakışlarım Lâl'e döndü. "Öyle değil mi Lâl?"

Lâl, bir süre yüzüme baktı sonra bakışlarını Yankı'nın sırtına doğru çevirdi. "En başından beri ben kabul ettiğim için yanımızdaydın," dediğinde sesi artık benden adımlarca uzakta gibiydi ama duygular olarak. "Ve ben istediğim sürece de yanımızda olacaksın, diğerleri istediğini düşünebilir."

Yankı eğer aralarında artık beni istemediğini söyleseydi vicdan olarak daha iyi hissedeceğimi o an anlamıştım ama bunu yapmıyordu. İfadesiz bakışları, mesafeli sesi ve duruşuyla o aynıydı fakat tek bir fark vardı; yıkılan köprü, bizim aramızdaki köprüydü. Ben artık Yankı'ya ulaşamayacak kadar kendimi uzak hissediyordum.

"Bak bana kızgın olduğunu biliyorum ama..."

"Kızgın değilim." Çenesini havaya kaldırdı. "Sana bunu düşündüren ne?"

Cümleleri toparlamaya çalışırken ellerimle oynamaya başladım ve onun turkuaz gözlerinden kaçmaya çalıştım fakat imkânsızdı. "Sana yanlış kelimeler söyledim," dedim ve öne doğru bir adım attığımda ona yaklaşmak istedim. "Egoist olduğunu, yakınlaşmadığımızı gibi. Bunlar gereksiz ve fazlaydı. Yani ne diyeceğimi bilemiyorum, şimdi diyeceksin ki madem böyle bir konuşma yapacaktın neden onları söyledin ama öyle işte." Başımı salladım. "Sadece boş ver. Saçmaydı."

Bitirene kadar dinledi, dinledi ve dinledi. Sonra "Açıklama yapmana gerek yok," dedi düz bir sesle. "Benim için bazı anlar, o dakika önemlidir. O dakika bitti. O zaman dilimi de bitti." Kaşlarını kaldırdı. "Sana hesap sormuyorum, bana açıklama yapmak zorunda değilsin."

Ona hesap vermek zorunda hisseden tarafıma karşı gelemeyerek "Seni kırdım," diye fısıldadım. Bir adım daha attım, aramızda birkaç karış mesafe daha kaldığında Lâl'in evden içeriye doğru girdiğini gördüm. "Bunu yaptığım için üzgünüm, Yankı."

Yüzüme bir süre baktı. Yara izlerine bakmayı bilerek pas geçti, gözlerime baktı ama orası da pek iyi sayılmazdı. Gülümsediğinde alaycı bir sesle "Kırmak mı?" diye sordu. "Bu hayatta beni sadece dört kişi kırabilir," dedi. "Onlar da bunu yapmazlar."

Beni onlardan ayırması, beni artık önemsiz görmeye başlaması. Bana hiçbir zaman onlar kadar değerli olduğumu söylememişti ki zaten?

Bana hiçbir zaman Sokak Nöbetçisi olduğumu da söylememişti. Kendimi bu yüzden kötü hissetmemem gerekiyordu. "Kızgınsın ve kırgınsın," dedim kelimelerin üzerine bastırarak. "Seni Caner'in karşısında küçük düşürdüm, seni yalancı çıkardım."

Gözleri kısıldı, gülümsemesine rağmen bakışlarına farklı bir ifade oturdu. "Sana kızgın ya da kırgın değilim, Helin." Başını omzuna doğru yatırdı, gülümsemesi silindi. "Sen de bana yaptığım yüzünden kızgın ya da kırgın değildin öyle değil mi? Beni anlarsın."

O an aslında ona ne yaptığımı anlamıştım çünkü şu an bana yaptığı daha fazla vicdan azabı çekmeme neden olmuştu. Hissettim, ona karşı kızgınlığımı da kırgınlığımı da hissettim ama ona bunu söylemedim. "Ödeşmek istediğim bir konu değildi," dediğimde elimi kaldırdım ve onun yüzüne dokunmak istedim. "Lütfen bana içinden geçenleri söyle. Hak ettiğim bu değil."

Elim yüzüne doğru yaklaşırken bir anda, eli bileğimi havada tuttu. "Orada kal ve sözlerinin arkasında dur," dedi keskin bir sesle. "Burası benim sınırlarım, sınırlarımı sakın aşma."

Saatler önce onun sınırlarının içinde dört kardeşiyle beraber ben de vardım ama artık o sınırdan içeriye bile giremiyordum.

Altıncı Sokak Nöbetçisi değildim, hiçbir zaman da olamayacaktım ve sınırlarından onları izleyecektim.

Yakınlaşmadığımızı söylemiştim, egoist olduğunu ve her gülümsemeyi ilgi sandığını. Bunların arkasında durmamı istiyordu, hepsinin bir yalan olduğunu bildiği hâlde bunu istiyordu çünkü Yankı bir kere o yalana inanmıştı artık gerçekler umurunda bile değildi.

Saatler önce tuttuğu elimin bileğini bıraktı, geriye doğru bir adım attı. Sözünün daima arkasındaydı, fevri değildi, düşünüp hareket ederdi, hatalar yapmazdı, hatalar yapsa bile nedenleri olurdu. Ben onun gibi değildim bu yüzden hiçbir zaman beni anlamayacaktı. Yankı'nın iyi bir kalbi vardı, evet ama hatalar, onun için affedilmezdi.

Kendisini hiçbir zaman affedememesinin nedeni de buydu.

"İçeri geçelim." Eliyle kapıyı gösterdi ve benim önden geçmemi işaret etti. Yenilmiş bir yüzle ona bakarken kafasıyla bir kere daha hareket yaptı ve geçmemi bekledi. Onun yanından geçip giderken, arkamdaki adımlarını da duymuştum.

Kapıdan girdiğimiz anda burnuma çok güzel yemeklerin kokusu doldu ve içeriden Bartu'yla Mutlu'nun atışmalarının sesi yükseldi.

"Bir daha çorbamın içine tükürürsen, o çorbayı kulağından damlatır, burnundan getiririm, Mutlu." Bartu'nun sesinde yine yapay bir kızgınlık vardı. "Lan insene kucağımdan!"

Işık'ın gülme sesi geldi. "İnmeyeceğim işte!" Mutlu'nun sesi keyifliydi. "Ayakta yemek yiyemem, senin kucağın daha konforlu ama..." derin bir nefes sesi geldi. "Umarım kalçalarıma batan senin çükün değildir, canımı yakıyor!"

"Mutlu!" Işık'ın bir şey fırlattığını işittim. "Bu kadar detay fazla değil mi?"

Yankı odadan içeriye girdi, onun geçmesini bekledim ardından ben girdiğimde Mutlu, "Onun çükünü ısırır..." derken lafı ağzında kaldı. Sessizlik oluştu, başım yerdeyken onların yüzüne bakamadım. "Hım," dedi Mutlu. "Onun pipisini ısırmak isterdim ama şu an öfkeden dolayı yok olmuş olmalı."

Yankı masaya doğru yürüdü ve ben de başımı kaldırıp onlara doğru baktığımda hepsinin gözlerinin benim üzerimde olduğunu fark ettim. Masada beş sandalye vardı, benim sandalyemin kırılmış olması trajikomikti. Gözlerim sandalyelerde gezinirken Mutlu'nun neden Bartu'nun kucağında oturduğunu anladım çünkü bir sandalyenin üzerinde büyük bir Pembe Panter oyuncağı vardı, Mutlu'nun oyuncağı olmalıydı.

"Tanıştırayım," dedi Mutlu sitemli bir sesle. "Pink Helin." Oyuncağın kolunda ve tam göğüs kafesinin bulunduğu yerde sargı bezi vardı. Başında ise şeytan boynuzları olan bir taç. "Bize senden daha sadık." Oyuncağına baktı. "En azından çüküm tiplilere yanlamıyor. E alıştık biz de sana, üşenmedim, Pink Helin'i yarattım."

Tek gülen kişi Işık'tı ve bu gülüş, komik olduğundan dolayı değildi. Mutlu'nun bana söylediği laftan sonra 'hak ettin' gülüşüydü. Yankı, boş sandalyelerden birine kurulduğunda masadaki yemekler dikkatimi çekti, Lâl yine güzel yemekler hazırlamış olmalıydı ve ben onların yine tatlarını kaçırmıştım.

Bir an odanın ortasında dururken göz ucuyla çevreye baktım. Etrafı toplamışlardı ama temizlememişlerdi. Yerlerde hâlâ cam kırıkları vardı, kırılan tahtaların parçaları da her tarafa saçılmıştı. Yerdeki kırık sandalye kalkmamıştı. Onlar da bu durumu dramatik bulmuş olmalılardı ki görmemi istemişlerdi.

"Pink'ine başlatma," diyen Bartu'nun sesi sakin geliyordu. En öfkeli olan, o olabilir diye düşünmüştüm ama en tepkisiz bakan ve en umursamaz duran bu dörtlü arasında yine oydu. Tabağın içindeki büyük et parçasına çatalını batırdı ve afiyetle yemeye başladı. Kucağındaki Mutlu onu engellese de onu görmezden gelmeye çalışıyordu.

Diğerleri hâlâ yüzüme bakarken beni kovmalarını, Yankı'nın üzerine gitmelerine bekledim. Daha önce de olmuştu, beni kabul etti diye Yankı'nın üzerine gitmişlerdi. Saniyeler dakikaya dönüştüğünde hepsi benden bir açıklama bekliyormuş gibiydi, bunu anladığımda "Üzgünüm," döküldü dudaklarımdan. "Sanırım sizi yine şaşırtmadım."

Bartu'nun eli duraksadı, yüzünde alaycı bir gülümseme oluştu ama yemeğini yemeye devam etti. Beni tamamen görmezden geliyordu, tamamen yok sayıyordu.

"Beni şaşırttın," dedi Mutlu sert bir sesle. Sertliği yapaydı ama kaşları çatıktı. "Gerçekten o turuncu tüyü seviyor musun? Gerçekten ama. Şaka payı yok. Gerçekten o herif çükümle yan yana gelse benim çükümün daha yakışıklı olacağı o herifi seviyor musun?"

Hafifçe gülümsediğimde yüzüm acıdı ve Mutlu gülümsememe karşılık vermedi. Sorularını ne cevap verirsem vereyim başka bir yalana başvuracaktım bu yüzden "Onunla gitmeliydim," dedim sadece.

Yankı ve Bartu dışında hepsi yüzüme bakıyordu. Bartu, yemeğini yiyor, Yankı ise boş gözlerle masaya odaklanmıştı. Işık ellerini iki yana salladı ve başını tavana kaldırıp "Yüzünü bu hale getireceğini bile bile gittin öyle mi?" diye sordu bana. "Her şeyden önce bir kadın olarak buna izin vermemeliydin, o senden üstün değil."

Omzumu indirip kaldırdım ve başımı önüme doğru eğdim. Konunun kadın-erkek ilişkisindeki şiddet olmadığının farkındaydım ama onların gözünde sevdiğinden, sevgilisinden ya da saplantılısından dayak yiyen o kadın konumuna düşmüştüm.

"Hem ne oldu senin dövüş bilmelerine?" diye sordu bu sefer Işık. "Karşılık veremedin mi?"

"Karşılık vermiş gibi mi görünüyor?" diye sordu Mutlu ikizine. "Yüzü mahvolmuş."

"Mutlu." Yankı'nın sesi kısık ve temkinliydi. Onu susturmak istedi ama devamında hiçbir şey söylemedi ve eline çatalını aldı. Bir an ne yapacağını bilemedi, masaya bakmaya devam etti sonra çatalı bıraktı. Yutkunduğunda sırtını sandalyeye yasladı. Yüzümün aldığı hâl gerçekten onu bu derece etkilemiş miydi?

"Bize hiçbir açıklama yapmayacak mısın?" Işık üzerime gelmeye devam ediyordu. "Bu kadarını hak ediyoruz."

Bakışlarım Lâl'e döndü, kollarını önünde bağlamış beni izliyordu. O ikizler gibi meraklı değildi aksine yüzümü incelerken daha farklı bir şeyler görmüş gibi kaşlarını kaldırıyordu.

Sessizlik oldu. Aralarında en öfkeli görünen Işık, tek bir mantıklı cevapla yüzünü yumuşatacakmış gibiydi ama yapmadım, yalana başvurmadım. Sessizliğimi korumaya devam ettim. O sırada Bartu, Yankı'ya "Tuzu uzatsana," dedi eliyle göstererek. "Lâl'im, bu etin içine tuz koymayı mı unuttun?"

Masadaki herkesin bakışları ona döndü, Yankı, tuzu aldı ve eline doğru verdiğinde bakışları kesişti. Mutlu, kucağında oturduğu Bartu'ya yaklaşıp "Sen iyi misin?" diye sordu. "Şu an Helin'i çikolata makinesine koyup küp küp çıkarman gerekmiyor muydu?"

Bartu, tuzu ete serperken "Neden?" diye sordu omzunu indirip kaldırarak. "Helin'in kendi tercihiydi, sevdiği adamla gitmek istedi, gitti. Siz neden öfkeli hissediyorsunuz ki?" Gözleri, Lâl'e kaydı ve Lâl de ona baktığında sözsüz bir anlaşma, gözlerimin önünden geçti. "Burada tek öfkeli hissedecek kişi Yankı aslında." Çenesiyle onu işaret etti. "Öfkeli misin kardeşim?"

"Öfkeli tabii ki!" Mutlu ellerini iki yana açtı. "Onlar öpüşeceklerdi, sevişeceklerdi, boy boy çocukları olacaktı! Ama Helin gitti turuncu tüylünün elini tuttu ve ondan doğacak portakallarının yolunu yaptı!"

"Mutlu!" Yankı'nın sesi yüksek çıktığında kendini kontrol etmek istiyormuş gibi elini kaldırdı ve gözlerini kapattı. "Şu konuyu kapat artık, Helin ve benim aramda hiçbir şey olmayacak. O bizim aramıza sadece eğitilmek için girmiş." Gözlerini açtı, bana baktı ve tek kaşını havaya kaldırdı. "Ve ben onu artık eğitmeye başlayacağım. Her şey kurallarına göre ilerleyecek." Öne doğru eğildi, dikkatli bakışlarında anlayamadığım bir duygu vardı. "Hem de her konuda eğitmek."

Bakışları öylesine uzak, öylesine mesafeliydi ki bunun canımı yaktığını hissettim. Onunla aramızda kilometreler olmadığı zamanlar, kendimi daha güvende hissediyor, daha az kimsesiz oluyordum ama Yankı, bakışlarıyla çoktan o sınırları çizmişti.

Mutlu'nun dudakları büküldü. Başını mutsuz bir şekilde önüne eğdiğinde "Gerçekten olmayacak mı?" diye sordu. Yanındaki sandalyeden

Pembe Panter oyuncağını aldı, kollarını tuttu ve havaya kaldırdı. "Duydun mu Pink Helin, öpüşmek yokmuş artık. Sevişmek zaten asla. Çocuklar?" Oyuncağı inceledi. "E onun için de sende yer yok..." Oyuncağı Yankı'ya doğru uzattı. "Bari bunu öp, içim rahatlasın."

Yankı, Mutlu'ya güldü ve kafasını iki yana sallayarak "Sana kızamadığımı biliyorsun," dedi. "Ama biraz daha devam edersen Bartu'nun arabalarından birini çarptığını söylerim."

"Ne? Hangisi?" Bartu hiddetle nefesini verdiğinde Mutlu'nun omuzlarını tuttu ardından çenesini tutup yüzünü kendine doğru çevirdi. "Bu doğru mu? Doğruysa kıvırcık saçlarından seni pencereye asarım, Mutlu."

Yüzleri çok yakındı ve Bartu, Mutlu'nun çenesini tuttuğu için dudakları öne doğru çıkmıştı. Mutlu zorlukla konuşarak "Sahiden Bartu," dedi. "Helin ve Yankı değil de ikimiz öpüşeceğiz galiba. Etkilendim, sırtıma batan çükünse sen de etkilenmiş gibisin."

"Mutlu!" Bartu, Mutlu'nun kafasına vurdu ve çenesini bıraktığında onu itekledi. Mutlu, Bartu'nun omuzlarına tutunduğunda düşmekten son anda kurtuldu. "Sana hangisi dedim?"

"Düşeceğim!" Bartu'nun tek bir iteklemesiyle yere düşerdi ve yerlerde cam parçaları vardı. "Beyaz olan, yeni. Mercedes. Vallahi ben çarpmadım, araba koşarak duvara çarptı, durduramadım. Neymiş efendim, sahibini özlemiş... Arabaları çalarsan böyle olur!"

Bartu, biraz daha iteklediğinde artık Mutlu çığlık atıyordu. Işık, gülmeye başladığında "Hak ettin yine Mutlu," dedi. "Bartu seni silkelemeyi bırak, çıplak bir şekilde sokakta koştursa yeridir."

Bartu, korkutucu bir şekilde güldüğünde Mutlu, "Ona fikir verme!" diye bağırdı. "En son fikir verdiğinde kırmızı peruk ve mini etekle Osman amcanın yanına gitmiştim!"

"E o zaman giyiniktin," dedi Bartu. "Şimdi bir de çıplak git."

"Hayır!" Mutlu bu sefer çırpınarak Bartu'nun kollarından kurtulmaya çalıştığında gözleri Yankı'ya döndü. "Kurtar beni, beybeğim, ne olur! Acımaz bu Bartukıç bana!" Duraksadı, Bartu'ya baktı. "Hey, hâlâ çükün batıyor, çek şunu! Bana mı yürüyorsun?"

Bartu, ayağa kalktı ve Mutlu'yu bacaklarından tutup aşağıya doğru sallamaya başladı. Bu Bartu silkelemesiydi, biliyordum çünkü daha önce de görmüştüm. "Söyle şimdi," dedi silkelemeye devam ederken. "Arabamı neden aldın?"

"Araban mı?" Mutlu'nun yüzü baş aşağı durduğu için kıpkırmızıydı. "Sana ait olmayanı sahiplenemezsin, koca götlü Bartu!" Kaşlarını kaldırdı. "O arabayı çaldığın kişiye yazık değil mi?"

Bartu bir an duraksadı, kaşlarını çattı ve sonra daha hızlı bir şekilde silkelemeye devam etti. "Sen bu arabanın sahibine arabayı götürecektin değil mi?" Işık'a baktı. "O adamla konuşuyor mu?"

Işık, bir şey söylemek istemiyormuş gibi ağzına fermuar çektiğinde "Bir doksan boyunda, ela gözlü, kumral, kaslı, sıkı götlü, uzun bacaklı, koca elli, cillop Ufuk'u mu diyorsun? Hani şu bakarken Grey'e benzeyen adam?" diye sordu Mutlu. "Tabii ki ona arabasını götürecektim ve karşılığında..."

"Ve karşılığında seni kırmızı odasına mı götürecekti?" diye sordu Bartu. Daha hızlı silkeledi. "Seni şimdi kıpkırmızı yapmaz mıyım?"

"Oo birileri hâkim olaya," dedi Mutlu zorlukla. "Aldın mı taktikleri? Geçen gün internet geçmişine baktım, Jamie Dornan'ın kaslarını araştırmışsın."

"Hey!" Işık ellerini kaldırdı. "Onu ben ve Lâl araştırdık." Bartu, gözlerini kocaman açarak Lâl'e baktığında Lâl alt dudağını içeriye doğru kıvırdı. "Yani ben araştırdım," dedi Işık afallayarak. "Yani ben açtım ve sonra Lâl de baktı ve ikimiz baktık, baktık, baktık..." gözlerini irice açtı, "kahretsin, Lâl. Sana o geçmişi sil dedim."

Bartu hayal kırıklığıyla Lâl'e bakarken "Ben de kaslıyım," dedi. "Hatta ondan daha iyiyim. Bana niye bakmıyorsun, soyunmam mı gerekiyor?"

Lâl utançla başını çevirdiğinde Işık kıkırdadı. Mutlu, durduğu yerde kendi kendine söylenirken Bartu, Lâl'den gözlerini ayırmıyordu. Yankı ise kollarını önünde bağlamış, onları izliyordu ve yüzünde silik bir tebessüm vardı.

Onların evlerine girmiştim, şu an o evin içindeydim ama kendimi yine kapının dışında kalmış gibi hissetmiştim. Elim kapıdaydı, içeriden gelen sesleri dinliyor gibiydim ve gülümsüyordum ama onlar için o kadar da önemli değildim. Aslında konu da tam olarak buydu. Onlar Sokak Nöbetçileri'ydi, ben misafirdim. Onlar daima bu evin içinde beş kişi kalacaklardı, ben dâhil olduğumu düşünsem bile hep onlardan bir adım daha geride duracaktım.

Gözlerimin önündeki tablo, parçalanması imkânsız bir tablo gibiydi. Benden imkânsızı istiyorlardı, o imkânsızlığın içinde yeni bir tablo yaratabilirdim ama o tablonun içine bir resim çizemez, bir fotoğraf koyamazdım çünkü altıncı kişiye yer yoktu.

Arkamı döndüm ve odadan çıkacağım sırada arkamdan Yankı'nın "Nereye?" diye seslendiğini duydum. Başımı çevirmeden "Yukarı çıkıp uzanacağım," diye mırıldandım.

"Hayır." Yankı'nın net yanıtıyla omzumun üzerinden ona baktım. Yanındaki az önce Pink Helin'in oturduğu sandalyeyi işaret ederek "Otur," dedi. "Bir şeyler yemelisin." Bir süre daha yüzüne baktıktan sonra başımı olumsuz anlamda iki yana salladım, bu sefer kaşlarını çattı. "Yiyeceksin. Yemek zorundasın."

Bartu, Mutlu'yu koltuğa doğru fırlattı ve o düşerken sandalyesine tekrardan kuruldu. Mutlu inleyerek "Cillop Ufuk!" dedi. "Senin için düştüğüm halleri gör de gel beni kırbaçla!"

Tekrardan onlara döndüm ve Yankı'nın yanındaki sandalyeye otururken Lâl, önümdeki tabağa tencereden et sote koydu. Kokusu burnuma geldiğinde elime çatalı alıp "Ellerine sağlık," dedim Lâl'e doğru. "Çok hoş kokuyor." Lâl, hiçbir tepki vermedi ve o da önündeki yemeğinden birkaç çatal aldı.

Çatalı ete batırdım ve ağzıma attığımda zorlukla çiğnemeye çalıştım fakat imkânsız görünüyordu. Ağzımın içindeki yaralar, yemek yememi engellerken, canım da yanıyordu. Yüzümü buruşturduğumda ve onlara belli etmemeye çalıştığımda eti çiğnemeden yuttum. Tabağın önündeki bardaktan küçük yudumlarla su içtiğimde Yankı'nın gözlerinin benim üzerimde olduğunu hissettim fakat ona bakamadım. Lâl ise masadan kalkıp mutfağa doğru ilerledi.

Çatalı tekrardan ete batırdım, bu sefer onu biraz daha ezdim ve çiğnemeye çalıştım. Gözlerim Bartu ve Işık'a kaydı, onlar da göz ucuyla bana bakıyorlardı. Daha fazla katlanamayacağımı fark ettiğimde başımı önüme eğerek "Gerçekten aç değilim," diye mırıldandım. "Bir şeyler yedim." Midemde de şiddetli bir ağrı vardı ve bu ağrının nedeni yediğim tekme olmalıydı.

Lâl, elinde çorba kâsesiyle geldiğinde Yankı'yla gözleri kesişti. Kâseyi diğer tabağın yanına koyduğunda gözlerim mercimek çorbasıyla kesişti. Başımı kaldırıp Yankı'ya şaşkın gözlerle baktım, o ise "Katı yemek için kendini zorlama," dedi ve çorbayı işaret etti. "Canın daha fazla yanar, bu yüzden çorba iç." Bakışlarım diğerlerine döndü ve hepsinin beni anlamış olması, mideme sanki başka bir tekme daha yemişim gibi hissetmeme neden oldu.

Boğazıma bir yumru oturduğunda kaşığı çorbaya daldırdım ve karıştırarak "Teşekkür ederim," dedim içten bir sesle. "Bunu yapmak zorunda değildiniz. Yani beni kabul etmek zorunda değildiniz."

O yumruyla baş etmek zordu, konuştuğumda sesimin titremesine neden olmuştu ve Yankı fark etmiş olacak ki bana doğru yaklaştı. Kaşığı havaya doğru kaldırdığım sırada ani bir şekilde kaşığın içindeki çorbaya birkaç defa üfledi sonra da "Sıcak," dedi. "Canın daha fazla yanar. Üfleyip iç."

İkinci defa oldu. Birincisi yarama üflemişti.

Parçalandım, yumru daha fazla büyüdü, gözlerimin yanmaya başladığını hissettim. Daha önce kimsenin beni bu kadar düşünmemiş olması, bir yaraydı ve o yaraya Yankı üflüyordu; o yarayı Sokak Nöbetçileri önemsiyordu.

Bir an ne yaptığının farkına varıyormuş gibi oldu, kaşları çatıldı ve uzaklaşarak önündeki tabağa doğru baktı. Sanki bunu düşünmesi tamamen yanlışmış gibi kendine kızmıştı ve biliyordum ki Yankı kontrolünü daima sağlardı.

Çorbadan üfleyerek birkaç kaşık aldığımda tadının muhteşem derecede lezzetli olması Lâl'e bakarak gülümsememe neden oldu. "Gerçekten çok güzel olmuş," dedim. "Ellerine sağlık."

Lâl sadece bir kere kafasını salladı. Az önceki hareketli dakikalardan sonra kimsenin ağzını bıçak açmıyordu ve Bartu, bir an bile doymadan hâlâ yemeğini yemeye devam ediyordu. İkimizin tabak ve kaşıklarının sesinden başka hiçbir ses yoktu. Açlıktan mı, yoksa o an oluşan sessizlikten kaçmak istediğimden mi bilmiyorum ama çorbayı sonuna kadar içtim. Son kaşıktan sonra tabağı hafifçe itekleyip yüzleşmem gereken sona kucak açtım.

Mutlu "Beni de yiyecek misin?" diye sordu Bartu'ya arka tarafımdan. "Hayır yiyeceksen söyle, bedenimin en büyük bölgesini önüne koyayım da bir daha acıkma."

Bartu, ağzı dolu dolu Mutlu'ya dönüp "En büyük bölgen nereymiş?" diye sordu.

"Sence?" Ayaklandığını hissettim, masada karşımda durduğunda kucağında Pink Helin vardı. "Yazları güneşten korunmamı sağlayan, kışları atkı niyetine kullanacağım bir uzvum var, Grey." Gözüyle aşağı tarafı işaret etti. "Yeni bir telefon hattı bile kurdum."

Işık, gözlerini devirerek "Sormasak da söyleyeceksin zaten," dedi. "O yüzden neymiş o telefon hattı?"

"AGKÜH," dedi kelimeyi zorlukla telaffuz ederek. "Kısaltmasını yeni buldum. Açılımını tahmin eden?" Ben hariç arkadaşlarının tek tek yüzüne baktı, birkaç saniye sonra devam etti. "Böyle koşan böcek görmüş tavuk gibi bakarsınız. Alo Güneşten Korunma ve Üşümeme Hattı." Ellerini iki üç defa çırptı sonra kendini işaret etti. "Reklam cümlesi: Tek telefonla atkı da olurum, koruyucu da. Sen sadece ara!"

Hepimiz ona dünyanın en saçma cümlesini kurmuş gibi bakarken Bartu son lokmasını ağzına atıp "Diyorum diyorum anlamıyorsun," dedi. "Mutlu. Yine çok konuştun!"

Mutlu gözlerini devirdi ve sırtını arkasındaki duvara yaslayarak "Ben konuşmasam hepiniz canlı cenaze gibi oturacaksınız ve bu beni çok sıkıyor," diye homurdandı. "Üstüne üstlük hepiniz hiçbir şey yokmuş gibi davranıyorsunuz ama Helin'e öfkelisiniz. Konunun üzerini kapatmaya çalışmayın." Bakışları bana döndü. "Hepimiz senden hâlâ bir açıklama bekliyoruz farkında mısın?"

Yankı oturduğu sandalyeden ayağa kalktı. "Yeter Mutlu," diye soludu. "Sorguladığın ne? Bu evin içindeki herkes, istediği yere gidebilir değil mi?" Beni işaret etti. "Buna o da dâhil."

"Konu istediği yere gitmesi değil," diyen Mutlu'nun sesi kızgın geliyordu. "Konu, evimizi mahveden adamla gitmesi ve sonra hiçbir şey yokmuş gibi geri gelmesi. Çüküm tipli ve yanındaki kılları bize silah doğrulttu, tehditler savurdu. Biz Helin'i koruduk ama o, herifle gitmeyi seçti." Yankı'nın gözlerinin içine baktığında ona bir adım yaklaştı sonra derin bir nefes verdi. "Asıl senin kaçtığın ya da umursamıyormuş gibi davrandığın ne? Alacağın cevaplar mı?"

"Bunu bilerek yapıyorsun," dedi Yankı Mutlu'ya. "Seni tanıyorum, Mutlu. Helin'in bugün gitmesi umurunda bile değil. Umurunda olan başka şeyler." İç sesim, bana gittiğim için değil Yankı'yla söylediklerim için kızgın olduğunu dile getirdi ama Yankı'nın üzerinde o kadar fazla etkim olabileceğini düşünemiyordum. "Dinle," dedi Yankı. "Sorun yok. Gerçekten sorun yok."

"Sorun var." Mutlu'nun başı bana doğru döndü. "Ciddi olmaktan hiç hoşlanmıyorum ama bu ciddi bir konu. Bunu neden yaptın?

Gerçekten onu sevdiğin için mi?" Bakışları alaylı bir hâl aldı. "Hadi ama buna inanmamızı bekleme, senin Yankı'yla aranda geçenlerden sonra ve sen gittikten sonra Yankı'nın gözlerindeki ifade..."

"Mutlu!" Yankı'nın sesi odanın içinde çınladığında olduğum yerde irkildim ve Bartu bir anda ayağa kalktı. Mutlu, lafının kesilmesiyle gözlerini Yankı'ya çevirse de o korkmuş görünmüyordu. "Onu seçti, onu istedi ve gitti!" dedi kelimelerin üzerine bastırarak. "Ne açıklama yapmasını bekliyorsun? Ağzından 'Ona aşığım' dökülmesini mi bekliyorsun?"

Gerçekten böyle hissettiğimi mi düşünüyordu, yoksa Mutlu'nun konuyu kapatması mı için mi böyle yapıyordu? Bartu, bulunduğu yerden Yankı'nın yanına gidip Mutlu'ya doğru "Haklı," dedi Yankı'yı göstererek. "Konuyu çok uzatıyorsun. Bizim problemimiz o sik suratlıyla ve acısını da çıkaracağız. Hayır, anlamıyorum neden bu kadar önemsiyorsunuz?" Beni işaret etti. "Ondan daha farklısını yapacağını düşünüyor muydunuz?" Yankı'ya baktı. "Gerçekten buna inancın var mıydı?"

Yankı sessizliğini koruduğunda ben de ayağa kalktım. Mutlu'nun gözlerinin içine bakarak "O an gitmem gerekiyordu ve gittim," dedim. "Çünkü aranızdan birisi zarar görecekti, bunu biliyordum."

Bu sefer öfkeli bakma sırası Bartu'daydı. "Buna asla izin vermeyeceğimi biliyor olmalısın." Elini salladı. "Yalan söylemek senin için alışkanlık mı, yoksa zorda kaldığın zaman hemen başvurur musun?" Lâl, Bartu'nun birkaç adım uzağına gittiğinde ve gözlerinin içine baktığında "Umurumda değil aslında," dedi. "Gerçekten samimiyetle söylüyorum senin gitmen de sen de umurumda değilsin. Ama bilmen gereken bir şey var." İşaret parmağını bana doğru salladı. "Biz beş kişiyiz, sen ise tek kişisin. Birimiz zarar görsek diğerimiz o zarar gören için dünyayı yakarız. Ama sen zarar görürsen zarar gördüğünle kalırsın ve öyle de olmuş."

Lâl, Bartu'ya doğru bir şeyler söylediğinde Bartu'nun cümlelerini sindirmek oldukça zordu ama bildiklerimi onlardan birinin ağzından duymak daha fazla üzmüştü ve beni üzmesi bile saçmalıktı. Omzumu indirip kaldırdım. "Bunu biliyorum ki zaten," dedim. "O yüzden gittim. Beş kişiye tek kişi. Benim zarar görmem daha mantıklı geliyor kulağa."

Yankı'nın başı sert bir şekilde bana döndüğünde turkuaz gözleri sanki koyu bir rengi almıştı ve çenesini sıkmıştı. Dudakları aralandı, her ne söyleyecekse vazgeçti. Gözlerini kapattı ardından "Gece için Nadir'i Yuva'dan almamız gerekiyor," dedi. "Ben dışarıda sizi bekliyorum."

"Ne bakıyorsun Lâl?" dedi Bartu ona sertçe. "Senin için her şeyi yaparım ama ucunda sen zarar göreceksen sözlerini dinlemem." Benim Lâl'e zararım dokunacağını düşünüyordu. "Gün geçtikçe haklı çıkıyorum, gün geçtikçe bu kız beni haklı çıkarıyor."

Işık, ikisinin arasına girdi. "Bartu, Yankı'nın yanına gitmelisin," dedi net bir sesle. "Bence yeterince laf söyledin Helin'e ve o anlamış görünüyor."

Bartu, Lâl'in gözlerinin içine bakarak "Birileri bana yine küstü," dedi. "Söyleyin o birilerine küsmeye devam ederse daha da kötülerini yaparım." Lâl'i kolundan tutup çekti, kapıya doğru yürüttü. Lâl'in adımları birbirine girerken Bartu'dan kurtulmaya çalışıyordu. "Küsersen hep tutarım seni böyle," dedi kaşlarını çatarak. "Küsmeyeceksin bana."

Kapıdan dışarı çıktıklarında Bartu'nun Lâl'i benden uzaklaştırmaya çalıştığını anladım, onu benden korumaya çalışıyordu ve bu yaptığı ona karşı duyduğum öfkenin artmasına neden olmuştu.

Işık, başını çevirip bana baktı sonra kafasını ümitsizlikle iki yana salladı ve ikizinin yanına geçti. İkisinin bakışları üzerimde gezinirken Mutlu, "Evet, biz beş kişiyiz," dedi bana doğru bir adım atarak. "Ama bilmelisin ki bu beş kişi, kendileri dışında kimsenin önünde durmamıştı. Biz senin önünde durduk, biz seni korumak istedik." Başını omzuna yatırdı. "Ve bunu yaptığımızda biz bile şaşkındık."

Umutsuzlukla nefesini verdiğinde Mutlu'yla aramızdaki eğlenceli anların dışında ilk defa ciddi bir konuşmanın içindeydik. Onu da az çok tanımıştım. Nöbetçilerin en çocuksu görüneni ve en eğlenceli çocuğu. Daima gülümseyen, daima kendi aklına eseni yapan. Onun için en önemli kişi Işık sanıyordum ama o an anlamıştım, Işık neyse diğerleri de oydu. Ciddiyet, Mutlu'nun yüzüne yakışmasa da karşımda duruşu ve cümleleri Yankı'nın hissettirmediği suçluluğu hissettirdi.

"Haklısın," dedim sadece. "Ama söylediğim gibi sizi korumam gerekiyordu..."

Cümlemi tamamlayamadan beni susturdu. "Yankı'ya söylediklerin de mi bizi korumak içindi?" diye sordu hiddetle. "Onu kırmak istedin. Onu küçük düşürmek istedin." Bir adım attı bana doğru. "Bunu neden yaptın?"

"Ben sadece," dediğimde kelimeler ağzımdan zorlukla çıkıyordu. "O şekilde konuşursam Caner bana inanır diye," başımı kaldırıp gözlerinin içine baktım, "o Yankı sonuçta. Etkilenmez ki böyle şeylerden. Zekidir, cümlelerin önemi yoktur. Gerçeklerin önemi vardır. Beni anlamıştır." Işık'a baktım. "Öyle değil mi?"

Işık kollarını önünde bağladı ve derin bir nefes verdikten sonra, "Onu tanımıyorsun," dedi gözlerini benden ayırarak. "Biz bile onu seneler geçtiği hâlde bazen tanımadığımızı düşünüyoruz ama sen hiç tanımıyorsun. Sana bunu söylemek istemiyordum ama dayanamayacağım..." Bakışları tekrardan bana döndü, bağladığı kollarını aşağıya indirdi.

Mutlu, elini kaldırıp kardeşini susturdu ve sözü o devraldı. "Biz beş kişiyiz evet ama Yankı aslında bizim yanımızda bile hep yalnızdı. Konu bizim duygularımız, bizim hislerimiz, bizim acılarımız olduğunda o hep oradaydı, hep halletti, hep arka çıktı. Ama onun hisleri, duyguları, acıları? İşte bu noktada hep yalnızdı, hep tek başına üstesinden geldi, gelmeye çalıştı ve belki de gelemedi. Bir kere bile ona yardım etmemize izin vermedi, bir süreden sonra biz de buna alıştık." Kaşları çatıldı. "Sen de yalnızsın. Artık bencilliği bırak, eğer gerçekten bizi düşünüyorsan Yankı'yı anla. Hepimiz bazen onun da bir insan olduğunu unutuyoruz."

"O bizim için çok değerli," dedi Işık. "Ve biz kendimize bir söz verdik sen intihar ettikten sonra. Ben Lâl ve Mutlu yani. Ne olursa olsun seni dışlamayacağız, seni anlamaya çalışacağız diye." Eli, omzuma dokundu ve sıktı. "Sen kendini bizden dışlarsan, biz seni anlayamayız. Tamam mı?"

Başımı olumlu anlamda aşağı yukarı salladığımda boğazımdaki yumruyu tekrardan hissetmeye başlamıştım. Kalbimde bir sızı vardı, o sızıdan acımasızlık akıyordu. Farkında olmadan bir an bile onu düşünmeden, hislerini umursamadan cümleleri dikenler gibi ona batırmıştım.

İkisi beraber odadan çıkarken onları takip ettim. "Pink Helin'i bıraksana, nereye götürüyorsun?"

"Hey!" Oyuncağı havaya atıp tuttu. "Onu evde bırakamam. Pink Helin'i kaçırmak için her an çüküm tipli gelebilir."

Evden dışarı çıktığımızda Bartu ve Lâl, evin köşesinde hararetli bir konuşmanın içindelerdi ve Yankı, bisikletinin üzerine oturmuş, dudaklarının arasında bir sigara yolu izliyordu. Gece Nadir'in Tankut'a verileceğini biliyordum ama bir daha bunun üzerine konuşulmadığı için vazgeçildiğini düşünmüştüm fakat plan, aynı şekilde ilerleyecek gibi görünüyordu.

Bartu Lâl'e "Biraz daha surat yaparsan çırılçıplak soyunurum burada." diye bağırdı. "Soyunurum ve sen o dallamanın kaslarına bakmak yerine benimkilere bakarsın." Lâl, yanından uzaklaşmak istediğinde Bartu, Lâl'i arkası dönükken belinden tutup havaya kaldırdı ve onu bisikletine doğru götürdü. Lâl ayaklarını sallarken ondan kurtulmaya çalışıyordu. Bartu gülerek "Benden kurtuluşun yok, olamaz," dedi. "Bunu anla artık."

Onları izlemeyi bırakıp adımlarımı Yankı'nın bulunduğu yere doğru yönlendirdim. Dudaklarının arasındaki sigarayı parmaklarının arasına sıkıştırmadan önce başını çevirip bana baktı. Sonra adımlarım durdu, ondan izin alıyormuş gibi baktım ve başını bir kere salladığında hızlı adımlarla hemen yanına vardım.

"Ben de sizinle gelebileceğim değil mi?" diye sordum merakla. "İstemiyorsan eğer..."

"Sorun yok." Öne doğru eğildiği yerden doğruldu. "Bin bakalım önüme," dedi klasik cümlesini kurarak. "Eğitimimizin ilk dersi bisiklet sürmeyi öğretmek olmalı. Zamanı geldi de geçiyor."

Yan bir şekilde önüne oturduğumda gözlerim ona doğru döndü ve yüzüme bakmadığını, ileriye doğru baktığını gördüm. "Hımm," dedim sevecen bir sesle. "Sanırım şoförüm olmaktan sıkıldın."

Yankı, gülümsedi ama soğuk bir gülümsemeydi. "Ne bu? Şoför fantezisi mi?" diye sordu. "Hoşuna gidiyor belli ki çünkü ne zaman önüme otursan hep aynı muhabbet, durmadan bunu söylüyorsun."

Kelimelerin üzerine yaptığı vurgusu kaşlarımı kaldırmama neden olduğunda "Ben mi çok fesadım, yoksa sen mi hep bel altı vuruyorsun?" diye sordum. Onunla aramdaki soğukluğu aşmak için espriye vuruyordum. "Ya da ben safım. Saf mıyım?"

"Ne, ben mi bel altı vuruyorum?" diye sordu. "Asla. Katiyen." Kaşları çatıldı. "Sen çok fesatsın ve sürekli aklından benimle ilgili bel altı düşünceler geçiyor. Ben masumum, hep masumdum." Masum kelimesinin üzerine bastırırken gülmemek için kendini tutuyormuş gibiydi. "Söyle bakalım fesat, aklından neler geçti yine?"

Yüzüme hâlâ bakmaması beni tedirgin etse de espriye devam ederek "Şoför kıyafetli bir adam geliyor aklıma," dedim ve zihnimin içinde onu şoför kıyafetiyle düşünmek gülümsetti. "Ve şey..." Bakışlarımı ondan kaçırdığımda yere baktım. "Önüne deyince aklıma şey geliyor..."

"Hım," dedi ve ellerinden bir tanesi bisikletin direksiyonunu tuttuğunda kokusu, nefesi yüzüme çok yakındı halbuki o sadece eğilmişti. "Şoför kıyafetli adamın kucağında bacakları iki yana açılmış bir şekilde oturan ve ellerini adamın omuzlarına koymuş bir kadın mı düşünüyorsun?" Sorusu dudaklarımın aralanmasına neden oldu. "Hatta kadının üzerinde siyah iç çamaşırları olmalı. Saçları açık." Sesinin seviyesi gitgide düştü. "Elleri omuzlarını sıkı sıkı tutuyor."

Elim boğazıma doğru gitti ve gözlerimi kapatarak "Bunlar gibi," dedim sadece. "Yani bu tarz bir şeyler geçmişti ama bu kadar açık değildi. Özellikle siyah iç çamaşırı kısmı kesinlikle yoktu." Yanaklarımın kızardığını hissettim.

"Sadece aklından geçenleri söylemek istemiştim aslında," dediğinde nefesi yanağıma çarpmıştı. "Sonuçta o kadını da adamı da tanımıyoruz değil mi? Neden utanıp kızarıyorsun ki?"

"Tanımıyoruz," dedim hızlıca. "Yüzleri yok, yani öyle yok ki hayalet. Puf, uçtular şu an."

Yankı, kafasını salladı ve yüzünün uzaklaştığını hissettim. "Çok fesatsın," dediğinde gülümsüyordu ama yüzüne bakamıyordum. "Bunları düşündüğüne inanamıyorum. Benim aklıma asla böyle şeyler gelmez, kafamın içi tertemiz."

"Hey, yine beni utandırmaya çalışıyorsun," diye inlediğimde gözlerim ona döndü ve dakikalar sonra yüzüme baktığını fark ettim. "Olayı anlatırken yaşayan sendin."

Yüzümün her noktasını izlerken kaşlarının çatıldığını hissettim. "Ben yaşasaydım," dedi başını omzuna düşürerek. "Ben o adam olsaydım..." Her ne söyleyecekse bu düşünce çenesinin kasılmasına neden oldu ve sustu. Gözlerindeki tutkulu bakışlar, dizlerimi titretecek kadar duygu yüklüydü fakat bu sefer dizlerimin titremesi beni rahatsız etmezdi.

Devam etmediğinde "Sanırım bundan sonrası sır gibi kalacak," diye mırıldandım. "Devamı gelmeyecek."

"Belki," dediğinde gözleri yüzümdeki yara izlerinde gezindi. "Çok acıyor mu?" diye sordu bir anda ve soruyu sorarken gözlerindeki tutkunun uzaklaştığını, yerine öfkenin geldiğini gördüm. Eli cebine gitti ve kapsüllerin olduğu bir ilaç kutusunu bana uzattı. "Ağrı kesici," diye mırıldandı. Şaşkınlıkla ilaç kutusuna baktım, bunu daha önce düşünmüş müydü? Aklımdan geçeni okumuş olmalı ki, "Cebimde varmış," dedi. "İç istersen. Çok acıyordur."

Bakışlarım üzerine giydiği lacivert kazağına kaydığında o kazağın benim daha önce giydiğim kazağı olduğunu anladım. "Hep cebinde ağrı kesiciyle mi gezersin?" diye sordum.

Yankı bakışlarını benden ayırdı ve ayaklarını pedallara koyduğunda iki eli de direksiyonu kavradı. "Cebime ben koymadım ağrı kesiciyi," dedi umursamaz bir sesle. "Elimi cebime attım ve oradan çıktı. Rastlantı bu ya, senin de canın yanıyor."

"Bir şekilde uçarak cebine girmiş olmalı," dediğimde gülümsedim ve Yankı bisikleti hareket ettirdi. "Mucizevi güç." Kapsülü itekleyerek çıkardım ve beyaz hapı ağzıma atıp susuz da olsa zorlukla yuttum sonra da ilaç kutusunu kendi cebime koydum.

"Mucizevi güç," diyerek dediğimi tekrar etti.

Dayanamadım, yeniden üstündeki kazağa baktım. "Bu arada sana ait olan sana daha çok yakışmış."

Duraksadı, gözleri son kez bana döndü. "Eğer izin verseydin," dedi soluk bir sesle. "Bana ait olan her şey, benden daha çok sana yakışırdı."

Hiçbir şey söyleyemeden önüme döndüm ve gözlerim, ellerinde bıraktığım izlere kaydı. Kabuk bağladıklarını gördüm. O an, bu izlerin vereceği acıyı hiç düşünmediğimi, iyileştirmek için hiçbir çaba sarf etmediğimi fark ettim. Mutlu ve Işık'ı anladım, o öylesine kendisini boş veriyor, öylesine önemsiz görüyordu ki Yankı'nın canı hiçbir zaman acımazmış gibi geliyordu.

Yankı yalnızdı, kendi duygularıyla, hisleriyle, yaşanmışlıklarıyla yalnızdı.

Sonra ben gelmiştim, bir yalnız başka bir yalnızla tanışmıştı. İkimiz aslında aynı anda yalnızlıktan vazgeçmiştik.

Artık anlıyordum, birbirimizin yalnızlığı, kurtuluşumuzdu.

Parmaklarım elinin tersindeki kabuk bağlamış yaralara dokunduğunda "Senin de canın yanmış olmalı," diye mırıldandım. Yankı'nın parmakları direksiyonu daha sıkı kavradı, parmak boğumları beyazlaştı ve sınırları bana hatırlatmak istedi fakat umurumda değildi.

"Hak etmiştim," dedi umursamaz bir sesle. "Senin canın o gün daha fazla yanmıştı."

Yine yapıyordu, yine konuyu kendinden çıkarıp karşısındaki kişiyle yönlendiriyordu. Bu sefer konunun bana dönmesini engelleyerek "Kendini önemsemiyorsun," diye mırıldandım. "Kendine karşı bu kadar umursamaz olmamalısın."

"Yaraları önemsemekten daha ziyade yaraların nasıl oluştuğunu önemserim," dediğinde omzumun üzerinden turkuaz gözlerine baktım. "Aslında iz bırakan yaralar değil, nasıl oluştuğudur. Yani dediğim gibi, bu izler her baktığımda bana senin kendini tam kalbinden vurmanı hatırlatacak." Gözleri, yüzüme döndü. "Bu yüzden sırf karşılık vermek için beni önemsiyormuş gibi davranmaktan vazgeç."

"Karşılık vermek mi?" Başımı yola doğru çevirdim ve kaşlarım çatıldı. Başka bir gün olsa onunla bu konunun tartışmasına girebilirdim fakat şu an pek de uygun bir zaman olmadığının farkındaydım. "Canımın acımasını sen umursuyorsan ben de seninkini umursayabilirim değil mi? Bunun nesine inanmıyorsun?"

"Acımasın." Nefesini verdi. "Senin canın acımasın, bunu istemiyorum." Sonra hızlıca devam etti. "*Liderin olarak.*" Çatılan kaşlarım düzeldiğinde hafifçe tebessüm ettim. "Aramızdaki kimsenin canının acımasını istemem, kendine özel olarak algılama."

Tam o sırada yanımızdan fişek gibi geçen Mutlu'nun elindeki oyuncağı kuyruğundan tutarak salladığını gördüm. "Pink Helin!" diye bağırdı. "Kalbi atan halin beni öfkelendirdiği için daha çok acı çekeceksin!" Şaşkın gözlerle ona bakarken gözlerini bize doğru çevirdi. "Yanına da Black Yankı oyuncağı buldum mu tamam! Durmadan öpüştürür dururum!"

"Şu konuyu kapatmanı söylememiş miydim?" diye bağırdı Yankı ona yetişmeye çalışarak. Bisikletin hızını artırmıştı ve Mutlu bizi zorlukla duyuyordu.

"O yarım saat önceydi ve biliyorsun, bana söz dinletecek tek kişi Grey! O da soyun derse!" dedi Mutlu. "Hem madem siz öpüşmeyeceksiniz, bırak oyuncaklar öpüşsün ne bu tantana beybeğim! Kıskandın mı?"

"Bir gün elimde kalacaksın bak." Yankı ne kadar öfkeliymiş gibi davransa da Mutlu'ya kızamıyordu. "O Pink Helin'i alır..."

"Oha oyuncağa yürüyor!" Mutlu'nun gözleri irice açıldı, kıvırcık saçları epey uzamıştı ve rüzgârdan dolayı yüzüne geliyordu. "Yoksa daha fazlası? İğrenç sapık herif! Vermem onu sana!"

Yankı kendini tutamayarak güldü ve Mutlu da ona karşılık verdi. Bütün konuşmaları duyan Işık, Mutlu'yu yakalamaya çalışıyordu fakat bir türlü ona yetişemiyordu. Birkaç dakika sonra Yuva'nın önüne geldiğimizde Bartu ve Lâl'in çoktan Yuva'nın önünde bizi beklediklerini fark ettim; Bartu'nun elleri belindeydi. "Nerede kaldınız?" diye sordu sıkkın bir tınıyla. "Beş dakikadır sizi bekliyoruz."

Bisikletinden inen Mutlu'yu Işık takip etti, onların arkasından biz de indik. "Yankıtu'yla Helinski'yi bilmiyorum ama ben yolda muhteşem bir yakışıklıyla tanıştım," dedi heyecanla. "Bizim mahalleye yeni taşınmış, yol kenarında sigara içiyordu. Durdum, dayanamayıp çakmak istedim. Sonra çakmağı bana verdi." Dudaklarını büktü. "Sigara içmediğimi unutmuşum onu görünce. Aldım çakmağı yaktım, patlattım bir Müslüm Gürses şarkısı ateşi sallayarak." Daha fazla üzüldü. "Yakışıklı tam etkileniyordu ki Işık geldi, benim ruh hastası olduğumu söyledi adama ve oradan gittik."

Bartu eliyle alnına vurduğunda Lâl gülmeye başladı. "Gerçekten bunların hepsi yaşandı mı?" diye sordu. Işık'a baktı, Işık kafasını salladığında elini daha sert alnına çarptı. "Ben bu çocuğu çok fazla silkeledim de beyni ters mi döndü acaba?"

Işık kahkaha attığında Mutlu hiddetle Bartu'nun omzuna bir tane yumruk attı. O sırada hemen arkamızdan Önder'in "Hoş geldiniz," diyen sesi yükseldi. O tarafa baktığımızda Önder gülümsüyordu fakat benim yüzümü görür görmez gülümsemesi silindi ve "Vov," diye nefesini verdi. "Bartu mu yaptı bunu? Güzel çalışma."

"Ha?" Bartu, bir bana bir Helin'e bakarken konuyu ilk anlamadı daha sonra ellerini kaldırdı. "Hayır," diyerek nefesini verdi. "Daha neler. Helin'le dövüşmemiz için onun kadın olduğunu unutmam ve karşımda tamamen bir dövüşçü olması gerek ya da dünyanın en kötü insanı."

Önder, meraklı gözlerle bana bakarken Yankı "Önemli bir şey değil," dedi ve sesindeki umursamazlık fazlasıyla inandırıcıydı. Bir yandan da Önder'in konuyu bilmesini engelliyordu. "Daha sonra anlatırım. Nadir nerede?"

Önder tedirgin edici bir sesle "Emin misin?" diye sordu sanki defalarca tekrar ettiği bir soruyu yineleyerek. "Nadir'in bu şekilde ölmesini mi istiyorsun?"

Yankı, işine karışılmasını sevmeyen bir ifadeyle Önder'e baktığında, Önder kaşlarını kaldırdı ve omzunu indirip kaldırdı. "Ne zaman emin olmadan bir adım attığımı gördün?" diye sordu. "Onu Tankut'a vermem gerekiyorsa vereceğim."

Başımı çevirip grubun diğer üyelerine baktım ve Bartu'nun kırgın gözlerle Yankı'ya baktığını gördüm, kızgın değil, kırgındı. Bunu her neden yapıyorsa Bartu'yu ezip geçmiş gibiydi. Lâl ve Mutlu ise Bartu'nun aksine ifadesizlerdi. Işık'ın gözleri, ikizine kaydı ve kaşları çatıldı; kendisinin bilmediği bir şeylerin ortada döndüğüne emin oldu.

Mutlu, parmaklarını ağzına doğru götürdü ve üç kere uzun uzun ıslık çaldığında çocukların pencereye doğru çıktıklarını gördüm ardından hepsi sevinçle bağırarak pencereden uzaklaştılar. Yanımıza geliyor olmalılardı.

"İBAK'a uğramamız gerekecek," dedi Yankı düz bir sesle. "Gideceğimiz yere bisikletlerle gidemeyiz. Kaç tane araba var şu an orada?"

Bartu'nun kaşları çatıldı, Mutlu'ya baktı. "Maalesef iki. Göt Mutlu, üçüncüsünü çarptıysa Önder onu tamire vermiştir."

"Boşal da semerini ye ayı," diyen Mutlu orta parmağını gösterdi. "Bana özel araba çalmadığın sürece her çaldığın arabanın içine girip kusacağım. Bak gerçekten bunu yapacağım."

Bakışlarımı onlardan ayırıp karşıya doğru baktığımda Önder'in beni izlediğini gördüm, yüzümdeki izlere bakarken kaşları havadaydı ve kendinden gizlenen bir şeyler olduğunu anlamıştı. Aynı ifadeyle ona baktığımda ona hesap vermeyeceğimi göstermek istedim.

Çocuklar kapıdan çıktılar ve yanımıza doğru koştuklarında Ferda'nın güzel yüzünü o kadar çocuğun arasında tanıdım. Ellerini çırparak bana doğru ilerlediğinde gözlerindeki sevinç ve heyecan her halinden anlaşılıyordu. Kollarımı açıp ona doğru hızlı adımlar attığımda beni şaşkına uğratacak bir an yaşandı ve Ferda, beni görmezden gelerek Yankı'nın bacaklarına sarıldı hatta en başından beri beni görmediğini anladım. Kollarım iki yana açılmış şekilde öyle kaldığımda Yankı güldü ve olduğu yerde çöküp ellerini Ferda'nın omuzlarına koydu.

"Yankı!" dedi Ferda sevinçle. "Masal kitabını almaya mı geldin?"

Kaşlarım çatıldı ve açtığım kollarımı önümde bağlayarak onları izledim. Yankı, göz ucuyla bana baktı ardından bütün dikkatini Ferda'ya vererek "Hayır, bu sefer senin için gelmedim cimcime," dedi. "Kitabı okuttun mu birine?"

Ferda, heyecanla başını olumlu anlamda aşağı yukarı salladı ve utançla gözlerini kaçırdı. "Gizem abla yarısına kadar geldi. Masal kitabının içinde de bir prens var ve o prensin adını sevmediğim için ben Yankı koydum. Prenses de Ferda." Eliyle yaşça ondan daha büyük bir kız çocuğunu gösterdi, o Gizem olmalıydı. "O isimleri değiştirerek okuyor. Prens ve prenses ikimiz olduk."

Yankı, içten bir şekilde gülümsedi ve bir baba gibi Ferda'nın saçlarını okşadı. "Bu prens neler yapıyor peki?"

"Senin gibi," dedi yere bakarak. "Kahraman o da. Sen de kahramansın. Sonunda prensesi kurtaracak biliyorum," omzunu indirip kaldırdı, "ama yine de dinlemesi zevkli oluyor."

Yankı, Ferda'nın burnuna parmağıyla dokundu. "Bütün prensesler kurtarılmayı hak eder," dedi. "Sen hepimizin prensesisin."

Ferda, kırgınlıkla geriye doğru bir adım attı ve omzunu silkti. "Ben sadece senin prensesin olmak istiyorum ama."

Yankı gülümsediğinde daha fazla dayanamayarak "Ferda," dedim merakla. "Yankı'yı görünce beni unutmaya başladın bakıyorum da?"

Ferda, sesimi duyunca hiç şaşırmadı ama arkasına da dönüp bana bakmadı. "Seninle konuşmuyorum ben," dediğinde bir daha omzunu silkti. "Öğlen Yankı geldi ama sen gelmedin. Seni sorduğumda 'bir daha gelip gelmeyeceğini bilmiyorum' dedi. Bizi terk mi edeceksin?"

Yankı'nın Ferda'nın sorusundan sonra yüzündeki gülümseme silindi ve çöktüğü yerde doğrulup donuk bakışlarla bana baktı. "Hayır," dediğimde ona doğru ilerledim ve hızlıca önünde eğilerek ellerini tuttum. "Seni asla terk etmem."

Ferda, yerde olan bakışlarını kaldırdı ve yüzümü gördüğünde ilk önce şaşkınlıkla bana baktı daha sonra korkarak geriye doğru bir adım atmak istedi, onu tutuyordum. "Bunu sana baba mı yaptı?" diye sordu Tankut'u kastederek. "O hep bunu yapar."

Benden korkması, canımı yaktığında yüzümü ondan gizlemek istiyormuş gibi doğruldum ve bakışlarımı başka yöne çevirerek "Hayır," dedim. "Sadece bir kaza geçirdim."

Ferda, Yankı'nın arkasına doğru geçtiğinde ve kendisini benden gizlediğinde yüzümden ziyade, Tankut'tan korktuğunu anladım. Kafasının içinden ne geçiyordu bilmiyordum ama benden kaçmak istiyor gibiydi, bu benim de kendimden kaçmak istememe neden oldu.

"Sahiden bunu sana kim yaptı?" Arkamdan Önder'in sesi yükseldiğinde sorgulayan bakışları yerindeydi. "Bizimkiler sana bunun yapılmasına nasıl izin verdi?"

"Onların izin verebileceği bir durum yoktu," dedim hızlıca. "Benim kendi tercihimdi."

"Nasıl yani?" diye sordu Önder. "Ne oldu?"

"Her neyse," diyen Yankı'nın sesi aramıza girdi ve Önder'in lafı ağzına tıktı. "Nadir nerede?"

"İBAK," dedi Önder ve Yuva'nın sağ tarafına doğru yürüdü, Yankı'nın konuyu kapatmaya çalıştığını ise anlamıştı. "Orada sizi bekliyor."

Hep beraber Önder'in gittiği yöne doğru yürümeye başladığımızda başımı çevirip Ferda'ya doğru baktım fakat onun çoktan beni unuttuğunu ve yanında kendisiyle hemen hemen aynı yaşlardaki başka bir arkadaşıyla güldüğünü gördüm. "Merak etme," dedi hemen yanımda yürüyen Yankı. "Senden korkmadı, sana bunu yapanlardan korktu."

Yüzümü buruşturdum ve gözlerimi karşıya doğru çevirdiğimde "Çok mu çirkin görünüyorum?" diye sordum. "Ya da çok korkutucu?"

Yankı'nın başını çevirip bana baktığını hissettim ama ben ona bakmadım. "Patlamış bir göz ve dudak, şişmiş elmacık kemiği, morluklar, çizikler..." Derin bir nefes verdi, devam edecek gibi oldu ama sonra sustu.

"Ve?" diye sordum. "Evet, çok çirkin görünüyorsun diyecektin galiba?"

"Hayır," diye karşılık verdi. Beklediğimden daha uzun süre bekledi, sonra devam etti. "Yine de gözüme çirkin görünmüyorsun, diyecektim." Başımı çevirip ona baktığımda gözleri kısılmıştı.

"Belki de senin gözlerin bozuktur," dedim omzumu silkerek. "Kime sorsak berbat göründüğümü söyler. Üzmemek için doğruyu söylemiyorsun."

"Belki de ne olursa olsun, neye dönüşürsen dönüş benim gözlerim seni güzel görüyordur," dedi tarif edemeyeceğim kadar etkileyici bir sesle.

Dudaklarım aralandı. "Beni güzel mi buluyorsun?" diye sordum şaşkınlıkla.

"Güzelsin," dedi hızlı bir şekilde. Bakışlarındaki ifade değişti sonra kaşları çatıldı. "Seni güzel buluyorum. Liderin olarak," dedi. Gülümsemesi bu sefer içtendi. "Liderin olmadığımda ise evet, berbat ve çirkin görünüyorsun, Helin. Ama ben senin liderinim, bu hiç değişmeyecek."

Ben de ona gülümsedim ve Yuva'nın arka tarafındaki bir garajın önüne geldiğimizi fark ettim. Yanıp sönen ışıklı tabelada yazan İBAK gözlerime çarptı. "Daha neler," diye mırıldandım. "Bunu gerçekten yaptınız mı?"

Mutlu, omzuyla omzumu itekledi. "Bartu, yaptırdı. Bakma beni dinlemiyormuş gibi davrandığına. Egosunu okşamama bayılıyor. Ona gerçekten Grey'miş gibi hissettiriyorum." Derin bir nefes verdi. "Lâl onu abisi gibi, o beni kardeşi gibi görür. İmkânsız aşklar silsilesi. Siz sevişseniz bu lanet kalkacaktı da ikinizin de çükü kalkmıyor artık birbirinize."

"Mutlu sana kötü bir haberim var," diye homurdandım. "Benim çüküm yok."

Mutlu gülerek garajdan içeriye girdi. "Helin sana güzel bir haberim var," dedi. "İstersen sana çükümü verebilirim."

Kısık bir sesle kıkırdadığımda başım garajın içine doğru döndü ve iki tane lüks arabanın yan yana durduğunu gördüm. Gözlerim şaşkınlıkla açıldığında o arabalardan bir tanesini hatırlıyordum fakat diğeri hakkında bir fikrim yoktu. Bartu, Lâl'i bile boş verdi ve arabalarına, çocuklarının yanına yürüyormuş gibi ilerledi. "Bebeklerim," dedi içten bir sesle. "Siz kirlendiniz mi?"

Mutlu, alnına vurup "*Hashtag* Bartukıçımınkenarı için şu kadar önemli olamadım," diye dalga geçti. "Ama yine de kaslarına düşüyorum be adam."

Garajın başka bir kapısı daha vardı ve o kapının nereye açıldığını merak etmiştim. Sağ tarafa başımı çevirdiğimde Nadir'i vücudu arkasındaki duvara yaslı bir şekilde durduğunu gördüm. Gözleri bizim üzerimizde gezinirken Yankı direkt olarak onun yanına gidip omzunu sıktı ve bir şeyler konuşmaya başladı. Daha da kötüleşmişti ve hiç hali yok gibiydi.

"Şu kapı nereye açılıyor?" diye sordum Işık'a doğru, Nadir'in üzerindeki dikkatimi dağıtarak. Ona bakarken kalbim bile atmak istemiyordu, kalbim bile ona yapılanlar için kendini cezalandırmak istiyordu.

"Önder'e ait laboratuvar," diye açıklamada bulundu. "Ve küçük hastanemiz. Normal hastaneye gidemeyeceğimiz yasa dışı işler yapıp yaralandığımız durumlarda kendi hastanemize geliriz, hepimizin önceden verdiği kanlarımız orada var mesela, Lâl'in kanını bu şekilde sana vermiştik. Önder'in eşinin doktor olduğunu biliyor muydun?" Kafamı olumsuz anlamda iki yana salladığımda gülümsedi. "Daha bizim hakkımızda bilmediğin çok şey var Helin. Zamanla tanıyacaksın ama kısacası burası bizim dünyamızdır. Zorunda kalmadığımız sürece kendi dünyamızın dışına çıkmayız."

Önder'e ait laboratuvar. Bu kısım dikkatimi çekmişti, orada neler yaptığını da merak etmiştim fakat bunu Işık'a soramadım. "Hiç bu dünyadan sıkılmadın mı?" diye sordum Işık'a. "Hiç normal bir hayat yaşamak istemedin mi?"

Işık, bakışlarını benden kaçırdı ve Bartu'nun arabasına tüküren Mutlu'ya bakarak "Ben onun olduğu her dünyaya varım," dedi. "Onun olmadığı bir dünyada da yaşayamam. Biliyor musun, burada olmamın tek nedeni Mutlu. Önder aslında onu istiyordu fakat Mutlu'nun beni bırakmayacağını anladığında beni de yanına almak zorunda kalmıştı." Acıyla gülümsedi. "Önder için Nöbetçilerin en önemsiz kişisi benim, en görmezden geldiği kişi. Hatta o silahıyla bana işkence etmesinin en büyük sebebi de beni vazgeçirip kaçırmaktı. Kaçmadım." Güçlü bir şekilde omuzlarını dikleştirdi. "Kalbime, vücuduma çok büyük zararları oldu ama kaçmadım. Hâlâ o zararların bedellerini ödüyorum."

Önder, elinde deri bir çantayla garajın ortasına yürürken ona büyük bir nefretle bakıp "Ondan gün geçtikçe nefret ettiğimi hissediyorum," diye mırıldandım. "Size yaptıkları affedilemez."

"Nefret berbat bir duygudur," diyen Işık'ın gözleri bana döndü. "Birinden nefret edersen o kişiyi hayatının merkezine koyarsın ve durmadan o nefret için nefes alırsın. Ben ondan nefret etmiyorum sadece onun gibi, ben de onu görmezden geliyorum. Ben önemsizim ama Mutlu için önemliysem sorun yok."

Işık'ın bu cümleleri bana Patron'u anımsatmıştı, o da her zaman nefret duygusuna yer vermememiz gerektiğini savunurdu.

Bakıldığı zaman Koza ve Işık'ın benzerlikleri de fazlasıyla mevcuttu, bu tuhaftı.

Ona gülümsediğimde elimle kolunu tuttum. "Sen olmasaydın ölebilirdim," diye mırıldandım. "Sen olmasaydın yaralarım da iyileşmezdi. Önemsiz değilsin, bilmiyorum bunun senin için ne kadar önemi var ama benim için de önemlisin."

Işık da gülümsediğinde Yankı'nın "Işık, Helin," diye seslenmesi aramıza girdi. İkimiz de ona baktığımızda Önder'in çantasının önünde eğilmiş başıyla bizi yanınıza çağırıyordu. Bartu, Lâl ve Mutlu hemen yanındaydı. Birkaç adım atıp onların yanına gittiğimizde çantanın içindeki silahları gördüm. Yankı, silahlardan birisini Bartu'ya uzattı ve Bartu'nun gözleri şaşkınlıkla açıldı. "Kendini son yaptığından sonra affettirmek için adım atabilirsin," dedi. "Ben izin vermeden silahını kullanmayacaksın ve Lâl'i koruman için bu silah verildi."

Bartu, heyecanla silahı aldığında parmaklarının arasında döndürdü. "Yani silahları kullanacağız bugün?" Bakışlarını Nadir'e çevirdi. "Onu vermeyeceğini biliyordum."

Yankı, Bartu'ya ters bir bakış attığında Nadir'in yüzündeki ifade huzursuz bir hâl aldı. Silahlardan birisini Işık'a uzatıp "Sadece Mutlu'yu kollayacaksın sen de," dedi. "Zamanı geldiğinde ne olduğunu anlayacaksın zaten."

Sonra bana baktı, siyah silahı çıkarıp bana doğru uzattı. Bartu'dan daha fazla şaşırdığımda "Bu grupta benden sonra en iyi nişancı sensin," dedi. "İkinci eğitimimizde seni daha iyi bir nişancı yapacağım ama şimdilik bu kadarı da yeterli." Aynı şaşkın ifadeyle yüzüne bakarken uzattığı silahı elinde kaldı. "Alsana şunu," dedi kaşlarını çatarak. "İstemiyor musun?"

Yutkundum ve elinden silahı alırken "Sadece şaşırdım," dedim. "Silah kullanmamı istemeyecek kadar bana güvenmiyordun."

"Silahı doğrulttuğunda bizi değil, kendini vuruyorsun," dedi ve çöktüğü yerden ayağa kalktı. "Test edildi, onaylandı. Bizi vurmayacağına inanıyorum."

"Ama kendisini vurmayacağı konusunda güvenmiyoruz," diyen Bartu tedirgindi. "Bir anda bunu yapmaz değil mi?" Gözleri bana döndü. Endişe miydi bakışlarındaki? "Yapmazsın, değil mi? Kendine zarar vermezsin değil mi?"

Yankı'nın kaşları çatıldı. "İşte bu konuda diyebilecek hiçbir şeyim yok."

Elimi kaldırıp izci selamı verdim. "Kendimi bir daha vurmayacağıma söz veriyorum," diyerek gülümsedim. "Liderime karşı gelmeyeceğim."

"Karşı gelirsen liderin olarak seni tam dizinden vururum ve sakat bırakırım," dedikten hemen sonra yüzünü buruşturdu. "Sonra liderin olarak da sana bakmak zorunda kalırım." Gözlerini devirdi. "Helin, her türlü başıma dert açıyorsun, ne yapacağım ben seninle?"

"Öhöm öhöm." Mutlu'nun sesiyle bakışlarım ona döndü. "Gözümüzün önünde seviştiniz, beş de çocuk yaptınız. Devam ederseniz porno izler gibi sizi izlemeye devam edeceğiz." Yankı'nın omzuna yumruk attı. "Gözlerin çok seksi bakıyor beybeğim. Bakışların çocuk doğurtur."

"Mutlu," diyen Bartu ensesine bir tane vurdu. "Yine ve yine ve yine çok konuştun. Hem de çok."

Yankı, Mutlu'nun söylediklerini duymazdan geldiğinde çantanın içinden iki tane silahı çıkardı ve beline sıkıştırdıktan sonra arabaları işaret etti. Lâl ile Mutlu'ya silah vermemişti. "Bartu, Mutlu, Işık ve Lâl. Siz Tankut'u almaya gideceksiniz. Ben, Helin ve Nadir direkt buluşma noktasına gideceğiz. Mutlu yeri biliyor."

Mutlu asker selamı verdi. "Eyvallah Lider Yankıtu, Prens Mutluga tamamen hazır. Hazırız. Ben, silahım, çüküm ve cesaretim."

"Çükün ne alaka şimdi amına koyayım?" diye sordu Bartu. "Her konuya dâhil etmesen olmaz mı?"

"Ah benim minik kurbağam," dedi Mutlu hayranlıkla. "Silahımın şarjörü biterse başka bir silahımın olduğunu belli etmek için söyledim. Çılgınlar gibi ateş eder."

Yankı, gülerek Mutlu'yu omzundan hafifçe itekledi ve arabalara doğru ilerledik. "Uygun adım, Prens Mutluga," dedi. "Konuştuklarımızı unutma. Sana güveniyorum."

Mutlu, içten bir şekilde güldü. Onlar gri arabaya bindiklerinde biz de siyah olana bindik. Nadir arka koltuğa yerleşti, ben yolcu koltuğuna oturdum. Önder, ortalarda görünmüyordu fakat oradan çıkarken aynadan garajdaki diğer kapının açık olduğunu gördüm.

Önder'i sevmiyordum, sevmeyecektim ve onu hiçbir zaman anlamayacaktım. Işık'ın söyledikleri, ona karşı bu hislerimin daha fazla artmasına neden olmuştu. Başlarda bir baba görmüştüm onu ve şimdi yine baba gibi görüyordum ama iyi bir baba değildi; kötü bir babaydı.

Yola çıktığımızda dikiz aynasından Nadir'e doğru baktım ve sessizlikle yanındaki camdan dışarıya izlediğini gördüm. Eli çenesindeydi ve derin düşünceler içerisindeydi. Her ne düşünüyorsa yüzü düşmüştü. Kendi ölümünü mü düşünüyordu? Kaç günü kaldığını? Aldığı nefeslerinin sayısını?

Bir an kendimi onun yerine koydum ve bana karşı öfkeli olabileceğini hissettim çünkü hapishanede kendimi vurduğumdan beri benimle göz teması kurmamış, konuşmamıştı. Birisi ona kendime yaptığımı söylemiş olmalıydı, bu kişi de Önder'den başka kimse değildi. Onun canı gitgide yok olurken, ben kendi canımı isteyerek yok etmeye çalışmıştım.

"Nadir," dediğimde beni duymadı, daldığı düşünceler onu rahat bırakmadı. Tekrardan "Nadir," dedim yüksek bir sesle ve bakışları dikiz aynasındaki gözlerime odaklandı. "Kendini nasıl hissediyorsun?"

Omzunu indirip kaldırdı. "İyiyim ama yorgunum, efendim. Sadece uykum var."

"Ben de uyumayı çok severim," dedim gülümseyerek. "Bir aralar bütün gün uyurdum ve yataktan hiç çıkmazdım." Nadir, cevap vermedi ve başını tekrardan cama doğru çevirdi. Düşündüğüm gibiydi, öfkeliydi ve belki de gözünde hiçbir değerim kalmamıştı. "Bana öfkeli misin?"

Pencereden dışarıya bakmaya devam ederken “Haddim değil, efendim,” dedi büyük bir saygıyla. “Ama bana kalırsa suçlu olduğunuz büyük konular var.”

“Ne gibi?” Soruyu soran Yankı'ydı. Tek eliyle direksiyonu tutarken, diğer eliyle cebinden sigara paketini çıkarıyordu. Nadir, tedirginlikle Yankı'nın gözlerine baktığında Yankı kafasını salladı. “Bizim yanımızdayken düşüncelerini rahatça dile getirebilirsin Nadir, kimse sana kızmaz. Bizim için kıymetlisin.”

Duraksadı, derin bir nefes aldı ve boğazından çıkan hırıltılı sesle öksürdü. “İşte bu yüzden,” dedi öksürüklerinin arasından. “Ben yaşamak için çabalıyorum ama o ölmek için çabaladı. Bu çok büyük bir suç değil mi?”

Sorusu, uzun bir süre düşünmeme neden oldu ve arabanın içindeki sessizliği Yankı'nın çakmağından çıkan ses bozdu. Birkaç dakika sonra “Suç,” dedi Yankı. “Haklısın. İntiharı, gideceği başka bir yolu olmadığını düşünenler tercih eder Nadir. Ama dinle, *her zaman başka bir yol vardır.*” Gülümsedi. “*O yolları göremeyeceğin kadar karanlıkta mısın? Bir sokak lambasıyla o yolu aydınlatırsın. Görünürde hiç mi yol yok? O yolu kendin çizersin.*”

Nadir'e söylüyordu ama daha çok beni hedef alıyordu. “Benim artık yolum yok,” dedi. “Yeni bir yol çizemeyeceğim, efendim. Bu imkânsız.”

“Biz seninle imkânsızı başaracağız, Nadir,” dedi Yankı umutla. “Ben senin için her şeyi yapacağım, imkânsızlığın içinde bir sokak lambası yakacağım. Sen sadece kendine inan, kendinden vazgeçme.”

Nadir'in gözlerine umut ulaşsın istedim, kalbi o umudu hissetsin istedim ama öyle olmadı; gözlerini tekrardan pencereye doğru çevirdiğinde göz kapakları kapandı. Yankı'nın cümleleri, bana bile umut olurken, Nadir'e umut olmadı ama inandım. O Yankı'ydı, imkânsızlığı bile silerdi, umutsuzluğu umuda dönüştürürdü. Nadir'i yaşatırdı, bunu başarırdı.

“Nadir hakkında bir planın var,” dediğimde turkuaz gözleri, karşısındaki yoldaydı. “Her zaman bir yolun var. Her zaman yapabileceğin bir şeyler var. Her zaman başkalarına dağıtacağın umutların var. Sanırım seni tanımaya başlıyorum, Yankı Sarca.”

“Ya da tanıdığını sanıyorsun,” dedi Yankı göz ucuyla bana bakarak. “Bunlar benim gösterdiklerim. Her gösterilene inanıyor musun? Bu senin sürekli kandırılmana neden olur.”

Kaşlarım çatıldı, profilini incelerken uzun kirpikleri gözlerinin altına gölge düşürüyordu. Yanından geçtiğimiz sokak lambaları arada sırada yüzünü aydınlatıyor daha sonra karanlığa gömülüyordu. "Göstermediklerini de bazen görebiliyorum," dediğimde nedense öfkelenmiştim. "Bana kızgınsın hatta beni suçluyorsun."

"Neden?" Bakışları bana döndü. "Neden sana kızgınım Helin? Neden seni suçluyorum?"

"Çünkü," duraksadım ve gözlerimi yanındaki pencereye doğru çevirdim. "Çünkü Caner'den hoşlanmıyorsun ve onunla gitmem yanlıştı."

Yankı gülerek "Kendi düşüncelerini, benim düşüncelerimmiş gibi yansıtmaktan vazgeç," dedi. "Bunu düşünen sensin ama kendine yediremiyorsun, ben düşünüyormuşum davranıyorsun. Kendini bir noktada suçsuz bulmaya çalışıyorsun, nedenler üretiyorsun ama içten içe kendine verdiğin yanıtların seni suçlu çıkarıyor." Çenesini havaya kaldırdı. "Bu mahkemeyi biliyorum, insanın kendisiyle olan en zor mahkemesidir."

"Neymiş o?" diye sorduğumda haklı olması, beni benden daha iyi tanıması canımı sıktı.

"*Vicdan mahkemesi*," dedi. "Defalarca o mahkemeye çıktım ve bir kere bile suçsuz çıkmadım. İşin en kötü tarafı da neydi, biliyor musun? Benim mahkememin cezası, idamdı. Vicdanım benim boynuma defalarca balta vurdu." Bakışları bana döndü. "Sen de suçsuz çıkmayacaksın kendi mahkemenden. Umarım vicdanın benimki kadar acımasız değildir."

Farkında değildim ama haklıydı.

İçimdeki hesaplaşmamı durmadan geri plana atsam da savaş içerisindeydim, bir tarafın elinde idam ipi var gibiydi diğer tarafım ise bağırarak kendini savunuyordu. Cehennemde defalarca azap çekip o azapların defalarca tekrar etmesi gibiydi ama bir sonuca ulaştıramıyordum. İkiyüzlüydüm ve o iki yüzüm de mahkemenin ortasındaydı.

Vicdan mahkemesinin ortasında.

Kendi acımasızlığımdan, kendime vereceğim cezamdan korktuğum için defalarca bu mahkemeyi erteliyordum fakat Yankı benden önce fark etmişti. O beni tanımaya başlamamıştı, o beni artık tanıyordu ve bu kendime kızmama neden oldu. Ben mi çok açıktım, o mu çok akıllıydı? Ben mi çok dikkatsizdim, o mu fazla dikkatliydi? Ben neden onu tanıyamıyordum? Bencil miydim? Sanırım bencildim, kendi sorunlarımla boğuşmaktan, kendi yollarıma bakmaktan onun gösterdiklerinden daha fazlasını anlamaya çalışmamıştım.

"Belki de senin söylediğin gibi seni tanımıyorumdur," dedim. "Ama seni tanımak istiyorum. Bilmiyorum bu söylediğim hakkında ne düşüneceksin ama seni tanıdığımı düşünmek bile yollarıma *sokak lambası* oldu." Araba, sağa doğru döndüğünde liman tarzı bir yere geldiğimizi gördüm; karşımızda deniz vardı ve yük gemileri. Yolun kenarına doğru yavaşça sürerken onun cevap vermesini bekliyordum ama o yüzüme bile bakmıyordu. "Söylediklerimden sonra seni tanımama hiç izin vermeyeceksin değil mi?" diye sordum.

Araba durduğunda Yankı'nın eli kapının koluna doğru gitti fakat bir anda elim kolunu tuttu. Bakışları bana döndüğünde "Bak, zamanı geri alamazsın," dedi. "Ve benim hafızam öyle kuvvetlidir ki zaman silinir, hafızam canlı kalır. Sen eğitilmek için geldin, ben de seni eğiteceğim. Bundan daha başka bir ihtimalimiz var mı?" Soruyu sorduktan sonra hızlıca devam etti. "Yok, sen de bunu söyledin. Bu yüzden konuyu kapat."

Arabanın kapısını açtı ve elim kolundan düştüğünde arabadan indi. Denizin kenarına doğru yürürken, arkasından baktım ve arabada oturmaya devam ettim. Nadir konuşana kadar onun varlığını bile unutmuştum ama o "Yankı abiyi kırmışsınız, efendim," dedi. "Ve o, bunu hak edecek birisi değil."

"Biliyorum." Gözlerimi sıkıca yumdum ve başımı önüme eğdim. "Zamanı geri alma şansım olsaydı alırdım, ona o cümleleri kurmamalıydım."

"Neden kurdunuz efendim?"

"Çünkü Caner'i inandırmam gerekiyordu," dediğimde Nadir hızlıca sözümü kesti.

"Başka?"

Gözlerim açıldı, bakışlarım ona doğru döndü ve dikkatli bir şekilde bana baktığını gördüm. Nadir, başka bir mahkemenin içinde gezindiğinde ben de o mahkemeyle yeni tanışıyordum. "Çünkü Yankı'ya söylediklerime benim de inanmaya ihtiyacım vardı," dedim kısık bir sesle. "Kendime söylediklerimi kabullendirmeye ihtiyacım vardı. Kendimi durdurmam gerekiyordu. Söylediklerimi gerçek kılmalıydım. Ve aslında Yankı bana iyi olmasın istedim, o bana kötü davransın istedim, ben yapamıyorsam o benim yolumdaki lambaları söndürsün istedim. Ama ne o istediğimi elime verdi ne de ben bir şeyleri kabullendim. Aksine kendimi pişman hissediyorum. Bu iğrenç bir his. Ne yapacağım? Onu kırmış olmak çok kötü. Vicdanım sızlıyor."

"Onu tanımak istediğinizi söylediniz." Bakışlarım Yankı'nın bize dönük olan sırtına kaydı. Yine sigara içiyordu, denize bakarken bir eli cebindeydi. "Zamanı geri alamazsınız ama tekrardan tanışabilirsiniz bence," dedi Nadir sanki öylesine bir konudan bahsediyormuş gibi. "Normal insanlar gibi davranın. Hiçbir şey yokmuş gibi onun karşısına geçin ve bunu ona söyleyin. Başkaları birini tanımak istediklerinde ne yaparlar bilmiyorum efendim, hayatımın çoğunu işkenceyle geçirdim ve hiçbir insanla tanışmadım ama siz biliyorsunuzdur, o insanlar gibi davranın."

"Bilmiyorum," diyeceğim sırada aklıma bir fikir geldi ve gözlerim açıldı. Mutlu'nun sesi kulaklarımda çınladı. Nadir'in söyledikleri aklıma kazındı. Onu anlamak için ikimiz de normal hayatlar sürüyormuşuz gibi davranacaktım. Onunla tekrardan tanışacak, bir şekilde artık onun göstermediklerini de görecektim.

Arabadan indiğimde Nadir de benimle beraber arabadan indi ve beraber Yankı'ya doğru yürümeye başladık. Omzunun üzerinden bize doğru baktığında "Birkaç dakikaya gelirler," dedi. "Nadir, söylediklerimi unutmadın değil mi?"

"Unutmadım, efendim." Yankı, başını salladı ve bana bakmayarak vücudunu yola doğru çevirdi, Tankut'la beraber diğerlerinin gelmesini bekledi. Başka bir sigara daha yaktığında yanına doğru birkaç adım daha attım.

Ya çok aptalca düşünüyordum ya da en doğru kararı veriyordum bilmiyorum ama onu tanımak için atacağım adımdan neredeyse sonuna kadar emindim. Üzerinde düşünürsem kendimi vazgeçirirdim, üzerinde düşünürsem aptallık olduğuna karar verirdim bu yüzden düşünmek istemedim.

Normal insanları çok tanıdığım söylenemezdi ama filmleri izlemiştim. O filmlerdeki insanlar hep normaldi, ben de olabilirdim, biz de olabilirdik.

Kendimize fırsat tanımalıydık.

Omzumun üzerinden ona baktığımda ihtiyacım olan cesaretti. Yeniden tanışmak. Bunu başaracaktım. Ona dikkatli bir şekilde bakarken "Yankı," dedim. Yüzü ifadesizdi, gözlerini bile kırpmıyordu.

"Geliyorlar," dedi ilerideki gri arabayı göstererek. "Helin, ben ne dersem onu yapacaksın ve yanımdan ayrılmayacaksın."

"Yankı," dedim tekrardan ve ona biraz daha yaklaştım. "Sana bir şey sormam gerekiyor."

"Sor," dedi ama dikkati tamamen yaklaşan arabadaydı. Dakikalar belki de saniyeler sonra araba duracaktı, içinden diğer Sokak Nöbetçileri ve Tankut çıkacaktı. İlk defa kendimi bu kadar cesur, ilk defa kendimi bu kadar güçlü hissediyordum. Bütün kuvvet elimde gibiydi, bir daha bu olamazdı. Bir daha böyle hissedemezmişim gibi geldi.

Ve ilk defa ben, bendim. Maskesiz, içimden geldiği gibi. Kalbimin üzerindeki duyguya hiçbir leke bulaşmamıştı; o duygu için yaşayabileceğimi bile hissettim.

"Hiç sırası değil, yeri de değil, biliyorum," dediğimde vücudumu ona doğru döndürdüm ve derin bir nefes verdikten sonra tam karşısına geçtim. "Benimle çıkar mısın?"

Arabanın fren sesleri geldi, Yankı'nın dikkatli bakan gözleri birkaç saniye sonra irice açıldı ve donuk bakışları bana döndüğünde dudaklarının arasındaki sigara şaşkınlığından ötürü neredeyse düşecekti, dudakları aralanmıştı. Nadir, hayal kırıklığına uğramış gibi eliyle ağzını kapattığında neyi yanlış anladığımı bilmiyordum. "Ne?" dedi tek solukta. "Nereye?"

"Çıkmak işte," dedim gözlerinin içine bakarak. "İnsan ilişkilerinden anlamıyorum ama bu zamana kadar beni tanımak istediğini söyleyen herkes bana bu saçma soruyu sordu, filmlerde de böyle oluyor. Ben de sana soruyorum. Benimle çıkar mısın? İki normal insan gibi. Sinemaya gideriz belki sonra kahve içeriz. Hiçbir şey yokmuş gibi sohbet ederiz. Benimle çıkmaz mısın? Çıkarsın bence. Ben sen olsam benimle çıkardım."

Nefes bile almıyormuş gibiydi ve donup kalmıştı. Ona bu cümleyi ilk kuran kadın ben değildim, bundan emindim ama hiç beklemediği yerden onu vurmuş, hiç ummadığı anda kıskıvrak yakalamıştım.

O an gördüm, bakışlarındaki şaşkın ifadenin yanına masum olan başka bir duygu daha oturdu. Ya bu benim zihnimin bir oyunuydu, hayal görüyordum ya da Yankı sarca o gün ilk ve son defa gerçekten utanmıştı.

Ben Yankı Sarca'yı utandırmıştım.

14.

GÜCÜN PARMAK İZİ

Aptal değildim.

Ama mantığım tamamen devredeyken.

Duygularım seslerini yükselttikleri zamanlar da ve mantığımı susturduğumda aptal birisine dönüşebiliyor, aklıma gelene yapabiliyordum.

Saniyeler önce yaptığım aptal cesaretiydi ve mantığım, içimde durmadan çığlık atıyor olsa da onu dinlemek istemiyordum çünkü biliyordum ki dinlersem yaptığımla yüzleşecek belki de pişman olacaktım.

Yanlış bir şey mi yapmıştım ki? İç hesaplaşmam da kendimi savunurken durmadan bu soruyu tekrar ediyordum. Birine 'Benimle çıkar mısın?' demek de ne vardı? O birisi Yankı Sarca'ydı fakat bunun da önemi yoktu çünkü normal bir insan gibi görmek ve görünmek istemek ne zamandan beri suçtu?

Sinemaya gittiğimizi hayal ettim. Kesin onun istediği beyin yakan bir filme giderdik, o yarısında filmi çözerdi ve ben anlamıyorum diye kafamı önümdeki koltuğa vururdum. Ya da ben istediğim için romantik komedi filmine giderdik çünkü en sevdiğim filmleriydi. Ben heyecanla izlerken o düz gözlerle filmi izleyip uyuyakalırdı.

Böyle olmaması gerekirdi ama. Biz birbirimize uyum sağlamalı, keyif alıyormuş gibi davranmalıydık. Normalde böyle olurdu, hem belki de o da kahkaha atardı?

Atar mıydı?..

Atmazdı...

Yankı'nın gözlerinin içine bakarken hemen arkamdaki adım seslerini duyabiliyordum, Sokak Nöbetçileri yaklaşıyordu ama o bana aynı şekilde bakmaya devam ediyordu. Sanki aklımdan geçenleri görebilirmiş gibi o düşünceleri yok etmek istedim. Dudaklarının arasındaki sigara neredeyse düşecekken yaklaşıp sigarayı dudaklarının arasından aldım. "Yankı?" dedim merakla. "Cevap vermeyecek misin bana?" Parmaklarımın arasındaki sigaraya baktım. "Bak biliyorum, kesin romantik komedi filmleri sana göre değildir ama ben çok gülüyorum ve en sevdiğim filmler. Israr etmeyeceğim ama sence de eğlenmez miyiz?"

Başımı kaldırıp tekrardan yüzüne baktım. Hayal görüyor olmalıydım. Onu tanıdım tanıyalı ilk defa bu kadar şaşırmış görünüyordu, ben konuşurken ve beni dinlerken daha fazla şaşırıyordu. Ve yine hayal görüyor olmalıydım çünkü utanan bakışları hâlâ yerindeydi, aramızda tek bir fark vardı; ben utandığım zamanlar gözlerimi kaçırırken Yankı tam gözlerimin içine bakıyordu.

"Bana neden böyle bakıyorsun?" diye sordum afallamış bir sesle. "Çok yanlış bir soru mu sordum? Tamam, romantik komedi filmine gitmeyelim ama lütfen beynimi yakan filmlere gideceksek de bana neler döndüğünü anlat."

Aralıklı duran dudaklarını ağır ağır birleştirdi ve yutkunduktan sonra kaşlarını kaldırdı. Yüzünde yarım dakika duran o utanmış ifadesini zorlukla da olsa sildiğinde kendisi de hangi duygusunu açık ettiğinin farkında gibiydi. "Belimde iki tane silah, çorabımın içinde üç tane bıçak var. Cebimde de boğmak için ipler." Tekrardan yutkundu, yüzüme doğru yaklaştı. "Ve sen komedi filminden bahsediyorsun. Bu soruları soracağın zaman için sence de fazla tehlikeli değil miyiz? Hem de her açıdan."

Bakışlarım gelip geçici bir şekilde Nadir'e kaydığında hayal kırıklığına uğramış bir şekilde bana baktığını gördüm, kafasını iki yana sallıyordu. Mantığım bile aynı duygular içerisindeyken "O kadar mı kötü?" diye sordum. "Romantik komedi filmlerini seviyorum diye beni vurmak mı istiyorsun?" Espriye vurmak istemiştim ama komik miydim, emin değildim. Heyecanlıydım, saçmalıyordum ve Yankı da bunun farkındaydı.

Yankı, bana 'Sen ciddi misin?' bakışı attıktan sonra alt dudağını dişlerini arasına aldı. Bunu bir süre yaptı sonra dudaklarını serbest bıraktığında "Gerçekten o saçma filmlere gülüyor musun?" diye sordu bana. "Kahkahalarla ama."

Çocuk gibi başımı aşağı yukarı sallayıp "Hı hı," diyerek nefesimi verdim. "Romantik komediler de beni çok güldürüyor. Gider miyiz? Çıkar mıyız? Çıkarız değil mi?"

Hevesli sesimi işittiğinde afalladı. "Kocaman gözlerle, *aklımı durduracak şekilde bakma bana,*" dedi. "Bakışların ve cümlelerin birazdan uygulayacağım planlarımı bile unutmama neden oluyor."

Aklımı durduracak şekilde bakma bana.

Zihnim durmadan bu cümleyi tekrar etti, her tekrar edişinde bakışlarımı ondan yavaş yavaş kaçırdım ve bir anda kolumu tutup beni yanına doğru çekti. Omzunun arkasına ittiğinde "Ama cevap vereceksin değil mi?" diye sordum. Gözlerim bize yaklaşmak üzere olan Nöbetçilere ve yanlarındaki Tankut'a kaydı. "Beni cevapsız bırakmazsın, değil mi? Sonra belki hamburger, patates yeriz."

"Helin," dedi Yankı dehşet içindeydi. "Hamburger patates mi? Liseli miyiz biz?"

"Hamburgeri çok severim," diyerek saçmalamaya devam ettim. "Beraber çıkanlar genelde hamburger yemez mi? Filmlerde öyle oluyor genelde. Lisede bana teklif edenler de hamburgerciye götürmek istiyordu."

"Sana o teklif edenlerin..." dedi ardından sustu.

Nadir, nefesini verdi. "Efendim," dedi utanarak. "Bence artık susmanız gerekiyor çünkü saçmalıyorsunuz ve pişman olacaksınız. Ayrıca sizin yaşınızdakiler mum ışığında yemekler yemiyorlar mı?"

Romantik yemekler, el ele sinema hatta o sinemada belki de... Yutkunduğumda gözlerim kocaman açıldı ve ileriye doğru bakarken ne yaptığımı, neyin peşinde olduğumu az çok anladım. "Tamam, hamburger yemesek de olur," dedim kısık bir sesle. "Yani o kısım biraz saçmaydı sanırım."

Yankı çenesini havaya kaldırdı. "Biraz daha konuşursan o dilini koparacağım," dedi net bir sesle. "Bak bunu istersen hemen yapabilirim, bir saniye bile düşünmem çünkü dişlerimi sıkıyorum."

Sustum.

Öfkeli miydi, sinirli miydi, eğleniyor muydu anlayamıyordum. Dengesi dağılmış gibi görünse de o Yankı'ydı, dengesi hiçbir şekilde dağılamazmış gibi geliyordu. Bu soruyu ilk soran kadın ben değildim değil mi? Neden bu kadar şaşırmış, neden bu kadar boşlukta kalmıştı?

Yüzümü buruşturdum ve hâlâ bağıran mantığımı yine göz ardı ettim. Her ne yaptıysam doğru yaptığımı düşünmek istiyordum çünkü duygularımla nadir hareket eden birisi olarak ilk defa bunu yapmıştım. Beni sürekli pişman hissettireceğini düşündüğüm mantığım artık susmalıydı.

Sokak Nöbetçileri ve Tankut tam karşımızda durduğunda Bartu, Tankut'u bir kolundan, Mutlu diğer kolundan tutmuştu. Hemen arkasındaki Işık, Tankut'un başına bir silah dayamıştı. Lâl ise Bartu'nun diğer tarafındaydı.

"Tanıştırayım," dedi Bartu gülerek ve Tankut'u öne doğru attı. "Bu Yankı. Bu da şerefsizliğin vücut bulmuş hali. Yüzünü beğendiniz mi?" Tankut'un yüzü tamamen dağılmış, âdeta ağzıyla burnu yer değiştirmişti. Benden daha kötü bir hâldeydi, benim en azından tek gözüm daha sağlamdı onun iki gözü de kapanmak üzereydi. Kanlar içindeydi. "Arabada benimle yan yana oturmak zorunda kaldı."

Mutlu, güldü ve en son Tankut'un yanındayken aldığı hâl aklıma geldi. Şimdi daha iyi görünüyordu hatta hiçbir problem yok gibiydi. "Bartu bunu yumruklamadı," dedi Mutlu açıklama olarak. "Arabayı sürerken ani frenler oldu ve şerefsizin yüzü sürekli Bartu'nun yumruğuna denk geldi."

Yankı dinlerken bile dinlemiyormuş gibiydi. Hiçbir tepki vermediğinde Bartu, başını omzuna doğru düşürdü ve tek kaşını kaldırdı. Yankı, birkaç saniye gözlerini kapattı sonra boynunu çıtlatarak tekrardan gözlerini açtığında öne doğru bir adım attı. "Siz zarar veremezsiniz ki," dedi Yankı gülümseyerek. "Siz iyi insanlarsınız, iyi insanlar kasıtlı olarak kimseye zarar veremez." Öne doğru bir adım daha attı ve Tankut'la arasındaki mesafeyi kapattı. "Öyle değil mi?"

Tankut'un yüzü Nadir'e dönüktü, gözlerinden tam olarak nereye baktığını anlayamasam da Yankı'ya olmadığı kesindi. Zorlukla konuşarak "Şiddeti kötülük olarak görmüyorsunuz bence," dedi ve hâlâ alayla konuşabiliyor olması dehşete düşmeme neden oldu. "Onun yüzünü bu hale iyiliği için getirmiş olmalısınız. Yoksa?" Başı Yankı'ya döndü. "Bir fantezi türü mü bu da?"

Nadir'e değil bana baktığını cümlelerinden anladım ve içimden bir ürpertinin geçtiğini hissettim. Bir şekilde beni tanıyordu, biliyordu ve bu düşünce karnıma sancılar girmesine neden oluyordu. Onu hayatım boyunca hiç görmediğime neredeyse emindim ama bir yandan da o kadar fazla kötü insanla yüzleşmek zorunda kalmıştım ki hafızam artık daha fazlasını kabul etmemişti.

Bartu, öne doğru bir adım attığında ve Tankut'a zarar vermek istediğinde Yankı elini kaldırıp onu durdurdu. "Bu akşam öleceğini biliyorsun," dedi keskin bir tınıyla. "Ve ölmeden önce son cümlelerin senin ölümünü biraz daha erkene alıyor." Başı Nadir'e döndü, onu yanına çağırdı. Nadir, korkak adımlarla yanımdan ayrılmadan önce bana baktı ve bakışlarında uzun zamandır karşılaşmadığım o korkuyu gördüm. "Onu ölmeden önce neden bu kadar istediğini bir türlü anlayamıyorum, söyleyecek misin?"

Tankut'un yüzü Nadir'e doğru döndü ve adımlarındaki korkuyu o da hissetti. "Nadir," dedi sanki bir baba şefkati varmış gibi. "Oğlum, beni özlemedin mi?"

Nadir, korkak bir nefes verdikten sonra titreyen bir sesle "Özle," dedi sonra devam etti, "özledim efendim, elbette özledim."

Bu nasıl bir korkuydu, bu nasıl bir karanlıktı bilmiyordum ama senelerin verdiği yaşanmışlıkları ne olursa olsun Nadir'in hep boynu bükük duracağını ve itaat edeceğini belli ediyordu. Onun karakterini Uçurtma Avcısı'ndaki Hasan'a benzetiyordum. Yaşadıkları ve yaşatılanlar onun kendi benliğini yok etmişti.

"Ona itaat etmek zorunda değilsin," dedi Bartu öne doğru çıkarak. "Ona istediğin her şeyi söyleyebilirsin. O bugün ölecek Nadir, o artık yaşamayacak." Faydasızdı, hiçbir zaman değişmeyecekti.

Nadir, Bartu'ya baktı ve her ne söylemek istiyorsa tekrardan yuttu. Tankut keyifli bir şekilde gülerek "Bir insanı neye alıştırırsan o şekilde yürür," dedi. "Benim eğittiğim herkes bana itaat etmek zorundadır ve bunu isteyerek yaparlar. Öleceğimi bilseler bile."

"Öyle mi?" dedi Mutlu üstün bir sesle.

"Dinleyin bazı çocuklar alışırlar, yürürken ayaklarının altına cam batmazsa o zaman tuhaf hissederler. Tıpkı sizin gibi." Tankut çenesini havaya kaldırdı.

"Doğru ama bazı çocuklar da büyüdükçe o camları yok etmeyi öğrenir," dedi Yankı karşılık vererek. "Başka çocuklar da o camlara basmasın diye. Tıpkı bizim gibi."

"Belki," dedi sonra omzunu silkti. "Ama aranızdan bazıları böyle değil." Bartu'yu işaret etti. "Seni bu hale kim getirdi?" diye sordu Bartu'ya. "Ben getirmedim ama dakikalardır ben getirmişim gibi olduğun kişi için öfkeni kusuyorsun. Nadir'den hiçbir farkın yok değil mi? Camları arıyorsun basmak için. Sen sadece yaşıyorsun ama Nadir ölecek." Bartu, dişlerini sıktı sonra sert bir yumruğu daha Tankut'un yüzüne geçirdiğinde başka bir kırılma sesi daha geldi.

Yankı, kılını kıpırdatmadan Tankut'un yere düşüşünü izledi sonra da başıyla Bartu'ya bir hareket yaptı. Bu hareket sonucunda

Bartu, öfkeyle arkasını dönüp derin nefesler aldı. Eli, bir an için beline doğru gitti, silahını tuttuğunu anladım ama Mutlu "Sakın," dediğinde Lâl öne doğru bir adım attı ve eli Bartu'nun kolunu sıkıca kavradı. Yankı, Bartu kendi kontrolünü sağlasın diye zaman tanırken oldukça sakindi.

Birkaç dakika sonra Bartu, sakinliğini sağlamış bir şekilde tekrardan bize doğru döndüğünde gülümsedi. Yankı, kafasını salladı sonra da "Bize Nadir'in neden önemli olduğunu söyleyecek misin?" diye sordu Tankut'a. "Onu istemeye istemeye de olsa sana veriyorum. Bunun nedenini bilmek hakkım."

Nadir, ürkek bir şekilde geriye doğru adım attığında Mutlu içini rahatlatmak istermiş gibi başını omzuna doğru yatırdı. Nadir'in verilmeyeceğine neredeyse emindim ama birilerinin zarar göreceği de aşikardı, iki silah, üç bıçak. Yankı, bir şeyleri akıl yoluyla çözmek yerine şiddete başvuracaktı ve hepimiz beraber bunu yapacaktık.

Başka bir zararı daha kaldırabileceğimi sanmıyordum çünkü bünyem zaten yeterince hassaslaşmıştı.

Tankut dizlerinin üzerine çöktüğü yerde zorlukla doğrularak "Çok merak ediyorsan gösterebilirim," dedi. "Ama Nadir'i bana verdiğini bilmem gerek."

Yankı, birkaç saniye düşündü, çenesini sıktı. Sokak Nöbetçileri'nin her biriyle tek tek göz teması kurdu ve en sonunda "Nadir," dedi. "Tankut'un yanına geç ve onu ayağa kaldır. Ne diyorsa onu yap, emrine uymak zorundasın."

Nefesimi tutmuştum, zaman bile nefesini tutmuş gibiydi ve havada kuru bir soğuk vardı. Hemen yanımızdaki limanda sessizlik hâkimdi, gemiler ve tekneler yan yana dizilmişti. Denizin kokusu normalde iyi gelirdi ama şimdi içimi yakıyor gibiydi. Bunu yaptığına inanamıyormuş gibi Yankı'ya baktığımda Nadir de aynı şekilde bakmıştı.

Bartu, ellerini sıkıca arkada birleştirdi ve bu daha çok kendini, kendine hapsetmek içindi. Lâl eliyle kolunu tutarken onu sakinleştirmekten öte kendine de destek bulmuştu. Mutlu'nun yüzündeki rahatlık biraz olsun içime su serpiyordu ama aynı yüz Işık için geçerli değildi, elinde Tankut'a doğru tuttuğu silahını sallayarak "Bunu yapmak zorunda değiliz Yankı," dedi. "Şu an onu burada neden vurmuyorum? Neden o hâlâ nefes alıyor?"

"Çünkü liderinizin benden almak istediği yanıtlar var," dedi Tankut Işık'a dönerek. "Ve bu aranızdan birine ait. Parçalanmış bir yüz." Aynı konunun tekrardan nüksetmesi, elimi göğüs kafesime doğru götürmeme neden oldu. "Lideriniz, şu kadın için bir çocuğu feda ediyor çünkü kendini öldürecek duruma neyin getirdiğini merak ediyor. Cevabı bende. Onu gerçekten tanımak istiyor."

Yankı gülümsedi, benim kalbim ne kadar ağrıdıysa o, o kadar ifadesizdi. "Hadi ama," dedi Yankı Tankut'a. "Bu kadarını beklemezdim senden. Gitmeden önce bizi birbirimize düşürmek mi? Sen daha zeki bir adam değil miydin?"

"Şu an zekânın bir anlamı olsaydı, Nadir benim yanıma gelmezdi," dedi Tankut ve eliyle Nadir'i yanına çağırdı. "Gel buraya oğlum."

"Oğlum mu?" Mutlu, midesi bulanıyormuş gibi nefesini verdi. "Bu hayatta birine oğlum diyecek son kişi bile değilsin sen."

"Son oğlum deyişi ve son kez bir çocuğu korkutuşu. Öleceksin, Tankut," dedi Yankı. "Cehennemde çocuklara yer yoktur, onlara artık işkence çektiremeyeceksin."

Nadir, küçük adımlar atarak Tankut'un yanına geçti ve eğilip kolunu tuttu, onu ayağa kaldırdı. Nadir, Tankut'a dokunuyor diye bile Yankı'ya sinirlenmiştim ama bütün duygularımı kontrol altına almam gerektiğinin de farkındaydım.

Korku hissediyor muydum? Tankut'tan değil ama onun benim hakkımda söyleyeceklerinin korkusu üzerimdeydi çünkü her ne anlatırsa bu benim haritamın Yankı'nın eline geçmesine neden olacaktı. Bu korku beni alt edebilir miydi? Bir daha asla. Çünkü kendime zarar vermek, bir daha tekrar etmek istemeyeceğim kadar acılı ve fazlasıyla ağrılıydı.

Tankut, Nadir'in yardımıyla ayağa kalktığında gülümsedi ona doğru. "Seninle bugün son kötülüğümüzü yapacağız, oğlum."

Nadir, zorlukla gülümsedi ve başını çevirdiğinde korkudan dolayı gözlerinin dolduğunu gördüm. Başımı iki yana salladığımda göz göze geldik, dudaklarımı oynatarak korkma dedim ama bu onun için bir etki bile yapmadı.

"Şuradaki tekne," dedi Tankut ilerideki beyaz tekneyi göstererek. "Nadir'e orada ihtiyacım olacak."

Yankı, yoldan çekildi ve önden onların yürümesi için eliyle işaret etti. Tankut, adımlarını atarken Nadir de onun koluna girmiş yürütüyordu. Hemen yanımızdan geçtiklerinde biz de arkalarından yürümeye başladık. Sessizliği bölen adım seslerimiz vardı başka da hiçbir ses yoktu. Başımı çevirip Bartu'ya bakmak istiyordum ama her ne göreceksem benim öfkemi de arttırırdı ve bunu istemiyordum.

Yankı'nın profiline baktım. "Biliyorum," dedim kısık bir sesle. "Bir planın var hatta birkaç planın var ama şunu bil, eğer planların tersine döner de Nadir zarar görürse..."

"Görmeyecek." Başını çevirip bana baktı, kaşları çatıktı. "*Her zaman başka bir yol vardır.* Planlarım tersine döndüğünde bile başka bir yolu yaratırım. Birisi mi zarar görecek, plan ben olurum ve ben zarar görürüm. Bana güvenmiyor musun?"

Yankı'nın zarar görecek olması. Bu düşünce, ürpermeme neden oldu çünkü aklıma bile getirmek istemediğimi yeni fark ediyordum. O zarar göremezdi, bedeni demirdendi ve kalbi sıcacıktı. İçten içe emin olduğum bir netlikle "Sana güveniyorum," dedim. "Her zaman başka bir yol vardır. Bunu bana sana öğrettin."

Gerçekten ona güvenip güvenmediğimi anlamak için beni izledi ama söylediklerime inandığında ürpertici bakışları yerini aldı. "O zaman bir şeyi daha öğretiyorum, iyi dinle. Hiç kimseye güvenmediğin kadar çok güveneceksin bana," dedi hızlı bir şekilde. "Ve bundan hiçbir zaman vazgeçmeyeceksin." Başını çevirip ileriye doğru baktı.

Yüzündeki kararlılık, duruşundaki kendinden eminlik. Sıcaklığı, iyiliği ve gerçekleri. Bir o kadar da soğukluğu. Hepsi, Yankı Sarca'ydı. Ona güvenmeyecek tek bir insan dahi olamazdı çünkü bu imkânsızdı hatta ona güvenmek bir yana, kendinin güvende olduğunu bilmek yanındayken hissettiğim en net duygum olmuştu.

Denizler mi taşacaktı? Dağlar mı yıkılacaktı? Gökyüzü aşağıya mı inecekti? Kıyamet mi kopacaktı? O kıyametten hepimiz sağ çıkarmışız gibi geliyordu; Yankı Sarca'ya duyduğum güven duygusunun derecesi tam olarak buydu.

Sokak Nöbetçileri'nin de Yankı'ya benim kadar çok güvendiklerine adım kadar emindim.

Bu kadar güvenmem fazlaydı, zararlıydı ama ona güveniyordum hem de fazlasıyla ve kendime yeni itiraf edebiliyordum. "Hiç kimseye güvenmediğim kadar çok güveniyorum sana," dedim tekrar ederek. "Ve bundan hiçbir zaman vazgeçmeyeceğim. Her zaman başka bir..."

"Her zaman başka bir yol vardır," diyerek cümlemi tamamladı. "Her zaman. Bunu unutma. Bana güvenmeyi bir gün bıraksan bile bu cümleye güven."

Başımı salladım ve tekneye yaklaştığımızı gördüm. Ben ona güveniyordum ama o bana hiçbir zaman tam anlamıyla güvenemeyecekti, bunu da biliyordum. Aramızdaki fark buydu, ben aslında onların hayatına kıyamet olmak için girmiştim ve o kıyametten bile sağ çıkmak istiyordum.

Kendi yarattığım kıyametimden sağ çıkmak isteyecek kadar bencildim.

Teknenin önünde durduğumuzda Tankut omzunun üzerinden bize bakıp "İçine gireceğiz," dedi. Tekne uzaktan bu kadar büyük görünmüyordu ama yakına geldiğimizde aslında epey büyük olduğunu fark etmiştim. İçeride tek bir hareket yoktu, karanlıktı. İki katlı tekne, heybetiyle beni ürkütmüştü. Hepimizin bakışları Yankı'ya döndü ve ondan gelecek tepkiyi bekledik.

"O hâlde girelim," dedi Yankı ve öne doğru çıkıp tekneden içeriye doğru atladı. Bir an bile düşünmeden hareket etmesi, şüpheye düşmeme neden oldu. Yankı daha önce bu tekneye gelmiş olabilir miydi?

Onun hemen arkasından Tankut ve Nadir de geçti. Sonra biz tekneye bindik. İki katlı teknenin içi de oldukça genişti fakat limanın ışıklarından başka hiçbir ışık olmadığı için tam olarak inceleyemiyordum.

Tankut, ileriyi göstererek "Şu taraftan," dedi ve bizi de arkasından yürüttü. Yankı, yolu biliyormuş gibi Tankut'un yanında yürürken daha fazla şüpheye düşmüştüm. Nadir'in adımları onlara yetişmek için hızlanıyordu ama arada sırada arkasına dönüp bize bakmayı da ihmal etmiyordu.

"Çok korkunç," dedi arkamda kalan Işık. "Burada adam öldürülse kimse duymaz."

Mutlu'nun güldüğünü işittim. "Belki de sırf bu yüzden bu teknenin içindeyizdir. Yapma ama ikiziz biz. Birimiz ileri zekâlı olurken diğerimiz standart zekâ olmamalı."

"Mutlu yine çok konuştun," dedi Bartu. "Ve şu an hiç sırası değil."

"Rahatla Grey," diye fısıldadı Mutlu. "Biliyorsun, Yankı her zaman en doğrusunu yapar." Her ne olduysa derin bir nefes verdi. "Bana öyle bakma, biliyorsun, öfkeliyken daha seksi geliyorsun gözüme. Şimdi şurada üzerine atlamamam için beni kim durdurabilir ki?"

"Belimdeki silah," dedi Bartu kısık bir sesle. "Şu hâlde bile Grey peşinde misin be?"

"Koca Bebek," diyen Mutlu nefesini verdi. "Grey ve Ana bir kovalamacadan kaçtıktan sonra iki arada bir derede arabada seks yapmışlardı. Aksiyon onların libidolarını artırmıştı. O an dedim ki 'Ben neden bunu Bartukıç'ımla yapmayayım?' Ama sen yapar mısın? Asla. Ne zaman Grey'imi bulacağım ben ya? Şurada köşede sevişirdik."

Hepimizin bakışları ona döndüğünde bu kadar rahat olması beni şaşırtmıştı ama bir yandan da bunun iyi bir şey olduğunu düşündüm, demek ki o kadar da korkacak bir şey yoktu. "Mutlu lütfen sus," dedi Işık öfkeyle. "Lütfen sus. Çok gerginim, çok heyecanlıyım. Saçını başını yolacağım şimdi."

"Elinde silah tutuyor ama saçımı başımı yolmakla tehdit ediyor," diyen Mutlu'nun sesinde alay vardı. "Senden mafyanın eşi olmaz, olsa olsa cazgır kadın olur. Elendin."

Mutlu'nun yanına doğru yürüdüm ve dirseğimle koluna vurup "Neden bu kadar rahatsın?" diye sordum. "Bildiğin bir şeyler var, değil mi?"

Mutlu, kıvırcık saçlarını karıştırıp "Canım, sen yokken Yankı'yla biz çok şey yaşadık," dedi sitemle. "Çok şey paylaştık. Birçok şeyi kaçırdın ama biz Yankı'yla Grey ve Ana gibi olmadık, Bay ve Bayan Smith gibi olduk. Sen de işte figüran olarak kalırsın öyle."

Güldüm ve Yankı'ya bakarak "O filmi sever mi?" diye sordum. Mutlu, bu soruyu beklemiyormuş gibi kaşlarını kaldırdı. "Yani aksiyon filmlerini? Ya da Grinin Elli Tonu'nu filan?"

Şaşkınlıkla kaşlarını kaldırarak "Niye sordun?" dediğinde bir şeyler olduğunu anlamıştı. "Yoksa onu kırmızı odana götürme planları mı yapıyorsun?" Gözleri kocaman açıldı ve nefesini verdi. "Yoksa yolda gelirken hayalim olan o seksi siz mi yaptınız? Hey, Yankı'nın dikkati dağınık. Nedeni bu mu?"

Yüksek çıkan sesiyle "Mutlu, lütfen," dedim ve utançla başımı eğdim. "Yani evet, bir şey yaptım..."

Cümlemi bitirmeden "Onu öptün!" diye bağırdı ve herkesin bakışları bize döndü. "Aman Tanrım seni lanet olasıca pislik, benden gizli saklı öpüştünüz mü? Video var mı?"

Ellerimle yüzümü kapattığımda merdivenlerden yukarıya doğru çıkıyorduk, Mutlu'ya anlatma fikrinin tamamen yanlış olduğunu fark etmiştim. "Hayır," diye fısıldadım. "Öpmedim, gerçekten öpmedim. Ben ona çıkma teklifi ettim."

Mutlu'nun adımları durdu, diğerleri merdivenlerden yukarıya çıkarken biz öylece kaldık ve şaşkınlıkla bana baktı. Yankı'nın bakışlarının aynısı onun da gözlerindeydi ama ağzı da beş karış açılmıştı. Bağırmasını ya da çığlık atmasını bekledim ama o "Ne?" diye soludu. "Sen resmen ona elini tutmayı, sevgili olmayı, öpüşmeyi, sevişmeyi, sinemada yiyişmeyi, aynı patatese dil atmayı, namusum namusundur demeyi mi teklif ettin?" Eliyle ağzını kapattı. "Sen resmen ona evlenelim, çocuklarım sana baba desin mi dedin? Yaşlanalım, seksen yaşına gel ama yine de çükün kalksın mı demek istedin?"

Korkuyla ona bakarken bunların hiçbirini demek istemediğimi biliyordum ama bu şekilde anlaşılacak olmasını da hiç düşünmemiştim. "Mutlu sen ciddi misin?" diye sordum. "Bu sorunun anlamı bunlar mı? Ben sadece onu tanımak, sinemaya gitmek ve hamburger yemek istemiştim."

Mutlu, elini ağzından çekti ve kahkaha atarak "Sinemaya gitmek ve hamburger yemek mi?" diye sordu. "Onu tanımak isteyeyim derken evlenme teklifi etmek mi? Bu sorudan sonra büyük ihtimal sinema sizin pornonuz olur, yemek olarak da birbirinizi yersiniz. Ama gerçekten yemek." Gitgide dehşete düşen yüzümle korktuğumu anladı. "Peki beybeğim ne dedi?"

"Nereye, diye sordu bana," dedim ve Mutlu başka bir kahkaha daha attı. "Anlamadı sanırım ama çok şaşırdı. Sonra da 'Tehlikeli olduğundan' bahsetti. Çok mu öfkelendirdim?"

Mutlu, kahkahasının arasından "Öfkelendirmek mi?" diye sordu. "Bence artık şu dakikadan sonra gerçekten tehlikedesin, Helin ve bu tehlike, tamamen bir yatakta geçecek gibi görünüyor."

"Ne?" diye bağırdığımda saçlarımı kavradım. "Ben resmen ona yatma teklifi mi ettim?"

"Elbette," dedi ve merdivenleri çıkmaya başladı, ben de peşinden yürüdüm. "Ve Yankı da demiş ki sana 'Seninle yatarım ama tehlikedesin çünkü benim libido tavan Helin.'"

"Yalan söylüyorsun!" Dalga mı geçiyordu, yoksa gerçek miydi bilmiyordum ama çok eğlenmişti, o kadar çok eğlenmişti hâlâ gülüyordu. "Mutlu, kimseye bahsetme," dediğimde çekiniyordum. "Tamam mı? Lütfen."

Mutlu başını salladı ve eliyle kalbine yumruk attı. "Mutluga Prens, sırları saklamak konusunda iyidir Helinski. Mercimek fırın olmuş, yakında öpüşürsünüz siz."

Bir şey söyleyemeden yukarıya çıkmaya devam ettik ve Mutlu'ya anlatmanın içimi rahatlatmaktan öte, daha fazla bulandırdığını hissettim. Her şey şimdi daha karmaşıktı ve beynim durmuş gibiydi. Mutlu, dünyanın en büyük adımını atmışım gibi tepkiler verdiğinde, mantığım da onu destekliyordu.

Ben ne yapmıştım?

Ben gerçekten aptaldım.

Mutlu dinlenilecek son insandı, ona göre her şey ama her şey zaten öpüşmeye bağlanmıyor muydu?

Teknenin arka tarafına gittiğimizde önümüzde denizin derin açıklığı vardı, başka da hiçbir şey yoktu. Yanlarına gittiğimizde Yankı, omzunun üzerinden bize baktı ve bakışları benim üzerimde oyalandı. Ona tek kaşımı kaldırıp baktığımda kaşları çatıldı ve yine önüne döndü. Aklında hâlâ dakikalar öncesi dönüyor olabilir miydi? Sanmıyordum. Mutlu da bakıp güldüğünde aynı şeyi düşünmüş gibiydi.

Üst katta iki tane kapı vardı ve Tankut sol taraftaki kapının önünde durduğunda omzunun üzerinden bizlere doğru baktı. Eli, kapının hemen üzerindeki ampulün düğmesine gitti, bastığında bulunduğumuz yeri sapsarı bir ışık kapladı. Karanlığa alışmış olan gözlerimi kıstığımda kapının ağır bir demir kapı olduğunu ve hemen yanında bir cihaz bulunduğunu gördüm.

Neler olduğunu anlamaya çalışırken Tankut, "İşte Nadir bu yüzden bana lazım," dedi ve onu sertçe omzundan kendine doğru çekti. "Bu kapıyı sadece Nadir'in parmak izi açabilir."

Nadir, acıyla inlediğinde Bartu hızlı bir adım attı ve onu kurtarmak istedi ama Mutlu kolundan Bartu'yu çekti. Yankı'nın aşağıdaki elleri yumruk olduğunda yüzü ifadesizliğini sürdürdü. Tankut, Nadir'in sol elini tuttu ve cihaza doğru götürürken Yankı "Dur," diyerek bir adım attı. "İlk önce bana vermen gereken bir cevap var. Sana bu yüzden Nadir'i verdim, anlaşma, anlaşmadır."

Nadir'in eli havada asılı kaldığında Tankut ilk önce Yankı'ya baktı sonra bakışları bana döndü. Alaylı bir şekilde güldüğünde dudakları aralandı ve Yankı'nın kolunu sıkıca tuttuğumda beni neyin rahatsız ettiğini tam olarak bilmiyordum ama birazdan kendimi çırılçıplak kalacakmışım gibi hissetmiştim.

Yankı'nın gözleri yüzüme döndü daha sonra kolunu sıkıca tutan elime. Titremeye başladığımı hissettiğinde yüzünü Tankut'a dönerek "Sadece bana söyleyeceksin," dedi. Bu cümlesi, çırılçıplak vücudumu sadece Yankı'ya sunacağımı gösteriyordu ama nedense içim rahatlamıştı. Yankı'nın eli, kolunu sıkıca tutan elime kaydı ve kendinden uzaklaştırdığında elim bir süre öylece kaldı. Tam o anda, bir el havadaki elimi tuttu ve aşağıya indirdiğinde Lâl'in sıkıca tuttuğunu gördüm. Bir kardeş gibi değil, bir anne gibi elimi tutarken, verdiği desteği titreyen elimi hissetmememe neden oldu.

Bakışlarımız kesişti, başını omzuna doğru yatırdı ve özür diliyormuş gibi baktı. Neden böyle baktı bilmiyorum ama ilk defa onun bakışlarından ne anlatmak istediğini anladım, vicdanı tam karşımdaydı. Dudaklarını oynatarak *'Korkma'* dedi. Başımı salladım, sıkıca elini tuttum. Sıcaklığı korkularımı engellemedi ama şefkati, kendimi iyi hissetmeme neden oldu. O beni hissediyordu, o beni anlıyordu, bunu nasıl yapıyordu bilmiyorum ama Lâl benim bazen kalbimi görüyordu. Gülümsedik birbirimize, bu içtendi.

Yankı, Tankut'un yanına geçip ona söylemesini bekledi. Lâl'in yanında duran Bartu, şaşkınlıkla Lâl'e bakıyor, bunu neden yaptığına anlam veremiyordu. Bir yandan da sadece Yankı'nın bunu öğrenecek olmasına takıldığı her halinden belliydi. Arkamızda kalan Işık ve Mutlu'nun çıtı bile çıkmıyordu.

Tankut, yüzündeki gülümsemeyi silmeden Yankı'nın kulağına doğru yaklaşıp bir şeyler anlatmaya başladı. Fısıldamıyordu ama söyledikleri de anlaşılmıyordu. Bakışları direkt bana bakıyordu, gözlerindeki alaylı ifade bir an bile olsun silinmiyordu. Tankut anlattıkça Yankı'nın sırtı daha fazla geriliyor, parmakları daha sıkı bir yumruğa dönüşüyordu. Bir dakika sonra Tankut anlatmayı bitirdiğinde geriye doğru çekildi sonra derin bir nefes aldı ve yine Yankı'nın kulağına doğru bir şeyler söyledi. Bu sefer daha kısa sürdü ama Yankı her ne söylediyse ellerini sıkıca arkasında birleştirdi. Bir eliyle, diğer bileğini sıkıca tutarken kendine hâkim olmaya çalışıyor gibiydi.

En sonunda Yankı'dan uzaklaştığında bakışlarını benden ayırdı, Yankı'ya baktı. "İşte bu," dedi gülerek. "Seni tatmin etti mi?"

Parmakları bileğini daha sıkı kavradı, yumruk yaptığı eli daha fazla sıkılaştı. Geriye doğru bir adım attığında onun yüzünü göremiyordum. Bir cevap vermeyeceğini düşündüm ama "Tamam," dedi sadece. Onun ellerini biz görüyorduk ama Tankut görmüyordu. Kontrolünü sağlamak, Yankı için fazlasıyla kolaydı ama şu an, o kontrol ellerinden uzaklaşmak için çırpınıyordu. "Tamam," dedi ve gülümsediğini hissettim. "Sadece birkaç dakika. Birkaç dakika." Son söyledikleri daha çok kendine gibiydi.

Tankut'un kaşları çatıldı. "Etkilenmemiş gibisin?" dedi sorgulayan bir sesle. "Gerçekten iyi birisi olup olmadığını düşünmeye başlıyorum." Nadir'in elini tuttu ve yine kendine çekti.

Yankı, başını omzuna doğru düşürdü, arkada yumruk yaptığı elleri açıp kapattı. "Kötü biri olmayabilirim ama çok iyi biri olmadığıma da eminim," dedi. "Ve düşündüğünden daha akıllıyımdır."

"Haklısın," dedi Tankut Yankı'ya. "Orospuya daha fazla değer verdiğini düşündüm, seninki sadece merakmış."

Bahsettiği bendim, cümleler bana saplanıyordu ama hayatım boyunca defalarca bu hakarete maruz kaldığım için etki bile etmemişti fakat Lâl aynı şeyi düşünmemiş olacak ki elimin tersine parmaklarıyla okşadı. Bartu'nun keskin bir nefes verdiğini işittim, bakışlarım ona döndü ve bana baktığını gördüm. Omzumu indirip kaldırdığımda alışık olduğumu o da anlamıştı.

Yankı cevap vermedi ve Tankut'un, Nadir'in parmağını okutmasını bekledi. Arkada sıkıca tuttuğu elleri morarmaya başlamıştı çünkü öyle sıkı tutuyordu ki kan bile akmıyordu. Kolundaki damarları şişmişti, her an patlayacakmış gibi görünüyordu. Tankut'un söyledikleri, Yankı'nın öfke sınırlarının ötesine geçmesine neden olacak kadar fazlaydı. Yankı'yı ilk defa bu kadar fazla kontrolünü sağlamaya çalışırken görüyordum.

Korktum ama bu sefer kendimden değil, geçmişim yüzünden yalnız bırakılmaktan korktum çünkü orada yaşayan geçmişim, herkesin kaçmak isteyeceği kadar iğrençti. Kabullenilmemeye alışmıştım ama Yankı tarafından kabullenilmemek, bir daha hiç kimsenin beni kabullenemeyeceğini gösterirdi.

Tankut, Nadir'in başparmağını cihazın yerleştirme bölgesine koydu ve bir düğmeye bastı. Tankut alaycı bir şekilde Yankı'ya bakarken, Yankı oldukça temkinli duruyordu fakat birazdan her ne olacaksa işler karışacak gibiydi. Kısa bir sessizlik oldu, sonra üç kere bip sesi geldi ardından cihazın kırmızı ışıkları yanıp sönmeye başladı sonra alarmlar çaldı. Teknenin içini dolduran alarm sesleri o kadar yüksekti ki kulaklarımı kapatma ihtiyacı hissetmiştim.

Tankut'un yüzündeki gülümseme yavaş yavaş silindiğinde bu sefer Yankı'ya korkak bakışlar attı ve Yankı, tam o anda bize dönüp baktığında gülümsediğini gördüm. Göz kırptığı Mutlu öne doğru çıktı. Arkada birleştirdiği ellerini açtığında morarmış parmaklarına kan gitmeye başladı. "Bozuk mu ya?" diye sordu Mutlu alayla. "Bir kapatıp açalım istersen olmadı vuralım, çalışır belki."

Tankut bir an bile Mutlu'ya bakmadan bakışlarını Yankı'dan ayırmıyordu. Yankı, aynı gülümseyen ifadesiyle Tankut'a döndüğünde içime serpilen su, benim de gülümsememe neden olmuştu.

"Ne oldu?" dedi Yankı sanki şaşırmış gibi. "Nadir'in kolu mu bozulmuş?"

Bartu ve Işık gülmeye başladığında Mutlu "Kral, bu çok daha iyiydi," dedi Yankı'ya. "Ama mala döndü yüzü, çok şaşırdı. Tane tane anlatmak gerekiyor."

"Tamam tamam," dedi Yankı ve öne doğru bir adım atarak Tankut'un tam karşısına geçti. "Tane tane anlatıyorum, iyi dinle." Çenesini havaya kaldırdı ve Nadir'e baktığında gülümsedi, Nadir de aynı şekilde gülümsediğinde ilk defa bu kadar içten gülümsüyordu. "Rasim ile ortaktın," diye başladı söze Yankı. "Çok iyi giden bir ortaklığınız vardı, her işiniz beraberdi ama aranızda güven sorunu problemdi. Rasim'e ait olan bu teknede senin payın yoktu, Resim sensiz bazı işleri yürütmeye başlamıştı, değil mi?" Tankut, öfkeyle Yankı'ya bakıyordu. "Aslında en başından beri Sokak Nöbetçileri'nin de kim olduğunu biliyordun, Rasim'i öldürmek için bize kapılarını açtın. Rol yaptığımızı bilerek sen de bizimle oynadın."

Tankut, çenesini titreterek "Rasim zaten ölecekti," dedi. "Sadece siz celladı oldunuz."

"Yanlış cevap," diye karşılık verdi Yankı. "Onun celladı biz olmadık, sen oldun. Ve biz o gün oraya, senin planlarını bilerek geldik." Bartu'yla Işık birbirine şaşkınlıkla baktı, onların bundan haberi olmadığı belliydi. "Seninle aslında o masada anlaşma yaptık, Tankut. Önemli olan sendin, bunu biliyordum, sen de bunu bildiğimi biliyordun."

"Ara ver," dedi Mutlu alayla. "Beyni kaldıramaz bu kadarını."

"Sadece tek bir konuda yanıldım," dedi Tankut öfkeyle. "Bu kapıyı Nadir'in açabileceğini düşündüm çünkü Rasim kendi parmak izini koymazdı."

Yankı, başını yana çevirdi ve profilini gördüm. Dudakları aralandığında "Kapıyı çok mu açmak istiyorsun?" diye sordu. "Açalım o zaman." Cihaza ilerledi, derin bir nefes aldı daha sonra başparmağını yerleştirdi. Alarm sesleri sustu, cihazdan üç kere bip sesi geldi ardından yeşil ışık yandı ve kilitli kapı açıldı. Birbirimize büyük bir şaşkınlıkla bakarken Tankut'un gözleri kocaman olmuştu. "Ne oldu? Benim kol bozuk değilmiş, gördün mü?"

Mutlu dışında hepimiz neler olduğunu anlamıyorduk ama Mutlu, gülerek olanlara bakıyordu. "İzleyin izleyin," dedi Mutlu kısık bir sesle bize. "Birazdan maymuna dönecek suratı hatta dönmeye bile başladı. Beyni burnundan akıyor, görüyorum."

Tankut, bir anda kapıyı açmak için hızlandığında Yankı, onu sertçe yakasından kavradı ve geriye doğru çekip kapının yanındaki duvara itekledi. Tankut'un sırtı sert bir şekilde odanın duvarına çarptığında "Sen Rasim'le iş birliği içinde miydin?" diye sordu Tankut. "Sen nasıl bir orospu çocuğusun?"

Küfrü öfkelenmeme neden oldu ama Yankı'da herhangi bir değişiklik yoktu. Böyle kelimeleri fazlasıyla duyduğunu biliyordum, birbirimize bu konuda benziyorduk. "Sence ben o kadar kansız mıyım?" diye sorduğunda sesi ürkütücü geliyordu. "Sizin hakkınızda bilmediğim tek şey Nadir'in neden bu kadar önemli olduğuydu, Rasim'in neden yanından ayırmadığıydı. Nadir de bunun yanıtını bilmiyordu ama daha sonra bu tekneyi öğrendim, bu kapıyı buldum." Nadir'e gözleriyle işaret verdi, Nadir, ellerini açtı ve bıçak izlerini gördüm. "Güzide Nadir'in ellerine defalarca zarar vermek istemiş. Rasim'in Nadir'in bile haberi olmadan parmak izini aldığını düşündüm. Parçaları birleştirdim ve bir de baktım ki Rasim senden daha akıllıymış. Bilerek kendi parmak izini okutmamış, asla tahmin edilemeyecek birisinin parmak izini bu kapıya okutmuş. Nadir olmadan bu kapı açılmıyordu."

Tankut hiçbir şey anlamıyormuş gibiydi, artık algılayamıyordu. "Güzide de mi bu işin içinde?"

Yankı kafasını iki yana salladı ama sorusuna cevap vermedi. "Sonra buraya geldik, Nadir, ben ve Mutlu. Düşündüğüm gibi olup olmadığını bilmek istedim ve bum! Nadir'in parmak iziyle bu kapı açıldı."

Mutlu gülerek "Durur mu muhteşem sihirli elleri olan Mutlu Sarca?" dedi alayla. "Kapı açıldıktan sonra sistemi değiştirmek zor değildi. Biz de değiştirdik, bu kapı sadece Yankı'nın parmak iziyle açılmaya başladı."

Bartu "Siktir," diye fısıldadığında oldukça şaşkındı. Ben de dudaklarımı aralamış bir şekilde olanları dinlerken yine Yankı'nın kafasının içine girmeye çalışmış ama ulaşamamıştım. Bu kadarını düşünmek, bu kadar detaylı ilerlemek başımı bile ağrıtmaya başlamıştı.

Planları vardı, asla bilinmeyecek ve anlaşılmayacak planlarına ulaşmak ise tamamen imkânsızdı. Nedense bir anlığına onun zekâsından korktuğumu hissettim.

"Hapiste kaldığın sürede bunu düşündün," dedi Yankı. "Parçaları sen de birleştirdin ama geç kaldın. Bu kapının ardındaki istediğin hiçbir şeye ulaşamayacaksın."

"Hayır," diye bağırdı Tankut ve yaslandığı yerden doğrulup kapıyı itekledi. Bu sefer Yankı onu engellemedi ve ağır demir kapı açılırken kalbimin heyecandan dolayı hızlı hızlı attığını hissettim. Lâl, elimi tutan elini bıraktığında avuçlarımın içi terlemişti ve bakışlarımız birbirimize döndüğünde o da heyecanlıydı.

Kapı ağır ağır açıldı ve daha sonra turuncu ışık büyük, geniş odanın içini de aydınlattı. Tankut, "Hayır," diye fısıldadığında odanın içi bomboştu ve tam karşımızdaki duvarda hapishanedeki o cümle yazıyordu.

Yarattığın gerçek adalet, vicdanının ve vicdansızlığının sesidir.
SOKAK NÖBETÇİLERİ

Bakışlarım duvardan aşağıya doğru kaydı ve büyük bir tablonun içindeki o fotoğrafla karşılaştım. Mutlu'nun fotoğrafıydı, orta parmağını çıkarmış sırıtarak poz veriyordu, bir fotoğraf ancak bu kadar dile gelebilirdi.

Tankut'un tedirginlik dolu olan bakışları Yankı'ya döndüğünde ilk defa büyük bir korkuyla "Nasıl?" diye sordu.

"Bu odanın içinde onlarca ölmek üzere olan çocuklar vardı," dedi Yankı ve daha çok bize açıklama yapıyor gibiydi. "Hepsi ölümü bekliyordu ve çığlıklarını duyduk. Günlerdir bu odanın içindelerdi."

Yankı'nın sesi öfkeli bir hâl aldı. "Bu kapıyı açtığımda onlarca çocukla karşılaştım, bir malmış gibi yurtdışına pazarlanacaklardı." Elleri yumruğa dönüştü sonra parmakları saçına geçti ve karıştırdı. "Aklım almıyor, onlarca masum çocuk. Bunun için bile şu an nefes almaman gerekir."

"O çocuklara ne oldu Yankı?" Bartu soruyu sorarken Nadir'i yanına doğru çekti ve elini omzuna attı. "Onlara kötü bir şey olduğunu söyleme."

"Hayır." Mutlu yanıt verdi. "Hepsi hastanemizde ve iyileşecekler." Gülümsedi, Nadir'e döndü. "Onun gibi iyileşecekler."

Tankut bütün bunlar umurunda değilmiş gibi "Peki ya diğerleri?" diye sordu.

Yankı burnunun kemerini sıkarak "Öleceğini bile bile son kez diğerlerine ulaşmak istedin," dedi ve diğerleri diye bahsedilenin çocuklar olmadığını anladım. "Ama Tankut, onlar da bizim elimizde." Sonra hiç ummadığım o cümleyi kurdu. "*Kelebeğin tutsak olduğu Koza*," dedi. "Onun da seni tanıdığını biliyorum."

Bu isim, sırtımdan aşağıya doğru bir ürperti geçmesine ve tedirginlikle nefesimi vermeme neden oldu. Sokak Nöbetçileri'nin ağzından ilk defa onun adını duymuştum ve bu kişi Yankı'ydı. Hangi noktaya ulaşmak istiyorsam kaçıyordum ama o nokta bana doğru ilerliyor, kendini gösteriyordu.

Koza yani benim patronum gerçekten Sokak Nöbetçileri'nin düşmanıydı ve ben, Koza'yı kurtarmak için gönderilen yoldaşıydım.

En azından benim bildiğim bu kadardı ama Tankut planın neresindeydi? Ekip'in işi miydi, yoksa Patron'un ortadan kaybolmadan önce yaptığı bir plan mıydı?

Tankut "Bedelini ağır ödeyeceksin," diye fısıldadığında canı yanıyormuş gibiydi, sıktığı çenesinden ve bakışlarından Yankı'dan ölesiye nefret ettiği belliydi.

"Hiç sanmıyorum," dedi Yankı karşılık olarak. "Bugün birisi ölecek ve ölmek üzere olan insanlar bedel ödetemez."

Tankut'un gözleri bizlere döndü, tek tek yüzümüze baktı daha sonra başını omzuna yatırdı. "Fazla zekâ konuştuk," dedi aynı öfkeli sesle. "Artık zekâyı bir köşeye bırakalım. Bugün birileri ölecek ama o kişilerin arasında ben yokum."

Korkarak bir anda Bartu'ya baktım ve Bartu'nun eli, yavaşça belindeki silahına doğru gitti. Mutlu nefesini tutmuştu ve onun gözleri de Yankı'daydı. Lâl'i korumak istiyormuş gibi ben de belimdeki silaha doğru elimi uzattığımda Lâl'i arkama doğru almak istedim ama Işık benden önce bunu yapmıştı. "Bu sessizliği biliyorum," diye fısıldadı bana Işık. "Birazdan her şey çok kötü olacak."

"Hayır, Işık, bizi fazla hafife alıyor," dedi Yankı ve duymuş olması beni bozguna uğrattı. Dikkati her yerdeydi. "Her şey çok güzel olacak."

Bu cümle Tankut'un bam teline dokunan bir cümleydi ve yüksek bir sesle bağırdığında her şey bir anda oldu. Teknenin içinden adım sesleri yükseldi ve aşağı kattan adamlar çıkmaya başladılar. Tam sol tarafımdan bir adam çıktığında ve elindeki silahın soğuk namlusunu Yankı'nın başına dayadığında aşağıdan çıkan adamların silahları da bize yöneldi.

Biz sadece altı kişiydik, sadece altı kişi ve onlar gitgide artıyorlardı. Her tarafımızdan silahlar bize doğru dönükken, kanımın akışını durdurduğunu ve kalbimin göğüs kafesimi delmeye başladığını hissettim. Gözlerim Yankı'nın ensesine dayanan silaha bakarken korkuyla nefesimi verip "Yankı," diye mırıldandım. Birkaç saniye içerisinde bütün dengelerin değişmiş olması, Yankı'nın canının gözümün önünde bir silahın ucunda yer alması dizlerimi titremişti ama yeri değildi, zamanı değildi. Ellerim titriyordu. Tekrardan "Yankı," dediğimde sesim titriyordu.

Geriye doğru bir adım attı, ardından başka bir adım ve önüme geçtiğinde bunun bir koruma içgüdüsü olduğunu anladım; adam onunla beraber hareket ederken tam önümdeydi ve sırtı zırhım gibiydi. O güveni yine hissettim ama soğuk silahın namlusunun verdiği hissi de en iyi ben bilirdim, ölümle aralarında sadece bir nefes vardı. Ölümle aramızda saniyeler vardı.

Yankı başını yan çevirdi, bana doğru baktı ve gülümsedi. Gerçek bir gülümsemeydi, iç rahatlatan bir gülümsemeydi. Bana güven gülümsemesiydi. "Biraz da benim dilimden konuşalım," dedi Tankut tam o sırada. "Gerçekten bugün ölen ben olmayacağım, çocuk. Aklın ve iyiliğin beni öldüremeyecek ama benim kötülüğüm seni öldürecek."

Ölümden korkuyordum ve bu kendi ölümüm değildi.

Kalbim, ağır ağır çalan bir piyanonun notaları gibi atıyordu, gitgide hızlanacaktı, biliyordum. O hız arttıkça nefesim hızlanacaktı, kulaklarım uğuldayacaktı, dünya daha hızlı dönmeye başlayacaktı ve hareket bile edemeyecektim. Kendimi tanıyordum ve bu duyguların sadece korktuğum zamanlar ortaya çıktığını da biliyordum.

Silahın soğuk namlusunun verdiği hissi, o hissin açtığı kucağı çok iyi biliyordum; öyle iyi biliyordum ki o soğukluğa meydan okumuştum ama şimdi meydan okuyamıyordum çünkü o namlu bana dayalı değildi.

Bir karış uzağımdaki silah, Yankı'nın başına yaslıydı ve adamın nasırlı parmağı tetiğin üzerindeydi; Tankut'un belki de tek cümlesiyle gözlerimin önünde onun hayatı parçalanacaktı.

O parçalanacaktı.

Ölümden korkuyordum.

Yankı Sarca'nın ölümünden korkuyordum.

Sokak Nöbetçileri'nin ölümünden korkuyordum.

Diğerlerine bakışlarım kaydı, hiçbiri benim kadar korkak değildi. Cesur bakışları, dik duruşları vardı ve ben o an anlamıştım, aralarındaki en korkak bendim çünkü ilk defa, birini kaybetme hissi, tam kalbimin üzerinde bir nota gibi atıyordu.

Tanrı kalbimdeki piyanonun notalarına daha hızlı bastı. Tanrı, bir an bile olsun Sokak Nöbetçileri'nin kalplerindeki notalarına basmayı bırakmasın istedim.

Yankı'nın aldığı keskin nefesleri işitebiliyordum. Henüz saniyeler olmuştu ama ben o saniyelerin içinde, kendimle nasıl savaştığımın farkındaydım. Durduramayacağım kadar hızlı titreyen ellerim ve dizlerim vardı, beş yaşından beri kontrol edemez, gizleyemezdim. Yüzüme maskeler de taksam, bambaşka bir insana da bürünsem beni tanıyan birisi, ellerimin ve dizlerimin titremesinden beni bulabilirdi.

Önümde cansız manken gibi duran Yankı, bir kere daha ona imrenmeme neden oldu.

Bir şeyler yapmalıydım, bir adım atmalıydım ama kıpırdayamıyordum. İçimden bir ses ise durmadan Yankı'ya güvendiğini dile getiriyor, onun ölüme bile meydan okuyacağını söylüyordu.

Onun her zaman bir planı vardı; şu anda olduğuna emindim.

"Sürprizimi beğendin mi?" diye sordu Tankut ama sesi öyle iğneleyiciydi ki midemin bulandığını hissettim. "Yoksa bunların olacağını biliyor muydun?" Küçümsedi, bunu hissettim. "Siz sadece sokak çocuklarısınız, kiminle oynadığınızın farkında bile değilsiniz."

Yankı'nın nefesi duraksadı, gülümsediğini hissettim. "Biz sokak çocukları küçümsenmeyi severiz," dediğinde sesi öylesine rahatlatıcıydı ki şaşırdım. "Çünkü sonucunda hep karşı taraf haksız çıkar. Asıl sen bu sürprize hazır mısın?"

Tankut'un yarım gördüğüm yüzündeki gülümseme silinmedi ama onun da şaşırdığını görebiliyordum. "Korkmuyorsun," dedi net bir sesle. "Çünkü bunun yaşanacağını biliyordun."

"Başımıza çok fazla silah dayandı, çok fazla ölümle burun buruna geldik. Elbette bunun olacağını biliyordum. Ama bildiğim başka bir şey daha var." Derin bir nefes verdi, omzunu indirip kaldırdı. "Bugün sen öleceksin, Tankut," dedi. "Ve ne aklım, ne iyiliğim senin ölmeni engelleyecek." Tankut gözlerini devirdi, Yankı aldırış etmedi. "Kötülüğün dilini de iyi bilirim."

Tankut başını olumsuz bir şekilde iki yana sallayıp "Kötülüğün dilini bilebilmen için, kötü birisi olman gerekir. Hayal kuruyorsun, çocuk," dedi. "Kendinizi çok yukarıda görüyorsunuz."

Yankı bir süre bekledi ve o beklerken, ben daha fazla titredim, sanki onun yerine de titredim. Bakışları Mutlu'ya döndü, profiline baktığımda gülümsediğini fark ettim. "Hadi," dedi Mutlu'ya. "Hep yapmak istediğin o şovunu yap da başlasın eğlencemiz, bu konuşma çok uzadı. Biz yine küçümseniyoruz, kardeşim."

Mutlu, başını önüne doğru eğdi, gözleri kısıldı. Yankı'ya bakarken, "Açılışı ve kapanışı hep ben yaparım, değil mi ama?" diye sordu ardından gülümsedi. "Eğlenceli kısmı da bu." Sonra elini bir anda cebine attı, bir bıçağın açılma sesi geldi ve hızlı bir şekilde bıçağı ileriye doğru attı. Bıçak, Yankı'nın ensesine silah dayayan adamın eline saplandığında adam acıyla bağırdı ve elindeki silah yere düştü. Şaşkınlığıma zaman bile kalmadığında diğer adamların silahlarından sesler geldi ve Bartu silahını çıkarıp ateşlemeye başladı ardından Işık. Yankı, belindeki silahı çıkardığında Tankut'un arkasından ona doğru yaklaşan adamı gözünü bile kırpmadan omzundan vurdu. Benim de elim, belime taktığım silahıma doğru gitti.

O arada Lâl, Nadir'e doğru koştu ve kolundan tuttuğu gibi az önceki odadan içeriye doğru attı sonra kapıyı hızlıca kapattı. Yankı, kapalı kapıya doğru "Güvende olman için," diye bağırdı. "Birazdan seni çıkaracağız Nadir."

Diğer taraftan Mutlu "Keyfine bak Nadir!" diye bağırdı. "Senin için oraya muhteşem çizgi romanlar bıraktım, silah sesleriyle iyi gider!"

Sabit bir şekilde yerimde dururken, elim belimdeki silahın üzerinde takılı kalmıştı. Etrafımda silahlar patlıyordu, koşuyorlardı. Ayağımın ucuna bir beden düştüğünde uzun boylu, iri adamın karnından vurulduğunu gördüm. Geriye doğru kaçtığımda adımlarımı zorlukla atıyordum. Başımın döndüğünü hissettim, titreyen ellerimi ve dizlerimi durdurmak imkânsız gibiydi.

Ben böyle değildim, bu kadar kontrolsüz değildim ama şu an bütün kontrolüm ellerimden uzaklaşmış gibiydi çünkü o içimdeki korkuyu yenemiyordum, o korkuyu aşamıyordum ve notalar, kulaklarımı tırmalıyordu.

İç sesim bir gerçekle karşıma geçti, o gerçeği dinlerken daha fazla korktum ama bu sefer duygularım beni korkuttu. *'Sokak Nöbetçileri içindeki canavarı da yok etti*, diyordu iç sesim. Yeni fark ediyordum, o canavar, kazandığı yepyeni duygularla kendini yok etmeye başlamıştı.

Her an bir kurşun bana saplanabilirdi, her an yıkılabilirdim, her an mahvolabilirdim. Dünya çok daha hızlı dönmeye başladı, çevremdekilerin sanki dışındaydım ve bir filmin içindeydim. Kurşun hiçbir şekilde bana isabet etmezmiş gibi geliyordu ama ayağımın ucuna başka bir beden daha düştüğünde dudaklarımın arasından çığlık kaçtı.

Bir anda bir el belimden tuttu ve beni geriye doğru çektiğinde başka bir silah sesi kulağımın dibinden yükseldi. Az önceki odanın kapısının arkasına iteklendiğimde sırtım sert bir şekilde duvara çarptı ve Yankı'nın yüzünü tam karşımda gördüm. Kaşları çatıktı, nefes nefeseydi. "Bana bak," dedi. "Kendine gel." Titreyen ellerimi yumruk yaptığımda normalde böyle bir insan olmadığımı söylemek istiyordum ama sustum. "Gücünü fark et, kim olduğunu fark et," dediğinde bir anda elini belime attı ve soğuk parmaklarını sırtımda hissettim. Silahı çıkardığında sol elime tutuşturdu.

Silahı tutan elimi havaya kaldırdığımda ellerimden dolayı silah da titriyordu. "Yankı," dedim nefes nefese. "Ellerim titriyor, beni de bu odaya kilitle." Korkuyla silahı ona uzatmaya çalıştım ama o silahı almadı, beni duvara daha fazla dayadı, önüme kalkan gibi durdu.

Dişlerini sıkarak "Ne olacak bu senin titreyen ellerin?" diye sordu bana.

"Bilmiyorum," diye bağırdığımda öylesine öfkeliydim ki ona bağırmak zorunda kalmıştım. "Bu huyumdan nefret ediyorum ama titriyorlar! Beni ya bu odaya kilitle ya da bırak, ne hâlim varsa göreyim çünkü korkuyorum!"

Öfkeliydim çünkü bu değildim, öfkeliydim çünkü bu kadar patlayan silahların ortasında bile o benimle ilgilenmek zorunda kalıyordu, öfkeliydim çünkü kendimden nefret etmeme neden olacak kadar bencildim.

"Bak," dedi ve bir anda silah tutmayan elimi tuttu. Buz gibi ellerine ve parmaklarına kavuştuğumda gözlerim açıldı. "Şu an benim için çok soğuk, tahmin bile edemeyeceğin kadar soğuk çünkü birisinin canına bir şey olacak diye korkuyorum ve küçüklüğümden beri ne zaman korksam buz gibi olurum." Terlemişti, alnından ter damlıyordu ama aynı zamanda da üşüdüğünü görebiliyordum çünkü teni buz gibiydi. Bu gözler açık bir şekilde bilinç yerindeyken geçirilen kriz gibiydi.

Yankı'nın parmaklarının ucunda gücün izleri vardı ve bana dokunduğunda o izler, tenime işlemişti.

Elini elimden uzaklaştırdı, silah tutan elimi kavradı. "Nasıl geçecek?" diye sordum. "Ya yanlış bir şey yaparsam?"

"Meydan okuyacaksın," dedi net bir sesle. "Meydan okuyacağız. Başkaldıracaksın, ben başkaldırdım ve onunla yaşamayı öğrendim." Elime baktı. "Titreyen ellerine ve dizlerine çare olacağım ama şu an değil, şu an kendini toparlaman lazım. Güçlüsün ve cesursun. Bunu tekrar et."

Güçlü ve cesur.

Güçlü ve cesur.

Beni geri plana atmadı, beni görmezden gelmedi, beni arkasına da saklamadı; savaşmamı istedi.

"Güçlü ve cesur," dediğimde ellerim hâlâ titriyordu ama kendimi daha iyi hissetmeye başlamıştım. "Merak etme," dediğimde turkuaz gözlerine baktım. "Onlara hiçbir şey olmayacak, yardım edeceğim, korkma." Kastettiğim dört kardeşiydi, onlara bir şey olacak diye çok korktuğunu biliyordum.

Bir daha titreyen ellerime baktı, sonra "Helin," deyip bana yaklaştı. "Sen de daha fazla üşümeme neden olma." O an, korkularından birisinin benim zarar görmem olduğunu anladığımda patlayan silah sesleri bile sanki bir ninni gibi geldi, o silah sesleri bile titreyen ellerime çare oldu.

Sevdiklerimi kaybetmekten korkmak; bu duyguyla ilk defa tanışmıştım ama birisinin beni kaybetmekten korkmasıyla da ilk defa yüzleşmiştim.

Yankı Sarca, beni kaybetmekten korkuyordu, zarar görecek olmam onu korkutuyordu ve bu bile, benim hayata daha sıkı tutunmam için bir nedenmiş gibi geldi. O an anladım, hayattan bu kadar kolay vazgeçmemin, sırt dönmemin tek nedeni benim hayatımın kimse için önemli olmamasıydı.

"Benim hayatım senin için önemli mi?" diye sordum ve soruyu sorarken neden bu kadar şaşırdığımı anlamıyormuş gibi bana baktı. "Beni kaybetmekten korkuyor musun?"

Gülümsedi, silah tutan elimi bıraktığında artık titremediğimi fark etmiştim. "Yani," dediğinde benden uzaklaştı. "Liderin olarak." Omzunu indirip kaldırdığında hâlâ gülümsüyordu. "Seni eğitiyorum, bu da bir eğitim."

"Anladım," dediğimde ben de gülümsedim. "Liderim olarak." Yaslandığım duvardan ayrıldım, silahı daha sıkı kavradım. "Sen daha fazla üşüme diye kendimi koruyacağım, zarar görmeyeceğim."

"Güzel," dedi ve sırtını döndüğünde onun kelimelerinin ve cümlelerinin, benim ilacım olduğunu anlamaya başlamıştım. Binlerce kişi bana bu cümleleri kursa etki etmezdi ama onun tek kelimesi, benim bedenimde kasırgalara neden oluyordu. Gücü, gücümdü, cesareti, cesaretimdi.

Benim Yankı Sarca'dan öğreneceğim çok şey vardı.

Algılarım kendine gelmeye başladı. Biz altı kişiydik, bu yolda ben de vardım ve onları girdiğim ruh hâlimle yarı yolda bırakamazdım.

O önümde yürürken ve ben de peşinden giderken, sağ taraftaki adamın silahı Yankı'ya doğru tuttuğunu gördüm. Bir anda sanki az önce ayakta bile duramayacak durumda olan ben değilmişim gibi elimdeki silahla adamı vurdum ve geriye doğru savrulup düştü.

Yankı, omzunun üzerinden arkasına baktı, adamı gördü ve sonra bana baktığında gülümsedi. "Sen tam olarak bu kadınsın," dedi. "Ve ben en başından beri bu güçlü kadını görmek istiyordum."

"Senin sayende," dediğimde ben de ona gülümsedim.

"Hayır," dedi karşılık olarak. "Bu sadece senin gücün, ben sadece o gücü açığa çıkardım, o kadar."

Yankı'yla beraber öne çıktığımızda Mutlu, Işık'ın hemen yanındaydı ve Işık, önüne çıkanları silahıyla vururken teknenin köşelerine saklanıyor, Mutlu ise o ne yaparsa takip ediyordu. Yankı'nın ona silah vermeme nedenini tam olarak anlayamasam da Mutlu, olduğu durumdan gayet memnun görünüyordu.

Arkamdan bir gülme sesi geldi ve başımı çevirdiğimde Bartu'nun kahkaha attığını gördüm. "Kardeşim," diye bağırdı Yankı'ya. "Uzun zamandır ihtiyacım olan tam olarak buydu. Bak şimdi bak," dedi ve bir anda öne çıkıp elinde silahla duran adamın erkekliğine tekme attı. Adam öne doğru eğildiğinde bu sefer de kafasına vurdu ve hemen arkasından birinin yaklaştığını gördü, dönüp o kişiyi de vurdu. İki kişiyi aynı anda devirdiğini gösterirken Lâl'e dönüp baktı, Lâl ise onun arkasındaydı. "Düştün değil mi bana?" diye sordu alayla. "Düştün düştün."

Yankı, sırtını yasladığı duvarın arkasından "Bartu mermileri boşa harcama," dedi. "Yanımda fazla mermi yok."

"Her biri isabet ediyor," diyen Bartu ona doğru dönen silahı görmüş, eğilmişti. "Merak etme, yumruklarım da kurşun gibidir." Yine Lâl'e dönüp baktı. "Bu cümleye düşmüşsündür. Hadi ama nasıl da hayran hayran bakıyorsun."

Lâl ifadesiz gözlerle Bartu'ya bakıyordu...

Bartu'nun rahatlığı ve keyifli hali benim de rahatlamama neden olduğunda güldüm, onun rahatlığı bana da bulaştı. "Lâl!" diye bağırdı Yankı. "Tankut nereye gitti, gördün mü?"

Lâl, kafasını olumsuz anlamda iki yana salladığında aralarında sözsüz bir bakışma geçti ve bir anda Lâl öyle hızlı koştu ki o an, o hızla bile hiçbir silah onu vuramazmış gibi geldi. Bartu'nun korkmasını bekledim ama o rahattı, Lâl'in silahı bile yoktu.

Kurşundan bile hızlı olabilirdi Lâl Sarca. Hayran olmuştum.

"Hey," dedim sağımda duran Yankı'ya. "Onun silahı yok."

Lâl, bir anda Yankı'nın yanında bitti ve şaşkınlıkla ona baktım. Diğer silahını Lâl'e verdiğinde "Artık var," dedi ve gülümseyerek Lâl'e baktı. "Dikkatli olduğunu biliyorum ama daha dikkatli ol. Sen olmazsan bizim bacaklarımız kesilir, biliyorsun."

Lâl, gülümseyerek başını salladığında silahı Yankı'nın elinden aldı ve bir anda yine ışık hızında ortalıktan yok oldu. Neden en başından verdiğini bilmiyordum, hiçbir şey anlamıyordum ama sorgulayacak zaman da değildi.

Öne doğru çıktım ve sırtı bana dönük olan uzun boylu bir adamla karşılaştım. Mutlu ile gözlerimiz uzaktan kesişti, gülümsedi ve ben de eğlenmek istermiş gibi adamın omzuna dokundum, adam hızlıca bana silahıyla döndüğünde sert bir yumruğu yüzüne indirdim ardından sersemlemiş bir şekilde geriye doğru iteklendiğinde bacağından vurdum ve yere düştüğünde silahını uzağa doğru savurdum.

Mutlu, gülerek "Şovları kes, sen neymişsin be," dedi ve ıslık çaldı. "Yeni bir Grey Bartu mu yetişiyor yoksa?"

Bartu, adamın birinin kafasını duvara sürterken, "Ne?" deyip bana baktı. "Bu kız mı benim gibi olacak? Onun yumruğu benim parmağım kadardır."

Önüme başka bir adam daha çıktığında hızlıca elindeki silahla bana ateş açtı ama saklanıp "Hadi ama Bartu," diye bağırdım. "Konu şu an pek de yumruklar gibi görünmüyor."

Bartu, az önce bana ateş açan adamı vurduğunda adam ayaklarımın dibine düştü, Mutlu kahkaha attı. "Diğer türlü de iyiyimdir ama keyifli değil," dedi Bartu kendinden emin bir sesle ve önüme geçti. "İnsanlar kum torbasıdır, ben sevdiğim kum torbaları hariç hepsini yumruklarım."

Hayretle onun sırtına bakarken, köşeden bizi görmeden yürüyen adamı fark ettik, Bartu, bana baktı sonra kaşlarını kaldırıp sus işareti yaptı. Adam tam köşeyi döndüğünde Bartu, yumruğunu öne çıkardı, adamı ensesinden tuttu ve yumruğuna çarptı. Bu hareketi kahkaha atmama neden olduğunda ileriden Mutlu'nun da güldüğünü fark ettim. Adam yere düştüğünde ve burnunu tuttuğunda Bartu, silahını elinden alıp "Dikkat et," dedi adama. "Kafan, yumruğuma çarptı."

Az önce aklımı kaçıracak kadar korkarken şimdi o korkularımdan tek bir parça bile kalmamıştı aksine onlar bu durumdan keyif alıyor, onların keyifleri bana da bulaşıyordu. Düşündüğümden daha kabiliyetli ve daha profesyonellerdi. Her seferinde beni şaşırtmaya devam ediyorlardı.

Sol tarafa doğru ağır ağır adımlarla ilerlediğimde teknenin açık alanına çıkmak istiyordum, Yankı'nın ise nerede olduğunu bilmiyordum. Bir yandan ona bakarken diğer tarafa döndüm ve yüzüme sert bir yumruk indiğini hissettim. Geriye doğru savrulduğumda bir an için yıldızları hissettim ve enseme ağrı girdi. Acıyla inlediğimde başımı kaldırıp baktım ve az önce omzumdan vurduğum adam olduğunu fark ettim.

Başka bir yumruğu daha yüzüme indireceği sırada eğildim ve karnına yumruk attım ardından vurduğum kolunu çevirip dirseğimle yüzüne vurdum. Adam güç sarf ederken bir yandan da benden kurtulmaya çalışıyordu. Adamı o şekilde duvara dayadığımda uzun olan saçını kavrayıp başını o duvara çarptım. Sanki o an, yüzümdeki bütün izlerin, bütün uğradığım şiddetlerin hesabını soruyormuşum gibi "Ne oldu?" diye sordum. "Umduğun gibi çıkmadım mı?"

Tam o esnada arkamda silah patladığında irkilip geriye doğru baktım ve yere düşen adamı gördüm; hemen arkasında Yankı vardı. "Böyle durumlarda bilmen gereken en önemli şey," dediğinde yüzüne kan bulaşmıştı ama kendi kanı değildi. "Düşmana asla arkanı dönme, nereden çıkacağı belli olmaz." İşaret parmağıyla adamı gösterdi. "Ve düşmanla bir dakikadan fazla zaman kaybetme, diğerlerinin zaman kazanmasına neden olursun."

Başımı hızlıca salladığımda nedense hayal kırıklığına uğratmak istemeyen bir çocuk gibi hissediyordum. Tekrardan adama baktım ve sert bir şekilde başını çarptığımda bilinci kapandı, çuval gibi yere yığıldı. Yankı'ya gülümsemek için arkamı döndüğümde orada olmadığını gördüm; gitmişti.

Geceydi, denizin üstündeydik ve silah sesleri o gecenin içinde çınlıyordu. Ben ilk defa Sokak Nöbetçileri'yle beraber, onlar için savaşıyordum.

Diğer tarafa doğru çıktım ve Bartu'yu, bir adamı, yakasından tutmuş havaya kaldırırken gördüm. Adamın ayakları aşağıda sallanıyordu, korku dolu gözleri Bartu'nun üzerindeydi ama Bartu da aynı benim gibiydi, düşmana arkasını dönüyordu ve öylesine keyifliydi ki hiçbir şey olmaz sanıyordu. Arkasından ona doğru yaklaşan adamın farkında bile değildi.

Gözlerim irice açıldığında, "Bartu, eğil!" diye bağırdım ardından adamı sırtından vurdum. Bartu, havaya kaldırdığı adamı bıraktığında ve silahıyla arkasına döndüğünde yerde bayılmış olan adamı gördü. Bakışları bana döndü, şaşkınlık koyu gözlerine ulaşmıştı. Yere düşen adamı göstererek "Onun kolu kırıldı bence," dedim çünkü öyle sert bırakmıştı ki adam kolunun üzerine düşmüştü ve acıyla inliyordu. "Ayrıca rica ederim. Bana artık bir can borcun var maalesef." Gülümsedim, şaşkınlığı geçmedi. "Birbirimizden nefret etsek de ölmeni istemem, senin aksine."

"Can borcu mu?" diye sordu afallamış bir sesle sonra kaşları çatıldı. "Bana hiçbir şey olmazdı."

"Neden?" Alayla gözlerimi devirdim. "Demirden misin sen?"

Çenesini kaldırdı, onu tiye almam öfkelendirmişti. "Sayılır," dediğinde hemen yanıma geçti. "Dokuz canlıyım ve geriye beş canım kaldı çünkü dört kere ölümden döndüm."

"Mutlu, Bartu'nun ölümsüz olduğunu düşünüyor çünkü adam Cüneyt Arkın gibi devrilmiyor." Işık'ın sesiyle başımı çevirdim ve onun da yanımıza geldiğini gördüm. "Sizce de sohbet etmek için harika bir yer değil mi?" diye sordu bize. "Birisi Mutlu'yu korusun." Duraksadı, gülmemek için kendini tuttu. "Ya da adamları Mutlu'dan korusun."

Bartu, Mutlu'yu bulmak için koşarken sırtımı teknenin camına yasladım. Işık, soluklanırken "Yankı sana silah verdi direkt," diyerek merakla ona döndüm. "Sanırım silah kullanmakta iyisin."

Işık, bir kedi gibi etrafa bakarken "Önder'in bana kötülük yapayım derken iyilik yaptığı bir durum var," dedi. "Küçüklüğümüzden beri hep Mutlu'yu korumam için beni kalkan gibi kullandı, hep en önce beni attı ama bunlar beni eğitti. Her seferinde ölmeden yanına gittiğimde suratını görmeliydim."

Keyifle anlatıyordu ama ben onun gibi keyifli değildim çünkü Işık'a yapılanları kabullenemezdim, diğerleri nasıl kabullenmişti? Bunu söylemek istediğimde teknenin çalışan motorunun sesi kulaklarımıza doldu ve şaşkınlıkla birbirimize baktığımızda "Siktir," dedi Işık. "Tankut aşağıda ve tekneyi hareket ettiriyor."

"Ne?" diye çığlık duyduğumda bu Mutlu'nun sesiydi. "Beni deniz tutar ama! Hem de gece! Geceleri köpek balıkları uyur mu? Mis gibi sevişmişlerdir, şimdi de horul horul uyuyorlardır umarım." Ses geliyordu ama kendisi yoktu. Kaşlarım çatıldı ve köşeden başımı eğip baktığımda bir adamın sırtına binmiş olduğunu gördüm. Adam ondan kurtulmak için çırpınıyordu ama Mutlu, koala gibi adama dolanmış, hareket etmesini engelliyordu.

Bartu, Mutlu'yu izlerken gülüyordu. "Mutlu'yu korumak mı?" diye sordu Işık'a. "Adamlar Mutlu'yu gördüğü an kaçıyor çünkü onlara sarılıyor ve bırakmıyor. Bakın bu da kanıtı."

"Ruh hastası mısınız siz!" diye bağırdı adam ve çırpınmaya devam etti ama Mutlu bacaklarını adamın beline öyle bir dolamıştı ki tek vücut olmuşlardı. "Alın şunu sırtımdan!"

Hepimizin canı ortadaydı, birimizden birimize bir şey olabilirdi ama buna bile meydan okuduğumuzu fark ettim.

Farklılardı, Sokak Nöbetçileri, kimseye benzemiyordu.

Gitgide onlara benziyor, gitgide farklılaşıyordum ve yeni doğmuş bir bebek gibi onların ellerinde büyüyordum.

"Sen benim kalkanımsın," dedi Mutlu keyifli bir sesle adama. "Sen benim çelik yeleğimsin." Adamın kulağına doğru eğildi. "Daha önce böyle romantik kelimeler duymadığına eminim çünkü Mutlu Sarca'yla tanışmamıştın ama işte şimdi tanışma şerefine eriştin Sevgili Kalkan." Bacaklarını daha sıkı doladı, kollarını adamın boynuna sardı. "Kılıcım görmek ister misin? Senin kılıcın nasıl?"

"Ne?" Adam başını çevirip Mutlu'ya baktığında bir kere daha silkelenmek istedi, Mutlu o kadar sıkı sarmıştı ki adam nefes almakta zorlanıyordu. "Sen deli misin? Ruh hastası mısın?"

"İnanamıyorum Bartukıç!" diye haykırdı Mutlu. "Gözleri yemyeşil, sanırım ruh eşimi buldum. Minnoş güzel renkli gözlü çocuklarımız olacak!" Başını çevirip Bartu'ya baktı, Bartu o sırada bir adamı art arda tokatlıyordu. "Seni de kumam yaparım, biliyorsun, renkli gözlü olmadığın için seninle evlenemem."

Adam kendini tutamayarak ilerideki diğer adamlara doğru "İmdat!" diye haykırdı. Bu tepkisi benimle Işık'ı güldürdüğünde bir adamın Mutlu'ya doğru koşmaya başladığını gördük, o bizi görmüyordu. "Birinciyim!" dedi Işık bir anda ve adamı bacağından vurdu. Adam yere düştüğünde ikimiz de tekrardan sırtımızı dayadık ve diğer kurşunlardan korunduk. "Sıradaki senin olsun. Bu vurduğum yakışıklıydı ve yakışıklıları vurmak beni üzüyor."

Kahkaha attığımda "Sana bir şey itiraf etmem gerekecek," dedim. "Bu söylediğine şaşırdım çünkü ne erkeklerle ne kadınlarla ilgilenmiyormuş gibi görünüyorsun."

"Hey," Işık da kahkaha attı. "Düşündüğünün tam aksine ben çapkın bir kadınım ve erkeklerle oynamaya bayılırım ama onlar benden korkuyor." Dudakları büküldü. "Kiminle konuşsam Bartu adamı buluyor, Mutlu iğneler batırıyor ve Yankı da o adamı sorguya çekiyor." Dudakları büküldü. "Geçen günlerde bir adamla tanıştım, çok da yakışıklıydı. Lâl'in yardımıyla adamla gizli gizli buluşmaya gittim ama ne oldu dersin?" Kafasını salladı. "Onlar benden önce gitmişti. Kafenin içini boşaltmışlardı, adamı bir sandalyeye oturtmuşlardı. Yankı adama beni nereden tanıdığını soruyordu, Bartu adamın oturduğu sandalyeyi salıncak gibi sallıyordu. Mutlu mu? O da adamın kalçalarına elindeki iğneleri batırıyordu. Beni gördüklerinde hepsi masum çocuğa dönüştü, adam fırsattan istifade kaçarken kalçalarındaki iğneleri hatırlayabiliyorum."

"Sen ciddi misin?" diye sordum, bir yandan gülüyor, bir yandan da şaşkınlıkla ona bakıyordum. "Mutlu seni ciddi ciddi paylaşamıyor, bu kadar olamaz."

Işık, burnunun kemerini sıkarak "Üç tane belalı abim varmış gibi," dedi. "Ve ben bu üç abinin arasında nasıl birisiyle sevgili olurum, bilemiyorum."

"Lâl peki?" dedim ve neden sorguladığımı bilmesem de onu merak etmiştim. "Ona da mı aynılar?"

Işık, şaşkınlıkla bana bakıp "Lâl benim gibi değil, fark etmedin mi?" diye sordu. "O bizden başka tek bir kişiyle bile konuşmaz, ona teklif eden erkeklere tükürüyor. Lâl için üç erkek çok önemli, gerisi önemsiz. Özellikle Yankı," dediğinde bakışlarını kaçırdı. "Ona yalan bile söyleyemez. Ben nasıl ifşa oldum sanıyorsun? Lâl, Yankı'ya yalan söyleyemedi diye..."

Lâl'in önümüzden hızlıca koşarak geçtiğini gördüm, Yankı'nın yanına gidiyor olmalıydı. Aralarındaki ilişkiyi çözemiyordum ama Lâl için Yankı'nın farklı olduğu gerçeği, bakışlarından bile belli oluyordu. İlk günden beri Yankı'ya bakışlarının daha farklı olduğunu görmüştüm ve aynı şekilde Yankı da Lâl'e karşı öyleydi.

Lâl, Yankı'ya asla yalan söylemezdi ve ben dizlerime kadar yalanlara batmıştım; Yankı'ya hiçbir zaman Lâl'in verdiği güveni veremezdim. İkisinin gözlerindeki duygu da bu gizliydi, güven. Yankı bana hiçbir zaman öyle bakmamıştı.

"Neden Lâl ona daha farklı?" diye sorduğumda Işık'a bakmıyordum ama cevap vermediğinde bakışlarımı ona çevirdim ve bana değil, arkama doğru baktığını gördüm. Gözleri irileştiğinde eskisi gibi keyifli görünmüyordu. "Ne oldu?" dememe kalmadan, başımın arkasında silahı hissettim. Işık, silahını kaldırıp arkamdaki kişiye doğru tuttuğunda

"Tek bir hareket daha yaparsan beynini dağıtırım arkadaşının," dedi ürkütücü bir ses. "Hatta dağıtacağım da."

Korkmayı bekledim, titremeyi ya da kaçma dürtüsünü ama hiçbiri yoktu. O kadar soğukkanlı bir şekilde nefesimi verdim ki Işık bile şaşırdı. Güçlü ve cesurdum. Yavaş yavaş adama doğru döndüm, silah alnıma dayandı. Gülümsediğimde adamın arkasından yaklaşan Mutlu'yu gördüm, hâlâ diğer adamın sırtındaydı fakat eliyle ağzını kapatmıştı. "Bence hemen dağıt," dedim adama. "Yoksa çok fena bir işkenceye maruz kalacaksın."

Adam, henüz ne dediğimi bile anlamadığında Mutlu, adamın ensesine "Yeter lan!" diyerek tokat attı. "Sürekli aksiyon filmlerinde durmadan zarar gören bir karakter vardır ya, o da Helinski oldu," dedi Mutlu bana. Bartu, Mutlu'nun sağ tarafından çıktı ve adamın elindeki silahı alıp onu arkaya doğru itekledi. "Sürekli vurulmalar, sürekli dayak yemeler. Bunlar olmadığında kendini vurmalar." Kaşları çatıldı. "İlgi odağı olma artık. İzin vermeyeceğim. Bana dayayın bir kere de şu silahları, film benim etrafımda dönsün ya."

Bartu, yere attığı adamı, yakalarından tutup kaldırdı; adam havadayken "Uçmaya hazırlan," dedi. "Kollarını kanat gibi kullan, yoksa yere çakılırsın." Biraz daha kaldırdı sonra adamı teknenin diğer tarafına doğru fırlattı.

Adam yuvarlanarak teknenin köşesine çarptığında Yankı'yı gördüm, adam ayaklarının ucuna düştü. "Tankut aşağıdaymış," dedi bize doğru ve Lâl de yanında belirdi. "Tekneyi açıklığa sürüyor, kıyıdan çok uzaklaşıyoruz."

Mutlu'nun eli sert bir şekilde alnına vurduğunda "Kusacağım şimdi şuraya," deyip gözlerini kapattı. "Bayılacağım. Midem bulanıyor. Resmen suyun üzerindeyiz ve bu tekne sallanıyor. Prens, kendini kötü hissediyor. Nerede benim atım?" Başını çevirdiğinde ilerideki adamı parmağıyla işaret etti; teknenin köşesinde bağlanmış bir şekilde duruyordu. "Bartukıç! Onu kaçmasın diye benim için bağlamışşın! Kalkanım, hadi oraya gidelim!"

"Siz ruh hastasısınız," dedi sırtına bindiği adam kafasını iki yana sallayarak. "Siz manyaksınız. Bu işkence."

Saniyeler dakikalara dönüştü, gece gökyüzünde sanki daha fazla koyulaştı ve silah sesleri yavaş yavaş azaldı. Yerlerde acı çeken ve bayılmış adamlar vardı, inleme seslerini duyabiliyordum. Sağ ve iyi olan çok az kişi kalmıştı, onlar da kendileri bizim ayaklarımıza gelerek teslim olmak istiyorlardı.

"Eğlence bitecek birazdan," dedi Bartu. Hemen yanında Lâl vardı ve gözleri ona döndü. "Ortalarda yoktun diye bana fazla hayran olamadın, değil mi?" Lâl, Bartu'nun gözlerinde her ne gördüyse geriye doğru adımladı ama Bartu ona izin vermeyip kolunu tuttu. "Bu eğlence sensiz bitmesin Lâl'im." Bir anda Lâl'i kucağına aldı sonra omzuna attı ve Lâl'in başı omzundan aşağıya doğru düşerken ters bir şekilde şaşkınlıkla bize baktı ardından Bartu'nun sırtını yumrukladı. "Hadi biraz daha eğlenelim."

Şaşkınlıkla onlara bakarken, Bartu'nun da daha önce tanıdığım kimseye benzemediğini görebiliyordum. Henüz teslim olmamış bir adam onların karşısına çıktığında tekme atarak adamın silahının yere düşmesine neden oldu ve sonra sert bir yumruğu adamın yüzüne geçirdi. Adam yere düşüp bayıldığında "Gördün mü şovu?" diye sordu Lâl'e. "Tüh, göremiyorsun ama yine çok iyiydim."

Yaslandığım yerde yalnız kaldığımda diğerlerinin nerede olduklarını bilmiyordum. Kulak kesilmiş adım seslerine odaklanmıştım ve bir yandan da sarsılan teknenin bana etki etmemesi için nefesimi tutuyordum çünkü Mutlu gibi benim de midem bulanmaya başlamıştı.

"Dikkatini sadece tek bir yere vermemelisin," diye ses duyduğumda irkildim ve elimdeki silahı kaldırıp başımı çevirdiğimde silah bir vücuda çarptı, o vücut Yankı'ya aitti, namlu tam kalbinin üzerindeydi. Onu görünce rahatlamış bir şekilde nefesimi verdiğimde indirdiğim silaha bakıp "Dejavu," dedi. "Üçüncüde beni gerçekten vuracaksın sanırım."

Benim gibi duvara yaslandı. Yüzünde ve ellerinde kan izleri vardı, saçları dağılmıştı ve dudakları kurumuştu. Derin nefesler alırken gergin omuzları kalkıp iniyordu. "Her iki seferde de farklı bir Yankı Sarca'yla tanıştım," dediğimde yüzündeki kan izlerine bakıyordum. "Üçüncü seferde tanıştığım Yankı Sarca'ya göre değişir. Eğer daha korkutucu görünürsen seni vururum." Başını çevirip yüzüme baktı ve gözlerimin içini düşündüğümden daha uzun süre incelediğinde kaşlarım çatıldı. "Ne oldu? Ben daha mı korkutucuyum?"

Dudaklarını ıslattı ve kurumuş dudakları ıslandığında parladı. "Ben ise her seferinde gözlerinde aynı kadını görüyorum," dedi ve turkuaz gözleri koyu bir renge büründü, göz bebekleri büyüdü. Karnımın için-de bir karıncalanma hissettiğimde gözlerine uzun süre bakmanın bana böyle etki yaptığını fark etmiştim. "Seni ilk gördüğüm zaman, bugünü yaşayacağımızı biliyordum," dediğinde sesi kısık çıkıyordu. "Benim dikkatimi çekmek için büründüğün kişiliklerin hepsiydin ama en çok bu kadındın ve ben bunu biliyordum. Fazla heyecan verici, Helin."

"Bu kadın?" dedim sorgulayan bir sesle. "Bana baktığında ne görüyorsun?"

Daha dikkatli baktı, daha fazla eşeledi toprağımı ve daha fazla bana ulaştı. "Birçok şey," diye mırıldandı. "Ama en çok korkusuzluk. Bütün yanlışlarını ve doğrularını düşün, Helin. Hepsinin sonucunun korkusuzluğuna çıkacağını göreceksin. Sen aslında korkak olmak isteyen bir korkusuzsun çünkü korkusuzluk hissiz ve sen hissiz olmaktan sıkıldın."

Onun söylediği gibi bütün doğrularımı düşündüm ve hiçbir doğrum olmadığını fark ettim; bütün yanlışlarımı hesapladım ve o yanlışların da aslında gerçekten korkusuzluğumdan kaynaklandığını anladım. Konu, kendi canım olduğu zaman fazlasıyla korkusuzdum. "Demek bugünü yaşayacağımızı biliyordun," deyip konuyu değiştirdim. Bencil olmayacaktım, onu da tanıyacaktım. "O hâlde Önder'in de beni gruba dâhil edeceğini biliyordun ya da hislerin çok kuvvetliydi."

Yankı gülümsedi ve yaslandığı duvarda yan bir şekilde durup, ileriye doğru bakan yüzümü çenemi tutarak kendine doğru çevirdi. Soğuk parmak uçları uzaklaşmıştı artık sıcacıktı. "Seni ilk gördüğüm gün üzerinde beyaz bir tişört vardı ve saçların arkadan örgülüydü, saçların daha kısaydı. Köşelerden fırlamış dalgalı saçların yüzünü kapatıyordu. Tişörtünün köşesine bulaşmış ruj lekesi sana ait değildi çünkü dudaklarında o renk bir ruj yoktu. Büyük ihtimâl tişört sana ait değildi, bedeni büyüktü. Uykusuzdun, gözlerin şişmişti. Benim dikkatimi çekmek için en klişe yöntemi denemiş, üzerime kahve dökmüştün. Kahve şekerli değildi ama sütlüydü, o gün neden sütlü içtin bilmiyorum ama diğer günler sade içtin." Nefesini verdi, şaşkın gözlerim umurunda değil gibiydi. "O gün, korkusuzluğunu gördüm çünkü bana yaklaşmak için elinden gelen her şeyi yapacaktın."

Sustu, şaşkınlığımın geçmesini bekledi ama daha fazla katlanarak arttığında "O gün elim yandı ama sen umursamadın ve yanımdan geçip gittin," dedim tek nefeste. "Yüzüme bakmadığına yemin bile edebilirim. Hatta diğer günler de öyle. Hiçbir zaman yüzüme bakmadın. Nasıl bu kadar güzel oynayabildin? Beni neden iki ay uğraştırdın?"

Omzunu indirip kaldırdı, tuttuğu çenemi bıraktı. "Çünkü sınırlarını görmek istedim, çünkü gireceğin yüzleri görmek istedim. Her seferinde başka birisine dönüştün ama aslında hepsi sendin ve ben o iki ay boyunca çok eğlendim." Bakışlarına anlamsız ama etkileyici bir ifade oturdu. "Özellikle siyah, mini bir elbise giydiğin gün. Karşıma oturup bacak bacak üstüne atmıştın." Üzerime doğru geldi ve beni duvarla kendi arasına sıkıştırdığında bir elini duvara yasladı. "Saçların dalgalıydı, ayaklarında seni rahatsız eden topuklu ayakkabıların vardı. O gün aldığım keyif bambaşkaydı."

Bulunduğumuz yer, denizin sesi, silahlar, kan, hepsi bir anda uçup gitmişti ve ben sadece onun kokusunu almaya, onun gözlerine bakmaya başlamıştım. Sarsılan tekne. Kalbimin bu kadar hızlı atmasına neden olan kesinlikle tekneydi. "İki ay boyunca korkusuzluğumu görmek istedin," dedim sessizce. "Sonra da Önder beni istedi."

Bana biraz daha yaklaştı, vücudunun sıcaklığı, vücudumu dolaştı. "Önder mi?" dedi alayla ve bir yandan da ciddiyetle. "Hâlâ anlamıyor musun, Helin? Ben bu grubun lideriyim ve istemediğim sürece hiçbir şey olmaz. Seni ben istedim ve sen en büyük korkusuzluğunu Sokak Nöbetçileri'ne dâhil olarak yaptın." Yüzüme yaklaştı.

Daha fazla şaşırdım, dudaklarım aralandı ve o şaşkınlığıma bakarken gözlerini bir an olsun gözlerimden ayırmadı. Kirli sakallarına bulaşmış olan kanın kokusu, onun güzel kokusunu gizleyemiyordu. "Bunu nasıl anlamam?" dedim daha çok kendimle konuşarak. "Ama Önder bana sanki kendisi kabul etmiş gibi konuştu. Yani o dedi ki..."

"Çünkü öyle söylemesi gerekiyordu." Tek kaşını kaldırdı. "Önder seni hiçbir şekilde aramızda istemiyor. Ben istediğim sürece vardın," dedi üstün bir tınıyla. "İstemediğim sürece yoktun."

"İki ay," dediğimde öfkeli hissetmeliydim ama öfke yoktu. Terliyordum ve kalbim gitgide daha fazla hızlanıyordu, aramızda Yankı'yla hiçbir mesafe yokken ve ben ona bu kadar yakınken aklım durmuş gibiydi. "İki ay boyunca resmen eğlendin." Parmaklarımın ucunda yükseldim, yüzüne doğru yaklaştığımda vücudum vücuduna sürtündü. "Eğlendirdiğim için mi beni aranızda istedin Yankı Sarca?"

Yankı yutkundu ve o an arkada patlayan silah sesleri ikimizin de umurunda değildi. "İstedim çünkü sen en sevdiğim tişörtüme kahve döktün," dedi derinden gelen bir sesle. "Hem de sütlü kahve. Bu cezasız kalamazdı, hesabını vermeliydin."

Güldüğümde ona biraz daha yaklaştım. "Ben bir ceza ödemiyorum ya da hesap vermiyorum şu anda," dediğimde turkuaz gözleri kısılmıştı. "İlk gördüğün gün olan tişörtümün rengine, köşesindeki ruj izine kadar hatırlıyorsun. Kabul et, dikkatini çekebilmişim."

Gözleri dudaklarıma doğru kaydı, elinde tuttuğu silahı havaya kaldırdı ve ucuyla önüme gelen saçımı arkaya doğru itekledi. "Denizin ortasında bir teknedeyiz, silahlar patlıyor, yüzünde ve yüzümde kan lekeleri var, canımız tehlikede. Kalbin tekliyor, nefesin hızlı. Ölüm bir nefes kadar yakın. Heyecan verici değil mi?" Tek kaşını kaldırdı. "Sen bu anlattıklarıma benziyorsun, Helin. Şu âna benziyorsun."

"Ve sen şu deniz gibi dinginsin," dedim kendimi tutamayarak. "Sakin ama dalgalı halini merak ediyorum."

"Benim hakkımda hiçbir şey bilmiyorsun, Helin." Nefesi dudaklarıma çarptı, kalbim tekledi. "Ve ben çok dikkatli bir adamımdır sadece bazen belli etmem."

"Beni aranızda istedin," dedim ardından benim de gözlerim dudaklarına doğru kaydı. "Ve hâlâ istiyorsun."

"Seni istedim ve hâlâ istiyorum," dedi bir anda dişlerini sıkarak. Gözleri yüzümün her noktasında gezindi, az önce kontrolünü sağlamaya çalışan Yankı yine gelmişti fakat bu sefer kontrolünü sağlama nedeni öfkesi değilmiş gibiydi. Cümlesi bambaşka anlamlar taşıyor olabilir miydi? Bu düşünce daha fazla kalbimin teklemesine neden oldu. Yüzlerimiz arasında bir karışlık mesafe kalmıştı ve neredeyse burnu burnuma değecekti. "Liderin olarak yani. Aramızda istemek."

Gülümsedim. "Liderim olarak," dedim tekrar ederek. "Başka ne olacaktı ki zaten?"

"Değil mi?" dediğinde kendisiyle konuşuyormuş gibiydi. Gözleri dudaklarıma kaydı bir kez daha ve bana yaklaşıyormuş gibi oldu, nefesini tuttuğunu hissettim ardından bir şey oldu. Birkaç saniye bekledi sonra bir anda Yankı arkasını döndü ve sert bir yumruğu bir adamın yüzüne geçirdi. Benim dikkatim tamamen dağılmıştı, fark etmemiştim ama onun dikkati yerindeydi. "Şerefsiz saygısız puşt!" diye bağırdı yere düşen adama. Vurulmuştu, silahı yoktu. "Bir şey konuşuyoruz değil mi burada, ne bölüyorsun?"

Gülerek elimle ağzımı kapattım ve geriye doğru adım atıp "Daima dikkatlisin," dedim. "Ama başka bir şeye daha dikkat çekmek isterim ki o adam durup saygıyla bizi bekleyemezdi."

Yere düşen adam şaşkın gözlerle Yankı'ya bakarken, Yankı başını sağa yatırıp "Dikkatli miyim?" diye sordu ve başı bana döndü. "Dikkatim dağıtılmadığı sürece. Bir daha bunu yapma, duydun mu?" Sonra yaklaştı ve saçımı çekti, bunu daha önce de yapmıştı. "Ben senin dikkatini bir dağıtırım, bir daha toparlanmaz."

"Ya bırak saçımı, hep tehdit ediyorsun beni," dediğimde canımı yakmıyordu ama bu huyu ona çocuksu bir hava katmıştı. "Senin aksine ben ne yaparım dediysem yaptım. Saatler önce utandırdım seni! Utandın!"

Eli saçlarımdan uzaklaştı ve aynı çocuksu havayla gözlerime bakarken bir şey söyleyecek gibi oldu, dudakları aralandı. Saçımı düzeltirken, onu bekledim ama hiçbir şey söylemeden arkasını döndü ve kendi kendine konuşarak yürümeye başladı. Adamın şaşkın bakışlarına aldırış etmeden ben de peşinden ilerledim. Sonra bir anda durdu, başını çevirdi. "Utandım mı?" dedi kabullenemeyen bir tınıyla. "Ben mi utandım? Ben?" Tekrar yürüdü sonra durdu yine baktı. "Siyah iç çamaşırları beni utandırır, bir de onu dene."

"Yalan söyleme," dedim dik dik bakarak. "Siyah iç çamaşırlarının seni utandırdığı filan yok, bu beni utandırır. Ama sorduğum soru seni..."

Dinlemeden yürümeye devam etti, ona yetişmeye çalışırken yine durdu ve bu sefer ona çarptım. Bakışları bana döndüğünde "Ben hiçbir şeyden utanmam," dedi. "Anladın mı beni?" Cevap vermedim ve geriye doğru bir adım attım. "Utanmakmış. Gözlerin açık rüya görmüşsün."

"Ne oldu siyah iç çamaşırlarına?" diye sordum. "Hani utandırırdı seni?"

"Dene istersen?" Başkaldıran ses tonumu duyduğunda kaşları çatılmıştı ama bir yandan da keyifli gülümsemesi de dudaklarına konmuştu. "Cesaretin varsa giy o siyah iç çamaşırlarını, çık karşıma. Bak bakalım o zaman hissettiğim ve hissettirdiğim utanç mı olacak?"

Yanaklarım kızardığında bakışlarımı ondan kaçırarak "Konu bu değil," dedim. "Sen az önce sorduğum sorudan sonra aslında utandın..."

Yine dinlemedi ve merdivenlere yöneldiğinde ellerimi yanaklarıma koyarak ateşi yok etmeye çalıştım. Gözlerim açık rüya görmediğime neredeyse emindim çünkü bir insanın bakışlarındaki utancı bilirdim, onun bakışlarında utanç vardı.

Teknenin üst katındaki geniş alana doğru çıktığımızda Nöbetçileri'i gördüm.

Lâl hâlâ Bartu'nun omzundaydı ve hâlâ Bartu'nun sırtını yumrukluyordu, Mutlu ise az önce bağlanmış olan adamın sırtına binmişti. Adam köpek gibi dururken Mutlu bize bakıp "Atımla tanışın!" diye bağırdı. "Onun adı," adama doğru eğildi, "adınız neydi at beyefendi?"

Adam, başını kaldırıp Bartu'ya baktı ve korkuyla "Muzaffer," dedi. Yüzündeki kanlara bakılırsa Bartu onu benzetmişti ve ondan ödü kopuyordu.

"Muzo," dediğinde Mutlu adamın omuzlarını sıkıca tuttu. "Muzo'm, atım, deh dıgıdık hadi." Adam, dizlerinin üzerinde yürürken Mutlu elini salladı. "Prens Mutluga halkını selamlıyor." Eliyle adamın kalçasına vurdu. "Biraz daha hızlı Muzo, at beyefendiden eşek herife döneceksin yoksa." Gülümseyerek Mutlu'yu izlediğimde onun enerjisinin beni çok daha iyi yaptığını fark etmiştim, hangi durumda olursam olayım Mutlu'yu izlemek bana iyi geliyordu.

Yankı, Nadir'i odadan çıkarmaya gitti ve önümüzde duran dizlerinin üzerine çökmüş, sekiz tane adamla tek tek göz göze geldim. Yaralanmışlardı ve silahları artık yoktu. Diğer adamlar ise yerlerde baygındı.

"Silahları şuraya topladım," diyen Bartu teknenin köşesini gösterdi. Yankı ve Nadir gelmişti, Nadir'in rengi daha fazla solmuştu ama nedeni az önceki oda değildi, Tankut'la tekrardan karşılaşma korkusuydu. "Bu adamlar artık zararsız. Dövmek keyifli gelmiyor çünkü hepsi paralı asker, Tankut'u bile tanımıyorlar."

Yankı, öne doğru adım atıp "Tankut aynı yerde mi?" diye sordu.

"Evet," dedi Bartu ve Lâl'in çırpınan bacaklarından kurtulmaya çalıştı. "Biraz daha onu durdurmazsak kıyıdan epey uzaklaşacağız."

Lâl'in bulunduğu konum gülmeme neden olduğunda bakışlarımız kesişti. Lâl, kaşları çatık bir şekilde Işık'a elini sallayarak onun kurtarmasını bekledi ama Işık da keyif alıyormuş gibiydi.

"Bunları ne yapacağız?" diye sordu Bartu adamları göstererek.

Yankı kısa bir an düşündü ardından "Denize atlayın," dedi adamlara. "Yanınızda baygın olanları ve yaralıları da götürün. Hemen." Adamlar şaşkınlıkla birbirlerine baktıklarında ölümü beklediklerini anladım, hareket edemediler. "Üçe kadar sayıyorum," dedi Yankı. "Üçe kadar denize atlamış olmazsanız sizi onun ellerine bırakırım." Mutlu'yu gösterdi.

Mutlu "Canım at beyefendilerim ve eşek heriflerim," dedi. "Çiftliğim olacak, hepsi benim olacak. Bineceğim üstünüze, vuracağım kırbacı, vuracağım kırbacı. Sonuçta gerçek atlardan ve eşeklerden daha hayvansınız."

Kıkırdadığımda adamlar korkuyla hareket ettiler ve yanlarına yerlerde bayılmış olan adamları da aldılar. Hepsi tek tek teknenin köşesinden atladığında Mutlu adamın sırtından kalktı ve Muzo da gitmek istediğinde Yankı "Sen kalacaksın," dedi ona. "Seninle işimiz var." Adam, başını salladı ve ellerini önünde birleştirdi.

"Kızım tekme atmasana," dedi Bartu ardından Lâl'in ayaklarının zeminle buluşmasını sağladı. Lâl, yere iner inmez kıpkırmızı bir yüzle Bartu'ya yumruklar atmaya başladığında "Gıdıklanıyorum ah," diyerek güldü Bartu. "Çok acıtıyorsun, yapma, ah."

Lâl, dudaklarını bükerek Yankı'nın yanına geldi ve Bartu'yu gösterip hızlıca bir şeyler söyledi, içimden bir ses Bartu'yu şikâyet ettiğini söylüyordu.

"Kızma ona," dedi Yankı ve Lâl'in omzuna elini attı. "Güvende olmanı istiyor, sen de biliyorsun, onun yanındayken sana bir şey olmaz." Lâl de Yankı'nın beline sarıldığında başını göğsüne bastırdı. Omzunu silktiğinde korkmuş ya da sinirlenmiş bir çocuğun babasına sığınması gibi görünüyordu. "Sen korkmuşsun," dedi Yankı Lâl'e. "Ne oldu?"

Lâl yine cevap vermedi ama korktuğunda Yankı'ya sığınması, ona sarılması kalbimin üzerine bir ağırlık olarak çöktü. Aynı ağırlığı Bartu da hissetmiş gibiydi, gülümseyen yüzü yavaş yavaş silindi ve kaşları çatıldı. Bir şey söyleyecek gibi oldu ama sonra susup başını denize doğru çevirdi.

Mutlu, "Ee, aşağıya inelim mi?" dedi Bartu'nun önünü kapatarak. "Biraz daha teknenin üzerinde kalırsak kusacağım da."

Yankı başını salladı ve Lâl ile beraber merdivenlere doğru yöneldiler. Lâl'in başı hâlâ Yankı'nın göğsündeydi ama Yankı ona sarılmayı bırakmıştı. Başını çevirip ona bir şeyler söylediğinde merdivenlerden inmeye başlamışlardı. Onların arkasından Mutlu'nun sürüklediği adam, Mutlu ve Işık da ilerledi.

Bartu, hâlâ denize bakarken "Hadi," diyerek ona seslendim. "İnelim mi?"

"Geleceğim birazdan, sen git." Sert sesi duvara çarpmış gibi olmama neden olsa da bir anlığına Bartu'ya hissettiğim şefkat, ona yaklaşmama neden oldu. Aralarında yaş olarak en büyükleri o olsa da, en çocuksu olanı da yine Bartu'ymuş gibi geliyordu. Çabuk kırılıyordu, çabuk dağılıyordu ama çabuk da onarılıyordu.

"Hatırlıyor musun, yetimhanede koluna girmiştim," dedim ve elimle kolunu tuttum. "O gün senin verdiğin destek sayesinde güçlenmiştim biraz da. Birbirimizi sevmesek de güven veriyorsun bence."

"Ne demezsin," dediğinde bakışları bana döndü. "Ne yaparsam yapayım bunu başaramazmışım gibi geliyor."

"Neyi?" diye sorduğumda cevap vermedi fakat bu sefer susmak yerine devam ettim. "Lafı dolandırmak istemiyorum Bartu. Ne kastettiğini biliyorum, ne düşündüğünü de hatta ne hissettiğini de. Lâl, sana çok fazla değer veriyor."

Bartu'nun gözlerinden acının geçtiğini gördüm, gerçek bir acının. O da güzel rol yapıyordu, o da güzel oynuyordu ama Lâl'in adını işittiğinde bile canı yanıyordu. "Gizleyemiyorum, değil mi?" diye sordu bana. "Bu konuda çok başarısızım. Sen bile görebilirken o nasıl göremiyor?"

"Belki de ona gösteremiyorsundur," dedim. "Belki de daha açık olman gerekiyordur." Dile getirmekte zorlanırken "Onu seviyorsun," dedim, bakışlarını kaçırdı. "Ve onu bir abi gibi sevmiyorsun ama ona öyle yaklaşmıyorsun. Ona küçük bir çocukmuş gibi yaklaşmamayı denedin mi?"

Bartu kollarını iki yana açtı. "Ama o küçük bir çocuk gibi," dedi. "Ben sokaklarda büyüdüm, Helin. Gerçekten sokaklarda büyüdüm ama. Bebekken sokağa bırakıldım ve sokaktaki insanlar beni büyüttü. Tek bir kadın emzirmedi, birçok kadın emzirdi. Beş yaşında hırsızlık yaparak doydum, altı yaşında para çaldım, yedi yaşında çeteye karıştım. Dokuz yaşında birini bıçakladım. Her şeyi yaptım ama sonra onlarla tanıştım ve onunla. Aramızdaki yaş farkına rağmen küçükken bana bir anne gibiydi. Ben her canım yandığında ona gittim, her korktuğumda, her ağladığımda." Uzun bir süre sustu sonra devam etti. "Ama o hiç bana gelmedi. Hep Yankı'ya gitti. Korktu, ona gitti, ağladı ona gitti. Birinin arkasına saklanacağı zaman gitti Yankı'nın arkasına saklandı.

Ben onda ne bulduysam, o Yankı'da buldu. Ben onun için hiçbir zaman Yankı olamadım."

Sözleri bıçak gibi saplandığında ve o bıçaktan kan akmaya başladığında çektiği acıyı artık sadece görmüyor, hissediyordum. Onu kıskanç olduğuyla suçlamıştım ama Yankı'ya hissettiği kıskançlığı, çocukça bir kıskançlıktı. Kendisini onun yanında eksik hissediyordu, Lâl için Yankı olmak istiyordu.

Diyecek bir şeyler düşündüm, aradım ama ulaşamadığımda "Seni seviyor," dedim ve elimle kolunu tutup sıvazladım. "Seni gerçekten sevdiğini görüyorum."

"Beni seviyor, biliyorum," dedi. "Ama beni onu sevdiğim gibi sevmiyor." Bakışlarımdaki acıyı görmüş olacak ki omzunu silkti. "Alıştım," dedi ve bu kelimesi bana kendimi hatırlattı. "Benim arkama saklanmasa da ben onu yine zorla arkama saklarım, o benim için her şey." Merdivenleri işaret etti. "Gidelim mi? Merak ederler."

Başımı salladım ve beraber merdivenlere doğru yürüdük. Aklımdan geçenleri dile getirmemek için direnirken, Bartu, kıvrandığımı anlamış gibi bakışlarını bana çevirdi. Tek kaşını kaldırdığında "Bir gün ona daha farklı davransana," diye akıl verdim. "Mesela lunaparkta söylediğin cümleden sonra Lâl neye uğradığını şaşırmıştı. Bir gün ona ayak uydurma, abisiymiş gibi davranma ve gerçekten hissettiğin gibi davran. En azından sana karşı farklı hisleri varsa bu açığa çıkar. Lâl bu konuda kör olabilir."

Bartu söylediklerimi düşünürken son basamağa geldiğimizde durdu. "Denerim," dedi ağız ucuyla. Kaşları çatıldı ve bana baktı. "Hem sen ne zamandan beri bana akıl verir oldun ya?"

"Aynen," dedim ve benim de kaşlarım çatıldı. Onunla hiç anlaşamasak da hatta birbirimize karşı öfkelerimiz olsa da bir anda normal konuşmaya başlamıştık. "Yaptıklarını unutmadım," dedim basamaktan inerken.

"Ben de," dedi Bartu. "Ve ne işler karıştırdığın da açığa çıkacak bir gün."

"Aynen aynen," deyip arkamı döndüğümde ileriye doğru yürüdüm ve o da arkamdan ilerledi. Bartu'da sürekli didişeceğim bir abi şefkati hissetmiştim ama bunu hissetmem bile yanlıştı çünkü Bartu için ben her zaman bir tehlikeydim.

Sokak Nöbetçileri'nin bulundukları yere gittiğimizde Tankut'un bir sandalyede oturduğunu gördüm. Karşısında duran Yankı, gözlerini Tankut'a dikmişti ve yüzündeki gülümseme, zafer gülümsemesiydi. Hemen arkasında duran Tankut'un adamı, korkuyla Nöbetçilere bakıyordu.

Bartu, Yankı'nın yanına geçtiğinde ben de Işık ve Lâl'in ortasına geçtim. "Bir şey kaçırdık mı?" diye sordum Işık'a.

"Yok yok," dedi Işık. "Tankut ağzını açıp hiçbir şey söylemiyor. Göt oldu tabii."

"Olmaz mı?" Mutlu'nun sesi hiç olmadığı kadar keyifliydi. "Bütün çocukların intikamını alacağız, bundan daha güzel bir şey olabilir mi?"

"Dilini mi yuttun?" Yankı Tankut'a doğru konuştuğunda bakışlarımı çevirdim. "Başka bir planın var mı Tankut? Varsa onu da devreye sok, onu da sikip atalım."

Tankut'un gözü seğirdi ve başını önüne eğerken "Öldür, neyi bekliyorsun?" diye sordu. "Yoksa öldüremez misin? Cesaretin yok mu?"

Yankı gülerek kafasını iki yana salladığında "Senden ölmeden önce istediğim iki şey var aslında," dedi. "Sana, öleceksin, demiştim zaten. Ben emin olmadığım hiçbir şeyi söylemem." Tankut, başını kaldırıp Yankı'ya baktığında sorguluyordu. "Nadir'den ve Helin'den özür dileyeceksin," dedi tek nefeste. "Söylediklerin ve yaptıkların için. Yaşattıkların için. Bütün çocuklar için."

Şaşırdım ve şaşkınlıkla onun yüzüne baktım. Nadir bir yana bana söylediklerini umursamıyor sanıyordum ama öyle değildi ve bunun karşılığını vermek istiyordu.

Tankut ilk önce şaşırdı, sonra alayla gülmeye başladığında kahkahası teknenin içinde yankılandı. "Peki ya yapmazsam?" diye sordu. "O zaman ne olur? Beni öldürmez misin?"

Gülmesi sinirlerimi dokunduğunda Bartu da aynı duyguları hissetmiş olacak ki yaklaşıp sert bir şekilde yüzüne yumruk attı ve Tankut'un başı sağa doğru döndüğünde dudağının kenarından kan aktı.

Yankı, gülmesine karşılık verdi ve bacağını kaldırarak pantolonunu yukarı çekti, çorabının içinden bir tane bıçağı çıkardığında "Evet, ölmene izin vermem," dedi Yankı. "Ama işkence çekmene de göz yumarım." Bartu, şaşkınlıkla Yankı'ya döndüğünde gözleri parlamıştı ama Yankı, Tankut'un arkasındaki adamı yanına çağırıp bıçağı ona verdi. "Özür dileyecek misin, yoksa senin adamın acı çektirdiğin çocuklar için kasığına bu bıçağı saplasın mı?"

Kendisi yapmıyordu, Tankut'un kendi adamına bunu yaptıracaktı. Tankut, inanamıyormuş gibi Yankı'ya bakarken "Bunu yapmazsın," dedi. "Sen bu değilsin ki."

Yankı ellerini iki yana açtı ve çenesini kaldırdı. "Evet, ben yapmam, Tankut. Birine işkence çektirecek kadar kötü birisi değilim ama başka bir kötü, o işkenceyi çektirmek isterse de durdurmam. Senin kötü adamın kasığına bu bıçağı saplayacak."

Tankut dişlerini sıkarak ve tükürükler saçarak "Seni orospu çocuğu!" diye haykırdığında Yankı, başıyla Tankut'un adamına emir verdi ve adam, bunu defalarca yapmış gibi ya da zaten yapmak istiyormuş gibi bıçağı sertçe Tankut'un kasığına geçirdi. Tankut, acıyla haykırdığında arkada bağlanan ellerini açmak için çırpındı ama faydasızdı.

Denizin ortasındaydık, ilerleyen bir tekne vardı ve bir adamın acısı yüzünden attığı çığlıkları, gökyüzünü bile ikiye delecek kadar gürdü.

Tiksinmeyi ya da işkence yüzünden kendimi kötü hissetmeyi bekledim ama ikisi de yoktu. Aksine, Tankut acıyla çığlıklar atarken keyifleniyordum. Onun acı çektirmiş olabileceği bütün çocuklar gözlerimin önünden geçiyordu.

Hepsi için Sokak Nöbetçileri intikamını alıyordu.

"Özür dileyecek misin?" diye sordu Yankı. "Yoksa devam etmemizi ister misin?" Tankut, acıyla çığlıklar atmaya devam ederken, küfürler savurdu. Yankı başka bir bıçağı daha çıkardı ve adama "Diğer kasığına da sapla," dedi. "Canını yak." Tankut kafasını iki yana salladı fakat adam, bir anda o bıçağı da diğer kasığına sapladığında Tankut'un gözlerinden yaşlar düşmeye başladı.

"O çocukları düşün şimdi," dedi Bartu eğilerek ve saçlarını tuttu Tankut'un. "O çocukların çığlıkları da böyle miydi? O çocuklara da acı çektirirken bizim gibi izledin mi?"

Yankı, elini cebine attı ve ince bir ip çıkardığında "Özür dile ve acın ölümle bitsin," dedi. "Ya da dileme, işkence çeke çeke öl. Seç."

Tankut, kafasını iki yana sallarken, geriye doğru kaçmak istedi fakat oturduğu sandalye yan bir şekilde düştüğünde acıyla inledi. "Yapma," dedi Yankı'ya. "Sen böyle bir adam değilsin. Siz böyle insanlar değilsiniz. Siz kötü değilsiniz." Hepimizin yüzüne bakıyordu. "Bırakın beni gideyim, bundan sonra sadece çocuklar için yaşayacağım." Nadir'e baktı. "Bak ne hâldeyim, söyle onlara dursunlar. Ben sana hiçbir şey yapmadım, Rasim'in fikriydi hep."

"Konuşma lan!" Bartu, Tankut'un karnına sert bir tekme attığında başka bir acılı haykırış yerini aldı.

Yankı, yere çöktü ve Tankut'un gözlerinin içine bakarak "Bize iyi biri olacağından sakın söz etme," dedi. "İyiler, her zaman kötülüğün dilinden anlar ve isterse kötü biri olabilir ama kötüler, iyiliğin dilinden anlamaz. Aramızdaki fark da bu. Ben seni hep anlayabildim ama sen beni hiçbir zaman anlayamazsın."

Tankut'un bir şeyler söylemesini bekledi ama Tankut acıyla inleyerek ve kıvranarak durmaktan başka hiçbir şey yapmadı. Yankı başka bir bıçağı daha çıkaracağında "Tamam tamam!" diye bağırdı Tankut. Bakışları bana ve Nadir'e döndü. "Özür dilerim, özür dilerim. Söylediklerim ve yaptıklarım için özür dilerim." Başı Yankı'ya döndü, yalvaran gözlerle baktı. "Oldu mu? Diledim işte."

"Onun daha fazla acı çekmesini istiyorum," diye fısıldayan Işık'a baktığımda gözlerindeki ifade daha önce onda hiç görmediğim kadar ürkütücüydü. "O babama benziyor."

Mutlu babasını öldürmüştü ve bu tamamen onlar için trajedi olmuştu ama şimdi baktığımda Işık'a ölmesi bile yetmemiş gibiydi.

Yankı, doğruldu ve ipi adama uzattı. Adam, ipi aldı ve Tankut'u çöktüğü yerden kaldırdı. "Boğularak ölmeni istiyorum, Tankut," dedi Yankı. "Çünkü biliyorum, acı çektirdiğin bütün çocukların her nefesinde sen vardın, varsın ve her nefes aldıklarında akıllarına sen geleceksin."

Tankut acıyla inlemeye devam ederken direkt olarak benim gözlerimin içine baktı ve derin bir nefes verdi; bir şeyler söyleyecek gibi oldu ama sonra susup diğerlerine baktı. "Farkında değilsiniz," dedi son cümlesini kurarken. "Aslında hepiniz benim gibisiniz sadece yöntemlerimiz farklı. Cehennemde görüşeceğiz."

Adam, ipi Tankut'un boynuna doladı, boğmaya başladığında Tankut'un gözleri kocaman açıldı ve dili dışarıya çıktı. Adam bütün gücünü verirken Yankı ellerini iki yana açarak "Bak biz bu taraftayız, sana ellerimizi bile bulaştırmadık," dedi tek nefeste. "Ama seni yine senin yarattığın kötülük öldürdü."

Çırpındı, gözleri neredeyse yuvasından çıkacak gibi oldu ama hiçbirimiz kılımızı bile kıpırdatmadık; ölürken son gördüğü yüzler bizim yüzlerimiz oldu. Korkmadım, çekinmedim tam gözlerinin içine baktım.

Bir ölümü izlemek zevkli değildi ama bir kötülüğün ölümünü izlemek zevkliydi.

"Çok acı çektirmeyin," diyen Nadir'e hepimizin bakışları kaydı; gözleri dolmuştu. "Kimse bu kadar acıyı hak etmez, efendim."

Çocuklar, acı çektiklerinde bile kalpleri kömürleşmezdi; yine de çiçeklerini büyütürlerdi ve gün geldiğinde kömürleşmiş kalpleri olanlara bile çiçeklerini uzatırlardı, bu çiçeklerin adı merhametti.

Tankut son nefesini verirken, Yankı'ya baktı; iyilik ve kötülük birbiriyle bakıştığında son nefesini veren sadece kötülük oldu, iyilik yaşamaya devam etti.

Yankı, Nadir'in omzuna elini attı, eğilip kulağına doğru "Kurtuldun," dedi. "Canını da kurtaracağız kardeşim. Seni kurtaracağız." Nefesimi tuttuğumu verene kadar fark etmemiştim. Kasılmıştım, sıktığım kollarım ağrıyordu. Birkaç dakika sessizlik oldu, arkasındaki adam Tankut'u bıraktığında kafası öne doğru düştü.

O sessizlikte birbirimizle bakıştık ve ben Sokak Nöbetçileri'yle tekrardan tanıştım.

Acımasızlıklarıyla, güçleriyle, cesaretleriyle ve adaletleriyle bir daha tanıştım.

Yarattığın gerçek adalet, vicdanının ve vicdansızlığının sesidir. Bu cümle artık daha fazla anlam kazanmıştı.

Onlar masum beş güzel çocuktu ve büyüdüklerinde kalplerindeki merhamet çiçekleri solmamıştı ama savaşları, kendi masumiyetleri, kendi çocuklukları için olmuştu.

Aslında şu an onların da çocuklukları bu intikamla rahatlamıştı. Nereden mi biliyordum? Çünkü beş güzel çocuğun yanına benim masum olmayan çocukluğum da geçmişti.

Yankı, ilk konuşan oldu. "Denize at onu," dedi adama. "Ve sen de atla."

Adam, hızlı bir şekilde kafasını salladığında Tankut'u bağlandığı sandalyeyle sürüklemeye başladı ve biz de onlara arkamızı döndük. Yankı, dümene doğru yürümeye başladığında Mutlu "Artık geri dönebilir miyiz," dedi eliyle karnını tutarak. "Ciddi ciddi kusacak gibiyim. Kendimi saatlerce kan gövdeyi götüren aksiyon filmi izlemiş Bartu'nun çükü gibi hissediyorum. Öylesine yorulmuş, öylesine bıkmış."

Bartu, Mutlu'nun kafasına vurup "Konunun benim çükümle ne alakası var lan?" diye sordu.

"Grey'im," dedi ve başını omzuna yasladı. "Benim konum hep senin çükün, anlamıyor musun? Bilgisayar geçmişine bir giriyorum, aksiyon filmleri izlemişsin hep. Kendini John Wick sanıyorsun ama çükün diyor ki *Abi ne olur bırak beni, aç porno, John Wick kim, biz kim?*"

Bartu, omzunu silkti ve Mutlu'nun başının düşmesine neden oldu; kaşları çatık bir şekilde Lâl'e baktığında, Lâl de ona öyle bakıyordu. "Ne, ne var?" dedi Lâl'e. "Dön önüne, alırım seni omzuma bak." Ona, kaşlarımı kaldırarak baktığımda ne düşündüğümü anladı ve gözlerini kaçırıp az önce konuştuklarımızı düşündü.

"Ee," dedi Işık, Yankı'ya doğru. "Ne yapıyorsun? Dj gibi durmaktan vazgeçsen keşke."

Yankı dümenin başında uzun uzun düğmeleri inceledi, kollara baktı, parmaklarını gezdirdi. Birbirimize baktık, Yankı da bize baktı sonra bir düğmeye bastı ardından bir kolu indirdi. Teknenin motoru yavaş yavaş sustuğunda büyük bir sessizlik bizi kucakladı. Devam etmesini bekledik ama o kaşları çatık bir şekilde başını kaldırdığında "Ee?" dedi Mutlu. "Hadi Yankıtu ne bekliyorsun? Geriye dönsene."

Cebinden telefonunu çıkardı, ekrana bakarken daha fazla kaşları çatıldı. "Çekmiyor," dedi kendi kendine. Hepimiz ona büyük bir merakla bakarken ellerini havaya kaldırıp "Ne bakıyorsunuz?" diye sordu. "Bir şeyi de bilmesem olmaz mı?"

Işık, yüzünü buruşturarak "Sakın bize tekne kullanmayı bilmediğini söyleme," dedi. "Tekneyi durdurabildiysen tekrardan çalıştırıp geri de dönebilirsin, değil mi?"

Yankı ellerini cebine yerleştirdi. "Küçükken babamı teknesini sürerken izlerdim ama bir şeyleri yanlış anlamış olmalıyım. Bunu nasıl çalıştırabileceğimi ve geriye nasıl döneceğimizi bilmiyorum. Boş zamanlarımda tekne nasıl kullanılır, diye araştırma yapmadım hiç. Siz yapıyor musunuz?" Hepimiz ona bakmaya devam ettik. "Hadi ama, bana *Sen Yankı Sarca'sın* bakışları atmayı bırakır mısınız?"

Mutlu tedirginlikle "Bir de bayıl istersen Mutluga," dedi kendine ve dizlerinin üzerine çöktü. "Ne yapacağız şimdi? Kusmama saniyeler kaldı."

"Evet, plan ne?" diye sordu Bartu. Lâl, başını salladı ve Işık, yere çöküp Mutlu'nun omuzlarını okşadı.

Yankı sustuğunda "Her zaman başka bir yol vardır," dedim ona bana öğrettiği gibi. "Bu sefer yol ne?"

Yankı, tedirginlikle gülümsedi. "Maalesef denizden yol geçmez," dediğinde gözleri uzaklarda kalan kıyıdaydı. "Görünen o ki, denizin ortasında bu teknenin içinde mahsur kaldık."

15.

GEÇMİŞİN KUKLALARI

Helin Aktan'ın güncesinden...

25.10.2019

Okuduğum bütün kitaplar, izlediğim bütün filmler, gittiğim bütün şehirler, tanıdığım bütün insanlar... Hepsinin bana öğrettiği çok şey var.

On iki yaşındayken okuduğum bir kitapta huzur, gökyüzünde diyordu. Yetimhanenin penceresinden gökyüzüne bakmıştım, uzun uzun izlemiştim ama o huzuru görememiştim. On beş yaşındayken izlediğim bir filmde huzur, geriye dönüp bakmadığındadır, diyordu. Bir süre geriye dönüp bakmadım ama huzuru yine hissetmedim. On yedi yaşımdan sonra değiştirdiğim bütün şehirlerde huzuru aradım ama şehirlerin siyahlığı beni daha fazla huzursuz hissettirdi.

Tanıdığım bütün insanlar, onlar huzuru benden söküp aldılar.

Bunların hiçbirisi bana huzuru öğretemedi, huzuru göstermedi; huzursuzluğu daha fazla tatmama neden oldular.

Sonra bir şey oldu. Ben bir adım attım, bir yola çıktım; o yolu sokak lambaları aydınlattı ve yürüdüm. Yürürken karşımdaki beş gölge, benden kaçmak istedi ama üzerlerine gittim ve onlar gibi gölge olamasam da onlarla beraber yürümeye başladım.

Her adım attığımda ellerimde okuduğum kitaplarda bir sayfa eksildi, filmlerinden birini unuttum, şehirlerden birisi fethedildi, tanıdığım insanlar zihnimde öldü. Ben öğrendiğim her şeyi unutmaya başladım; asıl olanın hissetmek olduğunu gördüm.

Sokak Nöbetçileri.

Onlar benim kitaplarım, filmlerim, şehirlerim, insanlarım olmaya başladılar.

Ben ise şu an en çok huzuru hissediyorum.

Sen bu değilsin, diyor iç sesim defalarca bana. Başımı çevirip ona bakıyorum; o ise gözlerini aydınlanmak üzere olan gökyüzünden ayırmıyor, ışıklar turkuaz gözlerini daha fazla parlatıyor. Ben onun gözlerine bakarken, kim olduğumu sorguluyorum. Bakışları bana dönüyor.

Kim olduğumu unutmama neden oluyor. O benim hafızama hükmedebiliyor. O bana kendimi sevmemi için umut aşılıyor, o bana, beni kurtaracakmış gibi bakıyor.

Bunu istemiyorum.

Bunu istemiyorum.

Ben hayatın üvey evladıyken, kendimi öz evlat gibi hissetmek istemiyorum.

Ben kim olduğumu unutmak istemiyorum.

~~"Altıncı Sokak Nöbetçisi, Helin"~~

"Sadece Helin"

O Yankı Sarca'ydı.

Kendime durmadan tekrar ettiğim cümle şu an buydu. O Yankı Sarca'ydı. Bu cümle, geriye kalan bütün problemleri çözermiş gibi geliyordu. Ben nasıl düşünüyorsam diğerleri de öyle düşünüyor olmalıydı ki hepimiz onun gözlerinin içine bakıyor, bir şeyler yapmasını bekliyorduk.

Dümenin başında durmuş, bize gerçekten çaresiz gözlerle bakarken ilk defa Yankı karşı taraftan bir şeyler bekliyordu. Başını omzuna doğru yatırdı ve yüzünü buruşturarak "Gerçekten bana şöyle bakmayı bırakacak mısınız?" diye sordu. "Ne yapayım, araba gibi gemiyi mi itekleyeyim?" Ona aynı şekilde bakmaya devam ettik ve buna bile inanmaya hazırdık. "Ciddi misiniz ya?" dedi homurdanarak. "Kendinize gelin."

Mutlu, eliyle ağzını kapattı, diğer eliyle de karnını tuttu. "Şu an tek tek üzerinize yediğim patatesleri kusmamam için bir neden söyleyin," dedi hepimize bakarak. Yankı'ya döndü. "Ölüyorum, anlasana. Gözlerimin önünde deniz beşik gibi sallanıyor. Dayanamıyorum." Bihter Ziyagil tonlaması, hepimizi dehşete düşürdü.

Bartu, elini saçlarına geçirip "Gerçekten yapabileceğin hiçbir şey yok mu?" diye sordu, göz ucuyla Lâl'e baktı. "Hayır, gemiyi kaldır, kıyıya fırlat diyorsan yaparım yani."

Yankı, gülerek kafasını iki yana salladı. Mutlu ise Bartu'ya dönüp "Ben nasıl dayanacağım Bartu?" diye sordu ona. Çöktüğü yerde dizlerinin üzerinde yürüdü ve Bartu'nun bacaklarına sarıldı. "Patateslerimden nasıl ayrılacağım, Bartukıç? Lütfen bir şeyler yap."

Bartu, kendini Mutlu'dan kurtarmaya çalıştı ama Mutlu onu bırakmadı, bacaklarına sarılmaya devam etti. Işık, dehşet içinde Yankı'ya dönüp "Şaka yapmıyorsun, değil mi?" diye sordu. "Ne olacak şimdi?"

Yankı, dümenin başından ayrıldı, küçük adımlar atarak önündeki basamaktan indi. Denizin ortasındaydık, kıyı fazlasıyla uzak duruyordu ve kendi nefes seslerimizden, gemiye çarpan dalgalardan başka hiçbir ses yoktu. Kıyıdan vuran İstanbul'un ışıkları, yüzlerimizi aydınlatıyordu fakat yeterli değildi. Ayın ışığı ise arada sırada bulutların arkasına gizleniyordu.

"Hava gitgide soğumaya başladı," dedim ellerimle kollarımı sararak. Yankı, bana baktı ve gözlerimiz kesişti. Üşüdüğümü anladığında kaşlarının hafifçe çatıldığını fark ettim fakat bu çok kısa sürdü. Omzumu indirip kaldırarak "Ama sen Yankı Sarca'sın," dedim tebessümle. "Bir planın vardır. Daha fazla üşümemizi istemezsin."

Söylediğim hoşuna mı gitmişti, yoksa tuhaf mı karşılamıştı bilmiyorum ama tek kaşı havaya doğru kalkarken, sıcak bir şekilde gülümsedi. Yüzüme bakmaya devam etti. Bu bakışlarında bir şeyler vardı ama ben yine ne olduğunu anlayamıyor, kilitli kapılarının arkasını göremiyordum.

"Maalesef Helin," dedi Yankı. "Hava olaylarına da bir etkim yok. Ben dümdüz insanım."

Mutlu, Bihter Ziyagil gibi ağlama taklidi yaparken Bartu, onu kendinden uzaklaştırmak için adım attı fakat Mutlu onun adımıyla beraber koala gibi ilerledi. "Mutlu," dedi Bartu kızgınlıkla. "Bacağımı bırakacak mısın yoksa seni silkeleyeyim mi?"

"Silkele ne olur!" Hıçkıra hıçkıra ağlıyormuş gibi davrandı. "Çevir beni, baş aşağı tut, bayılana kadar, sabahlar olmasın. Deniz değil, sen yak canımı. Sen kustur..." Duraksadı, kaşları çatıldı, ağlaması durdu. "Bu çok iğrenç bir fantezi gibi oldu ama yine de Grey'im olarak seni hayal etmeme engel değil."

Bartu, Mutlu'nun tek kolunu tuttu ve onu yerden kaldırırken "Gerçekten miden bulanıyor mu, yoksa şov mu yapıyorsun?" diye sordu.

"Şov mu?" Mutlu'nun gözleri irice açıldı, rengi bembeyaz olmuştu ve midesinin gerçekten bulandığı her halinden belliydi. "Sen Grey Bartukıç Sarcaios," işaret parmağını salladı, "sen beni denizin tuttuğunu bilmiyor musun ya? Sen ya? Benim koca bebeğim..."

Bartu gözlerini devirip "Sarhoş gibi davranmaktan vazgeçsene," dedi ve yüzünü buruşturdu ardından Lâl'e ters bir şekilde baktı. "Ve bana o Grey'den bahsetme artık."

Mutlu, elini Bartu'nun omzuna koydu ve sıktı. "Vay be Bartukıç," dediğinde ona doğru yaklaştı ve Lâl'in duymayacağı şekilde fısıldadı. "Lâl de Jamie fanı olmuş, gördün mü? Saniyede üç kırbaç atma gücüne sahip ve kıçı da çok sıkı. Ayrıca şaplak kralı." Bartu'nun omzundan elini çekti, başını eğdi ve Bartu'nun kalçalarına baktı. "Ve benim senin kıçını anlamam için dokunmam gerek..."

Eli arkaya doğru uzanacağı sırada Bartu, hızlıca Mutlu'nun elini tuttu. "Mutlu," dedi dişlerini sıkarak. "Yine çok konuştun. Öyle böyle değil, bu sefer çok konuştun. Seni silkelememi istemiyorsan sus."

Mutlu gülmeye başladı. "Bundan daha kötü olamaz ya? Şu an bok gibi hissediyorum adamım."

"Arkadaşlar, asıl problemimize dönsek ya?" Işık, ikisinin arasına girmeye çalıştı ama başarılı olmadı. "Bartu, onun gerçekten midesi bulanıyor. Zararlı sen çıkarsın..."

"Bartukıç," dedi Mutlu ı harfini uzatarak. "Hadi bana o güzel, sıkı kıçını göster!" Ellerini birbirine çarptı ve geriye doğru adım attı. "Yoksa dayanamam senin Lâl'i kıska..." Bartu, öne doğru atılıp Mutlu'nun ağzını kapattı.

"Seni çok fena silkeleyeceğim oğlum," dedi Bartu Mutlu'ya. "Bu sefer yapma diye yalvaracaksın."

"Bartu!" diye bağırdı Işık fakat Bartu, çoktan Mutlu'yu ağzını kapatarak teknenin köşesine doğru yürütmeye başladı. "Yankı!" Işık, onların peşinden koşarken Yankı'ya seslendi. "Bir şeyler yapsana! Mahvedecek çocuğumu ya!"

Gözlerim Yankı'ya döndü ve elleri ceplerinde rahat bir şekilde onları izlediğini gördüm. Işık'a doğru "Mutlu yine kaşındı ama," dedi keyifle. "Bunun olacağını biliyordu."

Işık'ın kaşları çatıldı ve onlarla beraber teknenin köşesine gittiğinde biz de onları takip ettik. Lâl hemen yanımdaydı ve yüzünde eğleniyormuş gibi bir ifade vardı; Nadir ise ne kadar yorgun olursa olsun merakla onları izliyordu.

Bartu, teknenin köşesindeki demirin ucuna çıktı ve Mutlu'yu da önüne aldı. Yüzleri birbirine çok yakın dururken, Mutlu kocaman gözlerle "Ne?" diye sordu. "Titanik mi? Rose ve Jack mi olacağız?" Eliyle ağzını kapattı. "Hayır! Ben izlerken bile mide fesadı geçirdim, istediğin kadar Grey ol, buna katlanamam. Bana dayamak istiyorsan başka bahaneler bul."

Bartu gülerek "Jack ve Rose olacağız," dedi ve göz kırptı. "Ama ters." Sonra bir anda Mutlu'yu omuzlarından bastırarak aşağı indirdi ve tek bacağını tuttu.

"Hayır!" diye bağırdı Mutlu, sesi geceyi doldurdu. "Hayır, sakın aklımdan geçeni yapma hayır!" Bartu, Mutlu'nun diğer bacağını da tuttu ve onu havaya kaldırırken bakışları bize döndü. "Lan!" diye haykıran Mutlu'nun gözleri dehşetle bize döndü. "Kurtarın beni, ters Titanik ne? Lâl! Sen nasıl gülersin Lâl? Işık, kardeşin ölüyor Işık!" Işık geriye doğru gitmişti, eliyle ağzını kapatmıştı ve gülmemek için kendini tutuyordu ama bir yandan da Bartu'ya söyleniyordu. "Yankıtu!" dedi Mutlu son ihtimal. "Benim güzel beybeğim, kurtar beni ne olur! Sen bana kıyamazsın!"

Yankı gülerek "Al sana Grey," dedi. "Bu da bir fantezi sonuçta. Kayıtlara geçsin, ters Titanik bir fantezi türüdür."

Mutlu onu dinlemeyerek "Helinski!" diye haykırdı. "Seninle yoldaş olduk, yetmedi sırdaş olduk o da yetmedi akıllar verdim! Eğer beni kurtarmazsan Yankı seni öperken kıçınızda dinamit patlatırım!"

Gözlerim açıldığında Yankı'ya doğru baktım ve onun yüzündeki gülümseme silinirken kaçamak bakışlar atıp Bartu'nun yanına doğru yürüdü ama Bartu bütün bunları dinlemedi, Mutlu'yu bacaklarından kaldırdı ve demirin arkasından onu denize doğru silkelemeye başladı.

Mutlu çığlıklar atarak ve eliyle ağzını tutarak "Düşeceğim!" diye haykırdı, kendini kurtarmaya çalıştı. "Ölüyorum. Tanrım, ne olur öldürme! Lan!" Denize baktı. "Azrail denizin içinde yüzerek bana geliyor resmen! Lan!" Yukarı tırmanmaya çalıştı. "Azrail abi ne olur abi, ölmek istemiyorum abi!"

Bartu keyifli bir sesle "Ee şimdi bu denizde köpek balığı da var mıdır?" diye sordu Mutlu'ya. "Düşünsene, köpek balığı seni yiyor ve ölüyorsun. Hiç havalı değil be Mutlu."

Mutlu'yu hıçkırık tuttu ve gözlerini sıkıca kapatıp "Köpek balığı sensin koca götlü Bartukıç!" dedi. "Ne olur indir beni, midem bulanıyor."

"Bartu," Işık gülüşünün arasından Bartu'nun omzunu tuttu. "Tamam, bak gerçekten dersini almıştır."

"Konuşma sahte mafya," dedi Mutlu Işık'a. "İkizlerin yüz karası. Biz seninle ayrı yumurtalarda yaşarken de seni sevmezdim zaten. Açlıktan o yumurtanın içinde beynini yiyordun, komşun olarak görüyordum."

Işık'ın gözleri irice açıldı. "Bartu," dedi yapay bir kahkahayla. "Bu yumurtası kırık çocuğu mahvet, yoksa ben daha fazla kıracağım."

Bir anda yine dengeler değişmişti, az önce elimizde silahlarla büyük bir çatışmanın içindeyken şimdi yine kendi hâlimize dönmüştük. Bu duyguların hızına yetişmekte başlarda zorlansam da şimdi hiç de öyle gelmiyordu. Sokak Nöbetçileri o ânı yaşamaktan keyif alıyorlardı, yarın yoktu, dün yoktu, şu an vardı ve onlar şu anın tadını çıkarmayı seviyorlardı. Ben de artık onlara ayak uydurmaya başlamıştım.

"Efendim," dedi Nadir Bartu'ya doğru. Eğleniyordu ama bir yandan da Mutlu'ya üzülmüştü. "İşinize karışmak istemem ama yetmez mi?"

Bartu'nun gözleri Nadir'e doğru döndü ve sanki onun sözü bir emirmiş gibi Mutlu'yu sallamayı bıraktı. Baş aşağı duran Mutlu, kapalı gözlerini açıp Nadir'e büyük bir minnetle bakarken "Sen söylemesen sabaha kadar silkelerdim," dedi Bartu. "Ama madem sen istiyorsun..." Mutlu'yu yavaşça yere doğru bıraktı ve Mutlu, sırt üstü uzandığında gözlerini gökyüzüne doğru dikti.

Hepimiz ona doğru yaklaştığımızda tepeden ona baktık. "Mutlu," dedi Yankı ona doğru. "İyi misin?"

Mutlu, boş boş gökyüzüne doğru bakarken bizim onun görüş açısını kapattığımızın farkında bile değildi. Gözlerini birkaç kez kırpıştırdı sonra "Siz kimsin?" diye sordu bize. Bakışları Yankı'ya döndü ve bu sefer gerçekten baktı. "Sen kimsiniz? Hiçbir şey hatırlamıyorum çünkü beynim denize düştü ve midem..." Ellerini midesine koydu. "Birisi beni kaldırabilir mi?"

Bartu, öne doğru elini uzattığında, "Beni hatırlarsın artık," dedi keyifle. "Çünkü sana asla unutamayacağın ve artık hep uslu duracağın bir anı bıraktım."

"Hep uslu duracağım, emin olabilirsin." Mutlu, başını salladı ve özür diliyormuş gibi Bartu'ya baktığında uzattığı elini tutup ayağa kalktı. Söylediklerinde samimi miydi bilmiyorum ama bakışları şeytaniydi ve bir planı varmış gibiydi. Bir eliyle Bartu'nun elinden destek alırken, diğer elini onun omzuna koydu ve yüzüne bakmaya başladı.

Bartu, elini çekmeye çalıştı ama Mutlu izin vermedi; aynı ifadeyle yüzüne bakmaya devam ederken başı öne doğru gitti. "Bıraksana," dedi Mutlu'ya doğru. Mutlu'nun başı bir daha öne doğru gitti ve dudakları titremeye başladı. O an kusacağını anladım ve Bartu da anlamış bir şekilde "Sakın!" diye bağırdığında Mutlu büyük bir öğürmeyle beraber Bartu'nun üzerine kustu ve hepimiz geriye doğru kaçtık.

Birkaç saniye hepimiz donup kaldık ve Mutlu kusmaya devam etti. Bartu, ilk başta kaçamadığı Mutlu'nun kusmasından artık kaçmaya çalışmıyor, dehşetle Mutlu'yu izliyordu. Benim de böyle bir görüntü karşısında midemin bulanmasını bekledim ama öyle bir hissim yoktu.

Bartu'nun üzerindeki tişört boydan boya Mutlu'nun çıkardıklarına bulandığında ve Mutlu'nun kusması bittiğinde gözlerimi irice açarak Bartu'nun yüzüne baktım. Öylesine şaşırmış, öylesine afallamıştı ki bir Mutlu'ya, bir de üzerine çıkardıklarına bakıyordu.

Mutlu, elinin tersini ağzına doğru götürüp "Patateslerim gitti," dedi ve zorlukla güldü. "Ama kendimi daha iyi hissettim şimdi. Hep bir Grey'in üzerine kusmak istemiştim."

Işık, Mutlu'nun omuzlarını tutup kendine doğru çevirdi ve elini alnına koyup ateşi var mı diye baktı, bir yandan da dudaklarını birbirine bastırmış gülmemek için kendini zor tutuyordu. "Başın dönüyor mu?" diye sordu Mutlu'ya. "Bayılacak gibi misin? Uslu dur artık Mutlu, uslu." Sonra Bartu'ya döndü. "Sen kaşındın, söylemiştim."

Mutlu elini karnına doğru götürüp "Hamile miyim?" diye sordu. "Ters Titanik'le hamile kalan ilk kişi ben miyim doktor?"

Ben hâlâ Bartu'ya bakmaya devam ederken kendimi gülmemek için zor tutuyor, çenemi kasıyordum. Yankı, Bartu'ya doğru ilerledi ve kısık bir sesle "Yani sonucunda bu olacağı belli değil miydi?" diye sordu. "Zaten midesi bulanıyordu, silkelediğinde soda gibi patladı."

Bartu, tişörtüne uzun uzun baktı, hepimiz birbirimize baktık ve tepkisini bekledik. "Ulan Mutlu," dedi Bartu en sonunda ve onun da gülmemek için kendini tuttuğunu anladım. "Ulan kimse sana çiğnemeyi öğretmedi mi?"

Daha fazla dayanamayıp kahkahayı bastığımda Lâl de bu ânı bekliyormuş gibi benim arkamdan gülmeye başladı ve Işık da bize eşlik etti. "İğrençsin Bartu," dedi Işık yüzünü buruşturup. "Lütfen şu üzerini değiştir."

Mutlu, teknenin iç tarafına doğru bakarken "Bartukıç," diyerek zafer kazanmış bir nefes verdi. "Senin yumrukların varsa benim de kusmuğum var. Haddini bil. Ayrıca," göz ucuyla benle Yankı'ya baktı. "Flört patatesiymiş gibi düşünsene."

Gülüşüm yavaş yavaş soldu, Yankı'nın da gülümsemesi silindi ve aynı anda "Flört patatesi mi?" diyerek sorduk sonra birbirimize baktık. Yankı, Mutlu'ya anlattığımı anladı mı bilmiyordum ama bana bakarken utandığımdan ötürü bakışlarımı kaçırmak zorunda kalmıştım.

"Evet." Mutlu, teknenin içine doğru yürürken, Işık da onu takip etti. "Hani flört edersin, dışarı çıkarsın. Patates hamburger yersin." İmalı bakışları Yankı'ya döndü. "Karşındaki kişiyi yemek istersin de tüm patatesleri yutarsın ya. Öyle işte. Hiç mi yaşamadın Yankıtu?"

Kulaklarımın kızarmaya başladığını hissettiğimde Yankı'nın kaşları çatıldı ve gözlerini kısarak "Patates yemiyorum bu aralar," dedi. Mutlu'nun amacını anlamıştı ve bu, daha fazla utanmama neden olmuştu.

"Ha anladım." Mutlu yürümeye başladı. "Sen diyorsun ki patatesi değil, direkt karşımdaki kişiyi tüm tüm yerim." Tekneden içeriye girerken, elini sallayıp ikimize baktı. "Patatesi sonraya saklarsın o zaman."

Başımı iki yana salladığımda bunu neden yaptığını biliyordum çünkü az önce onu kurtarmamış aksine keyifle izlemiştim. Bu konunun beni utandırdığını bilerek üzerime gelmişti. Sırıtarak teknenin içindeki banyoya doğru yürüdü ve başımı çevirdiğimde direkt olarak Yankı'yla göz göze geldim. Turkuaz gözleri, sorgulayarak bana bakarken afallamış bir şekilde gülüp "Flört patatesiymiş," diye mırıldandım. "Sonraya saklamakmış. Hiçbir şey anlamadım."

"Anlamadın mı?" Tek kaşını havaya kaldırdı, yüzüme bakarken kızardığımı görebiliyordu ve bu beni rahatsız etti. "Anlatmamı ister misin?" Elimi enseme doğru götürdüm, gözlerimi ondan kaçırarak Lâl ile Bartu'ya baktım; Lâl ona bakıp gülüyor, Bartu kaşları çatık bir şekilde onu izliyordu. "Çünkü Mutlu tam olarak beni anlattı."

Bakışlarım dondu, dudaklarım aralandı. Yutkunduğumda "Hım," diye bir ses çıkardım ve kaşlarım çatıldı. "Yani şimdi şey mi demeye çalışıyorsun?"

"Ne mi demeye çalışıyorum?" dedi hızlıca ve sesinden keyiflendiğini anladım.

"Şey yani." Yere doğru baktım ve ayaklarımı izledim. Devamını getiremediğimi anladığında bana doğru yaklaştı ve parmakları çenemi tuttu; yavaşça başımı kaldırdığında gözlerime baktı. "Şey," dedim yüzüne bakarak. "İşte patatesten önce karşındaki kişiyi yemek."

"Yani şey mi demeye çalışıyorum," dedi ve başını omzuna düşürdü. "Ben senin çıkma teklifini kabul ederim, flört patatesini de yerim ama ondan önce seni yerim mi demek istiyorum? Bunu mu sormaya çalışıyorsun?"

Alt dudağımı dişlerimin arasına alıp ısırdığımda utanarak "Sanırım o şeyi demeyi çalıştım," dedim. "Beni yemek derken? Yani ben patates kadar lezzetli değilimdir ki." Şaka yapıyormuş gibi güldüm ama Yankı gülmedi; espri yeteneğim vardı ama utandığım zamanlar iğrenç bir hâl alıyordu.

"Hım," dedi derin bir nefes vererek ve yüzümü inceledi. "Bunu, tadına bakmadan bilemem değil mi?"

Başımı salladım ve daha fazla saçmalayıp "Ama ben yaralıyım," dedim yüzümü göstererek. "Elma gibi düşün. Yaralı elma." Neler söylüyordum? Mutlu'nun saçlarını tek tek kökünden koparmak istediğimi hissediyordum, ağzımdan çıkanlar o kadar tuhaftı ki.

"Yaralı elma," dedi ve sonra hiç ummadığım anda gülmeye başladı ve bu, bu zamana kadar bana gösterdiği nadir içten olan gülüşlerindendi. "Kırmızı yaralı elma. Şu an ne kadar lezzetli göründüğünü bilemezsin."

Daha fazla utandım, daha fazla kızardım. "Lezzetli mi?" diye sordum şaşkınlıkla. "Yani sen beni yiyecek misin?" Saf birisi değildim, hayır, kesinlikle değildim ama bazen Yankı'nın karşısında tamamen saf birine dönüşüyordum ve nedeni de böyle duyguları daha önce yaşamamış olmamdan kaynaklanıyordu.

"Liderler, kırmızı yaralı elmaları çok sever," dedi. "Bunu biliyor muydun?"

"Ve sen bir lidersin."

"Ve ben bir liderim." Gözleri güldüğünde kısılıyordu, dudağının kenarındaki çizgiler belirginleşiyordu ve ciddiyeti tamamen kaybolduğunda bambaşka bir insana dönüşüyordu. "Senin liderinim." O karşımda gülümserken elimi yüzüne yerleştirmek, parmaklarımı dudaklarının kenarındaki çizgilerde gezdirmek istedim ama bunu yapamayacağımı da biliyordum.

"Benimle dalga geçiyorsun," deyip kaşlarımı çattım. "Liderin olarak seni yerim de, tam olsun."

Yankı gülerek bana bakmaya devam etti ve kollarını önünde bağladı; bu hallerimin onu keyiflendiriyor olmasının nedenini merak etmiştim. "Bunu söylememi mi isterdin?" dediğinde sırıtmaya devam etti. "Ben ne yapıyorsam her şeyi liderin olarak yapıyorum, Helin. Onu da liderin olarak yapabilirim. Başka türlüsü var mı ki?"

Ben de kollarımı önümde bağladım ve kızarmayı, utanmayı boş verip "O hâlde çıkma teklifimi kabul mu ediyorsun?" diye sordum. Gülümsemesi devam etti ama bu konu açıldığında yine anlık olarak gözlerini kaçırmıştı. "Liderler sorulan sorulara cevap verir. Hâlâ cevap vermedin."

Yankı, arkama doğru bakarken yine utanacağını düşündüm ama utanmadı. Cevap vermesini bekledim ama o yanıtsız bıraktığında "Bilerek yapıyorsun," diye mırıldandım. "Ya benimle çıkmak istemiyorsun, zaman kazanıyorsun ya da sinemaya gitmek, patates ve hamburger yemek sana göre değil."

"Hamburgerler ve patatesler aşkına," dedi Yankı ve gözleri yine yüzüme döndüğünde ellerini havaya doğru kaldırdı. "Senin yüzünden kafamın içinde hamburgerler ve patatesler konuşuyor artık. Onları rahat mı bıraksan?"

Hayal ettiğimde komik bir görüntü oluşuyordu ve bunu düşündüğümde güldüm fakat tam o sırada teknenin içinden yüksek ses bir müzik duyuldu ardından az önce girdiği yerden çıkan Mutlu, elindeki içki şişesini havaya kaldırıp dans ederek yanımıza doğru geldi; hemen yanındaki Işık kafasını sallayarak bize *Ona aldırış etmeyin* bakışı atıyordu.

"Mutlu!" diye bağırdım. "Bu müzik sesi de nereden çıktı?"

Mutlu, kollarını sallayarak dans etmeye devam etti ve yüzünü yıkadığını, kıvırcık saçlarından damlayan sulardan anladım. "Yankıtu!" diye bağırdı. "Sabaha kadar buradayız değil mi?"

Yankı, yüzünü buruşturarak "Evet," diye karşılık verdi. "Sabah Önder geri dönmediğimizi anladığında gelip bizi kurtaracaktır, o zamana kadar buradayız. Bir planın mı var?"

"Sence planımın olmaması mümkün mü?" Bartu'nun yanına yürüdü ve üzerindeki tişörte bakarken sırıttı sonra Lâl'i kolundan çekti, kendi etrafında döndürdü. "Sabaha kadar buradaysak, sabaha kadar boş boş durmak yerine eğleneceğiz. Bir tane içki şişesi, güzel şarkılar ve Sokak Nöbetçileri. Bundan daha güzel üç şey var mı?"

"Var," dedi Bartu hiddetle. "Ben, yumruğum ve öfkem."

"Doğru var," diyen Mutlu Lâl'i bıraktı ve onun karşısına geçip dans etti. "Grey, Grey'in kırbacı," göz kırptı, "ve senin kasların. Jamie'nin kasları değil, senin kasların. Sence de o kusmuklu tişörtten kurtulmanın vakti gelmedi mi?"

Işık, diğer taraftan "Bence de Bartu," dedi. "Gerçekten çok kötü kokuyorsun. Çıkar o tişörtü, içeride temiz havlular var. Onları üzerine alırsın."

"Asla." Bartu'nun elleri tişörtün eteklerine gitti ve yüzünü buruşturdu. "O şerefsizlerin elleri o havluya değmiştir."

"Soyunuyor!" diye bağıran Mutlu, içki şişesinin kapağını açtı ve kafasına diktikten sonra kalçasını dönüp Bartu'ya doğru salladı. "Her seferinde çok heyecanlanıyorum, Kas Adam."

Nadir, Yankı'ya doğru uyumak istediğini söylediğinde, Yankı onunla beraber tekneden içeriye girdi. Büyük ihtimal yatacağı yeri gösterecekti.

Lâl, çekingen bir şekilde Bartu'nun yanından ayrıldı ve bizim yanımıza doğru geldi. Bartu, üzerindeki tişörtü yavaşça, dikkatli bir şekilde çıkarırken, Mutlu'ya doğru baktım sonra Bartu'ya baktım... Ve Bartu'ya tamamen odaklandım, dudaklarım aralandı.

Kocamandı, onu ilk gördüğüm zamandan beri hep kocaman olduğunu düşünüyordum ama şimdi gözümde daha fazla büyümüştü. O kadar iri kolları vardı ki benim gövdemle aynı olabilirdi hatta daha fazlası. Omuzları çok genişti. Tamamen kas yığınıydı, böyle bir vücuda sahip olmak için saatlerini spor salonunda harcadığına neredeyse emindim. "Sanırım yine âşık oldum Bartukıç Grey'ime," diyen Mutlu Bartu'ya hayranlıkla bakıyordu. "Şu baklavalara, şu ince bele, şu kaslara bakın sayın seyirciler. Benim kıro Hulk'ım."

"Gerçekten ama," dedi Işık ve göz kırptı Bartu'ya doğru. "Gün geçtikçe daha fazla şişiyorsun kardeşim. Utanmasam ben bile sana âşık olacağım. Kas fetişim var da."

Mutlu, Işık'a bakıp kaşlarını çattı. "Sen bir dursana yerinde," dediğinde abi sesi, beni şaşırtmıştı. "Sen aseksüelsin."

"Aseksüel miyim?" Işık da kaşlarını çattı. "Acaba benim neden bundan haberim yok ya?"

Mutlu, güldü. "Senin haberin olmayabilir ama son konuştuğun Orçun var ya," dediğinde gözleri tekrardan yanımıza gelen Yankı'ya döndü. "Onun haberi var. Ayrıca Orçun senin bir ayak fetişi olduğunu da biliyor olabilir. Yani ayaklarını öpmekten yalamaktan zevk alır filan dedim. Ha bir de seks yapmadan önce karşındaki kişiye çamaşır suyunu içirdiğini de biliyor."

"Çamaşır suyu mu?" diye sorduğumda Işık'ın öfkeli yüzünden bakışlarımı Mutlu'ya çevirdim. "O niye?"

"Sevişmeden önce temiz olsun diye." Mutlu Işık'a göz kırptı. "Işık daha güzel anlatır, sonuçta bu fetişin sahibi o."

"Mutlu!" diye haykıran Işık, Mutlu'nun sırtına zıpladı ve saçlarını çekmeye başladı. "Orçun numarasını değiştirdi ve beni gördüğü her yerde 'Işık, ben artık erkeklerden hoşlanıyorum' deyip duruyordu. Nedeni bu muydu?" Saçlarını daha fazla çekti. "Benim hakkımda böyle yalanlar nasıl söylersin?"

Yankı, Işık'ı Mutlu'nun sırtından aldı ve belinden tutup kucaklayarak Mutlu'dan uzaklaştırmaya çalıştı ama Işık, Mutlu'ya tekmelerini sallamaya devam etti. "Yankı, bırak!" diye bağıran Işık tırnaklarını Mutlu'ya geçirmek istiyordu, Mutlu ise dans etmeye devam ediyordu. "Onu mahvedeceğim, onun saçını başını yolacağım!"

"Orçun sana göre değildi," diyen Yankı kaşlarını kaldırarak Mutlu'ya bakıyordu. "Mutlu bunları söyledi ama biz herifi araştırdık. Kızlarla yaşadıklarını videoya çekmekten zevk alıyormuş şerefsiz."

Işık ve Mutlu'nun kavgası, tam olarak iki kardeş kavgası gibiydi ve Yankı da babalarıymış gibi onları ayırmaya çalışıyordu. Bartu, ileriden bizim yanımıza doğru gelirken, Lâl'in gözleri arada sırada Bartu'nun çıplak gövdesine dönüyor, sonra görmemezlikten geliyordu.

Lâl'in yanında durdu, onlara baktığımda Lâl'in Bartu'nun yanındayken özellikle bu şekilde kaybolduğunu ve ufacık kaldığını fark ettim. İlk defa o an Bartu ve Lâl'i yakıştırdım, birbirlerini tamamlayan iki parça gibilerdi. Bartu'nun gözleri Lâl'e döndü, Mutlu ve Işık'ın bağırışlarını, müzik sesini umursamadan dirseğiyle Lâl'in koluna vurdu. "Şimdi araya kaynamasın," dediğinde gülümsedi. "Bakmalara doyamıyorsun değil mi bana? Fotoğraflarına baktığın elin adamından daha iyiyim, değil mi?" Lâl göz ucuyla ona baktı. "Düştün değil mi? Düştün düştün."

Lâl, omzunu indirip kaldırdı ve bana baktığında yanaklarının kızardığını ama bunu Bartu'dan gizlediğini fark ettim. Ona karşı bir şeyler hissediyor muydu, bilmiyordum ama ondan kaçtığını görebiliyordum. Nedenini anlayamasam da Lâl belki de bu yaşına kadar Bartu'dan hep kaçmıştı. Belki de onu korkutan, Bartu'ya karşı bir şeyler hissetme ihtimaliydi.

Lâl'i anlıyordum.

Bartu diğer tarafa doğru yürüdü, köşedeki çantaya ilerledi ardından elinde fotoğraf makinesiyle geldiğinde o fotoğraf makinesinin Lâl'in fotoğraf makinesi olduğunu fark ettim. "Çantanda buldum," dedi Lâl'e uzatarak. "Fotoğrafımı şöyle bir çıplak çek de görelim. Jamie götüne bu fotoğrafları postalayacağım."

Lâl fotoğraf makinesini kaşları çatık bir şekilde aldı ve Bartu'nun fotoğraflarını çekmeye başladı. Bunu Bartu'nun bilerek yaptığını biliyordum, Lâl ona daha fazla baksın istiyordu.

Mutlu, diğer taraftan fotoğrafa atladı ve sonra Bartu'nun karnına doğru dişlerini göstererek ısırıyormuş gibi poz verdi. Lâl o ânı yakaladığında Bartu kaşlarını çattı ama Mutlu sırıtıp bu sefer de onun omzuna atladı ve başka bir fotoğraf daha çıktı. Sonra ileride Yankı'yla duran ve sakinleşmiş olan Işık'ı çağırdı ve onlar da geldiğinde başka başka fotoğraflar da çekildiler.

Mutlu, "Kendini de çek," dedi Lâl'e doğru. "Döndür kamerayı bebek!" Lâl, fotoğraf makinesini çevirdi ve beşini beraber art arda çekmeye başladı. Her fotoğrafta Mutlu farklı farklı pozlar verirken, en fazla somurtan Bartu'ydu.

O an nasıl göründüğümü bilmiyordum ama boğazıma bir yumru oturdu ve o yumru canımı yaktı. Beni üzmemeliydi, canımı yakmamalıydı, onlardan birisi olmamak beni bu kadar kırmamalıydı ama kendimi kötü hissetmemin tek nedeni, onların arasından birisi olmamakla yüzleşmekti.

Ben Sokak Nöbetçileri'ne imrenerek bakan ve sokak lambasının altında oturup onları izleyen küçük bir çocuktum. Bazen beni oyunlarına dâhil etseler de dönüp dolaşıp gideceğim yer yine o sokak lambasının altı olacaktı.

Onların benimle oynaması, onlar gibi olduğum anlamına gelmezdi. Sokak Nöbetçileri'yle büyüyemediğim, Sokak Nöbetçileri gibi olamadığım, Sokak Nöbetçileri gibi sevilmediğim için kendime öfke duydum. Onlarla daha erken kesişmeyen yollarıma lanetler ettim, çocukluğumdan bir kez daha nefret ettim.

"Helin." Onun sesini duydum, başımı eğdiğim yerden kaldırdım ve Yankı'yla göz göze geldim. Nasıl bakıyordum bilmiyorum ama dudakları çizgi halini aldı ve elini bana doğru uzatıp "Gelsene," dedi tek nefeste. "Bu fotoğraflar sensiz eksik olur."

Şaşkınlıkla ona baktığımda "Ben de mi?" diye sordum. Kalbinin iyiliği miydi, yoksa beni gerçekten yanında mı istiyordu? "Sahiden mi?" Bana acımış mıydı?

"Helinski!" diye haykırdı Mutlu. "Gel buraya seksi. Öyle uzakta kalamazsın."

"Evet, Helin." Işık, Mutlu'nun saçını çekip başını aşağı doğru indirdi. "Bu efsane fotoğraf karesinde sen olmazsan seneler sonra baktığımızda senin kaçtığını düşünürüz."

Seneler sonra.

Onlar seneler içinde birbirlerini hiç bırakmamışlardı, seneler içinde çekildikleri her fotoğraflara başka bir anı bırakmışlardı ve şimdi benim de seneler sonra o anılara bakıp gülümseyeceğimi düşünüyorlardı.

Yankı, bir anda kolumu tuttu ve beni kendi aralarına doğru çektiğinde Lâl, eliyle bir iki üç diye saydı, fotoğraf çekmeye devam etti. İlk başta fotoğraf karelerine nasıl yansıdım bilmiyorum ama daha sonrasında rahat görünmek için gülümsedim ve başımı çevirip Yankı'ya baktım, o da bana bakıyordu.

Flaşlar patlarken "Teşekkür ederim," diye mırıldandım.

"Neden?" diye sordu ve Mutlu'nun acı dolu çığlığı bile gözlerimi ondan ayırmama neden olmadı.

Birçok cümleyi düşündüm, birçok açıklamaya göz gezdirdim, birçok yollara saptım ama hiçbirine dokunmadan "Yalnız hissetmeme engel olduğun için," dedim bir anda. "Yankı Sarca olduğun için."

Gülümsedi, gözlerim gülümsemesine kaydı. "Sana bir kere yalnız olmadığını söyledim." Omzunu indirip kaldırdı. "Ben yalan söylemem, Helin. Bu söylediğimin arkasında durmak zorundayım."

"Tek neden bu mu yani?" Kafamı iki yana salladım.

"Başka nedenim de var," dediğinde gözleri daha başka bakmaya başladı ve gülümsemesi daha farklı bir boyut kazandı. "Ve ben de sana teşekkür ederim."

"Ne için?" diye sordum.

"Gerçek olan Helin Aktan'ı bazen bana gösterdiğin için."

Kalbim, beni şaşırtacak derecede hızlı atmaya başladığında nedenini anlayamadığım bir şekilde gözlerimi ondan ayıramıyordum. Eğer teknenin içinde müzik sesi olmasaydı, gecenin bu kör karanlığında ve sessizliğinde kalbimin atışlarını duyardı, biliyordum. "Yankı," dediğimde mantığımın yine benden koşarak uzaklaşmaya başladığını görebiliyordum. Başka hiçbir şey diyemedim.

Gözleri kısıldı, cevap vermedi. Uzun kirpiklerinin gölgesi elmacık kemiklerine dokunurken, o gölgeyi saatlerce izleyebilirmişim gibi geldi. Birkaç saniye geçti sonra Yankı'nın kaşları çatıldı ve başını çevirdi, ben de baktığı tarafa doğru baktım. Tam o anda başka bir flaş daha patladığında Sokak Nöbetçileri'nin hepsinin tam karşımızda durduğunu ve Işık'ın bizim fotoğraflarımızı çektiğini gördüm.

Mutlu, tırnaklarını yiyerek bizi izlerken "Yemin ederim, kalbim götümde atıyor şu an heyecandan," dedi ve tırnağını tükürdü. "Devam edin, biz yokmuşuz gibi. Öpüşün. Öp onu. Şimdi tam ağzından. Yala. Evet, lütfen."

"Gerçekten," diyen Bartu'nun kaşları çatılmıştı. "Ne zamandan beri bu kadar dikkatsizsin Yankı?"

"Sus lan Bartu götü," dedi Mutlu öfkeyle. "Bozdun bütün ambiyansı ya! Gözlerimin önünde öpüşeceklerdi, birbirlerini yalayacaklardı."

Yankı geriye doğru çekildi ve kaşları çatıldığında "Mutlu," deyip nefesini verdi. "Unut bunu. Gözlerinin önünde öpüşme filan olmayacak."

Mutlu, ellerini ceplerine yerleştirdi. "Ha yani diyorsun ki gözlerinin önünde değil, yalnızken öperim. Ona da tamam ama video çekin yalvarırım. Gözlerimin önünde büyüdünüz, öpüşmenizi göremeyeceksem nasıl yaşarım ki ben?"

Onların yanımızda olmadığını, karşımıza geçtiklerini hiçbir şekilde fark etmemiştim ve Yankı da fark etmemişti. İkimiz de bu kadar dikkatsiz değilken, nasıl oluyordu da bir anda bütün dengemiz alt üst olabiliyordu?

Yankı, Mutlu'ya cevap vermedi ve teknenin sağ tarafında kalan masaya doğru ilerledi. Sokak Nöbetçileri'nin gözleri benim üzerime dikildiğinde ben de bakışlarımı onlardan kaçırdım, Yankı'nın peşinden ilerledim.

Birkaç dakika sonra hepimiz masaya oturduğumuzda yüksek ses müzik geriden çalıyordu. Bir yanımda Yankı diğer yanımda Mutlu vardı. Bartu'nun üzeri hâlâ çıplaktı. Işık da aynı şeyi düşünmüş olacak ki "Bartu," dedi homurdanarak. "Üzerine bir şeyler mi giysen? Hava gerçekten soğuk, bu kadar şov yeter bence."

Burnunu kırıştırdı ve sırtını koltuğa yaslayarak kollarını da iki yana açıp gerildi. "Üşümüyorum." Lâl'e döndü. "Hem insanların bakıp ben baktıktan sonra bakışlarını kaçırması hoşuma gidiyor."

"Benden bahsediyor." Mutlu gülerek beni dürttü. "Bahsettiği benim. Onun hoşuna gidiyorum."

"Kendimi şu kadar kandırsam yeter herhâlde," dedi Işık dilini uzatarak. "Hayatının sonuna kadar Grey diye ağlayacaksın, kırık yumurta. Hayatının sonuna kadar da hep böyle yalnız kalacaksın."

Mutlu dudaklarını büktü, orta parmağıyla hareket çekti. "En azından ben Grey için ağlayabileceğim, sen onu da yapamayacaksın çünkü hayatının sonuna kadar ben yanında olacağım ikizlerin yüz karası. Ayrıca Bartu kardeşim olmasaydı o zaman görürdün Grey'i de aşkı da."

"Mutlu." Bartu, burnunun kemerini sıktı. "Biliyorsun ki ben sadece kadınlardan hoşlanıyorum, bu nasıl olacaktı?"

Mutlu, dudaklarını büktü ama bu yapaydı. "Kadınlardan ve Mutlu'dan hoşlanıyor olurdun," dediğinde kendini işaret etti. "Çünkü benim cazibeme hayır diyebilecek tek bir insan bile düşünemiyorum. Şu güzelliğime bakın, şu muhteşemliğime. Kim bana hayır diyebilir ki? Kızlar? Yankı?" Hepimiz ona bakarken, istediği cevabı vermedik ama Mutlu aldırış etmedi. "İşte tam olarak bu. Hepiniz hayran gibi bakıyorsunuz."

"Başlama yine." Yankı, Mutlu'nun önündeki içki şişesini aldı ve birkaç yudum içtikten sonra geri masaya bıraktı. "Ayrıca Bartu, artistlik yapmayı bırak, donuyorsun şu anda."

Lâl, Yankı'nın söylediğinden sonra kafasını salladı fakat Bartu, Lâl'in saçlarını karıştırarak yine ona bir abi gibi yaklaştı. Gözlerimiz kesiştiğinde kaşlarımı kaldırarak onu engellemeye çalıştım, o ise ne ima ettiğimi anladı ve Lâl ile uğraşmayı bıraktı. "Üşümüyorum," dedi Bartu bir kez daha. "Şu an buz gibi denize bile atlayabilirim."

Yankı alayla güldü. "Atla."

"Ha?"

"Atla, dedim."

Bartu, böyle bir karşılık beklemediği için duraksadı ve hepimizin yüzüne bakmaya devam etti. "Atlarım," dedi ağız ucuyla.

"Tamam atla." Mutlu, kollarını önünde bağladı, başıyla denizi gösterdi. "Kimse tutmuyor. Atlasana, Grey."

Birimizden birimizin bir şeyler söylemesini bekledi ama hiçbirimizden çıt çıkmadı. "Atlarım ama öyle sebepsiz olmaz yani." Bartu aklına bir fikir gelmiş gibi şişeye uzandı ve birkaç yudum içtikten sonra gözlerini Yankı'ya çevirdi. "Suya atlamam için bir neden olmalı." Yankı, inanmıyormuş gibi kafasını sallamaya başladığında Bartu "Uzun zaman sonra dikkatin benim üzerimde kardeşim," diye mırıldandı. "Sol tarafına bakma, bakarsan dikkatin kalmaz."

Sol tarafında ben oturuyordum. "Oha," dedi Mutlu sessizce. "Güzel laf soktu, sapladı resmen." Yankı Bartu'nun bu söylediğinden sonra kaşlarını çattı ama cevap vermedi.

Masada sessizlik oluştu, o sessizlikte hepsini inceleme fırsatı buldum. Mutlu, sırıtıp Bartu'ya bakıyor, bir yandan da onunla uğraşmaya çalışıyordu. Işık, Lâl ile göz teması kurmuştu, derin bir sohbetin içinde gibiydiler. Bartu'nun üşüdüğü her halinden belli olsa da kendine toz kondurmuyor, iyiymiş gibi davranıyordu. Yankı ise masada bir noktaya odaklanmış şekilde düşünceliydi.

Onları, onların gösterdiği kadarıyla tanıyordum ama daha fazlası yoktu. Örneğin, acılarını bilmiyordum, izlerini ya da en güzel mutluluklarını, sevinçlerini. Ailelerini, yaşantılarını, nasıl bu hale geldiklerini. Korkularını, sustuklarını, çığlıklarını. Hiçbirini bilmiyordum. Onları tanıyordum ama onları gerçekten göremiyordum.

"Aslında benim aklıma bir fikir geldi," dedim birkaç dakika sonra. Hepsinin gözleri bana döndü. "Birbirimize sorular soralım, herhangi bir soruya cevap vermek istemeyen denize atlasın ve oyun dışı kalsın. Kim bu içkiden bir yudum içerse istediği kişiye sorusu sorsun."

Düşündüler, düşünürken hepsinin yüzü değişti. "İyi de bizim birbirimize soracak sorularımız yok ki," dedi Bartu rahatça. "Hepimiz, birbirimizin her şeyini biliyoruz."

"Bilemezsin." Karşılığım onu şaşırtmıştı. "Belki de bilmediğin şeyler vardır ya da bilip de soramadığın şeyler. Sormak isteyip de çekindiğin şeyler. Birbirinizi çok iyi tanıyor olabilirsiniz ama birbirinizin her şeyini bilmeniz imkânsız."

Bartu, düşüncelerime karşı çıkmak istedi ama Işık "Helin, doğru söylüyor," diye mırıldandı. "Hem bu oyun, birbirimizi biraz daha tanımamıza neden olur. Benim hoşuma gitti, varım."

"Ben her türlü varım zaten." Mutlu ellerini kaldırdı. "Gerçeklerim açığa çıkmak için hazırlar, denize de atlarsam ölürüm zaten."

Lâl'e baktık. İlk başta çekingen davrandı ama sonra başını sallayıp oyuna dâhil olacağını gösterdi. Bartu, "Ben de varım o zaman," dedi. "Zaten denize atlamak için neden arıyordum."

Elimi çeneme koydum, Yankı'ya baktım. "Sen?" diye sordum. "Oynamayacak mısın?"

Bir yandan istiyor, bir yandan da istemiyormuş gibiydi. Neden istemediğini anlayamıyordum, Nöbetçilerin bilmesini istemediği hayatında bazı noktalar mı vardı? Yankı'nın gözleri Lâl'e döndü ve Lâl de ona tedirginlikle bakarken ikisinin arasındaki bir sırrın açık resmini gördüm. "Olur," dedi en sonunda Yankı. "Beni denize atacak soruyu merakla bekliyorum."

Saat gece yarısını çoktan geçmiş olmalıydı, ayın ışığı gökyüzünde yerini daha fazla almıştı ve ışığı hepimizin yüzünü aydınlatıyordu. Denizin tuzlu kokusu, beni artık rahatsız etmemeye başlamıştı hatta alışmıştım. İstanbul'un ışıkları yavaş yavaş solmaya başlamıştı.

Şişeyi ilk eline alan Işık oldu. Gözleri bana döndü, büyük yudumlar içti sonra şişeyi geri bıraktı ve bana soru soracağını anladım. "Hım," dedi nefes vererek. "Bir kardeşin olsaydı, onun için her şeyi göze alır mıydın? Ya da şöyle sorayım, aşk ve kardeşin arasında kalsaydın, hangisini seçerdin?" Sesinde neden ima vardı? Bakışları birkaç saniye Yankı'ya takıldı.

Çok ani bir soru olduğundan dolayı kaşlarımı kaldırdım ve içki şişesini önünden aldım. Kime soru soruluyorsa o kişi soru sorma hakkı kazanıyordu. Gülümsedim ve gözlerimi içki şişesine çevirdim, yalan söylemek istemiyordum bu yüzden en doğru yanıtları vermeye çalışacaktım. "Bir ailenin sevgisine muhtaç kalarak büyüdüm," dedim dürüstçe. "Kardeşim benim için herkesten daha üstte olurdu. Aşktan vazgeçebilirim ama kardeşimden asla."

Yankı'nın bakışları yavaşça bana döndü.

"Ne olursa olsun mu kardeşlik senin için önemli olur?" Bartu'nun sorduğu soruyla gözlerimi ona çevirdim, dikkatli bir şekilde beni inceliyordu ve incelerken yalan söyleyip söylemediğimi anlamaya çalışıyordu.

"Tek soru," dedim göz kırparak ardından şişeden ben de içtim ve alkolün acı tadı boğazımı yaktığında yüzümü buruşturdum. Viskiydi, viski beni en fazla etkileyen alkoldü. Bartu'nun gözlerine bakarak "Soru sırası benim," diye mırıldandım, ona soracağımı anladı. "Otuz bir yaşındasın ve yaşından daha büyük öfkelerin var. Neden böylesin?"

Hepsi cesur sorum karşısında şaşırdılar, Bartu dışında. Onun üzerine oynayacağımı biliyordu, ondan başka birinin can damarını yakalamaya çalışmazdım ama Bartu'yla aramızdaki sessiz savaşı sadece ikimiz biliyorduk.

Şişeyi önümden aldı, kısa bir süre düşündü. "Herkes beni terk edip giden aileme karşı öfkem olduğunu düşünüyor," diyerek açıklama yaptığında dudakları düz bir çizgi halini aldı. "İstenmedim, beni istemediler. Sen, seni istemeyen birine karşı öfke duyabilir misin? Ben duyamam." Gözlerini denize doğru çevirdi. "Benim en büyük öfkem bir türlü istenmeyen kendime. Çünkü olduğum kişi, herkesin korkup kaçtığı kişi oldu. Ben Sokak Nöbetçileri'nin en kötüsüyüm."

Ürperdiğimi hissettim. Bartu'nun kendini sevmediğini hiçbir zaman düşünemezdim ama şimdi ona baktığımda ve gözlerindeki öfkeyle tekrardan karşılaştığımda kendisine karşı olan öfkesini de görebiliyordum.

"Bilemezsin," dedi Yankı bir anda. "Hepimiz kendi kötülüğümüzü içimizde barındırıyoruz. Çocukluğunun sorumlusu sen değilsin, Bartu. Bunu sana defalarca söyledim."

"Sen çocuk katil gördün mü hiç?" Yankı'yla konuşurken kendinden emindi ama nedense Yankı'nın onu ikna etmesine ihtiyacı varmış gibiydi. "Ben o çocuğum. Kaçabilirdim, sığınabilirdim, daha iyi birisi olabilirdim. Ben kötülüğü seçtim, hepinizin aksine. Özellikle senin aksine Yankı." Kendisini yine Yankı'yla kıyaslıyordu.

Yankı'nın çenesi kasıldı, bir şeyler söylemek istedi ama yine konuyu kendisine çevirip bencillik yapmak istemediğini anladım. Soğuk rüzgârları kesmek ister gibi "Sanırım bugün en fazla ben içeceğim," dedim ve viskiyi kafama diktim. Az önceye göre daha fazla içtim, oyunu boş verdim. Bugün en çok bana soru soracaklarını biliyordum çünkü hepsi beni merak ediyordu fakat sorguya çekmek istemedikleri için o sorularını bana yönlendirmiyorlardı. Gözlerim Lâl'e döndü. "Eğer konuşabilseydin," dedim ve bu cümlem hepsinin kulağına acımazsızca geldi, anladım. "İlk kuracağın cümle ne olurdu?"

Bartu, gerildi, duruşunu dikleştirdi ve yanında oturan Lâl'in gözlerinin içine baktı. Soruyu beklemeyen Lâl ilk defa çaresiz bir nefes verdi sonra hüzünlendi. Başını önüne doğru eğdi, bir süre düşündü ardından ellerini kaldırıp bana yanıt verdi; onun dilini artık öğrenmek istiyordum. Işık, yutkundu. "Lâl diyor ki," dedi tek nefeste. *"Anne, ölmeyi değil yaşamayı seçtim, bu yüzden beni affedebilecek misin?"*

Bu yanıt, kalbimin üzerine katran rengi bir acının dökülmesine neden oldu. Lâl, duyduklarından sonra içki şişesini kafasına dikti ve beklediğimden daha fazla içti. Tekrardan şişeyi bıraktığında tam gözlerimin içine bakarak o da bana bir soru sordu, Işık'a doğru baktım.

Onun yerine Yankı, "Çocukluğundan neden nefret ediyorsun, diye soruyor," dedi. Gözlerim ona döndü, bu sorusu bozguna uğrattı. Lâl, yüzümdeki şaşkınlığı gördüğünde nefesini verdi ve tam gözlerimin içine baktı.

"Bunu nereden biliyorsun?" diye sordum ona. Cevap verse bile anlamayacaktım ama o da zaten cevap vermedi. Yankı, bir şeyleri anlamış gibi Lâl'i izlerken, kaşları çatılmıştı.

"Cevap vermeyecek misin?" diye sordu Bartu bana. "Denize atlamak mı istersin?"

Yutkundum ve vereceğim bütün yanıtları düşündüm; denize atlamayı bile düşündüm ama Lâl'in gözleri benden bir an bile ayrılmazken, bunun hassas noktam olduğunu anlamasınlar istedim. "Çocukluğumdan nefret ediyorum, doğru," dedim zorlukla. "Çünkü çocuklar masum olur ve ben masum bir çocuk değildim, temiz bir çocuk değildim." İçkiyi kafama diktim, kendimi susturmak istiyormuş gibi o içkiyi dudaklarımdan ayırmadım ama Yankı, şişeyi benden zorlukla uzaklaştırdığında öksürmeye başladım.

"Hey," dedi Mutlu, eli sırtımı sıvazladı. "İyi misin Helinski?"

"İyiyim," dediğimde nefes zor alıyormuş gibiydim. "Sadece alkolden."

"Sadece alkolden," dedi Yankı da bana katılarak.

Yüzümü Işık'a doğru çevirdim, çekingen bir şekilde bana baktığını gördüm. "Geçmişindeki bir ânı düşün. Neyi değiştirmek isterdin? Tek bir an."

Işık, Mutlu'ya doğru baktı; her ne söyleyecekse Mutlu'yu rahatsız edecek gibiydi. Başını denize doğru çevirdi, bir anlığına denize atlamayı da düşündü ama sonra vazgeçti ve tekrardan bize baktı. "Mutlu'yu kucağıma alıp evimizden kaçmıştım, Mutlu'nun ilk defa o zaman ağladığını görmüştüm normalde asla ağlamazdı. Bana, benden nefret ettiğini, annemle kalmak istediğini söylemişti ama dinlememiştim çünkü ben artık o evde kalmak istemiyordum ve bencillik yaptım, yalnız kalmak istemediğim için onu da yanımda götürdüm. O âna gitseydim, tek başıma evden kaçar, Mutlu'yu o evde bırakırdım." Mutlu'nun gözlerinin içine baktı. "Onun aslında en büyük günahı benim. Bambaşka bir hayatı olabilirdi, kardeşimin kaderiyle oynadım."

Gözleri dolduğunda onu ilk defa bu kadar güçsüz, bu kadar labirentin içinde görüyordum. Mutlu acıyla Işık'a baktığında "Hayır," diye mırıldandı. "Eğer sen beni o evden kaçırmasaydın, benim daha kötü bir hayatım olabilirdi. Sen beni kurtardın, Işık."

Omzunu silkti. "Günlerce annem için ağladın Mutlu," dediğinde gözünden bir damla yaş aktı, o yaşa bakarken, kalbimin acıyla kasıldığını hissettim. "Günlerce benden nefret ettin. Ben sadece bu yüzden kendimi affedemiyorum." Başını önüne eğdi. "Ama Mutlu, anla beni. Hiçbir zaman sevilmedim, annem bile beni sevmiyordu. Beni tek seven kişi sendin, yanımda beni seven birisi olsun istedim."

Mutlu'ya başımı çevirdiğimde gözlerinin dolduğunu gördüm. Uzanıp, Işık'ın gözünden damlayan yaşı sildi. "Sen ben her şeyimsin," dedi ikizine. "Sen olmasan yaşayamam ki."

Saniyeler dakikalara dönüştüğünde hepimiz, bu oyunun aslında ne kadar da bizi üzdüğünü fark etmiştik ve kendi içimizde son vermiştik.

Onları başka türlü tanıyabilirdim, onların canını yakmadan.

Mutlu, hüzünlü havayı dağıtmak istiyormuş gibi sırıttı ardından gözlerini kapatıp "Burası ağlama duvarına döndü iyice," dedi titreyen bir sesle. İçki şişesini Işık'ın önünden aldı, kafasına dikti sonra "Sıra bana geçmiş varsayıyorum," diyerek Yankı'ya baktı. "Biraz eğlenelim. Söyle bakalım Yankı, hiç birisiyle çıktın mı?"

Mutlu, çok güçlüydü; onun gücü, kalbinin temizliğinden geliyordu. Dimdik ayakta durduğunda onu kendinden başka kimse deviremezdi, bir gün kendini devirse bile Işık onu ellerinden kaldırırdı, bunu görebiliyordum.

"Çıkmak mı?" Bartu yüzünü buruşturdu ve onun da hüzünlü havayı dağıtmaya çalıştığını anladım. "Çocuk muyuz lan biz? Çıkmak da ne demek? *Benimle çıkar mısın?* Şu sorunun saçmalığına bakın."

"Çocuk mu?" Karşılık verdiğimde kaşlarım çatılmıştı. "Çocuklar mı sadece çıkar?"

"Evet." Bartu kafasını iki yana salladı. "Ergenlerin çıkardığı soru kalıbı. Umarım Yankı hiç bu hataya düşmemiştir ve bir ergenle karşı karşıya gelmemiştir."

"Hata mı?" Öfkelenmiştim ama göstermemeye çalışıyordum. "Biriyle çıkmak, o kişiyi tanımak değil midir?"

"Biriyle çıkmak, çocuk işidir," dedi Bartu alayla. "Tanımak isterken, çıkmak mı? Bu nasıl saçma bir düşünce."

Çeneme koyduğum elimle tırnaklarımı yüzüme geçirdiğimde Mutlu da Bartu da bu çıkma konusunda aynı tepkileri vermişlerdi. Bana göre en normal olan buydu, soru mu saçmaydı? Onu tanımak istiyorum diye çıkma teklifi etmemin nesi hataydı? Evet, belki çocukça bir soruydu ama başka ne söyleyebilirdim ki?

"Ee Yankıtu," dedi Mutlu alayla. "Cevap vermeyeceksen atla da denize görelim."

Yankı, şişeyi, Mutlu'nun önünden aldığında "Bu yaşıma kadar kimseyle çıkmadım," dedi tek nefeste.

"Sallama!" Mutlu ayağa kalktı ve işaret parmağını ona doğru salladı. "Yeliz'e ne oldu, Ceyda'ya peki ya Melis'e? Arzu'ya? Sevgi'ye? Hatice'ye? Onlarla sevişen ebem miydi?"

Dirseğim masadan düştüğünde şaşkınlıkla "Yeliz mi?" diye sordum. "Ceyda? Ha bir de Melis? Arzu? Sevgi? Hatice?"

"Ohooo ezberleyemezsin," diyen Mutlu gülüyordu. "İBAK'ımız yok sadece bizim, YAK'ımız da var. Yani Yankıtu'ya Âşık Kadınlar. Nasıl yapıyor bilmiyorum ama hepsi Yankı'ya bir şekilde âşık oluyor."

"Berfin'i hatırlıyor musunuz?" diye sordu Işık. "Yankı'ya aşk mektupları yazardı, Lâl ona aşk mektuplarını zorla yedirmişti."

"Berfin de mi var?" Yankı hiçbir şey söylemiyordu ama kardeşlerine bakarken kaşları çatılmıştı. "YAK demek? Kaç kişiyle çıktın şimdiye kadar?"

"Kimseyle çıkmadım," dedi tekrardan. "Yani onlarla tanıştık, takıldık falan ama karşılıklı istekle oldu." Ona büyük bir şaşkınlıkla bakmaya devam ederken, yüzünü buruşturdu. "Yani hiçbir kadınla patates, hamburger yemedim," dedi anlayacağım şekilde. "Hiçbir kadınla sinemaya da gitmedim." Aynı şekilde bakmaya devam ettiğimde gözlerini devirdi. "Lan kimseyle flört etmedim, bana öyle bakmaktan vazgeç. Öyle değil işte." Gözlerimi kıstım. "Gerçekten değil, düşündüğün gibi değil. Patates hamburger değil."

"Kıvır, babacığım, kıvır," dedi Mutlu sonra dilini uzattı. "Açtırma şimdi bana kafana külot geçirdiğin fotoğrafları."

"Ne!" diye bağırdığımda hepsi birden gülmeye başladılar ve Yankı hızlıca ayağa kalkıp "Sakın! O ayrı, bu ayrı," diye bağırdı Mutlu'ya. "Eğer bunu yaparsan seni denize atarım, Mutlu!"

Mutlu, yanımdan kalktı ve diğer tarafa doğru koşarken bana açıklama yapmaya başladı. "Bir gün şu gördüğün kontrol manyağı Yankıtu kör olana kadar içti. O zamanlar en hızlı zamanları tabii, çapkın takılıyor." Yankı, olduğu yerden kalktı ve ona doğru ilerledi ama Mutlu daha hızlı koşmaya başladı. "Üniversiteden bir kızın ev partisine katıldık, hepimiz eğleniyoruz, deliriyoruz. Bir ara bir baktık Yankıtu yok."

Yankı, ona doğru koşmaya başladığında Mutlu, masanın arkasına geçti. "Biraz daha anlatırsan..." dediğinde dişlerini sıktı.

"Sen çekinmezdin böyle şeylerden? Ne oldu Yankıtu?" Yankı, onun yanına ilerledi, Mutlu diğer tarafa geçti. "Evin içinde aradık aradık yok. Kocaman evdi, her tarafta taş gibi kadınlar, taş gibi erkekler var." Bartu'yu gösterdi. "Bak nasıl da susuyor çünkü o gün bu koca adam da çapkınlık yaptı!"

Bartu da ayağa kalktı. "Mutlu, seni mahvederim," dedi göz ucuyla Lâl'e bakarak. "Ben Yankı gibi kendimi deli etmedim."

"Doğru, sen kadınları kendine hayran bırakıp Lâl'e dövdürüyordun," diyerek gülmeye başladı. "Dinle Helinski. Beni dinle."

Yankı ve Bartu beraber Mutlu'yu kovalarken ben de ayağa kalktım. "Sonra," diye sordum. İçimdeki hissin tarifi neydi bilmiyordum ama Yankı'nın yüzüne tırnaklarımı geçirmek istiyordum.

"Bir banyoya denk geldik. Kapıyı çalıyoruz açan yok. Yankı dedik, ses yok. Beyin diyoruz, yine ses yok. Lan göt Yankı diyoruz, yine ses yok. Bartu kapıyı kırdı, kıracak. Birkaç dakika sonra kapının kilidi açıldı ve içeriden taş gibi bir kadın çıktı, boyu upuzun, incecik bacaklar.

Sonra başka bir kadın daha çıktı, iki kişilerdi. Bize 'Arkadaşınızı hediye paketi yaptık' dediler ve gittiler."

"Lan sussana!" Yankı, elini saçlarına geçirdi ve Bartu'ya döndü. "Tut şunu, sakın fotoğrafı göstermesine izin verme."

"Niye?" diye sordu Mutlu. "Helin'den mi çekiniyorsun yoksa?"

"Hadi ama Yankı," dedim sinirle. "Benden çekiniyor olamazsın, değil mi? Hem bu fotoğrafta ne var bu kadar?"

Işık, gülerek "Ne yok ki," diye mırıldandı. "Yankı Sarca karizması o gün yerle bir oldu, toplayabilene aşk olsun."

"Eee," diyerek kahkaha attı Mutlu. "Bu hikâyenin en karizmatiği, en tatlısı, en muhteşemi sen olmak zorunda değilsin Yankı Sarca. Biraz gerçek yüzünü de gösterelim ama değil mi?"

Yankı, öne doğru zıpladı ama Mutlu yine arkama geçti ve elini cebine atıp telefonunu çıkardı. "İçeriyi girdik, Yankı'nın kafasına takılmış olan turkuaz rengi bir kadın iç çamaşırıyla yakaladık, üzerinde bornoz. Zil zurna sarhoş, önünü zor görüyor. Bu fotoğrafı işte o gün çektim." Telefonunu bana doğru uzattığında elinden telefonu aldım ve Yankı, bir anda arkamdan sarılıp telefonu elimden almaya çalıştı, ben ise öne doğru eğildim. Öyle sıkı sarıldı ki hem şaşkındım hem de kurtulmaya çalışıyordum.

"Yankı, bırak," diye bağırdım ve telefona bakmaya çalıştım ama beni bırakmadı. "Bıraksana, ne oluyor?"

"Bakma bakma," dedi nefes nefese. "Photoshop bu fotoğraf. Öyle bir şey yok. Yok yok olamaz. Turkuaz mı? Biliyorsun, siyah severim ben!" Mutlu'ya döndü. "Seni mahvedeceğim, seni denize gömeceğim."

İçimdeki öfkeyle, sinirle ve hırsla sertçe Yankı'nın bacağına tekme attığımda acıyla inledi ve geriye doğru bacağını tutarak çekildi. Ben de o arada koşarak diğer tarafa gittim ve telefonu kaldırıp ekrandaki fotoğrafa baktım. Dehşetle gözlerim açıldığında yüzüm Yankı'ya döndü sonra tekrardan fotoğrafa baktığımda gördüğüm görüntü daha fazla öfkelenmeme neden oldu. Yankı'nın kafasına turkuaz dantelli bir külot takılmıştı, üzerinde bornoz vardı; gözleri sarhoş bir edayla kadraja doğru bakıyordu. Yanağında ruj izi vardı. Ve boynunda.

"Yuh!" diye inledim.

Mutlu, çalan şarkıyla dans ediyor ve Yankı'ya gülüyordu. "Ne oldu Yankı Sarca karizmasına?" diye sordu. "Puf oldu uçtu. Külot reis seni, sakinleş. Herkes bir gün rezil olur."

Yankı, elini alnına vurdu, şakaklarını ovaladı ve açıklama yaparak "Çok fazla içmiştim," dedi ardından teslim oluyormuş gibi ellerini kaldırdı. "Gerçekten çok fazla içmiştim, hiçbir şey hatırlamıyorum. Hem o kızlar bana başka şeyler de vermiş olmalı. Fotoğraf anını bile hatırlamıyorum."

Lâl, Bartu'ya doğru bir şeyler söylediğinde Bartu da ellerini teslim oluyormuş gibi kaldırdı. "Oyuna devam mı ediyoruz da o gün sevişip sevişmediğimi soruyorsun?" diye homurdandı.

Yankı'ya doğru yürüdüm, ona hesap sormaya hakkım olmadığını biliyordum ama içimde daha önce denk gelmediğim bu duyguyla yüzleşmek, beni bozguna uğratmıştı. Kıskançlık mıydı? Kalbimi sıkıştırıyordu, Yankı'nın yüzüne yumruk atma isteğim artıyordu. "Kimseyle çıkmadım dedin." Fotoğrafı havaya kaldırdım. "Bu ne o hâlde?"

"Hamburger ya da patates görüyor musun?" dedi gülerek. Aklı sıra beni de güldürmeye çalışıyordu. "Bu çıkmak değil."

"Hamburger ve patatesine başlatma şimdi lan," dedim kendimi tutamıyordum. "Külot yemişsin resmen, hamburger patates sana yeter mi?" Bu söylediğimden sonra Mutlu'yla Işık, büyük bir kahkaha patlattılar.

Lâl, masanın üzerindeki içki şişesini kafasına dikti, büyük yudumlar aldı sonra tekrardan Bartu'ya dönüp soru sordu. Mutlu kahkaha atmaya ve dans etmeye devam ederken "Hım," dedi Bartu, Yankı'ya baktı sonra Lâl'e baktı. "O gün birileriyle sevişip sevişmediğimi mi soruyorsun?" Başını gökyüzüne kaldırdı, düşünüyormuş gibi davrandı sonra sırıtarak geriye doğru adımlar attı. "Güzel soru." Başını önüne eğdi, yürümeye devam etti sonra teknenin ucuna geldiğinde denize doğru baktı. "Elveda kardeşlerim," dedi el sallayarak. "Deniz beni bekler." Sonra hızlıca sorudan kaçmak için kendini denize attı, su sesi geldi ardından Bartu'nun "Çok soğuk amına koyayım," diyen bağırışını duyduk.

Lâl, elindeki içki şişesini elime tutuşturdu, koşarak teknenin köşesine gitti ve Bartu'ya baktı. Işık ile Mutlu da oraya gittiğinde, "İnanamıyorum," dedi Mutlu. "Bartukıç, kendini denize attı. Hem de bir an bile düşünmeden. İşte şimdi çok eğleniyorum."

Yankı, bir o tarafa bir bana bakarak gülümsemeye devam etti. Karizması yerle bir olmamıştı ama başka bir yüzüyle daha tanışmıştım, o da kadınlarla arasındaki ilişkinin boyutuydu. Başım dönüyordu, sarhoş olmuştum ve dudaklarımdan çıkan kelimelerin umurumda olmadığını hissediyordum. "Genelde seviştiğin kadınların külotlarını kafana mı geçirirsin?" diye sordum gülerek. Eğlenmiyordum ama gülmeye başlamıştım, tekrardan fotoğrafa baktım. "Bu bir fantezi türü mü?"

Yankı, elimden telefonu çekip aldı, masaya doğru attı. "Yani ben yapmadım, kadınlar yapmış," dedi bana hesap vererek. "Hem baksana, siyah bile değil. Siyah olsaydı, işler değişirdi." Dişlerini sıktı, başını başka tarafa doğru çevirdi. "Yani önceden olan bir fotoğraf. İki üç sene öncesi filan."

Mutlu "Yok, on sene, abartma," diye atladı lafa. "Yedi ay öncesinin fotoğrafı bu. Çapkın olmadığını Helin'e mi kanıtlamaya çalışıyorsun, Yankıtu? Hem bir saniye, sen Helin'e hesap mı veriyorsun? Vay be!"

"Hesap vermek mi?" Yüzünü buruşturdu, Mutlu'ya baktı sonra bana baktı. "Hesap mı veriyorum ben şu an?" Mutlu, kafasını salladı, Bartu'nun denizdeki bağırışları geceyi çınlattı. "Hım," dedi yüzünü bana çevirerek. "Liderin olarak hesap veriyorum yani. Her lider altındaki kişiye hesabını ve cevabını vermek zorundadır. Ben de bunu yapıyorum işte."

"Öyle mi?" diye sordum hiddetle sonra içki şişesini kafama diktim. Yudumlar, yanan vücuduma serinlik kattığında başım daha hızlı dönmeye başlamıştı. İçkiyi dudaklarımdan ayırdım, sertçe masanın üzerine bıraktım sonra Yankı'ya döndüm. "O hâlde cevap ver Lider Yankı bozuntusu," diye bağırdığımda sesimin beklediğimden daha yüksek çıktığını fark ettim. "Kafasına külot geçirilmesine bile izin veren Yankı Sarca, neden benim çıkma teklifime yanıt vermiyor?"

Bir sessizlik oldu, Bartu'nun bağırışları bile sustu sonra Işık "Oha," diye inledi. Bartu "Soğuktan yanlış mı duydum?" diye haykırdı. "Ben biliyordum," diyen Mutlu keyifliydi. "Helin, resmen Yankı'ya *Benimle evlenir misin? Hamileyim, beşiz çocuklarımız olacak* demiş."

Yankı, kardeşlerine baktı, kaşlarını kaldırdı sonra masanın üzerindeki içki şişesini aldı ve büyük yudumlarla içti. Tekrardan şişeyi bıraktığında elinin tersiyle ağzını sildi ardından kazağının eteklerini tuttu. Geri geri yürürken, kazağı üzerinden çekip çıkardı. Fit vücudu gözlerimin önüne serildiğinde ayaklarındaki ayakkabılarını da çıkardı ardından çoraplarını. Soyunurken onu izliyordum ve o da gözlerini benden ayırmıyordu. "Bartu," diye bağırdı denize doğru. "Yer aç, ben de geliyorum."

Diğerlerinin olduğu yere doğru gitti, Mutlu'nun hemen yanında durdu ve Mutlu'yla uzun bir süre bakıştıklarında "Bak yapma," dedi ama Yankı sırıtarak onun kollarını tuttu. "Boğulurum," diye haykırdı Mutlu ama Yankı onu bırakmadı. "Sen bana kıyamazsın, Yankıtu Baba. Kıyamazsın değil mi?" Ondan kurtulmaya çalıştı. "Hey, ben Mutluga prensim. Bana bunu yapamazsın!"

"Görürsün şimdi Mutluga prensin Titanik gibi nasıl battığını," diyen Yankı, Mutlu'yu sırtından denize doğru itekledi. Mutlu denize düşerken attığı çığlık, kulaklarımızı tırmaladığında hemen arkasından Yankı da balıklama bir şekilde denize kendini attı.

Işık "Mutlu!" diye bağırdı sonra o da Mutlu'nun peşinden denize girdi. Oraya doğru koşarken Lâl, büyük bir şaşkınlıkla bana doğru dönüp baktı. Köşeye geldiğimde suyun içinde çığlıklarla çırpınan Mutlu'yu, biraz ileride duran Bartu'yu ve Yankı'yı gördüm. Sonra Işık, suyun içinden çıktı ve Mutlu'yu kollarından tuttu. "Mutlu, çırpınmayı bırakacak mısın?" diye sordu Işık. "Sen yüzme biliyorsun zaten!"

"Ölüyorum!" diye haykırdı Mutlu. "Bacaklarımın altından birisi beni çekiyor, deniz beni yemeye çalışıyor. Lan, ayağıma köpek balığı dokundu!"

"O benim ayağım Mutlu..." Işık arada sırada batıp çıkıyordu fakat Mutlu'yu havada tutmaya çalışıyordu.

"Ne fark eder," dedi Mutlu. "Senin de ayakların köpek balıkları kadar kocaman zaten."

Işık, batıp çıktığı yerden "Öyle mi?" dedi sitemle ardından "Ne halin varsa gör," deyip Mutlu'yu öyle bıraktı.

Mutlu "Dur!" diye bağırsa da Işık Yankı'nın olduğu tarafa doğru gitti. "Boğuluyorum," dedi korkuyla. "Siz ne biçim kardeşsiniz."

"Yalan söylemeyi bırak." Yankı, kendinden emindi. "İlgi odağı olmaya çalışma, gayet güzel yüzebildiğini hepimiz biliyoruz."

Mutlu biraz daha çırpındı, bir yandan da kardeşlerine baktı ama hiçbirisinin ona yardımcı olmadığını gördüğünde "İyi be," dedi sonra hiçbir şey yokmuş gibi yüzmeye başladı. "Boğularak değil de donarak ölürüm ben de."

Bartu, Mutlu'ya doğru yüzüp onu boğmak için hareketler yaptı ama Mutlu kaçtı; Yankı ise diğer taraftan Mutlu'yu kıstırdı. Işık bize seslenerek "Orada duracak mısınız gerçekten?" diye sordu. "Atlasanıza, donacaksak da hep beraber donalım."

Lâl ile birbirimize baktık, sonra tekrardan denize döndük. "Çok soğuktur değil mi?" diye sordum Lâl'e. Kafasını olumlu anlamda salladı. "Ayrıca çok da derindir." Yine kafasını salladı. "Ama ikimiz de birilerinin donarak değil, boğularak ölmesini istiyoruz değil mi?" Lâl cevap vermedi ama aynı şeyi düşündüğüne neredeyse emindim. Uzanıp elini tuttum, bakışları elini tutan elime kaydı. "O hâlde," dedim son bir kez nefes alarak. "Atlayalım mı?" Soruma cevap vermesini beklemedim ve onu da kendimle beraber çekerek denize doğru atladım.

İlk başta yükseklikten dolayı denizin suyu bedenime camlar gibi battı sonra derinlere doğru düştüm ardından bu sefer soğukluğu hissettim ve camlar iğnelere dönüştü. Yüzeye doğru çıkarken, Lâl'in eli çoktan benim elimden uzaklaşmıştı. Nefesimi vererek yüzümü sudan çıkardığımda "Çok soğuk!" diye bağırdım çünkü beklediğimden daha soğuktu. Bacaklarıma, karnıma, kollarıma iğneler batıyormuş gibiydi. Su öylesine derindi ki gecenin karanlığında daha ürkütücü duruyordu.

Dönen başım, sarhoşluğum sanki hepsi bir anda soğuk suyla beraber uçup gitti. Gözlerim Yankı'ya doğru döndüğünde bana baktığını fark ettim. Teknenin içindeki şarkı, hareketli halini bırakıp daha hafif bir şekilde çalmaya başlamıştı. Lâl, Mutlu'yu boğmaya çalışan Bartu'nun sırtına doğru ilerledi ve onun başını tutarak boğmaya çalıştı ama değil, başının eğilmesi, hareket bile ettiremedi. "Ayıyı boğmaya çalışmak mı?" diye sordu Mutlu nefes nefese. "Hem de tek başına. Bu imkânsız." Sonra sırıttı. "Ama iki kişi olursak neden olmasın?"

"Hatta üç?" dedi Işık ve o da Bartu'nun üzerine doğru zıpladı. Üçü beraber Bartu'yu boğmaya çalışırken, bende Yankı'ya doğru yüzmeye başladım ve o da teknenin diğer tarafına doğru benden kaçtı.

"Benden korkuyor musun?" diye sordum Yankı'ya. "Yoksa sorularımdan mı korkuyorsun?"

"Senden korkmuyorum," dedi. "Sadece..." Saçlarıma, yüzüme baktı. "Suyun içi fazla savunmasız görünüyor, ikimiz de kaçamayız."

"Yani?" dediğimde öne doğru atıldım ve ellerimi omzuna bastırarak onu boğmaya çalıştım ama Yankı da Bartu gibi hareket bile etmedi, benden kaçmaya devam etti. "Savunmasız olmak seni korkutuyor mu?"

"İkimiz de savunmasız olursak sonuçları fena olur," dediğinde bu sefer saçlarını kavradım ve geriye doğru yatırdığımda o da bir anda belimi tuttu ve beni kendine doğru çekti. Turkuaz gözleri ayın ışığıyla, yakamozun rengiyle grileşmiş gibiydi ve profiline vuran ışık, onu muhteşem gösteriyordu.

"Sonuçlar umurumda değil," dediğimde kaçabileceği hiçbir yer kalmamıştı. "Savunmasız olman hoşuma gitti."

"Bu hırs neden?" dediğinde saçlarını elimden kurtardı. Belimi sımsıkı tutarken, beni teknenin köşesine doğru yüzdürdü ve en sonunda sırtım, tekneye değdiğinde ayaklarım teknenin çıkıntısına tutundu. "Beni kıskandın mı yoksa?"

"Hayır," diye fısıldadığımda belimi daha sıkı kavradığını hissettim, onun da ayakları hemen ayaklarımın yanındaydı. Dağılmış olan ıslak saçları alnına düşmüştü ve ıslak kirpikleri, daha uzun görünüyordu. Soğuktan dolayı renk değiştirmiş, kırmızıya dönmüş dudaklarına baktığımı fark ettiğinde içeriye doğru kıvırdı ve dişlerini geçirdi. "Neden kıskanayım ki?"

"Bilmem," diye karşılık verdiğinde belimi tutmayan eliyle önüme gelen ıslak saçlarımı geriye doğru itekledi. "Belki sen de sadece liderin olduğum için beni kıskanıyorsundur, kim bilir?"

Sokak Nöbetçileri neredeydi, bilmiyordum, onları göremiyordum. İkimiz denizde, buz gibi suyun içinde birbirimizin gözlerine bakarken yalan söylemek neredeyse imkânsız gibi görünüyordu. "Hım," diye fısıldadığımda yine beni tesiri altına almaya başlamıştı. "Alttaki kişiler, üstteki kişileri kıskanabilir mi?"

Sorum Yankı'yı güldürdü, eli belimden aşağıya doğru indi ve bacağıma doğru ilerlediğinde kalbim, yerinden çıkacakmış gibi atıyordu. "Alttaki kişiler, üstteki kişileri kıskanır bence," dedi alayla. "Söyle bakalım, liderini kıskandın mı?"

Onun savunmasız kalacağını düşünürken, aslında ben savunmasız kalmıştım ve Yankı'nın da asıl kastettiği tam olarak buydu, bana bunu gösteriyordu.

Bacağımı tuttu, havaya doğru kaldırdı ve beline doğru sardığında ben de diğer bacağımı kaldırdım. Bacaklarım onun beline dolandığında ellerim omuzlarına tutundu. "Kıskançlık mı, bilmiyorum," dediğimde gözlerimi gözlerinden ayıramıyordum. "Ama şaşırdım, öfkelendim. Hayatında şu an çok fazla kadın mı var?"

Beni tekneye daha fazla yasladı, vücudunu vücuduma bastırdı. Islak bedeni, bedenimle bütünleştiğinde kolu bir daha belime dolandı, diğer eli çenemi tuttu. "Beni kıskanıyorsun," dediğinde keyifle gülümsedi. "Hem de öyle böyle değil. Bu seni delirtiyor."

"O hâlde liderler kıskanılır," dedim onun gibi davranarak. "Öyle değil mi? Hem o fotoğrafta pek de bir şey yok aslında. Sonuçta benim de başıma baksır geçirilmiş bir fotoğrafım olabilir, değil mi?"

Yankı belimi daha sıkı kavradı, yüzünü yüzüme yaklaştırdı ve kendini bana daha fazla bastırdı. Buz gibi suyu bile hissetmeme engel olan keskin bakışları, benim kim olduğumu bile unutturmuştu. "Olamaz." Net verdiği yanıtla gözlerim irice açıldı. "Öyle bir şey asla olamaz."

Tırnaklarımı omuzlarına geçirdiğimde gözlerim yine ıslak dudaklarına doğru kaydı. "Neden?" diye sordum merakla. "Yoksa liderler de mi kıskanır?"

Yankı, çenemi sıkıca kavradı, başparmağı çenemde gezindi. "Senin o ağzın iyi laf yapmaya başladı bence," dediğinde her ne olduysa ikimiz de bir büyünün altında gibiydik. O an hiçbir ihanetin, hiçbir izin, hiçbir yaşanmışlığın önemi yok gibiydi. Bana karşı ördüğü bütün çitler, o an devrilmişti. Bir anlık, ben onun etkisinde nasıl kalıyorsam, onun da benim etkim altında kaldığını hissettim.

"Üzgünüm Yankı Sarca," dediğimde nefesim yüzüne çarptı. "Helin Aktan, sana sonsuza kadar baş kaldıracak."

Baş parmağı, çenemden yukarıya doğru çıktı, üst dudağımda gezdirdi sonra alt dudağıma geçti. Kalbim, daha hızlı attı, buz gibi su sanki iğnelerini batırmayı bıraktı ve nefesimi tutmuş bir şekilde gözlerinin içine baktım. Dudaklarımı araladığımda parmağı duraksadı, bedenim aşağıya doğru kaydı. "Buz gibi su, serin hava, vücuduma dokunan sıcak, rüzgâr ve ne olursa olsun hızlanan bir kalp." Bir elim, omzundan ensesine doğru kaydı, saçlarına dokundum. "Sen yine şu âna benziyorsun, Helin."

Parmaklarımın arasına dolanan ıslak saçlarına hep dokunmak istiyordum ve şimdi bunu yapabilmiştim. İki bacağımın arasına çarpan sertliği, kasılmama neden oldu. Parmağı tekrardan dudaklarımın üzerinde gezindiğinde yutkundu, gözlerinde ilk defa en yalın şekilde şehvetin rengini gördüm. "Kulağa acı verici geliyor aslında," dedim daha geniş gülümseyerek. "Ama dikkat çekici."

"Acı verici olması şu an pek de umurumda değil," dediğinde o da gülümsedi. "Ben bu ânı yaşamak istiyorum."

Bedenimin buz gibi suyun içinde bile cayır cayır yanması normal miydi? Sıcacıktım, sıcacıktı. Kalbim, onun kalbine yaslıyken, atışlarını hissettiğini biliyordum. Parmağını dudağımdan çekti, yüzüme biraz daha yaklaştı ve nefesi dudaklarıma çarptı. Burnu burnumun ucuna değdiğinde dudaklarını araladı, gözlerini kıstı. Saçlarını daha sıkı kavradığımda o da belime parmaklarını geçirdi.

Gözlerimi kapattım, nefesinin gitgide yaklaştığını hissettim ve titremeye başladım; öyle çok titriyordum ki kendime şaşırdım. "Ne olacak senin bu durmadan titreyen ellerin ve dizlerin?" diye sordu bana. "Öpsem çare olur mu?"

"Bu sefer korkudan değil," dedim hızlı bir şekilde. "Bu sefer yemin ederim korkudan değil. Ama yine de öpsen geçer mi?" Nefesi nefesime karıştı, dudaklarının sıcaklığını hisseder gibi oldum. Neredeyse bir saniye sonra beni öpecek olması, kalbimi bile durduracaktı. Bütün yaşadıklarımı düşündüm, bütün yaşanmışlıklarımın verdiği hisleri. Hiçbirisi, bu kadar kalbimi zorlamamıştı, hiçbir zaman bayılacak kadar heyecanlanmamıştım.

Tam o sırada "Yankıtu!" diye bağıran Mutlu'nun sesini işittik sonra yüzerek yanımıza geldiğini. "Hadi tekneye çıkıyoruz gelseni..." Gözlerimi kocaman açtım ve Yankı da bana bakarken, başımızı sola doğru çevirdik. Bütün Sokak Nöbetçileri şaşkınlıkla bize bakarken Mutlu "Ne!" diye bağırdı. "Sakın bana öpüşmek üzere olduğunuzu ve o filmlerdeki çalan telefonun, geri zekâlı insanın benim olduğumu söylemeyin!" Başını gökyüzüne kaldırdı. "Tanrım, öldür beni, boğ şu an, kafamı kopar! Ben bu acıyla yaşayamam!"

Yankı, benden uzaklaştığında bacaklarım boşluğa doğru düştü, bir an afallamış bir şekilde bana baktı. "Yok," dedi Işık. "Sen geri zekâlı insan değilsin, sen salaksın da aynı zamanda."

"Bartu," dedi Mutlu. "Boğ beni. Yoksa kafamı tekneye vurup kan akıtacağım."

"Abartma Mutlu," diyen Yankı'nın sesi, geriden geliyordu. "Öyle değil. Yani öyle de değil işte. Yani evet ama hayır. Her neyse." Yanlarına doğru yüzdü sonra hiçbirinin yüzüne bakmadan teknenin merdivenlerine doğru ilerledi. Arkasından bakarken, kendini hemen toplayan Yankı ve hâlâ dizleri titreyen ben, o şekilde kalmıştık.

Lâl bir süre yüzüme baktı, gözlerine anlayamadığım bir ifade oturduğunda Yankı'nın peşinden gitti; Bartu da onu takip etti. Bulunduğum yerden ayrıldığımda uyuşan bacaklarımla zorlukla yüzmeye başladım. “Helinski ne olur affet,” dedi Mutlu bana yanından geçerken. “Böyle bir günahla ben nasıl yaşayacağım ya? Öldür beni. Boğ hemen. Kendimden nefret ediyorum.”

“Mutlu tamam,” dediğimde gülümsemeye çalıştım. “Konuyu kapatır mısın?”

“Kapatamam!” dese de yanından ayrılıp merdivenlere doğru yüzmeye devam ettim.

Birkaç dakika sonra hepimiz tekneye çıktığımızda ayın parlak ışığı solmaya başlamıştı ve gökyüzü yavaş yavaş aydınlanıyordu. Sabahın ışıklarıyla karşılaşmamıza çok az bir zaman kalmıştı.

“Ben kendimi öldürmeye gidiyorum,” dedi Mutlu soğuktan titreyerek. “Kafamı dümene vurup parçalayacağım.”

Bartu, kendisini teknenin zeminine doğru attı ve hemen yanına Lâl de oturdu. Işık ve Mutlu ise tekneden içeriye doğru girdiler, ikisi de çok üşüyordu. “Ben üşümeye alışığım,” dedi Bartu Lâl’e. “Ama sen alışık değilsindir, bana sarılıp ısınmak ister misin?” Lâl, bir şeyler söyledi ve Bartu kaşlarını çatarak o zemine uzandı. Lâl de onun yanına uzandığında titrediğini görebiliyordum.

Yankı, içeriden getirdiği kalın polarlardan birisini Bartu’ya verdi, diğerini de Lâl’in üzerine örttüğünde Bartu, bunu düşünememiş olmanın verdiği öfkeyle dişlerini sıktı, bunu anladım.

“Üzgünüm,” dedi Lâl’e doğru. “Bazen herkesi kendim gibi sanıyorum.”

O alışıktı, soğuğa, yüzleşmeye, evsiz olmaya. Çözümleri genelde kendi bildiği yollar oluyordu, bu yüzden Yankı Lâl’i daha fazla düşünüyormuş gibi görünüyordu ama aslında öyle değildi. Bartu sadece herkesi kendisi gibi sanıyordu.

Yankı, ilk önce az önce çıkardığı kazağını bana doğru uzattı sonra da poları. Yanıma oturduğunda, omzuna attığı poların bir köşesi düşmüştü. Çıplak bedeninden ve saçlarından damlayan yaşlar, onu daha fazla nefes kesici gösteriyordu. Ellerini dizlerinin önünde birleştirdi ve ilerideki yok olmak üzere olan aya doğru baktı.

İlk önce polarla bedenimi kuruladım ardından onun kazağını üzerime geçirirken, bakışlarımız birbirimize döndü. Üzerime giydiğim kıyafetine baktığında her ne düşünüyorsa bu onun kaşlarını çatmasına neden oldu ve tekrardan ayın soluk ışığına döndü.

Bana ait olan sana yakışmış.

Dakikalar geçti. O dakikalarda ikimizin de ağzını bıçak açmadı. İleride uzanmış olan Bartu ve Lâl kalbimi sızlatıyordu. Lâl'in gözleri kapalıydı, eli kalbinin üzerindeydi ve kaşları çatıktı. Uyumak üzere olduğu belliydi fakat canını yakan bir şeyler olduğunu anlayabiliyordum. Bartu ise yan bir şekilde dönmüş, Lâl'i izliyordu. Yankı'nın ona verdiği poları da Lâl'in üzerine örtmüştü ve kendisi belli etmese de titriyordu.

Bartu Sarca, Lâl Sarca'yı öylesine masum bir aşkla seviyordu ki sanki Lâl'in acıyan canı için, Bartu Sarca kendi canını bile yok edebilirdi. Biliyordu, canı yanıyordu ama ona dokunmadan, izleyerek iyi etmeye çalışıyordu.

Bartu Sarca, kalbinde yıkılmış bir şehir taşıyordu; o şehri Lâl'den başka kimse tekrardan yaşatamaz, eski haline getiremezdi.

Yankı, eline aldığı içki şişesinden viskiyi yudumlarken, derin düşünceler içerisindeydi. Onu izlediğimi anlamıştı ama bana bakmıyordu. "Yüzüme bakmıyorsun," dedim en sonunda. "Konuşmuyorsun da. Az önce yaşananlardan dolayı pişmanlık mı duyuyorsun?" Bir cevap vermedi. Şişeden daha fazla içti, ona bu kadar içiren şeyin pişmanlık olduğunu düşündüm ve kendimi suçlu hissettim. "Belki de Mutlu'nun gelmesi iyi oldu," dediğimde ben de başımı İstanbul'un sönmüş ışıklarına doğru çevirdim.

"Konu bunlar değil aslında," diye mırıldandığında şişeyi yere koydu. "Konu sensin, konu sadece senden ibaret." Yüzünü yüzüme çevirdi, gözlerimiz dakikalar sonra kesişti. "*Konu aklımı durduruyor olman*, Helin. Konu *aklımı durduracak şekilde bana bakıyor olman*. Bunlar canımı sıkmaya başladı. Ben mantığıyla yaşayan bir adamım."

Omzumu indirip kaldırdığımda yere koyduğu içki şişesini aldım ve içtiğimde aklımın içinde dönen soruyu, ona nasıl soracağımı bilmiyordum. "Bunlar senin canını sıkıyor," dediğimde daha çok kendimle konuşuyor gibiydim. "Ben de canımı sıksın istiyorum ama en çok hangi duyguyu hissediyorum biliyor musun? Huzuru." İtiraf ediyor olmam, umurumda bile değildi; yine mantığım devre dışıydı. "Ben sizin yanınızdayken hissedemediğim huzuru hissediyorum. Öğrendiğim huzurun, huzur olmadığını görüyorum. Siz oradasınız, sıcacık kollarınız, sıcacık kalpleriniz var. Ben size sarılıyorum. Yankı ben size bağlanmaktan çok korkuyorum ama şimdi şu an hissettiğim huzuru bile günlüğüme yazmayı öyle çok isterdim ki. Seneler geçtikten sonra kitapları değil, kendi günlüğümü açar okurdum. Huzurun ne demek olduğunu hatırlardım."

Yankı, elimdeki içki şişesini aldı. "O hâlde yaz," dedi bir anda. "Bugünü yaz. Ben sana kâğıdı da kalemi de bulurum. Seneler sonra okuduğunda bile bu huzuru hissetmeni istiyorum çünkü seni ayakta dimdik tutacak güzel duygulara ihtiyacın olacak."

"Ya okuduğumda huzuru hissederken bir yandan da mutsuzluğu hissedersem?" diye sorduğumda bu da başka bir itiraftı. "Ya kendimden daha fazla nefret edersem? Ya keşke yazmasaydım dersem? Ya da pişmanlık beni mahvederse?"

Yankı, acıyla gülümsedi. "Biz, küçüklüğümüzden beri günlüklerimize nasıl acılar sığdırdık biliyor musun?" diye sordu bana. "Ve biz küçüklüğümüzden beri o acıları kaç defa okuduk ama bir kez olsun altına imzamızı Sokak Nöbetçisi olarak atmayı ihmal etmedik. Ben Beşinci Sokak Nöbetçisi Yankı Sarca, o yazdıklarımın hep arkasında durdum. Korkma, Helin. Sen korktukça o nefret ettiğin çocukluğun da senden korkar. Onun korkmasını istiyor musun?"

"Onun daha fazla korkmasını istiyor muyum?" diye düzelttim. Yutkunmakta zorlandığımda gözlerimi ondan kaçırdım. "Yankı," dediğimde o soruyu artık sormam gerektiğini biliyordum. "Tankut sana benim hakkımda ne söyledi?"

Bir rüzgâr esti, ıslak saçlarımı uçurdu ve o rüzgârda gizlenen çocukluğumun korkusu, kalbimin içinde titredi. Ben titredim, ellerim titredi, dizlerim titredi. Korkularımın başı zaten çocukluğumdu, onu daha fazla korkutamazdım.

"Kırmızı ışıklar seni korkutuyor," dediğinde anılarım, bir fotoğraf karesinin içinde döndü durdu; o fotoğraf karesinde ağlayan benim çocukluğumdu. "Tankut, bir zamanlar senin evinde kaldığın o adamı tanıyormuş. Sırf sana işkence olsun diye kırmızı ışıklı bir odaya kapatıldığını ve bunun sana işkence verdiğini söyledi."

"Dayımı mı tanıyor?" dedim hızlıca.

"Dayını değil." Yüzüne bakmıyordum ama onun beni izlediğini anlayabiliyordum. "O oda senin için işkence miydi?"

"Başka bir şey anlattı mı?" Ödüm kopuyordu, benim hakkımda, geçmişim hakkında, çocukluğum hakkında bir şeyler öğrenecek diye ödüm kopuyordu. Cevap vermedi, korkularımı hissetti bunu biliyordum ama cevap vermedi. Yankı Sarca cevap vermediğinde, yalana başvurmak istemezdi bunu biliyordum. Gözlerimi ona doğru çevirdiğimde turkuaz gözlerine acının bulaştığını hissettim. "Lütfen anlatmadı, de." Başımı iki yana salladım. "Başka hiçbir şey bilmiyorum, de."

Ondan yalan söylemesini istiyordum ve bunun ne kadar büyük bir şey olduğunun da farkındaydım. "Hepimiz," dedi tek nefeste. "Geçmişe bağlı yaşıyoruz. Korkularımız, nefretlerimiz, öfkelerimiz, hepsi geçmişimizde." Titreyen ellerime baktı. "O geçmişin kuklalarıyız, bizi yönlendirmesine izin veriyoruz."

"Lütfen," diye fısıldadığımda sesim de artık titriyordu. "Bir kez olsun, yalan söyle. Benim için. Bunu yap."

Yankı, ilk önce sessizliğe gömüldü, sustu. Gözlerini benden kaçırdı. Benim ellerim titrerken, onun elleri yumruğa dönüştü ve çenesini sıkarken "Başka hiçbir şey anlatmadı," dedi tek nefeste. "Hiçbir şey bilmiyorum, hiçbir şey duymadım. Ama seni duyuyorum, seni görebiliyorum. Sana ne yaptılar Helin?"

Yalan söylemişti benim için bana, bunu asla unutmayacaktı ve ben de asla unutmayacaktım.

Titrek bir nefes verdiğimde "İlk önce ellerimi tuttu," dedim titreyen ellerimi göstererek. "Sonra bacaklarımı." Gözleri dizlerime kaydı. "Sonra sesimi susturdu ardından nefesimi kesti. Benim çocukluğumu çaldı, masumluğumu aldı götürdü. Belki de bu yüzden bu kadar titriyorlardır? Belki de bu yüzden korkuyorlardır? Belki de ben bu elleri, bu bacakları kesmeliyim? Belki de gerçekten sesimi tamamen susturmalıyım? O zaman temizlenir miyim?"

Gözlerimin dolduğunu onu bulanık görmeye başladığımda anlamıştım. Uzanıp titreyen ellerimi tuttu, onun elleri buz gibiydi. Korkudan mıydı, yoksa havanın soğukluğundan mıydı bilmiyordum ama ellerimi donduracak kadar soğuktu. Parmakları, parmaklarımın üzerinde gezindi. "İlk önce titreyen ellerine çare olacağım," dedi tek nefeste. "Sonra dizlerine. En sonunda da o sesine." Gözümden bir damla yaş düştüğünde beni bir anda kendine doğru çekti ve başımı göğüs kafesine yasladı. Çenesini başıma yasladığında ellerimi sıkıca tutmaya devam etti, beni göğüs kafesine saklasın istedim. "Korkma artık," dediğinde fısıldıyordu. "Ben buradayım."

"İmkânsız," dediğimde ağlamaya başladım. Hemen yanımda çocukluğum oturuyordu, yırtılmış kıyafetlerini izliyordu. "Ben o korkularla yaşamaya alıştım. Ben o çocuğa da alıştım. Ben kötülüğe alıştım, Yankı."

"İmkânsız diye bir şey yok," dedi net bir sesle. "Alışmak da yok. Bana güveniyorsun, değil mi?" Başımı hızlıca salladım. "Bu hayatta sadece bana güveneceksin. O hâlde dinle, ben senin acılarını geçireceğim."

"Nasıl?" diye sorduğumda gözümden damlayan yaş, çeneme doğru aktı ardından onun eline düştüğünde bir eliyle yanağımdaki yaşları sildi.

"Ben o kuklası olduğun geçmişin iplerini keseceğim," dedi ve ona kendimden bile daha fazla güvendiğimi bu cümlesine inandığımda anladım. "Ben o geçmişindeki bütün kötülükleri yok edeceğim. Kim olursan ol, ne yaparsan yap, ben seni kurtaracağım, Helin. Ben sizi kurtaracağım."

16.

İHANETİN İLK LEKESİ

Ben doğduğum anda meydan okumayı öğrenmiştim sonra da baş kaldırmayı. Acıya, nefrete, öfkeye; mutluluğa, güzelliğe, sevgiye. İyi ya da kötü fark etmeksizin bütün duygulara baş kaldırmış, hepsine meydan okumuştum.

Vücudumda ayak izleri vardı, ayak izleri. Sonra el izleri. Parmakların kirli lekeleri. Saçlarımdan damlayan kanlar. Hepsini üzerimde bir imza gibi taşıyordum, sudaki yansımama baktığımda kendimden önce o imzaları görüyordum.

İlk önce ayak izlerine meydan okudum ama geçmedi, el izlerini temizleyemedim. Parmaklarını silemedim. Saçlarımı defalarca kestim ama kökünden koparamadım, kanların zihnimin içinden aktığını fark edemedim.

O suyun karşısına geçtim, kendimi izledim. Çenemi dik tuttum, kendime bile meydan okudum ama sonra onu suda görmeye başladım; turkuaz gözleriyle beni izledi. O su ikimizin de imzalarını gösteren bir aynaydı, ben sadece kendi imzalarıma bakıyordum ve o da benim imzalarıma.

Utandım, utandığımı anladı. Korktum, korktuğumu anladı. Yalan söyledim, yalan söylediğimi anladı. Kendime meydan okudum, izledi. Ona meydan okumak istedim, yapamadım.

Sudaki yansımam gerçek yüzünü göstermeye başladı, o gerçek yüzümü görse bile arkamda durmaya devam etti; Yankı Sarca beni imzalarımla kabul ediyormuş gibi baktı bana.

Bana *'İlk önce titreyen ellerine çare olacağım, sonra da dizlerine. En son sesine,'* dedi. Devam etti. '*Ben buradayım.*' Gözlerime baktı; gördü. Kendi imzalarını benden gizledi. '*Ben seni kurtaracağım*' diye fısıldadı. Sanki yanımda oturan çocukluğumu fark etti, onun saçlarını okşadı, ellerine kan bulaştı ama korkmadı. '*Ben sizi kurtaracağım.*' Son cümlesini bana değil, çocukluğuma söyledi.

Benden önce çocukluğum Yankı Sarca'ya güvendi, inandı.

"Hey." Sesiyle irkildiğimde başımı yasladığım yerden kaldırıp ona baktım. Teknenin köşesinden ayaklarımı sarkıtmış, başımı demire yaslamıştım. Onun yanından kalktıktan sonra bana bulduğu kâğıt ve kalemle günlüğümü yazmıştım. Ağlamam geçmişti, kâğıtta ise gözyaşlarımın izi vardı.

Ne kadar süredir böyle durduğumu bilmiyordum ama sabah çoktan olmuştu, diğer Sokak Nöbetçileri oldukları yerde uyuyakalmışlardı. Yankı dışında. O gözlerini ayırmadan beni izlemişti, bunu biliyordum.

"Hey," dedim aynı şekilde karşılık vererek ve hafifçe tebessüm ettim. "Uyumadın mı?" Cevap vermedi, gözlerinin altı morarmıştı. O da benim gibi teknenin köşesine, yanıma oturdu ve çıplak ayaklarını aşağı doğru sarkıttı. Üzerindeki kot pantolonu hâlâ nemliydi. Saçları da aynı şekilde ve daha dalgalı görünüyordu, daha fazla dağılmış. Alnına düşen saçlarına dokunmak istediğimi hissediyordum. Elinde tuttuğu sigarasını dudaklarının arasına yerleştirdi ve çakmağının ucuyla ateşlendirdi.

Bakışları bana değil de karşısındaki İstanbul manzarasına odaklanmışken "Uykuyu pek sevmiyorum," diye mırıldandı. "Özellikle kendimi güvende hissetmediğim zamanlar. Şu an bu tekne pek de güvenli görünmüyor." Aklıma o an, benimle beraber uyuduğu zaman geldi, fazlasıyla derin uyuyordu.

"Hım," diye mırıldandığımda gülümsemeye devam ettim. "O hâlde benim yanımda kendini güvende hissetmiştin çünkü fazlasıyla derin uyuyordun."

Yankı'nın kaşları havaya doğru kalktı ve fark etmediği bir pot kırmış gibi o kaşlarını çattı. Başı yavaşça bana döndüğünde gözleri nemli saçlarımda gezindi. "O gün uyumadım, bayıldım," dedi gözlerini kaçırarak. "Çünkü senin yanında uyumanın güvenli olacağını pek sanmıyorum."

"Nedenmiş o?" Benim de kaşlarım çatıldı ve bu ifadem Yankı'yı gülümsetti.

"Daha önce beni tam kalbimden vurmakla tehdit ettiğini sonra kalbime bir silah dayadığını düşünürsek," diye mırıldandığında dudaklarımı içeriye doğru kıvırdım. "Tabii bunların önemi yok. Ölümden çok korkan birisi değilim. Ama ya beni çırılçıplak soyup bağlarsan? Bazen bunu istiyormuş gibi bakıyorsun da."

Dudaklarım şaşkınlıkla aralandı, gözlerim sabitlendi ve kısık bir tonla "Sen ölümden değil de seni çırılçıplak soyup bağlayacağımdan mı korkuyorsun?" diye sordum.

"Helin," dedi o da gözlerini açarak. "İnkâr etmek yerine buna bozuldun mu sen?"

"Bozulmadım." Yüzüme alayla baktı, dudakları aralandı ama hiçbir şey söylemedi. "Bozulmadım ya," diye inlediğimde ayaklarımı sallamaya başladım. "Hem sen kafana turkuaz külot geçirildiğinde korkmamış adamsın, bağlanmaktan neden korkasın?"

"Hâlâ inkâr etmiyorsun," diyerek lafı değiştirdi. "Sanırım uyurken kapımı kilitlemeliyim ya da ben senin ellerini bağlamalıyım..." Kaşları çatıldı. "Bağlamak... Evet... Hayır... Ne?"

Öfkeli bir ifadeyle yüzüne baktığımda sigarasından çektiği dumanlar, rüzgârla yüzüme çarpıyordu. "Aklımdan öyle bir şey geçmiyordu ama artık geçiyor," dediğimde gülümsedim. "Seni artık soymak istiyorum, bağlamak da istiyorum. Ama sokağa o şekilde atmak için. Görsün herkes o muhteşem zeki Yankı Sarca'yı."

Gözlerime bakarken ciddi olup olmadığımı anlamaya çalışıyordu fakat birkaç saniye sonra dehşetin bakışlarına ulaştığını fark ettiğimde "Sen ciddisin," diye fısıldadı. "Bunu yapabilirsin."

"Evet." Gülmemek için kendimi zor tutuyordum. "Ayağını denk al Yankı Sarca, üzerime fazla gelme. Kilit açma konusunda da fazlasıyla ustayımdır, odan da güvenli değil."

"Hadi ama," dediğinde dehşeti silmeye çalışıyordu. "En ufacık bir konuşmada bile yanakları kızaran Helin mi söylüyor bunları? Doğru söyle, hayallerinde beni çıplak düşündüğünde de kızarıyor musun?"

"Hadi ama," dedim aynı şekilde. "Seni hayallerimde çıplak düşündüğümü mü sanıyorsun?"

"Evet," diye yanıt verdiğinde sigarasından biraz daha içti ve gülümsedi. "O gün uyurken seni izledim, gülümsüyordun ve rüyanda ne görüyorsan mutluydun. İtiraf et, beni rüyanda çıplak görüyordun, değil mi?"

Gördüğüm rüya, zihnimde canlandığında başımı dayadığım yerden kaldırdım ve salladığım bacaklarım duraksadı. Yutkunarak "Seni çıplak görmedim," dedim. "Yani çıplak değildin. Hem gülümsüyor muydum?" Ardından gözlerim irileşti. "Ne? Uyurken beni mi izledin?"

Dudaklarına doğru ilerlettiği sigarası havada asılı kaldı ve dondu; itiraf mı etmişti yoksa yanlış mı telaffuz etmişti bilmiyordum ama bir süre bana baktı. "Yani," dedi bakışlarını benden ayırıp sigarasına bakarak. "Uyandım, karşımda sen vardın, ben de öyle birkaç saniye baktım." Tek kaşımı havaya kaldırdım, yalana asla başvurmayacağını biliyordum. "Yani birkaç saniyeden daha uzun olabilir. Belki birkaç dakika. Beş dakika? On? Tamam on beş." Kaşları çatıldı. "Gülümsüyordun, dikkatimi çekti. Ne var bunda?"

Dudaklarımı birbirine bastırdığımda onu kıvranırken izlemenin hoşuma gittiğini fark etmiştim. "Yankı," dedim canlı bir sesle. "Beni izledin. Neden?"

Sigarasını içmeye başladı. İlk önce bir duman, sonra bir duman daha ardından bir duman daha. Zaman kazanmaya çalışıyordu, gözleri arada sırada bana takılsa da sonradan ayrılıyordu. En sonunda sigarasını bitirdiğinde kaçabileceği hiçbir yer kalmamıştı; izmariti teknenin köşesine söndürdükten sonra denize atmak yerine yere bıraktı.

"Evet," dedim keyifle. "Neden izledin?"

"Biliyorsun, ben senin liderinim," dedi hızlıca. "İstediğim her şeyi yapabilirim. Uyuyordun, gülümsüyordun, rüya görüyordun. Ben de liderin olarak seni izledim, rüyanı anlamaya çalıştım."

"E yuh," dediğimde gülmeye başladım ve kafamı iki yana salladım. "Liderim olarak yüzüme bakıp rüyamı anlamaya çalışmak mı?"

"Evet." Dirseğini demire yasladı, elini çenesine koydu ve gülüşümü bir süre izledikten sonra o da gülümsedi. "Sonuçta rüyanda bir şeyler söyleyebilirdin ve söyledin de."

Kıkırdamalarım durduğunda gözlerim irice açıldı. "Ne?" Sesim beklediğimden daha yüksek çıkmıştı. "Ciddi olamazsın."

Kafasını aşağı yukarı salladı, keyifli olma sırası ondaydı. "Yankı dedin," diye mırıldandı. "Gülümsedin. Sonra dedin ki *Çıplak vücudun hayal ettiğimden daha güzelmiş, lütfen biraz daha soyun.*"

"Hayır," diye inlediğimde elimle ağzımı kapattım. "O gün seni gördüm ama yemin ederim, çıplak değildin."

Yankı, beklediği cevabı almış gibi çenesini havaya kaldırdığında "Hım," diye mırıldandı. "Zaten konuşmamıştın, Helin. Sadece seni denedim." Öfkeyle koluna sert bir yumruk attığımda geriye doğru çekildi ve yumruğumdan kurtuldu. "Dur," dedi ellerini kaldırarak. "Sakin ol ve beni rüyanda nasıl gördüğünü anlat."

"Ölsem de anlatmam," diye karşılık verdiğimde ben de dirseklerimi demire yasladım ve iki elimi de çeneme yaslayıp başımı manzaraya doğru çevirdim. "Beni oynattın."

Yankı, başını eğip yüzüme doğru baktı ama ona bakmamaya dikkat ederek kaşlarımı çattım. "Pişt," dedi biraz daha eğilerek. "Anlatmayacak mısın gerçekten?" Omzumu silktim, güldü. "Çocuk musun sen? Küstün mü?" Yine omzumu silktim. "Yapma şunu, büzme dudaklarını," dediğinde sesi daha yakından geliyordu. "Yine bütün dikkatimi dağıtıyorsun."

Hiçbir şey söylemeden manzaraya bakmaya devam ettim, o ise hızlıca saçımı tuttu ve çekti. Kaşlarımı çatarak ona baktım, elini itekledim ve sonra yine aynı şekilde durdum. "Hadi ama," dedi gülmemek için kendini zor tutarken. "Çocuk gibi küsecek misin?" Göz ucuyla ona baktığımda, turkuaz gözlerinin içi gülümsüyordu. "Senin benimle küsme süren en fazla bir dakika ve o süre doldu. Barışacaksın benimle."

Yine hiçbir şey demediğimde nefesini sesli bir şekilde dışarıya doğru verdi, bana doğru yaklaştı. "Tamam dinle," dedi başını biraz daha eğerek. Yüzü yüzüme yakındı, nefesi çarpıyordu. Sıcaklığını da soğukluğunu da hissetmeye başlamıştım, omzu omzuma dokunuyordu. "Ben de sana bir şey itiraf ederim, ödeşiriz olur mu?"

Ona küsmemi neden önemsiyordu ki? Neden üzerime düşüyordu? Çocukluklarıma neden tahammül ediyordu? Bir daha ona göz ucuyla baktığımda kaşlarını kaldırdı ama cevap vermedim. "Söylüyorum," dedi duraksayarak. "Ama yine barışmazsan seni şu suda boğarım Helin. Benimle küsmek yasak sana. Herkese küsebilirsin ama bana küsemezsin çünkü liderlere küsülmez."

Merakla itirafını bekliyordum ama ona yansıtmamak için çaba sarf ederken, yanaklarımın içini ısırdım. "O gün tek rüya gören kişi sen değildin," dedi. "Ben de rüya gördüm." Bakışlarımı ona çevirdim, gözlerimin içine baktı; turkuaz gözleri aydınlandı. "Ben de seni o gün rüyamda gördüm."

Dirseklerim demirden düştü, kızgın yüzüm afalladı. "Gerçekten mi?" diye soluduğumda yalan söylemeyeceğini biliyordum. "Nasıl gördün?"

"Sen anlatırsan anlatırım," diyerek burnuma fiske vurdu. "Anlatmazsan asla öğrenemezsin."

Benimle aynı rüyayı görme ihtimali var mıydı? Bu bir mucize olurdu hatta imkânsızdı. Yanaklarımın kızarmaya başladığını hissettiğimde "Anlatamam," diye mırıldandım. "Yani anlatamam ki. Çok şey..."

"Pozisyon nasıldı? Hangimiz üstteydik?" diye sordu bir anda. "Sen mi ben mi? Umarım benimdir."

"Yankı," diye bağırdığımda bir daha koluna yumruk attım ve bu sefer isabet etti. "Sevişmiyorduk! Neden hep bunu düşünüyorsun?"

Daha fazla kızardım, bakışlarımı ondan kaçırdığımda yüzünün aldığı hali göremiyordum. "Rüyana girdim ve sevişmiyorduk," dedi düşünceli bir sesle. "Rüyadaki Yankı, bunun bir üstü ne yapmış olabilir? Hem de seni gülümseten bir şey. Liderin olarak rüyalarını kontrol etmem gerekiyor."

"Lidergillerden Yankı," dedim alayla. "Siz rüyanızda liderim olarak ne yapıyordunuz acaba? Ben ne yapıyordum? Umarım seni gülümsetebilmişimdir."

Gözlerim ona döndüğünde dudaklarını birbirine bastırıp gülmemek için kendini durdurmaya çalıştı. "Rüyamda liderindim," dedi ve rüyayı düşünmeye başladığını gözlerini kıstığında anladım. "Ama bu bildiğin bir liderlik değildi. Tamamen üst alt ilişkisiydi. Saçların dağılmıştı, üzerinde siyah..." Duraksadı, nefesini verdi. "Bir şeyler vardı işte. Ayrıca gülümsetmek mi?" Rüyayı düşünmek, gözlerine tutkuyu kazandırmıştı. "Gülümsetmek hafif kalır. Daha fazlasıydı." Yüzümü incelemeye başladı, en sonunda dudaklarıma baktığında omzunu indirip kaldırdı. "Önder'in sesi rüyamı yarıda kesmesiydi, uyandığımda o rüyayı gerçekleştirirdim, öyle bir etkisi vardı."

İçimde sesli bir şekilde konuşan iki kişi vardı; bir taraf kanımı bile alevlendirecek sözcükleri benim önüme getirirken, diğeri onu susturuyordu. Ellerim ayaklarım buz gibi olsa da yanaklarım alev alev yanıyordu, Yankı bunu görüyordu. "Yani," dedim kuruyan boğazımı temizleyerek. "İmkânsız bir rüya değildi, gerçekleştirebileceğin bir rüyaydı."

"İmkânsız değildi," dedi tam gözlerimin içine bakarak. "Rüyalarımda bile imkânsıza yer yok. Senin gördüğün imkânsız bir rüya mıydı?"

"Evet," dedim hızlıca. "İmkânsız bir rüyaydı."

Yüzüme doğru yaklaştı. "Rüyanda beni görmüşsün," dedi keyifli bir tınıyla. "O zaman imkânsız değildir çünkü içinde Yankı Sarca'nın olduğu rüyalarda bile imkânsıza yer yoktur. Merak etme, seni gülümseten o rüyayı elbet bir gün gerçekleştireceğiz."

Gülümsediğimde beni heyecanlandıranın ne olduğunu anlayamıyordum, onunla evlenme düşüncesi mi? Öyle birisi kesinlikle değildim, böyle yaşantılar bana tamamen uzaktı. "Neyden bahsettiğimi bilmiyorsun," dedim gülümsemeye devam ederek. "Sana inanıyorum, güveniyorum ama buna inanmamı bekleme."

"Bana her koşulda inanacaksın," dediğinde sesi net, bakışları sabitti. "Ve güveneceksin." Gökyüzüne doğru baktı, bakışları kısıldı. "Saat sabahın sekiz buçuğu olmalı. 25 Ekim 2019. Bu tarihi unutma çünkü rüyan gerçekleştiğinde tam bugünü hatırlayacağız ve sen bana o rüya gerçekleştiği zaman ne gördüğünü anlatacaksın." Elini bana doğru uzattı, sıkmamı bekledi.

Bir ona bir eline bakarken "Anlaştık," dedim ve elini sıktım. "Ve sen de bana rüyan gerçekleştiğinde anlatacaksın o hâlde."

Yankı, elimi daha fazla sıktı ve bir anda beni kendine doğru çekti. Başım öne doğru eğildiğinde dudaklarını kulağıma yaslayıp "Ben rüyamı anlatmayacağım," diye fısıldadı. "Göstereceğim, Helin. Beraber rüyamın aynısını yaşayacağız."

Hissettiğim nefesi, boynundaki denizin teniyle demlenen kokusu, saçlarının nemi. Hepsi beni ona çekerken, başımı yavaşça çevirdim ve ona doğru baktım. Tutkulu gözlerinde turkuaz rengi, en sevdiğim renk haline gelmeye başlamıştı. Bana bakarken, kendime ilk defa çok büyük bir itirafım oldu; Yankı'nın gözleri hayatım boyunca görüp görebileceğim en güzel gözlerdi.

Geriye doğru çekildiğinde elimi bıraktı ardından "Barıştık o hâlde," dedi.

"Barıştık," dedim ve gülmeye başladım. "Çocuk gibi davrandığım için üzgünüm ama bana ayak uydurmaya devam edersen, seni bütün çocukluklarıma alet ederim."

Yankı yine gülüşümü izledi. Sesim sabahın ilk ışıklarında çınlarken, daha fazla gülmeye devam ettim ve onu da güldürdüm. Gözleri kısıldı, içten olan gülüşlerinden birisini yine bana gösterdi. İçten gülünce öyle güzel görünüyordu ki saatlerce onu izleyebilirmişim gibi geldi.

"Çocuksun," dedi gülüşünün ardından. "Beni gerçekten güldürüyorsun."

Tam o anda arkamızdan bir flaş patladığında ikimiz de başımızı çevirip gülümseyen bir yüzle geriye baktık ve başka bir flaş daha patladı. Işık elinde tuttuğu fotoğraf makinesini aşağıya doğru indirirken yanındaki Mutlu ellerini kaldırıp bizi alkışlamaya başladı daha sonra kollarını önünde bağladı. "Neye gülüyorsunuz bu kadar?" dedi kaşlarını çatarak. "Komik bir şey varsa söyleyin, hep beraber gülelim." Kollarını indirdi, sağa doğru geçti. "Kapa çeneni, Mutlu," dedi kendine. "Senin konuşmaya hakkın yok geri zekâlı mahluk."

Işık, fotoğraf makinesini aşağıya indirirken kafasını iki yana salladı ve biz de olduğumuz yerden kalkıp Mutlu'yu izledik. "Ne oluyor Mutlu?" dedi Yankı ona doğru yaklaşarak. "Kiminle konuşuyorsun?"

"Kendim kendimle konuşuyor ama kendim kendime küs," dedi kaşlarını çatıp. Sonra sola geçti. "Aptal," dedi tuhaf bir tınlamayla. "Her şey daha farklı olabilirdi, aptal." Sağa geçti. "Bilerek yapmadım, lütfen beni affet." Yine sola geçti, biz onu tenis topu gibi izledik. "Seni asla affetmeyeceğim. Öldür kendini, bunu hak ediyorsun." Diğer tarafa geçti. "Abartma Mutluga Prens, bir de bayıl istersen."

Yankı hızlıca Mutlu'nun yanına gitti ve omuzlarını tutarak onu durdurdu. "Hey," dedi sarsarak. "Kendine gel, delirdin mi?"

"Sus!" İşaret parmağını Yankı'nın dudaklarına yasladı. "Konuşma. Dudakların hareket etmesin? Neden biliyor musun? Çünkü o dudakların Helin'in dudaklarını öpmesini engelledim ben. Daha fazla konuşmasın, yakmasın canımı."

"Mutlu," dedim elimle alnıma vurarak. "Hâlâ o konuyu kapatamadın mı?"

"Konuyu kapatmak mı!" diye bağırdı Mutlu. "Rüyamda dudaklar vardı ve beyinler. İnanabiliyor musun? Uçan beyinlerin arasından hoplayıp zıplıyordum, çok mutluydum ama sonra ne oldu biliyor musun? Azap gibi durmadan o an canlandı. Siz yakınlaşmıştınız, saniyeler kalmıştı, Yankı delirmiş gibi ağzını yalayacaktı ama ben geldim." Yankı'ya döndü. "Çok acı çekiyorum Yankıtu, öldüreceğim kendimi."

"Uyanıp uyanıp beni de uyandırdı," dedi Işık keyifsiz bir sesle. "Durmadan 'Kendimi öldüreceğim!' deyip durdu. Lütfen şu kırık yumurtanın içini rahatlatın, öpüştük filan deyin."

Yankı, başını çevirip bana baktı ve ben de omzumu indirip kaldırdım. "Vicdan azabı çekiyorum," diye inledi Mutlu. "Nasıl yaşayacağım bu acıyla Yankıtu?" Yere doğru çöktü, Yankı'nın bacaklarına sarıldı. "Gözlerimin önünde birbirinizi yiyecektiniz, ben bunu engelledim. Nasıl katlanacağım?"

"Mutlu, abartmıyor musun sence de?" diye sordu Yankı Mutlu'yu tutup kaldırırken.

Yankı'nın yalan söylemeyeceğinden emin olduğum için ben devreye girdim. "Öpüşmeyecektik ki," dedim masum bir tonla. "Yani yanlış anlamışsın."

"Çüş artık." Mutlu dizlerinin üzerinde yürüyüp benim yanıma geldi. "Yankı neredeyse küçük dilini ısırmak üzereydi, nasıl öpüşmeyecektiniz? Bademciklerinin boyutunu biliyordur adam."

Ellerimle yüzümü kapatıp "Mutlu!" diye inledim. "Lütfen şu konuyu kapatır mısın?"

"Bir şartla." İşaret parmağını havaya kaldırdı, parmaklarımın arasından ona baktım. "Şimdi şu an öpüşürseniz bu acım geçer, ölmem." Ellerimi yüzümden çektim. "Biliyor musunuz? Uyurken kalbim üç kere durmuş, iki kere de kalp krizi geçirmişim. Solunum cihazı vardı içeride, ona bağlandım. Işık, kanını verdi bana filan. Bana kıyabilir misiniz?" Yankı'ya döndü. "Hadi be Yankıtu, sen ki liderlerin lideri. Hangi işini yarım bırakmışsın şimdiye kadar? Göster kendini."

Işık, nefesini verdikten sonra Mutlu'yu omuzlarından tutup zorlukla oturduğu yerden kaldırdı. "Bence onları artık rahat bırakman gerekiyor, Mutlu. Sen böyle yaptıkça asla öpüşmeyecekler..."

Mutlu, başını önüne eğip oturduğu yerden kalktığında mutsuz bir şekilde dudaklarını büktü. "Lanet olsun size ya."

Yankı, Mutlu'nun saçlarını karıştırdı, Mutlu ise omzunu silkip ondan kaçtı. Gerçekten kendini suçlu hissettiğini görebiliyordum ama konu onunla alakalı değildi, bunu bilmeliydi. Biz defalarca Mutlu'nun olmadığı bir yerlerde de baş başa kalmıştık. Olması gereken olurdu, o an o şekilde gelişmişti. Bir daha tekrar eder miydi? Sanmıyordum. Bunu düşünmek bile Yankı'da olan gözlerimin ondan ayrılmasına neden oldu.

"Yaklaşan bir sürat teknesi var." Işık, eliyle gözlerine gölge yaptı ve dikkatli bir şekilde kıyıya doğru baktı. "Umarım gelen kişi Önder'dir, yoksa başımız yandı diyebilirim."

Hepimiz o tarafa doğru baktığımızda Yankı, "Eğilin," dedi ve bunun bir koruma içgüdüsü olduğunu anladım. "Yaklaşana kadar Önder olup olmadığını bilemeyiz." Hepimiz aynı anda eğildiğimizde Yankı, Işık'a dönüp "Bartu ve Lâl'i uyandır," dedi. "Ve Nadir'i de yattığı yerden kaldır. Kilitli odada değil."

Işık, bir kere kafasını salladı ardından dizlerinin üzerinde diğer tarafa yürüdü. "Of," dedi Mutlu heyecanla. "Sürat teknesinin içinden inanılmaz yakışıklı bir adamın çıktığını ve o adamın da benim için denizleri aştığını düşünsenize. Siz hiç böyle bir şey duydunuz mu?"

Göz ucuyla Mutlu'ya bakıp "Ya da yaşlı, çirkin bir adam çıkar ve seni alıp kaçırır, Mutlu. Düşünsene, Osman amca kadar da sevimli değil. Ne yaparsın?"

Gözleri dehşetle açıldı, bakışları teknenin üzerindeyken daha fazla eğildi. "Bartu'm buna izin vermez." Tedirgindi, yine de güveni yok gibiydi. "Yani vermez değil mi?" Saf saf Yankı'ya baktı. "Gerçekten beni Osman amcayla yakıştırıyormuşsunuz gibi davranıyorsunuz, bu doğru mu?"

Yankı gülümsedi ama gözlerini tekneden ayırmadı. "Seni seviyor," dedi düz bir sesle. "Seni korur da. Ee yaşlı ama o kadar da çirkin değil Mutlu. Ayrıca..." Başını Mutlu'ya çevirdiğinde söyleyip söylememek arasında kararsız kaldığı bir konu var gibiydi. "Bartu arabasını çarptığın için öfkeli anında sizin için bir adım atmış olabilir..." Mutlu dehşetle bağırdığında Yankı, yüzünü buruşturdu ve olabilecek sonu cümlelere başladığı anda gördü. "Osman amca bir ara seni bizden istemeye gelecek çiçeği çikolatasıyla."

Sessizlik oldu. Bir kuş, uçarak tepemizden geçti, dalga tekneye vurdu. Gözlerimle Mutlu'yu izlerken donuk bakışlarla Yankı'ya baktığını gördüm, çığlık atmasını, ağlamasını, gülmesini, yumruklamasını bekledim ama öylece bakmaya devam etti. "Mutlu," dedim bir dakika sonra. "İyi misin?" Kaşlarım çatıldı. "İnme indi."

Yankı, Mutlu'ya doğru eğilip gözlerinin içine baktı. "Mutlu?" dedi sorgulayarak. "Yani eğlence gibi düşün, Bartu seni vereceğini söylüyor ama ben izin vermem. Kendine gel."

"Hey." Bartu'nun sesiyle gözlerimiz yukarı çıktığında onun ayakta dimdik durduğunu fark ettik. "Niye öyle duruyorsunuz ulan?" Şaşkındı, uykudan dolayı gözleri şişmişti ve yanındaki Lâl, başını Işık'ın omzuna yaslamıştı, gözleri hâlâ kapalıydı. "Önder geliyor."

Tekrardan gözlerimizi tekneye doğru çevirdiğimizde Önder'i gördük. Rahat bir şekilde çöktüğümüz yerden kalktığımızda Yankı elini kaldırıp Önder'e salladı ve Önder de karşılık verdi.

Işık "Mutlu'ya ne oldu?" diye sordu. Onu hâlâ dizleri ve elleri yerde aynı noktaya bakarken bulduğumda dudaklarımı birbirine bastırıp gülmemek için kendimi zor tuttum.

Yankı ellerini cebine yerleştirip "Dayanamadım söyledim," dedi omzunu indirip kaldırarak. "Osman amcanın onu istemeye geleceğini biliyor."

"Ne?" Işık kahkaha atmaya başladığında Lâl'in kapalı gözleri aralandı ve o da şaşkınlıkla Mutlu'ya doğru baktı. Bartu, bir Mutlu'ya bir Yankı'ya bakarken kafasını iki yana salladı. "Bu müjdeli haberi ben verecektim, neden bunu yaptın?"

Mutlu hareket etmiyor, nefes almıyor, gözlerini bile kırpmamak için çaba sarf ediyor gibiydi. Işık, gülerek Mutlu'ya yaklaştı ve omzuna dokunup "Mutlu, hayırlı olsun," dediğinde hepimizi kahkahaya boğacak bir an yaşandı. Mutlu, taş kesilmiş bir şekilde yana doğru devrildi ve sonra sırt üstü durdu. Elleri ve dizleri hâlâ havadayken bir heykel gibiydi.

"Lan bu donmuş," dedi Bartu gülerek. "Lan bu taş kesilmiş, tipe bak." Elini saçlarına geçirip kafasını iki yana salladı. "Mutlu, kıyafetlerini hazırlamamak için yapıyorsan unut bunu, seni Osman amcaya vereceğiz. Çiçekli elbisen hazır."

Lâl, yaklaşıp parmağının ucuyla Mutlu'nun bacağına dokundu. Mutlu bir silindir gibi iki yana sallandı ve yine aynı konuma geldi. Gözleri irice açılmıştı, boş boş gökyüzüne bakıyordu. "Mutlu," dediğinde Işık'ın gözlerinden artık gülmekten yaş geliyordu. "Demek yumurtanın içinde ben beynimi yiyordum ha? İşte şimdi bittin sen. Çünkü seni ben de kurtarmayacağım."

Islık sesi duyduğumuzda Önder'in bulunduğumuz tekneye çok yaklaştığını gördüm. "Çocuklar!" diye bağırdı bize doğru. "Sizin burada ne işiniz var?"

Bartu, teknenin kenarına ilerleyip "Hiç, film çekelim istedik," dedi alayla. "Baktık deniz var, tekne var. Geceyi teknede geçirdik, malız çünkü biz."

Lâl, gözlerini devirdiğinde Bartu, onun yüzüne bakmıyordu, her neye tepkiliyse Lâl ile konuşmadığı belliydi.

Bartu, Lâl farkında olmadan acaba onunla kaç defa küsmüş, kaç defa barışmıştı? Kalbi kırılıyordu, sonra kalbini yine kendisi onarıyordu. Bartu, en çok kendisine küsüyordu ama bunun farkında bile değildi.

"Tankut, tekneyi hareket ettirdi," dedi Yankı açıklama yaparak. "Her şeyi hallettik, tekneyi durdurabildim ama geri dönemedim." Önder tam teknenin aşağısına geldiğinde şaşkınlıkla o da Yankı'ya baktı, kulaklarına inanamıyordu. "Yeter," diye mırıldandı Yankı. "Lan bir şeyi de bilmesem olmaz mı? Bana böyle bakmayın."

Önder'in yanında tekneyi kullanan bir adam vardı, arada sırada bizi incelemek için bakışlarını çevirse de sonra tekrardan açıklığa doğru bakıyordu. "Sizin neden üstünüz başınız nemli peki?" Gözleri Bartu'ya odaklandı. "Sen niye çıplaksın?" Yankı'ya döndü. "Sen de öylesin. Neler oluyor?"

Bartu, göz ucuyla Lâl'e baktığında, Lâl'in de onun çıplak vücuduna baktığını ama Bartu ona döndüğü an başını çevirdiğini gördüm. "Çünkü Mutlu üzerime kustu." Önder'in gözleri açıldı. "Ben de üzerimi çıkardım." Yankı'ya tekrardan baktığında bu sefer de onu sorguladığı belliydi. "Hım," dedi Yankı'ya dönerek. "İşte şimdi bu noktada Mutlu'nun eksikliğini hissediyorum çünkü buna verebileceği mantıksız bir yanıtı olabilirdi."

"Hey," Önder tedirginlikle nefesini verdi, "Mutlu nerede? Ona bir şey mi oldu?" Gerçekten korktuğunu hissettiğimde bakışlarım Işık'a döndü ama onun gerçekten umursamaz bir şekilde Önder'i izlediğini gördüm.

Hepimiz yere doğru baktık, sonra tekrardan gülmeye başladık. "O çevrimdışı şu an," dedi Yankı kelimeleri bulmaya çalışarak. "Bir süre hayatına heykel olarak devam edecek gibi görünüyor."

"Artık konuşmayı bitirip buradan gitsek mi?" Işık sıkılgan bir nefes verdi. "Hepimiz hasta olacağız, adım gibi eminim."

"Ben hasta olmam." Bartu, çenesini havaya doğru kaldırdı. "Ben olsam kaslarım hasta olmaz."

"Tabii," diyerek alaya aldı Işık. "Aramızda en fazla hasta olan sensin ve hasta olduğu zaman cenaze marşı çaldıran da sensin. Kime neyin şovunu yapıyorsun, anlamıyorum ki. Hepimiz seni biliyoruz Bartu."

Bartu'nun kaşları çatıldı, Lâl'in gülerek Işık'a baktığını fark ettiğinde "Çok mu komik?" diye sordu ona. "Parmaklarını nasıl da gezdirmek istiyorsan ama baklavalarımın üzerinde. Sen bana çok pis düşüyorsun bak."

Mutlu, inleyerek ses çıkardığında tekrardan ona baktık ve göz ucuyla Bartu'nun karnındaki kasları izlediğini gördük. Dilini çıkardı, salladı ardından "Şu an sadece iki yerim hareket edebiliyor," diye mırıldandı dişlerini bastırarak. "Dilim ve çüküm. Bartukıç, Osman amcanın şekerparesini değil, senin baklavalarını istiyorum."

"Mutlu!" diye bağırdı Önder. "Kendini göstersene oğlum."

"Onu boş ver şimdi." Yankı teknenin kenarındaki aşağıya doğru inen merdivene doğru yürüdü. "Hemen buradan ayrılalım, çok dikkat çekmişizdir."

Önder başını salladığında ilk merdivenlere yönelen Yankı oldu. Tek bir hamleyle bacağını demirin kenarından attı ardından ellerini merdivenin kenarlarına koyarak inmeye başladı. Sürat teknesi ve merdiven arasında bir adımlık mesafe vardı. Hepimiz onu izlerken gayet rahat bir şekilde merdivenlerden indi ve bir adımla beraber sürat teknesine atladı. "Nadir'i gönderin ilk," dedi bize doğru.

Nadir öne doğru çıktığında korkuyla aşağıya doğru baktığını gördüm. Rengi daha fazla solmuş, dudakları daha fazla kurumuştu. Gözlerinin içi kıpkırmızıydı, belini dik tutamayacak bir durumda gibiydi. Hepimiz ona süre tanıdık ama cesaret edip de bacağını demirin diğer tarafına atamadı. Ona doğru yaklaşıp elimi sırtına yerleştirdiğimde irkilip geriye doğru kaçtı; temastan hoşlanmıyordu.

Elimi kaldırdım, ona zarar vermeyeceğimi belli eden bir tınıyla "Yapabilirsin, Nadir," dedim. "Sen hayatımda gördüğüm en cesur çocuklardan birisisin."

"Yüzme bilmiyorum." Sesi korkudan titriyordu. "Ya suya düşersem efendim? Boğularak ölmek istemiyorum."

"Nadir," Bartu alçak bir sesle konuşuyordu. "Bak biz burada kaç kişiyiz, senin boğulmana izin verir miyiz? Hem öyle bir şey olmayacak, aşağıda Yankı seni bekliyor."

Hepimizin yüzüne baktığında cesaret vermek istiyormuş gibi gülümsedik. Bartu, öne doğru ilerleyip elini uzattı ve benim gibi düşünmeden hareket etmek yerine ona dokunmak için izin istedi; Nadir Bartu'nun elini tuttuğunda titrediğini yeni fark edebiliyordum.

Zorlukla da olsa Nadir'i demirin diğer tarafına yerleştirdiğinde "Sadece merdivenleri in," diye mırıldandı. "Birkaç basamak. Denizi unut, her şeyi unut. Birkaç basamak, Nadir. Yapabilirsin."

"Yapabilirim, efendim," dedi Nadir kuru bir sesle. "Yapabilirim değil mi efendim?"

"Evet, yaparsın sen," dediğinde inançlı sesi, benim hoşuma gitmişti. "Seninle biz daha çok şey başaracağız. Dövüşmeyi öğreteceğim sana çocuk."

Nadir, bu dediğine inanmasa da hiçbir ses çıkarmadan bir basamak indi ve nefesini tuttuğunu anladım. Aşağıdan Yankı "Evet, Nadir," diye seslendi. "Başaracaksın." Yavaş yavaş birkaç dakika içerisinde basamakları indiğinde son basamakta takılı kaldı ve Yankı ona doğru kollarını uzatıp "Sadece zıpla," dedi. "Ben seni tutacağım." Nadir inanmıyordu, onun kimseye güveni yoktu. "Tutacağım, Nadir. Seni bırakmayacağım. Seni kandırmıyorum. Bana güven."

Küçük bir çocuğun güvenini kırmak, bir camı kırmak kadar basit değildi çünkü çocuklar, hayata güvenerek başlardı, insanlara inanarak ilerlerdi. Defalarca güvenleri boşa çıksa da umursamazlardı. Nadir'in güvenini, binlerce camı parçalar gibi kırmışlardı ve o artık dünyaya kırık bir camdan bakıyordu bu yüzden bize güvenmesini bekleyemezdik.

Nadir, yapabileceği hiçbir şeyi kalmadığında gözlerini kapatıp sürat teknesine doğru zıpladı. Önder ile Yankı aynı anda onu tuttuklarında titreyen dizleriyle beraber olduğu yere çöktü. "Teşekkür ederim efendim," diye mırıldandı zorlukla. "Beni tuttunuz."

Acıyla nefesimi verdiğimde, tek bir insanı değil, kötülüğü değil, dünyayı çocuklar için affetmeyeceğimi hissediyordum çünkü sorumlu herkesti, hepimizdik.

Nadir, bir süre sonra sakinleştiğinde Yankı bana bakıp "Helin," dedi. "Hadi ama in sen de."

Başımı sallayıp üzerimdeki poları demirin kenarına attım ve bacaklarımı diğer tarafa yerleştirdim. Merdivenlerin basamaklarından inmeye başladığımda "Bu merdiven sallanıyor," deyip güldüm. "Bartu inerken kopmasın da." Yankı'nın bir cevap vermesini bekledim ama o cevap vermedi ve bakışlarım ona döndüğünde şaşkınlıkla gözlerim açıldı çünkü gözleri yüzümde değil, kalçalarımdaydı.

"Hey," dedim kaşlarımı çatarak. Nadir ile ilgilenen Önder neyse ki hiçbir şeyin farkında değildi. "Nereye bakıyorsun sen?"

Yankı'nın gözleri kalçalarıma takılmaya devam ederken son basamağa geldim ve başının yavaş yavaş inişi bile daha fazla kaşlarımı çatmama neden oldu. Bir bacağımı öne doğru uzattım, derin bir nefes verdim ve sürat teknesine doğru atladım. Yankı, dengemi sağlamak için beni kollarımdan tuttuğunda vücudum vücuduna sarıldı. Gözleri, odaklandığı yerden gözlerime tırmandığında "Ben bu inişini beğenmedim," dedi tuhaf bir tınıyla. "Bir daha mı insen merdivenden?"

"O niye ya?" Dengemi çoktan sağladığım için kollarından ayrılmak istedim ama izin vermedi.

"Şimdi merdiven inip çıkmak eğitim için çok önemlidir," dediğinde o da saçmaladığının farkındaydı ama gülümsüyordu. "Liderin olarak seni izlemek zorundayım."

"Bütün kızların lideri olduğunu öğrendim teknede," dedim. "Artık bu sökmüyor bana."

"Bir şeyi unutuyorsun," dedi gülümsemeye devam ederek. "Ben onların lideri olmak istemiyorum. Ben senin liderinim." Kollarını benden uzaklaştırdı. "Ve başka birinin lideri olmak isteyeceğimi de pek sanmıyorum."

"Bu bir sahiplenme mi?" dediğimde alayla güldüm. "Liderler bu kadar sahiplenici mi olurdu?" Cevap vermedi.

Yankı sormadan Bartu, "Mutlu hâlâ hareket etmiyor amına koyayım," diye bağırdı. "Ne yapacağız? Seni burada bırakırız diyorum ama yine hareket etmiyor."

"O zaman onu taşı," diyen Yankı burnunun kemerini sıktı. "Mutlu'nun inadını biliyorsun, vazgeçmez."

"Ben onu vazgeçirmesini bilirim de..." Bartu, dişlerini sıkarak aşağı doğru eğildi ve birkaç saniye sonra omzunda Mutlu'yla beraber tekrardan karşımıza çıktı. Gözleri Mutlu'nun kalçalarına doğru kaydı sonra kafasını iki yana sallayarak "Hayaller hayatlar," diye mırıldandı. Daha önce Lâl'i de böyle taşımıştı.

Merdivenlerden inmeye başladıklarında gerçekten merdiven olduğundan daha fazla sallanıyordu ve içten içe bir şey olmaması için tedirgindim. Fakat Bartu ne kadar sıkılgan ise Mutlu'nun yüzünü profilden gördüğümde o kadar keyifli durduğunu fark ettim. "Seni Grey'im yapacağımı söylemiştim," dedi yine sadece ağzını oynatarak. "Bir kıçıma şaplak atmadığın eksik."

Bartu, merdivenin son basamağında nefesini sesli bir şekilde dışarıya verip "Tek kelime daha edersen seni denize fırlatırım," dedi. "Ve bunu yapacağımı biliyorsun, Mutlu."

Mutlu sustu. Yankı, eğilip Mutlu'yu Bartu'nun omzundan zorlukla aldı ve Mutlu'nun kurşun geçirmez inadı, beni şaşkına uğrattı. Tek parmağını bile oynatmadan onları kukla gibi yönetti. "Ne diyeyim," dedim Mutlu sürat teknesine geçtiğinde. "Tebrikler, bu yaptığını kimse yapamazdı."

Mutlu yine sessizliğe gömüldüğünde Işık ve Lâl de hızlıca tekneden aşağıya indiler. Dakikalar sonra sürat teknesi durdurduğu motorunu tekrardan çalıştırdı ve hareket ettiren kişi kıyıya doğru sürmeye başladı. Hepimiz zar zor sıkışıp tekneye oturduğumuzda ayaklarımızın ucunda Mutlu vardı. Onunla ilgilenmemizi beklediğinin farkındaydım ama diğerleri de bunun farkında olmalı ki hiçbiri ona bakmıyordu.

Önder, Yankı'ya dönüp "Her şeyi hallettiniz mi?" diye sordu. Benimle katiyen göz teması kurmuyordu, ben yokmuşum gibi davranıyordu. Işık'a olan tavırlarıyla birebir aynı olsa da zaman geçtikçe Önder'in bana karşı olan nefretinin artması, beni şaşırtıyordu.

Yankı, kafasını aşağı yukarı sallayıp "Tankut artık yaşamıyor," diye mırıldandı. "Ve o oda da artık onlara ait değil. Çocuklar nasıl?"

Önder, Nadir'in duymasını istemediği bir şekilde "İyiler," diye mırıldandı. "Nadir kadar kötü bir durumda değiller, en azından iyileşme umutları var." Derin bir nefes verdi, başını kıyıya doğru çevirdi ve bakışları kısıldı. O gözümde ne kadar kötü bir insana dönüşürse dönüşsün, çocuklara karşı kendini durduramayacağı bir şefkatinin olduğunu görebiliyordum.

Bir anda bakışları bana doğru döndü ve kaşlarını kaldırdı. "Onun hakkında bir şeyler anlattı mı?" Gözleri beni süzerken, benimle muhatap olmayıp Yankı'ya sorusunu yönlendiriyordu. Bana karşı saygısının olmadığını daha nasıl gösterebilirdi?

Bartu cevap vermek için ağzını açtığında Yankı "Evet," dedi ve onun yalana başvurmayacak olması, beni tedirgin etti. "Anlattı bir şeyler." Cebinden sigarasını çıkardı, dudaklarının arasına yerleştirdi ve çakmağıyla ucunu yakmak istedi ama öyle çok rüzgâr vardı ki defalarca denediyse de olmadı ve çakmağı yere doğru doğru attı. Önder ise Zippo çakmağını çıkarıp onun sigarasını yaktı. "Önder bana bakmaktan vazgeç," dedi bir anda. "Anlatacak başka bir şey yok."

"Sana ne anlattığını söylemeyecek misin?" Önder'in sesinde hem şaşkınlık hem de öfke vardı. "Bunu bilmem gerekiyor, Yankı. Bu kıza güvenmiyorum."

Oturduğum yerde kıpırdandığımda hemen yanımda oturan Bartu'nun kaşları çatık bir şekilde beni izlediğini gördüm. Bu konuda hâlâ benden mi şüpheleniyordu, yoksa sorgulamak mı istiyordu bilmiyordum ama bakışları öylesine rahatsız ediciydi ki hızlıca gözlerimi ondan kaçırdım.

Yankı, başını çevirip Önder'e baktığında tek kaşını havaya doğru kaldırdı. Diğer yanımda oturan Işık'ın da bana baktığını biliyordum ama gözlerim sadece önümde oturan Yankı'nın profilindeydi. Korkuyordum, korktuğumu biliyordu; tedirgindim, tedirginliğimi görüyordu. Yankı bunların hepsinin farkındayken, Önder'in eline böyle açık bir pusula vermezdi.

"Burada Helin ile ilgili her konuyu senin değil, benim bilmem gerekir, sana ne oluyor, Önder?" Başını yana doğru eğdi. "Yoksa Helin ile ilgili hoşuma gitmeyecek planların mı var?" Son sorusu aklıma Yankı ve Işık'a yaptığı işkenceleri getirdiğinde kalbim sızladı.

"O aranıza yeni girdi," dedi Önder umursamaz bir tınıyla ama odağının direkt ben olduğumun da farkındaydım. "Dosyalarından başka bilgimiz yok, sana daha önce de söylemiştim. En azından onun hakkında daha fazla bilgim olursa..."

"En azından onun hakkında daha fazla bilgin olursa onun sınırlarını da, sınırsızlığını da görebilirsin değil mi? Sonra yeni bir oyuncağın olur," dedi Yankı bu sefer. "Hepimize ulaşmaya çalıştın, çoğumuzu da ulaştın kendi yöntemlerinle. Ama Helin'e bunu yapmana izin vermeyeceğim, bu yüzden sorgulamak da güvenmek de güvenmemek de sadece bana düşer. Sen burada beş kişiden sorumlusun, Helin'den sadece ben sorumluyum."

Önder, Yankı'nın sert tepkisinden sonra afalladı, böyle bir karşılık beklemediği ortadaydı. Aralarında diğerlerine göre daha fazla soğukluk vardı, bunu fark etmiştim ama tepkisi, bu beni de çok şaşırtmıştı. Önder'in bir süreden sonra Yankı'nın ondan üstün olduğunu kabullendiğini kanaat getirmiştim fakat şimdi baktığımda aralarında hâlâ soğuk bir savaş var gibiydi.

"Bir kuş alırsın, o kuşu büyütürsün," dedi Önder Yankı'ya sakin bir sesle. "Yemini verirsin, suyunu verirsin, uçmayı öğretirsin." İşaret parmağıyla onu gösterdi. "Şimdi o kuş, başka bir kuş için benim elimi ısırıyor öyle mi? Bu gaddarlık Yankı."

"Bir kuş alırsın," dedi Yankı da ona karşılık vererek. "Kafese kapatırsın. Uçmayı sadece o kafesin içinde öğretirsin. Sonra o kuş, özgürlüğünü ister. Ben senin kafesinden kaçtım, geri dönmemin tek nedeni de kardeşlerimdi. Bunu biliyorsun. Şimdi hiçbirimiz senin kafesinde değiliz ve bize artık elini uzatırsan o eli ısırırım." Hafifçe tebessüm etti. "Ayrıca sen o kuşa istediğin kadar Yankı de. Ben gerçek adımı hiçbir zaman unutmadım, hiçbir zaman da silmedim."

Soğuk savaş.

Daima o kafesin içinde yaşatmak isteyen Önder ve gökyüzünde özgürce uçan kuş. İkisi de birbirine benziyordu: Yankı, Önder'in iyi kalbiydi; Önder, Yankı'nın liderliğiydi.

Işık, Yankı'ya bakıp gururla gülümsüyordu, kendi cümlelerini sanki Yankı dile getirmişti. "Kafanın dikine git," dedi Önder geri adım atarak. "Umarım Helin konusunda yanılırım ama eğer yanılmazsam hepiniz zarar göreceksiniz."

"Orada dur." Bartu'nun sert tepkisiyle gözlerim ona kaydı. "Böyle bir şey asla olamaz, izin vermem. Beşimizden birinin kılına zarar veremez eğer verecek olursa..."

"Bartu." Işık başını eğip ona baktı. "Helin burada değilmiş konuşmaktan vazgeçin, bilmiyorum farkında mısınız ama o sağır değil."

Kendimi savunmak ya da konuya dâhil olmak istesem de sessizliğimi korudum ve gözlerim ayaklarımın ucundaki Mutlu'ya kaydı. Ortamdaki gerginlikten dolayı girdiğim duygu durumunu en net o görmüştü ve bakışları benim üzerimde gezinirken gülümsedi; gerginliği yok etmek istiyordu. Ben de ona karşılık verip gülümsediğimde "Bence sırtın tutulacak," deyip kısık bir sesle ona takıldım. "Kalksana artık."

"Osi'nin sırtımı kırması mı, yoksa sırtımın tutulması mı?" diye sordu alayla. "Hayatımın sonuna kadar böyle devam etmek istiyorum."

"Hayatının sonuna kadar böyle devam edersen Grey'ini bulamazsın maalesef." Işık da gerginliği toz bulutu gibi uçurmak istercesine omzuyla omzuma dokundu. "Biz çift yumurta ikiziyiz, Helin ve onun yumurtasına aptallık da katmış annemiz. Yapacak bir şey yok."

Mutlu'nun kaşları çatıldı. "Senden iki dakika büyüğüm koca götlü," dedi üstünlükle. "Ben doğduğumda sen sarı ışıkta bekliyordun, ben önden çıktım çünkü prensler her zaman birincidir. Benim gibi muhteşem olmayışın nereden geliyor, anlamıyorum. Tam kafan çıkarken kırmızı ışık yandı da beynin mi gelişmedi acaba?"

Kendimi tutamayıp güldüğümde Işık, ayağıyla sertçe Mutlu'ya vurdu. "Sen ilk çıktın, çünkü malsın. Ben son çıktım çünkü assolistim kırık yumurta. İlk ben konuştum, ilk ben okuma yazmayı çözdüm. Sen ne yapıyordun? Yedi yaşına kadar emzik emdin." Yüzünü buruşturdu. "Ha bir de sümüğünü yiyordun."

"Sümüğün tadı o yaşlarda güzeldi!" Mutlu'nun sesi yüksek çıktığında diğerleri de onlara baktı. "Yankıtu, şu benden aşama aşama düşük olan ikizime bir şey söyle, hayatın en büyük lütfu olan kardeşinin bile farkında değil."

"Size ne oluyor?" Yankı omzunun üzerinden onlara baktı. "İki gündür bir dövüş içerisindesiniz, uzun zamandır böyle değildiniz."

"Ne olacak," dedi Mutlu sinirle. "Onun için dünyadaki erkek oranını yüzde sıfıra hatta kadınların oranını bile sıfıra indiriyorum diye bana deli oluyor. Sıfır mı? Eksi. Dünya üzerinde o cesarette birisi olabilir mi?"

Kıyıya doğru yaklaşmıştık, motorun sesi ağır ağır duruyordu. Işık, başını gökyüzüne doğru kaldırarak "Şunun daha az kıskancını gönderemez misin?" diye sordu. "Çünkü ben artık katlanamıyorum da."

"Göndersin de bak neler oluyor, gör," dedi Mutlu gülerek.

"Mutlu," dedi Bartu göz ucuyla bakarak. "Yine çok konuştun."

"Ama Grey'im," diye inledi. "Işık'ın hayatına biri girebilir mi? Düşünsene Lâl'in hayatına birisi girdi."

Bartu'nun gözleri kocaman açıldı, bir anda hareket etmeye yavaş da olsa devam eden teknede ayağa kalktığında dengesini sağlayamadı ve tekrardan geri yerine oturdu. "Lâl'in hayatına amına koyduğumun züppesi mi girmiş? Ölmek mi istiyormuş? Kimmiş o?" Lâl'e döndü. "Hayatına girmemiştir o, hayatının çevresinde dolanmıştır sonra bana çarpmış yok olmuştur. İmkânsız."

Mutlu eğlenerek "İstemeye gelecekmiş," diye takıldı. "Çiçek çikolata falan. Neymiş efendim, Lâl'e aşıkmış, onsuz yapamıyormuş."

"Onu toprağa eker, çiçek gibi çıkarırım," dediğinde Lâl'e bakmaya devam ediyordu. "Ne çiçek gibi çıkarması? Onu toprağa ekerim, durmadan budarım. Âşık mıymış? Onsuz yapamıyor muymuş? Lâl'siz mi yapamıyormuş? Lâl'im olmadan mı yapamıyormuş?" Yumruğunu gösterdi. "Bak bunu görüyor musun Lâl? Onu bu yumrukla öldürürüm."

Lâl'in dudakları şaşkınlıkla aralandığında bir yandan da korkuyordu ve kafasını iki yana salladı. O an, Lâl'in Bartu'nun bu öfkeli ve bir o kadar da kaba hallerinden korktuğunu anladım. Mutlu keyifle gülmeye devam ederken, Bartu'yu öfkelendirecek cümleler söylemeye devam ediyordu ve Bartu daha fazla sinirleniyordu.

Arkadan Bartu'nun kulağına doğru yavaşça eğilip "Biraz kibar ol," diye fısıldadım. "Lâl'e yine abisi gibi yaklaşıyorsun, onu koruyacaksan da bu kadar kaba olma."

Bartu, bir anda bıçak gibi kesildi, yumruğunu aşağıya doğru indirdi ve bakışlarını Lâl'den kaçırdı. Birkaç saniye düşündükten sonra bana baktı ve kaşlarımı çattığımı gördüğünde yutkundu. "Yani," dedi ağzının içinde geveleyerek. "O beyefendi hazretlerinin ağzının burnunu dağıtmak isterim yüksek müsaadenle Lâl. O şerefini kaybetmiş piçimsi herif kafasını benim yumruğuma vurmak isteyecektir. Değil mi canım?" Yüzünü buruşturdu, çenesi kasıldı. "Değil mi tatlı pıtırcığım?"

"Pıtırcığım mı?" diye mırıldandığımda Işık da "Tatlı pıtırcık mı?" diye inledi. Yankı'nın yüzü Bartu'ya doğru döndü, kafasını sallayarak "Pıtırcık ne lan? Bir de tatlısı da var," diyerek karşılık verdi. Mutlu ise heykel gibi durmayı bıraktı, olduğu yerde zıpladı ve eliyle ağzını kapatarak "Pıtır ne?" diye bağırdı. "Pıtırcık mı? Pıtır ve cık mı? Hem de tatlısından pıtırcık. Tekrardan kusacağım şimdi."

Lâl büyük bir dehşetle Bartu'nun yüzüne bakarken eliyle yüzünü kapattı ve art arda kafasını iki yana sallamaya başladı. Bartu'nun bakışları bana döndü, ben de "Gerçekten bunu mu anladın?" diye sordum.

"Pıtırcık işte amına koyayım," dedi hepimize doğru. "Sevimli pıtırcık Lâl. Size ne? Ne anlarsınız sevgi sözcüklerinden."

Lâl işaret parmağını dudaklarına bastırarak onu susturmaya çalıştı; hem utanıyor hem de Bartu'ya üzülüyordu ama ilk defa Bartu'yu bu kadar sevimli görüyordum.

Tam o sırada Nadir arkamdan bana doğru eğilip "Yanlış anlamayın efendim ama bence burada en son akıl verecek kişi sizsiniz," dedi. "Bunun bir üstü çıkma teklifi olacak gibi." Başımı çevirip ona baktığımda gülümsediğini gördüm.

Nadir söylediklerinde maalesef haklıydı. Benim kendime çizdiğim yollar bile bu kadar mantık dışıyken Bartu'ya nasıl olurdu da akıl verebilirdim? Ama en azından o an fark ettim ki Bartu'yla gerçekten birbirimize benziyorduk. Duygularını dışarıya vururken ne yapacağını bilemiyordu ve eline yüzüne bulaştırıyordu.

Sürat teknesi durduğunda hepimiz indik ve Önder, adama para verdiğinde bize doğru döndü. "Siz gidin, ben tekneyi bu tarafa çektireceğim."

"Ve?" dedi Bartu ellerini ceplerine yerleştirerek. Üzeri hâlâ çıplaktı, limandaki insanlar dönüp dönüp ona bakıyordu. En azından Yankı'nın üzerinde polar olması onun çıplaklığını az da olsa gizliyordu. "O tekne de bizim olacak. Çalıyorum." Ellerini birbirine vurdu. "Hatta çaldım."

"Oha!" diye haykırdı Mutlu. "Kendimize ait teknemiz de mi olacak? Kaçıncı seviye bu?"

Önder, kaşlarını çattı. "İlk önce araştırmamız, siciline bakmamız gerek. Tekne işleri yaş, sıkıntı çıkabilir."

"Araştır." Bartu'nun sesi netti. "Eğer sıkıntı çıkmazsa tekne de bize ait olacak, sürmeyi öğreneceğim."

Düşüncesi bile öylesine tuhaf geldi ki yüzümden bu okundu. Bartu hırsızlık yaparak birçok arabaya sahip olduğu gibi, şimdi de tekneye sahip olmak istiyordu. Onun bu durumunun küçüklüğünden kaynaklandığına neredeyse emindim.

"Ben de sizinle geleceğim," dedi Işık Yankı'ya ardından Mutlu'ya ters bir bakış atarak. Çantasından arabanın anahtarlarını çıkarıp Yankı'ya verdi, Yankı kilidi açtı. "Bu kırık yumurtayla bir süre daha aynı ortamda kalamayacağım."

"Sen yüzümün değil, kıçımın ikizisin," dedi Mutlu omzunu silkerek. "Uzak dur benden."

Ben, Nadir, Yankı ve Işık arabaya bindiğimizde Yankı sürücü koltuğundaydı. Ben yolcu koltuğunda, arka koltukta ise Nadir ile Işık oturuyordu. Yankı, anahtarı kilide taktı ve çalıştırdığında motorun sesi yükseldi. O sırada Işık, sırt çantasından telefonlarımızı çıkarıp bize uzattı. "Her zaman emrinizdeyim, Işık A.Ş. olarak."

"Teşekkürler," dedim telefonumu ondan alırken. "En azından liderimiz olarak değil..."

Yankı, göz ucuyla bana birkaç saniye baktı sonra gülümsedi. Arabayı sürmeye başladığında bakışlarım onu izlemeye başladı. Saçlarındaki nem gitgide azalmıştı, daha fazla dalgalı bir hâl almıştı. Turkuaz gözleri daha parlak bakıyordu, sokak lambalarının ışığında değil de onun turkuaz rengi gözlerinin ışığında kendi yolumu çizebileceğimi düşündüm.

Beni bu yaşıma kadar kimse sevmemişti, bunu hissetmiştim. Herkes terk edip gitmişti, annem en başından istememişti zaten babam, adımı bile bilmezdi çünkü dayımın söylediğine göre onun için sadece bir parçadan ibarettim. Benim ondan olduğumu bile düşünmemişti, merak bile etmemişti.

İzlediğim filmlerde, okuduğum kitaplarda, dinlediğim insanlarda öğrendiklerim hep onu terk edenlere karşı öfke duyduklarıydı. Günlerce, aylarca belki de senelerce ben de böyle olmak için çabalamıştım ama sonucunda yine kendimi suçlu bulmuştum.

Lanetli olduğumu düşünüyordum. Bu kulağa tuhaf ve zedeleyici geliyordu ama lanetimin herkese bulaşacak kadar zararlı hale geldiğinin de farkındaydım. Kimi seversem seveyim o kişinin gideceğine inanıyordum, bu o kişinin suçu da değildi. Bu benim suçumdu. Daha kötüsü, birine âşık olursam, o kişinin ben âşık olduğum için öleceği düşüncesiydi.

Kendimin ve lanetimin farkına vardım varalı insanlardan duygusal olarak uzak kalmaya çalışıyordum çünkü insanları lanetimle yok etmek, öldürmek istemiyordum.

Başımı koltuğa yaslamış bir şekilde onu dakikalardır izlediğimin farkında bile değildim ama Yankı'nın sesi ikimizin arasına bir balta gibi indiğinde "Oradan manzara güzel mi?" diye sordu. Uzanıp arabanın radyosuna dokundu ve rastgele bir şarkıda durduğunda kaşları havaya doğru kalktı, müziğin sesini yükseltti.

"*Losing My Religion*," dedim şarkının adını söyleyerek. "Defalarca dinlesem de bıkmayacağım tek şarkıdır, çok severim."

"Benim de öyle," dedi Yankı dikiz aynasından Işık ve Nadir'e doğru bakarken. İkisi de pencereden dışarıya dalmış, bambaşka duygular içerisindelerdi. "Öyle bir etkisi var ki bana hep ölümü hissettirir. Kendi ölümümü. Bir gün bu hayatta artık yer almazsam geride kalanların bu şarkıyı dinleyip beni hatırlamasını isterim."

Elimdeki telefon titredi ve mesaj geldiğini anladım ama Yankı'nın cümleleri benim nefesimi öyle bir kesmişti ki ona odaklanan gözlerim artık kıpırdamadı bile. "Ölmek mi?" diye sordum solgun bir tınıyla. "Hem de senin ölmen mi?" Kafamı iki yana salladığımda bunu kabullenmek oldukça zordu. "Sen benim gözümde ölümsüzsün. Yankı Sarca ölemez."

"Neden?" diye sorduğunda hem alaya alıyor gibiydi hem de düşüncelerimi merak ediyordu. "Benim de normal bir insan olduğumun farkındasın değil mi? Küçükken çok mu fazla vampir kitapları okudun sen?"

"Vampir kitapları umurumda değil," dediğimde telefonum tekrardan titredi. "Yankı Sarca ölemez çünkü her zaman başka bir yol vardır. Bunu bana sen öğrettin öyle değil mi?"

Gülümsediğinde dudaklarının kenarında oluşan çizgiler, gözlerimin önüne serildi. Gün ışığı onun yüzüne vururken, olduğundan çok daha güzel görünüyordu. "Ölümden başka bir yol," dedi düşünceli bir tınıyla. "Vampire dönüşüp ölümsüzlüğü kendim için yaratmak." Dalgaya alıyordu ama düşünceleri daha farklıydı, bunu görebiliyordum.

Gülümsediğimde arabayı sağa doğru kırdı ve daha yavaş kullandığını fark ettim. "Keşke o kadar bencil olsan," diye mırıldandığımda telefonuma başka bir mesaj daha geldi. "Ama sen hayatımda gördüğüm en bencil olmayan adamsın Yankı Sarca. Diyelim ki öleceksin ve sana ölümsüzlüğü sunuyorlar. Sen ne yaparsın biliyor musun? O ölümsüzlüğü kendine değil, en sevdiğin kişiye verirsin. Çünkü hayatının sıralamasında bile sen kendin için en sondasın."

Yankı, başını çevirip bana baktığında artık gülümsemediğini, kaşlarının çatıldığını gördüm. Onu çözmüş müydüm, yoksa çözdüğümü mü düşünüyordum? Hangisiydi bilmiyordum ama düşüncelerim onu rahatsız etmiş gibi görünüyordu. "Öyle mi?" dedi kendisi de daha önce bunu düşünmemiş gibi. "O hâlde madem bu kadar iyi tanıdığını düşünüyorsun, söyle bakalım kime ölümsüzlüğü verirdim?"

Kısa süre düşündüm ardından elimi çeneme koyarak "İlk önce gerçek ailene," diyerek tedirginlikle nefesimi verdim. İlk defa onunla bu konuyu konuşuyordum. "Çünkü hâlâ kendi öz ailene bağlı olduğunu, onlar için her şeyi yapabileceğini düşünüyorum. Ama bilemiyorum, belki de onlar artık hayatta değillerdir ve..."

"Hayattalar," dedi hızlıca ve bakışlarını benim üzerimden çevirdi. Gözleri kısıldığında gökyüzünün karnından yeni doğan güneş, onun bakışlarına çarpıyordu ve cam gibi görünmesine neden oluyordu. "Ailemin her bir üyesi hâlâ hayatta."

Işık bir anda konuya dâhil olarak "Aramızda ailesiyle hâlâ muhatabı olan tek kişi Yankı," dedi rahat bir sesle. Dikiz aynasından Yankı ona ne kadar bakarsa baksın umursamadı. "Babası inanılmaz zengin bir iş insanı, bir dönem milletvekilliği de yaptı, annesi ise Yankı'nın dedesinin trilyon mal varlığına sahip bir kadın." Başka bir şeyler daha anlatmak istediğinde Yankı ona öyle bir bakış attı ki, Işık ağzına fermuar çekmiş gibi bir anda sustu.

"Gerçekten mi?" diye sordum şaşkınlıkla. "Onlarla görüşüyor musun?" Birkaç saniye bekledim ama Yankı cevapsız bıraktı, sanki hiç soruyu sormamışım gibi davrandı. "Baban iş insanı, annen milyarder," devamında ne söyleyeceğimi bilemediğim için duraksadım ama Yankı kafasını aşağı yukarı sallayarak devam etmemi istedi. "Sen bu hayatın içine nasıl düşmüş olabilirsin ki?"

Yine sessizlik oldu, Yankı hayal kırıklığıyla gülümsediğinde kafasını iki yana salladı fakat yine beni cevapsız bıraktı; başımı çevirip Işık'a baktığımda yanlış bir soru sormuşum gibi dudaklarını birbirine bastırdığını gördüm. "Herkes bu soruyu sorar," dedi ve o anda yine telefonum titredi, başka bir mesaj daha geldi. "Beni şaşırtmadın, Helin. Beni bir kere şaşırt." Gözleri kucağımdaki telefonuma kaydı. "Ve şu mesajlarına cevap ver, birisi fazla ısrarcı görünüyor."

Yine aklıma geleni söylemiş, yine aklıma geleni söylemenin cezasını kendime kesmiştim. Umursamaz bir şekilde elime telefonu aldım ve tuşuna bastığımda aklım Yankı'ya sorduğum sorunun onun kalbini kırmış olup olmadığındaydı. Ekrana bir süre boş baktım ardından kendimi toplamak istermiş gibi silkelediğimde defalarca mesaj atan ismin 'Caner' olduğunu gördüm.

Onlarca mesaj atmıştı. Kaşlarım çatık, attığı mesajları okurken, başka bir mesaj daha ekranıma düştü.

Caner:

Her ne yapıyorsan umarım mesaj atmaman için geçerli bir nedendir. İki gündür nerelerdesin? Ulaşamıyoruz. Bugün okuluna geleceğim ve seni yine göremezsem o sokak çocuklarının evini basıp bu sefer hepsini doğduklarına pişman edeceğim. Özellikle o başlarındaki kendini bir bok sanan piçi mahvedeceğim. Onun geçmişini hiç araştırdın mı? Aklının bile alamayacağı şeyler bulduk. Ondan uzak dur.

Kaşlarım havaya doğru kalkarken direkt olarak mesajlara girdim ve çevrimiçi olduğunu gördüm.

Caner, teknedeydik ve telefonlarımız çekmiyordu. Bir olaya girdik, şu an eve dönüyoruz. Ayrıca okula gelmek mi? Yankı'dan mı bahsediyorsun? Ondan zaten uzak duruyorum.

Ondan zaten uzak mı duruyordum? Denizin içindeki hâlimiz gözlerimin önüne gelmedi, bizzat hissettim ve kanımın bile aktığı yerde tekrardan canlandığını fark ettim. Kalbim tekledi, teklerken elim dudaklarımın üzerine doğru gitti. Caner'in yazıyor olması bile umurumda değildi, mantığımın dışına çıkıp ilk defa düşünüyordum. Yankı beni dudaklarımdan öpecekti.

Mesaj geldiğinde gözlerimi yumdum ve derin bir nefes alarak mesajı okudum.

Caner:

Yankı mıdır, ses midir her ne haltsa? Şu başlarındaki çirkin olan adamdan bahsediyorum.

Duraksadım ve gözlerimi devirdiğimde Caner'in kıskançlığının onu aptallaştırdığını düşündüm. Gözleri gören hiçbir insan, Yankı'yı çirkin bulamazdı çünkü bu imkânsızdı. Arada sırada onu gözümde çok mu büyütüyorum diye düşünüyordum ama ne zaman ona baksam, bana diğer günden daha güzel görünüyordu.

Caner cevap vermediğimi fark ettiğinde devam etti.

Cevap da vermiyorsun, öyle mi? Önemi yok. Senin için söylüyorum, ondan uzak dur ve bugün okula gel. Seninle konuşacağız.

"Kötü bir şey mi var?" Yankı'nın sesiyle irkildiğimde hızlıca telefonun ekranını çevirdim ve bakışlarımı yola döndürerek kaşlarımı çattım. "Tedirgin görünüyorsun."

"Tedirgin değilim," dedim hızlıca. "Bugün okula gitmem gerekiyor, beni okula bırakabilir misin?"

Yankı bir telefona bir bana bakıyordu ama benim ona attığım kaçamak bakışların da farkındaydı. "Benim de gitmem gerekiyor zaten," dedi düz bir sesle. "Eve gidelim, duş alalım, öyle okula gideriz."

"Hemen." Hızlıca verdiğim yanıtla bakışlarım ona kaydı. "Yani şimdi, hemen. Çok önemli. Kaçırdığım bir ders varmış."

Yankı inanamıyormuş gibi yüzüme baktığında "Helin," dedi sakin bir sesle. "Eve gideceğiz, duş alacağız sonra gideceğiz dedim. Bugün günlerden cuma ve senin cuma günleri dersin öğleden sonra başlıyor."

Şaşkınlıkla gözlerimi ona çevirdiğimde "Bunu da mı biliyorsun?" diye sordum. "En başından beri benim seni takip ettiğime emin miyiz?"

Yankı umursamaz bir tınıyla "Takip edilenler her zaman daha dikkatlidir," diye geçiştirdi. "Aklımda kalmış."

"Okul mu?" Işık'ın sesiyle bir kez daha irkildim. "Ben de geliyorum, Helin'le beraber derse girerim. Mutlu'yla yüz yüze gelmek istemiyorum bir süre."

"Olmaz!" diye bağırdığımda ikisinin de gözleri bana döndü ve beklediğimden daha yüksek bağırdığımı fark ettim. "Yani olmaz çünkü bugün dersin hocası misafir öğrenci istemiyor."

Işık dudaklarını büktü ama daha sonra "O hâlde gelir, kantinde beklerim seni," diye mırıldandı. "Kantine de hocalar karışmıyordur herhâlde?"

Buna verecek hiçbir cevabım olmadığı için başımı aşağı yukarı salladım ve tekrardan telefonuma yöneldim.

Caner, okula geleceğim ama Işık da benimle beraber geliyor, müsait zamanım olmayacak gibi. Hem Yankı da o okulda ders görüyor, biliyorsun. Rahat edemeyiz. Başka bir zaman konuşsak?

Caner:

Işık kimdi? Şu dilsiz şeytan mı?

Öfkelendim.

Onun hakkında düzgün konuş, sadece konuşamıyor. Ayrıca o değil, ikizlerden kız olan. Yankı da şu çirkin, turkuaz gözlü olan adam.

Caner:

Onun turkuaz gözlerini bilye yapar, oyun oynarım.

Tekrardan gözlerimi devirdim.

Ben bir çaresine bakacağım, okulda görüşürüz. Öptüm güzellik, yaraların iyileşmeden yenilerinin oluşmasına sakın neden olma.

Cevap vermeden ekranı kapattığımda ve başımı kaldırdığımda Yankı'yla göz göze geldik, bir açıklama yapma gereği duyarak "Arkadaşım günlerdir okula gitmediğim için endişelenmiş," diye mırıldandım. "Ve anlatacağı dedikodular birikmiş sanırım... Eski erkek arkadaş, yeni sevgili muhabbetleri filan..."

Öyle rahat yalana başvuruyor, öyle huzurlu bir şekilde yalan söylüyordum ki bu beni rahatsız etti. Önceden etmezdi, Yankı'yı tanımadan önce. Ama şimdi konuştukça dünyanın en büyük suçunu işlemişim gibi hissediyor, onun tam gözlerinin içine bakarken, sayfa sayfa yalanlar döşerken bir an bile yüzümün kızardığını hissediyordum. Herkese yalan söylemek isterdim ama Yankı'ya istemezdim çünkü bu adil değildi.

Bana baktı, beni yine anlıyormuş gibi baktı ama bu sefer anlamasını istemediğim için bakışlarımı ondan kaçırdım çünkü yalanlarımı görürdü biliyordum.

"Anladım," dedi kısık bir sesle ve yalanıma ortak oldu. "O hâlde arkadaşını daha fazla endişelendirmeyelim, hemen okula gidelim de sen de onunla görüş."

♣

Üzerime giydiğim kırmızı kazağımın eteklerini aşağıya çekiştirirken okuldan içeriye doğru giriyorduk. Eve gitmiş, hepimiz duşumuzu almış sonra hızlıca –daha çok benim hızlı olmamla– çıkmıştık. Yankı, Işık ve Lâl yanımdaydı; Mutlu ile Bartu ise okulun çıkışına geleceklerini söylemişlerdi. Yankı'yla defalarca metroda karşılaşmamıza rağmen bu sefer arabayla okula gelmişti. Nedenini soramıyordum çünkü dakikalardır benimle tek kelime konuşmuyor sadece hareketlerimi izliyordu.

Okula doğru bakarken nedense kendimi tuhaf hissetmiştim. Defalarca bu okulun içinde ona ulaşmak için çabalamış, bütün çabalarımda ellerim boş dönmüştüm ama Yankı, bütün bu çabalar umurunda değilmiş gibi davransa da hepsini benden daha fazla ezbere biliyordu, bunu bana açıkça göstermişti.

"Derse gitmeyecek misin?" Öylece durup etrafa baktığımı fark eden Yankı önüme doğru geçti. Koyu mavi oduncu gömleği giymişti, kollarını ise kıvırmıştı. Saçlarını yine dağınık bırakmıştı. Sakalları gün geçtikçe daha fazla uzuyordu, zamanı olmadığı için olsa gerek kesmeye fırsatı olmuyordu. "Hey," dedi ona dikkatli bir şekilde baktığımı fark ettiğinde. "Acele ediyordun şimdi öyle bekliyorsun, derse girmen gerek."

Işık da önüme geçti. "Hadi, Helin," dedi heyecanla. "Çok hevesliyim." Işık da olduğundan daha şık görünüyordu. Üzerine siyah dar bir bluz giymişti, altında koyu mavi kot pantolonu vardı ayaklarında ise topuklu botları. Benden beş altı santim daha uzun görünmesine neden olan botlarına baktıktan sonra gülümsedim.

"Gidelim, dev Işık," dedim alayla ardından gözlerimi Yankı'yla Lâl'e çevirdim fakat tam o anda Yankı'nın arka tarafında sigara içerek bizi izleyen Caner'i gördüm. Yüzümdeki gülümseme solduğunda "Görüşürüz," diye mırıldandım.

Arkamı dönüp gideceğim sırada Yankı "Helin bu arada," dedi, eliyle kolumu tuttu ve elektrik çarpmış gibi kolumu ondan çektiğimde başımı çevirdim. Ne olduğunu anlamayarak bana bakarken elini havaya kaldırdı ve kafasını iki yana salladı. Cebinden bir telefon çıkarıp bana uzatarak "Bu telefon senin," dedi düz bir sesle. "Bizimle iletişim kuracaksan bu telefondan kur, hat benim üzerime kayıtlı." Başımı sallayıp elinden telefonu aldığımda gözlerinin içine bakmamaya dikkat ediyordum, Caner'i de görmezden gelmek istiyordum ama onun oradaki ruh gibi varlığı beni endişelendiriyordu.

"Görüşürüz," dedim kuru bir sesle tekrardan.

"Neden öyle davrandın?" Işık'la beraber kampüse doğru adımlamaya başladığımızda cebimdeki kendi telefonum titriyordu, Caner'den mesaj geldiğine adım kadar emindim.

"Sadece irkildim," dedim kampüsten içeriye girerek. "Ani temaslardan pek hoşlanmıyorum da." Lafı değiştirmek istermiş gibi bakışlarımı ona çevirdim ve süzdüm. "Senin neden bu kadar şık olduğuna bir açıklaman var mı? Normalde salaş giyinmekten hoşlanıyorsun."

Işık, işaret parmağını dudağına bastırıp bana sus işareti yaptı ve dersimin olduğu sınıfa doğru beraber ilerlerken etrafı dikkatli bir şekilde inceledi. "Söylerim ama aramızda kalacak," dedi yalın bir sesle. Hızlıca başımı sallayıp onu onayladığımda etrafına baktı, birilerini arıyormuş gibi davrandı daha sonra kulağıma doğru eğildi. "Etrafta Mutlu'nun olmadığına emin olmaya çalışıyorum. Bugün kendime birini ayarlayacağım, Helin." Gözlerim şaşkınlıkla açıldığında ellerini kaldırdı. "Hayır, sakın tepki verme. Mutlu sanıyor ki ben ondan habersiz hiçbir şey yapamam, bir haftalığına iddiaya girdik. Görsün bakalım kardeşi Işık'ı."

"Işık..." dedim ve dudaklarımı birbirine bastırdım. "Gerçekten bunu yapmak istiyor musun? Kampüsümden kimsenin kalçalarına iğneler batsın istemem."

"Öyle bir şey olmayacak," deyip sırıttı. "Sen sadece benim seninle derse girmeme izin ver."

Derse girebilirdi, giremeyeceğini söylememin tek nedeni Caner ile konuşmak istememdi ama her türlü beni engelleyeceği için "Şansımızı deneyelim," dedim ve sınıftan içeriye adımımızı attık. "Ama bak söylüyorum, benim sınıfımdakiler genelde kafayı Rus Edebiyatı'yla bozmuş tiplerdir. Bu hoşuna gider mi?"

"Bunların önemi yok," dedi gözlerini devirerek. "Sadece Mutlu'ya karşı iddia kazanmak istiyorum hepsi bu. Neden mi? Çünkü göt olacak."

Güldüm ve sınıfın içinde yürümeye başladık; yukarıya doğru çıkan sıralardan herhangi birine yöneldiğimde hemen yanımda Işık, keskin ve kısık gözlerle etrafa bakıyordu. Yanıma oturduğunda herkesin yüzüne tek tek bakmaya dikkat ediyordu, bir işmiş gibi öylesine ciddiydi ki "Işık bu kadar korkutucu bakma etrafa," diye mırıldandım. "Böyle bakarsan olmaz, bizi döver bu kız derler kaçarlar."

"Ne?" dedi ve yüzünü düzeltmek istiyormuş gibi acayip hareketler yaptı. Parmaklarını kaşlarını bastırdı, yukarıya doğru çekti sonra samimiyetsiz bir şekilde gülümsedi. "Böyle nasıl?"

Soğuk bakışlarına zıt olan gülümsemesini izlerken cevap vermek istedim ama tam o anda sınıfın içinde kahkaha sesi yükseldi. Başımı tahtanın olduğu tarafa doğru çevirdiğimde üç tane erkeğin el ele tutuşup daire yaptıklarını gördüm. Anlamaya çalışırken Işık da benimle beraber aynı noktaya baktı. Erkekler, bizim onlara baktığımızı fark ettiklerinde "Mut," dedi bir tanesi içinden. "Lu," dedi diğeri. "Ga," diyen sonuncu kişi sırıttı. Üçü bir ağızdan, "Mutluga, Mutluga," dediğinde o çemberin içinden Mutlu çıktı ve ellerini iki yana açarak güldü. "Selam kızlar!"

Sınıftakiler kahkaha atmaya başladıklarında elimle ağzımı kapatıp şaşkınlıkla ona doğru baktım. "Yok artık!" dediğimde Mutlu, daire oluşturan çocuklara sarıldı ve Işık'a hareket çekerek yanımıza doğru yürüdü. "Işık ben doğru mu görüyorum?"

"Kahretsin," diye hırladı Işık. "Senin burada ne işin var Mutlu?"

Önümüzdeki boş yere oturdu ve kollarını önünde bağlayarak bize döndü. "İyilerin kraliçesi Mutluga karşınızda kızlar," dedi gülerek. "Işık kafa." Yüzünün aldığı hale bakarak gülmeye devam etti. "Gerçekten salak olduğumu mu sanıyorsun? Seni yalnız bırakacağımı filan? Gelinin kız kardeşi gibi süslenip okula geldin, yer mi Mutluga Prens bu numaraları?"

Işık öfkeyle "Sen gerçekten berbatsın," dedi. "Ama bunlar hiçbir işe yaramayacak, kaybedeceksin."

Mutlu alayla kafasını sallayıp onu geçiştirdi. "Siz gelmeden önce sınıftaki herkesle konuştum, hepsi senin çamaşır suyu içiren bir sapık olduğunu biliyor."

İçeriye kadın öğretmen girdiğinde çatık kaşlarıyla sınıftaki herkese tek tek baktı ardından aynı öfkeli ifadesiyle masasına kuruldu. "En acımasız öğretmendir," dedim. "Umarım bir sıkıntı çıkmaz." Bakışlarım Işık ve Mutlu'ya döndü. "Yani umarım bir sıkıntı çıkarmazsınız."

Mutlu, ellerini pes diyormuş gibi kaldırıp "İkizim uslu durduğu sürece," dedi. "Ben daima usluyumdur, Helinski. Derdini ona anlat."

Öğretmenin derse geçeceğini önündeki kütle şeklindeki kitapları açmasından anladım. Ben de gelişi güzel çantama tıkıştırdığım kitapları ve defterleri çıkarırken bir yandan da cebimden telefonumu çıkarıyordum. Işık'ın göremeyeceği şekilde ekranı aydınlattığımda, yine onun ismiyle karşılaştım.

Caner:

O sokak çocuğunun sana dokunmasına izin vermedin. Akıllanmaya başlamışsın, Helin. Kızlar tuvaletinde seni bekliyorum, ikinci kapının arkasındayım. Burada kızlar dedikodu yapıyor, hemen gelmezsen bütün okul hakkında bilgim olacak.

Yüzümü buruşturdum ve mesaj yazmaya başladım.

Şu an gelemem, derse yeni girdim. Ayrıca yanımda sadece Işık yok, Mutlu da var. Kıvırcık saçlı olan. Sakın onu hafife alma, fazla akıllıdır ve dikkatlidir.

Caner:

Şu geri zekâlı, aralarında en fazla çocuğa benzeyen mi? Tek parmağımla döverim. Acele et.

Mesajı kapattım ve sertçe telefonu masaya koyduğumda Işık, başını çevirip bana baktı ama farkında değilmiş gibi hocanın anlattıklarına odaklanmaya çalıştım; aklımda dönüp duran bütün düşünceler, beni bekleyen gerçeği dile getiriyordu. İhanetin son düzlüğündeydim ve benden artık bir şeyler yapmamı isteyeceklerdi. Kabul etmek zorundaydım, reddetmek imkânsızdı ama belki başka bir yol da izleyebilirim diye düşünmeden edemiyordum.

"Hey, Helin," dedi Işık kısık bir sesle. "Şu iki ön sıramızdaki kumral adam. Dönüp dönüp bakıyor, göz göze geldiğimizde bana gülümsedi. Onu tanıyor musun?"

Başımı eğip o tarafa baktım ve daha önce görmediğime kanaat getirip "Hayır," diye mırıldandım. Kumral saçları, açık renk gözleri vardı. Boyu uzun görünüyordu, iki yanağındaki gamze gülümsemediğinde bile ortaya çıkıyordu. Fazlasıyla iri vücudu elbette Bartu'yla yarışamazdı ama kuvvetli görünüyordu. "Işık, bence boş ver. Mutlu fark ederse fena olur."

"Umurumda değil," dediği anda kumral adam tekrardan dönüp Işık'a baktı ve hafifçe tebessüm etti. Işık, bunun arkasından ona daha geniş bir şekilde gülümsediğinde bir anda önümdeki defteri aldı. "Mutlu görmeden, hızlı olmam lazım," diye fısıldadı. Kalemi de elimden çektiğinde hızlıca beyaz sayfaya büyük ihtimâl kendi numarasını yazdı ve defteri adama karşı havaya kaldırdı. Adam ilk başta afalladı, kaşları havaya kalktı ardından gülerek cebinden telefonunu çıkardı ve Işık'ın verdiği numarayı kaydetti.

"Yuh," dedim şaşkınlıkla. "Sen gerçekten çapkınmışsın ya."

Adam, dudaklarını oynatarak "Teşekkür ederim," dediğinde Mutlu'nun başı adama doğru döndü ardından bir anda bize baktı fakat Işık, öyle hızlı bir şekilde defteri önüme attı ki Mutlu bunu fark etmedi.

"O güneşte fazla yanmış gibi görünen salatalık sana mı teşekkür etti?" diye sordu Işık'a kıskançlıkla. "Eğer öyleyse onu salatanın içine doğrarım."

"Hayır," dedi Işık düz bir sesle ve omzundan Mutlu'yu itekledi. "Önüne bak, sen buradayken birisiyle nasıl flört edebilirim ki?"

Mutlu'nun gözleri bu sefer de bana döndü ama ellerimi kaldırdığımda "Ben hiçbir şey görmedim," diye karşılık verdim. "Ders dinliyorum, suçsuzum."

"Helinski," dedi sinirle. "Eğer bana doğruları söylemezsen bir parti verir, Yankı'ya âşık bütün kadınları çağırırım. Hepsine turkuaz iç çamaşırı hediye eder, partiyi de turkuaz külot partisi haline getiririm. Duydun mu?"

"Mutlu," dedim ellerimle yüzümü kapatarak. "Lütfen beni araya sokma, hiçbir şey görmedim diyorum."

"Ben gördüm." Mutlu'nun yanında oturan kısa, gözlüklü kız kaşları çatık bir şekilde bize baktı. "Yalan söylüyorlar. O kumral adam, okulun en havalılarındandır. Herkesi düşürmeye çalışır, iki gün birlikte olur ayrılır. Az önce senin kardeşine bakıp gülümsedi sonra her ne olduysa ona teşekkür etti."

Mutlu öfkeyle bize doğru döndüğünde ikimiz de birbirimize bakıp sırada aşağıya doğru kaydık ve Işık, gözlüklü kızın yüzüne doğru silgi attı. "İşte şimdi bittiniz," dedi Mutlu ve telefonunu çıkardı. "O yanık salatalığı mahvedeceğim, Işık senin ışığını söndüreceğim, Helinski turkuaz külot partisine hazır ol."

Telefondan birilerine mesaj attı ardından birini arayarak kulağına götürdü. Birkaç saniye bekledikten sonra "Bartukıç Sarcaios," dedi nefesini vererek. "Beklediğimiz son gerçekleşti. Kod adı salatalık, Işık'a yürüdü. Işık da karşılık verdi." Bekledi ve gözlerini açtı. "Dur, koşarken kimi düşürdün? Ne hocayı mı? Kaldır onu!" Yüzümüze döndü. "Edebiyat sınıfı, A6 dersliği. Grey'im yetiş, adam kocaman. Beni makas gibi açıp açıp kapatır bu."

Telefonu kapattığında işaret parmağını bize salladı sonra boğazına götürüp bittiniz siz hareketi yaptı. Işık, tedirginlikle telefonunu eline aldı. "Kahretsin, şarjım yok," diye inledi. "Helin, hemen Lâl'e haber ver, buraya gelsin. Ve Yankı'yı da çağır. Olay çıkacak."

"Kahretsin," dediğimde Yankı'nın bana verdiği telefonu çıkardım ve ekranı aydınlatmak için tuşa bastığımda karşımda gördüğüm görüntüyle gözlerim kocaman açıldı. Yankı, ekrana aylar öncesine ait beni gizlice çektiği bir fotoğrafı koymuştu. Aslında *selfieydi*. Kantinde çekilmiş bir fotoğraftı. Yankı çekmişti, arkasında masada oturan ben görünüyordum. Üzerimde simsiyah bir elbise vardı, simsiyah bir makyaj. Dudaklarımı büzmüş Yankı'nın sırtına bakıyordum, fotoğraf çekildiğimden habersizdim. Yankı'nın dikkatini çekmek için taktığım başka bir maskeydi ve fotoğrafta gülümseyen Yankı'yı gördüğümde bunun hoşuna gittiğini anladım.

Ah. Siyahlar.

Hızlıca rehbere girdim ve sadece beş kişinin kayıtlı olduğunu gördüm. Bartu Sarca, Mutlu Sarca, Işık Sarca, Lâl Sarca ve... Yankı, değil LİDERİN.

Büyük harflerle, LİDERİN.

Adına tıklayıp mesaj atmaya başladım.

Yankı, bu fotoğraf da neyin nesi? Sen gerçekten delirdin mi? Bu fotoğrafı nasıl çekebilirsin? Hem "LİDERİN" de ne demek?

Hızlıca Lâl'in adına geldim ve ona yazmaya başladım.

Lâl, hemen edebiyat A6 dersliğine gelmen gerekiyor. Bartu, bir adamı mahvedecek, sadece sen engel olabilirsin.

Mesajı gönderdiğim anda üstten Yankı'nın mesajı düştü.

LİDERİN:

Nasıl mı fotoğrafını çekebilirim? Elbette "LİDERİN" olarak.

"Helin," diye inledi Işık bana doğru. "Yankı'yla flört mü ediyorsunuz sahiden?" Başımı çevirdiğimde mesajları okuduğunu gördüm. "Onu buraya çağırır mısın?"

Kafamı hızlıca aşağı yukarı salladım ve tekrardan mesaja döndüm.

Sana laf yetiştirmekle, baş kaldırmakla uğraşırdım ama yeri değil. Birazdan sınıfta olay çıkacak, Bartu geliyor. Edebiyat, A6 dersliği. Hemen gel, "LİDERİM OLMAYARAK YANKI!"

Bir anda sınıfın kapısı çalmaya başladı ve öğretmen gir demeden, kapı sertçe açıldı. Bartu'yu gördüğümde gözlerim kocaman açıldı ve Işık hızlı bir şekilde ayağa kalktı. Mutlu ise ellerini birbirine çarparak "Bro Sarcaios," diye mırıldandı. "Adamım benim."

"Pardon?" dedi öğretmen kaşları çatık bir şekilde.

Bartu, bizim yüzümüze baktı sonra Mutlu'yla gözleri kesişti. Mutlu, kumral adamı gösterdiğinde onaylayıp "Hocam rahatsız ediyorum," dedi Bartu ardından cüzdanını çıkardı ve havaya kaldırıp bir şey gösterdi sonra hemen indirdi. "Ben polis memuru Seyfi Kurtuluş," diye mırıldandı. "Bir öğrenciniz için soruşturma açılmış bulunmakta. Kendisini karakola götürmek zorundayız."

Sınıftaki herkes birbirine baktığında ve kendi aralarında konuşmaya başladıklarında Işık alnına sertçe vurdu. "Hangi öğrencim?" diye sordu öğretmen sakin bir sesle. "Ve sakıncası yoksa nedenini öğrenebilir miyim?"

Bartu öğretmenin sorusuna cevap vermeden kumral adamın yanına doğru ilerledi ve tepesinde dikildi. İlk önce etrafına bakan adam sonra kaşlarını kaldırdı. Korkmamıştı, bu bana alışkın olduğunu hissettirdi. Şımarık bir edayla, "Yine ne yaptım?" dedi. "Avukatım olmadan hiçbir yere gelmem."

Bartu, masanın üzerini ellerine koydu, adamın yüzüne doğru eğildi. "Eğer şimdi benimle gelmezsen," diye kısık sesle soludu. "Avukata değil, doktora ihtiyacın olacak."

"Anlamadım?" Kaşları havaya kalktı.

Bartu sanki tahminlerinde yanılmıyormuş gibi "Narkotik," dedi dişlerini sıkarak. "Yeterli mi?"

Adam yutkundu, kaşları daha fazla havaya kalktı sonra çevresine baktı ardından ayağa kalkıp eşyalarını toplamaya başladı. Bartu, kollarını önünde bağlayıp onu beklerken ben de ayağa kalktım, sonra da Mutlu.

"Size ne oluyor?" dedi öğretmen bize ama aldırış etmeden ikimiz de eşyalarımızı toplayıp Bartu'yla adamı beklemeden sınıftan çıktık, arkamızdan Mutlu da geldi. Öğretmenin arkamızdan söylendiğini duyabiliyordum ama herkes o kadar şaşkındı ki kimse bir şey yapamıyordu.

Birkaç dakika sonra Bartu, kumral adamla beraber sınıftan çıktı ve onu yakasından tutup yürütmeye başladı, biz de peşlerinden ilerledik. "Sen misin benim kardeşime yan gözle bakan lan?" diye sordu Bartu en sonunda.

"Türk erkeği birinci cümle," dedi Mutlu gülerek. "Yaklaşıyor yaklaşmakta olan."

"Ne?" dedi kumral gözlerini açarak. "Nasıl yani?"

Bartu, kumral adamı okulun dışına çıkardı ardından onu bir duvara dayayıp ellerini yakasına geçirdi. "Sen kimsin lan?" dediğinde hemen hemen aynı boyda olduklarını gördüm. "Seni cacık yapar, üzerine afiyetle yerim. Sen kimsin?"

"Sen kimsin mi?" Mutlu eliyle alnına vurdu. "Türk erkeği ikinci cümle, süpersin Bartu'm!"

Aralarında itişme başladığında onların olduğu tarafa doğru yürüyüp "Bartu, sakin ol!" diye bağırdım. "Hiçbir şey olduğu yok."

Kumral adam Bartu'yu itekledi. "Asıl sen kimsin lan böyle posta koyabiliyorsun?" Gözleri bize doğru döndü. İlk başta gülümsedi sonra rahatlamış bir nefes verdi ardından kaşları çatıldı. "Polis değilsin, değil mi?" diye sordu.

"Sürpriz amına koyayım," dedi Bartu ve onu bir kez daha itekledi. "Polis olmam için dua etmene son birkaç dakika kaldı."

"Bartukıç'ım!" diye haykırdı Mutlu. "Döv onu, parçala. Onu salatalıktan cacık, patlıcandan karnıyarık yap. O beni dövmeye çalıştı, ah bacağım, bacağıma bıçak sapladı! Koptu, diktim tekrardan!"

"Mutlu abartma!" dedi Işık. "Yalan söyleme!"

Kumral adam neler olduğunu anlamadı ama ilk atak ondan geldi. Bartu'nun karnına yumruk attığında, Bartu geriye doğru sendeledi ardından "Bittin sen," dedi ve bu kez de o sert bir yumruğu adamın yüzüne geçirdi.

Ben ve Işık onları ayırmak için hamle yaptığımızda ise boşaydı, çoktan birbirlerine girmişlerdi.

Bir anda Mutlu, arkadan adamın sırtına zıpladığında kafasını tuttu. "Sen kim oluyorsun da benim kardeşime o çirkin ağzını oynatarak teşekkür ediyorsun ha?" Bir anda adamın sırtını ısırdığında gözlerim kocaman açıldı, adam haykırdı. "Seni mahvederim yanık kafa!"

Işık, bana dönüp "Lâl, mesaja cevap vermedi değil mi?" diye sordu. Başımı aşağı yukarı salladım. "Git ve onu bul! Bartu'yu sadece o sakinleştirebilir!" Sakinleşecek gibi görünmüyordu. Seslere terasta oturan birkaç kişi bile seyirci olmaya başlamıştı ayrıca pencereden de öğrenciler bakmaya başlamıştı.

"Tamam," diye bağırdığımda hızlı adımlarla koştum ve büyük alana çıkacağım sırada birisi kolumdan sertçe çekip beni hemen yan taraftaki yangın merdivenine itekledi. Gözlerim Caner'in ela gözleriyle karşılaştığında "Ne yapıyorsun," diye hırladım. "Ödüm patladı!"

"Bütün bu sokak çocukları bir an olsun birbirinden ayrılmaz mı lan?" diye sordu bana. "Sürekli olay, sürekli birlikteler. Seni hiç yalnız yakalayamayacak mıyım?"

Başımı eğip birkaç metre ilerideki kargaşaya baktım ardından onu daha fazla görünmeyeceğimiz bir yere çekip "Çabuk söyle," diyerek kaşlarımı çattım. "Lâl'i bulmam gerekiyor, yoksa okul karışacak."

Mutlu'nun çığlık sesleri geliyordu, Bartu'nun hırlamaları ve Işık'ın ağlamaklı sesi. Kumral adam ise küfürler savuruyordu. "Sana verilen sürenin sonuna gelindi," dedi net bir şekilde. "Elimize bir şeyler vereceksin değil mi? Eğer vermezsen neler olacağını da biliyorsun."

Önümde bağladığım kollarımı ayırdığımda gözlerim tekrardan kargaşanın oraya yöneldi ve verebileceğim bir cevabım olup olmadığını düşündüm; Caner de bunu hissetmiş olacak ki kaşlarını çatarak yüzüme bakmaya devam etti. "Sanırım veremeyeceğim," diye mırıldandığımda gözlerim ona döndü. "Onlar hakkında hâlâ bir şeyler bilmiyorum. Bana sırlarını açmıyorlar."

Caner, bir anda sertçe kolumdan tuttu ve beni kendine doğru çekti. "Senden sırları isteyen kim? Senden gerçekleri istiyoruz. Sanıyor musun ki bu saatten sonra sadece bir dayakla kurtulacaksın. Ekip hayatını karartmaya çalışacak, Helin. Geçmişini unutma."

Kolumu ondan kurtarırken, sertçe omzundan itekledim. "Sakın, bir daha bunu yapma." Dişlerimi sıktığımı ve öfkemi yeni fark ediyordum. "Karşında eski Helin yok artık." Bu cümleleri bana kurduran neydi?

"Eski Helin yok mu?" Beni baştan aşağı süzdü. "Tam bir sokak çocuğuna dönüştüğünü kabul ediyorsun yani ama sen tam olarak eski Helin'sin. Sadece maskeni çok sevdin, o kadar." Alayla güldü. "Bize bu gece onlar hakkında bir şeyler vereceksin, Helin. Yoksa seni mahvedecekler." Çenemi tutmak istediğinde geriye doğru kaçıp ondan kurtuldum. "Ayrıca o götünde dolaştığın sokak çocuklarının liderinin nasıl bir geçmişi olduğunu da tahmin bile edemezsin. Zamanımız tükeniyor, Patrona ulaşmamız gerekiyor."

Cebimdeki Sokak Nöbetçileri'ne ait olan telefon titremeye başladığında çıkarıp ekrana baktım ve LİDERİN yazısını gördüm.

"Liderin mi?" diye sordu Caner. "O senin liderin mi oldu? Bunu kabullendin mi? Sen? Helin? Birinin üstünlüğünü kabul mü ettin?"

Telefonu meşgule attıktan sonra "Lider değil, Patron yazsaydı daha az şaşırırdın herhâlde?" dedim düz bir sesle. "Ayrıca emin ol, bana sizden daha fazla iyiliği dokunmaya başladı."

"Ne gibi?" dediğinde kargaşadaki seslerin yavaş yavaş sustuğunu fark ettim. O tarafa doğru yeniden baktığımda telefonum yine titredi ve Caner kolumdan tuttu. "Ne gibi, dedim."

Kolumu ondan kurtarıp "O Yankı Sarca," dedim ve kapıya yürümeye devam ettim. "Ve sen onu tanımıyorsun."

"O Yankı Sarca," dedi söylediğimi tekrar ederek. "Ve sen de onu tanımıyorsun, nasıl bir adam olduğunu bilmiyorsun."

Onu duymazdan gelip tartışmanın olduğu tarafa doğru yöneldiğimde "Bu gece," diye bağırdı arkamdan. "Bu gece kendi isteğinle bize gelmezsen biz değil, sen yanacaksın, Helin."

"Öyle mi?" Başımı ona doğru çevirdim, kaşlarımı kaldırdım ve dudaklarımdan "Yanayım o hâlde," döküldü. "Çünkü kendimi daha az umursuyorum artık."

"Sana daha fazla zarar verecekler," dedi bir kez daha.

"Versinler," dedim korkusuzca.

"Seni o çukura yeniden itecekler," dedi bu kez.

"İtsinler," dedim yine korkusuzca.

"Aptal," dediğinde köşeyi dönmek üzereyim. "Onlar da zarar görecek ve bu senin yüzünden olacak. Kendi ellerinle onun ölümünü yazıyorsun."

Yine korkusuzca cevap vermek istedim ama yapamadım. İç sesim, onları koruyacağını söyledi ama bunu bile dile getirmedim. Ne olacaksa olsundu artık.

Ondan tamamen uzaklaştığımda yine telefonum titredi ve Yankı'nın aradığını gördüm. Açıp kulağıma götürdüğümde sakin bir sesle "Neredesin?" diye sordu ama arkada bağırış sesleri vardı, Işık ile Mutlu kavga ediyordu. "Hemen gitmemiz gerek."

"Geliyorum," deyip kampüsün arka kapısına doğru koşmaya başladım. "Siz neredesin?"

"Arka kapıdan çık." O söylemeden zaten bunu yapmıştım. "Bahçede köşedeyiz, seni bekliyoruz."

Daha hızlı koştum ve kapıdan dışarıya çıktığımda ön kapıdan içeriye doğru giren gerçek polis üniformalı adamları gördüm. Şaşkınlıkla bahçenin köşesine doğru giderken gözlerime ilk önce Bartu ulaştı ardından hepsini birden gördüm.

Yanlarına vardığımda Işık ve Mutlu hararetli bir tartışmanın içinde gibilerdi. Lâl Bartu'nun önünde durmuş, elleri karnında onu sakinleştirmeye çalışıyordu. Dudağının kenarı kanıyordu, yanağında kızarıklık vardı. Yankı beni gördüğünde "Neredeydin," diye sordu düz bir sesle. Onun da üzerindeki gömleğinin bazı düğmeleri kopmuştu, büyük ihtimâl ayırmaya çalışırken olmuştu.

"Lâl," dedim nefes nefese ve yutkundum. "Onu bulmaya gitmiştim ama o çoktan gelmiş."

"O salatalık tipli sana niye teşekkür etti?" diye sordu Mutlu Işık'a. "Ona öpücük mü attın yoksa?"

"Sana ne!" Işık öfkeliydi ama Mutlu yine keyifli görünüyordu. "Düş yakamdan ya! Ben de evleneceğim, aile kuracağım, çocuklar yapacağım. Geleceğimi niye engelliyorsun!"

"Rüyanda görürsün." Mutlu orta parmağını gösterdi. "Senin ailen de çocuğun da benim işte. Evlenemezsin ya."

"O herifi parçalara ayıracağım." Bartu öfkeyle nefesini veriyordu. "Kendine çok güveniyordu, bana yumruk attı. İnanabiliyor musunuz? Yumruk attı."

"Bartu," dedi Yankı gözlerini devirerek. "Ne yapmasını isterdin? Yumruklarını öpmesini mi? Adamın burnu kırılmış. Rapor alsa seni süründürür."

"Helinski," dedi Mutlu sinirle. "Sen böyle bir şeye nasıl izin verirsin?"

Kafamı iki yana sallayıp "Çok abartıyorsunuz," diye karşılık verdim. "Beraber çıkıp bir kahve içmesinden ne olacak ki?"

"Bu kız taktı çıkmaya," diyen Mutlu Yankı'ya baktı. "Şunun ağzından burnundan kulağından kahve damlat da kendine gelsin ya." Bartu'ya döndü. "Biliyor musun, Helin de Işık da benden gizledi, yanımda oturan kız bana her şeyi anlattı. Bunları da silkelesene hadi."

Bartu'nun gözleri öfkeyle ikimize döndüğünde bir süre yüzümüze baktı sonra Yankı'ya döndü. "Bu aralar, bu grupta bir şeyleri gizlemek moda oldu," dedi. "Başlangıcı sen yaparsan, devamı da böyle gelir."

Lâl, Bartu'nun yüzüne bakmaya çalıştı ama Bartu ona bakmıyordu. "Bir şeyleri gizlemek?" dedi Yankı Bartu'ya. "Neyden bahsediyorsun? Yine içinde tuttuğun neyi dökeceksin Bartu?"

Bartu'nun koyu gözleri bana döndüğünde neyi kastettiğini aslında hepimiz anladık ama Yankı açıkça dile getirmesini istedi. "Tankut'un sana Helin hakkında söylediği her neyse," dedi çenesini havaya kaldırarak. "Önder'e söylemek istemedin, anlarız tamam ama bize söylemek zorundasın çünkü o her an bizim içimizde, bilmek hakkımız."

Nefesim kesildiğinde ve gözlerim Yankı'nın profiline kaydığında Lâl, kafasını iki yana sallayarak Bartu'yu susturmak istedi ama artık her şey için çok geçti. Bartu, bana karşı olan şüphelerini, öfkelerini tüketmemişti. Bunu zaten yapmayacağını bana her fırsatta belli etmiş hatta söylemişti ama şimdi tekrardan yine dile getiriyordu.

Fevri Bartu Sarca, istediği ânı bulmuştu.

"Sizi ilgilendiren bir şey yok," dedi Yankı boğazını temizleyerek. "Hiçbirimizi ilgilendiren bir şey yok. Tankut'un söylediği benim içimde, Tankut'la beraber de denizin dibinde çürüyecek."

"Neden?" diye sordu Bartu öfkeyle ve dişlerini sıktığını gördüm. "Bana nedenini söyle. Onu neden koruyorsun?" Dudakları kinini kustu. "Çünkü her ne duyacaksak bu ona daha fazla güvenmememize neden olacak değil mi? Sen bile bile sırf ondan etkileniyorsun diye onun gerçek yüzünü gizlemeye çalışıyorsun belki de."

Lâl, Bartu'nun yüzünü elleri arasına almak istedi ama Bartu ondan kaçarak geriye doğru gitti. Yankı, derin bir nefes aldıktan sonra gözlerini kapattı ve nefesini tekrardan verdiğinde gözlerini açtı. "Saçmalamayı kes," dedi sakin bir sesle. "Ben size zarar verecek bir şeye neden izin vereyim?"

"Çünkü onun için," dediğinde beni gösterdi. "Tankut, Helin hakkında bir şeyler biliyor. Tankut ve Helin arasında nasıl bir bağlantı olabilir ki? Düşünüyorum, anlamaya çalışıyorum ama aklım almıyor. Sana ondan daha fazla şüpheleneceğimiz bir şeyler verdi, değil mi?"

Bu zamana kadar Bartu Sarca bana ne söylediyse her seferinde haklıydı. Evet, sert bir üslubu vardı, evet, kalp kırmak onun için çok basitti ama bu üçüncü bana yaptığı haksızlıktı. Aynı konuda üçüncü haksızlığıydı. Suçlu olduğum konularda boynumu onun önüne indirir, baltayı saplamasına izin verebilirdim fakat şimdi tamamen suçsuz olduğum hâlde beni yine berbat bir konuyla suçluyordu.

Orada, acı çeken geçmişim, Tankut'un dudaklarının arasından çıkmıştı; Yankı o geçmişimdeki sırrı avuçlarının içine almış, saklamış ve denize atmıştı. Bartu ise o acı çeken geçmişimi ayaklarının altına alıp, ezmek istiyordu.

"Yeter," dediğimde Bartu'nun karşısına geçtim ve öfkeyle bağırmaya başladım. "Anlatmıyor, anlatamaz çünkü Tankut benim bir sırrımı Yankı'ya verdi ve Yankı bu sırrı benim için saklıyor! Ne sanıyorsun? Tankut'la iş birliği içinde olduğumu mu?"

"Tankut sırrını mı biliyor?" dediğinde aramıza giren Lâl'i elinin tersiyle itekledi ve Lâl, sarsılarak geriye doğru çekildi. "Birine sırrını verdiysen o kişi senin yakınındır. Tankut'la nasıl bir yakınlığın vardı?"

Ellerimi saçlarıma geçirip "Bilmiyorum!" diye haykırdım. "O benim en büyük korkumu biliyor ama nasıl bildiğini bilmiyorum!"

Bartu alayla güldü, dudağının kenarındaki kanı elinin tersiyle sildi. Yankı'ya döndüğünde "Bu söylediğine inandın mı?" diye sordu. "Sen bu kızdan etkilenmeye başladıkça aptallaştın."

Birkaç adım attıktan sonra onu sertçe itekledim ve hırsım, öyle bir kuvvete dönüşmüştü ki onun arkasındaki ağaca çarpmasına neden oldum. "Evet, inandı çünkü o Yankı!" dediğimde öfkeden gözlerimin dolduğunu hissediyordum. "Ve sen hiç kimse için Yankı olamayacaksın! Neden mi? Çünkü anlayışsız pisliğin tekisin." Onun cümleleriyle, onu vurmuştum; bir sır, başka birinin sırtına bu şekilde saplanırdı. Tankut da benim sırtıma saplamıştı.

Bartu'nun gözlerine kırgınlığın ulaştığını gördüğümde kibirle gülümsedi ve üzerime doğru yürüyeceği sırada bir anda Yankı önüme geçip beni arkasına aldı; Bartu'yla karşı karşıya geldiler. "Tankut'la nasıl bir yakınlığın olduğunu anladım sanırım," dedi Yankı'nın gözlerinin içine bakarak. "Sırlarınızı nerede paylaştığınızı da."

Öfke. Kin. Nefret. Bu üç duygu insana öyle cümleler kurdururdu ki ne sırta giren bıçağın acısı bunu tanımlayabilirdi ne de yanan ateşin parçaladığı beden. Yankı, ellerini arkada birleştirdi, yumruklarını sıktı ve Bartu'nun yüzüne bakarak "Sus," dedi sadece. "Sus."

"Bana vuracak mısın?" diye sordu Bartu Yankı'ya. "Ellerini birbirine kelepçeleme kardeşim, seni tanıyorum."

"Sus," dedi bir daha Yankı, yumruklarını daha fazla sıktı. "Beni tanıyorsan sus."

Yankı benim önümdeydi, beni kendi kardeşinden korumaya çalışıyordu ama cümleler, fiziksel şiddetten daha acıydı. Bartu'nun söyledikleri, benim zihnimde gizlediğim bir acıyı, kanattı. O kan akarken, gözümden bir damla yaş düştü; o yaşın kan olabileceğini bile hissettim.

Elimin tersiyle yanağımdaki yaşı sildiğimde baktım ve kan rengi olmadığını gördüm ve daha kötüsüyle yüzleştim. İçim kanıyordu, zihnimdeki acı, içimi kanatıyordu. Kendime bile itiraf edemediklerimi, Bartu bana itiraf etmişti.

Yankı'nın arkasından çıktığımda Bartu'nun yüzüne baktım ve başka bir yaşın daha yanağımdan süzüldüğünü hissettim. Mutlu bana doğru yaklaşmak istediğinde elimi kaldırıp onu durdurdum. "Tankut benim en büyük korkumu, kırmızı ışıklı odamı biliyor, Bartu," dedim tek nefeste. "Bilmiyorum belki de haklısındır. Sırrımı, tam da düşündüğün gibi öğrenmiştir çünkü ben çok küçüktüm." Elimi aşağıya doğru indirdim. "Şu kadarcıktım. Şu kadarcık bir çocuğu suçluyorsun ve ben o çocuğun suçlu olduğunu zaten biliyorum."

Yankı, başını önüne eğdiğinde gözlerini kapattı ve çenesini sıktığında belirginleşen kemikleri açığa çıktı. Bartu'nun verebileceği bir cevabı var mıydı, yüzüme nasıl bakıyordu, bilmiyordum ama ben ona bakmayı es geçerek Yankı'ya döndüm. "Gördün mü?" diye sordum ona. "Anladın mı beni? Ben o çocuğu hiçbir zaman sevmeyeceğim, Yankı. Sen sevsen de ben o çocuğa sarılmayacağım. Ben o çocuğu artık kurtaramayacağım."

"Helin," diyen Işık'ın sesi titriyordu. Ama onu da elimi kaldırıp susturdum ve yaşları sildim. Yankı'nın elinde tuttuğu arabanın anahtarlarını sertçe alarak park ettiği yere doğru ilerledim ve arkamdaki bakışlarını bile görmezden geldim. Arabanın kilidini açarak ön koltuğa değil, arka koltuğa oturduğumda kapıyı da arkamdan sertçe çarptım.

Yanıma birisi oturdu, o birisi benim çocukluğumdu ve bakışlarımı ona çevirdiğimde gülümsediğini gördüm. Korkutucu bir gülümsemeydi, adil olmayan bir gülümsemeydi, bana kötü bir insan olduğumu hatırlatan bir gülümsemeydi; o gülümseme kırılan kalbimden akan zehrin gülümsemesiydi.

Ben kötü birisiydim.

Elimde tuttuğum kalın kapaklı günlüğe bakarken gözlerim üzerindeki isimde geziniyordu. Geceydi, evdeki herkes uyuyordu ve ben dış kapının önünde durmuş, dakikalardır günlüğü izliyordum. İçimde tarifi olmayan bir öfke vardı, tarifi olmayan bir nefret ve tarifi olmayan bir korku. Bu korkum kendime değil, kaybedeceklerimeydi ama artık hiçbir şey umurumda değildi.

Elimi kalbime doğru götürdüğümde bir parça umut, bir parça şefkat, bir parça sevgi aradım. Parmaklarımın ucuna dokunsunlar istedim, dokundukları yerden beni iyileştirsinler istedim ama her dokunduklarında iyi olanlar da kötülüğe dönüştü.

"Sen kötü birisin," dedim kendime fısıldayarak. "Biz kötü biriyiz. Biz suçluyuz. Biz her zaman suçluyduk."

Günlüğü tutan elim ne kadar titrerse de titresin bu umurumda olmadı. Dizlerim de öyle ve sesim de. Bu sefer Yankı'nın yanına gidip titremelerimi ona göstermek, geçirmesini dilemek istemedim. Titresin istedim, korkayım istedim, kötülüğün içinde korkularımla kendimi yok edeyim istedim.

Her zaman başka bir yol vardır, diyordu Yankı Sarca. *Yol olmadığı zaman kendi yollarını çizersin.* Ben yollarımı çizebilecek kadar yetenekli değildim bu yüzden onun çizdiği yolda yürüyordum.

Adımlar atarken, gözlerim tepemdeki sokak lambalarına kayıyordu. Onları benim yoluma Yankı Sarca koymuştu, karanlığımı aydınlatsın diye. Ben birazdan, umut olsun diye yaktığı sokak lambalarını tek tek söndürecektim; kapkaranlık yolun ortasında yalnız kalacaktım.

Ben o yoldan geri dönerken, boş elimle yere bir damla kan dökecektim damarlarımdan, karanlık yola *ihanetin ilk lekesini* bırakacaktım. Yankı Sarca gelecekti, karanlık yolumu görecekti; sokak lambalarını tekrardan aydınlatmak isteyecekti ve lekeyi gördüğünde anlayacaktı.

Ben ihanet etmiş olacaktım.

Dış kapıyı açtığımda adımlarım sağlam, başım dikti. Sıkıca tuttuğum elimdeki günlüğüm titrese de gözlerim sabit, ifadesizdi. Helin Aktan, tam olarak bu kadındı. Caner'e söylediğim tamamen yalandı, yeni fark ediyordum. Ben hâlâ eski Helin'dim.

Peki neden canım yanıyordu? Neden kalbim acıyla kasılıyordu? Ben o yolda bir damla kan akıtmak istiyordum ama nedense kan kaybından ölecekmişim gibi geliyordu.

İhanete alışıktım, etmeye de edilmesine de. Peki ya neden şimdi onların sırtına saplayacağım bir kurşunun, ilk önce benim sırtımdan geçtiğini hissediyordum.

Ben neden kendi çocukluğumu haklı çıkarmak isterken, Sokak Nöbetçileri'nin çocukluğunun ellerini bıraktığımı hissediyordum? Ben neden mahvoluyordum?

Ben neden yeni tanıştığım Helin'i öldürürken, kalbimin de eskisi gibi atmayacağını düşünüyordum?

Ben neden ölüyordum?

Köşede duran Caner'le gözlerimiz kesişti. Adımlarım daha fazla hızlandı, yol ayağımın altında titredi, gökyüzü titredi, rüzgâr saçlarıma dokunduğunda bu sefer şefkatle okşamadı.

Hayat, üvey evladının sırtından itekledi; öz evladının saçlarını okşamayı bıraktı.

Ben hayata arkamı döndüm.

Onun yanına vardığımda gözlerimin içine baktı dikkatli bir şekilde. Gülümsemesini, zafer kazanmasını bekledim ama yüzüme dikkatli bir şekilde bakarken "Çok kötü görünüyorsun," diye fısıldadı. "Ağlamışsın, gözlerin şişlikten görünmüyor gibi."

"Önemi yok." Sesim kısılmıştı, konuşmak da istemiyordum zaten. Bakışlarım elimde tuttuğum günlüğe kaydı, onun gözleri de benimle beraber günlüğe döndüğünde şaşkınlıkla kaşlarını kaldırdı.

"Onların günlüğünü mü getirdin?" diye sordu, bu kadarını beklemiyordu.

"Sadece birisinin," dedim düz bir sesle. "Yalan söyledim, Caner. Ben hâlâ eski Helin'im." Günlüğü havaya kaldırdım, gözlerimi kapattım ve o yolun içinde yürümeye başladım. Ben adım attıkça arkamdaki sokak lambaları tek tek patladı. "Ben vazgeçmeden bunu al."

Gözlerimi açmamı bekledi ama açmadım. O karanlık yolun ucundaki çocukluğuma bakarken, aynı gülümseyen ifadeyle beni izlediğini gördüm. O bana ihanet etmişti, ben kendime etmiştim. Sonra durmuştum; ihaneti kanıma karıştırmıştım.

Ben bir annenin doğurduğu evlat değildim, ben ihanetin doğurduğu evlattım.

"Kimin günlüğü?" diye sorduğunda gözlerimi açtım. "Kendini buldun sonunda," diye mırıldandı. "Sen busun, sen her zaman bu oldun."

"Ben buyum," dediğimde günlüğe bakışlarım kaydı. Üzerinde yazan isime bakarken bu canımı daha fazla yaktı. Bartu Sarca'nın canını, Bartu Sarca yakamazdı, onu bu kadar tanıyabilmiştim. "Göz bebekleri," dediğimde bir anda o yoldaki bütün sokak lambaları yüksek bir ses çıkararak patladı. Kendi canımı, öfkem yakamazdı. Kendi canımı, vicdansızlığım yakabilirdi. "Lâl Sarca'nın günlüğü."

17.

NEFRET KORKUSU

Beni kötü bir insan olmaya sürükleyen gerçekleri düşündüm. Kötülüğümle yüzleşmiş o insanların gözleri tam karşımda sanki bana baktılar. Hepsinin bakışları birbirine benziyordu, hepsinin dikenleri, bir diğerinden sonra daha fazla acıtıyordu. Keskindi, acılıydı, mahvederdi ama dimdik durmaktan hiçbir zaman vazgeçmemiştim.

Unutamadığım bir anı vardı. On yedi yaşımdı, on sekizinci yaş günüme bir gün kalmıştı. Okuduğum lisedeki kimse beni sevmezdi, yanlarından geçerken sustukları ama arkasından söylemedikleri laf kalmayan o kız bendim. Ne olursa olsun, onların yanından geçmeye devam eden ve çenesini dik tutan Helin'in şu an olsa yüzüne büyük bir tokat indirirdim çünkü insanlara inanmayı hiçbir zaman bırakmamıştı.

Doğum günlerinden nefret ediyordum. Doğum günlerinden dört yaşım nefret ediyordu, beş yaşım, altıncı yaşım, yedinci yaşım. Doğum günlerinden geçmiş olan ve gelecek olan bütün yaşlarım nefret ediyordu ve edecekti de çünkü masumiyet, doğum günlerinin gecesinde yok olmuştu.

O on sekizinci yaşımda, on sekiz kere tekrar tekrar kendimden nefret ettim, on sekizinci yaşımda insanlara kötülük yapmadan önce kendime en büyük kötülüğü yaptım ve her şey daha farklı olsun diye bir adım atmak istedim çünkü insanlara inanan bir tarafım vardı ve hayallerinde mutlu olacağına inanan bir tarafım.

On yedi yaşımın son günü, okulda tanıdığım herkese bir mesaj attım ve sonraki gün on sekizinci yaşımı kutlayacağımı, herkesin davetli olacağını söyledim. Fazla işlek olmayan ama cebimdeki bütün parayı verebileceğim bir kafeyi kapattırdım, on sekiz yaşıma uygun bir elbise giydim ve kendime kocaman bir pasta aldım. Özellikle lanetimi silmek için doğum günü pastama beş tane mum diktim, laneti silmek için yepyeni bir insan olmak istedim.

İyi bir insan, on sekiz yaşında bir kız olmak istedim.

İnsanlar da bana şans verirler sandım.

İnsanlar bana o şansı vermediler.

Trajikomik bir şekilde doğum günüme kimse gelmedi ve dalga geçmek için bir çelenk gönderdiler; çelengin üzerinde 'İyi ki doğdun!' yazıyordu ve bir mezarlığa gönderilecek türdendi. Bana olan nefretlerini bu şekilde kusarlarken hiçbirisi bende bırakacağı izi düşünmemişti, doğum günlerimin bende bıraktığı izleri de.

Doğum günümü unutmayan tek bir kişi vardı, o da dayımdı. Unutmamı istemiyordu, unutmayı istemiyordu. Kafedeki masanın karşısındaki televizyonda küçüklük fotoğraflarım dönmeye başlamıştı, dayımla olan fotoğraflarım art arda sıralanıyordu. Sonunda doğum günün kutlu olsun, yazıyordu. Vazgeçmemiş, her zaman kurduğu o meşhur cümlesini de kurmuştu: *Her doğum gününde beni hatırlamayı unutma.*

Sonrası alabileceğim kadar karanlık, alabileceğim kadar dağınık, alabileceğim kadar yaralayıcıydı.

Bir daha doğum günlerim için asla adım atmamaya yemin ettim, çevremdeki hiç kimseye gününü söylemedim, hiçbir doğum gününe bile katılmadım.

O günden sonra bütün kötülüklerime rağmen, insanların iyi biri olabileceğine dair inançlarımı da yok ettim. O günden sonra değişmeyi reddettim.

Yok etmiştim. Reddetmiştim.

Sokak Nöbetçileri'yle tanışana kadar.

Şu an. Caner elimde tuttuğum günlüğe bakarken duyduğu isimden dolayı kaşları çatılmıştı. Beklemiyordu, bunu görebiliyordum ama bir yandan da sorgulamak için can atıyordu. "Lâl Sarca mı?" diye sordu afallayarak. "Neden o?"

Eve geldikten sonra Işık beni direkt olarak Lâl'in odasına götürmüştü ve artık orada yatacağımı söylemişti yani Lâl ile aynı odayı paylaşacaktım. Eve ilk geldiğimde buna karşı çıkan Lâl, kapının eşiğinden beni izlerken o an başını sallamış, beni kabul etmişti. Kırmızı ışıkların olduğu odasının kapısını ise sıkıca kilitlediğini duymuştum, sanki girmek istesem bile engellemek için bunu yapmıştı.

Uyumak istediğimi söylesem de Işık ve Lâl beni yalnız bırakmak istemiyormuş gibi yanımda kalmışlardı. Konuşmamıştık, sessizliği paylaşmıştık ama onlarla sessizliği paylaşmak bile beni sakinleştirmişti.

Yankı Sarca yanıma bile uğramamıştı, eve bile bizimle beraber gelmemişti. Bartu ve Mutlu evin nerelerindeydi bilmiyordum ama Yankı'nın adım sesini bile duymamıştım.

Bir süreden sonra uyumuştum ve tekrardan gözlerimi açtığımda Lâl'in odasında tektim, geceydi. O an, kararlarımı sorgulayacağım, yollarımı görebileceğim, adımlarımı ilerletebileceğim anlardan biriydi. Hayır, düşünmeden hareket etmemiştim, hayır, bir anlık öfkeyle yapmamıştım aksine detaylıca düşünmüş, sakin bir şekilde ne yapacağıma karar vermiştim.

Sonrası Caner'in karşısında dikilmekti.

"En rahat onun günlüğüne ulaşabildim," dediğimde sesimin kısıklığı boğazımı acıtıyordu ve bir bardak suya ihtiyacım olabileceğini hissediyordum. "Odasındaydı, dolabının içindeydi ve ben onunla beraber kalıyorum. Fırsatını yakalayınca sana getirdim."

Caner'in kaşları havaya daha fazla kalktığında "Sana güvenip odasına aldığı anda onu sırtından bıçakladın yani?" diye sordu. Bunu bilerek yapıyordu, tepkilerimi ölçmek istiyordu. Hızlıca başımı salladığımda uzanıp günlüğü elimden aldı ve dışını inceledi. "En yakın olduğun başlarındaki çirkin olan değil miydi? Onun günlüğünü neden getirmedin?"

Yankı'nın günlüğü. Düşüncesi kalbimin sanki Yankı'nın yerine kırılmasına neden oldu. Bakışlarımı Caner'den ayırdığımda havanın soğukluğunu anlayamayacak kadar bedenim hissizleşmişti. "O günlüğünü öylece ortalarda bırakacak kadar aptal değil." Caner'in yüzüne bakmak istemiyordum. "Ayrıca Lâl dediğim gibi göz bebekleri, en önemli sırların bu günlüğün içinde olduğuna eminim."

Caner, günlüğü şöyle bir elinde döndürdükten sonra "Sen içini açıp baktın mı?" diye sordu bana.

"Asla," diye karşılık verdiğimde bakışlarım tekrardan ona döndü. "Birinin günlüğünü izinsiz açıp okumam."

Caner, gülmeye başladığında eli, yüzüme kaydı ve yanağıma dokunduğunda irkildim fakat geri çekilmedim. "Başkasının günlüğünü izinsiz açıp okumuyorsun ama o günlüğü düşmanın eline veriyorsun öyle mi?" Kafasını iki yana salladı. "Sen delirmediğine emin misin?"

Parmakları yanağımda daha fazla gezindi, çeneme ilerlerken kendimi tamamen ihanete batmış gibi hissediyordum. Hem Sokak Nöbetçileri'ne karşı, hem kendime karşı hem de hayata karşı. Tamamen ihanetten ibarettim. "Çene çalmayı bırakıp günlüğü fotokopi çektirecek bir yer mi bulsan?" diye sorduğumda sesim sakindi ama cümlem baskındı. "Eğer biraz daha vakit kaybedersek dikkat çekeceğim ve geri dönecek bir *evim* kalmayacak."

"Evin mi?" Caner, günlüğü havaya kaldırdığında yanağımdaki eli çeneme tutundu ve iyileşmeyen yaralarıma bastırarak yüzümü yüzüne yaklaştırdı. "Senin yerin şu ahşap ev değil, Helin. Farkında mısın bilmiyorum ama o çocukların sırtına ilk bıçağı sapladın sen, ilk kanı akıttın ve bunun geri dönüşü yok. Sen ilk ihanetini ettin."

Onların sırtına acıyı saplamıştım ama ellerimde kan yoktu; kanayan sadece inancımdı. Caner söylediklerinde haklıydı. Ben ihanetin ilk lekesini akıttığımı düşünüyordum ama yanılmıştım. Leke geçerdi, bu ihanetin ilk iziydi.

Bu iz Sokak Nöbetçileri'nin sırtındaydı ve bir bıçak darbesi değil, bir inancın darbesiydi.

"Farkındayım," diye mırıldandığımda sesim titredi ama gözlerim dolmadı çünkü artık dolamazdı, tükenmişti. "Bunu istedim zaten Caner. İlk adım en zor olan değil midir? Bundan sonrası daha kolay olacak çünkü bir kere tamamen battım ben, bir kere onlara ihanet ettim. Daha fazla batamam ama daha fazla ihanet edebilirim, anahtarlar ellerimde."

"Bu yüzden üzgünsün," dediğinde eli çenemden uzaklaştı. "Sana kızmıyorum çünkü vicdansız birisi değilsin."

Konunun vicdanla hiçbir ilgisi yoktu. Gözümü kırpmadan şu an Caner'e ihanet ederdim ve vicdanım bir kere bile sızlamazdı çünkü böyle duygular benim için basitti ama onu aksine inandırmaya çalışmayacaktım. Başımı olumlu anlamda salladığımda gülümsedi, gülümsemesine karşılık verdim.

Sokak Nöbetçileri'nin yanına ajan olarak gönderilen Helin Aktan.

Gerçeğimle buradaydım. Ben bu kadındım.

Birkaç dakika sonrasını düşünmüyordum, birkaç saat sonrasını da. Yarını da hatta günler sonrasını da. Ne hâle geleceğimi de. Tek düşündüğüm Yankı'nın gözlerine tekrardan nasıl bakabileceğimdi. Anlar mıydı? O Yankı Sarca'ydı, her şeyi anlıyordu ama şimdi anlar mıydı?

Anlarsa ne yapardım?

Ona ihanet edebilirdim ama onun gözlerinin içine bakarak ihanet ettiğimi asla söyleyemezdim çünkü buna asla cesaretim yoktu.

Caner, günlüğün ilk sayfasını açtığında bakışlarımı hızlıca kaçırdım ve Lâl'in özeline saygı göstermek istedim fakat hemen sonra birkaç sayfa sesi daha duyduğumda kaşlarımı çattım. Ardından sayfalar hızla çevrildi ve Caner'in öfkeli nefesiyle bakışlarım ona döndü. "Ne bu?" dedi kızgınlıkla ve günlüğü yüzüme doğru attığında sert defter boğazıma doğru çarptı. "Sen benimle dalga mı geçiyorsun?"

"Ne?" dediğimde bir elim boğazımı tuttu, diğer elim yere düşen günlüğe uzandı. "Onun günlüğü değil miymiş?"

Caner'in öfkeli nefesleri devam ederken bir anda beni sertçe arkamdaki duvara yasladı ve dişlerini sıkarak "Sen bizimle dalga mı geçiyorsun?" diye sordu tekrardan. "Bu günlüğün sadece yedi sayfası dolu ve hepsi seneler öncesinin tarihleri. Sikerim seneler öncesini, bize ne suskun şeytanın çocukluğundan lan?"

Kendimi ondan kurtarmaya çalışırken, omuzlarımdan daha fazla bastırdı. "Bilmiyordum," dedim dürüstçe. "Ne bulduysam onu getirdim, içine açıp bakmadım."

Caner'in yüzünün renginin değiştiğini, tepeden vuran sokak lambasından anladım. Daha fazla öfkelenirken, burnundan aldığı nefesler yüzüme doğru çarpıyordu. "Doğru söyle," dedi dişlerinin arasından. "Onlarla birlik mi oldun?"

Kafamı hızlıca iki yana salladım ve bu sefer gerçekten kollarından kurtulmak için onu sertçe itekledim. Geriye doğru sendelediğinde elimdeki günlüğü havaya kaldırıp "Bu günlüğü buldum ve getirdim," diye bağırdım kısılan sesimle. "Ne birliğinden bahsediyorsun? Onlara kim olduğumu söylediğim an bırak birlik olmayı, kapının dışına atarlar!"

Caner, ellerini saçlarına geçirdiğinde "Sana inanmak istiyorum ama inanamıyorum Helin," diye hırladı. "Ve bugün ekip senden bir şeyler bekliyordu. Bunu onlara götürüp ne yapacağım? 'Alın çocuk kitabı, içinde dilsiz bir kızın dramı da vardır' demeli miyim?"

Ben de ellerimi saçlarıma geçirdim. "Onlara git ve en azından çaba gösterdiğimi söyle o zaman, ikna et! İhanet etmek için, kötü biri olmak için, onların istediklerini yapmak için çaba gösterdiğimi anlat!" Ahşap eve doğru döndüğümde gün birkaç saat içerisinde aydınlanacaktı. "Ayrıca bana hiçbir zaman günlükleri için şu şu tarihler arasında olmalı demediniz, nereden bilebilirdim?"

Caner, kolumu tutup sertçe kendine çevirdiğinde canımı yakıyordu. "Bizim önümüze günlükleri atan sendin. Ekibi ikna etmemi mi istiyorsun? Elimize daha gerçek bir şeyler getir o zaman ve bu sefer yanılma."

"Kolumu bırak," dediğimde dişlerimi sıkıyordum. "Canın istediği zaman bana zarar veremezsin."

"Ve," dedi söylediğimi duymazdan gelerek. "İşe kolaylıkla kıyabildiklerinden değil, kıyamadıklarından başla. Mesela başlarındaki sokak çocuğu. Sen yapmazsan, o sana çok fena kıyacak."

Kolumu ondan kurtarırken geriye doğru bir adım attım. "Yankı öyle birisi değil."

"Yankı öyle birisi değil mi?" dedi söylediğimi tekrar ederek. "Ya söylediğin kadar çok akıllı seni böyle kandırdı ya da sen aptal gibi ondan etkilendiğin için kör oldun. O aralarındaki en kötüsü ve sana seni üzecek bir haber vereyim mi? Onun için bu hayatta önemli olan dört kişi var, gerisi sadece bir oyuncak."

"Bunları nereden çıkarıyorsun?" dediğimde onu dinlemek istemediğimi hissediyordum. Hayır, Yankı Caner'in anlattığı gibi biri değildi ve olamazdı da. "Ayrıca kimseden etkilendiğim yok benim, bunu söylemekten vazgeç."

"Dinlemek istemiyorsun," dedi ve üzerime doğru yürüdüğünde geriye doğru bir adım daha attım. "Yankı'nın neden sokağa düştüğünü biliyor musun? Patron'un neden Yankı'nın elinde olduğunu? İnsanların hayatlarını çok kolay bir şekilde çalabildiğini? İnsanları yok edebildiğini? Yüz üstü bıraktığını?"

"Bilmiyorum ve öğrenmek de istemiyorum," diyerek elimi kaldırdım daha fazlasına dayanamayarak. "Ekip bana daima yalanlar sıraladı, yine sıralayacaksınız, biliyorum."

"Sen onun için hiçbir zaman önemli değilsin." Caner, öyle inandırıcı konuşuyordu ki sanki gerçekten bildikleri vardı. "Ve olmayacaksın da. Sen onun bir deneme tahtasısın, Helin. Bir oyuncaksın. Söylesene, zamanla kafanın içine girdi değil mi? Seni o yönetmeye başladı, değil mi? Emin ol, senin kim olduğunu bile bilmiyor. Senin bilmediklerini bile."

Kafamı iki yana salladım ve ahşap eve doğru yürümeye başladığımda peşimden geldi. "Onun için önemli olduğumu iddia etmiyorum," dediğimde kalbimi kıran duygu, nefesimi de kesmeye başlamıştı. "Ama o düşündüğün gibi kötü birisi değil. Bunları nereden duyduysan saçmalık, söylesene gerçek adını öğrenebildin mi?"

"Hayır," diye yanıt verdiğinde alayla ona baktım ve yürümeye devam ettim. "Buna hiçbir şekilde ulaşamıyoruz."

"O zaman?" Adımlarım bıçak gibi kesildi ve ahşap evin tam karşısında durduğumuzda yakalanma ihtimalini bile görmezden gelecek kadar öfkeli hissediyordum. "Gerçek adını bile bilmiyorken bu kadarını nereden bileceksiniz?"

Caner, gözlerini kısa bir süre kapattıktan sonra "Önder'den," diye yanıt verdi ve başımdan aşağıya kaynar suların değil, katranın döküldüğünü hissettim. "Ve Patron…"

"Önder mi?" dedim şaşkınlıkla. "O ihanet mi ediyor?"

"Bilmediğin çok şey var. Patron, Önder ve Yankı." Verdiği kısa yanıt, ona daha fazla sorgulayarak bakmama neden olsa da açıklamayacağını anladım. "Ona karşı mantığını kaybetme, Helin. Ondan kendini koru ve sadece mat etmek için yollar ara. Ekibi Yankı'nın gerçek adını öğreneceğini söyleyerek ikna edeceğim. Onun adını öğren." Kaşları çatıldı. "Bize Koza'nın yerini bul." Koza, dedi. Patron demedi. Neler oluyordu? "Eğer bunu yapmazsan aralarından birisi zarar görecek, senin yüzünden olacak. Bu son uyarım."

Kafam öylesine çok karışmıştı ki sessizce yüzüne bakmaktan başka hiçbir şey yapamadım. Ya anlamadığım bir şeyler vardı ya da Caner, bana gerekeni anlatamıyordu. Önder, onlara karşı bir ihanet içerisinde miydi? O kötü birisi olabilirdi, her kötülüğü yapabilecek birisi bile olabilirdi ama onlara ihanet etmezdi, buna nedense inanamıyordum.

Caner, arkasını dönüp arabasına doğru giderken, sırtına bakmaya devam ettim. Geri döneceğim bir ev vardı ve yüzleşeceğim kendi suretim. Verdiğim günlük hiçbir sonucun oluşmasına neden olmamıştı ama kendimi hâlâ ihanet etmiş hissediyordum çünkü bunu yapmıştım. Utanmadan, içten içe günlükten hiçbir sonuç alınmamasının mutluluğunu yaşayacak kadar da iki yüzlüydüm.

İnanmıyordum. Yankı kötü birisi değildi, hiçbir Sokak Nöbetçisi kötü değildi.

Hikâyenin kötü olan karakteri bendim.

Aralık bıraktığım ahşap evin kapısından içeriye girdiğimde tekrardan kapatırken oldukça sessiz davrandım ve parmaklarımın ucunda dikkatli bir şekilde ilerleyerek merdivenlere doğru yürümeye başladım.

Elimde tuttuğum günlük, parmaklarıma ağır gelirken onu tekrardan Lâl'in dolabına bırakmak istiyor, bugünü unutmayı diliyordum fakat tam o anda kalbimi bile durduracak, sımsıcak bir demir yutmuşum gibi hissettirecek an yaşandı. Aşağı kattaki odada, koltukta tek başına oturmuş Lâl ile karşılaştığımda onun gözleri, elimde tuttuğum günlüğündeydi. Arkasındaki pencerenin perdesi ise aralıklıydı, olan her şeyi izlemişti.

Adımlarım durdu, onun karşısında bacaklarımın bile kesildiğini hissettim. İhanet miydi, inanç mıydı, korku muydu, bilmiyordum ama bacaklarımdaki güç bile uzaklaşır gibi oldu. Yüzüme bakmıyordu, gözleri gözlerime tırmanmıyordu ama o yüzüme bakarsa parçalanabileceğimi hissettim çünkü ilk defa Lâl, Lâl gibi değildi. O an, onu hep güçlü gördüğümü anladım.

Birkaç dakika sonra odadan içeriye girdiğimde oturduğu koltukta iki büklüm olduğunu şahit oldum. Ufalması gereken benken, o nasıl olmuştu da ufalmıştı? O benim yerime nasıl olurdu da utanıyordu?

Gözleri, elimde tuttuğum günlüğünden gözlerime doğru kaydığında ve ben bakışlarıyla yüzleştiğimde o kızı gördüm. On sekiz yaşında, doğum günü pastasının karşısında oturmuş, kendimi gördüm. Bana öfkeyle bakmadı, nefretle bakmadı, kinle bakmadı; bana hayal kırıklığıyla baktı.

Bana bu yaşıma kadar yaptıklarımdan sonra ilk defa nefretle bakmayan tek kişi Lâl'di ve keşke nefretle baksaydı çünkü gücümü bile sömürebileceği kadar büyük bir hayal kırıklığıydı.

Bana güvenmiş miydi?

Bana hiçbir zaman güvenmediğini düşünmüştüm.

"Lâl," dedim fısıldayarak. Başka ne diyebileceğimi bilemedim ve bir aptal gibi onun cevap vermesini bekledim ama o gözlerimin içine bakarak bir süre onu anlamamı bekledi. Elimde tuttuğum günlük titredi, yer titredi, dünya titredi; ben titredim ama o ayağa kalktığında karşımda dimdik dikildi.

Onun dilinden anlamadığımı bildiği için elinde tuttuğu kâğıt parçasını bana doğru uzattı ve alıp okumamı bekledi. Onun elleri titremiyordu ama belki konuşsa sesi titrerdi çünkü gözlerindeki duygular beni mahvediyordu.

Elinden kâğıdı aldığımda bakışlarım düzgün el yazısına kaydı ve ilk cümlesi, tekrardan bakışlarımı ona çevirmeme neden oldu.

İlk seçtiğin kurban neden benim? Konuşamadığım için beni hiç mi anlamadın?

"Lâl," dedim tekrardan ve başımı iki yana salladım. Neyi savunacaktım? Bartu'nun canını sadece sana bir şey olması yakabilir mi, diyecektim. Bunu yapamazdım. Battığım yerden tekrardan kendimi daha fazla öldüremezdim.

Yankı bir gün bunun olabileceğini, bize bunu yapabileceğini düşünüp hepimizin günlüklerini değiştirdi, ulaşabileceğin günlüklerde yazanlar bizim sana okutmak istediklerimizdi.

Yankı bana hiçbir zaman güvenmemişti, inanamamıştı. Onun için önemli dört kişi vardı, o dört kişiyi koruyabilecek en güvenli yolu ve belki de yolları bulmuştu. Ben onun için kardeşlerine zarar verecek o tehlikeydim, ihanettim ve beklediği son aslında gerçekleşmişti ama Yankı değil, Lâl ile yüzleşiyordum.

Biliyor musun? Bunu yapabileceğine hiçbir zaman inanmadım ama ben biraz aptalımdır. İnsanların her zaman iyiliği seçeceğini düşünürüm. Hep de haksız çıkarım.

Sonraki cümleyi defalarca okurken ve defalarca tekrar ederken yüzüne artık bakamıyordum; gözlerimi kâğıttan ayıramıyordum. Ben ondan önce kendimle yüzleşemiyordum.

Ben diğerlerinin aksine sana güvendim çünkü çocukluğun yaralıydı. Beni neden pişman ettin?

Hissettiğim acı değildi daha başka bir duyguydu; acıdan daha ağırdı. O duyguyla ilk defa yüzleştim, yüzleştiğimde dizlerimin üzerine çökmemem için beni ayakta tutan tek direnç utancımdı.

Birisi bana güvenmişti, hayatım boyunca birisi bana güvenmişti, benim bundan haberim yoktu ve o güven duygusunu parçalamıştım. Birisi, ilk defa iyi biri olabileceğime inanmıştı. "Neden?" döküldü sadece dudaklarımdan. Yaşlarımın tükendiğini hissediyordum ama gözlerim dolduğunda başımı hâlâ yerden kaldıramıyordum. "Bana neden güvendin?"

Önüme Yankı'nın yazmam için bana verdiği günlüğü uzattığında ilk sayfasını açtı ve çocukluğumu yazdığım kısmı gösterdi. Bakışlarım ağır ağır yüzüne kaydığında çenesini aşağıya indirdi ve ben Lâl ile konuşmadan gözlerimizle bile anlaşabileceğimizi o an anladım.

Günlüğümü okumuştu, çocukluğumu Yankı'dan bile önce öğrenmiş olmalıydı. O an düşündüğümde aslında her şey rayına oturmaya başlamıştı. En başlarda bana bir düşmanmış gibi yaklaşan Lâl, bir anda iyi davranmaya başlamış, benim tarafımda durmuş, gerektiği zaman beni bile Bartu'ya savunmaya başlamıştı.

"Günlüğümü okudun," diye fısıldadığımda başını salladı ve gözlerindeki hayal kırıklığının yanına 'Neden?' sorusu yerleşti. Günlüğümü okumuş olması, ona karşı öfkelendirmedi ama benim yazdıklarımın onun üzerindeki etkisi, güven duygusunu bile oluşturması kendi canımı yaktı.

Acı çekmiştim, Lâl acı çekmişti; o bana güvenmemişti, acısı bana güvenmişti.

Başımı yine önüme eğdiğimde "Yapmam gerekiyordu," dedim zorlukla. "Bana seni neden seçtiğimi sorma." Gözlerimi sıkıca yumduğumda birinin beni tutmasına ihtiyacım vardı ama kendimi artık kendimden başka hiç kimse tutamazdı çünkü yolun sonuna gelmiştim. "Ben kötü birisiyim, Lâl," omzumu indirip kaldırdım, "güvenilemeyecek birisiyim. O günlükte yazan Helin değil, gerçek Helin bu."

Cümleleri kuran ben değilmişim gibiydi. Sanki başka birisi konuşuyordu. Başkası benim cümlelerimi dile getiriyordu da ben de dışarıdan kendimi izliyordum, kendi hâlime acıyordum.

Lâl karşımda öyle asil duruyordu ki ona imrendim; onun iyiliğine imrendim. Başımı önünde yere eğerken, onun daima kendisini dik tutan omurgasını kıskandım.

"Yankı'ya söyleyeceksin." Kelimeler dudaklarımdan çıkarken, gözümden bir damla yaş düştü. Kapalı gözlerimi araladığım noktada yerde ihanetin lekesini de izini de aradım ama başka yüzlerimle karşılaşmaktan başka hiçbir şey olmadı. "Sen ona hiçbir zaman yalan söylemezsin ki. Ondan hiçbir şey saklamazsın."

Lâl'in eli çenemi tuttu ve başımı kaldırdığında göz göze gelmemizi istedi. Bir anda bildiğim işaret diliyle konuşmaya başladığında şaşırdım çünkü bunu asla yapmak istemediğini hissetmiştim.

"*Hayatım boyunca ona hiç yalan söylemedim,*" dedi Yankı için. "*Çünkü birbirimize ilk gün söz verdik. Onun en çok güvendiği kişi benim.*"

Gözümden başka bir yaş daha düştüğünde "Anlamıştım," diye karşılık verdim. "Senden böyle bir şey isteyemem zaten. Sadece başka bir şey isteyebilir miyim?" Çenemi tutan elini sıkıca tuttuğumda parmaklarının buz gibi olduğunu hissettim. Geri çekilmedi, beni dinlemeye devam etti ama elimi de tutmadı. "Yolun sonuna geldim. İzin ver, şimdi gideyim ve onunla yüzleşmeyeyim. Lâl, bana öyle bir bakıyorsun ki bu çok kötü. Onun da bana böyle bakmasını istemiyorum, aklımda böyle kalmasını istemiyorum."

Lâl, elini elimden kurtardığında geriye doğru çekildi ve kaşları çatıldı. Bir şeyler söylemesini bekledim ama o bir süre yüzümü inceledi, hareketlerimi inceledi. Ardından yine o bildiğim işaret diliyle bana tek bir kelime söyledi: "*Bencilsin.*" Sonra devam etti: "*Kendinden kaçmak isteyecek kadar.*"

Haklıydı. Yine kendimi düşünüyordum, yine çekeceğim acıdan kaçıyordum ve geride bırakacaklarımı umursamıyormuş gibi davranıyordum ama öyle değildi. Yankı'yı hayal kırıklığına uğratamazdım belki çünkü bana hiç güvenmemişti ama ihtimali bile beni ayakta tutan direncimin yıkılmasına neden olurdu.

"Belki de ihanetimi duyduğunda hiçbir şey hissetmez," dediğimde Lâl'in gözlerine başka bir duygu daha oturdu ama o duyguyu anlayamadım. "Bir anda kapının dışına atar, beni bir an bile önemsemez. Sadece ben yüzleşmekten korkuyorum. Dinle, ihanet edebilirim ama o ihanetle yüzleşemem, Lâl. Hiç yüzleşmedim. Yalvarırım, bırak gideyim."

Arkamı dönüp kaçabilirdim, koşabilirdim ama hem gücüm yoktu hem de Lâl izin vermeden tek bir adım dahi atmak bile istemiyordum. Gözlerine bakarken benden nefret etmesini bekledim ama hâlâ o bilindik, hep karşılaştığım duyguyla karşılaşamadım.

Dış kapının açılma sesini işittiğimizde ikimiz de kapıya doğru baktık ve ben son kez Lâl'e dönüp "Ne olur," diye fısıldadım. Bu sefer ne için yalvardığımı bile bilmiyordum ama yalvarıyordum. "Şu an değil, yüzleşemem."

Adım sesleri, ona aitti. Yankı Sarca'yı adım seslerinden bile tanıyabiliyordum ve bu kendimi daha kötü hissetmeme neden oldu.

Birkaç saniye sonra odadan içeriye girdiğini hissettiğimde sırtım kapıya dönüktü. Elimdeki günlüğü gördü, Lâl'in elindeki günlüğümü gördü ve adımları hızlandı. "Lâl," dedi direkt beni görmezden gelerek. Başım hâlâ yerdeydi ama siyah botları görüş açıma girdiğinde yan tarafımda durduğunu anladım. "Ne oldu?"

Lâl, hareket dahi etmedi, ben hareket etmedim ve başımı önümden kaldıramadım. Yankı, uzanıp elimden Lâl'in günlüğünü aldığında parmaklarımdan kayıp giden o defter, Yankı'ya ellerimin titrediğini gösterdi.

Yankı ellerimin titremesini bile önemsemedi.

O titreyen ellerimi önemsemedi, ben daha fazla titredim ve dünya olduğundan daha hızlı dönmeye başladı.

"Lâl, ne oldu?" dedi daha baskın bir sesle. Alkol kokuyordu, kelimeler dudaklarından çıkarken bile yorgunluğunu hissedebiliyordum. "Cevap verecek misin? Ne oldu?"

Beklediği sonun geldiğini mi anlamıştı?

Lâl, Yankı'nın elinden kendi günlüğünü aldığında ve tekrardan bana uzattığında ne olduğunu anlamayarak başımı kaldırıp ona baktım. Yankı'ya bakamadım, Lâl'e baktım ve izledim. Günlüğü tekrardan tuttuğumda Lâl, Yankı'ya hızla o anlamadığım işaret dilinde bir şeyler söyledi ve yüzünün şekli bir an bile değişmedi.

Birkaç saniye sonra Yankı "Ne?" diye mırıldandı. "O senin günlüğünü okusun mu istedin?" Lâl, kafasını sallayarak onu onayladı ve kendi elinde tuttuğu günlüğümü kaldırarak o da benim günlüğümü okuyacakmış gibi davrandı. İhanetimi söylemedi, gerçekleri söylemedi, benim kim olduğumu Yankı'dan gizledi ve bakışları bana döndüğünde o gözlerinden benden daha çok Yankı'yı düşündüğünü anladım.

Lâl Yankı'ya ilk yalanını belki de benim için söyledi.

Ben tamamen yalanların içine batmışken daha fazla ayakta duramadım ve dizlerimin üzerine çöktüğümde başka bir yaş daha kendini firar etti, dünya daha fazla hızlandı. Karanlık koynuna beni çekmeden ve vücudumdaki bütün hisler beni terk etmeden önce Yankı'nın başımı çarpmamı engelleyen elini hissettim.

Sonrası tamamen zifiriydi.

Patlama seslerini işitiyordum, o karanlık yolda yürüyordum. Her adımımdan sonra başka bir sokak lambası daha patlıyordu ama benim yüzümden değildi, bunu hissedebiliyordum. Korkuyla geriye doğru baktım, geldiğim yol silinmeye başladı ve koşmaya başladığımda karşımda Yankı'yı gördüm.

Elinde günlüğü vardı, günlükten kan akıyordu ve yere değdiğinde birikintiden çıkan sesi işitebiliyorum. Pıt pıt pıt. Her damla kandan sonra gözleri gözlerime daha fazla kilitleniyordu ve ben artık koşamıyordum.

İhanetimi biliyordu, kendi kanını ben izin vermeden kendisi akıtıyordu; o ihanetim için başka bir yolu da benim için çiziyordu.

Fakat sadece bu kadar değildi.

Arkasında bir gölge belirdi, o gölgenin de elinde günlük vardı; günlükten küçüklük fotoğrafım düştü sonra bir alkış sesi geldi. İkisi birbirine baktı.

Gölgenin sahibinin kim olduğunu göremedim.

Titreyerek zorlukla gözlerimi araladığımda bembeyaz bir tavanla karşılaştım. O ses hâlâ gelmeye devam ediyordu ama gözlerimi yan tarafa doğru çevirdiğimde bir seruma bağlı olduğumu gördüm, hortum damarlarıma doğru ilerliyordu.

Pıt pıt pıt.

"Uyandı sonunda," diyen Işık'ın sesiyle bakışlarımı karşıma çevirdiğimde bana endişeyle bakan gözlerle karşılaştım. Işık ve Mutlu ayaklarımın ucunda durmuş beni izliyorlardı. İkisinin de üzerinde pijamaları vardı, Mutlu'nun Pembe Panterli pijamaları başka bir zaman belki beni gülümsetebilirdi ama bugün kendimi gülümseyebilecek durumda hissedemiyordum.

Yatağımın yanındaki sandalyede Yankı oturuyordu, bana en yakın duran oydu. Turkuaz gözleri üzerimdeydi ama ben ona baktığım saniyede bakışlarımı hızlıca ondan kaçırdım ve arkasındaki koltukta oturan Lâl ile göz göze geldim. Bana endişeyle değil de hayal kırıklığıyla bakmaya devam ederken acıyla yutkundum ve yatakta doğrulmaya çalıştım.

Hiçbirisiyle göz göze gelmek istemiyordum çünkü bana suçlu hissettirecek bakışları vardı.

Yankı, yastığımı düzeltmek için elini uzattığında onu durdurdum ve doğrularak "Ne oldu?" diye sordum kuru bir sesle. Yanımdaki masada duran bir bardak suyu aldım ve büyük yudumlarla içtikten sonra tekrardan masaya bıraktım. "Bayıldım mı? Bu çok zordur."

"Zor değilmiş." Mutlu, kollarını önünde bağlayıp Yankı'nın yanına doğru yürüdü. O an, üstündeki Pembe Panter desenli pijamasının altında kısacık bir şort olduğunu gördüm, o da Pembe Panter'liydi. "Uzun bir süre ilgi odağı olmayınca yine kendini deli gibi yapmışsın. Bir de bayıl istersen dedik, gerçekten bayıldın Helinski."

Mutlu'nun ve Işık'ın gözlerine bakmak, diğerlerinin gözlerine bakmaktan daha kolaydı. Gülümsediğimde elimi saçlarıma geçirdim. "Rol yapayım derken fazla kaçırmış olmalıyım."

"Rol değil." Işık da Mutlu'nun yanına yürüdü ve ona kızgın bakışlarını attı. "Açlıktan ve yorgunluktan bitkin düşmüşsün. En son ne zaman doğru düzgün bir şeyler yedin? Daha doğrusu yemek yemeyi akıl ettin? Yüzün bembeyazdı Helin."

Yüzümü buruşturduğumda "O hâlde hastaneye neden getirdiniz?" diye sordum. "O kadar da ciddi bir hasta olduğumu düşünmüyorum."

"Bayıldıktan sonra bir süre ayılmadın. Biz de seni kendi hastanemize getirdik." Işık göz ucuyla Yankı'ya baktı. "O böyle istedi."

Gözlerimi Işık'tan ayırmayarak başımı aşağı yukarı salladım. O sırada kapının açılma sesini duydum ve birkaç saniye sonra Önder'in daha önce de yanında gördüğüm kadınla karşılaştım. Eşi olmalıydı, Işık doktor olduğundan bahsetmişti. Seruma doğru ilerlerken hafifçe bana tebessüm etmeyi de ihmal etmedi. "Nasılsın, Helin?" diye sordu ama içten bir tını değildi. "Fazlasıyla bitkindin, serum seni kendine biraz da olsa getirmiştir." Elindeki küçük feneri bana doğru yaklaştırdı ve gözlerimin içine tuttu. "Daha iyi görünüyorsun."

"Evet." Verdiğim kısa yanıttan sonra bitmek olan seruma odaklandım. "Serum biter bitmez gidebilirim değil mi?"

Kadın, kafasını aşağı yukarı salladı, serumu düşündüğümden daha hızlı, daha sert şekilde damarlarımdan uzaklaştırdı. "Sana yüzündeki yaralar için de kremler yazacağım, iz kalacak gibi görünüyor. Ayrıca bir şeyler de yemelisin."

Başımı olumsuz anlamda iki yana salladığımda "Gerek yok," diyerek karşılık verdim. "Yaralar geçmek üzereler. Aç da değilim, midem bulanıyor."

"Gerek var." Onun sesini duydum, Yankı'nın. Bitkindi, uykusuzdu bunu anlayabiliyordum ama sesi ilk defa sakinlikten uzak, tedirgindi. "Senin kremlere ihtiyacın var, bir şeyler yemeye de." Ona bakmadım ama gözlerinin beni hapsettiğini hissettim. "İnatlaşmayı düşünüyor musun? Eğer düşünüyorsan vazgeç."

Cevap verip vermemeyi düşünürken, midemin bulantısı sanki daha fazla katlandı. Konunun bayılmakla, serumlarla, açlıkla bir ilgisi yoktu. Kendimden midem bulanıyordu, şu an odanın içinde düşünülmesi gereken en son insan bendim.

Büyük ve ağır adım seslerini işittiğimde bakışlarım kapıya doğru yöneldi ve içeriye Bartu'nun girdiğini gördüm. Gözlerimiz kesiştiğinde bakışlarını kaçıran kişi anında o oldu ve aşağıya doğru baktığımda ellerinin poşetlerle dolu olması beni şaşırttı.

Bartu'nun yüzündeki ifade pişmanlık mıydı, yoksa ben hayal mi görüyordum?

Poşetleri, ayağımın ucundaki masaya yerleştirdikten sonra boğazını temizledi ve odayı büyük bir sessizlik kapladı. Herkes onun yüzüne bakarken, o benim dışımdaki herkesle göz teması kuruyordu. Biz gerçekten onunla birbirimize benziyorduk.

"Ne yemek seversin, bilemedim," dedi Bartu yere doğru bakarak. "Pizzadan tut, lahmacuna kadar aldım. Çikolata da aldım. Jelibonlar da. Cips bir de." Elini poşete daldırdı ve gülümseyerek bakışlarını bana döndürdü. "Dondurma da var. Erimeden yemek ister misin?"

Dudaklarım şaşkınlıkla aralandı ve ona düşündüğümden daha uzun bir süre baktığımda dondurmayı aşağıya doğru indirdi. Gözlerindeki kesinlikle pişmanlıktı çünkü Bartu, gözlerinden hisleri açıkça okunabilen birisiydi. Bana öylesine büyük bir pişmanlıkla bakıyordu ki diyecek tek bir kelime dahi bulamadım.

"Patates aldın mı patates?" diye sordu Mutlu ortamdaki sessizliği bozmak isteyerek. "Bir de hamburger. Helin bu aralar bu ikisine takıldı."

Işık, Mutlu'nun kafasına vurdu. "Bari şimdi yapma kırık yumurta, sus."

"Niye?" Kollarını önünde bağladığında kaşlarını çattı. "Hemen şimdi şurada bizim önümüzde patates hamburger yeseler çok güzel olmaz mıydı?"

"Aklıma onlar geldi," dedi Bartu ve gülümseyerek Yankı'ya baktı. "Ama Yankı almamı istemedi."

"Oha!" Mutlu, ellerini birbirine çarptı. "Buradan hamburger patatesi baş başa lideriyle yiyebilir mesajı mı almalıyız?"

Gözlerimi hâlâ Bartu'dan ayıramıyordum ve hâlâ ona büyük bir şaşkınlıkla bakıyordum. Bartu da bunu görmüş olmalı ki yine başını önüne doğru eğdi ve ona bir yanıt vermemi bekledi. Bir şekilde bana kendini mi affettirmeye mi çalışıyordu? O pişman olacak bir karakterde değildi, tam kalbimden kendimi vurmak istediğimde bile gözünü kırpmadan izlemiş, sonrasında pişmanlığı duymamıştı.

Şimdi ne olmuştu?

"Benim yüzümden bu hâldesin," dedi soluk bir sesle. Başını yine yerden kaldırdığında yatağımın yanına doğru geldi. "Ben kalın kafalıyımdır, Helin ve sabit fikirli. Kendi doğrularımdan çok zor vazgeçen birisiyimdir. Bu yüzden seni göremedim, anlayamadım." Çenesi kasıldı, öfkelendi ve bana, beni koruyormuş gibi baktı. "Bu kadarını yaşayabileceğini düşünemedim, sana bu kadarını yapabileceklerine inanamadım."

"Bartu..." dediğimde elini kaldırıp beni susturdu.

"Biliyorum, affedilmesi çok zor bir şey yaptım zaten af dilemeyeceğim ama bundan sonra en çok ben senin yanında duracağım. Dediğim gibi sabit fikirliyim. Yaşadıklarının cezasını kesmene yardım edeceğim. Seni artık hiç suçlamayacağım. Ortam yoktur, Helin. Ya nefret ederim ya severim ama bir öyle bir böyle olamam. Şu an, şu dakikadan sonra söylüyorum; ne olursa olsun, ben senin yanında olacağım, söz veriyorum."

"Bartu," dediğimde yine susturdu ve gözlerini kapattı.

"Ben senin de bir zamanlar çocuk olduğunu unuttum," dedi net bir sesle. "Bu yüzden üzgünüm. Ne denir? Özür dilerim işte. Çok zor anlayan birisi olabilirim ama artık anladım, sen kötü birisi değilsin, bu düşüncemi kimse değiştiremez."

"Bartu yeter," dedim bu sefer yüksek bir sesle ve kaşlarımın çatıldığını fark ettim. Onun yüzünden bayıldığımı, onun yüzünden mahvolduğumu, onun yüzünden kendimi çok kötü hissettiğimi düşünüyordu ama bunların hiçbirisi yüzünden değildi. Evet, onun bana söyledikleri, benim yola çıkmama ve sokak lambalarını patlatmama neden olmuştu. Suçlu o muydu? Kesinlikle değildi, ben kendi ihanetimden sorumluydum.

Bu tepkimi bekliyormuş gibi sustu ve geriye doğru bir adım attı ardından başka bir adım daha ve Lâl'in yanına oturdu. O sırada Lâl ile tekrardan gözlerimiz kesiştiğinde bakışları Bartu'nun getirdiği poşetlerin üzerindeydi, bunları hak etmediğimi düşündüğüne adım kadar emindim.

"Bartu zor biridir," dedi Mutlu yarı alayla yarı ciddiyetle. "Ama o da kötü birisi değildir. Affetmen zor olacak ama en azından onu anlamaya çalışsan? Dünden beri çektiği vicdan azabının haddi hesabı yok. Senden şüpheleniyordu, ne diyeceğini bilemedi."

"Ve hepimiz bir zamanlar senden şüpheleniyorduk," dedi Işık gözlerini açarak. "Haklı olarak. Bir anda aramıza girdin, ne olduğunu anlayamadık. Şimdi o şüphelerimizin yersiz olduklarını görüyoruz."

Gözlerimi kapattığımda öfkeli bir sesle "Şu konuyu artık kapatın," dedim ve ellerimi yumruk yaptığımı hissettim. Nefret ediyordum ama titriyorlardı, bir an bile durmadan titriyorlardı. Neyden korkuyordum, neye öfkeleniyordum bilmiyordum ama titriyorlardı. "Benden şüphelenin ya da şüphelenmeyin, bunları öğrenmek istemiyorum. Geçmişimi de unutun, sizinle bu konuyu konuşmak istemiyorum."

"Benim yüzümden hepsine öfkelisin," diyen Bartu'nun sesi daha fazla kaşlarımın çatılmasına neden oldu. "Onların hiçbir suçu yok, bütün suç benim. İstediğini bana söyle, hak ediyorum." Bir an Yankı'nın onunla konuşmuş olma ihtimali aklıma düştü. Bartu'yla nasıl bakıyordu bilmiyordum ama en son onun karşısında dimdik durduğunda yumruklarını sıkıyordu.

Vicdanım sızladı, sızlarken kendimden daha fazla nefret etmeme neden oldu. Dedi ki iç sesim, *suçlu sadece sensin, senden başka herkes masum, sen en kötüsüsün.*

"Konuyu," dedim dişlerimi sıkarak. "Kapatın." O sırada titreyen elimin üzerinde soğuk parmakları hissettiğimde gözlerim açıldı ve Yankı'nın yaralı parmaklarını gördüm. Buz gibiydi, neyden korkuyordu? O korktuğu zamanlar buz kesildiğini söylemişti.

Bakışlarımı ona çevirmedim, bir an bile düşünmedim ve elimi, elinin altından kurtardığımda başımı iki yana salladım. Artık onun titreyen ellerime, dizlerime ve sesime çare olmasını istemiyordum. Bunu hak edecek birisi değildim, hak etmediğim her adımda kendimi daha fazla öldürürdüm. Elimi onun elinden kurtarmam nasıl anlaşıldı, bilemiyordum ama sessizlik bir hançer gibi hepimizin arasına girdi. Onu istemediğimi düşünmüşlerdi.

Vicdanımı hissetmeye başlamıştım, çok kötüydü. Evet, en kötüsü de buydu. Bütün her duygudan kurtulabilirdi insan ama vicdandan hiçbir zaman kurtulamazdı çünkü nefesi kesecek tek duygu oydu. Benim artık nefesim kesiliyordu.

Yankı'nın eli, kucağımdan aşağıya doğru indiğinde onun uzaklaşan yaralı parmaklarını izledim, soğukluğu sanki tenimi daha fazla üşüttü. Titreyen ellerimi gizlemek istiyormuş gibi kollarımı önümde bağladığımda başımı sağa doğru çevirdim, gözlerimi tek bir noktaya diktim.

Sen en kötüsüsün.

Ben en kötüsüydüm.

İstediğimi başarmıştım, maske takmadığımı onlara inandırmıştım, şimdi başka ne istiyordum? Bana hiçbir zaman inanmayan Bartu bile inanmaya başlamıştı. Lâl, Yankı'ya ilk yalanını benim yüzümden söylemişti, bu elimde bir koz gibi taşıyabileceğim kadar büyüktü. Beni kabullenmeye başlamışlardı, başka ne istiyordum?

Kötülüğü istiyordum, gözümü kırpmamayı istiyordum, canımın yanmamasını istiyordum.

Ben kalbimi aydınlatmak istemiyordum ama öyle bir *nefret korkusu* vücudumu sarmıştı ki mahvoluyordum.

O an bile arkalarını dönüp gitmelerini bekledim ama onlar odanın içinde kalmaya devam ettiler, benimle beraber sessizliği paylaştılar. Birkaç dakika sonra Yankı "Beni Helin'le yalnız bırakın," dedi. Cesaretim yoktu, onunla yalnız kalmaya da onun gözlerine bakmaya da cesaretim yoktu. Anlar mıydı? Anlardı.

Ödüm kopuyordu. Bütün dünya benden nefret etse de umurumda değildi, o benden nefret edecek diye ödüm kopuyordu.

Odadaki herkesin Yankı'nın söylediğinden sonra dışarıya çıktıklarını işittim ama başımı çevirip arkalarından bakmadım. Oda zemin kattaydı ve direkt olarak sokağı görebiliyordum. Çocuklar top oynuyordu, demirle kaplı cama arada top çarpsa da bu ses bile beni korkutuyordu.

"Helin," dedi herkes çıktıktan sonra ama ona cevap vermedim. "Helin," dedi bir kez daha. Başımı bile çevirmedim, top oynayan çocukların minik ayaklarını izlemeye devam ettim. Hareket ettiğini hissettim ardından bir anda parmakları çeneme dokundu ve başımı çevirdiğinde göz göze gelmek zorunda kaldık. "Bana bak, Helin. Yüzüme bak, böyle yapma."

Elinden kurtulmaya çalıştım ama izin vermedi. Bakışlarımı ondan kaçırarak "Yankı, bırak," dedim ama soğuk parmakları çenemden uzaklaşmadı. Gözleriyle gözlerimi istila etmeye devam etse de ben onun turkuazları dışında her noktaya baktım.

"Yüzüme bak." Kısık sesinde hangi duygu gizliydi, anlayamadım ama yüzünü yüzüme yaklaştırdığını nefesinden anladım. Buz gibi parmaklarının yanında nefesi sıcacıktı. Eli çenemden uzaklaştı, titremeye devam eden ellerimi gizlediğim kollarıma doğru uzandı. "Bana öfkelisin," dediğinde yatağımın köşesine oturdu. "Öyle çok öfkelisin ki yüzüme bakmıyorsun. İlk defa gözlerin bana bakmıyor, bu kötü. Çok kötü."

"Öfkeli değilim." Titreyen sesimi gizleyemedim, o da duyduğunda gözlerimi sıkıca yumdum ve başımı önüme eğdim. "Sadece kafam çok karışık, düşünmeye ihtiyacım var, beni yalnız bırakır mısın?"

"Öfkeli değil misin?" diye sorduğunda anlamadığı her ne varsa sesine tereddüt bulaşmıştı. "Anlamıyorum, Helin. *Sen bana bakarken aklım duruyor sanıyordum,*" sustu, derin bir nefes verdi, "*şimdi bakmıyorsun ve benim yine aklım duruyor.*"

Kalbime lanet ettim çünkü söylediklerinden sonra içli içli attı, onun için attı.

Aklımı durduracak şekilde bakma bana.

"Yankı, sana öfkeli değilim," diye fısıldadığımda dudaklarımı ısırdım. Kapalı göz kapaklarımın ardında ihanetimin resmi dönüyordu, yalanlarımın fotoğrafları da yanındaydı. O fotoğrafları tek tek Lâl çekmişti, benim yolumun sonu, Lâl'in ellerindeydi. "Neden öfkeli olayım ki?"

"Çünkü seni yalnız bıraktım," dedi ve tekrardan parmakları çeneme uzandı; başımı kaldırdığında gözlerim hâlâ kapalıydı. "Dün, seni yalnız bıraktım ama ben sandım ki bana bile ihtiyacın olmaz." Ona neden öfkeli olduğumu anlamaya çalışıyordu, kendini suçluyordu. "Bana ihtiyacın mı vardı? Ben sandım ki beni bile istemezsin yanında. Ben sandım ki bensiz kendini daha iyi hissedersin."

"Sana ihtiyacım yoktu." Kısa verdiğim yanıttan sonra gözlerimi açtım ve yine gözlerimi kaçırdım.

"O hâlde," dediğinde nedeni bulmaya çalışıyordu. Öylesine masum, öylesine kendisi gibiydi ki kalbine tek bir kötülük bile dokunmamış küçük bir çocuk karşımda oturuyormuş gibi hissettim. "Neden? Benimle konuş, ben buradayım."

"Yankı, lütfen," dediğimde bağladığım kollarımı açtım ve onun çenemi tutan koluna tutundum. "Seninle alakalı hiçbir şey yok."

"Yüzüme bakmıyorsun, yüzüme," dediğinde sesi baskındı ve ilk defa sakinliği uzaklaşmıştı. "Gözlerime bakmıyorsun." Kafasını iki yana salladığını hissettim. "Yemek yememişsin hiç," dediğinde başını önüne doğru eğdi. "Açlıktan bayılmışsın." Dişlerini sıktı, sesinde kendisine olan öfkesini hissettim. "Bunu nasıl düşünemem, nasıl unuturum? Farkına varmam gerekiyordu. Yemek yemediğine dikkat etmem gerekiyordu."

Kendini suçlayacak her konuyu düşünüyordu ve bu son düşündüğü acıyla nefesimi vermeme ve kolunu iteklememe neden oldu. Sırtında öyle büyük bir yük vardı ki bu senelerinin verdiği yüktü, yanında birisi zarar görse bile ilk önce kendini suçluyordu; o yükü bir de ben omuzlarına indirmiştim.

Bencildik ve o öylesine bencil değildi ki kendisinin ne hâlde olduğunu bile göremiyordu.

Yankı Sarca, bütün kötülüklerin sorumlusu kendisiymiş gibi davranıyordu.

"Yeter!" diye bağırdığımda ellerimi daha sert saçlarıma geçirdim ve çekiştirdim. "Anlamıyor musun? Dün çok zordu, ağırdı, yaralayıcıydı. Kendimle yüzleştim, ilk defa kendimle yüzleşmek bu kadar çok yaktı canımı!" İstediği suçlanmak mıydı? "Sen de çektin gittin! Çünkü o an ben umurunda bile değildim!" Bunu ona verecektim.

Benim bahsettiğim ihanetimdi, onun anladığı daha başkaydı bunu biliyordum. Bakışlarım zorlukla istemeyerek de olsa gözlerine tırmandığında turkuaz gözlerinin içinin yorgunluktan dolayı kıpkırmızı olduğunu gördüm, göz altları mosmordu. Saçlarında defalarca karıştırdığı parmaklarının izi vardı.

Gözlerimiz kesiştiğinde Lâl'in gözlerindeki o hayal kırıklığını aradım ama öyle değildi; bana ilk defa Yankı anlıyormuş gibi değil, anlamıyormuş gibi baktı ya da anlamak istemedi. Yankı, gerçeklerden sanki adım adım kaçtı.

"Benden kaçtın dün," dediğinde kızgın değildi, kırgın değildi, ilk defa bir aptal gibiydi. "Sana kötü geldiğimi düşündüm."

"Bana her şey kötü geliyor," dedim ve ellerimle üzerimdeki beyaz çarşafı sıktım. "Boğuluyorum anlıyor musun? Boğazımı sıkıyorlar. Kurtulamıyorum." Yumruğumu yatağa vurdum. "Ve sana inandıkça kendimi kandırmışım, geçmeyecek bu!"

Onu kırdım mı anlayamadım ama bakışları kısıldığında "Bana güveniyordun ve inanıyordun," dedi tam gözlerimin içine bakarak. "Seni kurtaracağımı söylemiştim, seni yalnız bıraktım diye mi vazgeçtin?" Yine kendini suçlayacak bir neden bulmuştu.

Öfkeyle "Beni benden kurtarabilir misin?" diye sordum bir anda. "Beni benden alıp çıkarabilir misin? Kim olduğumu gizleyebilir misin? Aynaları kırabilir misin? Yüzlerimi saklayabilir misin?" Kafamı iki yana salladım. "Yankı, beni yok edebilir misin? Beni sadece benden arınmak kurtarabilir."

Dudakları aralandı ve bir şeyler söyleyecek gibi oldu ardından dudaklarını tekrardan kapattığında derin bir nefes verdi. "Her kim olursan ol," dedi daha önce söylediğini tekrar ederek. "Ne yaparsan yap. Seni senden bile kurtaracağım, inan bana."

Kafamı art arda iki yana sallarken "Bu sadece bir cümle," dedim. "İnanmıyorum. Bu sadece öylesine bir cümle. Dinle beni, gün geçtikçe benden nefret edeceksin ve bunları unutacaksın. Hak etmediğimi göreceksin, kim olduğum seni öyle bir ilgilendirecek ki ve ne yaptığım da. Bu cümleler silinip gidecek."

"İnanmıyorum mu?" Oturduğu yataktan kalktı ve kaşları çatıldı. "Bana güveneceksin. Bana inanacaksın. Ben hiçbir zaman yalan söylemem."

"Yalan değil," dediğimde gözlerimi bir an olsun yüzünden ayıramıyordum bu kez de. "Nefret büyük bir duygudur, benden nefret ettiğinde verdiğin sözlerin hiçbir anlamı kalmayacak."

Yankı, duyduklarına inanamıyormuş gibi "Senden nefret etmek mi?" diye sordu ve güldü. Birkaç saniye durdu ardından bir daha güldü. "Senden nefret etmek öyle mi? Nefret?" Eliyle saçlarını karıştırdı. "Gözlerime bakmamanın tek nedeni nefret edecek olmam mı? Sikeyim, neyin nefretinden bahsediyorsun sen?"

İlk defa Yankı'nın sakinliğinin silinmeye başladığını görüyordum, hayır, yerine gelen duygu öfke değildi ama anlayamadığım bir duygu onu etkisi altına almış gibiydi. Endişe miydi? Tedirginlik miydi? Yoksa hepsi aklımın oyunu muydu? Bir şeyleri anlayamamak Yankı'nın kendisi gibi davranmamasına neden olmuştu.

"Bunun için kesin konuşamıyorsun, değil mi?" diye sorduğumda kalbimin acıdığını hissettim. "Çünkü sonrasını bilmiyorsun." Gözlerimin dolmaya başladığını hissettiğimde kendime bir kez daha öfkelendim çünkü bu kadar sık ağlayan birisi değildim. "Benden nefret edeceksin," dedim titreyen sesimle. "Bu olacak. Öyle bir nefret edeceksin ki yüzüne bakmamı sen istemeyeceksin."

Korkuyordum. Yankı, bu korkumu görsün istedim, onun benden nefret etmesinin bende yarattığı korkuyu görmesini istedim ama bana hâlâ anlamıyormuş gibi bakmaya devam etti.

"Kim olursan ol," dedi bir anda ve tekrardan yatağa oturdu. "Ne yaparsan yap." Sonra sustu, devamını getirmedi, *senden nefret etmeyeceğim* demedi; gözlerimin içine bakmaya devam etti.

İtiraftı.

Ağırdı, yakardı, parçalardı, bütün yüzlerimdeki izleri ortaya dökerdi ama itiraftı.

Beni anlamadığı tek anda kendimi göstereceğim bir itiraftı.

Ben dayanamadım, beni iyileştirsin istedim; kendimi affetmesem bile ona sığınmak istedim.

Ağlayarak "Benden nefret etmenden çok korkuyorum," diye fısıldadım. "Yemin ederim, en çok bundan korkuyorum. Lütfen benden hiçbir zaman nefret etme. Sevme beni, onlar gibi görme, değer de verme ama nefret de etme." Başımı önüme eğdim, yaşlar ellerime düştü. "Dünyadaki herkes benden nefret etsin, sen etme. Çünkü sen benden nefret edersen, benim artık iyi bir insan olmak için şansım kalmazmış gibi. Çünkü sen nefret edersen ben hiçbir zaman kurtulamazmışım gibi."

İç çeke çeke, sessiz sessiz ağlamaya devam ettim. Kuruyan boğazım acıyordu, kulaklarım çınlıyordu, ellerim titriyordu ama ben korkularıma ağladım. Canım yandı, ona ihanet etmiş olma düşüncesi beni mahvetti ama ben yine de bir bencil gibi o beni iyileştirsin istedim.

Bir anda buz gibi elleri ellerimi tuttu ve beni kucağına doğru çektiğinde bedenimin de titrediğini fark ettim. Kolları omuzlarıma dolandı, beni öyle sıkı sardı ki hareket dahi edemedim. Bacaklarım aşağı doğru sarktığında küçük bir çocuk gibi beni sarmaladı. Göğüs kafesinde başım yaslı, ağlamaya devam ederken çenesini başıma bastırdı ardından dudaklarını saçlarımda hissettim. Derin bir nefes aldığında ve sonra verdiğinde saçlarımı öptü, saçlarımı kokladı. Bunu ilk defa yaptı, defalarca yapsın istedim.

"Ne yaparsan yap," dedi derinden gelen bir sesle. "Kim olursan ol." Bir elini yine çeneme koydu, başımı kaldırdı gözlerimizin kesişmesine neden oldu. "Bütün yüzlerinle beraber senden hiçbir zaman nefret etmeyeceğim. Hiçbir zaman." Yüzünü yüzüme doğru yaklaştırdı, gözlerimi kapattım ve onun göğüs kafesindeki güvenin o güzel tadını aldım. Elinin tersiyle yaşlarımı sildi. "Ve hep gözlerimin içine bak isteyeceğim," dedi sessizce. "Artık ağlama."

Gözlerimi araladım, başka bir yaş daha düştü. "Yankı," dedim adını hayranlıkla söylerken. "Benim sana ihtiyacım var." İtirafım, gözlerinin daha derin bakmasına neden oldu. "Benim iyi birisi olmaya ihtiyacım var."

"Buradayım," dedi ve biraz daha sıkı sarıldı; kimsenin sarılmadığı gibi sarıldı. Bana bir daha kimsenin sarılmasını istemeyeceğim kadar güzel sarıldı. "Her kimsen kendini affet, her ne yaptıysan affet. Yeni doğmuş bir insanın affedilmez hataları olmazmış. Senin de yok çünkü yeniden doğdun." Sesinde güven vardı. "Bugün senin ikinci doğum günün olsun."

"İkinci doğum günü," dediğimde bu düşünce içimi rahatlatmıştı. "Bugün yeniden doğdum," dediğimde başımı aşağı yukarı salladım ve derin bir nefes aldım, kokusu burnuma doldu. "Değil mi? Bunu yapabilirim değil mi? Yeniden doğabilirim değil mi?"

"Yapabilirsin, bunu ben söylüyorum. Sadece bana inanacaksın," dedi keskin bir dille. "*Hiç kimseye güvenmediğin kadar çok güveneceksin bana ve bundan hiçbir zaman vazgeçmeyeceksin.*" Daha önce söylediği cümlesini tekrar etmişti.

"Hiç kimseye güvenmediğim kadar çok güveneceğim sana," diyerek tekrar ettim. "Bundan da hiçbir zaman vazgeçmeyeceğim."

"Ağlama." Gülümsedi, hep gülümsesin istedim. "Ne olacak bu senin durmadan titreyen sesin?" diye sordu. "Ne yapacağız?"

Omzumu indirip kaldırdığımda eli tekrardan akan yaşları sildi. "Durmadan ağlıyorum," dedim dudaklarımı bükerek. "Böyle birisi değildim ben."

"Bunun hakkında bir çözüm biliyorum," dediğinde sesi düşünceli geldi. "Deneyelim mi?"

"Neymiş o?" dediğimde içimi çektim. "Çünkü artık ağlamak istemiyorum."

Gülümsemeye devam ederken yüzünü tekrardan yüzüme yaklaştırdı, turkuaz gözleri en yakınıma geldiğinde kendimi büyük bir okyanusun içinde nefessiz kalmış gibi hissettim. "Ağlamayacaksın," diye fısıldadı içten bir sesle. "Ellerini ver." Gözlerimi bir an olsun ondan ayırmazken kalbim yerinden çıkacakmış gibi atmaya başlamıştı ve nefesim kesilmişti. Ellerimi öne doğru uzattığımda bir eli elimi tuttu daha sonra soğuk parmaklarına zıt olan sıcak dudakları avuç içime dokundu ardından diğer elimi de aldı ve yine avuç içimi öptü. Gözleri, gözlerimin içine bakarken, dudaklarını daha fazla bastırdı avuç içlerime.

"Yankı," dediğimde başka bir yaş daha düştü gözümden ve sanki bu son yaştı.

"Küçüklüğümden beri inandığım bir şey var." Avuç içlerime baktı, derin bir nefes verdi. "Gözyaşlarımızı hep ellerimizle sileriz, o gözyaşları ellerimizin içine dolar. Küçükken ağladığımda ellerimi izlerdim. Bak, çizgileri görüyor musun? Onları gözyaşı akarsularıymış gibi düşünürdüm." Parmağı, avucumun içindeki çizgide dolaştı. "Öptüm, senin akarsuların kurusun diye." Sonra uzandı, düşen son yaşı kendi eliyle sildi. Benim akarsularım kurusun istedi, kendi ellerindeki akarsuları benim yaşlarımla doldurdu. Bakışlarımdan anladı. "Sorun değil," dediğinde gülümsedi. "Hiç sorun değil."

"Gözyaşı akarsuları." Ellerimin içine baktım. O ne derse inanırdım, buna da inandım. "Öpünce kurur mu?" diye sordum küçük bir çocuk gibi.

"Kuruyacak," dedi o da karşılık olarak.

"Her seferinde öpecek misin?"

"Her seferinde öpeceğim."

"Ya öpemezsen?"

"O zaman yaşları bırak, aksınlar. Sakın silme." Elimi bıraktı, bakışları kısıldı. "Sakın başkalarının silmesine izin verme."

İçim acıdı. Her zaman öpeceğim, dememişti ama ben bunu söylemiş kabul ettim. "İzin vermeyeceğim," dedim gülümseyerek. "Asla."

Aklıma Sabahattin Ali'nin cümleleri gelmişti, bu cümleleri düşünürken daha fazla gülümsemiştim ve Yankı tek kaşını kaldırıp bana bakmıştı ama sustum; ona bu cümleleri söylemedim.

Diyordu ki Sabahattin Ali:

Ellerimden öptü, ellerimden.

Avuç içlerimden öptü.

Unutabilir misin şimdi?

Ben ölsem unutamam.

O an odanın kapısı çalınmadan açıldı ve bütün Sokak Nöbetçileri tek tek içeri girerken, ikimiz de donuk bir şekilde öylece kaldık. En son Mutlu girdiğinde gözleri bize döndü sonra başını çevirdi ardından tekrardan baktığında "Sakın!" diye haykırdı. "Sakın bana yine öpüşmek üzere olduğunuzu ve lanet olasıca benim ve benim gibilerin içeriye girdiğini söylemeyin." Bulunduğumuz konumu dikkatli bir şekilde inceledi. "Gerçekten bu kadarını kaldıramam artık resmen tek vücutsunuz." İşaret parmağını şakağına koydu, kendini vuruyormuş gibi davrandı.

Yankı, beni kollarından uzaklaştırdı, ayağa kalktı ve üzerine çeki düzen verirken kaşları çatıldı. Bütün herkes onun yüzüne bakarken, Lâl'e bakmaya devam ediyordum. Yankı'nın yaptığından dolayı şaşkın değildi ama bakışları bana döndüğünde sadece benim görebileceğim şekilde kafasını iki yana salladı.

"Öyle bir şey yok," dedi Yankı elini saçlarına geçirirken. "Biz sadece..." kelimeleri düşündü, "yani konuşuyorduk işte."

"Konuşuyor muydunuz?" Mutlu, Bartu'yu bir anda yatağa doğru itekledi, onu oturttu daha sonra Bartu'nun kucağına yerleşip ellerini boynuna doladı. Bartu büyük bir şaşkınlıkla Mutlu'nun yüzüne bakarken "Bu şekilde konuşmak mı?" diye sordu. Sonra yavaş yavaş Bartu'nun dudaklarına yaklaştı, Bartu ise hareket etmeden durmaya devam etti. Ayağımın ucundaki sahneyi izlerken gözlerim irice açılmıştı. "Tam şu an," dedi Mutlu sesini incelterek, aklı sıra beni taklit ediyordu. "Bu kadar yakın konuşmamız sence de anormal değil mi?"

Bartu hâlâ hareket etmeden Mutlu'yu izliyordu. "Bartu," dedi Işık kısık bir sesle. "Bir an önce kendini kurtarmazsan Mutlu seni..."

"Dudaklarından öpeceğim, Grey'im," dedi eliyle sakallarını okşarken. "Uzay hakkında ne düşünüyorsun?" Göz ucuyla Yankı'ya baktı. "Peki ya patatesler hakkında? Hiç geliyor musun bizim oralara ya?" Dudakları öne doğru büzüldü ve gözlerini kapatıp Bartu'nun onu öpmesini bekledi. "Konuşarak öp beni, maksat milleti kandırmak olsun."

Bartu o an şaşkınlığı bir köşeye bırakıp hızlıca ayağa kalktı ve Mutlu'nun yere düşmesine neden oldu. "Lan seni silkelerken söndürürüm Mutlu," dedi dehşetle. "Az kalsın dudaklarımdan öpüyordun, nasıl yaşardım daha sonra?"

Mutlu düştüğü yerde kalçasını sıvazlarken yüzünü buruşturup "Altı üstü konuşuyorduk," diyerek bizi iğneledi. "Normal insanlar bu şekilde konuşmaz mı? Neyi anormal yaptık?"

Yankı'nın da benim de söyleyebileceğimiz hiçbir şey yoktu. Mutlu'nun bu eğlenceli hallerine ihtiyacım varmış gibi hissetsem de ilgi odağı olmaktan pek de hoşlandığım söylenemezdi.

"Her şeyi yanlış anlıyorsun," dedi Işık ve gülmemek için kendini zor tuttu. "Yani belki Helin yataktan kayıp Yankı'nın kucağına düşmüştür..."

"Aynen öyle," dediğimde utandığımı hissettim ve başımı önüme eğdim. "Ne oldu bilmiyorum ama benim başım döndü, midem filan bulandı bir baktım Yankı beni tutuyor."

"E yok artık, bir de hamileyim de tam olsun," diyen Mutlu eliyle alnına vurdu. "Geçin bunları, öpüştünüz mü öpüşmediniz mi onu söyleyin." Yüzümü dikkatle inceledi. "Gözler ve yanaklar kıpkırmızı, kulaklar düşmüş, dudaklar şişmiş..." Yankı'ya döndü. "Bakışlar kısık ve seksi, saçlar dağılmış ama dudaklar normal..." Parmağıyla şakağını kaşıdı ve gözlerini kıstı. "Helinski tek taraflı mı öpüştün lan? Yoksa Yankı..."

"Mutlu..." Bartu, gözlerini kapattı. "Yine çok konuşmadın mı?"

"Bartu haklı." Işık kollarını önünde bağladı. "Senin yüzünden ikisinin bir özel hayatı bile yok, her şeye burnunu sokuyorsun."

"Kusura bakma da içeriye girdiğimizde Yankı ve Helin, kanguruyla yavrusu gibi iç içelerdi. Yankı utanmasa tişörtünün içine sokup zıplaya zıplaya gidecekti, ne saçmalıyorsunuz?"

"Zıplamak mı?" dedik Yankı'yla aynı anda ve birbirimize baktık.

Mutlu ise bu tepkimizden sonra güldü. "Yürürken zıplamak, yatakta değil sizi azgınlar. Merak etmeyin."

"Mutlu!" Arkamdaki yastığı ona doğru attığımda sesim yüksek çıkmıştı. "Artık kapatır mısın konuyu?"

Mutlu, eliyle ağzına fermuar çekiyormuş gibi davrandı ve ayağa kalkıp masanın üzerindeki yemeklere doğru ilerledi. Dakikalardır hissizliğimden dolayı açlığımı hissetmesem de bir anda Mutlu'nun çıkardığı pizza kutusundan sonra karnımdan yüksek bir gurultu sesi geldi ve hepsinin bakışları bana döndü.

"Sanırım acıktım," deyip hafifçe gülümsedim ve Yankı'yla göz göze geldik. "Bir şeyler yemek istiyorum."

Yankı gülümsememe karşılık verdiğinde poşetlere doğru ilerledi ve içinde ne kadar yemek varsa hepsini yatağın üzerine döktü, Işık ise sandalyeleri, koltuğu yatağa yaklaştırıp herkesin oturmasını sağladı. Pizzalar, lahmacunlar, etler, tavuklar... Bartu her yemekten almıştı sahiden.

Pizzanın kapağını açtım ve içinden bir parçasını aldığımda ağzımın içindeki yaraların geçmeye yüz tuttuğu için çok da acıtmayacağını düşündüm. Hafifçe pizzadan ısırdığımda ve yavaş yavaş çiğnemeye başladığımda o kadar da acımadığını gördüm. Tadı o kadar güzeldi ki ilk lokmayı yuttuktan sonra kapalı gözlerimi açtım ve hepsinin bana baktığını gördüm. "Ah şey," dedim utançla. "Siz de yemez misin? Ben unuttum da..."

Bunu söylememe bile gerek kalmadan hepsi birden yemeklere yumulduğunda Yankı yatakta yanımda oturuyordu. Ayak ucunda ise Işık vardı. Lâl ile Bartu koltuktaydı, Mutlu ise masanın üzerine çıkmıştı.

"Pizzalar pizzalar," dedi Mutlu hızlıca. "Yeni bir şarkı yazdım, söyleyeyim mi?"

"Hayır," diye bağırdı hepsi hep bir ağızdan ama Mutlu dinlemedi ve şarkısını söylemeye başladı.

"Pizza desenli iç çamaşırım, lahmacunum nerede? Lahmacunum atletimde, Grey'im nerede?" Parmağıyla Bartu'yu işaret etti. "Grey'im burada, çükü nerede?" Aşağıya doğru baktı, dudaklarını büktü. "Aman Tanrım burada, küçük oğlum gel bana, sarılayım sana, beni şaplaklasana!" Islık çalarak ritim yaptı.

Bartu gözlerini devirdi ve kendini tutamayarak "Küçük mü oğlun?" diye sordu. "Mutluga gel bana, seni silkelerim her dakika, bir tane vursam sana, buradan uçarsın cehennemin bir ucuna!" Sabit bir sesle söyledikleri kafiyeli olduğunda hepimiz gülmeye başladık.

Bartu'dan böyle bir tepki hiç beklemiyordum ve Mutlu keyifle ellerini çarpıp "Bir tane vur bana, tam kalçama, eğer canım acımazsa ağlarım her dakika. Bak burada Mutluga, Prenslerin en şahı. Yaz bunu bir kenara, taklitlerim arkamda!"

"Ne bu?" Işık gözlerini devirdi. "Âşık atışması mı? Diss[1] yarışı mı?"

"Tatlım onlar yokken ben vardım," dedi Mutlu. "Sagopa'nın ilham perileri dediği perilerden birisi benim, Âşık Veysel'i çok severim, dedem gibidir." Çenesiyle Yankı'yı işaret etti. "Mesela kucakta konuşmak üzerine de şarkı yazabilirim hemen."

"Sakın." Yankı elini kaldırdı, ağzı doluydu. "Konuyu kapatmazsan kendini Osman amcanın kucağında bulursun."

---

1 Rap argosunda, İngilizce *dissrespect* kelimesinden gelen ve genelde başka bir sanatçıya laf atmak, ayar vermek amacıyla söylenen rap şarkısı. –ed.n.

Mutlu, gözlerini kocaman açtığında Bartu ağzı dolu doluyken "Bulacak ki zaten," dedi ve başka bir pizzayı da kocaman ısırdı. "Yakında evlenirler Osi'yle."

"Ayı," dedi Mutlu. "Miden iflas edecek, pizza üzerine dondurma koymak ne demek? Bak bir de jelibon mu serpiyor o?" O an Bartu'nun yediği pizzanın üzerinde bana aldığı erimiş dondurma olduğunu gördüm.

"Lan," dedi Bartu söyledikleri zor anlaşırken. "Boşa mı gitsin? Hem ilk pizza ye, sonra lahmacun ye, sonra et ye. Zaman kaybı. Hepsini üst üste koyup yenildiğinde midende yer de kalıyor, mis gibi."

"Miden yakında intihar edecek," dedi ve gülmeye başladı. "Düşünsene midesin ve Bartukıç'la yaşıyorsun. Masum masum dururken bir bakıyorsun havadan yüzüne sucuklu kaşarlı dondurma ve çikolatalı lahmacun yağıyor. Üzüldüm lan. Jelibon olsam midende şişip patlardım öfkemden."

"Lan karışmasana bana," dedi Bartu ve önündeki çikolata parçasını Mutlu'ya doğru attı. "Hem yiyorum hem eritiyorum. Sen kendine bak, üç kilosun, iki kilosu boş çenen."

Mutlu, kibar bir şekilde pizzasından başka bir ısırık daha aldığında gülümsedi. "Bir de benim mideme bak, prens midesi. Havyar yemeden yaşayamıyorum mesela. Midemin bile beyaz atı var."

"Sen havyar hiç yemedin ki," dedi Işık sonra dilini uzattı. "Ayrıca midende yara var. Bu kadar iyiyse niye yara var?"

"Konuşma ikizlerin yüz karası," kaşlarını çattı, "o telefonda kiminle mesajlaşıyorsan da söyleyeceksin bana."

Bakışlarım Işık'a döndü ve tek kaşımı kaldırdığımda yavaşça gözlerini kırptı. Sınıftaki adamla konuşmaya başladığını anladım.

"Sana ne," dedi Işık ama Bartu'nun elindeki çikolatalı lahmacunu sertçe bırakmasıyla sesini yumuşattı. "Bartu'm," dedi şefkatle. "Benim kocaman adamım, ne olurdu insanları dövmeden de anlaşabilseydin? Çocuk musun sen, hep Mutlu'nun gazına geliyorsun."

"Mutlu'nun gazına filan gelmiyorum." Dudağının kenarına çikolata bulaşmıştı ve ne kadar ona karşı kırgınlığım olsa da sevimli göründüğü için gülümsemeden edemedim. "Benim kız kardeşim ölene kadar yalnız yaşamak zorunda nokta." Bir anda bakışları bana döndü. "Buna sen de dâhilsin artık Helin. Yanında bir erkek görmeyeyim. Özellikle o turuncu havuç tarlası görür bundan sonra dünyanın kaç kilometre olduğunu."

"Ha?" dediğimde ağzımın içinde yemek öylece kalmıştım.

"Öyle," diyerek pizza ve lahmacunu dürüm yapmaya başladı. "İster beni sev ister sevme. İster barış ister küs. Sen de artık kız kardeşimsin, hiçbir erkek yanına yaklaşamaz." Bakışları Lâl'e döndüğünde onun yemek yemediğini fark ettim, kollarını önünde bağlamış dalgındı. Omzuyla Lâl'e dokunduğunda Lâl sarsıldı. "Seni zaten erkek sinek ısırırsa kellesini keserim, kapının önüne asarım."

"Bartukıç..." dedi Mutlu ve bakışlarımız ona döndüğünde gözüyle Yankı'yı işaret etti. "Bilmiyorum farkında mısın ama Yankı son bir dakikadır senin yüzüne bakıyor ve emin ol bakışları çok korkutucu."

Gözlerim ona döndüğünde gerçekten Bartu'yu izlediğini gördüm. Mutlu'nun anlattığı kadar korkutucu değildi ama kaşları çatılmıştı. "Hım," dedi Bartu dikkatle. "Helin'in yanına hiçbir erkek yaklaşamaz tabii. Sevgilisi de olamaz." Yankı, daha fazla kaşlarını çattığında duraksadı. "Yumruklarım o adamın yüzünde biter."

"Öyle mi?" dedi Yankı ve sesinden eğlendiğini anladım. "O yumruğu sadece benim yüzüme indirmen gerekecek o hâlde."

Şaşkınlıkla gözlerim ona döndüğünde ve Mutlu "Oha resmen evlenme teklifi, resmen sevgiliyiz dedi!" diye bağırdığında Işık da ellerini birbirine çarptı. Bartu bile gözlerini açtığında Yankı ne dediğinin farkında değilmiş gibi duraksadı.

"Ne?" deyip ona döndüğümde yüzümdeki şaşkınlığı o da gördü. "Bu da ne demek?"

Yankı'nın çiğnemesi duraksadı ve öksürmeye başladığında Bartu yaklaşıp sırtına vurdu daha sonra su şişesini uzattı. Yankı, sudan büyük yudumlar içtikten sonra elinin tersiyle ağzını sildi ve herkesin ona baktığını fark etti. "Yani," dedi boğazını temizleyerek. "Lideri olarak."

"Lideri olarak sahiplenmek mi?" Mutlu ellerini gökyüzüne açtı. "Nasip et be."

Işık alayla "Yani aslında beni de böyle koruyor," dedi. "Lâl'i de. Yankı da yanımızda başka bir erkeğin olmasını istemiyor. Kız kardeş muhabbeti, yanlış anlamayalım..."

"Doğru tabii..." Bartu da gülümsedi. "Kız kardeşi olarak koruyor."

"Hayır." Yankı'nın yüzü değişti. "Helin'i lideri olarak."

"Yankıtu," diyen Mutlu kafasını iki yana salladı. "Liderim olarak beni de kucaklar mısın? İhtiyacım var da sarılmaya. İki üç dil atarsan da hiç fena olmaz."

"Ha yani hepimizi kız kardeşin olarak koruyorsun, Helin'i lideri olarak öyle mi?" Işık dudaklarını birbirine bastırdı. "Peki bundan şeyin haberi var mı ya? Hım... Sözlükteki lider tanımının?"

"Bugünden itibaren liderlik için yeni sözlük anlamı çıkarıyoruz." Mutlu tırnak işareti yapıyormuş gibi parmaklarını hareket ettirdi. "Liderlik: Yanındaki kıza nefes aldırmayacak kadar çok sarılmak ve başka bir erkeğin yaklaşmasını engellemek."

"Liderlik," dedi Yankı Mutlu'ya ters bir bakış atarken. "Kardeş katili olmamak için onu elli beş yaşında bir adamla evlendirmek için Hollanda'ya göndermek."

Bir süre sonra Önder'in eşi içeriye girdi ve söylenerek etrafın dağınıklığına, yemek kokusuna laflar saydı. Hepimiz suçlu çocuk gibi köşeye sindiğimizde benim için gerekli merhemin adının yazdığı kâğıdı bana değil, Yankı'ya verdi ve kibar bir şekilde bizi odadan kovdu.

Hastane dedikleri yerin odasından çıktığımda aslında tek katlı, içinde yedi sekiz odası olan bir yer olduğunu fark ettim. Bir hastane gibi tertemiz ve parlaktı, etrafta dolaşan hemşireler, hastalar yoktu. Tamamen onlara aitti, bu hoşuma gitmişti.

Hastanenin kapısından çıktığımızda İBAK'ın içinde kendimizi bulduk. Bir kapısı laboratuvara açılırken diğer kapısı hastaneye açılıyordu. "Vay canına," dedim etrafa bakarak. Yanımda yürüyen Işık'ın gözleri telefondaydı. "Gerçekten kendinize ait küçücük bir dünyanız var." Işık'ın cevap vermesini bekledim ama beni yanıtsız bıraktığında telefonundan gülümseyerek biriyle mesajlaştığını anladım. "Adı neymiş?" diye sordum. Işık'ın gözleri şaşkınlıkla bana döndü. "Sınıftaki adamın. Adı neymiş? Onunla konuştuğunu biliyorum ama sırıtmayı bırak, Mutlu hemen arkamızda."

Işık göz ucuyla arkasına baktı ardından bir anda koluma girdi ve daha hızlı yürütmeye başladı; İBAK'tan dışarıya çıktığımızda diğerleri adımlarca arkamızda kalmıştı. "Adı, Murat Can," dediğinde gözleri parladı. "Hiç beklemiyordum ama bana mesaj attı. Olanlar için resmen özür diledi, inanabiliyor musun? Mutlu ve Bartu onu tost makinesi gibi aralarında sıkıştırsa da o geldi, benden özür diledi. Ve dedi ki kardeşlerim haklılarmış, kendisi de olsa aynısını yaparmış."

"Ha tam bir kıro yani," dediğimde gözlerimi devirdim. "Gerçekten Bartu gibi bir tiple olmak istiyor musun?"

"Hayır," diye inlediğinde dudağını büktü. "Bartu gibi değil, gerçekten. Çok kibar, çok güzel konuşuyor. Bana dedi ki 'Gözlerin, adını taşıyor' bu cümleye düşülmez mi?"

Omzumu silktim. "Fazla klişe değil mi? Bence tam bir kız avcısı. Seni kullanıp atacağını sanıyor."

"Sence buna ben izin verir miyim?" Daha fazla yaklaştı. "Erkekleri az çok biliyorum, üç erkekle büyüdüm ve hepsi karakter olarak birbirinden farklıydı. Bartu tam bir kıro. Mutlu desen biseksüel ve böyle olduğu için bir ara gittiğimiz okulda dışlanmıştı." Yüzünü buruşturdu. "İnsanlar iğrenç, başkalarının yönelimi hakkında kendilerini söz sahibi sanıyorlar."

Mutlu'nun biseksüel olduğunu tahmin ediyordum. "Mutlu'nun daha önce sevgilisi oldu mu? Sen onu hiç engelledin mi? Belki kini buradan geliyordur?"

Işık gözlerini kaçırdı. "Yani birkaç kızın saçını yolmuş, birkaç erkeğin çüküne tekme atmış olabilirim ama hepsi kötü kalpliydi. Ben tanımasına izin veriyordum, Mutlu ona bile izin vermiyor. Her neyse." Tekrardan geriye baktı ve yapmacık bir şekilde gülümsedi. "Yankı desen turkuaz külot muhabbetini biliyorsun zaten..."

"Lütfen," dediğimde elimi kaldırdım. "O konuyu kapatır mısın? Yankı'nın içinden azgın bir adam çıkacağını tahmin edemezdim."

"Hayır." Işık şaşırmıştı. "Yankı böyle konularda ânı yaşayan birisidir. Yani kadın avcısı değil. Lise birinci sınıfta bir kız vardı mesela, adı Beril'di. Yankı'dan hoşlanıyordu ve bence Yankı da ondan hoşlanıyordu. Okulun köşesinde Beril Yankı'yı öpmüştü, onu ilk öpen kız oydu."

"Yankı, Beril'i sevdi mi?" diye sorduğumda sesim nedense mutsuz çıkmıştı. "Yani onlar görüşüyorlar mı hâlâ?"

Işık, yüzümdeki ifadeyi görmüş gibi duraksadı. "Yani bilmiyorum." Elini salladı. "Seneler geçti, sevdi mi sevmedi mi bilmiyorum ama bizimle tanıştırmıştı, Yankı hayatına giren kızları bizimle pek tanıştırmaz. Görüşüyorlar mı bilmiyorum ama Beril'i her hatırladığında gülümser."

"Ha sevdi o zaman..." Çenemi sıktım ve geriye doğru baktım, tam o sırada Yankı'yla göz göze geldiğimizde kaşlarım çatıldı. "Sevdi yani? Öpmüş bir de. Sevsin bakalım." Yankı ne olduğunu anlamayarak bizi izledi. "Onu da lideri olarak kucaklamıştır şimdi."

Işık ayaklarını yere çarptı. "Konunun bunlarla bir ilgisi yok, bana bak." Gözlerim hâlâ Yankı'daydı ama Işık yüzümü ona doğru çevirdi. "Murat bu akşam beni dışarıya davet etti." Kaşlarımı kaldırdım ve devamını bekledim. "Ben de kabul ettim..."

"Ne?" dediğimde gülmeye başladım. "Sen canına mı susadın?" Başımla Mutlu'nun olduğu yeri işaret ettim. "O buna asla izin vermez, biliyorsun."

"İşte bu noktada sen devreye gireceksin." Bir anda ellerimi tuttu ve başını eğdi. "Son günlerde moralinin çok bozulduğundan, kız kıza geceye ihtiyacın olduğundan bahset. Kimse şu an sana hayır diyemez, özellikle Bartu. Yankı da yumuşak yaklaşır. Mutlu desen ben de geleceğim diye ağlar ama sen istemezsen gelemez. Lâl'i bana bırak, ona bu plandan bahsetmeyelim çünkü hemen Yankı'ya yumurtlar. Ona yalan söyleyemiyor, biliyorsun."

İçimin acıdığını hissettim. Bakışlarım Lâl'in olduğu yere doğru yöneldi. Bartu'nun hemen yanındaydı, İBAK'ın içindeki arabalara gözlerini dikmişti ama aklı bambaşka noktalardaydı. Çoktan yalan söylemiş, benim yüzümden kendini mahvetmişti. "Işık, bilemiyorum," dediğimde başımı önüme eğdim. "Yani yalan söylemek istemiyorum artık çünkü kendimi kötü hissediyorum."

"Lütfen," dedi Işık ellerimi daha sıkı tutarak. "Lütfen, lütfen. Daha önce senden böyle bir şey istedim mi? İstemedim. Hem yalan da değil, kız kıza bir geceye ihtiyacın olmaz mı? Murat'la bir iki bira içtikten sonra onu gönderir, sizinle takılmaya başlarım. Olmaz mı? Lütfen! Bu iddiayı kazanmam gerek."

"Siz ne haltlar karıştırıyorsunuz acaba?" Mutlu'nun sesiyle Işık bir anda ellerimi bıraktı ama yalvaran gözlerini ayırmadı. "Helinski, daha fazla kaşınıyorsun farkında mısın? Turkuaz külot partisi fikrini unutmadım ama daha fazla devam edersen striptizci kızlar da o partiye gelir."

"Mutlu," dedi Işık sıkılgan bir sesle. "Helin'in ne hâlde olduğunu görmüyor musun? Bence onun üzerine gitmekten vazgeç, iyi olmaya ihtiyacı var."

Işık bütün okları bana yönlendirdiğinde gözlerimi açıp onu durdurdum ve hızlı bir şekilde bulundukları yerden uzaklaştım, ileride bisikletlerin olduğu tarafa doğru yöneldim.

Kısa bir süre sonra hayal kırıklığıyla kaşlarımı çattım.

Yankı'nın bisikleti hariç hepsi yerindeydi, Yankı beni hastaneye ne şekilde getirmişti bilmiyordum ama bu durum dudaklarımı bükmeme neden oldu. O an ben bunu düşünürken Yankı'nın tam arkamda olduğunu bile fark etmemiştim. "Büktün yine dudaklarını," dedi ve irkildim. "Ne oldu?"

"Bisikletin yok. Sanırım bisikletine binmeye fazlasıyla alıştım."

Önünde bağladığı kolları aşağıya doğru indi. "Bu yüzden mi üzülüyorsun?" diye sordu ve neden şaşırdığını anlayamadım.

"Üzülmedim, sadece..." Yine çocuk gibi davrandığımı fark etmiştim. "Yağmur yağmak üzere hava nemli, rüzgâr var. Saçlarımın uçmasını, rüzgâra meydan okumayı isterdim. Bisikletin verdiği his çok güzel."

"Adrenalin mi istiyor bu çocuk?" diye sordu. "Heyecan mı istiyor? Yaratalım o hâlde."

"Ya," deyip kaşlarımı çattım. "Çocuk mu?"

Gözlerimin içine baktı sonra bir anda eli bileğimi tuttu ve beni çekiştirmeye başladı. Ne olduğunu bile anlayamadan diğer eliyle ıslık çaldı ve bütün Sokak Nöbetçileri ona doğru baktı. "Kuralları bugün boş veriyoruz," diye bağırdı. "Atlayın bisikletlere!"

"Ne?" dediğimde beni kendisine ait olmayan bir bisiklete doğru götürdü. "Ne yapacağız?"

"Önder'in bisikletini alıyorum," dediğinde kırmızı büyük bisikletin Önder'in olduğunu anladım. İBAK'ın önünde durmuş bizi izliyordu, kaşları çatıktı. Yankı ona döndü. "Bisikletini alıyorum!"

"Yankı," diye bağırdı Önder. "Düşünmeden hareket etmekten vazgeç! Kuralları hiçe sayamazsın!"

Kurallar ve Yankı Sarca. Kurallar ve Önder Sarca. Bu yönünü ondan mı almıştı?

Yankı, bisikletin koltuğuna oturdu ve diğer Sokak Nöbetçileri'nin Önder'i dinlemeden bisikletlerine doğru ilerlediklerini gördüm. Lâl tek bir adım dahi atmazken, Bartu onu bir anda kucakladı ve kendi bisikletin doğru yönlendirdi. Lâl çırpınsa da onu da bisikletine bindireceğini anlamıştım.

"Kurallar," dedi Yankı kısık bir sesle ve yüzünün düştüğünü fark ettim. O an, bir kez olsun, Yankı'nın da hiçbir şey düşünmeden hareket etmek istediğini anladığımda çocukluğunu yaşamamış olduğunu gördüm. Sürekli onu durduran birileri vardı, sürekli onu engelleyen kardeşleri ve hep başkalarını düşünen Yankı.

"Önder!" diye bağırdığımda sesim öfkeli çıkmıştı. "Kuralların canı cehenneme, Yankı robot değil! Bunu anla artık!"

Yankı'nın yüzü şaşkınlıkla bana döndüğünde böyle bir karşılık beklemiyordu. Bisikletinin yanına gittim, binmemi bekledi ama ona bakmaya devam ettim.

Gülümsediğinde "Doğru ya, o meşhur replik," diye mırıldandı. "Bin bakalım önüme."

Gülümseyerek bisikletinin önüne bindim ve elleri direksiyonu tuttuğunda kollarının sıcaklığı bütün vücudumu kapladı. Mutlu, Işık ve Bartu'nun bisikleti de yanımızda yerlerini aldığında birbirlerine baktılar. Lâl de Bartu'nun önünde oturuyordu ve küçük bir çocuk gibi görünüyordu.

"Yarışı kim başlatacak?" diye sordu Mutlu kaşlarını kaldırarak. "Her zaman sen başlatırdın Yankı çünkü sen yarışmazdın, karşıydın." Gözlerini devirdi. "Kural adamı Yankı Sarca, çok sıkıcısın."

Yankı, direksiyonu daha sıkı kavradı, biraz daha eğildi ve ayaklarını pedallara tutundu. "Siktir et o Yankı Sarca'yı," dediğinde bir anda bisikletini hareket ettirdi. "Kuralların canı cehenneme. Bugün ben de yeniden doğdum."

"Lan!" Mutlu'nun arkamızdan gelen sesiyle gülmeye başladım. "Adam kuralları boş vereyim derken hile yaptı! Lider modunu kim kapattı bunun?"

"Çok konuşma da beni geçsene!" Işık'ın sesiyle başımı çevirip onlara baktım. Hemen arkamızda Işık vardı, onun arkasında Bartu ve en sonda da Mutlu.

"Sırtını yasla," dedi Yankı bana doğru. "Ve bir an bile hareket etme."

Başımı çevirip ona baktığımda gözleri bana doğru döndü. "Düşer miyiz?"

"Ben asla düşmem," dedi kendinden emin bir sesle. "Ve seni de düşürmem."

Gözlerimi kocaman açarken "Vay," diye inledim. "Liderim olarak beni düşürmeyeceksin de o zaman."

Yankı, bir yola bir bana bakarken, bisikletin hızını daha fazla arttırdı ve pedallardan gelen sesler beni ürküttü. Diğer tarafa doğru hızlıca döndüğünde trafiğe doğru ilerlediğini fark ettim. Arkamızdan yaklaşan Mutlu'nun çığlıkları öyle komikti ki gülmeden edemedim.

"Liderin olarak düşürmem," dedi ve gözleri gözlerime kaydı. "Ama kuralları hiçe sayan Yankı'nın dikkatini dağıtmaya devam edersen düşeriz."

Başımı çevirdim, sırtımı ona daha fazla yasladım ve gökyüzüne doğru baktım. Yağmur atıştırmaya başlamıştı, gökyüzü koyu mavi tondaydı ve güneş ortalıklarda görünmüyordu. Yüzüme vuran ıslaklıklar öyle çok hoşuma gitmeye başlamıştı ki ellerimi yavaşça iki yana doğru açtım. "Çok güzel," diye bağırdığımda rüzgâr yüzümde dans ediyordu, saçlarım Yankı'nın yüzüne doğru çarpıyordu. "Düşsek de umurumda değil sanırım."

"Helinski ve Yankıtu," diyen Mutlu'nun sesiyle başımı yanıma doğru çevirdim, bize yetişmişti. "Eğer sizi geçersem öpüşeceksiniz, var mısınız iddiaya?"

"O biraz zor," diyen Yankı daha da hızlandı ve birkaç adım geride bıraktı Mutlu'yu.

"Zor ya da değil, lider fantezisi," dedi Mutlu. "İddiaya var mısın, yok musun?"

"O iddiaya giremez ki," dedi Bartu'nun sesi. Ana caddeye doğru çıktığımızı fark ettim. "Kuralları olan Yankı Sarca asla iddiaya girmez çünkü insanı benliğinden çıkarır." Bartu gerideydi ama Lâl ona yaslıyken halinden oldukça mutlu görünüyordu. "Öyle değil mi Yankı Sarca?"

"Gaza mı getirmeye çalışıyorsunuz beni?" Öyle çok hızlandı ki ellerim direksiyonun üzerinde olan ellerine sıkıca tutundu. "Gönlünüz olsun, gaza geliyorum. Varım ulan iddiaya!"

"Ne?" diye aynı anda Mutlu'yla beraber haykırdığımızda bakışlarım ona döndü. "Beni öpecek misin?"

"Kaybetmeyeceğiz," dedi net bir sesle. "Sadece hareket etmeden dur."

Kalbim, bulunduğu yerde kendini kaybetmiş gibi atmaya başladığında ve gözlerim tam karşıya odaklandığında onun beni öpme düşüncesi, felçli gibi olmama neden olmuştu. Bir kere o kadar yakınlaşmıştık, o yakınlıkta ölüyormuşum gibi hissetmiştim eğer dudaklarımız bir gün birleşirse yaşamaya devam edebilir miydim?

Ana caddeye çıktığımızda ve arabaların arasından geçmeye başladığımızda korkuyla nefesimi verdim, arabalar bize kornalarla basıyor, yayalar ayıplayarak bizi izliyordu. Trafiği felç etmemiştik ama öyle fazla dikkat çekiyorduk ki arabalar bile durmak zorunda kalmıştı.

Bir otobüsün yanında geçerken, otobüsün penceresinden bana doğru bakan küçük bir çocukla göz göze geldim ve el salladığını gördüm. Ben de ona karşılık verip el salladığımda Mutlu otobüsün diğer tarafından çıktı ve önümüze doğru geçti. "Ee anlat bakalım," dedi Yankı'ya. "Kafana turkuaz külot geçiren kadınlarla görüşüyor musun hâlâ?"

Dikkat dağıtmaya çalıştığı çok açıktı ama Yankı dikkati dağılamazmış gibi "Hayır," dedi sadece.

"Hayır mı?" Biz öne geçtik ama o da dibimizdeydi. "O hâlde dün akşam nerelere kayboldun?"

Bu sorunun cevabını ben de merak ettiğim için bakışlarımı ona doğru çevirdim ve rüzgârın daha fazla hızlandığını fark ettim. Yağmur ise damlalarını artırmıştı. Yankı'nın kaşları çatıldı, göz ucuyla bana baktı. "Mutlu, seni mahvederim."

"Cevap vermiyor, Helinski," diye bağırdığında eğleniyordu. "Yoksa turkuaz külotla mı buluştu?"

"Yoksa turkuaz külotla mı buluştun?" diye sordum karşılık olarak.

"Kızların adı var lan," dedi Mutlu'ya bakarak. "Sena ve Asu." Kaşlarım çatıldığında dudaklarını birbirine bastırdı. "İsim hafızam kuvvetli sadece oradan hatırlıyorum."

"Sena ve Asu," diyerek onu tekrar ettim.

"Yoksa nerede olduğunu söylemeyecek misin?" Mutlu öne geçti, pedallara daha fazla abandı. "Lideri, Helin'in yanına başka erkeği istemiyor ama lider başkalarıyla fink atıyor *full hd* izle."

"Haklı," dediğimde Mutlu'yu alkışlamak istiyordum. "Senalar ve Asular, neden Suatlar ve Sametlere dönüşmesin ki?"

"Suat ve Samet kim?" dediği anda gözleri hızlıca beni buldu.

"Beraber çıkacağım kişiler," dediğimde bisikletlerimiz araziye doğru tırmanıyordu ve ana caddeden ayrılmış, koruluk tarzı bir yere çıkmıştık. Yağmurdan dolayı yerlerdeki topraklar ıslanmış, çamura dönüşmüştü. "Bir anda ortadan kaybolabilirim."

"Tabii." Mutlu'nun sesi geriden geliyordu ama bizi duyuyordu. "Patates hamburger yer, sinemaya gidersiniz. Belki sonradan da kulaklarınıza kahve damlatırsınız."

"Patates ve hamburger mi?" Yankı'nın sesinde kızgınlık mı vardı, yoksa bana mı öyle geliyordu? "Ha bir de sinema öyle mi?"

"Romantik komedi hem de," deyip gülümsedim. "Onlar benimle gülerler."

Bir anda "Ben de gülerim," dedi ve yapmacık bir şekilde güldü. "Romantik komedi filmlerine bayılırım, çok komikler."

"Lan!" Mutlu'nun kahkahasıyla beraber ben de gülmeye başladım. "Sen hiç sevmezsin ki öyle filmleri."

"Severim," dedi Yankı. "Mesela *Issız Adam*. Mutlu izlerken yanındaydım, çok güldüm komikti."

"Yankı..." dedim kaşlarımı çatarak. "O komedi filmi değildi, dram filmiydi. Neye gülmüş olabilirsin?"

"Ve ben yanında hıçkıra hıçkıra ağlıyordum," diyen Mutlu yine önümüze geçmişti. "O yanımda güldü. Bu adam romantik komedi filmlerini sevmiyor. Hem bu adam romantizmden ne anlar ya? Sen koş Sametlere Suatlara..."

"Tüh," dediğimde Yankı'nın nadir gördüğüm anlarından birinin içindeydim. Çocuk gibi olduğu zamanlar öylesine sevimli oluyor, öylesine kendisi gibi davranıyordu ki üzerine gitmek zevk haline geliyordu. "Keşke sevseydin romantik komedileri." Dudaklarımı büktüğümde yağmur kirpiklerime asılıp sonra düşüyordu.

Mutlu'yu geçti, yoldan gözlerini ayırmadı ama ona baktığımın da farkındaydı. "Bakma bana öyle," dedi ama yüzüme yine bakmadı. "Suatları da Sametleri de..." Sustu, kaşları çatıldı. "Bakma lan öyle."

"Suatlar ve Sametler romantik komedileri severler."

"Suatlar ve Sametler romantik komedileri sevsinler," dedi ardından gözleri bana döndü. "Sen sadece benimle romantik komedileri izleyebilirsin."

"Ne?" dediğimde elimi eline bastırdım ve çenesini tutarak yüzünü yüzüme doğru çevirdim. "Çıkma teklifimi kabul mu ettin yani?"

Gözlerini kaçırmak istedi ama ona bakmaya devam ettiğimde başka hiçbir noktaya bakamadı. Bisikletin hızını azaltmıştı, direksiyon sallanmaya başlamıştı. Çenesinde duran parmaklarımı yukarıya doğru kaydırdığımda kendimi tutamayarak başparmağımı alt dudağında gezdirdim. "Cevap vermeyecek misin kuralları olmayan Yankı?"

"Yapma," dediğinde hemen yanımızda duran Mutlu bir şeyler söylüyordu ama onu duyamıyordum, turkuaz gözlerinden başka hiçbir noktaya bakamıyor, onun sesini duymak istiyordum. "Biraz daha böyle bakmaya devam edersen..."

"Ne olur?" dediğimde hız biraz daha düştü ve Mutlu yanımızdan çığlık atarak geçti. Tam o sırada hep yapmak istediğimi yapıp elimi alnına doğru götürdüm ve düşen saçlarını geriye doğru ittiğimde ıslak yumuşak saçları, karnımın içine bir ateşin düşmesine neden oldu.

Bir anda direksiyon daha fazla sarsıldı, bisiklet yana doğru kaydı ve ıslak zeminde bisiklet kayarken Yankı'nın dudaklarından bir küfür savruldu. Kendimi bir anda yana doğru düşerken bulduğumda bisiklet tiz bir ses çıkardı ve yüzüme ıslaklık çarparken yere öyle bir düştük ki acıyla inledim.

Yankı sırt üstü yere yapıştığında ben de onun üzerine devrildim ve bir bacağım yerle buluştuğunda dirseğim de çarptı. Sert değil, yumuşak zemine çarptığımızda koruluktaki çamura bulandığımızı anladım; Yankı'nın yüzü, saçları çamurla rengini değiştirdiğinde dehşetle gözlerimi açarak ona bakıyordum.

Acıyla inledi, dişlerini sıktı. Bedenlerimiz birbirine yaslı dururken "Biraz daha böyle bakmaya devam edersen," dedi az önce söylediğini tekrar ederek ve tamamlayarak. "Dengemi kaybederim ve *düşerim*."

Elimin tersiyle gözlerimdeki çamuru silerken kendimi tutamayarak kahkaha attım ve o da ilk başta afalladı ardından kahkaha attı. "Yankı Sarca'yı düşürdüm," dedim. "İşte bu tarih kitaplarına geçsin."

Elleri, yüzüme dokundu, gülmeye devam ederken çamurları o da silmeye çalıştı ama daha fazla çamura bulandım. "O zaman," dedi gülümseyerek. Sonra elleriyle yüzümü kavradı, yaklaştı. "Tarih kitaplarına geçecek başka bir konu daha var." Bakışları dudaklarıma kaydı. "Yankı Sarca girdiği iddiayı kaybetti."

18.

TARİHLER VE LANETLER

Helin Aktan'ın güncesinden...

26.10.2019, Cumartesi

Yeniden doğduğum tarih. Günler artık eskisinden daha önemli. Bugün Yankı Sarca'yla beraber bisikletten düştük, çamura bulandık. O, bugün beni saçlarımdan öptü. O bugün beni gözyaşı akarsularımdan öptü. Daha önce kimse öpmemişti.

O bugün iddiayı kaybetti.

~~"Altıncı Sokak Nöbetçisi, Helin"~~

"Sadece Helin"

Yankı Sarca'nın güncesinden...

26.10.2019, Cumartesi

Yuva'nın yeniden doğduğu tarih.

Günlerin artık kendi anıları var. Bugün kendi isteğimle bisikletten düştüm.

O iddiayı kaybetmek için.

"Beşinci Sokak Nöbetçisi, Yankı Sarca"

"Sonuncu Sokak Nöbetçisi, Yankı Sarca"

Tarihlere önem veren birisi değildim. Günün sonunda kendimi perişan hâlde bulduğum zamanlar bile aklımın içinde yer etmemişti. Anıları diriydi ama tarihlerini asla hatırlamıyordum. Düşündüm, düşündüğüm sürede hatırladığım tarihleri gözden geçirdim. İnsanlar mutsuz günlerinin tarihlerini hafızasından silebilirdi ama mutlu günlerinin tarihlerini hafızasından silemezdi.

Biraz daha düşündüm, düşünürken kendimi kaybettim.

Mutsuz günlerimin hiçbirinin tarihlerini hatırlamadım, mutlu günlerimin tarihleri ise aklımdaydı.

Hepsi Yankı Sarca'yı barındırıyordu.

Ve Sokak Nöbetçileri'ni.

Bugünün tarihi de o diğer günlerle beraber aklıma kazınmıştı. Ekim yirmi altı, günlerden cumartesi. Birçok ilkimin başladığı tarihlerden bir tanesi.

Boylu boyunca çamura bulanmışken ve onun yüzüne bakarken geçen saniyelerde bunları düşünüyordum. Yüzünün yarısı çamurluydu, kirpiklerine bile çamur bulaşmıştı. Saçları koyu kahverengi olmuştu. Aralıklı duran dudaklarından vuran nefesleri yüzüme çarpıyordu. Saçlarım yüzünde dalgalanırken elim göğüs kafesinin üzerine denk gelmişti.

Benim kalbim kendini feda edecek kadar hızlı atıyordu, onun kalbinin ritimleri ise yerindeydi; avuçlarıma kalbi çarparken bu atışları sevdiğimi fark ettim.

"İddiayı kaybettin," diye mırıldandığımda çamurun kokusu bile onun kokusunu yok edemiyordu. "Bu ne demek oluyor?"

Yankı, gülümsedi. O meşhur, içten gülümsemelerden birisiydi. Böyle güldüğü zamanlar, ona hiç kötülük bulaşmamış, bana bulaşan kötülükleri silebilirmiş gibi geliyordu.

"Bu demek oluyor ki," diye kısık bir sesle soluduğunda gözleri dudaklarıma doğru kaydı. "Seni öpmek zorundayım." Başını yana doğru yatırdı, bakışları kısıldı. "Bu demek oluyor ki başka çarem yok, başka yolum yok, başka bir seçeneğim yok."

Kaşlarım havaya doğru kalktı. Yağan yağmur gitgide artmıştı ve üzerimize yağarken çamura daha fazla bulanıyor, daha fazla batıyormuş gibi hissediyordum. "Zorunlu olduğun için mi yapacaksın?" Nedense kırılmıştım. "Eğer öyleyse bunu kabul edemem, hep dersin ya her zaman başka bir yol vardır. Şu anda olmalı."

"Her zaman başka bir yol vardır." Eli çenemi tuttu, başparmağı çenemdeki çamurları temizledi. "Ama ilk defa başka bir yolum yok, bulamıyorum." İstekle gözlerimin içine baktı. "Hem takıldığın sadece zorunda olduğum için mi seni öpmem? Bakıyorum da dünden razısın."

Çocuk gibi kaşlarımı çattığımda çenemi onun elinden kurtardım. "Ben mi dünden razıyım?" Gözlerimi açtım. "Ben razıyım öyle mi?" Yattığım yerden kalkmak istedim ama bir anda eli belimi kavradı ve kalkmamı engelledi.

"Yoksa istemiyor musun?" Eli tekrardan çenemi tuttu, diğer eli belimi kavramaya devam etti. Baş parmağı yukarıya doğru çıktığında kalbimin sesini duyacak diye ödüm kopuyordu ama neyse ki yağmurun sesi onu bastırıyordu. Parmağı, dudağımın üzerindeki çamuru temizledi; daha fazla çamur hissettim ama onun dokunuşu yutkunmama neden oldu.

"Zorunlu olduğun hiçbir şeyi istemiyorum," diye fısıldadığımda benim de gözlerim dudaklarına doğru kaydı. "Mutlu'ya öpüştüğümüzü söyleyebiliriz."

Yankı'nın gözleri hızlıca gözlerime tırmandı ve gülümsedi. "Öpüştüğümüzü demek." Belimde duran parmaklarının baskı yaptığını hissettim. "Gerçekten başka bir yol yok bu saatten sonra." Gözleri kısıldı, bana öyle bir baktı ki sıcaklığı sanki bütünümü sardı. "Olamaz."

"Öyle mi?" Alt dudağımı içeriye doğru kıvırdım ama çamurun tadını aldığımda geri bıraktım. "Zorunlulukları bir kenara bırak Yankı, rahat ol."

Yine kızardığımı hissediyordum ve kendimi öyle iyi tanıyordum ki bu beni şaşırtıyordu. Kızaran birisi değildim, böyle sohbetlerde yanaklarına ateş basan birisi de hiçbir zaman olmamıştım. Gerçi genelde böyle konuşmaların sonu ya yüze bir yumrukla biterdi ya da kasığa tekmeyle fakat bunların hiçbir önemi yoktu.

"Ama biliyorsun," dediğinde yattığı yerden biraz daha doğruldu ve dirseklerinin üzerinde durdu. Yüzü yüzüme daha fazla yaklaştığında turkuaz gözlerinin parladığını gördüm. "Ben asla yalan söylemem, yalanı tercih etmem. Ve..." Parmakları çenemden yanağıma doğru kaydı. "Kaybettiğim bütün iddiaları da öderim."

"Ama tam olarak kaybetmiş sayılmıyorsun," deyip onun içini rahatlatmak istedim. "Yani senin dikkatini dağıtan bendim ve yavaşlamıştın..." Duraksadığımda kaşlarım havaya kalktı. "Sahiden, nasıl düştün sen? Fazlasıyla yavaşlamıştın."

Yankı, dudaklarını büktü ve yüzüme bakarken bir süre sessiz kaldı. Her ne söyleyecekse kafasının içinde düşündüğü belliydi. "Bir şeyler oldu," dedi tam gözlerimin içine bakarak. "Dengem sarsıldı. Bir nedenim olmalıydı, düşmek zorunda kaldım." Yüzüme biraz daha yaklaştı. "Ben de *düştüm.*"

"Nedenin mi olmalıydı?" Anlamayan gözlerle ona bakarken keyif aldığı her halinden belliydi. "Seni anlamıyorum, Yankı Sarca."

"Rüzgâr, atıştıran yağmur," diye mırıldandı. "Çamur, sıcaklık, hızlı atan bir kalp, huzur veren bir tebessüm ve dengelerin tamamen yok olması. Sen yine şu âna benziyorsun, Helin." Yüzündeki keyifli ifade yavaş yavaş silindi. "Haklısın," dedi bakışlarını benim üzerimden ayırarak. "Yankı Sarca'yı artık ben de anlayamıyorum."

Gözleri her nereye daldıysa düşündükleri onu benden uzaklaştırdı; o an birbirimizden ruhsal olarak uzaklaşmamıza neden oldu. Bakışlarında sanki suçlayıcı bir ifade vardı, bu suçlama bana değil, kendine gibiydi. Yankı Sarca'yı suçluyordu, anlaşılmadığı için değil, kendini anlayamadığı için.

Bunu ona ben mi yapmıştım? Eğer ben yaptıysam da bu hoşuma gitmişti çünkü onun üzerinde etkim olduğunu görebilmek, bir nebze de olsa onun kafasında yer alabilmek için kendimi değerli hissettirmişti.

"Sana bir şey itiraf edeceğim," diyerek söze girdim ve lafı değiştirmek istedim. Bakışları yine yüzüme döndü, tek kaşını havaya kaldırdı.

"Yoksa," dedi ciddiyetle ama devamında alaya alacağını anlamıştım. "Beni liderin olarak öpmek istediğini mi söyleyeceksin?"

Gülümseyerek "Üzgünüm ama sözlüğümde 'Liderlik' böyle konular için kullanılmıyor," diye takıldım. "Senin sözlüğündeki liderliğin ise birçok tanımı var."

"Çünkü benim kendime ait sözlüğüm var," dediğinde yine o keyifli tını yerine gelmişti. "Mesela sözlüğümde Helin'in de bir tanımı var." Meraklı gözlerle ona baktığımı fark ettiğinde başını iki yana salladı. "Değişmeyecek bir tanım. Her zaman aynı kalacak bir tanım."

Yüzüne bakmaya devam ettim ama sustu. Başka hiçbir şey söylemediğinde "Ve?" dedim. "O tanım ne? Beni mi anlatıyor?"

"Seni anlatıyor," dedi bir anda. Birkaç saniye daha sessizliğe gömüldü sonra her ne söylemek istiyorsa kendiyle savaşını bırakıp dile getirdi. "Sana baktığımda hissettiklerimi anlatıyor."

Başka hiçbir söylemedi, diretsem de söylemeyeceğine emin oldum. Çünkü o Yankı Sarca'ydı. Eğer söylemek istemiyorsa bir nedeni vardı. "Peki," dedim dudaklarımı bükerek. "Bir gün bunu bana söyler misin?"

"Kim bilir," dedi. "Belki de söylemişimdir, belki de hep söylüyorumdur, belki de sen anlamıyorsundur, Helin." Çenesini aşağıya doğru indirdi, kirpiklerinin arasından bana baktı. "Helin," dedi tekrardan. "Belki bir gün anlaman için sana gösteririm."

Yüzünü izledim. Uzun kirpiklerini, kısık bakışlarını, dağınık, özensiz saçlarını. Kalın dudaklarını. Kirli sakallarını. Gülümsediğinde dudağının kenarında oluşan o oyuğu. Yankı Sarca'nın turkuaz gözlerini izledim. Açık gökyüzünün güneşli havalardaki rengi. Dıştan içe doğru rengi açılıyordu, göz bebeğine doğru rengi sarıya dönüşüyordu.

Onu düşündüğümden daha uzun süre incelediğimi fark ettiğinde "İtiraf edeyim o hâlde," diye mırıldandım. "Önceden tarihlerin benim için hiçbir önemi yoktu ama artık var nedeni ise mutlu günlerimin olması. İnsanlar hep kötü günlerini unutamıyor. Ölüm tarihi mesela. Terk edilme tarihi." Başımı eğdim. "Doğum tarihi." Bu onu şaşırttı. "Bunların hepsi kötü günler. Ama sonra sizinle tanıştım. Mutlu günlerim başladı, bu günleri aklımda tuttuğumu fark ettim. Bugün mesela. Yirmi altı ekim, cumartesi. Bugün doğum tarihlerinin güzel olabileceğini anladım. Ve..." Başımı eğdiğim yerden kaldırdım. "Bisikletten düştük, beraber. İddiayı kaybettin. Bilmiyorum, aptalca gelebilir ama bu tarihi hiçbir zaman unutmayacağım."

Söylediklerimi tek tek dinlerken bakışlarının değiştiğini fark ettim. Daha derin bakmaya başladı, beni daha fazla anlıyormuş gibi bakmaya başladı. Yankı, benim bile göremediklerimi görüyormuş gibi bakmaya başladı. "Kötü günlerinin hiçbirisinin tarihi aklında yok mu?" diye sordu ve bunun onu şaşırttığını anladım.

"Yok," diye yanıt verdiğimde daha fazla şaşırdı. "O günleri hatırlıyorum, inan tek bir parçasını bile unutmadım ama doğum günlerim dışında hatırladığım başka kötü bir tarih yok."

Belimdeki eli yavaş yavaş omzuma doğru tırmandı daha sonra gerdanımdan kalbimin üzerine indi. Avcunu kalbime doğru bastırdığında zaten hızlı atan kalbim daha fazla attı; bunu fark etti ama üzerinde durmadan "Kendini vurduğun tarih," diye sordu. "Benim buna izin verdiğim tarih. Bu aklında mı?"

Başımı olumsuz anlamda hızlıca iki yana salladım. "Bana o günün tarihini sorsalar söyleyemem ama bisikletimi boyadığınız tarihi sorsalar hemen söylerim. Lunaparka gittiğim tarihi sorsalar da hemen söylerim."

Elini kalbimden çekti. Yağmurdan dolayı sırılsıklam olmuştuk fakat üşümek bir yana dursun ateşin içinde kalmışçasına kavrulduğumu hissediyordum. Avuç içlerim, yanaklarım, parmaklarım. Ateş içindeydi. "Artık eminim," dediğinde sesi kederliydi. "Bütün mutsuzluklarınla, yaşadıklarınla, yaşamak zorunda kaldıklarınla yaşlı bir kadın kadar yorgunsun ama bütün mutluluklarınla, yaşayamadıklarınla, heveslerinle beş yaşındaki bir çocuk kadar da umutlusun." Tam gözlerimin içine baktı. "Sen ikisinin arasında sıkışmışsın ve ikisinin de yolu birbirinden farklı."

Kendimi anlatmak isteseydim bu şekilde anlatamazdım biliyordum ama onun bu cümleleri, kendimi daha fazla görmeme neden oldu. Yaşlı bir kadın, yorgun; umutlu bir çocuk, hevesli. Kendimle sürekli çatışmamın nedeni buydu. Bir tarafın yolu ihanetten geçiyordu, bir tarafın yolu sadece huzuru seçiyordu. Beni bu zamana kadar hep o yaşlı kadın yönetmişti, Yankı heveslerimi ortaya çıkaran kişi olmuştu.

"Söylesene," dedim ona biraz yaklaşarak. "Bu yaşlı kadın ve çocukla beraber sadece güzel tarihleri hatırlayabilir misin? Benimle beraber sadece bu günleri not edebilir misin? Bakarsın, biz yaparız sonra başkaları da yapar. Dünya böyle değişir."

Kabul etmeyeceğini düşünüyordum. Onun için kötü günlerin de anlamı vardı, asla unutmazdı, Yankı'yı bu kadar tanımıştım. "Senin aksine," dediğinde kısık sesle konuşuyordu. "Güzel tarihleri değil, hep kötü tarihleri hatırlarım." Durdu. Baktı. Nefesini verdi. "Hatırlardım. Artık güzel tarihleri de hatırlayacağım." Burnumun ucuna parmağıyla vurduğunda göz kırptı. "Yirmi altı Ekim, Cumartesi. Bugün bisikletten düştüm. O iddiayı kaybettim. Unutmayacağım."

"Yani kabul ediyorsun?" dedim şaşkınlıkla gözlerimi açarak. "Benimle beraber güzel günlerin tarihlerini de unutmayacaksın."

"Unutmayacağım," dedi. "Günlükler biraz da güzel günler için yaşasın." Bir kez daha burnumun ucuna vurdu. "Yeniden doğdun Helin. İyi ki yeniden doğdun. Bugünü unutmamamın bir nedeni de bu olacak."

"Teşekkür ederim, Yankı," dedim içten bir sesle. "Gerçekten teşekkür ederim. Yeniden doğdum, kendi doğum günümden vazgeçtim. Bana neden böyle iyilikler yapıyorsun, bilmiyorum ama en çok bunun için teşekkür ederim."

Bakışları değişti, kaşları çatıldı ve göz ucuyla etrafına baktıktan sonra "Teşekkür edecek bir şey yok," dedi. "Liderin olarak. Sadece liderin olarak." Sonra bu söylediğine gülümsedi. "Çünkü liderler, altındaki kişilerin güzel tarihlerini beraber hatırlar ve yeniden doğmalarına izin verir."

Gözlerimi devirip gülerken "Yeni bir tanım daha girdi sözlüğe," dedim. "Hem altında mı?" Ona üstten bir bakış attım ve ellerimi çamurlara yerleştirerek havaya doğru kalktım. Saçlarım iki yanımdan sarkarken "Şu an altta olan maalesef ki sensin," dedim keyifle. "Bu durumda ben lider mi oluyorum?"

Bu hareketimi beklemediği açıktı. Gözleri açıldı, beni bir süre inceledi ardından bir anda omuzlarımdan itekledi ve sırt üstü çamura düşmeme neden oldu. Sonrasında bacakları iki yana açıldığında ve üstüme çıktığında bu sefer ellerini çamura batırma sırası ondaydı. "Hım," dedi tek kaşını kaldırarak. "Ne diyorduk?" Yüzüme doğru yaklaştı, bedeni bedenime değmese de kendimi o çamurun içine gömülmüş hissettim. "Ben her zaman senin üstündeyim." Bir süre süzdü. "Liderin olarak."

"Ya ben üstte olmak istersem?" diye sordum nefesimi tutarak.

Güldü. "Buna o an karar versek?"

"Hangi an?" diye sordum.

"O an," dedi bir anda.

"Ama hangi an?" diye sordum gözlerimi açarak.

"Üstüme çıkmak istediğin ve üzerinde siyah iç çamaşırlarının olduğu an."

"Ne?" diye bağırdığımda ve yattığım yerden doğrulmak istediğimde beni yine omuzlarımdan itekledi. "Siyah iç çamaşırlarının konuyla ne alakası var?" Öyle çok bağırdım ki Yankı gözlerini kocaman açtı.

İşaret parmağı dudaklarına doğru gittiğinde "Sessiz ol," dedi ve ilerideki ağaçlıkların oraya doğru baktı. "Şu an izleyicilerimiz var..."

"Ne? Oha!" Haykıran Mutlu'nun sesiyle beraber dehşetle gözlerimi açtım, Yankı'nın cümlesini ağzını tıkmıştı. "Siyah iç çamaşırlarını görmek istiyorum, soyun mu dedin sen?"

"Mutlu!" diye bağıran Işık'ın sesi utanç dolu geliyordu. "Ne bağırıyorsun, yakalandık işte!"

"Kızım soyunacaklar!" Kahkaha attı. "Görmüyor musun? Yankıtu heyecandan kör olmuş, her şeyi siyah görüyor."

Yankı "Çıkın ortaya," diye seslendi. "Dakikalardır orada olduğunuzu biliyorum zaten!"

Tam o anda, arkamızdaki çalılıkların oradan Işık'ın sonra da Mutlu'nun çıktığını gördüm. Bulunduğumuz pozisyondan ötürü tam olarak arkama bakamasam da Yankı'nın hâlâ üzerimde olması daha fazla yanaklarıma kanın ulaşmasına neden oldu.

"Ne?" diye bağırdı Mutlu tekrardan. Bu sefer bizim üzerimize doğru yürüyordu. Yanaklarına gizli bir görevdeymiş gibi çamurları sürmüştü, kafasında ağacın yaprakları vardı. Kendini gizlemek için seçtiği yöntem oldukça komik görünüyordu. "Sizi dikizlemek mi?" Kafasını iki yana salladı. "Katiyen, asla ve hiçbir zaman sizi dikizlemedik. Hatta fotoğraflar da çekmedik. Hatta ve hatta videoya bile almadık!" Bakışları bana döndü, eğildi ve fısıldadı. "Siyah yerine turkuazı denesene kızım, ne siyahı? Adam kör olmuş, gözü gönlü açılsın."

Turkuaz iç çamaşırını hatırlatması Yankı'ya ters bir bakış atmama neden olduğunda o çoktan üzerimden kalkmıştı. Pantolonu, kazağı, yüzü, her yeri çamur içindeydi. Işık yanıma gelip bana yardım ederek ayağa kaldırdığında da benim de aynı şekilde olduğumu fark ettim.

"Mutlu," dedi Yankı. "Lâl ile Bartu nerede?"

"Onlar eve gittiler, Lâl'in midesi bulanıyormuş," dedi ama gözlerini bizden bir an bile ayırmadı. "Biraz daha sessiz konuşsaydınız, birbirinizi bile duyamayacaktınız. Hiçbir şey duyamadım, anlıyor musunuz?" Kaşları çatıldı. "Neyse ki dudak okuma konusunda çok iyiyimdir."

Yankı ellerini cebine yerleştirdi daha sonra çamurları fark ettiğinde yüzünü buruşturdu. "Ne konuştuk?" diye sordu ellerine bakarak.

Mutlu yanıma doğru yaklaştı sonra gülerek omzuma vurdu. "Yankı sen Yaşlı dedin Helinski'ye. Yaşlısın, buruşmuşsun dedin." Gözlerim kocaman açıldı. "O da sana dedi ki aynen şöyle 'Söylesene, bu yaşlı ve seksi kadının dudaklarından öper misin?' Sen böyle bir yüzünü değiştirdin sonra burnuna vurdun. Orada tiksindin galiba anlamadım ama kıramadın da kızı. Doğum filan dediniz. Sen galiba Helin'e dedin ki *'Biraz daha zorlasak beni doğururmuşsun.'*"

"Ne?" diyerek kendimi tutamadım ve gülmeye başladım. Kahkaham çınlarken Yankı umutsuz bir şekilde kafasını iki yana sallıyordu. "Muhteşemsin dudak okumada," dedim gülüşümün arasında. "Başka ne konuştuk? Böyle bir yetenek olamaz."

Mutlu, kaşlarını çattı. "Yaşlı demediniz mi hiç?"

"Dedik," dedi Yankı.

"Peki ya doğum?"

"Dedik," dedim bu sefer.

"E ne anlamam gerekiyordu?" dediğinde ters bir bakış attı. "Hem sonra liderliği konuştunuz. Altta üstte oynadınız o ara çocuk gibi." Dudaklarını birbirine bastırdı daha sonra göz ucuyla Yankı'nın iki bacağının arasını gösterdi. "Helin sana dedi ki 'Biraz da ben üstte durayım, seninki çalışmıyor galiba Lider beyefendi.'"

Yankı uzanıp Mutlu'nun kafasına vurmak istediğinde Mutlu kaçtı ve orta parmağını gösterdi. "Şu hâlimi görüyor musunuz? Öpüşeceksiniz, sevişeceksiniz diye yağmurun altında çamurun içinde Bihter ile Behlül'ü yakalamaya çalışan Beşir gibi oldum. Onların da böyle bir sahnesi vardı ama sonu ateşli öpüşmeyle bitti. Siz peki?" Sesini inceltti. "Beni öpecek misin?" Sesini kalınlaştırdı. "Liderin olarak." Kendi sesine döndü. "Yok develerin kafası aslında çükleriymiş daha neler."

Son kurduğu cümleyi düşünürken develere karşı artık bakış açımın değişmeye başlayacağının da farkındaydım. Develer, kafaları ve çükleri? Mutlu'nun hayal gücü gerçekten bambaşkaydı.

"Sana eve gidelim, Yankı fark eder, demiştim," dedi Işık Mutlu'ya dönerek. "Bizim gözümüzün önünde mi bir şeyler yaşayacaklardı?"

"Yaşayacaklar tabii ki efendim," dedi Mutlu ve telefonunu havaya kaldırdı. "İddiayı kaybetti Yankıtu. Gözlerimin önünde Helinski'yi şapur şupur yiyecek, ben de Beşir gibi ağlaya ağlaya izleyeceğim ama mutluluktan." Ellerini birbirine çarptı. "Üç iki bir, kayıt. Hadi öpüşün."

Yankı'yla birbirimize baktık daha sonra ona baktık ve yine birbirimize baktık. Mutlu, ikimizin ortasında durdu, gözlerini kıstı. "Bakın, donuma kadar ıslandım, donuma kadar. Şu an öpüşmezseniz gerçekten Beşir gibi..." öksürmeye başladı, "ölüyorum. Yataklara düşerim. Bu sahne şu an puan olarak on ise öpüşmezseniz ikiye düşer."

"Mutlu," dedi Işık ve onu çekiştirdi. "Yankı'nın bakışlarını görüyor musun? Sence öpüşecek gibi mi bakıyor?"

Mutlu'nun gözleri direkt Yankı'ya döndü. "İddiayı kaybettin, adamım. Duydun mu? Kaybettin. Eğer Helinski'yi öpmezsen iki şey düşünürüm. Birincisi erkeklerden hoşlandığını. Bu imkânsız çünkü öyle bir şey olsa şimdiye kadar bana olan aşkından çürümüştün, en iyisi benim çünkü."

Yankı gözlerini devirdi. "İkincisi neymiş?"

"İkincisi," dedi ve yine Yankı'nın iki bacağının arasını gösterdi. "Helinski'nin de dediği gibi koskoca lider Yankıtu'nun minik liderciğinin çalışmadığı."

Yankı, bu sefer Mutlu'yu elinden kaçmadan yakaladı ve kafasına vurdu. "Mutlu," dedi sonra tehlikeli bir şekilde gülümsedi. "Seni bu zamana kadar Bartu'nun elinden ne kadar kurtardıysam o kadar eline bırakırım. Silkelemeyi bırak, basketbol topu gibi sektirir seni."

Mutlu, Yankı'nın vurduğu yeri tuttu ve geriye doğru kaçarken "Beşir öpüşme, sevişme gördüğünden öldü," dedi. "Ben göremediğimden öleceğim. Aşk-ı Lider Mutlu'nun Ölümü."

"Aşk-ı Lider mi?" dediğimde yüzümü buruşturdum.

"Aşk-ı Lider," dedi tekrar ederek. "Sen de cazibesiz, cilvesiz Helinski. Yazıklar olsun size be." Yürümeye başladı ve yukarıdaki bisikletlerini gördüm. "Size yazıklar olsun, dudaklarınıza yazıklar olsun. Keşke çamura batmak yerine tezeğe batsaydınız. En azından derdim ki bok vardı öpüşmediniz."

Bizim kadar çamura batmamışlardı ama Mutlu'nun kıvırcık saçları, yağmurdan dolayı sırılsıklam olmuş, düzleşmişti. Kızgın adımları çamurda izini bırakırken Yankı onun peşinden bisikletini kaldırdı ve çamurda bisikleti sürmek istemediği için düz alana kadar Mutlu'nun peşinden ilerledi.

Işık kendi bisikletini alıp benim yanıma geldiğinde ve biz de yürümeye başladığımızda onun üzerimdeki istekli, masum bakışlarını anlayabiliyordum ama aklım hâlâ Yankı'yla az önce yaşadıklarımızdaydı.

Bir anda gözümün önüne telefonunu getirdiğinde ve bir fotoğraf gösterdiğinde geriye doğru çekildim. Murat Can'ın bir fotoğrafıydı, gülümserken atmıştı, elinde bir kâğıt tutuyordu. Kâğıtta *'Benimle çıkar mısın bu gece*?' yazıyordu. Sonuna da gülümseme koymuştu. Yazıya bakarken Yankı'ya ettiğim çıkma teklifinde gün vermememin mi sıkıntı olabileceğini düşündüm. Hem bir saniye, Murat Can da benim gibi çıkma teklifi edecek kadar aptal mıydı?

"Şunun tatlılığını görüyor musun?" diye sordu Işık ve telefonu gözümün önünden çekti. "Nasıl hayır diyebilirim ki? Bana 'gözleri Işık' diyor. Hayatına çok kız girmiş ama benim cesaretim onu çok etkilemiş falan. Ha bir de Mutlu'yla çok iyi anlaşacağını söyledi."

Göz ucuyla ona bakıp "Çıkma teklifine hayır deme ama cevapsız bırak," dedim. "Bu aralar moda bu sanırım." Sonra elimi salladım. "Ayrıca çok klişe bir erkek. Birçok kız tanımış filan ama sen farklıymışsın. Ayrılığı da 'Benden daha iyilerine layıksın' diye olur, eminim."

Işık, önüme doğru geçti, geri geri yürümeye başladı. "Lütfen, Helin," dedi gözlerini kocaman açarak. "Yapsan yapsan sen yaparsın. Lâl beni dinlemiyor, bugün onda bir şeyler var. Murat Can ile konuştuğumu ona söylemeye çalışsam da beni susturdu."

Lâl'i hatırlamak ve onda bıraktığım yarayı düşünmek başımı önüme eğmeme neden oldu. "Belki de kardeşlerine yalan söylemek istemiyordur, Işık." Ayaklarım çamurlara battıkça, o batan çamurların benim hayatımın bir dönemi olduğunun da farkındaydım. "Hem sen bu çocuktan çok mu hoşlandın? Yapma ama beni şaşırtıyorsun."

"Hayır." Işık bir anda durdu ve beni de omuzlarımdan durdurdu. "Hoşlanmak değil, iddiayı kazanmak istiyorum. Hem bir iki buluşmayla âşık olup sonra aşk acısı çekecek biri değilim. Bu yaşıma kadar hiç terk edilmedim mesela."

"Çünkü YanBarMu üçlüsü karşı tarafı ayrılmak zorunda bırakmış." Kafamı iki yana salladım, yürümeye devam etmek istedim ama yine beni durdurdu. Bakışlarım ona döndüğünde "Işık, altı üstü iddia ve o senin kardeşin," diyerek kaşlarımı çattım. "Kazanmak ve kaybetmek neden umurunda? Hem Mutlu'yla iyi anlaşacağını mı düşünüyor? Bunu hiç sanmıyorum çünkü Mutlu, Bartu Murat Can'ı tost makinesinde kızartırken keyifle izlermiş gibi geliyor."

Sert konuşmamıştım ama sert konuşmuşum gibi başını omzuna yatırdığında ve bakışlarını kaçırdığında üzülmeme neden olmuştu. Benden beş altı santim daha uzundu ve yüzünde tek bir makyaj darbesi bile olmamasına rağmen çok güzeldi. Onu hiç çok yakından inceleme fırsatı bulamamıştım ama şimdi baktığımda Mutlu'yla beraber çok güzel yüz hatlarına sahip olduklarını fark ediyordum. Burnundaki septum piercingiyle, dağınık saçlarıyla, asi bakışlarıyla, köprücük kemiğindeki anahtar dövmesiyle farklıydı. Kuralları dinlemekten hoşlanmazdı.

"Evet, iddia önemli," dedi ağız ucuyla. "Ama bunların dışında Murat Can ile konuştuğumdan beri kendimi daha iyi hissediyorum. Bana beni önemli hissettiren dört kişi var sadece." Beni o insanların arasına katmamıştı. "Ama onların ilgisi kardeşlik, zorunluluk gibi. Tanımadığım birisi için yalandan da olsa önemli olmak bana iyi hissettiriyor ve hayatım boyunca sadece tek bir adamla özel anım oldu. Yaşım yirmi iki, o adam da kötü birisiydi, karanlıktı. Daha iyi birisiyle konuşmak istiyorum, bütün bu insanlardan farklı, normal birisiyle. Karanlık olmayan birisiyle."

Ne demek istediğini, ne hissettiğini anladığımda elim saçlarına uzandı. Diğer adamı sorgulamalı mıydım? "Senin özel hissetmek için birisine ihtiyacın mı var Işık?"

"Bunu sen mi söylüyorsun?" diye sordu bir anda ve bakışları yüzüme döndü. "Aramıza ilk girdiğin günü hatırlıyorum ve şu ânı. Bakışların bile değişti, Yankı bunu başardı. Hem dinle," ellerimi tuttu, "sen Yankı'ya teklif ettin değil mi? Ve o reddetti."

"Reddetmedi," dedim kaşlarımı çatarak. "Yanıtsız bıraktı."

"Her neyse," diyerek geçiştirdi. "Bu sana berbat hissettirmedi mi? Murat Can'ı düşün, berbat hissetmez mi? Onu reddetmek ya da yanıtsız bırakmak istemiyorum."

Işık'ın cümleleri yüzüme çarptığında asıl hissetmem gereken bu muydu? Reddetmemişti evet ama yanıt da vermemişti ve görünen o ki çıkma teklifim zaman aşımına uğramıştı. Hayatım boyunca hiçbir erkeğe adım atmamışken ona atmıştım ve kapı yüzüme ağır ağır olsa da çarpılmıştı.

Yankı Sarca beni kabul etmemişti, ben ise kendimi berbat hissetmek yerine üzerine daha fazla düşmüştüm. Duygularım devreye girdiğinde hem aptallaşıyor hem gurursuzlaşıyordum. Üstelik beni öpmesi bile iddiayı kaybettiği için olacaktı.

Kendimi neden bu kadar kötü bir duruma getirmiştim? Bir daha onun yüzüne bakıp gülümsemeyecektim bile.

Bakışlarım ona doğru döndüğünde Mutlu'ya bir şeyler söylüyordu ve yürümeye devam ediyordu; alaylı konuşmasını hissedebiliyordum ama Mutlu ellerini kulaklarına bastırarak onu dinlemiyordu.

"Ne oldu?" diye sordu Işık. "Yanlış bir şey mi söyledim?"

"Hayır," dedim hızlıca. "Aksine gözlerimi açmama neden oldun. Yankı benim çıkma teklifimi neden kabul etmedi sence? Baksana Murat Can'ı birkaç gündür tanıdığın hâlde onunla çıkmak istiyorsun ve hoşlanmıyorsun bile. Yankı beni istemiyor mu?"

Işık, bu söylediklerimden sonra kaşlarını kaldırdı ve kısa bir süre düşündü; düşünürken yüzünün aldığı şekil değişiyordu. "Bilemiyorum," dedi geveleyerek. "Yankı'yı anlamak zordur, ne desem yanlış çıkar." Elleri omuzlarıma tutundu. "Ama sen reddedilecek bir kız değilsin bence."

"Bir daha onun yüzüne bile gülmeyeceğim," dedim tekrardan ve yine Yankı'ya baktım. O sırada Yankı da omzunun üzerinden dönüp bana baktığında yüzündeki o sevdiğim gülümsemesini gördüm, kendimi tutamayarak gülümsedim.

"Karar seviyem," dedi Işık gülerek. "Aşırı dengelisin be kızım."

"Ha?" diye ona döndüğümde yüzümdeki gülümsemeyi o an fark ettim. Hızlıca düzelttiğimde defalarca kendimi tokatlamak istiyordum, bu nasıl bir etkiydi? "Tamam," dedim bir anda Işık'a. "Akşam dışarı çıkacağız fakat bütün suçlu sensin, bilgin olsun."

Işık yüksek bir çığlık attığında bir anda boynuma sarıldı, zıplamaya başladı. "İyi ki varsın!" dediğinde sesimiz Mutlu'yla Yankı'ya ulaşmış olacak ki durup bize baktılar ve sarmaş dolaş hâlimize afalladılar. "Bunu yapacağına inanamıyorum!"

Bir kardeş sarılması mıydı? Evet, öyleydi ve hissi, senelerdir onu tanıyormuşum gibiydi. Sanki beraber doğmuştum, beraber büyümüştüm, beraber öğrenmiştim, beraber sevinmiştim. Işık o an benim kız kardeşim olmuştu, bu sıcaklığın tanımı buydu.

Ben de aşağıda duran ellerimi onun beline sardım. "Dinle," dedim kulağına doğru. "Bugün benim doğum günüm." Geriye doğru çekildi ve gözleri açıldı. "Hayır hayır, gerçek doğum günüm değil, yeniden doğum günüm. Neyse bu çok uzun hikâye." Göz ucuyla Yankı'ya baktım. "Bunu o biliyor. Eve gittiğimizde sana bu hikâyeyi anlatmışım gibi davran, kız kıza bir doğum günü partisi yapacağımızı söyle dışarıda. Ben olabildiğince hevesli davranacağım, hiçbirisi hayır diyemez."

Işık'ın gözleri daha fazla açıldı, planımı dinlerken dehşete düşmüştü. "Vay," dedi nefesini tutarak. "Bunu şu an mı yazdın gerçekten? Sen neymişsin yahu."

"Evet." Vücudunu çevirdim, koluna girdim ardından yürüttüm. "Sadece dediklerimi yap. Buna ihtiyacım varmış gibi davranacağım."

"Ama ben vicdan azabı çekiyorum," dedi Işık. "Boş ver, buluşmayalım ve hep beraber senin doğum gününü kutlayalım, olmaz mı?"

"Sakın," dediğimde işaret parmağımı ona kaldırdım. "Doğum günü partilerinden hoşlanmam ve sevmem hem gerçek doğum günüm bile değil, ruhsal bir anlamı var o kadar." Yankı'yla Mutlu'ya yaklaştığımızda sessizce fısıldadım. "En zoru Lâl'i ikna etmek olacak, bunu umarım başarabilirsin."

Onların yanına vardığımızda yüz yüze geldik. Turkuaz gözleri, bir şeyleri çözmek için bizi izlerken, bir daha onun gözlerinin içine bakmayacağım konusunda kendime söz verdim ve bisikletine doğru ilerledim.

☘

Odadaki herkes bir tarafa dağılmıştı, herkesin yüzü benimle Işık'a dönüktü ve ayaktaydık. Bisikletlerle eve geldiğimiz anda Işık, kardeşlerine planımızdan söz etmişti.

Yankı'nın tam gözlerinin içine bakıyordum.

Bir saniye, ben ne yapıyordum? Kendime verdiğim söz, ağır bir tokadı yüzüme indirdi.

"Anlamadım ben," dedi Mutlu ve ayağa kalktı. Üzerimizdeki çamurlar hâlâ yerli yerindeydi. Bartu, yayvan bir şekilde oturmuştu, yanında Lâl vardı. Bakışları direkt olarak benim üzerimde de olsa bir şeyler döndüğünü anlamıştı. "Helin bugün yeniden mi doğmuş?" Beni süzdü. "Bu ne biçim bebek lan? Kocaman bu."

Yankı, sandalyede oturuyordu. Bir ayağının bileği, dizindeydi ve kolları bağlıydı.

"Bugün, ben Lâl ve Helin dışarı çıkıyoruz," dedi Işık üçüncü kez. İlk önce Bartu tekrar ettirmişti, sonra Yankı. Şimdi de Mutlu. "Çünkü bugün Helin için çok önemli bir gün. Doğum gününü kutlayacağız, kız kıza eğleneceğiz. Daha önce böyle bir yaşamamış!" Hiçbir tepki vermeden Yankı'nın gözlerine bakmaya devam ettim, çıkma teklifimi neden kabul etmemişti ki?

Işık sertçe dirseğiyle bana vurduğunda "Ah!" dedim ve yüzümü ona çevirdim daha sonra kızgın gözleriyle karşılaştığımda "Ahahaha," diye güldüm. "Kız kıza doğum günü partisi mi? Bayılırım! Daha önce hiç böyle bir eğlencenin içinde olmamıştım! Çok eğleneceğiz! Sarhoş olmak istiyorum! Dans etmek istiyorum!" Sesim fazlasıyla yapmacık çıkıyordu ama önemi de yoktu. Işık'ı mutlu etmek için kabul ettiğimi düşünebilirlerdi.

Lâl kendi kendine Işık'a bir şeyler söylediğinde Işık öne doğru bir adım attı. "Yapma canım kardeşim," dedi, eğilerek ellerini tuttu. "Bak o yeniden doğmuş."

Mutlu ellerini arkada birleştirmiş koğuş ağası gibi bir ileri bir geri giderken beni süzüyordu. "Bir bebeğin doğduğu an alkol içmesi ve dans etmesi mi?" Durdu. "Kimin bebeği bu? Baban büyük boy votka şişesi, annen tekila mı?"

Lâl kafasını iki yana salladı, ayağa kalktı ardından odadan çıkmak istedi ama Işık onu kolundan tuttu. Yüzüme bakmadan Işık'a bir şeyler söylemeye devam ettiğinde o an bütün planı bozmasının nedeninin ben olduğumu biliyordum. Artık benim için Lâl hiçbir şey yapmak istemezdi, bunun farkındaydım. Umurunda bile değildim.

Işık, kısık bir sesle "Benim için önemli," dedi âdeta yalvararak. "Kırma lütfen. Senin de yanımda olmanı istiyorum."

"Bir saniye bir saniye," dedi Bartu sessizliğini bozarak. "Siz üçünüz dışarı çıkacaksınız öyle mi?" Ayağa kalktı. "Sen, Helin, Lâl'im öyle mi?" Güldü. "Sarhoş olacaksınız. Ha bir de dans edeceksiniz öyle mi?"

"Öyle öyle," dedi Mutlu tekrardan koğuş ağası moduna geçerek. "Olalım bakalım... Votka ve tekila şişesi katili." Sonra bana baktı. "Babanla annenden bahsetmiyorum, merak etme." Gülmemek için kendimi zor tutuyordum çünkü Mutlu'nun ciddi ifadesi öylesine komikti ki güldüğüm an hevesi kırılmış yüzüme inanmazlardı.

Yankı sessizliğini koruyordu ama bizi izlemeye de devam ediyordu. Bir şeyler düşündüğü belliydi. "Olmaz öyle şey," dedi Bartu bir anda. "Çıkacaksak hep beraber çıkalım. Beraber içeriz. Beraber dans..." duraksadı, "edersiniz."

"Ne olur sen dans etme," dedi Mutlu alnına vurarak. "O kadar berbat dans ediyorsun ki bir öküz görse derisini çıkarır, sana takar sonra utançla kaçar."

"Sus lan," dedi Bartu ters bir sesle. "Ben tango biliyorum. Bir iki üç adım. Biliyorum."

"Hadi oradan Bartukıç," dediğinde Mutlu gülmeye başladı. "Senin bildiğin tango değildir, tangadır, hani şu kadınların altına giydiği ince ipli iç çamaşırı."

Bartu işaret parmağını kaldırıp ona sallamaya başladığında Işık'la Lâl, bir tartışmanın içerisindelerdi ve Yankı'nın gözleri, onlardaydı.

"Gerçekten tango biliyorum!" diye bağırdı Bartu ve herkesin dikkatini çekebildi. Bakışlarımız ona döndüğünde hepimizin gözlerinde inançsızlık vardı. "Gerçekten biliyorum," dedi. "İnanmıyor musunuz?"

Hiçbirimizden tepki gelmedi ama inanmadığımız ortadaydı. Mutlu, öne çıkıp elini Bartu'nun omzuna koydu sonra sıktı. "Üzülme be Bartukıç," dedi başını o omuza koyarak. "Öküzler Birliği'nin en romantiğinin senin olduğunu biliyoruz, yalan söylemene gerek yok." Bakışlarını ona çevirdi. "Beni etkilemek istiyorsan kuyruğunu kalçama vurman yeterli."

Bartu, sertçe omzunu silktiğinde Mutlu'nun başı düştü. "Mutlu," dedi çenesini sıkarak. "Yine çok konuştun ve ben gerçekten tango biliyorum lan. Hem de çok iyiyim."

"Kesin öyledir," dedi Mutlu ve yine ciddiyetine döndü. "Konumuz bu değil." Yine ellerini arkasında birleştirdi, yürümeye başladı. "Bu isteğinizi reddediyorum kızlar. Biliyorsunuz, Mutluga Prens hayır derse hayır."

"Lâl kabul etti," dedi Işık gözleri parlayarak bana döndüğünde ve şaşkın bakışlarım onlara çevrildi. Dudaklarını birbirine bastırmış, kolları bağlı öylece Işık'ı izliyordu. "Ayrıca Mutlu bu bir istek değildi, izin de almadık. Haber verdik, o kadar."

"Yok ya?" Bartu gülmeye başladı. "Bizsiz hiçbir yere gidemezsiniz. Ha çok mu gitmek istiyorsunuz?" Eliyle pencereden dışarıyı gösterdi. "Osman amcanın çay bahçesine gidin. Çay için, pasta yiyin, geri dönün."

"Ya sen nerenin aile babasısın acaba?" diye sordu Işık ayaklarını yere çarparak. "Yılbaşı'nda da tombala oynar mıyız?"

"Oynamadık mı zaten Bartu yüzünden?" dedi Mutlu. "Gözümden uyku aktığı hâlde adam hâlâ birinci çinko diye bağırıyordu."

Bartu, Mutlu'nun kalçasına tekme attı ve Mutlu acıyla inledi. "Aynı taraftayız, geri zekâlı."

"Doğru," dedi Mutlu kalçasını sıvazlarken. "İzin vermiyoruz, kızlar."

Işık, gözlerimin içine bakmaya başladığında benim bir şeyler yapmam gerektiğini anladım. Yankı'ya bakmayı pas geçerek boğazımı temizledim, öne doğru bir adım attım ardından "Böyle bir akşama ihtiyacım var," diye mırıldandım. "Yani daha önce hiç kız kıza dışarı çıkmadım, doğum günü filan da hiç öyle kutlamadım. Merak ediyorum."

"Sus sen yeni doğmuş bebek," diye hırladı Mutlu ters ters bakarak. "Bir anda Küçük Emrah'a dönüştün. Kaşlara bak, kaşlara."

"Gidemezsiniz, konu kapandı." Bartu, tekrardan kendini koltuğa bıraktı, Lâl'e baktı. "Bir yere mi gitmek istiyorsun?" Başıyla yanını işaret etti. "Yanıma gel, sana yürüyüş olur. Temiz hava istiyorsan komple tavanı yıkarım senin için ama oturduğun yeri hareket ettirmem kızım."

"Hayatımda senin gibi öküz çok gördüm," dedi Mutlu kısık bir sesle Lâl'in duyamayacağı şekilde. "Ama çita gibi koşan öküz ilk defa görüyorum, yavaş lan."

Lâl, gözlerini devirdiğinde koltuğa yürüyecekti ama Işık hızlıca onu kolundan tuttu. "Oylama yapalım," dedi bir anda. "Bu ailede demokrasi yok mu?"

"Var tabii," dedi Bartu sırıtarak. "Eşit çıkacak ve siz kaybedeceksiniz."

"Eşit çıkarsa biz gideriz," dedi Işık kaşlarını çatarak.

"Yok öyle bir şey," dedi Mutlu bir anda. "Öküz kuralları madde bir, durum eşit çıkarsa o istek düşer." Cevap vermemizi bile beklemeden ellerini çarptı. "Doğum günü partisine gidilmeli, diyenler?" Işık'la ben ellerimizi kaldırdık, Lâl öylece durdu ama Işık onu sertçe dürttüğünde isteksiz bir şekilde elini kaldırdı. "Üç kişi. Evet, beyler. Doğum günü partisine gidilmesin diyenler?" Mutlu'yla Bartu aynı anda elini kaldırdı ama Yankı öylece durmaya devam etti. Mutlu hızlıca ona dönüp "Yankıtu," dedi. "Kaldırsana elini, Helinski diyor ki alkol banyosu yapacağım, dans ederken kendimi kaybedeceğim, kafamı duvarlara çarpacağım. Duymuyor musun?"

Yankı, özellikle bana ve Işık'a bakmaya devam ederken ayağa kalktı, bağladığı kollarını açtı. Öyle dikkatli bir şekilde baktı ki bakışlarımı kaçırmak zorunda kaldım, bu hareketim de onun gözünden kaçmadı. Yanımıza doğru yaklaşırken elini hafifçe kaldırıp "Oyumu kullanıyorum," dedi. "Kızlar doğum günü partisine gitsin." Sonra yanımda durdu, başını çevirdi, kısık sesle devam etti. "Git. Kutla yeniden doğduğun yirmi altı ekim gününü."

Ona bakamıyordum ama bir şeyleri çözdüğüne öylesine emindim ki yutkunmak zorunda kaldım.

Işık hevesle çığlık attığında "Yankı!" dedi ve onun boynuna atladı bu sefer de. "Sen muhteşem bir kardeşsin! Seni seviyorum!"

Yankı, bir elini Işık'ın beline atsa da bana bakmaya devam etti. "Lan kılıbıkgillerden Yankıtu," dedi Mutlu dehşetle. "Sarcaiosların yüz karası seni. Hanım köylü!"

Bartu, yine oturduğu yerden kalktı. "Sen ciddi misin?" dedi dehşetle Yankı'ya. "Bizsiz hem de?"

Işık geriye çekildiğinde Yankı "Biraz kız kıza olmaları gerekiyordur," dedi ama sesinde anlayamadığım bir tını vardı. Sonra Bartu'ya doğru yürüdü, elini onun omzuna attı bize baktı, diğer yanına da Mutlu'yu aldığında üç kişi karşılıklı duruyorduk. "Bizim de erkek erkeğe takılmaya ihtiyacımız var."

Yankı, öyle tehlikeli gülümsedi ki neler düşündüğünü anlamak imkânsızdı. Kafamın içinden binlerce senaryo geçti, binlerce hikâyeler döndü, binlerce yüzler arandı; fotoğraf karelerinden en öfkelendireni zihnime düştüğünde "Hım," dedim kaşlarımı çatarak. "Bu erkek erkeğe takılmak turkuaz iç çamaşırı içeriyor mu?"

İnkâr etmesini bekledim ama o "Biz size nereye gideceğinizi soruyor muyuz?" diye mırıldandı. "O hâlde siz de sormayın."

Lâl de bir şeyler söylediğinde Bartu, Yankı kadar keyifli durmasa da omzunu silkti. "Üzgünüm, Lâl'im," dedi. "Temiz havaya başkalarının ihtiyacı olabilir, kırık bir tavan görürseniz biz oradayızdır."

Lâl, öne doğru atıldığında Işık, hızlıca onu tuttu ve ortamın kızışmaya başladığını anladı. "Evet," dediğinde önümüze geçip elini salladı. "Hadi gidip güzelce hazırlanalım." Lâl de ben de gözlerimizi onlardan ayıramadık. "Kızlar," dedi Işık ardından bizi sertçe dürttü. "Onların oyununa gelmeyin, hadi hazırlanalım."

"Oh," dedi Mutlu çenesini kaldırarak. "İşte şimdi tavanlar, iç çamaşırlar, Greyler düşünsün."

"Senalardan ve Asulardan mı bahsediyorsun Mutlu?" diye sordum ona sertçe.

"Ah Senalar ve Asular," dedi Mutlu Yankı'ya bakarak. "Kim bilir belki de Gizemler, Gamzeler, Yağmurlar..."

"Gizemler Gamzeler olabilir," dedi Yankı ağız ucuyla Mutlu'ya. "Yağmur adında kimseyi tanımıyorum maalesef ama buluruz."

Öfkeyle dişlerimi sıktığımda Işık, benimle Lâl'i sırtımızdan itekleyerek odadan çıkarmaya çalıştı ama biz geriye dönüp dönüp bakmaya devam ettik. En sonunda Mutlu'nun sinir bozucu kahkahasıyla beraber odadan çıktığımızda ilk önce Lâl merdivenleri sert adımlarla çıktı sonra ben en sonunda da Işık.

Bu gece diğer gecelerden daha uzun olacaktı, bundan artık emindim. İçimde bir his vardı, bu his hem yaşlı kadına aitti hem de çocuğa.

Çocuk dedi ki *yeniden doğduğun günün sonu mutlulukla bitecek, ilk defa bir doğum gününde gülümseyeceksin.*

Yaşlı kadın dedi ki *bu gecesinin sonunda mahvolacaksın, doğum günlerinin laneti üzerinden hiçbir zaman kalkmayacak.*

Kendi doğum günüm değildi evet ama o çocuğun dileği gerçekleşsin diye elimden geleni her şeyi yapabilirdim çünkü yeniden doğduğum günüme lanetin kiri bulaşsın istemedim.

Tanrı hangisini haklı çıkaracaktı? Yaşlı kadını mı yoksa çocuğu mu?

Lâl, Işık ve ben birbirimize bakarken odadan çıkmak üzereydik. Hızlıca duşumu almış, Lâl'in odasına girmek yerine direkt Işık'la Mutlu'nun odasına geçmiştim. Işık, Lâl ile beni şık olmamız konusunda defalarca uyardığı için valizimdeki en şık olan elbiseyi giyinmiş, yüzüme gelişi güzel bir makyaj yapmıştım. Işık, benim doğum günüm olduğu için ekstra özen göstermemi söylemişti ama en fazla bu oluyordu.

Lâl'in üzerinde bordo dize kadar inen, dar bir elbise vardı. Göğüs dekoltesi yoktu ama sırtı açıktı ve vücuduna yapışan elbisenin altındaki fazla yüksek olmayan topuklu ayakkabılarıyla çok güzel görünüyordu. Yüzünü buruşturmasına neden olacak makyajı eminim ki Işık yapmıştı, elbiseyi de o giydirmiş olmalıydı. Saçlarındaki kalın bukleleri omuzlarından düşüyordu.

Kendini, yüzünü sürekli gizleyen Lâl, şimdi öylesine göz önündeydi ki ona bakmaktan kendimi alamıyordum.

Lâl güzeldi. Gizlendiği yerden çıktığı an ışığıyla başkalarını da parlatabilecek kadar güzeldi.

Onu incelediğimi fark ettiğinde rahatsızca nefesini verdi ve Işık'a bir şeyler söyledi. Işık ise "Sakın," diye inledi. "O elbise üzerinde kalacak." Bakışları bana döndü, süzdü. Siyah, mini bir elbise giymiştim. Göğüs dekoltesi derindi, ince askıları her an kopacakmış gibi durduğundan beni rahatsız ediyordu. "Seni beğendim," dedi Işık. "Ama eksiklikler var."

Yanıma geldi, dağınık olan saçlarımı masada duran tarakla taramak istediğinde hızlıca geri çekildim. "Ben yaparım," dediğimde tarağı çoktan onun elinden almıştım. Anılarımın içinde en kalbimi parçalayanı dayımın defalarca saçlarımı taradığıydı. İlk önce tarağı dokundururdu, sonra saçlarımı okşardı, koklardı. Onun nefesini ensemde hissettiğimde ürperdim ve tarağı sertçe saçlarıma geçirdim.

İzin vermeyecektim; onun nefesinin, anılarımın hatta acıyan saç köklerimin bile yeniden doğduğum günü mahvetmesine izin vermeyecektim.

Kendi günümün lanetini ben yaratmayacaktım, bu tarihe laneti bulaştırmayacaktım.

Lâl dikkatli bir şekilde beni incelerken titrediğimi fark etti; ellerime baktı sonra da dizlerime. Ondan kaçmak istiyormuş gibi yatağa oturdum ve çekiştirerek taradığım saçlarımı serbest bırakarak Işık'ın saçlarıma şekil vermesini bekledim; Lâl ile göz teması kurmadım. Korktum anlamasından. Yankı'yla birbirlerine benziyorlardı, onlar ruh avcısıydı.

Işık, saçlarımı tepede sıkı bir şekilde at kuyruğu yaptı ardından dudaklarıma istemesem de koyu kırmızı bir ruj sürdü. Sonra da ayaklarıma yüksek topuklu siyah ayakkabıları verdi. "Gün senin günün," dedi tek nefeste. "Gerçekten senin günün. Mutlu ol."

Işık kendi tarzına uygun şekilde siyah kalçadan dar, paçaları İspanyol bir pantolon, üstüne de göbeği açık boyundan bağlamalı krem rengi bir badi giymişti. Badinin sırtı neredeyse tamamen açıktı. Düz saçlarını yandan ayırmıştı, kulaklarında saymakla bitmeyen küpeleri vardı. Kalın dudaklarında ten rengi bir ruj vardı ama göz makyajı rengini ortaya çıkaracak kadar koyu ve etkileyiciydi.

"Işık," dedim ayakkabıyı giyip ayağa kalkarak. "Muhteşem görünüyorsun." Işık, bunu beklemiyormuş gibi şaşırdı. "Gerçekten," dediğimde gülümsedim. "İnsanın aklını başından alacak kadar güzel olmuşsun."

Bana bu cümleyi bekliyormuş gibi bakıp gülümsediğinde "Teşekkür ederim Helin," dedi içten bir sesle. "Gerçekten yaptıklarına minnettarım."

Lâl'in ağız ucuyla güldüğünü gördüm, bu keyifli bir gülümseme değildi, beni aşağılayıcı bir gülümsemeydi ve onu ilk tanıdığım zamanları anımsatan gülümsemesiydi. Işık yaptıklarıma minnettardı, Lâl yaptıklarım yüzünden benden nefret ediyordu.

Bir tarafta gerçeğimi gördüklerinde nasıl davranacaklarını bana gösteren Lâl vardı; bir tarafta gerçeğimi gizlediğimde bana kardeş sıcaklığını veren Işık.

Yalan söylemek şu an için bir tercih değil, ihtiyaçtı. Lâl'in bakışları bile bu kadar ağır gelirken, diğerlerini hiç kaldıramazdım.

Merdivenlerden inmeye başladığımızda kapının önünde kollarını önünde bağlamış Bartu, Mutlu ve Yankı'yla karşılaştık. Üçü de aynı şekilde durmuştu, gözleri merdivendeydi ve inmemizi bekliyorlardı.

İlk gördükleri kişi Işık oldu, bakışları değişti. Onun arkasından Lâl'i gördüler, dehşete düştüler. Daha sonra bana baktıklarında ağızları açıldı. Bir podyumdaymış gibi aşağı inerken utandığımı hissedebiliyordum, Yankı'nın nasıl baktığını bilmiyordum ama yanaklarımı daha fazla kızartacağına neredeyse emindim.

Karşılarına geçtiğimizde Işık "Biz çıkıyoruz," dedi ama hareket etmedi. Yankı'ya bakmak yerine Mutlu'yla Bartu'ya baktım. Mutlu, Işık'a odaklıydı, Bartu ise ağzı beş karış açık Lâl'i izliyordu.

"Hey," dedi Işık, Bartu'ya elini sallayarak. "Salyan akacak, sil istersen ya da kapat ağzını."

Mutlu, kızgın bir şekilde Bartu'yu sertçe dürttükten sonra "Öküz kuyruğunu indir aşağıya," diye fısıldadı. "Gerçekten salyan akacak. Hani sert davranacaktık?"

Bartu, Mutlu'nun dürttüğünden sonra ağzını kapattı ama Lâl'e bakmaya devam etti; gözlerinde o an gördüğüm ışık kendi ışığı değildi. Lâl'in kendini gizlediği yerden çıktığında yansıttığı ışığıydı. Bartu'yu tesiri altına almıştı ama farkında bile değildi; rahatsızca kıpırdanmaya devam etti.

"Lan," dedi Mutlu bir kez daha. "Kuyruğun hep bahsettiğin o tavanı yıkacak şimdi kendine gelsene. Havalı durmamız lazım. Biz kendimize bugün bir isim takmadık mı? Biz neyiz? Muhteşemiz!"

"Hava," dedi Bartu ağzının içinde. "Bir de gökyüzü. Güneş. Ay. Yıldızlar." Bir adım attı Lâl'e doğru. "Hepsi sanki." Lâl anlamayan gözlerle ona baksa da bir yandan da utançla gözlerini kaçırıyordu.

"Lan Bartu," dedi Mutlu ve sırtını itekledi. "Yıldız kaydı oğlum, kendine gelsene. Dik dursana. Rezaletsin, hiç ettin bizi. Mükemmeliz dedik, sıçtın ağzımıza."

"Evet kaydı," dedi Bartu bir anda. "Kalbim kaydı şu anda."

Lâl'e bakarken duyduğu hayranlığın, sevginin haddi hesabı bile yoktu. O an zaman kavramının bile Bartu için hiçbir anlamı kalmadığına neredeyse emindim, o an belki de biz bile orada değildik.

"Jüpiter mi şu?" dedi Mutlu başını eğerek. "Evet, evet, Jüpiter. Lâl'e sarkıntılık etmek için yaklaşıyor."

"Sikerim Jüpiter'i," dedi Bartu gülümseyerek. "Venüs'ü ve Neptün'ü de. Hatta dünyayı da. Yetmezse güneşi de."

Lâl, küfürden sonra sertçe Bartu'nun karnına vurduğunda Bartu, öne doğru eğildi ve arkadan da Mutlu sertçe sırtına vurdu. Bu kadar darbeden sonra Bartu kendine geldiğinde afallayarak başını Mutlu'yu çevirdi ve geriye doğru bir adım atıp kaşlarını çattı. Boğazını temizlediğinde "Ne bu hâl?" diye sordu. "Helin'in doğum günü değil de düğünü mü var? Bir süslenmişsiniz, değişmişsiniz..."

"Sus lan gezegen sapığı," diyen Mutlu âdeta Bartu'dan tiksiniyordu. "Artık bir çükün yok anlıyor musun? Güneşte yaktın az önce."

"Ha?" dedi Bartu anlamayarak.

"Gezegenlerde çükünü değdirmediğin kimse kaldı mı?" Parmağını şaklattı. "Satürn kaldı, onun da halkasından korktun herhâlde. Porno starlar seni arıyor, yeni bir akım yaratacakmışsın."

O anda kendimi tutamayarak gülmeye başladım. Bakışlarım Yankı'ya döndü ve döndüğü anda aklımı bile kaybedebileceğim gözleriyle yüzleştim. Bana karşı her seferinde farklı bir bakışıyla karşılaşıyordum ama bu sefer turkuaz gözlerine rengine veren en net duygu, hayranlıktı.

Diğerlerinin konuşmasının sesi geliyordu ama ben de kendimi o an Bartu gibi hissetmeye başlamıştım; zamanın, yerin, kişilerin bir anlamı kalmamış gibiydi. Yankı bana doğru bir adım attığında gözleri baştan aşağı beni süzmeye devam ediyordu.

"Demek doğum gününü kutlayacaksın," dedi tam karşıma geçtiğinde. Gözleri dudaklarıma kaydı, bakışları kısıldı. "Sana bugünü armağan eden bendim."

Sitemli gibi konuşmaya çalışıyordu ama gözlerine o sitem uğramıyordu ve sesine de. "Yapma," dedim hafifçe omzuna vurarak. "Gerçek doğum günüm değil ki. Işık kutlamak istedi, o kadar. Benim için herhangi bir gün."

"Yirmi altı ekim," dedi gülümseyerek. "Unuttun mu? Herhangi bir gün değil."

Yanaklarıma ateşin daha fazla ulaştığını hissettiğimde başımı aşağı yukarı salladım ve alt dudağımı dişlerimin arasına aldım. Üzerindeki çamurlardan arınmış, duşunu almıştı. Saçları hâlâ nemliydi ve şampuanın kokusunu alabiliyordum. "Siz de evde oturur maç filan izlersiniz herhâlde," dediğimde alaya alıyormuş gibi davranmaya çalışıyordum. "Sahi, hangi takımlıydınız?"

Yankı, umursamaz görünmeye çalıştığımı anlamış gibi başını salladı. "Ben Beşiktaşlıyım," dedi hızlıca.

"Ya," dedim gözlerimi devirerek. "Ben Galatasaraylıyım."

"Mutlu Galatasaraylı," dediğinde onu gösterdi. "Bartu, Fenerbahçeli." Kaşları çatıldı. "Hem maç izlemek mi? Başka bir plan yaptık, çok daha eğlenceli bir plan."

"Ne gibi," dedim gözlerimi kaçırarak. "Dışarı mı çıkacaksınız?"

"Evet," dedi Yankı. "Dışarı çıkacağız, fazlasıyla kalabalık bir yere gideceğiz."

"Nasıl dışarı?" dedim saçma bir soru sorarak. "Yani dışarısı nerede?"

Yankı, kaşlarını kaldırdı. "Bak," dedi kapıyı göstererek. "Yürüyeceğiz, şu kapıyı açacağız ve dışarıya çıkmış olacağız." İlk başta ne yapmaya çalıştığını anlamasam da sonradan alaya alıp küçümsediğini fark ettim, kaşlarım çatıldı.

"Anladım," dedim keyiften uzak bir sesle. "Yoksa Asu ve Sena'yla mı görüşeceksiniz?" Yankı cevap vermedi ama gözleriyle beni süzerken gitgide daha fazla öfkelendiğimi hissediyordum. "Neyse ne," dediğimde omuz silktim. "Bu gece çok keyifli olacak."

"Çok hem de," dediğinde kollarını önünde bağladı. "İkimiz de çok eğleneceğiz. Ben kendi adıma söyleyeyim, bu geceyi unutulmaz kılacağım kendim için."

"Ya," dediğimde sertçe yutkundum. "Umarım başkalarına da unutulmaz kılarsın, tek olmazsın."

"Bakalım," dediğinde başını omzuna düşürdü. "Güzel tarihleri unutmayacaksam o günleri yaratmam gerekir, değil mi?"

"Ne?" Ona doğru bir adım attım. Ayağımdaki topuklu ayakkabılara rağmen onun boyuna yetişemiyordum ama yine de boy farkı epey azalmıştı. "O güzel tarihleri sadece benimle yapmayacak mıydın?"

"Böyle bir söz verdiğimi hatırlamıyorum," dediğinde yüzüne en masum maskesini yerleştirmişti. "Öyle mi yapacaktık?"

Öfkeyle onun gözlerinin içine baktım ve dudaklarıma dizilen küfürleri yok ederek sessizliği tercih ettim. Tam karnına tekme atma isteğimi engelleyemiyordum ya da o güzel burnuna yumruk. İşte bu çok yakışırdı.

Gözleri tekrardan dudaklarıma kaydığında turkuaz gözlerinin koyulaştığını hissettim. "Bu ruj bulaşıcı mıdır?" diye sordu bir anda. "Fazla ıslak görünüyor."

"Bilmem," dedim sertçe. "Sürmek ister misin? Çantamda var."

Öfkemi görmezden geldi ve parmakları yine çenemi tuttu. Bakışlarım gözlerinden dudaklarına kaydığında aralandığını fark ettim. Başparmağı alt dudağımda gezindi, nemli ruja dokunurken karnımın içinde sıcaklığın yayıldığını fark ettim. "Bulaşırmış," dedi parmağına bakarak ve elini çenemden çekerek. "Baksana, bulaştı bile."

"Niye merak ettin?" diye sordum ve parmağına bulaşan rujumu izledim. "Hem dudaklarıma neden öyle bakıyorsun?"

İlk başta ne diyeceğini bilemedi daha sonra "Dudakların," dediğinde kaşları havaya kalktı. "Güzel." Konuyla ne alakası olduğunu anlamadığım için ona afallayarak baktım fakat iltifatı beni şaşırtmıştı. "Yani güzel dudakların var." Duraksadı, nefesini verdi, kıvrandığını hissettim. "Seviyorum," dedi bir anda. "Dudaklarını."

"Dudaklarımı mı seviyorsun?" diye sorduğumda yine ne söylediğini bilmeyen Yankı'yla karşı karşıya olduğumu anlamıştım. Sorduğum soruyla hiçbir ilgisi olmayan bir yanıt vermişti ve verdiği yanıt bir iltifattı.

"Yani," dedi sonra boğazını temizledi duruşunu dikleştirdi. "Liderin olarak."

"Liderim olarak mı?" dediğimde gözlerimi defalarca devirmek istiyordum. "Liderim olarak dudaklarımı güzel buluyorsun ve seviyorsun öyle mi?"

"Evet." Elini ensesine koydu, saçlarını karıştırdı. "Liderin olarak sevmek zorundayım."

"Çüş artık," dediğimde ayaklarımı yere çarptım.

"E yuh artık lideri olarak!" Ses Mutlu'dan gelmişti ve bizi dinlediğini bile fark etmemiştim. "Hadi Bartukıç'ı anlıyoruz, ona Öküzler Derneği'nde böyle öğretmişler. Sana ne oldu be Yankıtu? İki saniye içinde burada makyöz oldun, rujun moleküllerine indin." Ellerini ve başını yukarıya kaldırdı. "Tanrım, bir tarafımda gezegenler var, bir tarafımda rujlar. Beni neyle sınıyorsun?"

"Asıl beni neyle sınıyor?" dediğimde kaşlarımı çattım ve Yankı'ya baktım. "Liderim olarak her haltı yap ama..." Çıkma teklifini söyleyeceğim sırada sustum ve gözlerimi kapattım. Acaba unutamadığı birisi mi vardı? Beril olabilir miydi? Gözlerimi açtım, bakışlarım kısıldı. Sonra Mutlu'yla göz göze geldik, en sonunda Bartu'ya döndüğümde onun bakışlarının hâlâ Lâl'in üzerinde olduğunu fark ettim.

"Gidelim," dedim bir anda ve arkamı onlara dönüp dış kapıyı açtım, elimdeki küçük çantayı ise omzuma attım. "Gidelim de onlar da eğlencelerine baksınlar."

Benim arkamdan Işık da çıktı daha sonra Lâl. Bartu'nun kükreyen sesi şimşek gibi geceye düştüğünde "Lâl," diye inledi. "O gördüğüm umarım senin çıplak sırtın değildir, benim gözlerim rahatsızdır çünkü diğer türlü sırtına bakacak her erkeğin gözleriyle basketbol oynarım!"

Lâl, arkasını dönüp baktığında Mutlu, Bartu'ya dönüp "Yontulmamış öküz," diye hırladı. "Hiçbir kadının giydiğine karışamazsın, bir kadın istediğini giyer, kendine gel. Defalarca konuştuk bunu seninle."

"Ben kadının giydiğine karışmıyorum zaten," diye karşılık verdi Bartu. "Ona bakacak gözlere karışıyorum." Peşimizden gelmek istediğinde Mutlu ve Yankı aynı anda Bartu'yu kollarından tuttular. "Lâl," diye bağırdı daha yüksek bir sesle. "Kapat sırtını kızım, soğuk esiyor! Üşüyeceksin! Lâl! Yanına bir metreden fazla yaklaşan bir adam olursa neresine tekme atman gerektiğini biliyorsun!"

"Bartu aile babası modundan çıkamıyor," diye mırıldandı Işık.

"Lâl!" Bartu sokağı inletiyordu. "Bak yumruğumu görüyor musun? Bu yumrukla öldürürüm onları!"

Köşede duran taksiye doğru ilerlerken bir daha geriye dönüp bakmamak için kendi kendime sözler verdim ve arkamızdan çıkardıkları hiçbir sesi önemsemedim, bu sefer sözümü de şaşırtıcı derecede tuttum.

Taksinin ön koltuğuna Işık oturduğunda arka koltuğa ben ve Lâl yerleştik; Bartu'nun bağırışları sokağı inletmeye devam ederken taksi şoförü afallayarak dikiz aynasından baktı ama Işık hızlıca bir adres verdiğinde araba hareket etti.

Birkaç dakika sonra Işık, geriye doğru dönüp "Lâl, telefonunu verebilir misin?" dediğinde Lâl ikiletmeden telefonunu çıkarıp verdi. Işık, Lâl'in telefonunu sessize alıp çantasına koyduğunda bakışlarını direkt olarak onun gözlerine dikti. "Şimdi sakin ol ama sana bir şey söyleyeceğim," diye mırıldandı. "Bugün çıkma nedenimiz Helin'in doğum günü filan değil. Murat Can'la buluşacağız!" Elini kaldırdı. "Tabii Murat Can kim bilmiyorsun. Hani şu okuldaki adam var ya, o. Sana söylemedim çünkü gidip hemen Yankı'ya yetiştiriyorsun hatta sırf bu yüzden telefonuna da el koydum." Beni işaret etti. "Neyse ki Helin bu planda tam destekçim oldu da halledebildik."

Lâl sanki bunun altında bir plan olduğunu anlamış gibi şaşırmamıştı ama bakışları bir benim, bir Işık'ın üzerinde gezinirken kaşları gitgide daha fazla çatılmıştı. En sonunda dönüp Işık'a hızlıca bir şeyler söylediğinde Işık gözlerini açtı. "Buna alındın mı?" diye sordu. "Murat Can'ı sana değil Helin'e anlattım çünkü sen sır saklayamıyorsun. O sana sormazsa söylemiyorsun ama sorarsa da hemen yumurtluyorsun. *Yankı'ya asla yalan söyleyemiyorsun*, Lâl."

Yankı'ya asla yalan söylemiyorsun Lâl.

O an gözlerimiz birbirimizle kesişti. Lâl Işık'ın söylediklerini çoktan ezip geçtiğini göstermek istiyormuş gibi kafasını iki yana salladığında bana sapladığı suçlayıcı bıçaklar canımı yakmıştı. İkisinin arasında oluşturduğum oyuk, aralarındaki ilişkiyi bile bitirebilecek durumdaydı. Farkında olmadan, Sokak Nöbetçileri'nin içine girdikçe onları sarsacak noktalara ulaşmaya başlamıştım.

Yankı'ya Lâl'in ona yalan söylediğini anlatsam ne olurdu? Bunu düşünmek bile içimdeki kötü, yorgun yaşlı kadına sertçe arkama dönmeme neden oldu. Susmuyordu, konuşuyordu, kim olduğunu dile getiriyordu.

Bugün yeniden doğmuştum, kötülüğe yer vermeyecektim. Lanetlere kucak açmayacaktım.

Taksi şoförü Işık'a adresi tekrardan sordu. Işık adresi verdiğinde şaşkınlıkla "Orası fazla pahalı bir mekân," diye araya girdim. "Emin misin?"

"Evet," dedi Işık göz ucuyla bana bakarak. "Murat Can sadece rezervasyonla insanların alınabildiği bir yer ayarlamış. Sanırım YanBarMu üçlüsünden korktu." Gülmeye başladığında oldukça keyifliydi. "Neyse ki bizim yerimizi bile bulsalar giremezler."

Gerginlikle sırtımı yasladığımda yanımda Lâl'in öfkeli nefesler verdiğini işitebiliyordum. "Işık," dedim düz bir sesle. "Bunu onlara daha önce de yaptın mı? Yankı yalandan ve arkasından iş çevrilmesinden hoşlanmıyor."

Işık, ellerini gelişi güzel salladı. "Yankı bana kızmaz çünkü beni tanıyor." Başını çevirip bize doğru baktı. "Evet, ona böyle pembe yalanlar söylüyorum ama hiçbir zaman ciddi bir yalan söylemedim." İşaret parmağını kaldırdı. "Yankı'nın kırmızı çizgisi yalandır. O çizgiyi aşarsan bir daha seninle asla eskisi gibi olmaz, dikkatli ol."

Işık, bunları dile getirirken Lâl zaten ezbere bildiği bir hikâyeyi dinliyormuş gibiydi. Yüzünde tek bir mimiği bile değişmedi fakat gözleri pencereye doğru döndüğünde dolduğunu fark ettim; canı yandı. Öyle bir yandı ki yutkunduğunda eli hafifçe kalbine doğru gitti. Lâl, pişmanlığın tadını ve ihanetin zehrini ilk defa benim yüzümden tatmış olmalıydı.

Yapabileceğim hiçbir şey yoktu. Ben de başımı pencereye çevirdim ve karanlık caddeyi izlerken insanları kendi kötülüğüme sürüklemeye başladığımı o an fark ettim.

Ben kötüydüm, kötülüğüm iyiliği olanlara da bulaşıyordu ve bu da başka bir lanetimdi.

Yaklaşık yarım saat sonra mekânın önüne geldiğimizde park edilen bütün arabaların son model olması ve içeriye giren insanların bizden kat kat daha şık durması gözlerimi aldı. Taksinin ücretini veren Işık en son indiğinde o da ilk defa mekânla tanışmıştı. Üçümüz birbirimize baktık, taksi önümüzden ayrıldı ve bakışlarımız tekrardan mekânın girişine doğru döndü.

Saniyeler geçerken hepimizin aklında geriye dönmek olduğunun farkındaydım ama elbette ki vazgeçmeyecek tek kişi Işık'tı. "Hım," dedi duruşunu dikleştirerek. "Kızlar, dik durun. Havalı olun."

"Lanet olsun," dedim sessizce. "Şu içeriye giren 'Bir de bayıl istersen' diyen adam değil mi?"

İkisi de baktığım yöne doğru döndü daha sonra şaşkınlıkla nefeslerini verdiler. "Tam olarak o." Işık, gitgide daha fazla geriliyordu. "Nefes al, nefes ver." Yanağına birkaç kez vurdu. "Rezil olmayacaksın, küfür etmeyeceksin, yemek yiyip fazla şiştiğinde soda istemeyeceksin."

Son söylediğine ve bize düşürdüğü hale gülmeye başladığımda Işık, ikimizin de koluna aynı anda girdi, yürütmeye başladı. Lâl'in de benim de ayaklarımız geri geri gidiyordu, bakışlarımız sabitti, tek gülümseyen Işık'tı.

Kapının önüne geldiğimizde iri adam bizi dikkatli bir şekilde süzdü, kaşlarını çattı ardından elindeki kağıda baktı. "İsimlerinizi alabilir miyim hanımlar?"

"Murat Can Yönver'in misafirleriyiz," dedi bir anda. "Işık Sarca, Lâl Sarca ve Helin Aktan."

Adam gözlerini açtı, listeye bakmadan elini öne doğru uzattı ve geçmemiz için samimi bir şekilde gülümsedi. "Beyefendi size masanızı gösterecek." Takım elbiseli başka bir adam bizi karşıladığında mekândan içeriye yürümeye başladık; altımızdaki kırmızı halı kör edecek kadar parlaktı.

Yüksek elmastan avizeler, renkli şamdanlar, geniş masalar, kırmızı halıların devamı, saksafon sesi, ortada dans eden insanlar... Öylesine lüks, öylesine göz alıcı bir yerdi ki kendimi oraya hiçbir şekilde ait hissetmemiştim. Sağ tarafta bar kısmı vardı, karanlığa bakıyordu ve gece ilerleyince orasıyla üst katın kulübe dönebileceğini anlıyordum.

"Işık," dedim kuru bir sesle. "Murat Can dediğin adam tam olarak kim ve biz kimiz?" Başım ona döndüğünde benimle aynı ifadede etrafa baktığını gördüm. "Ayrıca o bizim de geleceğimizi biliyor muydu?"

Önümüzdeki takım elbiseli adam bir masanın çaprazında durduğunda eliyle işaret etti ve başıyla selam verip uzaklaştı. Bakışlarım o adamdan masaya doğru çevrildiğinde gözlerim irice açıldı, Murat Can ayağa kalkıp direkt olarak yanımıza geldi.

Masada Murat Can ile beraber dört erkek ve iki kız daha yer alıyordu. Hepsinin üzerinde mekânın geriye kalanlarında olduğu gibi takımlar, kızların üzerinde ise abiye diyebileceğim elbiseler vardı. Erkekler tek tek ayağa kalktıklarında kızlar gözlerini bile kırpmadan bize baktılar.

Murat Can sınıfta gördüğümüzden daha alımlıydı. Saçlarını özenli bir şekilde taramıştı, üzerinde siyah takım elbisesiyle Işık'ı çoktan etkileyebildiğini görebiliyordum. Eskilerde olduğu gibi uzanıp Işık'ın elinin tersini öptüğünde Lâl yüzünü buruşturdu. "Işık," dedi Murat Can. "Sen geldin, burası daha parlak oldu." Gülümsediğinde yanağında gamzeleri oluştu.

"Teşekkür ederim," dedi Işık ve elini ondan kurtardı, bize döndü. "Helin," dedi beni göstererek. "Ve Lâl. *Kız kardeşlerim.*"

Benden kardeşi diye bahsetmesi şaşkınlıkla ona dönmeme neden olsa da Murat Can hızlıca elini uzattı ve sıkmamı bekledi. "Helin," dedi içten bir sesle. "Senin sayende Işık'ı tanıdım, hoş geldin."

İstemeyerek de olsa uzanıp elini sıktım ve ben de gülümsedim. "Eh, biraz öyle oldu." Diğer erkekler de tek tek ellerini uzattığında birkaç saniye içerisinde karşılık verdim. İsimlerini ise söyledikleri anda unuttum.

Sıra Lâl'e geldiğinde Murat Can "Senden Işık çok bahsediyor," dedi. "Sanırım onun annesi gibiymişsin." Elini uzattı, sıkmasını bekledi ama Lâl, dik dik bakmaya devam etti ardından uzatılan eli görmezden gelerek ve diğer erkeklere de bakmayarak masaya oturdu.

Murat Can öylece kaldığında Işık "Aldırış etme," diye fısıldadı. "Sadece bana öfkeli."

"Sorun yok," dedi Murat Can. "Sanırım kardeşlerinin bu hallerine alışabilirim."

Hep beraber masaya yerleştiğimizde bir tarafımda Lâl, bir tarafımda Işık vardı. Işık'ın hemen yanında Murat Can oturuyordu, karşımızda birisi sarışın, birisi esmer iki erkek vardı. Kızlar Lâl'in yanındaydı. Erkeklerden bir tanesinin yaşı oldukça büyüktü.

Bizi tek tek masadakilerle bir daha tanıştırdı ama yine o anda isimlerini unuttum; umurumda da değildi. Lâl de ben de oturduğumuz sandalyede diken varmış gibi durduğumuz için kızların tuhaf bakışlarıyla karşılaşmak zorunda kalmıştık.

"Aç mısınız?" diye sordu Murat Can.

"Yok biz evde azarı yedik," dedi Işık bir anda sonra hızlıca düzeltti. "Az az yedik yani," diyerek bana baktı. "Siz yemeğinizi yemeye devam edin lütfen."

Murat Can kibar bir şekilde önündeki bol soslu balığını gösterdi. "Üzgünüm, geç kaldınız ve o sırada çok acıktım. Bir de sen geldiğinde yemek yemekle vakit öldürmemek için sipariş verdim." Işık'a gerçekten de ondan etkileniyormuş gibi bakıyordu, gözleri direkt olarak Işık'ın üzerindeydi.

Garson gelip bir anda şampanya patlattığında irkilip o tarafa doğru döndüm. Karşımızdaki iki erkek ellerini çarparak ayağa kalktılar, bardaklarını havaya kaldırdılar ve şampanyalarını doldurdular. Mekânın içindeki samimiyetsiz kahkahalar, ritimsiz şarkılar, yapmacık duruşlar... Bunların hepsinden öylesine çok tiksinmiştim ki yaşamak istediğim hayatın Sokak Nöbetçileri'nin kendi dünyaları olduğunu anlayabiliyordum.

Garson bize sormadan önümüzdeki bardaklara şampanyaları doldurdu, büyük bir hürmetle eğildi ve yanımızdan ayrıldı.

Işık ve Murat Can kısık sesle konuşmaya devam ederken, bakışlarım Lâl'e doğru döndü ve onun da bana baktığını fark ettim. Kendimi tutamayarak "Biliyorum benden nefret ediyorsun," deyip eğildim. "Ama şunu bilmelisin ki tam şu an aynı duygular içerisindeyiz, ben de sıkıldım. İstersen senin için de bir çığlık atabilirim."

Lâl başını iki yana salladı ardından şampanya bardağını alıp kafasına diktiğinde onu birkaç saniye izledim sonra aynısını ben de yaptım. Bu ortamı, kafamın içindekileri, bütün samimiyetsizlikleri ve yalanlarımı alkol alıp götürebilirmiş gibi masaya bırakılan şampanya şişesine uzanıp Lâl ile bana tekrardan içkileri doldurdum sonra yine aynı anda içtik.

"Sen," dedi karşımızdaki sarışın olan adam, başımı kaldırdığımda bana baktığını fark ettim. "Yıldız Teknik Üniversitesi'nde Edebiyat mı okuyorsun?" Cevap vermeyip sadece başımı olumlu anlamda salladım. "Ben de o okuldayım," dedi bir anda. "Mühendislik fakültesinde ama seni hiç görmedim."

O sırada Lâl bardaklara yeni şampanyaları dolduruyordu; kaşları çatık bir şekilde karşımızdaki adamları izlemeyi de ihmal etmiyordu. Işık ve Murat Can'ın sohbetine ne kadar kulak misafiri olmak istemesem de Işık'ın sıkılgan nefeslerini duyabiliyordum.

"Neden böyle bir yer tercih ettin buluşmak için?" diye sordu Işık Murat Can'a. "Burası..." Etrafına baktı. "Fazla resmi, fazla rahatsız. Böyle bir adam olduğunu bilmiyordum."

Murat Can böyle bir tepki beklemediği için kaşlarını kaldırdı. "Beğenmedin mi?" diye sordu şaşkınlıkla. "Ben düşünmüştüm ki ilk buluşmamız güzel bir yerde olur..."

Şampanya bardağını yine kafama diktim ve sonra şişeyi alıp biraz daha içki koydum, onu da kafama diktim. Karşımdaki gözlerin beni izlediğinin farkında olsam da umursamadım. Işık'ın gözleri bana döndü ve yalnız hissettiğini anladım.

Bardağı dudaklarımdan uzaklaştırırken "Maalesef Murat Can," diye söze atladım. "İlk buluşma dediğin hamburgercide yapılır." Işık minnetle bana baktı. Masadaki diğer gözler bana döndüğünde sorunun ben de mi onlar da mı olduğunu anlayamıyordum. "Ne oldu?" dedim bir anda. "Hamburger patates yemek de ne var?" Lâl, beni susturmak istermiş gibi bardağa biraz daha şampanya doldurdu ve elime tutuşturdu. "Hey," dedim bardağı kaldırarak. "Neden bunu duyan herkes böyle bakıyor."

"Hamburger mi?" Lâl'in yan tarafında oturan sarışın kız yüzünü buruşturdu, üzerinde gri straplez bir elbise vardı. "Sanırım bir erkek beni ilk buluşma olarak hamburgerciye götürmek istese ondan anında soğurum."

"Oldu olacak sinemaya da gidilsin," dedi diğer kız da. Onun da saçları kızıldı ve tepesinde kocaman bir topuz yapmıştı. "Kaç yaşındayız, on iki mi?"

Bardağı kafama diktiğimde ve sertçe masaya bıraktığımda Işık bacağımı sıktı, gözlerimiz kesiştiğinde bana sakin ol bakışı attı, Lâl ise keyifli olanları izliyordu. Onun da elinde bitmiş şampanya bardağı vardı.

"Ya kız erkeği götürürse?" diye sordum. "Mesela bir erkeğe çıkma teklifi edecek olsan nereye götürürsün?"

İkisi de bana küçümseyici bakışlarını attılar. "Kızlar teklif etmezler," dediler aynı anda. Kızıl saçlı olan sözü devraldı. "Bu çok gurursuz bir hareket olur. Bir erkek senden etkileniyorsa da yaptığın tekliften sonra soğur."

Allah kahretsin, Yankı'yı kendimden bile isteye soğutmuş muydum? Omuzlarım düştüğünde ve Lâl elimdeki bardağa biraz daha şampanya doldurduğunda bakışları üzerimdeydi. "Soğur mu gerçekten?" dediğimde sesim kısıktı. "Yani birini tanımak istiyorsak çıkma teklifi etmeliyiz bana kalırsa."

Sarışın olan kafasını iki yana salladı. "Bir erkeği tanımak istiyorsan ona çıkma teklifi etmemelisin," diye mırıldandı ve masadan bana doğru yaklaştı. "Erkekleri böyle çocukça şeyler cezbetmez. Eğer bir erkeği gerçekten yakından tanımak istiyorsan ona sıcaklığını göstermelisin."

"Sıcaklık?" diye sordum.

"Sanırım Asu bir erkeği yatağa atmaktan bahsediyor." Sarışın olan gülmeye başladığında elindeki viski bardağını kaldırdı. "Sıcaklıklara."

Gözlerim irice açıldı, onu baştan aşağı süzdüm. "Senin adın Asu mu?" diye sordum sertçe. Diğerine döndüm. "Senin de adın Sena değil mi?"

"Hayır," dedi kızıl saçlı olan. "Deniz benim adım. Nereden çıkardın?"

Sarışın erkeğin yanındaki diğer erkek Lâl'e doğru eğildi. "Senin neden hiç sesin çıkmıyor? Yoksa benim gibi gözlemci misindir?"

Lâl, ilk önce çocuğun yüzüne baktı sonra parmaklarını ağzının içine itekledi ve kusuyormuş gibi bir hareket yaptığında gülmeye başladım. Adam ise afallayarak geriye doğru çekildiğinde fazlasıyla bozulmuştu.

"Bir saniye," dedi sarışın olan kız. "Sen bir erkeğe çıkma teklifi mi ettin?" Onlara cevap vermedim ama bakışlarımdan anlamış olacaklar ki gülmeye başladıklarında birbirine baktılar. "İnanabiliyor musun," dedi. "Bir erkeğe 'Benimle çıkar mısın?' demek..." Kızlar bu sefer beni direkt olarak küçümsediler.

"Saçma bir bakış açısı," diye lafa girdi Işık. "Kimin ilk adımı attığı ya da kimin bir şeyler için çaba verdiği fark etmez. Fazla dar düşüncelisiniz, duyguların kadını ya da erkeği yoktur."

"Buradan hoşlanmadın değil mi?" diye sordu Murat Can kaşlarını kaldırarak. "Sevebileceğini düşünmüştüm."

"Ya da," diye döndü Işık Murat Can'a. "Benim paradan, lüksten inanılmaz etkileneceğimi düşündün. Birkaç şampanya, şık kıyafetler, ritimsiz şarkılar. Hafif kafayı bulurdum, gecenin sonunda kiraladığın arabanla beraber sana geçerdik, yatardık." Gözlerini onun üzerine dikti. "Eminim ki daha önce bu mekâna bile gelmedin, böyle bir adam da değilsin." Arkadaşlarını gösterdi, Murat Can'a doğru fısıldadı. "Ve onları da yanında sadece paraları olduğunu için tutuyorsun, böyle durumlarda işine yarıyorlar."

Murat Can her kelimeden sonra kendisini daha çıplak hissediyordu, bundan emindim çünkü cümleleri Yankı'nın cümlelerini anımsatıyordu. Başını eğildiği yerden kaldırdığında "Sen," dedi Işık'a doğru. "Gerçekten bunları nereden biliyorsun?"

"Çünkü küçüklüğümden beri çok insan tanıdım," diye mırıldandı. "Birçok erkekle yüz yüze geldim, en klişeleriyle el sıkıştım. Murat Can üzgünüm ama kandırılması çok zor bir insanımdır."

"İçindeki Yankı Sarca'yı daha fazla çıkarmalısın," diye fısıldadım diğer taraftan. "Böyle çok daha etkileyici görünüyorsun."

Omzunun üzerinden bana baktı. "Ondan öğrendiğim çok şey var," diye karşılık verdi. "Ve onlardan. Hayatımdaki o karanlık adamdan." Sustu nefesini verdi. "Neyse."

"Ve şu an," dedi Murat Can geriye doğru çekilerek. "Genelde böyle filmlerin sonunda kız gerçekleri görüp kalkıp gider. Sen kalkıp gidecek misin?"

Işık sırtını daha rahat bir şekilde sandalyesine yasladığında elindeki bardağından yavaş yavaş içkisini yudumladı. "Hayır," dedi birkaç saniye sonra. "Bundan sonra oturup senin benden nasıl etkilendiğini ve nasıl pişman olduğunu izleyeceğim. Üzgünüm, Murat Can. Klişe bir kız değilimdir ve işte şimdi senin için farklı oldum."

Murat Can, duraksayıp Işık'ı bir süre izlediğinde gözlerindeki o etkilemeye çalışan erkeği kaldırmıştı. Daha dikkatli bakıyordu artık daha dik ve daha sabit. Sadece Işık'ı görüyordu. Bu sefer gerçekten ona odaklıydı. Hafifçe gülümsediğinde "Işık," dedi. "İşte şimdi mekân gerçekten daha parlak görünüyor."

"Bir saniye bir saniye," sarışın çocuk ve kızıl saçlı kız hâlâ çıkma teklifi tartışmasındaydı. "O kızı hiçbir şeyi bilmediği için suçlayamazsınız, belli ki çok masum ve hiçbir şey görmemiş." Bahsettiği bendim, bundan adım gibi emindim. "Çıkmayı kafasının içinde böyle masum şekillendirmiş olabilir."

"Saçmalama!" Sarışın kız âdeta konuya dâhil olarak inledi. "Bir kızın bir erkeğe çıkma teklifi etmesi resmen eziklik."

Bakışlarımı sertçe ona çevirdiğimde ve bir şey söyleyeceğim sırada Lâl, bir anda kazayla olmuş gibi dirseğini bardağına çarptı; kızın üzerine alkol döküldü. Az önceki inlemesi daha fazla yükseldiğinde hızlıca ayağa kalktı. "Elbisem," dedi gözlerini açarak. "Onu yeni kiralamıştım."

Dudaklarımı büktüm, gözlerimi kocaman açtım. "Gerçekten mi? Bir de kiralık elbise giyinip burada zengin kız pozu mu kesiyorsun? Resmen eziklik."

Lâl, güldüğünde ve ona karşılık verdiğimde öfkeli bakışlarını bize diken kızıl saçlı kız da ayağa kalktı. Beraber onlar tuvalete doğru ilerlerken karşımızdaki erkekler gülüyordu. "Kızlar," dedi. "Siz çok tehlikeymişsiniz ama sevdim."

Lâl, orta parmağını kaldırdı ve sarışın olan adama da tepkisini gösterdiğinde o da afallayarak başını çevirdi. Şampanyadan dolayı çakır keyif olmaya başladığımı hissedebiliyordum ama daha fazla alkole ihtiyacım olduğu gerçeğiyle de yüz yüzeydim.

Kısık bir sesle Lâl'e doğru eğildiğimde "Bir fikrim var," dedim. "Geceyi tuvalette geçirmeye ne dersin? Baksana Işık mutlu görünüyor." Lâl'in gözleri Işık'a döndü ve onun kendi halinde Murat Can ile sohbet içerisinde olduğunu gördüğünde başını salladı. Aynı anda ayağa kalktığımızda Işık bizi fark etmedi bile.

Tuvalete giden yolda yürürken bakışlarım bara takıldı. O an aklıma gelen bir fikirle adımlarım da o yöne döndüğünde Lâl ne olduğunu anlamayarak beni takip etti.

"Pardon," dedim bardaki orta yaşlı adama. Sakalları neredeyse göğsüne kadar uzuyordu. "Bir tekila şişesi, iki tekila bardağı alabilir miyim?"

Adam başını çevirip ikimize baktığında güldü. "Burası tekel bayii değil."

"Sen de Dumbledore değilsin koca sakal." Kaşlarım çatıldı. "Söylediklerimi alabilir miyim? Hesabı şu masaya itele."

"İtelemek mi?" Adam kaşlarını kaldırdı. "Siz doğru yerde olduğunuza emin misiniz?"

"Uzatma Dumbledore," dedim ve elimi bardaki tabureye vurdum. "Versene şu içkiyi."

Adam, afallamış bir yüzle küçük tekila şişesini, iki küçük bardağı önümüze koydu. Ardından gülerek "Sizi sevdim," dedi ve tuz ile limonu da yanına ekledi. "İyi eğlenceler bizimkiler."

"İyi eğlenceler," dedim şişeyi ve bardakları alarak. Limonla tuzluğu Lâl aldı. "Harry'e selamlar, fazla kendini mahvetmemesini söyle."

Adam elini salladı. Arkamızı dönüp ilerideki tuvalete yürürken Lâl'in keyif aldığını her halinden anlayabiliyordum. Ayağımdaki topuklu ayakkabılar canımı acıtıyordu, adımlarımı atarken düz atmaya dikkat ediyordum fakat yavaş yavaş başım da dönmeye başlamıştı.

Tuvaletten içeriye girdiğimizde direkt olarak masamızda oturan sarışın ile kızıl saçlı kızı gördük. Sarışın olan elbisesine bulaşan içkiyi peçetesiyle silmeye çalışırken aynadan bizimle göz göze geldi ve öfkeyle "Yaptığınızı beğendiniz mi?" diye bağırdı.

Lâl ile birbirimize baktık daha sonra Lâl elindeki limonla tuzluğu lavabonun yanına bıraktı; ben de ardından içki şişesiyle bardakları bıraktım. Kızıl saçlı olan lavabonun üzerine bakıp "Gerçekten burada içecek misiniz?" diye sordu, elinde ruju vardı. "Siz nasıl kızlarsınız?"

Lâl, bir anda ayağındaki ayakkabıları çıkardığında bu ânı ben de bekliyormuşum gibi ona eşlik ettim. Ayakkabıları zemine doğru sertçe attı, aynadan yüzünü gördüm ve dişlerini sıktığına şahit oldum. O kızıl saçlı kızın üzerine yürürken, ben de sarışın olanın üzerine yürümeye başladım. Kızlar geri geri giderken nedense bütün öfkemi boşaltabileceğim bir yer bulabildiğime içten içe seviniyordum.

"Sen bana ezik mi dedin?" diye sordum olabildiğince ürkütücü bir sesle.

"Evet," kız duraksadı, "yani hayır. Sen çok sevimlisin." Ellerini kaldırdı. "Bakın, konuşarak çözebiliriz, neden üzerimize yürüyorsunuz? Kavgayla hiçbir şey çözülmez."

Lâl kızıl saçlı kızın üzerine yürümeye devam ederken en sonunda sırtları duvara çarptı ve birbirlerine baktılar. "Kiralık elbise ve kırmızı kafa," dedim tam karşılarında durarak. "Şu yanımdaki kızı görüyor musunuz?" Lâl'i işaret ettim. "Üç kızı saçlarını yolarak kel bıraktı, iki kızın silikon dudaklarını patlattı, bir kızın da botokslarını eritti."

Lâl öyle ürkütücü bakıyordu ki kızlar bu söylediklerime inandı. Ürkek bir sesle "Lütfen," dediler. "Konuşarak çözebiliriz. Ciddiyim." Lâl'in gözlerinin içine bakıp bir şeyler söylemesini beklediler ama Lâl susarak onları bakışlarıyla alt etti.

En sonunda kızıl saçlının elindeki ruju sertçe çekip aldı sonra aynaya doğru yürüdü. Kendisi konuşamayacağı için aynaya kırmızı rujla ağır ağır yazmaya başladı ve göz göze geldiğimizde dudaklarını birbirine bastırdı.

ÖZÜR DİLEYİN.

Kızlar aynadaki yazıyla karşılaştıkları anda neden direkt söylemediğini anlamak için bana döndüler. "O konuşmaz," dedim kısık bir sesle. "Çünkü konuşursa öldünüz demektir, bence hemen ne diyorsa onu yapın."

Lâl, bir anda dudaklarını araladığında ikisi aynı anda "Özür dileriz!" diye bağırdılar ardından Lâl'in uzaklaşmasını fırsat bilerek koşar adımlarla tökezleyerek tuvaletten çıktılar.

Arkalarından bakarken birkaç saniye durdum sonra yüksek bir kahkaha attığımda tekila şişesine doğru ilerledim. Aynadan Lâl ile göz göze geldiğimde o da gülmeye başlamıştı. Kızların çıktığı kapıya doğru yürüdü, yerde duran TEMİZLİK VAR tabelasını kapının dışına yerleştirdi sonradan kapıyı kilitledi ve başkalarının girmesini engelledi.

Küçük bardaklara gülmeye devam ederken tekilayı doldurdum sonra dilimli limonlardan bir tanesini Lâl'e uzattım. Elini uzattı, elinin tersine tuzu döktüm sonra kendime de. Ardından, "Bir iki üç," dedim ve tuzu yaladık sonra tekilayı içtik en sonunda da limonu emdik.

Lâl, bardağı koydu, başıyla işaret etti. Tekrardan aynısını üç defa daha tekrar ettiğimizde gülmeye devam ediyorduk. "Senden gerçekten korktular," dedim üçüncünün sonunda. "Ama haklılar. Bazen çok ürkütücü bakabiliyorsun."

Dördüncüyü doldurmak için şişeye uzandığında yüzündeki gülümsemenin ağır ağır silindiğini fark edebiliyordum. İkimizin de bardağını doldurdum sonra tuza ve limona gerek olmadan kafamıza diktik.

Bakışları direkt olarak aynadan değil, bana döndüğünde kırgınlığının ve kızgınlığının aynı yerinde durduğunu fark ettim; gözlerimin içine benden bir şeyler bekliyormuş gibi baktığında başımı önüme doğru eğdim ama Lâl elindeki rujla yine aynaya uzandı ve tek bir soru yazdı:

NEDEN?

Şişeyi ve bardakları alıp yere oturduğumda sırtımı soğuk betona yasladım. Lâl, birkaç dakika beni izledi, daha sonra o da yanıma oturdu; bacaklarını uzattı. Bakışlarını bir an olsun benden ayırmıyordu.

"Biliyorum," dedim tek nefeste. "Benden bir açıklama bekliyorsun çünkü bir yalan söyledin." Yüzüm ona döndü. "Sebebini bile bilmediğin bir yalanı, benim için söyledin."

Durdu, nefesini verdi sonra tam gözlerimin içine bakarak ellerini hareket ettirdi; ben onların diline bile ait olsa ne demek istediğini anladım çünkü çok izlemiştim, bu ismi nasıl söylediğini biliyordum.

"Yankı için söyledim."

"Yankı için mi?" Böyle biri itirafı hiç beklemiyordum. "Neden?" Sustu, bir cevap vermedi, tam gözlerimin içine bakmaya devam etti. "Yankı sana inandı mı? O çok şüpheci birisi ve zeki de. Eminim sorgulayacaktır."

Lâl, başını hayal kırıklığıyla iki yana salladığında Yankı'nın kimseye güvenmediği kadar ona güvendiğini görebiliyordum. Ondan başka birisi orada olsaydı nedenleri araştırır, şüphesini körüklerdi ama Lâl'in tek bir cevabına inanmıştı çünkü en çok ona güveniyordu, ona inanıyordu.

Yankı, Lâl'in ona yalan söyleyeceğine ihtimâl bile vermemişti.

"Lâl," dedim tek nefeste. "Yalan söyledin. Küçüklüğünden beri ona söylediğin ilk yalanın mıydı?" Lâl ağır ağır başını olumlu anlamda aşağı yukarı salladı. "Ve şimdi pişmansın değil mi?" Karşılık vermedi. "Pişmansın," dedim. "Çünkü her yalanın sonunda bir ışık yanar, o ışık pişmanlıktır. Sen de çok pişmansın."

Uzanıp içki şişesini kafama diktim ve gitgide uyuşmaya başladığımı hissettim. İtiraf istiyordu, açıklama istiyordu, yalanına değsin istiyordu, o gerçek Helin'i istiyordu. "Sana kim olduğumu söyleyeceğim," dedim şişeyi ona uzatarak. "Ama bana böyle bakmaktan vazgeç çünkü canımı yakıyor."

Bakışlarını kaçırdı, şişeyi elimden aldı ve o da kafasına dikti sonra sırtını o da duvara yasladı. "Evet," dediğimde boğazım acıyordu çünkü yumru olduğunu hissedebiliyordum. İlk defa Sokak Nöbetçileri'nden birisine açıkça kim olduğumu söyleyecektim, ilk defa kendi kendimi açıkça onlardan birinin yüzünde hiç edecektim. Zordu, ağırdı, tek bir cümleydi ama o an alkolden mi, kanıma karışan cesaretten mi bilmiyorum söyledim: "Aranıza ajan olarak size ihanet etmek için gönderildim."

Zamanın bile durduğunu hissettiğim o birkaç saniyede yüzüne bakmadan şişeye uzandım sonra beklediğimden daha büyük yudumları içtim; zaman durdu, o yanımda oturdu ama benim ruhum o an yok oldu. Şişeyi kendimden uzaklaştırdığımda "İhanet için," diye tekrar ettim. "Sokak Nöbetçileri'ne bu yüzden adım attım." Acıyla güldüm. "Çünkü ben kötüydüm, çünkü ben hiçtim, çünkü ben gölgesi bile lanetli olan o kadındım. Başkalarına ihanet etmek ne kadar umurumdaydı ki?"

Omzumu silktim. "O yola adım attım, yürürken kendimi de yok edeceğimi bilemedim."

Şişeyi parmaklarımın arasından aldı; onun da benim gibi içtiğini anladım. Gözlerimi ellerime doğru indirdiğimde titriyorlardı; durduramazdım, durmazdı çünkü Yankı yoktu. Bu düşünce daha acılı bir şekilde gülmeme neden oldu. "Sonra sizi tanıdım, Sokak Nöbetçileri'ni. Yankı'yı... Ellerimin, dizlerimin, sesimin titremesini engelleyen o adamı tanıdım. İlk başta yürürken tökezledim, ayağımın ucuna taş koydunuz sandım ama benim kötülüğüm o taştı. Ben siz taşa takılmayın diye kendim önden gittiğimi fark ettim, düştüm de. Sonra koşmaya başladım, sizden kaçmak istedim fakat koştuğum yerin ucunda uçurum varken beni tutup geri çeken yine sizdiniz." Ellerimi yumruk yaptım. "Yoluma sizin sokak lambalarınız ışık oldu, ben Helin olamadım artık. Sonra ne yaptım biliyor musun?" Bakışlarımı ona çevirdim, göz göze geldik. "Hak etmediğimi anladım, o sokak lambalarını tek tek patlattım. Karanlıkta kaldım, sen o karanlıkta beni gördün."

Sanırım bu gecenin sonunda umutlu beş yaşındaki çocuk değil, o yaşlı kadın kazanacaktı ve yeniden doğduğum tarih bile lanetlenecekti. Gözlerime bakarken kırgınlığı hâlâ duruyordu ama bakışlarına başka bir duygu daha bulaştığında dudaklarını birbirine bastırdı. Lâl ilk defa bana benimle konuşmak istiyormuş gibi bakıyordu. "Ben ihanet ettim," dedim Lâl'e. "Sana ve size. Ama ben birçok kez ihanet ettim Lâl. Fakat şimdi sen böyle bakarken canım öyle çok yanıyor ki." Kafamı iki yana salladım. "Ben kötü biriyim, bencilim ama siz benim içindeki o yaşlı yorgun kadını öldürüyorsunuz." Gözlerimi kapattım; ağlamak istemiyordum. "Benim iyi biri olmaya ihtiyacım var."

Saniyeler geçti, sonra dakika. Bulunduğumuz yerin sessizliğini bölen yapmacık kahkahalar, onlar benim geçmişimi anlatıyor gibiydi ve bu sessizlik, geleceğimdi. Bir anda saçlarımda parmaklar hissettiğimde gözlerimi açtım, bir anne şefkatiyle Lâl'in saçlarımı okşadığını fark ettim. Gözlerindeki kızgınlık gitti, kırgınlık kaldı ama bana, beni yine anlıyormuş gibi baktı.

Lâl Sarca beni yine anladı.

"Lâl," dediğim anda kendimi tutamayarak onu kendime doğru çektim ve sarıldım. Başım omzuna yerleştiğinde gözümden bir damla yaş düştü, onun sıcak kollarına bulaştı. "Söz veriyorum," dediğimde kendime inanıyordum. "Sana bir daha asla ihanet etmeyeceğim." Lâl'in kolları yavaş yavaş yukarı tırmandı sonra o da bana sarıldı. "İstediğim kadar kötü birisi olayım," diye fısıldadım. "Bir daha sana asla ihanet etmeyeceğim."

Parmakları saçlarımda gezindiğinde kollarındaki anne sıcaklığı, daha önce tatmadığım bir sıcaklıktı.

Tam o sırada tuvaletin kapısı sertçe çalındı. "Lâl!" diye bağırdı Işık. "Helin!" Kapıyı zorladı. "Açın kapıyı, içeride olduğunuzu biliyorum. Kızlara ne yaptıysanız ağlaya ağlaya kaçtılar!"

Geriye doğru çekildiğimizde ikimiz de birbirimize bakıp Işık'ın söylediğine güldük. Lâl oturduğu yerden zorlukla kalkmaya çalıştı ama tekrardan alkolden dolayı yere düştüğünde dizlerinin üzerinde yürüyerek kapının kilidini açtı sonra yanıma geldi.

Işık içeri girdiğinde etrafa baktı sonra bizi yerde oturmuş gördüğünde gözleri şaşkınlıkla açıldı, tekila şişesine odaklandı. "Siz kafayı mı yediniz?" Eğildi. "Burada ne halt ediyorsunuz?"

"Sadece eğleniyoruz," dedim sessizce. "Biliyorum, o içerinin yapmacık havasından sen de sıkıldın. Yanımıza otursana." Hıçkırdım sonra gülmeye başladım halbuki az önce ağlamıştım. "Ay, pardon."

Işık ilk başta ne yapacağını bilemeyerek bir bize bir kapıya baktı daha sonra o da yanıma oturdu. "Siz sarhoş olmuşsunuz," diye fısıldadı. "Kafayı mı yediniz? Gözlerinize bakın, şaşı bakıyorsunuz!"

Lâl tekila şişesini Işık'a uzattı ve ben de gülerek "Bu ortam ayık kafayla çekilmezdi," dedim. "Yeniden doğuşum bir tuvalette oluyor kızlar! Harika değil mi?" Işık da bana katılıp gülmeye başladığında şişeyi alıp kafasına dikti ama bizim kadar fazla içmedi sonra sırtını duvara yasladı.

Üçümüz yan yana, o bize yakışmayan mekânın tuvaletinde duvara yaslanmış şekilde oturduk. Bir tarafımda Lâl Sarca vardı, bir tarafımda Işık Sarca. Bir tarafımda anne sıcaklığı, bir tarafımda kız kardeş sıcaklığı.

Onlar benim eksikliğini duyduğum kalbimdeki hislerdi.

Onlar o hislerin oluşturduğu yaraları iyileştiren güzelliklerdi.

Işık, başını omzuma yasladı. "Murat Can'dan etkilenmek isterdim," diye mırıldandı. "Bence o da benden gerçekten hoşlandı. Aptal, nasıl olur da ilk çıktığımız günü böyle bir yerde mahvedebilir?"

"Değil mi?" dedim göz ucuyla ona bakarak. "Keşke hamburger patates yeseydiniz..."

"Helin," dediğinde gülmeye başladı. "Senin teklifin sadece sana özel."

O sırada yere düşen çantamın içinde Sokak Nöbetçileri'nin bana verdiği telefon titrediğinde uzanıp fermuarını açtım ve telefonu çıkardım.

Ekranda onun ismini gördüğümde kalbimde bile sıcaklık oluşmuştu ve başım sanki hiç dönmüyormuş gibi daha hızlı dönmeye başlamıştı.

<u>***LİDERİN:***</u>

<u>Liderin konuşuyor, nasıl gidiyor? Umarım sarhoş olmamışsındır ve her şeyi hatırlayabilecek durumdasındır.</u>

Gülümsedim ve hızlıca mesajı yazmaya başladım.

<u>Liderimğ mi konuşuyhor? Hayır hiç sarhoffş değilişm. Sizin nasıl gidiyoğğr?</u>

"Yankı mı?" diye sordu Işık ve tekila şişesinden biraz daha içti.

Attığım mesajı bir daha okurken kelimeler birbirine giriyordu, telefonun ekranı dönüyordu. Titrediğinde hızlıca mesajı açtım.

<u>***LİDERİN:***</u>

<u>Hayatımda senin kadar ayık kafalı başka kimse görmemiştim. Ekrana kör gibi bakmaktan vazgeç.</u>

<u>Sizin nasıl gidiyor?</u>

Yazdığım mesajlara özellikle dikkat etmeye çalıştım, kelimeleri yazarken özellikle harflere dikkat ettim.

<u>***LİDERİN:***</u>

<u>Güzel bir gece.</u>

Mesajı okurken kaşlarım çatıldı ve kendimi tutamayarak arama tuşuna bastım, telefonu kulağıma bile koymadım fakat açmadığını ekrana bakarak anlayabiliyordum. Telefon meşgule düştüğünde yine mesaj attı.

<u>Açamam, müsait değilim. Aşırı kalabalık bir yerdeyiz ve yanımda başkaları da var.</u>

Başımı çevirip Lâl'e ve Işık'a baktım; ikisi bir konuşmanın içindeydi ve gülüyorlardı. Tuvaletin içindeydik, önümüzde bir tekila şişesi vardı.

<u>Çok eğleniyoruz, dans ediyoruz, o kadar çok yoruldum ki oturdum. Lâl ve Işık da çok eğleniyor. Özellikle Lâl...</u>

Duraksadım ve bakışlarımı Işık'a çevirdim. "Şu an onlar ne yapıyorlardır?" İkisi başlarını çevirip bana baktılar. "Turkuaz iç çamaşırı partisi veriyor olabilirler mi?"

"Sanmıyorum," dedi Işık. "Yankı'nın artık başka bir kadınla görüşeceğini sanmam."

Kaşlarım çatık bir şekilde mesaj kutusunu tekrardan açtım.

Büyük bir partide misiniz? Asular ve Senalar var mı? Ha bir de BERİL! HANİ ŞU LİSEDE ÖPTÜĞÜN KIZ!

Mesajı beklerken, saate baktım ve yeniden doğduğum tarihin bitmesine birkaç dakika kaldığını fark ettim. O sırada mesaj geldiğinde hızlıca tıkladım.

LİDERİN:

Beril mi? Hani şu ilk öptüğüm kız mı? Işık anlatmış.

Dişlerimi sıkarak telefonu sertçe yere bıraktığımda yine titredi ama bakmadım. Lâl ise uzanıp telefonu elime tutuşturdu, mesajı açtı.

Çok eğleniyoruz, sonra yazarım, olur mu?

"Hah," dedim ve öfkeyle gözlerimi Lâl ile Işık'a çevirdim. "Çok eğleniyorlarmış."

Hızlıca mesaj yazmaya başladığımda Işık'ın sesini bile duymuyordum.

Seni lanet olasıca lider bozuntusu! Bugün yeniden doğdum, yirmi altı ekim, önemli tarih ve bir mekânın tuvaletinde yerde oturuyoruz! Sarhoşum, çok içtim ama sana ne? Umarım kafana bu sefer turkuaz iç çamaşırı değil, şişe geçirirler. Bu bana çok güzel bir hediye olur!

Üstte çevrimiçi olduğunu görebiliyordum ve bu daha fazla öfkelenmeme neden oluyordu; Işık kolumu tutsa da ona aldırmıyordum. Şu an onunla kavga etmek istiyordum, yüzüne yumruk atmak istiyordum, tekmelemek istiyordum.

Yazıyor, göründü. Sonra sildi ve tekrardan yazmaya başladı.

Birkaç saniye sonra mesaj attığında yazdıklarını tekrar tekrar okumak zorunda kalmıştım.

LİDERİN:
Tuvaletten çık. LİDERİN seni bekliyor, sürpriziyle beraber.

Defalarca okudum, anlayabilmek için bir de sesli okudum ve bakışlarımı Işık'a çevirdim. "Sanırım," dedim sonra sustum ardından zorlukla ayağa kalkıp çıplak ayaklarla sendeleye sendeleye tuvaletten çıktım. Peşimden Lâl ve Işık da geldi.

Barı geçtiğimizde ve başım kalabalıktan, sesten dolayı daha fazla dönmeye başladığında gözlerimi kısarak etrafa baktım. Ortada dans eden insanlar vardı, müzisyenler, masadaki yapmacık insanlar. Başka hiç kimse yoktu; o yoktu. Her yer bıraktığımız gibiydi. O olsaydı, çoktan bulunduğum yerin ruhu bile değişirdi.

"Helin," dedi Işık. "Çok sarhoşsun, kendine gel."

O an Işık'ın beni dengelemek için tuttuğunu anladım, adımlarım bile hareket edip duruyordu, insanları çift görüyordum.

"Yankı," diye geveledim. "Buradaymış..."

"Ne?" dedi bir anda ve o da etrafa bakmaya başladı. Tek tek insanların yüzlerine baktım, Murat Can'ın oturduğu masaya doğru yürürken Işık Lâl ve benim kolumuza girmişti. Elimdeki telefon titredi, bakışlarım telefonuma kaydı ve mesajı okudum.

LİDERİN:
Tam karşındayım, Helin. Tam karşında ve seni izliyorum. Hem de saatlerdir.

Bir anda şarkı kesildiğinde ve müzisyen mikrofonu eline aldığında başımı eğdiğim yerden kaldırdım; tam karşıma baktığımda ise onu gördüm. Yankı'yı. Bakışları direkt olarak benim üzerimdeydi, parmağıyla müzisyene beni işaret etti. Alkolden dolayı hayal mi görüyordum, yoksa o gerçekten burada mıydı? Hayal olmalıydı çünkü Yankı'nın üzerinde fazlasıyla çirkin, kuş desenleri ve güller olan yarım kollu bir gömlek, altında kot şort vardı. Saçları dağınıktı, boynuna saçma sapan zincirden bir kolye takmıştı, kulaklarında küpe takmadığı hâlde küpeleri vardı. O kimdi, neler oluyordu?

"Helin Aktan," dedi müzisyen. "Yeniden doğdun!" Bir anda ışıklar kapatıldığında ve garsonlardan bir tanesi benim yanıma doğru elinde tuttuğu bembeyaz doğum günü pastasıyla geldiğinde herkesin gözleri benim üzerimdeydi, benim gözlerim ise Yankı'daydı. Sarsıldım, geriye doğru düşecek gibi olduğumda Işık beni omuzlarımdan tuttu.

"Hayal mi görüyorum?" diye fısıldadım Işık'a. "Öldük mü alkolden? Zaman mı hızlı ilerliyor? Bayılacağım..."

"Hayır," dedi Işık ve güldüğünü anladım. "Yankı sürpriz yapmış!" Sonra duraksadı. "Ama neden böyle giyindiğini anlayamadım..."

Garson tam önüme pastayı getirdiğinde bir tane mumun dikili olduğunu fark ettim; Yankı karşıdan beni izlemeye devam etti.

"Dilek dileyin," dedi garson. "Bu sizin yeni hayatınız ilk doğum günüymüş."

Ağlamak istiyordum, dizlerimin üzerine çöküp hıçkıra hıçkıra ağlamak istiyordum ve bunun tek nedeni mutluluktu. Nasıl tepki verebileceğimi bilemiyordum, insan bu denli mutlu olunca ne yapardı ki? İçim içime sığmıyordu, içimde yeşeren güller ve çiçekler vardı. Pastaya bakarken, gözlerimden yaşlar düşmeye başlamıştı ve gülüyordum; öyle sarhoştum ki aklım durmuştu. Işık kolumdan tutmasıydı çoktan yere düşerdim, bunu da biliyordum.

Gözlerimi kapattım.

İç sesim dedi ki, *Yankı hep seninle olsun.*

Umutlu çocuk dedi ki, *Yankı hep seninle olsun.*

Yaşlı kadın dedi ki...

O sustu.

"Yankı," diye fısıldadım sessizce. "Hep benimle olsun."

Sonra o mumu üfledim, ben üflediğim an, alkış sesleri yükseldi ve gözlerimi açtığımda ışıkların açılmış olduğunu fark ettim. Yaşlar yanaklarımdan süzülmeye devam ederken gülümseyerek Yankı'nın olduğu tarafa doğru baktım ama o artık yoktu, gitmiş miydi? Hayal miydi?

Müzik sesi bir kez daha yükseldiğinde etrafa bakmaya devam ettim ve onları gördüm; onları gördüğüm anda gerçekten bir rüyanın içinde olabileceğine emin oldum.

Mutlu ve Bartu. Karşıdan bizi izliyorlardı ama kendileri gibi değillerdi. Bartu'nun üzerinde siyah, dar bir takım elbise vardı, boynunda da papyon.

Mutlu... O kadın gibi giyinmişti! Siyah kalem eteği, beyaz, dar gömleği ve ayağındaki siyah topuklu ayakkabıları... Saçlarını düzleştirmişti, dudaklarında kıpkırmızı ruju vardı. Uzaktan çok güzel bir kadınmış gibi görünüyordu.

"Helinski!" diye haykırdı o taraftan. "Yeniden doğdun!"

"Yeniden doğdun!" dedi Bartu da ona katılıp. "Ve biz de buradayız!"

"Mutlu," dedi Işık ve kolumu bıraktığında tökezledim, Lâl ile birbirimizden destek olduk. "İnanamıyorum, buraya gelmişler ama nasıl..."

Mutlu ve Bartu, Murat Can'ın oturduğu masaya doğru yürümeye başladıklarında Mutlu ayağındaki ayakkabılarından dolayı zorlanıyordu ve Bartu'nun koluna girmişti. Elimle ağzımı kapatıp "Gerçekten rüyadayım," diye mırıldandım ve onlara doğru yürümeye başladık. "Bu nasıl saçma bir rüya?"

"Mutlu," diye bağırdı Işık tekrardan. "Siz buraya nasıl girdiniz?"

Mutlu, saçlarını havalı bir şekilde arkaya attığında Murat Can şaşkınlıkla onları izliyordu. "Mutlu değil hanımefendi," dedi ince bir sesle. "Ünlü iş insanı Tekin Gemicioğlu Bey'in eşi Belgin Gemicioğlu ben." Bartu'yu gösterdi. "Bu da eşim, Tekin. Biz çılgınlar gibi sevişiyoruz gördüğün gibi."

Birkaç masa bizim olduğumuz tarafa doğru bakıyor, neler olduğunu anlamaya çalışıyordu.

O sırada Yankı'nın sesini duydum. "*Hi*," dedi konuya dâhil olarak. "*My name is Jack Smith*."

Arkama döndüğümde onunla direkt olarak göz göze geldik. Dengem yine sarsıldığında ve artık desteğini alacağım Lâl'in de yanımda durmadığını fark ettiğimde neredeyse düşüyordum fakat Yankı uzanıp hızlıca kollarımdan beni tuttu. "Yankı," dedim, yüzümü buruşturdum. "Bu ne kadar saçma bir rüya? Neler oluyor?"

Murat Can ayağa kalkıp "Sen," dedi Bartu'ya doğru. Sonra Mutlu'ya döndü, onu tanıyamadı. "Sen de kimsin? Neler oluyor?" Işık'a döndü. "Kardeşin evli miydi?"

"Elbette evli," dedi Mutlu ince bir sesle sonra yüzünü buruşturdu ve kendini topladı. "Lan kıl yumağı, beni tanıyamadın mı?"

"Sen kimsin?" diye sordu anlamayarak.

"Mutluga Belgintos Sarcaios Gemicioğlugil," diyerek saçma sapan bir ismi ortaya attı. "Kısacası senin celladın. Hazır mısın? Birazdan mahvolacaksın."

"Hey!" Işık onların arasına girdiğinde Bartu Mutlu'dan uzaklaştı, direkt Lâl ile konuşan esmer çocuğa doğru ilerledi.

"Sen," dedi ellerini omuzlarına koyarak. "Seç, yumruğumla mı ölmek istersin, tekmemle mi?" Önündeki makarna yemeğine baktı. "Ben buldum, makarna yiyerek ölmek istersin." Bir anda adamın kafasını sertçe tabağa geçirdiğinde yanındaki sarışın olan ayağa kalktı fakat Bartu, onun yüzüne sertçe yumruk attığında ve geriye doğru düştüğünde makarnaya batırdığı yüzünü kaldırdı. "Lâl!" diye seslendi. "Bu ağzıyla sana yürüdü değil mi bu?"

Lâl, sendeleyerek Bartu'yu ayırmaya çalıştı ama bu imkânsızdı. Müzik sesi durmuştu, herkes ayağa kalkmıştı ve çığlık sesleri duyuluyordu. Bir anda bütün dengeler öyle bir değişmişti ki yetişemiyordum.

Mutlu, hızlıca ayağındaki ayakkabıları çıkardı ve ellerine geçirip Murat Can'ın üzerine doğru yürümeye başladı. "Sen," dedi sonra öne doğru elini salladı, Murat Can geriye doğru çekildi. "Benim kardeşime demek parlak dedin öyle mi?"

"Sen bunu nereden..."

"Yankı," dedi az önce oturduğumuz masadaki orta yaşlı adam. Gözlerim onlara döndüğünde elim başıma doğru gitti. "Benim görevim bittiyse gideyim."

"Evet," dedi eliyle omzunu sıvazlayarak. Yankı iki tane miydi yoksa ben mi öyle görüyordum? Üzerindeki gömlekteki kuşlar ötüyor gibiydi. "Bu kadardı."

"Neler oluyor," diye mırıldandım.

"Ah!" diye haykırdı bir anda Mutlu. "Bartu, yetiş resmen bu adam topuklu ayakkabıyı kulağıma soktu, ağzımdan çıkardı, mideme indirdi. Ah! Bartu, öleceğim, kulak zarım yok artık duyamıyorum!" Murat Can'ın tek yaptığı Mutlu'nun ellerini tutmaktı.

Bartu, yüzünü makarnaya sürttüğü adamı bırakıp o tarafa doğru ilerlediğinde Murat Can Mutlu'yu bıraktı. "Bir saniye," dedi geriye doğru adımlar atarak. "Bakın, tanışabiliriz. Benim adım Murat," elini uzattı, "gerçekten kardeşinizden hoşlanıyorum."

"Murat mı?" diye bağırdı Bartu. "Koyayım da kendi etrafında defalarca tur at puşt!" Sert bir yumruğu Murat Can'ın yüzüne geçirdiğinde masaya doğru düştü.

"Hoşlanmak mı?" diye sordu Mutlu diğer taraftan. "Ondan hoşlanabilmek için vizen, pasaportun olması gerek. O vize ve pasaportu da sadece biz çıkarabiliriz."

"Durun!" diye haykıran Işık'ı kimse dinlemiyordu. Lâl ise sandalyeye oturmuş, artık Bartu'yu durdurmayı bırakmış son kalan şampanya yudumlarını içiyordu. Bir eli yanağındaydı.

"Neler oluyor," dedim Yankı'ya bir kez daha. Ortalık karışmıştı, kapıdaki güvenlikler masaya doğru yaklaşıyordu.

Yankı, kollarımı daha sıkı tuttu; sarsılmaya devam ettim. "Mekâna rezervasyonla alınıyormuş," diye açıklamada bulundu. "Bunu öğrendiğimizde yapabilecek pek bir şeyimiz yoktu. Mutlu ve Bartu listedeki evli bir çiftin yerini almak zorunda kaldı. Ve ben... Jack Smith oldum, İngiliz bir gezgin." Gömleğini gösterdi, kolyesini ve küpelerini. "Böyle giyinmek zorundaydım."

"Yankı..." dedim ve onu süzdüm. Kendinden o kadar farklı görünüyordu ki daha fazla kendimi tutamayarak kahkaha atmaya başladım. "İnanamıyorum," dedim kahkahamın arasından.

Bir tarafta mini eteğini yukarıya çekmiş, Murat Can'ın sırtına topuklu ayakkabılarını geçiren Mutlu vardı. Bir tarafta kavga ederken üç kişiyi karşısına alan Bartu. Bir yandan da Lâl'e dönüp el sallıyordu. Işık çığlıklar atıyordu. "Bu," dedim gülmeye devam ederek. "Yeniden doğduğumun ilk günü ve hayatımda geçirdiğim en garip gün. Eğer rüya değilse asla ama asla unutamam. Aldığım en tuhaf hediyelerden bir tanesi. Sen ve kuş desenli gömleğin..."

Güvenlikler Bartu'yla Mutlu'nun yanına geldiklerine Yankı o tarafa doğru baktı daha sonra elini cebine attı. "Dinle," dedi. "Ama gerçekten dinle ve şaşı bakmaktan, gülmekten vazgeç. Ciddi bir şey söyleyeceğim." Gülmeyi bıraktım, hıçkırdım ama dudaklarımı birbirine bastırdım. "Hediyelerin sadece bu kadar değildi," dediğinde cebinden iki kâğıt parçası çıkardı. "Başka bir hediyem de var."

Dışarıdan polislerin siren sesleri geldi, güvenlikler Bartu'yu ve Mutlu'yu zor tutuyorlardı. İnsanlar koşturuyordu, izleyicilerin keyifleri tamamen kaçmıştı. "Başka bir hediye mi?" dedim ve gözlerimi kocaman açtım.

Yankı, elime uzandı, avcumu açtı ve o iki kâğıt parçasını avucumun içine bıraktı. Başımı eğip baktım ama yazan hiçbir şeyi okuyamadım, kelimeleri seçemedim, kaşlarım çatıldığında bakışlarım tekrardan onun yüzüne kaydığında başımı salladım.

"Romantik komedi filmine iki bilet," diye açıklamada bulundu. Tanrı, yaşlı yorgun kadının lanetini bu gece kaldırmıştı, umutlu çocuk gülümsüyordu. "27 Ekim, Pazar. O tuhaf teklifini kabul ettim."

19.

KİLİTLİ HAYALLER

Helin Aktan'ın güncesinden...

27.10.2019, Pazar

Rüya değildi, hayâl değildi, kâbus hiç değildi.
Romantik komedi filmine iki bilet.
Yankı Sarca kabul etti.

~~"Altıncı Sokak Nöbetçisi, Helin"~~
"Sadece Helin"

Yankı Sarca'nın güncesinden...

27.10.2019, Pazar

Açıklayacak cümle yok.
Hamburgerler.
Patatesler.
Romantik komedi filmleri.
Gerçekten romantik komedi filmleri mi?
Ben ne yaptım?

"Beşinci Sokak Nöbetçisi, Yankı Sarca"
"Sonuncu Sokak Nöbetçisi, Yankı Sarca"

Hayatım boyunca gördüğüm bütün rüyaları toplasam bile hiçbirisi şu anki gerçeklikten daha eşsiz ve daha farklı olamazdı. Anlayamıyordum, yetişemiyordum, rüyamda herkesi çift görüyordum. İki tanelerdi, karşılarında aynalar var gibiydi. Güzeldi, kalbimi sıkıştıracak kadar hem de. Fakat bir o kadar da saçmaydı. Neredeydik? Kimleydik? Ayaklarım yere sağlam basıyor muydu, yoksa uçuyor muydum?

Jack Smith de kimdi?

Yankı Sarca'ya ne yapmıştı?

Yüzümü buruşturdum. Ona bakarken başım daha şiddetli dönüyordu, duyduğum kuş sesleri kesinlikle üzerindeki gömlekten geliyor olmalıydı. Dudaklarımı büktüm, kaşlarımı havaya kaldırdım. Altındaki şortunda zincir mi vardı? Ayağındaki kırmızı Converse ayakkabıları?

Yüzüme bakarak bir şeyler söyledi, kolumu birisi tutuyordu. Gözlerimi ağır ağır beni tutan ele çevirdim, yaralı eldi. Bu Yankı'nın eliydi. Bakışlarım tekrardan ona döndü, üç kişiye dönüştü sanki ve yüzüme doğru yaklaştı.

Rüya olabilir miydi?

Üç Yankı Sarca... Hayır, üç Jack Smith.

"Üç kişisin Jack Smith," diye mırıldandığımda uzanıp ona dokunmak istedim ve elime tutuşturduğu kâğıtları hissettim. Parmaklarım havada kaldığında bakışlarım yine kâğıda döndü. Kelimeleri okumaya çalışırken "Jack," dedim nefesimi vererek. "Bu..." Sustum, bana söylediklerini düşünmeye başladım ve o an ışıklar bile olduğundan daha parlak görünmeye başladı. Midemde karıncalanma oldu, yıldızları göremesem bile hissettim; o üç kişi de benim kalbimi sıkıştırdı.

Yeni vizyona girmiş yabancı bir filmdi, daha önce adını duymuştum ve romantik komedi filmi olduğunu biliyordum. Tarih yarını gösteriyordu, saat yirmi otuzu.

Yarın Jack Smith ile sinemada saat sekiz otuzda randevum vardı.

"Bu bir randevu," diye mırıldandığımda bakışlarım onun gözlerine çevrildi. Jack Smith'in turkuaz gözleri altı taneydi ve böyle daha da etkileyici görünüyordu.

Romantik komedi filmine iki bilet. Yirmi Yedi Ekim, Pazar. O tuhaf teklifini kabul ettim.

"Jack," dedim kafamı iki yana sallayarak. "Bu bir randevu." Derin bir nefes verdiğimde herkesin bahsettiği o kelebekler şimdi midemin içindeydi ama güzel bir his değildi aksine midemi bulandırıyordu; alkolün içinde yüzen kelebeği kurtarmak istiyordum. "Fakat üçünüzle de mi?"

Bir şeyler söylüyordu ama duyamıyordum; kalbimin gürültüsü kulaklarıma dolmuştu ve heyecandan dolayı başımın dönmesi, uğultulara dönmüştü. Çevrede yüksek bir ses vardı, insanların bağırışlarını işitebiliyordum. Zaman çok yavaş ilerliyordu, insanlar çok yavaştı, bir tek o normaldi. Böyle sahneler sadece o romantik komedi filmlerinde olur sanıyordum ama şimdi o anın içindeydim. Savaş çıkmıştı belki de silahlar patlıyordu; insanlar kaçışıyordu ama benim zamanımı yavaşlatan adamın adı Yankı Sarca'ydı.

Belki de Jack Smith?

"Helin," dediğinde kolumu daha sıkı tuttu. "Bana kulaklarının duyduğunu, gözlerinin gördüğünü söyle." Polisler mi gelecekti yanlış mı duyuyordum? Hem polislerden kurtulsak bile kapıdaki iri yarı adamları durdurabilmek neredeyse imkânsız görünüyordu. Midemin daha fazla bulandığını hissettim; karnım ateş içinde kaynıyordu, kelebekler boğulmayı bırakmış, yanıyorlardı.

"Jack," dedim kısık bir sesle. "Siz benim teklifimi..." Yutkundum. "Jack, inanamıyorum."

"Lanet olsun," dedi ve yüzünü buruşturdu. "Bana Jack demekten vazgeç ayrıca siz kim?"

Parmağımı kaldırdım, onu işaret ettim. "Sen Jack Smith..." Diğer tarafını gösterdim. "Sen Yankı Sarca." Üçüncü olana döndüğümde dudaklarımı büktüm. "Sen kimsin bilmiyorum ama çok sert bakıyorsun. Bu üç kişi arasında teklifimi kabul eden Jack Smith, biliyorum."

Yankı, kafasını iki yana salladı, onun arkasından yanındaki iki kişi de aynısını onunla beraber tekrar etti. "Sadece bana bak," dediğinde gözlerimin döndüğünü hissedebiliyordum. "Sadece bana. Jack Smith yok, üç kişi de yok."

Sanki ayağım kaydı ya da benim dengem yerindeydi, dünya sarsılmak istedi bilmiyorum, yere düşecek gibi oldum fakat Yankı, bir anda belimden tuttu, beni kendine yaklaştırdı. Gözlerimi kocaman açıp ona bakarken, bir elim gömleğinin yakasını tuttu. "Başım," dedim zorlukla. "Dönüyor Jack. Kulaklarım uğulduyor. Zaman çok yavaş. Aynı romantik komedi filminde olduğu gibi. Senin sayende."

Yüzü yüzüme yakındı ve eli belimi sımsıkı tutarken bir yandan da bakışları etrafta geziniyordu. İlerideki birine seslendiğinde ondan gözlerimi ayıramıyordum. "Benim sayemde mi, alkol sayesinde mi?" dedi bana baktığında. "Eğer benim sayemdeyse hayatım boyunca hiç tekila şişesi olmamıştım, bunu yaşattın."

"Ha?" Yanımıza doğru koşan Işık'ı fark ettiğimde saçı, başı dağılmıştı. "Işık," dedim ona doğru. "Bak bu Jack. Jack Smith. Kendisi bir gezgin. Ve benim teklifimi..."

"Işık." Yankı, lafımı hızlıca kesti. "Helin'i tut, güvenlikler daha fazla duramayacak, polis daha fazla oyalanamayacak. Kaçmamız gerek." Işık, bana doğru uzandığında yüzümü ekşitip Yankı'nın göğüs kafesine daha fazla sokuldum, onun yanında kalmak istedim. "Hey," dedi bana bakarak. "Eğer beni bırakmazsan birazdan mahvolacağız."

"Mahvolalım," dedim çekinmeden.

Yankı, beni sımsıkı tutarken, yürütmeye başladı ve adımlarımı bile onun sayesinde attığımı fark ettim. "Helin," dedi Işık bana doğru. "Şu an sırası değil." Işık Yankı'ya öfkeli bakışlar atıyordu. "Ona odaklanma."

"Odaklanacağım, mahvolalım!" diye direttiğimde gömleğine öyle çok asılıyordum ki düğmelerinden birkaçı koptu. "Jack! Nasılsın?" Onu bırakmadım, geriye doğru çekilmek istedi ama öyle sıkı tuttum ki gömleği avucumun içine toplandı.

"Helin iyiyim," diye mırıldandığında beni kendinden uzaklaştırmaya çalışıyordu, koala gibiydim. "Mahvolacağız Helin, gerçekten mahvolacağız."

"Jack Smith!" diye karşılık verdim. "Ben de bunu istiyorum!"

Işık beni omuzlarımdan tuttuğunda sakinleştirmek istermiş gibi kulağıma "Hepimiz mahvolacağız," diye fısıldadı. "Şu an gerçekten sırası değil, lütfen otur." Yankı'nın yüzüne bakmaya devam ettim, kaşlarım daha fazla çatıldı ama dikkatim dağıldığında Yankı kendisini benden kurtardı.

Bir sandalyeye oturtulduğumu hissettiğimde hemen yan sandalyede Lâl'in oturduğunu fark ettim. Işık, omuzlarımı tutmuştu, beni oturmaya zorluyordu. Lâl ile göz göze geldik, uzun uzun bana baktı ardından elindeki bitmiş şampanya şişesini uzattı. Elinden çekip aldığımda ve kafama diktiğimde birkaç damla dilimin üzerine düştü. Şişeyi masaya yine bıraktığımda aynı anda Lâl ile gülmeye başladık.

"Belgintos seni sikintos," diye haykıran sesi tanıyordum, o Mutlu'ydu. "Belgintos Mutluga Sarcaios, seni mahvediyos!"

Bakışlarım tam karşıma döndüğünde çift gördüğüm Bartu'yu zihnim bile kaldıramayacak durumdaydı. O kadar kocaman görünüyordu ki karşımda bir çizgi film karakteri gibiydi. Boynundaki papyonu çıkarmış, önünde oturttuğu esmer adamın ağzına bağlamıştı. Adamın ağzı fiyonk gibi dururken tepesinde "Lan hediye paketi," diye bağırıyordu. "Seni düğünüme hediye olarak getirteceğim, pastanın üstüne dikeceğim."

Sarışın adam ise Bartu'nun bir kolunun altındaydı, arada sırada onun kafasını esmer olanın kafasına vuruyor sonra tehlikeli bir kahkaha atarak gülüyordu. Yanına yaklaşan Yankı'yı gördüğümde bakışlarımız kesişti ve elimi sallayıp "Jack!" diye bağırdım. "Buradayım, buradayım! Bak bana!"

"Sırtımdan insene!" Murat Can'ın sırtına binmiş olan Mutlu'nun eteği arka tarafından derin bir şekilde yırtılmıştı. Ellerine geçirdiği topuklu ayakkabılarla Murat Can'ın kafasına sert bir şekilde geçiriyor, arada sırada dişlerini Murat'ın omzuna geçiriyordu. "Kardeşine yanlış hiçbir şey yapmadım!"

"Belgintos seni öldürecek," diye haykırdı Mutlu. "Kardeşimin elini öptün!" Murat Can'ın kafasına tükürdü. "Ben senin bildiğin Belgintoslara benzemem aslanım!"

Lâl, ellerini çenesine yaslamış, olanları izliyordu ve ben de aynı şekildeydim. "Lâl," dedim ona bakarak. "Görüyor musun orada üç kişi var. Yankı Sarca, Jack Smith ve Bay Anonim." Gözlerim kocaman açıldı. "Jack Smith hiç gitmesin çünkü bana muhteşem sürprizler yaptı."

Lâl, bakışlarını bana çevirdiğinde ne demek istediğimi anlamamıştı ama yine de kafasını sallayıp bana katıldı.

"Konuşarak anlaşabiliriz!" Murat Can'ın sesi inliyordu. "Sizinle kavga etmek istemiyorum."

"Konuşarak mı?" Papyonu, adamın boğazına sokmaya çalışan Bartu kaşlarını çattı. "Benim lügatimde konuşmak yok. Sen bir kum torbasısın mesela. Yumruklanmak için dünyaya gelmişsin."

Yankı'yı gördüm, Bartu'nun kafasını sıkıştırdığı sarışın adamı, Bartu'nun elinden çekiyordu. Beni anlayan tek kişiydi. "Jack!" diye haykırıp ayağa kalktığımda ellerimi çırptım. "Biliyor musun, o adam bana teklif konusunda katıldı, haklı olduğumu düşünüyordu!"

Yankı'nın bakışları bana döndü, kaşları öyle bir çatıldı, öyle bir ters baktı ki Lâl'in kolumdan tutup beni geri yerime oturtması bir oldu.

Yankı Sarca kolay kolay kavga etmezdi, biliyordum. Bartu gibi keyfine göre birini yumruklamazdı, sıkıştırmazdı. İlk önce zekâsını konuştururdu, zekâsıyla karşısındaki alt ederdi; onun için şiddet son ihtimaller arasında olmalıydı.

"Bak şimdi," dedim Lâl'e doğru. "Yankı'yı görüyor musun? Her şeyi konuşarak halledecek."

Işık, Mutlu'yu Murat Can'ın sırtından almaya çalışırken bize doğru bağırdı. "Sizi mahvedeceğim! Şu halinize bakın! Beni yalnız bıraktınız!"

"Hey," dememle yüzümü buruşturmam bir oldu. "Murat Can gördün mü? Zengin mekânlardan Işık hiç etkilenmiyor, onu kandıramadın!"

"Helin!" diye haykıran Işık'ın sesini Mutlu'nun çığlığı kesti.

"Sen!" dediğinde Murat Can'ın sırtından indi. Arkasından önüne doğru yürüdüğünde ellerindeki topuklu ayakkabıları da yere düştü. "Benim kardeşimi kandırabileceğini sandın bir de öyle mi? Benim kardeşimi zengin, görgüsüz, loca erkeği olarak kandıracağını düşündün öyle mi?"

Yankı, sarışın adamı Bartu'nun kolundan kurtarmıştı. Oturduğum yerden zorlukla kalkıp yalpalaya yalpalaya onların yanına doğru yürüdüğümde sandalyelerden ve tanımadığım insanlardan destek alıyordum, insanlar benden zararlı bir maddeymişim gibi kaçıyorlardı. Hayır, insanlar bizden kaçıyorlardı; çevremizdeki birçok masa dağılmıştı, tabaklar yerdeydi, büyük ihtimâl bunları yapan Bartu'ydu.

Sarışın adamla gözlerimiz kesişti. "Hey," dedim ona gülümseyerek ve Yankı'ya baktım. "Biliyor musun, çıkma teklifi konusunda beni haklı bulan tek kişi bu adamdı. Neydi adın?"

"Siz..." Sarışın adam, Bartu'ya ve Mutlu'ya baktı. "Onlar kafayı yemişler." Yankı'ya döndü. "Aklı başında sadece sen görünüyorsun." Kaşlarını çattı. "Bir saniye, ben seni okuldan tanıyorum."

Yankı dinlemeye devam etti ve gözlerini sarışın adamdan ayırmadı. "Evet," dediğimde dirseğimi Yankı'nın omzuna attım. "O her zaman ortalığı toplar, yumruk atmak ve dövmek hep son seçeneği olmuştur." Gülümsedim. "Öyle değil mi? Jack de öyle düşünüyordur..."

"Jack mi?" Sarışın adam gözlerini açtı. "Sen Türk değil miydin?"

"Türk," dediğimde sırıttım. "Jack Smith başka bir kişiliği olmalı. Benim teklifimi kabul eden kişiliği."

"Ha?" Sarışın adam bakışlarını bana çevirdiğinde kaşları çatıldı. "Teklif mi? Ne teklifi?"

"Hamburger patates," diyerek omzuna hafif bir yumruk attım fakat Yankı, sertçe beni arkasına çektiğinde bakışları yüzüme döndü. Kısık sesle "Romantik komedi filmleri," dedim. "Jack, neden öyle bakıyorsun?"

"Bana Jack demekten vazgeç," dediğinde kaşları çatılmıştı.

"Bir saniye," sarışın adam ellerini kaldırdı. "Siz yani, ikiniz..." Kafasını salladı. "Dostum, bilmiyordum, ben onu sandım ki... Yalnız yani...

Ya da ne bileyim… Çıkma teklifi falan dediğinde ben bana ışık yakıyor sandım…"

Yankı'nın bakışları benim üzerimden sarışın adama döndüğünde yüzünü göremiyordum. Bir adım attı, sonra başka bir adım daha. "Şimdi her şeyi konuşarak halledecek," dediğimde Yankı'nın beni tutan eli uzaklaştı. "Ortamı sakinleştirecek... Öyle değil mi Jack?"

"Konuşarak halletmek mi?" dedi bu sefer daha baskın bir sesle ama gözleri karşısındaki sarışın adamdan ayrılmıyordu. "Jack Smith konuşarak mı anlaşır?"

"Kabul etti!" dediğimde sarışın adamın üzerine yürümeye devam ediyordu. "Gördün mü, o Jack Smith'miş!"

"Dostum, dinle," diyen sarışın adam gözlerini kocaman açmıştı. "Bana senden hiç söz etmedi, ben bilseydim..."

"Korkma korkma," diyerek onu sakinleştirmek istedim. "O hep zekâsını konuşturur, biriyle kavga etmesi için çok önemli bir şey olması gerek. Kuralları var."

Sarışın adam bana inanmak istiyormuş gibi baktığında gözlerini Yankı'ya çevirmiyordu. "Evet," dedi Yankı. "Biriyle kavga etmem için çok önemli bir şey olması gerek, benim birini yumruklamak istemem için canımın çok sıkılması gerek."

İkisi de durdu, birbirlerine çok kısa bir süre baktılar. Yüzümdeki gülümseme nasıl görünüyordu bilmiyordum ama ortamın sakinleşmeye başlayacağına adım kadar emindim.

"Ve sen benim canımı sıktın." Bir anda, o yavaş ilerleyen zamanda bile hızlı bir yumruk sarışın adamın yüzünde patladığında gülümsemem dondu kaldı, gözlerim kocaman açıldı. Geri geri sendeledi, eli burnunu tuttu sonra yere düştüğünde Yankı "İyi dinle," diye mırıldandı. "O yalnız değil, ben varım ve benim yanımda. Bir daha ona yaklaşmayacaksın, senin nasıl bir şerefsiz olduğunu ve amacını biliyorum, seni ben de tanıyorum."

Adamın burnunun kırıldığını fark ettiğimde o tarafa doğru ilerlemek istedim ama Yankı, yine kolumdan tutup beni diğer tarafa doğru yürüttü. "Jack Smith," dediğimde bakışlarım onun sırtındaydı. "Sen birine canın sıkıldı diye yumruk mu attın? Neden? Kurallar!"

"Sikeyim kuralları," dedi dişlerinin arasından.

"Lâl!" Bartu, esmer olanın boynundaki kravatı tasma gibi tutmuş, başını geriye doğru yatıyordu, adam ise dizlerinin üzerindeydi. "O sana bu ağzıyla yürümüştü değil mi? Bak, ağzını bir daha açamayacak." Masanın üzerindeki patateslerden ağzına birkaç tane attı sonra gülümsedi. "Düşmedim deme bana, düştün değil mi bu hareketime?"

"Sen benim kardeşimi kandırmaya çalışmak demek..." Mutlu, yere düşen topuklu ayakkabılarını zorlukla giydi sonra Murat Can'a doğru yürüdü. Saçını geriye doğru attığında "Sen," dedi ve sonra Mutlu'dan beklemeyeceğim şekilde Murat Can'ın yüzüne ağır bir yumruk indirdi. Murat Can bunu beklemediği için şaşkınlıkla çenesini tuttuğunda Mutlu yine saçını arkaya attı. "Bu kardeşimi kandırdığın içindi." Başka bir yumruğu daha geçirdiğinde gülümsedi. "Bu da diğer kandırdığın kadınlar için. Hem de bir kadın olarak attım yumruğu!"

Murat, öfkeyle nefesini verdiğinde dişlerini sıkarak Mutlu'nun üzerine doğru yürüdü fakat Işık "Murat!" diye bağırdı. "Sakın!"

"Tekin!" Mutlu'nun ağlamaklı ince kadınsı sesini duydum. "Kocacığım! Bu beni dövecek! Gel beni kurtar aşkitom! Ah! Yüzüme vurdu, burnum kırıldı, düştü burnum! Artık yok nefes alamıyorum!"

Etraftaki kalabalık dağılmaya başlamıştı ve güvenlikler, polislerle beraber kapının girişinden içeriye dalmışlardı.

Islık sesi yükseldi, ıslığı çalan yanımdaki Yankı'ydı. Bartu'nun ve Mutlu'nun gözleri bize doğru döndüğünde "Bartu," dedi Yankı. "Adamı bırak, başımız yanmadan kaçalım." Masada oturmuş, patatesleri yemeye devam eden Lâl'i gösterdi. "Onu al, ayakta duramıyor."

"Lâl!" deyip ona el salladım, gülmeye başladım. "Jack Smith az önce tek yumrukla o adamı devirdi. Görmen lazımdı! Gördün mü?" Lâl, patatesleri yemeye devam etti. "Pat dedi, bir vurdu. Burnunu kırdı! Niye yaptı ki? Adam suçsuzdu."

"Adam suçsuz değildi," dedi Yankı bir anda. "Görmedin mi? O şerefsiz seni yemek istiyormuş gibi sana bakıyordu." Diğer tarafa koşan sarışın adamı izledi. "Sana bu şekilde bakamaz."

"Bakamaz mı Jack?" diye sordum. "Neden?"

Başını yana doğru yatırdı, dudaklarından bir küfür kaçtı sonra gözlerini kapattı. "Liderin olarak lan liderin olarak!" dedi kendisi de buna inanamıyormuş gibi. "Kimse sana yiyecekmiş gibi bakamaz, liderin olarak izin vermem."

İçimde söz geçiremediğim cesur tarafım "Ama sen de bazen bana öyle bakıyorsun," dedi ve kurduğum cümle kaşlarımı kaldırmama neden oldu. "Yani liderler böyle mi bakar?"

Yankı da bunu beklemiyordu. "Alkol," dediğinde kolumu sıkıca tuttu. "Seni fazla cesur yaptı."

"Soruma cevap vermedin," diye yineledim. Alkolden dolayı yanaklarımın kızardığına neredeyse emindim, bir de şimdi bu konuşma çıkmıştı.

"Sana yiyecekmiş gibi bakmıyorum," dedi net bir sesle. "Öyle bir şey yok."

"Var."

"Yok."

"Var."

"Yok."

"Yok."

"Var." Yankı durdu, gözlerini kıstı sonra at kuyruğumu tutup çektiğinde yüzüme doğru yaklaştı. "Aklımı durduruyorsun, anladın mı? Şu aklımı durduruyorsun. Sana öyle bakıyorsam korkması gereken kişi yine sensin çünkü ben çok sabredersem sonu çok fena biter."

Saçımı bıraktı, yüzümü buruşturup "Saçımı çekip durmasana," diye homurdandım. "Yankı bitti, Jack başladı."

"Jack kadar başına..." Kendi kendine söylenerek ve beni çekiştirerek yine yürümeye başladı.

Mutlu, Işık'ı oradan uzaklaştırmaya çalışırken Murat Can çenesini tutmaya devam ediyordu. Bartu, Lâl'i sandalyesinden kaldırıp omzuna atmadan önce "Koyduğum," dedi Murat'a doğru. "Daha tur atman bitmedi, kardeşimden uzak duracaksın."

"Sizinle bir derdim yok," diyen Murat dehşetle bizi izliyordu. "Ben Işık'tan..."

"Sus," diye bağıran Mutlu'nun her adımda topuklu ayakkabılarından dolayı ayağı burkuluyordu. "Türk filmi çektirme bana burada kıl yumağı!" Masanın üzerindeki patatesleri Murat'a doğru attı. "Seni bunlar gibi yağda kızartır sonra kocamın midesine atarım! Asıl cehennem orası!"

"Mutlu, yürü..." dedi Yankı ve onları iteklediğini fark ettim. Başı Bartu'nun omzundan aşağıya doğru sarkan Lâl'in eliyle ağzını tuttuğunu gördüm.

Bardaki adamla göz göze geldiğimizde "Harry! Evet, onu öp yerime!" diye bağırdım. "Jack Smith beni bugün büyüledi, bunu da söyle!" Yankı'ya adamı gösterdim. "Bak, o adam tam bir Dumbledore!"

Adam, olanları izlerken dehşete düşmeyen tek kişiydi. Gülerek o da bana elini salladığında merdivenlere doğru yürüdüğümüzü fark ettim. Birkaç kere ayaklarım birbirine dolandığında kolumdan çeken Yankı'ya bakıp "Doğum pastamdan yemedim ki," dedim. "Ondan yemek istiyorum, Jack."

Sabit bir şekilde durdum, bir anda kolumu ondan kurtardım ve diğer tarafa yürümek istedim ama Yankı'nın eli yine kolumu kavradı. "Helin," dedi merdivenleri göstererek. "Birazdan polisleri daha fazla oyalanamayacak ve mahvolacağız, başımıza bir sürü iş açılacak. Sadece yürü!"

Omzumu silktim, kollarımı önünde bağlamaya çalıştım. "Lâl!" diye bağırdım merdivenden çıkan Bartu'nun omzundaki Lâl'e bakarak. "Gel pasta yiyelim!"

Lâl, hevesle başparmağını havaya kaldırdı, bana onay verdi. "Işık!" dediğimde önümüzde Mutlu'nun zoruyla yürüyordu. "Pasta yiyelim mi?"

"Helin!" dedi bana dönerek. "Sus!"

"Pasta," dediğimde ayaklarımı yere çarpmak istedim ama yine dengem sarsıldı, dizlerimin üzerine düştüm. Yankı, hızlı bir şekilde omuzlarımı tuttuğunda bakışlarımız kesişti. "Yeniden doğduğum pastam," dedim dudağımı bükerek. "Ondan yiyelim mi? Lütfen..."

Yankı, etrafına baktı sonra kaşlarını çattı. "Böyle olmayacak," dediğinde bir anda beni doğrulttuğunu hissettim. Dünya tersine döndüğünde onun da Bartu'nun Lâl'i omzuna attığı gibi beni omzuna attığını fark ettim. Ellerim aşağıya doğru sarkarken, karnım, omzuna denk geldi. Başım belindeydi ve o kalçası mıydı?

"Hey!" dediğimde sertçe kalçasına yumruk attım. "İndir beni, dünya ters döndü!"

Merdivenleri çıkmaya başladı, her adımında biraz daha sarsıldım. Başka bir yumruğu daha kalçasına indirdiğimde çırpındım. "Bir daha vurursan aynısının karşılığını alırsın," dedi bacaklarımı sıkıca tutarak. "Uslu dur."

"Karşılık vermezsin ki," dedim bağırarak. "Çünkü sen kendini hep tutarsın, hep kural koyarsın, hep mesafelerin vardır! Bu sana ağır gelir!"

"Emin misin?" diye sorduğunda başka bir yumruğu daha sert bir şekilde kalçasına indirdim. Sonra başka bir yumruğu daha ardından başka bir yumruğu daha.

"Dünya ters döndü diyorum sana!" Merdivenleri çıkmaya devam etti. "Başım! Midem!"

Son basamağa geldiğinde "Kurallar mı?" diye sorduğunu işittim sonra sert bir tokadı kalçama indirdi. "Senin şu Jack Smith'in kuralları yok anlaşılan."

Acıyla inlediğimde karanlığın içine girmiştik ve yüksek ses bir müzik vardı. Etrafta sigara, alkol kokusu hâkimdi, spot ışıkları gözlerimi daha fazla alıyordu hem de başım dönüyorken ve dünya tersken.

İnsanlar yolumuzu mu açıyorlardı anlamıyordum ama o kadar alkole rağmen şaşkınlıklarını fark etmiştim. Bir anda Yankı beni doğrulttuğunda ve ayaklarım yere sabit bir şekilde bastığında dengem artık tamamen yok olmuştu, ellerim sıkıca onun omuzlarına tutundu.

"Bartu," diye bağırdı yüksek ses müzikte Yankı. "Arka çıkış merdivenleri sağda. Birazdan polisler buraya gelir. Yeterince dikkat çekiyoruz. Normal davran."

"Lanet olsun." Işık, Yankı'nın karşısına geçti. "Rezil olduk, rezil olduğumuz yetmezmiş gibi polisler peşimizde! Siz kafayı mı yediniz? Sen kafayı mı yedin Yankı? Onlara nasıl izin verirsin?"

Mutlu, öne doğru çıktı. "Gerçekten, ciddi ciddi sizin öylece çıkıp gitmenize izin vereceğimizi mi sandın?" Işık'a öfkeliydi. "O kıl yumağıyla buluşacağını zaten biliyorduk!"

"O kıl yumağının daha benden çekeceği var." Bartu Lâl'i omzundan indirmişti, Lâl ise başını Bartu'nun koluna yaslamış hepimizi izliyordu. "Bak bak, bana diyor ki iki arada bir derede 'Işık'a zararım dokunmaz' bak bana diyor bunu." Kendini işaret etti. "Erkeklerin DNA'sını çözmüş, Bartu Sarca'ya söylüyor."

"Erkeklerin DNA'sını çözmüş Bartu Sarca mı?" Mutlu kaşlarını çattı. "Sen Bartu Sarca değilsin, Tekin Gemicioğlu'sun! Benim kocamsın! Çözdüğün de sadece eteğimin düğmeleri olabilir! Başka erkeklerden sana ne!"

"Şu hâlde bile böyle konuşabiliyorsun," diyen Işık Mutlu'nun onu tutan kolundan kurtulmaya çalışıyordu. "Sizin üçünüzle de artık konuşmayacağım, çok ciddiyim. Beni rezil ettiniz."

"Laflara bak," dedi Mutlu. "Rezil olmuş. Sevgili beyni gelişirken kırmızı ışığa takılmış olan ikizim. İyi dinle, bu üç erkekten başka hiçbir erkek hayatına giremez."

"Neden?" dediğinde geriye doğru bir adım attı. "Bu ne kadar saçma bir kıskançlık?"

"O koyduğumun turcusu seni üzer," dedi Bartu sertçe. "Onu araştırdık. Kızları koleksiyon haline getirmiş sapığın teki. Aklını mı kaçırdın? Ondan etkilendin mi?"

"Ne önemi var?" Işık Yankı'ya baktı. "Hadi bunlar düşüncesiz, sen niye her seferinde bunu yapıyorsun? Biliyorum, sen olmasaydın, bugün bu ikisi buraya bile giremezdi."

Yankı omuzlarını indirip kaldırdı, hafifçe gülümsedi fakat cevap vermedi. O anlarda Lâl ile yine göz göze geldik. Yüksek müziğin sesi, olduğum yerde kıpırdanmama neden olduğunda Lâl ne demek istediğimi bakışlarımdan anladı, bana doğru bir adım attı. Bir anda çığlık atıp onun ellerini tuttuğumda ve olduğum yerde zıplamaya başladığımda "Bence bunları boş verin," diye bağırdım. "Dans edelim!"

"Şu kadar umursamaz olsam yeter aslında," dedi Mutlu hırsla. "Yaşamak istediğim kafa bu."

Lâl, bana eşlik edip zıplarken, Işık "Gerçekten bu lanet gece bitmeli," dedi. "İkisi de zil zurna sarhoş."

"Lâl'i ilk defa böyle görüyorum," diyen Bartu onu engellemeye çalışıyordu. "O normalde kontrol delisidir." Lâl, bu cümleden sonra orta parmağını kaldırıp Bartu'ya gösterdi ve zıplamaya devam etti. Bartu'nun sert tepki vermesini, bozulmasını beklesem de o düşündüğümden zıt bir şekilde gülümseyip Lâl'i kendine doğru çevirdi. "Ve ben bu hallerini daha çok sevdim."

"Polisler," dedi Yankı. "Yürüyün."

Ben ve Lâl zıplamaya devam ederken ayaklarımın havalandığını hissettim ve ona da aynısı oldu. Arkamdan belimi kavrayan ve o şekilde beni taşıyan Yankı'ya dönüp bakamıyordum fakat nefesimi kesecek kadar sıkı tutuyordu.

O şekilde barın arka tarafındaki demir, ağır kapıya doğru ilerledik. Mutlu kapıyı açtığında ayaklarım yine yerle buluştu, omzumun üzerinden arkaya doğru baktığımda bir polis memuruyla göz göze geldik. Karanlığa, spot ışıklarına rağmen dikkatli bir şekilde bana bakarken "Memur bey!" diye bağırdım kendimi tutamayarak. "Doğum günü pastamı yemek istiyorum, çaldılar!""

"Siktir," diye hırlayan Bartu'nun sesine eşlik eden Yankı'nın inlemesiydi. Bir anda ayaklarım yerden kesildiğinde yine omzuna attığını anlamıştım. Merdivenlerin basamaklarından inmeye başladıklarında yüksek ses müziğe rağmen onların telaşlı adım seslerini işitebiliyordum.

"Pasta," diye bağırdım. Yangın merdiveni olmalıydı, soğuktu ve vücuduma soğuk çarpıyordu. "Pastamı çaldılar, polise söylemekte ne var?"

"Şu Helin'i sustur," diyen Bartu dehşet içindeydi. "Bu kız kafayı mı yedi? Neden böyle oldu?"

"Çünkü sarhoş," diye açıklama yaptı Yankı.

"Hayır," dedi bu sefer Mutlu. "Başka bir şey var. Doğru söyle, öptün mü onu iki arada bir derede ben Murat Can'ın kulaklarına topuklu ayakkabımı sokarken?"

"Hayır!" Sesim merdiven boşluğunda çınladı. "Jack Smith bana biletler verdi ve dedi ki..."

"Durun!" Arkamızdaki polis memurunun sesi de boşlukta yankılandı. "Sakin olun, bekleyin! Kaçarsanız başınız daha çok yanar!"

"Hep aynı şey," diye sessizce soludu Bartu. "Sicilimi görseler, insan içine çıkarmazlar."

"Çok karanlık," diye mırıldandım. "Işıkları kim kapattı?"

"Helinski..." Mutlu'nun da sesi dehşet içinde geliyordu. "Çünkü gözlerin kapalı..."

Birbirine sıkıca bastırdığım göz kapaklarımı araladığımda o yüksek sesli mekândan çıktığımızı fark etmiştim. Önümüzde bir yol vardı, girdiğimiz yerin arkası olduğunu yere atılan boş alkol şişelerinden ya da atık yemeklerden anlayabiliyordum. "Açtım gözlerimi," dedim Mutlu'ya bakarak. "Ama hâlâ karanlık..."

Mutlu, başını çevirip etrafa baktı, Yankı'ya baktı, Bartu'ya baktı, Işık'a baktı hatta Lâl'e baktı sonra nefesini verip omuzlarımı tuttu. "Çünkü gece," dedi tane tane. "Bak, gün yirmi dört saattir. Öğle ve akşam olur. Güneş gider, güneş kim mi? Kocamın çüklediği kocaman ateş topu."

"Çüklediği mi?" Dudaklarımı büktüm. "Yani kocan seni aldattı mı?"

Mutlu da bana katılıp başını önüne eğdi. "Aldattı," dedi ama sesinde alay mı vardı? "Sen tut, güneşi çük. Sonra bütün gezegenleri elinden geçir. Neymiş efendim, Venüs beyler bana bakmış." Arkasını döndüğünde yırtmacının kalçasına kadar tırmandığını gördüm, Pembe Panter'li baksırı görünüyordu. "Kim buna bakar ki?"

Onu hem anlıyor hem anlayamıyordum. O birkaç saniyede benim kafamı daha fazla karıştırmıştı. "Mutlu," dedi Yankı önüme geçerek ve bileğimi tutarak. "Onu daha fazla delirtme."

Yürümeye başladığımızda duvarın kenarından ilerledik, gözleri merdivene dönüyordu. Polis memurunun adım seslerini duyabiliyorduk. "Bartu," diyen Yankı temkinliydi. "Lâl ve Helin arabaya kadar koşamazlar. Bir yerde saklanalım."

"Saklanmak mı?" Hâlâ taşıdığı Lâl'i gösterdi, Lâl ise taşındığı yerde ellerini hareket ettirerek dans etmeye devam ediyordu. "O kafayı yemiş gibi omzumda dans ediyor." Kaşları kalktı. "Evet, omuzlarım üç oda bir salon genişliğinde olabilir ama bunu ben bile kaldıramam."

"Niye kaçıyoruz ki?" Işık en önde yürüyordu. "Sizi polislerin eline vermek gerekir. Umarım yerine geçtiğiniz kişiler sizden şikâyetçi olur. Murat Can ve arkadaşlarının sizden şikâyetçi olacağı gibi." Bakışları sertçe Mutlu'ya döndü. "Sahi, yerine geçtiğiniz kişileri bağlayıp nereye sakladınız?"

"Biz evlendik," dedi Mutlu çenesini kaldırarak. "Ben Belgin oldum, o Tekin." Sonra bakışları Yankı'ya döndü. "O ise..." yüzünü buruşturdu, "sanırım lider rolünü üstlenen saçma bir porno yıldızı. Gerçekten sen ne oldun? Bu gömlekle kuşçu porno yıldızı mı?"

"Jack," dedim hızlıca dâhil olarak. "Onun adı Jack. Öyle söyledi."

Mutlu gülmeye başladı. "Sen de Rose," diyerek beni gösterdi. "Belli ki gecenin devamını teknede geçireceksiniz. Liderinle teknede Titanik filmini oynarsınız."

Onu anlamadığımda belimi sıkıca tutup beni yürüten Yankı Mutlu'ya ters bir bakış attı. "Bir gezginin yerine geçmek zorunda kaldım, bilmiyor musun kıvırcık?"

"Bilmez miyim," diyen Mutlu hâlâ gülüyordu. "Ee ters Titanik pozisyonu için özellikle mi bu ismi arayıp buldun? Hoşuna gittiğini fark etmemiştim Tekin'le ben yaparken."

Jack Yankı'dan önce Bartu uzanıp Mutlu'nun ensesine vurduğunda duvarın kenarından sağa doğru yönelmiştik. Adımlarımızı atarken bir anda Yankı durdu ve hepimizi elleriyle durdurdu. İşaret parmağı dudağına doğru gittiğinde susmamız gerektiğini bize belli etti. Başıyla duvarın arka tarafını gösterdi.

Duvarın kenarında sokulduğumuz yerde bize doğru yaklaşan gölgeye bakıyorduk; Lâl dışında. O hâlâ durduğu yerde bardan gelen şarkıyla beraber ellerini kollarını oynatarak dans etmeye çalışıyordu. Bartu onu bacaklarından sıkıca tutsa da zor zapt ediyor gibiydi.

"Hey," dedi Mutlu sessizce. "Filmlerde böyle sahnelerde hep hapşıran olur." Bakışları bana döndü. "Hapşıracak mısın Helinski?"

"Hayır," dediğimde Mutlu'nun aksine fısıldamıyordum. "Hem şu an bir film mi çekiyoruz?" Ellerimi birleştirip Yankı'ya baktım. "Romantik komedi filmi bu mu?"

Yankı elini alnına götürdü, sıvazladı sonra derin bir nefes vererek bir anda arkama doğru geçti. Eli, ağzımın üzerine gittiğinde sıkıca kapattı, nefes almamı bile zorlaştırdı.

"Hım," diye mırıldanan Mutlu kulağıma doğru eğildi. "İşte şimdi Yankı Jack Smith Sarca söylediğim rolü üstlendi. Papağan gömlekli porno yıldızı kadının ağzını kapatıyor." Sırtını döndü. "Biz çıkalım isterseniz?"

Gözlerim irice açıldığında Mutlu'nun bize arkasını dönen ama güldüğü için hareket eden omuzlarına baktım. Porno yıldızı mı? Kafam o kadar da uyuşmamıştı, Jack porno yıldızı değildi. O sadece Jack Smith'ti. Kafamı iki yana salladığımda Yankı onun elinden kurtulmak istediğimi sandı fakat amacım kafamın içindeki teoriyi reddetmekti.

Ağzımın içinde bir şeyler gevelediğimde diğer kolu belime doğru sarıldı, beni kendine doğru yasladı. Kulağıma doğru eğildiğinde "Helin, sadece sus," dedi. "Ve..." sesi daha da kısıldı, ben çırpınırken nefesi boynuma doğru çarptı. "Bana sürtünmekten vazgeç, şu an değil."

Şu an değil mi?

Gölge yaklaştığı yerde durdu. "Hey," diye seslendiğinde Bartu'yla Yankı'nın göz göze geldiğini hissettim. İkisi ani bir kararla küçük adımlarla duvara sürtüne sürtüne diğer tarafa geçmek istediler.

"Genelde filmlerde böyle anlarda kovalayan kişi yakalayamaz," diyen Işık'ın sesi öylesine sitemliydi ki duraksamak zorunda kaldım. "Koşmak ister misiniz?"

Bartu, dişlerini sıkarak "Sakın," dediği anda Işık, gülümsedi; geriye doğru bir adım attı ardından yüksek bir sesle ellerini birbirine çarptı.

Gölge, donuklaştı sonra bizim saklandığımız yere doğru hızlı adımlarla gelmeye başladığında "Buradayız," diye bağırdı Işık yüksek bir sesle. "İki sarhoşumuz, bir liderimiz, bir öküzümüz, bir de kırık yumurtamız var! Bir de ben varım! Kalbi kırık, intikam duygusu yüksek kız!"

"Siktir," diye hırlayan Bartu, elini ağzımdan çekip kolumu kavrayan Yankı ve çığlık atan Mutlu birkaç saniye içerisinde koşmaya başladıklarında Işık en öndeydi. Yankı'nın arkasında sürüklenerek koşarken ayağımdaki ayakkabılarımdan bir tanesi çoktan çıkmıştı. Bartu, omzundaki Lâl ile hızını yavaşlatmak zorunda kalsa da arada sırada geriye doğru bakıyordu.

"Durun!" Arkamızda kalan polis memurunun sesiyle beraber Yankı'nın hızlı koşan adımları sanki daha fazla arttı, sendeleyerek beni nereye sürüklüyorsa oraya doğru ilerledim.

"Işık!" diye bağıran Mutlu, yanımızdan fişek gibi geçti. "Senin yumurtanı kırmadığım güne lanet olsun! Keşke sen annemden çıkarken tekme atsaydım da geri yerine dönseydin!"

Caddeye doğru çıktığımızda Yankı, ıslık çaldı ve herkesin ona bakmasına neden oldu. İlerideki hâlâ açık olan büyük süpermarketi gösterdiğinde herkesin adımları o tarafa doğru yöneldi. Bileğimi sımsıkı tutan eli, sıcacıktı fakat sabit bakışları bir an olsun bana dönmüyordu.

"Jack," dedim nefes nefese. "Dünya mı dönüyor, yoksa biz mi dönüyoruz?"

Kafasını iki yana sallarken süpermarketten ilk giren kişi Işık oldu. Sonra ben ve Yankı girdik, kasada oturan kadın kaşlarını kaldırıp bize baktı. Bizim arkamızdan Lâl ile Bartu giriş yaptı; kadın daha fazla şaşırdı, oturduğu sandalyeden kalktı. Son anda Mutlu tökezleyerek girdiğinde ve kasaya doğru çarptığında köşedeki parfüm şişeleri yere düştü, birkaç tanesi kırıldı. Ayağındaki topuklu ayakkabılarından bir tanesi çıkmıştı, eteğinin yırtmacı daha da derinleşmişti. Gömleğinin düğmeleri açılmıştı.

Kadın, "Hey," dediğinde Yankı, geri geri yürümeye başlamış, olanları izliyordu. "Siz de kimsiniz? Hırsız mısınız?"

Hepimiz birbirimize baktık, Bartu, Lâl'i gösterdi ve işaret parmağını dudağına götürerek kendi kafasında her ne düşündüyse Mutlu'ya göz kırptı.

"Hehe," diye güldü Mutlu yapmacık bir şekilde. "O kadar uzun bir hikâye ki. Biz Sokak Nöbetçileri'yiz, hırsızlık yaparız ama Robin Hood gibi düşün. Zenginden alır, fakire veririz." Yere düşmüş olan parfüm şişelerinden bir tanesini havaya kaldırdı, kırılmıştı. "Imm," dedi gözlerini kapatarak. "Bu koku." Yüzünü buruşturdu. "Eski flörtüm de aynı böyle iğrenç kokardı."

Kadının eli, cebine doğru gittiğinde "Siz sarhoşsunuz," diye homurdandı. "Polisi çağırmamı istemiyorsanız hemen buradan çıkın."

Bartu, Lâl'in çırpınışlarını durdurmak ister gibi onu omzundan indirdiğinde, Lâl neredeyse dizlerinin üzerine çökecekti. Elimi uzatıp onu yanıma doğru çağırdım, göz kırptım.

"Şu iki kızı görüyor musunuz?" dedi Mutlu, ben ve Lâl'i göstererek. "Onların ikisi sarhoş." O sırada ben ve Lâl, köşede duran alışveriş arabalarından bir tanesini almış, raflardaki çikolataları dolduruyorduk. "Hem de öyle böyle sarhoş değiller ama biz..." Ellerini beline koydu, kapıya doğru baktı. "Turp gibiyiz. Lütfen polisi aramayın, daha fazlası olmaz."

"Bana polisi aramamam için mantıklı bir cümle kurar mısınız?" Sesi yüksek çıkıyordu. "Arkadaşınız şu an raftaki bütün sütleri kafasına dikiyor!" Ağzımdaki süt kutusuyla beraber o yöne döndüğümde Yankı, elimden sütü çekti.

"Hey, Jack!" dedim ona bakarak. "Sütümü bırak!"

"Jack mi?" Kadın daha fazla şaşırmıştı. "Bir da yabancı mı var aranızda?"

Mutlu artık yapabileceği hiçbir şeyi yokmuş gibi omuzlarını düşürdü. "Yetti artık bu dürüstlük," dediğinde kadına doğru yürüdü. "Evet, bir yabancımız var. Adı Jack ve porno yıldızı. Ona porno sektöründe Papağan Jack derler. Şu koca adamı görüyor musunuz?" Bartu'yu gösterdi. "Onunla sevişecekler, ben de sonradan dâhil olan şu koca adamın karısıyım. Uzun konulu bir porno filmi!"

Kadın ilk başta kaşlarını çattı, sonra kaldırdı. Tekrardan sandalyesine oturduğunda hatta düştüğünde Mutlu'nun söylediklerini idrak etmeye çalışıyordu.

"Şu üç kız," dedi hepimizi göstererek. "Bana benzediğini sanan ama çirkin olanı görüyor musunuz? İşte o da benim özentim."

Lâl, yere oturmuş, çikolata yiyordu; bir yandan da bana diğer çikolataları veriyordu. Ben alışveriş arabasına çikolataları attıkça Yankı, o çikolataları tekrardan çıkarıyordu.

"Ve..." dedi Mutlu ardından kolundaki saate baktı. "Polise aramanıza gerek kalmayacak çünkü..." süpermarketin kapısı açıldı, iki polis memuru ve iri yarı iki güvenlik içeriye daldı. "Onlar bizi bulacaklar!"

Bu son kurduğu cümlesi oldu. Bizim olduğumuz tarafa doğru koştuğunda gözlerim polis memurlarıyla kesişti. Bir anda Yankı belimden tuttu, beni kendine doğru çekti sonra yine koşmaya başladık. Lâl, inatla oturduğu yerden kalkmazken ben de koşmamak için direndim.

"Helin," dedi Yankı. "Eğer şimdi yürümezsen..."

"Ne yaparsın?" dedim son gücümü kullanarak. "Sadece çikolata yemek istiyorum, pasta yiyemedim!"

Bartu'yla birkaç saniyede bakıştılar, başlarını salladılar ardından havalandığımı hissettim sonrasında ise alışveriş arabasının içindeydim. Bartu da Lâl'e aynısını yaptığında Yankı, son süratla sürüyordu. Bir anda değişen dengelere mi, yoksa yüzüme vuran rüzgâra mı şaşırmalıydım? Ellerimi iki yana açtığımda, Lâl de bana eşlik etti. Gözlerimi sıkıca kapattım, derin bir nefes verip çığlık attım. "Vay canına!" diye bağırdım. "Bunu küçüklüğümden beri hep yapmak istiyordum ama yapabilecek kimsc yoktu!"

Lâl sırtını yaslayıp ayaklarını arabadan sarkıttığında bana bakıp gülümsedi; gülümsemesinde yine o anne sıcaklığını hissettim fakat sonrasında yüzüme doğru çikolata paketini attığında işaret parmağını kaldırıp bana gülmeye başladı.

"Durun," diye bağırdı arkamızdaki polis memuru. "Amacımız size kötü bir şey yapmak değil." Hızlı koşan adımlarını duydum. "Seni tanıyoruz, seni biliyoruz!"

Son cümlesi, kaşlarımı çatmama neden olsa da bu birkaç saniye sürdü.

"Ben de sarhoş olmak istiyorum lan," diye bağıran Mutlu hemen yanımızdaydı. "Şunlardaki keyfe bak!" Lâl ona doğru başka bir çikolata paketini attı. "Lâl," dedi Mutlu dehşet içinde. "Bu gerçekten sen misin, yoksa Helinski'yle yeni bir yola mı girdiniz?" Bir anda durdu, elleriyle ağzını kapattı. "Yoksa siz ikiniz öpüştünüz mü?"

"Mutlu!" Bartu'nun sesi alışveriş merkezinde inledi. "Lâl'i kimse öpemez, Helin bile." Yüzü bana döndü. "Bunu bu kafayla yapmadınız değil mi?"

Lâl, konuşulanları duymuyormuş gibi alışveriş merkezindeki müziğe eşlik ediyor, yanından geçtiğimiz reyonlardan arabanın içine bir şeyler atıyordu. Bartu'ya dilimi uzatıp ona cevap vermediğimde daha fazla şüphelendiğini anladım.

"Lan," dedi Mutlu'ya bakarak. "Böyle bir şey yapmış olabilirler mi?"

"Bilemiyorum artık," dedi Mutlu reyondan çamaşır suyu alarak. "Lâl, Helinski'ye çok güzel bakıyor, Helinski desen Lâl'e âşık." Çamaşır suyunu benim arabama doğru attı. "Siz de Yankı'yla beraber birbirinizle öpüşün, tam olsun madem. Kime niyet, kime kısmet, vay canına. Sonumuz akıl hastanesi."

"Çamaşır suyu mu?" diye sordu Işık diğer reyondan çıkarak. "Ne alaka?"

"İhtiyacım var," dediğinde Işık'ın omzuna doğru çarptı. "Bu muhteşem ellerim, koyduğum Murat'a değdi. Birkaç gün ellerimi çamaşır suyunda bekleteceğim."

"Yankı," Bartu, yanımızda koşmaya başladı, Lâl'in bakışları yine bana döndü. "Mutlu yine dalga geçiyor değil mi? Öyle bir şey olamaz."

Yankı'nın yüzünü göremiyordum ama kısa bir sessizlik oldu. Birkaç saniye sonra "Yok daha neler," dedi. "Mutlu yine dalga geçiyor." Durdu, nefesini verdiğini hissettim. "Dalgadır. Dalga yani." Sürdüğü araba yavaşladı. "Değil mi?" Bir anda durdu, Bartu da durdu. Eli çeneme doğru gitti, başımı çevirdi. "Helin, Lâl ile öpüştünüz mü?"

"Ha?" dediğimde ağzımın içinde bonibonlar vardı, birkaç tanesi yere düştü. "Nasıl yani?"

"Lâl diyorum," dedi eğilerek. "Düşündüğümüzden daha fazla yakınlaştınız mı? Birbirinize yani."

Çok kısa bir zaman diliminde Lâl ile birbirimize baktığımızda ikimizin yüzünden de aynı şefkatli gülümseme geçti. Tuvalette beraber paylaştıklarımızın bana hissettirdikleri ve ona hissettirdikleri bambaşkaydı, bunu biliyordum. Bana sarılmıştı, ben de ona ve beni yine anlamıştı. Sokak Nöbetçileri'nden ilk sırrımı paylaştığımı kişi Lâl'di.

"Lan," dedi Bartu aramıza girerek. "Bakışmayı bırakın!"

"Lâl," dedim nefesimi vererek. "Onunla öyle güzel anlar paylaştık ki." Eğilip onu görmeye çalıştım. "Sıcaklığın," diye mırıldandım. "Yankı'dan sonra hissettiğim ilk sıcaklıktı. Çok güzeldi. Çok çok güzeldi. Bana sarıldın, benim saçlarımı okşadın ve sonra..."

"Anasını avradını sülalesini soyunu sopunu gelmişini geçmişini verdiğini vereceğini sevdiğini seveceğini çocukluğunu doğumunu güneşini ayını gecesini gündüzünü," diye sıralayan Bartu dehşetle ikimize bakıyordu. "Aşkını öpüşünü hislerini." Elleriyle gözlerini kapattı. "Düdük düdük düdükleyeyim."

Polis memurları arkamızdan görüş açımıza girdiğinde Bartu hâlâ dehşetle bize bakıyordu, Yankı ne yapıyordu onu bile bilmiyordum ama Işık ve Mutlu da ağızları beş karış açık bizi izliyordu.

İlk kendisine gelen Yankı oldu. "Devam edin," dediğinde arabayı sürmeye devam etti. "Bu konuyu konuşacağız sonra."

Bartu, durmaya devam ederken Mutlu onu sırtından itekleyerek çıkışa doğru yönlendirdi, Lâl'i ise Işık sürmeye devam etti.

Çıkış kapısına geldiğimizde açılır kapanır kapının kilitlendiğini fark ettik, kasadaki kız bize uzaktan bakmaya başladı. Büyük ihtimâl polis memurları böyle bir yöntem seçmişti.

"Hey," dedi Mutlu ellerini havaya kaldırarak. "Bak bu iki adamı görüyor musun?" Bartu ve Yankı'yı gösterdiğinde ben de onlara baktım ve ikisinin de âdeta mahvolmuş bir şekilde durduklarını fark ettim. "Bu iki adam şu an öyle bir yıkılmış durumda ki..." Kafasını iki yana salladı. "Aşk hanımefendi aşk," dedi Yeşilçam tınlamasıyla. "İkisi de mahvoldu, onların aşkları engellenmeye çalışılıyor. Yüzlerine bakın, göreceksiniz."

"Öpmüş," dedi Bartu ağzının içinde. "Sarılmış. Sıcaklıkmış. Ben soğuk muyum?"

"Senin yine iyi," diyen Yankı'nın turkuaz gözleri bana döndü. "Benden sonra onun sıcaklığını seçti, benim daha ağır. Ne tarafından baksak bok gibiyim."

Kasiyer kadın bizi izlemeye devam etti. "Lütfen," dedi Mutlu nefesini vererek. "Bu aşkı engellemeyin, porno yıldızı Papağan Jack'i koca adam Bar'a kavuşturun. Hey Jack!" diye bağırdı. "What's up man? They will fuck us. Come on man! Come on!"

"Tamam tamam," dedi kasiyer kadın ardından bir düğmeye bastığında kilitlenen kapıdan bir ses yükseldi. "Filminiz çıktığında lütfen gelip bana haber verin! İzlemek istiyorum!"

Kapılar iki yana açıldığında ilk çıkan Işık oldu sonra Bartu'yla Yankı onu takip etti. "Lanet olsun," dedi Mutlu kapıdan çıkarken. "Üzgünüm Yankı, yalandan hoşlanmadığını biliyorum ama ben de hoşlanmam ve kıçımızı kurtarmak için yalanlar söyledim. Birkaç gün içerisinde Bar ve Papağan Jack'in pornosunu çekmem gerekecek."

Yankı bir cevap vermedi ve caddede ben ve Lâl arabaların içinde Yankı'yla Bartu arkamızda ilerlemeye devam ettik. İnsanlar gelip geçerken bizimle göz göze geliyordu, tuhaf bakışlarını atıyorlardı fakat hiçbirimizin umurunda olmadığına adım gibi emindim.

İlkti.

İnsanların rahatsız bakışlarıyla tek başıma karşılaşmamamın ilkiydi. Bakarlardı, korkarlardı, kaçarlardı; insanlar böyleydi.

İnsanların, parmakla gösterdiği ve kaçındığı o kız olmak artık rahatsız hissettirmiyordu; ben deliysem Sokak Nöbetçileri'de deliydi çünkü.

Biz deliysek, bütün dünyayı bile delirtebilirdik.

Biz akıllanırsak, dünyayı artık çekilmez kılardık.

Biz insanlara alışmayacaktık, insanlar bize alışacak, bizi sevecеklerdi.

Yüzüme vuran rüzgâra rağmen gülümsemeyi hatta kahkaha atmayı bile bırakmadım. Çocuktum, büyüktüm, yaşlıydım, gençtim; hepsiydim. Bütün yaşlarımla bu gecenin içindeydim.

Bir arabanın önünde durduğumuzda Yankı, beni kucaklayıp alışveriş arabasından indirdi ve hızlıca arka kapıyı açarak beni oraya oturttu. Sonra yanıma Lâl, Mutlu ve Işık oturdu. Sürücü koltuğuna Bartu geçtiğinde Yankı yolcu koltuğuna yerleşti.

Birkaç saniye içerisinde araç hareket ettiğinde arkamı dönüp bizi takip eden var mı diye baktım ve polis memurlarıyla güvenliklerin çok geride kaldıklarını fark ettim; bize bakıyorlardı ama araçları yoktu.

"Çakmağı olan var mı?" diye sordu Mutlu. "Şu an bu ikisinin yanında çakmak yaksam hep beraber patlar mıyız, onu test edeceğim." Omzuyla beni itekledi. "Kokuya bak, leş. Eski flörtümden daha iğrenç kokuyorsun."

"Senin flörtün mü vardı?" diye sordu Işık diğer taraftan. "Kim? Oyuncağın Pembe Panter mi?"

Mutlu, Işık'a doğru hareket çekti. "Tabii ki vardı. İki yaz öncesinde İzmir'e tatile gitmiştik, hatırlıyor musun? Orada Berkcan Saffet diye biriyle tanışmıştım, beni boyoz yemeye çağırmıştı." Başını kaldırdı. "Ah Saffet'im, özledim seni."

"Berkcan Saffet mi?" Işık, parmağını ağzına doğru götürdü, kusuyormuş gibi hareket yaptı. "Bu nasıl karmaşık bir isim, hayal ürünü olabilir mi?"

Dudaklarını birbirine bastırdı Mutlu. "Berkcan'ı kulüplerde şişe açtırıp kızlara yürüsün diye koydu herhâlde ailesi." Gülümsedi, ellerini birleştirdi. "Ama Saffet öyle mi? Mis gibi aile babası adı. Saffet. Bak söylerken bile hayran kalıyorum. Ben onun Saffet kişiliğiyle flört ettim."

"Ve?" dedi Işık gözlerini devirerek. "Sonra ne oldu?"

Mutlu gözlerini açtı. "Bir gün karşıma aldım, Saffet dedim, sen bana ne hissediyorsun, dedi ki sen çok iyi birisisin. Dedim iyiyim, meleğim, muhteşimim bunu geç, bana karşı ne hissediyorsun? Ne hissetmem gerekiyor, diye sordu." Başını önüne eğdi. "Meğersem beni sadece arkadaşı olarak görüyormuş, ben kendi kendime onunla flört etmişim. Ondan hoşlandığımı öğrenince kaçtı benden, pislik muamelesi yaptı."

Bu hikâye beni derinden üzerken, Işık'ın da dudaklarının büküldüğünü fark ettim. "Vay puşt," dedi Bartu ön taraftan. "Niye bana söylemedin? Onu seni üzdüğü kadar döverdim."

"Canım Grey'im," dedi Mutlu omuzlarını silkerek. "Benden hoşlanmak ya da beni kabullenmek zorunda değildi."

"Senin kabullenilmeyecek hiçbir tarafın yok." Yankı'nın bakışları Mutlu'ya doğru döndü. "Duyguların ve hislerin tarafı yoktur, cinsiyeti yoktur, kişiliği yoktur. Seni reddebilirdi ama seni üzemezdi."

Kolumu Mutlu'nun omzuna attım ve zorla başını omzuma yatırdım. "Bir gün hayatının aşkıyla tanışacaksın, Mutluga Prens," dedim hevesle. "İşte o zaman Romeo ve Juliet bile sizi kıskanacak."

"Ah Saffet, Saffet! Neden Saffet'sin sen?" Sonra güldü, gözlerine o ışık yansımadı fakat ortamdaki mutsuzluğu yine Mutlu dağıtmak istedi. "Peki sen Helinski? O hayatının aşkını buldun mu?"

Alt dudağımı dişlerimin arasına aldığımda Yankı'nın omzuna doğru baktım; o ise yolu izlemeye devam etti.

"Bulmaz mı?" dedi Bartu ve arabanın hızını arttırdığını hissettim. "Lâl ve Helin'e mutluluklar yazılı çiçeği hangimiz göndersek?"

"Flaş flaş flaş," diyen Mutlu gülüyordu. "Bartu Sarca ve Yankı Jack Smith Sarca'ya öpüşme şoku! İkisi de mal gibi ortada kaldılar, Lâl ve Helin hayatlarına mutlu mesut devam ettiler."

Lâl'e bakışlarım kaydı, o da benimle göz göze geldiğinde kendimizi tutamayarak gülmeye başladık. Bütün hepsinin bakışlarının bizim üzerimizde olduğunu biliyorduk fakat bu durum daha komik görünmelerine neden oluyordu.

"Hey," dedi Bartu dikiz aynasından bakarak. "Helin, Helin olmanı dinlemem gözlerini bilye yaparım. Ona öyle bakmaktan vazgeç." Bakışları Lâl'e döndü. "Neden o? Kaslı olan benim, o kassız. Neden onu öptün?"

"Hım," diye lafa atladı Mutlu. "Artık seninle kavuşmamamız için hiçbir neden kalmadı." Bacak bacak üstüne attığında yırtmacından açılan bacakları ortaya çıktı. "Bak bana, bacaklarıma. Kabul et, benden etkileniyorsun Tekintos. Ben sadece seni öperim."

"Ben öpüştüklerine hâlâ inanamıyorum." Işık'ın sesi düşünceliydi. "Gerçi ben tuvalete girmek istediğimde kapı kilitliydi ve ikisi de yerde oturmuş, sarhoştu..." Kaşları çatıldı. "Kapı neden kilitliydi? Yuh, gerçekten öpüşmüş olabilirler mi?"

"Tuvalet kapısı kilitli miydi?" Yankı gözlerini açarak bize doğru baktı. "Artık ben de tamamen inanmaya başlıyorum, öpüştünüz mü?"

"Sen Helinski'nin ağzını yemezsen böyle yerler," dedi Mutlu ve Yankı'nın omzuna doğru vurdu. "Kabul et Lider Yankı Jack Smith Sarca, kaybettin hem de bir altmış sekiz boyunda esmer bir kız Helin'i ellerinden çekip aldı. Tuhaf olan bu kız, senin kardeşindi."

"Jack Smith!" diye bağırdım yüksek bir sesle ve bakışlarımı ona çevirdim. "Lütfen hep Jack olarak kal!"

"O neden?" Mutlu merakla başını çevirdi. "Yankı'nın ne eksiği varmış?"

"Jack Smith bugün bana sürpriz yaptı," diye mırıldandım. "Bana hediyeler verdi. En son verdiği hediye..."

"Helin," dediğinde Yankı uzanıp eliyle ağzımı kapattı. "Bunu yapma. Mutlu'ya söylersen, şu an söylersen bir daha bizi asla rahat bırakmaz."

Kaşlarım çatıldı, onun elinden kurtulmaya çalıştım fakat o ön koltuktan daha fazla eğildi. "Hey," dedi Mutlu Yankı'nın elini iteklemeye çalışarak. "Ona ne hediye verdin? Yoksa..." Çığlık attı. "Benim görmediğim o birkaç saniyelik arada..."

Yankı, gözlerini açarak bana bakmaya devam ederken, Bartu, Yankı'dan dolayı arabayı zorlukla sürüyordu. Kafamı iki yana salladığımda ondan kurtulmaya çalışıyordum fakat izin vermiyordu. "Helin," dedi kısık bir sesle. "Bunu yapmak hayatının hatası olur, kurtulamayız bir daha."

"Kardeşim, bu kadar büyük ne yaptın sen?" dedi Bartu dönerek.

"Sahiden," diyen Işık da merak içerisindeydi. "Söylese ne olacak ki? Neden engelliyorsun? Ne yaptın?"

Kısa bir sessizlik oldu, herkes merakla Yankı'ya bakıyordu. "Bilmiyorum amına koyayım," dedi Yankı en sonunda. "Yaptım bir şey, nasıl oldu bilmiyorum ama yaptım. Oldu bitti yaptım."

"Ne yaptın?" dedi Mutlu kızgınlıkla. "Eğer söylemezsen turkuaz külot partisinin tarihini öne alırım."

"Turkuaz külot partisi mi?" Yankı'nın bakışları Mutlu'ya döndüğü o birkaç saniyede onun elinden kendimi kurtardım.

"Turkuaz külot partisi mi?" diye tekrar ettim.

"Evet," dedi Mutlu. "Ayrıca İzmirli Beril'i de çağırırım."

"Beril mi?" dediğimde kaşlarım daha fazla çatılmıştı. "O kız neden hep karşıma çıkıyor? Mutlu nereden biliyor?"

"Mutlu mu nereden biliyor?" Kollarını önünde bağladı. "İkisi öpüşürken kim onları ayırdı sanıyorsun Helinski? Ben bugünleri gördüm de ayırdım. 'Kardeşimin ağzını yiyorlar!' diye bağırdığımda bütün okula rezil olmuşlardı."

Yankı başını şiddetle iki yana sallayarak beni susturmak istedi. Bakışlarında utanç yoktu fakat kardeşlerinden çekindiğini görebiliyordum.

"Jack Smith," dedim bakışlarımı ondan ayırarak. "Bugün benim teklifimi kabul etti. Romantik komedi filmine iki bilet almış, randevu sözü verdi. Yarın saat sekiz buçukta sinemaya gideceğiz."

Arabanın içinde büyük bir sessizlik oldu, o sessizlikte hepsinin bakışları bana doğru döndü; Bartu dışında. Onun nefesini tuttuğunu anlayabiliyordum. Yankı, başını önüne eğerken gözlerini kapattı. Bartu, direksiyon hâkimiyetini kaybettiğinde araba yavaşça kaldırıma doğru çıktı Işık "Siktir," diye küfür savurdu ve Lâl, iri gözlerle bana baktı.

Hemen yan tarafımda oturan Mutlu'yla bakışlarımız kesiştiğinde iri gözleri gitgide daha fazla açılabilirmiş gibi beni kesiyordu. Fırtına öncesi sessizlik değildi, kıyamet sessizliğiydi, bunu anlayabiliyordum. Bütün baş dönmelerim, sarhoşluğum, keyfim onun bakışlarıyla toz bulutuna dönüştü çünkü bana öyle bir bakıyordu ki şaşkınlığı beni dehşete düşürmüştü.

"Siz," dedi Mutlu zorlukla. "İkiniz," gözleri yuvalarından çıktı, "çıkacaksınız. Beraber." Yankı'ya baktı. "Siktir, Yankı zorla tutuluyorsan, büyülendiysen ya da hamileysen bunu bize göster, şimdi göz kırp!"

"Anasını avradını sülalesini vay anasını," diyen Bartu arabayı durdurmuş, Yankı'ya bakıyordu. "Sen kimsin? Sen gerçekten Jack Smith misin?"

"İnanamıyorum, siktir," diyen Işık dehşetle nefesini verdi. "Siz şimdi flört mü edeceksiniz?"

"Flört mü?" Yankı eğdiği başını kaldırıp Işık'a baktı; gözlerinde saf korku vardı. "Nasıl yani?"

"Biriyle çıkmak," dedi ikimize bakarak. "Flört etmek demektir, sevgili olmanın önceki aşamasıdır. Sonrası sevgililiktir."

"Sevgililik mi?" Yankı'yla aynı anda soluduğumuzda birbirimize baktık.

"Sevgililik tabii, ne sandınız?" dedi Mutlu aramıza girerek. "Gerçekten hanginiz hamileyse söyleyin artık! Yankıtu," başı ona döndü, "sen hamile gibisin. Son zamanlarda yanakların al al olmuş, aşeriyorsun da. Bir alınganlığın da var üzerinde. Kız mı erkek mi, ne zaman belli olur?"

Yankı ellerini yüzüne koydu sonra saçlarını karıştırdı. "Şu konuyu kapatın. Ne sevgilisinden bahsediyorsunuz siz?"

"Oh my god Jack Smith!" diye inledi Mutlu. "Sen ne yaptığının farkında değil misin? Resmen ona gel flört edelim, sinemada elleşelim, dudaklarını yerim demişsin. Yetmemiş sevgili oluruz, sonra evleniriz, ikizleri doğurursun, biberonla beyin içiririm diye devam etmişsin. Bunlar da yetmemiş, çüküm kalkmasa da beni sevmeye devam edeceksin diye sonlandırmışsın. Yok artık bir de beraber yaşlanalım, el ele ölelim mi dedin? Çüş!"

Mutlu'nun cümlelerini dinlerken artık midemin kaynamaya başladığını hissedebiliyordum. Arabanın içi fazlasıyla havasızdı, alkol kokusunu artık ben de soluyabiliyordum ve az önceki arabanın sarsılmasından sonra sıcağa daha fazla tahammülüm kalmamıştı.

Yankı'yla göz göze geldik, Mutlu'nun söylediklerini kafasında ayırırken bakışlarından geçen korkuya bizzat şahit oldum ardından "Sanırım kusacağım," deyip hızlıca arabadan indim. Sahil kenarında durduğumuz yerin köşesine doğru hızlı adımlarla ilerlerken elimle ağzımı da kapatıyordum.

Köşeye gittiğimde büyük bir öğürmeyle beraber kusmaya başladım. Yediklerim bir yana dursun, sadece alkolü çıkarırken arkamdan yaklaşan adım seslerini de işitebiliyordum.

Bir anda yanımda Lâl belirdiğinde onun da kusmaya başladığını fark ettim. Duraksadım, bakışlarımız kesişti sonra beraber kusmaya devam ettik. Ne hâlde göründüğümüz hakkında bilgim yoktu ama ikimizin de zaman geçtikçe iyileşmek yerine kötüleştiğimizi anlayabiliyordum.

Belimde parmaklar hissettim, sonra önüme düşen saçlarım çekildi. Başımı yavaşça çevirdiğimde benim arkamdakinin Yankı, Lâl'in arkasındakinin Bartu olduğunu gördüm. Başımı iki yana sallarken kendimi tutamadım, kusmaya devam ettim. Arkamızdan sesi gelen Mutlu oldukça uzakta gibiydi, büyük ihtimâl bizimle dalga geçiyordu.

Birkaç dakika sonra elimi önümdeki ağaca yaslayıp, başım önde öylece bekledim; başım daha da fazla dönüyordu. Sahil kenarında çimlerde oturmuş bizim yaşımızdaki gençler, ellerindeki gitarlarla şarkılar söylüyorlar, kimin ne yaptığını bir an bile umursamıyorlardı. Hava soğuktu, kustuktan sonra bunu daha net bir şekilde hissetmeye başlamıştım ve temiz hava bünyeme girdikçe kendime geliyordum. Soğuk, tokat etkisi yaratmıştı.

Titrediğimi fark edemesem de Yankı, arkamdan omzuma ceket attığında onun kokusunu hissettim. Gözlerimi kapattığımda az önce oluşan umursamaz, kendinden emin ve ne yaparsa yapsın gözü körleşmiş Helin uzaklaşmıştı. Yerine yeni gelen kadını tanıyordum, içinde sakladıklarını dışarıya vurmak için an kollamıştı ve o anda gelmişti. Kendime gelmek, şu an için hiç istemediğim bir duyguydu.

"İyi misin?" Yankı'nın sesi kulağıma ulaştığında eğildiğini anladım. Sadece başımı olumlu anlamda sallayıp vücudumu doğrulttum. Omzumdaki ceketin bir kolu düşerken, Yankı tekrardan düzeltti, beni arabaya doğru yürütmek için elini yavaşça belime doğru koydu. Ben ise onun kollarından kurtulup ağacın diğer tarafına doğru yürümeye başladım.

"Hey," dedi Bartu arkamdan. Başımı çevirdiğimde Lâl'in de beni takip ettiğini fark ettim. Gözlerimiz kesiştiğinde sanki aynı anda duygularımız yükselmiş, aynı anda düşmüştük. Unuttuğumuz kırgınlığı, unuttuğumuz yalanlarım, unuttuğumuz ihanetim tekrardan gün yüzüne çıkmıştı.

Başımı çevirdim, yan tarafımızda gitar çalan gençleri bir an bile umursamadan kendimi çimlere doğru bıraktım. Üzerimde elbise olması, insanların ne düşüneceği de zerre umurumda değildi. Sırt üstü uzandığımda gökyüzünde yıldızlar yoktu, yağmur saatlerce yağdığı için bulutların arkasına gizlenmiş olmalılardı.

Gökyüzüyle arama Yankı'nın yüzü girdi, kaşları havadaydı ve gökyüzüyle beraber o da dönüyormuş gibiydi. Benden bir açıklama beklediği açıktı. "Sadece," dedim soluk bir sesle. "Nefes almak, kendime gelmek istiyorum, birazdan gitsek olmaz mı?"

Lâl, yan tarafımda oturuyordu, elleri yerdeydi ve başını kaldırmış gökyüzünü o da izliyordu.

Yankı, etrafına baktı. Büyük ihtimâl kardeşlerinin düşüncelerini almak istedi ama sonra bundan vazgeçtiğinde o da benim yanıma yere oturdu. Omzumdan düşmüş olan ceketi alıp bacaklarımı örttüğünde başını aşağı yukarı salladı. "Kendini nasıl hissediyorsun?" diye sordu gözlerimin içine bakarak. Elindeki su şişesini uzattı. "Arabanın içinde su vardı, iç iyi gelir."

Mutlu ve Işık bizden biraz daha uzağa oturdular, Bartu ise Lâl'in hemen omzunun dibindeydi. Onu kendine getirmek için bir şeyler söylüyordu, Lâl'in ise hiçbir tepki vermediğine neredeyse emindim. Suyu elinden aldığımda ve birazcık doğrulduğumda ılık suyu içmeye başladım.

"Artık eğlenmiyor gibisin," dedi düşünceli bir sesle şişeyi benden alarak. Daha fazla içmemi istememişti, midemin kötüleşmemesi gerekiyordu.

Yan tarafımızda çalan şarkıların bünyemde bıraktıkları etki sarsıcıydı fakat sessizliği de istemiyordum, sessizlik beni kafamın içine tekrardan yönlendirirdi. Bu şekilde en dibi göreceğime, en dibi bile kazıp kendi mezarımı yaratacağıma neredeyse emindim.

"Sadece nefes almak istedim," dedim yalana başvurarak. Yine yalan. Bu benim bir alışkanlığım mıydı? Yeniden doğmuştum, hayatımın ilk günüydü; bir bebek kadar masum olabilir miydim? Bir bebek kadar yalansız? "Aslında," dediğimde gözlerim kapandı. "Sadece kafamın içini dinlemek istemiyorum. Oraya dönersem yaşlı kadınla yüzleşeceğimden korkuyorum, o çok konuşuyor Yankı ve ben bunu istemiyorum."

Gözlerim gökyüzündeydi ama tepkilerini az çok tahmin edebiliyordum. Düz, sabit turkuaz gözleriyle beni izliyor olmalıydı, düşünceleri derindi. Kafamın içini merak ediyordu, bunun nedenini bilmeliydi. Yankı Sarca her şeyi ama her şeyi anlamalıydı.

"O hâlde onu susturmak için çocuğu konuştur," dedi bir anda. Ayaklarını uzattığında biraz daha geriye doğru yaslandı, dirseklerinin üzerinde sırtüstü durdu. "Gece uzun, bulutlar gökyüzünde ve ben seni dinlemek için buradayım. O kadını sadece sen susturabilirsin."

"Kafamın içinden neler geçtiğini merak ediyorsun, değil mi?" diye sorduğumda bakışlarım ona doğru döndü ama bana bakmaması kendimi iyi hissetmeme neden olmuştu. Bir süre gözlerini bile kırpmadı, yalan söylememek için sessizliğini koruduğunu anladım. "Aslında," dediğimde kelimeleri telaffuz edemediğimi fark etmiştim. "Sen o yaşlı kadını görüyorsun ama o yaşlı kadının neler yapabileceğini kestiremiyorsun. Bu seni rahatsız ediyor."

Yüzünde tuhaf bir gülümseme oluştu, bu gülümsemeye bir ad verebilseydim, gurur derdim. Bakışları ağır ağır bana döndüğünde "Yankı Sarca," dedi. "Sen misin? Helin'in içinden çık."

Gülümseyerek "Üzgünüm," diye mırıldandım. "Bu gece sen Jack Smith'sin ve bu hoşuma gidiyor."

"Vay." Bu düşünce onu rahatsız etmişe benziyordu. "Jack Smith'ten hoşlandın mı? Neden beni geceden beri o şekilde kabul ediyorsun?" Cevap verecek gibi oldum ama daha sonra dudaklarımı kapatıp alt dudağımı dişlerimin arasına aldım. "Dinle," dedi ve bana biraz daha yaklaştı. "Ben Jack Smith'sem sen Yankı Sarca'sın. Biliyorsun, Yankı yalan söylemez. Ya sessizliğini koru ya da doğruları konuş."

Bu gece doğruları seçmek isteyen tarafım daha ağır basıyordu ama göreceğim karşılığın beni korkutup korkutmadığından bile emin değildim. O, turkuaz gözlerinin ardında daima kendini gizleyen bir adamı taşıyordu, o adamın bazen ne tepki verebileceğini kestiremiyordum.

"Tamam," dediğimde ben de dirseklerimin üzerinde durdum. "O hâlde bu gece sadece doğrular olacak çünkü Yankı Sarca'nın hayatında yalanların yeri yoktur." Beni onaylamasını bekledim, katılmasını ya da gülümsemesini ama gözleri tam gözlerimin içine bakarken karşılık vermedi. Dakika geçti, yine beni onaylamadı. O an onun hayatında söylemek zorunda kaldığı bütün yalanları merak ettim.

"Jack Smith," dedim gülümseyerek. "Papağan gömlekli, şortlu, küpeli, kolyeli Jack Smith." Onu süzdüm, ben süzerken, ona biraz daha yaklaştım. "O bu gece bana muhteşem bir sürpriz hazırladı, bana yeniden doğduğum gün için mum üfletti." Elim havaya doğru kalktı, parmaklarım şortuna doğru uzandı ve elimi cebine yerleştirdim. Bunu yaptığım anda Yankı'nın kasıldığını, bakışlarının keskinleştiğini fark ettim. "O bana," dediğimde elim hâlâ cebindeydi. "Hayatım boyunca asla unutamayacağım ikinci hediyemi verdi."

Sinema biletlerini cebinden çıkardığımda bakıp gülümsedim, Yankı'nın kısık gözleri düzelmedi ama biraz daha rahatladığını fark ettim. "İlk hediyen bisikletti," dediğinde sesi kısıktı. "Hangisini daha çok sevdin?"

Bakışlarımı sinema biletlerinden ayırdığımda gözlerim tam gözlerinin içine kilitlendi. "Yankı Sarca küçük bir çocuğa o bisikleti hediye etti," dediğimde çaresizce omzumu indirip kaldırdım. "O bisiklet yedi yaşımaydı." Sinema biletlerini işaret ettim. "Bu biletleri," diye mırıldandığımda heyecanlandığımı hissediyordum. "Lise son sınıf öğrencisi, doğum gününe kimse gelmemiş genç kıza Jack Smith hediye etti. Bu biletler on sekiz yaşıma. İkisini birbirinden ayırabilir misin? Ben asla ayıramam."

Söylediklerimi dinlerken her kelimemden sonra turkuaz gözlerine şefkatin bulaştığını hissedebiliyordum, bakışları yumuşuyordu. "Yedi yaşındaki çocuğa," dediğinde sanki bana değil, çocukluğuma bakıyordu. "Bisiklet sürmeyi öğreteceğim. On sekiz yaşındaki o genç kıza ise doğum günlerini tekrardan sevdireceğim."

Ürperdim, bu ürpertiyi sadece ben hissettim sandım ama Yankı'nın gözlerindeki dikkat daha fazla arttı. "Sevemem," dediğimde gözlerimi ondan ayırdım. "Benim bütün doğum günlerim kötü bitti, bütün doğum günlerim kötü anılarla süslü. İlk doğduğum an, annem ölmüş. Beş yaşım," duraksadığımda gözlerimi kapattım, "doğum günlerinden nefret ediyorum."

"Doğum gününe kimse gelmedi mi?" Soruyu sorarken daha çok kendi içinde cevapları arıyor gibiydi.

"On sekiz yaşındaydım," diye anlatmaya başladım. "İnsanlar benden nefret ediyordu, insanlar benden hep nefret ediyordu ve suçlu onlar değildi, suçlu bendim. Bir kere olsun normal bir genç kız olmak istedim, kendi kendime doğum günü partisi düzenledim, okuldaki herkesi çağırdım." Acıyla güldüm. "Kimse gelmedi, çelenk gönderdiler ölmüşüm gibi. O doğum günümü yalnız başıma geçirdim, karşımda iğrenç bir videokasetle."

O videokaset, benim hayatımın filmiydi; geleceğimin çizgileriydi. O videokaset, her seferinde benim kim olduğumu dile getiren bir çığlıktı. Kurtulması imkânsızdı.

"Gerçek doğum günün ne zaman?" diye sorduğunda bunun cevabını bildiğini biliyordum ama yine de benden duymak istemişti.

"Beş aralık," diye mırıldandım. "Kötü günlerden hatırladığım tek tarih." Onu incelemeye başladım sonra kendimden nefret etmeme neden olacak bir şeyi fark ettim. Bencildim, bencil olmaya devam ediyordum, sadece kendime odaklıydım. Onun hakkında hiçbir şey bilmiyordum, onu anlamaya çalışmıyordum, hep ben merkezdeydim ve onu çevremde istiyordum. "Senin doğum günün ne zaman?" diye sorduğumda meraklı gözlerimi fark etti. "Doğum günlerini sever misin?"

Bu soruyu beklemiyordu çünkü onu hiçbir zaman sorgulamıyor olmama alışmıştı. Şaşkınlıkla kaşlarını kaldırdığında "Beni merak mı ediyorsun?" diye sordu. "Beni genelde kimse merak etmez."

"Evet," diye yanıt verdim. "Seni her zaman merak ediyorum, hep merak ettim."

Yüzünde alaycı bir gülümseme oluştu, bakışlarını benden kaçırdığında denize doğru baktı. "Sekiz nisan," dediğinde bakışları dalgındı. "Doğum günlerini sever miyim?" Düşünceli gözleri artık bu zaman diliminde değil gibiydi. "Bunu hiç düşünmedim çünkü her zaman doğum günlerim unutuldu."

Afallayarak "Nasıl?" diye sordum. "Hiç doğum günü kutlamadın mı?"

"Kutlamadım." Bakışları bana döndü. "Herkesin doğum gününü biliyorum ama kimse benim doğum günümü bilmiyor çünkü sormadılar. Ailem kutlamayı sevmezdi, babam genelde böyle günlerin önemsiz olduğunu savunurdu, annem unuturdu. Ablam hatırlardı sadece ama o da artık hayatta olmadığına göre..." Omzunu indirip kaldırdı. "Önemi yok, o yaşı çoktan geçtim."

Boğazıma oturan yumruya ve karnımdaki acılı sancıya sadece onun bakışları neden olmuştu. "Önemi var," dediğimde ona biraz daha yaklaştım. "Yankı sen büyümek zorunda kalmış, küçücük bir çocukmuşsun. Doğum gününü kutlamak hiçbir zaman hayalin olmadı mı?"

Karşı çıkmasını beklediğimde başını küçük bir erkek çocuğu gibi aşağı yukarı salladı. "Hepimizin *kilitli hayalleri* var çocukluğuna ait," dediğinde bakışları önüme düşen saçlarımdaydı. "Benim de var. Anahtarları nerede bilmiyorum ama o hayaller kilitli kalmaya devam edecek çünkü büyüdüm. Ben bu adamım Helin, bana hayaller kurmamam öğretildi, insanlar o hayalleri kilitledi."

Yavaşça, kendimden beklemediğim şekilde ona doğru yaklaşmaya başladığımda bakışları bir an olsun benden ayrılmıyordu. Sakin bir şekilde başımı dizine yasladığımda biraz daha doğruldu, yüzüme bakmaya devam etti. "O kilitleri açmama izin verir misin?" diye sorduğumda turkuaz gözleri koyu görünüyordu. "Senin hayallerini görebilir miyim?"

"Neden?" dediğinde sorusu fazlasıyla derindi. "Bunu neden istiyorsun?"

"Çünkü Yankı senin ellerinde benim hayallerimin anahtarları var," diye fısıldadım. "İzin almadın, düşünmedin, o anahtarlarla kilitleri açtın ve ben sadece seni izledim. Artık bunu istemiyorum." Tam gözlerinin içine baktım. "Ben seni gerçekten tanımak istiyorum."

Uzun bir süre düşündü, düşünürken bakışlarını bakışlarımdan ayırmadı. Eli havaya doğru kalktığında yüzüme doğru yaklaştı, kalbim düşündüğümden daha hızlı atmaya başladı. Önüme gelen bir tutam saçı arkaya doğru attığında "Bir şartım var," dedi. "Bütün yaşlarını seveceksin, geçmişindeki ve geleceğindeki bütün yaşlarını. Eğer bunu yaparsan izin verebilirim."

Parmakları saçlarımda duraksadı, bakışları dudaklarıma doğru kaydı sonra eli yanağıma doğru ilerledi. Elinin tersi, yanağımda dolaşırken "Sevemem," dedim kuru bir sesle. "O yaşlarımdan nefret ediyordum."

"Bu şekilde sıyrılamazsın," dediğinde yüzünü yüzüme yaklaştırdı. "Bir yol kötüyse o yoldan tekrardan yürümeyeceksin anlamına gelmez bu. Yedinci yaşını güzelleştirdim, on sekizinci yaşını da." Parmakları çenemi sıkıca tuttu, gözlerimin irileşmesine neden oldu. "Beşinci yaşını," dediğinde gözlerimin içinde her ne gördüyse çenesini sıktı. "O yaşını da güzelleştireceğim ve geçmişte kalmış bütün yaşlarını da. Kalbini ne kadar kırdılarsa o kadar onaracağım, insanların kirli ayak izlerini bütün yaşlarından sileceğim."

"Yankı," diye fısıldadığımda gözlerinden başka hiçbir noktaya bakamıyordum. "Bir gün sen benim çocukluğumun kalbini kırarsan onu nasıl onaracaksın? Çünkü artık insanlar umurumda değil, çünkü artık kimse umurumda değil, çünkü büyüyen Helin de umurumda değil. Ama o çocuk... Ben sadece sana inanıyorum, sana güveniyorum."

Beni kırmayacağını söylemesini bekledim, bunu asla yapmayacağını, benim kalbimi önemsediğini dile getirmesi için âdeta içten içe yalvardım çünkü biliyordum ki o beni kırarsa ben bir daha toparlanamazdım.

"Ben o çocuğun kalbini kırabilirim," dediğinde eli çenemden aşağıya doğru indi, boynumdan kalbimin üzerine doğru parmakları hareket ettiğinde titredim. Elini kalbimin üzerine yasladığında ne kadar hızlı attığının o da farkındaydı. "Ben o çocuğun kalbini parçalayabilirim. Sana, seni hiçbir zaman kıramam diye söz veremem ama seni her zaman iyileştireceğim konusunda söz verebilirim."

"Bunu yaparsın," dediğimde sesim titriyordu. "İyileştirirsin."

"Yaparım," dedi. Biliyordum, Yankı benden daha çok o çocuğu umursuyordu, o çocuğun gözlerinin içine bakıyordu. Helin'den önce onu düşünüyordu. Farkındaydım, o çocuk, Yankı için çok önemliydi.

Ağlamak istemiyordum, kendime bunu yapmak istemiyordum, savaştım; Helin için değil, o an inançlı çocuk için savaştım çünkü o ağlamazdı, ağlarsa dayanamazdım. Hafif bir tebessümle "Bunu Jack Smith mi söylüyor, yoksa Yankı Sarca mı?" diye sordum. "Eğer Jack Smith ise memnun olurum."

Yüzü yüzümden uzaklaştığında kaşları çatıldı. "Jack Smith mi?" Başını çevirdiğinde iki yana salladı. "Şu adamın adını artık ağzına almasın mı? Her şeyi ben yaptım."

"Sen yani," dedim alayla. "Jack Smith."

"Yankı," dedi üzerine basarak. "Jack'i siktir etsene."

"Hayır," diye karşılık verdim. "O muhteşem birisi. En önemlisi benim teklifimi kabul etti."

Başı hızlı bir şekilde bana döndüğünde "Jack Smith mi kabul etti?" diye sordu düz bir sesle.

Başımı aşağı yukarı salladım. "Evet, onunla sinemaya gideceğiz, hamburger patates yiyeceğiz." Gökyüzüne doğru baktım. "Eminim çok eğleneceğiz. İngilizcem fena değildir, anlaşabilirim."

Kısa bir sessizlik oldu, o sessizlikte yüzümdeki gülümseme daha fazla genişledi. Yankı da bunu fark etmiş olacak ki keskin bir nefes verdiğini işittim sonra eli sertçe bir daha çenemi tuttu, başımı ona doğru çevirdi. "Sinemaya Yankı Sarca'yla gideceksin," dedi baskın bir sesle. "O saçma hamburger patatesi de Yankı Sarca'yla yiyeceksin. Jack Smith kim ki seninle bunları yapacak?"

"Ama..." diye mırıldandığımda gözlerimi yapmacık bir şekilde irileştirdim. "Jack Smith değil miydi kabul eden?" İçten içe kendi ağzıyla kabul etmesini istiyordum, bir kez daha duymak istiyordum. "Sonuçta Yankı Sarca romantik komedi filmlerinden hoşlanmaz, hamburger patates de ona saçma gelir."

"Jack Smith'i sikeceğim artık," diye mırıldandığında çenemi daha sıkı tuttu.

"Yuh," dedim gülümseyerek. "Hani o sendin? Kendi kendini mi yapacaksın?"

"Helin," dediğinde çenesi kasılmıştı. "Bunları neden yaptığını biliyorum. Alkollüsün diye rol yapmayı bırak."

"Ben Yankı'ya o teklifi ettim," dediğimde gözlerime kırgınlığı ekledim. "Ama beni umursamadı bile. Hatta romantik komedi filmlerimi bile önemsemedi. Ayrıca..."

"Sus artık," dediğinde eliyle ağzımı kapattı ve gözlerimin kocaman açılmasına neden oldu. "Yankı Sarca o saçma romantik komedi filmlerini çok seviyor, hamburger patates ise vazgeçilmezi özellikle bu bir teklifse aşırı mantıklı. Özellikle seninle beraber olacaksa hiçbir şey önemli değil. Tamam mı?"

Bu bir itiraftı.

İstediğim bir itiraftı, beni gülümseten bir itiraftı, ona daha fazla hayran olmama neden olacak bir itiraftı.

Elimi, ağzımı kapattığı elinin üzerine yerleştirip çektiğimde "Benimle beraber olacaksa hiçbir şey önemli değil mi?" dedim söylediğini tekrar ederek. "Sen benim teklifimi Yankı Sarca olarak kabul ettin. Sen bunu istedin. Neden?"

Elim elini tutmaya devam ederken, yağmur hafif hafif çiselemeye başlamıştı ve onun saçlarına damlıyordu. Gözlerimin içine bakarken söyledikleri aklımın içinde dönüyordu, kendi söylediklerini defalarca kendi içinde dinlediğine de emindim. "Yankı Sarca olarak," dedi gözlerini birkaç saniye kaçırarak. "Yani liderin olarak kabul ettim."

"Ne?" dediğimde işte bunu hiç beklemiyordum. "Sözlüğe yeni bir tanım mı yerleşti?"

"Evet." Yerdeki otlardan çekiştirdi; ne zaman söyleyecek bir şeyler bulamasa başka başka şeylerle ilgileniyordu. "Liderler, altlarındaki kişilerin tekliflerini asla reddetmezler." Kopardığı çimleri yere attı, bakışları bana döndü. "Seni reddemezdim, Helin." Gözleri daha derin bakmaya başladı. "Bunu yapamadım da zaten."

Gözlerimi devirip yan tarafıma doğru baktığımda Lâl'in başının Bartu'nun omzuna yaslı olduğunu fark ettim; gözleri denize odaklanmıştı, Bartu ise elini beline sarmış dudakları kenetli o nereye bakıyorsa orayı izliyordu.

Işık ve Mutlu hararetli bir tartışmanın içindelerdi, büyük ihtimâl az önce olanlardan dolayıydı; Işık'ın gözlerindeki öfke asla silinmiyordu Mutlu ise küçük bir çocuk gibi omuzlarını silkip duruyordu.

Gitar çalan gençler daha hafif şarkılara geçmişlerdi. Kalabalık bir gruptu ve yanlarındakiler dans ediyorlardı. Çiftler kendi aralarında dans ederken, tek olanlar şarkıya eşlik ediyordu.

Bakışlarım dans eden insanları bir süre izledi ve o an aklıma gelen fikir, bakışlarımın tekrardan Bartu'ya dönmesine neden oldu; Yankı bir şeyler düşündüğümü anlamıştı, tek kaşı havadaydı.

Düşünmeden ayağa kalkıp Yankı'nın başımı yasladığım dizinden ayrıldım, Bartu'ya doğru ilerledim. Hemen yanında durduğumda Lâl beni fark etmemişti bile müzik sesinden umarım ki beni duymazdı.

"Bartu," dedim onu daldığı yerden ayırarak. Bakışları hızlı bir şekilde bana döndüğünde onu korkuttuğumu fark etmiştim. "Aklıma bir fikir geldi," dediğimde biraz daha ona yaklaştım. "Lâl'e kardeşin gibi davranmak istemiyorsun değil mi?"

"Senin derdin ne?" dedi kaşlarını çatarak. "Onu öptün ve şimdi gelmiş benimle fikir mi paylaşacaksın?"

"Hayır," dediğimde elimle alnıma vurdum. "Biz Lâl ile öpüşmedik, öyle bir şey yok." Bartu'nun yüzüne bir rahatlama çökse de kaşlarının çatılması değişmedi. "Gerçekten," diye mırıldandım. "Evet, Lâl muhteşem bir kadın ama ben erkeklerden hoşlanıyorum."

"Mümkünse s takısı getirme," dediğinde çenesiyle Yankı'yı işaret etti. "Tek bir erkekten hoşlan, diğer erkekleri dövdürme."

"Tamam başkan," deyip elimi alnıma koydum. "Sakin ol. Erkekler umurumda değil." Gitar çalanlara baktım, gözlerimle işaret ettim. "Şimdi dinle beni. Neden Lâl'i dansa kaldırmıyorsun?" Gözleri irice açıldı, bunu dememi hiç beklemiyordu. "Hey, bana öyle bakma," dediğimde elimi salladım. "Biliyorum, dans edemiyorsun..."

"Ben gerçekten tango yapmayı biliyorum," dedi net bir sesle. "Hem de bu konuda çok iyiyim."

Ona asla inanmadım. "Her neyse," diyerek onu geçiştirdim. "Konu bu değil. Lâl'e abisi gibi davrandığın için o da seni öyle görüyor. Dans romantiktir ve duyguların karmaşasıdır. Onu 'kibar' bir şekilde dansa kaldır ama bak kibar bir şekilde. Önünde bir beyefendi gibi eğil, dansa davet et. Kendi çizginden çık."

Birkaç saniye söylediklerimi düşündüğünde başını çevirip dans eden çiftlere baktı. "İyi de benim çizgimde kibarlık yok ki, alırım, pat diye kucaklarım sonra dans ederim. Kibarlık nasıl oluyor?"

"Benimle dans eder misin..." düşündüm ve sonra omuzlarımı indirip kaldırdım, "güzel bir kelime daha. Bu soruyu sorarken gözlerinin içine bak, ona onu korumak istiyormuş gibi bakmaktan vazgeç, Bartu. Ona onu seviyormuş gibi bak." Bu söylediklerim onun duvara çarpmış gibi hissetmesine neden oldu ama bana yansıtmamaya çalıştı. "Korkma," dedim sonra elimle kolunu sıktım. "Cesur ol. Cesurların kaybedeceği hiçbir şey yoktur çünkü bir kere cesaret etmişlerdir. Sen de edebilirsin."

Yaklaşık bir dakika boyunca söylediklerimi düşündü ve o bir dakikada Mutlu'yla göz göze geldim; bakışları beni merakla dikizlerken artık yanında oturan Işık'ı dinlemek istemiyormuş gibiydi.

Bartu, başını hafifçe olumlu anlamda salladığında yanından aynı şekilde uzaklaştım ve Yankı'ya doğru ilerledim. "Neler oluyor?" diye sordu Yankı. "Bartu kireç gibi oldu."

"Sadece cesaret verdim," diye mırıldandım. "Lâl konusunda."

Yankı'nın buna sevinmesini beklerdim ama o beklediğimden zıt bir şekilde rahatsız olup "Bartu'yu tanımıyorsun," dedi. "Lâl'i tanımıyorsun. İkisini de tanımıyorsun. Bartu düşündüğünden daha kırılgan bir adamdır. O aramızda kalbi en çabuk zedelenen kişidir."

"Evet, onları senin kadar iyi tanımıyorum," dediğimde kaşlarım çatılmıştı. "Ama duyguları tanırım. Bartu Lâl'i seviyor, gerçekten seviyor ve bu şekilde artık dayanamıyor. Baksana, Lâl onu abisi görüyor ve Bartu sevdiğinden dolayı buna boyun eğiyor. Lâl'in gerçekleri görmesi gerek."

"O aptal bir kız değil." Yankı, savunmaya geçmişti. "Lâl Bartu'yu sevsin mi istiyorsun?" Başını olumsuz anlamda iki yana salladı. "Bu hiçbir zaman olmayacak."

"Neden?" diye sordum hızlı bir şekilde ama sessiz kalıp beni yanıtsız bıraktı. "Neden Yankı?" Günlerdir aklımda tuttuğum soru işaretlerim vardı, merak ettiklerim, anlamak istediklerim ama bir o kadar da kaçtıklarım fakat şimdi bunu yapmayacaktım. "Lâl'in kalbinde başka biri mi var?"

Bu sorudan sonra Yankı başını çevirdiği yerden yine gözlerimin içine baktı ve öyle bir baktı ki kurduğum cümle, onu baştan aşağı rahatsız etti. Sarsılmadı ama soruya cevap vermek yerine o an orayı bile terk etmek isteyebilirdi, bunu hissediyordum.

Daha açık konuşmalı mıydım? Bunu bilmiyordum.

Lâl'in gruba ilk girdiğim zamanlar bana karşı davranışlarını hatırladım, Yankı'yı izlemesini ve bana karşı cephe almasını. Yankı'yla her yakın adımımızda bundan rahatsızlık duymasını bakışlarıyla direkt bana yansıtması. Evet, günlüğümü okuduktan sonra bütün bunlar değişmişti fakat bu benimle ilgiliydi, Yankı'yla aramdaki ilişkiye yine uzaktı. En önemlisi ikimizi ilgilendiren konularda sessizdi. Bir fotoğraf çekilecekse bile o bunu yapmıyordu, kardeşleri bizim için iyi hissettiğinde o tamamen uzaktı.

Lâl, Yankı'ya mı aşıktı?

Diğer tarafım bunun imkânsız olduğunu söylüyordu çünkü beni çoktan alt edebileceği bir kozu Lâl'in eline vermiştim. Yankı, Lâl'in anlattıklarından sonra benden nefret edebilirdi, ihanetimi öğrendikten sonra arkasını dönüp gidebilirdi ya da beni kovabilirdi; Lâl bunları biliyordu ama bunu yapmamıştı.

Fakat Yankı için yapmamıştı.

İçimdeki o yaşlı kötü kadın yine konuşmaya başlamıştı, zihni sadece en kötüsünü düşünüyordu.

"Yankı," dediğimde gözlerim tam gözlerinin içine baktı. "Lâl ile aranda daha farklı bir bağ var, değil mi?"

Kıskançlık değildi, öfke değildi, kin değildi, nefret hiç değildi; kırgınlıktı. Kendime olan kırgınlığımdı çünkü biliyordum ki Lâl benden çok daha iyiydi, çok daha güçlüydü, çok daha gerçekti. Onunla savaşsam bile Yankı'yı asla kazanamazdım. Savaşmak mı? Bunu asla yapmazdım.

"Aklından ne geçtiğini biliyorum. Dinle, bütün kardeşlerim benim için aynı," dediğinde gözleri Lâl'de ve cesaretini toplayan Bartu'daydı. "Ama Lâl ile daha fazlasını paylaştık. Bu aile oluştuğunda ilk onu tanıdım, onu gördüm. Öyle kötü bir hâldeydi ki unutamıyorum. Küçüktü, korkaktı ama dik başlıydı. Lâl bana benziyordu, o benim ***öz kardeşim*** gibi." Çenesini havaya kaldırdı. "Ve beni hiçbir zaman yarı yolda bırakmadı, hiçbir zaman arkasını dönmedi. En önemlisi Helin, Lâl bana hiçbir zaman yalan söylemedi." Bakışları yüzüme döndü. "Bu hayatta güvendiğim tek kişi kim biliyor musun? Lâl."

Yankı Sarca'nın ellerinden o inancı söküp alan kişi, bendim. Güvendiği tek kişiyi, güvenilmez kılan yine bendim.

"Ve," dedim derin bir nefes vererek. "Bu hayatta en güvenmediğin kişi de benim değil mi?" Alınmıyordum, gocunmuyordum; ben bile kendime güvenmezken onun bana güvenmesini sağlayamazdım. Bakışlarım Lâl ile Bartu'ya döndü. "Ona bu derece güvenirken bir gün mahvederse ne yaparsın?"

"Birine güvenmek, o kişinin bu güveni hiçbir zaman mahvetmeyeceğine de inanmaktır." Bartu, yavaşça ayağa kalktı, Lâl'in karşısına geçmeye hazırlandı. "Güvenmediğin insanların sana yaptıklarından ya da yapacaklarından korunabilirsin, Helin ama güvendiğin insanlardan korunamazsın."

"Bana güvenmiyorsun, değil mi?" diye sordum bu sefer açıkça.

Düşünmedi, nefes bile vermedi, direkt yanıt verdi. "Sana güvenmiyorum."

"Haklısın," dediğimde gözlerimi gözlerinden ayırdım. "Bana hiçbir zaman güvenmemelisin çünkü ben de kendime güvenmiyorum."

"Sana güvenmediğim için bana istediğini yapabilirsin," dediğinde sesi sertti. "Ama bir gün sana güvenirsem ve sen benim sırtımdan bıçaklarsan o zaman bu Yankı Sarca'yı asla göremezsin." Derin bir nefes verdi. "Lâl de göremez."

Onların arasında ince bir ip vardı, o ip ellerimdeydi ve tek bir makas darbesiyle o ipi kesebilirdim fakat Yankı'yı korunmasız kılmak, en son yapmak isteyeceğim şeydi.

Lâl Sarca'ya ise asla ihanet etmeyecektim, ömrümün sonuna kadar. Kim olursa olsun, ne yaparsa yapsın. Beni sırtımdan defalarca o bıçaklasa bile geri geri yürüyecek, insanlara sırtımı göstermeyecektim çünkü o bana bunu yapmıştı.

Sessizlik aramıza girdi. Bana karşı korunmalar aldığını biliyordum, çizgiler çektiğini hatta bunu yaparken kardeşlerini de kendi yanına çektiğini. Onun için korunulması gereken biriydim, daima da öyle kalacağıma neredeyse emindim.

"Bartu, ne oldu lan?" diyen Mutlu'nun sesi beni kendime getirdi. "Bel fıtığı mı oldun, duruşa bak." Bartu, Lâl'in önünde eğilmişti, öylece duruyordu ve Lâl ne olduğunu anlamak istiyormuş gibi Bartu'yu izliyordu. "Of," dedi eğilerek. "Bana kalçalarını gösteriyor."

"Sus Mutlu," dedi Bartu gözlerini kapatarak. Ağzını oynatarak bir şeyler söyledi, büyük ihtimal cümlelerini tekrar etti sonra elini hafifçe öne doğru uzattığında boğazını temizledi. "Lâl'im," dedi gülümseyerek. Gözleri bana döndü. Cesaret vermek istiyormuş gibi kafamı aşağı yukarı salladığımda Bartu yine Lâl'e baktı. "Benimle dans eder misin, çilekli ballı sütüm?"

Çilekli ballı sütüm.

"Çilekli ballı sütüm mü?" diye mırıldanan Yankı yüzünü çoktan buruşturmuştu. "Çilekli ballı süt mü?" Işık'ın sesi gür çıkmıştı. "Bartu," dedim başımı sallayarak. "Yine olmadı."

"Çilekli ballı süt mü amına koyayım?" diyen Mutlu ayağa kalktı. "Ballı çörek Lâl."

Lâl, şaşkınlıkla Bartu'ya bakarken aklı tamamen karışmıştı, bunu anlayabiliyordum. Kaşlarını havaya kaldırdı, başını iki yana salladı. "Hadi," dedi Bartu Mutlu'yu umursamayarak. "Benimle dans et, fındık kurdum. Bak buradayım, seninle dans etmek istiyorum."

"Fındık kurdum mu?" Mutlu Bartu'ya doğru ilerlerken, eli ağzındaydı. "Ben bu aşka inancımı kaybettim Ela."

"Canım benim," dedi Bartu dişlerini sıkarak. "Güzelim," Lâl'e doğru yaklaştı, "kalksana."

Oturduğu yerden kalkmazken, hepimizin gözü Lâl'deydi.

"Yok," dedi Bartu ardından bir anda Lâl'i kolundan sertçe çekip kaldırdı, vücudunun vücuduna çarpmasına neden oldu sonra elini beline yerleştirdi. "Benimle dans edeceksin. Etmezsen bütün gece seni omzumda taşırım, ufaklık. Duydun mu?"

"İşte," diyen Mutlu kollarını önünde bağladı. "Gerçeğine döndü ballı çörek."

Bartu buydu. Onun için kibarlık sadece bir kelimeden ibaretti, daha fazlası yoktu ve fark etmiştim ki Lâl tarafından reddedilmeyi asla göze alamıyordu. Onun için Lâl'in ne dediğinin önemi yoktu, kendisinin ne istediğinin önemi vardı.

Lâl aynı şaşkın ifadeyle Bartu'ya bakarken Bartu, umursamaz bir şekilde beline koyduğu elini düzeltti, diğer eliyle Lâl'in elini tuttu. "Hazır mısın?" diye mırıldandı. "Asla unutamayacağın bir dans olacak."

"Öküz dansı," diyen Mutlu gülüyordu. "Tango biliyordun değil mi sen?"

Bartu, alayla Mutlu'yu baktığında gülümsemesinde ilk defa üstünlüğü gördüm; kendine güveni gördüm. Bakışları kısıldı tekrardan Lâl'e baktığında "Bana ayak uydur," dedi, sonra bir adım attı. Lâl, yalpalayarak ona ayak uydurmaya çalıştığında her şey sanki birkaç saniyede oldu. Bartu, hepimizi şaşkına uğratacak şekilde oldukça estetik, oldukça seksi, oldukça profesyonel bir şekilde tango yapmaya başladı ki Lâl'in bilmemesinin hiçbir önemi kalmadı. Dudaklarım şaşkınlıkla aralandı, benimle beraber Işık ile Mutlu'da aynı ifadeye büründü.

"Kardeşim be," dedi Yankı gururla. "Doğruymuş."

Müzikle beraber onlar dans ederken gözlerimizi onlardan ayıramıyorduk. Lâl artık dans etmek bir yana dursun, Bartu'dan başka hiçbir noktaya odaklanamıyordu. Adımlarıyla onu takip ederken gözleri gözlerinin üzerindeydi. Gitar çalanlar bile dönüp onları izliyorlardı, şarkıyı daha içten söylüyorlardı.

Birkaç dakikadan sonra "Siktir," dedi Mutlu. "İşte şimdi mahvoldum." Başını iki yana salladı. "İşte şimdi âşık oldum. Öldüm, yaşamıyorum."

"Bu Bartu mu?" Işık başını eğip baktı. "Gerçekten bildiğimiz öküz Bartu bu. Nasıl yani?"

Yankı'ya dönüp "Gerçekten tango biliyormuş," diye mırıldandım. "Yalan söylemiyormuş."

Lâl'in belini kavrarken, onu yatırdı, bacağını bacağının arasına koydu sonra yüzüne doğru yaklaşıp "Süt çilek bal," dedi. "Bunların hiçbirisi umurumda değil. Sen busun, ben buyum ama bak bir de bu kişiliğim var. Düştün değil mi?" Onu tekrardan kaldırdı, kendine yasladı. "Düştün düştün. Hem de çok fena düştün bu sefer, gerçekten düştün."

Lâl'in yutkunduğunu gördüm, bakışları Bartu'ya o an her zaman olduğu gibi bakmıyordu sanki daha farklıydı; ya gerçekleri görmüştü ya da kendi gerçekleriyle yüzleşmişti, bilmiyordum ama Lâl'in o an kalbinin hızlı attığına kalıbımı basabilirdim.

"*Kilitli hayallerin*," diye mırıldandı Yankı keskin bir sesle. "O hayallerinin içinde dans etmek de var mı?"

Bakışlarım yavaş yavaş ona döndüğünde çiseleyen yağmur yüzüme çarpıyor, rüzgâr esiyordu. Bunların hiçbirisi beni rahatsız hissettirmiyordu, kalbimdeki ağırlık dışında. O ağırlık geçmeyecek gibiydi, geçmezse yaşayamayacakmışım gibiydi. Geçsin istedim, geçirebilsin istedim.

"Sanırım." Derin bir nefes verdiğimde kollarımı önümde bağladım. "Kimseyle dans etmedim, kilidi kapalıdır bu yüzden."

Yankı turkuaz gözlerini benden ayırmayarak karşıma geçti. "O hâlde bu hayalin de kilidini açıyorum," dedi ve sertçe eli belimi tuttu. "Bir hayalini daha gerçekleştiriyorum."

Elim omzuna tutundu, diğer eli, elimi tuttu. "İlk dansım," dedim kısık bir sesle. "Anahtarlar sadece sende."

"O hâlde başka kimseyle dans etmeyeceksin," diye karşılık verdi. "Söz ver."

"Söz," dediğimde beni hareket ettirmeye başladı, Bartu kadar profesyonel değildi ama benden daha güzel dans ediyordu.

"Asla," diye mırıldandı. "Benimle ilk dansın, anahtarlar sadece bende. Başka hiç kimseyle olmayacak, benden başka kimseyle dans etmeyeceksin."

"Asla," diye karşılık verdiğimde gülümsedim. "Kilitli hayallerimin anahtarları sadece sende."

"Seninle dans ediyorum," dediğinde afacan bir şekilde göz kırptı. "Liderin olarak." Sonra birkaç adım attı, ben de ona ayak uydurdum. "Liderler, altlarındaki kişilerle dans etmek zorundadır."

"Liderlerin," dedim ona biraz daha yaklaşarak. "Her zaman bir bahaneleri mi vardır?"

"Bahane mi?" Vücudu vücuduma sürtündüğünde ateş çıkacakmış gibi hissettim. "İnan, sadece ve sadece liderin olarak, Helin. Sadece liderin olarak. Başka hiçbir nedeni yok."

İlk defa bir adamın kollarında, hiçbir şeyi umursamadan ve hiçbir planım olmadan öylece dans ediyordum; huzurluydu, ayrıydı, iyi hissettiriyordu. Kendimi biraz daha ona yasladığımda ensesindeki saçları çekiştirdim. "O zaman söz ver sen de Lider Yankı Sarca," dedim fısıldayarak. "Senin kilitli hayallerinin anahtarları da sadece bende olacak."

Bunu yapmazdı, biliyordum; söz vermek Yankı için önemliydi çünkü her söz bir gün yalana dönüşebilirdi fakat Yankı'nın yüzü fazlasıyla rahat, bakışları oldukça dikkatliydi.

Eli belimi daha sıkı kavradı, beni kendine biraz daha yasladı, vücutlarımız bir bütün halini aldı. "Benim *kilitli hayallerimin* anahtarları," dediğinde nefesi yüzüme çarptı, onun nefesi oksijenim oldu. "Bundan sonra sadece *sende*."

20.

RANDEVU

Bartu Sarca'nın güncesinden...

15.02.2004

Adım Bartu oldu, gerçekten tek bir adım var artık.

Bugün yanakları kırmızı, öfkeli, kocaman gözleri olan bir kız tanıdım. Gerçek adını bilmiyorum ama ona Lâl dediler. Lâl'in anlamı dilsiz demekmiş. O dilsiz değil, gördüm dili var, bana uzattı.

O sadece konuşmuyor, konuşmak istemiyor.

Eli daha kalem bile tutmuyor, okuma yazmayı bile bilmiyor.

Ben ondan büyüğüm, çok büyüğüm hem de. Ona her şeyi öğreteceğim ama çok korkuyor. Benden kaçıyor. Korkacak, kaçacak ne var ki?

Ben kötü birisi değilim, bunu öğrenecek.

Bu günlüğü bana verdiler, yaz dediler.

İlk yazdığım Lâl oldu.

Benim Lâl'im oldu.

Elin kalem tuttuktan sonra sen de beni yazacaksın, Lâl.

Ben hep ama hep senin yanında olacağım, hep seninle olacağım, hep seni koruyacağım.

"Birinci Sokak Nöbetçisi, Bartu Sarca"

Herkesin kötü anıları vardı, bunu biliyordum. Yaşadıkları ya da yaşamak zorunda kaldıkları; yaşayamadıkları belki de yaşayamadığı için oluşturdukları pişmanlıkları. Birçok insan geçmişini silmek istediğini söyleyebilirdi hatta unutmak istediğini, geriye dönse o ânı tamamen değiştireceğini. Benim böyle değildi. Ben sadece geçmişime gidip kendimi izlemek istiyordum.

Bütün yaşlarımı izlemek istiyordum, bütün gittiğim yolları görmek istiyordum, bütün gerçekleri defalarca tekrar tekrar hatırlamak istiyordum.

Hep kendimin bir adım uzağında olmalıydım. Çünkü beni bu hale getiren insanların yüzleri hafızama kazınmalıydı, yollarıma taş koyanların kendilerini göstermeleri gerekiyordu, bir çocuğun masumiyetini çalanların gözlerinin içine bakmak istiyordum; oluşturdukları kişiyi görsünler diye.

Tuhaftı, öyle tuhaftı ki bu hisleri yeni yeni anlayabiliyordum. Hiçbir zaman intikam duygusuyla kavrulan birisi olmamıştım, bana yapılanların zararları hep banaydı, o insanlar sadece vücudumda bir kanser hücresiydi ve ben hiçbir zaman o insanlardan intikam almak istememiştim.

Şu an ise elime bir silah verseler gözümü kırpmadan beni bu hâle getiren herkesi tam kalbinden vurabilirdim; tam kalbinden çünkü o insanları vurduğum zaman kan akar mıydı, görmek isterdim.

Vicdansız insanları öldürebilirdim ama o insanların kalplerini kanatamazmışım gibi geliyordu.

Onların bir kalbi var mıydı, bilmek istiyordum.

İntikam duygusunu da öfke duygusunu da neden hissetmeye başladığımı anlayabiliyordum çünkü artık o kötü insanlarla aynı odanın içinde değildim. Ruhum artık o kırmızı ışıkla odada değildi.

Nefes almıştım, dışarı çıkmıştım. Diğer odalardan başkaları çıkmıştı, bana gülümsemişlerdi, bana bakmışlardı, bana gerçekten bakmışlardı.

Onlar Sokak Nöbetçileri'ydi; beş odadan çıkan onlardı ve benim altıncı odamın içi, onlarca kötü insanla doluydu.

Sırtımı kapıya yasladım, onlardan gizledim ama o odadan çıkmak bana gerçekleri bağırdı. Ellerimi tuttu Sokak Nöbetçileri, o ellerime intikam duygusunu ektiler. Bak, dediler sanki bana. Çıktığın odadaki insanlar, senin sırtındaki büyük kamburun sahibi. Onlardan kurtul, onlardan kurtulamazsan kendinle hiçbir zaman barışamayacaksın.

Sırtım acıdı kamburumdan çünkü ben o odanın önünden ayrılamıyordum, bir elim her zaman kapının kolundaydı; kaçabileceğim tek yer de yine o odaydı.

Lâl Sarca'nın yatağında otururken aklımdan bunlar geçiyordu çünkü tam karşımdaki mantar panoda Sokak Nöbetçileri'nin fotoğrafları vardı.

Küçüklerdi ama her fotoğrafta gülümsüyorlardı.

Büyümüşlerdi ama yine her fotoğrafta gülümsüyorlardı.

Ben artık onlar gibi olmak istiyordum.

Kendimi bazen kaldırıma oturup onları izleyen küçük bir kız çocuğuna benzetiyordum.

Mantar panonun önünde dururken Lâl'in beni izlediğini biliyordum. Dans ettikten sonra arabaya binip eve geri gelmiştik, Yankı yine işinin olduğunu söyleyip bizden ayrılmıştı. Nereye gittiğini merak etsem de ona soramamıştım, o da açıklama gereği duymamıştı.

Ve Lâl Sarca'yla aynı odada kalacaktım.

İhanetimi tek bilen kişi.

"Burada çok güzelsiniz," dediğimde parmaklarım fotoğraftaki yüzlere dokundu. On beş on altı yaşlarında olmalılardı. Bir okulun önündelerdi, büyük ihtimâl aynı liseye gitmişlerdi. Mutlu'nun saçları kısaydı, alnına kravatını geçirmişti ve önde eğilmiş dilini uzatıyordu. Bartu, elleri cebinde gömleğinin düğmeleri açık tam bir serseri gibi orta parmağını kaldırmıştı. Işık, Mutlu'ya arkadan sarılmıştı, kahkaha atıyordu. Altında minicik okul eteği vardı.

Lâl, Yankı'nın hemen yanındaydı, başı onun omzundaydı ve bakışları hüzünlüydü. Saçları dalgalıydı, altında etek yerine pantolon vardı; parmaklarının arasında da bir sigara, kaldırımda oturuyorlardı. Yankı'nın çalışkan öğrenci olduğu her halinden belliydi, gömleği ve kravatı yerindeydi, eli, Lâl'in omzundaydı, bakışları ise haylaz bir çocuk gibiydi.

Tam arkamda kalmış olan Lâl'in nasıl baktığını bilmiyordum ama bana doğru yaklaştığını hissettim.

Altındaki fotoğrafa doğru ilerledim. Işık ile Lâl beraber fotoğraf çekilmişlerdi. İkisinin de elinde dondurmaları vardı, Işık'ın ağzı yüzü dondurma içindeydi, Lâl ise nefretle Işık'a bakıyordu. Hemen altındaki fotoğrafta Mutlu'yla Işık baş başaydı, birbirlerine dil uzatıyorlardı.

Bir sonraki fotoğraf gülümsememin genişlemesine ama kalbimin sıkışmasına neden oldu.

Yankı kocaman turkuaz gözleriyle kameraya bakıyordu, eliyle kamerayı kapatmaya çalışıyordu ve hemen arkasındaki Lâl gülümsüyordu.

Bir fotoğrafta Yankı, yalnız başına kitabını okuyordu, gizli gizli çekilmişti. Başka bir fotoğrafta bilgisayarın başındaydı, başka bir fotoğrafta gözleri dalmıştı. Başka bir fotoğrafta direkt olarak kadraja bakıp gülümsemişti. Diğerlerinin de tek tek fotoğrafları vardı ama nedense Yankı'nın fotoğraflarında daha ayrı bir ruh vardı.

"Bu Yankı mı?" dediğimde küçük bir erkek çocuğun fotoğrafına dokundum. "Gözleri masmavi!"

Lâl, hızlı bir şekilde elimi fotoğrafın üzerinden çekti ve bakışları bana döndüğünde kaşlarının çatık olduğunu fark ettim. Başını olumsuz anlamda iki yana salladığında onu rahatsız edenin ne olduğunu anlayamıyordum.

"Üzgünüm," dediğimde mantar panodan yavaşça uzaklaştım. "Canını mı sıktım? Özeline girmek istemezdim."

Lâl'in gözleri beni ağır ağır takip ederken en sonunda çift kişilik yatağa çarptım. Bana bakıyordu ama bir şeyler düşündüğü de ortadaydı. İkimizin de hâlâ alkolün etkisinde olduğumuzu biliyordum fakat o neşemiz kalmamıştı aksine daha berbat bir hale gelmiştik. Saatler sonra itirafımın ardından baş başa kalmıştık, bana söyleyeceklerinden ya da söylemek istediklerinden ödüm kopuyordu.

Birkaç dakika sonra Lâl hızlı adımlarla giysi dolabının yanındaki kitaplığına yürüdü ve oradan bir defter çıkardığında yüzüme doğru döndü. Adımları oturduğum yere yöneldiğinde elindeki defteri tanıyordum, ondan çaldığım günlüktü.

"Lâl," dedim kuru bir sesle. "Bu konuyu konuşmak için ikimiz de doğru bir kafada değiliz."

Az önceye zıt bir şekilde ağır adımlarla benim önümde durduğunda günlüğünü kaldırdı, bana doğru uzattı. Ne demek istediğini anlamıyormuş gibi bir ona bir günlüğüne bakarken yanıma oturdu, günlüğünün ilk sayfasını açtı, kucağıma koydu.

"Okumamı mı istiyorsun?" diye sordum şaşkınlıkla. Başını aşağı yukarı salladı, gözlerini gözlerimden bir an olsun ayırmıyordu. "Neden?" dediğimde bakışlarım günlüğe kaydı. Pencereden dışarıya doğru baktı daha sonra oturduğu yerden kalkıp yine o kitap dolabını yürüdü. Birkaç saniye sonra elinde Yankı'nın bana verdiği günlükle geldiğinde amacını anlamıştım. "Çünkü," diye mırıldandım. "Sen benim geçmişimi okudun, ödeşmek istiyorsun."

Beni onaylamadı ama asıl olanın bu olduğunu biliyordum. Ona karşı gelmeli miydim? Geçmişinden uzak durmalı mıydım? Ne yapacağımı bilemeyerek günlüğünü boş gözlerle izledim sonra derin bir nefes verek "Bunu gerçekten istiyor musun?" diye sordum fakat biliyordum, Lâl bunu istemese asla yapmazdı.

Her geçmiş, kendi içinde koyu ve açık renkleri taşırdı. Onun geçmişinin hikâyesinin en koyu renklerden oluştuğuna emindim, canımı çok yakacağını da biliyordum ama Lâl Sarca'yı bilmek istedim, gerçekten görmek istedim.

Yutkunarak günlüğünü havaya doğru kaldırdım ve satırlara baktım. Yeni yazılmıştı, bu ortadaydı ama tarih çok çok öncesini gösteriyordu, Sokak Nöbetçileri'yle tanışmasından bile öncesini.

"Tarih iki bin üç," diye mırıldandım. "Günü yok." Bakışlarım ona kaydı. "Çünkü hatırlamıyorsun." Lâl, gözlerini günlüğünden ayıramıyordu sanki her ne okuyacaksam, okuduğum âna geri gidecekti.

Bakışlarımı yine günlüğe doğru çevirdim, parmaklarım satırların üzerinde gezinirken sesli bir şekilde "*Bugün, geçmişimdeyim,*" diye mırıldanarak okumaya başladım. "*Bugün tek katlı evimizdeyim. İki oda var, ben küçüğündeyim. Rutubet kokusunu alabiliyorum, duvarlardan yağmur yağdığı için hâlâ sular damlıyor. Kış bitsin istiyorum çünkü üşüyorum. Yanımda küçük erkek kardeşim var, bugün üçüncü yaşına giriyor. Onun doğuştan omurilik felci var, yürüyemiyor. Kış bitmeli çünkü erkek kardeşim üşüyor, üşümemesi gerekiyor.*"

Nefesimi verdim, gözlerimi yumdum sonra okumaya devam ettim. "*Annem, diğer odada bir adamla yatıyor. Bağırıyorlar, inliyorlar. Neler olduğunu anlamıyorum. Kardeşim o sesleri eğlenceye çeviriyor, ellerini çırpıyor, ben ona eşlik ediyorum. Elimde küçük bir kek var. Karşı evimizdeki Remziye teyzenin çamaşırlarını astığım için bana para verdi, ben de kardeşime o parayla doğum günü pastası aldım. Üzerine erimiş bir mum diktim, dilek dile dedim ama onun aklı bunlara ermiyor.*"

Lâl'in kesik nefesleri beni günlükten uzaklaştırdı, bakışlarım ona döndü. Vücudu hafifçe titriyordu, omuzları inip kalkıyordu, gözyaşlarına direniyordu. O benim gibi değildi, bunu biliyordum, ağlamak onun için son seçenekti. "Lâl," dedim soluk bir sesle. "Devam etmeyelim." Kafasını art arda iki yana sallayıp günlüğe dokundu, okumamı işaret etti.

Birkaç saniye onun yüzünü izledim, yapboz parçaları gibi dağılan gücünü gördüm ama daha fazla devam edemeden yine günlüğe döndüm. "*Ben kardeşim yerine dilek diledim, dedim ki, onun güzel bir hayatı olsun, hep mutlu olsun, kaderi güzel olsun. Gözlerimi kapattım sonra o mumu üfledim, kardeşim sevinçle ellerini çırptı. O anda evimizin zaten kırık olan kapısı sertçe açıldı.*"

"*O geldi. Keskin nefeslerinden tanıdım, her zamanki öfkesini hissettim. Kardeşimi arkada bırakıp kapıya doğru yürüdüm sonra delikten onu izledim.*" Anısı beni kendi anılarıma götürdü, kırmızı ışıklı odadayken durmadan delikten korkuyla adımları izlerdim, küçücük bedenimle açılmaması için direnirdim.

"Babamı çoğu zaman kapı deliğinden izlerdim çünkü kapı deliğinden izlediğimde daha zararsız görünürdü, daha az korkutucu olurdu. Daha az canımızı yakardı."

Devamını okuyabilecek cesaretim yoktu, bunu hissedebiliyordum ve sessizliğe gömüldüğümde artık o odanın içinde Lâl'in çocukluğuyla beraberdim. Kendime biraz süre verdim, o kapı deliğinden sanki izlerken gözlerimi kapattım. Eli kolumu tuttu, devam etmem için sıktı.

"Babam sinir hastasıydı. Annemde ise yanlış giden bir şeyler olduğunu o yaşımda bile hissederdim ama anlayamazdım. O gün kapı deliğinden izlerken hissettiklerim korkutucuydu, şimdi ise her şeyi anlıyorum. Babam, annemle yataktaki o adamın yanına yürüdü. Kızması gerekirdi, diye düşünüyordum ama kızmamıştı. Adam, altında bir şortla sandalyeye oturmuş sigarasını içiyordu ama annemi göremiyordum. O iyi miydi? Babam, anneme dedi ki, üzerini giyin. Adam ise babamın eline tomar para tutuşturdu."

"On dakika sonra adam evimizden çıktı gitti, yüzünü göremedim ama ellerini hatırlıyorum. Kocaman elleri vardı, ellerinin tersi kıllarla kaplıydı. Annem görüş açıma girmişti. Mutfak masasına oturmuştu, babamın uzattığı sigarasını dudaklarının arasına yerleştirmişti ve içiyordu. Saçları dağılmıştı, gözleri baygın bakıyordu. Demişti ki, Halit, ben artık katlanamıyorum. İlaçlarım nerede? Sigara artık bana yetmiyor." O an annesinin ve babasının uyuşturucu bağımlısını olduğunu anlamam ve idrak etmem saniyelerimi almıştı ama anlamıştım, keşke anlamasaydım.

"Halledeceğim, demişti babam da sonra başını çevirip bizim kapıya doğru bakmıştı, o an bile kapı deliğinden beni görecek diye ödüm kopmuştu, titremiştim. Çocuklar, demişti bizim için. Fazla yük oluyorlar." Kafamı iki yana salladığımda gözlerimin dolmaya başladığını hissedebiliyordum. *"Daha fazlasını istiyorsan birisinden vazgeçmemiz gerek. Çocukları olmayan binlerce aile var. Birisine verelim. Erkek olanı değil, kız olanı verelim. Erkek büyüyünce namımı sürdürür, hem felçli bir çocuğu kimse istemez."*

Lâl'in daha yüksek nefesini duyduğumda gözleri dolu dolu günlüğü izlediğini gördüm; yaşlar düşmemek için direniyordu ama oradaydı, asılmıştı, her an kendilerini feda edeceklerdi.

"Annem cevap vermemişti bir süre. Sonra çocukları mı satacağız, diye sormuştu. O kadar da değil Halit, diye devam etmişti. Bu bile bana yet-

mişti, kapı deliğinden izlerken gülümsemiştim, annem bizi korumuştu."

"Sonra tartışmaya başlamışlardı. Her gün olduğu gibi yine tartışmaya başlamışlardı. Annemin bir yarası kapanmadan başka bir yarası açılıyordu. Paramı ver, diyordu babama. O benim hakkım. Babam vermek istemiyordu. Sesleri yükseldi sonra babam defalarca kırılan ama defalarca yapıştırdığım tahta masayı itekleyip yere düşürdü, annemin üzerine yürümeye başladı. Annem geriye doğru giderken sigarayı yüzüne doğru attı, çığlık atmaya başladı. Gözlerinin altı daha fazla morarmıştı ikisinin de dudakları daha fazla kurumuştu."

"Babam annemin yüzüne sert bir tokat attı sonra başka bir tokat daha. Ona küfürler etti, başını tutup arkasındaki duvara çarptı, annem yere düştü ama çığlık atmaya devam etti. Komşuların kapılarının sesini yine duydum ama hiçbiri yine kurtarmak için gelmedi. Babam yerde yatan annemi tekmelemeye başladı, annemin üzerindeki beyaz sutyeni kanla kaplandı."

Yanımda Lâl titriyordu, o titriyordu, ben titriyordum. Gözümden yaşlar düşmeye başladığında bakışlarımı ona çeviremiyordum, ağlarken kendini göstermekten hoşlanmadığını düşündüm ama kendi yaşlarımı da durduramıyordum.

"Kapı deliğinden bakmayı bıraktım, kapıyı açtım ve ona baba diye seslendim. Bugün yapma, bugün Hüseyin'in doğum günü. Babam başını çevirip bana bakmıştı, o kadar kötü görünüyordu ki korkudan yere düşecek gibi olmuştum ama yine de ona doğru yürüdüm, annemin önüne geçtim. Para lazımsa ben kazanırım, demiştim. Bu yüzden dövme onu. Beni hiçbir zaman anlamazdı, önemsemezdi, o anda da anlamadı ve hiç düşünmeden diğer günlerde olduğu gibi dövmeye başladı beni. İlk önce ellerime vurdu sonra yüzüme. Beni itekledğinde yere düştüm ama annemin önüne geçtim. Babam tekme attı. Benim de geçmeyen yaralarıma yeni yaralarım eklendi."

"Sonra hep yaptığını yaptı, aldı sigarayı üzerimde söndürdü. Hep bunu yapardı. Karnımda söndürdü bu kez. Dakikalardır bağırmasam da o an çığlık attım. Kardeşim odadan sürünerek çıktı, masmavi gözlerini bize dikti. Annem yattığı yerde çırpındı, artık o aklını kaybediyor gibiydi. Dışarıdaki insanların konuşmalarını duyabiliyordum. Babam durmadı, küfürler savurarak beni dövmeye devam etti ama annemi korudum."

Lâl, karnını açtı, benim ona bakmamı istedi ve gözlerim karnına döndüğünde sigara yanıklarının izlerinin gördüm, bir tane değildi;

defalarca tekrar etmişti babası. "Lâl," dedim hıçkırarak. "Çok üzgünüm, çok üzgünüm. Keşke seni o andan kurtarabilsem."

Karnını kapattı, yere baktı ve ağlamaya devam etti, içim acıdı ağlarken bile sesi çıkarmıyordu. Onun yerine çığlık atmak istedim. Sesini duyuyordum sanki, o geçmişinde bana sesleniyordu. Hiç duymadan onun sesini işitebilmem normal miydi?

"Kardeşim sürünmeye devam etti, ona gelme diye bağırdım, annem gülmeye başladı, babam küfürlerine devam etti. Ben ağladım. Annem, duvarları yumrukladı, ben yardım edin diye haykırdım, babam saçlarımı tutup beni sertçe yere attı. Kardeşim çığlık atmaya devam etti. En sonunda komşular kapıyı açtılar, babama seslendiler ama onu üzerimden almadılar, Remziye teyze geldi, umutla ona baktım, Hüseyin'i gösterdim. Onu buradan al, diye bağırdım. Sadece Remziye teyze kardeşimi kucağına aldı, benim kurtaramadı."

"Onlarca kişi eve girdi, annemi o hâlde gördüler, beni o hâlde gördüler, ailemi gördüler. Acıdılar, acıyan gözleriyle izlediler ama kimse gelip bizi yerden kaldırmadı, yakınlaşırlarsa mahvolacaklarını, yanacaklarını sandılar. Biz o gece zaten mahvolduk. Bu son beraber mutsuz aile tablomuzdu, sonrasında her şey daha da kötüleşti."

Daha fazla dayanamayarak günlüğü kapattım ve yere atarak Lâl'e döndüm. Başı yerde, elleri kucağında öylece yere düşen günlüğe bakarken yaşlar yanaklarından süzülmeye devam ediyordu. Bir an bile düşünmeden hıçkıra hıçkıra ağlayarak onu omuzlarından tutup kendime çektim ve sıkıca sarıldım. "Lâl," dediğimde nefesim kesiliyordu. "Kurtuldun." Dudaklarımdan bu kelime döküldü, başka hiçbir şey söyleyemedim. "Büyüdün," diye devam ettim sonrasında. "Geçti, o zamanlarda kaldı."

Bana sarılmadı, elleri kucağında kaldı ama başını omzuma yasladığında daha fazla titredi, daha çok ağladı. Parmaklarım saçlarını okşamaya başladığında ikimiz de hâlâ geçmişte gizlenmiştik. Ben o evde kapı deliğinden onları izliyordum, Lâl, kırık masanın arkasındaydı.

Onu artık daha net görebiliyordum ve Yankı'nın Bartu'yu sevemeyeceğini söylemesinin nedenini daha iyi anlıyordum. Bartu, öfkeliydi, hırçındı, sinirliydi. O Lâl'in kötü anılarında gizlenen babası gibiydi. Lâl, korkularıyla yaşamaya devam eden bir kız çocuğuydu.

Günlüğü almak istedi ama onu engelledim. "Şu an değil," diye soludum. "Sonra okuyacağım devamını, söz ama şimdi değil. Gerçekten değil." Başımı yasladığım yerden çektim sonra yüzünü ellerimin arasına aldım; parmaklarımla yaşlarını sildim. "Biliyorum çok korkuyorsun," dedim. "Bazen kendini hâlâ o zamanda hissediyorsun, çok korkuyorsun, yine aynı şeyler olacak sanıyorsun ama geçti. Artık o zamanda değilsin."

Ellerini havaya kaldırdı, bildiğim işaret diliyle *"Ben o geçmişle yaşamaya alıştım,"* dedi sonra devam etti. *"Ama geçmedi. Senin de geçmedi. Hâlâ acıyor."*

"Biliyorum," dediğimde omzumu indirip kaldırdım sonra acıyla gülümsedim. "Ama yine de geçmiş gibi davranıyoruz değil mi?" O da gülümsediğinde birbirimizi izledik. Onda bulduğum anne sıcaklığının çocukluğundan geldiğini artık görebiliyordum, kapı deliğinden izler gibi.

Oturduğum yerden kalktım sonra yatağın çarşafını kaldırıp onu yavaşça yatağa yatırdım. Üzerini örttüğümde yanına oturup önüne gelen saçları itekledim. "Biliyor musun," dedim gülümseyerek ama hâlâ yaşlar akıyordu. "Ben senin sesini duydum artık biliyorum. Konuşmana gerek yok, Lâl."

Lâl, bu söylediğimden sonra daha fazla ağladı, gözlerindeki yaşlar akmaya devam etti. "Gözlerini kapat," dedim. "Hadi," diyerek gözlerimi kıstım. "Bir iki üç, dediğimde uyuyacağız." Yan bir şekilde ben de yanına uzandım. "Bir, iki," nefesimi verdim, "üç."

Lâl, gözlerini kapattı ama ben kapatmadım; onu izlemeye devam ettim. Uyumasını bekledim, kesik nefesleri devam etti, bir süre daha gözlerinden yaş geldi ama sonunda düzenli nefeslere dönüştüğünde ve yüzündeki acı uzaklaştığında ben ağlamayı da durduramadım, buna da devam ettim.

Kendim için, onun için, bildiklerim için ve bilmediklerim için.

Canımı yakan her şey için ağladım ve onun kardeşi için tuttuğu dileğini, ben onun için diledim.

"Lâl," dediğimde çoktan uyumuştu. "Kardeşim. Kaderinin başı kötü çizildi, sonrası güzel olsun. Güzel bir hayatın olsun, hep mutlu ol."

Çok kötü bir kâbusun içinde olduğumun farkındaydım ama zihnim sürekli bu kâbusu reddettiğinden ötürü, içinde bulunduğum durumdan bile kaçtığımı anlayabiliyordum. Gökyüzünün üzerinde ateşler vardı, yeryüzü ise buzullarla doluydu. Benim ayaklarımın altına dikenler batıyordu, kan değil, zehir akıtıyordum.

Dışarıdan gelen sesleri duyabiliyordum, bu sesler herkese aitti ama en çok Lâl'in hiç duymadığım sesiydi.

"Helinski!" İşte bu ses Mutlu'ya aitti ve emindim, onlar benim kâbusumun içinde değildi. "Bugün düğün günün kalkman gerekiyor!" Üzerimdeki çarşafın çekildiğini hissettiğimde inleyerek tekrardan çarşafı almak istedim, uyanmıştım ve kâbus pençelerini benim üzerimden çekmişti.

"Ya," dedim homurdanarak. "Uyumak istiyorum, biraz daha." Kaşlarım çatıldı. "Kim evleniyor?"

"Düğün öncesi damadın kardeşiyle yatan kişi kim bu evde?" Homurdanarak bir daha çarşafı çekti. "Ayakkabının altına isimlerimizi yazacaksın daha." Anlamayarak yüzümü buruşturdum, omuzlarımı sarstı. "Seksi, kalksana! Bugün Yankı'yla evleniyorsunuz!"

Gözlerim hızlıca açıldı, iri gözlerle üzerime eğilmiş Mutlu'yla Işık'a baktım sonra yanımda şiş gözlerle oturan Lâl'i gördüm; onu da uyandırmışlardı.

Kâbusun verdiği etkiyle ürkek gözlerle onları izledim. "Ne evliliği," diye soluduğumda kendimi toparlayamamıştım. "Kimle kim? Ben ve Yankı? Nerede? Ne zaman?" Üzerime başıma baktım.

Mutlu, kendi kendine söylenerek perdeye doğru ilerledi sonra sertçe açıp "Türk filmlerinde erkeklerle yatıp gecesinde her yerini gösterdikten sonra sabahında çarşafla üzerini kapatan saçma kadın karakterler gibi olmaktan vazgeç," diye tek nefeste homurdandı. "Kalk o yataktan, hemen!"

Işık gözlerini kocaman açıp "Yuh," dedi. "Bu cümleyi nasıl tek seferde söyledin?"

"Tabi siz damatlar tarafından size emanet edilen kadınlara, her bakımdan yetersiz gördüğünüz ikizinizin nedimelik etmesine şiddetle karşısınız ama." Çenesini havaya kaldırdı. "Bihter Ziyagil içimde, Firdevs Yöreoğlu akıl hocam, kendine gel."

Zamanın, olayların, gerçeklerin varlığına yeni yeni erişebiliyordum. Çarşafı üzerimden itekledğimde "Yankı," diyerek Işık'a baktım. "O nerede? Saat kaç?" Yataktan zıplayıp bir ileri bir geri yürüdüğümde güneş aşağıya doğru inmişti, öğleden sonra olmalıydı.

"Tam elli yıldır uyuyorsun," dedi Mutlu öfkeyle. "Artık uçan arabalar var, uçan insanlar, ışınlanma filan. Her şey havalanıyor Yankı'nın çükü hariç. Adam çürüdü çürüdü."

"Yankı nerede?" diye sordum bir anda.

Mutlu, Işık'a ters bir bakış atıp önüme geçti. Lâl, dizlerinin üzerinde yatakta durmuş bizi dinliyordu. "Bugün evleniyorsunuz Yankı'yla." Ona yine iri gözlerle baktım. "Yani evliliğe ilk adım. Bugün randevun var seni suratı panda..." Lâl ile bana ters bir bakış attı. "Siz dün gece ne yaptınız?"

Bakışlarım ona döndüğünde ikimizin de saçının başının dağınık olduğunu, yüzümüze yaptığımız makyajların ağladığımızdan ötürü dağıldığını, yüzümüzün balon gibi şiş olduğunu fark ettim. Berbat görünüyorduk, yorgun görünüyorduk ama hafiflemiştik de.

"Uzun türk filmi bakışması," dedi Mutlu. "Gerçekten Yankı, kardeşinin yatağında bu şekilde yakalandığını bilse o randevuya gelir mi?" Omuzlarımı bırakıp kollarını önünde bağladı. "Ve ben sabahtan beri sizin için bu kadar çabalarken..."

"Uyduruyor." Işık, gülmeye başladı. "Amacı sadece sizi öpüştürmenin alt yapısını oluşturmak. Yankı'yı evden kovdu, damat tıraşı olmalıymış. Mutlu öyle dedi. Bir de gerçek bir randevu olması için tam saatinde gelip seni evden alacak. Heyecanlanmanı istiyor."

Bugün Yankı'yla randevumuz vardı, bunu bir anlığına unutmuştum ve şimdi hatırladığımda...

"Yankı bunu kabul etti mi?" dedim aynı ifadeyle. "Yani damat tıraşı kısmını..."

"Yok o kadar da değil." Mutlu sırıttı. "Ama biliyorsun, Yankı'nın hep dağınık saçları vardır, git şu saçlarını düzelt, üzerine şık bir şeyler giyin dedim. Bakalım neler yapacak Papağan Jack'im..."

"Onlar da Bartu'yla alışverişe çıktılar..." Işık düşünüyormuş gibi gözlerini yukarıya dikti. "En azından Bartu öyle söyledi, bilmiyorum."

Bir yanım aşırı heyecanlı, aşırı hevesliydi fakat bir yanımda da dünün verdiği şiddetli bir sızı vardı. Lâl'in nasıl hissettiğini anlayamıyordum, bakışları sabitti Yankı ve benim hakkımda hep böyle oluyordu ama bir kere olsun bana destek çıkmasını istemiştim, bir kere olsun bizim için gülümseyebilirdi.

"Bu hiçbir şeyden anlamayan iki öküze 'şık' dedim diye abartmasınlar," dedi Mutlu gözlerini devirerek. "Smokinle hamburgerciye giden Yankıtu Sarcaios mu?" Kafasını iki yana salladı. "İşte bunu kaldıramayız."

"Yok daha neler." Işık kıkırdıyordu, keyfi yerinde görünüyordu. Ya Mutlu'yla aralarındaki problemleri halletmişlerdi ya da Murat Can'la bir arada olmanın başka bir yolunu bulmuştu.

"Bir şey itiraf edeceğim," dedi Mutlu ve bakışları bana döndü. "Ama bunu Yankıtu'ya söylersen turkuaz külot partisine Yankı'nın çıplak fotoğraflarını dökerim, haberin olsun."

Devamında her ne gelecekse merakla gözlerimi açıp "Söylemeyeceğim," dedim. "Hem sende onun çıplak fotoğrafları mı var?"

"Yok da çekerim," diye mırıldandı sonra bakışlarını kaçırdı. "İstersen sana da gönderebilirim, Helinski."

"Mutlu sen sapıksın, bunu biliyorsun değil mi?" Işık kafasını sallayarak tespitini söylediğinde ben de onu hırsla alkışladım.

"Vay," dedi bana doğru. "Söylemiyorum o zaman."

Hemen durup kolunu kavradım. "Tamam tamam, söyle. Dinliyorum."

Mutlu'nun zaten söylemek istediğini biliyordum sadece ısrar istiyordu. Birkaç saniye duraksadıktan sonra eğilip kısık bir sesle "Yankı'yı odasında yakaladım," dedi. "Bir şeyler izliyordu hem de çok dikkatli, çok çok dikkatli."

İlk önce sustuk sonra "Yuh," dedim yüksek bir sesle. "Porno mu izliyordu? Neden?"

Mutlu'nun kaşları çatıldı sonra omzumdan itekledi. "Porno mu dedim seksi kafa," diye inledi. "Hem porno izlemenin nedeni mi olur?"

"O zaman ne?" diye sordu Işık. "Çatlatma da söyle."

Mutlu, gülümseyerek biraz daha eğildi. "Romantik komedi filmi," dedi. "Bilgisayardan açmış izliyordu, yüzünü görmeniz lazımdı. Kendini gülmeye zorlayan ama tuvaleti gelmiş bir maymun gibiydi."

Ellerimle ağzımı kapatıp gülmeye başladığımda "Şaka yapıyorsun," diye bağırdım. "Seni gördü mü?"

"Evet, görmez olur mu?" diye kendinden emin bir sesle devam etti. "Bana dedi ki 'Romantik Komedi filmlerinin detaylarını çözmeye çalışıyorum, zekâsını anlamaya çalışıyorum' ve ben de dedim ki 'Yok amına koyayım benim de çüküm konuşabiliyor, abartma sen de lider Yankıtu' İyi demiş miyim?"

"Her şeye bir nedeni var," dediğimde kollarımı önümde bağladım. "Gerçekten romantik komedi filmlerinden zerre hoşlanmıyor değil mi?"

"Hoşlanmıyor," dedi Mutlu ve Işık aynı anda.

"Ama o filme gidiyor."

"Gidiyor," dediler yine.

"Ve benimle," diye devam ettim.

"Ve seninle," dediğinde Mutlu gülüyordu.

"Benim yüzümden buna katlanacak çünkü bunu istiyor," dediğimde kurduğum cümle gerçeklere ilk defa apaçık bakmama neden olmuştu. "İnanamıyorum. Benim için katlanıyor."

"Günaydın Helinski, Bartu güneşi çüktükten sonra gün de aymamaya başladı bize, doğru," dedi Mutlu sonra bir anda arkama geçip sırtımdan beni iteklemeye başladı. "Şimdi doğru duş alıyorsun sonra hazırlanıyorsun, zevksiz ikizim sana kıyafetler verecek."

"Benim kıyafetlerim var," dediğimde banyoya doğru sürükleniyordum.

"Senin de biraz daha şık olman gerekiyor." Işık da Mutlu'nun tarafındaydı, aynı yolda yürüdükleri nadir anlardan biriydi.

Mutlu beni banyoya itekledığinde ve arkamdan kapıyı kapattığında aynayla bir kez bile temas kurmadan duşakabine doğru ilerledim ve suyu açarak üzerimdeki geceden kalma kıyafetleri çıkardım. Sonrasında buz gibi suyun altına girdiğimde başımın ağrıdığını yeni yeni fark edebiliyordum. Yorgun vücudum soğuk suyla kendine gelirken bir süre bekledim ardından üşümeye başladığımda sıcağa getirdim.

Yarım saat sonra duş almam bittiğinde üzerime bana ait olan bornozu giyip banyodan çıktım. Yürümeye başladığımda Işık karşımda dikildi. Korkuyla nefesimi verdiğimde "Sakin," dedi ellerini kaldırarak. "Sadece yardımcı olmak istiyorum."

Başımı salladım, beraber onun odasına hızlı bir şekilde geçtik. Yatağın üzerinde dört farklı çeşit kıyafet vardı, üç farklı çeşit de ayakkabı. Gülümseyerek kıyafetleri göstermeye başladığında bana kırgın olup olmadığını anlamaya çalışıyordum, bakışlarım sadece onun gözlerindeydi.

"Işık," dedim utançla. "Dün geceni mahvettim değil mi?"

Elindeki kıyafetlerle öylece bana bakıp "Sen mi?" diye sordu. "Neden?"

"Tuvalette içmemiz, sarhoş olmamız, seni yalnız bırakmamız..." Bakışlarımı kaçırdım. "Ben gerçekten o kadar içtiğimin farkında bile değildim..."

"Çok sarhoştunuz Lâl ve sen," dediğinde yüzünde alaycı bir ifade vardı. "Öğrenmek istediğin sana kızgın olup olmadığım ise evet sana kızgınım ama nedeni beni yalnız bırakmanız değil, beni o tuvalet partisine çağırmamanız."

"Ah," dediğimde gülümsedim. "Sen Murat Can'ı kendine âşık etmekle meşguldün o sırada. Sahi sonuç ne? Bizimkilerden şikâyetçi olacak mı?"

Kafasını olumsuz anlamda iki yana salladı sonra kapıya doğru bakıp "Mutlu kapının önünde bizi dinliyor," diye fısıldadı. "Bu yüzden sessiz konuş." Başımı aşağı yukarı salladım. "Murat Can, onlardan şikâyetçi olmayacakmış," diye devam etti fısıldayarak. "Sabah konuştuk. Kardeşlerin istediklerini yapabilirler, ben senden vazgeçmeyeceğim, dedi." Dudaklarını büktü. "Arkadaşının burnu kırılmış, onu zor ikna etmiş o kadar." Ardından sesini yükseltti, Mutlu'ya rol yaptı. "Ne Murat Can'ı? Cehennem dibine kadar yolu var, korkağın teki!"

Nefesimi tutup gözlerimi açtığımda "Sanırım o adamın burnunun nasıl kırıldığını biliyorum," diye mırıldandım.

"Dün hakkında neler hatırlıyorsun?" diye sordu ve normal ses tonuna döndü. "Çok sarhoştun."

"Hiçbir şey unutmadım aslında," dediğimde elindeki kıyafetleri üzerime doğru tutuyordu. "Yankı'nın bana sinema biletlerini verdiğini ânı hatırlıyorum, Mutlu'nun Murat Can'ın omzuna çıktığı ânı, Bartu'nun adama tasma takmasını, Yankı'nın sarışın adamın burnunu kırmasını..."

"Ne?" dediğinde dehşetle gözlerini açtı. "Onun burnunu Yankı mı kırdı? Ben Bartu sanıyordum. Neden?"

Dudaklarımı ısırıp utançla başımı önüme eğdim. "Eğer kafam güzel diye yanlış anlamadıysam adamın bana yiyecekmiş gibi baktığından söz etti," dedim. "Kimse bana öyle bakamazmış. Yankı her zaman ortalığı toplayan değil mi? Onun şiddete başvurmasına çok şaşırdım."

Işık, eliyle ağzını kapatıp şaşkın gözlerle bir süre beni izledi sonra nefesini verdiğinde sesine şaşkınlık bulaşmıştı. "Yankı'nın bunu yapması için gerçekten canının sıkılmış olması gerek," dediğinde imalı bakışları üzerimdeydi. "Ve sıkılmış. Seni kıskanmış anlaşılan."

"Ne?" dediğimde kaşlarımı kaldırdım. "Kıskanmak mı? Ama o dedi ki 'Liderin olarak lan liderin olarak!'"

Işık, işaret parmağını şakağıma birkaç defa vurdu. "Sen bazı konularda fazla saf oluyorsun," dedi. "Kardeşimin gerçeklerini ortaya dökmek istemiyorum ama sana sadece tek bir şey söyleyeceğim, iyi dinle." Gözlerimin içine baktığında temkinliydi. "Hepimizin farkında olduğu bir durum var. Sen Yankı Sarca'yı değiştirdin, iyi anlamda. Onu artık tanıyamıyoruz." Kaşları çatıldı. "Eskiden nasıldı, diye sorma. Bunu sana doğru kelimelerle anlatamam ama net bir şey söyleyebilirim; senden sonra daha sık gülümsüyor ve gerçekten bakışlarında huzur var."

"Ya," dediğimde benden öncesini daha çok merak etmiştim fakat bunu gerçekten de sorgulayamazdım.

"Her neyse," deyip elindeki siyah uzun kollu tulumu havaya kaldırdı. "Bunu giyinebilirsin, çok yakışır sana."

Tulum hem spor hem şıktı ve rahat görünüyordu. Göğüs dekoltesi V şeklinde geliyordu, omuzları dikti. Askıda durduğu gibi ben de durur muydu bilmiyordum ama karşı gelmeyerek başımı sallayıp tulumu elinden aldım. Işık ise başka hiçbir şey söylemeden beni giyinmem için odada tek başıma bıraktı.

Onun arkasından Işık'ın makyaj aynasında kendimle yüzleştim. Yüzümdeki makyaj tamamen temizlenmişti fakat ağladığımdan ötürü gözlerim şişmişti. Ekip'in yüzümde bıraktığı yara izleri geçmek üzereydi, kızarıklıkları kalmıştı. Kabukları dökülmüştü, morluklar sarılaşmıştı.

Bornozu yere bırakıp yatağın üzerindeki yeni iç çamaşırlarını elime aldım. Siyah, dantel bir takımdı. Kaşlarım çatıldı, bunun nedense Mutlu'nun fikri olduğu düşüncesini aşamıyordum ya da Yankı'nın? Yutkunarak iç çamaşırlarını giymeye başladım ve utandığımı hissettim. Randevunun ilk günü neler olurdu? Eğer önümde bir bilgisayar açık olsaydı bunu araştırırdım.

Işık'ın bana verdiği tulumun paçaları uzundu ama üzerime tam gelmişti, bel kısmı dar bir şekilde oturmuştu. Ayaklarımı açığa çıkarmaya çalışırken kapı tıklatıldı, Mutlu'nun sesini işittim. "Helinski!" dedi sevecen bir sesle. "Anadan doğma değilsen girebilir miyim?"

"Gel Mutlu," dediğimde gülümsedim.

Kapı açıldı ve Mutlu içeriye girdiğinde üzerine pembe panterli tişörtünü giymişti, altında kısa şortu vardı. Çorapları rengârenkti. Onun bu tuhaf tarzını çok sevdiğimi fark edebiliyordum.

"Vay," dedi ellerini birbirine çarparak. "Zevksiz ikizim güzel iş çıkarmış."

"Ne sandın ikizlerin yüz karası," diyerek Işık Mutlu'nun arkasından çıktı ve elini Mutlu'nun omzuna attı. "Tam bir randevu kızı oldu."

Lâl, Işık'ın arkasındaydı, yüzündeki makyajı temizlemişti ama üzerinde hâlâ dünden kalma kıyafeti vardı. Beni baştan aşağı süzdükten sonra hiçbir şey söylemeden Işık'ın yatağına oturdu. Gülümsemiyordu ama somurtmuyordu da. İyi de değildi, kötü de.

O an kafamda ziller çaldı, o ziller, başımı daha şiddetli ağrıttı. Lâl'in tam gözlerinin içine bakarken sanki o da zilleri duydu. Bartu Sarca Lâl'in babası gibi öfkeli bir adamdı, sinirli bir adamdı ama Yankı? O tam zıttıydı. Sakindi, durağandı, toplayıcıydı, babasının tam zıttıydı. Lâl'in Yankı'ya bu kadar ihtiyaç duymasının, bu kadar muhtaç olmasının nedeni buydu.

İkizler bana yöneldiğinde "Saçını makyajını yapalım," dedi Işık. "Yankı yarım saate gelir, ilk yemek yiyeceksiniz." Işık, kafamdaki havluyu çekti, prize kurutma makinesini taktı ve saçlarımı kurutmak istedi ama onu engelleyip kendi saçlarımı kendim kuruttum. Kuruduğu zaman kabaran saçlarımı fırçayla düzelttim, Mutlu bu görüntüden çok fazla hoşlanmasa da dile getirmedi. Makyajı Işık yapmak istediğinde karşı çıkmayarak elimdeki far fırçasını ona verdim ve sandalyesine oturup kendimi onun ellerine bıraktım.

Bir süre sonra son aşamaları yaptığında "Vay," dedi Işık. "Gerçekten güzel oldu."

Mutlu da yaklaştı, sandalyenin diğer tarafından bana baktı sonra memnuniyetsiz bir sesle "İyi de saçları," dedi. "Buluşmaya gitmeden önce saçını başını turkuaz külotlu kızlar yolmuş gibi görünüyor."

Başımı kaldırıp aynaya baktığımda Işık'ın yaptığı makyajla yüzleştim. İzlerin hepsini yok etmişti, gözlerimin üzerine belirgin olmayan bir far sürmüştü, kirpiklerim ise fazlasıyla belirgindi. Yanaklarım kızarmıştı ama nedeni allık değildi, kendimi gördüğümde oluşan ani heyecanımdı. Dudaklarımda mat, ten rengi bir ruj vardı. Olduğumdan hem farklı hem aynıydım.

"Ona da çare var," dedi Işık ve hevesle düzleştiricisini çıkardı. Birkaç dakika sonra düzleştirici ısındığında kendisi uzanmadan benim elime tutuşturdu, saçlarıma dokunulmasından hoşlanmadığımı anlamıştı. "Düzelt saçlarını."

İkiletmeden elinden düzleştiriciyi alıp saçlarımın üzerinden geçtim, elektriğini aldım. O sırada aynada Lâl ile göz göze geldiğimizde onun dalgın bakışlarının yerde olduğunu fark ettim, yükselen moralim, artan heyecanım onun o halinden sonra derbeder olduğunda gelişigüzel birkaç düzleştirici darbesinden sonra Işık'ın eline tutuşturdum.

"Bence yeter bu kadar," deyip ayağa kalktığımda ikizlerin gözleri üzerimdeydi. Beni baştan aşağı süzdüler, kafalarını salladılar sonra birbirlerine ellerini çarptılar.

"Güzel ekip çalışması," dedi Mutlu keyifle. "Darısı başıma."

Işık "Rüyanda görürsün," dediğinde onu itekledi. "Seni var ya mahvedeceğim, birini bulma sakın. Buluşmaya gitmek mi? Bittin sen."

Işık'ın söyledikleri Mutlu'ya dokunmadı bile. Omzunu silktiğinde gözleri ayaklarıma doğru döndü. "Az kalsın unutuyordum!" diye bağırdığında ayakkabıların olduğu tarafa doğru yürüdü. "Hangisini giyeceksin?"

Siyah topuklu botu rastgele gösterdiğimde onu almak yerine tabanı beyaz bir topuklu ayakkabıyı aldı ve yanımıza doğru yürüdü. Ne olduğunu anlamadığımızda kalktığım sandalyeye oturdu, sonra kalemini çıkardı. Ayakkabının tabanına isimler yazmaya başladığında şaşkınlıkla gözlerimi açtım. Mutlu bunu görmüş gibi "Bakalım kimin isimleri silinecek gelinin ayakkabısından," dedi keyifle. "Hepimizi yazacağım."

"Ayakkabımı mahvetme!" diyerek Işık çekiştirmeye çalışsa da Mutlu buna izin vermedi ve kalemle yazmaya devam etti.

"İlk başa Lâl'i yazıyorum, suratsızın evlenmesi imkânsız ama olsun." Yüzünü buruşturdu. "Altına ister istemez Bartu Grey'imi yazacağım, ona aşığım ama evlenmesini istiyorum." Gülümsedi. "E en belirgin, en sürtünen yere de kendimi yazdım mı tamamdır." En son kendi adını yazdığında ayakkabıyı bana uzattı. "Giy bakalım."

Işık, sertçe onun elinden ayakkabıyı çekti sonra kalemi aldı. "Ben niye yokum?"

"Çünkü sen evlenemezsin," dedi. "Eğer adın silinirse veremden ölürüm, yataklara düşerim, bunu kaldırabilir misin?"

Işık, kaşları çatık bir şekilde ayakkabının arkasına kendi adını da yazdığında "Hey," diyerek konuya dâhil oldum. "Saçmalamıyor musunuz? Benim bildiğim bu gelinliğin altındaki ayakkabıya yapılır."

"Akşama gerdeğe gireceğine tepki vermiyorsun da buna mı tepki veriyorsun," dedi Mutlu hevesle.

Gözlerimi irice açtığımda "Gerdeğe filan girmeyeceğim," dedim ve Işık'a korkak gözlerle baktım. "Ne gerdeğinden bahsediyor?"

Işık'ın arkamda durmasını bekledim ama o Mutlu'nun tarafında gibiydi. "Fazla özele girmeyelim," dediğinde Mutlu'ya göz kırptı.

"Hey," dediğimde yanaklarımın kızardığını hissedebiliyordum. "Gerçekten bunu yapmayın sadece sinemaya gideceğiz, öncesinde de hamburger patates yiyeceğiz."

"Dikkat et de hamburger patates niyetine Yankıtu seni yemesin," diyen Mutlu eğleniyordu. "Sonuçta *ateş onu çağırıyor*..."

Sanki daha fazla şaşırabilirmiş gibi ya da daha fazlası olabilirmiş gibi ellerimin terlediğini hissettim. Donuk gözlerle Mutlu'ya bakarken hareket dahi edemiyordum. Randevular hakkında hiçbir bilgim yoktu, flörtleri de bilmiyordum. Duyduklarım vardı ama biz Yankı'yla farklıydık. Elimle yüzümü yellediğimde odanın içinde yürümeye başladım. Üçünün de bakışları üzerimdeydi.

"Sadece sinema ve yemek," dedim kendi kendime. "Yankı sonuçta. Her gün gördüğüm adam. Diğer günlerden ne farkı olacak ki?"

"İşe yarıyor," diye fısıldadı Mutlu. "Randevu öncesi heyecan. Bekleyiş. Terleme, ateşlenme. Ağız kuruması. Karın ağrısı var mı Helinski?"

"Normal çıktığımız bir günden hiçbir farkı yok," diye kendi kendime art arda tekrar ettim. "Yankı Sarca. Liderim olarak Yankı Sarca."

"Liderin olarak Yankı Sarca mı, yoksa gecenin ateşli erkeği Yankı Sarca mı onu göreceğiz," dedi Mutlu. "Neredeyse gelirler."

"Gelmesinler!" dediğimde telaşa kapılmıştım sonra gözlerim Işık'a döndü. "Bak, bu aptallık anladın mı? Onu resmen buna zorunlu tuttum, hiç alışık olmadığı şeyler. Romantik komedi filmi mi?" Gülmeye başladım. "O sevmiyor ki." Somurttum. "Hem ben kasılırım." Sonra yine güldüm. "Bir saniye ya patates yerken dişimde bir şey kalırsa?"

Işık, elini alnına vurdu, Mutlu kahkaha attı. Lâl'in ise kaşları beni anlayamıyormuş gibi çatılmıştı. "Helin," dedi Işık. "Yanlış anlama ama bahsettiğin adamın karşısında bir kere kendini kalbinden vurmaya çalıştın." Sırıttı. "Keşke dişinde bir şey olsaydı da bu olmasıydı." Omuzlarımı tutup kollarımı sıvazladı. "Sakinleş, o sadece Yankı. Sana neler oluyor?"

"Karnım ağrıyor," dedim yüzümü buruşturarak. "Böyle karnımda bir şey var, ağır bir şey. Taş gibi. Ağrıtıyor ama kötü bir his değil. Nefes almamı zorlaştırıyor."

Işık nefesini verdiğinde sevecen bir şekilde gülümsedi. "Heyecan," dedi bana doğru. "Bu çok güzel."

"Heyecan mı? Hayır, değil. Ben bilirim o duyguyu," diyen Mutlu Işık gibi sevecen değildi. "Taş gibidir. Ağrıtır, saplandı mı zor çıkar. Bir de kalabalık yerdeysen seni öldürür. Kıvranır durursun." Ayağa kalktı, yanıma geldi. "Gaz sıkışması bunun adı. Dikkatli ol."

"Mutlu!" dediğimde ellerimle yüzümü kapattım ve başımı iki yana salladım. "Lütfen sus!"

"Yoksa regl mi olacaksın?" Mutlu dehşetle gözlerini açmıştı.

Tam o sırada zil çaldığında ellerimi yüzümden çektim ve kapıya doğru baktım. Işık hevesle "Geldiler!" dediğinde Mutlu koşar adımlarla odadan çıktı. Işık yerdeki beyaz ayakkabıları gösterip güldü. "Giy çabuk, hemen aşağı in! Bekliyoruz!"

Onunla beraber Lâl ile Mutlu da çıktı ve odada yalnız kaldım. Tedirginlikle yatağa oturdum ve heyecandan titreyen ellerimle ayakkabıları zorlukla giydim. Fermuarı çektiğimde yatağın köşesinden tutunarak ayağa kalktım.

Aşağıdan bana seslendiklerini duyduktan sonra düşük omuzlarımı dikleştirdim, gözlerimi sıkıca yumdum ve açtım. Kendime gelmek için birkaç defa yanaklarıma vurduktan sonra odadan çıkıp merdivenlere yöneldim.

"Helinski!" Mutlu'nun sesinde büyük bir heyecan vardı. "Ayakkabılarını yere iyi sürt kızım, bu gece gerçekten mahvolacaksın! Ateş seni bakışlarıyla bile çağırıyor!"

Merdivenin basamaklarını inerken adımlarım birbirine girecekmiş gibiydi. Başımı kaldırmadan son basamağa geldiğimde Mutlu elini uzattı, öne doğru eğildi. "Mutluga Prens, sizi randevulaştığınız beyefendiye götürmek ister," dediğinde zihnimin bulanmasına neden oldu ve başımı kaldırmak zorunda kaldım.

İlk olarak Mutlu'yla ve Bartu'yla karşılaştım sonra onu gördüm, Yankı'yı ve artık adımlarımın birbirine girmesinin tek nedeni heyecandı, onu gördüğüm an toz bulutuyla uçuşan korkularımı artık hissetmiyordum.

Yutkunduğumda başını o da eğdiği yerden kaldırdı, göz göze geldik. Kapının dışındaydı, eşikten girmemişti ve beni bekliyordu.

Oydu, Yankı'ydı ama farklı biri gibiydi. Onun güzel bir adam olduğunun zaten farkındaydım ama bu sefer fazlasıyla nefes kesiciydi. Üzerine lacivert, ütülü bir gömlek giymişti. Evet, gömlek giymişti, hem de ütülü. Rahat çizgisinin dışına çıkmıştı, omuzlarını ortaya çıkaracak dar kesim bir gömlekti. Altında siyah pantolonu vardı ama asıl fark beni bozguna uğratmıştı.

Daima dağınık bıraktığı, parmaklarının izi olan saçları düzgün bir şekilde taranmıştı; sakallarını kısaltmıştı. Haylaz, umursamaz erkek çocuğuydu sanki ve bir anda büyümüştü. Karşımda yirmi beş yaşında bir adam olmuştu; onun dağınık saçlarını çocukluğunun hediyesiymiş gibi gördüğümü yeni anlıyordum.

Ve ellerinde. Evet, ellerinde bir buket papatya tutuyordu.

Adımlarım ona doğru ilerlediğinde ortamdaki tek ses, topuklularımdan çıkan sesti. Yankı, turkuaz gözleriyle tam gözlerimin içine bakıyordu; yavaşça beni süzdüğünde gözlerinin kısıldığını gördüm. Zaman aynıydı, yer aynıydı, her şey aynıydı ama sanki biz farklı iki insan olmuştuk.

Normal iki insan olmuştuk.

Karşısında durduğumda sessizliği elbette ki Mutlu bozdu. "Heyecandan tükürüğümde boğulacağım şimdi," dediğinde yerinde zıplıyordu. "Lütfen biz de onlarla gidelim, ne olur ne olur!"

"Sakın," diye fısıldayan Işık'ın sesi sabitti. "Sus, ortamı bozuyorsun."

Yine sessizlik oldu. Birbirimize belki de çok kısa sürede baktık ama o kısa sürede gülümsemeden edemedim. O karşılık vermedi, gözlerini benden ayıramıyordu. Elinde tuttuğu papatyalara baktı sonra bana doğru uzattı. Kaşları çatıldığında "Sana papatyalar aldım," dedi. "Araştırdım, çiçek alınması gerekiyormuş ilk randevuda. Birçok çiçek çeşidi vardı, hepsi çok abartıydı. Ama en güzeli papatyalardı. Ben de sana benzeyeni seçtim."

Heyecandan titreyen elimi öne doğru uzattım ve papatyaları aldım. Kalbim hızlı hızlı atmaya başladığında teşekkür bile etmedim ama yüzümdeki gülümseme daha fazla genişledi. Aslında ne kadar da bilgisiz ve çocuk gibiydi şu an karşımda.

"Hazırsan," dedi, sonra boğazını temizledi. "Hazırsan çıkalım mı Helin?"

"Öleceğim," diyen Mutlu gülüyordu. "Adam çiçek almış, klişelerin en klişesini yapmış ama öyle güzel yapmış ki."

"Mutlu," dedi Bartu. "Gerçekten yine çok konuştun."

"Hazırım," dediğimde sesim zor çıkıyordu.

"Kardeşim," dedi Bartu arka taraftan. "Arabalardan birini almak istemediğinden emin misin? Sen iste jet getireyim ayağına."

"Araba mı?" Yüzümü buruşturarak ona doğru döndüm, Bartu diğer günlerden daha keyifli görünüyordu. "Neden araba?" Tekrardan Yankı'ya baktım ve aklımdan geçenleri okusun istedim.

Yankı, arkama doğru bakıp gülümsediğinde gözlerimi ondan alamıyordum; içten gülümsemesi dudağının kenarında yine o çukurun oluşmasına neden olmuştu. "Yok," dedi Yankı tek nefeste. "Helin arabaları değil, bisikletleri seviyor. Helin ne istiyorsa o olacak bu gece."

Helin arabaları değil, bisikletleri seviyor. Helin arabaları değil, bisikletleri seviyor. Zihnim durmadan bu cümleyi tekrar etti, bu cümleyi düşünürken karnımdaki ağrı daha fazla arttı. Bugün benim içindi; bunun farkındaydım.

"E hadi gidin," dedi Işık ve sırtımdan hafifçe itekledi. "Bir daha da gelmeyin." Sonra arkamızdaki kapı sertçe kapandığında olduğum yerde titredim.

Yankı, başını sallayıp elini cebine koyduğunda beraber yürümeye başladık. Ondan gelen bir parfüm kokusu vardı; bu her zamanki kokusuna benzemiyordu. Büyük ihtimâl Bartu onu parfüm banyosuna sokmuştu. Hayal ettiğimde Yankı hiç olmadığı kadar gözüme masum gelmişti.

"Nasılsın?" dedi sanki anormal bir şey soruyormuş gibi. "Günün nasıl geçti? İyi misin? İyi uyudun mu?" Yüzünü buruşturdu. "Lâl ile sahiden öpüştün mü?"

İlk saniyeler çok resmi ilerlemişti ama son sorusu gülmeme neden oldu. "İyiyim, teşekkür ederim, günüm güzel geçti, iyi uyudum sayılır ve..." nefesimi verdim, "Lâl ile öpüşmedik." Samimiyetsiz bir şekilde gülümsedim. "Siz nasılsınız?"

"Siz mi?" dediğinde bisikletinin yanına varmıştık. "Yine mi üç kişi olarak görüyorsun beni? Eğer Jack Smith diyeceksen o Jack'i bir de ben *Titanic*'le beraber batıracağım."

"Hayır." Neden bu kadar heyecanlı hissettiğimi bilemiyordum. "Sadece," ne diyeceğimi bilemedim sonra yere baktım, "resmi olmamız gerekiyormuş gibi geldi."

Yüzünü göremiyordum ama gülümsediğini hissettim. Birkaç saniye sonra bisikletine bindiğinde "Üzgünüm," dedi. "Kapısını açacağım bir arabam yok ama bisikletim var ve muhteşem bir repliğim." Bakışlarım yerden kalktığında göz göze geldik. "Siz," dedi yarı alaylı yarı ciddi. "Binebilir misiniz önüme acaba *Leydim?*"

Dudaklarımı birbirine bastırdığımda ben de gülmemek için kendimi durdurdum. "Bu tuhaf oldu," diye mırıldandığımda bisikletine yan bir şekilde oturdum. "Fakat söylediğin gibi bisikletleri, arabalardan daha çok seviyorum."

"Biliyorum," dediğinde kolları iki yanımdan dolandı ve direksiyonları tuttu. "Bugün sen ne istersen o olacak gibi görünüyor."

"Öyle mi?" dediğimde başımı çevirip ona bakmaya bile korkuyordum çünkü kalbim yerinden çıkacakmış gibi atıyordu. "Ne istersem mi?"

İlk başta sessiz kaldı sonra bisikletini hareket ettirdiğinde hep gittiği yoldan değil de başka bir yoldan döndüğünü gördüm. "Sen karar ver," dedi birkaç dakika sonra. "Eğer bugün sen ne istersen o olursa başka bir gün de ben ne istersem o olur."

"Başka bir gün mü?" dediğimde ellerim sıkıca bisikletin demirlerini tutuyordu. "Yani bugün gibi başka bir gün daha mı olacak demek oluyor bu?"

"Bilmem," dediğinde bisikletinin hızını arttırdı. "Eğer isteklerim gerçekleşecekse neden olmasın?"

Neler isteyeceğini düşünüyordum. Sınırları aşmazdı, Yankı'nın daima sınırlara saygısı olduğuna inanıyordum. "İstemediğim bir şeyi istemezsin zaten," dediğimde saçma bir cümle kurmuştum. "Değil mi?"

Çenesini başımda hissettim ama bunu bilerek yapmamıştı sonra derin bir nefes aldığında ya saçlarımı kokladı ya da ben her şeyi tamamen yanlış anladım. "İstemediğin bir şeyi istersem de sonradan istemene neden olurum zaten," diye karşılık verdiğinde sesinde ciddiyet ve yine alay vardı.

Bazen onu anlamakta güçlük çekiyordum ama bunlar önemli değildi, onunla geçireceğim bir akşam, diğer akşamlardan daha farklıydı. İkimiz farklıydık. Kendimle aynada yüzleştiğimde gerçekte kim olduğumu görmüştüm ve kim olmak istediğimi. O kötü insanların olduğu oda, çok geride kalmıştı. Bugün hiçbir kuvvet beni Yankı'dan çekip alamazdı.

"Tamam," dediğimde sesim korkusuzdu. "Ama bir şartım daha var." Başımı yan bir şekilde çevirdim. "Bugün seni tanımak istiyorum, iki normal insan gibi. Ne sorarsam cevap verecek misin?"

"Mesela ne soracaksın?" dediğinde sesindeki alay uzaklaşmıştı.

"Normal insan soruları," diye karşılık verdim. "Mesela burcunu sorarım gerçi biliyorum, doğum gününden anladım. Koç burcusun. Liderliğinin nereden geldiği anlaşılıyor."

Bir süre düşündü, sessiz kaldı sonra "Anlaştık," dedi. "Cevaplayabileceğim her soruyu yanıtlarım."

"O zaman anlaştık," dedim. "Başka bir gün de senin istediklerin olacak." Hevesle gülümsedim. "Sen de pizzacıya götürürsün belki beni." Bu düşünce nedense Yankı'ya hiç yakışmıyordu ama masum düşünmüştüm.

Güldü; nefesini saçlarımda hissettim. "Pizzacı mı?" dediğinde sesi kısıktı. "Gerçekten benim isteklerimin gerçekleştiği gün aç olacağını mı düşünüyorsun?"

Hevesim yok olduğunda yüzümü buruşturup "Yani," diye mırıldandım. "Aç olmaz mıyız?"

Yüzü saçlarıma dokundu, yeni kestiği sert sakallarını saçlarımda hissettim sonra kulağıma doğru yaklaştı; nefesi hemen yanımdaydı. "Hiç sanmıyorum," dediğinde fısıldamıyor sanki kulağımın dibinde bana kendini bahşediyordu. "Açlık aklımıza bile gelmez."

Yutkundum ve gözlerimi tam karşımdan ayırmadan olabileceklerin hepsini düşündüm. Mutlu'nun bahsettikleri, Yankı'nın istekleri gerçekleştiği zaman ortaya çıkabilir miydi? Mutlu zihnime işlemişti, lanet olsun...

"Yankı," dedim utançla. "Şu an bunu bilerek yapıyorsun değil mi? Seni böyle bir güne zorunlu bıraktım ve sen de benden acısını bu şekilde çıkarıyorsun."

"Acısını çıkarmak mı?" Kafasını iki yana salladı, sakalları daha fazla sürttü. "Ben çok masum bir adamım. Liderin olarak sana bütün günü yönetme hakkını veriyorum." Liderin olarak kelimesini duyduğumda gözlerimi devirdim. "Gün geldiğinde liderin de seni yönetecek, o zaman neler olduğunu anlarsın."

"Sahiden," dedim şaşkınlıkla. "Seni yönetme hakkını bana vermiş mi oluyorsun şimdi?"

"Hemen hemen," diye homurdandı. "Bugün sen nereye istersen oraya gideceğiz, sen ne istersen onu yapacağız."

Dağınık olmayan saçlarını ve ütülü gömleğini düşündüm, bütün bunları Bartu onunla nasıl bir konuşma yapmıştı da kabul etmişti? "Daha önce hiç birisine yönetme hakkı verdin mi?" diye sorduğumda öğrenmek istediğim kendi özel duruşumdu.

"Hayır," dedi rahatsızca. "*Sadece sen, Helin. Bir tek sen.*"

"Hım," dediğimde gecenin benim için eğlenceli geçeceğini anlamıştım. "Bu harika."

"Sınırları aşmadığın sürece," diyerek bana çizgi çekti.

"İstediğimi de söyletebilirim," diye mırıldandığımda daha çok kendimle konuşuyordum.

"Nasıl yani?" Gerçekten ne demek istediğimi anlamamıştı.

"Diyorum ki," dedim üzerine bastırarak. "Bu geceyi ben yönetiyorsam sana şunu diyebilirim: Hadi bana içinden gelen güzel bir cümle kur!"

"İstersen soyunayım bir de?" dediğinde bisiklet caddeye çıkmıştı. "Bunu da ister misin?" İşte bu noktada sessiz kaldım çünkü konuyu uzatırsam yine zararlı çıkanın ben olacağımın farkındaydım.

Yanından geçtiğimiz araçlardaki insanlar bize bakıyordu. Tuhaf görünen neydi bilmiyordum, ömrümün sonuna kadar onunla bisikletin üzerinde durabilirdim, ömrümün sonuna kadar bu şekilde de yaşayabilirdim.

Demir kalçamı bu kadar ağrıtmasıydı eğer.

Bir süre ikimiz de sessiz kaldık ve trafiğin sesi zaten birbirimize duymamıza engelledi. İçimdeki heyecan bir an bile kesilmeden devam ediyordu. Bunu engelleyebilmek neredeyse imkânsızdı. Yankı Sarca benim için, kendi sınırlarının dışına çıkmıştı. Bu düşünce bile benim yüzümdeki gülümsemenin silinmesini engelliyordu.

Başka bir caddeye döndüğümüzde yolun köşesindeki hamburgerciyi görmüştüm. "Hamburger ve patates," dedim gülerek. "Gerçekten bu hoşuma gitti."

"Şu lanet olasıca hamburgerler ve patatesler," dediğinde sesi yüksekti. "Küçük bir çocuğu bu kadar mutlu edemezler."

Konunun hamburgerler ve patateslerle pek bir ilgisi yoktu fakat bunu ona söyleyemedim. Bisikletini yavaşlattı ve hamburgercinin önünde durduğunda ayaklarını yere koydu. "İnebilir misiniz önümden *Leydim*?" dedi yine alayla. "Geldik."

Bisikletinden indiğimde o da benim arkamdan indi ve kilidiyle demire bağladığında mavinin ona gerçekten çok yakıştığını fark ettim. Tek bir tonu da değil, her tonu ona yakışıyordu. Turkuaz gözleri bana çevrildiğinde üzerindeki lacivert gömleğinden dolayı gözlerinin de koyulaştığını görebiliyordum.

Kucağımda sımsıkı tuttuğum papatyalara baktı, daha çok sarıldım. "Evde mi bıraksaydın acaba?" dedi duraksayarak. "Böyle yük oluyor gibi."

"Asla." Net yanıtım tek kaşının havaya kalkmasına neden oldu. "Ellerimde olsa onlar kuruduktan sonra yaşatırdım, ellerimde olsa onların kurumasına bile hiç izin vermezdim." Bakışlarım papatyalara döndü. "Çok değerli."

Hiçbir şey söylemeden yanıma geldi ve ikimiz de yönümüzü hamburgerciye çevirdik. Yüzümdeki gülümsemenin ona da bulaştığını fark ettim. Eli yavaşça belime dokundu ve o şekilde yürüdük.

Hamburgerciden içeriye girdiğimizde içerisinin kalabalık olduğunu fark ettim fakat köşede bir masa sanki bizim için ayrılmış gibi boştu. O tarafa gittiğimizde Yankı benden uzaklaştı ve centilmen bir erkek edasıyla sandalyeyi çekip oturmamı bekledi. Dudaklarım aralandığında kucağımdaki papatyaları masaya bıraktım ardından boğazımı temizleyerek o sandalyeye oturdum.

Ellerini sandalyenin sırtına yasladıktan sonra üstten bana doğru eğildi sonra kulağıma doğru "Hemen geliyorum," dedi. "Hamburgerleri ve patatesleri alarak." Hiçbir söyleyemedim ve o uzaklaştığında bir rüyanın içinde olduğumu bile düşündüm.

Sonra rüyanın kâbusa dönüşmesine neden olan bir şey oldu. Omzumdaki çantanın içinde telefonum titredi, çıkardığımda Caner'in aradığını gördüm.

Gözlerim kasanın orada duran Yankı'ya kaydı sonra telefonu meşgule atıp sert bir şekilde masanın üzerine attım. Bir yerlerden bizi izleme ihtimali oldukça yüksekti, bir şekilde bu ânı bozma ihtimali oldukça yüksekti. Caner her şeyi mahvedebilirdi.

Canım sıkılmıştı, bulunduğum ânı hiçbir şey bozsun istemiyordum, bir süre hiçbir şey düşünmek istemiyordum. Telefon yine titrediğinde bu sefer mesaj atmıştı, ekranda duran ismine bakarken kendimi şu an bile bir ihanetin içindeymiş gibi hissediyordum.

Telefonu elime alıp mesajı umursamaz bir tavırla açtım, eğer izliyorsa da onu umursamadığımı bilmesi gerekiyordu.

Caner:

Helin. Hiçbir zaman uslanmayacaksın değil mi?
Gerçekleri öğrendiğinde canın çok yanacak.

Canım çok mu yanacaktı? Alayla güldüm. Kendi canımı en çok ben yakıyordum, fiziksel şiddetin benim için önemli olduğunu düşünüyorlardı ama önemsizdi; ihanet ettiğimde hissettiğim can yanmasını, daha önce hiç hissetmemiştim.

Mesajı bir süre inceledim, sonra hırsla telefonun arka kapağını açtım ardından bataryasını çıkardım. Düşünmek bile istemiyordum, üzerinde teoriler kurulması da umurumda değildi. Onların artık bana ulaşmasını da istemiyordum, Caner benim bu zaman diliminde yanımda olacak kişi değildi.

Hattı yerinden çıkarıp parmaklarımın arasında parçaladığımda ve masanın üzerine dağıttığımda karşımdaki sandalyenin çekildiğini hissettim ardından önüme tepsi koyuldu. Bakışlarımı kaldırdığımda Yankı karşımdaydı, gözleri masanın üzerindeki telefonumda ve kırılmış olan hattımdaydı. Sanki her şeyi biliyormuş gibi etrafına baktı, bir süre inceledi ardından o da sandalyeye oturdu.

"Sorun ne?" diye sordu telefonu göstererek.

Ona gerçekleri söyleyemeyeceğimi biliyordum, bunu asla yapamazdım ama gün içerisinde yalana da başvurmak istemiyordum. En yalın haliyle "Artık görüşmek istemediğim insanlar var," diye açıklamada bulundum. "Bana ulaşmalarını istemiyorum."

Elini çenesini koydu, gözleri kısıldı. Turkuaz hareleri beni yine hapsetmişti, neler olduğunu anlamaya çalışıyordu. Sorgulayıp sorgulamayacağını bilmiyordum ama o parmaklarını kırılmış olan hattın üzerinde gezdirdi. "Kim gibi?" diye sordu kısık bir sesle. "Küçük enişte gibi mi?"

Yutkunarak bakışlarımı önümdeki hamburger ve patatese çevirdim; en büyük boyundan almıştı ve kocaman kola da yanındaydı. Defalarca tekrar ettiğim an gerçekleşiyordu ve ben Caner'i konuşmak istemiyordum. "Gibi," dedim tek bir yanıtla.

"Seni rahatsız mı ediyor?" diye sorduğunda sesi keskindi. "Sana bunu hep mi yapıyordu?"

Bakışlarımı kaldırıp tekrardan ona baktım. Cevap vermeseydim çok daha yanlış anlaşılırdım ama kelimeler cümleleri oluşturduğu zaman doğruların ortaya dökülmeyeceğini biliyordum. "Caner'in beni rahatsız ettiğini sizden önce hiç fark etmedim," dediğimde yine içimden gelenleri söylemeye çalışıyordum. "O kötü birisi değil, sadece tuhaf."

"Tuhaf olan ne?" diye sordu bu kez. "O göt havucunun sana karşı bir şeyler hissettiğini hiçbir zaman anlamadın mı?" Gözleri beni süzdü.

"Hissettim." Gözlerimi caddeye doğru çevirdim, onunla göz teması kurmak istemiyordum. "Ama bu beni rahatsız hissettirmiyordu çünkü bu konuda üzerime gelmiyordu. Kötü birisi değil," diyerek onu saçma bir şekilde yine savundum. "Gerçekten değil."

"Onun kötü birisi olup olmadığıyla ilgilenmiyorum." Sesi baskındı ama kısıktı. "Onun sana yaptıklarıyla ilgileniyorum ve yüzünde yeni geçmeye başlayan yaralarına baktığım zaman onun karşıma çıkmaması gerektiğini görüyorum." Başını eğdi, benimle göz göze gelmek istedi fakat ona bakmadım. "Onunla gittin. Döndüğünde yüzün tanınmayacak hâldeydi."

"Onunla gitmeme öfkelisin," diye mırıldandım kuru bir sesle. "Bunu dile getirmesen de farkındayım."

"Öfkeli değilim." Bakışlarım ona döndü fakat bakmama sırası ondaydı. "Yaşadığım her olayın bana kazandırdıkları vardır. Beni bir yalana inandırdın, ben bir yalana inanırsam ondan hiçbir zaman vazgeçmem." Bakışları sert bir şekilde bana döndü. "Bir daha aynı durumda olsak seni engellemeye çalışmam ama o sikik suratlı bir daha karşıma çıkarsa yüzü tanınmayacak hale gelen bu sefer sen olmazsın, onu mahvederim."

Yankı'yı kırdığım bir konuydu. Caner tam karşımdaydı, Yankı'nın eli elimdeydi ve ben ona arkamı dönüp Caner'le gitmiştim; belki de bana karşı oluşacak olan o güvenini de ben yıkmıştım. Yankı Sarca gerçeklerin içinde yüzerken ben yalanlarımla ona kulaç atmıştım, bana güvenmesini nasıl bekleyebilirdim ki? Bir kez olsun bana güvenmesi için hiçbir şey yapmamıştım.

Yüzümün düştüğünü anladığında "Hamburger ve patates," deyip tepsiyi gösterdi. "Günlerdir istiyordun."

Nasıl oluyor bilmiyorum ama bana büyü yapıyormuşsun gibi hissediyorum," dediğimde başımı iki yana salladım. "Soru soruyorsun ve ben kendimi cevap vermek zorunda hissediyorum. Bir şekilde insanların zihninin içine girebilme gibi bir yeteneğin mi var?" Tepsiden bir tane patatesi aldım ve ağzıma attım. "Üstüne üstlük bugün soruları ben soracakken."

O da patates aldı ve ağzına attığında her ne düşündüyse bu düşündüğüne güldü; başını iki yana salladı sonra birkaç patatesi daha ağzına attı sonra gülmeye devam etti. "Ne oldu?" dediğimde art arda patatesleri yiyordu. "Neye gülüyorsun?"

"Hâlime," dedi sonra hamburgerinden ısırık aldı. "Bilmiyorum farkında mısın ama hamburger patates yemek ve sonra film izlemek konusunda bir şekilde beni ikna ettin. Hem de romantik komedi filmi. Sence kim büyü yapmış?"

Gözlerim irice açıldı. "Seni ikna etmek için hiçbir şey yapmadım."

"Sorun da burada," dediğinde ağzına başka patatesleri attı. "Benim canım sana ikna olmak istiyormuş, ben zaten bunu istiyormuşum." Duraksadı, fazlasını söylediğini fark ettim. "Bu yüzden soracağın hiçbir soru beni şaşırtmayacaktır."

"O hâlde bu gece bitmeden ikna olmuş Yankı Sarca'yı normal iki insan gibi sorguya çekme zamanı." Ben de patateslerimi yemeye başladığımda keyfim tekrardan yerine gelmişti. "Aklıma gelen her soruyu soracağım." Kolamdan birkaç yudum içtim. "Demek seni şaşırtmayacağım öyle mi?" Kolayı bıraktım hamburgerimden koca bir ısırık aldım. "İlk cinsel deneyimini kaç yaşında yaşadın?"

Ağzında hamburger dururken bakışları bana doğru döndü, hareleri daha fazla koyulaştı sonra öksürmeye başladı. Elinin tersiyle ağzını kapatırken aklıma ilk gelen soru onu bozguna uğratmıştı, tam olarak istediğim buydu. Kolasını ona uzattığımda büyük yudumlar içti sonra ellerini havaya kaldırdı. "Gerçekten ilk merak ettiğin soru bu mu? Benim ilk seksim mi?"

"Hayır," diyerek sırıttım. "Sadece yüzünün alacağı hali merak etmiştim ve şaşırdın."

"Yani sorunun cevabını merak etmiyorsun," diye karşılık verdi ve birkaç defa daha öksürdü.

"Yani," dedim gözlerimi kaçırarak. "Sen bilirsin. Ben öylesine sordum ama..."

"On altı yaşında," dediğinde omzunu indirip kaldırdı. "Rus bir kadındı, tatildeydik. Benden birkaç yaş büyüktü diye hatırlıyorum."

"On altı mı? Rus mu?" deyip düşünceli bir şekilde patatesi sosa dokundurdum. "Yani daha çocuktun ve çocukken Rus bir kadınla yattın?"

"Ergendim," diyerek gülümsedi. "Ergen Yankı Rusların hoşuna gitmiş anlaşılan."

"Ah, güzel Ruslar..." Bu sefer soracağım soru, gerçekten merak ettiğim bir soruydu. "Peki ilk birini öptüğünde de mi on altı yaşındaydın?"

"Yok," dediğinde kaşları çatılmıştı. "Daha küçük olmalıyım, tam hatırlamıyorum. Ben öpmemiştim, beni öpmüştü." Hamburgerinden bir parça ısırdı. "Tuhaf bir andı."

"Anlatırken yaşadın." Kaşlarım havaya kalktı ve iştahım bir anda yok oldu. "O kişinin kim olduğunu merak ettim."

Vereceği cevabı az çok tahmin ediyordum, o da tahmin ettiğimin farkındaydı ama bana bunu yansıtmadı. "Beril'di," dedi önümdeki tepsiye bakarak. "Okulun arkasında öpmüştü. Beni ilk öpen kişiydi."

"Beril'in her konuya bok gibi atlaması can sıkıcı," diye kendi kendime söylendiğimde beni anlamıyormuş gibi eğildi ve kulak kabarttı. "Hiç," diye yüksek bir sesle soludum. "Sadece şu Beril. Sürekli konusu geçiyor, onunla hiç görüşüyor musun?"

"Beril," dedi içten bir sesle sanki beni deli etmeye çalışıyormuş gibi. "Arada sırada görüşüyoruz, kendisi avukat oldu. Benim birkaç davamda yardımlarını gördüm, çok iyi biridir."

Bahsederken sesindeki sevecenlik canımı sıkmıştı. Kaşlarım çatıldı, bu ânı Yankı gördü ve sanki daha fazla hoşuna gitti, gülümsedi. Parmaklarımın arasında duran patatesi onun tepsisine doğru attığımda "Anladım," diyerek konuyu kapatmak istedim. "Seni ilk öpen Beril'di."

"Beni her zaman ilk öpen kadınlar oldu," dediğinde duruşunu dikleştirdi. "Beni nasıl görüyorsun bilmiyorum ama kadın avcısı değilim."

"Kadın avcısı değilsin ama Rusların ve turkuaz külotların avcısısın," diyerek yapay bir şekilde güldüm. "Başına külot geçirebilirsin mesela. Bu senin avcı şapkan."

"Orada kafam güzeldi," diye savunmaya geçti. "Sadece bir kez olsun sarhoş oldum, kontrolden çıktım ve kendimi o şekilde buldum. Normal şartlarda kafama turkuaz iç çamaşırı geçirilmesine izin vermem."

"Ya," diye homurdanıp başka bir patatesi tepsisine attım. "Normal şartlarda neye izin verirsin Yankı Sarca?"

"Bilmem," diyerek hınzır bir şekilde güldü sonra gözlerini tam gözlerimin içine kilitledi. "Siyah iç çamaşırı konusunda izin verdiğim konular olabilir." Çenesini havaya kaldırdı, yüzümün kızarmaya başladığını hissettiğimde bundan keyif aldığını görebiliyordum. "Ve tek bir kişinin siyah iç çamaşırları."

Ellerimin içinin terlediğini fark ettiğimde bacaklarıma sürttüm. "Zaafın galiba bu," deyip umursamaz gibi davranmaya çalışıyordum.

"Zaafım değildir ama birisi zaafım olmasını sağlar belki," diyerek başka bir patatesi ağzına attı. "Neden kızardın?"

"Sıcak sadece," dediğimde ellerimi yanaklarıma koydum.

"Dikkat et de benim isteklerim gerçekleşirken daha fazla sıcak olmasın," deyip güldü.

Tepsimden bir tane patatesi alıp yüzüne doğru attım fakat atik bir hareketle ondan kurtuldu. "Şunu yapmaktan vazgeç," diyerek başka bir patatesi daha attım, bu sefer isabet etti. "Seni tanımaya çalışıyorum."

"Tamam," dediğinde teslim oluyormuş gibi ellerini kaldırdı. "Başka soru?"

Çevreme baktım, karanlık çökmeye başlamıştı ve masalardan birkaçı çoktan boşalmıştı. "En sevdiğin renk?" diye sordum rastgele.

Sorum ona tuhaf gelmişti ama hızlıca yanıt verdi. "Mavi."

"Ben de maviyi seviyorum," dedim sonra devam ettim. "Sende yani."

Gözleri donuklaştı sonra "Yürümeyi bıraktın, koşuyorsun," diye karşılık verdi. "Başka soru?"

"En sevdiğin yemek?"

Bu soru bir süre düşünmesine neden oldu, gözleri uzaklara daldı ve geçmişine gittiğini hissettim. "Mantı," dediğinde sesi hâlâ uzaklardaydı. "Uzun zamandır yemedim."

Onu daldığı yerden çıkarmak isteyerek "İlk aşkını hatırlıyor musun?" diye sordum.

"Daha önce hiç âşık olmadım," dedi net bir sesle. "Nasıl hissettirdiğini bilmiyorum."

"Sence nasıl hissettiriyordur?" diye sorduğumda cevabını merak ediyordum.

"Bilmem," dedi umursamadığı bir konuymuş gibi. "Önümdeki en büyük örnek Bartu."

"Nasıl yani?"

Gözleri gözlerimin içine çevrildi, dikkatli bir şekilde baktı. "Dünya yıkılıyor, savaş çıkmış ama sen sadece tek bir kişiye siper oluyorsun, kendinden daha çok onu düşünüyorsun. Sonra bir bakıyorsun savaşı aslında sen çıkarmışsın, onu kendi savaşından koruyorsun." Başını kaldırıp gözlerimin içine baktı. "Sonra onun canı yanıyor, kendi canının ondan daha fazla yandığını hissediyorsun; çabalamak istiyorsun ama ellerin bomboş. Çaresizlik, aşkın zehri oluyor. Dokunmak istiyorsun bazen, dokunamıyorsun. Öpmek istiyorsun, öpemiyorsun. Uyumak istiyorsun onunla bir kez daha," sonra duraksadı, "ve bir kez daha. Ama uyuyamıyorsun. Karşında sana bakıyor, aklının durduğunu ve sadece kalbinin attığını hissediyorsun. Onu görüyorsun, bir tek ona bakıyorsun." Elini çenesine yerleştirdi ve bana biraz daha dikkatli baktı. "Yüzünün her zerresini ezberliyorsun, kirpiklerinin sayısını bilecek kadar. En güzel yüz ona aitmiş gibi geliyor. Hatta diyorsun ki, 'Bu zamana kadar böyle bir güzellikten nasıl mahrum kaldım?'" Nefesini verdi. "Onu parçalayabilirsin ama onun için kendini parçalamayı tercih ediyorsun." Başını iki yana salladı. "Boyun eğiyorsun, Helin," dedi üzerine bastırarak. "Ve farkında olmadan boyun eğiyorsun. Engelleyemiyorsun." Yutkundu ve sırtını sandalyeye yasladı.

Zorlukla nefes aldığımda bakışlarındaki hayranlığı aşamıyordum. "Bu imkânsız aşk gibi," dedim kısık bir sesle.

Bana, gerçekten beni görüyormuş gibi baktı. "Aşk kimsesiz hissettiğin bir evin içinde, başka birinin senin yanına gelip gerçek yuva benim demesi gibi."

"Bu Bartu'da gördüklerin mi?" dedim ama sorumu cevapsız bıraktı, bakmaya devam etti.

Birkaç dakika sessizce yemeğimizi yemeye devam ettiğimizde "Başka soru yok mu?" dedi.

"Hiç birine ihanet ettin mi?" diye sordum bir anda. Bu soruyu beklemediği çok açıktı, yüzü farklı bir ifadeye büründüğünde vereceği her cevabın benim için bir pusula olacağının farkında mıydı, bilmiyordum.

"Ettim." Kısa, net ve kendinden emin verdiği yanıttı.

"Kimdi?"

"Canım gibi sevdiğim bir yol arkadaşım," dedi. Sonra kaşları çatıldı. "Yol arkadaşımdı."

"Nasıl hissettin?"

"İçimde iki insan var gibi," diye karşılık verdiğinde turkuaz gözleri tam gözlerimin içine bakıyordu, başka noktaya bakmam imkânsızdı. Kendinden daha çok, benden bahsediyor gibiydi. "İkisi de bana hükmediyor gibi."

Duraksarsam anlardı, nefes alırsam anlardı, gözlerimi kaçırırsam anlardı. "Kendi ihanetini affettin mi?" diye sorduğumda dirseklerimi masaya yaslayıp ona doğru eğildim. "Bu zordur."

"Ben kişiyi değil, ihaneti affetmem," dediğinde o da dirseklerini yaslayıp bana doğru eğildi. "Kendi ihanetimi de affetmedim."

"O ihanetin ne olduğunu sorsam söyleyemezsin, biliyorum," dedim. "Ama sen ihanet ettiysen bile bir nedeni vardır."

"Her zaman başka bir yol vardır," dedi genel bir yargıyla hep kurduğu cümlesini kurarak. "Benim yolum yanlış da olsa ihanet oldu. Başka soru?"

Onu rahatsız hissettirmek istemiyordum, fazla özeline de dalmak istemiyordum; geçmişiyle yüzleştirmeyi hiç istemiyordum. O normal bir insandı ve ben de öyleydim.

"Nasıl bir çocuktun?" diye sorduğumda gülümsedim. "Fazlasıyla haylazmışsın gibi geliyor."

"Hangisini soruyorsun?" Ellerini masaya yerleştirdi. "Ailemden öncesini mi sonrasını mı?"

"Her ikisini de," diye mırıldandım.

"Ailemle yaşarken çocuk değildim," diye mırıldandı. "Ailemden sonra da çocuk olmadım ama çocukluğu yaşadım. Her zaman kurallarım vardı ve haksızlığa tahammülüm yoktu. Sürekli başkaldırıyordum. Kardeşlerim yani ikizler, Lâl, Bartu zor bir çocukluk geçirdi. Bartu çok öfkeliydi, sokaklarda büyümüştü, herkesle kavga ediyordu. İkizler özgürlüğüne fazla düşkündü, Lâl'i anlamak neredeyse imkânsızdı. Hepsini toplamak çok zor oldu ama topladım."

"Sizi Önder değil de sen büyütmüşsün gibi davranıyorsun." Önder'in adının geçmesi bile ürpermeme neden oldu, onun yüzü bile zihnime düştüğünde öfkeyi hissedebiliyordum.

"Önder bize dövüşmeyi öğretti," dedi net bir sesle. "Onun arkasından kardeşlerime dövüşürken canlarını yakmamayı öğreten bendim. Önder bize rol yapmayı öğretti, kardeşlerime birbirimize rol yapmamamız gerektiğini öğreten yine bendim. Önder acıyı öğretti, kardeşlerim acı çekerken geçirmeye çalıştım. Önder öfkeyi öğretti, onları ben sakinleştirdim. Önder sevgiyi hiçbir zaman öğretmedi, biz birbirimize bağlandık." Parmaklarıyla oynamaya başladı, tırnaklarının köşelerindeki etleri soydu. "Önder yalanı öğretti, benim dışımda hepsi yalana alıştı ama ben alışamadım."

Parmaklarının kenarlarındaki etleri soydukça kan topluyordu, düşünceleri dalgındı ve her derinliğinde bunu kendisine yaptığını gözlemlemiştim. Çekinerek parmaklarımı elinin tersine dokundurdum, bakışları hızlı bir şekilde bana döndü. "Önder gibi birisine dönüşmediğin için mutluyum."

"Önder gibi birisine dönüşmedim," dediğinde gözü elinin üstündeki elime kaydı. "Çünkü Önder ile hep birbirimize benzedik. O da sokakta büyümüş." Elini elimden çekti, cebinden sigara paketini çıkardı sonra masaya bırakarak sigarasını dudaklarının arasına yerleştirdi. Ucunu ateşlendirdikten sonra büyük bir nefes çekti. "Ve şimdi onun gibi devam etmemi istiyor."

"Yankı," dediğimde gözlerim sigarasının ucundaki ateşteydi. "Bunlar hiç olmamış gibi düşün. Yani hiç Sokak Nöbetçileri'yle olmamışsın gibi düşün. Nasıl bir hayatın olurdu, şu an ne yapıyor olurdun?" Bu sorum onu şaşırtmıştı, gözleri açıldı. "Ne oldu?" diye sordum. "Neden öyle bakıyorsun?"

"Daha önce hiç kimse bunu merak etmemişti," diye açıkladığında hâlâ şaşkındı. "Beni gerçekten merak mı ediyorsun?"

"Seni gerçekten merak ediyorum," dediğimde başımı iki yana salladım. "Kimsenin merak etmediği kadar çok hem de. O kadar çok sorum var ki."

Birkaç dakika bekledi, düşündü; turkuaz gözlerinden her duygu geçti. "Bilmiyorum," dedi itiraf ederek. "Bunu daha önce ben de kendime hiç sormamıştım ama babam en iyisi olmamı isterdi, o yoluma ne çizerse ben de onu yapmak zorunda kalırdım." Babasından bahsetmek Yankı'nın her seferinde farklı bir ses tonuna bürünmesine neden oluyordu. "Tek emin olduğum günün birinde yine ait olduğum yere, sokağa dönerdim."

"Ait olduğun yer sokaklar değil," dediğimde bu düşüncemi sonuna kadar savunabilirdim.

"Ait olduğum yer sokaklar çünkü en soğuk kış gecesinde bile sıcağı hissettiren bir aile gibiydi," diye karşılık verdi. "Beni bir kez olsun bırakmak istemedi."

Ailesini merak ediyordum, gerçeklerini merak ediyordum, neden sokakları evi olarak kabul ettiğini merak ediyordum; her şeyi merak ediyordum ama turkuaz gözleri daha fazlasını istemiyormuş gibi gözlerimdeydi.

"Bu soruya cevap vermek istemeyebilirsin," dediğimde önümdeki patateslerle oynamaya başladım. "Bir düşmanın var mı?"

Bu soruyu kendime de sordum ve aklıma birçok isim geldi; o isimleri birbirinden ayıramıyordum çünkü hepsinin acısı aynı noktadaydı.

"Kolay kolay kimseyi düşmanım olarak görmem," dediğinde sesi kibirliydi. "Çünkü karşındaki kişinin seninle aynı seviyede olması gerekir."

"Yani bir düşmanın yok," deyip öne bir teori attım.

"Bir tane var," dediğinde neden bana dikkatli bir şekilde baktığını anlayamıyordum. Cevabı beni etkileyecek miydi, yoksa o cevabın içinde kendime sorular mı bulacaktım?

"Sanırım söylemeyeceksin," diye elimi salladım.

Bir anda hiç beklemediğim anda "Koza," dedi ve bu ismi duyduğumda yüzümün alacağı şekli ciddiyetle izledi. Olabildiğince yüzümü sabit tutmaya çalışsam da nasıl baktığımı bilmiyordum. Tepki vermedim, izlemeye devam ettim; dizlerim titriyordu, ellerimi gizledim. Ekip beni Sokak Nöbetçileri'nin yanına Koza için göndermişti. "Daha önce bu ismi hiç duydun mu?"

Başımı hızlı bir şekilde olumsuz anlamda iki yana salladım. Günüme yalanı bulaştırmayacaktım ama oradaydı, yalanlar bana kucak açmak zorunda kalmıştı. "Neden diğerleri değil de o senin düşmanın?" diye sorduğumda umursamaz görünmeye çalışıyordum.

"Çünkü benimle savaşabiliyor," diye açıklamada bulundu. "Bunu başarabiliyor. Bu yüzden onu kapana kıstırdım."

"Ondan korkuyor musun?" Nasıl olmuştu da bu soru ağzımdan çıkmıştı, bilmiyordum fakat o an söylediğim sırada pişman olmuştum. "Yani o korkulacak kadar kötü biri mi?" diye çevirmeye çalışsam da Yankı sorumdan rahatsız olmuşa benziyordu.

"Savaşta herkes kötüdür," dedi net bir sesle. "Savaş meydanında herkes korkar ama kapana kıstırılmış olan Koza olduğuna göre kaybeden de en fazla korkan da o yine o."

"Sana ne yaptı?" İşte bu sorunun yanıtını daha fazla merak ediyordum. "Yani neden Koza en büyük düşmanın? Onu gerçekten tanımak isterdim, senin gibi biriyle düşman olabildiği için."

Soruma cevap vermedi ve beni izlemeye devam etti. Uzun bir süre karşılık bulmak istedim ama bana yine bunu yansıtmadı. Son kurduğum cümle miydi onu bu kadar düşündüren bilmiyordum ama açıkça kafasında bir plan yapıyor gibiydi. Yalana başvurmak istemeyen Yankı Sarca, yine sessizliği tercih etmişti.

Kolundaki siyah saate baktıktan sonra sandalyesini hafifçe itekleyip "Film on dakika sonra başlıyor," dedi. "Kalkmamız gerek."

Başımı sallayıp oturduğum yerden kalktım, papatyaları yine kucağıma aldım ve hamburgerciden çıkıp yürümeye başladık. Bisikletini geçtiğimizde Yankı "Şu köşede sinema," diyerek bana açıklamada bulundu.

"Romantik komedi filmi," dediğimde az önceki gerginliği yok etmeye çalışıyordum. "Heyecanlı mısın?"

Bir elini cebine yerleştirdi, diğer elinde yeni yaktığı sigarası vardı. Havanın karanlığını yoldan geçen arabaların farları aydınlatıyordu ve sokak lambaları. O sokak lambalarının altından geçerken Yankı'dan bakışlarımı ayıramıyordum.

"Çok heyecanlıyım, heyecandan Mutlu gibi tuvaletim gelecek şimdi," dedi sinemanın önüne geldiğimizde. Sigarasını yere attı, botuyla söndürdü sonra bakışlarını bana çevirdi. "Filmi anlamakta güçlük çekeceğim çünkü kurguları çok zordur."

Omzuna hafifçe vurdum. "O filmler sadece eğlence için çekiliyor Yankı Sarca ve bilmem farkında mısın benimle hamburger patates yedin. Genelde romantik komedi filmlerinde böyle sahneler olur."

Yankı, bu söylediğimden dolayı dehşetle gözlerini açtı. "Hayatımı romantik komedi filmine çeviren bir kadınla tanıştım," dedi alayla. "Bana ilkleri yaşatan o kadın, kocaman gözleriyle şu an beni izliyor."

"Teşekkür et bana Yankı Sarca çünkü senin hayatın film olsaydı sadece aksiyon barındırırdı," deyip omuz silktim. "Hiçbir şekilde komedi barındırmazdı. Mutlu sağ olsun, renk katıyor hayatınıza."

Laf sokmaya çalıştığımı anladığında sırıttı, bu devamında gelecek cümlesinin beni derbeder edeceğini belli eden sırıtmasıydı. "Neden öyle diyorsun?" dedi alayla. "Aksiyon filmime sen katıldıktan sonra erotizm de katılabilir."

"Yankı!" diyerek onun omzuna daha sert bir şekilde vurdum ve sırıtmasının daha da genişlemesine neden oldum.

Sinemadan içeriye girdik, salona doğru yürürken bir adam biletlerimizi görmek istedi ve Yankı cebinden biletleri çıkarıp gösterdi. Köşesini yırttıktan sonra adam gülümseyerek "İyi seyirler," diye mırıldandı.

"Kesin öyledir," dedi Yankı gözlerini devirerek. "Kesin seyirler çok iyidir."

"Suatlar ve Sametler değil de senin romantik komedi filmleri sevdiğini söylerdin," dedim göz ucuyla bakıp. "Ne oldu pişman mısın?"

Salondan içeriye girdik. Işıklar kapanmıştı, salonun içinde neredeyse kimse yoktu ve karanlıktı. Reklamlar bitmek üzereydi. "Suatlar ve Sametler," dedi üzerine bastırarak. "Seninle bu boş sinema salonuna sadece öpüşmek için gelirlerdi."

Arka koltuklardan birine yerleştik, tam ortadaydık. Bizimle beraber iki çift daha vardı ve bizden uzakta oturuyorlardı. "Ergen mi onlar?"

"En az senin kadar," deyip sırtını koltuğa yasladı ve bir bacağının bileğini diğerinin dizine yasladı. "Yavşak Suatlar ve Sametler bir de senin elini tutmaya çalışırlardı."

"Neden yavşak diyorsun?" diye homurdandım. "Böyle şeyler sevimlidir."

"Sevimli mi?" Karanlıkta gözleri bana döndü, turkuaz gözleri parlaktı. "Senin romantik komedi izlemekten beynin bulanmış."

"Benim mi?" İşaret parmağımı uzatıp filmi gösterdim. "Şu filmleri eleştiriyorsun ama bir tane güzel bir cümle kur desem asla kuramazsın. En azından bu tarz filmlerde güzel cümleler dönüyor."

"Onlardan çok daha iyisini yaparım," dediğinde gözleri kısıldı. "Elin ayağın titrer, nefes alamazsın."

"Hah," deyip onu alaya aldım. "Hadi oradan."

"Deneyelim mi?" diye sordu. "Etkilenip etkilenmeyeceğini görelim."

"Etkilenmeyeceğim."

"Etkileneceksin," dedi karşı gelerek. "Hem de izlediğin yüzlerce romantik komedi filminden daha fazla etkileyecek seni." Vücudunu bana doğru döndürdü, hafifçe yaklaştı ve eli çenemi tuttu. Karanlıkta, yüzümüze renksiz ışıklar vururken bana bakıyordu. "Hazır mısın?" Sorusu bile heyecanlanmama neden olmuştu ama ona belli etmedim.

"Etkilenmeyeceğim," dedim.

"İçimden ne geçiyorsa onu söyleyeceğim," dedi. "Etkileyici bir cümle. Sadece dinle."

Başımı aşağı yukarı salladığımda diğer eli, saçlarıma uzandı ve önüme gelen birkaç tutamı kulağımın arkasına itekledi. Çenemde duran başparmağı, alt dudağıma doğru uzandığında nefesini verdi. Yüzü yüzüme biraz daha yaklaştı, dudakları birkaç santim uzağımdaydı.

"Bu gece, güneş bir anda gökyüzünde yıldızlar varken bile doğsa," dediğinde turkuaz gözleri tam gözlerimin içindeydi. "Ben seni yine bu şekilde izlemeye devam ederdim çünkü seni izlemek, bütün imkânsız mucizelerden daha güzel."

Dudaklarım aralandı, nefesimi tutuyordum ve onun nefesi ikimize de oksijen oluyordu. Gözlerindeki samimiyeti hissedebiliyordum, cümlelerindeki anlamlar kalbimin üzerinde dolaşıyordu ve karnımda kocaman bir sıcaklık vardı. Kelebekler değildi, daha büyüktü; ateş gibiydi.

"Ve sen Helin Aktan," diye devam ettirdi. "Şu yediğimiz hamburger patates, bu romantik komedi filmi, kucağında sıkıca tuttuğun beyaz papatyalar, hızlı atan kalbin, yanaklarındaki ateş." Başını hayranlıkla iki yana salladı ve dudaklarını ısırdı. "Sen yine şu âna benziyorsun ve beni heyecanlandırıyorsun." Elinin tersiyle yanağımı okşadı. "Beni bu âna hapsediyorsun, beni sana hapsediyorsun."

Donup kalmıştım. İçimden gelenleri söyleyeceğim, demişti. Burnunu burnuma yasladı, alnı alnıma değdi sonra gülümsedi. Filmde bir ışık çok net bir şekilde parladı, onun gözlerine çarptı; turkuaz gözlerinin de farklı bir şekilde parladığına şahit oldum.

"Yankı," dedim zorlukla. "Bilerek yaptın değil mi? Etkileneyim diye, değil mi?"

Alnını alnımdan çekti, eli yanağımdan çekildi. İlk defa dudakları burnumun ucuna dokundu ve öptü. Gözlerimi sıkıca kapattığımda o an eriyip yok olacakmışım gibi geliyordu. Suatlar ve Sametler dudaktan öpebilirlerdi, ben bu hareketini hiçbir şeye değişmezdim.

Benden uzaklaştığında "Sadece liderin olarak," dedi ve başını filme çevirdi. "Etkilendin. Bak başarabiliyormuşum."

Her zaman bir bahanesi vardı, her zaman sığındığı cümlesi buydu ama benim aklım çıksa, bana kurduğu bu cümle kalbimden çıkmazdı.

Onu alaya aldım, itiraf etmedim sonra ağzını taklit edip önüme döndüğümde film başlıyordu ve tanıtım yazıları geçiyordu. Yankı, daha rahat bir pozisyon aldığında kollarını önünde bağlamıştı.

Film dans eden kadın ve erkekle başladı, ikisi de mutluydu ama uzaktan bir adam onları izliyordu. Daha filmin onuncu dakikasında Yankı kulağıma doğru eğildi. "Kız ve erkek sevgili ama erkek yeterli gelmiyor. Şu diğer masada oturan adam da kıza âşık ve erkeğin eski arkadaşı. Klişe yani. İkisi de aynı kızı seviyor ve kazanmak için çabalayacaklar. Filmin sonunda kız masada oturanı seçecek çünkü masada oturan diyecek ki 'nerede mutluysan oraya git' kız da aman Tanrım deyip dudaklarına yapışır ve final."

Öfkeyle gözlerimi ona çevirdiğimde dirseğimle sertçe karnına vurdum. "Neden bunu yapıyorsun? Bütün heyecanını kaçırdın!"

"Anlamamış mıydın?" diye hayal kırıklığıyla soludu. "Masada oturan durmadan ağlayan taraf olacak, dans ettiği çapkındır. Kızı aldatma ihtimali yüksek ama masadakinden daha eğlenceli. Komedi kısmını da o katacak. Ha bir de aileler var. Masadaki fakir olan, dans ettiği zengin. Kızın fakiri seçmesi ince bir mesaj. Aşk, para dinlemez cart curt." Esnedi, ayaklarını önündeki koltuğun başına uzattı. "Başka anlamadığın yer?"

"Yankı!" diye fısıldadım. "Filmin daha on iki dakikası geçti! Neden kurguyu çözmek yerine hissetmiyorsun?"

"Öf," diye homurdandı. "Sürekli bakışacaklar, sürekli aralarına müzik girecek, sürekli konu uzayacak. Erkek öpmek isteyecek telefon çalacak, hep bir şeyler olacak. Bir saat boyunca öpüşme bekleme. Senarist öpüşmeyi bilerek geciktiriyor." Gözleri bana döndü sonra ışık yüzüne çarptı, gülümsedi. "Geciken her öpüşme, içinde daha fazla şehveti barındırır. Öyle değil mi? Çünkü daha fazla isterler, çok daha fazla."

Filmin dışına çıkmış gibiydi, bana bakarken direkt olarak beni isabet alıyordu. Tam o sırada filmde bir silah patladığında dans eden kız ve erkeğin bir düşmanı vardı. "İşte," dedi Yankı. "Şimdi masadaki öne atlayıp kızın önüne geçecek ve vurulacak." Bunu söyledikten bir dakika sonra aynısı yaşandı. "Bir süre hastanede yatar, kurtulur falan filan."

"Yankı," dediğimde bu sefer sesim yüksek çıkmıştı ve o sinema salonunda olan birkaç kişi bize bakmak zorunda kalmıştı. Yankı, oturduğu koltuktan aşağı doğru sindiğinde başını iki yana salladı. "Sus," dedim sessizce. "Keyfini çıkarmaya bak."

Teslimiyetle ellerini kucağına yerleştirdi ve ciddiyetle filmi izlemeye döndü. Susacağını hiç düşünmüyordum ama film ilerledikçe sessizliği devam etti. Söylediği gibi masadaki adam hastaneye kaldırıldı, kız kendini suçlu hissedip onun yanına gitti. Yine söylediği gibi ikisi eski arkadaş çıktı; aralarında kızı kazanmak için sohbet döndü.

Birkaç 'bana göre' komik sahnede kahkaha attığımda sinema salonunda tek gülen biz kadınlardık, erkeklerden çıt çıkmıyordu. Yankı, gözünün önünde ayı postu giyip dans etmişim gibi bana dehşetle baktı; gülüyor olmam yüzünü buruşturmasına neden olmuştu.

"İşkence," dedi kısık bir sesle. "Bu bir cehennem."

"Sus," dedim net bir sesle. "Bence çok komik." Dans ettiği adam kızı etkilemek için yaptığı bir planda yere düştüğünde daha yüksek bir kahkaha attım. "Gördün mü? Nasıl düştü?" O ciddiyetle beni izledi, ben gülmeye devam ettim. O ciddiyetine devam etti, ben daha fazla abarttım.

Filmde gerçekten bir saat sonra öpüşme yaşandı, öncesinde Yankı'nın söylediği gibi hep bir şeyler ortaya çıktı. Telefon çaldı, birileri geldi, kız istemedi, adam eski arkadaşının sevdiğine âşık olduğu için pişmanlığından uzak durdu ama tam da Yankı'nın söylediği gibi oldu.

Devamı da aynı şekilde ilerledi, her ne anlattıysa aynıları gerçekleşti. Dans ettiği çapkındı, kızı aldattı; masadaki arabesk adam aşıktı, ağlayıp duruyordu. Ona dönüp bakmıyordum ama yüzünde haklılığın verdiği tebessüm olduğunu hayal edebiliyordum.

Filmin sonlarına doğru erkek Yankı'nın kurduğu cümlenin aynısını kurdu. Nerede mutluysan orada kal, dedi ama yine hastane odasındaydı. Vurulduğunda oluşan yarası ona çok kötü patlamıştı, ameliyat olması gerekiyordu ama parası yoktu. Çapkın olan gizli bir şekilde parasını ödeyecekti, aralarından ayrılacaktı. "Bak," dedim kısık bir sesle. "Buraları tahmin edemedin."

Bir anda omzumda bir ağırlık hissettiğimde başımı çevirip baktım ve Yankı'nın başının düştüğünü fark ettim; uyuyakalmıştı.

Dudakları hafif aralıklıydı, elleri kucağından benim olduğum tarafa doğru düşmüştü, bacaklarını uzattığı yerde fazlasıyla rahat duruyordu. Bir filme bir onun yüzüne bakarken hangisini izlemekten daha fazla keyif alacağımın da farkındaydım; o benim omzumda uyuyakalmıştı.

Gülümsediğimde film bitmek üzereydi ama artık devamı beni çok da ilgilendirmiyordu; filmdeki ışıklar daha parlak olsun istedim, onun yüzünü görebilmek için. Arada sırada gözleri hareket ediyordu, rüya gördüğü belliydi ve birkaç kere de tebessüm etmişti.

Bu tebessümü sıcacıktı.

Rüyasına girip o rüyayı izlemek isterdim, içinde bulunduğum her rüyası bir gün gerçekleşirdi, bunu söylemişti.

Elimi kaldırıp çekingen bir şekilde hafifçe yüzüne dokundum ve yeni kestiği sakalları diken gibi parmaklarıma çarptı; tenimden şiddetli bir ürperti geçti. Parmaklarımı dudaklarına doğru götürdüğümde kasıldığımı hissettim sonra yumuşacık dudaklarına dokundum. Nemliydi, nefesi parmaklarıma çarpıyordu. Sıcacıktı.

Filmin bitiş şarkısı çaldığında ona odaklandığım yerden ayrılamıyordum. Parmaklarım dudaklarında takılı kaldığında ışıklar açıldı, dağınık olmayan saçlarını dağıtmak ister gibi parmaklarımı saçlarına götürdüm.

"Hangi film daha güzeldi?" diye mırıldandığında gülümsedi, parmaklarım saçlarının üzerinde dondu kaldı. "İlk izlediğin mi, ikinci izlediğin mi? Bence ikincisi."

Gözlerini araladı, yüzüme baktığında gülümsemesi genişledi. "Uyumuyor muydun?" diye sordum şaşkınlıkla.

"Uyuyordum," dedi. "Ama uykum hafiftir, Helin. Ayrıca," saçlarında duran elimi tutup aşağı indirdi, "bu lanet olasıca saçlar için çok uğraştılar, bozmanı istemem."

Sinema salonundaki herkes dışarı çıkmıştı ve kapıdaki görevlide bizim çıkmamızı bekliyordu. İlk ayağa kalkan Yankı oldu, onun arkasından ben de kalktım ve yürümeye başladık.

Oradan çıktığımızda karanlıkla ve rüzgârla kucaklaşmamız bir oldu. Yağmur hafif hafif çiseliyordu ve yoldaki arabalar sularını sıçratıyordu. Sinemadan çıkar çıkmaz Yankı bir sigara yakmıştı ve yağmur saçlarına çarptıkça bozulmasına neden oluyordu.

"Ee," dedi alayla. "Film seni çok şaşırttı mı?"

Homurdanarak "Tam da söylediğin gibi çıktı," dedim. "Ama son dakika masadaki adamın hastaneye yatması gerekti, çapkın olan yardım edecekti."

"Sonra?" diye sordu.

"Sonrası," duraksadım ve bakışlarımı ondan kaçırdım. "Sonrasını unuttum."

"Neden?" Hafifçe bana çarptı sonra saçımı çekti. "Yoksa daha güzel bir final mi yaşadın?"

"Nasıl uyursun?" deyip lafı değiştirdim ve elimi onun saçlarından kurtardım. "Sıkıcı bir film değildi."

"Helin," dediğinde bisikletine doğru yürüyorduk. "Bana hiçbir zaman o filmleri sevdiremeyeceğini kabul etmelisin."

Dilimi uzatıp bisikletinin yanında durdum ve öfkeyle ona baktım. "Nereye gidiyoruz? Gizem filmi izlemeye mi?"

Bakışlarını gökyüzüne doğru çevirdi sonra bisikletine bindi ve başıyla önünü işaret etti. "Bin bakalım önüme," dedi. "Seni eve bırakacağım sonra benim bir yere gitmem gerekiyor."

"Nereye?" diye sorduğumda önüne biniyordum. Cevap vermedi, yanıtsız bıraktı. "Hayatının çok dışındayım," diye açıklamada bulundum. "Senin hakkında bildiklerim o kadar sınırlı ki. Örneğin bazen ortalardan yok oluyorsun ve bir gün gelmediğin oluyor. Nereye gidiyorsun?" Bakışlarım ona döndü. "Söylemeyeceksin çünkü bana güvenmiyorsun." Başımı iki yana salladım. "Bana güvenmediğin için sana öfkelenmiyorum, kızmıyorum ama hayatının bu kadar dışında tutulmak hoşuma gitmiyor."

Gözlerimin içine bakarken kendi kendine bir karara varmak istediğini görebiliyordum. Güvenmek ya da güvenmemek. Yankı Sarca ikinci yolun üzerinde yürüyordu ama asıl sorun, birine güvenmiyorken o insana gerçeklerini göstermekti. Yankı'nın cesareti, bu kadarına izin verir miydi, bilemiyordum.

"Ortadan her kaybolduğumda nereye gittiğimi mi merak ediyorsun?" diye sordu düz bir sesle. "Bunu kimse bilmiyor."

"Kimse bilmiyor ama ben bilebilirim," dediğimde biraz daha ona döndüm. "Kimse görmüyor olabilir ama ben görebilirim. Neden bu kadar kapalısın? Ben seni kimseye göstermediklerinle görmek istiyorum çünkü sen beni öyle gördün."

Bakışlarını benim üzerimden ayırdı yola doğru baktı. Derin bir nefesi verdiğinde turkuaz gözleri kısılmıştı. Bir süre düşündü, bu sürede bakışlarımı ondan ayıramadım. En sonunda bana baktığında "Bugün kararları sen veriyorsun," dedi. "Sana iki seçenek sunacağım, hangisini seçersen oraya gideceğiz."

Bu beni heyecanlandırmıştı, kesinlikle kimsenin bilmediğini seçeceğime emindim.

"Çocukluğumla ilgili kimsenin bilmediği, her kaybolduğumda gittiğim yeri mi görmek istersin?" Diğer seçenek için nefesini verdi, bakışlarından anlayamadığım bir ifade geçti, benimle oynamıyordu ama bu seçenekler sanki aramızda başka bir köprü oluşmasına neden olacaktı.

"Ya da?" dedim umursamaz bir sesle.

"Diğer seçeneği merak ediyorsun," dedi ve sesi kısık çıktı.

"Sadece merak," diyerek onu rahatladım.

"Ya da," dediğinde gözlerimin içine baktı. "Tek düşmanım Koza'yla tanışmak mı istersin?"

Terazi, önümde belirdi ve ben o teraziyi bile parçalamak istedim. İki seçenek sunmuştu önüme, ilk seçeneği deliler gibi merak ediyordum, diğer seçeneğin umurumda bile olmadığını söylüyordum fakat şimdi düşüncelerim tamamen değişmişti.

Koza'yı tanımak istiyordum çünkü benim ihanetimin nedeni oydu; kim olduğunu bilmem gerekiyordu.

Yankı'nın çocukluğuna dokunmak istiyordum çünkü o benim çocukluğumun ellerinden tutuyordu.

Birinciyi seçmezsem, ikinciye hiçbir zaman ulaşamayacağımı hissettim. "Koza'yla tanışmak istiyorum," dedim ve ben bunu dediğim an gözlerine hayal kırıklığı uğradı. "Tek düşmanın kim merak ediyorum."

21.

SOKAK LAMBASI

Lâl Sarca'nın güncesinden...

06.03.2005

Günlüğümün ilk sayfasını yazıyorum.

Adımı Lâl koydular, dilsiz demekmiş.

Konuşamıyorum. İnsanlar konuşamıyorum diye beni anlamıyorlar.

Onun dışında.

Adını Yankı koydular ama o adının Yankı olmadığını söylüyor. Herkes konuşamıyorum diye üstüme gelirken o beni arkasına alıyor ve benimle karşılık beklemeden konuşuyor. Kavgacı birisi olduğumu söylüyorlar, o beni savunuyor.

Derdimi anlatamıyorum, bağıramıyorum, kendimi savunamıyorum.

Yankı ben ne söylemek istiyorsam onu söylüyor.

Elime bir fotoğraf makinesi verdi.

Dedi ki, senin sesin fotoğrafların olsun. Her duyguyu fotoğraflarınla ver.

Ne demek istediğini anlamadım ama büyüdükçe anlayacağım, bunu biliyorum.

Yaz dediler, yazdım.

Ve ben günlüğümün ilk sayfasına seni yazdım, sen kimi yazdın Yankı?

"Dördüncü Sokak Nöbetçisi, Lâl Sarca"

Yankı Sarca'yı dört gündür göremiyordum çünkü ortalarda yoktu.

Günlerin hızlı geçtiğine inanabilirdim, bana yıllar gibi gelmeseydi eğer. Onu göremediğim dört gün geçmişti. Koca dört gün. Yetmiş altı saat.

Onu tanıdım tanıyalı bu kadar uzun süre göremediğim hiç olmamıştı. Aramıştım, cevap vermemişti. Nerede olduğunu öğrenmek istemiştim, karşılık vermemişti. Sanki bulabilecekmiş gibi onu sokaklarda aramıştım ama elbette ki bulamamıştım.

Bunları düşünen ve peşine düşen elbette ki sadece bendim. Sokak Nöbetçileri'nin umurunda bile değildi çünkü Yankı'nın arada sırada ortalıklardan kaybolduğunu söylüyorlardı ve sonra geri geldiğini.

Işık telefonuyla oynarken demişti ki: *Kafasını dinlemeye gitmiştir, Yankı yalnız kalmak istiyordur.*

Bartu alayla demişti ki: *Zekâ geliştiren bir kurstadır, Yankı yalnız kalmak istiyordur.*

Mutlu kaşlarını çatıp demişti ki: *Lanet olasıca sen beraber çıktığınız gün ne halt ettiysen adamı kaçırdın.* Sonra da eklemişti: *Yankı yalnız kalmak istiyordur.*

Lâl yüzüme bakmadan sadece demişti ki; *Yankı yalnız kalmak istiyordur.*

Bana cevaplarını verirlerken hepsi o kadar umursamazdı ki Yankı'nın onları bu haline alıştırması tuhafıma gitmişti. Evet, elbette o yalnız kalmak isteyebilirdi ama günlerce ortalarda olmaması tuhaflarına bile gitmiyordu. Ayrıca bir insan yalnız kalmak istiyorsa bir derdi olmalıydı, neden hiçbirisi önemsemiyordu? Çünkü alışmışlardı.

Yankı yalnız kalmak istiyordu.

Yankı zaten her şeyi kendi başına halledebilirdi.

Yankı hep böyleydi.

Aynı cümleleri söyleyip duruyorlardı.

Bana yardım edebilecek kimse yoktu. Çekinmeden Önder'e ulaşıp ona sormayı bile düşünmüştüm fakat Işık beni durdurmuş, Önder'i her konuya dâhil etmememiz gerektiğini söylemişti ayrıca Önder karşılıksız bir iyilik yapacak birisi olmadığını da üstüne basa basa bana belirtmişti.

Oturduğum yerde dört gün öncesini düşünüyordum, ayrılmadan dakikalar öncesini ve bana sunduğu tercih hakkını. Kendimi suçlu hissetmeli miydim?

Kalbimi yokluyordum, aklımı yokluyordum ama kendimi suçlu hissedemiyordum çünkü suçlu değildim. Onun kimseye anlatmadığı bir sırrını, kendi sırtımdaki kamburu yok edemeden artık öğrenemezdim çünkü benim bir vicdanım vardı, o vicdanı duyabiliyordum.

Her sır, içinde başka bir korku taşırdı çünkü korku taşımasa sır olmazdı. O bana güvenmezken ve ben bile kendime güvenemezken nasıl olurdu da onun sırrını, kamburuma ekleyebilirdim?

Kendime güvenmiyordum, o sırrı elimden, zihnimden, kalbimden söküp alacakları konusunda kendime güvenemiyordum.

Ben Sokak Nöbetçileri'nin arasına ajan olarak Koza için gönderilmiştim. Bana demişlerdi ki, *Patron'u bulacaksın ve bulduğunda aslında bütün gerçekleri göreceksin. Onu sadece bul.*

O zamanlar ne demek istediklerini anlayamıyordum ama şimdi baktığımda Yankı gibi birisinin düşmanı olabildiğine göre gerçekler, fazlasıyla ağırdı. Onu kurtaracak mıyım, diye sormuştum ama bana sadece bulmamı söylemişlerdi.

Kurtarılmasını istemiyorlar mıydı? Çelişkiler başımı ağrıtacak kadar fazlaydı.

Sırtımdaki kambur, ihanetimin nedeni, beni Sokak Nöbetçileri'yle yüz yüze getiren Koza'yı ve gerçekleri artık görmek istiyordum; o ihaneti, Koza'yı gördüğüm yerde bırakmak istiyordum.

Yankı'nın bana neden tercih hakkı sunduğuyla ilgilenmiyordum fakat zihnimin bir tarafında şüphelenip beni denediğini söyleyen birisi vardı. Bu ses haklı olabilirdi ama önemi de yoktu çünkü zaten Yankı bana güvenmiyordu, sürekli şüpheyle yaklaşıyordu ve en başından önlemlerini almıştı.

İstediği benimle oyun oynamak, şüphelerini haklı çıkaracak mıyım diye görmek miydi? Ona istediğini verecektim çünkü sırrını avuçlarımın arasına almak yerine hayal kırıklığını onun eline verebilirdim.

Bana en son büyük bir hayal kırıklığıyla bakmıştı. Hiçbir şey söylemeden bisikletine binmiştik ve beni eve bıraktıktan sonra gitmişti; nereye olduğunu söylemeden, bir kez daha yüzüme bakmadan.

Ve şimdi tam karşımdaydı.

Öğleden sonraydı, Bartu Mutlu'nun kıvırcık saçlarının arasına hamam böceği yerleştirip onu korkuttuğu anlarda kapı açılmıştı ve Yankı gelmişti. Sokak Nöbetçileri hiçbir şey olmamış gibi ona sarılmışlardı, Mutlu yerinde zıplayarak hamam böceğinden onu kurtarmasını söylemişti.

Karşımdaki koltukta oturan Yankı'yı izlerken gözleri bir kez olsun bana uzun uzun dokunmamıştı, arada sırada temas kuruyordu fakat herhangi biriymiş gibi baktıktan sonra başını çeviriyordu.

Oturduğum koltuğun köşesine Işık kalçasını yaslamıştı, kollarını bağlamış Mutlu'nun çığlıklarını büyük bir keyifle dinliyordu.

Yankı'nın saçları yine dağılmıştı, üzerinde eve gelip değiştirmediği hâlde farklı bir kıyafet vardı. Siyah kazak ve siyah pantolon. Gözleri kıpkırmızıydı, beyazları neredeyse görünmüyordu. Göz altları ise mosmordu. Dudakları kuruydu, sakalları yine uzamıştı.

Benim dışımda hiçbirisi bunlara dikkat etmiyor muydu?

Lâl ile göz göze geldik. O da Yankı'yı inceliyordu ve bakarken benimle aynı şeyleri düşünüp düşünmediğini merak ediyordum. Günlerdir aynı odayı paylaşmamıza rağmen aramızda hiçbir sohbet geçmemişti, içten içe beni yine suçladığını biliyordum ama bu sefer Yankı'nın gidişiyle bu duygusu biraz daha pekişmişti.

Espriler ortada uçuştu, kahkahalar ve gülmeler. Yankı tebessüm ediyordu ama sıcak bir tebessüm değildi. Sahiden, kimse ona nerede olduğunu sormayacak mıydı?

Kaşlarım çatıldığında elimi saçlarıma geçirdim. Öfkeli hissetmemin nedeni neydi bilmiyordum ama o an Yankı'nın dört kişi içerisindeki yalnızlığını görebiliyordum. Lâl, Bartu, Mutlu ve Işık; onlar dört kişiydi. Yankı gruptaki beşinci kişiydi fakat kendi içinde tamamen yalnızdı. Bunu bilmek ile göz göze gelmek arasında tonlarca fark olduğunu kalbimin sıkışmasından anlayabiliyordum.

Bartu, Mutlu'ya arkadan sarıldı ve başka bir hamam böceğini daha saçlarının arasına yerleştirdiğinde kötü bir şekilde güldü. Mutlu çırpınsa da ellerinden kurtulamıyordu. Bartu'nun dudaklarında zor silinmiş bir ruj, göz kapaklarında ise kırmızı far vardı. Yanaklarına sürülen allık, tıraş izlerini daha fazla belirginleştirmişti.

"Yankıtu!" diye bağırdı Mutlu. "Götünü, başını, bokunu yerim, kurtar!" Ayaklarını kaldırıp salladı fakat yine faydasızdı. "Lan! Şortumun içinde yürüyen umarım senin minik çükündür!"

Zıpladığında ve yapay bir şekilde ağlamaya başladığında orta boylarda bir hamam böceği şortunun içinden düştü ve Işık, çığlık atıp ayaklarını havaya kaldırdı. Hamam böceği parmaklarımın ucundan geçerken, gözlerimi Yankı'dan ayıramıyordum, böcek umurumda bile değildi.

"Bu salataya doğranmalık marulun bana ne yaptığını görüyor musun Yankı?" diye sordu Bartu hiddetle ve kollarını daha sıkı sarıp hareket etmesini engelledi. "Ben uyurken yüzüme makyaj yaptığı yetmezmiş gibi fotoğraflarımı çekip arkadaş bulma sitesine yüklemiş. Telefonuma durmadan erkeklerden mesajlar yağıyor, yok memeni at, yok bilmem nelerini at." Arkadan Mutlu'nun çenesini tuttu. "Ben bunu dövmeyeyim de ne yapayım?"

Yankı, sırtını koltuğa yasladı, kafasını iki yana salladı. Keyifsiz hali uzaklaşırken kardeşlerinin ona iyi geldiğini anladım. "Mutlu, bu sefer gerçekten en kötüsünü hak etmişsin, seni ben bile kurtaramam kardeşim."

"Ama beybeğim!" Mutlu nefes nefese Yankı'nın gözlerinin içine baktı. "Erkek halini de koydum, kadın halini de. İkincisine daha fazla talep geliyorsa bu benim suçum mu?"

"Lan!" Bartu, dönüp Lâl'e baktı sonra elinin tersiyle dudağındaki kıpkırmızı ruju biraz daha sildi. "Sen bana ne demek istiyorsun?"

"Güzel bir kadınsınız beyefendi," dedi Mutlu yarı alaylı yarı korkarak. "Hayatında duymadığın övgüleri aldın, hoşuna gitti biliyorum." Kollarını sallamak istedi ama başarısız oldu. "Altmış yaşında bir amca demiş ki, dudaklarını çilek gibi yemek isterdim ama şeker hastasıyım, acı sever misin? Seversen acıtırım." Işık kahkaha attı. "Hayatımda gördüğüm en gerçekçi yürümeydi."

"Bartu," dedi Işık kahkahasının arasından. "Sen ne demiştin cevap olarak?"

Sessizlik oldu, Mutlu arkasını dönüp zorlukla Bartu'ya baktı sonra kafasını iki yana salladı. "Altmış yaşındaki amcanın kalbine indiren bir şey yapmış," dediğinde gözlerini kapattı. "Adam hesabı kapatıp gitmiş. Bir dur, bir düşün Bartukıç bu adamın çükü kalkıyor mudur, diye. Adam masum sapıklardandı!"

"Bartu karşılık olarak ne yapmış?" diye sordu Işık hevesle.

"Acı mı istiyorsun, diye sormuş adama. Adam tabii kesin kan ter içinde heyecanla evet yazmış ama yazamamış bile harfler birbirine girmiş." Kafasını iki yana salladı. "Karşılığı gerçekten acı olmuş. Bartu adama kendi çükünü atmış al sana acı diyerek..."

"Ne?" Işık'ın gözleri irileşti sonra büyük bir kahkaha attığında Yankı da güldü; bu sefer samimi bir gülüştü. "Gerçekten mi?" Işık kulaklarına inanamıyor gibiydi. "Adamı düşünemiyorum."

"Adam telefonu klozete atıp sifonu çekmediyse ben de bu dünyanın en yakışıklı adamı değilim." Bartu, Mutlu'ya karnından sarıldı, Mutlu öksürmeye başladı. "Daha önce çükün yüzünden kalp krizi geçiren kimse olmamıştır, bir ilki yaşattım sana hâlâ beni dövüyorsun."

"Sen de hâlâ konuşuyorsun," Bartu dişlerini sıktı, "seni sokakta çırılçıplak koşturmamam için tek bir şey söyle, Mutlu."

"Yapmadığın şey değil," diyen Mutlu ayağıyla Bartu'nun bacağına vuruyordu. "Koştur da herkesin gözü gönlü bayram etsin."

"Lan sen ne uslanmaz bir çocuksun." Kıvırcık saçlarının arasında dolaşan bir hamam böceğini alıp yine şortundan içeriye attı ve Mutlu çığlık attı. "Seni bugün kimse elimden alamaz."

"Hadi ama," dediğinde gözleri Lâl'e döndü. "Beni kurtarmayacak mısın?" Dudaklarını büktü. "Bak, erkek tipiyle kızları düşürmeye çalıştı bu koca öküz."

Lâl'in kaşları çatılırken, Bartu'ya gözleri döndü. "Hayır," dedi Bartu sonra bir anda değişti. "Yani evet, kızlar sıraya girmişti mesaj kutusunda ama ben çok sallamadım. Birkaç tanesine baktım, geçtim öyle."

"Yalan söyleme Bartukıç Grey Ballı Çörekçik," diyen Mutlu gülmeye başladı. "Sadece iki kadın mesaj atmıştı. Birincisi yine kalp krizi geçiren amcamız gibi orta yaştan daha büyük bir teyzeydi. Diğeri..."

"Tamam," dediğinde Bartu Mutlu'yu susturmaya çalışıyordu.

"Diğeri," diyen Yankı kollarını önünde bağladı. "Bunu merak ettim."

"Bırak, liderim emrediyor," diyen Mutlu Bartu'nun ağzını kapatan elinden kurtulmaya çalışıyordu. Birkaç saniye sonra Bartu'nun elini ısırdığında Bartu, inledi ve geriye doğru çekildiğinde Mutlu öne atıldı. "Diğeri de kadın fotoğrafı kullanan bir erkekti. Bartukıç'a demiş ki kaslarını fark etmeyecek bir insan yoktur. Bizimki de düşmesi gereken düşmüyor, yazmış." Göz ucuyla Lâl'e baktı.

Bartu yine arkadan Mutlu'ya sarıldı, kollarının hareket etmesini tamamen engelledi. "Ya," diyen Işık dudaklarını büktü. "Profil resmine kaslı fotoğrafını koyduğun hâlde hiçbir kız yazmadı mı? Bartu, bu kızlar kafayı yemiş..."

Bartu umursamaz bir tavırla "Ben istediğim herkesi düşürürüm," dedi. "Düşmesi gerekenler düşmüyor, sıkıntı orada ama onu da başaracağım."

Mutlu alayla başını sallarken "Öyle mi?" diye sordu. "Karmaya inanır mısınız dostlarım?" Hepimizin yüzüne bakarken sonrasında büyük bir bomba geleceğini anlamıştım. "Artık inanın. Kadın fotoğrafı kullanan erkek, Bartu'ya çükünü attı ve dedi ki, bak ben sana düştüm işte.

O an şu koca öküzün suratını görmeniz lazımdı. Bir telefona baktı, bir bana baktı sonra o telefonu öfkeyle bana baka baka ısırmaya başladı."

"Oha!" Işık kahkaha atarak oturduğum koltuğa doğru düştüğünde neredeyse kucağımdaydı, ayakları havadaydı. "Boş ver Bartu, belki de kadın olmalısındır çünkü herkesi düşürebilecek gibi görünüyorsun."

"Kadın kişiliğinin adı da çok güzel," diyen Mutlu çenesini havaya kaldırdı. "Şükriye Pelinsu. Tam kahve bardaklarının üzerini dantelleriyle kapattıktan sonra sosyal medyaya kocasını çok sevdiğini yazacak gelin ismi." Bartu nefesini verdiğinde öfkesinin arttığını görebiliyordum. Bir yandan Mutlu'ya kıyamıyordu fakat bir yandan da öfkesini çıkarmak istiyordu.

"Tamam, seni rahatlatacak bir şey söyleyeceğim," dediğinde Bartu karnını tuttuğundan ötürü nefes almakta zorlanıyordu. "Bir şey itiraf edeceğim. Erkek olan hesabın altına Mutluga Prens'in biricik Kırbaççı Prensesi Bartukıç yazdığım için kızlar sana yürümemiş olabilir." Bartu'nun gözleri kocaman açıldı. "Şu an beni söküp geri takmak istiyormuş gibi bakıyorsun ama seni sahipleniyorum adamım, ne yapayım? Ya benimsin ya da..." Lâl'e döndü sonra sırıttı. "Gerisini anladın."

"Seni mahvedeceğim," dediğinde ayaklarına uzanmak için eğildi.

"Hey," dedi Mutlu eli kulağına giderken. Tam orada hamam böceği dolaşıyordu. "Kulağıma dil atmayı bırak, bu şekilde beni mahvedemezsin çünkü hoşuma gidiyor."

"Mutlu..." Işık, eliyle ağzını kapattı. "O dil değil, hamam böceği."

Tam bu sırada Bartu, onu bacaklarından tutup ters çevirdiğinde klasik bir şekilde Mutlu'yu silkelemeye başladı ve Mutlu'nun çığlıkları, odanın içini doldurdu. Işık, kahkaha atmaya devam ederken Lâl de güldü. Yankı'nın yüzündeki tebessüm bir an olsun silinmemişti, onları izlerken ne düşündüğünü ise anlayamıyordum.

Tek gülmeyen kişi bendim, keyfim asla yerine gelmiyordu çünkü Yankı'ya bakmaktan ve onu incelemekten başka hiçbir şeye odaklanamıyordum. Sokak Nöbetçileri gibi hiçbir şey yokmuş gibi davranamazdım, bana onu boş vermeyi öğretemezdi.

Bunu bana yapmasına izin vermeyecektim.

Bakışları Bartu'dan ayrılıp gelişigüzel bir şekilde bana takıldığında onu izlediğimi fark etti. Gözlerini yine üzerimde çok tutmadı, başka tarafa baktı sonra derin bir nefes verdi.

Kaçacak mıydı? Bunu yapamazdı.

"Yankı," dediğimde sesim beklediğimden daha yüksek çıkmıştı, boğazımdaki acı dakikalardır sustuğumdan ötürüydü. Yanımdaki Işık, kahkahasının arasından dönüp bana baktı, Lâl'in de başının bize doğru döndüğünü fark ettim. Yankı, başını kaldırıp bakmadı ama devam ettim. "Günlerdir neredeydin?"

Mutlu'yu silkeleyen Bartu duraksadı, Mutlu bile ters döndüğü yerden bize doğru baktı. Çok gereksiz bir soru sormamıştım, neye şaşırıyorlardı? Böyle bir sorunun varlığından acaba haberleri var mıydı? İlk defa Sokak Nöbetçileri'ne karşı kızgın hissediyordum.

Yankı, başını eğdiği yerden yavaş yavaş kaldırdı, gözleri gözlerime döndü. Kıpkırmızı gözlerinde turkuazları daha canlı görünüyordu; ne kadar uyumuştu?

"Neden sordun?" dediğinde sesinde hiçbir duygu yoktu. İlk tanıştığım gün olduğu gibi bakıyordu, sorgulayan, ifadesiz, yarı alaylı yarı ciddi. Bana yerimi belli etmek istiyormuş gibi, benim kim olduğumu biliyormuş gibi.

"Neden mi sordum?" dediğimde kaşlarım çatıldı. "Dört gündür yoksun, aradım fakat açmadın. Mesaj attım, yanıt vermedin. Bu mahallede gitmiş olabileceğin her yere de baktım ama bulamadım." Kollarımı önümde bağladım. "Aramalarımı görmediğini söylemeyeceksin, değil mi?"

"Neden yalan söyleyeyim ki?" diye sordu hızlı bir şekilde. "Aramalarını da mesajlarını da gördüm."

"Ve?" diye sorguladığımda beynimin içinde karıncalanma hissediyordum. "Onlarca mesaj attım. Birisine yanıt verebilirdin."

Bütün Sokak Nöbetçileri bizi dinliyordu, ilk defa onların önünde Yankı'yla tartışabileceğimi hissediyordum. Yankı'nın cevapsız kalacağını düşündüm ama o "Vermek istemedim ve vermedim," dedi dürüst bir şekilde. "Seninle konuşmak isteseydim telefonlarını açardım, bunu anlaman lazımdı."

Verdiği yanıt, her ne söylersem söyleyeyim karşılığına cevaptı. "Sadece," dediğimde gözlerindeki o ilk tanıştığım Yankı'ya bakıyordum. "Ben seni merak ettim, iyi olduğunu söylemen yeterliydi."

Yankı, sırtını daha rahat bir şekilde koltuğa yasladı, kardeşlerine baktı. "Beni merak ettiniz mi?" diye sordu onlara doğru. Hiçbirisinden ses çıkmadığında Mutlu hâlâ ters dönmüş duruyordu. "Bartu?" Bartu başını iki yana salladı ama gözleri fazlasıyla dikkatliydi. "Işık, Mutlu?" İkisi de birbirlerine baktılar ve sessiz kaldılar. "Lâl?" Başını başka tarafa çevirdi. "Merak etmediniz." Bakışları bana döndü. "O hâlde açıklama yapmama da gerek yok çünkü buradaki dört kişi bana hiçbir şey sormuyor."

Beni umursamadığını göstermeye mi çalışıyordu? Kalbimin üzerinde çok büyük bir ağırlık hissettim, bu ağırlık, Yankı'nın cümleleriydi. Kırmak mı istiyordu, bunu kardeşlerinin gözü önünde mi yapmak istiyordu? İstediğini eline verecektim. "Ben seni merak ettim," dedim kelimelerin üzerine bastırarak ve vazgeçmeyerek. "Aklım sendeydi. Sadece iyiyim demek zor değildi, bunun dört kişiyle bir alakası yok."

"İyiyim." Kısa ve net başka bir yanıt daha. Cebinden sigara paketini çıkardı, içinde tek bir tane kalmış sigarasını dudaklarının arasına yerleştirdi sonra ucunu alevlendirdikten sonra şakaklarını ovaladı.

"Neredeydin?" diye sordum tekrardan. Farklıydı, Yankı kalp kırmazdı ama ilk defa kalbimi bile isteye kırmak istediğini görebiliyordum. Caner ile beraber arkamı dönüp gittiğimde bile böyle davranmamıştı, şimdi ise vurduğu her darbeyle kalbimi parçalamak istiyormuş gibiydi.

Bunu yapsın istedim, kalbimi bin parçaya bölsün istedim çünkü Yankı'nın bunu yapmadığı her an, ben kendimi daha kötü hissediyordum.

"Bana hesap mı soruyorsun Helin?" diye sordu yüzüme bakmayarak. Gözleri kapalıydı, sigara olan eliyle şakaklarını ovmaya devam ediyordu. Bana o odadaki en önemsiz insanmışım gibi davranmaya çalışıyordu.

"Evet," dediğimde Işık, beni yavaşça dürttü ve bakışları üzerine gitmemem gerektiğini söylüyor gibiydi. "Sana hesap soruyorum."

"Neden?" dediğinde gülümsedi. "Seninle bir akşam birkaç saat çıkıp bir şeyler yedik, sonra da saçma sapan bir film izledik diye mi?" Gözleri açıldı, başını eğdiği yerden kaldırdı. "Bana hesap sorabileceğini düşünecek kadar o akşamı önemseme, bu hakkı sana vermedim."

"Buradaki dört kişinin buna hakkı var, öyle değil mi?" dediğimde içindeki cümleleri sesli bir şekilde duymak istiyordum. "Ama benim buna hakkım yok."

"Yok." Düşünmedi, nefes bile almadı. "Ve onlar da zaten hesap sormaz çünkü Yankı Sarca her şeyi halleder, her şeyi çözer, kendi başının çaresine bakar. Bunu ezberle, onlar ezberledi."

Bartu, Mutlu'yu tutmayı bıraktı ve Mutlu kafa üstü yere düştü. İnlemesiyle beraber küfür savurduğunda Bartu şaşkınlıkla Yankı'ya bakıyordu. Orada, onu tanıyan herkes kasıtlı bir şekilde beni kırmaya çalıştığının farkındaydı ve hiçbir zaman bana böyle davranmadığını da biliyorlardı.

İlkti, Yankı, ellerinin arasındaki kalbimi parmaklarıyla eziyordu.

"O akşamın bir önemi yok muydu?" diye sorduğumda yutkundum. Mutlu, o günden sonra Yankı'nın ortadan kaybolması üzerine düzinelerce şaka yapmıştı. Bir daha kimseyle çıkmamam gerektiğini, yoksa insanların intihar edebileceğini bile söylemişti fakat benim için çok güzel geçen bir akşamdı.

Şu âna kadar.

Yankı, yalan söylemezdi. Gözlerimin içine bakarken her ne söylerse inanacağımı biliyordu. Kısa bir süre sessiz kaldığında yanıtsız kalmasının bile benim için ödül olabileceğini hissediyordum.

Onun hiçbir zaman yalan söylememesi, her cümlesine inanacağımı gösteriyordu.

"Artık yok," dediğinde sesi kulaklarımda çınladı. Tek bir kelime. Benim için önemli olanın, onun için 'artık' önemsiz olması. Gözlerimin önüne saçlarını tarayan, ütülü gömlek giyen Yankı geldi. O Yankı için önemsiz gibi görünmüyordu.

Dağınık saçlı Yankı, önemsiz olduğunu âdeta bakışlarıyla bana haykırıyordu.

Ona inandım çünkü hayatının hiçbir köşesine yalan bulaşmamış adama inanmaktan başka yapabileceğim hiçbir şey yoktu. Bir anlık keşke benim gibi yalancı birisi olsa diye düşündüm, en azından ikimiz için bir umudum olabilirdi ama öyle değildi.

"Yoktu," diye tekrar ettiğimde bakışlarımı ondan ayıramıyordum. "Sen yalan söylemezsin."

Sigarasından büyük bir duman çektiğinde aramızdaki gerilim can yakıcı bir duruma gelmişti. Caner'le gidip geldikten sonra benden uzaklaştığını düşünmek, bunun yanında hiçbir şeydi. Şimdi öylesine yabancı geliyordu ki gördüğüm kişiden korktum. Başkalarının Yankı'ya baktığı zaman ne gördüğüne şahit oldum. Soğuk, mesafeli ve umursamaz. Artık o yüzünü bana da gösteriyordu.

"Hesap sormaya devam edecek misin?" diye sorduğunda sesindeki sakinlik aynıydı ama tınısı sanki başka birine aitti.

Hesap sormaya devam edecek misin?

Kalbini kırmaya devam edeyim mi?

"Hesap sormaya devam etsem de bir yanıt vermeyeceksin," deyip bakışlarımı ondan ayırdım. "Kalbimi kırmandan korkmuyorum ama faydasız bir çaba olacak gibi görünüyor."

"O hâlde bu faydasız çabaya ikimiz de son verelim." Net, kısa yanıtları, diğer insanlara verdiği gibiydi. Kardeşlerine daima taviz gösteriyordu ama bana da önceden taviz gösterdiğini, şu an anlayabiliyordum. Kurduğum cümle sanki sadece bu an için geçerli değildi, aramızda yaşanmış olan her şeyi kapsıyordu.

"İlk defa bunu yaptın." Lâl'e baktım, o Yankı'yı inceliyordu. "Dört gün boyunca hiç ortadan kaybolmamıştın ve..."

"Sen geldiğinden beri olmamıştı," dediğinde cümlemi yarıda kesti. "Senden önce olanı bilemezsin değil mi?" Gülümsediğini hissettim. "Yoksa bilir misin?"

"Bilemem." Mutlu, yerde sürünerek Işık'ın ayağının ucuna geldiğinde o bile ağzını açamıyordu. Kurtarıcı olan Mutlu, Yankı'nın bu hali karşısında sessizlik maskesini takmıştı.

"O hâlde?" diye sorguladı Yankı. "Bu odadaki dört kişi bu duruma alışık. Önemli olan da bu değil mi?"

"Anladım Yankı," dediğimde gözlerimi ona çevirdim. "Benim bir önemim yok, bu odadaki dört kişinin önemi var. Kaç farklı şekilde dile getireceksin?" Sustu ve yüzüme bakmaya devam etti. Bu söylediğimi de onaylamasını bekledim ama öyle bir şey yapmadı. Kalbimi kırmak, bir de bu şekilde mi beni denemek istiyordu? "Ama anlamadığın şu," dediğimde işaret parmağımı havaya kaldırıp onu gösterdim. "Senin gözünde önemli de olsam önemsiz de olsam senin için endişelendim."

Işık'ın elini omzumda hissettiğimde yavaşça sıktı ve bunu yaptığında ellerimin titrediğini fark ettim; kucağımdaki ellerimi yumruk yaptığımda Yankı'dan gizlemek istedim ama bunu gördü.

Beni yanıtsız bıraktı, odadaki gerginlikte nefes seslerimiz duyuluyordu. Mutlu daha fazla dayanamayarak boğazını temizledi. "Beybeğim," dedi sürünerek Yankı'nın ayağının ucuna gidip. "Neden Helinski'ye böyle davranıyorsun? Romantik komedi filmi gerçekten bu kadar iğrenç miydi?"

Yankı'nın bakışları Mutlu'ya döndüğünde turkuaz gözleri yumuşadı, benim için kalkan ördüğü bakışları kardeşlerinde yok oldu. "Ne kadar iğrenç olduğunu tahmin bile edemezsin," dediğinde gülümsedi. "İnsanın aklıyla dalga geçiyorlar ama ben zaten uyudum."

"Uyudun mu?" Gözleri kocaman açıldı. "Ne oldu ilk flörtte sinemaya gidip el ele tutuşmaya, yiyişmeye, elleşmeye? Uçtu gitti mi?" Bir yandan korkuyor, bir yandan da Yankı'yı yumuşatmaya çalışıyordu. "Yoksa Helinski kendini sana öptürmedi diye mi böylesin?"

"Mutlu..." Işık temkinli bir şekilde Mutlu'ya gözlerini açıp baktığında gerginlik silinmemişti.

"Mutlu," dediğimde gözlerimi sıkıca yumdum. "O günün konusunu kapatsak mı?"

"Her ne olduysa Yankı Helin'e öfkeli," dedi Mutlu kardeşlerine bakarak. "Ona ilk defa böyle davranıyor. Görmüyor musunuz? Hep korurdu, hep arkasında dururdu, hep önüne geçerdi ama şimdi böyle değil."

"Öfkeli değilim." Yankı, elini Mutlu'nun saçlarından çekti. Herkes ona inanamıyormuş gibi baktı. "Gerçekten öfkeli değilim," dediğinde gözleri bana döndü. "Hissettiğim duygular arasında öfke yok."

"O hâlde?" Bartu, ağzını açtığında sesi kızgın geliyordu. Yanıma doğru yürüdü hatta önümde durdu. "Ona neden böyle davranıyorsun?" Beni korumak istiyormuş gibi önümde durması şaşkınlıkla bakışlarımı ona çevirmeme neden olmuştu, zaman farklıydı, kişiler aynıydı ama yanımda olan kişi, geçmiş zamanda karşımda duran kişiydi.

Yankı, Bartu'nun karşısında durmasına imalı bir şekilde güldüğünde dirseğini koltuğun kenarına yaslayıp elini çenesine koydu. "Olması gerektiği gibi davranmıyor muyum, Bartu?" diye sordu. "Bunu istemiyor muydun?"

"Benim isteklerimi ne zamandan beri dinleyip hareket ediyorsun?" Bartu, geriye doğru yürüdü ve yanıma geçti. "Her ne olduysa ona herhangi biri gibi davranmaya başlamışsın."

Yankı, kardeşlerinin tek tek gözlerinin içine baktı sonra derin bir nefes verdi. "Belki de herhangi biridir," dediğinde gözleri sabitti, Bartu'yu inceliyordu. "Belki de ben gereğinden fazla taviz vermişimdir. Belki de artık ona kim olduğunu hatırlatmam gerekiyordur."

"Böyle konuşma, onu kırıyorsun." Işık da ayağa kalktığında kaşları çatılmıştı. "Helin, artık bizim için herhangi birisi değil."

"Bunu zaten ben size öğrettim," diyen Yankı ayağa kalktı ve ellerini cebine yerleştirdi. "En başından beri onu istemeyen sizdiniz ve size onu alıştıran bendim. Fikrimi değiştirdiğimde siz de benimle beraber değiştirmeyecek misiniz?"

"Hayır." Bartu'nun keskin yanıtı ürpermeme neden oldu. "Ben bir söz verdim, kendime ve Helin'e. Sen ne bok yersen ye, aranızda ne geçmiş olursa olsun, ona bizim hatta özellikle benim önümde böyle davranamazsın. Bilerek onun kalbini kırmaya çalışıyorsun ama o günlerce gerçekten seni merak etti."

Yankı, kardeşlerinin tek tek yüzüne baktı ve sanki bu çevirdiği kısa film, onların gözündeki değerimi anlamak içindi. Böyle bir şey asla beklemiyordum, özellikle Bartu'dan ama karşımda kocaman bir dağ gibi beni arkasına almış koruyordu. Yankı bu olanlara şaşırmamıştı fakat çok da rahat göründüğü söylenemezdi. En son Lâl'e baktığında Yankı'nın yanında gibi görünen sadece oydu, nedeni de ihanetimi bilmesiydi.

"Sakin," dedi Yankı Bartu'ya karşı. "Sadece bir düşünceydi, tepkinizi merak ettim." Bakışları bana döndü sonra eliyle kalkmam için hareket yaptı. "Çıkmamız gerek. Hemen."

"Ya," dedi Mutlu yerde oturmaya devam ederken. Oturduğu yerden Yankı'nın bacaklarına sarıldığında bakışları bana döndü. "Yapmayın, etmeyin. Annemle babam boşanacak gibi hissediyorum. Siz daha öpüşecektiniz, ben görecektim, ne oluyoruz ya?"

"Güzel hayaller," dedi Yankı gülümseyerek. "Ve hayalin olarak kalmaya devam edecek."

"Ama iddia?" Mutlu gözlerini kocaman açtı.

"Yok iddia," dediğinde elini yine bana doğru salladı. "Bir kere de ben sözümde durmayayım, olmaz mı?"

"Kendimi öldürürüm," dedikten sonra Yankı'ya daha fazla sarıldı. "Yankı Helin öpüşmesini izlemeyecekse bu gözler neden varlar, sadece soruyorum."

"Tamam Mutlu," dediğimde oturduğum yerden kalktım ve vücudumu Yankı'ya doğru çevirdim. "Galiba dediğin gibi bir daha başka kimseyle çıkmamalıyım, her şeyi mahvediyorum ve bok gibi biriyim. Baksana," dediğimde Yankı'yı gösterdim, "resmen benden tiksiniyor."

O kadar kurduğum cümleden sonra Yankı bakışlarını bana çevirip "Başka birisiyle çıkmak mı?" diye sordu bir anda.

Ona cevap vermediğimde Mutlu sözü devraldı. "Sen yokken okula gittik biz hep beraber," diyerek yalan söylemeye başladı. "Hani şu yumrukladığın adam var ya. Geldi, Helin'e teklif etti. Hamburger patates yiyelim mi, diye sordu. Neymiş efendim, etkilenmiş Helinski kızımızın masumluğundan."

Yankı, bana bakmaya devam ederken gözlerine ilk defa dakikalar sonra başka bir duygu daha oturdu; turkuaz gözlerinin önüne yerleştirdiği kalkanını bile parçalayan türden bir duyguydu. "Burnunu kırmıştım," dedi yüzüme bakarak.

"Burnuyla konuşmuyor," dedi Işık lafa atlayıp. "Hatırlatırım."

"Doğru, ağzıyla konuşuyor," dedi sonra dudakları aralandı, bir şeyler söyleyecek gibi oldu fakat sustu. Çenesini sıktığında gözlerindeki o duyguyu yok etmeye çalışıyordu. Fark ettiğimi anladığında sırtını döndü, kapıya doğru yürümeye başladı. "Helin," dedi yüksek bir sesle. "Beni takip et."

"Kıskandırma numarası," diyen Mutlu bana doğru aşağıdan fısıldıyordu. "Her zaman işe yarar. O adamı gördüğünde olacakları iyi izle."

Mutlu'nun söylediklerini umursamayıp Yankı'nın peşinden gittiğimde "Bana emir verme," dedim. İlk günlerimize dönmüş gibiydik, yine ona başkaldırmak istiyordum.

"Beni," dedi sonra dış kapıyı açıp bana baktı. "Takip et."

"Bana," dedim yanından geçerken. "Emir verme."

"Ben senin liderinim," dedi cümlenin üzerine basarak. "Ne istersem onu yapmak zorundasın."

Alayla güldüğümde onun bisikletine doğru yürüyorduk, bir adım gerideydi ve bakışlarının sırtımda olduğunu biliyordum. "Sözlüğünde liderlik için bu da yazıyor mu?"

Hava yine kapalıydı, gök gürlüyordu fakat yağmur henüz yağmıyordu. Gökyüzünde kırmızıyı çalan bir renk vardı. Bisikletinin yanına gittiğimde bakışlarım ona döndü. O ise yüzüme bakmayarak bisikletinin koltuğuna oturdu, benim önüne binmemi bekledi.

Bakmaya devam ettim, cümlesini kurmasını bekledim ama ayakları sağlam bir şekilde yere basarken tam karşısına baktı. İnatlaşmalı mıydım bundan emin değildim. Duygulara, cümlelere, anılara fazlasıyla anlam yükleyen sadece ben olabilir miydim?

"Söylemeyecek misin?" diye sordum kırılgan bir tınıyla ve biraz daha ona yaklaştım.

Hafifçe gülümsediğinde bu sıcak bir gülümseme değildi. Gözlerini bana çevirdi, baştan aşağı süzdü. "O sözlük artık yok," dedi düz bir sesle. "Gerçek liderin nasıl olduğunu görmenin zamanı gelmedi mi?"

"Bu zamana kadar söylediklerin gerçek bir lider olduğun için değil miydi?" Sorum karşısında kaşlarını kaldırdı, bunu beklemediğini anlayabiliyordum ama bana yansıtmamaya çalışıyordu. Yüzüme bakarken merakla onu izlemeye devam ettim. "Ee," dediğimde çenemi havaya kaldırdım. "Verecek bir cevabın yok mu? Liderlerin hep bir cevabı olmalı, öyle değil mi?"

Kolumu tutup beni kendine doğru çektiğinde bacağım bisikletine doğru çarptı. Ani tepkisiyle şaşkınlığım nefesimi kesmişti. "Bak," dedi yüzüme doğru, nefesinde alkolün kokusu vardı. "Birkaç gündür gerçekten doğru düzgün uyuyamadım ve başım çatlıyor. Bunları önemsemediğini biliyorum ama şimdi susup şu bisiklete binsen olmaz mı?"

Söylediklerinden takıldığım tek bir cümle vardı, bu cümlesi kolumu elinden kurtarmama neden oldu. "Bunları önemsememek mi?" diye sorduğumda başımı yan yatırdım. "Ne demek istiyorsun?" Elimle çıktığımız evi gösterdim. "Önemsemediğim için mi günlerdir şu evin içinde seni bekliyorum, seni arıyorum Yankı?"

Ağzının içinde bir şeyler geveledi fakat ne dediğini duyamadım. Gözlerini benim gözlerimden ayırdığında "İnatlaşacaksın," dedi sonra pes ediyormuş gibi ellerini kaldırdı. "Çocuk," diyerek kafasını iki yana salladı. "Bin bakalım önüme."

Az önce bu inatlaşmamın bir önemi vardı ama artık daha önemli problemlerim olduğunu görebiliyordum. İlk defa onunla tanıştım tanışalı bana haksızlık yaptığını hissediyordum. Defalarca hak ettiğim hâlde bana kötü davranmazken şimdi neden böyleydi? Doğrusu şimdi de kötü davrandığını söylenemezdi sadece umurunda değilmişim gibiydi, bu kadar.

Bu kadar mıydı?

Bisikletinin önüne sert bir şekilde oturduğumda ellerim demirlere tutundu ve Yankı bisikletini hareket ettirdi. Havanın kapalı olması, göğsüme daha büyük bir karanlığın çökmesine neden oluyordu. Defalarca onunla beraber bu bisiklete binmiştim fakat şimdi gerçekten onunla kendimi iki yabancı gibi hissediyordum.

Aşılamayacak gibi.

Bir daha onu göremeyecekmişim gibi.

Bir daha onu gerçekten göremeyecekmişim gibi.

Bir şeyler demeli miydim, bundan emin değildim. Sırtıma değen göğüs kafesi ve başımın tepesindeki sıcak nefesini hissedebiliyordum fakat kendimi eskiden olduğu gibi tamamen güvende hissetmiyordum. Yankı sanki bu güveni de aramızdan söküp almıştı.

"Nereye gidiyoruz?" diye sordum yüksek bir sesle. Yol tanıdık geliyordu ve bisikletini hızlı kullanıyordu. Her an benden uzaklaşmak istiyormuş gibi.

"İstediğin bir yere," diye yanıt verdiğinde onun sesi, benim aksime kısıktı.

"Ama nereye?" Başımı çevirip ona zorlukla baktım fakat onun bakışları yoldaydı. Gözleri gitgide daha fazla kızarıyordu, her an uykuya dalacakmış gibi görünüyordu. Çok büyük bir derdi olabilir miydi? Kimseye anlatamadığı, anlatsa da insanların anlamayacağını düşündüğü bir derdi.

"Sana tercih hakkı sundum," dediğinde gözleri bana doğru döndü. "Sen düşmanımı tanımak istedin." Güldüğünde bu hayatımda gördüğüm en tuhaf gülümsemeydi. "Ben de kendi ellerimle seni düşmanımla tanıştırmaya götürüyorum, yani Koza'nın yanına."

Günler önce götürmek yerine neden şimdi götürüyordu? Anlamayan gözlerle ona bakmaya devam ettiğimde turkuaz gözleri benden ayrıldı. "Koza mı?" diye sorguladım. "Bundan vazgeçtiğini düşünmüştüm çünkü günler önce konuştuk."

"Vazgeçmedim." Çenesi kasıldı, bakışları kısıldı. "Sadece..." Sustuğunda bisiklet sola doğru döndü ve hızını yavaşlattı.

"Sadece," diyerek onu tekrar ettim. "Yankı, her ne söylemek istiyorsan söyler misin?"

Sustu, yine hiçbir söylemedi. Benim anlamamı bekledi ama bu sefer ne demek istediğini anlamadım. Dudaklarımın arasından çıkacak tek bir kelime sanki aramızdaki o iğrenç kalkanı kaldırabilirmiş gibi baktı bana ama o cümleyi bir türlü bulamadım.

"Bir derdin var," dediğimde başımı çevirdim. "Bir şeyler var. Çok tuhafsın. Belki bana kızgınsın, öfkelisin ama bunların dışında bir şeyler var. Yankı Sarca'nın ilk defa duygularını gizleyemeyeceği kadar büyük bir dert. Dört gündür bununla savaşıyordun, değil mi?"

Kısa bir süre cevapsız kalan sorumu alaya aldı. "Ve o savaşı kazanmış mıyım?"

"Ve o savaşı kazanamamışsın," dediğimde gözlerim tekrardan ona döndü. "Ama yenilmemişsin de. Hâlâ savaşıyorsun." Bisikleti daha fazla yavaşladı. "Her savaşta tek başına olmak zorunda değilsin."

Bu söylediğim karşısında bisikletini sertçe durdurdu ve öne doğru kaymama neden oldu. Gülmeye başladığında sertçe bisikletinden indi, onun ağırlığının gitmesiyle bisiklet sarsıldığında ben de indim ve bisiklet geriye doğru sertçe düştü. Gülerek sol tarafa doğru yürümeye başlamadan önce bisikletinin ön sepetinden yere düşen su şişesini aldı.

"Neye gülüyorsun?" diye sordum arkasından giderken. "Benimle konuşmayacak mısın?" Sustu, yine cevap vermedi. "Yankı," dedim dişlerimi sıkarak. "Bana böyle davranma."

"Sana nasıl davranıyorum ki?" diye sorduğunda omzunun üzerinden bana baktı.

"Bana önemsizmişim gibi davranıyorsun," dedim soluk bir sesle.

"Sana önemsizmişsin gibi davranmıyorum." Durdu, benim de durmama neden oldu. "Kendi önemsizliğimi gösteriyorum sadece." Omzunu indirip kaldırdığında başını iki yana salladı.

"Seni gerçekten önemsemediğimi mi düşünüyorsun?" Hiçbir şey değil ama bunu düşünmesi fazlasıyla yaralayıcıydı. Uzanıp ona dokunmak istediğimde geriye doğru adım atıp yürümeye devam etti. "Yankı!" dedim yüksek bir sesle. "Şu an bana ilk defa haksızlık yapıyorsun."

"Haksızlık mı?" Cebinden yeni bir sigara paketini çıkardı ve dudaklarının arasına yerleştirip sigarayı yerleştirip ucunu yaktığında büyük bir nefes çekti. "Bugün seninle tiyatro filmi çekmeyeceğim, Helin. Bugün o tiyatro filminde sana dâhil olmayacağım."

"Tiyatro filmi mi?" Adımlarım duraksadı, ellerimi iki yana açtım. "Sana rol yaptığımı mı düşünüyorsun?"

Hiçbir cevap vermeden başka bir köşeyi daha döndüğünde peşinden hızlı adımlarla ilerledim fakat geldiğimiz yeri fark ettiğimde bütün cümlelerim dudaklarımın arasında paylanıp yok oldular.

Tahmin ettiğim gibi Koza, Sokak Nöbetçileri'nin kendisine ait olan hapishanelerindeydi. Çıkmaz sokağa dönmüştük, ileriden yerin altına inecektik. Buraya en son geldiğim ânı düşünmek, adımlarımın geriye doğru dönmesine neden bile olabilirdi ama Yankı'nın adımları sağlam, duruşu dikti.

Yankı yerin altına inen kapağı etrafına şöyle bir bakıp kimsenin olmadığını fark ettikten sonra elindeki anahtarla kilidini açtığında ondan neredeyse beş altı adım uzaktaydım.

Ağır demir kapağı gücünü vererek kaydırdığında sanki elimde tekrardan bir silah belirmişti, sanki yine bana kimse inanmıyordu, sanki aşağıda Tankut beni suçlamak için bekliyordu.

Sanki birazdan ölecektim, Yankı da benim ölmeme izin verecekti.

"Gelmeyecek misin?" diye sorduğunda eğildiği yerden doğruldu. Korktuğumu bakışlarımdan anladı, bunu çok iyi biliyordum. Ellerim titremeye başladığında ağır adımlar atarak ona doğru yürüdüm; onun gözleri ellerime kaydı.

"Koza burada," dediğimde sesim kısık çıkıyordu.

"Evet," dedi net bir sesle. "Bunu tahmin etmişsindir zaten." Gözlerini kıstı. "Düşmanımı kapana kıstırdığımı söylediğimde yani."

Ona cevap vermeyerek kapaktan aşağıya doğru baktım ve titreyen ellerimi arka cebime yerleştirdim. Yankı'ya güveniyordum, ona sonsuz güveniyordum ama bir dürtü, beni oraya girmemem için engelliyordu. Yankı her şeyi öğrenmiş olabilir miydi? Gözlerim yerin altından ona doğru döndü. Sabit bakışları duygusuzdu, beni inceliyordu.

Gerçekten en başından şüphelense hatta Koza için bu gruba girdiğimi anlasa onu bu hapishanede tutmaya devam etmezdi değil mi? Çünkü Yankı günlükler için bile önlemini almışken, bunu göz ardı edemezdi.

"Korkuyorsun," diye mırıldandığında konuşan sanki iç sesimdi. "Neden korkuyorsun?"

Dizlerim de titremeye başladığında gözlerimi kapatıp kendime birkaç saniye verdim. Sorduğu soruyu kendi içimde düşünmeye başladım. Neyden korkuyordum? Oraya döndüğümde karşılaşacağım anılardan mı? Kendimi öldürmek istemiştim, göğsüme bir silah dayamıştım. Bu anıların beni yıkacağından mı korkuyordum?

İçimdeki o kötü yorgun yaşlı kadın kahkahalar atıyordu, korkularımın nedeninin bunlar olmadığını söylüyordu.

Koza'dan mı korkuyordum? Hayır, tanımadığım birisinden korkamazdım.

Yankı'dan mı korkuyordum?

Dizlerim ve ellerim daha fazla titremeye başladı. Ondan değil, kendimden korkuyordum.

"Helin," diyen sesini duyduğumda gözlerimi aralayıp ona baktım. "Neyden korkuyorsun?"

"Kendimden," dedim dürüst bir cevapla. "Bu hapishane her zaman benim dönüm noktam olacakmış gibi hissediyorum." İç sesim cümleyi devam ettirdi: *Bu hapishanede gizlediğin düşmanın, benim hayatımın dönüm noktasını yarattı, beni sizinle tanıştırdı.*

Turkuaz gözleri ne demek istediğimi anlamıyormuş gibi beni incelemeye başladığında bakışlarımı kaçırdım. "Korkularınla yüzleşmelisin," diye mırıldandığında yanıma doğru birkaç adım attı. "Sana söylemiştim, onları yenmek istiyorsan onlardan kaçamazsın."

Güçlenmek istedim, omuzlarımı dikleştirmek istedim ama bunları yapamadım; güçsüz bir şekilde başımı eğip o karanlık deliğe bakmaya devam ettim. İhtiyacım olan gerçekten inançtı, Yankı bana ruhsal olarak bu kadar uzakken kendime nasıl inanabilirdim ki?

"Ve benim başka bir yüzümle daha tanışacaksın aşağıda," dediğinde parmakları çenemi kavradı, yüzümü yüzüne çevirdi. "Senden sadece tek bir şey isteyeceğim." Ne isteyeceğini bilmiyordum, ona artık yalanlar söylemek de istemiyordum. Sessiz kaldığımda cümlesine devam etmesini bekledim. "Benden korkma," dedi bir anda ve parmakları çenemi daha sıkı tuttu sanki bırakmak istemiyormuş gibi. "Aşağıda göreceğin Yankı'dan korkma çünkü ben senin korktuğunda sarıldığın kişiyim, korkup kaçtığın kişi olmak istemiyorum."

"Senden hiçbir zaman korkmam," diye fısıldadığımda elim, çenemi tutan bileğine tutundu. "Ben her şeyden önce sana güveniyorum, Yankı. Her ne yaptıysan bir nedenin olduğuna beni sen inandırdın."

Kalkan parçalanmadı ama ben onu ruhunu yine hissetmeye başladım. Bir yerlerde nefes alıyordu, benden uzaktaydı ama oralardaydı. Nefesini duymak bile yetiyordu.

Parmakları çenemden uzaklaştı ama titreyen elim, bileğini tutmaya devam etti. "Ama şu an korkuyorsun," dediğinde gözleri ellerime kaydı. "Ne olacak bu senin durmadan titreyen ellerin, dizlerin ve sesin?"

"Belki bir gün hiçbir şeyden korkmam artık ve titremezler," diye mırıldandığımda elimi bileğinden çektim.

"Belki de bir gün korktuğun için titremez ellerin, dizlerin ve sesin," dediğinde bakışları kısıldı. "O günü bekliyorum."

"Belki," dediğimde gözlerim yine o karanlık çukura döndü. "Önce sen in ve beni tut olur mu? Düşmek istemiyorum."

Başını salladığında aşağıya doğru inen merdivene doğru yöneldi ve vücudunu çukurdan içeriye sokup hızlı bir şekilde merdivenden inmeye başladı. Karanlık onu yuttuğunda adımının zemine inen sesini duydum. "İn," dedi bana doğru.

Derin bir nefes çektim sonra hızlıca verdim ve bunu birkaç defa daha tekrar ettim. En sonunda çukurdan içeriye bacaklarımı soktuğumda titreyen dizlerime ve ellerime rağmen merdivenleri inmeye başladım. Yukarıdaki aydınlık silinmeye başladığında bacaklarımda onun ellerini hissettim ve ürperdim. "Sakin," dedi bacaklarımı sıkıca tutarak sonra kucaklayıp merdivenden aşağıya doğru indirdi. Sadece üç saniye sarılmış olması bile korkularımı yenmişti, bu nasıl bir büyüydü?

Birkaç dakika içerisinde tekrardan merdivenleri çıkıp demir kapağı kapattığında ve indiğinde karanlıktan dolayı onu göremiyordum.

"Yankı," dedim karanlığa doğru. "Neredesin?" Adım seslerini işittim, saniyeler geçti, olduğum yerden kıpırdayamadım. Korkularım daha fazla arttı, nefes almakta bile zorlandım. "Yankı," dediğimde sesim daha yüksek çıktı. "Lütfen ses verir misin?"

"Buradayım," diyen sesini işittim ama yine hareket edemedim. "Birkaç adım uzağındayım."

"Korkuyorum," dedim zorlukla nefes vererek. "Gerçekten çok korkuyorum. Karanlık. Lütfen bir şeyler yap, korkmak istemiyorum."

"Korkacak hiçbir şey yok," dediğinde bana doğru yaklaştığını hissettim. Kulaklarımda uğultular vardı, şehirden yükselen arabaların sesi sanki hemen dibimizdeydi. İnsanların seslerini bile işitebiliyordum, şimdi hepsi daha yakın geliyordu.

"Korkuyorum," dedim bu sefer daha kısık bir sesle. Normalde bu kadar korkmazdım fakat şimdi ne olduysa kendimi durduramıyordum.

"Korkma," dedi ve sonra elini elimde hissettim. Şaşkınlıkla nefesimi verdiğimde parmakları, parmaklarımın arasına geçti; sımsıkı tuttu. Sıcacık eli, titreyen elime öyle bir güç verdi ki o benim elimi tutarken ben gerçekten hiçbir şeyden korkamazmışım gibi geldi. "Ben elini tutarken seni ne korkutabilir ki?"

Bu zamana kadar birisinin elini tutmanın verdiği hissi hiç anlayamamıştım ama şimdi, o hissi yaşıyordum. Güvendi, sıcaktı, en önemlisi gerçekti. Bana uzanan çok el olmuştu, tuttuğum ellerin hiçbirisinde de böyle hissetmemiştim.

Yankı'nın ellerinde güven vardı; o güveni bir kez hissetmiştim, bir daha başka hiç kimsenin ellerinde bu güveni tadamazdım.

"Hiçbir şey," dediğimde beni iyi eden kişi Yankı oldu. Yine o oldu. Ne olursa olsun, ne düşünürse düşünsün, kim olursam olayım, beni yine iyileştirdi.

Yürümeye başladığında ona ayak uydurdum. Karanlıkta nasıl yolu tam olarak bulabiliyordu bilmiyordum ama kendinden fazlasıyla emin yürüyordu. Daha önce geldiğimiz zamanı düşündüğümde çoktan aydınlığa çıkmamız gerekiyordu fakat şimdi öyle değildi.

Bir merdiveni inmeye başladığımızda eli beni daha sıkı tuttu, her basamağı inişinde bana biraz daha destek oldu. Düz bir yerde yine yürümeye başladığımızda ilerideki merdiveni görebiliyordum çünkü ucunda sarı ışıklar olduğu belliydi. Gitgide koku kötüleşiyordu ve duvarların darlaştığını hissedebiliyordum.

O merdivenden de inmeye başladığımızda aydınlığa çıkıyorduk fakat eli hâlâ elimin içindeydi. Son basamaktan da indiğimizde düşündüğüm gibi duvarlar darlaşmıştı, Yankı ve ben aynı anda kollarımızı iki yana açsak duvarlara değebilirdik, o kadar dardı. Yukarıdan sarkan turuncu ışıklardan bazıları yanıp sönüyordu, iple bağlanmıştı.

Yerler nemliydi, fare seslerini işitebiliyordum. Adımlarım ağırlaştığında Yankı'nın da öyle yürüdüğünü fark ettim.

Diğer geldiğimiz yer gibi değildi. Burada sadece dört tane demir parmaklık vardı, üç tanesi boştu, bir tanesi perdeyle örtülmüştü. Bakışlarım Yankı'ya döndüğünde o, perdeyle kapalı olan tarafa doğru adımlarını yönlendirdi.

Ayaklarımın ucundan fare geçtiğinde irkilip Yankı'nın elini sıktım ve Yankı, o an hâlâ elimi tuttuğunu fark edip parmaklarını hızlıca benden uzaklaştırdı. Karanlıktan kurtulmuştuk fakat onun elimi bırakması, beni korkularımın karanlığına yine itecekti.

Karşıdaki duvarda yine o cümle yazıyordu:

"Yarattığın gerçek adalet, vicdanının ve vicdansızlığının sesidir."

SOKAK NÖBETÇİLERİ

Perdeyle kapalı olan demir parmaklıkların önünde durduğumuzda Yankı çenesini havaya kaldırdı, omuzlarını dikleştirdi ve burnunu çekti. Farelerin çıkardığı seslerden başka bir ses daha vardı, o da bir kâğıdın çevrilme sesiydi.

Bakışlarımız birbirimize döndü, ben korkarak ona baktım, o yine bana tercih sunduğu zaman olan bakışını attı fakat bu sefer çok da uzun sürmedi. Yine perdeye doğru döndüğünde "Onunla konuşma," diye fısıldadı. "Ve sana sorduğu sorulara cevap verme."

Bunu neden söylemişti anlamamıştım, zaten onunla konuşmayacaktım fakat başımı hızlıca aşağı yukarı sallamaktan başka hiçbir şey yapmadım.

Yankı, benim tepkimden sonra siyah perdeleri iki yana doğru açtığında demir parmaklıkları ve demir parmaklıkların içini gördüm.

Bir klozet vardı, bir lavabo ve bir de yerde kirlenmiş bir yatak. Küçücük bir yerdi, yerler betondu, fareleri görebiliyordum. Duvarlarda yazılar yazıyordu, cümleler vardı. Resimler çizilmişti. Tam karşımda bir güneş resmi vardı, çocukların pastel boyasıyla çizilmiş bir güneşti. Onun yanında da bulut vardı. Hemen yanında yağmur tanesi. Sonra kar tanesi.

Dört mevsim.

Mevsimlerin üstünde şu cümle yazıyordu:

"Yarattığın gerçek adalet, sadece senin korkularından ibarettir."

KOZA

Küçücük odanın içinde, taburenin üzerinde sırtı bize dönük bir adam oturuyordu. Elinde bir kitap vardı, sayfaları çeviriyor ve bizim geldiğimizi fark etse bile başını çevirip bakmıyordu. Yüzünü göremiyordum ama saçlarının açık renk olduğunu seçebiliyordum. Fazlasıyla zayıf görünüyordu, ayakları çıplaktı, üzerinde kıyafeti yoktu. Altında uzun bir siyah bir eşofman vardı.

"Koza." Yankı'nın sesi, karanlığın içinde çınladı, demirlere çarptı, demirlerden sekip geri bana geldi ama o kişi cevap vermedi.

Elindeki kitabı okumaya devam ederken başka bir sayfaya daha geçti. Hafifçe yan döndüğünde elindeki kitabın George Orwell, *1984* olduğunu gördüm.

"Koza." Yankı bu sefer daha keskin bir ses tonuyla konuştu. "Tek değilim."

Koza, başını kaldırdı, tam karşısındaki duvara doğru baktı; profilinden ve gölgesinden genç bir adam olduğunu fark ettim. "Biliyorum," dediğinde kalın, çatallaşmış sesini işittim. Yaşlı birisi değildi. "Senin sağlam adım seslerinin yanında çekimser başka adımları da duydum. Yanındaki bir kadın, öyle değil mi?"

Yutkunduğumda bakışlarım Yankı'nın profiline döndü ama Koza'nın sırtını izlemeye devam ediyordu.

"Ne zaman o kitabı bırakıp bize döneceksin?" diye sordu Yankı sorusunu yanıtsız bırakarak.

"Tek bir paragraf kaldı," diyen Koza'nın sesi fazlasıyla sakindi. "Şu an çok yoğunlaşmış durumdayım, burada bırakırsam aynı hissetmem."

Sanki tuhaf bir kâbusun içinde gibiydim. O kadar kötü bir yerde yaşıyordu ki nasıl oluyordu da normal bir hayat sürüyormuş gibi davranabiliyordu? Elindeki kitabı okurken sadece onu izlediğimde öylesine bir bankta oturmuş, karşısında deniz olan bir adamı görüyor gibiydim.

Ama iğrenç bir yerdeydi, nefes alması bile zor bir çukurdaydı.

"Bitti," dediğinde sakin bir şekilde başını tekrardan kaldırdı ve yan bir şekilde baktı. Göz göze gelmedik ama gülümsedi. "Kadın getirmişsin." Koza, oturduğu yerden yavaşça kalktı, boynunu çıtlattı ve vücudunu bize doğru çevirdiğinde direkt olarak Yankı'ya baktı.

Bize doğru yürüdüğünde karanlıktan kurtuldu, sarı ışıklar ona doğru çarptı. Sesinden ve vücudundan anladığım gibi yaşlı değil, gençti. Yaşı, yirmi yedi, yirmi sekiz olmalıydı. Boyu, Yankı'dan birkaç santim daha kısaydı, vücudu fazlasıyla sıskaydı ve sol göğsünün üstünde kocaman anlayamayacağım bir dövme vardı. Karnı, zayıflıktan ötürü içeriye doğru göçmüştü fakat daha önceden olan kaslarının varlığını görebiliyordum. Zayıf değildi, zayıflamak zorunda kalmıştı. Yürürken o kadar zayıf vücuduna rağmen dimdikti. Belindeki eşofmanı düşecek gibiydi.

Aç bırakılmıştı.

Yankı'ya doğru biraz daha yürüdü, yavaş yavaş yüzü de aydınlığa çıktığında onu tanıyıp tanımadığımı sorgulamaya başladım. Kavisli bir burnu vardı ve kalın dudakları kupkuruydu. Susuz kalmış olmalıydı. Saçları sarı ve uzundu, sakalları ise uzundu. Gözleri Yankı'nın gözleri gibi masmaviydi, profilinin bir tarafı karanlığa bakıyordu.

"Misafir ağırlayacak durumda değilim," dediğinde Koza gülümsemeye devam ediyordu. Aslında hep gülümsüyordu, bir an olsun o gülümsemesi silinmiyordu. Ağzında her ne varsa onu çiğniyordu. "Bir dahaki sefere haber verirsen çay demlerim."

Yankı da ona karşılık olarak alayla güldüğünde Koza'nın parmaklarının arasında tuttuğu kitaba baktı. "Bitiremedin mi daha?"

"Dördüncü okuyuşum," diyen Koza kitabı havaya kaldırdı. "Sen yeni kitap getirene kadar beşinciyi de okurum."

"Hangi kitabı istiyorsun?" diye sordu Yankı. "Sadece üç günün kaldı, bunu biliyorsun, değil mi?" Anlamayan gözlerle ona baktım, onu öldürecek miydi?

Koza, son söylediğine cevap vermedi. "Hiç okumadığım bir kitabı," diyerek kaşlarını kaldırdı. "Bana yeni kitaplar getirirsen iyi olur, Sonuncu. Daha önce okuduğum kitapları, bir daha okuduğumda sadece duyguları hissediyorum." Sonuncu mu? Ne demek istemişti? Yankı'yı izliyordum ama gözlerini bir an olsun bana çevirmiyordu, Koza ise ben yokmuşum gibi davranıyordu.

Aralarında öylesine tuhaf bir enerji vardı ki hem birbirlerini oracıkta öldürecek kadar nefret ettiklerini hem de birbirlerini kurtarabilecek kadar sevgi beslediklerini hissettim. Gözleri birbirlerini izlerken, bakışlarıyla anlaştıkları her hallerinden belli oluyordu.

"O kitabın içinde bir şifre var," diyen Yankı, göz ucuyla Koza'nın yaşadığı yere baktı. "Ve bu şifre bu kapıyı açacak ama sen günlerdir o şifreyi bulamıyorsun. Koza, zekânı kaybetmeye mi başlıyorsun?" Gözlerim, onlardan ayrıldı ve demir parmaklıklarda gezindiğinde kilit kısmını gördüm. Normal anahtarla açılacak bir kilit değildi, tuşlu bir kilitti ve bahsedilen şifre, kitabın içinde gizliydi. Yankı, onun çıkış biletini kitabın içine gizlemişti.

"Üç gün içinde bu şifreyi bulacağım," diyerek Koza omuzlarını dikleştirdi. "Sadece kitabın keyfini çıkarıyorum, Sonuncu, kendime zaman veriyorum."

Yankı onu tiye aldı ve gözleri hapishanenin içinde gezindi. "Kendine boşa güveniyorsun," diye mırıldandığında tek kaşı havaya kalktı. "Kazmaya başlasan iyi edersin, buradan en fazla öyle kurtulabilirsin."

Koza, alaylı ifadesini bozmadı, tek elini cebine yerleştirdi. "Biliyorsun, bunlar şehir efsanesidir, bir hapishaneden asla yeri kazıyarak çıkamazsın."

"O hâlde nasıl çıkarsın?" diye sordu Yankı.

"Bir hapishaneden kurtulmanın tek yolu kapısından çıkmaktır," dediğinde çenesiyle Yankı'yı işaret etti. "Ve bu kapıyı açacak olan tek anahtar, seni iyi tanımaktan geçiyor."

"O zaman buradan çıkamayacaksın çünkü beni hiçbir zaman tanıyamadın." Yankı ağır ağır başını aşağı yukarı salladı. "O şifreyi bulamayacaksın, bu kitapta kendimi nereye gizlediğimi bilemeyeceksin."

"Ya kendini gizlediğin yeri bulacağım ya da bu kapıyı açacak başka bir anahtar bana gelecek." Koza'nın ilk defa yüzü bana doğru döndüğünde gözlerimiz kesişti ve yana doğru bir adım atıp tam karşıma geçti.

O an, gözlerine baktığımda ürkmeme neden olacak bakışlarıyla yüzleştim. Hayır, gözleri masmavi değildi; karanlığa dönen tarafıyla ilk defa karşılaşmıştım. Bir gözü maviydi, diğer gözü kahverengiydi ve kahverengi gözünün altında küçücük bir çarpı dövmesi vardı. Ürperticiydi, korkutucuydu ama bir o kadar da etkileyiciydi.

"Seninle tanışmadık," dediğinde gözlerinden gözlerimi ayıramıyordum. O kadar tuhaftı ki içinde farklı iki insan taşıyan bir adam gibiydi. "Ama sen beni tanıyorsun ki buraya kadar geldin."

Dudaklarımı açıp bir şeyler söylemek istediğimde Yankı'nın bana söylediğini hatırladım ve sessizliğe gömüldüm. Koza, gözlerinden hiçbir duygu okunmayan bir adamdı. Sürekli alaylı bir ifadesi vardı, sürekli bir şeyler çiğniyordu ve sürekli inceleyen bakışları yerindeydi.

"Hım," dediğinde kaşlarını havaya kaldırdı. "Onun sözünü hep böyle dinler misin?" Biraz daha yaklaştı yüzüme, yüzü tamamen aydınlıkla yıkandı. Beni incelerken, her ne gördüyse kaşları çatıldı. "Onun neden benimle konuşmanı istemediğini biliyor musun?"

Bakışlarım Yankı'ya döndü ve onun gözlerinin sadece benim üzerimde olduğunu gördüm. Bakışlarından bir şeyleri çözmeye çalıştığını anlayabiliyordum ama Koza'da değil, benim üzerimde bir şeyleri çözmeye çalışıyordu.

Yankı, Koza'yı tanıyıp tanımadığımı görmek istiyordu.

Kendimi çok büyük bir oyunun içinde hissettim, bu oyunda piyon gibiydim.

"Çünkü benimle konuştuğunda senin açıklarını yakalayacağımdan ve seni yönetebileceğimden korkuyor," diyen Koza dikkatimin tekrardan ona dönmesine neden oldu. "Kendisinden başka hiç kimseyle beni konuşturmuyor."

"Onu yönetmenden korkmuyorum," dediğinde Yankı'nın sesi temkinliydi. "Sadece onu tanımanı istemiyorum."

"Benim onu tanımamı istemiyorsun ama onu beni tanıması için buraya getirdin öyle mi?" Koza, bir an olsun Yankı'ya bakmıyordu, bakışları üzerimdeydi. Kahverengi gözü seğirdi. "Çünkü bu kız beni tanımak istedi ama elleri de titriyor. Tuhaf." Endişeyle yumruklarımı sıktığımda ellerime bir kez olsun bakmadığına neredeyse emindim. "Saklama ellerini," dedi Koza aynı gülümsemeyle. "*Gölgeler*, gerçekleri gizlemez."

Aslında bana değil, arkama doğru baktığını fark ettiğinde başımı çevirip ben de o yöne doğru baktım ve kendi gölgemle yüzleştim. Sıkıca yumruk yaptığım ellerim, gölgemden görünüyordu ve titrediğimde anlaşılabiliyordu. Başka bir nefesi daha verdiğimde kollarımı önümde bağlayıp yine ona baktım. Bu kadar dikkat fazlaydı.

"Sonuncu," dedi Koza Yankı'ya doğru. "O benimle neden tanışmak istedi?"

Yankı'nın ne cevap vereceğini bilemiyordum ama Koza'nın karşısında durdukça kendimi daha fazla korkarken buluyordum. Ondan değil, ikisinin arasındaki enerjiden ve benim buradaki fazlalığımdan. Karşımdaki iki farklı göz rengine sahip adam için bu aileye gönderilmiştim ama o adamın bana ihtiyacı yokmuş gibiydi.

"Ona bir tercih hakkı sundum," dedi Yankı dürüst bir şekilde. "O seninle tanışmayı seçti."

"Diğer tercih hakkı benden daha mı önemsizdi?" Koza'nın gözleri, gözlerimden en sonunda ayrıldığında Yankı'ya baktı. "Yoksa bu kız beni mi daha çok önemsedi? İlk seçenek daha mantıklı geliyor değil mi?"

Kendimi tutamadığımda "Diğer tercih hakkı daha önemliydi," diye atıldım ve Yankı'nın sert bakışlarının bana döndüğünü fark ettim.

Koza, gülmeye başladığında eliyle ağzını kapattı ve kafasını iki yana salladı. "Vay," dedi Yankı'ya doğru. "Bu kız seni kırmamak için elinden geleni yapıyor ha?" Sadece tek bir cümleydi, bunu nasıl anlamıştı? Sinir bozucu bir sakinliği, sinir bozucu bir ifadesi vardı. Gülümsemesinin asla silinmemesi beni öfkelendirmeye başlamıştı. Mutluluk değildi, âdeta herkesle dalga geçiyormuş gibiydi.

"Senden bahsettim ona," dedi Yankı Koza'nın söylediğini duymazdan gelerek. "Düşmanım olduğunu ve o düşmanı kapana kıstırdığımı söyledim. O da seni merak etti." Yankı kaşlarını çattı. "Artık düşmanım olamayacak kadar zararsız olan seninle tanıştırmak gayet mantıklı geldi."

Koza, dilini damağına vurarak geriye doğru birkaç adım daha attı ve kafasını iki yana salladı. "Sana söyledim, Sonuncu," dediğinde kaşlarını kaldırdı. "Ben istediğim için beni kapana kıstırdın, ben çıkmak istesem zaten buradan çıkardım. Seni çok iyi tanıdığımı biliyorsun."

"Hayal dünyasında yaşıyorsun." Yankı da artık alayla gülüyordu. "Bu kapandan hiçbir zaman çıkamayacaksın."

"Bu kapandan çıkmak istesem çıkarım," dedi Koza tekrardan üzerine basarak. Parmakları duvardaki çizimleri işaret etti. "Ama çıkmak istemiyorum çünkü burada dört mevsimi yaşarken buradan çıkıp tek mevsimi yaşamak saçma geliyor." Yüzü bana döndü, çene kemiği oldukça belirgindi. "Sence mantıksız mı konuşuyorum?"

"Bence sen aklını kaçırmışsın," diye fısıldadığımda duyabileceğini düşünemiyordum ama duymuştu. Başka bir kahkaha daha attığında Yankı'nın sert bakışlarını daha fazla hissetmiştim.

"Beni neden kapana kıstırdığını anlattı mı?" Koza, göz ucuyla Yankı'yı gösterdi. "Benimle yıllarca süren savaşından bahsetti mi?"

"Bunları anlatacak tek kişi sadece benim." Yankı'nın sakin sesi aramıza balta gibi indi.

"Kazanan hiçbir zaman sadece ben olmadım," dedi Koza dürüst bir şekilde. "Onun da kazandığı zamanları oldu ama en çok da o kaybetti." Ellerini iki yana açtığında kendini sonra beni gösterdi. "Bu kaybettiğinin resmidir." Neden beni gösterdi?

Alayla onun gibi gülmeye çalıştığımda yüzümü buruşturdum. "Şu an demir parmaklıkların arkasında sen varsın ve o dışarıda. Söylediğin gibi bu senin kaybettiğinin resmidir."

"Beni yenmedi," dedi Koza işaret parmağını kaldırıp. "Beni hapsetti, onunla savaşmamı engelledi." Elindeki kitabı havaya kaldırdığında daha geniş gülümsedi. "Bu kitapta geçen bir yeri, beni anlaman için okuyacağım." Parmakları sayfalarda gezindi sonra nefesini verip okumaya başladı:

"*'İnsan, kendi iktidarını bir başkasının üstünde nasıl gösterir Winston?' Winston düşündükten sonra, 'Acı çektirerek,' dedi.*"[2] Başını kaldırdı, tam gözlerimin içine baktı. "O beni yenmedi, bana hükmediyor hem de acı çektirerek. Aç bırakıyor, susuz bırakıyor, beni yendiğini sanıyor ve ben yenilmiyorum. Sadece acı çekiyorum."

Ona yemek vermiyordu, ona su vermiyordu; ona işkence çektiriyordu. Yankı Sarca âdeta onunla oyun oynuyordu ve bundan keyif aldığına adım kadar emindim.

Kendimi başka bir oyunun içinde daha hissettim. Bu sefer piyon olsam bile en önemsiz kişiydim.

"Bunları daha önce sen de bana yaptın," dedi. "Ve ben daha küçüktüm. Dinle, Koza. Sen benimle savaşmak istiyorsun." Demir

---

2 George Orwell, *Bin Dokuz Yük Seksen Dört*, Çev. K. M. Dalgıç, İstanbul: İndigo Kitap, 2021. s. 356. (ed.n.)

parmaklıkların arasından uzanıp Koza'nın elinden kitabını aldı. "Ve ben de seninle savaşırken acı çektirmekten keyif alıyorum."

"Ona hükmedebileceğim çok fazla fırsatım vardı," diyerek Koza bana açıklama yapmaya devam etti. "Ama Sonuncu'ya hiçbir zaman hükmetmeyi seçmedim."

Yankı'nın onunla neden konuşmamam gerektiğini söylediğini artık anlıyordum çünkü beni anlaması bir yana, Yankı gibi insanı etkisi altına alan ve kafamın içine giren bir yapısı vardı. Her söylediği cümle, başka bir anlam çıkarıyordu ve her anlamda başka bir sır gizliydi.

Yankı elindeki kitabı parmaklarının arasında döndürürken gözleri Koza'nın üzerindeydi. Yüzündeki gülümseme fazlasıyla ciddiyetsiz, fazlasıyla samimiyetsizdi; Koza'ya bakarken onu tek anlayan kişi Yankı Sarca olabilirdi.

Ve ben şu an ikisini de anlayamıyordum.

Kendimi aptal gibi hissediyordum, gerçek bir aptal.

Yankı, diğer elinde duran su şişesini havaya kaldırdığında Koza'nın gözlerinin içine bakmaya devam etti. "Seç," dediğinde sesi, hiç tanımadığım bir adama ait gibiydi. Ürkütücü görünüyordu. "Su mu, yoksa kitap mı?"

"Su mu, yoksa şifre mi?" Bana sunduğu tercih ne kadar zor ise bu tercih bir o kadar kolaydı. Koza'ya bakışlarım döndüğünde gülümsemesinin genişlediğini gördüm. Başını arkaya doğru yatırdığında burnunu çekti. "Kitap," dedi alayla. "Bu da soru mu? Dün yeterince su verdin, idare edebilirim."

Şaşkınlıkla gözlerim açıldığında Yankı hiç şaşırmış görünmüyordu. "Sadece üç gün," diye mırıldandı.

"Üç gün sonra görüşeceğiz," diye karşılık verdi Koza. "Beşinciyi okursam kendini gizlediğin yeri göreceğim, *Beşinci Sokak Nöbetçisi*." Neden imalı bir tınısı vardı?

Ellerimi yavaşça saçlarıma geçirdiğimde anlamadığım dilde konuştuklarını bile düşündüm. Yankı, kitabı tekrardan demir parmaklıkların arasından ona verdiğinde "İmkânsız," dedi düz bir sesle. "Buradan çıkamayacaksın, Koza. Beni yenemeyeceksin."

"Beşinciyi okuduktan sonra buradan çıkacağım," dediğinde Koza'nın bakışları bana döndü. "Ama tek bir mevsimi yaşamak için değil, sana yine kaybettiğini göstermek için. Ve seni bitirmek için."

Yankı başını iki yana salladığında Koza'nın kahverengi gözünü izliyordum. Masmavi denizin ortasında toprak yüzüyor gibiydi; o toprakta birçok ölü can vardı fakat diğer gözü, bir çocuğun gözü kadar masum ve berraktı.

Beni küçük görmeye çalıştığını mimiklerinden hatta duruşundan bile anlayabiliyordum. Kaşlarım çatıldığında bir şey söylemek için dudaklarımı araladım ama Yankı, kolumu tutup beni susturdu ardından elindeki su şişesinin kapağını açtı ve o ılık suyu, Koza'nın gözlerinin içine bakarak içmeye başladı. Bir an bile tereddüt etmedi ya da vicdanı sızlamadı, bunu yaparken gözlerini ondan ayırmadı sonra şişeyi yere attığında elinin tersiyle ağzını sildi.

"Koza," dediğinde Yankı geriye doğru bir adım attı. "Adının hakkını burada veriyorsun."

Koza da geriye doğru adımlar attığında duvarın kenarına doğru gitti. Bakışları bana döndüğünde gözleri tam gözlerimin içine odaklanmıştı. Elleri havaya doğru kalktığında işaret parmaklarını gösterdi, parmaklarını şaklattı sonra bir kere elini birbirine vurdu sonra iki kere ardından bir kere daha. Bunu tam gözlerimin içine bakarak yaparken, anıların en tazesi tam karşımda onun yanında dikilmişti.

Ekip'e ilk girdiğim zamanlardandı. Eğitiliyorduk ve her eğitimin başlangıcında ve sonunda bu alkış, bizi karşılıyordu. Kim olduğunu hiçbir zaman çözemesem de bu alkış, zihnimin içinde çınlıyordu. Başlangıç ve bitiş alkışıydı.

"*Başlangıç* zamanı," dedi Koza bir an bile gözlerini kırpmadan. "Son değildi."

Beni tanıyordu, benim kim olduğumu biliyordu; benim bu gruba neden gönderildiğimi biliyordu.

Anımsadım hatta hatırladım; kendimi vurduğum o gün de alkış sesleri işitmiştim. Koza'ydı.

O zaman da buradaydı, bana kendini göstermişti.

Elini üç kere hızlıca birbirine çarptıktan sonra bir kere daha yavaşça vurdu. Bu Ekip'in ceza alkışıydı, yanlış yapılan her bir hatada bize ceza kesiliyordu. Korkuyla nefesimi verdiğimde arkamda kalan Yankı'ya bakamıyordum, baksam gözlerimden her şeyi anlardı biliyordum ama Koza öyle bir gizliyordu ki her şeyi onun bu ifadesizliğine hayran kalmıştım.

"Buradan çıkacağım," dedi. "O zaman *ceza* başlayacak."

Başımı iki yana salladığımda geriye doğru başka bir adım daha attım. Her şey birkaç saniye içerisinde olmuştu fakat o birkaç saniyede benim Koza'yla paylaştıklarım, sadece ikimizin anlayacağı türdendi.

Koza, hipnoz eden bakışlarını, gözlerimden ayırdığında Yankı'ya döndü. "O zaman gerçek savaş başlayacak."

Geriye doğru birkaç adım daha attım. Bu sırrı neden Yankı'yla paylaşmıyordu? Neden benim gruba gönderilen bir ajan olduğumu söylemiyordu?

Kendimi kocaman bir oyunun içinde yalnız kalmış gibi hissediyordum fakat Yankı'ya baktığımda onun hiçbir şeyi anlamadığını gördüm. İfadesiz gözlerle Koza'yı izlemeye devam ediyordu. Onun için bu yapılanlar belki de sadece tuhaf birkaç hareketten ibaretti.

Ya da Yankı her şeyi biliyordu, her şeyin farkındaydı ve beni bu girdiğimiz çukur gibi bir yere iteklemeye çalışıyordu. Onlar aslında kimdi? Hiçbirini tam anlamıyla tanımıyordum, hiçbirini gerçekten göremiyordum.

"Korkma," dedi Koza sonra hızlıca adımlayıp parmaklarıyla demirleri tuttu. "Ellerini yine gizleyemiyorsun."

Başımı birkaç defa daha salladığımda yapabilecek başka hiçbir şeyim yoktu. Sırtımı onlara döndüğümde ve geldiğimiz yere doğru ilerlediğimde artık adımlarım daha korkak ama bir o kadar da daha sağlamdı.

Koza benim kim olduğumu biliyordu.

Belki de ben Sokak Nöbetçileri'nin yanına Koza'yı bulmak için gönderilmemiştim, Koza beni bilerek Sokak Nöbetçileri'nin yanında istemişti.

Belki de Koza düşman bile değildi.

Belki de ben kendim ihanet ettiğimi sanıyorken, kocaman bir ihanetin ortasındaydım.

Akıl oyunları vardı, zekâları ve birbirlerine siperleri. Bu oyunun en aptalı belki de sadece bendim.

Merdiven basamaklarını hızlıca çıkmaya başladığımda karşımdaki karanlığı görebiliyordum fakat o karanlık bile artık beni engelleyemiyordu. Tırabzanları sıkıca tutup yukarıya tırmanırken arkamdaki Yankı'nın adım seslerini de duyabiliyordum.

Karanlıkla kucaklaştım, arkamdaki sarı ışıklar gitgide yok olmaya başladı. Geriye doğru baktığımda Yankı'nın gölgesini gördüm ama adımlarımı daha fazla hızlandırdım, bana dur demedi; neden demedi bilmiyordum ama korkularımla yüzleşmemi bekledi.

Birkaç adımda bir tökezlesem de hatta duvarlara çarpsam bile diğer merdiveni bulabilmiştim. Aşağıdaki o iğrenç kokudan uzaklaşmaya başlamıştım ama zihnimin içinde dönen seslerden hatta kokulardan bir türlü uzaklaşamıyordum.

İhanet eden bendim ama neden kendimi ihanet edilmiş hissediyordum?

Koza kimdi?

Kendimi neden Koza'nın parmakları arasındaki bir kukla gibi hissetmeye başlamıştım.

Lanet olsun, o kukla ipleri, Yankı'nın da mı ellerindeydi, yoksa ben kafayı mı yiyordum?

Daha fazla karanlıktı, çok daha fazla. Adımlarım yavaşladığında nefes nefese kalmıştım ve Yankı'nın adımları da bana biraz daha fazla yaklaşmıştı. Parmaklarımla duvarlardan destek alırken artık ne tarafa gideceğimi bilmiyordum.

Yankı'nın eli, kolumu tuttu ve beni yürütmeye başladığında tökezlemem onun da umurunda değilmiş gibiydi, neredeyse koşuyorduk. Onun aklından ne geçiyordu bilmiyordum ama benim aklımdan geçenler, kimsenin tahmin bile edemeyeceği konulardı.

Durdu ve çukurun önüne geldiğimizi anladım. Basamakları tırmandığını işittim sonra ağır demir kapak yüksek bir ses çıkararak açıldı. Yankı kendini sokağa attığında kapağı yüzüme kapatacağından neden ölesiye korkuyordum, bilmiyordum.

Aşağıda durmuş ona bakarken, başını çukura doğru eğdi sonra "Hadi," dedi kaşlarını çatarak. "Neyi bekliyorsun?"

Beni Koza gibi buraya kilitleyecek misin Yankı?

Ben bu hikâyede aslında kimim Yankı?

"Hadi," dediğinde kelimenin üzerine bastırdı. "Dikkat çekeceğiz. Yukarı çık."

İhanet eden miyim, edilen miyim Yankı?

Başımı hızlıca iki yana salladım ve yukarıya doğru tırmanan merdivenden çıkmaya başladım. Her basamakta başka bir nefes verirken, ona daha fazla yaklaşıyordum. Son basamakta elini bana uzatıp yardım etmek istedi fakat onun elini görmezden gelip kendi ellerimle çukurdan çıktığımda dizlerimin üzerinde durup başımı önüme doğru eğdim, öksürmeye başladım.

Temiz hava ve yüzüme vuran hafif yağmur taneleri. Rüzgâr. Toprağın kokusu. İstanbul'un aceleci ve kaygılı sesi.

Mantıklı düşünmeye çalıştım, mantıklı ilerlemek istedim.

Beni tanıyabilirdi, Koza'nın Ekip'le zaten bir bağlantısı vardı ama bana neden öyle bakıyordu? Sanki bana bir piyonmuşum gibi bakan gözleri neden öylesine korkutucuydu?

Yankı omzuma dokunduğunda irkilip elinden kurtuldum ve diğer tarafa doğru kayıp ayağa kalktım. Yankı çukurun kapağını çoktan kapatmıştı ama ben kendimi hâlâ o karanlık çukurda hissediyordum.

Yankı'nın eli havada kaldığında kaşlarını kaldırıp beni inceledi sonra üzerime doğru yürüdüğünde geriye doğru başka bir adım daha attım; bakışlarımı ondan ayıramasam da aslında aklım başka yerlerdeydi.

Durdu, nefesini verdi. "Benden korkuyor musun?" diye sordu sanki olması gerekeni soruyormuş gibi.

"Hayır." Kısa ve net verdiğim yanıtta dürüsttüm ama o bana inanmadı.

"Korkuyorsun," dediğinde elini aşağıya doğru indirdi. "Çünkü başka bir yüzümle tanıştın."

Tekrardan "Hayır," dediğimde ellerimi saçlarıma geçirip nefesimi verdim. "Senden korkmuyorum."

"Yalan söylüyorsun." Güldü ve bu gülüşü fazlasıyla samimiyetsizdi. "Bana yine yalan söylüyorsun."

"Yine mi?" Kaşlarım çatıldığında onun üzerine doğru bir adım attım. "Sana daha önce yalanlar söylediğimi mi düşünüyorsun?"

Başını iki yana salladı sonra hiçbir şey söylemeden arkasını dönüp gitmek istedi fakat kolunu sertçe tutup kendime doğru çevirdim. Yankı, bir bana bir kolunu tutan elime bakarken gözlerine daha önce şahit olmadığım bir ifade yerleşti ve o ifade, gerçekten korkutucuydu. "Yalanlar söylemedin mi bana hiç?" diye sorduğunda kolunu elimden kurtardı. "Buna cevap verirken de yalan söyleyecek misin?"

Her şeyi biliyordu. Her şeyi biliyordu.

Her şeyi biliyor muydu?

Elim göğsüme doğru gittiğinde "Ben sana yalanlar," dedim sonra sustum ve yutkundum. "Ne yalanlar söyledim?"

"Boş versene," dediğinde yine yürümeye başladı ve bisikletine doğru gitti. Ben de peşinden ilerlerken, yüzleşmek zorunda kaldığım kişi sadece Yankı'ydı.

"Söyle!" Sesim beklediğimden daha yüksek çıktı ama bu onu etkilemedi. İleride yere düşmüş olan bisikletini tutup kaldırdığında adımlarımı daha fazla hızlandırdım ve bisikletinin direksiyonunu tutup kendime doğru çektim. "Bana bak ve söyle, sana ne yalanlar söyledim?"

"Helin," dedi kısık bir sesle. "Gitmem gerekiyor."

"Hayır." Bisikleti daha fazla çekiştirdim. "Hiçbir yere gitmen gerekmiyor. Yine mi ortalıklardan kaybolacaksın? Yine mi gideceksin?"

Bisikleti bir o bir ben çekerken, çıkmaz sokağın ortasında birbirimize, nefret ediyormuş gibi değil de öfkemizi kusacakmış gibi bakıyorduk daha doğrusu ben kendimi fazlasıyla öfkeli hissederken o yine

sakindi ama gözlerine öfkenin ateşinin bulaşmasına saniyeler kalmış gibiydi.

"Sana yalanlar söylemiş olabilirim," dediğimde sesim tiksiniyormuş gibi çıkmıştı. "Ama sana hiçbir zaman zarar vermedim." Sustu, her ne söyleyeceksem dinlemeye devam etti fakat bisikletini bir an olsun bırakmadı. "Sana kendimi farklı birisi gibi göstermeye çalışmış olabilirim ama başarılı olamadım ve sen beni gerçekten gördün. Ben sana kendi hayatımla ilgili hiçbir zaman yalan söylemedim, ne anlattıysam hepsi gerçekti." Kaşlarım çatıldığında işaret parmağımla çukuru gösterdim. "Fakat sen bana Koza konusunda her şeyi anlatmadın, öyle değil mi?"

Son söylediğimden sonra bakışları değiştiğinde gözlerini kıstı. "Her şeyi anlatmadım mı?" dedi tükürür gibi. "Neyden bahsediyorsun sen?"

"O senin düşmanın değil, değil mi?" diye sorduğumda kaldırdığım işaret parmağımla onu omzundan itekledim. "O hiçbir zaman senin düşmanın olmadı. Bana bir oyun oynanıyor, değil mi? Kim oynuyor? Kim benimle dalga geçiyor?"

Yankı, her cümlemden ve her sorumdan sonra bakışlarını daha fazla kıstı. "Neden böyle düşünüyorsun?" diye sorduğunda beni sorgulamaya devam ediyordu.

"Beni artık sorgulama!" diye bağırdığımda bu kadar öfkelendirenin ne olduğundan emin bile değildim. "Benimle sürekli oynama! Benim dengelerimi değiştirme! Bana ne yapmaya çalışıyorsunuz? Kendimi aptal gibi hissediyorum!"

"Ne saçmalıyorsun?" dediğinde uzanıp havaya kaldırdığım elimi tutmak istedi ama ondan hızlıca kurtuldum.

"O senin düşmanın ama dostun gibi. Birbirinize bakışlarınızı gördüm. Ondan nefret etmiyorsun ve o da senden etmiyor. Bana oyun oynadınız, aşağıdaki tamamen bir oyundu öyle değil mi? Asıl tiyatro aşağıda yaşandı."

"Yeter." Yankı, bisikleti çekiştirdiğinde parmaklarımla öyle sıkı tutuyordum ki bırakmadım ve öne doğru tökezledim. "Her ne düşünüyorsan, her neyin içindeysen, hangi okyanusta yüzüyorsan ben orada değilim. Sorumlu tuttuğun sadece kendinsin."

Durdum, dudaklarımın arasına yerleşen cümleyi dile getirmemek için kendime direndim ama olmadı. "Yalan söylüyorsun." İki kelime, tek cümle. Onu tanıdım tanıyalı ilk defa böyle bir cümle kuruyordum ve ilk defa onun bana yalan söylediğini düşünüyordum. Cümle

ağzımdan çıktığı anda Yankı'nın bakışları bana öyle bir döndü ki çenesini sıktığına şahit oldum sonra bir anda öyle sert bir şekilde bisikleti alıp yere fırlattı ki çıkan yüksek ses, ellerimi kulaklarıma bastırmama neden oldu.

Bisikletin pedalı yerinden çıkarken, demiri de yerinden söküldü. Tekerlekleri kendi kendine dönmeye başladığında Yankı, üzerime doğru bir adım attı ve benim adımım geriye doğru ilerledi. "Ne dedin sen?" dedi kısık bir sesle. İlk defa öfkesini görebiliyordum, gözlerindeki o ateş gitgide büyüyordu ve dişlerini sıkıyordu. "Ne dedin?" dedi bir daha. Yalan konusundaki hassasiyetini bildiğim hâlde ona böyle bir cümle kurabilmiştim. O bu konuda neden bu kadar hassastı?

Sırtım duvara çarptığında gidebileceğim başka hiçbir yer yoktu. Tam karşımda durduğunda kendini sakinleştirmeye çalışan Yankı'yı değil, öfkesini daha fazla harlandıran Yankı'yı görüyordum.

"Yalan," dediğimde sesim titriyordu. "Söylüyorsun."

"Yalan söylüyorum öyle mi?" dediğinde çenesi öfkeden dolayı titredi ama sesi sakindi. Onu ilk defa böyle görüyordum. "Siktiğimin hapishanesinde her ne yaşandıysa kendi yalanlarını örtmek için beni suçluyorsun," dediğinde elleri öfkeden yumruk halini almıştı. "Gözlerime bak," diye soludu. "Benim bir aptal olduğumu düşünmüyorsun değil mi?"

Başımı iki yana salladığımda "Ben," diye mırıldandım. "Yani siz ikiniz." Ne açıklayacağımı bilemediğim için gözlerimi ondan kaçırdım. "Siz ikiniz tuhaftınız. Siz ikiniz sanki bir oyunun içindeydiniz ve ben piyondum. Sen benim hakkımdaki birçok şeyi biliyormuşsun gibi davranıyorsun ve o bana öyle bir baktı ki..." Ellerimle yüzümü kapattım. "Kendimi çok büyük bir oyunun içinde hissediyorum."

Keskin nefesini saçlarımda hissettim. "Sana bu zamana kadar tek bir yalan söylemedim," dedi kelimelerin üzerine bastırarak. "Ama sen bana birçok yalan söyledin ve ben hepsini yalan olduğunu bilerek dinledim." Elleri yüzümü kapatan ellerimi tuttu sonra gözlerimden çektiğinde parmakları buz gibiydi. "Senin öylesine aramıza gönderilmediğini biliyorum, Helin. Bunu daha önce de söylemiştim. Ama şu piç kafam, senin akıllanmanı bekliyor, öyle mi? Ve sen şimdi geçip beni suçluyorsun."

Ona ne diyeceğimi bilmiyordum ama hata yaptığımı yeni yeni fark edebiliyordum. En çok ona güvenirken, nasıl olurdu da bu şekilde düşünüp ağzıma geleni ona sayabilirdim? O yalan söylemezdi, yalan onun için bir tercih değildi. Rol yapmazdı, kendini gizlemezdi.

Ben kötü biriydim.

"Herkesi kendim gibi sanıyorum," dediğimde buz gibi parmakları, parmaklarıma dokunurken üşümüyor, yanıyordum. "Herkesi kendim gibi yalancı sanıyorum."

Elleri elimi daha sıkı tuttu. "Sen kimsin?" dedi o korktuğum soruyu sorarak. "Sen gerçekten kimsin şimdi söyle bana."

Yalana başvuracaktım, tam gözlerinin içine bakarak başka bir yalan daha söyleyecektim ve o bunu biliyordu. "*Sadece Helin*," dedim acıyla gülümseyerek. "Hiçbir zaman bir Sokak Nöbetçisi olamayacağımı biliyorum, hiçbir zaman senin için o dört kişi kadar değerli olamayacağımı da biliyorum. Lütfen daha fazla soru sorma. Ben sadece Helin'im. Bu kadar."

Elleri ellerimi sertçe bıraktığında sorusuna cevap vermemem onu da gülümsetmişti ama benim gibi acılı değildi, hayal kırıklığı vardı. "Sen değersizsin, öyle mi? Sen önemsizsin, öyle mi?" Geriye doğru döndü, yürüdü sonra durdu ve bana baktı. Dişlerini sıkarken öfkesini hem kusmak istiyor hem de kendini gizliyordu. "Sana bir şey itiraf edeyim mi?"

Etmemesini istedim, o an oradan kurtulmak istedim, kaçmak istedim; beni sorgulamamasını istedim. "Et," dediğimde sesim titriyordu. "Ama lütfen beni sorgulama."

Omzunun üzerinden bana bakarken duruşu dikti fakat omuzları düşüktü. "Sen benim aklımı durduruyorsun sanıyordum," dediğinde sertçe şakağına birkaç defa vurdu ardından yine gülümsedi. "Ama ben aklımı dinlemiyormuşum ki zaten."

Yüzüme bir cevap vermemi bekliyormuş gibi baktığında hiçbir şey söylemeden onu izlemeye devam ettim. Boğuldum, duruldum, yandım; o arkasını döndüğünde artık gözleri yoktu ve gidiyordu. "Nereye?" dediğimde deli gibi korkuyordum.

"Sana ne," dediğinde yere düşen bisikletinin önünden geçti ve diğer tarafa doğru dönmek için yeltendi ama peşinden gittim.

"Ben de geleceğim," dedim ve yine kolunu tuttum. "Beni önemsiz görmen umurumda bile değil, gitmeni istemiyorum, yine ortalıklardan kaybolmanı istemiyorum."

Bu son damlaydı, bu sanki son parçaydı; bu sanki Yankı'nın son sakin nefesiydi. "Yeter!" diye bağırdığında sesi öylesine gür çıkmıştı ki bana ilk defa bağırıyor olmasının verdiği etkiyle sarsıldım. "Yeter," dedi daha sakin bir sesle ve bana doğru döndü. "Ben ben ben," ellerini iki yana açtı, "sürekli sizsiniz, sürekli siz varsınız, sürekli siz yaşıyorsunuz." Başını hiddetle iki yana salladı. "Asıl önemsiz olan benim, görmüyor musun? Kimsenin umurunda değilim, kimsenin hayatında önemli bir yerde değilim. Çünkü

Yankı halleder değil mi? Çünkü Yankı böyledir. Sikeyim bu işi, Yankı'nın da artık dayanamayacağı bir noktası var, bunu görün!"

"Yankı," dediğimde ona dokunmak istedim fakat geriye doğru adım attı. "Önemlisin," dedim ve gözlerimin dolduğunu hissettim. "Yemin ederim önemlisin, benim için önemlisin."

"Başka bir yalan daha," dediğinde dudaklarını birbirine bastırdı.

"Yalan söylemiyorum." Ona doğru bir adım daha attım ama geriye doğru gitti.

"Bak," dedi sert bir sesle. "Bana istediğin her konuda yalan söyle ama benimle oynamaya çalışma, dengelerimi değiştirme. Bana bunu yapma. Ulan kaç gündür sadece tercihini değiştirmeni bekledim, dört gün boyunca pişman olmanı bekledim ama bunu yapmadın ve şimdi gelmiş bana önemlisin mi diyorsun?"

"Yankı," dediğimde elimin tersiyle akmak üzere olan yaşları sildim. "Gerçekten önemlisin. Ben seni merak ediyorum, ben seni bu hale neyin getirdiğini önemsiyorum." Dudakları aralandı, bir şey söyleyecek gibi oldu ama sonra sustu. "Konuş," dedim yüksek bir sesle. "Bir kere olsun içinde tutma."

"Neden Koza'yla tanışmayı seçtin?" Soruyu o kadar hızlı bir şekilde sormuştu ki ne diyeceğimi bilemeyip onu izlemeye devam ettim. İlk önce bir şey söyleyecek gibi oldum ama sonra susup gözlerime dolan diğer yaşları yok etmek istedim. "Çünkü Yankı Sarca'nın sikik acılı geçmişinden daha önemli bir şey vardı, o da Yankı Sarca'nın tek düşmanı. Çünkü bu bir anahtardı."

"Anlamıyorsun," dediğimde başımı önüme eğdim.

"Anlat o zaman," dedi ve kollarını önünde bağladı. Yine hiçbir şey söylemedim, bana bir süre verdi ama sürede de susmaya devam ettim. "Doğru olan bu değil mi?"

"Yankı..." Başımı yerden kaldırıp ona baktığımda yine gözlerinde hayal kırıklığı vardı. "Ben kendime bile güvenmiyorken senin sırlarını saklayamam sandım."

Yankı elini saçlarına geçirdi ve karıştırdıktan sonra "Ben de sana güvenmiyorum," dedi. "Ama sana güvenmesem de bu yola çıkacaktım. Benim de bir tercih hakkım vardı, Helin. Önemsenmek mi, yoksa güvenmediğin birisine kendini göstermek mi?" Başını iki yana salladı. "Bir kez olsun birisi beni gerçekten önemsesin istedim, bir kez olsun doğruları siktir etmek istedim." Ellerini havaya kaldırdı. "O an güvenmemek umurumda bile olmadı. Ben bu değilim. Ben kendime ne yaptım?"

Cümleleri canımı yakarken kalbimin üzerinde kızgın bir demir varmış gibiydi ve o demir, kalbimin üzerinde gezinirken nefes almakta bile zorlanıyordum. "Gerçekten seni önemsiyorum," dediğimde kelimelerin hiçbir anlamı olmadığını biliyordum ama bana inansın istedim.

"Geçmişte kaldı," dedi Yankı geriye doğru bir adım atarak. "Ve biz şu anın içindeyiz, ben ise ne senin için ne bir başkası için ne de kendim için hiç önemli değilim."

Yürümeye başladığında peşinden gidecek gücüm yoktu ama arkasından bağırdım. "Yankı!" Dönüp bakmadı, beni orada öyle bıraktı, titreyen dizlerimle, ellerimle ve sesimle beni öylece bıraktı. "Yankı!" diye bağırdım bir daha. "Ben çok bencil biriyim biliyorum!" Yine dönmedi, yürümeye devam etti, caddeye doğru çıktı. "Yankı!" diye bağırdım tekrardan ve gözden uzaklaşana kadar ona seslendim.

Saniyeler geçiyordu sonra dakikalar. Sabit bir şekilde o çıkmaz sokakta beklerken çaresizliği de çareyi de tadabiliyordum. Onu hayal kırıklığına uğratmıştım, onu kendime bakmayarak suçlamıştım, onu anlayamamıştım.

Ama o da beni anlayamamıştı.

Yine gitmişti, günlerce belki de gelmeyecekti ama günler sonra geldiğinde de birbirimize daha yabancı olacaktık; daha fazla kalkan örecekti ve belki de daha fazla tanımayacaktık birbirimizi. Ben ondan santimlerce uzaklaşırken o benden kilometrelerce kaçacaktı.

Yapabileceğim bir şeyler olmalıydı çünkü onun her zaman vardı.

Her zaman başka bir yol vardı.

Dakikalar belki de saate dönüşmüştü bilmiyordum ama akşam olmuştu, yağmur daha fazla hızlanmıştı ve ben durdukça daha fazla ıslanıyordum.

Her zaman başka bir yol vardı.

Bu yollar gururumun üzerine çiziliyordu.

Yankı, beni böyle bir durumda asla bırakmazdı; ben de onu bırakmayacaktım. Bu sefer bunu yapmayacaktım, ona yalan söylemediğimi gösterecektim.

Elim, arka cebimdeki telefona doğru gittiğinde Sokak Nöbetçileri'nin bana verdiği telefondaki isimlere baktım. Hiçbirisi onun nereye gitmiş olabileceğini bilmiyordu, bilgileri yoktu ve merak da etmiyorlardı ama başka birisi bunu bilebilirdi.

Parmağım ilk olarak Bartu'nun ismine tıkladı ve telefon çalmaya başladığında kulağıma götürdüm. Birkaç çalıştan sonra Bartu durgun

bir sesle telefonu açtı. "Helin," dediğinde yanındaki birisini susturuyordu. "Bir şey mi oldu?"

Onu aramazdım, bunu biliyordu. "Dinle beni," dedim ve dakikalardır hareket etmediğim yerde yürümeye başladım, caddeye doğru ilerledim. "Yankı'yı bulmam gerek."

"Bulamazsın," dedi Bartu bıkkın bir sesle. "O zaten başının çaresine bakacaktır. Hem siz beraber çıkmadınız mı?"

Öfkeyle nefesimi verip "Bartu," dedim dişlerimi sıkarak. "Onu bulmam gerek, anlıyor musun? Hecelememi ister misin?" Bartu, sessiz kaldı sonra hareket ettiğini hissettim.

"Kötü bir şey mi oldu?" diye sordu.

"Onun ailesini tanıyor musun?" diye sordum adımlarımı hızlandırarak.

"Bunu neden soruyorsun?" Bana Yankı'nın vermediği hiçbir sırrı vermezdi, bunu biliyordum.

"Tamam," dediğimde nefesimi verdim. "Bana Önder'in telefonunu mesaj olarak atar mısın?"

"Önder mi?" İşte buna Bartu çok şaşırmıştı. "Neler oluyor?"

Daha fazla zaman kaybetmek istemiyordum. "Bartu," dedim hırsla. "Lütfen sorgulama olur mu? Sadece Önder'in numarasını gönder, bekliyorum." Telefonu onun cevap vermesini beklemeden suratına kapattığımda ekrana bakarak yürümeye devam ettim.

Diğerleri bu söylediğimi yapmazdı, biliyordum ama Bartu yapardı çünkü fevriydi, düşünmeden hareket ederdi ve saf bir tarafı vardı. Tam da düşündüğüm gibi birkaç dakika sonra Önder'in cep telefonunu bana mesaj olarak gönderdiğinde zaman kaybetmeden numaranın üzerine tıklayıp telefonu kulağıma götürdüm.

Beklediğimden daha uzun süre çaldı sonra Önder'in baskın sesini işittim. "Alo?"

"Önder." Sustu, kim olduğumu çözmeye çalıştı ya da çözdü bilmiyordum. "Benim Helin." Yine cevap vermedi fakat bir çekmeceyi kapatma sesi duydum. "Tamam," dedim ve adımlarım duraksadı. "Şu an seni aradığım için şaşkınsın hatta sorguluyorsun fakat bana yardımcı olman gerekiyor."

"Yardımcı mı?" Önder beni alaya aldı. "Sana mı? Neden?" Duraksadı, başka bir çekmece açıldı. "Yankı nerede?"

"Bilmiyorum." Etrafıma baktım ve kalabalık caddedeki insanlara çarpa çarpa yolun karşısına geçtim.

"Hım," dedi Önder de umursamaz bir sesle. "Yine ortalardan kaybolduğu bir zamandır. Birkaç güne gelir."

"Önder," dedim ve kaldırıma çıktığımda ellerimi saçlarıma geçirdim. "Senden bir şey isteyeceğim." Yine bekledi, yine bir cevap vermedi. "Ben onu bulmak istiyorum," dediğimde Önder'den medet umacağımı hiç düşünmüyordum. "O hiç kimsenin bilmediği bir yere gidiyor, neresi bilmiyorum ama bir tahminim var."

Çocukluğum demişti Yankı, çocukluğu Sokak Nöbetçileri'yle olan çocukluğu değildi. "Ne isteyeceksin?" Önder'in ayaklandığını hissettim, adım seslerini işittim.

"Onun nerede büyüdüğünü biliyor musun? Ailesinin evini? Çocukluğunun geçtiği semti?" Kısa bir sessizlik oldu, bu sessizlikte Önder'in ne düşündüğünü anlayabiliyordum. "Lütfen," dedim yalvarır gibi. "Biliyorum beni sevmiyorsun, biliyorum bana güvenmiyorsun ama buna ihtiyacım var. Lütfen biliyorsan söyle."

"Yankı'nın sana söylemediğini benim sana söylememi istiyorsun," dediğinde sesi temkinliydi.

"Bu kısım biraz karışık," diyerek onu geçiştirdim. "Söyleyecek misin?"

Önder derin bir nefes verdi sonra "Ne karşılığında?" diye sordu. Sorusu, bakışlarımın donmasına neden oldu. "Sana bir iyilik yapacaksam bu karşılıksız olmayacaktır."

O an düşünmek için çok kısa bir zamanım vardı ve o kısa süreyi bile harcamak istemedim. "Her ne istersen," dediğimde sesimi hoparlöre aldığını anladım, büyük ihtimal kayıt altına alıyordu. "Bana o adresi ver. Yankı'yı orada bulursam ne istersen yapacağım, karşılıksız olmayacak."

Telefonun ucunda bir dolap açıldı ardından bir çekmece daha. "Bu sözünü unutma," dedi Önder. "Ama unutturmam da zaten." Sesi uzaktan geliyordu, düşündüğüm gibi kayıt altına alıyordu. "Birazdan adresi mesaj olarak atıyorum fakat orada bulamazsan da ne istersem yapacaksın."

Benden ne isteyeceği umurumda bile değildi, tek istediğim Yankı'yı bulabilmekti. Telefonu cevap vermeyerek suratına kapattığımda yağmurdan korunan insanların aksine ben direkt olarak kaldırımın ortasında elimde telefon ekrana bakmaya başladım. Yağmur ekrana her değdiğinde tekrar tekrar siliyordum.

Önder'den mesaj geldiğinde bulunduğumuz yere çok da uzak olmayan adresi gördüm ve kaşlarım havaya kalktı. Bildiğim kadarıyla fazlasıyla lüks evlerin olduğu bir semtti ve o semtte genelde maddi durumu çok iyi insanlar yaşıyordu.

Hızlıca caddeden bir taksi çevirip bindiğimde ve adresi söylediğimde taksi şoförü başını sallayıp gaza bastı. Cama her yağmur damlası çarptığında, kalbim o yağmur damlasıyla beraber daha hızlı atıyordu. Her yağmur damlası süzülerek aşağı indiğinde, benim de kalbim durgunlaşıyordu, yok oluyordu.

Karnımın içinde bu sefer ağrı yoktu, acı vardı. Ellerim titriyordu ama ellerim bu sefer onu gerçekten kaybedeceğim için titriyordu. Kaybetme korkusunu öyle bir hissediyordum ki avuçlarımın arasına onu gizleyebilsem zaten gizlerdim; onu saklayabilsem zaten gizleyebilirdim.

Kendimi onu kırdığım için yok edebilsem... Zaten kendimi yok olmuş hissediyordum.

Yol bitmedi, o mesafe aşılmadı. Taksi şoförüne daha hızlı gitmesi gerektiğini söylerken yağmur da sanki daha fazla şiddetini arttırıyordu. Semt biraz daha tepedeydi bu yüzden gökyüzü daha fazla koyulaşıyor hava sanki daha fazla soğuyordu.

On dakika sonra şoför dönüp "Geldik," dediğinde cebimden fazlasıyla parayı çıkarıp verdim ve geri parayı beklemeden kendimi taksiden aşağı attım.

Her tarafta ağaçlar vardı ve villa evler. Sokaklar çok fazlaydı ve sokak lambaları her yeri aydınlatıyordu. Arabalar yoktu, insanlar yoktu, kimse yoktu. Yağmurun sesi, rüzgârın sesi ve benim nefesimin sesi vardı.

Vazgeçmeden sokaklara girdim ve her sokak başka bir yabancı sokağa çıktı; her sokağın sonunda daha fazla kaybolduğumu hissettim ama onu aramaya devam ettim. Gitgide daha yukarı tırmandığımı hissedebiliyordum ama içimden bir ses onun burada olduğunu söylüyordu. Çocukluğu burada mı geçmişti? Bu yollarda mı yürümüştü?

Bu villalar onun hayatı için bana öylesine yabancı geliyordu ki. Bu hayat öylesine yabancıydı ki bana. İkimizi de bu sokaklara yakıştıramadım, bu tenhalık ikimiz için de uygun değildi.

Başka bir sokağa daha koşar adımlarla girdiğimde onu göremiyordum. Neredeydim bilmiyordum, taksinin beni bıraktığı yerden fazlasıyla uzaklaşmıştım ama bunlar umurumda bile değildi. Onun adını bağırmak istedim ama bu sokaklarda adının Yankı olmadığını kendime hatırlattım.

Gerçek adını ise bilmiyordum.

Aslında ben onun kim olduğunu bile bilmiyordum.

Başka bir sokağa daha döndüm, sonra başka bir sokağa daha. Sarı ışıklı sokak lambaları yerlerdeki su birikintisini parlatıyordu; yağmurdan dolayı sırılsıklam olmuştum.

En sonunda bir sokağa girdiğimde ileride sokak lambasının altında oturan bir gölge gördüm. O gölge karanlıktaydı ama tepesindeki sokak lambası onu aydınlatırken sanki daha fazla karanlığa gizleniyordu.

Sokağın başından sonuna doğru o gölgeye baktım, elim kalbimi yokladı; camdaki yağmur tanelerinden daha hızlı atıyordu ve camdaki yağmur tanelerinden daha hızlı yok oluyordu.

Adımlarım yavaşladığında o gölgeye doğru yürümeye başladım, her adımda paçalarım daha fazla ıslandı, yaklaştıkça o gölgeyi daha fazla tanıdım. Ben yaklaştıkça o gölge daha fazla aydınlık oldu sanki.

Yankı, sokak lambasının altında kaldırımda küçük bir erkek çocuğu gibi oturuyordu. Ellerini bacaklarının etrafına dolamıştı, gözleri yerdeydi. Saçları yağmurdan dolayı sırılsıklamdı, alnına yapışmıştı. Paçaları çamura bulanmıştı, elindeki bıçakla oynuyordu.

Yalnızdı, ilk defa ona gerçekten bakıyordum ve yalnızlığını görebiliyordum. Bir erkek çocuğu, kocaman bir adam ya da yaşlı bir amca. Hepsi, Yankı'ydı. Hepsinde de tek başınaydı. Onu yalnız bırakan bütün zamanlarımdan nefret ettim, onu asla anlamayan kendime lanetler sıraladım.

Altında oturduğu sokak lambası daha parlaktı sanki ama o artık parlamak istemiyor gibiydi. Yankı Sarca, tenha sokağı aydınlatan o sokak lambasına benziyordu, benim sokaklarımı o aydınlatıyordu.

Biraz daha yaklaştım, öyle bir odaklanmıştı ki ya beni fark etmedi ya da fark etse bile dönüp bakmak istemedi. Ben yaklaştıkça gözümde biraz daha büyümesi gerekirken biraz daha küçüldü; bu sokak lambasının altı, bana çocukluğunu bağırdı.

Yanında durduğumda gölgem, onun yüzünü kapattı. Bakışları, yerden ayaklarıma doğru kaydı; bu an, bana beni kaldırımda bulduğu zamanı hatırlatmıştı. Herkes gitmişti, herkes beni geride bırakmıştı ama o beni, geri almak için gelmişti.

Yüzüme bakmak yerine tekrardan yere baktığında sakin bir şekilde yanına kaldırıma oturdum ve onun baktığı noktaya baktım.

Sessizlikte yağmurun sesi vardı, rüzgârın sesi ve ikimizin nefesi. Artık tek değildim ve artık o da yalnız değildi.

Birkaç dakika ikimiz de öylece bekledik. Gözlerine bakamadım ama ıslak saçlarına gözlerim kaydığında gülümsemeden edemedim. "Dağınık saçlar sana daha çok yakışıyor," dedim. "Bir daha saçlarına dokunma."

Omzunu indirip kaldırdığında elindeki bıçağın ucuyla oynamaya devam etti. İşaret parmağının ucuna batırdı, çekti sonra çevirdi. "Beni nasıl buldun?" diye sordu sakin bir sesle.

"Seni bulmak zor değildi Yankı," dediğimde ona biraz daha yaklaştım ve omzum omzuna değdi. "Sadece çabaladım."

"Doğru söylüyorsun, beni bulmak hiçbir zaman zor olmadı." Başını aşağı yukarı salladı. "Sadece kimse beni bulmak için çabalamamıştı."

Bu cümle canımı acıttığında gözlerimi saçlarından ayırıp elindeki bıçağa döndüm. "Üzgünüm," dedikten sonra elindeki bıçağa uzanıp aldım, beni engellemedi. "Kendini öldürmek üzereyken seni yakaladım sanırım."

Gülümsediğini hissettim. "Ben sen değilim," diye mırıldandığında başını kaldırıp sokak lambasına doğru baktı; yüzüne yağmur taneleri çarptı. "Kendimi öldürecek olsaydım bu bir bıçakla olmazdı."

"O hâlde?" dediğimde bıçağı havaya kaldırdım.

Sorumu anladı, gözleri sokak lambasının ışığında ayrıldı ve bakışları bana döndüğünde turkuaz gözlerini ilk defa bu kadar çaresiz gördüm. Elini kaldırıp sokak lambasının demirini gösterdiğinde bakışlarım o yöne döndü. "Buraya her geldiğimde bir çentik atıyorum," dedi ve yüzlerce çentikle göz göze geldim. "Bugün de başka bir çentik attım."

"Neden?" O çentiklerden bazıları eskimişti, bazıları yeni görünüyordu ama hiçbirisi silinmemişti. "Genelde hapishanelerde çentik atarlar," dediğimde gözlerim o çentiklerde dolaşıyordu. "Kurtuluş için bunu yaparlar. Sen neden yapıyorsun?"

"Hatırlatsın ve çocukluğumu unutturmasın diye," dediğinde nefesini verdi. "Beni bu sokak lambasının altında terk ettiler. Her seferinde buraya geldim ama benim dışımda kimse beni tekrardan almaya gelmedi. Ben varım, bu sokak lambası var, benim bu sokak lambasına anlattığım sırlarım var."

"Ve ben varım artık," dediğimde sesim titriyordu fakat gülümsüyordum. "Ben seni almaya geldim. Ben *sizi* almaya geldim." Onun gibi, onu tek başına kabul etmedim; çocukluğunu da sarılmak istedim.

"Bizi almaya geldin," dediğinde cümleyi tekrar etti. "Bizi," dedi durağan bir sesle. "Sadece beni değil, bizi."

"Sizi." Bedenimi kaldırımdan eğdim ve demirin diğer tarafına elimdeki bıçakla bir çentik attım. "Bu da benim ilk çentiğim," dediğimde bakışlarım ona döndü. "Artık beraber yapacağız bunu."

Bir yandan kırgınlıkla, bir yandan hissizlikle, bir yandan çaresizlikle tam gözlerimin içine baktığında benim karşımda ilk defa güçlü durmaya çalışmıyordu. "Burada 269 çentik vardı," dedi Yankı derin bir sesle. "Bugün 270. çentiğimi attım ve sen de birinci çentiğini."

"Üzgünüm," diye mırıldandım. "Sırrını sen söylemeden ellerinden çekip aldım ama seni kendi haline bırakamazdım." Başımı önüme eğdiğimde siyah botlarına baktım. "Vicdanımı dinlemeyecek kadar bencilim belki de ama bir dört gün daha ortadan kaybolmanı istemedim. Burada her ne yaşadıysan bilmek istemiyorum, anlatma ama yanında durmama izin ver. Yanınızda durmama izin ver."

Bakışlarının bana döndüğünü hissettim ama ben ona bakamadım. Omzum omzuna değerken soğuktan titriyor olmalıydım, yağmurdan ya da Yankı'dan. Ama korkudan değildi.

"Ben başkalarının aksine ailemden kaçmadım," dedi Yankı kısık bir sesle. "Terk edildim. Ailem beni istemedi." İşaret parmağını kaldırdığında gözlerim gösterdiği yöne döndü. "Şuradaki büyük villayı görüyor musun?" Tam karşımızdaki beyaz kocaman villayı gösteriyordu. "Orası benim evimdi. Ablam orada öldü, ailem beni bir akşamüzeri bu sokak lambasının altında bırakıp gitti." Çenemi tuttu, başımı ona döndürdü. "Burası benim terk edildiğim evim. Burası mutsuzluğum. Burası yalnızlığım."

Çenemi tutan elinin bileğini sıkıca tuttum ve ona doğru eğildim. "Artık terk edildiğin evin değil, artık mutsuz değil," biraz daha ona yaklaştım, "artık yalnız değilsin. Ben varım."

"Sen beni buldun," dediğinde eli çenemden yanağıma doğru kaydı ve bana öyle bir baktı ki sadece bir anlığına bir mucize olabileceğimi hissettim; bana bir mucizeymişim gibi baktı. "Terk edilen o çocuğun yanına geldin."

"Geldim," dediğimde gözlerimin dolduğunu hissediyordum ama umurumda da değildi. "Kendini çaresiz hissediyorsun değil mi? Kendini buraya her geldiğinde güçsüz hissediyorsun değil mi?" diye sorduğumda bakışlarındaki çaresizliği de yok olan gücünü de gizleyemiyordu. "Bunu nasıl geçiririm bilmiyorum, sen benim acılarımı nasıl geçiriyorsun bilmiyorum ama eğer burası sana çaresiz hissettiriyorsa..."

Baş parmağı dudaklarıma dokunduğunda konuşmamı sonlandırmamı beklemedi, beni susturdu. Yüzü yüzüme doğru yaklaştığında diğer eli de yanağıma dokundu. "Bu ev bana çaresiz hissettiriyor," diye fısıldadığında başparmağı alt dudağımda gezindi. Gözleri gözlerimin içine bakarken ben de ona biraz daha yaklaştım ve burunlarımız birbirimize değecek kadar çok yaklaştık. "Ama," dediğinde nefesi dudaklarıma çarptı, kalbim tekledi; ellerim ve dizlerim daha fazla titredi. "Sen yuvasın, bana çaresiz hissettirmiyorsun."

Baş parmağını dudağımdan çektiğinde iki eli de yüzümü kavradı; gözümden bir damla yaş düştüğünde onun parmaklarına tutundu daha sonra çeneme doğru süzüldü. Yağmur gizledi ama Yankı'dan gizleyemedim.

"Acılarını geçirmek istiyorum," dedim titreyen bir sesle. "Seni iyileştirmek istiyorum."

"Acılar bu sokak lambasının altında ve o acıları daha güzel anılarla silebiliriz," dedi. Burnu burnuma değdiğinde gözleri dudaklarıma doğru kaydı, dudaklarım aralandı ve gözlerimi kapattım. Sıcak nefesi dudaklarıma çarparken, her an bayılacakmış gibi titriyordum. Ellerim omuzlarına sıkıca tutunduğunda nefes almakta bile zorlanıyordum.

"O hâlde silelim," dediğimde parmaklarım tenine saplandı. "Bu sokak lambasının altında güzel anılarımız olsun."

"Ellerin, dizlerin ve sesin titriyor," dediğinde dudakları dudaklarımın üzerine kapanmak üzereydi. "Ama bu sefer korkudan değil, bunu başardık."

Derin bir nefes aldığında ve nemli sıcak dudakları dudaklarımın üzerine dokunduğunda kalbim sanki son ritmini verdi, o camdaki yağmur damlası son kez aktı; ben bu dünyada artık değildim. Sıcak dudakları, dudaklarımın üzerinde kaldığında eli yanağımdan enseme oradan da saçlarıma doğru kaydı sonra dudaklarını aralayıp üst dudağımı öptü.

Beni öptü, Yankı Sarca beni öptü; dünya titredi, ben titredim, hayatım titredi. Kalbim titredi, bütün güzellikler yaşadı ve bütün kötülükler öldü. Bütün acılar silindi, anılar gülümsedi; ikimizin de çocukluğu bizi izledi. İhanet sırtını döndü, ben gülümsedim. Ben gerçekten gülümsedim; ben gerçekten yaşadığımı hissettim.

Yankı Sarca'nın dudakları bana gerçekten yaşadığımı hissettirdi.

Bir elim, omzundan ensesine doğru tırmandığında diğer elim yanağına dokundu ve sakallarında parmaklarımı gezdirdim; ensesindeki saçları parmaklarımın arasına aldım. Dudakları üst dudağımı emerken beni kendine doğru biraz daha çekti ve saçlarımda parmaklarını gezdirdi. Diliyle dudaklarımı biraz daha araladığında ve dilini dudaklarımın çizgisinde gezdirdiğinde hafifçe inleyip ensesindeki saçları çekiştirdim.

Bu tepkimden sonra dudaklarımı yavaş öpüşü biraz daha hızlandı ve alt dudağımı dişlerinin arasına alıp yavaşça çekti. Parmakları saçlarımı okşarken diğer eli yanağımdan belime doğru kaydı, elini bastırdı. Kendimi tutamayıp ben de onun dudaklarını öpmeye başladığımda onun